在青海这部大书前，我是一枚移动的书签，我熟悉它封面到后记的每一页；我一直梦想着，在这部书的作者位置，署上自己的名字。

青海之书

QINGHAI
ZHISHU

唐荣尧 著

青海人民出版社

图书在版编目（CIP）数据

青海之书 / 唐荣尧著 . -- 西宁：青海人民出版社，
2024.9
ISBN 978-7-225-06301-0

Ⅰ.①青… Ⅱ.①唐… Ⅲ.①散文集 - 中国 - 当代
Ⅳ.① I267

中国国家版本馆 CIP 数据核字（2024）第 054471 号

选题策划　王绍玉
执行策划　梁建强　马　婧
责任编辑　梁建强　马　婧
责任校对　田梅秀
责任印制　刘　倩　卡杰当周
书籍设计　杨敬华
封面摄影　焦生福

青海之书

唐荣尧　著

出 版 人　樊原成
出版发行　青海人民出版社有限责任公司
　　　　　西宁市五四西路 71 号邮政编码 :810023 电话：（0971）6143426（总编室）
发行热线　（0971）6143516/6137730
网　　址　http://www.qhrmcbs.com
印　　刷　陕西龙山海天艺术印务有限公司
经　　销　新华书店
开　　本　787mm×1092mm　1/16
印　　张　46
字　　数　800 千
版　　次　2024 年 9 月第 1 版　2024 年 9 月第 1 次印刷
书　　号　ISBN 978-7-225-06301-0
定　　价　128.00 元

前　言

青海的
三副面孔

单之蔷

我曾经从拉萨前往西宁，走的是青藏线；我也曾走过川藏线，从成都到拉萨，这是中国两条著名的公路。与其说是公路，不如说是公园，因为这两条路一路上都是美景。没走过这两条路，是人生莫大的遗憾。记得走过这两条路后，我的感觉是：就景观的美感而言，青藏线不如川藏线。

现在看来这种看法是浅薄的。川藏线要穿过横断山区，地势高低起伏，变化巨大，因此给人强烈的印象。青藏线则是沿柴达木盆地南缘进入西藏，地势平缓，因此给人的感觉相对平淡。其实川藏线虽然岭谷相间，忽高忽低，变化剧烈，但这种变化基本上还是同质的变化，不是本质的变化。而青藏线就不同了，从拉萨到西宁，地势尽管变化不大，但就自然区域而言，则发生了连续的本质的变化：从拉萨到昆仑山口所经历的区域是青藏高原高寒区，从昆仑山口到青海湖西边，这个区域是柴达木盆地干旱区，从青海湖到西宁则进入了东部季风区，地貌上则属于黄土高原。说得再通俗一点，如果你走青藏线，从拉萨到西宁，就地貌、气候、植被、动物、家畜、耕作方式、民居、民族等因素而言，相当于你去了一趟西藏，又去了一趟新疆，还去了一趟甘肃和陕西。因此从这种角度看，青藏线所看到的景观价值并不亚于川藏线。当然，如果你不细心体味，就不会有这种感觉。

其实这种景观本质的变化，主要发生在青海境内。所以我说青海是一个需要细心品味的地方。我觉得人们走过青藏线后，之所以没有这种强烈变化的感觉和对青海没有一个清晰的印象，很大的原因是过去我们一直把青海笼统地划在青藏高原的范围内。一提起青海，人们想到的就是青藏高原，其实青藏高原仅仅是青海几副面孔中的一副。

就大尺度的自然区域而言，整个中国可以分为三大区域：内蒙古和新疆所在的西北干旱区，东部诸省市所在的东部季风区和青藏高原区。

青海省区别于中国其他省区的独特之处在于：她是中国三大自然区的缩影，一省之内有三区，这是中国其他省区所不具有的。许多地理学家已经智慧地将青海大地划分为三大自然区：青南高原高寒区、西北干旱区和东部季风区，但没有人向"青海属于青藏高原"这种传统的观点挑战。

用这种眼光看青海，一切就豁然开朗了。许多人认为青海像西藏，甚至青海的许多人文学者也将青海的文化完全归属于西藏，以为青海没有自己的独特性。其实不然，青海的文化不同于西藏，也不同于新疆，更不同于甘肃，青海的文化就是这三大区文化的交汇和融合。

过去，我对青海曾做过这样的描述：对边疆，她像内地；对内地，她像边疆。譬如西藏把许多办事机构设在青海的格尔木市，甚至他们在格尔木还有自己的交警。他们把青海当成了内地，然而内地人在心理上却把青海当成边疆，将其与西藏、新疆等同视之。这既有历史上的原因，也有自然上的原因，用青海是中国三大自然区交汇处的观点，很容易理解这些。因为在历史上，中原的汉文化只是活动在青海的东部季风区，青海的另外两大区域，在中原的汉民族看来，与西藏和新疆没有太大的差别。因此在内地人看来，青海是边疆，因为内地人看青海，往往忽略了青海的东部季风区，看到的是另外两大区域；反之，边疆的西藏看青海，忽略的是青南高原，看到的是东部季风区，因此感到青海像内地。

我觉得柴达木盆地很像是新疆塔里木盆地的一个缩小版，柴达木盆地周边的一条条从雪山流下来的河流，养育了一个个绿洲，这与新疆塔克拉玛干沙漠中的绿洲生态模式何其相似。当我们沿着柴达木盆地边缘的青藏公路奔向西宁时，沙漠、戈壁、雅丹、红柳、胡杨、骆驼等景观、景物不断地扑入视野，这就是青海像新疆和内蒙古的那部分土地。当我穿过柴达木盆地到达西宁时，青海的西北干旱区的形象已深深地印入了我的脑海。

柴达木盆地的南缘横亘着一座雄伟壮观的山脉——昆仑山。昆仑山以南是高原，被称为青南高原，这里是青藏高原的一部分，是青海像西藏的那部分。无论从文化还是从自然的角度讲，这里都是青藏高原的一部分，然而这个区域对中国的意义十分重大。从自然的角度看，这里是中国最重要的两条大河——黄河与长江的源头所在，著名的国际河流——湄公河也发源在这里。因为黄河与长江的源头在这里，中国人的想象也顺着两条江河到达了这里。

中国古代创造了两大神话体系，一是蓬莱神话体系（如八仙过海等），诞生在山东所对的东海；一是昆仑神话体系，这个神话体系中，主神是西王母，辅神众多，像大禹治水、后羿射日、嫦娥奔月、精卫填海等中国人耳熟能详的神话，甚至像《白蛇传》《西游记》中的神话也无不属于昆仑这个神话体系，这是东方能够和西方古希腊神话媲美的神话体系，是中华民族的骄傲。但是有的学者不同意将昆仑神话中的昆仑等同于今天的昆仑山，理由是今天的昆仑山是后来命名的，神话中的"昆仑"这个词有多种解释等。但我还是赞同把神话中的"昆仑"等同于今天的昆仑山，用反证法可以证明这一点。因为我们可以遍举古代中国人所能接触到或想象到的山，看它是不是神话中的"昆仑"。我们可以设想：中国东部的泰山、华山、庐山、黄山、秦岭等都不可能承担起那些丰富多彩、大胆离奇的想象。因为这些山不够高，人们可以登临其上，却无法想象其上有仪态万方的西王母，无法将盛满琼浆玉液的瑶池放置其上。因为神话只能诞生在神秘的地方，承担了许多大胆想象的山一定是一座可望而不可即的山。而像喜马拉雅山、冈底斯山、横断山等大山那时还进入不了中原人的视野。最后我们不得不承认：只有今天青海境内的昆仑山能承担起昆仑神话这个庞大的体系，也只有青海境内的昆仑山能承担中国人那些瑰丽的想象。因为青海的昆仑山正是古代中国人可望不可即的一座山。她绵延在南丝绸之路的南侧，她的东端分为阿尼玛卿山、巴颜喀拉山，这两列山脉深入中国的四川、甘肃境内。

地质学家有一种说法：昆仑山脉所属的一套岩石系统竟然一直绵延到了东部的秦岭和安徽境内的大别山。我们知道从地质的角度看，秦岭把东部中国一分为二，昆仑山把西部中国一分为二，现在把二者结合起来，完全可以说昆仑山—秦岭是中国的"中央山脉"。说到这儿，我们就会发现昆仑山同中原大地血脉相连，她是中国东部地区能接触到但是可望不可即的大山。正是因为昆仑山的高大、神秘、可望不可即，也正是因为昆仑山与中原大地的种种关联，她才成了中国人的神话之源。那里的神秘激发了中国人无穷的想象力，那里成了中国人的灵感之源。中国人不把自己瑰丽的、大胆的、恣肆的想象放置在那里，又能放到哪里呢？

由昆仑山我想到青海的青南高原这块在自然上属于青藏高原的土地，在文化上像西藏又不像西藏。说她像西藏，是因为那里生活着藏族，但是那里的山那里的水已经和中原的汉文化发生了种种精神上的关联，已经被中原的汉文化涂上了种种绚丽的色彩。

青海的另一副面孔——东部季风区是最接近东部中国的，无论是自然上还是文化上。这个区域包括祁连山东部、青海湖盆地和河湟谷地。河湟谷地中的河是指黄河，湟是指湟水。河湟谷地是指这两条河沿岸适宜农耕的谷地，范围是从湟水汇入黄河的河口算起向西季风能作用到的地区。这片区域最东部有一部分在甘肃，但大部分在青海。东部季风区是青海最富饶的地区，虽然这里的土地面积还不到青海面积的十分之一，但全省三分之二的人口居住在这里。省会西宁坐落在湟水河畔，紧靠青海的东部，远离全省的大部分地区，全国的省会分布在这种位置的，可能只有黑龙江省的哈尔滨。从地理空间看，好像很不合理，但从人口分布、生活环境等角度看，又是合理的，因为这里物产最丰富、生活最舒适、人口最集中。

河湟谷地是来自太平洋的东南季风能吹到的最西界，也是古时候来自中原的汉文化能够到达的西界。这个区域是中国也是青海三大自然区的交汇点，也是三大自然区上所孕育和滋养的文化的交汇点，来自中原的汉文化，来自西域和蒙古高原的游牧文化与来自青藏高原的藏文化，在这里交融碰撞。文化的碰撞更多的时候是兵戈的碰撞，这里的每一寸土地都经历过浴血的争夺，在中国恐怕没有哪一块土地经历过像河湟谷地那样多的战争。一个个民族走马灯似的来了，又一个个地消失了。这些历史在一些地名和山名中留下了痕迹，在这里，有的山是藏族的名字，有的是蒙古族的名字，有的是土族或撒拉族的名字，地名也是如此。像西宁和海晏这样的地名已经是浓缩了历史的故事。

然而这一切已经成为历史，今天当我从西宁出发沿着湟水奔向兰州时，我看到湟水静静地流淌，羊群在缓缓地移动，有人开着手扶拖拉机在耙地，这一切似乎平常得很，然而这平常的景象却是历史上这块土地上多少人梦寐以求的理想。

带着为山河立传的使命及其衍生的人文地理使命，唐荣尧常年背着自己的行囊，穿行在中国西部地区的田野之中，被誉为"中国第一行走记者"，没有任何外援的独立写作以及常年苦行于大地，使他当选"中国当代徐霞客"，带着记者的眼光、行者的状态、学者的严谨，他将大量书写祖国山河人文的文章通过《中国国家地理》等媒体呈现于世，无愧于中国最好的人文地理作者之称。青海的人文历史是他眼中和笔下常年关照的资源，这本《青海之书》出自他的手，也就显得自然而合理。之前，他以记者、行者、学者的角色为一体创作了《宁夏之书》，《青海之书》同样秉承这种风格，同样是解读人文青海的一扇美丽窗户。

单之蔷 《中国国家地理》杂志执行总编

目　录
CONTENTS

第四部　江河初唱时的模样或嗓音

第五部　翅印、鳃息与蹄踪

第一部

时光镜面
泛出青铜光芒

第一章
昆仑山的
文身

一

　　那个叫不准的男人，在公元281年的一个夏夜，完成了一场让他的名字留在一部中国盗墓史中的行为。

　　漆黑的夜晚从来都是盗贼的最好掩护，身为一名职业盗墓贼，不准比任何人都喜欢夜晚。连续几天淅淅沥沥的夏雨，让中原大地上飘荡着一股庄稼蓬勃生长的味道，大地变得一片酥软。

　　吃过晚饭后，不准就搬了个小凳子，坐在屋檐下，看着繁星满天，听着蛙声一片从不远处的田地里传来。他一动不动地，像块雕像坐在越来越黑的夜色中，像一名猎人在等待猎物出现一样。干"走地仙"（行话，盗墓者对自己的昵称）这行的，越是"灌大顶"（行话，职业技能高）的，越是要沉住气等待，提前得做好"认眼"（行话，找墓）的工作，然后要学会等待最佳时机，像眼前这种刚下过雨的天气，就是最好的时机。夜色越深就意味着越安全，干活的效率也就越高。

　　蛙声早就停止了，大地陷入寂静中。不准从小板凳上起身，走到院子角落，拿起白天就收拾好的工具，悄悄走出村子，走向他早就"踩好的盘子"（行话，瞄准要盗的墓）。雨后的泥土，比平时更加松软，这让不准挖起土来比平时要轻松。不久，铁锹尖碰到了比较硬的东西，他立即意识到，那是棺板。掀开棺板跳进墓室后，不准点燃火，他连汗都来不及擦，目光很快在火光下快速扫了一眼，棺材内没有他想象中的金银财宝，而是散落着一支支竹简。不准便随手拿起几支点燃，火光亮了起来，他再次细心地朝木棺里扫去，还是没有他期待的金银财宝。真晦气！他朝墓主人啐了一口，贼不走空路的古训让他抱起剩下的那些竹简，返回家中。

　　第二天中午，不准醒来后将昨晚从棺木中抱来的竹简摊开，上面尽是些

布哈河入湖口　许明远 / 摄

蝌蚪一样的文字，他一个都不认识。他将那些竹简扔向墙角，走出屋门，打算去买点酒回来。

酒买来了，肉和菜也买来了，对于不准这样的"夜晚工作者"，白天一般都很无聊、寂寞，他心里在想，这个中午，可能就只有自己陪着自己度过了。就在这时，大门被推开，和他同村的一个发小走了进来。发小自幼酷爱读书，却一直无法入仕。不准一看发小来了，便邀请他一起喝酒。

喝酒途中，发小忍不住埋怨自己命运不好："你说，这周围十里八乡，哪个有我读书认真？哪个有我读的书多？可怎么就无法考中呢？"

不准突然想起昨晚盗墓盗来的那些竹简上的蝌蚪文，起身抱来几支竹简："来，看这上面写的是什么？"

发小一看，愣住了：这上面的字从没见过呀！

在这个偏僻的乡村里，竟然有自己不认识的字。竹简上的那些文字让性格执拗的发小觉得好没面子，他也没问这些竹简从哪儿来的，只是向不准借了一支，去找他的老师。发小的老师同样不认识。发小的老师便去找他认为更有学问的人。就这样，一支竹简像一块向上飞翔的彩云，关于那上面的文字也被传得越来越传奇，最后竟然传到了晋武帝司马炎的耳朵里。

和历史上的赤眉军、曹操等掘墓大盗相比，不准在汲县郊外的那次盗墓显得分量小多了。然而，从文化角度看，不准挖出的那些竹简，却挖出了中国人文历史上的一段大空白，它意味着一段湮灭的历史被更多的人开始认知。

司马炎很快就派人追查到了竹简的来源地。不准家里的以及墓地里没挖尽的竹简，都被集中到了朝廷。司马炎是个爱书如命的人，他把这些竹简藏在自己身边，命当时的学者荀勖、和峤等人"校缀次第，寻考旨归"，以求破译这些竹简内容。这些西晋的一流学者经过长时间的仔细辨认，才将那些古字逐渐翻译成当时通行的文字，并整理成了一本书，这就是后来由荀勖作序、郭璞作注的中国古代第一部游记《穆天子传》。那些竹简就像一个高大的烟囱，而竹简上记录的那个美丽而浪漫的爱情故事，如炊烟一般，沿着烟囱的内壁袅袅爬升，走进中国文学史。

且慢，一座伟大的山脉即将出现，我和古代中国很多文人一样，在它的名字出现在笔底前，习惯性地将思维之车与写作之手做个停顿，抬起头，往西望去，此时皓月当空，那轮漫延万里的轮廓在月光下如一系列绵长的岛屿，停泊在夜空倒置的星海里。我隔着万里河山，向那星海里的群岛投去敬畏的一瞥，那是离天最近的地方，是神置放身体的床板，是安放神话与神器的厅堂。距离中原很远的地方，有一座巨大的山脉叫昆仑，山中有一位统领辽阔疆域的美丽女王。关于女王的很多传说让统领中原的周穆王非常动心，他带领一位叫盛姬的心爱女子及众多随从往西而去，直奔昆仑山。在女王居住的瑶池边，中原的天子和昆仑山上的女王邂逅，周穆王称女王为西王母，他们在昆仑山中的瑶池边邂逅、畅谈、激情甚至共同沐浴的故事，逐渐被带到中原。

同一个故事，不同的读者关注的对象不同。打开一部《穆天子传》，有人关心穆天子的行程，有人关心西王母的驻地，有人关心穆天子和西王母的相遇与相处，我关注的是昆仑山的人文历史和瑶池的位置，这让我和河南人韩天才相遇在了昆仑山上的瑶池。

美丽的东西往往都具备魅力和魔力，即便这些东西让了解它的人知道它是假的，比如神话，比如周穆王前往昆仑山邂逅西王母的故事，就让一些人深信不疑。韩天才就对这个神话故事深信不疑，他深信历史上既然有周穆王，就一定有西王母，有西王母就一定有瑶池。2002年夏天，韩天才骑着一辆自行车从家乡焦作出发，前往西安长安区的西北郊，拜谒西周的国都后，继续一路向西，找寻周穆王和西王母邂逅的"瑶池"。这一走便是翻越陇山、祁连山，抵达昆仑山下。在格尔木市做了简单的补给后，他继续沿着京藏公路行至距离格尔木市120公里的三岔河大桥。骑行过大桥后，韩天才远远看见路的西侧有一座雄伟建筑，路边的牌子上清楚地显示：无极龙凤宫。韩天才骑离了京藏公路，推着自行车向那座建筑走去，黑色的水泥碑上写着"昆仑山无极龙凤宫"，他和其他游客进去转了一圈后，对这里供奉西王母并不感到惊讶，他相信西王母或许在这里生活过，但这里没瑶池，就不是周穆王和西王母相会的地方。

我是早于韩天才3年抵达无极龙凤宫的，具体说是1999年的国庆节期间，那是我选择从祁连山东麓的腾格里沙漠南缘前往昆仑山的一次长旅。在格尔木恰好遇到初中时的一位同学，他在那里做生意，开着自己的那辆小货车，把我带到了无极龙凤宫，此处3700多米的海拔是那辆小货车的极限，从格尔木市出发时加满油箱的油仅能供返回去。听当地牧民说，要去瑶池的话，还得走80多公里，只有昆仑河源头地带的牧民才骑着牦牛出入，很少有外人进去。

望着流过的湍急的昆仑河，我只好带着对瑶池的向往和遗憾往回撤，瑶池成了我的一种久远的想象。

后来，因为调查三江源地区尤其是昆仑山里的岩画，我又来了一次昆仑河谷。不知道是要开发旅游，还是方便河谷两边的散居牧民走出昆仑河，当地政府在昆仑河边修了一条简易砂石路，非常颠簸。而我也只是在野马滩岩画点、野牛沟岩画点做了逗留，仍没抵达瑶池。

二

《穆天子传》成书后，昆仑山就成了阅读过此书的读者想象中的浪漫天堂，美丽的西王母成了他们心中的神女，不少人更是将其奉为美丽且法力无边的天神。在很多想去昆仑山旅游的人眼中，去昆仑山，不是和长江和黄河的源头相遇，不是和世界上海拔最高的岩画相遇，更不是和温润的昆仑玉的产地相遇，而是期待和西王母的相遇。没去昆仑山之前的人，很多人或许臆想着那是一座神话垒砌起来的山，大多想象着周穆王在温泉般的瑶池边，在鲜花、仙桃、美女、圣乐的陪伴下，和西王母对歌吟诗、乐而忘归。从《穆天子传》中走出的浪漫故事，成了中国文学史上"小说的滥觞"之作，尤其是编纂《四库全书》的"清代第一才子"纪晓岚将《穆天子传》列入小说之类，将其奉为中国小说创作的源头。

对昆仑山和瑶池的所在地点的讨论，一直就没终止过，尤其是旅游发展的今天，穆天子和西王母相会的昆仑山和瑶池被"安置"在新疆、甘肃、青海、内蒙古、宁夏等省区。提出瑶池在上述省区的学者们，还没见他们前往天山、祁连山、昆仑山、阴山或贺兰山进行一场全景式的考察，哪怕是带有消遣性质的旅游也行。国人对昆仑山的认识，大多认为那是横在青藏公路前的一条瘦长的山而已，其实昆仑山不仅横贯新疆、西藏和青海三省区间，全长2500多公里，而且平均海拔5500米—6000米的恶劣气候条件和诸多无人区镶嵌其间，导致人类对它的完整丈量不可能完成。即便是想穿越，昆仑山130公里—200公里的宽度，诸多冰川如插向青藏高原的一把把白色匕首，泛着冰冷而峻穆的冷光，那光足以让任何贸然闯进者命丧其间。祖先的聪明也由此产生，既然无法靠近，那层峦叠嶂的背后是什么也不知道，就让想象的翅膀掠过群峰，就让神话从积雪下的山峦间如云似雾般往出奔涌，最大最美的一朵云，显然就是西王母的脸。

我曾前往帕米尔高原深处，站在位于新疆克孜勒苏柯尔克孜自治州阿克陶县的公格尔峰下，凝望过昆仑山的最高处，目光往南转一下，就能看见慕士塔格峰，那时，并没意识到那是我的昆仑山之旅的起点。1894年2月27日，瑞典探险家斯文·赫定一行4人从俄属中亚铁路的终点奥什出发，向南翻越帕米尔高原的乌孜别里山口，于4月7日到达布伦口。他在山的那边看见慕士塔格峰："在我面前所展示的图卷狂放并且有幻想的美，它无与伦比，超过尘世上任何一个朝生暮死之人能看到的一切景致。"时隔百年后，我在慕士塔格峰的这边看见的是一片披在天空之上的白色盖头，一排排被冻僵了的神仙雕像，一行行衔接天空和群山的白色诗句。

斯文·赫定沿着昆仑山北麓的新疆境内向东而行，给世界探险史留下了一部辉煌的行走之书，却给昆仑山南麓留下了记述上的空白与遗憾。在昆仑山北麓，我和斯文·赫定的路线是一致的，尤其是在和田、于田一带，他逐渐离开昆仑山，沿着塔里木河东行至孔雀河下游，找寻消失的罗布泊，我却朝着昆仑山，寻找柯尔克孜族人出入昆仑山驮昆仑玉原料的生活路线。

在若羌，我折向南，在阿尔金山和昆仑山交错的山地往东南而行，从茫崖进入青海的柴达木盆地。横越柴达木盆地的过程其实就是横越昆仑山东段的过程，完成从茫崖到香日德、格尔木、昆仑山口的曲线环绕，基本完成了对昆仑山北、东、中部的初步走访。这座山的西段南麓地带，目前仍是世界上最大的无人区可可西里的腹地，不具备对它的横越条件，让它成为神话的子宫。

高中时，我读过一本何新先生写的《诸神的起源》，其中的周穆王仅仅是一名昆仑山的造访者，而西王母是那里的先民领袖，而在国人心中，不少人视青藏高处的西王母为一种象征，一种道教文化的符号。

青海大地上，有几个人是被符号化且敬奉若神的。格萨尔这位藏族历史的英雄，逐渐被康巴地区和安多地区的民众敬奉为天神，从可可西里东缘的青海省玉树藏族自治州到四川省阿坝羌族藏族自治州，从四川省的甘孜藏族自治州到青海省的果洛藏族自治州，这片大地上，到处可听得到格萨尔说唱艺人的颂唱，看得见格萨尔广场或雕像，甚至连他的妻子珠姆的故事，也像格萨尔一样遍及这一区域。格萨尔被勾勒成了一个以白色雪山为征袍、以奔涌江河为酒壶的战士，他的足迹最西端就在昆仑山下。西王母被符号化，有着汉语文化圈的道教色彩，是历代中原王朝统领下的民众在万里之外的隔空造神，将西王母精神领地圈定在他们并没去过的昆仑山，西王母的故事像发源于昆仑山的一条河流，从柴达木盆地流出，经过湟水流域，乘着黄河之浪奔涌至儒家文化影响下的很多角落。

神话是人类创造的，但承载神话的地方却是大自然的杰作，《山海经校注》给后人留下了这样一句话："西王母虽以昆仑为宫，亦自有离宫别窟，游息之处，不专住一山也。"这也为旅游时代各省区争西王母的瑶池提供了一种理论上的便利，无论新疆天山的天池、山西阳城析城山瑶池，还是甘肃陇南文县的天池，甚至在青海境内也有关于瑶池的各种说法：最大的瑶池是青海湖；最古老的瑶池是德令哈市的褡裢湖；最美丽神秘的瑶池是孟达天池；最神妙而又海拔最高的瑶池是昆仑河的源头黑海。

寻访昆仑山，是几千年来一些文人、学者或道教信徒、西王母的粉丝们热衷的一种奢望与梦想，真正科学意义上的探险与求证，却成了一件稀罕事。现在，就让我在完成环昆仑山旅行与考察后，讲述青海境内的昆仑山，这安放冰川与雪山，安放诸神、安放神话与人类的想象力的器皿。

山是河的子宫，从昆仑山流淌出多少条河，目前恐怕也没个具体数字。被人类命名的最有名的无疑是昆仑河，源头地带，它由从黑海发源的奈金郭勒和发源于唐格乌拉山下的修沟郭勒汇聚成，在纳赤台一带，向柴达木盆地流去，沿途又收纳了很多河流，因此，这条河有了另一个名字：格尔木（意思是河流众多），青海第二大城市格尔木就因这条河而得名。除了昆仑河，昆仑山还流淌出那仁郭勒河、乌图美仁河、大灶火河以及柴达木河、诺木洪河等，这些从昆仑山出发的河流，像是不约而同地接到了来自柴达木盆地的一封会议邀请函，向低处奔去，流进了柴达木盆地这个大会场，在这里画上了或长或短的生命之旅的句号。每条河其实都是从昆仑山流出的神话，昆仑河无疑是最接近西王母的一个神话。

2021 年 5 月初，我再次从贺兰山东麓起步，驱车前往昆仑山，过了三岔河大桥不久，就看见路西侧矗立着"无极龙凤宫"的路牌。按说无极龙凤宫真正的宫主应该是西王母，却有了姜子牙及其坐骑四不像的雕像和其他道教尊神的雕像，西王母、九天玄女、金圣老母，甚至释迦牟尼、十世班禅大师像，既体现了中国人的多元信奉，也呈现出了一种信仰宽容。

在这里，西王母不仅是一个神话人物或宗教话题，也是一个文化与历史杂交的话题。在青藏公路没有开通之前，这里只是人们寄托信仰的一个遥远所在，交通如此发达的时代里，那些乘坐飞机、火车、汽车甚至骑着自行车、徒步而来的人，花费如此大的财力修建无极龙凤宫的人，从另一个侧面体现了神话精神和人类信仰的力量。

离开无极龙凤宫，时而过桥到昆仑河的北岸，时而折回到昆仑河的南岸，来回穿梭中海拔不知不觉在升高，整条河谷都被称为野牛沟，其实更多出现在视线里的是野马，路边的指示牌上标明一个个岩画点。在海拔4000多米的昆仑山腹地，人类能留下精美的岩画，本身就是一个神话，从河谷两岸的哈萨坎、哈喇滩、托勒海、乌兰楚鲁等带有哈萨克族、蒙古族、汉族等取名色彩的地名不难看出，这里自古就是藏族、蒙古族、哈萨克族和汉族往来的一条通道，他们创作的岩画、民歌等艺术形式以及书写的游牧、交易、交往的神话，因为地理偏僻和传播限制而不为我们所知罢了。

逆着昆仑河而行的路，是寻找、拜谒、接近西王母的一条"天路"，是坐着现代化的汽车通往《穆天子传》描述的虚幻之路。沿着京藏公路进藏的人，在西大滩过后都能看得见海拔6178米的昆仑山东段最高峰——玉珠峰，在昆仑河源头地带，才能看得见它的姊妹峰玉虚峰海拔5980米的雄姿。1996年格尔木市旅游局立的那块刻着"玉虚峰"三个红色大字的昆仑石碑还在，在当地人的眼里，玉虚峰才是西王母的化身。路过玉虚峰时，我特意停留了一会儿，公路的南边是通往玉虚峰脚下的一条简易路，路的南侧是两间铁皮简易工房，一看就是夏天来这里的民工修建通往玉虚峰脚下的那条路时临时搭建的；铁皮房的门被风吹着来回敲打着门框，发出单调的声音，稍远处，昆仑河在静静流淌。这样一个万物静默的季节，高海拔、气温低、一场不期而至的大雪就能覆盖进出山的路。玉虚峰下是无法让人定居的。常年的户外行走，让我觉得那排铁皮房子里似乎顽强地钻出了一股人类生存的气息。为了给里面的人提前报个信，我轻轻摁了一下汽车喇叭后，才下车向铁皮房走去。一定是汽车的马达声打碎了这沉寂的世界，惊醒了铁皮房，从铁皮房里竟然走出一个人来，那人穿着几乎看不清是什么颜色的衣服，脸色是常年暴晒在高原阳光下的那种深紫，头戴着圆顶的淡黄色小绒帽，直觉告诉我这可能是一个当地牧民，一个等不及山上夏牧场的草长出来就赶着牦牛进山的牧民。走近一打招呼，才发现自己的预判完全错误：她既不是当地牧民，也不是男性。她一张口，洁白的牙齿开合之间仿佛跳动的溪水，一口地道的河南话像晚炊时的乡村烟囱里钻出的一股浓烟。一个关于笃信周穆王和西王母的河南女人的故事，像一地即将蔓延在昆仑山下的青草，从她的口中走出，传入我的耳中。她是河南许昌人，和其他乡人一样，从小就听说过周穆王和西王母的故事，在他们心中，河南是周的辖地，周穆王是河南人的骄傲，西王母是他们崇拜的对象，昆仑山和王屋山、嵩山、云台山一样，也是他们心目中的圣山。周穆王和西王母相会于昆仑山的神话像一粒种子，在这些河南人心中生根、发芽。终有一天，这位许昌女子和自己的丈夫、女儿从老家动身，一路向西，奔赴万里之外的昆仑山。在玉虚峰下，他们笃信这里就是西王母居住并以仙桃招待周穆王的宴会之地。将自己带来的被褥往建筑工人废弃的铁皮房一放，他们的家就此安置在了玉虚峰下。我不免俗地问："这么冷、这么高、这么荒凉的地方，不苦吗？"站在她身后的男人穿着一件破旧的棉警服，一看就是别人送的，肩膀上的棉花都露了出来，他和旁边站立的智力残疾的女儿像两尊晒黑的雕像，一直沉默在女人的背后。女人并没直接回应我的问题："这里多好，能够陪着西王母，多好！"返回时，我在铁皮房前特意逗留，走进去一看里面并没人，地面上铺着几床破烂的被褥，一个铁皮炉子冷冷地站立在墙角，旁边有两个装着块煤的小桶，另一个屋角平躺着一袋一看至少过了一个冬天的白菜。这是我见过最简单的家庭，一个把日子过得最淡薄但最有意义的家庭，一个生活在高处且具有神话色彩的家庭。我拿出车上带的所有食物和羽绒服、冲锋衣，端端正正地放在堆放着破烂被褥的"地床"中间，又掏出 200 元现金夹了进去，我知道他们在这个没信号的地方用不了微信，或许他们根本就没有手机，有现金他们在这里也无处购买生活所需，但如果拿现金或许能从这里走过的牧民那里换取点煤或糌粑！

我沿着那条不知名的公路继续西行，一面巨大的高原湖泊拦在眼前，不仅标志着汽车至此再也不能前行了，而且也和湖边那紫红色的抽象雕塑一并告知前来这里的人们：西王母瑶池到了！

这里是昆仑河的源头，也被称为黑海。那座紫红色的雕塑正对着黑海，雕塑下面写有"西王母瑶池"，站在这里，海拔表显示 4300 米。面前的湖水东西长约 12 公里，南北宽约 5 公里。交通条件不便造就的神秘与抵达的艰辛，让这里更符合中国人心目中的女神西王母的住所：高寒、洁净、偏远、辽阔。青海是中国湖泊最多的省份，青海湖、可可西里湖、托素湖、克鲁克湖、哈拉湖、太阳湖、台吉乃尔湖、库赛湖、达布逊湖、冬给措纳湖等等，青海的湖泊名单上，黑海一定是少有人知的，这里才是西王母这条神话之河的源头。站在湖边，远处的荒山是一幅巨大的褐色布景，布景的顶端常年积雪连着天宇，布景的底端是夏日才有些许绿意的草山，连着荒山和黑海。说是黑海，湖水并不黑，我想是和昆仑山那边的黑河相对应吧。

　　紧挨湖边的，是一座砖头垒砌出的 1 米多高的类似于内地佛龛的小建筑，里面供着一张西王母像。虽然是 5 月初，湖边却有上百辆汽车，有附近牧民，也有唐古拉山南麓的西藏牧民，更有不少利用"五一"假期来游玩的内地游客。很多人都到那个佛龛样的建筑前拜祭、敬香，有人很虔敬地拿出现金给守在旁边的长须老者，后者拿到钱后立即走到西王母像前，压在像前面的砖头下。他就是韩天才，19 年前骑着自行车从焦作出发到这里后，就再也没有离开过。韩天才认定这里就是周穆王和西王母相会的地方。

　　距离韩天才初到这里，已经是 19 轮融化昆仑雪的阳光走过，已经是玉虚峰顶的明月掰着指头计算过他在这里度过了 19 个生日。当年骑车壮行的中原汉子，已经成了双鬓和胡须如昆仑山顶的雪一样白、一样长的老者，变的是岁月和容颜，不变的是他对周穆王和西王母相遇神话的笃信，不变的是他要守护瑶池的信心。天热的时候还好，会有一些游客为白天的时光带来些喧闹，把本属寂静的夜晚留给他；冬春及晚秋时节，这片连雪山都孤独得要哭的高地上，他是怎么熬过这 19 年的呢？问及这个问题，韩天才微微一笑，露出了洁白的牙齿，被高原太阳晒了 19 年的脸像是一面黑色的岩石，牙齿就像是从石缝里渗出的泉水："日子过得可中咧！有瑶池，一切都好着呢！"

　　19 年的空守雪山与大湖，他在这里没有对话的同类，语言功能在退化，但那颗守护瑶池的心，却如眼前的湖水，更加清澈、明亮，语言甚至我们常听到的豪言、誓言在这里都是多余的。韩天才用自己的心和行，完成了一个神话的书写与命名，他把自己变成了昆仑山的一个新神话。瑶池依然清澈如斯、静默如初，西王母依然在我们看不到的地方飘忽，但韩天才就是现代的周穆王，他的西王母就在他生命的每一秒、每一梦、每一眼中存在。

我问他："还考虑回老家去吗？"

"这把骨头就埋在这里啦！"

"留在这里有什么打算？"

"原来在瑶池南边有个西王母殿，说是不符合生态要求，拆了。政府同意在瑶池北边再建一个更新、更大的西王母殿，开工前我在这里负责化缘、筹款，开工了我就负责提供服务。"

三

湖泊，往往是水最谦虚的站立之地，眼前的黑海究竟容纳了哪里来的水呢？站在黑海边，我拿出随身带的望远镜向四周观看，东边是我来时的高原峡谷，这种峡谷地貌继续越过大湖向西延伸而去，夹住大湖的是南北两边的雪山，大湖的海拔是4300多米，源源不断地往大湖输水的雪山每座海拔都在5000米以上。来这里之前，我曾多次在中国地图出版社出版的《青海省地图》、中国国家地理杂志社制作的《青海省三维图》上观察过，发现黑海就像一头壮实的牦牛，从60多公里外蜿蜒流来的雪山之水注入这头牦牛的肚脐处，又从这头牦牛的尾巴处一泻而出，继续高原之河在昆仑山里的漫长旅程。水借山名，这条经过漫长之旅最后流进柴达木盆地的高原之河，被称作昆仑河。

看着昆仑河的来向与去向，我不禁敬佩起古人在创造神话方面的智慧。从殷墟卜辞到不准盗获的竹简中的"西母""西王母"，再到《竹书纪年》《史记》《汉书》等信史中的记述，西王母像一条河奔流在之后3000多年的中国历史中，内地关于西王母的传说可谓遍地开花，不少地方都有西王母的塑像、宫殿，而且将这种神话的影响半径不断扩大。在青海，也有不少西王母活动的载体，学术界有人就认为西王母石室在湟源县日月山下的宗家沟，但更多的人认为是天峻县境内的关角山西侧的西王母石室。站在那个巨大的山洞里，看着和内地的西王母长相一样的塑像，能感受到中原文化的西进力量，我脑海里漂浮着司马相如在《大人赋》里描述的西王母形象："吾乃今目睹西王母？暤然白首，戴胜而穴处兮。"只不过这个西王母，已经不再是和周穆王一道载歌载舞的中年妇女或少妇了，而是一个年老的妇女。走出石室时，想起天峻县南边的茶卡盐湖以及天峻县东边的青海湖，方觉这里安放西王母也符合《汉书·地理志》的记载："金城郡临羌西北至塞外，有西王母石室、仙海、盐池。"也就是说，神话西王母居所的最大确定地点就在它的不确定，后人沿着一条源自神话里的路线，继续向西而行，将西王母宴请周穆王的瑶池安放在昆仑山中的黑海，从当时的交通条件来分析，这不符合客观现实，但符合唐代诗人李商隐对周穆王骑着八骏日行三万里、驰骋于昆仑山的浪漫："瑶池阿母绮窗开，黄竹歌声动地哀。八骏日行三万里，穆王何事不重来。"更符合《山海经》里对西王母所统领的国家所在："王母之国在西荒。凡得道授书皆朝王母于昆仑之阙。"

　　我眼前的黑海，就这样站在想象与现实、文学与历史的焊接点上，扮演了一次人类认定的"瑶池"角色，真正的瑶池是不是在这里其实并不重要，四周的群峰上，终年积雪就是一层层被压缩了的岁月，只有走近这里的人，才能感受到西王母在这地球第三极的存在。

　　离开瑶池，返回路上，黑海东边的山地上有一条模糊的、通往北边的路迹，我循着它行至山脚下的一处洼地（如果不走近，沿着公路而行是看不见的），一顶独特的帐篷出现了。帐篷的原色应该是白色的，但在高原太阳的照射下早变成了灰色，顶部插着一面国旗，正中间的上方写着"因果报应"四个红色大字；左边写着"李、陈、张、顾、王"五个更大的红字；右边是"韩、宁、道、修"几个红色字，下角分别写着"在等有缘人"和"人在做，天在看"的红字；正中间立着一块三合木板，正上方写着"西王母"三个红色字，整个帐篷正面和木板上的红色字体中，那个"韩"字最大。我小心地移开木板，走进去一看，迎面是一幅绘有两条凤凰的黄色缎面，前面的简易桌子上供着一幅内地常见的西王母像，右边是几根木头和两块木板凑起来的床，上面什么都没铺，里面堆放着一条被子，我手捏了捏，很薄，估计是内地来这里的游客捐给主人的。帐篷的左角，是一个简易的铁皮炉子，但周围没有一点煤炭，这么高的海拔，就是有煤炭估计也因缺氧而无法点燃。铁皮炉子上面放着两只碗和一个小铝盆，旁边竟然有一个"上海凤凰"牌的煤气灶盘。我不禁哑然失笑，这估计也是开车来这里旅游的人留下的，问题是在这没有煤气罐的地方，它岂不是个摆设？接着，我的内心生起了疑问：这顶帐篷无疑是韩天才的，在这有炉子没煤、有灶盘没煤气的帐篷里，即便是夏日的白天，在这里面睡觉的话，光秃秃的干木板床上，要靠那条薄被子都困难，他在寒冷的冬夜是怎么度过的？没有取暖的火和做饭的炊具及粮食与蔬菜，他的日常是怎么度过的？想了半天没结果，最终突然想到：韩天才，从河南骑行到昆仑山腹地，19年守护他心中周穆王和西王母邂逅的瑶池，这不就是昆仑山的神话吗？

昆仑山在中国境内有多长？说数字或许让你没有概念，从三亚到北京的距离，或者拉萨到北京的距离，就是昆仑山的"中国长度"：2500多公里。这么悠长的一条披着积雪锻造的白色铠甲之龙，在新疆、西藏和青海境内蜿蜒着自己的壮美身骨，先民将西王母的具象追寻之地置放在这亚洲脊椎上最精妙的部位，让昆仑山成了东方精神文化的一处重要坐标，让西王母成了镶嵌在昆仑山皇冠上的一颗美玉，向不远万里来朝拜的红男绿女们递过来一支充满魔力的手杖。然而，真正握到、摸到这种魔力的人，也就是说对昆仑文化、西王母文化、道教文化具备了通神般觉悟的人，又有几个？神话，比权力更让人着迷但也更容易让人迷失，为了避免迷失，人类总是要拼命地创造这些神话的载体，试图使神话永远保持鲜活的生命力。

我心怀敬畏，不敢在瑶池附近露宿，走出昆仑山口到达京藏公路边的无极龙凤宫时，已是夜色四合，一轮映照了亿万年的明月，挂在雪山顶上，俯察着这片神秘的高地。喧嚣的人群已经离去，让昆仑山还原到自己本有的肃静。夜色渐浓，我只好打开头灯，在稍微离公路远点的、昆仑河边的一块高地上支起帐篷夜宿，不为别的，是想枕着昆仑山，体验这人类罕至的高原之夜，试图梦见西王母为我讲述一座书写昆仑山的传奇。这个世界上，做梦、爱情和写诗的灵感，是可遇而不可求的，那个想梦见西王母的梦，注定会落空。

第二天早上，帐篷上铺着一层薄薄的雪粒，不远处的京藏公路，这时是最冷清的时候，昆仑山还在沉睡，我听不见它的呼吸，如我听不到神话里的任何人物的对白与唱词，我只能听见昆仑河的流水声，犹如它带着关于昆仑山的神话走向远方的足音。

四

神话的主角是神，但神话讲述的是人和神的故事。

望着昆仑山向东绵延的高大身影，望着向远方流去的昆仑河水，我突然感悟到，周穆王并不是手握一张写满魔力的邀请函，应西王母邀请来的，其实是被后人用神话的皮筏驮着，逆着一条神性之河而上，从中原来到青藏高原的。在想象那场约会的壮观与浪漫之前，我总是猜想这场人间之王和介于天地之间的女神的邂逅之因：周穆王管辖的疆域内瘟疫盛行，人间良医束手无策时，自然会想到向天神求助。这位 50 岁即位的帝王，在位 55 年，成为中国历史上最高寿的皇帝，便踏上一场远赴昆仑山的长途求药之旅。周穆王向西而行，为民求医的缘由，总比远途去和一个陌生女子约会更符合中国优秀君王的身份。

周天子见到的西王母究竟是怎样的，我无法确定。先民根据自己的喜好和想象，用文字描述出了一次比一次漂亮的三个形象：第一个形象源自《山海经》里的描绘："其状如人，豹尾虎齿，善啸，蓬发戴胜。"与其说西王母长得像人，留着一条豹尾或许说明她有豹纹般的服饰或能和动物沟通的能力。善于长啸，或许说明她能歌善舞，有着惊人的肺活量，长发飘飘但戴着头饰。恰恰就是这个半人半兽的西王母，执掌着人间的瘟疫、刑罚，这也是我宁愿把周穆王的西行理解为一场求医问药之旅的原因。

第二个形象不准盗墓挖到的那些竹简上刻记的《穆天子传》里，西王母成了一个与人间天子同席饮宴、慈悲心善的女王。这是人间两个王的相会，是两个浪漫诗人酬酢赋诗的聚会。这时的西王母，被中国的文人从神坛上请下来，变成了人间女王。

第三个形象是《汉武帝内传》里记载的那个 30 岁左右，却长得像 16 岁的少女，身边有大群仙姬随侍，接受汉武帝的礼拜。后者，很荣幸地得到了 3000 年结一次果的蟠桃。我们今天看到的冰雪覆盖、万物沉寂的昆仑山，那时是一个充满蓬勃生机的植物园，桃树是里面的代表性植物，枝丫间结着的果实是治病的良药。

将这三个形象的出处结合在一起，便会有一个更接近于完美的版本：带着为臣民求瘟疫解药的使命，自己也已患病的周穆王向掌管瘟疫的西王母求助。周穆王得到了具有解药性质的蟠桃，得到了浪漫与温馨。

世上没有不散的宴席，昆仑山上的温柔时光很快要结束，周穆王得返回他的王国去料理他的事情。离开时，应西王母之邀，周天子还在昆仑山种了桃树。

周穆王给后世留下了很多谜面和猜想：那么远，如何完成这趟长旅？今天我们看到的昆仑山白雪茫茫，哪有植树生长的条件，何来蟠桃？按照美国作家、历史学家凯尔·哈珀在《罗马的命运》一书中描绘的"罗马气候最优期"说法，周天子时代的昆仑山也并非现在的样貌，按照地理板块碰撞的理论，那时的昆仑山也没抬升到现在这个高度，何况，专家们对周穆王所游昆仑山的具体位置一直争论不休，学者何新甚至在《诸神的起源》一书中认为昆仑山就是泰山。也就是说，那时的昆仑山是可以种植桃树、盛产桃果的，山里有可供西王母做皮衣的豹子。古人给我们留下的关于昆仑山的描述中，山川景物、野兽林木、风土习俗甚至生活在那里的人用马乳洗足、马血止渴等生活习惯，向后人递上了一架遥视昆仑山地区生活图景的望远镜。

我似乎看见周穆王带着不舍与满足离开，顺着来路而返，给中国历史留下了一笔厚重的神话遗产。一趟昆仑山之旅后，我发现，神话就是昆仑山的文身。周穆王和西王母的邂逅，是神话；关角山的铁路隧道，经过几十年修建成了世界铁路史上的神话；韩天才从焦作骑着自行车到昆仑山腹地的黑海，在海拔4000多米的无人区坚守他理想中的"瑶池"19年，也是神话；从许昌到玉虚峰下，在西王母身边修行的河南女子，同样是神话。

从三岔河大桥沿着京藏公路至不冻泉，有一条直通玉树藏族自治州州府所在地结古镇的308省道，在地图上被标注为昆仑路，那是基本沿着昆仑山向东延伸修建的一条公路，和109国道构成了昆仑山的一对翅膀，这是世界公路史上的神话；如果说昆仑路是昆仑山最北边的路界，那么，昆仑山隧道就是昆仑山在青藏铁路上的终点，这修建在海拔4686米上的铁路奇迹，以1686米的长度稳居全球高原多年冻土区第一长隧道的位置，也是青藏铁路上的头号控制工程。一位藏族朋友和我说，在他听过的《格萨尔》中，曾有预言说，有一天，会有很多铁头怪兽，穿着红色或绿色长袍，脚下踩着两条铁线，眼睛里发出比太阳还强的光，肚子里装着很多东西或人，喊叫着从积雪冻土中冲出来，要么前去拉萨，要么从拉萨到中原地区。那是神话。我告诉他：

青藏铁路就是神话，昆仑山隧道就是铁兽喊叫着从冰冷雪山中冲出来的章节。青藏铁路是当代中国人创造给昆仑山最壮美的一个神话，那两条铁轨，是人类给昆仑山文身中最美的两条。

五

神话的本质在于寄托一种敬重，西王母是人们对昆仑山敬奉的一种体现。在青海西部高原上的昆仑山南麓，三江源地区的牧民将苏毗部落的女王和格萨尔的妻子珠姆敬奉为他们的"西王母"，在昆仑山北麓的柴达木盆地，当地牧民把赤雪洁嫫女神尊奉为"统领万帐的女神王"，和统领整个昆仑山的西王母神话互为佐证。

神话时代给后人没有留下一个具体的生活时间，我无法在这些美妙的神话中，探究出青海大地上人类生活的最早时期，现代考古学提供的依据只能将青海古人类活动的最早时间锁定在 3 万年前的旧石器时期。1956 年夏天，中国科学院地质所的科研人员在柴达木盆地南缘、格尔木河上游海拔 3500 米的三岔口、海拔 4000 多米的长江源头沱沱河沿岸、可可西里等 3 个地点采集到 10 多件旧石器时代打制石器。也就是说，瑶池附近也是青海最早的人类活动遗址。

1982 年，中国科学院盐湖研究所、地质研究所、地球研究所与澳大利亚国立大学生物地理地貌系组成的盐湖和风成沉积联合考察队在柴达木盆地小柴旦湖东岸的湖滨阶地上采集到了一批旧石器；1984 年 6 月，中国科学院古脊椎动物和古人类研究所的科考人员在这里发掘出 112 件距今 3 万多年的石器；1986 年，考古人员在距离格尔木市西南 120 公里的昆仑山脚下发现了岩画；1993 年，距离格尔木市南 130 公里处的昆仑山脚下发现了古人类使用过的烧土和炭屑及精巧的贝壳饰品。这不仅证明了 2 万—3 万年前，青海高原西部的昆仑山地区是气候温暖、适宜古人类生活的地区，这里的居民已经掌握了不亚于内地古人类的生活、生产及古老原始艺术创作技艺，创造了灿烂的先古文化。一些学者、专家还提出，距今 3000 年—5000 多年前，这一带存在过一个牧业国度：西王母国。其疆域包括昆仑、祁连两大山脉相夹的广阔地带，青海湖环湖草原、柴达木盆地是其最为富庶的中心区域。由此，专家们认定西王母国当时的"国都"就在青海湖西畔的青海省海西蒙古族藏族自治州天峻县一带。

告别昆仑山，我放弃了来时走的 109 国道，沿昆仑山和巴颜喀拉山交界地带的北麓而行，从茶卡盐湖折向北边的 315 国道，直奔天峻县境内关角山下的西王母石室。关角山属于青海南山山脉，介于祁连山和昆仑山之间，像一个弯下腰的大盆，谦卑地承接着来自昆仑山的神话影响。如果说神话是中国古文化中一条庞杂雄伟的水系，诞生、繁衍于昆仑山的神话，就是中国神话中保存最完整、结构最宏伟的一道宏阔大河；如果说民间视为瑶池的黑海，是矗立在这条神性之河源头上的一块碑，无极龙凤宫就是这条从源头走出的涓涓细流逐渐形成河的模样之标志，距离黑海千里之外的西王母石室，已经勾勒出一条大河的气度；同时，西王母这个文学形象，以《山海经》为源而流，经过《汉书》《明史》《四库全书》等官方记载和民间的口传历史，逐渐也成了中国文学水系中的一条磅礴之河。

昆仑山向柴达木盆地的延伸，也是海拔 4470 多米向 3700 多米处的下倾，我依稀看见一条西王母文化之河的流向，青海南山像一道拦河大坝横在这条文化之河前，位于关角山下的西王母石室，就是这条河上游的一处码头。就像鲜卑族人讲述自己的族源或初栖之地时，敬奉嘎仙洞一样，关角山下的这个石洞，被当地民众口传为西王母的居所。为了给神秘的西王母找个神秘的安身之地，这个石洞就成了盛放西王母的神话仓库。

走进这座石洞，我很快将西王母和青海省大通回族土族自治县上孙家寨村发掘出土的五女牵手舞蹈彩陶盆联系了起来，那尊陶盆上的女性形象是虎齿豹尾，是西王母时代图腾的标志，其创制年代与内地人通过神话创作西王母的时代吻合。也就是说，我追寻那条浩荡的西王母文化之河的足迹，还要继续向东行进。

青海湖边，站在那尊白色的西王母立像前，我看到一位年轻、端庄的女性形象：背靠青海湖，面对游人走来的方向；衣着朴素，双臂向左右展开，手心向上，十指自然屈伸。这让我很容易想起青海湖东侧那尊文成公主雕像来，两尊女性雕像，像青海湖的两位守护女神。

在青海高地上，西王母显然不仅是内地道教系统内尊奉的一个神话人物，而且是从真实历史中缓缓走出的女性领袖。这片高地上的人对母系首领的敬重，分布在昆仑山的积雪和青海湖的碧水之间的广袤大地上，这片土地，不完全是雄性亮肌肉的战场，也是母性光芒笼罩的神殿！这种人神一体的关系谱写，不是消遣无聊时光的游牧生活中的闲谈与空想，是通过神来沟通人类与未知空间搭建的一条看不见的公路，是青藏腹地和内地先民不约而同地对历史记忆和幻象记忆赋予的想象力体现。先民用这样一种处理神与人关系的态度，构成了一种中国式的民族文化系统。

曾听朋友说过，青海省曾经以昆仑文化为背景，以西王母神话为讲述对象，创作并出台过一部音画诗史《秘境青海》，用现代精神和国际视听语言重新诠释了远古昆仑神话，礼赞西王母的神奇再生；也曾听朋友说过，青海省有关部门曾在昆仑山下海拔 4300 多米的地方，举办过"圣殿般的雪山：献给东方最伟大的山脉昆仑山交响音乐会"。一个诞生史诗般的神话之地，应该具有史诗般传承的力量并把它彰显出去，我虽然没能欣赏到这两件史诗般的作品，但我相信它们的光芒，那是敬献给西王母的两条哈达。

继续沿着一条看不见的西王母之河，离开青海湖，翻过日月山，抵达西宁市湟源县的宗家沟西王母石室。和这座石室相对应的，是河湟地区流传的《王母经》《王母新诗论》《王母降下佛坛经》等与西王母信仰有关的宝卷，从时间上看，这三部宝卷在形制和内容上与内地的宝卷一致，是明清西王母宝卷的一部分。

这应该是青海西王母崇拜印记的最后地点了吧！不，在从兰州至青海的路上，有一处西王母洞窟，这才是西王母文化烙印在青海的最后句号。

背负着中国神话之重的昆仑山，西王母是它的文化胎记，就像一道美丽的文身，久远地刻绘在昆仑山的肌肤上。

六

昆仑山上的积雪，就像一顶顶银冠戴在一顶顶头颅上；由昆仑山衍生出的诗歌，则是一条条比雪还洁白、还高远的袈裟。

周天子和遥远而神秘的西王母的一场浪漫邂逅，揭开了后人洞窥昆仑山的一道帘布。中国古代文学作品中对那场具有神话色彩的邂逅有着很多描写，可惜的是，后人的目光多停留在一种以中原为中心的帝王西游，忽略了承接那场浪漫的昆仑山。

　　古代著名诗人诵昆仑山的诗句中，我独喜欢唐代边塞诗人岑参的那首《胡笳歌送颜真卿使赴河陇》，这是个没去过青海的人，连昆仑山是什么样都没见过，却写出了"昆仑山南月欲斜，胡人道向月吹胡笳"的诗句，这是一座山提供给一个优秀诗人的想象舞台。唐代诗人李贺在他的《瑶花乐》中也以"施红点翠照虞泉，曳云拖玉下昆山"的诗句，靠想象描写了周穆王和西王母的浪漫相会。现代公路开通之前，中国古代的哪一位诗人不是靠想象来描写昆仑山的？昆仑山的巍峨与遥远，成就了中国诗人的想象力和诗意的落地，就连皇帝也不甘落后地来凑份子，宋太宗就曾写出《缘识》一诗："昆仑山上玉楼前，五色祥光混紫烟。景物不同人世界，群仙时醉卧花眠。"和岑参这样的诗人相比，两者在昆仑山这一题材前就显出了高下。

　　昆仑山无疑是诗情的发酵器，连奉命修筑青藏公路的慕生忠将军，在修路途中也写下了和昆仑山有关的诗句，时任国务院副总理的陈毅沿着这条路行进时，同样留下了书写昆仑山的诗句。在当代中国诗人创作的有关昆仑山的诗句中，从知名度到气度而言，排在首位的无疑是毛泽东主席的那句"横空出世，莽昆仑，阅尽人间春色"。毛泽东是1935年冬天创作的这首《念奴娇·昆仑》。那时，中央红军走完了长征最后一段行程，即将进入甘肃。此时，伟人的目光洞穿现实的迷雾，伟人的胸襟容纳云海山河。那天，伟人站在岷山脚下朝西望去，苍茫的昆仑山脉仿佛奔跑而来，以一种"莽"态进入诗人之眼，一位伟人和一座伟山相遇在"飞起玉龙三百万"的壮阔视野里，诗人毛泽东以"环球同此凉热"的大气魄将昆仑山放在了全球视野下。

第二章
石头上的
岁月证词

那些石头，被岁月洗成了纪念币
有些人和动物，一不小心走上去
　　就没再下来

一头牛，好奇地盯着前世的样子
它们产奶、打架、吃草
一头狼，试图闻出祖先留下的味道
它们围猎、生育、对付人类

一群羊，吓得掉头就跑
它们担心，靠近了会被吸进去
贴在石头上，再也回不到人间
羊咩声，像如约而至的雨水
一遍遍刷洗着那些长满画的石头
让它们发出从山沟到博物馆之路的光

　　这是我从昆仑山野牛沟的岩画区出来后写的。

　　将地图上的昆仑山盯得久了，越发觉得它就像一枚树叶，叶柄在帕米尔高原，叶身在青海和新疆两省区扩散，叶尖斜斜地向东方大地伸去。这枚树叶的脊柱部位在大地运动中不断隆起，不断承领白雪滋养，形成了一线辽阔的银色飘带，西王母和周穆王的美丽传说，让这座绵长的大山变成了一条看不见的文化之河，从昆仑山进入格尔木后分出巴颜喀拉山和布尔汗达山至青海南山，那些人迹罕至的山谷里，一处处长在石头上的画，是这条大河奔涌的浪花。

　　业内人士称那些长满画的石头为岩画。岩画，其实是在岩石、河流和牧人的三重相遇中产生的。岩画上定居着的动物、创作岩画的牧人、岩画上空飞过的鹰，都是水和石的臣民。整个青海西部高原上的岩画，是跟着水走的花儿，在昆仑河、格尔木河、通天河、扎曲这几条河所依傍的山谷间，低声吟唱着自己的心曲。就像牧人赶着牛羊一样，岩画的创作者其实是被水赶着走到岩石前完成的。山中放牧的日子，青海西部高原上的牧人必须到山谷的溪流或不远处的江河去饮水、烧茶、做饭，因而他们创作的岩画，分布在昆仑河、格尔木河、通天河、扎曲这几条河所傍依的山谷间。

一

2018 年夏天，玉树州称多县境内的通天河岸边发现岩画的消息，像长了翅膀的风，迅速吹过玉树文化界的塘面，掀起了不小的波浪。作为一个文化事件，岩画的发现对宣传当地的文化有着很重要的作用。

那年秋天，我赶赴玉树，开始了自己的岩画之旅。玉树州友人曾给我说过：囊谦县东北部的觉拉乡有个常年坚持研究、跟踪、拍摄雪豹的人，叫萨噶玛，对扎曲一带很熟悉，哪里有岩画，萨噶玛一定知道。

觉拉乡是我在青海最熟悉的一个地方，20 多年来持续援建、关注的一所孤贫学校就在那里。我不仅多次去那里支教，还动员 10 多批内地的青年学生去支教。扎阿曲是介于通天河和扎曲之间的一条河流，觉拉乡所在地是藏传佛教巴绒噶举派著名的圣地。离开县城前往觉拉乡的路上，我不停地打电话联系萨噶玛，却一直显示对方不在服务区，这让我纳闷不已。

晚上，住在当初孤贫学校看门的久尕老人家里，窗外的秋雨让我心生懊恼：听了彭措达娃的介绍后，我以为萨噶玛是乡政府或三江源国家公园的一名工作人员，他的办公室应该是在乡上的，怎么到了这里会失去联系呢？

第二天一大早，手机铃声像不经意间闯进房子的鸟儿，惊慌失措地叫个不停，是萨噶玛打来的。我赶到孤贫学校门口和萨噶玛相见，这才知道，他是一个 27 岁的牧民，用自己挖虫草、卖牦牛的钱购置了一辆二手汽车、一台单反相机，整天热衷于拍雪豹等野生动物，还出了一本反映三江源环保的书。相机的发明和使用是青藏高原牧民认识现代科技的一面镜子，几十年前，带着相机来到这里的游客给藏族牧民拍照时，常常会遭到抵触，后者认为相机的闪光灯一闪，他们的灵魂就会被摄进去，导致很多牧民不配合拍照，甚至还会产生摩擦。如今，随着相机、智能手机在牧区的普及，爱美的藏族人都喜欢拍摄。然而，在杂多县和囊谦县交界地带的牧民看来，萨噶玛胸前挂着的那台相机才是真正能照出好图片的机器，他们看见萨噶玛远远地来时，就会冲他友好地微笑，希望萨噶玛能用胸前的那台相机，给他们拍张照片，然而，谁都没有等到这个机会。扎阿曲流过杂多县和囊谦县的那片流域就传着

"萨噶玛是个小气鬼，他的相机里装的尽是豹子和羚羊，也不装装我们的笑脸"的说法。萨噶玛告诉我，我们通话那天，他恰好来乡上办点事，手机才有了信号。通完话后，回到家里，他的手机就成了聋人的耳朵。

听我对岩画有兴趣，萨噶玛兴奋得像是一个有家传珍宝的人遇上懂这个家族历史者与古董鉴定者。连早餐都来不及吃，他就发动车，带着我逆扎阿曲而行。站在刻有岩画的石崖前，我仿佛看见萨噶玛喝下去一副由兴奋、愤怒和无奈等合成的药剂，那长年在野外放牧、拍摄野生动物、调查并保护岩画的黑脸变得红了起来，每遇到一处岩画点，他就停下来告诉我哪一处是他哪年发现的，哪一块被太阳晒得不像画（话）了，哪一处的保护绳是他从家里运来拉上去的。

萨噶玛和很多牧民一样，认为在这些连鹰都飞不进来的幽暗河谷，在羚羊都站不住脚的岩石上，那些岩画是人无法刻上去的，一定是神留下的。

"哦呀呀，我不小心把 2009 年丢在拉萨了，那个损失可大了。"他的这句话引起了我的注意，但还没等我询问，他就给我讲了起来：那一年，他去拉萨朝圣，回来后，发现一些牧民在岩画旁边刻上了藏文六字真言。这让他很生气但又无奈："谁让这些石头上的画占了好位置呢？刻六字真言的人想着这些地方平整、远远就能看得见就刻上去了，但你看这新的刻字和那么年纪大的石头上的画，站不到一块。"

一路上，我在扎阿曲两岸看到几处岩画群，非常壮美，这标志着澜沧江上游不再是岩画群的空白区。

在第一个岩画点时，手机早就显示没有信号了，看着扎阿曲两岸巍峨的高山，看着滔滔江水阻隔对岸，谁知道这群山之中还有多少岩画呢？当初，那些"叮叮当当"的刻岩之声，是怎样唤醒沉睡的江河源地区的？当这些岩画沉睡后，这片土地上的另一种美也就沉寂了。

走了40多公里的山路，才到萨噶玛的家，那是囊谦县境内海拔最高的5790米的雪山脚下的一个放牧点。我这才知道，和他失联期间他在家里，没信号。那天他是大清早起来的，从家里直接赶到孤贫学校去接我。已经是中午了，这个贫穷的牧人家里，只有糌粑招呼我。山脚下分布的30多个人组成的村子叫杂荣，在囊谦县和杂多县交界处的雪山下，他有个年迈的妈妈，妻子才让曲仲在家料理家务和照料3个孩子；弟弟常年赶着家里的80多头牦牛来回在山上的夏牧场和家里附近的冬牧场之间放牧；从四川省藏语学校毕业的妹妹，一边自学本科，一边在临近扎阿曲边的觉拉乡二小担任临时教师。小时候，萨噶玛学习过唐卡绘画技术，完全可以通过绘制唐卡来改变家里的经济状况。2011 年夏季，萨噶玛用了 3 天时间，徒手攀岩登上杂荣村北边那座海拔 5800 米的朵觉雪山，沿途看到了雪豹、羚羊、棕熊、飞鹰。站在峰顶，他看到三个天然形成的"天池"，像蓝色的镜子镶嵌在山谷，整个扎阿曲美景一览无余。那一瞬间，他决定放弃唐卡绘画，想要把家乡这些美景记录下来，想要做一个保护动物和岩画的人。

他的车上放着他的帐篷、睡袋，每年在外面找岩画、考察植物、记录动物、拍摄山水的时间超过 300 天，家里反倒成了旅馆。辗转于山水之间的 9 年间，萨噶玛走遍了囊谦县境内的 862 座大山，找到了 273 处位于雪山冰川间的水源，拍摄了 507 种野生植物，记录了 18 种野生动物和 16 种鸟类在最自然状态下亲昵、捕猎、玩耍的瞬间。在不少石崖面上，他用早年学习唐卡的技艺绘制下精致的图案，写上环保标语，表达对自然最朴素的痴恋。

离开萨噶玛的家乡，逆着扎阿曲继续向西北方不远就到了杂多县境内，海拔逐渐升高，很多路段人迹几无，但野生动物逐渐增多。在杂多县距离昂赛乡政府不远的热情村，有一处岩画点，岩画内容明显晚于萨噶玛带我去看的那些表现原始游牧生活的岩画内容。和囊谦县比起来，杂多县在岩画的发现、保护与传播方面就显得有些不幸。热情村的岩画多是佛塔、莲花、海螺等佛教色彩非常强的内容，尤其那幅表现藏传佛教噶举派高僧米拉日巴像的岩刻内容更是明确了其创作年代，应该是噶举派传入当时的昂欠政权后创作的，从印证噶举派传入三江源地区及昂欠政权统治区域的角度来看，这个岩画点的文化意义就很突出了。我后来曾专门前往杂多县的苏鲁乡，考察噶举派传入昂欠政权的历史，明确了苏鲁乡的邦囊寺就是从囊谦县的根蚌寺分出来的一支，也证明了巴绒噶举派和昂欠政权的势力一度抵达这里，这也是昂欠政权的势力向北进入杂多县的唯一印证。没想到，距离苏鲁乡东北方向近百公里的昂赛乡竟然也有这种文物证据。

昂赛乡热情村，是扎阿曲上游目前发现的最后一个岩画点了。这条河没有了，那就将探寻的目光投向另一条河吧。

二

　　我是从囊谦县经过杂多县进入治多县的，顺着穿越县城的那条聂恰曲顺流而下，在青海西部高原上的"寻画之旅"让我明白了一个道理：和阴山、祁连山、贺兰山及天山等地发现的一些岩画点多集中在山里不同，青海玉树地区的岩画则多分布在澜沧江、长江水系边的峡谷间，让江河与山谷在岩画凿刻者的手下巧妙地邂逅。那些表现原始游牧生活的内容和后来凿刻上去的宗教摩崖石刻呈现出交错和连接关系。在治多县立新乡的邓额村，那处岩画点就像一道完美的答案，镶嵌在扎阿曲与通天河之间，填补了这一带没有岩画的空白，让这两条大河之间的聂恰曲在中国的岩画版图上挺起了头："咱也是有岩画的江河。"

　　离开立新乡，沿着308省道往东而行，终点是玉树州州府所在地，也是玉树市市府所在地结古镇。在这里开始向北而行，直抵通天河流域仲达乡的觉色、麦秀岩画点时，我在青海西部高原上寻找岩画的足迹已经从澜沧江流域跨到了长江流域上游的通天河边。我朝对岸望去，同样的地貌，同样的游牧民，那里是否也有岩画点呢？

　　一路走过，回头一看，我在三江源地区的寻画之迹在山河间来来回回，时而"之"字形，时而"一"字形。这条足迹，像一架漫游于上空的飞机，找寻岩画的想法就像装在机舱内的铁器，那些山崖上的岩画点就像一块块巨大的磁铁，将这架飞机吸引得一次次向那些磁铁降落。从玉树市仲达乡考察后，我从嘎白塔渡口跨过通天河进入称多县境内的拉布乡。

　　我来到这里的3个月前，新闻媒体就报道了称多县发现岩画的消息，岩画点在称文镇白龙村的科哇、布日两地。这是继上一年玉树州公布发现21处岩画群以来，在通天河流域的又一次重大古岩画发现。据了解，白龙村发现的岩画有609幅，分属于143个岩画群，其中布尼垌岩画83处，共360幅个体；查荣岩画60处，共249幅个体，其中最早的岩画个体距今约有2000年历史。其中一幅奇特的古岩画特别引人注意，那幅岩画上绘有一个站立的人物，左手举着一面类似旗帜的物体，右手作挥手或敬礼状，从口形来看似在呐喊，画面生动，所绘图案在同时期的古岩画中较为罕见。称多县邀请中国岩画学会专家对这些岩画进行了初步鉴定，认为这批岩画制成于不同时期，时间跨度较大，其中部分岩画图案可能是当地先民的信仰图腾或宗教符号，具有较高的历史文化研究价值。

称多县有 7 处岩画点，白龙村仅仅是其中一处。我前往通天河边拉布乡嘎白塔渡口，土登寺知识渊博的智美喇嘛热情地给我做起了文化向导，给我讲述嘎白塔渡口和土登寺悠久的人文历史及岩画点分布。

站在嘎白塔渡口，我的目光越过通天河水面朝对岸西南方向而去，那里有觉色和麦秀两处岩画点，回过头来，我看着从渡口到土登寺乃至更远处的拉布寺的山路，那是一条细蛇般蜿蜒向山里的小路，我在想此岸的山里是否有岩画点。智美喇嘛笑着给我指出了答案：拉布乡境内的东科、伊哇就有。看着暮色渐浓，想起来时沿着通天河那条艰难的路段，我没有时间去看这里的岩画了，这也错过了一个重要的信息：那个岩画点上有两幅人面像凿刻于离地 220 厘米左右的石头上。通过照片可以看到，两幅人面像基本为正圆，浓眉大眼，三角鼻，一字嘴，嘴角两侧有两条下划线，秃头，面目稍显狰狞。和之前在玉树地区看到的原始狩猎、牛羊图案不同的是，这里有了清晰的但透露出一种神秘莫测的人面像。

我找寻通天河北岸的岩画足迹继续逆河而上，抵达称多县的孕朵乡赛航岩画点、木秀岩画点，这里是称多县岩画点在通天河流域分布的上限了。继续逆河而行，就进入曲麻莱县境内了，偏离通天河向北的巴干乡有一个叫"谐青"的山谷内，有一处岩画与崖壁岩画。逆着通天河越往上走，岩画点越多，接近难度越大。我无法像赶着牛羊放牧的古人那样，足下有云，眼里有美，手中有梦，便能在石头上凿出花与美来。曲麻莱县约改镇的塔琼岩画点，秋智乡的格玛岩画点，曲麻河乡的昂拉岩画点、章囊岩画点、智隆岩画点等等，越往后走觉得那些岩画点随着海拔的提升而越接近天空，越发觉得凿刻这些岩画的人的身份之悬疑。

回到玉树，走进大地震后重建的玉树州博物馆参观，才知道 2014 年底至 2016 年 4 月，玉树州博物馆组织专家学者，沿通天河流域进行了先后 13 次的岩画调查工作，摸清了这条大河两岸的岩画点。站在曲麻河乡的岩画点，我仿佛看见顺着通天河而下，勒池、昂拉、章玛、章囊、智隆、娘扎巴玛、塔琼、扎囊依、格玛、邓额隆巴、谐青、宗青、曲孜隆巴、尼希查加、团结、赛康、木秀、云塔、布朗、麦松、觉色等一个个岩画点，就像这条大河两岸散布的一颗颗珍珠，将它们串联起来，成为一串岩画的项链，挂在群山的脖颈上。那些岩画点，其实更像一份份时光的档案，收藏它们的群山就是档案袋，从山沟的开口处流过的江河，就是这些档案袋的封条，每一个怀有敬畏之心认真考察岩画的人，不就是小心揭去封条进入档案袋的人吗？

藏族有着对山的崇拜传统，他们对山里的岩石有着自己的爱与敬的表达方式。他们知道云和水能带走很多东西，包括人的记忆，那些朝着太阳露出笑脸的大石头是不走也不动的，在山和水相遇的地方，他们将自己的生活图景、美好愿望甚至奇怪想法，刻印在这些石头上，仿佛邮寄信件般地让这些石头成了收件箱，让一个个来到这里的人，阅读到那些以石头为纸书写的信，甚至有一处"密芒"（藏棋棋盘）的岩画，让我们阅读到那时放牧的人有着怎样的生活情趣与品位。

308 省道像一架放倒的梯子，大致沿着通天河方向。我逆着通天河而上追寻岩画的路线基本是沿着这条省道从低处往高处走的，行至曲麻河乡时，在整个玉树地区、通天河流域的岩画似乎画上了句号。这也是一条纵贯三江源腹地的公路。离开曲麻河乡后，往西而行的大片地区基本上是无人区，目前也没有发现岩画点。曲麻莱县的地图呈现出一只单脚直立的熊状，其东北部的尾椎部位就是 308 省道的西尽头，那里也是青藏公路上著名的可可西里雪山观景台。从可可西里雪山观景台前往可可西里国家级自然保护区办公室的路上，在路南侧的曲麻莱县境内有几个地名：一道沟、二道沟、三道沟和四道沟，仿佛一种神奇的对称，以青藏公路为中轴，在路的北端，也有一道沟、二道沟、三道沟和四道沟。

这种貌似简单的对称后面，究竟埋藏着多少秘密呢？曲麻莱县境内的这四道沟，究竟有没有岩画，目前仍是个谜，但公路对面的四道沟却有岩画。一条公路之隔，几十公里的距离，却已是大不同：曲麻莱县境内的这四道山沟所在山系属于巴颜喀拉山，从山里流出的水系属于长江流域的通天河，公路对面的四道山沟属于格尔木市管辖，所在的山系属于昆仑山，从那里流出的水系有的属于黄河水系，有的属于内流性质的、注入柴达木盆地的格尔木河、昆仑河。江河源头的水系，常常像紧挨着居住的邻居，听得见对方在雪融化时的歌唱声和冰雪覆盖后入眠般的呼噜声，竖起耳朵在宁静的夜空下也能听得见对方的涛声。

告别巴颜喀拉山南麓、曲麻莱县境内的四道山沟，我前往昆仑山腹地、格尔木市境内的四道山沟，继续寻找石头上的诗与歌。

三

画以艺术形式被人类创制出来后，有各种形式的命名，而且其归宿多是走进博物馆或个人的收藏中，唯有那些刻在石头上的、没被强行搬进博物馆的"岩画"，永远在天地日月的注视中，叙说着它们描绘的、见证过的岁月。人类生活的几个大洲上，陆续发现了这些躺在石头上的画。昆仑山，是神置放身体的床板，是安放神话与神器的厅堂，更是神最近距离观赏岩画的地方，那是神和人共享的一份艺术。

去昆仑山，有人想着是前往青藏高原的一次美丽路过，有人理解为是遇见西王母和周天子的邂逅之地，也有人会当作和温润的昆仑玉产地的一次相遇。很少有人知道，隐藏在昆仑山深处、高处的一块块刻有图案的石头，就是一面面朝天敞开的大画板，绚烂美丽却藏在地球的第三极腹地。走近昆仑山，就是接近那些被雪水和阳光洗净的画面，能够和这些距离太阳最近的岩画相遇，该是多么难得的一份艺术福利。

昆仑山的腹地造就了一片巨大的无人区，人类在这片地球第三极上生活的证据，就像这里的氧气一样稀缺，那些古老先民们凿刻在石头上的画，就是这稀缺证据中的一种，它们不是神话中西王母的笑脸，也不是祖先望着层峦叠嶂的想象，它们是先民手中的刀和昆仑山上的石面，相遇后的真实存在，是一朵朵定居在石头上的云，是古人刻画在石头上的心音，看这些云、听这些音是有难度的。

盛产神话的昆仑山，大量古人凿刻在石头上的岩画，是人类献给大自然的一种神话。

寻访昆仑山，是几千年来一些文人、学者或道教信徒、西王母的粉丝们热衷的一种奢望，对昆仑山岩画进行科学意义上的探险与求证，是一个有门槛的奢侈之梦。

每年夏天，那位家在新疆若羌县南部、昆仑山北麓的哈萨克族牧民，就会赶着他的牛羊，向南穿过昆仑山，进入新疆和青海交界的可可西里无人区游牧，甚至会跟着那些脑海里没有行政规划意识的牛羊，慢悠悠地深入青海省境内的昆仑河源区。那里除了从新疆若羌县境内过来的哈萨克族牧民和青海省格尔木市境内流牧的蒙古族、藏族牧民外，很少有外来人的足迹，野牦牛是那里规模最大的"原住民"，那条贴着昆仑河走向的沟被牧人们称为"野牛沟"。

1987 年初秋的一天，在海拔 4000 多米的野牛沟口，那位哈萨克族牧民突然看到有 4 个人跟在驮着行李的牦牛后面，从沟口缓缓进来，这引起牧民的紧张和不解：野牛沟里，除了像他这样的牧民，是很少有人出入的！那 4 个人逐渐走近，走在前面的那位向导向牧民打听："听说这条沟里有刻在石头上的画，请问您知道吗？"

牧民和向导简单对谈后，很快了解到，向导是从昆仑山下找来的当地蒙古族牧民，另外 3 个人从穿着打扮与脸上没被高原阳光晒黑等细节判断，绝对不是牧民，也不是那些在夏季来盗猎的不法分子。

蒙古族向导告诉哈萨克牧民，那 3 位是青海省考古所的年轻研究员汤惠生、张文华和孙宝旗。一听这 3 人要找那些散布在野牛沟两边山梁上的石头画，拥有猎枪的牧民替他们担忧起来：再往野牛沟里走，就是那些体型庞大、性情古怪而暴烈的野牦牛的地盘，只要它们活着，天上的鹰和地上的狼都拿它们无可奈何，何况，山沟里不乏狼与熊出没。

牧人会以望天、观地、看云、盯草、找刻在石头上的画等，打发寂寥的放牧时光，他们对那些刻在石头上的画并不陌生，这是他们历代在大山中放牧时打发时间的一种主要方式，他们是藏在山石上那些刻画的制造者也是阅读者、欣赏者，他们的后人也是发现这些岩画的最佳捕手。在无聊的放牧日子里，想念一头跟随自己多年但前不久去世的牛了，牧人就一笔一画地凿刻出一头牛，好像这样就能挽留住那头牛的生命，是那头牛另一种方式的延续，反正日子充足得像从天空泻下来的阳光，刻完一头牛后，那就刻第二头牛，这也是野牛沟里那些石头上的画超过 60% 的内容是牛的原因之一吧。衔着白云在天上巡查的鹰，奔窜于青草间的兔子，捕食牛羊的虎和狼，都缓缓地走进了他们的刀下，成了刻在石头上的文身与记忆，也给眼前的这 3 位从西宁出发前来昆仑山里找"石画"的人，留下研究的资源。

距离汤惠生和哈萨克牧民相遇 34 年后，我出现在野牛沟。指引我前往昆仑山的"向导"，是汤惠生所著的《经历原始：青海游牧地区文物调查随笔》一书。那本书里，有他在青海南部、西部调查岩画的多篇文章。2004 年夏天，我看完那本书后，内心萌生"什么时候能够去看看那些岩画"的愿望，像高原上一场隆重法事前的煨桑，在我的内心里袅袅生成。

我和汤惠生的第一次相遇是在银川举办的一场国际岩画研讨会上，最后一次是 2021 年 10 月 18 日在成都召开的一场学术会议上，谈起《经历原始：青海游牧地区文物调查随笔》记述的情景，他依然历历在目。1987 年初秋，汤惠生和同事张文华、孙宝旗组成岩画考察小组，前往位于格尔木市郭勒木得乡的野牛沟进行岩画调查。那时，他们从格尔木出发前往野牛沟里的四道沟，来回骑马需要 8 天时间。

那时的郭勒木得乡已经改为镇了，昔日从格尔木前往西藏的简易公路已经变成宽敞、平坦的京藏公路了，从格尔木出发，大半天时间就能抵达四道沟。曾经，属于哈萨克族牧人牧区的四道沟，像一个古老的战场在硝烟散尽后徒留残垣断壁，只留下哈萨坟、哈萨沟等地名，再也没了哈萨克族牧民的生活印迹，变成了郭勒木得镇辖内蒙古族牧民的牧场。

那年，从格尔木出发 4 天后，汤惠生和同事、向导才进入野牛沟，那是昆仑山中河水最饱满的季节，暴涨的河水淹没了牧人和牛羊在河边踩出的小道，增加了这个季节进入野牛沟的难度。逆着昆仑河而上，我一边徒步而行，一边仔细对照汤惠生在书中记述的、他当年涉水过河的几处地方，那儿都已经修建了桥梁，估计也是为了方便牧民赶着牛羊越过昆仑河，按照一年算下来，这几座小桥应该是世界上最闲的桥。当年，他们骑马走过的河边滩地上，早已修好了一条通往瑶池景点的旅游公路，路边不时也出现文旅部门竖着的景点提醒性质的水泥牌。那时，汤惠生和同事骑马进入野牛沟。过河时，马背上的食品袋与睡袋被水打湿，食品袋里装的方便面与饼干全部掺在一起成了面团，他们只好吃哈萨克族牧民用猎枪打的兔子肉。抵达四道沟的下午，一场骤降的大雪改变了这里的景象，一夜间，白茫茫的雪像是变魔术般地盖住了山川，他们要找寻的岩画犹如玩捉迷藏游戏似的藏在了雪下面。他们只好等太阳出来，覆盖在地面上、岩石上的雪融化后，那位哈萨克牧民才凭着记忆带着他们找到南坡那些刻有图案的岩石群,30 余幅动物岩画亮出真容:野牛、骆驼、马、鹰、熊等动物，也有放牧、出行、狩猎、舞蹈等场景。汤惠生和同事根据微腐蚀方法测定，这些岩画是公元前 1000 年左右的作品，也就是说，它们在这里已经沉默了 3000 年左右的时光。在汤惠生的眼里，这些岩画中最弥足珍贵的一幅是众人手拉手舞蹈的场面，这与青海省东部的大通和宗日发现的彩陶盆上的舞蹈场面非常相似。这让汤惠生通过岩画将新石器时代农业文化和青铜时代游牧文化之间继承或渊源关系联想在了一起。

四

我没有汤惠生先生那样幸运地和野牛沟的岩画有那么早的邂逅。我第一次抵达昆仑山下时，是 20 世纪最后一年的秋天了。

而我最后一次进入野牛沟，是 2021 年"五一"期间。我刚出现在昆仑河北岸的野马滩岩画点，就听见一阵摩托车的轰鸣声打破山谷的宁静。抬头望去，一位穿着军大衣的年轻人驾驶着一辆红色摩托车，车子还没完全停稳，年轻人就一边熄火，一边停稳，眼睛却一直盯着我，一句带有严厉语气的话从他的口中飞来："跑这里干什么来的？"

简短的一段对话后，我们之间的误会像太阳出来后很快融化的薄雪一样消除，我们开始向对方表达敬意：得知我万里之远来这里，是为了修订《青海之书》中关于昆仑山和岩画内容的，他脸上绷紧的肌肉放松了，带歉意地笑着露出了如远处山顶上积雪般的牙齿。他的经历也赢得我的敬重：他叫金宝山，家就在河对岸低洼处的一片草场上，作为全乡第一个考到北京的大学生，在中国人民大学读法学专业，毕业后被分配到格尔木市公安机关。在京求学让他知道了岩画的意义和价值，既为野牛沟里分布有这种古老的文化遗产而自豪，也为那些孤独地蹲在一块块石面上的岩画没人看管而担忧。在格尔木工作期间，他每次回野牛沟的老家时，总要去看看那些离家近的岩画，生怕这些东西也遭遇当年盗猎分子枪杀羚羊的命运。这种对岩画的放不下，像一层又一层雪积累着，终于让他决定放弃公职，回家守护岩画。他也是全乡第一个放弃公职回到老家，重新回归牧民身份的人：一边放牧，一边义务看护岩画。夏天，他骑着摩托车，赶着牛羊到昆仑河北岸高山上的夏牧场，羊在山坡上吃草，他的眼睛像是架在山梁上的雷达，警惕地巡视着那些岩画点。

一旦发现有人走近，他就像一名发现异样情况的侦察兵，迅速端起自己买的那架望远镜，一旦确定是陌生人接近岩画点，便立即骑上摩托车，犹如一只主人的牧场受到外来动物侵扰的藏獒，奋力朝入侵者奔去——他就是这样身穿绿色军大衣、骑着摩托车来到我身边的。

位于昆仑河北岸的野马滩岩画点，其实是一座小山包，远远看上去像是一头朝北边群山叩拜的小狮子，被一道近乎两米高的绿色铁丝网完整地保护了起来，就像牧民防止狼进群伤害牛羊而用牦牛粪垒起的一道羊圈。这道铁丝网就是那头趴在地上的"石狮子"的安全网，也为我这样不远万里来这里考察、书写岩画的人增添了难度。金宝山直接将我带到那头"石狮子"右臀部位，指着那上面的一组岩画说："哎，真要找的话会费你不少时间呢，岩画全在那块石头上！"岩画距离铁丝网不是很远，分布在山包的东侧，下午时分有些逆光，我将头尽力贴近铁丝网，在一块约3平方米的岩石上面，逐一看到那些敲打而成的图案。隔着铁丝网，我像一位清点归牧牛羊的牧民，数着卧在大石头上的岩画，总共有41幅，主要以骆驼、羊、鹿、牦牛等为主，有的岩画上还有类似文字的符号。和我这些年为了考察中国的岩画分布到达的北方地区岩画内容基本相似，无论是新疆阿尔泰山、内蒙古阴山，还是甘肃祁连山、宁夏贺兰山境内分布的岩画，它们的内容似乎都惊人地一致，都是游牧在北方大地上的那些生灵们的生活图景，那时人类的审美与表达有着惊人的一致性吗？

看完野马滩的岩画点，我和金宝山席地而坐，向他了解昆仑河谷的生态、历史、牧民生活。得知他喜欢喝酒，出于对他守护岩画的一份敬重，我从后备厢里拿出之前准备好的，打算到一些垭口、文化遗址敬献的白酒送给他！

辞别金宝山和他看护的野马滩岩画点，按照金宝山指的方向，我朝昆仑河南岸而去，那里有数量更多、内容更丰富的岩画点。

在一座连着一座、一座长得像另一座的干黄山脉中，找一座藏着石头画的山梁，是很不容易的事情。幸好有金宝山指出的大致路线，让我跨过昆仑河上那座简易的水泥桥不久，就看到围在一处山脚下的绿色铁丝网，犹如给那座黄色的山梁围上了一道绿色的裙边。在枯黄的高原5月，那道醒目的绿色成了一种强有力的信号，走到山脚下，"野牛沟岩画点"字样的水泥碑明确无误地告诉我：目的地到了。

水泥碑像是一位尽职的哨兵，守卫着身后那一条爬满岩画的山梁。昆仑河之侧、昆仑山腹地，在海拔超过 4000 米的这道山梁上，能看到岩画该是多么地不易。踩在一条条石头缝隙间，我小心地寻找安放脚步的合适位置，然后像一头猎豹在一块块石面上寻找岩画，尽管每一个动作都缓慢如老人，高海拔还是让我气喘吁吁，但每看到一幅岩画带来的激动又是下一脚迈动的动力。我简直闯入了一座岩画的仓库，看一幅我记一次数，数着，数着，嘴里轻声念叨的数字快接近"200"时，脚下突然一滑，一声"哎哟"中竟然忘了数着的岩画排序。除了常规的牛、马、狼、羊、驼等动物和人骑在马上的图案外，给我印象很深的有这样几幅：高大的双峰驼；犄角比较形象且夸张的牦牛。最令我感到惊奇的一幅：一匹马的后面，站立着一个从比例上看非常高大的女性，马的身子才到她的腰部。这是一位穿着连衣裙的女性，右手握着一只鸟儿，那鸟儿的身材比例比女性的脸稍微小些，让我立即想象到它是一只巨大的、类似高原秃鹫一样的巨鸟，它代表着女性掌握着一种神秘力量，还是想放飞一种什么？女性的左手臂下垂但和腰部保持着一定距离，和右手合成了一种协调；女性的脸部比例也有些夸张，上面清晰地刻着嘴和眉毛，形象地展示了她的相貌；最为夸张且醒目的是女性头顶的刻画，猛一看是非洲女性般的蓬发，却又让人联想到那是一副桂冠，无论是头发还是桂冠，其在整个岩画画面中所占的比例，近乎女性身边站的那匹马的大小。要我评选这个长满岩画的山梁中的最佳岩画，或者从岩画角度出发的镇山之宝，无论从构图的夸张与形象带来的美感，还是凿刻的清晰与集合的元素及表达的意境，眼前的这幅岩画是当之无愧的"昆仑岩画之王"。

当那幅模糊的车轮状岩画出现在我眼前时，我的内心犹如一面小湖里掉进了一块大陨石。在长期漫游于中国岩画区的考察中，在阴山和贺兰山发现车辆形象，就足以让我感到震惊。在通天河流域的岩画群里，发现车辆的岩画内容时，我内心已经涌起一层层惊奇的浪花：通天河流域的车辆岩画从车辆的拉载形式上看，基本分为三种：第一种是牛驾车辆，第二种是马驾车辆，第三种是无挽畜车辆。其中，牛驾车辆的挽畜为役力较强的犏牛。马驾车辆一般为单辕双轮车，有位于车辕左右的服马，也有位于服马两侧的骖马。这类岩画主要分布在曲麻莱、称多两县。位于昆仑河上游的野牛沟岩画中竟然也出现了车的图形，不仅说明这些岩画的创作主体是中国境内青铜时代的族群，而且还为这些古人是本土的还是外来者埋下了谜面。按照今天的思维来理解，车辆形状出现在岩画里，确实有些匪夷所思——甭说它们在几千年的高原上没路可行，就是几十年前的昆仑河边，也没有可供这种简易的双轮大车行驶的路呀。美国匹兹堡大学的华裔历史学家许倬云在他的《万古江河》一书中曾提出："公元前 2000 年，西亚、南亚、东欧、北非的族群移动十分频繁，这些族群的移动都伴随着战车的传播，而战车正是在这种背景下传入中国的。"没有文献资料为他的这种提法作例证，但岩画或许能提供一些线索：沿着一条自欧洲到亚洲的岩画之路，我们会发现这也是一条车的蔓延之路，而岩画中的车辆画面进入中国的北方大地后，就出现在了昆仑山—天山—祁连山—贺兰山—阴山这条线上。

在天山和祁连山这样一个连接西域、中亚的大通道上，出现岩画中的车的形象不难理解，然而，从昆仑山的野牛沟到通天河流域的岩画带上出现车的形象，确实不可思议，它和昆仑山的神话一样更能激起人的想象。无论是昆仑山里的野牛沟，还是通天河流经的曲麻莱县和称多县的滨河岩画点，当地至今也没有提供车辆可行的道路，这些石头上的"车辆"简直就是从天上掉下来的，这些躺在石头上的车，其实是躺在云彩之上的，是真正的高车。一个消失在历史深处的古老族群"高车"很快从我的脑海里蹦了出来，随之是已故青海著名诗人昌耀的那首《高车》：

从地平线渐次隆起者
　　是青海的高车。

从北斗行宫之侧悄然轧过者
　　是青海的高车。

而从岁月间摇撼着远去者
　　仍还是青海的高车呀。

高车的青海于我是威武的巨人。
青海的高车于我是巨人之轶诗。

20 世纪 50 年代青藏公路修通之前，人类抵达野牛沟或穿越通天河流域基本依靠步行或依赖牦牛驮载物品，没有可供车辆行走的道路。那么，这些车辆形象的出现，该作何解释呢？昆仑山和通天河流域的车辆岩画形象，说明生活在这里的民众几千年前已经拥有了成熟的造车技能呢，还是从外地传来了这样一个奇特的"物件"？昆仑山的这些岩画车辆图，足以让学者们费解不已，可惜，岩画学者并没有注意到这个问题。

　　那个带领汤惠生前往野牛沟的哈萨克族牧民的身份和他后来撤回到新疆老家的故事提醒了我，让我从这样一个角度来解释通天河与野牛沟的岩画车辆：3000 多年前，青藏高原在地壳运动中仍处于抬升阶段，但海拔没有今天这样高，可能是游牧于新疆的哈萨克族牧民，"引进"了新疆岩画中的车辆。出现在昆仑山和通天河流域的车的岩画，是碾过云彩没能挽留住的时间肌肤，将车辙刻印在了石头上，是俯视地平线的记忆容器，是时间托付牧人和石头锻造的记忆巨人。

　　岩画学者认为，野牛沟岩画系用铁制工具打凿而成，这些 4000 多年前的古老艺术品的完成，需要多少铁制工具？然而，在一个连人迹都很难抵达的地方，铁器是从哪里传来的？周围几百公里都是无人区，甭说炼铁遗址，连铁矿也没有，何来铁器？创造这些神奇之物的人，是古老的吐蕃人，是消失了的高车族，还是一个更为神秘的游牧部族？

　　野牛沟里的岩画约略有 200 个个体形象。从内容上可分为牛、鹿、骆驼、狼、豹、鹰、狩猎、出行等。牛的形象在岩画中占很大的比例。除了少数处于被狩猎状态外，大多为单独的、静态的牛。不难推测出，这里的动物中数量最大的应该是牛。

　　野牛沟和通天河流域的岩画发现，无疑宣告了这里是中国北方大地上海拔最高的岩画区，也成了解读青海大地上史前人类在这里生活的一个重要渠道，是昆仑山的另一种神话书写方式与艺术创造方式。神话的特色在于其虚无缥缈，而岩画却将昆仑山的另一种神话以图像方式展现。

　　天色渐渐暗了下来，那些长久隐居于此的岩画，像它们的身世一样也渐渐变得模糊了。站在背负着野牛沟岩画的那座山梁上，我感到脚下传来成千上万的、在石头上休息了数千年的动物们的呼吸，感到脚下的山岗不是一座看起来很普通的、和周围山梁一样的石头堆，而是 200 多幅岩画构成的艺术宝库，一个记录了昆仑山古先民的记忆宝库。那些岩画的凿刻者，或许和我在本文开篇中说的哈萨克族牧民一样，是时光之眼中的过客，但他们却以石为媒介，给后人留下了他们生活的印迹，留下了一份后人追忆他们的念想，一份精神文化上的遗产。随着太阳往远处的昆仑山深处下沉，远处的昆仑河逐渐改变了肤色，从黄昏时的金灿灿变成银色粼粼，从泛着银光变得黯淡了下去。像一位在紧促变场间抓紧更换戏装的演员，在漫天星光下，又亮出另一种颜色来，它映衬着装满岩画的这片山岗和周围群山的幽暗。我在暮色中扎好帐篷，开始怀抱这一天地的夜色，聆听那些从岩画上爬出来的声音，那才是这片土地没有受现代文明折磨之前的真实呼吸。岩画创作者早已不在，作为岩画创作者模特儿的那些动物也早已不在，但它们的后代像山坡上的青草一茬又一茬生生死死于此，像不远处昆仑河的后浪不断推送着前浪奔向远方，它们是昆仑河的庄稼与风景、记忆与财富。岩画上的动物仿佛从夜色中起身，再次观察它们曾经生活过的土地有什么变化，聆听它们的后代发出的声音有什么不同。夜色渐浓，昆仑河的夜流在寂静的高原上荡漾，像一阵细细的风在吹拂，这是高原打开另一副嗓音的时候，从牛的胃里传出草被反刍的声音，从河床边传来流水离开这里的忧郁，从山岗上传来狼要出外觅食的呼唤声，从山顶上传来白天的落雪在冰川上被冻结的声音，从地表下不远处传来草的籽粒积蓄力量以奔出地面的喘息声，从牧场上传来野牦牛勾引家牦牛的发情声，每一道声音都是那些躺在石头上沉睡千年的动物的一次复活，这种复活也仅仅在夜晚上演、黎明收回，它们是骚动在昆仑山胸膛里的歌词与孵化，是为各自生活所弹奏的颂歌，这些颂歌集成了高原独有的夜晚大合唱，也是那些躺在石面上的动物在世时的声音舞台，千百年来，变的是什么，不变的又是什么？今夜，睡眠在万物以另一种方式沸腾的高原，聆听那些石头上的动物与人类的声音再现，深深感知高原的生活与经历需要证据，岩画说:我就是昆仑山、昆仑河、青藏腹地的证据，是声音的凝固，是生育的封藏，是留恋人世的生灵的再次复活！

五

告别野牛沟，我沿着汤惠生当年在西部青海的岩画足迹，贴着昆仑山脚而行。

昆仑山像一个孕育了岩画的母亲，它的岩画儿女长大后要出门远行，它们在昆仑山下友好地告别，掩起不再相遇的悲伤，开始在青藏高原东部边缘漫游，不带行李和盘缠，不带山的预言与水的纠缠，带着青稞的心和青草的注目。其中的一路沿着通天河向东，在江水的涛声里留下足迹，那是江水映照中，悬挂在崖壁间的一封封信，等待着像我这样远路而来的拆读者；另一路则顺着昆仑山的北支布尔罕布达山的走向，奔向青海南山、祁连山方向，末梢处和从天山延伸向祁连山的岩画之路重合。这一路上的岩画点，像是一座古老钱庄里叮当作响的零钱，珍贵而发亮，构成了中国北方一片辽阔的岩画王国。这两条线路，就像是从昆仑山腹地长出的一对岩画的翅膀，让昆仑山成了一座"载着文身飞翔的山"。位于天峻县江河乡卢山东坡上的卢山岩画，是这个岩画王国里的一个小部落，但好似昆仑山岩画往东延伸途中的一处重要驿站，里面长期驻守着 20 多组岩画，最大的一组有 20 平方米左右，上面凿刻着 200 余个岩画形象。

神话时代和人类信史时期的空白，是考古学家和历史学家定义的史前人类时期，现代人的直接祖先智人是填补这个历史空白期的主角。他们留在大地上的古人类生活痕迹成了今天我们解读彼时人类生活的重要渠道。考古界甚至有这样的说法，正因为智人创造了的岩画文化，才被认为是完全意义上的人类。在这本书里，如果说美丽的昆仑山神话是我解读青海这部伟大史诗的首页，我愿意将解读青海大地上散布的岩画，当作阅读一部大美青海历史的扉页。

古人的生存智慧有很多表现形式，岩画就是其中一个：游牧者在山与水之间寻找一个巧妙的距离或平衡，通天河边的岩画就反映着游牧者处理山水关系的高超技巧，卢山岩画同样如此，它既在高山草场上，又保持和青海湖 80 公里左右的距离。岩画区周围水源充足，牧草肥美。和那些岩画真实反映当时游牧生活一样，这片土地保持着一种从祖先那里传承下来的真。而更重要的是，这里出现的车轮图案，像是昆仑山岩画延续的一份证词。难道数千年前，从昆仑山腹地的昆仑河一带到这里，曾经真有过一条能供高大车辆行驶的古道？如果有，这些车是谁又是如何制造的？供车行驶的古道怎么没留下一丝痕迹？难道这些车辆都是飞在半空中的？

青海草原地区既无车，亦没有可供车行驶的路，更没有锻造或驾驭车的技术和市场，岩画中出现的车究竟是干什么用的？

汤惠生从卢山岩画中的一幅"蹲踞式人形"和虎的形象，推测到卢山岩画乃至青海地区岩画是由匈奴人从北方草原地区带到这里的。但我却纳闷：昆仑山和通天河流域可从没出现过匈奴人呀。何况，据后来的岩画学者们研究，野牛沟岩画距今已经3200多年，天峻县江河乡的卢山和天棚乡发现了两处岩画，距今2000多年和2300多年。到目前为止，青海境内共发现岩画地点15处，主要分布于海北、海南、海西和玉树地区，也就是说，昆仑山的岩画至少在青海境内是一个巨大的源头，如江河之流沿源头向外流去一样，卢山和天棚的岩画点，就是青海岩画的中下游了。

昆仑山东麓、青海西部高原出现的岩画，和中国其他地方不同的是其独特的题材：牦牛、马、犬、羊、鹿、骆驼等动物出现，表明这些先民已经成功地驯服了这些高原上的精灵，尤其是卢山岩画中骑马人的形象则表明生活在这里的古人类已经骑马出猎，和野牛沟里那些不见骑猎的岩画相比，证明马的生活区域主要集中在柴达木盆地中东部，也从侧面说明卢山岩画要比野牛沟岩画晚，或许更能说明青海的古人类是从昆仑山为原点四处迁徙的，昆仑人是青海当之无愧的最早先民。

我仿佛沿着一条岩画之河，继续顺流而下，位于祁连山西麓、青海湖北岸的刚察县哈龙沟，就是这条低调但澎湃的岩画之河上的码头。1970年代末，哈龙沟里的一组岩画被发现的消息刊登在《青海社会科学》上，这是岩画在青海被正式发现并向外推介的标志。1980年代初的一天，长期寂然的哈龙沟里出现了原青海考古队的苏生秀、许新国和刘小何等3人的身影，他们从考古学角度对哈龙沟岩画重新加以考察，并与青海省都兰县巴哈莫力沟发现的一处新的岩画地点一起加以报道，发表在《文物》杂志上，这标志着从昆仑山腹地出发的岩画之河，蜿蜒数千里，穿过柴达木盆地抵达祁连山西麓，在中国的岩画版图上，犁出了一道壮阔的庄稼。

从野牛沟到巴哈莫力沟再到哈龙沟，从昆仑河到香日德河再到布哈河，游牧的先民，用刀和石合成的鞋底，在辽阔的高原上留下的印迹，也是我顺着昆仑山的走向之一，寻找一幅幅挂在地球高处的石画的路途——以昆仑山腹地的野牛沟为起点，以祁连山西麓的哈龙沟为终点。

第三章
孤绝的火焰

即将跨过垭口时，迎面而来的一股冷风裹着雪粒，让走在队伍最前面的吐谷浑不由偏过头来，他看见右侧崎岖的山道上，那些不远万里跟随自己的鲜卑人，缓缓移动着，给寂寥莽阔的祁连山印下一道细小而弯曲的线条，这是一支离开草原寻找安身之地的队伍。1300多年后，我追寻这支逃亡队伍的足迹行至祁连山时，望着白茫茫的雪山，将那支队伍想象成盖在一个洁白信封上的邮戳，那些浅浅的、看起来有些散乱甚至有气无力的脚步，串联着一个关于族群迁徙的梦。

那天，站在垭口的吐谷浑很清楚，他带领的这些人马从呼伦贝尔草原出发，阴山、贺兰山、祁连山像一封封邀请函，也像一道道栅栏，迎接他们来到后又无情地将他们驱赶。现在，祁连山西麓的陌生之地，是否会再次重演以前的情景？

一

从小，吐谷浑就听父亲慕容涉归说他们的族群是从大鲜卑山来的，那是一处高大巍峨的山脉。族群中的大事，往往是大部落首领将各个小部落首领召集到山中的一个神秘的大洞里商讨决定的。整个部族从大鲜卑山来到草原上，就是大部落首领和其他部落首领在那个山洞里商定的。

很多族群在讲述自己的族事时，都会树立一个人文地标，比如蒙古族将铁木真召开部落大会的斡难河，女真族将完颜阿骨打统一女真各部、建立金朝的会宁府（哈尔滨阿城）奉为其人文历史中的地标一样，吐谷浑所在的鲜卑族将位于大兴安岭深处、今内蒙古自治区呼伦贝尔市鄂伦春旗境内的嘎仙洞视为他们的人文地标。

离开嘎仙洞的鲜卑人，像一株大树分出枝杈一样，有的一直坚持南下，建立北魏政权，后来又迁都于黄河中游的洛阳；有的留在了大草原上，被后来更为强大的其他部族融合；有的选择向西游牧，寻找新的家园，吐谷浑就是这一支。

鲜卑族后来分化出宇文部、慕容部、拓跋部、秃发部和乞伏部等若干部，慕容部在首领慕容涉归的带领下，到达今天辽宁省的义县一带，建立了辽西鲜卑政权。鲜卑人虽然历经了从大兴安岭到呼伦贝尔草原再到辽西草原的迁徙，但部落中流传的马斗习俗，一直保留在他们的生活中。

公元 284 年，慕容涉归的长子慕容廆承继了部落首领之位，那年的马斗，慕容部落的人最盼望看到的，无疑是慕容涉归的嫡子慕容廆和庶长子吐谷浑之间的比赛。

马斗前的那个晚上，偶尔有风掀开牧帐钻了进去，让幽暗的灯光摇曳一下，像喝醉了酒控制不了脚步一样，不仅照见吐谷浑来回走动的身影，仿佛也照见焦虑在他内心里来回晃荡。吐谷浑像一头警觉的猎豹，闻到风送来青草的暗香，也闻到了一丝别人闻不到的杀气，这股杀气来自亲人，确切地说是他的弟弟慕容廆。

16 岁的慕容廆虽然是部落首领之位的合法继承者，但他的哥哥吐谷浑当时统领着 1700 户部落，在部落中有着慕容廆望尘莫及的影响力。马斗的输赢，表面上事关参赛双方的荣誉，有时却往往决定着双方在部落里的权威。那场马斗，吐谷浑输了，而且当着众多人的面，慕容廆公然嘲讽了吐谷浑，这也意味着吐谷浑在部落中威信的下降。

吐谷浑决定带领追随者离开慕容鲜卑部落，他把寻找新家园的目光投向西边，开始了西迁之路。

那是一场超越万里的漫长迁徙，即便是时隔 1730 多年后的今天，我也是花费了很长的时间才完成对这段漫长迁徙的分段丈量。从今辽宁西部、内蒙古东部的草原出发，一路上我依稀看见那时的中国北方，缓缓移动着这样一支飘带般的流民队伍，他们就是草原的流浪孩子。时光在马蹄下缓缓流逝，一个个陌生的部落冷漠地拒绝这些陌生人，他们沿途没有朋友，没有欢迎的笑脸，倒是不断有阻拦、强令绕道甚至武装冲突，他们只有朝着太阳落下去的地方前进的简单目标。他们认为，在某个遮掩住夕阳的大山背后，一定有个安放他们梦想和家园的地方。

和吐谷浑站在雪山垭口回望鲜卑人的迁徙路线一样，我也将自己的追寻线路图上的关键点在采访本上粗略写出：嘎仙洞、大兴安岭西侧的呼伦贝尔草原、辽河西段、阴山、贺兰山、黄河。这些大迁徙中的鲜卑人，离开故土后，穿过了今辽宁西部、内蒙古草原南部边缘，在河套地区开始了近20年的游牧生活。公元312年，吐谷浑带领族人开始再次西迁，他们渡过黄河，越过陇山，西渡洮河，穿越过河西鲜卑和陇西鲜卑人的地界，进入了今甘肃南部地区和青海东部交界地带，标志着他们闯进了羌人生活的区域，就像上天在青藏高原东缘落下的一枚巨大石子，吐谷浑带领的这支队伍和羌人的争斗，让这片浩如大海的土地不断向外荡漾着一层层征战的波纹，每一道波纹的延伸，就是一次严酷的生存法则下依靠武力的扩张。这种扩张的极致，就是当时的夏国国主匈奴人赫连定封吐谷浑为"河南王"。《梁书·河南王》中就这样记载："河南王者，其先出自鲜卑慕容氏。……其地则张掖之南，陇西之西，在河之南，故以为号。"这段史料说明，吐谷浑已经被内地政权中的夏国承认为地方势力的首领，其核心地界在今甘肃和青海交界的黄河以南地带，范围辐射在张掖和陇西之间，严格意义上讲，他们已经接近青海地界，青海，该怎样迎接这个远方而来的陌生之旅？

二

历史文献一方面给我们留下了清晰的一面：吐谷浑是72岁那年去世的。这个精力旺盛的男人，无论是迁徙过程中，还是在武力扩张与防御中，都没有停止生孩子，他一生中有60个儿子。但有关吐谷浑怎样征服当地的羌、氐等部族，怎样建立被后人称为吐谷浑王国的历史细节，却像一座斑驳不清的大湖，只依稀看见其湖面却看不清楚水的纹理。

吐谷浑的大儿子吐延继承了吐谷浑王国的王位时，整个部族的势力已经扩张到青海境内了。

将迁徙被动地认定为一场命运的安排，那可能就会让整个族群丢失梦想与激情，会让族群的整体命运消失在迁徙途中；如果将迁徙过程当成历练生命、学习智慧的过程，那这种过程就是强健族群体魄与心智的良药。早在栖居辽河一带时，鲜卑人就已经掌握了农耕技术，在当时的草原游牧部族中属于开放、先进的一支力量，这让他们在迁徙过程中，能够智慧地避开一些敌意的阻拦，即便有前进途中的战争，也总能以最小的代价取得理想的胜利。一次次的胜利像大海涌来的波涛，推动着这些人和他们相伴的家眷、战马、牛羊构成的航船，在茫茫的北部草原地带移动着，直到进入青藏边缘。

吐谷浑60个儿子中的长子吐延，22岁那年从父亲手中接过指挥鲜卑人的权杖。他让羌人中间盛传一个名字：项羽。

吐延在位的13年，是通过一次次扩张之战逐步让羌人产生恐惧的13年，羌人中间都惊恐地称其为"项羽"，他的真名在羌人中反而很少有人知道，他让鲜卑人像一粒粒顽强的草籽在青藏高原东缘扎下了根，长出了绿色。13年间，吐延带领族人和羌人争夺牧场、马匹、女人、牛羊，使吐谷浑的版图扩大到南至今四川省的阿坝县、松潘县一带，西抵黄河源头的鄂陵湖、扎陵湖一带。任何一个不满足现状、不想被别的力量吞并的民族，在生存环境出现危机时，一定会在警觉中产生迁徙的冲动和空间上扩展的冲动，并在迁徙过程中注重积累经验，提升自己的拓展能力，扩张欲望和生存智慧。从大兴安岭到祁连山下，一次漫长的迁徙，构成了一个古老族群的一道经脉和他们在陌生地域生存的动力。

从闯入者到占据者甚至统治者，鲜卑人的角色变化必定引起本土族群的愤怒与抗击，当前者的力量绝对强大时，后者会采取以个体生命来换取其所属族群安全的方式，这就是我们常说的暗杀或行刺。

面对吐延的扩张，统领着今四川省阿坝州和甘肃省甘南州及青海东部一带羌人的首领姜聪，派人告知吐延，想和对方进行和谈并将携带大量贡物前往求见吐延。吐延在召见姜聪时放松了警惕，被后者刺杀，伤重而死，姜聪也被吐延的随从当场剁成了肉酱。这场谋杀，引发了鲜卑和羌两个族群间的怒火，都认为自己的首领死于对方首领之手。

"这是一块不祥之地，为了防止羌人的报复，你要带着我们的人离开。"吐延临终前告诉儿子叶延。叶延带领鲜卑人继续向西移牧，在今青海省贵南县的穆克滩一带建立相对独立的政权，并效仿中原王朝在其政权内部设置了司马、长史等官职，以祖父吐谷浑之名作为族群和政权的名字。从此，这个鲜卑人为主体的政权被称为吐谷浑。

一个高原上的传奇爱情是从吐谷浑的首领视罴开始的。一天，视罴接见了羌人的女首领念派来的使者，希望双方结束敌对状态，能够坐下来和谈。

当念出现在视罴面前时，时间似乎凝滞了。之前，视罴总是听说念是一位漂亮、智慧的女首领，可眼前的念比传说中的更漂亮、雍容、高贵。念每迈出的一步，就像磁铁发出一道强有力的磁力，视罴的目光就像被吸住的铁。他那时的心情和神情，多像葡萄牙诗人、作家索佩阿在《不早不晚……太完美了》那首诗中写的：

> 不早不晚……太完美了……
> 这就是了！
> 疯狂确切无疑，进了我的脑子。
>
> 我的心像颗便宜炸弹爆炸，
> 震动从脊椎传上大脑……

古老的爱情之花，在高原的牧帐里绽放，铁汉的血性之舟被引进温柔的港湾，一刻钟前还陌生的两个不同族群的首领，突然间互相吸引着对方，空气里弥漫着甜蜜的味道。双方都没想到统领那么大的部落力量者，竟然就是站在自己眼前的年轻人。从传说中的周天子邂逅西王母，到视罴牵手念，乃至千年后内地音乐人王洛宾在金银滩上的爱情奇遇，这片高地，从来就没有让浪漫缺席过。视罴和念，两个部落首领的手被爱情牵在一起的刹那，两个敌对多年的部落，在两个年轻首领的爱情前放下干戈，走向和平。

铁血在柔情前软化，视罴当场向念求婚，被爱神之箭在那一瞬间射中的念，愉快地答应了这场神奇的求婚。她迈着轻盈的脚步走进了吐谷浑人的牧帐。

视罴英年早逝后，念把羌人"父兄死，妻后母及嫂"的习俗带进了吐谷浑的婚姻生活：转嫁给了视罴的弟弟乌纥堤。当乌纥堤整天沉湎于酒色、无心族群发展时，念接管了族群大权，对外发布号令，对内整治族群事务，成为羌、吐谷浑历史上第一位执掌族群大权的女性。这样的才能，就连一向反感女性参政的司马光，也在《资治通鉴》中作出了这样的评价："念氏专制国事，有胆识，国人威服之。"

念当政期间，是羌和吐谷浑两大族群走向融合的黄金时期，诞生了一个高原上的黄金家族。念的四个儿子长大后，她将儿子们叫到身边，让他们从东南西北四个方向带兵出征，谁征到的地方就是谁的。念的四个儿子就这样离开母亲的牧帐，互不干涉地向四个方向出征，使吐谷浑版图在原来的基础上越来越大，念的这四个儿子后来都成了吐谷浑历史上著名的首领。

从公元411年到452年，念的四个儿子按照母亲的教导，遵循视罴开创的"舍幼立长"的传统，推行了兄死弟及的王位继承制度。在当时西秦、南凉、大夏等国对吐谷浑人和羌人虎视眈眈的形势下，巧妙地寻求到对外扩张、对内稳定的时机，在其他少数民族政权走向衰落时，迎来了发展的强盛时期。

真正改写民族历史的英雄，总会创造出属于他的改写方法。吐谷浑首领拾寅从公元457年执政开始，彻底改变了吐谷浑人"逐水草，无城廓"的历史，他带着立国的野心，带领族人在今青海省海南藏族自治州境内黄河西岸的曲什安河流域大兴土木、修建城邑，引发北魏对吐谷浑的出兵讨伐。双方在今天的青海省兴海县河卡乡幸福村一带的馒头山展开战斗，拾寅差点被北魏生擒。

拾寅开始转变对外策略，向北魏派遣使者，向南朝进行纳贡，积极学习中原文化。同时，他也开始为新的政权寻找更合适的地方。穿过青海南山之间的高地后，一面大湖向他们张开蓝色的笑脸，这面湖水就是我们今天说的青海湖。

三

伏连筹执掌政权时，是吐谷浑势力扩张的巅峰时期。站在伏俟城，伏连筹望着从青海南山落下去的夕阳，对山那边接住落日的地方产生了浓厚的兴趣：那里究竟还有什么？

派出的探子很快传来了令伏连筹兴奋的消息：山的西侧，是一片巨大而辽阔的疆域，盐田遍布，翻过盐湖，往西直接可通到早在汉朝就修通的西域之地。

有了盐，就不担心内地王朝卡住盐交易的脖子；有了盐，就有了与周围政权交易的物资。伏连筹下令，翻越青海湖西边的雪山，开发今橡皮山以西、柴达木盆地内的盐湖。

2002年8月，考古工作者在巴音河南岸的郭里木古墓中发现的棺板画，成了记录吐谷浑人进入柴达木盆地的一份可靠证据。隔着博物馆里的玻璃柜，那幅彩色画像，让我仿佛看到1400多年前吐谷浑人的生活气息，像附在上面沉睡的孩子的呼吸。棺板画原本艳丽的色彩因为氧化渐渐消退，我鼻尖抵着玻璃，在漫漶不清的轮廓与色块中仔细打量着，似乎闻得见吐谷浑人的生活气息穿透而来，裹着柴达木盆地盐湖的咸味。在一幅分成几组表现吐谷浑人生活的长卷中，第一组是吐谷浑武士骑着健壮的快马，正追赶着肥硕的野鹿和牦牛，其中一名武士手中的一支箭已射出，像半空中的一道黑色闪电；另一名武士正拉满大弓，准备补上第二箭。黑色的牦牛已经负伤，箭口喷射血液，仍在拼命逃跑；一名武士正张弓搭箭在黑牦牛前方进行堵截。在另一个狩猎地点，一名武士一边追赶一边射箭，画面的边缘是三只负伤的野鹿。武士们身着吐谷浑服饰，手持弓箭，腰挎吐谷浑特色的箭囊——胡禄。

在这幅画面前，我对武士们骑着的马产生了浓厚兴趣。牦牛是高原之王，发起飙来，在氧气稀少的青藏大地上能以惊人的速度奔跑，那些高原马驮负着穿着铠甲、佩戴箭囊、手握刀剑或弓箭的武士，依然能和受伤后狂奔的牦牛赛跑，你说，厉害不？它们或许就是文献记载的"青海骢"，驮着吐谷浑的武士在青海大地驰骋，在和周围邻邦的交战中屡屡取胜，尤其是帮助吐谷浑将士向北扩张，越过阿尔金山和当金山，和传统的丝绸之路融合。"青海骢"是让吐谷浑强大的军事开道夫，也是让吐谷浑经济强大的先行者，跟在"青海骢"后面的，是那些驮着盐的骆驼。新兴的吐谷浑王国不仅需要骑在"青海骢"背上的扩张，一定也需要对外经贸。当吐谷浑的王们发现买卖盐比生产盐更赚钱后，那些散养在柴达木北部戈壁地区的骆驼被王国用上了排场，它们驮着王国的希望——盐，或向北进入新疆和甘肃，或向东翻过日月山进入河湟谷地甚至更远地区，用盐换取王国所需的物资，成为吐谷浑王国盐贸易利润的搬运工。

棺板画让我想象出这样一幅场景：一位被吐谷浑王国派往柴达木盆地负责开采盐的官员，高原上的枯燥日子里，除了打猎就剩下喝酒这样的爱好了。一天，官员召集了16个朋友来喝酒，朋友们穿着华丽的衣服前来，有的还带着自己心仪的女人。酒宴开始前，他们按照习俗，把一种红色颜料抹在自己的脸上，像是一群演员上台表演前要化妆一样。或许是族群的性格使然，或许是身处寂寥的高原没有过多的道德礼法限制，围坐在三处的17个男人开始喝酒。喝着喝着，坐在主人左边的那个人不胜酒力"现场直播"，开始呕吐，引起主人的不快，但他又不好发作，便让下人拿来一根羊骨做的管子模样的东西，上面有9个小孔。看到有人不大了解自己手中的这根管子，他带着炫耀的语气给周围的人介绍:"这是我带人去龟兹一带卖盐时,从粟特人手中买的,并学会了吹奏,它叫筚篥。"后来,筚篥之声逐渐在那片干寂的土地上流传,成了寂寞生活中的一种养分。筚篥也被驮盐的人、盐官带到了伏俟城,再后来,筚篥被吐谷浑的战士、商人带到了内地。

巴音河流域挖掘出的棺板画,不仅向我们透露了有关"青海骢"、射猎、牦牛的信息,也让我看到了吐谷浑人的宴会场面。主人安排这场宴席时,特意请来了一位画师,将宴请的场面用画笔记录下来。安排酒宴的主人去世后,按照他的遗嘱,画师将那次酒宴的场景画在了棺板上,随着棺板入土,关于那场酒宴的秘密也埋在了地下,直到考古工作者发现这幅棺板画。

高原上干燥的气候,是那些埋在地下的棺板画的保护神,让那些棺板画在地下千年后,依然清晰地为我们保留了吐谷浑人的世俗生活场景。在青海省博物馆里,一幅《迎客帐饮图》引起了我的关注:坐在大帐里的主人夫妇穿着吐谷浑服装,宴请身穿胡服的客人。吐谷浑,一枚钉在青藏高原通往西域之路上发光的钉子,除了和羌、吐蕃、回鹘及中原王朝的交往外,还和西域大地上的龟兹人、粟特人和波斯人交往,用马和骆驼蹚出了一条属于自己的商贸之路。与《迎客帐饮图》相连的,是一幅《射牛图》:一头牦牛被绳子固定在木桩上,一个吐谷浑主人宴请的宾客正近距离对牛射杀。让客人自己射杀牦牛,然后享用,这种吐谷浑人的祭奠习俗在《旧唐书》和《新唐书》中都有记载:宴请异国宾客的时候,一定要让客人自己用弓箭射杀,然后才会享用。射牛者身边站立着两个手持酒壶和酒杯的人,他们拿的酒壶和酒杯带有浓重的东罗马拜占庭艺术风格,射牛者脚下的地毯却是西域风格的。

精明勇武、善于经商、精通多种语言及善于和不同政权的人打交道,让吐谷浑人成了西域胡商们进入青海地区乃至内地的向导和代理商,在青海境内形成的商路成了胡商们进入吐谷浑及相邻地区进行商贸活动的重要通道。吐谷浑对往来于境内的中原商人以及外国胡商几乎不征税,极大地激励了王国内的商业活动。

有时,商业是一个政权扩张的更好武器。至少在青海西北部向新疆地界扩张时,吐谷浑更多依赖盐和马这两张王牌,而非战争。周伟洲先生在他的《吐谷浑史》一书中写道:"在伏连筹时,吐谷浑的势力向西一直深入到新疆的东部,统治了鄯善(今新疆若羌)、且末一带。他占据鄯善、且末的时间,据一些资料推测，至少在 508 年以前。"

公元 551 年，一支商队从伏俟城出发，向才建立政权一年的北齐国都邺城（今河南安阳北至河北临漳南）而去，他们身负吐谷浑第 18 代国王想和北齐缔结友好、开展商贸的使命。商队路过凉州（今甘肃武威）以西的赤泉时，遭到了西魏军队的袭击，随商队而行的 240 名商人、600 峰骆驼和骡马，物产与丝绢全部被西魏军队俘虏、没收。吐谷浑的一个商队就有如此庞大的阵容，可见其当时在丝绸之路上的实力与地位。

四

就像一个人有心脏一样，一个王国是不能缺少王城的。我追寻吐谷浑的脚步，停留在青海湖西侧的伏俟城。

公元 553 年，伏连筹的儿子夸吕在青海湖西侧、今共和县石乃亥乡政府所在地北部的铁卜加村，重新修葺了那座汉代远征军遗留的古城堡。1460 多年后，站在古城废弃的城门前，我的耳边似乎响起了那道雄浑的鲜卑口音，那是骑马走进城池的夸吕，马鞭指着城门说的话："汉语中的王者之城，在我们的母语中，叫伏俟。以后，伏俟就是我们吐谷浑人的王城。"在这座黄土高墙围起来的时间的器皿里，夸吕以 57 年的在位时间仅次于康熙的 61 年、乾隆的 60 年，四面出击扩张的"国策"使伏俟城安放着吐谷浑的骄傲和光荣，也回旋着周围邻邦使者来去的脚步和从这里出发的军人的热血、商帮的艰辛。

夸吕即位后，开始改写吐谷浑的历史：将伏俟城当作一座都城来经营，在伏俟城内的金狮子床上自称为"可汗"。他执政时期，多次联合党项羌进攻隋朝；夸吕于公元 591 年去世，其子世伏即位后上表归属隋朝，并提出和亲政策。隋文帝于公元 596 年将光化公主许配给世伏。光化公主走进青藏高原的吐谷浑内部，并没有取得双方希冀的效果：第二年，吐谷浑发生内乱，世伏被杀，他的弟弟伏允临危掌权，采取了和隋朝对峙的态度。

公元 608 年，隋炀帝命令归附的铁勒部进攻吐谷浑，伏允带兵出逃。为了根绝来自吐谷浑的后患，隋炀帝带领大军于公元 609 年亲自西征。战争打响后，和吐谷浑友好的羌人没能及时援助，导致吐谷浑军队大败。伏允带领2000 多人逃向今青海省果洛州一带居住的党项羌地区，使这一带的党项羌势力更为壮大。隋炀帝在伏俟城设置了西海郡，并将大批罪徒发配到这里"大开屯田，捍御吐谷浑，以通西域之路"（《资治通鉴》卷一百八十一 隋纪五）。隋军撤退后，伏允曾带兵收复过故地，但吐谷浑的盛景与辉煌不再，称雄青海高原中北部的吐谷浑王国逐渐衰落了下去。

隋朝末年，农民军起义使得隋政权无暇顾及青海，伏允率部又重新夺回旧地。

唐朝建立后，伏允提出了向唐朝求婚的请求，深谙民族怀柔政策的李世民因循隋文帝的"和亲"旧例，答应了伏允为儿子尊王的请婚，但提出要尊王亲自到长安迎娶公主。伏允的儿子尊王不听父亲的建议，拒绝前往长安迎亲，不仅没有娶来大唐皇帝的女儿，也失去了唐王朝对他们的信任。唐太宗对尊王没有来迎娶自己的女儿耿耿于怀，乘伏允去世之际发兵攻伐吐谷浑，新吐谷浑王慕容诺曷钵再次提出求婚，李世民将弘化公主下嫁给诺曷钵。弘化公主作为中国历史上第二个踏进高原的皇家公主，带着极其丰厚的嫁妆，既风光又悲伤地踏上和亲之路。

公元663年，吐谷浑被青藏高原上兴起的吐蕃势力所灭，吐谷浑王慕容诺曷钵带领残余势力奔凉州，率数千帐内附唐，称雄于高原上350年的吐谷浑政权就此烟消云散了。

当初，吐谷浑从辽河之畔带来的一粒火星，演化成了席卷雪域高原的一团凶猛的火。火光暗淡下去的时候，金属般的灰烬成了这个族群最后的归宿，那归宿神秘如一个被时间掩藏的巫术。马尔克斯在《百年孤独》中最后的那句话，简直就是写给这个族群的："羊皮卷上所载一切自永远至永远不会再重复，因为注定遭受百年孤独的家族不会有第二次机会在大地上出现。"

第四章
吐蕃的战鼓

何郎业贤离开河州（今甘肃临夏）时，其实是没打算回来的。和那时的很多吐蕃生意人一样，何郎业贤对家乡甚至周边地区的商业环境早已灰心，听人说高昌古国（今新疆吐鲁番）的生意好做些，于是便决定离开家乡前往高昌经商。

一天，在一户高昌富商的家里，何郎业贤意外地发现了一位少年，口音里不经意间还流露出一些吐蕃词句。这让何郎业贤大为吃惊，当即怀疑这个少年是被贩来的。那位富商告诉他：少年12岁，叫欺南陵温，还真是具有吐蕃赞普血统的后人。

吐蕃赞普的后人怎么会出现在高昌？或许是一场私密度极高的酒宴中，或许是因为取得富商的信任后的一番密谈，何郎业贤从富商那里知晓了一个惊天秘密：吐蕃的最后一位赞普朗达玛被弑后，他的长妃生的儿子永丹和次妃生的儿子俄松年龄都小，这给了母党各自挟持小孩为继嗣王位进行激烈斗争提供了便利，导致了吐蕃政权像一辆失控且滑向山崖的车辆，加上吐蕃辽阔的疆域上那些镇将为了各自扶持的势力而启动混战模式，于是吐蕃的王城逻些便像被战火舔舐着底部的铁锅，里面的王室成员就像被爆炒的豆子，有些被烧烤死，有些不愿死在那口大锅里，像被高温烧烤下蹦出锅的豌豆一样，快速逃离已经沸腾起来的国都，向不同方向逃离。

那些居住在吐蕃边界的镇将们，为了争夺能继嗣的王子，纷纷向失控的王室成员发出或明或暗的邀请。俄松的孙子吉德尼玛衮就带人逃到了阿里，衍生出了后来著名的古格王国的阿里王系；吉德尼玛衮同父异母的弟弟扎西则巴贝的孙子赤德，则选择了逃往今青海境内，统治了宗喀的十八个区，被后人敬称为宗喀王，赤德的后人曾将宗喀势力扩展到高昌一带。

听完富商的解释，何郎业贤对欺南陵温神奇出现在这里，也就不觉得奇怪了，他从中看到了一个绝妙的商机。

千年之后，我替何郎业贤用公历开始计算：欺南陵温应该是在朗达玛遇刺150多年后出生，即公元997年。何郎业贤见到的这位12岁少年，应该是朗达玛的第七代子孙了。

何郎业贤遇见欺南陵温的那一年，青藏高原上的政治形势发生了巨大变化。占据西凉府（今甘肃武威）的一支吐蕃政权六谷部首领厮铎督遣使向宋朝进贡，拉开了青藏高原东部边缘的吐蕃政权向宋朝靠拢的序幕，占据灵州的党项羌首领赵德明不断向祁连山东麓的回鹘政权发动袭击。昔日由吐蕃政权控制的祁连山一带呈现出回鹘、六谷部、党项羌来回拉锯战式的争夺，如果在祁连山下出现一个有着吐蕃王族血统的人聚合出的政权，才能让各个分割政权心服口服。何况，欺南陵温的兄长被河南部（今青海省黄河以南的海南州、黄南州和甘肃省的甘南州）拥立为王；欺南陵温的舅舅赏样丹在秦州（今甘肃天水）形成了一个大族。

返回家的途中，何郎业贤的身边多了欺南陵温的身影，他给这位吐蕃王朝的赞普后裔取了一个新名字——唃厮啰，在藏语中是"佛子"之意；宋朝文学家沈括对这个名字解释为"犹中国的天子也"。

祁连山、昆仑山、唐古拉山、阿尔金山，从四个方位扯起一幅辽阔的鼓面：千百年来就没少过战鼓的擂鸣，象雄、白兰、苏毗、东女、吐蕃、吐谷浑、党项、和硕特，每一个亮相于青藏高原上的游牧部族，都是一个蛮猛的鼓手，战旗指引着的马蹄就是鼓槌，在青藏高原的鼓面上不停擂响，让青藏高原上从没少过战争的鼓鸣。雪山在冷峻地审视这鼓面，默默将记录的卷宗让给羊皮卷；河流不时在山涧激起白银般的掌声，为这些擂鼓者做着认真的裁判，历史给出的终评是：松赞干布统领的吐蕃王朝，是在青藏高原这面大鼓上擂得最响、最猛的鼓手。这位赞普，把群山的回响与自己的遗训刻在柱石上，用战刀在羊皮卷上刻下了成绩单，改写了突厥、回鹘、吐谷浑和党项羌命运之车的走向，同时，他在迎娶唐朝公主的路上，听凭汉家公主将怀揣的和平种子撒向青藏高原，长成一地葳蕤的庄稼。

对于吐蕃王朝，青藏高原是盛装关于它的一切传说的最好容器，军队横扫一切，铁骑所向披靡，装备先进无敌。关于赞普迎请大唐的公主也是一地传说，尤其在青海的海西、海南和玉树三个州，到处可听得见当地人说文成公主当年是从他们那里经过的，从玉树市勒巴沟的文成公主庙到称多县境内通天河边的七渡口，从囊谦县吉曲边的小路到海西州都兰县巴隆乡的草原，每个当地人谈起文成公主的传说时，仿佛他们当时都在场。这恰好也是青海藏族民众对文成公主敬重的一种体现，文成公主在他们的口传历史中，化身为一粒粒种子撒遍高原，站在这个角度看，文成公主究竟是从哪里路过青海奔赴西藏的又有多重要呢？

二

吐蕃，是穿越青藏高原群山间最浩荡的河流，是历史鼓给青藏高原最响亮的那道掌声。在青海，这河流与掌声画句号的地方，无疑是王的陵墓。大地如歌，既能给那些跟随王在青海奔驰的吐蕃士兵与将军高唱壮行的颂歌，让铁蹄下的草原伴随飞鸟和河流的对话，也能在群星暗淡时，打开黑色的葬歌暗袋，如数收回王和将士的生命。颂歌与葬歌之间，一定像波斯诗人奥马尔·哈亚姆的诗句："趁我们还没沉沦于泥土之中，把剩下的一切尽情地享用；尘土复归尘土，长眠土下，无酒无爱无歌手，而且无穷。"吐蕃的王、首领、士兵及随军而行的僧人们，在这片土地享用完属于自己的快乐时，一切都将归于尘土。普通士兵战死在牧场、河边、山巅，王的身体则需要陵墓来体面盛装。王陵，往往是一面政权势力与奢华程度的镜子，从中可以看出其实力与气魄；也是一只埋在地下随着时间生锈的杯子，里面盛装的不再是晶莹般的清晰事件，而是模糊的记忆和肃穆的空气。

都兰县察汗乌苏镇东南约 10 公里的热水乡吐蕃墓群，在很多学者和牧民眼里，就是一个盛装王者尸骸与精神的器皿，从考古学的角度提供了一份吐蕃人经过这里、滞留于这里、生活于这里、终老于这里的依据。20 世纪 90 年代，我第一次来到这里时，察汗乌苏河谷两岸的牧草被霜染出一层金黄，让我看到它们仿佛替吐蕃的将士们书写着初来此地的信心、梦想或终结此处的不甘与愤怒，无论悲喜，大墓的角色中闪耀着镀金般的叹息。

察汗，蒙古语"白色的盐"之意；乌苏，蒙古语"积雪之地"之意；郭勒，蒙古语"河流"之意。因此，这条河的全名应该是察汗乌苏郭勒，它流动着当初在这里的吐蕃将士的盐质和积雪般的光。察汗乌苏河北岸低缓的山坡，像个带有坡度的大椅子，一座座吐蕃墓像端坐其上的兄弟，保持着精妙的距离，埋在里面的人呀，是否在地下聊天、聆听、讨论，同时也接受着辉煌顿失后的冷寂，听凭记忆变成埋在地下的铁一样日渐生锈。关于吐蕃，察汗乌苏郭勒是一位永不离席的听众。

第二次到吐蕃墓群是 2019 年初春，确切地说是春节期间，我踩着一地积雪，冷寂的高原上几乎难见车与人。墓群名称前的"血渭"一词，让我惊异。"血渭"，究竟代表着什么呢？

四周是空荡与冷寂，整条河谷里就我一个人，在九层高的 1 号大墓前，我内心里升腾起肃穆的火焰，默默念着黑色碑体上的字：

全国重点文物保护单位
热水墓群
中华人民共和国国务院
一九九六年十一月二十日公布
青海省人民政府立

像举办一场盛大但主持人和观众只有一个人的仪式，我在墓碑前郑重地点起随身带的三炷香，敬献上自己带的哈达，拿出《青海之书》的第一版，翻到写有吐蕃大墓的那页，让书平躺在枯草间，接受那些躺在地下的英灵们的检阅，向他们汇报一位书写者的虔诚，他们才算是这一章历史书写的读者和评委。

第三次来到这里，是 2021 年"五一"期间前往昆仑山时特意绕道这里，就是为了远远地看一眼装着一个政权梦想的地方。其实，第一次来，远远看见大墓群时，我就把察汗乌苏郭勒和尼罗河很自然地联系在了一起，两条河边都埋着一个政权的领袖人物，都见证了河边的辉煌与血腥；我也很自然地把那座盛放陵墓的夏日哈山和贺兰山联系在了一起，后者的山脚下埋着西夏的王和大批随从高官，吐蕃墓和西夏陵都被旅游界称为"东方金字塔"。血渭1 号大墓高达 33 米，共有 9 层，相当于 10 层楼那么高，这也让不少人将《九层妖塔》的电影名套在这里。墓葬东西长 55 米，南北宽 37 米。

人类因地理分布区域不同而有着肤色、语言、信仰等方面的不同，但对地理知识的认知有着惊人的一致性，血渭 1 号大墓坐南向北、依山望水的格局和内地很多帝陵的坐向一致。记得第二次来这里，我踩着积雪，小心地爬到大墓西侧的山梁上，清晰地看到大墓背后是夏日哈山的两条分支从东西两个方向绵延过来，如同两条巨龙环抱着大墓，大墓则像一颗宝珠，构成"二龙戏珠"之势，这让我感到惊奇：1000多年前，青藏高原上修筑这些古墓的人，怎么会如此娴熟地掌握中原内地的风水之说？持古墓修建者为鲜卑人的学者，就此为自己的学术判断增加了依据：吐蕃人当时还没受到中原风水学说的影响，而鲜卑人自内地迁徙而去，带去了内地风水学说。如果按此说法，那么，古墓的修建年代就要更久远些。

高原清冷的风不断吹来，打在脸上非常刺骨，我弯下腰去，仔细观察墓堆下那用3层泥石混合夯成的石砌围墙。古墓如果是一个死去的将军，那么，这道围墙就是他身上的铠甲。随着岁月的推移，铠甲不仅生锈，而且被风化成一枚枚残片。来到这里之前，我曾在考古报告中看到这样的信息：墓冢从上而下，每隔1米左右，便有一层排列整齐横穿冢丘的穿木，共有9层之多，一律为粗细一般的柏木，环顾四周，眼前是看起来连草生长都困难的高原地区，哪来这样的巨木呢？离这里最近的、能生长粗大松树的地方，是柴达木盆地东北角的柏树山，即便这些巨木是柏树山的，如何砍伐，如何运输，如何加工，吐蕃，给我们留下了又一道谜题。

我就这个问题请教过多位研究青海历史、地理、环境演变的专家，才知道答案：千年前，柴达木盆地靠近祁连山的地方，确实曾遍布柏木，而都兰在蒙古语里就是"温暖"的意思。公元4世纪时，鲜卑人建立的吐谷浑王国占据柴达木盆地，公元664年，吐谷浑王国被吐蕃所灭，成为吐蕃的一个邦国。那些带着为吐蕃开疆扩土使命的吐蕃士兵们，从青藏高原的腹地出发，每一次战争，就像掉落在一池水面上的一块巨石，不断掀起层层向外扩散的巨浪。他们进入青海，既向东进攻盘踞在青藏高原东缘的党项羌，也向北攻略占据青海湖环湖地区和柴达木盆地的吐谷浑，甚至一度越过阿尔金山、当金山进入南疆地区和敦煌，也曾越过贺兰山和陇山直逼唐朝腹地。那时的吐蕃将士，战争的步伐就像向外流泻的海水，从青藏高原向四面八方倾泻。吐蕃将士掀起的远征巨浪逐渐消退时，吐蕃的岛礁也逐渐显得清瘦、峻峭起来，贺兰山和陇山构筑的第一道外围防线逐渐失守，吐蕃的外围退至阿尔金山和祁连山构筑的第二道防线，这道防线之外，千年之后，或许仅剩下诸如敦煌文书与河西走廊上零星的一些藏传佛教寺院作为证据。柴达木盆地，自元朝以降逐渐成了蒙古族占据的地界，语言、风俗、宗教信仰和建筑风格，还能有多少让我们想到当年吐蕃的影子，或许，眼前的吐蕃古墓，还能替这片大地保留一份关于吐蕃的回忆。

按照青海省考古专家的见解，这些古墓修建时，讲究用一层柏木夹一层四五十厘米高的石头，然后层层叠起，盖楼一般。而从植物生长的环境来看，距离这里数百公里外的柏树山的柏树生长周期极其缓慢，一棵碗口粗的柏树要长200年，一人合抱的柏树至少要生长上千年。从考古报告分析，吐蕃墓葬中的柏木，最粗的直径达50厘米，最细的也有碗口大小。一般的小型墓葬要用去20—30根柏木，稍大一点的则要上百根。9层高的血渭1号大墓，其中7层用柏木做穿木，平均每层要用去四五百根，而且越往下越粗，这样一来，仅血渭1号大墓就用了几千根木头。考古人员在墓葬1层、2层发掘出了大量陪葬物品和马、牛、羊等动物遗骸700多具。众多的随葬品中，有古代皮靴、古藏文木片、古蒙古文木牍、彩绘木片及金饰、木碟、木鸟兽、粮食和大量丝绸。考古人员还在墓葬前发现了5条葬马沟和13个牛、狗等动物环形陪葬坑，出土了87匹马的完整骨架及大量其他动物骨骸，尤其是墓葬中出土的丝绸等像个不经意说漏嘴的小孩子，让考古工作者推断出古墓群的建造年代：赞普赤都松赞及其王后琼氏即赞普赤德祖赞之父母统治时期。

整个青藏高原上，经过考古挖掘的有9座吐蕃墓葬，都兰县的血渭1号墓规模最大，祭坛也设置得最宏伟，形制最独特，墓室规格最高，简直就是青海境内关于吐蕃文化的大U盘。

离开热水乡的吐蕃古墓后，我按原路返回到109国道，继续往西而行。其实，考古工作者已经探明，从夏日哈山到巴隆乡之间长达200多公里的土地上分布着上千座古墓葬，仅热水沟内不到一公里长的地方，就分布着大小200多座古墓，从死亡者的数量和陵墓规格看，这里有多少吐谷浑人、吐蕃人生活、战斗过？除了陵墓，他们还留下过什么呢？

三

像大地隆起时代中的青藏板块率先集聚了足够的力量，迅速替地球拱起了弧度最高的一片大地，吐蕃在崛起于青藏高原的过程中，也以疾跑甚至飞升的速度，在白兰、苏毗、吐谷浑、回鹘、突厥等游牧政权构成的平地上快速隆起。吐蕃王朝兴盛时，就连大唐帝国也被迫和吐蕃签订了以贺兰山为界的和约。宋朝初期，今甘肃省的天水、定西一带，更是吐蕃和宋王朝拉锯战争夺的地区。

欺南陵温被何郎业贤带回青藏高原时，吐蕃王朝的大厦已经倒塌，吐蕃在青海的影响力减弱了很多。这个 12 岁的少年，能否在青海的人文历史喉咙里发出悠长而厚重的呼吸呢？

得知赞普的后人来到河州，一个叫耸昌厮均的酋豪很快就找到何郎业贤，双方经过一番讨价还价后，唃厮啰被耸昌厮均带到了今甘肃省夏河县境内的移公城。

唃厮啰这才知道，当时，各个部落首领联合举事自立为政时，为首的大首领和一起参事的各个部落首领要事先确定一些必须共同遵守的秘密誓约，用这些誓约来统一、规范各个部落的行动,这个确定誓约的行为称为"立文法"。耸昌厮均想让唃厮啰成为"立文法"的主角，以此来确定自己在各个部落间的领导地位。

即将要"立文法"的消息，快速传向各个部落。得知赞普的后人来到移公城，宗哥大首领李立遵和邈川大首领温逋奇都想将唃厮啰迎请到自己的地盘上，拥立为王。当时，李立遵的政权设在今青海省海东市平安区；而温逋奇的根据地邈川在今青海省海东市乐都区湟水南岸，这意味着无论唃厮啰被哪一方带走，他都要进入青海境内。

李立遵开始策划一场秘密的绑架行动，并成功地将唃厮啰劫持到了今青海省化隆回族自治县境内的廓州，尊之为"赞普"，这让周围的一些吐蕃部落很快归顺李立遵。后来，李立遵又将自己的军事中心从廓州迁到了宗哥城（今青海省海东市平安区），青海的东部地区，迎来了一个新的政权。

李立遵深知"佛子"唃厮啰的身份在高原牧民、军人甚至部落首领心中的分量，为了牢牢控制唃厮啰，李立遵将自己的妹妹许给了唃厮啰。

唃厮啰就像一枚棋子，被时局之手推动着，在青藏高原东部的大棋盘上，从最初被带到河州、夏河，再从廓州到宗哥城。17 年后，唃厮啰继承了李立遵的政权，将政治中心搬到青唐城，河湟一带迎来了唃厮啰时代。

置身青海，唃厮啰知道那些和亲的中原王朝公主：吐谷浑的慕容伏允迎娶隋朝的光化公主，慕容诺曷钵迎娶唐朝的弘化公主，吐蕃的松赞干布迎娶文成公主、赤德祖赞迎娶金城公主；他更清楚和亲政策下的皇室女子，有时在缔造和平方面抵得上万千将士的努力，她们身上会释放出更大的能量，她们就是和平女神。唃厮啰明白，自己想要在青唐城甚至整个青海站住脚，就要从周围的强邦迎请属于自己的和平女神。这让我想起古罗马历史学家尤西比乌斯在他的《君士坦丁传》中的那句话："他把士兵的资源和军队的数量看作是次要的，因为他认为，如果没有一位神的帮助，这些资源和数量就将一无所获；他说，从一位神的帮助中得到的东西是不可抗拒的和所向无敌的。因此，他仔细考虑了将要来辅佐他的是什么样的一种神，一种清晰的印象立刻出现在他的心头，他想到了过去那些急于想要得到统治权的许多人，使自己的个人希望依赖于许多神。"

还没彻底摆脱李立遵的控制时，唃厮啰就被动接受了李立遵安排的一桩婚姻，成为李立遵的妹夫。娶到这样一个吐蕃女子，无疑是青年唃厮啰的一道护身符。

李立遵曾替唃厮啰向回鹘求婚，没想到，得到的却是一场羞辱，回鹘王的回复是担心唃厮啰拿不出像样的聘礼。不久，唃厮啰听到了一个好消息：回鹘被党项羌首领元昊带领的军队彻底击败，很多回鹘人逃向唃厮啰控制的地区，使青海东部地区接纳了上万名回鹘人。

党项羌，这个从青藏高原起步的游牧部族，不肯向强大的吐蕃称臣的八大部落，转而投向唐帝国的怀抱，被唐朝政府安置在今陕北黄土高原一带，后逐渐将发展的触角向西延伸，直抵黄河边的灵州。

部落与政权的联姻，往往能给双方带来和平。生怕因接纳回鹘人而遭到党项羌的报复，唃厮啰替儿子董毡向辽皇室求婚，没想到，这个想法也正中辽朝皇帝的下怀：以政治婚姻保持和唃厮啰的良好关系来牵制宋和党项羌。

唃厮啰通过和辽的联姻，增强了自己在和辽、宋及由元昊建立的西夏之间的话语权和平衡力，给唃厮啰政权带来了和平环境。

面对日益强盛的西夏，唃厮啰一定做过迎请西夏公主的梦，但长期联合宋军对抗西夏，切断了西夏公主走进唃厮啰政权的道路。

公元 1067 年，西夏的第二代国主谅祚病逝，年仅 7 岁的儿子秉常即位。由于秉常年幼还不能亲政，梁太后便开始摄政，西夏处于一个微妙时期。不久，西夏国相梁乙埋派出的一个秘密使团，离开贺兰山下的西夏都城兴庆府，向湟水边的青唐城出发了。

在青唐城,唃厮啰的儿子、吐蕃新领袖董毡看完西夏使者带来梁乙埋的亲笔书信后,不禁笑了。信上说,西夏梁太后希望秉常的妹妹嵬名金山能够嫁给董毡的儿子蔺逋叱,以此来缓和西夏与唃厮啰的关系。

扎陵湖边,远嫁松赞干布、赤德祖赞的文成公主、金城公主从这里先后经过;青海湖边,吐谷浑王子迎娶到了两位汉家公主;湟水之畔,唃厮啰的孙子蔺逋叱也迎娶到了西夏公主嵬名金山。

嵬名金山离开故乡踏上青藏高原的 32 年前,一场战争曾爆发在党项羌和唃厮啰两个政权的缔造者,也就是嵬名金山的爷爷元昊和蔺逋叱的爷爷唃厮啰之间。嵬名金山从小就听到宫内的人们谈起过那场带给党项羌人绝望的战事:公元 1035 年的春天,党项羌军队由他们的首领元昊带领,长途袭击刚刚在青唐站住脚的唃厮啰。两个游牧部族的领袖,即将在湟水边展示各自的军事智慧。

对党项羌来说,青海东部的这片土地并不陌生,他们不是陌生的闯入者,而是一股重新卷来的风。鲜卑人在吐谷浑带领下初到青藏高原东缘时,就和居住在这里的党项羌有过冲突和融合;唐朝初期,党项羌和吐谷浑往往一起行动,在唐朝边界地区侵扰。

唐朝初期,年轻的党项羌领袖拓跋赤辞选择投诚唐朝,唐朝政府封拓跋赤辞为西戎州都督,将积石山以东的羌人生活地区并入唐朝版图,我在《班玛县志》(青海人民出版社,2004 年 7 月版,第 11 页)中查到过这样的记载:"贞观八年(公元 634 年),党项诸部内附,今班玛县地入唐版图。"班玛县是青海最东南地区,这一记载至少说明,当时党项羌的统领地区,已经延伸到今天的青海腹地班玛一带。

随着吐蕃在青藏高原上的崛起与扩张,吐谷浑消失在了吐蕃骑兵的战刀下,愿意臣服的党项羌部落逐渐融入了吐蕃势力范围,不愿臣服的党项羌部落向唐朝政府申请内迁并得到允许。内迁的党项羌因为帮助唐朝而赢得后者信任,被安排在今陕北和内蒙古交界地带,逐渐称雄,其中的拓跋部落被唐朝赐姓为"李",从此,这个来自高处的姓氏"拓跋"消失,被李姓代替,党项羌开始在鄂尔多斯高原和黄土高原上进行军事力量储备和扩张。

公元 1004 年,党项羌首领李继迁在攻占凉州(今甘肃武威)的战役中,亡于吐蕃政权中的六谷部首领潘罗支之手，使吐蕃和党项羌间的仇恨加剧。

唃厮啰掌控青唐政权以后，改变了李立遵和宋朝抗衡的政策，采取联合宋朝，对抗正在崛起中的党项羌政权，党项羌首领元昊担心自己进攻宋朝，吐蕃军队会成为自己的隐患。

党项和吐蕃，两个先后称雄在这片高原的主人，以辽阔的青海高原东部地区作为舞台，亮出各自的战刀和军旗。

公元 1033 年 7 月，元昊派苏奴尔为主帅，统兵 2.5 万人进攻今青海大通县境内的牦牛城，被吐蕃人击败，苏奴尔被俘虏。三个月后，元昊带领西夏军队再次围攻牦牛城，连续一个月的攻城未能成功。元昊向吐蕃守将诈称约和，派往牦牛城的和谈者后面跟随着士兵，城门刚刚开启，西夏军士就抢入城中，"大纵杀戮，以泄其愤，致牦牛城中百姓死亡殆尽"（《青海通史》，第 221 页）。

牦牛城之战两年后，元昊像一架不知疲倦的作战机器，带兵出击今青海省西宁东边平安驿附近的宗哥城，进而围攻青唐城。唃厮啰政权帐下大将安子罗领兵 10 万和元昊带领的军队发生激战，双方的战争持续了 200 多天，从寒冷的冬天到炎热的夏天，元昊因为士兵的粮草运输不济而撤军。在撤退时，吐蕃人将宗哥河水决堤，元昊军队遭到淹没。宗哥城之战的失利，并没有阻挡住元昊的征战步伐，反而于当年 12 月再次发兵进攻河湟，面对在连续多年征战中积累了丰富作战经验的西夏军队，唃厮啰下令坚守青唐城。

浩浩汤汤的湟水河成了青唐的天然护城河，像一道白色天堑，横在西夏军队面前。

那几个元昊派出的侦察人员测量出湟水最浅处，插上旗子后，心满意足地离开。他们插在水中的那些旗子，就是西夏骑兵夜晚渡河的标识。

太阳渐渐下山，志在必得的乐观气氛笼罩着准备夜渡湟水的西夏军营，没有人再去河边查看那些摇曳在水中的旗子。西夏的军队中，谁也没注意到对岸有几个穿着便衣的军人偷偷溜出青唐城，他们受安子罗的派遣，悄悄下到河里，将白天西夏军人插在浅水处的旗子全部拔起，换上了更长的旗杆，然后将换好的旗子插在深水处。暮色成了这项工作最好的掩护。

月亮渐渐升起，湟水的流淌声在深夜发出涛声。西夏的骑兵来到河边，那些插在水里的旗子，随着高原的夜风发出阵阵飘展声，像是给这些即将夜渡的人发出的信号。西夏骑兵顺着旗子的指示方向快马而行，后面的战马鼻子几乎能碰到前面战马的屁股，战士们都想快速渡河，一举夺下青唐城。按照白天插旗者返回后的汇报，顺着旗子的指示方向会安全、迅速地渡河。然而，前面的战马很快被逐渐湍急的河水淹没，前面的骑兵连求救声都来不及发出，就被河水卷向下游，后面的战马复制着前面的战马的命运，从河边陆续下水的西夏骑兵不知道前面发生了什么，只是顺着旗子的指示方向，像一个又一个饺子，投向湟水这口大锅里。那些在草地上纵横驰骋的西夏骑兵，可以在马背上展示自己的实力，但在水中只有被淹没的命运。

战争的结局不言而喻，元昊带着沮丧撤离了。唃厮啰的这次军事智慧，不仅击退了西夏的进攻，还让周围很多的吐蕃部落集合到他的旗下，连原来投靠西夏的一些吐蕃部落都纷纷归属唃厮啰，唃厮啰政权的疆域空前扩展，与北宋、西夏、于阗等国相连，在青藏高原东部，形成了吐蕃分裂后再一次兴盛的割据政权。

著名诗人苏东坡也发出这样的赞叹：“吐蕃遗种，唃厮啰一族最盛，惟西夏亦畏之。朝廷封其长为西平王，用为藩翰。”

对吐蕃、唃厮啰和西夏来说，河湟地区就是一块从没褪色的黄金蛋糕，永远发出诱人的香味。然而，历史开起玩笑来，有时非常具有讽刺意味。西夏的开国皇帝元昊没能得到河湟，自己的孙女嵬名金山却被娶到了河湟。

四

嵬名金山作为和亲使者走进了青唐城。在侍从的引导下，嵬名金山骑在马上，缓缓走过湟水桥，走进了周长20里的青唐城。千年过去了，现在的青海省省会西宁的地理格局，和嵬名金山来到这里时，并没有多大改变。和公主当初骑马过桥不同，无论是坐火车还是开车，和很多人从内地进入西宁一样，离开湟水北岸的火车站，走过湟水大桥，就算进入西宁城了。那时高大的城墙早已被高大的楼房取代。公主沿着面向北方打开的那座正门进入青唐城，看到一条开阔整齐的大道，将整个城区分成东西两部分，唃厮啰政权的继承者蔺逋叱和即将和亲的西夏公主住在西城区，那些底层的劳动者、手艺人及西域各地和内地来到青唐城做生意的人则住在东城区。公主骑马依次走过中门、仪门，仪门的东侧，是11年前被董毡娶来的契丹公主、辽兴宗耶律宗真的女儿锡令居住的地方，西侧是为嵬名金山设置的新房，新房的旁边，已经有先她而嫁给蔺逋叱的回鹘公主青迎。无论是契丹公主，还是回鹘公主，嫁到青唐后，当地吐蕃人按照他们的习俗，敬称她们为女神，并将女神（杰姆、结牟）缀在她们的名字后面，这便是《宋会要辑稿》中出现的"以契丹公主锡令结牟，回鹘公主青迎结牟"等描述。

穿过仪门继续往北走了 200 多步，嵬名金山看见一座 9 根巨大木柱构成的大殿，每根柱子上都刻着黄龙。大殿中央的高处，是铺着豹皮的王座，周围是一圈碧绿的琉璃砖，这让所有的拜见者和召见者有了距离，这种距离既可防止被刺，也让来访者因为站得低而对王座有种仰视感。

嫁到青唐城后，嵬名金山才知道唃厮啰政权在她来之前因为女人发生了什么：唃厮啰原来娶了李立遵的妹妹为妻，摆脱李立遵的控制后，他到青唐城不久就娶了当地的吐蕃大族乔姓女子为妻。乔氏不仅长得漂亮，而且家族势力庞大，自然就赢得唃厮啰的欢喜。唃厮啰的前妻在失去宠爱的情形下，被唃厮啰下令前往廓州（今青海省化隆回族自治县）的一座寺院出家为尼，并禁锢了其所生的两个儿子：大儿子瞎毡，二儿子磨毡角。后来，瞎毡逃到今甘肃榆中县的龛谷发展，他的儿子木征后来继承了他的事业；唃厮啰前妻的娘家人偷偷地帮助李氏逃离了廓州，让磨毡角和李氏逃到了宗哥城，后来成了宗哥城的大首领。唃厮啰晚年时，出于政权稳固的需要，和前妻言归于好。唃厮啰去世后，将政权移交给了他和乔氏生的第三个儿子董毡；董毡的儿子蔺逋叱又迎娶了嵬名金山。

嵬名金山嫁过来后，发现了一个别人没注意的细节：和唃厮啰从西域到青海一样，一个于阗国的美丽少妇掌牟瞎逋以保姆身份走进董毡的王宫，服侍董毡，她年幼的儿子阿里骨逐渐被董毡视为养子。

无论是董毡，还是嵬名金山及其丈夫蔺逋叱，都没察觉到阿里骨带来的危险。按说，蔺逋叱是董毡之位的合理继承者，但蔺逋叱有个致命的缺点，常常喜欢微服出行。阿里骨派人暗中跟踪蔺逋叱，蔺逋叱一次出行中，被阿里骨派人暗杀。

董毡去世时，阿里骨和董毡的母亲乔氏一起隐瞒了这个消息。直到 4 年后，宋哲宗才从著名诗人、时任侍读的苏轼口里得知这一消息，他不仅慨叹："董毡去世的消息被埋得够深呀！"宋哲宗这才知道事情的经过：阿里骨在董毡死后，秘不发丧，以董毡的名义召集河湟一带的各部落首领前来青唐城。首领们到达青唐城后，阿里骨宣布了伪造好的董毡遗书：阿里骨是唃厮啰政权的继承人。和历史上所有的宫廷政变一样，阿里骨做的一切像是一场飘落的厚雪，掩盖了所有。西夏公主嵬名金山和回鹘公主青迎结牟都成了阿里骨的女人，阿里骨的母亲像先前侍奉董毡一样，开始侍奉董毡当初从辽国迎娶的那位契丹公主锡令结牟。

阿里骨掌权，使唃厮啰政权传递中的赞普血统发生了转变，也为唃厮啰政权从兴盛走向衰败埋下了伏笔。

阿里骨在位 13 年后去世，他的儿子瞎征即位。这让崇奉赞普血统的唃厮啰政权内更加不满，阿里骨在位时曾联合西夏攻打宋朝，引发宋朝不满，在宋军压境的情况下，嵬名金山联合契丹公主锡令、回鹘公主青迎以及青唐城的大首领心牟钦毡，派遣部落首领李阿温前去与宋军和谈。瞎征前往寺院削发出家，后来又选择投降宋军，被宋朝安置在熙州（今甘肃临洮县），再也没能回到河湟谷地，阿骨里家族统治河湟的历史宣告结束。

青唐城里一片混乱，只有心牟钦毡父子带领 100 多人把守。嵬名金山告诉锡令和心牟钦毡：唃厮啰的兄长札实庸龙有个孙子叫溪巴温，因为有正统的赞普血统，在阿里骨执政期间，受到吐蕃、回纥等民众的拥戴，曾在青唐城西 200 里处的一处寺院出家。阿里骨死后，溪巴温带人前往今青海贵德县境内的溪哥城，自称王子，他的长子杓拶已经继承了溪巴温的王位，只有杓拶才是唃厮啰政权最理想的继承者。

嵬名金山动员锡令和心牟钦毡一起前往溪哥城，迎接杓拶前来青唐城。嵬名金山和锡令、心牟钦毡一起带领 200 多人的卫队抵达溪哥城时，杓拶却被莫名其妙地暗杀了，嵬名金山只好邀请溪巴温的第三个儿子、时年 19 岁的陇拶前往青唐城就任唃厮啰政权的新主。

在宋军乘乱势向青唐城发起进攻时，嵬名金山劝说陇拶归降宋军。

一场漫长的旅途从 8 月开始，陇拶带领嵬名金山、锡令以及回鹘公主及董毡的姊妹、唃厮啰政权一些归降的部落首领，离开青唐城，向宋朝辖内走去。经过 4 个月的长途之行，在 12 月抵达宋朝国都汴梁城。不料，抵达那天，一场暴雪突然而降，原计划第二天要召见嵬名金山的宋哲宗病倒了。

驿馆中，陇拶和一起而来的人苦苦等待着宋哲宗的召见。不料，宋哲宗因病于 1 个月后驾崩。宋徽宗忙着即位，朝廷官员忙着奔丧，这些雪域高原来的人，似乎被时间忘记了。枯燥而寒冷的春天过去了，抵达汴梁城 3 个月后，陇拶一行才见到了新即位的宋徽宗。那天，陇拶和来自青唐城的全体人员身着吐蕃衣装，走进金銮宝殿，陇拶被封为河西节度使、知鄯州，契丹公主锡令被封为国太夫人，西夏公主嵬名金山、回鹘公主青迎和董毡的姐姐瞎比牟被并列封为郡太夫人，另一位西夏公主瞎衫和董毡的女儿结成丹被封为郡君。

从汴梁城回归后，陇拶准备前往被宋朝下令改为鄯州的青唐城，不料鄯州已经被他的弟弟小陇拶占据，他只好前去改为湟州的邈川。

小陇拶逐渐占据了河湟一带，引发宋军的再次进攻。唃厮啰政权晚期中的公主再次发挥了非常奇葩的作用：围攻宗哥城时，宗哥城公主瞎叱牟蔺毡带人开门降宋；围攻鄯州时，龟兹公主青宜结牟联合部落首领李阿温开城门降宋。

占领鄯州城后，宋朝希望这个西部城池能够永远安宁，下令更名为西宁。从青唐到鄯州再到西宁，唃厮啰政权在这里的经营伴随着城市之名的更改而画上了句号。

唃厮啰政权消失了，但这个城市以西宁为名一直叫到了今天。

五

刚开始驻守在今延安一带防守西夏军队时，范仲淹就纳闷：宋军和西夏军队骑的马，看上去一模一样，可打起仗来，西夏军队的马怎么就明显跑得比宋军的马快呢？

派到西夏的间谍很快带来答案：西夏的战马多是从祁连山下的甘州、凉州一带运来的。那里草场丰美，海拔较高，在那里训练好的马，到低海拔地方来，跑起来更显得轻松。

冷兵器时代，战马精良与否，往往是一场战争的主要因素。这个现象引起宋廷的重视，马政成为宋朝的一件大事。为了得到和西夏战马媲美甚至更好的马，宋朝联合了占据凉州的吐蕃六谷部，这样既能买到那里的马，又寻找到了联合抗击西夏的盟军。

凉州被西夏攻陷后，出于对战马的需求及牵制西夏，宋朝对占据河湟谷地的唃厮啰政权的依赖更加明显，不惜给予爵禄和丰厚的赏赐来拉拢后者，使之成为从后方钳制西夏的力量。

和韩琦一起经略泾原的日子里，范仲淹听说了这样一件事：对武器十分钟爱的韩琦听人介绍青唐城一带羌人锻造的一种铠甲非常好，便着了迷似的让人四处搜集这种铠甲。

一心想和宋朝修好的唃厮啰听说这件事后，立即派人给韩琦送去了一副锻甲。韩琦急不可待地打开了箱子，取出装在箱子里的包裹，剥去一层又一层布，一副锻甲出现在了他眼前。韩琦赶忙抓起锻甲，双手一抖，"刷"的一声，那副锻甲像一幅精美的画卷展开了，甲身的皮子鞣熟得软如一面丝绸，韩琦拉了拉，有一种暗暗的柔劲；镶嵌在上面的铁呈现出青黑色，铁面被打磨得像是镜子，几乎能映出人的影子。韩琦派人拿到50步之外的地方，让手下最好的弓箭手瞄准锻甲远射，没想到，弓箭手的箭竟然无法射入那副锻甲。那名军中最好的弓箭手脸上挂不住了，开始继续射箭，就在他感到绝望时，站在锻甲旁的士兵高兴地喊了起来，"射穿了！"当那名士兵拿着锻甲和穿甲而过的箭跑到韩琦面前时，韩琦发现那唯一穿甲而过的箭，是射中了皮甲中间特意留的钻孔。韩琦接着仔细端详，发现箭头穿过钻孔时，箭头部位的铁都卷刃了。韩琦心里赞叹："青唐之人，已经熟练运用冶铁技艺中的冷锻法了，不可小觑青唐甲。"

韩琦虽然非常喜欢这副锻甲，但又不想据为己有，便下令珍藏于他驻守的镇戎军中。这段经历，传到沈括的耳朵里，他在《梦溪笔谈》里如此记述："青堂羌善锻甲，铁色青黑，莹彻可鉴毛发。以麝皮为絤旅之，柔薄而韧。镇戎军有一铁甲，椟藏之，相传以为宝器。"

沈括接着记述："其末，留筋头许，不锻，隐然如瘊子，欲以验未锻时厚薄，如浚河留土笋也，谓之瘊子甲。"

如果说唃厮啰利用湟水击退西夏军队的进攻，让西夏人从此对青藏高原望而生畏，那么，军事装备的先进，让宋军也心生敬佩。

元昊带人攻占整个河西走廊后，自汉代就通达的丝绸之路被切断了，宋朝和西域之间的商贸往来，只能通过唃厮啰政权占据的河湟谷地，穿过柴达木盆地，从盆地西北部的阿尔金山穿越进入西域，让古老的吐谷浑道在变成唃厮啰道后，继续发出它的光芒，带动了宋、唃厮啰和西域之间商贸流通的繁荣，使公元 11 世纪的河湟地区成为西域各地贡使、商旅往来的必经之地。

西夏中期，还是成功地将军事触角伸到了青海境内，占据了今青海省黄南州和海东市，和唃厮啰政权以黄河为界。12 世纪初期，来自草原的女真军队一度攻占黄南和海东地区，让青海大地东部的鼓面上，又擂起了女真人的鼓声。青海东部地区，再也没被西夏占据，金政权也未能将这片水草之地控制长久，随着蒙古铁骑的来到，这片饱受战火之苦的高原，将迎来新的控制者——蒙古人。

第五章
档案袋外的
历史

在寻找、发现昂欠政权的过程中，从贺兰山到巴颜喀拉山，从黄河上游到澜沧江边，从银川到玉树，我认定沿途遇见的人，都是昂欠政权的属民，是我的亲人，我朝他们友好地微笑、打招呼，希望成为他们中的一员，他们也朝我微笑，但还是把我当作风一样吹过的异乡人。

一

就像红日当空时，有一轮月亮遮住天空一样，红山上的那口钟突然在下午时响了起来：这可是从来没有过的事情。自从红山上的布达拉宫修成以来，架在山顶上的大钟，只有在藏历年初一早上才会被敲响，钟是由内地运来的 10 万斤生铁铸造而成的，必须由昂伦欠布（内大相）吉乎·柯罗松保下令，那 10 个从康地招募来的强壮守钟侍卫合力撞击那根碗口粗的松木，钟声才会响起；钟声会像一股向下奔跑的烟雾，穿过林丛、草地、街巷，飘向山下逻些城里所有能听得见的耳朵。

民居、铁匠铺、皮货店、小吃店、旅馆，人们的脚步被钟声吸引着走出门，聚集在沿街的门口，无数道目光像一条大河的无数条支流，朝红山方向汇集：

这个时间响起的钟声，像严冬时炸裂冰湖的响雷，像牦牛运来无数巍峨的冰山一样，预示着不可思议的事情发生了。

内大相吉乎·柯罗松保是看到那一幕后，才给 10 个守钟侍卫下令，让他们撞响铁钟的。

自从昂欠琼波邦色将围棋教给松赞干布后，吐蕃内大相就有了一个下午陪赞普下围棋的习惯，这种在吐蕃上层贵族间流行的游戏，藏语中叫"迷格芒"。那天，午睡醒来后的吐蕃赞普朗达玛一边喝着酥油茶，一边和他的昂欠吉乎·柯罗松保下着"迷格芒"。时间在这里不是以千年之后的小时或分钟计算，而是以每一枚棋子落在棋盘上的间隔来计算。阳光从朗达玛下棋的那间房子的天窗外移过，像抹成均匀的银粉一样照在"迷格芒"的棋盘上。随着棋局的变化，赞普朗达玛脸上的阴晴变化也很明显。他或许知道，平时下棋时，昂欠吉乎·柯罗松保是让着他的，但那天下午，不知是内大相不让棋了，还是自己的棋艺悬崖式下跌，很快，棋盘上的每一子似乎都嘲弄着他，已经明显的败局，让他心生恼意。

"算了！"赞普朗达玛恼怒地推开棋盘，喝下最后一口酥油茶，拿起旁边那块从汉地进来的丝绸手帕擦了擦嘴，气冲冲地离开房间，将他的内大相晾在棋盘前。

吉乎·柯罗松保知道，要捕猎一头狮子，最好的办法是激怒它，让它在愤怒中失去理智与警惕，今天下午下棋的目的，就是要刺激赞普朗达玛。看到朗达玛气冲冲地往红山下走去，吉乎·柯罗松保随即匆匆走进自己的房间，将一个纸条卷进小牛皮筒，然后把牛皮筒绑在一只驯鹰的腿上，推开窗户，驯鹰扑棱了一下翅膀，向山下的树林里飞去。

划过红山的驯鹰，是一个空中飞行的黑衣天使，一柄带毒的箭头，一道即将震惊雪域高原的死亡消息。

朗达玛还没走到山下，藏在逻些河对岸那片树林里的一位白衣人就得知了驯鹰带来的消息。

吉乎·柯罗松保远远地俯视，看见白衣人飞身骑上白马，从树林间策马而出，就像一朵蘸了水的棉花在逻些河的水面上快速游动。上岸后，白衣人从包里掏出提前准备好的炭烟灰，朝马的身上抹去，不一会儿，白马变成了黑马。吉乎·柯罗松保揉了揉眼睛，没错，刚才渡河而来的那匹白马，一下子变成了黑马，白衣人也拿出提前准备好的黑色衣服穿上，白衣人变成了黑衣人。黑马上的黑衣人，像是两朵叠加起来的黑色之云，快速移动到下午的红山脚下，给地面留下一道移动的黑影。

吉乎·柯罗松保收回目光，看见朗达玛走在通往山下的台阶上，这被金黄色绸衣裹着的雪域高原，像一座缓缓移动的金塔。朗达玛离开时，吉乎·柯罗松保特意没有安排随从护卫，让那座孤独的金塔，向死亡走去。

朗达玛走到唐蕃会盟碑前停了下来，那上面的碑文，他熟悉得都能背下来，但那种熟悉不是一种喜欢，而是因为厌恶。吐蕃历史上，第33任赞普松赞干布从泥婆罗、唐朝引进佛教，将佛像、佛经、法物等输入吐蕃；到赤德祖赞赞普时代（704—755），佛教在吐蕃境内传播开来，这片土地上的牧民更多地皈依佛教。朗达玛即位后，听信苯教徒的建议，下令灭佛，驱赶僧人，看到眼前的这座碑，他觉得也应该被铲除。"对，一定得铲掉。今晚就让人干！"

突然，一道黑色的影子投到会盟碑上，朗达玛回过头，只见一个穿着黑色衣服的人站立在一匹黑色的马前。

朗达玛认识眼前的这个黑衣人，是藏地著名的僧人拉隆多吉贝，曾随他一起远征过，他们越过祁连山和黄河，攻取了唐朝的第二个军事重镇灵州。那场远征让吐蕃和大唐签订了合约：双方以贺兰山为界。这件事在吐蕃内部成了一条飞翔的哈达，飘在江河间的各个部落中。藏地的人，谁不知道那个救过朗达玛命的拉隆多吉贝呀！远征结束回到逻些城后，朗达玛曾派人请拉隆多吉贝到布达拉宫来担任吐蕃的昂欠，为自己服务，但遭到了对方的拒绝，他也没勉强。后来，有人向下令灭佛的朗达玛告密，说拉隆多吉贝竟然去修佛并建议派人追问这件事。朗达玛否定了这个建议，他说，雪域高原上唯独拉隆多吉贝是可以宽恕的。

没想到，时隔数年后，两人在会盟碑前会相遇。拉隆多吉贝走上前来，恭敬地跪倒在地，施行一个臣民对赞普的大礼。朗达玛微眯着眼，心安理得地接受对方的尊敬，他听见拉隆多吉贝口里念诵道："风环地、地环水、水灭火，金翅鸟胜水龙，金刚石穿宝石，天种制阿修罗。"

朗达玛感到这是一个臣民给他唱的赞歌，更像是两个久违的老友见面时的祝福词。拉隆多吉贝跪在地上，对雪域赞普表达了礼赞。朗达玛伸出双手，向跪倒在地的拉隆多吉贝说："快快起来，来红山吧，做我的东赞（大相）。"

跪在地上的拉隆多吉贝的声音陡然间大了起来："佛陀胜狮子王，我亦如期杀非法之王。"

还没等朗达玛回过味来，只见拉隆多吉贝站起来，将宽大的黑袍一甩，两个人被一片黑影裹了起来。多像久别重逢的两个兄弟，紧紧抱在一起。朗达玛眼前一黑，不是黑衣人所穿衣服颜色的那种黑，而是一道隔开他和世界的黑。朗达玛临终时清楚地听见拉隆多吉贝的声讨：你难道没看到寺院被关闭或焚毁？僧人的尸体在血泊中洗澡，苯教师昂首走过雪域？

红山上的那扇窗户内，吉乎·柯罗松保看见阳光下划过一道寒光，穿破裹着朗达玛和黑衣人的那片黑云，朗达玛的咽喉处冒出了一道红光，刺疼了太阳的眼睛。

吉乎·柯罗松保惊叹得想喊，但嗓子好像被一坨固化了的酥油堵住了。他仿佛听见一头遭到致命突袭的狮子发出的惊叫声，急流般从朗达玛的喉咙里窜出，猛然间又好似一头健壮的野牦牛被雪豹突袭后倒地一样，也像是雪崩后的冰川快速奔来压住草地。吉乎·柯罗松保看到拉隆多吉贝迅速骑上马，原路返回。在马上，拉隆多吉贝变魔术似的，将衣服迅速脱下来又反穿起来，他又变成了白衣人。那匹马渡河时，河里飘起了黑色，登上岸时，又变成了白马。

黑衣人骑着黑马渡过逻些河后，一切又变成了吉乎·柯罗松保开始看到的那样。白马驮着白衣人，像一片巨大的雪，踩着一朵云快速离开了。

拉隆多吉贝在逃离逻些城的沿途，遇见河水的地方，都这样演绎一次黑衣和白衣、黑马和白马互变的魔术，魔术师和观众只有他一个人，这让后来的追兵确实无法找到他奔走的目击者。

不久，赞普遇刺的消息像风吹着的雪花，很快传遍雪域高原，吐蕃的臣民都知道他们的赞普死了，死于拉隆多吉贝之手。关于拉隆多吉贝的各种传奇，像夏天的虫草一般开始在雪域大地疯狂传播，其中有一条就是拉隆多吉贝具有传奇的预言能力，他在贺兰山下时曾经给吐蕃的士兵们说过：吐蕃战刀下的血能染红这座山，但征服不了它。几百年后，来自嘎域的白衣僧人热巴，会让这里的国王叩头礼敬如师。随行的人将这句话刻在贺兰山的一块石头上，被200多年后来到这里的白衣喇嘛热巴发现，印证了这句预言。

卫兵气喘吁吁地爬上山来，进入内大相的相府报告赞普的死讯，来自藏地北方嘎域的内大相吉乎·柯罗松保慢条斯理地喝着酥油茶，听完卫兵的讲述，不急不忙地派人去通知守护红山之钟的侍卫。等到侍卫敲钟的声音传来时，他像一个时辰前朗达玛离开王宫时那样，也拿起自己的丝绸手帕擦了擦嘴，离开座，准备向门外走去。到门口时，军需官问："要不要立即封城，追捕凶手？"吉乎·柯罗松保慢悠悠地说："慌什么？赞普有十二条命呢！封城的消息传出去，赞普的两个王子还不会为赞普的位子打起来？"

吉乎·柯罗松保和拉隆多吉贝一起参加过远征唐朝的战斗。当拉隆多吉贝暗地里派人来找吉乎·柯罗松保寻求联合刺杀赞普的机会时，后者思谋了好久，决定铲除赞普。

下山后，吉乎·柯罗松保快速向家里走去，他要乘着赞普的两个王子还没封城，乘在不该响起的时间响起的钟声引起全城的混乱时，向故乡方向逃离，给逻些城留下一个没有赞普和内大相的慌乱局面。

内大相吉乎·柯罗松保带着他的家人逃回嘎域后，在扎曲边擦木朵的一处牧场上住了下来。他用随身带的钱买了些牦牛，开始了一个普通人的生活，生儿育女，放养牦牛。直到临终时，他才悄悄地给自己的儿子闹布松保讲述了自己的家族史："河水有源头，小牦牛有母亲，我们家族也有源头，我的阿爸的阿爸的阿爸叫当盖玛，原来住在折多山下的折沃雄一带，我在吐蕃赞普处当过'昂伦欠布'。"

吉乎·柯罗松保嘱咐儿子，虽然朗达玛被刺死了，赞普的吐蕃政权倒塌了，但他的追随者不会放过刺杀者，要想办法找到跟随他到嘎域后悄然散居在山河间的那些僧人、工匠、商人、战士，等待在嘎域重新崛起的机会。

闹布松保将父亲的那一页历史偷偷地藏了起来，他也是在临终时，才告诉自己的儿子逊宝。在这个家族的人看来，家族的历史就应该像一个严密的酿酒罐子，不到时间打开的话，就会影响酒的味道和质量。逊宝觉得吐蕃政权已经消亡了，没有吐蕃士兵会追杀到嘎域来，便将爷爷做过"昂伦欠布"、密谋刺杀赞普的那些历史像煮好的酥油茶倒在碗里并端给众人一样，向外人讲述，让这些原本压在家族传人心底的秘密，成了长熟后晾在嘎域大地上的青稞。

吉乎·柯罗松保到嘎域后的第四十六代传人洁达森格，是个喜欢做生意的人，来往于嘎域的很多地方，甚至一度前往岭国并带回了一个叫郭萨阿朵的女子。郭萨阿朵为他生下了儿子者哇阿路。

者哇阿路让这个家族的历史之书，开始了辉煌一页的书写。

二

吉乎·柯罗松保家族衍生至四十七代时，就像一条没有中断的河流，在一片平坦之地上缓缓流淌。第四十七代传人者哇阿路就像横在这条安静小河上的一块巨石，让平顺的河面激起了浪花。

那年冬天的早上，者哇阿路听到他的老婆、在牧帐外挤牛奶的佐绕洒的一声惊叫声。者哇阿路钻出牧帐，看见佐绕洒仰头朝空中喊道："哦呀呀，快看，人在天上飞着呢！"

者哇阿路还没顾得上抬头朝天上看，就感觉到头顶有一道巨大的黑影快速掠过。他顺着那道黑影看过去，仿佛看见一朵云蹲在一块金色的小岛上，那个移动的小岛落在了不远处的草地上，发出一声长鸣。白色的云朵缓缓打开，从金色的小岛上移开，继而转了起来。者哇阿路和佐绕洒都惊得张大了嘴，但喉咙里像是灌满了水，或者说是塞满了泥土。白色的云转过来后，他们看见一个穿着白色僧袍的清瘦僧人站在不远处，身后那座金色小岛陡然站起来了：那是张开金色翅膀的大兀鹫。

那个上午，被佐绕洒称为"飞人"的白衣僧人，一边喝着者哇阿路在惊奇和敬重中端上的酥油茶，一边回答着者哇阿路和他妻子佐绕洒的各种奇怪问题。

"尊敬的上师，请问您怎么称呼？"

"哦，我叫都松钦巴。"

"尊敬的上师，请问您要到哪里去？"

"我要去擦木朵。"

"尊敬的上师，您怎么有在天上飞的能力呢？擦木朵还很遥远，剩下的路就飞过去吗？"

都松钦巴指着不远处的那只金翅鹫说："它带着我飞。我 16 岁在家乡哲雪出家学佛。19 岁那年，我离开家乡，前往逻些城学习佛法。我跟随玛尔巴上师学习'慈氏五论'和'中观六论'，跟随夏尔哇巴和喜饶僧格两位上师，用了 6 年时间学习噶当派教法，还从康巴阿僧上师那里学习了'六加行'等法。

"那是我在逻些学佛时救下的一只金翅鹫，当时，它很小，受伤了。我把它带回寺院，给它养好了伤，但它却再也不走了。慢慢地，它长成这么大了，一直陪着我。不用我喂它吃、喂它喝，它却能驮着我飞过雪山和江河。"

"尊敬的上师，逻些城现在可以学佛了？朗达玛赞普不是下令灭佛、追杀僧人吗？"

"那是多少年前的事情了，朗达玛早就被内大相吉乎·柯罗松保和喇嘛拉隆多吉贝联手刺杀了。现在，不光逻些城，整个雪域都恢复到松赞干布赞普时期了。"

"嘎域那么多的喇嘛，怎么就你穿着白色的衣服？而且，这么冷的天，你就穿这么一件白色单衫，飞到空中不是更冷吗？怎么能受得了呀！"

"在我学习的所有各派教法中，我花费时间最多的是在达波拉杰上师那里学到了噶当派的'大手印法'和'拙火定'。即便是冬天，身着单布衣衫也会热得双手冒汗。这些年来，无论冬夏，我就一直穿单衫。达波拉杰上师一直教我在冬季结冰的湖面打坐苦修。为了不引起别人关注，能有个清净的修行场所，我选择了穿白色衣服，而且会永远穿下去。"

"尊敬的上师，在后藏和嘎域，谈起达波拉杰尊者和他创立的达波噶举，谁不知道呢？您一定从尊者那里传承了达波噶举。"

"我在后藏学习期间，曾在昂仁地区的巴绒修建了一座寺院，我的弟子们和那里的人称我为巴绒噶举的创始者。以后，还会有噶举的弟子在嘎域地方建一座巴绒寺的。"

"尊敬的上师，我也想跟随你学习佛法，可以吗？"

"玛尔巴的上师那诺巴就曾给后世的噶举派弟子预言过，巴绒噶举的发扬光大必在嘎域，会有一个王来帮助完成，你是吐蕃赞普最后一位内大相吉乎·柯罗松保的后人，这个王就是你。"

"啊？"者哇阿路吃惊了，他张大的嘴像被塞进了一块石头，这个家族口传的秘密都是每个传人临终时才悄悄告诉下一个传人的，外面根本不知道，眼前的都松钦巴却知道这个秘密。

太阳已经移到头顶，佐绕洒给都松钦巴和者哇阿路重新烧好酥油茶，端来青稞面和酥油、开水，他们一边吃着糌粑，喝着酥油茶，一边继续对话。

都松钦巴继续讲："吉乎·柯罗松保和拉隆多吉贝密谋铲除了赞普朗达玛，吐蕃王室分成了很多人知道的拉萨王、阿里王、拉达克王、古格王、亚泽王和雅隆觉阿王，但他们都在后藏地区。你现在可以走出这牦牛角大小的地方。"

"雪域这么大，究竟往哪里去呢？"

"顺着俄术河往上走，在河水分岔的地方，顺着分岔的河继续往上走。在那里，当初和你的先祖吉乎·柯罗松保一起出逃的工匠、大臣、将军的后人都会像牦牛寻找它们的主人一样，赶到那里帮助你，那里将以'昂伦欠布'来命名；我将在那里的噶玛山下建成一座寺院等你。"

太阳逐渐偏西，草地上落下一层细细的金辉。都松钦巴开始起身，像一片贴着地浮游的云，飘向那只金色大兀鹫。随着翅膀的起落，一声脆鸣叫声中，金翅鹫驮着都松钦巴离开草地，一座金色岛屿驮着那片白色的云朵起飞，消失在山岗背后。

很快，高原上传遍了白衣僧人飞行在山河、丛林、草场间的各种传说，有人说白衣僧人从来都不睡觉，有人说白衣僧人的那只金色兀鹫能听懂人话，有人说白衣僧人能洞晓任何一个人的前世、今生和来世。

三

者哇阿路听从了都松钦巴的建议，带领族人向俄术河上游迁移。

年少时，者哇阿路就曾经跟着善于做生意的父亲，沿着那条汉地通往逻些城的唐蕃古道前往后藏地区，他熟悉沿途的很多地方，他选择吐蕃时期五如之地中的孙波如，那里因地势较低而冬暖夏凉，且地处唐蕃古道要冲而来往商旅较多。

到达孙波如地区一条叫折吾达的山谷后，者哇阿路发现那里是理想的扎根之地。一天，者哇阿路决定去拜访孙波如的首领，这次拜访让他成为一把收割青稞的镰刀，首领的女儿贝萨嘎莫就是一捆长熟了的青稞，浑身散发着蜜一样的气息。

贝萨嘎莫给者哇阿路添酥油茶时，两个年轻人的目光碰到了一起，内心的爱慕就像暑夏期间突然落下一场暴雨后，漫山的蘑菇疯长起来一样，从他们那敞开的心田钻向喉咙、铺满瞳孔，一片爱的金光闪耀在唇边，彼此隔空认可地碰撞着、无声地交流着。他们的心田让从未允许进来的东西溜了进来，一株爱的树苗顿时迎风生长，光亮与甜蜜编织成的青翠，撑起了一片牧场。一道关于爱的情曲，以比露珠还晶莹的方式唱响在他们的岁月隧道。首领看在眼里，对前来拜访的这位英俊的年轻人也是心生欢喜。嘎域的人，只要双方喜欢，就能走到一起。

有的人是听说当年吐蕃政权最后的内大相后人来到了孙波如，有的是听了都松钦巴的建议后涌向孙波如，吐蕃政权瓦解时期逃亡到嘎域的皮匠、铁匠、武器制造者、驯马师、谍报员、钉马掌的匠人、商人和书记员的后人，像一些细小的铁粉末，被磁铁一样的者哇阿路吸引来了。

就像生一个孩子要取名一样，者哇阿路想给那片土地取个名字，他想起白衣僧人的预言，便取名为昂伦欠布，人们逐渐将其简称为昂欠。

我能通过今天的地图给昂欠勾勒出一个大致轮廓：巴颜喀拉山和唐古拉山之间地势较为低洼处，适宜过往的旅人休息。唐朝时期，文成公主和金城公主从长安城出发前往逻些城，路经昂欠地界时，恰值夏季多雨，昂欠境内的5条江河全部涨水，公主一行只能在昂欠停留，随从将随身带的粮食和蔬菜种子试种在河谷地带，没想到，竟然长出了庄稼和蔬菜，昂欠便成了整个嘎域地区中唯一的农耕区。

对于拥有大批追随者的人来说，扩张从来不是理论或梦想，而是一个必定要实现的现实。命名昂欠后，者哇阿路的生命清单里，就不只是女人、牧场、随从。扩张就像一片被暴涨河流冲刷出的河滩，那些怀有强烈恢复吐蕃辉煌的人投奔到昂欠，一致向者哇阿路建议：扩大疆域，建造一个比吐蕃更强大的昂欠。

者哇阿路带着佐绕洒，悄悄前往扎曲对面嘎玛山谷的嘎玛丹萨寺，拜见都松钦巴。依旧是那件白色僧袍裹着轻盈的身骨，依旧是慈祥的笑容挂在脸上，挂在经堂大柱上的羊皮卷日历上清楚地记载着那一年是藏历铁蛇年，丹萨寺是3年前的藏历火牛年建成的。

寺院建成867年后，我抵达嘎玛丹萨寺时，手机上显示的年份为公元

2018 年。我不知道者哇阿路在那时见到嘎玛丹萨寺时该有多吃惊，我在囊谦县吉曲乡友人的陪同下，开车从青海进入西藏昌都境内的嘎玛丹萨寺。每年的夏末秋初，暴涨的河水直逼路基，低缓峡谷地带，浑黄的河水轻漫路面，峻岭之间，河水在几十米深的逼仄沟谷间咆哮着。因为要拍照及查看沿路状况，才仁丁增和尕玛轮流开车，这让坐在副驾驶位置上的我免去了看峡谷间奔腾河水产生的晕眩之苦。当初，者哇阿路或者后来的昂欠属民们来往于昌都和昂欠，赶着牦牛，走在沿河路段上，是何等艰辛和危险。

真难想象，800 多年前的古人，是怎样从远处、从山下将一件件建筑材料运到海拔 4000 米的山上来的。进到山门后，我问一个小超市的老板，如何能见到寺里的仁波切或堪布。老板摇着头回复我，他一年也很少见到活佛或堪布。没想到，离开超市没走几步，就见到几位僧人正沿着台阶往下走来，走到我面前，停了下来，直接和我打招呼。之前我们没有见过面的呀，我就这样神奇地被堪布领着，走进了那座古寺，了解到一段传奇历史。

在嘎玛丹萨寺，者哇阿路和妻子佐绕洒再次见到了白衣僧人都松钦巴。者哇阿路牢牢记住了都松钦巴的规劝和预言：昂欠不能靠任何武力争夺而崛起；要找到黄色和白色的两只翅膀，昂欠这只大鸟才能飞起来；到了水马年，达波拉杰的徒弟达玛旺修会到昂欠帮助者哇阿路。

就在者哇阿路告别嘎玛丹萨寺返回昂欠的路上，达玛旺修和几个随身弟子也在从黑河（今西藏那曲市）前往嘎玛丹萨寺的路上。两个人，在不该相遇的年份里互相错过。

达波拉杰像一条江河的源头，都松钦巴和达玛旺修就是从那个源头处分出来的两条大河。

达玛旺修从达波拉杰那里完成学业后前往黑河的巴绒扎玛尔，在那里创建了巴绒寺，这也是后人敬奉其为巴绒噶举派创始人的原因。

达玛旺修和都松钦巴在嘎玛丹萨寺的见面，是两个巨大火种在康巴地区的相遇与点燃。

离开嘎玛丹萨寺后，达玛旺修沿着者哇阿路返回的方向，渡过扎曲进入昂欠境内。水马年，者哇阿路见到了达玛旺修并向他请教"黄色和白色两只翅膀"的缘由。

达玛旺修笑了笑，告诉者哇阿路："你得答应我们，不能用刀剑去抢别人的牧场和女人，不能打仗。我就帮助你找到两只翅膀，帮助你和你的后人。"

者哇阿路答应了，他看见达玛旺修左掌向内摊开，掩住半握的右手，右手大拇指翘起，和左手大拇指构成了个"V"字形："从达纳曲到扎曲的大山深处，有 6 处擦冉（盐场）染白湖水，那是你白色的翅膀。"

"嗯，确实是白色翅膀。黄色的翅膀是什么呢？在哪儿？"

"那是呵塞（黄金），在曲玛尔两岸！"

达玛旺修派出孜卓旺秀僧格和周嘎觉宗等通晓地理堪舆的弟子，帮助者哇阿路先寻找"白色翅膀"。不久，好消息像春天的风一样陆续吹到者哇阿路耳边：在白扎、多伦多、娘日娃、尕涌、乃格等地，相继发现了大小不一的擦冉。那些隐居山河间的盐湖，发出诱人的光芒和咸味，很多跟随者哇阿路的牧民有了新的身份：晒盐人；大批的牦牛有了新的身份：驮盐牛。

那些隐藏在山河深处的擦冉，是者哇阿路甚至后来的昂欠最大的财富，也是最大的秘密。时隔千年后，我在当地老人的指引下，在囊谦县境内一一寻找到了那些消失的古盐场。千年之后，那些白银般的光芒和岁月，细弱而又坚毅地从盐场所在地向海拔低处流淌而去。那些消失的白色沼泽中，盐工们采捞出的力量改变了昂欠羸弱的身骨，驱除了它新兴时期的羞涩和胆怯，让昂欠滋润着它的战马驰骋在高原，让昂欠的嘴张开，嘶着骄傲穿越云层抵达更远的地方，让每个晶莹如盐的黎明，绸缎般轻轻覆盖在山川河流的唇上。

"白色的翅膀"是悄然中完成寻找、开采、晾晒、驮运、贸易的，它像一件武器的锻造一样，在机密状态中进行。而掌握"黄色翅膀"机密的人，除了昂欠的最高决策者外，恐怕就是达玛旺修的两个弟子了。第一位是秋吉慈成邦巴，也是被通天河上游地区的藏族人敬奉的第一世秋吉仁波切，至今，秋吉慈成邦巴已经转世十九次。秋吉慈成邦巴离开达玛旺修后，向西北方向而行，被一条浩浩荡荡的大河挡住了脚步，当地人称那条河为曲玛尔（今天的地图标注为楚玛尔河，长江的源头部分）。秋吉慈成邦巴告诉当地牧民，这里有呵塞，但没人相信他的话。秋吉慈成邦巴教当地人如何淘金，看着黄灿灿的金子出现时，河边响起一阵阵"呵塞，呵塞"的高呼声。

多少年后，在楚玛尔河与通天河两岸，当地牧民深信：秋吉慈成邦巴有着一双雷达般的神奇之眼，能看到躺在河床下的黄金。秋吉慈成邦巴沿着通天河而行的身影，多像一趟驮载着使命的专列，传播巴绒噶举和为昂欠寻找黄金，构成了运载这趟专列两条发光的轨道。850多年后，确切地说是2018年秋天，我再次穿越囊谦、治多、杂多、曲麻莱和称多等县，在唐古拉山和巴颜喀拉山之间的澜沧江、楚玛尔河、通天河段，考察秋吉慈成邦巴当年的路线：秋吉慈成邦巴从澜沧江北岸起步，徒步行至通天河南岸，顺着通天河南岸的草地东行。那天，他来到诺布旺杰山顶，朝下望去：江水冲出峡谷，划出了一道美丽的弧线，构成了一个倒写的大"℧"，像是一条巨龙在这里盘起曼妙的身材。秋吉慈成邦巴从通天河上游一路而来，因为海拔高而没有看到树木，眼前的这片山坡却让郁郁葱葱的松树覆盖，江岸两侧的山坡上，牧草青青，牛羊遍布，他任凭赞叹毫无阻碍地从口腔里钻出："真是一片殊胜之地。"

秋吉慈成邦巴决定在这里修建长江源上的第一座寺院：江囊觉旦寺。江河源的牧民中因此有了这样一句话："最早带来佛音的是秋吉慈成邦巴，最早响起来的是春天的雷声，最早建起来的是江囊寺。"在"万里长江第一县"治多县城，秋雨伴雪加上4188米的海拔，让我和当地学者、作家文扎见面时，打开了酒瓶盖，在一杯杯御寒的酒香中，我向他请教这座古寺的名字来由，得到这样的答复："江囊"和"觉旦"两个名词包含着藏族历史中的两件重要事情。"江囊"是"江顿"的变音。"江"是炮，"顿"有海螺、平台、峡谷等意思。"江"字所包含的历史与《格萨尔》史诗中的三员将帅之一、统率江源直氏部落和嘎氏部落的秋君柏纳有关。秋君柏纳是一位勇猛无比的将领和神奇无比的咒师，他使用的武器常常是注入咒语威力的神奇炮弹。"觉旦"一词与松赞干布迎娶文成公主有关。迎亲队伍路过治多县境内时，曾在这里扎营。我倒觉得，江和绛、姜同音，是被格萨尔封的地区，囊如同囊谦从昂欠变音而来一样，是昂的变音，也就是说，这座古寺的名字或许源自建在绛地的昂欠寺院。这座寺院走过了近千年时光，山坡上那些废弃的寺院建筑，远远望去，气势非凡又令人心生惋惜，一座座土墙上写着斑驳的历史，完全可以说是"江源的古格王国遗址"。

夏天，浩荡奔流的大河，成了阻挡弘扬佛法者的天堑；冬天，一河厚冰变成了弘扬佛法者的洁白之桥。秋吉慈成邦巴带着那头自江囊寺建成后就整天跟随着自己的马鹿踏冰过江，到对岸的夏日赞神山弘扬佛法，想让佛法的种子跨江而播且生根发芽。走到山脚下的一处开阔地前，那头鹿停止了脚步，一边跪着挡住秋吉慈成邦巴的路，一边用牙咬住他的僧袍，就在这时，天空中突然出现了一道彩虹连接着大河两岸。秋吉慈成邦巴就在鹿挡住路的地方住下来，还动员周围牧民建起了一座寺院：夏日寺。秋吉慈成邦巴将佛法的种子带到了通天河北岸，也将昂欠的影响力带到了今天的曲麻莱县境内，这意味着昂欠政权的势力范围向北扩展到了巴颜喀拉山下，向西至长江源头，后来又向黄河源头延伸。

奔腾的江水不会停在一处，弘扬佛法者的脚步也不会停顿，秋吉慈成邦巴继续沿通天河东行，在藏族传说中四大古老神山之一的嘎朵觉悟脚下，修建了著名的赛航寺。

通天河成了巴绒噶举派传播的黄金大道，那些传法者的身影如筏，漂浮在两岸的山野和牧场。白天，他们是沿岸行走的青草；夜晚，他们是随涛声前行的灯盏。如果说我前往那里是为了开启一个古老得近乎生锈的保险箱，试图拿出那里面珍藏的秘密与契约，那么，达玛旺修的另一个弟子慈城那巴就是通天河下游最大的秘密，他就是佛与通天河之间契约的最后签订者：他在今称多县称文镇，修建了札锡寺。

1892 年 11 月 26 日，英国女探险家安妮·泰勒抵达札锡寺；1894 年 4 月16 日，法国探险家吕推带领的队伍到达"悬于江上一个几乎是垂直的山坡上的大寺札锡"。两个月后，这支队伍在称多县境内与当地牧民发生冲突，吕推身亡，这一事件惊动了朝廷并被录入《清实录》，可见处在交通要冲处的札锡寺的影响力。

在当地人的口传历史中，札锡寺才是文成公主渡江的地方。古代从青海进入西藏的路线，并不是现在我们走的公路，而是从柴达木盆地南缘的巴隆开始，绕过鄂陵湖和扎陵湖抵达通天河的上游地区。站在札锡寺，回顾我考察唐蕃古道及三江源的线路，从地理位势和渡江条件看，这里确实是文成公主、金城公主从黄河源地区进入长江源地区再至澜沧江上游，然后进入西藏的最佳渡河地点。

江囊觉旦寺、夏日寺、赛航寺和札锡寺，就像巴绒噶举派僧人为昂欠在长江源区布下的四枚黄金棋子，分布在通天河两岸，这一带盛产金砂，为昂欠的家族寺院对外交易提供着黄金。

四

　　12 世纪中后期到 13 世纪前期，巴绒噶举派的影响力像强大的光线，从青藏高原腹地三江源地区的云层里流泻而出，越过巴颜喀拉山、祁连山、贺兰山，直抵万里之外的另一个神秘王国。

　　西夏是一个崇尚佛教的王国，前几代国王一直信奉汉传佛教，到第五代皇帝李仁孝晚期，派出使者前往昂欠，迎请达玛旺修前去弘扬佛法。达玛旺修派他的弟子热巴前去西夏，热巴在西夏生活、传教、译经长达 32 年后，带着他在西夏收的弟子勒巴嘎布返回。

　　任何地方政权都希望得到中央王权的许可并取得合法性，抵达昂欠后，勒巴嘎布向者哇阿路建议，吐蕃王朝已经消亡 200 多年，雪域高原没有统一而强大的政权，而者哇阿路已经在三江源地区有了相当大的影响力，具备了建立一个地方政权的实力，不妨向南宋政权申请赐封。

　　"我们向宋申请，叫什么好呢？"者哇阿路问勒巴嘎布。

　　"我记得你讲述你的家族历史时，曾说过你的先祖吉乎·柯罗松保做过昂伦欠布（内大相），都松钦巴也曾预言过，你建的领地也就是昂伦欠布，不妨就叫昂伦欠布吧！"

　　者哇阿路委托勒巴嘎布作为他的谋臣，带人穿过今四川省甘孜州境内，抵达黎州（今汉源），请求黎州官员颁发管理领地文书。黎州官员觉得昂伦欠布念起来既长又拗口，便将其简化为昂欠，派人将者哇阿路的请求上报朝廷。宋孝宗批准了黎州官员的奏请，向者哇阿路颁发文册，册封者哇阿路为三江源地区的土官，承认登拉滩（今四川邓柯一带）、达金滩（今西藏昌都一带）、劳达秀（西藏三十九族达查一带）、杰爱虎（今囊谦县吉曲乡一带）、羌柯马（今囊谦县香达镇一带）、当卡佳（今囊谦县桑珠乡一带）等地的 6 个部落和一万户百姓为者哇阿路的领地和属民。者哇阿路从此以王自居，昂欠正式以一个政权的面孔出现。从宋朝颁发的文册来看，者哇阿路的领地范围跨今西藏、青海、四川三省区，地域面积超过 50 万平方公里，这完全拥有一个地方政权的规模，者哇阿路的家族继承者都以昂欠王自称，而这种自称也得到辖地内民众和周围部落的认可，开启了昂欠对今青海、四川、西藏三省区交界地带新的控制时期。

公元 1067 年，西夏公主嵬名金山远嫁到唃厮啰政权控制的河湟谷地时，成了西夏和青藏高原联系的另一条纽带。西夏了解青藏高原上的藏传佛教的渠道，或许就是从那时构建的。巴绒噶举派的僧人们越过巴颜喀拉山向北传教的脚步，延伸到唃厮啰政权范围内时，从河湟谷地到河套平原之间往来的僧人、商旅、密探一定也向西夏传去了巴绒噶举派和有关都松钦巴、达玛旺修的消息。

公元 1159 年，都松钦巴派弟子格西藏索哇前去西夏传教，后者以渊博的宗教知识和高尚人格，折服了当时西夏境内的许多高僧和西夏政权的上层人物，西夏仁宗皇帝奉其为上师。

《青海通史》里这样记载："巴绒噶举创始人达玛旺修的弟子德师热巴（1128—1201）曾长期传教于西夏，是西夏王的灌顶师。"关于热巴的出生、去世的时间，让我心存疑问。2018 年春天，我和玉树佛学院院长、觉扎寺堪布丹求达瓦仁波切曾翻译一本由热巴的弟子勒巴嘎布记录的、关于热巴生平的书（请允许我将其敬称为《秘记》），里面记载热巴出生于公元 1163 年，热巴 13 岁那年，也就是 1176 年拜见达玛旺修；热巴抵达西夏境内的时间应该是公元 1196 年。藏文典籍《康木朵简史》里有这样的记载："帝师热巴前往 minia（音）（藏族文献对党项人、西夏王国的称呼）传教，当时，minia 国王打败了蒙古人的国王。公元 1206 年，minia 国王驾崩，热巴算出了国王的儿子半年后要即位。年轻的国王即位后，对热巴很尊重，称他为帝师热巴。"热巴在西夏传教长达 30 多年，成了昂欠和西夏之间的文化大使，在他的影响下，昂欠辖内的佛教建筑艺术和唐卡绘制艺术，不断传入西夏境内。热巴在西夏修建寺院、翻译佛经，被几代西夏国王奉为德师、帝师、国师等，所以一些藏文、汉文的文献中称呼他为德师热巴、帝师热巴等。

蒙古军队即将占领西夏领地时，热巴才带着他在西夏培养的弟子勒巴嘎布等人回到昂欠。公元 1198 年，勒巴嘎布出生于西夏，师徒之间的年龄相差 35 岁。

勒巴嘎布的《秘记》，记述了热巴在西夏境内 30 多年里，设计、督建了百座寺院，遍及贺兰山到祁连山间的西夏大地，也曾在西夏抗击蒙古军队的战争中祈祷、组织军民。

热巴从西夏回去后，带回了西夏国王赏赐的大量印章、织锦、法器等，在今青海玉树州囊谦县境内的觉扎山（在藏语中"扎"是"乱石之中"的意思，"觉扎"是"乱石中顿悟并回归"的意思）隐居。至今，在觉扎乡一带，仍流传着热巴从西夏回去时，渡子曲时不小心将经卷洒落河中的故事，当地藏族人称子曲是淌着经声的河流。

勒巴嘎布根据热巴的授意，在觉扎山上修建了一座寺院，这座坐落在澜沧江边的寺院就是今天的觉扎旧寺。回到昂欠境内后，热巴不仅把在西夏的经过写成了书，叫《噶本》，还和他的弟子们在昂欠境内建了22座寺院，11座分布在今玉树州境内的囊谦县、杂多县、治多县、曲麻莱县和称多县，11座分布在西藏那曲市。囊谦县是昔日昂欠的核心之地，昂欠时期及热巴回去修建的巴绒噶举派寺院就有著名的巴绒18寺，其中以今香达镇西北30公里峻雄滩的嘎布寺（热巴的西夏弟子勒巴嘎布创建，"嘎"是昂欠地域的藏语称呼；"布"，是聚集的意思，意为聚集嘎域的人，也有纪念勒巴嘎布的意思。在藏语中，嘎布和根蚌发音接近，也有寺院的意思，不少人也将其记述为根蚌寺）、觉拉乡政府所在地的觉扎寺（又名觉拉寺，由热巴授意创建）和距香达镇北5公里处达摩山麓的达摩寺（热巴创建）最为著名，它们是见证昂欠辉煌时期及衰落后佛教薪火依然旺盛的最有力的证词。20多年间，我先后几次去玉树地区实地考察，相继发现了囊谦县者晓乡巴尕村南两公里处的毕日拉庆寺（后改宗为萨迦寺，热巴创建），距香达镇东南60多公里扎曲（澜沧江）河畔的让直寺（由热巴的弟子巴若多杰创建），杂多县苏鲁乡政府所在地普赛卡的邦囊寺（由热巴的弟子释迦多杰创建）等。

返回昂欠后，热巴向者哇阿路建议，修建一座类似西夏的皇家寺院。受者哇阿路的委托，热巴和勒巴嘎布在今囊谦县香达镇峻雄滩找到了理想的建寺之地。2004年夏天，我和丹求达瓦仁波切一起前往峻雄滩探访那座寺院遗址，他告诉我一个传说：热巴初到峻雄滩时，看见那片草滩上有两匹尽情嬉戏的马，预言这里是一块吉祥宝地，适合建寺院。然而，就在热巴师徒即将离开时，却看到那两匹马无端踢打对方的一幕。热巴又心情沉重地向勒巴嘎布预言，这里将会发生内讧。

嘎布寺后来的遭遇证明，热巴的预言是正确的。

公元1236年藏历火猴年5月1日晚，73岁的热巴圆寂，从今囊谦县境内的苏莽寺到嘎布寺，38岁的勒巴嘎布和热巴的其他弟子，护送法体至扎曲河南岸的多囊村时，遇到河水暴涨而停留了一夜。按照藏地风俗，高僧法体休息过的地方，要建灵塔纪念，至今，村里和对岸的村子依然保留着那时修建的两座灵塔。

热巴圆寂后，勒巴嘎布在者哇阿路的支持与参与下，完成了热巴的遗愿：修建嘎布寺。文明和文化的交流常常表现出双向流动，在修建嘎布寺的过程中，勒巴嘎布和其他自西夏而来的弟子或土木工匠发挥了重要作用。勒巴嘎布的亲传弟子、出生于今四川省甘孜州邓柯县的嘎·当巴更嘎表现出了卓越的建筑才华，被勒巴嘎布亲切地称为"鲁美多杰"，并授名"松却巴"。"鲁美"意为建寺不辞劳累；"多杰"即金刚；"松却巴"即"吉祥菩萨"之意。嘎布寺初建时即规模宏大，里面供奉着 10 万尊释迦牟尼像，因此，该寺院也有"具十万佛身寺"的含义。寺院建成后，由勒巴嘎布主持寺院内部的一切宗教活动，在隶属关系上嘎布寺是昂欠王的家寺，寺院一切生活给养均由王府提供。

者哇阿路有 7 个儿子，第三个儿子阿约哇继承了王位，成为第二代昂欠王。

阿约哇执政期间，青藏高原上发生了一件大事：成吉思汗的第三子窝阔台即汗位后，将青海和原来西夏的属区作为封地，划给他的次子阔端。公元 1239 年，也就是热巴去世后 3 年，阔端从凉州（今甘肃武威）派大将多达那波率领军队进入青藏高原。蒙古骑兵进入澜沧江上游地区时，第二代昂欠王阿约哇和鲁美多杰携礼往迎，表示昂欠政权愿意归顺蒙古。多达那波认同昂欠接受南宋政府册封的"六地一万户领地与属民"，承认阿约哇与鲁美多杰构成的前者主政、后者主寺的政教格局，共同主持属地事务，形成了昂欠政权政教合一的雏形。

第三世昂欠王更嘎布，是者哇阿路的第四个儿子者哇求吉坚赞的长子，而者哇求吉坚赞又是鲁美多杰的弟子，在昂欠内部依然保持宗教势力和世俗力量和谐相处的局面。

热巴当初带着勒巴嘎布在峻雄滩上找寻嘎布寺建寺地址时，看到两匹马争斗时发出的预言，在者哇求吉坚赞身上得以应验：扩建嘎布寺时，者哇求吉坚赞与师傅鲁美多杰之间出现了争执，甚至因为权力分配而出现情感裂痕，导致鲁美多杰愤然离开昂欠，赴拉萨郊区的贡塘寺求佛。

公元 1265 年，掌管全国佛教和藏族地区军政事务的大元帝师八思巴回藏，途经昂欠境内时，嘎布寺的僧人代表前往八思巴的临时驻地朝拜。八思巴了解到鲁美多杰赴藏导致嘎布寺内无得力住持的苦衷后，建议寺院派人和他一同去西藏找鲁美多杰。第二年，鲁美多杰听从八思巴的劝告从贡塘寺返回嘎布寺继续担任住持，直到公元 1292 年圆寂。

鲁美多杰生前有松确伊乃、松确公保、求成森、相嘉多杰、者哇求吉坚赞等 5 位高徒，其中最出名的是松确伊乃和者哇求吉坚赞。鲁美多杰去世前留下遗言，由出生于今囊谦县吉曲乡的松确伊乃继任嘎布寺住持。在松确伊乃住持嘎布寺期间，继续扩大嘎布寺的规模。

热巴的预言再次应验：正当嘎布寺规模扩大、寺僧增多、香火旺盛之时，松确伊乃与者哇求吉坚赞再次发生矛盾，在部分僧人的支持下，松确伊乃在嘎布寺所在的山坡下方另建一座丛洒经堂。从此，嘎布寺一分为二，者哇求吉坚赞住持嘎布寺，松确伊乃住持丛洒经堂。从者哇求吉坚赞住持嘎布寺起，出现了儿子担任昂欠王，父亲主持嘎布寺的情形，此后的嘎布寺住持皆为出家为僧的王府弟子，嘎布寺正式成为名副其实的政教合一寺院。

第二代昂欠王阿约哇执政期间，曾派他的弟弟曲吉江才前往萨迦晋见八思巴。八思巴以元朝帝师领总制院事的身份加封阿约哇为昂欠王，承认其所辖六部落的领地和属民。虽然承认其王的地位，但将其万户待遇降为千户，昂欠王得到藏传佛教领袖的册封与认可，从此也拉开了昂欠政权寻求藏传佛教领袖册封的历史。

公元 1274 年，八思巴再次返回西藏路过昂欠境内，在今囊谦县吉曲乡北 8 公里处的宗达寺讲经传法时，会见了昂欠王，并赐给嘎布寺法螺一对（现存囊谦县的采久寺）。回到西藏后，八思巴又从萨迦寺赐给宗达寺一份法旨，特别指出该寺的帝师察喇嘛既是昂欠（千户）的大喇嘛，又是噶德钦楞寺、求宗寺和阐布冷赛德隆寺等三座寺院的住持。

第三世昂欠王更噶布有 4 个儿子，长子森格日巴继任第四世昂欠王，他的三弟京俄巴丁嘉措出任嘎布寺的住持，出现了王子中长子出任世俗的王，其他兄弟出任寺院住持的情形。

王位的延续与传承，就像子曲的河水一样，波澜不惊地走在它的轨道上。公元 1408 年，都松钦巴的第五代转世活佛得银协巴受明永乐帝委托，封赏青藏高原各地政教首领，第四世昂欠王森格日巴的弟弟桑珠嘉措迎请得银协巴到嘎布寺讲经传法。桑珠嘉措向得银协巴呈上南宋王朝和八思巴给昂欠王的封赐文书，恳请得到明朝皇室颁发的印册。

得银协巴沿袭旧例，代表明朝政府和藏地宗教界继续承认昂欠王的合法地位，并赐赠嘎布寺金章、象牙章、玛瑙章各一枚，文册一份。金章和象牙章上的印文为"功德自在宣抚国师"，这是中原王朝向昂欠王的嘎布寺住持第一次赐封"国师"，也表明昂欠经历了南宋、元、明三朝的册封。得银协巴颁发的文册中规定：凡属昂欠部落僧俗人等，均须服从昂欠王室的管理；封桑珠嘉措为国师，有权管理昂欠及嘎布寺的宗教活动；同时，桑珠嘉措作为王室成员，有权管理昂欠境内各部落的行政事宜。此文册使嘎布寺走向最辉煌的巅峰。

五

第四代昂欠王森格日巴有 3 个儿子，第二个儿子扎巴江才继承了王位，成为第五代昂欠王。

蹊跷的是，第六代昂欠王却由一个来历不明的叫熊那的人担任，到第七代昂欠王时，继承者是第四代昂欠王森格日巴的长子角巴日嘉。

第七代昂欠王角巴日嘉的次子邱君嘉后来出任第八代昂欠王，他的哥哥格西邱巴扎巴担任嘎布寺住持，从名字看，这是嘎布寺住持中第一位有格西学位者。世俗的王和宗教的领袖，兄弟两人和谐相处，曾一起迎请噶玛噶举派黑帽系第七世活佛曲扎嘉措到嘎布寺讲经弘法，曲扎嘉措向格西邱巴扎巴授"功德自在宣抚国师"称号,这表明明朝政府继续承认嘎布寺住持为"国师"。

像一部没有较大情节起伏的剧目，王位和嘎布寺的住持在昂欠家族内毫无悬念地挑选出来并得以传承，世俗王位和寺院住持，像昂欠的两个轮子，互相平衡也互相帮扶着，推动着昂欠的大车缓缓行进在历史的轨道上。

从第八代昂欠王邱君嘉开始，王位的继任者虽然来自王室，但有的是长子继承，有的却是别的儿子继承，一个个继任者构成了昂欠王室错综复杂的图画，即便是今天我们看起来，也有一种走进迷宫般的感觉。

第十三代昂欠王的继任者是第九代昂欠王扎西松保的长孙更嘎扎巴，更嘎扎巴的弟弟索南巴德后来担任嘎布寺的住持。

索南巴德出家前曾有两个儿子：索南囊嘉和才仁，兄弟两人曾迎请噶玛噶举派黑帽系第九世活佛旺秋多杰到嘎布寺讲经授法，旺秋多杰循例授给索南巴德"功德自在宣抚国师"封号，这是明政府册封昂欠的第三位"国师"。

第十五代昂欠王洛周嘉布的弟弟嘎玛拉德，担任嘎布寺住持。嘎玛拉德曾赴西藏拜见噶玛噶举派第十世活佛却英多杰，却英多杰同意其承袭"功德自在宣抚国师"称号，这是嘎布寺住持中被明朝政府册封的第四位"国师"。

嘎玛拉德在第十五代昂欠王洛周嘉布去世后，开始摄理王位，集政治和宗教权力于一身，但此时危险也正朝昂欠逼近。

《甘孜州志》中有这样一段记录："崇祯十二年（1639年）固始汗率兵侵入甘孜一带，灭白利土司东悦多吉，占领今德格、甘孜、邓柯、白玉、石渠等地，派部下统治其地，每年征收赋税。"东悦多吉，又写作顿月多吉。

在《玉树州志》中这样叙述："根蚌寺（嘎布寺）于17世纪30年代，毁于昂欠王与白利土司之间的战争，遗址至今尚存。"

将这两者结合在一起，一桩历史大案就会浮出来：崛起于今四川省甘孜州西部一带的白利势力，尊崇苯教，强烈反对佛教。白利势力的首领对外也称白利嘉布，也就是白利王，他带领的武装力量不仅占据了昂欠在今四川甘孜州西部大片土地和西藏昌都市的地盘，还向昂欠的腹地进逼。战争的结果是白利势力直逼昂欠的腹地，捣毁了存在几百年的嘎布寺，屠杀没有逃走的僧徒。第十五代昂欠王嘎玛拉德被迫迁往今囊谦县的吉曲乡松宗，试图在那里保留昂欠的脉气。

嘎布寺就是昂欠的代名词，它的辉煌就这样消失了。站在嘎布寺的废址前，我聆听完丹求达瓦仁波切的讲述，能感受到他对昂欠的情感，也能想象到他一直想恢复这片废墟上的文化记忆的努力。回到囊谦县城，我也看到了他的另一个努力：在囊谦县城东郊重建了一座达摩寺，围绕该寺还建成了佛学院，下一步，他还想在这里建成昂欠文化研究院、昂欠与西夏文化研究院。

出逃的昂欠王室成员在嘎玛拉德的带领下，一边在松宗建立新的据点，一边继续抵抗白利势力的追击。面对白利武装的凶残追杀和大肆灭佛运动，嘎玛拉德只好向已经进驻青海的蒙古和硕特部首领固始汗求救，这才有了蒙古军队大规模进入玉树和甘孜地区。在固始汗军队的帮助下，白利王东悦多吉被擒，后死于地牢中。但昂欠东部的大部分地域，被后来的德格土司占据了，而昂欠也归顺蒙古和硕特部，其境内的今称多县、甘孜县等地区逐渐有了被称为霍尔的定居蒙古族。公元 1640 年，固始汗颁给嘎玛拉德的文册中明确规定："辖区之内，寺院三座，尔为寺主，妥为经营，以宏佛法；僧俗人等，汝之属民，善行治理，以安秩序；山川土地，尔之封疆，邻近各部，不得侵犯；派之内差，索之外利，一切收入，均归汝用。……种种权限，准其世袭。"虽然有入驻康巴大地的蒙古族首领的表面承认，但那个地域广阔、影响力卓著的昂欠，还能恢复昔日的荣光吗？

嘎玛拉德率家族迁往今吉曲乡松宗重建王府，标志着这个家族开始走下坡路。一场意外又恰好在这时发生。嘎玛拉德年幼的儿子扎西达玛顶桑贪玩，将干草拴在猫尾巴上，在王府里点火追逐取乐，不料引发一场大火，好不容易修建好的松宗王府毁于一旦。王府不得不重新选址，最后选在了一个叫喀（今囊谦县吉曲乡卡冈村侧的吾改山坡上）的地方，一位叫持修廷列嘉措的僧人奉命设计、督修了一座寺院，这就是晚期昂欠家寺持修寺。虽然昂欠王的规格从万户降到了千户，但其仍是整个三江源地区唯一的千户。

那个给猫尾巴上点火惹出一场大灾难的小男孩扎西达玛顶桑长大后，成了第十六代昂欠王。公元 1646 年，扎西达玛顶桑前往拉萨拜见五世达赖喇嘛阿旺罗桑嘉措和固始汗，二者都赐给他"米旺仁青南杰"的称号，并颁发了锦缎文册，承认他继续统领昂欠的政教大权。有了藏地僧俗两界最高首领的赐封，扎西达玛顶桑回到新王府，继续他的昂欠王生涯。公元 1672 年，王府发生内乱，扎西达玛顶桑被属下土官格罗旺扎逼着喝下鸩酒而亡。

17 世纪 30 年代至 19 世纪中叶，藏传佛教各派在昂欠王统辖的地区广泛传播发展，以噶举派为主的寺院占有主导地位，除了建立最早的一些巴绒噶举派寺院外，还出现直属昂欠王府的四大寺院：乜也寺、贡下寺、桑买寺和持修寺，四大寺的历任寺主活佛为昂欠王的灌顶活佛。

第十七代昂欠王是第十五代昂欠王洛周嘉布的儿子公却嘉布，1684 年，公却嘉布像他的先祖一样，远赴拉萨朝圣，求得第巴桑杰嘉措以两年前去世的五世达赖喇嘛阿旺罗桑嘉措名义向他颁发了新文册。

六

按照既往的规律，公却嘉布的继承者应该是第十八代昂欠王，然而，公却嘉布的第二个妻子丛洒所生的儿子多杰才旺即位后，却丢失了这个家族传承了十七代的地位和荣誉：公元1698年，统领青海的蒙古亲王、固始汗的第十个儿子达什巴图尔向多杰才旺赐"乌吉台吉"爵位，颁给文册，称他为朵堆地区的"嘉布"（王），但台吉的爵位其实已将他明确降为千户。第二年，公却嘉布的第一个妻子色洒所生的儿子陈林才旺塔生，继被六世达赖喇嘛仓央嘉措授予"格西洛舟塔荣"称号后，被第巴桑杰嘉措以六世达赖喇嘛仓央嘉措名义确认昂欠王的一切利益，要求他"恪守五世达赖执照内之规定，永远不得随意改变。另望与邻部和睦相处，多行善事"。

公元1709年，多杰才旺赴拉萨晋见拉藏汗，得到拉藏汗的赐封和保护，拉藏汗明确规定昂欠的领地疆域"邻部不得侵犯，昂欠寺院主权，邻部不得篡夺，更不可以强凌弱。在昂欠属民中派差收税，过境官员，亦不得额外派差，更不准越职理政。凡昂欠仆役属民外逃，邻部不得收容，以免引起衅端。各部宜守旧业，多行善事。慎之凛之，违者重罚"。这让处于走下坡路的昂欠家族的利益得到了暂时保护。

昔日中原王朝的封赐被来自拉萨方面的宗教势力和来自青海的蒙古亲王取代，让多杰才旺和他统领的昂欠家族历经了一个特殊的时代。那时，青海大多数部落成了向和硕特蒙古缴纳贡赋的属民，出现了"惟知有蒙古，而不知有（清王朝）厅、卫、营、伍官员"的局面。为了加强统治，1724年5月，雍正帝采纳川陕总督、抚远大将军年羹尧上奏的"青海善后事宜十三条"及"禁约青海十二事"并下令执行。规定青海境内的藏族各部收归清朝中央直接管辖，把藏族各部的头面人物分别安置为各级土官，将千户、百户等统归清朝的道、厅、卫等衙门管辖。昂欠归属设在西宁的青海蒙古番子事务大臣衙门（统称"西宁办事大臣"）统管。也就是这一年，云南提督郝玉麟率兵万人在察木多（今西藏昌都）招抚昂欠等部落，多杰才旺派首席楞布、阿夏百户多杰贡（"楞布"，大臣之意，系昂欠王设置的七佐政之首，授有代理王权事务的大权）前去晋见。多杰贡向郝玉麟陈述宋、元、明历朝皇帝册封昂欠王的详情，表示昂欠王情愿归诚清廷，希望清朝政府继续承认其王位并颁给文册。郝玉麟不仅答应了这一请求，并召集昔日昂欠境内的 36 个部落头人，在他的提议和多杰贡的力荐下，这些头人们一致推举多杰才旺为 36 个部落的总头人。

两年后，西宁办事大臣达鼐会同西宁总兵官周开捷授予多杰才旺（文书中写作"即尔策旺"）千户衔，昂欠家族在清朝的册封中，明确沦为千户，其管辖的各大小部落首领的头衔也从昔日的千户、百户降为百户、百长。这是昂欠家族在清朝时期实行千户制的开始，也是今玉树地区整体实施千、百户制的开始。

蒙古统治青海时期，给这里不同程度地印上了其文化印记，地名就是其中一个，今天的可可西里、柴达木、库库淖尔（青海湖）、格尔木、巴颜喀拉山等就是鲜明的例子。公元 1731 年，当昂欠的地名出现在西宁办事大臣给雍正皇帝的上疏时，就带有蒙古语的色彩：巴彦南称。"巴彦"，蒙古语是富足的意思，"南称"，则是昂欠的音译。随后，朝廷令川、陕、藏共同派员勘定巴彦南称等各族界址及隶属关系，确定玉树地区"巴彦南称四十族"归西宁管辖。

公元 1732 年 9 月 17 日，达鼐再次给多杰才旺颁发执照，规定昂欠千户所辖地界为东至越尔巴、苏尔莽；西至巴尔达苏鲁、隆崩巴；南至喀木达之源谢索布拉叉水多；北至甫卡山梁阿拉克硕交界。这比当年昂欠辉煌时期管辖面积少得多了。从达玛旺修时期开启的巴绒噶举经由热巴、勒巴嘎布锻造的高峰，到这时已经逐渐式微。

公元 1734 年，多杰才旺的长子官却班久才丁继承第二代昂欠千户，这次，和以往的昂欠王和第一代昂欠千户不同的是，西宁办事大臣派来的主事官员授予官却班久才丁的文册，是由雍正帝御批、兵部颁发的。同时，朝廷册封官却班久才丁千户职衔及顶戴花翎。1742 年夏天，官却班久才丁赴拉萨朝拜七世达赖喇嘛。七世达赖喇嘛对 1699 年第巴桑杰嘉措以六世达赖喇嘛仓央嘉措名义颁给昂欠王公却嘉布执照中所规定的权益给予肯定，至此，官却班久才丁的地位得到了清朝和西藏地方的承认。

1812 年，第四代昂欠千户索南求培的儿子巴丹晋美·才旺赤列出生后，被今玉树市境内的周巴寺活佛登巴江才、四川省德格县八邦寺活佛白玛宁叶和西藏自治区昌都市卡若区妥坝乡的康巴寺活佛祝久尼玛 3 人认定为持修寺活佛赤列嘉措的第五世转世灵童，于 1821 年 6 月迎请到今囊谦县吉曲乡卡冈村吾改山坡上的持修寺坐床。巴丹晋美·才旺赤列的母亲拉毛班藏常常思念年幼的儿子，前往持修寺又路途不便。索南求培心疼妻子和儿子，于 1832 年在千户府邸昂欠喀附近修建了一座经堂，供儿子在此学习佛法，后来，在经堂的基础上兴建了昂欠千户最后的一座家寺——采久寺。巴丹晋美·才旺赤列没有辜负父亲的厚望，成年后学识渊博，被誉称"昂欠的班智达"（大学者），与章嘉国师意希丹贝坚赞过从甚密，被章嘉国师亲切地称为"阿德"，自此"阿德"成为其佛号。这也是我在采久寺寻访这段历史时，寺里的僧人提及巴丹晋美·才旺赤列时，称呼为"阿德"的原因。

公元 1830 年，索南求培千户去世后，巴丹晋美·才旺赤列潜心钻研佛法，对千户的俗事并不感兴趣，把千户的位子让给了弟弟官却拉杰，后者便是第五代昂欠千户。

第七代昂欠千户旺泽·才旺拉加执政期间，散居在四川省境内德格土司属下的石渠、邓柯等地的部落牧民向西迁徙，进入昂欠千户管辖的今称多县境内，和当地的住户和谐相处，自称为"文保"（藏语，侄子），逐渐形成今称多县境内的文保部落。

在青藏高原，人口是最大的财富和生产力，这些牧民的流徙自然引起德格土司的不满，不仅常派兵侵扰称多地区，还一度强行将称多地区东部的部分牧民划归德格土司名下，这让传统意义上的昂欠二十五族中的称多族成了一个独立部落。德格土司一度还在往来川藏时，取道今囊谦县境内，向昂欠千户强索支应。没落的昂欠家族对此没有办法，第七代昂欠千户旺泽·才旺拉加多次上诉至西宁办事大臣，却一直没有得到解决。

昂欠二十五族中有一支叫玉修，是从今治多县境内迁徙今玉树市境内的，随着这一支队伍的发展壮大，他们的生存地域被人们称为玉树（玉修的音译），到晚清时期，玉树的影响力已经超过昂欠，这也印证了这片土地上"先有昂欠，后有玉树"的说法。

1937 年 11 月，旺泽·才旺拉加的长女降央伯姆与四川德格土司泽旺邓登联姻，不仅改善了德格土司和昂欠千户的关系，在一定程度上也化解了昂欠千户与德格土司多年的积怨。1942 年，德格土司去世后，降央伯姆承袭第五十一代德格土司，更是加强了昂欠千户和德格土司之间的联系。

1935 年，马步芳奉蒋介石之命，为阻击北上抗日的红军，在全省建立 15

个保安区，任命旺泽·才旺拉加为第十五区保安司令，下属八个保安团。

从第一代昂欠王者哇阿路开疆拓土拥有几十万平方公里的疆域，到第八代昂欠千户扎西才旺多杰，历经几十代人、几百年的时光，昂欠家族到第八代昂欠千户时，领地只剩下很小的一块。具体分为几部分：杰爱虎，即今囊谦县吉曲乡一带；羌柯马，即今囊谦县香达镇一带；当卡佳，即今囊谦县桑珠一带（应该是囊谦县白扎乡一带，也有人认为在巴颜喀拉山西南曲麻莱县境内）。

时代为第八代昂欠千户扎西才旺多杰定格，让他为昂欠千户画上了句号。1951年，扎西才旺多杰的千户身份被更新为玉树藏族自治州主席，此后他以这个身份和玉树藏族自治州州长，在人民政府中走过了15年；扎西才旺多杰的长子阿庆，是昂欠千户最后一座家寺采久寺的寺主活佛。就像当初昂欠将僧俗事宜的最高掌权者切成两块跳动在各自追随者心中的水晶石，在时光的神殿里发出的光成了鲜艳的壁画，又在时间的墙面上剥落，神话的王、万户和千户最终被还原成人。

昂欠，我替你张开皲裂严重的嘴唇，一面说出一个地方政权的历史，一面像从高处接流来的水一样伸出一个盆子，我用笔蘸满王与民、战争与和平、信仰与背叛、统一与分切的胆汁，轻轻地写下上面的文字。这些文字串起来，就是关于昂欠的、没被记录在青海档案袋里的一部历史。

第六章
马头琴的称雄

接到出征命令时，多达那波心里生出的纠结，像被一条蛇死死地、紧紧地缠住然后拧扭他的肠子一般。身为一个长期跟随阔端征战的蒙古族将士，这次，他接到的命令不再是让他在平原上纵马驰骋了，而是要翻越积雪覆盖的祁连山，探查并征服一个巨大而陌生的疆域——青藏高原，带有冒险性质地为新兴的元帝国开拓新领地，这是任何一个职业军人愿意做的事情。然而，在这场远征前，多达那波派出的探子带来的消息显示，那个辽阔而陌生的疆域人烟稀少，地势很高，氧气稀缺，民众桀骜，致命的是善于在草原上奔走的蒙古马，甚至他们从祁连山下征集到的山丹马也不适应那里，一旦发生战争，己方的补给无法保证，那就是一片高高的陷阱。

多达那波又不能拒绝，因为给他下令的是阔端，成吉思汗的孙子。

下令之前，阔端曾和多达那波有过几次谈话。让多达那波印象最深的是暑夏夜晚的那次谈话。祁连山的夜风不时吹进凉州城内的阔端府邸，阔端的一块心病随着谈话如风般钻进多达那波的耳朵：十二年前的初春，阔端的祖父成吉思汗突然发动了对西夏的进攻，此后，成吉思汗曾五次攻打西夏，都没能捏碎西夏这块坚硬的生铁。命运在成吉思汗带领的蒙古骑兵和西夏之间，总是竖着一道坚硬的墙，让进攻者一次次看到冰与霜的背影，一次次听到刚硬的拒绝，尽管最辉煌的一次，成吉思汗的军队攻掠西夏北部的大面积疆土，甚至围困了西夏都城中兴府。蒙古骑兵一次次发起的进攻像大海中飓风掀起的层层巨浪，但矗立在银川平原上的西夏都城就像一座坚挺的岛礁，朝进攻者发出冰冷的嘲笑。

公元 1227 年 1 月的寒风中，裹着成吉思汗留下的一声不甘和一道让士兵继续围城的军令，那些围城的士兵并不知道，他们的最高统帅带着沮丧和不甘，悄然做出了《元史·太祖本记》中记述的决定："帝留兵攻夏王城，自率师渡河攻积石州。二月，破临洮府，三月，破洮、河、西宁三州。"这是蒙古士兵踏入青海的最早记录，也是成吉思汗踏进青海边缘的最早记录。

那支部队的主要成员是成吉思汗远征西域时收编的撒拉尔，带队的是撒拉尔部的首领喀喇曼汗，他们在成吉思汗的带领下，离开贺兰山，向祁连山方向奔袭，翻越祁连山后，这支撒拉尔军队像一把尖刀刺向青海东部，然后刀锋一转，直指今青海省循化撒拉族自治县境内的黄河边，涛声压不住成吉思汗那雄浑的乞颜部口音："兵渡夏格勒（蒙古语，黄河），夺取唐兀特（蒙古语，西夏）昔日之积石州，断其龙头！"

撒拉尔军队渡过黄河，攻破积石州后，一部分驻留在这里，这是今天循化撒拉族自治县境内最早的撒拉人。一个月后，攻破临洮府的蒙古军队又杀了个回马枪，攻克河州后将征战的足迹迈到了青海境内，一举攻克了西宁。

成吉思汗去世两年后，他的第三个儿子窝阔台被拥戴为新的大汗，接过成吉思汗的权杖，将西夏时期甘肃、青海的大部分领土甚至今新疆以及中亚一些国家的地盘，作为封地划给了他的二儿子阔端。

善于征战的血液像一条奔腾的河流，流淌在成吉思汗的黄金家族中。将政治中心设在凉州（今甘肃武威）的阔端，站在府邸也好，在凉州城里巡察也好，抬起头朝西望去时，总会看到祁连山上的皑皑白雪，那是高悬于天的一张白纸，跨越到山那边并征服那里的人和牧场，就是在那张白纸上完成的精彩答卷，是再次延续成吉思汗大军进入青海的梦想。

要完成这个梦想，得先派人了解那里的情况，多达那波是阔端的首要人选。

多达那波开始秘密筹建一支向青藏大地进发的精锐队伍。为了防止消息扩散，阔端下令从成吉思汗的三女婿赤窟属下的弘吉剌部整体征调 1000 多人，集体加入这支远征队伍。

祁连山顶上的皑皑白雪，冷冷地注视着这支远征军在短时间里仓促地征兵、筹粮、找向导、缝制棉衣、学习简单的藏语、征集马与牦牛和随军的铁匠、医生。

夏天的时光很快消逝，祁连山的雪线，像溃堤后失控的流水从山顶往下流泻，寒气直逼初秋时分的凉州城。

阔端的军令是在公元 1239 年初秋下达的，那是凉州城内朝两个方向射出的两支利箭。第一支箭是阔端派长兄贵由沿着祁连山东麓河西走廊西征，旨在打通并控制丝绸之路的黄金地段；第二支箭是让多达那波带领组建起的那支远征军，翻越祁连山后进入青海境内。

一

一支常年奔走在这条线上的藏族商队走在前面，成了跟在后面的远征军的好向导。穿过祁连山腹地的抓喜秀龙草原后，多达那波发现眼前是一个令人惊叹的、陌生而生机勃勃的世界。草场比祁连山东部的更丰美、更辽阔，大片的森林犹如一面绿色海洋上凸出来的一座连着一座的绿岛，更茂密，牛羊更多。远征军就像一条穿行在这绿色海洋和绿色岛屿间的水蚰，感受着漫山青草发出的芬芳之气。那些昔日跟随成吉思汗大军远征至祁连山下的弘吉剌部落的将士，自从落脚到凉州后，哪里还见过这么辽阔而美丽的草场，满眼的碧绿让这些弘吉刺人兴奋的尖叫声，回响在祁连山西麓的大通河畔。

远征军抵达祁连山西麓的大通县境内，多达那波带人翻越那道山口时，看到它长得像骆驼，便按照阔端出发前下达的一项命令——以蒙古语给沿途的大山、大河命名，将自己给那道山口的命名告诉随身的书记官，并让他用蒙古语记下来：铁迈达坂。780多年后，我沿着这支远征军的路线行至海拔3940米的达坂山时，无论是路牌还是新修的隧道口上，已经没了蒙古语的"铁迈"（骆驼，也译作特莫）字样，但也总算替多达那波保留了蒙古语"达坂"（山口）字样。

继续向西穿行在祁连山的莽莽丛岭，进入今青海省海晏县境内时，多达那波被那两面铺着巨大绿色的垭口惊呆了，没想到这里的群山如此苍翠，他将那碧绿的垭口命名为"可可特里"（蒙古语，青色的山口）。

刚翻过"可可特里"，远处有一面宛如大海的湖，在太阳的照射下，像一面朝天平躺的大镜子反射着银色的光芒。全体将士抵达大湖边时，发现它竟然又泛着青色的波光。多达那波惊呆了，这简直就是一片海呀，这是他见过最大的湖，湖边的牧歌、牛羊、帐房、湿地是一片草原的基本构件，它们让眼前这片草原呈现出一种完美，是他之前走过的任何地方都无法相比的。书记官遵循多达那波的命令，记下了他对那面大湖的命名：可可淖尔——青色之湖。

翻过青海南山，一个台地接着一个台地，像在大地上垒砌出的一座梯子，抬升着沿途的海拔，那几个台地被书记官记成了至今仍沿用的地名：一塔拉，二塔拉，三塔拉。越往青藏腹地走，地势越高，多达那波看到那些一路上兴奋不已、有说有笑的弘吉刺将士，随着路途的延伸，笑声、谈话和氧气都渐渐少了起来，脸色越来越铁青。黄昏搭建帐篷后，负责后勤的士兵拿出干牦牛粪烧水煮茶时，才发现水也烧不开了，他们从凉州出发时精心挑选的战马，也耷拉着耳朵，和人一样大口喘气，整个队伍陷入了巨大的沉默与惶恐中，也不知道下一步会怎样。在大非川，多达那波听随行的书记官讲述了大唐帝国曾派出的远征军在这一带几乎全军覆灭的故事，唐朝军队的那次失败有后援乏力的原因，但主要原因是这里的高海拔让缺氧的唐军面对吐蕃军队几乎毫无还手之力。

每翻越一座雪山，就得有人和马死亡，都得付出代价。多达那波带领的那支军队前行的路线，基本是沿着今天从青海西宁前往玉树州的214国道方向。对沿途每一个地方的命名，就像在那里插下了一面旗帜，撒下了一粒珍珠，栽下了一块发光的路标。沿途最响亮的一个蒙古语地名，无疑是今天果洛藏族自治州和玉树藏族自治州的分界线：巴颜喀拉乌拉。翻越途中最高的那座雪山，走在绵延的山顶，人和马都像是踩在云朵上，积雪封山，眼前白茫茫一片，哪里有什么路？前面带路的商队也是凭感觉摸索，后面紧跟的远征军像是一群蚂蚁匍匐在一面白色的幕布上，显眼但又渺小。不断有人和马死去，氧气稀薄得让远征军成员连咒骂几句的力气都没了，大家默默地、小心翼翼地在雪地上行走，但诅咒像头顶不断飘飞的雪片一样回荡在内心，大家都认为这是一座不吉祥的、随时能夺取人和牲畜生命的"黑色之山"。蒙古族对山河命名时，哪怕是凶山恶水，也不忘在名字里寄托一些美好的愿望。

　　多达那波让书记官记下了自己用蒙古语对这座山的命名——"巴颜喀拉"——蒙古语意为富饶的黑色之山。若干年后，另一支从新疆翻越阿尔金山进入青海的蒙古军队，也是沿途用蒙古语命名，留下了柴达木、格尔木、察汗、德令哈、哈尔盖、布尔罕布达山等名字。

　　顺着巴颜喀拉山往西而行，多达那波带领的这支部队进入黄河源地区，给那片无人区留下了"可可西里"（意为青色的山梁）、"乌兰乌拉"（红色的山）、"祖尔肯乌拉"（像心脏的山）、"奥登诺尔"（星宿一般的湖，即今天的星宿海）等蒙古语的地名。

　　多达那波带领的人进入今西藏境内后，沿途的各个世居部落还没反应过来，蒙古铁骑就踩着青草完成了一趟试探性的远足。那些因反抗而丧生的僧侣就像青草上的露珠，临终前的哀叫声砸疼佛的额头，染红了寺院及更多的地方。

　　多达那波顺利地完成了勘探任务，带人返回了凉州，向阔端汇报了沿途的情况："派军队远征乌思藏实在是不可取的，尤其是在大非川一带，我听说了唐朝军队几乎全军覆灭的事情，而且，我们的马在那里也会呼吸困难，哪里还能和当地的马以及当地人战斗？"

　　"怎么回事？"阔端焦急地问。

　　"地势太高，我觉得过了可可淖尔后，就一直在往天上走，如果和沿途的那些唐古特、土伯特人发生战争，我们没有一点胜算——他们是我见过的最不容忍接受命运摆布的人。那片土地，终将会属于我们，但绝不能像以往一样，通过战争来实现我们的征服之梦。"

"还有我们蒙古骑兵战胜不了的人？你看，无论是西域或更远的费尔干纳、巴格达，还是契丹、女真或唐古特在贺兰山下建立的王权，甚至辽阔且强大的宋朝，我们的哪一寸土地不是靠战争得来的？除了战争，还有别的办法吗？"

"有！"

"还有别的？"阔端一听就来了兴趣，他直起身子，焦急地问多达那波。

"这一路走来，我发现卫藏地区噶当派的寺院最多，达垅噶举派的法王最有德行，止贡噶举派的京俄大师最有法力，而远在后藏的萨迦派的萨迦班智达学问最好，影响力最大。我们若不想动一刀一剑得到整个乌思藏，就应该请萨迦班智达到凉州来，通过他的影响力控制整个乌思藏与唐古特的旧地。"

阔端当即命在场的书记官，给萨迦班智达写邀请信。

路途的遥远和驿站的未建立导致信息的传递是那么缓慢，也导致萨迦班智达和阔端的握手显得遥远而滞缓。那封信缓缓地抵达今天西藏的萨迦寺，距离出发时不知过了多久，才到萨迦班智达眼前。

萨迦班智达从阔端命人带来的那封信中，读到了整个乌思藏免受战火的希望。唐古特人建立的西夏王国灭亡后，就有不少从昂欠前去西夏的僧人逃亡到后藏地区，他们给藏地带去蒙古军队消灭西夏及西域各国的消息，这些消息的背后都暗藏着这样的信息：蒙古军队就是能越过任何一座雪山的飓风，这股飓风不仅势不可当，而且还凶恶无比。蒙古刀前的抵挡者闻到的是自己的血，遭到的是屠城的命运。关于蒙古军队各种被妖魔化的消息，早就传遍了雪域高原，现在，如果能让雪域民众免除战火之苦，有何不可？

或许是阔端发出对班智达的邀请信后有过等待，或许他不久就忘了这件事。7年后，萨迦班智达才带着他的侄子八思巴和助理恰那多杰，取道青海前往凉州（今甘肃武威），在青海省内留下他的足迹和各种传说，比如今称多县的名称，就和八思巴有关：八思巴曾在路过的嘎哇隆巴（今称多县称文乡）传经时，从各地赶来聆听讲经、接收摸顶赐福的信徒约万名，并在这里收阿尼当巴和阿尼仲巴两兄弟为徒，许多信徒选择居留于此，并逐渐形成通天河边的众多部落，其中一个部落就取名"称多"——意思是万人聚会；阿尼当巴和阿尼仲巴按八思巴的旨意，在称多创建并在八思巴讲经的地方修建"百玛嘎宝"，以示纪念的尕藏寺（今称多县境内历史最久、规模最大的萨迦派寺院）。我和称多县作协主席嘎旦增不措前往这座神圣的寺院，寺里的堪布告诉我这样一件事：八思巴穿越祁连山、离开青海抵达凉州时，阔端已于前一年北上，出席推举贵由为可汗的大会，这一去就是一年，萨迦班智达在凉州也就等了一年。这一年，也成了凉州接受萨迦班智达弘扬佛法的一年。

当阔端自草原上返回凉州时，萨迦班智达见到的是长途劳顿、病魔缠身的阔端。那是一次神圣而隆重的见面，萨迦班智达拿出一本乌思藏最早流行的藏医学著作《本医》，指出上面记载的放血疗法、火疗法和涂抹疗法，提出给阔端用放血疗法治病。担心阔端对藏医不信任，萨迦班智达简单地给阔端讲述了藏医的发展历史，尤其是文成公主和金城公主进藏时带去的"四百零四种病方，五种诊断法，六种医疗器械"以及《门介钦莫》（即《医学大全》）等医学著作，极大丰富了藏医学的内容。赤松德赞时期，藏医学有了很大发展，出现了宇妥宁玛·元丹贡布、碧棋列贡、吾巴曲桑、齐齐谢布、米娘绒吉、昌提杰桑、聂巴曲桑、冬门塔杰和塔西塔布等九大藏医学家。

取得阔端的信任后，萨迦班智达开始为阔端治病，让后者感受到了藏医学的神奇魔力。阔端对萨迦班智达用的藏药很是好奇，便问那种藏药的名字，得到的答复是——"欧曲坐珠钦莫"（简称"坐台"），是萨迦班智达将水银经过特殊加工加入其他药材炮制，炼制成无毒而具有奇特疗效的一种藏药，公元 8 世纪从印度传入青藏高原，被"藏医医圣"宇妥宁玛·元丹贡布经过无数次拜师求学之后所掌握，并载入《四部医典》中。

"坐台"对脑出血、风湿、痛风、高血压及中毒症等疑难杂症有奇特的疗效，能增强人体五官功能和自身免疫力，有抗衰老等特殊功效。它与其他药物合理配制，能成倍提高原药疗效，大大延长药物的作用时间，减少药物用量，缩短治疗周期，原来三个月能够治愈的疾病，加入"坐台"只需一个月就能治愈。因此，在七十味珍珠丸、仁青常觉、二十味松石丸等名贵藏药中，"坐台"成了不可缺少的成分。

藏医学在长期的实践、发展与完善中，逐渐形成了一套独立的医学体系，成了生活在雪域高原上的人们的健康保证。我曾专门去过位于西宁市城北区生物科技产业园区经二路 36 号的"中国藏医药文化博物馆",那里其实就是一个以青藏高原为背景的藏医药世界,一条耸立着的、绵延不绝的医药之脉。

在"中国藏医药文化博物馆"中,我看到了写在墙上的三段文字——

> 公元 6 世纪,吐蕃赞普因饮食不洁染上了麻风病,为了防止麻风病的进一步传播,他将自己活葬入地。活葬前还嘱咐自己失明的儿子,尽快寻找眼科医生进行开明手术。这时,一位青海海西地区的藏医走向西藏,成功地为松赞干布的爷爷做了世界上第一例白内障手术。

> 公元 1079 年,藏地著名的医师年麦·达布拉杰出生,这天,他的母亲因吃了萝卜突然死亡,为了探究母亲的死因,他将母亲的尸体解剖,发现死因是消化不良。但此举却创立了藏医中的人体解剖学,这也是世界上第一例医学意义上的解剖。

> "不要将病人的排泄物当成污物。""不要向病人索取物质报酬。"——这是书于公元 8 世纪的《四部医典》中对医德的规定。

"中国藏医药文化博物馆"墙上的这些有关藏医学的记录,让我看到藏医学是造福雪域高原的,也是世界医药体系中重要的一支。

青海很多地方因为海拔高、无污染而成为冬虫夏草、雪莲、雪灵芝、胡黄连、沙棘、贝母等许多珍贵药材生长的上佳之地,因此被誉为"藏药宝库"。青藏高原上至今仍然延续着古老的藏医藏药,青海的各个州、市,都分布着规模不一的藏医院或藏药中心。"酥油可以止血,能治疗烧伤、烫伤;青稞酒能舒经通络、活血散瘀;柏树枝叶、艾蒿烟熏可以防治瘟疫……"这些藏医学理论依然在牧民中间传承着、实践着。

萨迦班智达没有想到,自己给阔端用"坐台"治病 759 年后,以"坐台"为代表的藏医药被国务院批准列入第一批国家级非物质文化遗产名录。如今,在青海乃至整个藏地掌握"坐台"技术的藏医们，正将这种古老的医术发扬光大着。

萨迦派宗教领袖萨迦班智达与阔端在凉州白塔寺进行"会谈"，通过给阔端治病赢得了后者的尊重和信任，一份包括青海在内的整个青藏高原归顺阔端的协议，在一种愉快的气氛中签订，这个协议通过萨迦班智达给藏地各地方势力发出的一封公开信《致乌思藏纳里僧俗诸首领信》传遍青藏。

在这封信中，萨迦班智达向藏地各派势力说明，强大的蒙古骑兵进攻前，任何抵抗只能招致灭亡，归顺是大势所趋。就这样，萨迦班智达不仅成了蒙元政权在乌思藏的代言人，而且也借蒙古人的力量成了乌思藏最大的宗教势力，凉州白塔寺成为西藏正式纳入中国版图的历史见证。

"凉州会谈"也被史籍记载为"凉州会盟"，它使蒙藏双方避免了战争所造成的惨重伤亡和破坏，西藏从此正式划入元朝版图，西藏属于中国。

"凉州会盟"4年后，萨迦班智达病逝于凉州。曾随同萨迦班智达从萨迦前往凉州的八思巴，两年后接到了忽必烈的邀请：前往六盘山会晤，这确定了八思巴和忽必烈的友好关系，也为藏传佛教在后来建立的大元帝国中的尊崇地位奠定了基础。

"我南下远征时，甚至后勤保障的严重短缺，给我们的将士带来征战上的不便。现在，我奉尊者八思巴为国师，在乌思藏设立了三个宣慰使，整个卫藏归顺大元，但通往卫藏的路上缺少甲姆（和平时的驿站，战争期间的兵站），你带人迅速前往乌思藏，勘察沿路的情况，我们要尽快设立甲姆。"接到忽必烈的命令，达门以忽必烈的进藏特使身份，携带着忽必烈的赏赐和诏书，以及使团所需的食品供应，开始经青海进藏。返回后，他让人在沿途设立了27个甲姆，这是镶嵌在青藏之间的27个支点，它们使唐蕃古道再次提升了速度，也为后来的蒙古军队来往于青海和西藏之间提供了物资保证。从此，每当京城有新的政策和旨意，那些飞速奔驰的驿马一路铃铛摇动，一站接一站地将中央政府的旨意传达到西藏，青海境内的驿站就扮演着连接中央政府和西藏的中介角色。

多达那波率领弘吉剌部的将士们进入青海30年后，忽必烈封自己的第七子奥鲁赤为西平王，镇守青藏地区，整个青藏地区成为奥鲁赤的封地。蒙古族在这片土地上的影响力像一团持续上升的火焰，继续发出耀眼的光芒与能量。

出于战略安全，西平府显然不能设在青海腹地，《元史》里也模糊地说其驻地算木多在"汉藏交界处"。直到公元1287年，元政府封章吉为宁濮郡王，镇守西宁，他的哥哥脱脱木儿被封为岐王，镇守湟水下游，标志着元朝对河湟谷地的有效控制。

元朝后期，卜烟帖木儿被封为宁王，镇守柴达木盆地，这标志着蒙古族贵族势力彻底控制青海西部地区。青海南部的玉树地区，属于元帝国帝师八思巴的领地；而果洛地区属设在四川甘孜的吐蕃等处宣慰使司都元帅府管辖。

二

从北京到青海省会西宁市，坐Z21次列车，只需要19个小时，坐飞机只需两个小时，自驾者也需要两天多的时间。然而，652年前的另一支往西而行的远征军，在征虏大将军徐达的带领下，从北京出发抵达青海和甘肃交界处，花费了1年零10个月的时间，才完成对驻守在今青海省黄南州境内蒙古军队的进逼，让镇守今黄南州的镇西武靖王卜纳剌宣布举部归降，这标志着蒙古族势力统治青海的退幕。

卜纳剌宣告归降明军的消息像一道沿河奔走的风，很快传遍隆务河两岸。那时，恰好是农历六月中旬，当地民众和军人连续六天载歌载舞，庆祝免受明军的军事进攻。如今，隆务河两岸的藏族和土族群众于每年阴历六月十九日至二十五日，依然保持连续六天举行盛大的祭神歌舞活动：六月鲁热。

历史的轮回再次体现，赶跑西夏人和女真人后称雄青海的蒙古族，随着元帝国的消亡与明军的进入，逐渐从青海的政治舞台撤离。那些不愿投降者，在逐渐退离中选择向西而走，投奔占据柴达木盆地的宁王卜烟帖木儿。

一个个被册封的王者，像一根根代表大元帝国势力的路桩，带着征服者的骄傲被栽在青海境内的黄河两岸、青海湖畔、草场盐池，最远的王是忽必烈第八个儿子阔阔出的后裔——宁王卜烟帖木儿，也是元帝国最后被封的、镇守在青海的王。上好的封赐之地被先封的王们占据了，最后受封的宁王只好去了偏远、辽阔的柴达木盆地。

接到封令后，卜烟帖木儿带人从西宁出发，翻过青海南山进入了茫茫戈壁，沿着从青藏高原前往西域的那条"吐谷浑道"向西北方向而行。到达封地时，卜烟帖木儿失望了，他能见到的是一块小得站不了几头骆驼的绿洲，恍如茫茫戈壁与沙漠构成的瀚海中的一座小岛，那里也是今青海省海西蒙古族藏族自治州和新疆巴音郭楞蒙古自治州的分界线，当时，那片蛮荒之地连个地名都没有。卜烟帖木儿记得来时经过一片湖泊，发出一阵阵怪味，便让书记官用蒙古语记录下自己对那个地方的命名：尕斯（蒙古语中是"怪味"的意思）。卜烟帖木儿并不知道那股怪味就是今天我们说的天然气，几百年后，尕斯一带成了青海重要的天然气基地。

指着远处的一处山头，卜烟帖木儿告诉书记官：你看，那里是不是像一个人平躺着时凸出的额头？

书记官心领神会地点了点头，回复道：尊敬的王爷，在蒙古语中，芒来指额头，延伸为冠军、带头人。书记官记录下卜烟帖木儿的封地之名："芒来"。后来，人们将汉语中的崖（ai）字取代了来字，这也是如今地图上出现的茫崖。

2020 年 7 月中旬，为了本书的修订，为了确定宁王卜烟帖木儿封地的具体位置，我一改往常从西宁向西穿越柴达木盆地的路线，从甘肃省阿克塞哈萨克族自治县境内翻越当金山进入柴达木盆地东北角，这也标志着我从踏入当金山南麓的那一刻起，就已经跨进昔日宁王卜烟帖木儿的封地。

我的首要目标是寻找《秦边纪略》上面记述的"西海北，距西宁三百八十里"的"安定卫"，然后按图索骥找寻昔日"安定卫"的卫所"昔儿丁"所在。事实证明这注定是一件无望的事情：甭说历史的烟云里，王爷府被废弃多年，就是文献记载，对王府的记述也是不一致的，《青海省情》里记述的"安定卫"在青海湖北边的祁连县、海晏县一带，而《西宁府新志》《明洪武实录》《明史》中的记载却在"甘州西南"。

离开当金山南麓，贴着祁连山西麓的公路，行至大柴旦镇。加油、吃饭后，继续向西而行。这是切穿柴达木盆地中部的一条死寂之路，沿途几乎看不见车辆，上百公里毫无村镇和淡水，让这里更不可能出现行人。几百公里的穿越，完成了从祁连山西麓、昆仑山东麓横越柴达木。从格尔木通往敦煌、茫崖的公路，像一条横在蓝天白云与黄色大地间的绵长哈达，从天上落下来。顺着这条哈达的指向，贴着昆仑山东麓往西北而行，逆时针方向完成对柴达木盆地缺少上面一横的、长达千公里的大大的"口"字的书写（我返回时，上面一横的书写也被完成）。这超过 10 万平方公里的地域，恰好是当年"安定卫"管辖的阿端、阿真、苦先和帖里等四部。柴达木盆地西北角的这片土地，被王爷亲口一说的"芒来"，就是昔日属于王爷辖内"四部"中的阿镇部。今天，这片富藏石油、天然气的茫茫戈壁滩，成就了县级茫崖市。

几天时间里，我在柴达木的西北角竟然发现了几个茫崖：一个是从原来的茫崖镇升格为现在的茫崖市；一个是我沿着 315 国道往新疆境内的若羌县时，公路两边的牌子上分别明确写着"茫崖镇"字样，但从两边的土路走了 10 多公里都没见到，偏远的青新交界处，什么奇迹都能发生，我也就见惯不惊了。在 315 国道和 303 省道交叉处往东不远，地图上标注着一个"芒屋"字样的地方，那是当地人说的老茫崖，估计是地图的制作者将"崖"字误写成"屋"了。

对宁王卜烟帖木儿来说，茫崖简直就是青海的甚至地球的尽头，就是遥远、落后与偏僻的象征。他在茫崖附近的尕斯湖边过着他的边地生活，元帝国崩塌的消息也像太平洋暖流一样难以抵达这里。宁王卜烟帖木儿无法在第一时间里知道，明军进入青海后对蒙古力量的摧毁烈度有多强。他也不知道，从河湟谷地撤离的元朝残余力量，正向柴达木盆地而来，试图投奔他。

任何残敌都可能是巨大的隐患，抗拒和追击从来都是失利者和取胜者之间不会消失的战争游戏。翻越青海南山时，高山积雪带来的寒冷、3817 米海拔带来的高原缺氧，让追击西逃蒙古军队的明军感到来自大自然的严酷考验。退离至青海南山西麓、进入茫茫柴达木盆地的蒙古残余力量，不断吸引着明军的追剿脚步。

进攻者与退守者之间的厮杀依然进行。面对明军的步步紧逼，再退后，要么向西或向南进入莽莽昆仑山与布尔罕布达山，要么向北进入毫无生机可言的茫茫盐泽，这三条逃亡路线都意味着危险甚至死亡。

蒙古将士将宁死不屈的个性暴露在柴达木这面荒凉而巨大的镜子前，他已经闻见了死亡的讯息，下令一支精锐力量沿着古老的吐谷浑道，奔向戈壁滩的西北方向，试图保护宁王卜烟帖木儿。自己则带领剩余的将士，选择以死相拼。

骑在马上的蒙古将军，就是横在柴达木盆地的一道堤坝，试图拦截汹涌如潮的明军。蒙古将军穿着护身软甲，皮带束着紧身战衣，挎着的箭壶里，十二支箭就是十二个蓄势待发的战士，长筒皮靴伸在马镫里，狐皮帽顶上的红缨盛开成军阵前的一朵红花，让一团燃烧的火焰凝固成一座火红的神殿，跳动着某种刚毅与顽强。对面的明军即将进入射程，蒙古族将军从容地取出一支箭，朝奔在最前面的明军射去，中箭者倒伏在马背上。就在将军的箭射出的同时，对面马背上的一个神箭手也迅速朝将军射出一箭。将军听见心口发出闷闷的一声哀号，左臂就失去了知觉，整个人伏在了马背上。跟随自己多年的那匹马，像一个老朋友，似乎知道自己的主人中箭了，旋即调转头，向远处奔去。

　　战争很快就结束了，明军得胜了。随从们紧跟着驮载蒙古将军的那匹马，飞快地向戈壁滩深处逃奔。那匹马停下来时，随从才发现将军的血从箭头四周往外奔涌，其中一位随从拿出一块丝绸手帕，一边迅速拔出箭头，一边用手帕去堵住伤口，血很快就染红了手帕。黄昏时分，高原的冷风吹来，将军的那匹马先是朝天长鸣，然后低下头，将嘴唇贴近主人的头，眼睛里有泪流出，然而，它的主人没能等到那滴泪滴到脸上，就闭上了眼。

　　明军随时都可能追来，葬礼必须在匆忙中完成。随从们简单地挖了个坑，将那件黄花织锦面皮袍铺在将军身上，其他随从有的割下一缕将军乘骑的那匹马的马尾，有的摘下将军的马镫，有的取下将军的角质弓，有的取下将军那剩下 11 支箭的箭壶，放进将军那简易的墓坑里，然后填上了土。

　　580 多年后，诺木洪农场第二工作站的人员，无意中挖出了一具干尸。根据干尸的尸体、胸口受伤情况、染了血迹的丝绸手帕以及周围的陪葬品，考古工作者由此推定，这是一位战死的元代蒙古族武将。而在挖掘出这具干尸前 3 年，也就是 1955 年秋天，在诺木洪农场以西 185 公里的格尔木农场第一作业站，曾发现过元代桑皮纸印刷的纸币。

　　将军与战士的拼死抵抗，加上柴达木盆地恶劣的自然条件，让明军只好撤离。几年后，宁王卜烟帖木儿派他的王傅卜颜不花前往南京，向朱元璋献出元朝政府授予的金银字牌，表示愿意称臣大明，明朝政府封卜烟帖木儿为"安定王"，这是蒙古势力在青海大地得以完整存活的一支。

　　唯有大地清醒，看着牛羊、青草和夕阳一起缅怀强大但消亡的元帝国，那些深入柴达木盆地的蒙古族将士，就像当初多达那波对青海大地上的一些地方命名一样，留下了柴达木（盐泽）、格尔木（河流聚集的地方）、茫崖（额头）、茶卡（白色盐池）、唐古拉（唐古特乌拉的简称，指唐古特人的山）、尕斯（发出异味的地方）等蒙古语地名。

三

从元到明、清三代的几百年时间里，从成吉思汗攻取西夏都城兴庆府未遂转而下令进军青海、元朝在青海境内封王到宁王卜烟帖木儿接受明朝赐封的"安定王"并守居柴达木盆地西北角，再到清朝时期和硕特蒙古从新疆进入青海，青海东部、中部和北部的牧业地区，像一张白纸，被大量涌入的蒙古族骑兵、牧民在不同时期、不同角落里，用他们的征战和生活为笔，书写了一个与蒙古族紧密联系的地理概念：海西（青海湖以西地区的简称），一些历史文献中称其为"西海"。

成吉思汗的子孙很多，究竟具体有多少，恐怕很难说得清，但最有成就的恐怕是那位叫达延的、成吉思汗的第十五世孙，按照蒙古族历史上对领袖的称呼，他被后人尊称为达延汗，一个一生致力于蒙古族内部统一并最终完成这一历史使命的王者。

明朝政府将蒙古东部地区的 6 万户牧民分为左右两翼，达延汗是其中的左翼首领，他曾派人向占据今鄂尔多斯的右翼首领亦不剌求娶其女儿，不料，亦不剌在答应后不久又爽约，将女儿允诺给另一位右翼首领阿固勒乎，这不仅是对一场婚约的反悔，而且是右翼势力联合的表现。恼怒的达延汗亲自带兵征讨。兵败后的亦不剌南下，遭到驻守陕北的明军阻击，只得渡过黄河，翻越贺兰山，转向阿拉善北部的额济纳；接着翻越祁连山，进入青海湖西部的柴达木盆地。这是青海境内迎来东部蒙古族军事力量的开端，也引发了蒙古族牧民在明代第一次大规模移居环青海湖地区及青海湖以西的柴达木盆地，他们以强悍的态度，像一把把有力的楔子，插进一处处牧场，为蒙古族中的卜尔孩部、整克部、大同部等进入这里开了先河。

亦不剌带兵进入柴达木地区 3 年后，阿固勒乎也带兵来到柴达木盆地东北角的陶乐河流域。

将亦不剌的势力赶走后，达延汗实现了蒙古各部在今内蒙古地域内的统一。

为了彻底追击父亲的宿敌亦不剌和阿固勒乎势力，达延汗的次子俺答和他的兄长吉囊联合出兵，开始进据西海地区，大破亦不剌部及先前反叛达延汗并出逃至西海地区的达延汗兄弟卜尔孩部，乘胜收服了昔日宁王卜烟帖木儿的封地。

按照蒙古人的习俗，俺答同样承袭了达延的汗位，被他的追随者和后人敬称为俺答汗。俺答汗出征的脚步就像寺院的金顶一样，吸引着无数的信徒围集而来并紧随其后，进入西海地区的蒙古部落一度达到 29 支。

为了在信奉藏传佛教的青海大地站住脚，俺答汗需要藏传佛教领袖的支持。他于公元 1578 年给藏传佛教格鲁派领袖索南嘉措发出了邀请，索南嘉措接到信后很快动身前往青海。

青藏高原上的宗教领袖与世俗政权首领在青海湖边的仰华寺举行了愉快的会见，俺答汗赠索南嘉措"圣识一切瓦齐尔达喇达赖喇嘛"的尊贵称号。索南嘉措即为后世所称的第三世达赖喇嘛。索南嘉措也向俺答汗赠予"咱克喇瓦尔第彻辰汗"的尊号。索南嘉措通过俺答汗，曾多次向明朝代贡方物，并请敕封；四世达赖喇嘛也继受明朝敕封，保持了与明朝中央政府的臣属关系。

大批蒙古族牧民和军队的到来，使西海地区荡起了带有政治意味的涟漪，一度改写了这里的民族关系。他们在这片土地顽强地生存、抗争、崛起。最强悍、最有发言权的一支是厄鲁特蒙古四部（准噶尔、杜尔伯特、和硕特、土尔扈特）中的和硕特部。

四

卜烟帖木儿当初命名茫崖时，和当初受阔端之命前往西藏给沿途地方命名的多达那波一样，一定是希望所命名的地方从此永远归于蒙古。卜烟帖木儿没想到，自己被封为王到达这块偏远的封地后，就被同知指挥沙剌杀害，导致卜烟帖木儿的王子又反过来诛杀沙剌，沙剌的部将复杀王子的连环悲剧。

卜烟帖木儿更没想到，258 年后，他所命名的尕斯湖地区，迎来了一位改写青海历史的和硕特部的蒙古族青年。

从天山脚下出发翻越阿尔金山后，看着眼前茫茫的戈壁，和硕特部的蒙古族青年图鲁拜琥兴奋不已，他告诉那些化装成前去西藏敬香的信徒的随从：前面就是青海境内了，距离我们要完成的使命又近了一步。那时，图鲁拜琥的内心一定涌起这样的豪迈：这片土地上曾称雄过的吐谷浑也好，吐蕃也好，在我面前已经成了灰烬，我没权利去膜拜你们，也没义务去传承你们，你们是曾经吹过这里的风，而我必将是滚过青草尖的响雷，会炸裂出一轮朝阳。

茫崖是图鲁拜琥身负神秘使命、化装前往西藏的必经之路。那个秘密使命源自不久前，图鲁拜琥和几位神秘客人见面：那天，随从禀报，有几个和硕特部的商人要见他，和他商谈一桩大买卖。

那几个人进来后，在喝奶茶的过程中，首先介绍了一件事：执政西藏地区的藏巴汗联合各种势力排斥新兴的格鲁派，统领青海地区的却图汗也极力反对格鲁派。

却图汗派出的使者怀揣密信，从青海出发前往西藏。藏巴汗展开密信一看，脸上露出了笑容：却图汗希望能和藏巴汗联合，一起联手镇压格鲁派。统治今四川西部的白利土司东悦多吉也坚决反对格鲁派。东悦多吉与藏巴汗、却图汗这三股反格鲁派势力，紧紧拧成一条更粗的绳子，往新兴的格鲁派身上套去。格鲁派内部，五世达赖喇嘛阿旺罗桑嘉措年纪尚幼，无法展示他的号召力与影响力。扎什伦布寺的寺主罗桑却吉坚赞决定寻求外力来挽救生死关头的格鲁派，他派出的密探，很快带回了一个理想人选的资料：厄鲁特蒙古四部是一个逐渐强大起来的部落，其中的和硕特部住牧地从原来的叶尼塞河扩展到额尔齐斯河、伊犁河流域。出生在和硕特部的第三代厄鲁特王爷家中的图鲁拜琥，是成吉思汗的弟弟哈布图·哈萨尔的十九代孙。

我从松巴·益西班觉所著的《青海史》中读到了图鲁拜琥成长的轨迹：少年时，图鲁拜琥就以成吉思汗为人生偶像，且不断习武读书，13 岁那年，受父亲的委托，率领蒙古骑兵打败了前来进犯的 4 万多穆斯林军队，在和硕特部落中赢得很高的声望。25 岁那年，厄鲁特蒙古与地处漠北的喀尔喀蒙古发生矛盾且双方之间的战争一触即发之际，图鲁拜琥孤身前往喀尔喀部，成功地说服对方放弃了战争。

这样一个蒙古族青年，无疑是罗桑却吉坚赞试图拯救格鲁派的理想人选，后者派人前往图鲁拜琥处，希望他能够进藏，挽救生死关头的格鲁派。

罗桑却吉坚赞的请求，无疑给正在打瞌睡的图鲁拜琥送来了一件舒适的枕头，后者正考虑如何扩大势力与影响力，这不正是一个绝妙的时机？图鲁拜琥决定，和随从们化装成前去西藏礼佛的香客，先了解情况。

离开茫崖，图鲁拜琥和他的随从贴着昆仑山东麓，开始穿越干旱、荒凉的柴达木盆地。

走到通天河边时，这趟远足剧本的书写出现了反转。图鲁拜琥看到江边驻扎着近一万人的军队，准备渡河前往西藏。图鲁拜琥一打听，惊出了一身冷汗，原来这支部队是却图汗派出帮助藏巴汗镇压格鲁派的，领队的是却图汗的儿子阿尔斯兰。阿尔斯兰非常爱财，对宗教之间的纷争并不感兴趣，只是奉父亲之命出兵西藏。

那是一个改写历史的夜晚。图鲁拜琥走进军营拜见阿尔斯兰，他看到自己随身带的财物全部摆在阿尔斯兰的面前时，后者脸上露出了笑容。图鲁拜琥声称自己是一位格鲁派信徒，五世达赖喇嘛和罗桑却吉坚赞事先已经知道阿尔斯兰的进军线路，在沿途设好了埋伏，他奉命前来劝说阿尔斯兰放弃军事进攻；眼前的这点财物，仅仅是五世达赖喇嘛和罗桑却吉坚赞的一点心意，如果阿尔斯兰放弃镇压格鲁派，拉萨三大寺里的全体僧人已准备好了更多的金银财宝。

本来以为可以秘密而快速进军西藏，没想到格鲁派早就严阵以待，阿尔斯兰的心里顿时凉了半截。再加上图鲁拜琥带来的金银财宝以及允诺的更多财富，阿尔斯兰下令放慢进藏的速度并邀请图鲁拜琥和他一起进藏。

进藏途中，图鲁拜琥每天都陪着阿尔斯兰，给阿尔斯兰灌输格鲁派的信条和教义。图鲁拜琥的随从们，整天出入阿尔斯兰的队伍，散布格鲁派在拉萨严阵以待的传言，使这支部队的掉队人数逐日增加；同时，图鲁拜琥悄悄派出两个心腹，星夜赶往拉萨，提前向罗桑却吉坚赞告知新近发生的一切。

阿尔斯兰快到拉萨时，遇上了罗桑却吉坚赞和五世达赖喇嘛阿旺罗桑嘉措派来的使者，阿尔斯兰的眼前又出现了更多的金银珠宝。一场重金贿赂，改写了一场军事行动，避免了一场对格鲁派的血腥镇压。进入拉萨城之前，图鲁拜琥告别阿尔斯兰，前往甘丹寺拜见了罗桑却吉坚赞和五世达赖喇嘛阿旺罗桑嘉措，随后还前往扎什伦布寺的法会，接受了罗桑却吉坚赞和五世达赖喇嘛阿旺罗桑嘉措赠予的"固始彻辰绰尔济"的尊号。

拉萨河边，阿尔斯兰对自己的军队下令，不准进攻格鲁派的寺院及教徒，自己带了几个亲信，悄悄前往哲蚌寺听达赖喇嘛讲经，也曾悄悄前往甘丹寺向五世达赖喇嘛阿旺罗桑嘉措磕头。正在藏北地区的藏巴汗等待来自青海的援军，他没想到，等来的却是阿尔斯兰的军队向驻扎在羊卓（今西藏浪卡子县）一带的藏巴汗部队发起的攻击。

政治利益面前，亲情有时显得很脆弱。得知儿子的背叛行为后，却图汗赶紧让人送信给藏巴汗，令其设法除之。

不久，阿尔斯兰就被部将刺杀。返回新疆的第二年冬天，图鲁拜琥带领一支万人军队，从塔尔巴哈台出发，穿越天山和阿尔金山，再次从茫崖秘密进入柴达木盆地，并进行休整，如同由一条条蛇构成的神秘蛇阵悄然冬眠。次年春天，那个蛇阵复苏，向青海大地吐出信子：在今刚察县一带，图鲁拜琥带领的军队和却图汗军队展开激战，鲜血染红了山岩，给青海战争史留下了一场著名的以少胜多的战例，史称"血山之战"，双方的军队比例是 1:3，战斗以图鲁拜琥取胜而告终。

越来越多的和硕特牧民，跟在征战胜利的图鲁拜琥身后，从天山脚下移居青海，在这片浩瀚如海的地方，形成一座座葳蕤生机的小岛。几百年后，在柴达木盆地形成了今天的青海省海西蒙古族藏族自治州，在环青海湖地区形成了蒙古族和藏族杂居的形态，在九曲黄河即将离开青海的地方，形成了青海境内蒙古族人口比例最高的河南蒙古族自治县。

柴达木盆地仅仅是和硕特部青年图鲁拜琥生命中两次来去的一处大驿站，仅仅是他辉煌政绩取得前的一座加油站，他或许在后来的日子忘记了这里。然而，后来迁徙至此的蒙古族人，并没忘记他。在图鲁拜琥最后一次离开这里继续向青海腹地进发的 477 年后，也就是 2014 年 8 月 26 日，世界最大的图鲁拜琥主题雕像在德令哈市柏树山德都蒙古文化原生态旅游区落成，这或许是当地和硕特蒙古人对他们心中的英雄最好的记忆与礼敬。

站在高 7.9 米、总长 35.9 米、重达 2400 吨、由 209 块花岗岩组成的图鲁拜琥主题雕像前，我仿佛听见一股历史的罡风，几百年来，毫不疲倦地吹过，像一群群清洁工手握扫帚，不停地打扫着柴达木这方大院子，生怕落在上面的灰尘掩盖了那段历史。从图鲁拜琥后来的人生轨迹来看，他从天山脚下远路而来，跨过阿尔金山时，就踩进了青藏高原的门槛，柴达木盆地就是他的前院，青藏腹地是他的客厅，拉萨是安放他梦想的黄金宝座。

稳固住柴达木盆地和环青海湖的形势后，图鲁拜琥再次以香客身份，带着金银财宝前往拉萨。大昭寺见证了那场隆重的会见，五世达赖喇嘛阿旺罗桑嘉措和罗桑却吉坚赞为图鲁拜琥举行了隆重的法会，并且授予他"丹津却吉杰保"（藏语，"护教法王"）的称号。双方不仅制定了消灭白利土司、藏巴汗残余势力的计划，还达成一致：派人前往盛京（今沈阳）觐见皇太极，建立与清政府的关系，为清代蒙古族在青海的势力扩充奠定了基础。

图鲁拜琥的军事攻伐与信仰昭告，使格鲁派面对其他势力的攻击时，取得了绝对胜利。在图鲁拜琥军事武装的全力支持下，格鲁派逐渐发展成为雪域高原上的执政教派。世俗力量和宗教力量一旦在雪域高原联手，便会在双方内部释放出不可估量的能量。格鲁派逐渐成了统领青藏的第一大教派，图鲁拜琥的军事武装也成了青藏大地上首屈一指的军事力量。

图鲁拜琥的一道指令，就像一支蘸足了墨的笔，在青藏这张白纸上画出了一条线：把移牧青海的蒙古族分布的地方分为左、右两翼。左翼自今湟源县起，沿湟水上游、青海湖北、布哈河、布隆吉尔河至额济纳河为界，辖地即今青海省海北州、柴达木盆地西北部，甘肃省河西走廊及内蒙古额济纳河流域；右翼东自东科寺，西至茫崖附近的尕斯草原，南至四川松潘边外的漳腊营，北至青海湖南岸一带，相当于今青海省的海南州、果洛州的部分、柴达木盆地东南部及黄南州南部区域。图鲁拜琥让他的儿子达延、鄂木布、达兰泰、巴延河阿布该阿玉什统辖左翼；伊勒都齐、多尔济、玉胡鲁木什、桑噶尔扎、哀布察珲、达什巴图尔统辖右翼。

在图鲁拜琥的眼里，青海大地就像一张棋盘，他稳稳地在上面布局，每个儿子就是他稳固势力的棋子。对青海控制的布局完成后，图鲁拜琥坐镇拉萨，并留八个旗的蒙古军队驻扎西藏。公元 1653 年，清廷在册封达赖喇嘛的同时，也派专使前往拉萨，给图鲁拜琥送去金册金印。专使宣告金册的内容时，图鲁拜琥听得清清楚楚,清廷赐封他为"遵行文义敏慧固始汗",这是国师一样的、王的角色,从此,固始汗替代了图鲁拜琥。

公元 1645 年,固始汗给扎什伦布寺座主罗桑却吉坚赞赠了一个称号叫"班禅博克多"(班禅,藏语意为大学者、圣者;博克多是蒙古语,即对睿智英雄人物的尊称),并请罗桑却吉坚赞主持扎什伦布寺,划后藏部分地区归罗桑却吉坚赞管辖。扎什伦布寺依照哲蚌寺追认一、二世达赖喇嘛的先例,向上追认了三世班禅,罗桑却吉坚赞为第四世班禅。从此,格鲁派中产生了班禅活佛系统。1713 年,清政府正式颁发金册玉印,封五世班禅为"班禅额尔德尼",其称号沿用至今。

公元 1654 年,固始汗病逝于拉萨。顺治皇帝特意下谕表彰固始汗"克尽克诚,常来贡献,深为可嘉",并专门遣使致祭。固始汗虽然晚年并没在青海生活,但他对青海的影响是深远的,他既是青海和硕特蒙古的首领,也是统治整个青藏高原的大汗。在扶持格鲁派的同时,统一了整个青藏高原,使之从动乱割据走向安定统一,为中央政权实行对青藏高原的大一统,加强蒙藏各族之间的交流团结起到积极的作用。

清朝近 300 年时间内,青海的政治文化图景发生了很大改变。清朝前期,青海东部的行政建制基本上承袭了明朝的制度,雍正年间作了较大调整,乾隆时更加完善,从此形成了这样的格局:在东部农业区设立西宁府,在西部牧区设立青海办事大臣,全称"钦差办理青海蒙古番子事务大臣",是清朝派出管理青海中西部牧区的最高行政长官。办事大臣总管蒙古族、藏族部落和地区的一切事务,行使政治、司法和宗教等方面的权利,具体负责蒙古王公的封爵承袭,藏族千户、百户头人的任免,各大寺院活佛的转世,稽查蒙藏各部落的户口、牧畜、田亩,管理控制茶粮交易,受理蒙藏之间各种民事纠纷和杀人盗窃案件,会同周边总督、督抚协调处理甘青、青藏、青川之间相关事宜。

公元 1724 年 2 月,西宁府正式设立,随着中央王朝对青海的管辖权进一步扩大,西宁府的行政区划变化也较大,最终形成河湟地区一府三县四厅的格局,即西宁府、西宁县、碾伯县、大通县、巴燕戎格厅、循化厅、丹噶尔厅、贵德厅。

清朝在推行省、府、县三级行政管理的同时,又在东部实行土司制度。

土司集部落首领、封建领主、朝廷官员于一身，尽管受府、县节制，却有自己的衙门，有自己的家兵武装，握有对管辖百姓的生杀予夺大权，青海的土司制度直到1931年才彻底被废除。

第七章
风鸣高原马萧萧

匍匐在黄河边的小积石山，像一道门槛横在黄土高原与青藏高原之间，分开了今天的甘肃和青海两个省。小积石山东侧的莫泥沟，土木结构的建筑寥落地散布在山坡上，我试图找寻这里乡民们引以为豪的、100多年前的人和事——山坡上漫荡的"花儿"，走出村寨的名人，刀剑之影中的血性，等等。在一个对外隐蔽着心灵的乡村，这些找寻注定要失败，我只能通过那两个出走的青年，来追寻一个显赫于青海军政舞台的家族历史。

马海宴的家在莫泥沟，马千龄的家在距离莫泥沟15里外的阳屲山。在这条山沟里，人们慌乱地撒下粮食的种子，就将生活的希望寄予能否带来雨水的上天，这种寄予常常缥缈如山间匆匆来去的云。年轻人更多的是希望走出积石山，要么走向河州或北上兰州，要么南进甘南讨生活，也有人会徒步翻越北边的阳屲山，渡过黄河前往西宁，也有人会向西翻过积石山，进入莽莽的游牧文化区内，在一片语言、文化、信仰都陌生的地域内，寻找生活的希望。和通过打工、拉驼、放筏、放牧的打短工者不同，莫泥沟的马海宴和阳屲山的马千龄都选择了习武，试图在以后的日子里当个保镖来养活家人。

马占鳌是整个莫泥沟第一个走出积石山前往西安的人，算是周围一带见过大世面的人。马占鳌返回莫泥沟时，西北回民起义的热潮已波及河州，当地回民起义军首领马永瑞久攻河州城不下，便向马占鳌请教。

那个看似和往常一样的下午，莫泥沟的阳光里弥漫着一种悸动和不寻常的气息，马海宴和马千龄一道走进马占鳌家时，只见马永瑞正在聆听马占鳌的建议：反抗清军必须要联合西北地区的回族群众。

马永瑞说：在河州一带，回族百姓都听您的，我还是恳请您来执掌举义的大旗。

马占鳌以河州反清"都招讨"的身份，走出莫泥沟，投身河州地区的反清起义大潮中。马海宴和马千龄，跟随马占鳌离开家乡，他们犹如一对插在马占鳌身上的翅膀，跟随这个从莫泥沟走出的农民，慢慢走进了中国西北地区的政治漩涡之中。

那两个回族青年没想到，离开地处小积石山南段的莫泥沟后，他们再也没能回到故乡来。

一

马占鳌没有让马永瑞失望，他带领大批的追随者，很快就攻下了河州城，让这里在此后的 10 年间成了甘肃南部回民反清起义的重要据点，同时这也引来清军后来更大规模的镇压。

就在左宗棠计划调集部队继续征剿马占鳌带领的武装力量时，一封降书送到了左宗棠眼前，让他惊奇不已：为了避免无谓的牺牲，马占鳌决定率部向左宗棠投降，并且将自己的儿子和其他追随者的儿子，作为人质送到左宗棠的大营。

马千龄带着马占鳌 17 岁的儿子马五十七以及其他追随者的孩子，走进左宗棠的大营时，左宗棠的眼睛一亮，眼前的少年马五十七眉清目秀，让他欢喜无比，当场为马五十七赐名马安良，意为"除暴安良"，并赞叹道："马占鳌是人中之杰，他的儿子也非凡品。"马占鳌由此官拜中旗督带，马海宴为中营马队管带。

中日"甲午之战"爆发后，京城防务吃紧。慈禧太后急调驻守新疆的董福祥率甘军进京。路过甘肃时，董福祥下令将马安良和马千龄的儿子马福禄、马福祥所带领的 500 多名回族乡勇收编入队。

从河州到北京，超过 1600 公里，按照现在的交通条件和交通工具，自驾车需要 20 多个小时；100 多年前，从这里走出的一批回族青年，长途跋涉，徒步完成了 1600 多公里的急行军。

6年后，八国联军入侵北京城。甘军再次奉命，从西北紧急出发保卫京城。这次，甘军的主体力量出现了河州回族军事力量的"新三马"：马占鳌的儿子马安良、马海宴的儿子马麒、马千龄的儿子马福祥。

"新三马"带领的武装力量在史称"庚子第一恶战"的京城保卫战中，赢得后来称雄西北的政治资本，也形成了马占鳌家族、马海宴家族、马千龄家族在甘军中"三马并立"的局面。护驾慈禧太后出走西安的路上，年迈的马海宴因劳碌过度身亡，马麒和马安良护送慈禧太后一直到了西安。

在西安的日子里，慈禧太后对马安良、马麒、马麟、马福禄、马福祥等马氏青年进行了表彰。

就在马氏家族势力逐渐在西北壮大之时，一个远在京城的官员的建议，为这个家族和青海的渊源拉开了序幕。

岑春煊是晚清时期的政治家，曾连同张之洞、袁世凯等人上书废除科举制度、提倡立宪，是晚清官场上风云一时的人物，他于1904年向朝廷提出：建立青海省。3年后，时任两广总督岑春煊在向光绪皇帝上奏的"统筹西北全局折"中，再次提出建青海为行省的建议，但这个建议却遭到时任陕甘总督升允的反对，其理由是"蒙番部民环海游牧，东南西北流徙无常"，"难以有定之官治无定之民"，青海未能建省。

辛亥革命爆发后，清政府在甘肃的统治宣告结束。坐镇兰州的马安良以甘肃提督的身份开始插手甘肃政务。不甘寄身于马安良屋檐下的马麒带领弟弟马麟、侄子马步青等人，前往西宁，揭开马家势力主政青海的序幕。

公元1913年8月15日，延续了千年的青海湖祭海活动在青海湖滨察罕城北的海神庙前举行，西宁办事长官廉兴念完主祭词后，向到场的蒙藏王公，千百户或部落首领宣布了两条炸雷般的消息：清帝退位、民国成立；到场的马麒为西宁镇总兵。

消息如脚步，也是有速度的。到场的二十九旗的王公、贝勒、台吉们这才知道，国体发生变化了，主政青海的人也变更了。

祭海归来，马麒就电告北京政府表示拥护共和。很快，袁世凯的嘉奖电报从京城传来"西宁镇总兵马麒，熟悉边情，晓畅戎机。此次劝导该处附近喇嘛赞同共和，尤征恩信远孚"，并于第二年正式委任马麒兼蒙番宣慰使。

北洋政府曾在1913年公布《划一现行各县地方行政官厅组织令》，马麒积极响应这条政令，废除了西宁府，保留了西宁道，并将清代延续的下属各厅改为县，命名了贵德县、循化县、大通县等地名。

驻守西宁的日子里，马麒的目光像夜半升起的月亮，冷冷地俯瞰着青海大地，尤其边远的南部玉树地区，他一直想将那里归于自己的掌控之下。

一件突然发生的事情，成全了马麒控制青海南部地区的美梦。川边经略使尹昌衡奉北洋政府之命进军西藏，途经今玉树藏族自治州所属的囊谦县西南部时，给北洋政府发电报称"隆庆二十五族报效投诚，愿归川管"。隆庆就是囊谦的异音。收到电报的袁世凯并不知道隆庆和囊谦的区别，想当然地作出了"隆庆归四川，玉树归甘肃"的批复，这真好比一个姑娘允诺了两家。

马麒坐不住了，如果隆庆归属四川，自己就无法控制青海最南端的那片土地。

在马麒的授命下，马彦虎率军奔赴玉树驻扎，和川军形成对峙局面。马麒的"马家军"和尹昌衡的"川军"互相指责对方侵越省界，各执一词。最后，马麒和尹昌衡分别上诉于北洋政府。1914 年 8 月，时任甘肃督军张广建呈准北洋政府后，派人前往玉树，和四川方面派去的人员共同协商。大半年后，马麒终于接到北洋政府的批复：玉树二十五族仍归甘肃管辖，川军撤离这一地区；马麟为宁海军玉树防务支队司令部司令。

马麒还没来得及笑出声，另一件大事发生了。

二

国内政局动荡，让民国政府无暇顾及西藏甚至青海南部、四川西部的地区，给英国觊觎这片土地创造了机会。早在 1904 年，英军就曾从印度入藏并攻陷拉萨，迫使清政府、拉萨地方政府签订了《拉萨条约》，旨在宣告西藏为英国的独占势力范围。

在向中国外交部提出否定中国对西藏主权的"五条"遭到中国政府拒绝后，英国封闭了由印度进入西藏的一切通道。接着，英国政府又煽动西藏地方政府宣布独立，提出"西藏完全独立后，一切军械由英国接济"，"西藏承认英国派员来藏监督财政军事，以作英国扶助西藏独立报酬"，"民国军队行抵西藏，英国担负抵御之责"，"西藏执行开放主义，准英人自由行动"，西藏和青海的局势变得云谲波诡。

刚刚篡夺了中华民国大总统职务的袁世凯，迫切希望自己能够得到国际上的承认并能从国外借款，当他接到英国政府发来的、邀请参加在印度大吉岭召开的所谓有关西藏的会议邀请函时，立即派中国中央政府的代表、西藏宣抚使陈贻范和西藏地方政府的代表、十三世达赖喇嘛的特使伦钦夏托拉赶赴大吉岭，结果英国政府临时将会议地点安排在西姆拉。

"西姆拉会议"开始不久，英国政府代表、英印殖民政府外交政务秘书麦克马洪挥了挥手，让人将一份详细的方案拿到陈贻范面前。这份英国政府事先策划好的方案里，擅自将中国境内藏族居住地区划分为所谓的"内藏""外藏"两部分，"内藏"包括今青海、甘肃、四川、云南等省的藏族居住地区，由中国政府直接管辖；"外藏"包括西藏和西康西部（今四川省甘孜藏族自治州）地区，要求中国政府"承认'外藏'自治"，"不干涉其内政"，"但中国仍派大臣驻拉萨，护卫部队限三百人"。

陈贻范倒吸了一口气，这是把中国在西藏地方的主权篡改为所谓"宗主权"，使西藏在"自治"的名义下，脱离中国政府的管辖呀。陈贻范抬起头来，看见对面坐着的麦克马洪优雅地喝下一口咖啡，杯子里冒出的淡淡热气，遮不住他那冷峻地盯着陈贻范的眼神，仿佛一头狮子在毫无退路的猎物前，自信中透露着稳操胜券般的胜利神色。随即，麦克马洪抓起放在桌子上的笔，傲慢地在半空中比画出一个签字的动作。陈贻范顿时明白，所谓参加会议只是个幌子，对方串通好西藏地方政府代表逼着自己签订条约才是目的。那是一个弱国时代，西方列强已经把和中国晚清政府、北洋政府签订不平等条约视为一种平常。

麦克马洪端着咖啡杯的手有一丝别人察觉不到的颤抖，他看到陈贻范没有如他所想的那样拿起签字笔，而是双手抱在胸前，眼睛微眯起来，像一尊雕像般地稳坐在椅子上。会场陷入了沉默，西藏地方政府代表拿起陈贻范面前的那支笔，轻轻捅了一下陈贻范，随之向他暗示了下签字的动作。陈贻范睁开眼，端起眼前的咖啡杯，轻轻啜了一小口，放下杯子的同时站了起来，向整个会场扫了一眼，大声说道："这个条约的内容政府之前并不知道，需要请示北京方面后才能谈判。"

10 月 13 日开始的"西姆拉会议"，陈贻范拖到 11 月 1 日才提出 7 条反驳条款，这让这场会议变成了一场马拉松。陈贻范没想到，麦克马洪和伦钦夏托拉偷偷背着他，分别代表英国政府和西藏地方政府签订了所谓的《西姆拉条约》，并炮制了一幅所谓的"西藏地图"。

青海南部的玉树地区，将要归入西藏地方政府管辖！这个消息很快就传到了马麒耳中，他像一头竖起毛发的狮子，心中涌起警惕和不满。

当时青海尚未建省，马麒身为甘边宁海镇守使兼任青海蒙番宣慰使，接受主持甘肃政务军务的护理都督张炳华的辖制，张炳华以玉树"近与西藏有宗教渊源，远与英人有国际关系"为由，下令马麒放弃玉树，交由四川省管辖，阻止马麒往玉树派驻军队。

马麒的内心就像一口锅，时局点起的火在下面燃烧，愤怒和焦灼在这口锅内沸腾了，1919年9月29日晚，他让随从黎丹连夜起草电文："青海为民国领土，玉树为民国人民，派兵保护，为甘肃应尽之义务。且青海西界新疆，南界西藏，皆系中国领土，而原函称'远与英人有国际关系'一语，尤不识意之所在。因英、藏之交涉，遂并视青海为畏途呼？抑意中已不认西藏为中国领土乎？"

因电报29日按韵序排为"艳"字，这道电文史称为"艳电"。在兰州城里阅读"艳电"时，张炳华似乎能隔着那张纸读到马麒的激愤与慷慨："前清对于蒙古、西藏，徒取羁縻政策，义务既多放弃，权利因以损失。外蒙、西藏皆系前车。青海全境尚系我国之势力范围，若不未雨绸缪，必致有后事之追悔！"

那一年，中国境内飞传的电报有多少封，我们无法统计得出，但马麒于9月29日向北洋政府外交部、西藏地方政府、云南督军唐继尧、四川督军熊克武、川边镇守使陈遐龄、甘肃督军张广建等有关方面发出的那道"艳电"，犹如巨石投潭，在北洋政府中激起了巨浪。

马麒指出，如果中国丧失了对青海门户和青海菁华之地玉树的主权，这比前清时代抛弃黑龙江以北与乌苏里江以东的损失更大；玉树如果保不住，河湟地区也没有安宁之日。从当年的电文内容里，不难看出马麒对袁世凯不派人深入青海考察就对英国让步十分愤怒，不难想象他连夜让手下幕僚们起草电文时的焦虑与愤慨。

马麒大手一挥，继续操着他那河州口音口述，让黎丹接着记录："袁大总统派员与英使会议时，未尝详细考察青海地理，亦未尝电知甘边征求意见，遂至成此巨谬。若果如此议结，与将青海全部划归西藏之初议相去几何？此次继续开会，不闻根据地理与英使明辩力争，以追正前失，乃谓英使有让步。果系辗转传讹，尚未觉察耶？抑谓青海地势无关轻重也？麒忝任边寄，兴亡有责，窃有怵目刿心而不能已于言者。"马麒仿佛看见地处唐蕃古道要冲、牛羊遍地的玉树地区就像一个即将被人强行抱走的孩子，向自己的父母、父兄苦苦哀求一样。房间里静悄悄的，黎丹仿佛听见每个角落里都飘荡着马麒那浓郁的河州口音，那是后来决定玉树命运的口音与抉择："自前清收抚青海之初，即将玉树二十五族划归西宁夷情衙门管理，二（百）年来，此疆尔界，与西藏毫无关系。入民国后，川边欲占领二十五族中之巴彦囊谦（蒙古语中对囊谦的称呼，川边政权中亦谓隆庆）与甘争执，连年不决。蒙钧署特派周统领务学会同川边勘界，始将情形查明入告。四年三月，奉前袁大总统命令，隆庆二十五族仍归西宁管辖，是地理统治上与川边无涉明甚。"

"艳电"呼吁外交部坚持力拒，不承认"西姆拉会议"提出的领土切割，中国如果有一息生气，就应该否定所有划界会议。

马麒的大声疾呼与泣血告词，穿透历史纸背，至今也有着一种警钟般的意味："此约一签，终古难复，大好河山，一笔断送，凡属五族，谁不解体？"

"艳电"就像从青藏高原划出的一道闪电，引起了强大的社会舆论和反响，被誉为当时"最有价值的反声"，让英国政府策划的"西藏独立"和划分"内、外藏"的阴谋终未得逞。玉树地区仍隶属当时的甘肃省管辖，盘踞玉树一年有余的川军撤离后，马麒旋即派人在玉树设置理事员，并设立防区，派他的弟弟马麟任玉树防务支队司令，又在从西宁至玉树沿途设置交通台站，实行了有效的管辖措施。

随后，马麒再次上书甘肃督军张广建，呈请中央政府授命他前去西藏和谈。1919年12月，中央派出的代表团进藏谒见达赖喇嘛，并广泛接触西藏上层人士息兵言和。经过4个多月的政治会谈，西藏上层首脑人物的态度有了明显转变。代表团一行离开拉萨时，达赖喇嘛特意设宴饯行，并回赠张广建、马麒以哈达、金佛、藏香、红花等礼物，亲手转交关于这次和谈取得一致的汉、藏合璧正式公文一函。

三

"头人！不好了。"贡麻仓部落的头人尕日麻土多急匆匆地走进果洛女王嗟吉卓玛的帐房，"前几天，他们抢走了我们的牛羊和马匹，逼得我们离开草场。现在，他们又追上来了。"

嗟吉卓玛的脸色大变，前几天，她派人前去阿什姜所属贡麻仓、康干、康赛三个部落共同供养的阿什姜贾贡巴寺，寺里的仁波切阿旺丹增桑布占卜后说："这是一场避不开的灾难，连格萨尔大王都护佑不了，这会让阿什姜三部落面临灭亡的危险，果洛三部落也面临极大危险。"

派去的人小心地问阿旺丹增桑布："就没有挽救的办法吗？"

阿旺丹增桑布指着快要燃尽的酥油灯，轻轻地摇了摇头："他们不仅仅是来报仇的，还想要佛祖赐予我们的这块宝地，想要草原上和雪山下的全部宝贝，他们的贪心能装得下群山。"

嗟吉卓玛对阿旺丹增桑布的预言深信不疑。7年前，马麒任青海蒙番宣慰使后，有关他的传言，像振翅的雄鹰飞过青海大地，那些传言都是正面的，比如他招募内地来的人开垦荒地；吸引很多内地来的知识分子兴办教育；下令禁止种植和贩卖罂粟；发表"艳电"阻止玉树从青海"飞出去"。然而，虱子总是在华丽衣服的下面，得脱下来才能找到、看到。7年来，发生的一件件事情，像剥去一层层谎言外衣，让真相恢复到原本的面目时，嗟吉卓玛明白：真相就像一个走失的孩子，随着时间的推移，总有回归的一天。

时间就像一根银针，可以检验出酒碗里盛的酒是否有毒。7年过去了，草场上、雪山间、大河边、峡谷中飞传的、牧民看到的，一个个关于马麒的坏消息，像一朵朵乌云遮住了青海吉祥的天空，也像一把把铲子，一层又一层地铲掉了镀在马麒身上的金粉。

马麒就像一枚硬币，让青海看到了另一面：开荒是为了满足大批投奔马麒政权的内地人的吃粮问题，对草场是一场破坏；吸引来的内地知识分子，大多成了马麒政权的幕僚、政府官员；下令禁止种植罂粟是为了讨好北洋政府的政令，同时私底下却默许鸦片在西宁半公开化贸易；发表"艳电"是为了将玉树地区控制在自己的手里，同时更好地防御西藏地方政府或川军占据玉树后进逼青海腹地；在从西宁到玉树的沿途设置的兵站，常常抓果洛和玉树的牧民去做"乌拉"（藏语，无偿的人役和畜役），甚至抓男性牧民为部队服役当差，女性牧民随部队做饭烧水。

不断有人前来告诉嗦吉卓玛：为了养活不断激增的军队和巩固在青海的势力，马麒开始在农业区改革税制，扩大税收，在牧区征收"草头税"；在青海各地设立税卡，加强对商业税的征收；下令西宁道各县一律不许种罂粟，河湟地区的农田全部改种粮食作物。然而，马麒实行禁种不禁卖的办法，每年派人到甘肃的河西地区和宁夏收购鸦片，运销到华北地区以购买自己镇压青海各地民众反抗的枪支弹药。同时，禁烟带来的经济损失，让马麒打起了向各部落、头人索要财富的念头。

马麒曾派人前往上、中、下"三果洛"地区进行"招抚"（1909年，边务大臣赵尔丰命人到果洛勘查地方户口，查明今果洛藏族自治州境内的上果洛旺青九族有1660户，中果洛白玛九族有1630户，下果洛阿什姜康撒十族有1920户，三个地区合称为"三果洛"；果洛，意为"反败为胜的主人"），向嗦吉卓玛明确提出，想在玛沁雪山开金矿。

嗦吉卓玛当即拒绝了这个在藏族人看来污蔑神山的荒唐要求，来人临走时丢了一句狠话："一定要在玛沁雪山采金！这里的一切财富，包括你，都会被带走！"

站在地图前，马麒不禁纳闷：这些果洛牧民怎么这么顽固呢？青海这么穷，果洛牧民却死守着玛沁雪山下的黄金过穷日子，死活不让政府派去的工兵开采黄金，这不是抱着金饭碗挨饿嘛！马麒的目光一次次以西宁为原点在地图上逡巡：向南，要控制玉树地区以防止西藏地方军事武装和四川西部的川边武装力量进入青海南部，进而构筑自己的"青海王"之梦；向东，要控制今甘肃南部的大片草场及青海和四川的商贸通道，进而控制青藏高原东部的圣地拉卜楞寺，阻挡甘肃武装力量进击自己控制的青海地界；向西、向北，控制整个柴达木盆地和祁连山地区，防止新疆和西藏的地方武装力量进入青海。

在马麒眼里，要完成这些抵挡外部势力入侵的任务，就得拥有先进的武器，购买武器就得有钱，有着丰富草场和富足金矿的果洛就是最好的提款机。

西宁城里吹起的一股细风，刮到果洛、玉树等青海南部牧区时，就可能是一场惊天动地的旋风；西宁城里的一粒雪，吹到果洛、玉树等青海南部牧区时，就可能变成压倒雪山的一场崩塌。

马麒的一声口令，传到牧区就变成了灾难。他向果洛发去了两道口令：第一个是抓"乌拉"；第二个是开采玛沁雪山下的黄金。

马麒派他的弟弟马麟带兵进驻玉树，从西宁到玉树800多公里的路途中设立了多处驿站，每个驿站都派人驻守。从黄河源头到黄河九曲第一湾的甘、川、青地域，是安多地区的西段，在这一区域的藏族牧民看来，这些驿站连起来原来就像一条吉祥的哈达，连接着草原各个部落之间，传递着幸福的消息，流通着各个部落的土特产，但如今却变得像一把尖刀，从安多地区中间划出了一条裂缝，河源地区的牧民要朝拜阿尼玛卿雪山或取道果洛前往河湟甚至中原地区，都得接受这些哨卡的盘查与收费。后来，马麟下令，为了给玉树的驻军筹措军需，驿站驻军可以向沿途的牧民征派"乌拉"，让后者前去驿站为驻军无偿服务一段时间。

"乌拉"成了果洛草原上牧民的沉重负担，他们还没从这沉重中抽身出来，就听见从西宁来的军队要炸开玛沁雪山，然后挖藏在下面的黄金，这不啻将他们的头盖骨掀去后榨取脑汁呀！

血液里一直奔腾着从祖辈承续下来的、对邪恶命运抗争的果洛人，是无法接受这个事实的。

天空中的秃鹫最先看到入侵者的来临，它们发出惊慌的预警，仿佛看到一场炙烤雪山的大火即将在草原上燃烧，那是即将伸向牧民内心并将其烧焦的、一条长长的火舌。雪山也发出沉闷的预警，但很少有人听得见。

在重兵保护下，马麒派出的工兵从西宁奔赴果洛境内。阻挡的牧民陆续倒在入侵者的子弹下，这让后者很快就抵达提前偷偷派勘探人员探测好的黄金矿区。牧民并没屈服，越来越多的牧民从更远的牧区赶来声援，保护他们心中的圣山、格萨尔大王的寄魂山，但他们的阻拦就像秋风里的牧草，坚韧但孱弱。

工兵望着已经埋好炸药的那一座雪山——那是他们要做的一处实验之地，一旦在这里爆破成功并开采出黄金，后面那些一座高于一座的雪山都会死在炸药的欢快爆破声里。工兵从埋炸药的地方迅速下撤，山下的牧民被军队拦住无法接近雪山并保护它。

闷雷般的一声巨响过后，无论是从西宁赶来的军人还是玛沁雪山下的牧民，都朝传出炸裂声的方向望去。大家这才发现，山顶的白雪犹如炸裂的白云，大片的碎屑在天空飞舞；有人觉得那像是一座装有青稞面粉的仓库爆炸，在半空中涌出一层又一层的白色巨浪，朝山下涌来、覆盖、叠加；也有人感觉自己看到的是一道堤坝溃裂，大面积被囚禁的水白花花地流泻而下，翻卷出白色的水花。巨大的白浪散去后，人们看到的雪山被开膛破肚般露出青色的岩石，宛如一条梦幻之路被一把铁青色的快刀斩断。雪山犹如午睡被惊醒后恼怒不已的巨人，在他双肩、头部、脖颈、腹部、手臂等部位上沉睡了万年的积雪开始抖落，越来越多、越来越大的积雪层，像是凌汛中满河飘荡的冰片，朝山下纷涌而来。牧民中有人大喊："快跑呀，推山雪来了，惹山神发怒了！"

人们纷纷回转身，有人跨上马往山下急驶，有人回转身快步跑起来。那是怎样壮阔的一幅场景：雪浪从半空中倾泻而来，追着狼奔豕突般的炸山者，让后者像是夏日草原上一群乱飞的苍蝇。这一切都在告诉人们：这雄伟的雪山，是有能力保护好自己的，人类的力量太有限了！紧接着，士兵中也有人反应过来："快上车，离开这里！"

玛沁雪山的万年积雪被爆炸声震醒，冰川出现裂缝，雪崩声震裂大地的耳膜和内脏，雪山的白色外衣剥落后，它犹如一位生气不已的英雄，露出自己青褐色的肌肤。

马麒在西宁知道这件事后，非常不解地问从果洛赶回去汇报的军官："这怎么能解释得通呢？"

那位军官和当地牧民并不知道，他们看到的现象就是后来科学上能解释得通的"雪崩"现象，炸药的巨大威力与声响，引发的重力拉引强于山坡积雪内部的内聚力，便向下滑动，引起大量雪体崩塌。

军官回复："确实的整座山都像要塌下来，山上的雪全部飞了起来，向山下冲来，没来得及跑的人全部被埋在下面了，从山上滚下来的雪太厚，我们挖了几天都没挖到地面，不料又下起了连续几天的暴雪，我们根本接近不了雪山。"

"这到底是怎么回事呢？"

"或许牧民说得对，那是神山，我们炸山的声音，惊动了山神！"

"神个屁！"

过了一段时间后，大批从内地征调来的民工、战俘及被强抓的果洛藏族中的反抗者，被押送到炸药点燃的地方，人们惊奇地发现，连续多日的暴雪，让那山体又披上了厚厚积雪，像是无情地给这些想炸山采金者贴出的巨大封条。对山下的牧民来说，在圣山下开采金矿，无异于在他们心中神圣的寺院里扔污物、说秽语一样，他们只能压着内心的悲楚，一遍遍地在心里念着忏悔的经文，有的牧民开始收拾东西，等待着逃离家园的时机。

没有人愿意自己的先辈生存了数千年的地界，走进贪婪的侵占者，马麒设置哨卡对牧民盘查、搜刮、征役、征税，尤其在圣山下开采金矿，像一包包炸药被装进一个仓库，等待着导火索燃烧的机会。

上果洛部的贡麻仓部落头人尕日麻土多赶紧去拜见嗦吉卓玛："那些曾经在脸上堆满海螺般笑容，内心却歪曲得比粪便还丑恶的人，现在来欺负我们啦。我们是谁？我们是勇猛无比、战无不胜的格萨尔王的后人，站得比箭杆还直，说话比玛沁雪山还壮，我们怎么能屈服呢？"

嗦吉卓玛忧心忡忡地说："我们不能只靠胆子开战，对方是甘边宁海镇守使兼任青海蒙番宣慰使，手握着先进武器和大量军队呀！"

尕日麻土多自信地说："如果开战，有佛菩萨保佑我们，怎么能失败呢？"

尕日麻土多希望嗦吉卓玛下令，让果洛草原上的三大部落联手击退马麒、马麟的军队："有'三果洛'的联手，我们就可以将他们从果洛赶出去，没准儿，还会将他们赶出青海。"

"在我们果洛，不是有句谚语这样说：'自己赞美自己，连神仙都觉得会失体面。'滚烫的茶溢出来，仅仅会浇湿牦牛粪燃着的火苗，但雪山崩塌的话，可能会吞没家园。连驻守康巴地区的川军、驻守擦木朵地区的藏军都不是青海马家军队的对手，他们有从汉地引进的先进武器，有民国政府支持，我们有什么？靠手中这些只能用来打旱獭的猎枪，连自己的地盘都守不住。再说，愚蠢的野牦牛只会乱发脾气，智慧的雄鹰总是在高空中寻找猎物，我们要学会当雄鹰。"果洛女王嗦吉卓玛冷静地说。

"那也不能软弱，格萨尔王的后人，生命中是没有退让这个词汇的。"

"我也没说要退让，话虽然说直了会占理，但枪要端好瞄准后才能中靶。我们得找准时机。"

"狐狸往往钻出洞还没朝天上看，就被鹰叼走了。就怕我们还没找到时机，就让人家的枪弹射中了头。你要是害怕的话，可以观看我们勇敢的贡麻仓部落人先开战！"

"尕日麻土多头人呀，一根羊毛细得能扯断，但几条羊毛拧成的绳子可以绑住威猛的狮子，对付他们，需要我们果洛各部落和其他安多人甚至康巴地区的部落联合起来。"

还没等喉吉卓玛说完，尕日麻土多头人已经走出她的"革日"（旧时，果洛一带当地部落头人居住的白布帐房，大可容纳八至十人），解开拴在前面草地上的马缰绳，翻身上马，带领随从向自己统管的贡麻仓部落飞奔而去。

喉吉卓玛是四世嘉木样呼图克图（藏传佛教格鲁派寺院拉卜楞寺最大的活佛系统，清朝时期获封呼图克图）的侄女，她已经悄悄派人前往位于甘肃南部的拉卜楞寺，向叔叔求助，也暗地里派人前往四川境内的阿坝地区试图联合川军抗击马麒军队。

喉吉卓玛派出求救的人还没返回，尕日麻土多就点燃了给整个果洛带来灾难的导火索。

"嚯——祷告天地！

"我们尊敬无比的喇嘛法师，我们护爱生灵的天神地灵，我们威力无比的护法诸神，请呼遣来战无不胜的八部战神，和我们一起出征，征服那些僧俗众生的死敌。"

山脚下，雄壮的《出征歌》和鼓声、海螺声、呐喊声合奏成一曲仓促、凌乱、铿锵的合唱。在山峦和湖泊惊恐与不解的注视中，尕日麻土多带领他的贡麻仓部落的战士出发了。

八月，高原上草木葳蕤，牛羊肥硕，也是商人们来往最匆忙的季节。一支从西宁出发前往玉树的驼队，负责给驻扎在玉树的马麟统领的士兵运输给养。驼队穿过日月山、走过倒淌河；越过河卡山、跨过大河坝，翻越草查玛山的垭口处时，枪声突然响起。走在前面的几名士兵和驮夫中弹，受伤者的哀号惊起路边的野兔和旱獭。那是一场几百人的当地武装对几十名护送战备给养者的袭击。

打扫战场后，尕日麻土多坐在一块岩石上，听着下属的报告：打伤1名押运哨官、10多名士兵、截获500多头牦牛和驮载的全部物资。

尕日麻土多对在场的跟随者说："这些马匪，不是战胜不了的，也没什么可怕的。现在，一部分人带着牦牛和物资返回营地，其余人跟着我，去杀了那些破坏神山开采金矿的人。"

尕日麻土多带着随从们，骑着马离开草查玛山，像一股快速卷起的旋风向东南方向飞奔，他们袭击的目标是玛沁雪山下守卫矿场的军人。

尕日麻土多怎么会想到，在自己看来很平常的一件赶走入侵者的事件，竟然惊动了北洋政府。民国大总统徐世昌的案头很快就出现了马麒发来的电文："若不及时申讨，不独粮道中断，玉兵坐困，将使各番觊觎中原，群起效尤，青海南部，将非国有。"徐世昌被马麒的电文内容所震惊，下令拨给马麒经费和枪械弹药，清缴袭击往玉树运送军用物资者。

马麒召集了3000多名士兵，装备了北洋政府配发的先进武器，在西宁城里开始训练。第二年6月，马麒任命马麟为"征果洛司令"，带领经过训练的士兵，向贡麻仓部落进发。此时，尕日麻土多已经去世，他的儿子丹扎合要率众应对这突如其来的队伍。

喋吉卓玛闻报后，银碗里的酥油茶差点洒了出来，灾难和明天哪个先来，她心中确实没答案。在外援未定的情况下，喋吉卓玛只能动员上、中、下"三果洛"的民间武装，分三路来应对全副武装的进犯者。

复仇的火焰像一盏灯，照着马麟主力投向贡麻仓部落。进攻与防守交织在这场战争中，进攻的力度始终大于防守，那些带着土猎枪的民众就像坦克前的群羊，只能选择节节后退。贡麻仓部落的民众一旦依靠山头作为屏障苦守时，马麟部队的大炮就会摧毁对方辛苦构筑起来的工事。最后一块阵地失去后，丹扎合带人向黄河北岸逃去，整个部落接受的是灭绝式的屠杀，牛羊被掠夺，寺院被焚毁，女人被强夺。这一幕，在马麒的人生舞台上早就上演过，他曾派军队征服甘南草原的阿莽仓部落时，在宁海军的枪口前，倒下的牧民犹如隆冬季节落在青藏大地上的雪片。攻占拉卜楞寺后，连寺里念经的老喇嘛都遭到射击，粮食和财物被抢劫一空，拉卜楞寺一度变成了一座"死寺"。

击破丹扎合的武装力量后，马麟的"征果洛军"向果洛女王喋吉卓玛所在地发起进攻，3000多武装到牙齿的"征果洛军"犹如踩过地面的驼掌，装备落后但宁死不屈的牧民们，犹如守卫在那座蚁后所在蚁房四周的蚂蚁，枪炮射击中，一个又一个牧民倒下，随着"蚁房"中心被攻破，女王喋吉卓玛在马麟的军队围困多日后最终被俘。

马麟强行将指挥部设在拉加寺，劫掠寺里的财物，赶走寺里的僧人。他派人给果洛其他部落头人带话：只要放弃抵抗并带来金银财宝和牛羊，"征果洛军"就停止继续进攻这些部落。康赛、康干、红禾麻、哇塞等部落的头人们纷纷前往拉加寺纳贡请降，头人所带的财物和牛羊被"征果洛军"接收后，他们就被软禁起来。马麟将这些头人作为人质，向这些部落提出更为苛刻的勒索，并强令各部落要向马麒设在果洛境内的每一个驿站的驻军缴纳赋税。

带着抢掠到的大批金银财宝、牛羊马匹和俘获的阿什姜部落女王及千余名牧民，马麟返回到了西宁，那些被俘的牧民，男的被卖当苦工，女的则多沦为下人服务于马麟府内，有的被卖给西宁城内的人做妻妾。

不仅果洛、玉树一带的牧民深受马家势力之苦，青海境内的汉族、撒拉族、东乡族甚至回族青年，也被强征入伍、抓壮丁、强征做苦役。一曲名为《马步芳修下的乐家湾》的"花儿""马步芳修下的乐家（呀）湾，拔走了心上的少年；哭下（ha）的眼泪调（tiao）成了面，给阿哥烙给个盘缠"，讲述了这样一个故事：一个村子里，少年和少女相爱，两家大人也允可了他们的婚事，都要定好婚礼了，突然，少年被马家军抓走了。少女一边抹着眼泪，一边用木勺从小缸里舀出面，还没等将水倒进面盆里，眼泪就扑簌簌地不停流下，跌进面中，她只想给心上的小阿哥烙点饼子。这样的情景在当时很普遍。这些少年被强征到西宁，然后奔赴镇压果洛、玉树一带的牧民的战斗中，奔赴镇压拉卜楞寺的僧人抗议中、越过祁连山围剿西路军的战斗中，把入侵青海的"尕司令"马仲英赶出去的战斗中，而且每一次的战斗，都意味这些河湟儿子娃多了一次命丧他乡的机会。

"征果洛"的战事一结束，马麟就下令驻军于果洛草原上的大武镇，等候果洛藏族各部落纳银交款，聚敛财物。

四

"征果洛"的那年年底，袁世凯去世，甘肃督军张广建失去了靠山，被迫辞职离开甘肃。甘肃督军的位子，成了悬在西北上空的一块金灿灿的蛋糕，甘肃八镇的首领无不觊觎这块蛋糕。八镇首领中，回军、汉军两大集团各占一半，回族武装的各镇拥护宁夏镇的马福祥出任督军，汉族武装的各镇则拥护陇东镇的陆洪涛出任。

内阁总理徐世昌于1921年1月发表通电：陆洪涛护理甘肃督军。这让马麒下了青海独立建省以摆脱甘肃督军制约的决心，当即派曾经代表他出使西藏的使署参军朱绣前往北京。

朱绣抵达北京，在青海会馆匆匆安顿后，便赶往北京大学，找到在那里读书的青海籍学生韩海容。听完朱绣的陈述后，韩海容连夜执笔，起草了一份《经营青海意见书》。第二天，这份《经营青海意见书》随同朱绣带来的礼品、珍宝，被人转呈给直系军阀曹锟。

朱绣在青海会馆等到第四天，接到这样一条消息：曹锟让马麒派代表前去洛阳，找代替曹锟行使直鲁豫巡阅使职权的吴佩孚商议。一切按照当时官场的潜规则进行着，曹锟贿选为中华民国大总统之前，私下得到马麒挪借的军款 500 万银圆，吴佩孚也得到马麒通过马福祥转送的 500 匹战马。登上总统之位后，曹锟表扬马麒"镇压"果洛"有功"，颁给马麒"锐威将军"的封号，并授给马麒的长子马步青陆军少将衔，为青海独立建省奠定了基础。

第二次"直奉战争"爆发后，直系将领冯玉祥部临阵倒戈，控制了北京政府。马麒派人一方面与冯玉祥接触，一方面向临时执政的段祺瑞提交了《经营青海意见书》。那时的段祺瑞正忙于争权夺利，哪能顾得上考虑西北问题，估计连那封《经营青海意见书》都没看。

从元、明、清至民国初期，在中原王朝、北洋政府的眼里，包含着今青海和宁夏在内的甘肃省是一块完整的铁板，有力地横在黄土高原、青藏高原与蒙古高原之间，为了这块铁板的统一与整齐，历代王朝苦心经营甚至不惜动用武力来维系。民国时期，青海马麒与宁夏马福祥代表的地方军事武装集团，经过长时间的积淀，等待着将青海与宁夏从甘肃分出去的时机。

而这个机会很快就到来了。

冯玉祥率领部队进入北京城后，驱赶末代皇帝溥仪及其后妃离开皇宫，电邀孙中山北上共商国是。为了保存实力，冯玉祥很快就退出了北京，将部队国民军的番号改为"西北军"，谋划着手经营西北。为了减少西进阻力，冯玉祥将主持宁夏军政的马福祥任命为西北边防督办，将驻扎在青海的马麒部队编为暂编第 26 师，将甘肃实力派军阀马安良之子马廷勷部改编为暂编第 27 师。

1928 年，蒋介石提出"缩小省区论"和裁军的两大号令，提出全国只保留国防军 50 个师的方案，冯玉祥在西北的军队只能保留 12 个师。为了保存实力与蒋介石抗衡，冯玉祥提出将原来的甘肃省分成甘肃、宁夏与青海三个省，传统的铁板即将一分为三。

剪除甘肃境内的割据势力后，冯玉祥准备进军青海。南京国民政府内政部部长薛笃弼也趁机向国民党中央委员会提出青海单独建省，这一建议在1928年9月5日的国民党中央政治会议第153次会议上得到首肯，会议决议中指出："将青海改为行省，组织省政府，委员暂定五人，设民政、财政、建设、教育四厅，余照省府组织办理。"

青海铭记了这一天：1928年10月17日。国民党中央政治会议第159次会议又通过决议，将西宁、大通、乐都、循化、贵德、湟源、巴燕等原属甘肃旧西宁道的七县，划归青海省，正式确定西宁为青海省省治，冯玉祥爱将孙连仲为青海省历史上第一位省政府主席。

在孙连仲的人生记忆中，1929年1月19日无疑是无比重要、辉煌的一天。那天一大早，孙连仲就从兰州出发赶往西宁。下午，在西宁小教场出席一万多人参加的军民联欢大会。第二天，孙连仲正式就任青海省政府主席，宣告青海省政府成立。4天后，孙连仲赶回兰州，率新成立的青海省政府委员在兰州发表《青海省政府宣言》："我青海的同胞，多数还是游牧的生活，讲实业没有工厂，讲交通没有好路，讲教育识字的不够二百分之一，讲生活又没有吃穿，和牛马一样的十有七八，非有责任的机关促民众的觉悟，急起直追，以图救济，怎能救我们的危亡？"孙连仲提出了组织廉洁政府，注重发展森林，实行屯垦林垦，改良畜牧，普及义务教育，创兴水利，修筑公路和铁路，注重开发矿产，实施训政等八条改革措施。

孙连仲没想到，即将爆发的"中原大战"，使国民军各部陆续东去，导致自己的青海省政府主席生涯只有短短7个月时间。他清晰地记得，从1月26日发表通电宣布就任青海省政府主席到2月20日正式宣誓就任青海省政府主席，再到9月离开青海，他连青海的冬天是什么样子都没能看上，连备好的棉大衣还没穿，就将青海省政府主席职务交由马麒代理，让盘踞青海多年的马家势力完全走上了青海政治的最高舞台。第二年，国民政府正式任命马麒为青海省政府主席，青海省的军政大权从此落入马氏家族手中19年之久。

20世纪30年代起，在甘、宁、青三省形成了以马步芳、马步青、马鸿逵为代表的"西北三马"组合。

马麒去世后，他的儿子马步芳和其叔叔马麟开始争夺省政府主席的位子。

围绕两个人的争位，青海省政府中出现了两派力量：少壮派拥护马步芳，马步芳本人也以为父死子袭，理所当然；老年派恐马步芳一登台，自己必遭排挤，且以马步芳还没有兼任省政府委员，按例不能任省政府主席为由，力推马麟。在开省务会议时，秘书长黎丹及厅长王玉堂、杨希尧和魏敷滋，一致主张省政府主席一职由省政府委员兼建设厅长马麟继任，并电请国民政府正式任命，马麟就此被任命为青海省政府代理主席。

1930年代初青海境内的广大牧区，就像一畦郁郁葱葱的菜地，从马麒到马麟再到马步芳，犹如三把镰刀，动辄就出兵进攻并劫掠财物和牛羊。

1932年6月，时任青南边区警备司令的马步芳派遣青南边区警备司令部第二旅旅长马元和骑兵旅二团团长马忠义，劫掠果洛；不久，马步芳又派兵血洗果洛。我在《果洛州志》中看到这样的数字：仅阿木曲乎部落就有2000多牧民惨死在马家军的枪下，200多妇幼被劫掠至西宁；德昂仓部落的5万多头（只）牛羊被劫，整个部落只剩下了5名男子；上下昂欠部落的40多个头人被抓到西宁作为人质，在强征4万多头（只）牛羊的基础上，又勒索财物和牛羊，才将那些头人放回。第二年夏天，马忠义再次带领400骑兵，枪杀洋玉部落100多名牧民，劫掠上万头（只）牛羊，让部落里剩下的20多名老人带着对生活的绝望集体投河自尽。

1933年冬，孙殿英以奉命入青屯垦为名，率大军进攻宁夏，试图进入青海。马鸿逵、马鸿宾、马步芳、马步青等唯恐自己在西北的势力受到影响，计划上演一出"四马拒孙"的大戏。蒋介石也希望孙殿英与马家军相互攻伐，两败俱伤，便默许了这出戏的演出。经过激战，"四马"将孙殿英击败，马步芳在青海的势力得到巩固。

在青海的老"花儿"中，有一首这样唱道："上山的老虎下山的狼，凶不过青海的马步芳。"马步芳家族统治青海几十年，尤以马步芳最为残忍凶狠。经过5次抢掠与血洗果洛后，那片土地像一间家徒四壁的老屋。马步芳发兵第六次进攻果洛，进攻对象不再是牧场，而是先后两次袭占白玉寺，抢劫寺院财物后，毁坏寺院的所有建筑和大量宗教典籍，当地牧民被迫退往四川省阿坝和甘肃省甘南一带避难，直到13年后，这些流亡牧民才陆续返回；一些流亡到黄河源头玉树地区的曲麻莱县牧民，始终没能回到自己的故乡。

1941年4月，是马步芳军队最后一次大规模抢劫果洛，三路军队血洗黄河两岸 20 多个部落，仅这一次就杀害牧民 1800 多人。《果洛州志》记载：早在 1909 年，晚清边务大臣赵尔丰曾派人到果洛统计地方户口，查明"三果洛"共有 5210 户，按照每户 5 口人计算，这一地区总共也就 2.6 万多人。马步芳前后 7 次血洗果洛，使当地藏族损失惨重。

1936 年 10 月，红四方面军 2.18 万人西渡黄河组成西路军，计划经河西走廊向新疆方向前进。马步芳派遣马元海，马步青派遣马廷祥（后被西路军击毙）为前线总指挥。马家军在黄河沿岸、河西走廊对西路军进行多次围攻、剿杀，两万多西路军最后只剩了 700 余人。

1938 年 6 月，马步芳打听到国民政府副参谋总长白崇禧即将前来西宁视察，便派亲信马绍武携带巨额黄金，以及青海出产的贵重特产飞往南京，贿送白崇禧，希望能取代马麟的省政府主席职位。1 个月后，白崇禧同宁夏省政府主席马鸿宾前来青海，马步芳令部队、机关工作人员、学校师生及居民，由省政府前门至乐家湾，列队夹道欢迎。

白崇禧的专机下午抵达西宁后，并没去省政府见马麟，而是前往马步芳的军部下榻。欢迎晚宴后，一项密谈在白崇禧和马步芳之间进行，内容大致是：改组省政府；马麟及其手下的旧人一概不用；将马麟调任国民政府委员；青海省党政军事务统由马步芳负责。

第二天马麟去会见白崇禧，但双方话不投机，马麟压住心头怒火告辞。当日下午，马步芳陪同白崇禧和马鸿宾赴乐家湾阅兵。

第三天，马麟派长子马步荣牵黑马 1 匹，馈送白崇禧。白崇禧告诉马步荣："我从来不受任何人的礼物，我们是自己人，何必这样！"马步荣辞出后，马步芳派副官牵来各色大马 30 匹，白崇禧看后含笑说道："收下罢。"随即赏赐副官 200 块大洋。

第四天清晨，白崇禧乘飞机返回南京。不久，马麟就接到民国政府免去其青海省政府主席的来电："任命马步芳为青海省政府委员兼主席。"青海的军政大权，落在了马步芳手中，青海也进入马步芳统治时期。

1949 年 4 月，张治中作为国民党方面和谈首席代表到北平与中共谈判，遗下西北军政长官一职，成了主政宁夏的马鸿逵与主政青海的马步芳觊觎的目标。4 月下旬，马鸿逵以养病为名住到兰州，每日宴请各方大员，请他们为自己制造舆论，志在谋取西北军政长官的职位。马鸿逵在兰州大肆活动的时候，马步芳却悄悄地施展"黄金外交",打通了李宗仁、阎锡山等人的关节。5月18日,国民党行政院明令马步芳代理西北军政长官(不久又实任)。

马步芳离开西宁,率领自己的一套班底赶到兰州上任。就任西北军政长官成了马步芳西北政治生涯中的谢幕之作,在西北军政长官的位子上,马步芳仅仅坐了4个月就飞到了台湾,以3000两黄金贿赂蒋介石的几位亲信,获得了出境机会。1950年初,马步芳率其家小分乘4架包机飞抵沙特阿拉伯隐居。这个在乱世中走上青海政治舞台的人,就这样彻底告别了青海,告别了自己的政治生涯。

第二部

山河皱纹里的
诗典

第一章
大地命名者
唤醒地下的黑金

命名大地是人类在地球上的一项特权，这项特权的使用有着不同的缘由：敬畏、热爱、浪漫，甚至仇恨。但缘于恐惧的一面，却很少人知，尤其是命名者遇到、深入一片陌生之地，或因自然原因，或因战争等人为因素，常常会被莫名的恐惧左右，这种恐惧渐渐随着时间的推移而隐退在被命名的地名之后，甚至还会被演化为一种谈资。

那是一片相当于英国本土面积大的荒原，丘陵、荒滩、沟谷、雅丹地貌、咸水湖泊是它的纹理或胎记。对这片荒凉之地的命名，该需要怎样的勇气与智慧？这种命名，是偶然相遇后初恋般的感觉下喊出对方乳名，还是需要长时间接触后中医把脉般地诊断出其病名？

那片25万平方公里的土地上，一群人、一代人甚至两三代人进行勘探、打井、出油、运输等工作，才完成了对分布其中的很多地点、地段的命名，那不是一次居高临下的举动，而是一个浩大且漫长的过程。

要完整地描述那片辽阔的荒原，依靠文字是不可能的。那就让我给你铺开一张中国地图，指出它在中国版图上的位置：地处青藏高原边缘的阿尔金山、昆仑山和祁连山，像撑起一只古老而神秘大鼎的三足，鼎的内壁像一个在青藏高原边缘凹下去的、平均海拔2800多米的大火盆，朝天张着它巨大而干渴的嘴，口腔内植被稀少，没有定居的人类，湖水是咸的，山体是被太阳晒得发红的雅丹地貌，一旦起风就会将山谷里厚积的黄沙卷成大地和天空之间的隔绝毯。

这个大火盆下，地火如何日夜不停地炙烤？燃烧的地火，它的灰烬是什么？1950年代以前，这些都没有答案。

昆仑山　何启金／摄

命名一个地方的人，该拥有多大的话语权。他们或拥有丰厚而高端的政治资源，哪怕对一个地方随口一说，就让那里有了相对于"乳名"的"官名"；他们或长久生活于此，根据地理环境、物产、地形等取名，或匆忙路过，睹物观形地以故乡或沿途地方为参照物，定义旅途中的一个地方，而被后来的更多路过者沿用，或为政一方，根据这个地方的经济发展，将新出现的地名逐步上报经过国家民政部门认定。

在由阿尔金山、昆仑山和祁连山三足撑起的柴达木盆地，有一个特殊现象：这里的不少地名的命名者，不同于上述的那些人。柴达木盆地内的山、湖、沟、泉、梁，是一群时代的邀约者，从千里之外的不同地方集聚于此，在完成他们的工作时，无意中成了这片大地的命名者。他们嘴里轻轻吐出的地名，像生长在这里的一株株生命力顽强的植物，被历史装进了这片大地的档案袋中，以各种颜色或姿态，深深地锲进这片荒凉与寂寥的荒原。

相关于古老的柴达木盆地，那些显得年轻的地名，让我想起电影《你的名字》中的那句台词："我想重新认识你，从你的名字开始。"那些地名，成了我了解这片荒原的向导，它们带着我，几次分别翻越祁连山、阿尔金山进入那荒凉的体腔内。

首先从柴达木这个地名开始。网络搜索一下即可得到答案：柴达木，蒙古语"盐泽"。常年的跟踪、整理、书写，让我对和硕特部非常熟悉。在和硕特蒙古语中，查、柴、察等相近发音的词汇，都有着白色的意思；汗和旦、达等相近发音的词汇有着湖、池的意思；这在内蒙古阿拉善盟境内的盐湖"查汉池"和青海西北部的"柴达木""察汗"等地名中都有体现。木，后缀于"柴达"，就有了"地方"的意味，比如"格尔木"，就是河流密布的地方，"柴达木"合起来，就是白色盐湖之地。

语言如风，随着游牧民的足迹，在昆仑山、祁连山和阿尔金山之间的山峦与草地间穿梭。牧民对沿途牧点的命名，就带有明显的民间意味，简单而形象，柴达木就是这样的一种命名。

同样是蒙古族生活的地域，相比塔里木盆地和腾格里沙漠的知名度，柴达木盆地像是被上天遗忘的地方：青藏高原向东北方向低倾时，甩包袱般地想把这块高海拔的干旱之地扔出去，形成一片辽阔的泄洪般的高地；阿尔金山和祁连山像两道耸立的高坝，分别从北、东两个方面，拦住了这片从高处泄来的干枯，犹如奔涌的江河遇到大坝拦截后形成平静的湖面，避免了让这道巨大的旱流和新疆南部戈壁、蒙古高原、黄土高原连成地球上最大的荒凉之地，这也让这片泄洪之地处于一种与世隔绝的窒息状态。

绵延的大山，给这片相对凹下去的盆地镶了个不规则的盆沿，最高处会有常年不化的积雪，向试图进入这里的人发出白色封条，将这片大盆地和外界切断了。偶尔有条通气口般的山间小路，崎岖难行得连动物都懒得穿越，柴达木渐渐变成了人类记忆之外的角落。

人类进入这里的探险脚步，像夜空中偶尔划过的一两颗流星，一道流光过后，依然将幽静归还给这片土地。翻越群山后偶尔闯入盆地的牧民，像一艘艘贸然飘过这茫茫荒海的小舟，驼铃、羊咩、马蹄声构成的细弱之声，很快就被这里巨大的冷寂淹没。吐谷浑王国通过这里进入西域的古道，早已消失在荒滩上；民国政府时期修建的青海通往新疆的简易公路，没跑过一辆汽车就终结了它的使命，犹如一块石子掉进大湖中，一两朵浪花之后，平静如初。

进入工业时代，地球上似乎没有人类唤不醒的地方。1953 年，这片沉睡的大地开始被钻井、运输车、勘探者吵醒。

北京市海淀区东边、北五环和北三环之间连接南北的那条路，因为集中着中华人民共和国成立后的八大高校，而得名"学院路"。21 世纪第 10 个年头的后几年，我在北京的工作室就在学院路旁、紧邻中国林业大学的一个工业园内。早上跑步、黄昏散步时，穿过清华东路就能到中国石油大学；沿着清华东路向西而行，就能走到清华大学。一个叫葛泰生的人，让我将这两座学府联系在了一起。

后来的事实证明，如果说清华大学地质系 1952 届的学生是一盏盏灯，那么，那届毕业生档案中最闪亮的一位应该是葛泰生。那时，我国开始大规模的经济建设，这场建设不同于历史上的每次大规模农业经济，而是以"工业血液"之称的石油来带动工业经济唱主角。毛泽东面对那种需要进口但花钱也买不到的战略资源——石油面临的窘境指出："要进行建设，石油是不可缺少的，天上飞的，地下跑的，没有石油都转不动。"

找石油，成了中国当时的大课题，而时任国家副主席朱德曾说过："一个钢铁,一个石油。五百万吨钢铁,五百万吨石油,就能够战胜任何侵略者!"

500万吨,这是今天中国大港油田一年的石油产量,但在70年前,是能决定当时的中国经济巨轮是行驶还是停滞的重要因素,是中国这个巨人能否快速行走的口粮。国家发展面临的难题,让"找石油"成了一种形势呼唤与政治号召,清华大学地质系的毕业生葛泰生就是这种召唤的响应者。

拿到毕业证的那一刻,葛泰生看着年龄一栏上的"23",沸腾的青春和热血将要和毕业证的封面一样,成为旗帜的颜色。"为祖国找石油",成了那个时代一名地质专业毕业的大学生最自豪的事情。

走出清华园,葛泰生怀揣着毕业证和"找石油"的梦想,被分配到西北石油管理局勘探处第一地质队任技术员,参与延安油田清化砭油矿的勘探工作。

1954年3月1日上午,受康世恩局长的邀请,著名地质学家李四光做《从大地构造看我国石油资源的勘探》报告。他时而脱稿讲述,时而在黑板上写写画画。后来的事实证明,那场报告就像一粒子弹,穿破了西方定义的"中国贫油"的气球。李四光指出,中国石油勘探远景最大的地区有三处:青、康、滇、缅大地槽;阿拉善—陕北盆地,东北平原—华北平原。

那天上午,与会人员的思绪仿佛被李四光带着,透过北京到青藏高原的2200多公里外,抵达李四光所说的、第一个大地槽中的柴达木盆地。按照李四光激情而科学的描述,与会者的目光,像一只只钻头,从遥远的柴达木盆地钻探至地面以下几百米,看到一面凝固的黑色之湖,一座沉睡的黑色金矿,一团等待燃烧的黑色之火。

李四光做完报告后两个星期,也就是3月15日,全国第五次石油勘探会议在西安召开,确定了第一个五年计划的石油勘探任务,明确提出要开展柴达木盆地的石油勘探工作。会后,葛泰生就被抽调来担任5个地质队中编号为酒泉地质大队103队的队长,前往玉门至敦煌间从事地质勘探。

第二年,茫茫柴达木盆地迎来了葛泰生和他的队友。

二

以当时的交通条件,要前往柴达木盆地进行现代科学勘探,最理想的线路是从甘肃省的酒泉出发,向西而行经过敦煌,翻越阿尔金山进入。

沿着古老的丝绸之路，出酒泉往西120公里就是瓜州，那条古老而伟大的道路至此分为两路，向北而去的是前往新疆哈密的主道，也就是今天连接内地和新疆的主干道——连霍高速公路；向西而行的，其实就是通往库木塔格沙漠深处的一条无名之路。这像一枝古老的树干，长出的两条形状与命运都不同的枝条，这树干和两支悠长、茁壮的枝条，构成了一个大写的Y字，瓜州就蹲在这Y字的中间部位。外界很少有人知道，从瓜州往西南通向柴达木盆地方向，还有一条牧人和骆驼、牛羊，在数千年间踩出的秘道，它就那样决绝地、抱着宁死翻越阿尔金山或倒毙于茫茫柴达木盆地也不回头的决心，朝巍巍阿尔金山的腹地蜿蜒而去。葛泰生和他所在的勘探大队，向导是1948年曾被征调进修筑南疆公路队伍的孙鸿章，沿着这条密道进入柴达木盆地。几年后，这条不知名的小道，被勘探队员的足迹，命名成了一条寻找石油的"光明秘道"。

　　80多峰骆驼像新招入伍的80多名士兵，被26位驼工编成队列，沿着那条密道前行。骑在骆驼上，葛泰生不时会拿起手中攥着的那份1947年的地质报告，里面提到一个叫"油砂山"的地方，除此之外，前往柴达木盆地没有太多其他任何指向性的资料，没有任何坐标或参照物。这支队伍就像黑夜里的一豆微弱灯光，每天只能走几公里，多半时间无法做饭，只能啃干饼喝凉水。

　　离开敦煌第28天，到一个叫索尔库里（当地人称为硝尔库勒，位于新疆若羌县东南角、塔里木盆地和库木塔格沙漠分界处，至今仍是50公里内无乡镇驻地分布，100公里外才有青海省于1964年设的海西蒙古族藏族自治州的茫崖镇、新疆维吾尔自治区于1983年设的若羌县依吞布拉克镇）的地方，葛泰生清楚，这里距离敦煌已经600多公里外了。

　　葛泰生和其他队员并不知道，早在7年前，国民政府就曾派出一支前往柴达木西部地区的调查勘探队，由周宗浚担任队长。周宗浚当时的身份是设在兰州的国民政府资源委员会中国石油公司甘青分公司勘探处地质调查所地形测量员，勘探队在索尔库里找到了一位叫穆迈努斯·依沙阿吉的中年向导，后者精通哈萨克语、蒙古语、维吾尔语和汉语，年轻时曾多次进出过柴达木盆地。

三

　　1954年的中国像一辆等待上路的汽车，油箱却空着，对石油的期盼，像庄稼等水、行旅盼店一样着急。葛泰生和队友们于初夏抵达红柳泉，暴晒与炎热天气带来的蒸发，让那一眼泉水几乎干枯且含大量硫酸镁。半夜时分，几位队员开始拉肚子，有人因为肚子疼得厉害而呻吟、哭泣。帐篷里黑乎乎的，帐篷外面气温骤然下降，远处隐约传来狼嗥，大家都感到不安。

第二天早上，大队长郝清江决定带领全体队员向 10 里外的一支驻军求援。在土坯垒起来的营房，队员看到驻军身上穿的棉军服都由灰色变为白色，和晒得黑黑的脸庞形成很大对比，很多战士长期没条件理发，年纪轻轻却长着长长的胡子，有的战士头发都披到了肩膀上，如果不是他们手中握的现代化枪支，很容易让人误解为当地的一个部落成员。

这支守军 4 年前进行甘、青、新三省区联合围剿消灭匪帮之后，就单独驻守在青海、新疆交界处，依靠一部电台和外界保持"见不上面的联系"，像一丛扎了根的沙漠红柳，屹立在荒原上。

和驻军战士的交谈中，葛泰生才知道，这个地方叫阿拉尔，战士们能够顺利地从新疆的沙漠地区进入青海的戈壁，将乌斯曼土匪残部追击至此，完全得益于一个叫穆迈努斯·依沙阿吉的乌孜别克族向导，后者带领解放军三进三出柴达木盆地，才在这里终结了剿匪任务，而穆迈努斯·依沙阿吉的家就在索尔库里。

周宗浚带领的那支勘探队，由 55 峰骆驼、两匹马和 20 多个勘探队员、驼工及向导构成。这支队伍一路克服物资储备不足、设备落后和土匪袭击等困难，离开敦煌后，因为当时的民族地区纠纷和匪患，一直贴着当金山、阿尔金山北麓而行，抵达索尔库里时已经是冬天了，他们试图从这里进入柴达木。

在索尔库里，穆迈努斯·依沙阿吉替换了原来的向导，开始向南而行，地貌变得陌生了，所经之地连名字都没有。如今开车半天的路程，当年却让这支队伍付出了很大代价，勘探队的骆驼死亡率达 1/4，能让沙漠之舟如此大面积死亡的荒漠，该有多么恐怖。冰天冻地的柴达木北缘，泉水蜷在地下休眠，这让勘探队员们很难发现水源。缺水、迷路两支达摩克利斯之剑，时时悬在勘探队每个人的头顶。

翻过一座小山头，走在最前面的穆迈努斯·依沙阿吉对紧随其后的周宗浚说："看！"

周宗浚和队员们看到了一片不规则的红色，像一瓶无意中碰翻的红墨水瓶倒在一张黄纸上一样铺在荒凉的大地上，也像一道伤口流出的血凝固在一张枯黄的脸上，在灰蒙蒙的天空下显得非常刺目。周宗浚警惕地问："那是什么？"

"红柳！"穆迈努斯·依沙阿吉回答道。

红柳的出现，意味着地下会有水。走进一片长满红柳的荒滩，他们意外地发现了一眼泉水溢出后冻成的冰。挖开泉眼上的冰，泉水露出。

那一眼泉水就像一缕穿破云层的太阳，拂去了缺水的恐惧，周宗浚和队员们将那个地方取名为"红柳泉"。

在辽阔苍茫、地表参照物极其缺少的柴达木盆地，一个能留得住的、有生命力的地名，就是给后来者竖立起的路标或灯塔。1990 年代末，我第一次进入柴达木盆地采访，随身带的一本 1993 年版的《最新实用中国地理图册》上，从索尔库里到红柳泉之间的路上，还没有一个地名。

红柳泉，是中国最早的一支石油勘探队，在茫茫柴达木盆地中，带着第一次克服缺水恐惧后的喜悦，命名的第一个地方。这种如江河源头般在柴达木盆地内命名的传统，逐渐在以后的一代代石油勘探者身上得以秉承，形成了一条蓬勃的地名之河。

在红柳泉，周宗浚无意中听穆迈努斯·依沙阿吉讲道，东边不远的一处山坡下，有人用红柳烧火取暖后，想用周围的土块掩埋火星，防止借风助燃的火星烧毁红柳林。没想到那种土块放到火势已弱的火堆上，反而像泼了油般燃烧起来。会燃烧的土块？这个念头在周宗浚的脑海里快速闪过：难道那里面含有石油成分？

那是柴达木盆地最冷的 12 月，穆迈努斯·依沙阿吉所讲的"会燃烧的土块"，蹿进周宗浚的耳朵，就像一束寒冬里点燃的火苗，一座茫茫夜航中的灯塔！周宗浚带着队员们向泉水东边的小山丘快速奔去。在荒寂的大断层崖头，周宗浚发现了那种能燃烧的黑色硬块；他用地质锤随便一敲，硬度介于土块和石块之间的黑色硬块便落了下来，不用拿到鼻孔下闻，一股浓厚的、对地质勘探者而言犹如蜜蜂闻到花香一样的味道直扑鼻孔，这种味道令周宗浚兴奋不已，那是中国极其缺少但又急需的石油味道，是饥饿的人盼望着的油饼、面包的味道。周宗浚迫不及待地揣着敲下的几块"硬黑土"，快速向山沟里的营地上奔去，像一个已经洞悉了病情的医生，需要经过仪器再确诊一下。他将"硬黑土"扔进燃烧的红柳堆，"呼"地一下，立即蹿出两米多高的火苗。

火光映红了全体队员的脸庞，周宗浚的目光从那几张带着笑容的脸庞上很快移开，他目测到山沟到崖头的距离有 150 多米，整个山坡上全是这些硬块层。看着那些含油丰富的黑色砂石，看着这片没有名字的山谷，周宗浚想到了一个名字，并在实测图上写下了"油砂山"三个字。这是现代中国地质工作者在柴达木盆地中，命名的第一个带"油"字的地方，后来的中国地理版图上，便有了柴达木盆地西部的"油砂山"。

后来的探测证明，"油砂山"位于海拔 2950 米的地层上，像浮出海面后凝结的黑色波浪，最厚处足有一栋 50 层楼高。地下丰富的油层阻断了动植物的生长，让这里在期待开发的岁月里一直恪守荒寂，等待着现代勘探技术的唤醒，等待着和工业时代的美丽邂逅：不是掰下几块放在红柳枝上燃烧取暖，而是苏醒后奔赴现代工业的战场。

周宗浚没想到，自己带领的勘探队进入柴达木盆地西北角 7 年后，中国政府会再次派出一支油田勘探队深入柴达木，也就是葛泰生所在的勘探大队。

听完驻军战士讲述周宗浚带领的勘探队和穆迈努斯·依沙阿吉的故事后，葛泰生这才明白，他们经过索尔库里时错过的是一个好向导，后者是一把开柴达木盆地之锁的好钥匙，一张进入柴达木盆地的活地图。驻军指挥官听说了勘探大队的情况后，立即派专人前往索尔库里寻找穆迈努斯·依沙阿吉。

穆迈努斯·依沙阿吉的老伴看到几十年来穿越在柴达木盆地的岁月，让丈夫从一个青年变成 61 岁的老人，不忍心丈夫再进茫茫柴达木了。听完葛泰生的讲述后，穆迈努斯·依沙阿吉告诉妻子："这些人来找那些能烧着的硬土块，他们说那叫石油；其实，柴达木里面还有海一样的盐，有发光的宝石，都是国家需要的宝贝。这一次，共产党是拿着一把金钥匙来的，我知道柴达木的锁孔在什么地方，我得带他们去！"

我只能从那张拍摄于 1954 年的黑白照片，来解读穆迈努斯·依沙阿吉的信息：照片上有 4 个人，最左边最前面的是穆迈努斯·依沙阿吉，头戴乌孜别克族民族毡帽，胡须花白。他的坐驼走在最前面给队员带路，老人左手攥着缰绳，放在大腿上，右手食指指向远方，左侧的两名队员顺着老人的手指往远方看去，他们分别是地质工程师张维亚和葛泰生。身后不远处还有一个人骑着骆驼正往这边赶，那是两年后被评为青海油田第一个全国先进生产者的马忠义。

巍峨的阿尔金山是柴达木盆地北部的门槛，跨过这道门槛，就意味着进入干旱少雨、缺少参照地标的无人区。葛泰生和勘探小分队的队员们，跟在骑着头驼的穆迈努斯·依沙阿吉后面，开始向戈壁荒漠行进。头顶的太阳，是一架精力充沛、不知疲倦的灯盏，孤独地悬在苍白而寂寥的天空，炙烤着大地。驼掌下的大地总是哭丧着脸，干旱伸出无形的双手剥去地上的覆盖物，眼前总是干黄连着干黄，每天的日子几乎都复制着枯燥与单调，连骆驼似乎都有些麻木，天气的燥热让人和驼的水分蒸发量陡增。老向导也迷糊在茫茫一片的地貌中，荒漠中最可怕的事情发生了：迷路。

连骆驼这样的"沙漠之舟"随时都面临着搁浅在瀚海上的危险，有的骆驼实在难忍饥渴倒地，无助地向天张着大嘴，渴求着救命的水，呻吟声砸得大地上都能冒烟；骆驼的眼里，流露着"沙漠之舟"对死亡的恐惧。从酒泉招募来的驼工范建民向队长葛泰生哀求："把我喝的水匀给它一点儿吧，我不喝都行；只要有水，就能救活它，它可是帮我们运输器材和设备的。"

葛泰生将求助的目光转向穆迈努斯·依沙阿吉，想从那里得到答案。然而，他看到穆迈努斯·依沙阿吉将目光投向全队仅剩下的那两桶水，然后朝他无奈地摇摇头，那也是残酷的环境向这些闯入者发出的无言指令：保人比保驼更重要。

队员们明白，没有这些骆驼，勘探队是无法从敦煌走到这里的，丢弃骆驼就意味着丢弃队友，意味着背弃人和骆驼之间的一份契约。

每峰健壮的骆驼就是一艘航行在瀚海中的船，一旦生病或累倒，就成了一种累赘，勘探队只好舍弃倒地不起的骆驼往前走。走出不几步，驼工们会忍不住回头，只见干旱的沙地上，倒在地上的骆驼一边挣扎着想站起来，一边发出不甘死于荒漠的低吼，瞳孔睁得能装下整个天空的绝望与悲悯。

没有养过骆驼的人，是无法理解驼工对骆驼的情感的。那位年轻的驼工再次跪倒在地，失声求助："给点儿水，救救它吧……"

队员们的脚下似乎也被什么东西黏住了，迈不开步了。穆迈努斯·依沙阿吉无奈地将头扭向一边，身为一个沙漠中长大的牧民，他比在场的任何人都了解这种选择的难肠，一滴、两滴清泪悄然从他的脸颊流下，队员、驼工们也纷纷低下头，给周围腾出一阵巨大的沉寂。

突然响起一阵子弹声，在这死寂的地方，能被这急促、凄厉的枪声惊得跳起来的，似乎只有地上的干土。为了防止猛兽或土匪的袭击，上级部门特意为勘探队配备了警卫人员和武器。

大家朝枪声传出的地方望去，只见队长紧握着从警卫人员肩上取下并完成射击的那杆枪，枪口还冒着烟，他的脸上也挂满了泪水。那枪声仿佛是对那峰倒地骆驼的致歉，也是向在场的队员发出信息：我们的任务不是抢救渴死、累死的骆驼，而是尽快深入到戈壁深处，找到国家急需的石油！国家等着石油，石油等着开采，开采等着勘探，勘探等着他们。

傍晚抵达新的露宿点时，年轻的驼工乘大家忙着晚上露营的各种事情，悄悄灌上半桶水，拎着要返回原路去救骆驼。

穆迈努斯·依沙阿吉拦住了他："这个地方，一会儿就看不见我们来时的路了，你会找不回来的。"

驼工指着天空自信地说："一会儿月亮起来了，月光能照见驼踪，能看得见我们白天走的路。"

穆迈努斯·依沙阿吉和其他队员们没能拦得住驼工，看着那拎着水的身影在月光下，向白天来的路上移去。

内地长大的驼工小看了柴达木的风，即便没有卷起沙尘的那种细细的看不见的风，也像一个个勤奋而认真的清洁工，很快就将白天刚刚走过的驼印，清扫得干干净净。那风更像是一位惯犯高手，清除掉了它白天的作案现场。

月亮从东边的祁连山脊缓缓升起，勾起了勘探队员的心，大家都睡不着，等着年轻的驼工牵着骆驼返回营地，那是全体队员的第一个集体失眠之夜。

第二天，队长派随队的警卫人员，顺着昨天来的路往回找寻，但没找见。队长发动全体人员以昨天的来路为中轴，扩大搜寻范围，在一片盐碱滩上发现了那位年轻驼工的尸体，是月光欺骗了他，迷路让他不仅没找到骆驼，反而丢了性命。队员们在驼工的上衣兜里，发现了5元人民币，那是勘探队提前支付给他的第一个月工资，他舍不得花，准备寄给河北老家双目失明的老母亲。

队员们就地埋了这位叫范建民的驼工。年轻驼工的躯体埋在了地下，但他从故乡到敦煌再到被召进驼队的故事，在口口相传的历史中扎下了根。柴达木盆地的开发历史档案里，驼工范建民是第一个牺牲在柴达木盆地的石油人。

那是一片连名字都没有的地方，为了日后能找到这里，穆迈努斯·依沙阿吉望着不远处的山梁，取了个乌孜别克语的名字：开特米里克，意思是一片山包。

这片荒凉得连名字都没有的大地上，牧民、农民、向导、石油勘探者和石油工人，开始成为命名者。

迷路是勘探队要面对的第一杀手，缺水则是第二杀手。没有淡水，这些生命随时会被命运的绳索吊死在茫茫戈壁中的某一角落。早上他们只用半茶缸水洗漱，洗脸都成了奢侈的事情。一天傍晚，他们来到昆仑山下海拔2800多米的一片地方，选择这里作为当天的营地。葛泰生和队员扎好帐篷后，望着周围光秃秃的地貌，心里塞满了巨大的荒芜感和兴奋。兴奋源自他拿出的地图显示，这里就是周宗浚7年前珍重写在测量图上的"油砂山"。

大地隆起或形成石油层的千万年间，这片土地拒绝了土壤的生成和粮食、花朵的生长。如今，无论是当地人还是外地来的游客、探险者，很少有人知道"油砂山"这个名字，它早就被"花土沟"这个带有浪漫色彩的名字取代了。面对这片荒凉之地，勘探队员仿佛看到这里日后会繁花似锦，土地肥沃，便取名"花土沟"。这是多么浪漫的想象，彩色的花朵摇曳在黑黑的油层之上，摇曳在枯黄的天空下，成为黑地黄天之间的美丽信使，带着人类的审美追求，给这片死寂的土地写下美好的情书。

"花土沟"的名字从美好的梦里冲出来，落地生根，标在了新中国的地图上。一年多后的秋天，花土沟终于打出了第一口油井，石油工人们看着一股黑色的喷泉携带着巨大能量从地下喷薄而出，在完全克服了打不出油的恐惧后，这里有了一个新的名字：油泉子。

以后的岁月里，在柴达木盆地相继又有了油嘴子、油墩子、油湾子、石油丘、大油沙山等"油字号"的名字。这些名字，犹如一个个带"油"字的码头，将它们连起来，就是一条石油奔腾的河流。

在葛泰生的人生记忆里，那年的7月1日，应该是他难以忘记的：葛泰生担任队长的103地质队，发现了柴达木第一个油田——油泉子，这条消息传到北京时，受到当时分管石油工业的邓小平副总理的赞赏："这个油田发现得好！这个名字起得好！"

按照现在的视野来看，油砂山、花土沟、油泉子其实指的不就是一个地方吗？我第一次、第二次去时，花土沟仍然荒凉得只有干黄的地表和不知疲倦磕着头的采油机，它们一直保持这样均匀的磕头动作，每一次磕头，便会有一股石油冲破黢黑的管道，从地下来到人间，从沉睡的废物变成人类进入机械时代后的能源。

青海省的行政架构中，1985 年才出现了花土沟镇，这意味着昔日荒芜得连动物都无法生存的死亡之地，成了人类克服荒寂恐惧的样板之地。如今，花土沟已经成了一个现代化的集镇，是茫崖市的所在地，有一座 6400 平方米的现代生态园。我从荒凉依旧的库木塔格沙漠、从白雪皑皑的当金山垭口、从昆仑山下的格尔木市等不同方位抵达过这里，花土沟确实让我看到了一片干黄瀚海上浮现的绿洲。慢慢在小镇走过，无论是镇子里的小公园，还是路两边的林带，确实随处见花、遍地生绿，和当地一位园林工人聊天，才知道这里有 300 多种花卉。

花草在人类的帮助下，克服了生存的恐惧，在这里顽强地亮出生命的力量。老石油人以带有理想与浪漫色彩的"花土沟"命名这片荒凉之地时，哪会想到，多少年后，这个看起来无法实现的梦想，在一个强大、富足并注重生态的时代实现了。

四

油田找到了，出油了，大批采油工人随之而来，本来就缺水的荒地上，真的出现了"水比油贵"的情况，水危机更加突出了。

勘探队员们将求助的目光再次投向穆迈努斯·依沙阿吉，在大家眼里，这位慈祥、博闻、认真的向导，眼睛仿佛有透视功能，是能透过厚厚的土层看到水的，他就是找到水的希望。

地质大队大队长郝清江对穆迈努斯·依沙阿吉说："出油仅仅是第一步，随后，会有更多的勘探人员、采油工人、后勤人员到来，会有更多、更大的出油点出现，会建立更大的石油基地，这一切都需要水呀！哪里能找到人能喝的水呢？"

穆迈努斯·依沙阿吉环顾四周说："这周围找不到大的水源，得往远处走。"他最初的任务本来只负责带勘探队进入柴达木盆地，现在，又增加了一份在荒原上找水的重任。穆迈努斯·依沙阿吉带着勘探队的队员继续向柴达木盆地深处前进。一天，穆迈努斯·依沙阿吉来到一块平坦的荒地，指着远处耸立的卡腾能山与阿喀祁漫塔格山，告诉葛泰生："你看，那两座山多像一个人的脸颊骨，那被两座山夹在中间的地方，多像那人突出去的额头。曾在那一带放牧的蒙古人将那儿称作'芒来'，蒙古语意思是人的额头，'芒来'的名字，被人们叫着叫着变成了芒崖（ái），那里就有水！"

在这茫茫的荒原中，水是迷路者的钟声，是寒夜里夜行人的灯塔，是召唤与指示。很快，越来越多的人集聚茫崖，一顶顶帐篷像旱地里长出的蘑菇，荒寂万年的戈壁滩上出现了一座帐篷城。

每座城市都有着它的前世今生，有的是从古堡演化而来的，有的是从小镇脱身而出的，有的出生时就带有古都的尊贵气息，有的是半路夭折后重新站起来的。在现代工业发展的背景里，从一顶顶帐篷起步的城市，也只有柴达木盆地里的茫崖、冷湖、格尔木，它们的产房是荒野，它们的助产士是来自五湖四海的建设者，它们的出生证上流淌着荒凉的底色与创业者的汗水。

如今，茫崖是海西蒙古族藏族自治州下辖的一个县级市，它的出身在全球城市中显得那么独特，与促成很多城市问世的战争、文化、交通等因素无关，也和很多城市初期就轰轰烈烈的建设、宣传不同，茫崖的问世与初建是在近乎保密的状态下悄悄完成的，它的今生也因为地处偏远而不为人知，被誉为中国最孤独的城市。

这座帐篷城的发展，见证了以现代能源开发为背景的另类城市史。

今天的地图上，柴达木盆地内有两个"茫崖"。一个是位于青海与新疆交界处的茫崖镇，也就是如今的茫崖市；另一个是距离茫崖东南97公里的茫崖，为了区别这两个茫崖，当地人习惯地在当年的那座帐篷城——茫崖前，缀了个"老"字。这个前缀还真形象，就像一件陈旧的外套，披在被时光冷落的小城身上，当年的3000顶帐篷之地，曾经的中国第三大油田的起步之地，只剩下孤零零的几间房屋和一个小商店。

跟在石油勘探者后面的，是公路的修建。和昔日穿过这里的"吐谷浑古道"不同，现代公路的主角不再是人类徒步的脚印、马蹄印、木轮车辙，而是汽车驶过后浓烟的短暂飘荡或马达的快速响过。汽车时代，物质的交流、交换，陌生地域间的打通和距离的缩短，成了公路担负的重要职责。

顺着315国道朝东南方向而行，是我从新疆进入柴达木盆地后的选择。和逐渐爬向云层里的青藏公路"天路"相比，这是一条真正的"地路"，一条懒洋洋地贴在地上的路。

离开两省分界的检查站，路牌上"花土沟"的字样被高原强烈的日照晒得褪了色，建筑物和店铺门牌上不时有"茫崖"的字样，像一层新吹来的风沙覆盖昨夜的车辙一样，这里以茫崖镇的身份，取代了97公里外那个万顶帐篷撑起的、石油从地下冒出后浇灌出的黑色小镇茫崖。

一听我要追寻当年柴达木开发时的故事，小饭馆的老板说："咱这里是年轻的茫崖，你要去的是老茫崖，离这儿还远着呢。"

多年以后，从青海石油勘探局退休下来的好多人回忆起1955年的儿童节时，不禁会想起一件和自己后来的命运紧密相连的事：那年的6月1日，国家燃料化学工业部石油管理总局在西宁挂牌成立青海勘探局。11月24日，一条喜讯就从该局传向北京，位于柴达木盆地的第一口深探井"油泉子构造泉一井"开钻。12月12日，当钻头触及地下650米的地层时，现代钻探工具和沉睡亿年的油层美丽邂逅，黑色的原油像厚厚的地衣包裹着的婴儿，向蓝天、大地和钻探工们露出原色。

沉睡的黑色巨龙从地下冲出，宣告了柴达木的新时代到来。青海勘探局的人员，用两个小瓶分别装着"油泉子构造泉一井"喷出的原油和地蜡，专门送给国务院总理周恩来。看到这两个从青海远路而来的"宝瓶"，周恩来称赞其为"柴达木之宝"。

1956年1月18日，国务院批准成立了"柴达木茫崖临时工作委员会"，茫崖不再以一个地名出现在柴达木盆地，而是作为柴达木工作委员会的派出机构出现在青海省的行政架构里。不久，青海省石油勘探局的机关也搬迁到了茫崖。中国的经济发展版图上，出现了一个新名字：柴达木油田，是排在当时中国的玉门、新疆、四川之后的第四大油田。

和"柴达木"这个名字不同的是，"柴达木油田"这个名字，不再是牧民、向导和勘探队员将"柴达木"和"油田"实行简单组合，它是国家命名的一个经济板块。

城镇建设的标准是什么？是高楼、自来水、浴室、公交车、银行或储蓄所、邮局，还是汽车站、商场、医院、通勤车、加油站、电报大楼？这些都算其中的硬件之一，在我的眼里，应该还有供职于城镇各个运转环节上的女职工，她们或许在政府机构上班，或许在商业网店值班，有了她们，城镇的生活在白昼都变得生动，男人们才会安心于斯或者有动力，这个城镇才有生机与延续的愿望。

女子地质队和女子测量队出现在柴达木，这是两座由一朵朵青春之花组成的花园：最大的 24 岁，最小的 17 岁，她们给荒芜的茫崖，甚至给整个广袤的柴达木带来了一种温软的、女性的气息。这些女队员们常常将自己无性别化，同样是厚厚的、统一的野外勘探服；同样是很多天出外测量、勘探；同样是因为缺水而几天时间无法刷牙洗脸，长达几周时间不能洗衣服；同样和男队员一样每天只能有一茶缸的用水定量；同样在收工回来后，衣衫脱下来时被汗水和泥水浸透得能在地上立起来。那时的柴达木，没有男人和女人，只有石油人。

青海石油勘探局的机关搬迁到茫崖的第五年，穆迈努斯·依沙阿吉去世了。老人临终前就嘱咐老伴：死后，按照穆斯林的习俗葬在油砂山下。

1975 年，穆迈努斯·依沙阿吉的墓葬被迁到了花土沟镇东山阳坡烈士公墓。在整个公墓中，老人的墓很好找，那是用砖头垒砌的、一座 20 多平方米的墓地，碑石上写着："新疆且末县红旗公社穆迈努斯·依沙阿吉之墓。一九六一年十月七日七十四岁病故。"穆迈努斯·依沙阿吉是柴达木的传奇和筋骨。柴达木没有忘记这位最初的找油功臣，在距离老人安息地 540 多公里之外的敦煌石油基地局史馆，就有一尊老人的塑像；在花土沟石油大厦的前厅，有一组老人与勘探队员在一起的浮雕，还有他为勘探队员带路的雕像。

石油勘探大军集结茫崖时，老人的老伴阿吉罕·伊沙克就离开故乡，来陪伴穆迈努斯·依沙阿吉，1987 年 11 月 20 日病逝于茫崖镇。走在油砂山下，我望着那块写有"开发油砂山石油而光荣牺牲的烈士永垂不朽"的纪念碑，轻声念叨着那个河北青年范建民的名字，他的名字没出现在这里，甚至还有不少和范建民一样牺牲在柴达木却没把名字留在这里的年轻人，像一株株枯黄的草被风吹走了，他们长眠在柴达木的各个角落，这片土地就是他们的纪念碑。

写下这篇文章时，我不知道有没有一座柴达木油田博物馆，即便有，即便去了，又如何感受这片土地的温度与脉动？这片土地何尝不是一座博物馆？它收容了多少石油人的青春和汗水、荣誉与生命，也留下撤离后的废墟，这才是一个博物馆该有的容量和家底。

打草搂兔子！青海人常用这句话打比方，说的是柴达木盆地开发过程中，本来是单一找石油，没想到却开发了盐湖。当年的石油勘探人员，进入柴达木盆地是为了寻找石油，没想到却在柴达木盆地内发现了大面积的硫酸镁亚型盐湖。谈起柴达木盆地的盐湖，很多人自然会想起盆地南部的茶卡、察尔汗等经过大量宣传后的盐湖，它们在工业时代的使命还在持续；旅游时代，这些盐湖成为越来越多外地游客来青海的打卡地。谁会想到，在柴达木盆地的北部，也有不少这样的盐湖呢？茫崖附近就有一处总面积达 40 平方公里的盐湖，这意味着如果将 2200 艘航空母舰放在这里，一个紧挨一个，完全能全部装进去。眼前的这面湖水像一块巨大的翡翠被上天遗落在这里，难怪当地人称其为茫崖翡翠湖。和我在其他地方看到的白色湖面映山照塔不同，这面巨大的翡翠之上，清晰地倒映着东边丹霞地貌的油砂山，也装着西边的昆仑雪山，层次分明却交相辉映。

五

油砂山一带的开采量日益增加时，新的恐惧就产生了：一旦这里没油了怎么办？恐惧往往是人类前进的动力，探索又是克服恐惧的良药，中国石油之所以能前进，就在于一代代石油人没有默默饮下恐惧之酒，而是端起了探索之杯，并不断注入发现新基地的信息。油田勘探人员执着探索之灯，离开还没来得及焐热的窝，转向下一个陌生。

1958 年，青海石油勘探局的工程人员开始追问：柴达木盆地的西北角发现了油田，柴达木盆地的中部、东部、南部有没有石油呢？

柴达木盆地是什么样子的？如果绘一张图，还真有点难，因为它的四至并没有标准答案，但将其今天的四个标志性地点标出来，就能凸显出它大概的样貌：西北角的茫崖镇、东北角的当金山口、西南角的格尔木市、东南角的都兰县城，这四个地方连起来，就是一个不规则的四边形。

站在冷湖边，中午的高原阳光正毫不吝啬它的热量，铺天盖地般撒下来，让我感到上半身就要被太阳照得流汗了，而挨近湖面的脚底却感到阵阵从湖边渗来的凉意，不难想到这里的昼夜气温反差。由此我想起古罗马时期奥古斯都金币正反两面上的图案：蝴蝶与螃蟹。这个创意源自奥古斯都的那句著名的座右铭 "Festina Lente"（慢慢地，快进）。它提醒执政的奥古斯都，一位伟大的明君应具备这两种品质：规范治理，像螃蟹一样稳重，不能肆意横行；

发展业务，像蝴蝶一样灵动，避免过于缓行。几十年前，从茫崖转战至此的勘探队员，头顶骄阳，难耐酷热，他们并不知道，这一带全年日照超过 3500 小时，日照率超过 80%，是地球上仅次于撒哈拉沙漠和南美洲安第斯山的日照之地。日照如此强烈，连日来在荒原奔波考察看不到水与草的队员们看见这一面湖水时，忍不住想掬一捧水洗洗脸，不料，当他们将手探进湖水时，神情像是被复制了：龇着牙，将手很快缩了回来，喊着：这么冷的水！

大湖像一个镶嵌在低地处的脸盆，朝天张嘴、态度谦卑，迎迓并接纳了来自阿尔金山融化的雪水，让这里在最热的季节，也保持着冰凉的水温。这是一片无人区，队员们并不知道这面湖水被偶尔路过的蒙古族牧民称为"呼通诺尔"，他们给大湖取名"冷湖"。

勘探人员按照分类在这片土地上依次编号，"冷湖一号"到"冷湖五号"，像是五个孪生兄弟并排躺在这片寂寥而广阔的荒原上。钻机钻到冷湖五号构造地的地下 650 米深时，一股黑色的原油像从地面升腾而起的龙卷风，向半空中飞去，很快又一柄伞似的落下，形成一个黑色的巨大烟花，在太阳下发出黑金般的光。落在地上，又像一条条身子紧挨着的黑蛇，吐露着黑色的信子，贴着地面向四周蹿去，不时形成一个个不规则的黑圈，黑色的圆圈不断扩大着流动半径，逼得在场的采油工向后退却。当大家明白过来出油了，在兴奋又紧张的心情中，赶紧找草袋子等堵塞之物，试图堵住这些流窜的黑蛇。然而，人类的力量在地下喷薄而出的黑色洪流前，显得多么弱小，那亿万条黑蛇聚拢着、奔窜着，构成了一个不断变大的黑蛇阵，不断覆盖着脚下这干黄了千万年的大地。

在场的人除了惊喜，还能有什么？这意味着继柴达木西北角的油砂山后，东北角的冷湖也出油了。一山一湖，342 公里之间，柴达木睁开了一对黑色的眼睛，这不再是被干黄蒙住视线的蛮荒之地，埋在地下的黑金变成液体钻出了大地的子宫。石油人，无论是勘探者还是开采者，都是这群黑色孩子的接生者，将它们从幽暗的地下迎接到人间，他们也是这片点燃光明的地方的命名者：地中四号。

浓稠的原油以日喷 800 吨的能量，向四周流泻了三天三夜，2000 多吨原油很快在荒滩上形成一面黑亮的油湖。石油人的喜悦冲出胸腔、喉咙后发出惊叹。当时，著名诗人李季远在 700 公里外的玉门油田，闻听冷湖出石油的消息后，连夜创作出了《一听说冷湖喷了油》，让更多人通过文学作品知道了柴达木的另一个角色——地球上的聚宝盆、"祖国的大油田"：

一听说冷湖喷了油
原油流满戈壁滩
戈壁变成大油海
油光闪闪波浪翻

一听说冷湖喷了油
人人争把喜讯传
盆地原是聚宝盆
柴达木是祖国的大油田

国家对石油的需求，让柴达木盆地的石油勘探和开采范围越来越大，越来越多沉睡的土地被钻机的轰鸣唤醒，钻头向一片又一片沉睡的、板结的、凝固的土地深处探去，钻得大地发出低沉的叫唤。随着一个个无名之地喷出石油，这些地方被勘探者和采掘者匆促命名：地中一号井像母亲生的第一个孩子被叫一，紧接着生的孩子叫二，后来陆续有了"地中三井"和"地中四井"，被石油人称为"地中三"和"地中四"。如今，"地中一""地中二"和"地中三"早已从地图和人们的视线中消失，"地中四"成了一个定格下来的地名，作为中国石油集团爱国主义教育基地。站在基地内的那座水泥碑前，我仰起头，一个字一个字地念着上面的字——"英雄地中四，美名天下扬"，这是 10 盏闪亮的油灯，照见这里的辉煌与忙碌，照见石油人的自豪与自信。

石油是向导，也是召唤，新的油田一旦被发现，就会有机关人员职工、后勤人员和家属组成迁徙队伍，朝新的"不适之地"奔赴，在随后的岁月里把它变成新的家园。冷湖油田被发现后，青海石油勘探局的机关像一支庞大的牧油队伍，从万人帐篷城的茫崖撤离，迁至大柴旦，这里位于祁连山西麓、塔塔棱河北岸，条件相对较好。从荒凉到帐篷城再回归荒凉，茫崖走过了属于自己的轮回——直到 2018 年 2 月，民政部批复同意撤销茫崖行政委员会和冷湖行政委员会，设立县级茫崖市。2021 年夏天，我再次抵达茫崖时，当地人告诉我全市人口也就 1 万多。

1958 年，中共海西州委、州人民政府迁至大柴旦，标志着柴达木盆地中有了一座真正的城市。后来的几十年里，大柴旦经历了柴达木行委、大柴旦市、大柴旦镇等名称变化，海西州委、州政府驻地搬到德令哈后，大柴旦和茫崖一样，也走过了从新兴小镇到海西州的政治、经济中心再到一个小镇的轮回之路。如今，虽然柳格高速公路和 314 省道通过小镇，但还是难掩这里的冷清。小镇由南北走向的建设路、人民路和团结路构成主动脉，只有"大柴旦矿区人民法院""大柴旦汽车站""大柴旦镇政府""大柴旦行政委员会""大柴旦西海明珠大酒店"等牌子，尤其是大街两边的酒店，很多都在前面冠以"大柴旦"三个字，让入住的客人感到一种纪念和提醒。从当年的州委、州政府驻地到如今的小镇，大柴旦变化的是行政名称与城镇规模，它那源自当地蒙古族牧民口中的地名，像一枚闪亮的钉子，永远钉在了那片土地上。

在柴达木盆地，只有冷湖走过了从没有名字到小镇到市，再回归到小镇角色的轮回之路。1959 年，冷湖的人文热度高涨的一个标志是这里设立了冷湖市，这是柴达木盆地中设立的第一座城市，从 1960 年到 1991 年的 30 年时间里，这里是青海石油管理局的机关所在地。如果一群城市构成了一片城市之域，每座城市就是上面的一座座岛屿。冷湖，是中国境内青藏高原和帕米尔高原之外的地域中最冷僻的城市之岛：距省会西宁 900 多公里，距最近的火车站柳园 340 多公里，距州府驻地德令哈 400 多公里。这样一个高海拔又偏远的地方，水烧到 90℃就沸腾了，年降水量仅 14.9 毫米，是中国年降水日数最少的地方之一和中国日照时间最长的地方。这样的反差构成了这里并不适宜人类居住，城市的设立也仅仅是为了迎合短暂性的经济开发：设市 5 年后，冷湖市降为冷湖镇。过山车式的城市降格之路，让冷湖成了中国最辛酸的城市。经济发展随着采油量渐少而放慢了脚步，人们看到了生存环境的恶化和经济发展缓慢带来的恐惧，紧随其后的是人口的外流，不到几年，就从原来的 10 万人到如今不足 1 万人。

人类和自然签订的契约是有限期的，一旦石油的开采完成使命，冷湖收到的就是人类交还的荒凉。1991 年，青海石油管理局搬迁到敦煌后，冷湖开始真正变冷了。如今，走进"老基地""五号"等地，可谓满目凄凉、一片废墟，所有房子都被揭了顶、挖去了门窗，连埋在地下的管子都被挖出，基地上到处都是挖走管子后遗留的深沟。柏油路面龟裂得像是一面被多次撞击后破碎的旧镜子，那时热闹的基地已经是不见人影、不闻声音的死城。如果不是"五号"油矿机关院子大门上的"冷湖油矿"四个字，真让人以为自己走进了一座死寂之地。

现在去那里的游人，更多想看的是雅丹地貌，至于几代人的努力和青春，谁又去留意呢？尤其那座写有"冷湖石油基地遗址"的黑色水泥碑上的"遗址"字样，更是让人感到这是一片曾经醒来但很快又死去的地方。

在冷湖，有着中国其他地方没有的地名：四号、五号、老基地、公司等。所谓"四号""五号"是地质构造的编号，以此做了地名。老基地，意思是最早的基地。整个冷湖油田的三个基地大致在一条线上，四号居中，五号居南，老基地居北，油田最热闹时，每天有多趟交通车往返行驶。每个基地有近万人口，但只有一个商店且由冷湖矿区贸易公司所开，所以，大家都把那座唯一的商店叫"公司"。在冷湖还有着"土八路""北京学生""阿木溜"等外界难以理会的词汇。从 20 世纪 60 年代初到 20 世纪 70 年代初，冷湖来了几批新石油工人，从北京来的知识青年，大家俗称"北京学生"；从部队转业来的士兵，大家俗称"土八路"；从青海西宁来的知识青年，大家俗称"阿木溜"。听老冷湖人之间交谈，他们的嘴里随时会蹦出外人听不懂的词汇，让人很容易理解成他们之间的会谈中夹杂着"冷湖黑话"。

和最初在柴达木西北角勘探和开采时命名一样，地处柴达木盆地东北角的冷湖开发过程中，同样留下了当时的地质人、石油人在荒原上的命名，有的体现着苍凉，有的暗藏着辛酸，有的充满着希望，有的则带着无奈，这些新命名的地名中，流传最广的应该是"南八仙"。

8 名女石油地质队员，进入柴达木的荒原深处，就像一片荒凉海域上的八枚飘萍。一天，狂风卷着满天飞沙走石，8 名地质队员很快就迷失在那场风暴里，风卷走了她们的呼救与身子。直到半年后，人们才发现 3 位身下压着测量图和地质包的地质人员的遗体，其他 5 人尸骨未见。人们为了纪念这 8 位女地质工作者，便把八女迷失的地方——海西州大柴旦和冷湖之间的风蚀土林群叫作"南八仙"，她们是柴达木久远的居民，不死的灵魂。

在冷湖镇走访的日子里，我还听到过一个令人心碎的故事：一对夫妻将寄养在内地父母家的儿女接到柴达木。艰苦的环境和长年的分离，导致孩子对父母的隔阂、反感，以致产生抵触情绪。不久，两个孩子忍不了当地艰苦的生活，便决定暗地里相携而逃，想逃出那片连鸟儿也看不到的戈壁。孩子怎么知道柴达木 800 公里的瀚海，连飞鸟都难以越过。一个 7 岁，一个 5 岁，两个孩子悄悄出走的结局，必定和"南八仙"一样，迷失在茫茫干旱之地。孩子离家出走的消息，震惊了整个基地，没人组织、没人号召，基地的职工们自发地走进柴达木，试图将孩子找回来，兵分八路，从中午到傍晚，终于在戈壁深处找到了倒在沙丘间的两个孩子。

如果我像那些人——这片大地上的真正主人一样有命名权，我会把夺走那两个孩子生命的地方，称作"两个孩子"。

这样的命名，在柴达木有很多，像给长满红柳的荒滩上的一眼泉水命名"红柳泉"；把遍布石油层的山谷叫"油砂山"；手伸进冰凉湖水时惊呼出"冷湖"的名字；将一条看起来像卧着的狮子的山沟称为"狮子沟"；把遍布贝壳的山梁命名为"贝壳梁"；把一种美好的想象植进没花没土的山沟，并称其为"花土沟"。

从蒙古族牧民命名的伊克柴达木、伊克拉、鄂博梁等地名，到乌孜别克族向导命名的开特米里克；从维吾尔族命名的雅丹地貌到石油勘探者和采油人命名的钻头站、英雄岭、自流井、油泉子、沥青嘴、南八仙等等，和帝王们带着权力和威严指着江河命名不同，和行吟的作家、歌手与诗人创造出并不存在于地球上的香格里拉等地名不同，柴达木盆地内那一个个闪亮的名字，浸透着劳动者的汗水、希望、青春和歌声。那些为大地命名的劳作者，他们真实、善意地给这片几十万平方公里的地方留下了一个个地名，每一个地名，就是一枚朝天而立的银针，闪耀着命名者的智慧、乐观；每一个地名，不仅是一处地理标识，也是一根永不褪色的文化标杆。遍布柴达木盆地内这些大小不一的文化标杆，从诞生时开始，就一直顽强地存活在这片大地上，保留着一份原色和顽强的生命。

进入 21 世纪，柴达木盆地又开始为中国贡献天然气，并使之成为柴达木资源开发中精彩而华丽的大手笔。柴达木的涩北气田成为中国四大气区之一，作为中国目前发现的最大的第四系天然气田。2001 年 5 月 17 日，青海油田对外宣告一项战略工程——"涩宁兰"（涩北—西宁—兰州）管道开始动工；2002 年 5 月 18 日，涩北气田正式向"涩宁兰"管道供气，由此也拉开了"西气东输"的序幕。涩北在哪儿？从格尔木出发，沿着格尔木往柳园的格柳公路往北行驶 260 多公里，就是涩北，这是柴达木油气开发者命名的一个新地名。

2009 年 8 月 3 日，在柴达木盆地的西北角、昆仑山北段，随着一个新的油田诞生，一个新的地标性地名诞生了：昆北。不久，在当年地质勘探者命名的英雄岭东侧，发现了一个 2 亿吨储量的油田，"英东"这个新地名也添进了柴达木大地如花盛开般的地名花园中。只要有劳动者在这片土地上，只要有这些大地的命名者在，再死寂的土地都会有生机，睡得再沉的土地也会被劳动者唤醒。

离开柴达木盆地时，心里念着这一路行来装进记忆之囊中的那些名字，想起电影《你的名字》中的那句台词："如果能再次遇见你，我想重新认识你，从你的名字开始。"如果你想从地名认识柴达木，那该找我，听我给你讲述那一个个地名的来历与背后的故事。

第二章
天路边闪光的地名

从场部办公室工作人员手中接过半个巴掌大的红皮本本时，赵仲寿高兴得几乎要跳起来。如果真要跳的话，他那高大的块头一定能顶到场部简易的土坯房的椽子上。如果不是后面排队领本的人催着，他估计还会盯着那小本本多看一会儿。

走出场部办公室，赵仲寿还是忍不住回头看了看挂在办公室门边的那块白底黑字的简易木牌子：青海驼马场场部。转过头来，扑入眼帘的是布尔罕布达山上的积雪，和 8 年前他来到这里时一样，布尔罕布达山像一头无限放大的骆驼，卧在天地间。山顶上常年发着冰冷的光，给夏天的柴达木盆地南缘送来一波一波的凉爽,这种夏日的凉爽就像他此刻的心情。

赵仲寿将大脑里储存的生命中让他感到兴奋的场景一一调取出来,想对比一下自己此刻的兴奋,这让他想起一个画面来:那群负重近 200 公斤的骆驼,连续几天在戈壁滩上行走,没有任何补给,甚至连水都没能喝上,踏进白茫茫盐泽后,还得忍受凸出的盐棱对驼掌的磨损。就在骆驼和驼工都陷入绝望之际,突然,不远处一条从昆仑山间奔涌而来的河流,在靠近盐湖的地方滋润出大片胡杨和骆驼草,骆驼顾不上让主人卸下背上驮的东西,狂奔过去,嘴唇以最快速度伸向河水,水还没喝够,又急不可待地把嘴探向青草,吃两口,再喝两口。骆驼一定感到一张嘴太少了。对,久渴长饿后的骆驼遇见水草时的感觉,就是赵仲寿拿到那个红本本时的感觉。

走到没人处,赵仲寿将攥在手里的红本本又忍不住摊开,在高原的阳光下再次看起来,生怕自己刚才一紧张错拿了别人的。红色的封皮上赫然印着黄色的"工会会员证"字体。他急忙打开红本本,左面一页上方是大大的红色三号字"全世界无产者,联合起来",下方是他的一张二寸黑白照片,寸头发型,黑色的中山装,右边的袖子上套着一个 5 寸左右的袖套,左上角的口袋下方,是两枚勋章;右面一页最上方印着繁体的"青海省总工会"字样,那时,内地的汉字已经简化 5 年了,这里还没使用简化字;下面是 0162097 的编号,再往下一栏姓名,没错,他睁大眼睛反复看了几遍,是自己的名字:赵仲寿。再下面的工龄一栏里,填写着大大的"7";发证单位:青海驼马场工会。发证日期:1961 年 9 月 14 日。

刚才去场部领这个工会会员证时,场部办公室的墙上挂着的日历上的日子和证上的日期是一致的。拿到这张标明自己成为工会会员的证件时,他在远离家乡千里之外的香日德农场已经 8 年了。

这张工会会员证一直陪伴赵仲寿走过了他此后 38 年的人生,会员证被家人小心保存着。2019 年春节刚过时,我因为《青海之书》的修订,再次奔赴布尔罕布达山南麓、柴达木河畔的香日德农场,我深信这里的每一位驼工一定会有见证青春岁月的物件。在我的坚持下,87 岁的女主人、赵仲寿的妻子宋永兰从家里找出了这张工会会员证和一个作为奖品的搪瓷杯子。看到红色会员证的那天,距离它的主人赵仲寿填写上面的资料已经过去了 58 年。手机上显示出我抵达她家的日期:2019 年 2 月 22 日。

距离赵仲寿拿到工会会员证整整 60 年后的初夏，我又一次奔赴青藏高原，宋永兰在接受我上次采访后不久就去世了。她的女儿赵国庆告诉我，整个香日德农场，当年从内地来到这里的老人，一个都没了，他们带着投身于一段宏伟历史的经历而去，像一条曾经从这里缓缓流过的澎湃之河，给这里浇灌出了一片茁壮但没人注意的庄稼。

一

快中午时，五佛人民公社驻地不远处，桥头边那一截抹得很平细的土墙上，张贴出了一张红纸，上面是一份征购骆驼和招收驼工的启事。启事上的字像一个个黑色蝌蚪，落款年份写着 1953 年 3 月 27 日。

赵仲寿和村里春播完的人们从地里回来，经过桥头回家时，那些蝌蚪般的文字吸引了这些农村青年的眼睛，启事前很快就围满了人。启事的内容犹如掉进池塘里的一块石头，荡起的涟漪越过土墙前围着的人们，像田野里肆意奔跑的春风向村子的每户人家蹿去。

这个位于腾格里沙漠南缘的小村子叫老湾，像一峰青黄不接时瘦驼干瘪的驼峰卧在祁连山东麓和腾格里沙漠南缘交叉处，左边是内蒙古阿拉善左旗，右边是甘肃景泰县，这种环境让这里的人都习惯了既能放养骆驼，又能种田耕地。

那份启事像个高效率的邮递员，很快就出现在周围各个村子的醒目处。从腾格里沙漠边的景泰县往北直到敦煌，往东直到银川（那时的宁夏归甘肃管），整个河西走廊北端、腾格里沙漠边缘的村子都出现了这样的启事。启事的内容，像一只只伸向村民心上的猫爪，挠得人心里怪痒痒的。对启事内容的议论，像一条条小溪开始在各个村子间流动，甚至越过腾格里沙漠，走进内蒙古西部的阿拉善盟一带。

启事的内容很简单：国家要征收每户人家的强壮公驼，往西藏运输粮食，每峰骆驼补贴刚发行的第二套人民币 300 块；同时，招收往青海赶骆驼的驼工，可解决驼工户口，安置在青海的农场。

对苦日子里熬着的村民来说，这倒是一条生路，何况，这是为国争光；何况，那是一个爱国热情暴涨的时代。每个村子里报名的青年，挤满了人民公社的大门，21 岁的赵仲寿就是这排着长队想去青海当驼工的青年中的一位。经过报名、审查、训练后，他成了一名往青海赶驼的人。

赵仲寿和周围几个村里选拔出的十几名青年，穿戴整齐地集中到他们所在的五佛人民公社，然后步行20多公里去县政府所在地芦塘镇集合。到县城，赵仲寿这才知道，全县有几十名青年报名参加了前往青海的驼工队伍，家在县域北边靠近腾格里沙漠的青年驼工，更是有着丰富的养驼经验，已经赶着从家乡及内蒙古阿拉善西部沙漠中购买到的骆驼到了县城。

驼队出发了，出县城往西20公里，就走进莽莽祁连山，经过3天的翻越，这支驼队才进入青海境内；蹚过大通河后，又开始翻越祁连山在青海境内的路段。几天后，他们走出群山来到一片辽阔的草场，一面大湖出现了，驼队中之前探过路的人告诉大家：这就是著名的青海湖。驼队沿着青海湖北岸向西而行，赵仲寿第一次看到那么大的一片高原之海，但大家连驻足欣赏的时间和心情都没有，一则时间紧迫，要按规定日期赶到目的地；二则很多人已经出现高山反应，嘴唇发紫，睡意像不远处青海湖的波浪般袭来。驼队左侧的青海湖消失后，巍峨高大的橡皮山又出现在眼前，这里的积雪比祁连山顶更厚，高山反应更强烈。

翻过橡皮山，进入柴达木盆地，一路上看到不少和他们一样赶着骆驼的年轻人，一问才知道有宁夏、甘肃北部河西走廊一带、新疆东南部若羌县和内蒙古阿拉善等地的青年驼工参与了这次行动。各地的驼工像从各省区流淌来的小河，在柴达木盆地东部地区汇聚成了一条驼工之河，向布尔罕布达山南麓流去。

夜色中，赵仲寿和那支浩荡的驼队赶到柴达木河边的香日德，他掰着指头算了算，这是一趟横跨甘肃和青海两省、长达1000多公里、历时10天的跋涉。

第二天早上，赵仲寿从帐篷里爬出来，眼前是从南向北流淌的柴达木河上游最大的支流香日德河，他所在的地方在香日德河的西岸，身后不远处有一排新盖的土房，大门口挂着一块"西藏运输总队"的木牌，有解放军战士在站岗。赵仲寿感到纳闷：这里难道就是要拉驼去的西藏？难道他们的目的地西藏到了？让赵仲寿不解的是，这里还没家乡的村子大，却热闹不已，整天都能听到驼铃叮咚和骆驼、马、牦牛的叫声，有穿着袍子的藏族牧民，有荷枪实弹的解放军战士，有像他这样内地来的赶驼人，也有驮着商品来装卸的驼队。最令他惊奇的是，这里竟然有从西宁开来的拉运物资的汽车——这里是当时中国修建的通往青藏高原的公路起点。

赵仲寿并不知道，他身后不远处的西藏运输总队，往西藏方向其实连一辆汽车都没有，甚至连一辆马车也没有，原因很简单，没有可供汽车行驶的路，他们被征调来，就是为了修路。

经过几天的高原气候适应后，赵仲寿和其他各地来的青年驼工被集中到河边的一块空地上，那儿有个临时搭建起来的台子，一位操着陕北口音、穿着军装的中年男子给大家做动员讲话，让大家做好进军西藏前的各种训练和物资准备。大家很快听懂了这样一个时代背景：3 年前，中国人民解放军解放了祖国大陆疆域中仅剩西藏的所有领土，当时的青海中西部及西藏大地和内地之间还没有一条真正意义上的公路，使青藏高原犹如悬浮于天外的一座高处岛屿。

就在赵仲寿等人来到香日德一年前的 1 月份，十世班禅由青海西宁返回西藏，中央人民政府投入军马 4500 匹、骆驼 3000 峰、牦牛 1.35 万头、骡子 2500 匹进行护送。在穿越青藏高原的行程中，这支庞大护送队伍中的许多人员和 80% 左右的牲畜永远长眠在了这条路上。这次沉重的护送代价，凸显了进藏之路的艰险及修筑青藏公路的必要性。

讲话到最后，那位操着陕北口音的中年男子告诉招募来的青年驼工，按照原来的招募启事，他们已经完成了工作；为西藏运输粮食的驼工，等运粮结束还可得到一笔钱。

那天的讲话结束后，赵仲寿从旁边人的议论中知道，讲话的男子叫齐天然，是陕西定边人。看到那么多人坐在地上，听齐天然的动员讲话，赵仲寿当即判断出，齐天然一定是个大官。

赵仲寿赶驼到青海，又即将运粮到西藏。等待出发的那些日子，驼工们负责找水草好的地方养骆驼，为骆驼蓄膘。

7 月的一天下午，赵仲寿和其他驼工接到通知：明天上午，全体驼工要穿戴整齐，参加西藏运输队进军动员誓师大会。

第二天，誓师大会开始了，整个香日德沉寂了下来，只有不远处的香日德河在缓缓流动，又一个浓厚的陕北口音响起，此人正是中国人民解放军开国少将之一的慕生忠。

听完慕生忠将军的动员讲话，那些 3 年前随将军第一次进藏的驼工们，成了被大家围住往外倒故事的篓子，一段艰难的高原长旅浮现出来：西藏和平解放后，中央决定十八军独立支队从西宁和平进军西藏。1951 年 8 月 17 日晚，香日德迎来了从兰州经西宁而来的西北西藏工委机关组成人员，经过 4 天的休息和整编，十八军独立支队成立暨进军西藏誓师大会在香日德河边举行，会上宣布范明任支队司令员兼政委，时任天（水）兰（州）铁路副总指挥的慕生忠也随队进藏。慕生忠带领的先遣部队，在进军西藏的誓师大会之前就从香日德悄悄出发，那是由 3000 匹马、3000 匹骡子、3000 峰骆驼、10000 头牦牛组成的"动物大队"。4000 多名指战员和驮运物资的民工，翻过海拔 5000 多米的布尔罕布达山，意味着他们从柴达木河源头区进入黄河源流域，雪山、沼泽、缺氧是黄河源出给他们的三道试题。雪山让他们眼前白茫茫一片，很多人睁眼辨路，时间长了患上了雪盲；无数沼泽像是闭着嘴的鳄鱼，战士一踏上去就会被拉进黑暗的地下，连尸体都看不到，大批驮着物资的骡子死在泥淖里；马因为有人在它的背上指点路线，凭自身的机敏和灵巧，大多能够避开险滩；骆驼因为腿长、蹄掌厚和顽韧的毅力，即便掉进泥淖中也能挣扎着出来；牦牛在这种高原危险地带有着丰富的经验，腿陷进去，那船一样的肚皮就会驮浮起身子。现代交通条件下，汽车不到半天的路途，这支部队当年走了 10 天。第 10 天时，他们从黄河源到了长江源地带，清点的结果令人失色：3000 匹骡子损失了 300 多匹，10 多名战士有的被泥淖收走了生命，有的吃了有毒的草中毒而亡。

过长江上游通天河时，要不是有慕生忠将军从兰州出发时带的 18 个羊皮筏子，驼队是无法过去的。羊皮筏子摆渡，让战士和驼工渡通天河就耗去了 14 天时间。牺牲了 3 名战士，损失了近百头牲口。离开通天河后，进入我们今天所说的可可西里无人区东缘，通往唐古拉山的路上，全是在海拔超过 4000 多米的 200 多公里找路地段。雪盲、缺氧、寒冷、找路、蹚水，让这支部队将行军速度放到了最慢。

赵仲寿听上次随队的驼工讲，翻越唐古拉山时，大家都憋着不敢多喝水、不敢小便，有忍不住小解的，尿液没落地就冻成冰条了。如今，青藏公路上的那 200 多公里，乘车不到两小时就能走完，当年的那支部队，整整走了 22 天，才翻过唐古拉山抵达那曲。到达拉萨时，已经是 1951 年 12 月中旬，整整走了 4 个月。

2019 年春天、2021 年五一期间，我两次乘车走过这条线路，从香日德到拉萨，1440 多公里的青藏公路，两天时间足够；70 年前，慕生忠和他的官兵、驼工们却在没有路的地方走着路，一步一步地走了 4 个月，这 4 个月成了烙在将军身上的一块疼痛的印记，成了将军孕育一个惊天计划的铅色云朵，他期待着一场吉祥的雨从那云层里降落高原。

到拉萨后，慕生忠留了下来，担任西藏工委组织部部长，范明任中共西藏工委副书记，两人一起协助中央驻西藏代表张经武及张国华、谭冠三等一起领导和平解放不久的西藏党、政、军工作。那些雇佣的驼工，沿着原路返回香日德后，各自谋生去了。

和平解放西藏后，从四川和青海两路进藏的部队大约有 3 万人。有人推算，这么多人每天就需要 4.5 万斤左右的粮食，而随着慕生忠进藏留下来的还有大批机关工作人员，当时的西藏根本无法为这么多人解决粮食问题，于是遵照中央确立的进藏部队"不吃地方"的方针，由中央保障供应，但即便从内地运，拿什么运？那时的中国缺少汽车，即便有车，连路也没有，只能依靠骆驼、牦牛和骡马。从驮载量及耐力来看，主要得依靠骆驼。组织驼队，历史上还没有过这样穿越青藏高原无人地带的运输队伍，这导致西藏驻军和机关人员很快就面临断粮危机。官兵们一天的粮食限量为每人每天 4 两。在西藏采访期间，我曾做过类似的实验，每天吃两包方便面，试图体验一下当年官兵们的感受，到第三天，我就饿得受不了了。两包方便面要比当年官兵们的 4 两饭的营养多，何况他们还要执行任务。

粮荒不再是被包得严严实实的一个机密。进驻西藏的官兵营房和机关内弥漫着的危机，被拉萨大街牛粪、盐等必需品的价格暴露了：1 斤面的价格被抬升到要 1 两银子，8 斤牛粪需要 1 枚民国时期在拉萨流通的银圆兑换，其他货币行不通。

遵照中共中央指示，慕生忠调任新成立的西北局支援西藏运输总队政治委员。从西藏返回兰州途中，慕生忠特意带人从拉萨出发，选择了经过昌都、玉树、西宁到兰州这条线路，试图为不久要修建的一条更好、更便捷的进藏公路做好基础工作。返回兰州后，慕生忠就开始一只手准备筹粮，一只手筹备运粮的骡、马、骆驼和牦牛。

1951 年 8 月中旬，慕生忠带人进藏时就带着他的同乡、陕北定边人齐天然。

齐天然不久就回到西藏工委驻西安办事处，负责采购进藏所需的医药、布匹、绸缎、机械等商品，积累了采购进藏物资的丰富经验。

骆驼是瀚海里游动的鱼，齐天然天生就是"钓鱼"的高手。据说，那时候全国总共有20多万峰骆驼，西藏运输总队成立后，齐天然发挥自己在西安积累的征购经验，带人从陕、甘（含后来划分出去的宁夏）、新疆及内蒙古等地征购了11400多峰骆驼，并担任了二大队队长。加上从青海本地征购的骆驼，全运输总队一共有26000多峰骆驼。

那天，讲完第一次进藏的大概情况后，慕生忠向大家宣布：这次，决不能再走上次的路，我们要在茫茫雪域高原上踩出一条路来。

有了第一次进藏艰辛的探路和代价，慕生忠认定，古人骑着牦牛踩出的那条蹚过黄河源的路是无法再走了，驻藏大军和机关人员在等着粮食，运粮队简直就在和时间赛跑。慕生忠听当地牧民说过，除了他第一次走的那条路外，从香日德往西，直到昆仑山下有个噶尔穆的地方，从那里也可进入西藏。

噶尔穆？相信慕生忠将军听到这个词一定也觉得陌生而好奇。这个词意味着什么呢？多少年后，我一直替将军寻找这个词的含义。从很多资料和网络上看，大抵是河流密集的意思。在藏语中，河流多被称为曲，噶尔穆显然不是藏语。从柴达木盆地中诸多蒙古语地名到唐古拉山、可可西里等名字来看，噶尔穆应该是蒙古语。蒙古语中，噶尔指海螺。后来，请教懂蒙古语的朋友后我才明白，当时是将军把郭勒穆听成了噶尔穆，其实应该是郭勒穆，郭勒在蒙古语中是河流的意思，穆是指马鞍一样低洼的地方，合起来就是河流注入马鞍一样低洼的地方。在慕生忠眼里，上次走的那条路，已经是世界上最难走的路了，一听还有一条经过噶尔穆进藏的路，他心想：难道，还有比过黄河源更难走的路？经过噶尔穆的路，一定比第一趟走的路好走。将军一声令下：找寻噶尔穆，从噶尔穆进藏。噶尔穆，就是后来修建青藏公路诞生的、青海省第二大城市格尔木。

那时，一年往西藏要完成两次运粮，骆驼的数量远远不够，西藏运输总队决定在香日德建一个骆驼养育场。为了让驼工们安心工作，场部允许结了婚的驼工将家属接到香日德，成为驼场职工。赵仲寿和运输队的其他队员一样，把妻子宋永兰从老家甘肃省景泰县五佛公社老湾村接到了香日德，成为骆驼养育场的职工。

从香日德经格尔木通往拉萨的青藏公路修通后，赵仲寿所在的运输队改为骆驼场，饲养的骆驼主要为青海西部境内的剿匪队运输物资，后来，也向达尔罕布达山南侧、青海省玉树地区的曲麻莱运输民用物资，或为地质勘探队服务。第二年，驼工们有了一项新的任务：承担了从大柴旦到冷湖再到茫崖的公路修筑任务，那条公路基本上是贴着柴达木盆地的南、东、北三个边缘地带修建的，围绕柴达木盆地画出了一个月牙形的曲线。驼队驮着修路物资，出现在柴达木盆地边缘，死寂之地被驼掌踩醒，白天行路，蓬勃生长的骆驼草就像大地上的金色外衣，赶路的骆驼没时间去吃；晚上卸下物资时，每一峰骆驼的嘴，就是一台骆驼草的收割机，骆驼常常累得吃着草都能睡着。

青新公路修通后，骆驼场划归青海省海西州管辖，迁往莫河。和赵仲寿一样在香日德成家育子的驼工们，选择留在了这里，驼场也更名为都兰县骆驼场。到退休时，都兰县骆驼场有职工43人，基本都是和赵仲寿一起从甘肃来到这里的，骆驼的数量减少到1100峰；草原上放牧骆驼的只剩下8户人家。

无论是去拉萨，还是去玉树或茫崖，驼队就像一次次放飞的风筝，放飞一次后就得返回香日德。驼工们每一次回归，就是香日德的一个重大节日。从拉萨带来的呢子礼帽、酥油茶、印度香料、尼泊尔糖果，从玉树带来的虫草和康巴小刀，从茫崖带来的新疆小帽、葡萄干等，这些"驼来品"，不仅丰富着驼工家里的珍藏品，也丰富着香日德大街上店铺的货架，让香日德从只有一片红柳的地方，变成了青海省海西州最大的国营农场。此后，德令哈、诺木洪、赛什克、查查香卡等一批国营农场出现在柴达木盆地。

时隔几十年，赵仲寿的那张工会会员证，让我看到了一名"驼工"从甘肃省的黄河之滨到青藏高原的柴达木河边的人生之路。很多和赵仲寿一样的驼工，他们的人生之路，叠起了一条中国的"天路"。

二

任何一条路，都有起点，青藏公路的起点在哪儿？无论是教科书还是网络上，答案是西宁。但就像每个人都有给自己喜欢的人或物命名的权力一样，在我的眼里，香日德才是青藏公路的起点。

全长 1937 公里的青藏公路，从西宁到格尔木已经修成了高速公路，尤其是香日德到格尔木一带，那条公路简直就是天神扔来一把直尺，当时的筑路工似乎是按照这把直尺修路的，这种笔直后面，有着江河般的蜿蜒曲折。

第一次进藏运粮后，受损严重的驼队返回香日德休整。有一天，慕生忠将军和当地一个牧民聊天，听对方说，从香日德出发向西 300 多公里，昆仑山下有一片平川，昆仑河横穿而过流向柴达木盆地。逆着昆仑河往南，穿过昆仑山和唐古拉山，那条被岁月尘封的古道虽然海拔高，沼泽少，河床平，但艰险无比。

慕生忠当即摊开一张马步芳时期留下的青藏地图，终于找出了"噶尔穆"三个字和一个小黑点，除此之外，周围一片空白。民间口传的"郭勒穆"显然就是地图上的"噶尔穆"。很快，慕生忠派助手张震寰和赵建忠带了一个小分队，拉着几峰骆驼从香日德动身，向西出发，他们的任务就是寻找"噶尔穆"。

赵仲寿和其他驼工组成的驼队，也从香日德出发了！30000 多骡马、骆驼，数千名战士和 1200 多名驼工，开始了一次远征；后来的事实证明，走完绕过黄河源、长江源，取道"噶尔穆"前往拉萨的这条路，用时整整 4 个月，代价是每行进一公里，就要留下 12 峰骆驼的遗体，全程有 30 名战士牺牲。

出了香日德往西，沿途越发荒凉，除了红柳和胡杨，茫茫的戈壁滩上荒无人烟。现在，从香日德到格尔木的高速两个多小时就可到达，赵仲寿和其他驼工们当年走了一个多星期，其中两天是踩着察尔汗大盐湖过去的。"郭勒穆"是蒙古语"河流集中的地方"，从昆仑山流来条条河流，在流进察尔汗盐湖前的开阔地带上，形成了一片茫茫盐碱滩，上面的盐盖硬得像石头，磨得骆驼的蹄子都疼。每峰骆驼平均驮重 170 公斤，不少骆驼走出盐湖时脚已经瘸了。

走出察尔汗盐湖和戈壁滩后，远处的昆仑山像是在打量这支陌生而庞大的队伍，看着他们惊奇地望天看地，看着这些人在迷茫中找寻传说中的"郭勒穆"。一辆吉普车和一辆大卡车，小心翼翼地跟在驼队后面。走出盐湖后两天，吉普车猛然加速，超过长长的驼队，停在戈壁滩上，从吉普车上走下来一个人，他就是在香日德誓师大会上做动员讲话的慕生忠。

慕生忠的那口陕西话又飘荡在昆仑山下的那片荒滩上："有人说从香日德到这里有一条驼道，这一路上你们也看到了，哪有什么道路，说明这里以前也没什么贸易往来，得靠我们来修一条路，我们的工兵会陆续在车辙走过的路上，修出一条简易公路来。

"来这里之前，有人说这里有个叫噶尔穆的地方。大家看看，哪里有人烟和村庄？今晚，咱们把帐篷搭在哪里，哪里就是噶尔穆。这个噶尔穆或郭勒穆，蒙古语里说是河流密集的地方，这个名字太绕口，不好记，我们还是称它为格尔木。"

从那个出现了一顶顶驼工和战士的帐篷的夜晚之后，那片荒滩有了个新名字：格尔木。

赵仲寿和其他驼工一样，迷茫地站在荒滩上，朝昆仑山方向望去，一股股雪气暗暗传来，哪里看得见路的印迹？大家望着遥远的莽莽雪山，心里嘀咕：连路都没有，怎么到西藏？

那晚，赵仲寿和其他驼工们已经有了明显的高山反应，待在帐篷里感到胸闷，很多人是第一次到这么高海拔的地方，骆驼和他们的主人一样，鼻孔像是塞了核桃，涨得圆圆地往外直呼气。很多人睡不着，走出帐篷，外面一片清凉，远处不时有狼号声。沉沉的夜幕下，不远处的一点亮光，就像绣在一片黑布上的暗红色花朵，大家都知道，那是慕生忠帐篷里发出的灯光。

慕生忠的帐篷里，马灯亮着，眼前摊开的地图对他而言犹如聋人的耳朵，从西宁到这里再到拉萨，像一个顽皮的孩子拿起一块橡皮擦将一大片地方的名字全抹去了，沿途很多地方都没名字，哪里还有路可走？第一次进藏时艰难的环境再次浮现在慕生忠眼前，他不由得倒吸了一口气，剩下的进藏之路肯定比第一次进藏或者比香日德至此的路要艰难得多，派出去侦探情况的战士回来报告，偶尔找到远处牧场的牧民，都没有从这里去过拉萨，而且也没听说过有一条能通往拉萨的路。

军令如山，西藏的将士等着吃粮，唯一的运粮指望是滞留在荒滩上的这支骆驼运输队，过盐湖已经让一些骆驼的蹄掌磨损，格尔木的海拔让一些骆驼和驼工出现不适应的状况，前方探路的侦察兵也传来消息，越往前走海拔越高。弄不好粮食没有运到西藏，运粮的人和骆驼会被困死在半路上。

离开格尔木，意味着这支队伍将要在一张白纸般的茫茫雪域上第一次印下人类大规模进入其间的奇迹。

出了格尔木，赵仲寿才意识到出发时要求他们带的铁耙、扫帚、三角锅叉和帆布帐篷起到了作用：天黑前，卸下骆驼背上的垛子，让骆驼休息一下，大家用铁耙将地上的积雪扒开，用扫帚扫净，在上面搭帐篷；给骆驼喂草料和青盐后，赶紧生火、烧水、啃青稞面干饼。带的柴火很快就烧光了，大家就去捡驼粪、牦牛粪充作燃料。驼工和战士全程步行，谁都不准骑骆驼。50多年后，我选择了在纳赤台、五道梁、沱沱河、唐古拉山等几处地方徒步而行，试图体会那种艰辛，发现那是多么难以企及的一种奢侈。尤其是沱沱河到唐古拉山的那段路，是整个青藏公路上最难的一段，我背着帐篷、睡袋及其他现代装备，觉得非常艰难，而当年的那支人马，带着简陋的装备，身负运粮重任，一步一步丈量着后来成型的青藏公路，除了看不到尽头的冰雪与荒凉，狼和骆驼因为饥饿发出的哀号外，还有什么陪伴他们？

就像雪山盯得久了会有雪盲症，毫无生机的路盯得久了会无聊起来，驼工和士兵在行走途中是数着脚步的，数到一百或一千了重新再来；沿途的地点没名字，赵仲寿和其他驼工便按照山形地貌瞎起名字，什么一撮毛、和尚头、寡妇岭，等等。走着走着，途中的无聊开始被来自骆驼的事故打乱。一般情况下，夏秋季节是骆驼贴膘的时候，这些膘情还没完全补好的骆驼，就驮着超过170公斤的负重踏上高原的高处，它们在格尔木的荒滩上吃了点草，基本没什么营养再补充。随着海拔升高，大地越来越荒芜，荒地上没有供骆驼和骡马吃饱肚子的草了，即便有一点草滩，高海拔地区，草长不高，习惯在沙漠中吃高草的骆驼因为腿长、身高而难以吃到嘴里，加上骆驼数量大，看到一点草就互相挤着、弯下脖子去啃地皮，有的骆驼饿得顾不上背上的负重，前腿一跪，嘴才凑到那点刚从土地钻出不久的薄草前。赵仲寿和其他驼工心疼骆驼，顾不上高山反应，弯下腰去拔草，但这犹如给大象喂葵花籽，给狮子喂老鼠。运输队带的草料也越来越少，驼峰逐渐干瘦下来，狼群尾随而至。逐渐有骆驼倒下，倒下一峰骆驼，就是驼工心中的一座希望之山崩塌，驼工心中的一条大河干涸，给干渴大地孕育雨水的一朵云被风撕碎。倒毙一峰骆驼，立即会引来主人的哭号，接着是闻讯而至的狼发出的嗥叫。驼工们不愿走，想守在那些倒在地上长叫着的、濒死的骆驼旁，试图陪伴它们生命中最后的时光，就这点简单想法也不能实现，千里外的拉萨正张大等粮的嘴，进藏将士的粮袋已经空了好久。

为了减少骆驼的痛苦和驼工的牵挂，每峰骆驼快要支撑不住时，会有战士过来忍痛朝它开枪，令远处静卧的积雪和天空中散步的云黯然失色。这是远离沙漠故乡的骆驼对尘世的告别书，是比雪和云都白的悼词。写到这里，我仿佛看到如今到这里旅游的人们赞叹自己离天堂多近，拿出相机拍摄伸手可及的白云，然而有几人知道脚下的这条路上有过怎样的凄美。我无法赞美比骆峰还低的雪山，也无法诅咒离驼掌很近的大地，我仿佛看见每一峰骆驼被抽走营养后干瘪的驼峰，那里装的是消瘦的人间，是它的主人内心濒临暗淡的灯盏。倒下的骆驼身上的物资转到另一峰骆驼身上，队伍继续前行，后面的驼工看到越来越多的、被狼吃得剩下的骆驼骨架。这些北温带气候区内地球上最大的陆上动物，在地球海拔最高处留下的死亡图景，是一封等待邮寄给沙漠故乡的却永远没有收件人的白色信封，是给后来修成的天路的一场冰凉告白，是一座地球上海拔最高的白色敖包，是一条驼峰之路的路基。

从故乡牵来的第一峰骆驼倒下时，赵仲寿忍不住抱着痛哭，走了几步后，又折回去抱着哭，这是他从老家带出来的伙伴呀，骆驼的眼像一个快要枯竭的泉眼，流出了浑浊而细长的泪线，那是对主人、对这个世界无言的辞别。

一天，即将宿营，赵仲寿将自己负责的骆驼身上的驮子卸下来，给骆驼喂青盐时，突然传来耳熟的一声驼鸣。原来是自己拉的一峰骆驼，前两天倒在地上实在起不来了，自己只好忍痛割舍，没想到这峰骆驼恢复了体力，加上身上的驮子被转移到别的骆驼身上，便挣扎着赶了上来。

如果骆驼会说话，估计也会埋怨它们跟着主人走的这条冰雪之路怎么没有尽头了呢，也会埋怨主人怎么能把自己丢弃掉了呢。海拔越来越高，人和骆驼都忍着高山反应带来的痛苦。随时会落下的雪与从一条条山谷间淌来的冰凉河水，都在考验着人与驼的意志。

翻过唐古拉山，进入西藏地界，将粮食、军用物资交付给设在那曲（当时叫黑河）的接收人员后，驼队仅仅休整了一两天，就原路返回。

三

对赵仲寿和其他驼工来说，从香日德到那曲的运粮，就是一次胆战心惊的经历，对慕生忠和他的战士来说，意味着打了一场谈不上失败却令人懊恼的战争：出发前征购的 2.8 万峰骆驼几乎全军覆没。要保护剩下的骆驼，一些物资不得不被抛弃在路边，从香日德出发时的物资，运到拉萨时所剩不到四分之一。然而，驻藏大军仍需要军粮和战备物资，再靠骆驼驮运，不仅会影响运粮的效率，甚至将全国的骆驼征调来，估计也不够。从那曲返回的路上，慕生忠在心里感叹道：要是有条从格尔木到拉萨的公路多好呀！这番感叹在他心里酝酿成了一桩惊天动地的大事。

1953 年 11 月 15 日，慕生忠派西藏运输总队的副政委任启明率领一批人，沿着两年前赵仲寿等驼工走过的运粮路重新探一遍，看是否具备修一条公路的条件。这是一支由 50 峰骆驼、3 匹马、两辆木轮大车及 20 名警卫、驼工和两名地图绘制员组成的队伍，他们边走边绘制地图，历时 64 天，到达那曲。这段路，在如今的 109 国道上，开车只需大半天时间。

就在任启明带领勘探队即将到达那曲的那几天，慕生忠正在北京给刚从朝鲜战场回国不久的彭德怀汇报修路的想法。彭德怀半开玩笑地说："你找个胶轮大车，一边找路，一边修，胶轮大车能去，汽车就能过去。"

勘探队抵达那曲后，任启明立即通过军用电台发电报到兰州军区，再转到格尔木；接着由格尔木转到香日德，最后从香日德转到北京。电报的内容很简短：用半年多时间，可修一条简易公路。

慕生忠兴奋地拿着电报找交通部公路局，未果；他直接去彭德怀的家里，陈述修路理由和紧迫性。在彭德怀的支持下，慕生忠找到刚好在北京开会的张国华和范明，3 人连夜起草修建青藏公路的报告，由彭德怀直接面呈周恩来总理，这应该是当时中国大型工程中办理最快的一项：3 天后，周恩来总理批复，由彭德怀负责从军费中挤出 30 万，先将从格尔木进藏的公路第一期工程修到可可西里。

当时的中国，长着一张饥饿的大口，哪里都需要钱，比起修建青藏公路来更紧迫的项目排成队，国家又没有这方面的预算，青藏公路就像一个急诊病人赶到医院时插队得到及时救治。彭德怀从军费中挤出 30 万元，调派 10个工兵、3000 件铁镐、3000 公斤炸药，外加 1 辆吉普车，这在城市里只能修 1.5公里公路的费用和工具，就是慕生忠要修建青藏公路的全部家当。

赵仲寿和那些回到香日德的驼工接到通知：赶着骆驼，往即将要修建的青藏公路运送修路工具和物资。

赵仲寿和那些驼工赶到格尔木时，眼前已非他们往西藏运粮时路过的景象：先行赶到的战士，在戈壁滩上搭起了帐篷。为了防御野狼的袭击，战士们从附近挖来红柳，绕着帐篷垒起两米多高的红柳围墙，并将其称为"红柳城"。随着驼工和修路人员陆续抵达，这座城不断变大，近百座帐篷构成了一座"帐篷城"。

后来的格尔木历史记忆中有了一个重要的日子：1954 年 5 月 11 日。那天，慕生忠正式宣布：青藏公路正式开工。5 月的内地早已花繁叶茂，从兰州到西宁，沿途的树梢上都是绿色，格尔木一带，地皮还是干黄一片。几天后，几辆汽车从西宁拉来树苗，慕生忠的陕西口音再次响起：我们要修一条从这里通往拉萨的路，路修好得人维护吧，从内地来的物资得在这里中转，这里就是我们的家，一个没有树的家，哪能算家呢？他挥了挥手中的一根柳树苗，说："今天，这棵苗就是我们栽在格尔木的第一棵树。"晚上，回到帐篷的驼工开始议论：莫非，慕生忠将军不打算从这片荒滩上离开了？后来的事实证明，驼工们的猜测是对的：慕生忠就没想过离开格尔木，离开昆仑山，离开青藏公路。

奇迹是什么？就是你想不到的事情突然发生了。那棵柳树苗竟然成活了，它也成了格尔木的象征。青藏公路通车后，慕生忠让人在柳树成活的地方建了房子，青藏公路管理局的牌子就挂在房门前，战士和驼工都习惯称呼那里为望柳庄，他们望的不仅是一棵带来绿色的树，更是一片希望和生机，是一条路曲折而辉煌的起点地纪念碑般地矗立在戈壁滩上。

在北京，和彭德怀告别时，慕生忠突然想起一件事，他对彭德怀说："首长，两次往西藏运粮，我发现了一个问题，那里许多地方没有名字，咱这修路，沿途很多地得有名字呀。"

彭德怀笑了："修路这么大的事情你都要干，起名的事情你还干不好？"

对一个地方的命名，有当地人经过对山形地理的了解后取名的，有伟人寻访时结合当地某个特殊情况临时取的，但像青藏公路沿途的地名，都有独属于它们的故事：望柳庄、二十七亩园、南山口、天涯桥、西大滩、漏水桥、小南川、风火山、昆仑口、十二步、套套河、开心岭……和世界上的任何一条公路一样，青藏公路也是由路基、路面和路两边的地名构成；和许多公路为了连接沿途村镇的用途不同，青藏公路开始修建时，从香日德到唐古拉山，沿途并没有村镇城市、车站码头、集市宾馆，沿线地名就少了些其他公路上的地名色彩。

第一次进藏运粮返回格尔木，很多驼工见识了高原上恶劣的气候，纷纷提出想回老家。慕生忠深知，驼工们一旦离开，就无法完成进藏运粮与修路，但又不能硬性强留这些人，他把他们召集到一起，跳到彭德怀批给他的那辆吉普车上，大声地说："你们要走，我也不能拿缰绳把你们拴住，但大家想想，我们靠骆驼进藏运粮的代价多大呀，修一条进藏公路是多么急迫的事情，你们看，彭总为了修路连车都给咱批了，国家多重视修这条路？如果真有走的，我也不拦。明天，请大家帮我一个忙，用一天时间帮我开点荒地，我要在这里种菜，让以后来修路的人有菜吃。"

对赵仲寿这样的青年驼工来说，开地的活算什么？第二天，90个驼工按10人一小组，铆足了劲挖地。夕阳还没落山，27亩地被开挖出来了。高悬在昆仑山上的太阳照出一个人影，那是站在地埂上的慕生忠，他那陕北口音又响起来了："你们完成得很好，很多人担心在青藏高原上修路多么困难，你们用了一天就开了这么多地，大家现在看看，把谁给累倒了？也没谁生病呀，这说明在青藏高原上干活是可以的嘛。今天，你们在这片荒滩上开了27亩地，这个地方就叫'二十七亩园'，我就在这里先种菜了。"

站在驼工前列的赵仲寿清楚地看到慕生忠的身旁，立着一把铁镐，镐柄上是慕生忠昨晚上刻下的五个大字：慕生忠之墓。驼工和战士们心里清楚：这个倔老头，是抱着赴死之心要修路的。慕生忠那句真实的壮语，像格尔木河一样轰然响起："我这把老骨头就随着你们修路，修到哪儿我倒下了，哪里就是我的墓地。"

"二十七亩园"是继"格尔木"之后，慕生忠将军在青藏公路上命名的第二个地名。带领修路大军出格尔木，向南而行，走到山下一片开阔的川地上，他把修路前线指挥部定在这里，并命名这里为"南山口"，这是慕生忠将军命名的青藏公路上的第三个名字。

世界上原本没有路，在想并修的人面前，路就出现了。亘古荒原，被近乎原始的劳作工具和它们的主人唤醒了。

沿着今天的青藏公路出南山口，遇见的第一座大桥位于达布逊河和嘎果勒河交汇的地方。当时，修桥时连水泥和长钉都没有，慕生忠给工程师邓郁清下达命令：3天建成一座跨河大桥。邓郁清带领10名工兵和6名石匠，用9根9米长的东北红松和少量的钢筋、铅丝，3天时间，架起了青藏公路上的第一座桥梁。桥梁建成后，邓郁清跳上那辆拉着一车面粉的探路汽车，准备试通车。慕生忠一把将邓郁清拽下来，他认为工程师是修路之宝，比自己重要，不能有半点闪失。满载着面粉的大卡车缓缓通过距离水面30米高的桥后，没有鞭炮和鲜花，高原缺氧让这些劳动者连欢呼、歌唱的力气都没有，他们拿着吃饭用的筷子、勺子敲打着锅碗瓢盆来祝贺。慕生忠认为，这座桥相比内地简直是在天涯之远，便将其命名为"天涯桥"。两年后，这座桥被翻建为石拱桥，陈毅元帅进藏，走到天涯桥前时，感慨万分："有了这座桥，这里就不再是天涯了，就叫昆仑桥吧！"从此，昆仑桥的名字延续至今。

离开天涯桥后，慕生忠骑马走了3天，那天晚上露营时，他看到一处温泉，在白雪茫茫的高原上冒着热气，便将那里称为"不冻泉"。继续向前行走，在一片宽敞的荒滩上，看着东边白雪皑皑的群山，将军说："这里就叫'西大滩'。"

在昆仑山下，筑路大军正挥镐扬锨，慕生忠看到一个熟悉的面孔。他走上前去说："这不是宁夏的回族青年马珍吗？第一次进藏运粮时，你可是咱们的驼工呀！"

马珍赶紧停止干活，直起身子回答："首长好，我是听了您的讲话后，再没回吴忠老家去，报名参加了修路队伍。"

慕生忠对马珍说："等路修通了，你把老婆从老家接来，住在格尔木，给你生几个娃娃，老大叫格尔木；老二就和这里的地名一样，叫昆仑山。要是有老三，嗯，前面的地方还没名字呢，那就叫拉萨吧。"

离格尔木160公里的地方，公路已经修到了海拔4767米的昆仑山口，当地藏族称这里为"阿嘛呢木占木松"，这么长的名字，今后的公路通车后不好记，慕生忠望着远处绵延的昆仑山，便将这里命名为"昆仑口"。站在昆仑口，一个修路的小队长跑来告诉慕生忠："都说昆仑山多害怕，其实这些山平缓得像馒头，山顶上只有12步的距离就跨过去了。"慕生忠听完后亲自丈量，果然只有12步，便将那里取名"十二步"。十二步的名字虽然没有被沿用至今，但昆仑口这个出自慕生忠之口的地名，一直沿用下来。青藏公路修通后，陈毅元帅在前往西藏途中路过这里时，诗兴大发，写了那首著名的《昆仑山颂》：

峰外多峰峰不存，岭外有岭岭难寻。
地大势高无险阻，到处川原一线平。

目极雪线连天际，望中牛马漫逡巡。

漠漠荒野人迹少，间有水草便客行。

粒粒砂石是何物，辨别留待勘探群。

我车日行三百里，七天驰骋不曾停。

昆仑魄力何伟大，不以丘壑博盛名。

驱遣江河东入海，控制五岳断山横。

　　如今，在昆仑山口立着一块"昆仑山口"标记碑，主碑高4.767米，是昆仑山口海拔高度的千分之一。每次进藏，这里是我必须要停下来的地方，一则是向慕生忠将军及在此付出生命的修路工致敬；二则是向昆仑山口碑南侧立的杰桑·索南达杰纪念碑献上自己的一份敬意，后者是为保护可可西里野生动物而捐躯的藏族优秀的儿子。

　　当年，青藏公路刚修通，陈毅带着浪漫主义诗人的激情称汽车"日行三百里"，现在的青藏公路上，日行千里已经很平常了。青藏公路的修筑，像一个认定了方向后往前努力延伸的蚯蚓，腹下有冰冷，头上有冰雹和雨雪，前面有万年不化的冻土，却兀自在群山中延伸着方向。

　　长江的上游是通天河，通天河的上游是曲麻莱河，楚玛尔河就是一条从曲麻莱河转音而来的河流，按当地藏族人幽默的说法，楚玛尔河是长江的奶奶。青藏公路修到海拔超过5000米的楚玛尔河边时，冰雪融化造成大水漫灌，必须在这里修一座桥，但没有建桥的材料和设备。人类的智慧在困境中总是能激发出令人想象不到的能量：慕生忠先派人探清楚玛尔河主流和支流的位置，用装上石头的麻袋铺成一条水下路，用红柳条编成的大筐子装上石头，修出一架沉在水里的"漏水桥"：铺在河底的简易过河通道，车行需涉水而过。

　　第一次进藏时，很多路段我选择了徒步，对楚玛尔河大桥这样的建筑更是喜欢用脚步丈量。一步一步走过去，心里默念的数字显示2565米长的大桥上有78个桥孔。建筑的进步不止表现在技术和材料的先进上，有时也书写着人类对自然和动物的态度转变，这些桥孔不再是当年那样只为泄水，而是为了让藏羚羊等野生动物自由通过，这种生态性的赋予，体现了青藏高原上的环保意识。

　　五道梁，估计也是将军看着周围有五道山梁，就地取名的吧。从"过了五道梁，难见爹和娘"的民谚，不难看出五道梁一带的气候条件之差，负责修这段路的一个20多人的小分队，有7人牺牲。

慕生忠抵达唐古拉山北面海拔4650米的河谷时，只见那里的河水好像一条河伸出长长的手臂，挽着另一条河，像不规则的绳子胡乱地打成一个又一个结，简直就是河套着河，这种地貌决定了修路的难度。这里不但河宽流多，而且水深流急。刚开始，探路的人骑着马涉水探路，结果连人带马被冲倒卷走，大家追了几里地才救了上来；接着有人骑骆驼试着过了几次，却被河底的淤沙深深陷住，骆驼被冲得东倒西歪，修路的进度受到影响。

有一天，慕生忠仰头咕咚灌下半瓶烧酒，拿根绳子系在腰间，叫人牵住另一头，不顾大家的阻拦，"扑通"一声跳进河水，向中间探去。9月初的天气，沱沱河水里放进一根木头都能冷得叫出声来。慕生忠在水中泡了几个小时，不但探出一条比较好走的河底路，而且弄清了这条河的大体情况：河床宽约1060米，河槽宽280多米。要想让汽车通过这条大河，必须建大桥。工程队的人提出修"过水桥"，这种民间称为"水下桥"的方案，得到了大家的赞同和慕生忠的同意。这个施工方案的第一步是"导水分流"，在上游先筑起一道道堤坝，挖开一条条沟渠，把河水分成许多支流引向别处，以减少主河道的水量，为施工创造条件。9月4日开始，工程组在上游约3公里处奋战5天，完成分流任务，使主河道最深处水位降至1米以下；第二步是在河里划定一条线路，按一定宽度向水中填石垫底。工程队用骆驼从七八里外运来石块，装进麻袋，沉入水底。为了把扔下的麻袋垫实，工程队人员脱光衣服，钻入水下作业，大家都戏称他们为"光屁股潜水兵"。

为了把沉重的装着石头的麻袋运到河中间，慕生忠从兰州出发时带的羊皮筏子开始发挥作用，往河中间搬运石头。45天后，5000多装满石头的麻袋稳稳"定居"在河道中，宽5米、长400米的水下石桥修成。桥淹在水下，离水面三四十厘米。这样既不会阻挡水流，又不会淹没汽车，桥两边插上标杆作标志，使车不致走偏。汽车在筑路人员的欢呼声中顺利地通过"水下桥"。

慕生忠告诉身边的人：从来到这里到修好桥，我们被套在这里长达40多天，这里就叫"套套河"吧。给中央发电报时，因为译电员接受电报时译成了"沱沱河"，才有了今天的"沱沱河"之名。

青藏公路修成后，为了保障公路的维修和正常通行，沱沱河成了千里青藏公路上的一个兵站，那些长途运输的车辆慢慢地将这里当成了避风御寒、休息加油的地方，周围的牧民和远方而来的生意人渐渐地也聚集到了这里。

我第一次抵达沱沱河时，当年的"水下桥"早已被有着长江第一桥之誉的沱沱河大桥取代。沱沱河桥，后来成就了万里长江的第一个城镇：唐古拉山镇。

我多次行经这里，最难忘的是 2004 年春天的徒步穿越。夜晚的沱沱河镇一片寂静，高原缺氧使我无法入睡，夜色太深又无法赶路，只好一个人走向不远处的沱沱河大桥。周围一片死寂，在严重缺氧的状态下，步履变得沉重而滞缓，大脑和心情一并在这种情况下变得酒醉般轻飘，长江之源的水在夜晚看不清颜色，但能听得见其神秘。这少量的水和空间少量的氧气在高原的阳光下养活出少量的青草，继而养活了这里少量的牧民，成就了这个星球上"第三极"里打破生命禁区神话的人类生活：这里是长江干流上第一个居民点，有万里长江第一个桥和第一个兵站，第一个乡和第一所学校，第一个气象站和第一个水文站。那个冷寂的夜晚，我看不见沱沱河睡着的样子，但我能看见它假寐的神态：一条河像一条银皮绳，拧着另一条银皮绳；一条河像一条银蛇缠着另一条银蛇，一条河像一道银色的光扭着另一道银光；一条河像一个沉思的诗人抽烟吐出的烟线箍着另一道烟线，整个河面像是一幅用拧得如麻花般的铝条完成的抽象艺术画作，河流依然是当年的样子，那时蹚过这里修桥的人却早已不再。到凌晨 4 点多，气温低到了几乎不能适应的地步，我背起行囊步行穿越了这里（在这里遇上狼的故事，我在本书其他地方有叙）。

那年，沱沱河就这样留在我的经历和记忆中了！ 2019 年春节刚过，我再次途经这里，无法看见沱沱河完整的样子，它盖着冰的被子睡着了，仿佛担心这条被子不够严实，冰的上面还盖了一层厚厚的雪。这就是沱沱河，一条野性得如三九寒天跳进北极附近海域裸泳的汉子，如一个冰天雪地里光着膀子在户外吃冰棍的东北小伙子，或者，换个思维比拟，就像一个赤道上生活的少年抱着个火炉子吃火锅一样。我看见的沱沱河一定和几十年前没太多变化，变化的是几十年间来来往往的人在这里积聚、疏散的能量，让筑路大军在这里看到的荒凉，让我 10 多年前至此想买个充饥的馒头都没有的情形不见了，时间不会耍魔术，人民才是奇迹的创造者。当初的修路者怎会想到，一条路的开通，让昔日荒无人烟的高原，魔术般出现兵站、饭馆、旅店、加油站、水果店，构成了一个繁华高原的小镇，这里不仅有热饭可卖，还有从格尔木拉运上来的苹果、梨、香蕉等水果，尽管高原上的凉冷气候不会让它们的水分流失得多快，但价格却和这里的海拔一样高。

从沱沱河到唐古拉山的路边，有大大小小 100 多座坟头，它们的主人就是当年筑路时牺牲于此的战士或驼工，一个细节已经几乎不为人知了：他们入土时，头都朝着拉萨的方向，那是他们临终时提出的，他们没能活着把路修通，死后也要看着这条路，要做这条路上最艰难的这段的护路者。这段不接纳生命的禁区，以这样的方式，接纳了修路人的身影，也收纳了修路者的愿望与灵魂。这些坟中，在雁石坪附近，有一座已经不起眼了，坐落在一个地图上不存在的地方：韩滩。一位姓韩的宁夏回族小伙子，和马珍一样，作为驼工从宁夏来到高原，他被分到今天的雁石坪一带修路，因为高山反应和持续多天吃不饱但又坚持筑路，终于被疲累和高山反应击倒在这里。我在格尔木的将军楼纪念馆里，看到一张红底黑字的牌子上写着一段文字："慕生忠率领数百名筑路员工为小韩举行了葬礼。坚强的慕生忠落泪了：'好兄弟，你走得太早！最苦难的日子都过来了，拉萨就在眼前了，我本想到拉萨给您亲手戴上大红花，可这一天你也没等到……这地方就叫韩滩吧。"除了给诸如小韩这样的驼工举行葬礼，慕生忠给从西宁拉来后第一批死了的柳树也举行过"葬礼"，给青藏公路修建中倒毙在高原的骆驼也举行过"葬礼"，给被高原砂石磨得秃噜如巴掌大的铁锹也举行过"葬礼"。如今，韩滩这个名字早就被雁石坪镇取代了，地方虽小，却出现了地理上归青海管辖、人口管理归西藏管辖的交错管理现象，公路边东侧出现的"宁夏饭店""重庆大酒店""成都快捷酒店""少东家美食城"和公路西侧出现的"羌塘旅游酒店""天府宾馆""甘肃宾馆""高原汽配城"等经营实体，门面虽小但气势很足，不知道来往于这里的宁夏回族，是不是知道有一个老乡，为了修造脚下这条通天之路长眠于此。

唐古拉山，应该是唐古乌拉的简称，在蒙古语中，"唐古"是"青藏高原"或"高处"的意思，"乌拉"是"山"的意思。今天，我们从地图审视，不难发现从格尔木（海拔 2808 米）出发的青藏公路，抵达海拔 3680 米的拉萨市，就像一张斜立着的弓，海拔 5231 米的唐古拉山垭口就是这弓的弓背处，这里是整个青藏公路修建最艰难的路段，骆驼在这里死得最多，人工消耗在这里最多，甚至，牺牲于此的筑路人员也最多。

修筑青藏公路的工程队刚来到唐古拉山口，这座大山就给他们来了个下马威：半夜里，呼啸的大风把许多帐篷吹跑，致使不少班组只好露营雪山，人冻得整夜展不开腿，不少人的头发和胡子上都冻上了白霜。有的人干脆不睡了，跑出去在工地上抢大锤，一方面可以驱寒，一方面也为了赶进度。

粮食和御寒物资运不上来，有的人开始抓地老鼠吃，还有的找到山上的湖泊，捕鱼填肚子。最困难的是唐古拉山一带的土石因常年处于冰冻状态，一镐下去只有一个白点，干了没几个月，来时每个人带的崭新的十字镐磨得只剩下了拳头大，铁锹则磨成了月牙铲，使很大劲才能挖下一块土石。

稀薄的空气使人稍微一动便气喘吁吁，心口里像塞了一堆杂草，憋闷得慌。回望这一路倒毙的骆驼和牺牲的战士，遥望眼前的唐古拉山积雪，慕生忠急切地盼着由彭德怀批准的西北军区的1000名工兵早点到来，然而，他等来的却是一份让他十分气愤但又无奈的电报：西北局派工作组到运输总队，追查骆驼大量死亡的责任，请速回总队做检查。

那份电报被慕生忠当场撕得粉碎，碎纸片飞舞在工地上，他对报务员下达了回电内容："工程正紧张，不能回去，一切责任由我负。"

青藏公路穿越唐古拉山口的那天，慕生忠立即下令向军委和党中央发报，报告了这一喜讯，并当场吟成小诗一首：唐古拉山风云，汽车飞轮漫滚。今日镐锹在手，铲平世界屋顶。

或许，在专业的诗人眼里，这简直连顺口溜都不算，然而，了解了这支筑路队伍的艰难后，谁能说那些拿生命在高原上留下真正诗行的人，不是真正的诗人？慕生忠接着发出命令：向那曲进军！青藏公路终于修通了青海境内的路段。

四

1954年12月15日，慕生忠和2000多名筑路工人，乘坐100辆大卡车，跨越当雄草原，穿过羊八井，直抵青藏公路终点拉萨。慕生忠是世界上第一个坐着汽车进拉萨的人，他的那辆吉普车也是第一辆行驶在拉萨街头的汽车，拉萨市民首次见到了汽车。

站在布达拉宫下，慕生忠心生感慨。从他在格尔木发出青藏公路正式开建的动员令那天开始，他带领的筑路大军，用了7个月零4天时间，修通了格尔木至拉萨 1283 公里的高原公路，加上之前修通的西宁到格尔木的 800 多公里，共 2100 多公里的青藏公路完全可以通车了！这条公路翻越日月山、昆仑山、风火山、唐古拉山、申格里贡山等 8 座大山，穿过湟水、沙柳河、察汗乌苏河、香日德河、昆仑河、楚玛尔河、沱沱河、那曲等 20 余条大小不等的河流，担负了 90% 以上进藏物资的任务。

1954 年 12 月 25 日，康藏、青藏公路通车典礼同时在拉萨、雅安、西宁三地举行。与此同时，慕生忠又接到了齐天然发来的电报：敦格公路已打通。至此，青海境内从东到西的青藏公路和青海西部从北到南的敦格公路，如同两条输血管，为青海的经济建设开始输送营养。

当我们提及青海中西部、南部以及整个西藏大地时，总是称之为青藏，其实，那条从香日德起步的公路，才是连接起青藏的一条脐带，只有走在这条路上，你才能理解青海和西藏，才能理解为什么格尔木南郊检查站警察衣服上有"藏格"标识，才能理解明明是在青海境内，可唐古拉山镇却归西藏管辖，才能理解雁石坪镇地处青海，可周围的牧民却是从西藏安多县迁徙来的。

初通的青藏公路上，很多地段没有标记，主要靠慕生忠取的那些地名为标识。我们在很多城市看到以名人、烈士的名字命名的路，那为什么在格尔木市区或拉萨市区，就不能有一条"慕生忠路"呢？

青藏公路是一个子宫，孕育的众多"孩子"中，有一个叫"高原道班"。公路修通后，得有人维护，一部分修路工人留在了青藏公路沿线上，留在一个个用三根木杆、几个木橛子搭起的小帆布帐篷组成的"道班"上。不久，一批参加过抗美援朝复员转业的军人，来到青藏公路上，以养路工的身份成了青藏公路的"保姆"。后来，他们把挖的"地窝子"变成了"道班"，十来个人窝在一起睡觉。从帐篷到"地窝子"，这些养路工维系着青藏公路的通畅，他们喝的水烧不开，吃的饭煮不熟，缺乏饮用水和燃料，像草原上的植物一样，顽强地生存着。如今，沿线的道班已变成了砖瓦房，条件不一样了，道班上也有了女养路工。2020 年春节过后，我再次沿着青藏公路而行，在唐古拉山上遇到暴雪，被困长达 10 多个小时，几十公里的山路上停满了汽车，公路最高处养路工正在用铁锹铲雪，那是海拔 5231 米的高处，说话都很费劲，他们就那样在暴风雪中默默干活。和一位养路工聊天后得知这样一个故事：几个女养路工，去西宁时每个人买了条裙子，带到道班后，没想到一天都没穿过，那里，就是夏天也不适合穿裙子。

随着青藏公路的修通，青藏公路管理局随之在格尔木成立。慕生忠被任命为青藏公路管理局党委书记、局长和中国人民解放军青藏公路运输指挥部总指挥。慕生忠就像一根路桩，插在青藏公路的新起点格尔木；如果青藏公路是一条从格尔木流向拉萨的天河，格尔木就是第一个码头，慕生忠就是这个码头上负责搬运、安全、协调的"工头"，他要让这个码头变得繁忙、繁华。

慕生忠再次进京向彭德怀汇报：准备在格尔木兴办农场、砖场、煤矿、医院、学校和百货公司，把格尔木变成一座城市。那天，两位将军没像战争期间那样分析军情、推演战况，也没像修筑青藏公路前夕那样选择进藏路线、筹谋物资。这次，他们谈论的是在青海西部辽阔的柴达木盆地上，擘画一幅经济大开发的蓝图。一个湖南口音，一个陕北口音，时而是一个声音的单声道，时而是两个声音的争论交叉，一个上午的时间，在陈述、聆听、辩论中很快过去了。

彭德怀高兴地留慕生忠共进午餐，并特意拿出一瓶人参酒招待他："你慕生忠不容易呀，硬是在青藏高原上修出了一条天路，今天，算我请你客，有肉有酒，回到了你的格尔木，这些东西可就没有喽！"

"看彭总把我们的格尔木说得穷的，那里可不缺肉呀！等我们建设好，请彭总去看看。"

"好。一言为定，到时候你可得要请我哦，去看看你说的格尔木是什么样子。"

进京期间，毛主席单独接见了慕生忠，详细聆听了修筑青藏公路的情况，尤其是饶有兴趣地听慕生忠一边修路一边为沿途取的 18 个地名：雪水河、天涯桥、西大滩、不冻泉、五道梁、开心岭……听到开心岭时，毛泽东打断了他的话，好奇地问道："为什么叫'开心岭'？"

慕生忠回答："沱沱河上架起了桥，算是河面上的路修通了，给养问题解决了，站在前面的那道山岭上，我非常开心，就给它起名'开心岭'！"毛泽东听后说："好，'开心岭'这个名字好，很有革命战士的乐观胸怀呢！"接着，根据毛主席的指示，由邓小平主持有关部门开会，决定拨款对青藏公路进行改造、提高。

格尔木逐渐出现了农场、砖瓦厂、修理厂、商店、医院、学校、书店、邮局、银行、剧院等现代建筑。进藏运输队及人民解放军的几个汽车团在这里安了家，汽车发动机发出的声音成了这里最引人瞩目的声音，车来车往引出了人来人往。昔日荒无人烟的戈壁滩上，一个现代城市拔地而起，这时，慕生忠想起自己上次进京时向彭德怀发出的"格尔木之约"，便邀请彭德怀来格尔木看看。

抵达格尔木后，彭德怀在慕生忠的陪同下乘车南行，沿着青藏公路过雪水河，越昆仑桥，直达昆仑山口。

1959年初，慕生忠的肩上又压上了新的担子：青藏铁路工程局局长，筹划起了修筑青藏铁路的大计。1959年8月的庐山会议上，彭德怀受到了不公正的待遇。慕生忠作为"彭德怀的黑干将"远离了青藏铁路之梦，这一离开就是20多年。慕生忠得到平反时，已经由踌躇满志的将军变成了满头白发的七旬老人。

1982年秋天，慕生忠在家人的陪同下，来到了阔别23多年、魂牵梦萦的格尔木。昔日的土路变成了黑色的沥青路，昔日大街上穿梭的骆驼和牦牛被汽车取代，望柳庄前他栽下的柳树已有合抱粗。站在将军楼上，将军向远处望去，昔日的帐篷城已经成为青海第二大城市了。远处，昆仑山上的皑皑白雪像是一张白色的邀请函，呼唤着将军。"走，进昆仑山！"慕生忠坐上了吉普车，开始了自己的"青藏公路之旅"的体验。在昆仑山口，将军凝望着远处巍峨的昆仑雪峰，回过头来，对身旁的女儿说："我找到自己安睡的地方了。你们记着，等我哪天闭了眼，一定要把我埋在昆仑山上，我要伴着青藏公路长眠！"

10年后，83岁高龄的慕生忠，不顾家人阻拦，再次回到格尔木探望。格尔木的市民也以自己最大的热情和最高的规格迎接了他们心目中的城市之父；青藏兵站部的官兵以贵宾般的礼仪欢迎老首长，陪同他转遍了格尔木的角角落落。慕生忠拉着兵站部部长的手说："谢谢你们为开发青藏线作出的贡献，这可能是我最后一次来格尔木了，今后青藏线的建设就靠你们了……"

1994年10月18日，慕生忠将军在兰州与世长辞。弥留之际，他嘱咐家人："别忘了，我死后把我的骨灰撒在昆仑山，撒在青藏线……"

将军的子女们按照父亲的遗愿，捧着将军的骨灰来到了格尔木。格尔木的党政军机关和群众在将军楼前举行了隆重的公祭仪式。那天，青藏高原上兽静鸟噤、大地肃穆。将军的骨灰被运到昆仑山口时，万里晴空的高原突然降起了纷纷扬扬的大雪，天空中好像飘飞着无数纸钱。行驶在青藏公路上的汽车兵，一齐按响喇叭向将军志哀。将军的女儿向天空大声喊道："爸爸，你看到了吗，昆仑山接纳你了，你的灵魂将在青藏线永驻！"这声音在雪山顶上久久回荡。

五

　　那个青藏公路沿线的规划者、开拓者和命名者走了，那条路上没有关于慕生忠的石碑、坐像等纪念物，没有以他的名字命名的任何建筑。历史永远不会亏待付出者，如果让格尔木市民选择当地的地标性建筑，相信绝大多数人都会说：将军楼。那是时光之手，给慕生忠立的一座无字碑。

　　将军楼建成 10 年后，山东临沂青年陈玉行从故乡入伍到格尔木，成了 76 团一名从格尔木到拉萨的汽车运输兵。那时，到格尔木的新兵有个不成文的规定：一定要去将军楼参观，听讲解员讲解当年青藏公路的建设情况。陈玉行到格尔木的第一天，就和其他新兵一起去参观将军楼，心里埋下了一颗敬重将军的种子。经过训练后，陈玉行开着那辆从当时的东德进口的、载重 6 吨多的大卡车，以每小时最快跑 30 公里的速度，行驶在还没有铺沥青的青藏公路上，在坑坑洼洼中体会着行车艰难，当时的路况与车况，一年只能跑两趟拉萨。1973 年，陈玉行转业到西藏运输公司，但工作地点仍在格尔木，每次出车前，他都默默地来到将军楼前，默默地敬个礼，这个"规定动作"一直保持了整整 30 年。1985 年 10 月，青藏公路铺筑沥青路面工作竣工，原来的每 10 公里设一道班改为每隔 30 公里—50 公里设一个工区，工人们可以集中在大工区中，原来五六人一间的道班房也逐步改善成每人独立一间。

　　陈玉行转业到格尔木 30 年后退休，当年的山东青年变成了昆仑山下的一名老人，他没有回归故乡，而是选择自愿去看管将军楼的大门。2009 年 6 月 25 日，以纪念青藏公路、青藏铁路建设，全面反映格尔木市发展历程为主题的将军楼主题公园正式开园。陈玉行特意在距离将军楼不远的地方买了新房，每天步行 10 分钟前去公园，向慕生忠将军的塑像敬一个标准的军礼。如果说慕生忠在唐古拉山写下的那首诗歌能代表当年那支筑路队伍的心声，那么，陈玉行所行的那个军礼，表达的岂不是所有青藏线上受益者的敬意？

　　几十年过去了，对许多前往格尔木或从这里中转去西藏旅游的人来说，到了格尔木，如果不去看看将军楼，就好像到拉萨不看布达拉宫，到北京不去天安门，将军楼成了一处非去不可的纪念之地。

青藏公路修成后，过往车辆的加油成了问题。1977年4月，格尔木到拉萨的输油管道建成，长达1080公里，是中国最长的输油管道，也是世界上海拔最高的输油管道。这是一条横卧在平均海拔4500米以上、输送黑色之金的通道，建成当年便承担了进藏油料总量的63.6%，为减轻汽车运输压力发挥了积极作用。

第一次沿着青藏公路进藏的路上，我发现路边矗立着一个个电线杆，它们串联起一条看不见的路：1960年代，那是沿着青藏公路架设的通信线路。60多年过去了，光纤已经通到了拉萨。许多人会选择青藏公路地标性的唐古拉山口处合影。"兰西拉光缆工程"，从甘肃省会兰州出发，一路向西经西宁、绕道青海湖北侧，穿过柴达木盆地南侧，沿青藏公路至拉萨，全长2754公里，将地球第三极与世界更加紧密地联系在一起，构成世界上海拔最高的"信息高速公路"，其中830公里穿越海拔4500米以上的生命禁区，560公里通过山脉冻土层以及沼泽、沙漠等地势。

2006年6月29日，中国移动通信网络基本实现对全长1956公里青藏公线的全程覆盖，让青藏公路大部分地带都能接收到移动信号，这是沿青藏公路而生的另一条"特殊之路"。

第三章
铁轨穿过
高原的肚脐

1902年秋季的一天上午，西陵铁路总工程师詹天佑被选招进宫，令他深感意外的是，慈禧将自己珍藏的15座洋钟中的一座赏给自己。詹天佑珍重地接过这份特殊的礼物，仔细打量起来：它的原型是一列火车的微缩，金色的铁轨尽头昂立着火车头，里面安设着控制车轮转动的机械系统，驾驶门的位置上安装有走时和报时的两个表针；一个风雨表镶嵌在车头上锅炉所在的位置，一个温度计则镶嵌在烟筒上。

詹天佑早就听说宫内收藏着这样一个西洋钟，但一直没见过，他当即拧紧发条，刚一放在地上，就见驱动杆带动车轮转动起来。

詹天佑对这件珍贵的赏礼无比欢喜，他深知慈禧为什么将这么珍贵的物件赏给自己，往事一幕幕浮现在眼前：12 岁那年，詹天佑作为晚清首批官派留美的 30 位幼童中的一位前往美国留学，以纽哈芬希尔豪斯中学第二名的成绩考入耶鲁大学学习铁路工程，后又在耶鲁大学夺得全校数学第一并获得奖学金。1881 年，詹天佑学成归国，官派至福州船政局后学堂继续深造。

1902 年晚秋的一天，时任直隶总督的袁世凯找到詹天佑，告诉他这样一件事：前不久，慈禧太后突然下旨次年清明节要乘坐火车去位于今河北保定易县的清西陵祭祖，当时已经有火车从京城到达保定新城县的高牌店，从高碑店到清西陵还没通火车。袁世凯看到了讨好慈禧的机会，找詹天佑出任 37 公里长的"新易铁路"总工程师。詹天佑答应了袁世凯的邀约，与 5000 多施工人员一道历时 4 个月就圆满完工。1903 年清明节，"新易铁路"正式通车，慈禧和光绪帝率领文武百官乘坐火车到达清西陵祭祖。

从地上捧起火车模型的钟后，詹天佑心里泛起一股股欢喜，但一想到慈禧乘坐火车的一副场景，他忍不住笑了起来。快接近西陵时，慈禧突然强令铁路工作人员拆除车头，用骡马拉动车厢前进，原因是担心火车的"叫声"惊扰龙脉，没想到这个指令给参与报道"新易铁路"通车仪式及祭祀西陵的西方记者留下了笑柄。

一

詹天佑站在紫禁城养心殿东暖阁捧着西洋钟 120 年后的一天，我在青海湖北岸的刚察草原上，和达玉部落的牧民索南才杰漫步在草地上，看着不远处的青藏铁路上缓缓驶过一列前往西藏方向的火车，我给他讲述这个笑话后，索南才杰忍不住也笑了起来："哎呀呀，这个慈禧也太笨了！"

我说："这也难怪，她毕竟在闹这个笑话之前，不懂火车，以为骡马拉火车很正常。"

索南才杰问我："火车是外国人发明的，你说他们是不是就不会有这样的笑话？"

我告诉他，英国人斯蒂芬森在成功发明蒸汽机车火车头之前，火车的车厢确实是用马拉着的。

索南才杰听后，展开了他那高原人式的想象力，他问我："如果世界上最早的火车是在青藏大地上发明的，那该是一幅怎样的场景？"他开始描述自己的想象：成百上千的精壮公牦牛被征用，在一个个指挥者的鞭子吆喝下，在观看牧民的掌声或呐喊声中，拖着装满货物的黑色铁皮车厢往前一点一点地移动，汇成了一条喘息之河……如果拉拽车厢的绳子断了，不会出现最早的火车车厢在英国的平原上停下来的情形，而是倒退的车厢反过来拽着那些本已筋疲力尽的牦牛往回滑，一个坡接着一个坡，一道弯接着一道弯，一片草原接着一片草原，一座山接着一座山，越来越近随即又越来越远，一条接着一条连着牦牛和车厢的绳子被扯断，所有拉车的牦牛被后退的车厢拖在地上，口吐白沫、喘息不已、哀号不断地死于莫名其妙的惊恐中，而那车厢则顺着来时的铁轨往回疾撤，等返回到出发的站台时，距离断了绳索的地方，已经有上千米的海拔差了。

听完索南才杰诗人般夸张的想象，我明白他是将铁路修建初期的情景置换在了青藏高原上。我们慢慢踱步到铁路边，无言地盯着那两条贴着大地向远方伸去的铁轨，那是两条永远都不会被冰雪冻僵的长龙，保持着均匀的距离，或像尺子般在大地上画出两条等距离的直线，或像两条不离不弃的弯曲弧线走过雪山的注视，或越河或钻山，连接着青海省省会西宁和西藏自治区首府拉萨。

看着索南才杰沉思在铁轨上的样子，我突然想，青藏铁路沿途的牦牛如果有他刚才那样的奇思妙想，会认为铁轨之上驶过的红色或绿色，是在巨大喘息中发出怪叫、呼啸而过的钢铁巨蟒。如果是在晚上，那一头头飞奔的钢铁怪兽发出轰鸣般的喘息，一定会惊动夜眠的群山、羚羊、狼群和牧民的毡帐；十万头狼的目光汇聚在一起，也比不过那一头头穿行在夜晚高原上的、冰冷怪兽眼里射出的切开夜色的光。沿途的牦牛如果有人类一样的记忆，就会看到这些穿过昼夜、不知疲倦、匆匆来去于高原的铁头怪兽，拉着数量不少的人和物，它们一定会开心——它们的祖辈们曾经被人类征用，从青藏屋檐下驮着茶与丝绸、兵器与百货，缓缓走过一个个海拔较高的部落、庄园、村寨或帐篷，从高处返回时，驮运着青稞与牛羊、将士与酥油。现在，青藏铁路和青藏公路纵贯青藏后，成千上万的牦牛被解放了，这两条路是让牦牛们开心而笑、感激不尽的路。

20 世纪一个鲜明的时代标志，是其相对农耕时代的步行、骑马等交通方式而言的现代性，火车是这种现代性的最佳代言者：科学技术和资本、政府捆绑起来形成的力量，通过轨道向陌生的远方释放出钢铁般的能量，作为对人类没有见识过的陌生世界的一种许诺。

青藏高原上出现铁路时，人类掌握铁路的技术已经相对成熟，距离地球上第一条铁路的修建已经过去百年，但铁路与生俱来的胎记，也随着青藏铁路的修建被带上了雪域高原：经济的驱动。

火车诞生的百年时光里，纵横在地球上的万千火车，如一头头莽撞而有力的狮子，咆哮着向一个个陌生领域、一座座远方的城市和村镇冲去。在大量被征用劳动力（沙俄早期的火车就是用农奴建成的）的劳动中，在大量技术人员的努力下，两条铁轨在高出地面的轨基上，向远方伸去铁钳，钳住了煤炭、棉花、玉米、钢铁、林木甚至越来越多的游客。在一个个起点即终点的铁路线上，飞驰的机车或快或慢地驶过森林或庄稼、雪山或湖泊、村庄或城镇，成了大地上拉运量最大、速度最快的搬运工，包括把那些仕途的官员、求学的青年、离乡的移民、打工的男女拉来运走，以至于铁路功能中最醒目的一项变成了人员的流动。

铁路，引来人类从经济角度对它的赞美，总认为它的起源和呈现出的力量，都是促进经济的，往往忽略了它在人类能量释放、技术传递与信息交换等方面的作用。

修筑成本及建成后的配套设施与维护代价的昂贵，让后来的铁路建设似乎总逃不出经济效益至上的魔咒，青藏铁路的问世，让很多人看到这个魔咒在某种边缘的舞蹈。难道，铁路的修建就没别的用途了？

下午的时光，高原的太阳照在铁轨上，让我和索南才杰坐在上面有种暖乎乎的感觉。好长时间没有列车来往，青藏铁路的这一段安静得像是处于一群演员刚刚撤台而另一群演员还没动手化妆的空白处。我和索南才杰聊着青藏铁路，我们有一个共识，这是青藏铁路给一个内地人和高原牧民之间安排的默契：青藏铁路的开通，给雪域高原带去的不仅是物流、人流、技术，更是给沿途影响到的牧民带去了时间观的改变；在高原牧民眼中的牦牛时代里，他们是按年或月为计量单位的。公路时代，他们是按天为计量单位的。铁路时代，时间的计量变成了按小时来计算。同时，青藏铁路的修通，也改变了西方人对中国的看法，具有代表性看法的是美国旅行作家保罗·索鲁在他的《骑乘铁公鸡》一书中说的："倘若昆仑山山脉在，火车便永远开不到拉萨。"在雪域高原，青藏铁路的开通让牧民有了这样一个新的衡量能人、牛人的标准：旅游旺季，看一个人是否有本事，就看他能否买到一张到拉萨、兰州或北京的火车票！另一方面，铁路改写了从前出门的基本上都是男人的状况，常常是车厢里载着一个个家庭外出旅行。

见证一条铁路的变化或者体验其中的滋味，最权威的莫过于火车司机了。我和火车司机 K 坐在一起聊天时，他的声音，就像车轮划过铁轨时的声音，匀速而带着节奏，恍如他从第一天开着火车到退休的几十年时光，就像眼前冒着热气的茶杯里泡着的茶叶，有点发黄但清新正好。他给我讲述青藏铁路沿线小站的故事，像一个农人天天路过村里的小卖部，熟悉那里面的货物摆放和主人的脾气。身为青藏铁路一期线路上的第一代司机，K 熟悉青藏铁路上，从西宁到格尔木沿线的每个小站在铁路的左边还是右边，车站的规模大小、海拔及列车到站时间，熟悉晚上打信号灯的工务段人员的背影，熟悉列车进站时站在阳光下举手致敬的乘务员的大致身高，熟悉沿途的小站名字如同熟悉老婆的脾气，他更知道流传在铁路沿线司机口中的各种"小站故事"。

如今，K 退休多年了。青藏铁路已经全线贯通，就在我写到这里时，中央电视台新闻联播恰好播放着这样一条信息："今天（2021 年 6 月 25 日），13 万多名建设者修建 6 年多的西藏第三条铁路开通运营，这是西藏第一条电气化铁路拉林铁路，结束了西藏主要城市山南市和林芝市没有火车的历史。"

如果把从西宁到格尔木的第一期青藏铁路比作一篇精彩的小说，从格尔木到拉萨、从拉萨到林芝的铁路，就是这篇小说延伸出的更为精彩的续篇。从西宁到拉萨，坐火车需要 21 个小时，铁路没有修通之前，只能坐汽车、步行或骑着牦牛前往。沿途变幻莫测的气候条件，谁都不能保证一个单程需要多长时间，甚至连生命都没基本的保证。

每走过一个地方，我都对地名产生着浓厚兴趣。我知道，地名常常是一个地方文化记忆的容器，它储存着这个地方的人文历史和秘密，书写着独属于这个地方的故事，就像一座博物馆的题字标识着这个地方的辨识度，它或许也寄托着某种美好的愿望。

对青藏铁路的认识，我也从铁路沿线的站名入手，它们是散落在大地上的地名中的新品种，有着和铁路绑在一起的属性。既有铁轨在太阳或星星下散发的光泽，又有朝夕晨昏伴随列车驶过铁轨时的时光，也有火车轰鸣声唤醒高原的记忆。

从西宁到拉萨的青藏铁路上，我能清楚地报出全线85个站名，那就像一条河流上的85个渡口，一条长路上的85个驿站，一部长篇小说的85个篇目，它们有的分布在铁路左边，有的落居在铁路右边，像青藏铁路这件长衫上缝上去的85颗衣扣，大小不一，高度不同，但使命一致。

对一条传奇之路的接近或其秘密揭晓，方式有很多，解读站名背后的密码，是我发现的一种方式，我对青藏铁路沿线中分布在青海境内的64座车站中具有代表性的一些站名的解读，就此开始。

1990年代最后的10年时间里，我是一家财经报纸驻甘肃、宁夏、青海、内蒙古记者站的站长，常常去西宁乃至青海湖以西、柴达木盆地内的格尔木采访，选择的交通工具基本上都是火车。那时所谓的青藏铁路，指的是从西宁到格尔木的一期工程。这条铁路就像缝在青藏这件大衣上的排扣，西宁站就是我看到的、触摸到的第一颗纽扣。那时的西宁车站大厅里，最初是贴上去的手写列车趟次、沿途经过车站和票价，后来变成了用毛笔字写上去，装进一个高达两米的大木框内，旁边是一幅用毛笔绘制的全国铁路线路图，每个站名都用红色标注出来，但我最先找的就是西宁站。短暂的"纸上旅行"让我粗略地知道西宁在全国铁路线路图中的位置，感到西宁似乎就是中国铁路延伸至青藏大地的终点，是一本连接青藏和内地的列车之书的终篇。从西宁发往格尔木的几趟列车，就像缀在那本书后面的参考书目，有种可有可无的感觉。

随着我乘车往西而去的次数增加，西宁成了青藏铁路之旅的起点。多次乘坐从这里出发向西的火车，车轮和铁轨碰撞发出的声音，听起来和内地的、外国的火车没什么区别。然而，了解从西宁到格尔木的青藏铁路修建历史后，便带着一份敬畏竖起聆听的耳朵，我似乎在一个个小站之间，听到车轮碾过时的各种声音：当年的筑路大军挥着铁镐的喘息声、歌声、笑声，阳光下穿越草原时引来天空中兀鹫和金雕惊讶的呼叫声，月光下受到惊扰的羚羊或野狐们奔跑时蹄音敲碎宁静的声音，等等。

一部青藏铁路就是一部书，西宁站无疑是扉页，唐古拉站是最醒目的一页，拉萨是封底，其间的一座座车站就像书中精彩的插图，每页插图都有背后的故事。现在，我给读者讲述一下"青藏铁路之书"青海部分的几个插图故事。

二

西宁的站名很好理解：西部安宁。

如果说西宁的城市发展是一部流淌的历史之河，闪耀在其间的青唐城、西平郡、鄯州、夏都等名字，就是一个个黄金版的码头，上面来往着羌、吐谷浑、吐蕃、党项、蒙古等一个个马背民族的背影，唯有"西宁"这个名字里蕴含着命名者的和平祈愿！

随便乘坐一趟离开西宁朝格尔木、拉萨方向的列车，眼前会依次闪过湟源、海晏、克土、青海湖、刚察等汉语语境下不难理解的车站。

铁路是现代文明的产物，一个个车站名像一辆辆推土机碾过，将那些古老的名字埋在铁轨下，随着铁路向青藏腹地的延伸，这种碾压力度就显得越来越弱，到第13座车站托勒时，这个站名里蕴含的民族风味开始凸显。常年在民族地区行走，让我想到这个名字和自西宁出发以来、前面12个站名的区别。托勒，在蒙古语中有两种意思，一是指"台地"，比如从西宁到玉树途中，共和县境内沙珠玉乡到塘格木镇之间，就有一塔拉、二塔拉和三塔拉；另一种是指"平原"，托勒站就是海晏县境内紧邻青海湖的一片平坦草地，这表明，列车已经驶入蒙古语影响的牧区。

我乘坐行驶在青藏铁路上的7581次绿皮火车离开托勒站时，安置在车厢里的低音喇叭会传出列车广播员甜如奶茶的声音："各位旅客，你们好，列车离开托勒站，下一站是哈尔盖站！"

哈尔盖，原来是和硕特蒙古一个部落的名字，青藏铁路修建后，成了一个被诗人西川誉为蚕豆般大小的车站之名。站在哈尔盖，不仅是站在青藏铁路至此的、上一个和下一个车站这么简单，是站在一条铁路的过去和未来之间，是站在地下冻土和天上日月之间，是站在鸟翼和青草之间，是站在遗忘和记住之间、行走与停驻之间、油灯与雷达之间、祭奠与遥望之间。

每次坐7581次普快列车路过哈尔盖站，我就像一个路过天堂大门的孩子，怀着敬畏之心，看着车站上幽幽的灯光下，铺着一层霜似的地面，不敢张嘴说话，怕惊扰了这里的宁静与肃穆。1974 年，青藏铁路再度修建，哈尔盖是它的起始之点，它像个巨大的码头，向青藏铁路建设工地吞吐着源源不断的施工者和修建物资。那时的哈尔盖，被刚察县城的人比喻为驼掌大的地方，他们自喻县城只有羊蹄子大。

车过哈尔盖站，就算是进入纯牧区的腹地了，就像要跨进一顶牧民的牧帐前要脱帽一样，我开始以噤声的方式，以一个农耕文化区来者的身份，向即将进入的高原牧场默默致敬！

哈尔盖的下一站是刚察，火车站因刚察县而得名，刚察县则因为刚察部落而得名。为创作《青海湖》一书及拍摄 10 集大型纪录片《神秘的西夏》，我曾多次来到这里。和牧民的交往中，我知晓了"刚"在藏语中是"骨髓"的意思，"察"指"盐"，合起来解释"刚察"，就是"有肉有盐的地方"，也指"这里的人喜欢就着盐吃牛羊的骨髓"——这在牧区是富足生活的体现。在刚察部落内部，我听到了这样一个传说：刚察部落的先民是一支远征军，由西藏境内跋山涉水、辗转征战而至青海湖一带，在这里拓疆卫边。他们战时为兵，戍军打仗；闲时为民，从事畜牧。吐蕃王朝建立后，这些人再也无法回归故土，便在青海湖北岸地区定居下来。

20 多年前的那个 8 月，我来到刚察，看到这一片高地似乎合上了冰凉的睫毛；那个夜晚，我借宿在县城的一家简陋旅店，以一个提着星星赶路的异乡青年的身份，梦见鱼骑着马而来，嘱咐我，沿途碰上任何一场陌生的婚礼，都要送上祝福。后半夜，我赶到刚察火车站，大地陷入一片冰凉，一辆过路车停靠了下来，我目送进出站台的游客，随着他们嘴里冒着的白气而出的，是一句又一句对这里寒冷、荒凉、落后的诉说，似乎只有这样才能打破车站不应该有的沉寂，似乎才能替这个高原小站抵御铁轨在星光下发出的幽叹。随着乘客的离开，我开始体味一个高原火车站的孤独与战栗。我拿出包里的所有衣服套在身上，依然感觉冷意如潮水漫来，在车站的长木椅上，高山反应竟然让我在昏沉中睡着了。醒来时，自己要等的那趟列车早已过去，我攥紧失效的车票，内心反而有一种刚察要挽留我的暖意，我多想定居这里，放羊喝茶，卖酒贩盐。但我知道，我只能赶在天亮前，像一位早期的年轻银匠那样动身，在前往青藏腹地的路上，把火车下的铁轨，当成一截长长的砧铁，打磨《刚察之书》的写作之刀。

那时，我看到的刚察车站，只是一个土台和几间土房子，像几个正方形的黄泥土盒子倒扣在铁路边，如果不是正中间房顶上"刚察站"的字样，真让人以为是到了荒原上被废弃的空屋。站在车站，往南放眼望去，远处地平线呈现出的弧形轮廓，一条蓝色的带子静静地横陈在上面，中间部分好像有来自地下的鼓风机吹得涨了起来，那是青海湖的一抹蓝色在天地间划出的一道弧线。

那时的刚察火车站，一两趟难得来去的列车过后，便是长久的死寂。月台像是内地农家的院子，空荡而孤独，常常会有牦牛漫游到月台上，甚至会大模大样地横穿铁路，有时候也会跨上候车室门口那长出青草的水泥台阶，闯进那间兼具售票和候车功能的屋子，让候车室里飘着雨雪、牛粪的味道，充满着一种令外地乘客感到陌生的气息。白天，天空中的主角就是大片大片的白云，缓缓地游荡在天幕里，比天大的是青海湖，装着云朵和太阳；地上的主角则是牛羊，缓缓游荡在牧草深处。无论白云，还是青草、牛羊、山峦、牧场、帐房，都在一幅巨大的静逸画境中，一任这种静逸延续到夕阳后的时光里。夜晚，刚察犹如一个待嫁的少女，静静聆听着新郎带迎亲队伍前来的脚步，期待有一趟列车带到有对话、有温暖、有友谊的远方，一趟趟列车驶过，那里面，谁是刚察的新郎？

如今，随着路过列车的增多，来刚察的游人也多了，当年的土房子被黄色的二层楼房替代，车站附近的建筑增多了。来刚察旅游或做生意的人多了，当年的那份宁静，似乎被铁路退休职工带走了。

游牧时光里的马背辉煌似乎也远离这里，游人们前往青海湖地区时，总是按照当地旅游部门规划好的路线，在导游的带领下，在南岸地区游览青海湖。

地处湖北岸的刚察小站就这样低调地、像古时衙门里一位卑贱的小吏，弓着身子、脸上堆着笑容，负责迎来送往。乘坐火车前往西藏的游客，也总是在匆匆一瞥中，让那个写有"刚察"字样的小站轻轻划过眼帘，然后漠然地听着站台上传来告别的广播声。车厢一震，列车缓缓起步，像一条鱼儿，钻进前面的、伸向青藏的海洋中。

夏秋时分，坐在一列前往青藏腹地的火车上，从刚察站往西到鸟岛站的一段路，是青藏线上难得的一种享受。坐在右侧的乘客，抬眼望去是碧绿的草原，更远处的桑斯扎山，像一位慈祥的牧人，山峰上的常年积雪，是他戴着的一项白色毡帽，绵延起伏的群山，仿佛他咧开嘴笑时露出的牙齿，他就这样万千年来看着山下的草场和牛羊。青藏铁路修通后，火车行至刚察草原发出轰鸣与长号，或许就惊醒了正打盹的这位老人。坐在列车左侧的乘客，不用远望，青海湖就在眼皮下，一片一片鲜艳的蓝绿往身后退去，恍如乘坐的是一趟水上列车。

鸟岛的站名，很容易理解，坐在列车上也能看得见成群的鸟儿飞舞在青海湖上。如果是每年三四月份，乘火车经过这里的游客，能看到来自中国南方及东南亚等地的斑头雁、棕头鸥、鱼鸥、赤麻鸭、黑颈鹤、鸬鹚等十多种、数十万只候鸟飞落这里的天空之境。随着太阳、星星和地球磁场的指引，它们从不同的地点起飞，飞过森林、沼泽、沙漠、大洋、高山、城市、冰川……头上是星辰，羽下是大地，青海湖西侧的那两座岛是它们的"天堂驿站"，一座岛因此名为鸟岛，青藏铁路沿线设置在这里的小站，自然就被命名为"鸟岛"。

离开鸟岛站，列车徐徐向西而行，车厢里的广播依次会传出播音员播报的站名：江河站、天棚站、鹿芒站、天峻站，这几个听起来普通也不难理解的车站过后，就到了关角站。

三

我问 K，如果让你选一个地方来作为青藏铁路的象征，你会选哪个地方？问完后，我还点出了几个备选答案给他：是唐古拉、格尔木、西宁、拉萨呢，还是沿途那些更多的、闪着雪山般光芒的地名？

"关角！"这两个字犹如两把匕首，从他的嘴里冲出来时，一下就刺痛了我：这是个几乎没人知道的高原小站，就像青藏高原上一头夹在羊群里吃草的瞪羚，一头混在群羊中起跳于悬崖上的岩羊，一盏在青海很多寺院都能看到的酥油灯，一株在青藏高原上随处迎风摇曳的格桑花。

如果让乘坐火车去过拉萨的游客来选择哪个车站能代表修建青藏铁路艰辛、智慧或者体现青藏铁路沿线车站的特色，相信很多人会选择那些闪耀着金色光芒的地名：青海湖、格尔木、昆仑山、唐古拉、羊八井等等，谁会想起"关角"呢？

关角的名字很容易让人联想起牦牛、盘羊、角马等食草动物头顶上的那两道尖利的角来，其实，青海地图上的关角是一道山脉，它犹如一条大致平行的、呈西北到东南走向的肋骨，镶嵌在位于青藏高原东北部长达 1000 公里、宽达 300 公里的青海南山的肌肤中。如果把青海南山比拟成一匹骏马，关角山就是一副马鞍，从马鞍上奔拉下来的两个马镫，装着两面内含巨大财富的大湖，前者是有丰富钾盐资源的察尔汗盐湖，后者是有迷人旅游资源的青海湖。

青藏铁路沿线的车站名，从另一个角度体现着民族交融的历史，藏语的、蒙古语的、汉语的名字交错于沿线。关角，在藏语里是"登天的梯子"。关角山东边的火车站中，托勒、哈尔盖、刚察是蒙古语地名，关角山西边的茶卡、察汉诺、柯柯、格尔木等也是蒙古语地名，这让关角像一个藏族牧民，走进一圈正在喝茶饮酒的蒙古族牧民中间，自然而友好地坐在中间，端起茶碗或酒碗，聊起家常。

修青藏铁路，关角山是绕不开的天堑，必须在海拔 3817 米高处修建隧道。

4.01 公里长的关角隧道，犹如一颗巨大的子弹，试图穿破横亘在天峻县和乌兰县之间的关角山，然而"让子弹停一会儿"的状态远远长于"让子弹飞一会儿"，从施工到正式通车历经了 25 年时间，算下来平均一年修不到 0.16 公里，这是多么艰难的一项推进，这是一块卡在青藏铁路咽喉部位的坚硬岩石，是横在青藏铁路通道中的巨大岛礁。移除或清理这岩石与岛礁的突破口，是突破设置在这里的难度。

在铁路规划与建设中，有一个专用名词叫"展线"，是指用于爬坡的铁路线路。当地面自然纵坡大于线路允许的最大纵坡，线路铺设又受到地形限制的时候，展线就应运而生，它就是铁路线沿山坡盘旋而上时划出的曲线，那是一种藏着残酷的美丽。犹如六盘山是丝绸之路、二十四道拐是滇缅公路、雀儿山是川藏公路的展线标志，关角无疑是青藏铁路在高海拔处亮出的展线示范，它也是中国著名铁路十大展线中唯一被称为展线群的。

关角铁路展线像一幅画作完全呈现出来时，已经是 1982 年了。那一年，K 以第一批青藏铁路火车司机的身份，驾驶着火车接近关角隧道，他逐渐体会到了"开着火车登天"的感觉。担心用语言讲述不清楚，K 要过我手中的笔，在我的采访本上认真地描画出一幅关角展线示意图。在那张图上，我明显看到：蹲在半山腰的关角车站，就像一个壮实的挑夫，青藏铁路像是被关角挑起来的一根扁担，关角山东西两侧的天棚和察汉诺两个火车站犹如这扁担两头的货筐。

K用笔指着纸上标出的天棚车站位置告诉我：关角展线的修建是青藏铁路一期工程中难度最大的，没想到，凿修关角隧道的难度一点不次于关角展线。关角隧道没修通之前，火车从天棚站爬升到关角站，需要4个多小站。每次开着火车行至天棚站，K明显地能感受到火车仿佛也有了高山反应，爬行得越来越吃力，每走完一个展线，吭哧吭哧像负重爬山的马，车头冒出的蒸汽酷似老马鼻孔喷出的气。夜行车还好，在黑夜带来的钝感中，麻木地听着车轮碾过铁轨时单调的声音，不知不觉中就过了关角山。白天从这里经过，尤其是冬天，K感觉时间像是停了下来。每当列车钻进关角隧道，虽然前方有刺目的车头灯照亮隧道，K还是觉得自己骑着一头巨鲸潜入海底似的，脚下的铁轨在战栗，整个隧洞即将要被摇塌，隧道里车辆还必须减速，时间到这里就像蘸满了水的海绵，肿胀、迟缓、沉重，难怪青藏铁路上的火车司机，都把开车通过关角隧道称为"过关"，暗指小心翼翼地通过死亡通道。

K后来才知道，像一粒青稞一样小的关角站，命运竟然是和整个青藏铁路连在一起的，甚至有着标杆意义：K是在内地当了几年火车司机后，被调到青藏铁路上的。不久，他就熟悉了全长814公里的沿线站点，也了解到青藏铁路一期工程的很多故事。早在1958年初，全长834.5公里的青藏铁路西宁至格尔木段就计划开工建设，格尔木至拉萨段的《踏勘报告书》也编制完成，但因为国家力量有限，被迫下马。

工程建设摁下了暂停键，兰州第一铁道勘察设计院的勘探人员却没停止工作，他们背着仪器和简单的行囊，对格尔木至拉萨之间的路段进行勘测设计，那是一场棋盘上没有任何落子声音的秘密行动，那是和时间赛跑的一场特殊战斗，半年时间，就完成了全线踏勘报告，年底通过了选线方案。

修建青藏铁路是一盘缺少棋子的棋盘，手谈的另一方是谁？大自然，还是更为神秘的力量？中国政府从1958年开始，就开始谋划将铁路作为棋子，试图让铁轨穿越青藏高原这张大棋盘，那是走在时间之前的战略选择，是赶在未知之前的先知谋划，两条铁轨像两条悠长而有力的腿，将中国疆域中最难抵达的地方和中国的心脏乃至其他部位连接起来。和全长1956公里的青藏铁路工程相比，4.01公里的关角隧道似乎算不了什么，就像万里长城淹没在沙漠中的一截，像万里长江途经一个乡村的那一小段。然而，由于复杂的地质条件、环境影响、施工技术和当时国内诸多条件等因素的制约，修了3年的关角隧道被迫停工封闭。

关角，就处在青藏铁路这条腿的膝盖部位，关角不通，青藏铁路就只能永远停留在橡皮山以东，只能让青海湖给它画个巨大的蓝色句号。

停工13年后，再次启动关角隧道的修建时，工程兵走进去才发现，洞内的积水深达3米，一昼夜最大涌水量达到1万吨。13年前凿挖的隧洞，成了藏在关角山里的一个水库。重新施工时，最大的困难是面对洞内超强涌水，关角山顶的万年积雪积累的水仿佛都向隧道涌来，平均每天涌水量达17万立方米，相当于一座小型水库的水量。隧道内，每隔800多米就有一处断层带，随时有可能发生塌方。

就像大海退潮后岛礁露出，积水被排出后，洞内近50000立方米的弃渣杂物堆积其中，工程兵用了一年半时间才算清除完。而隧道所在部位在海拔3700米以上的地带，隧道内的氧气更加稀缺，工程兵在洞内施工时，连火柴都划不燃，常常因为缺氧而昏厥，一次最多昏倒过32人。

复工建设3年后，施工人员才在关角隧道里铺上铁轨。

多少年后，K回忆起当年的情形，就像讲述昨天才发生的一件事，清晰而有条理："知道了关角隧道修建的历史，我们驾驶列车通过时，真是把心悬在舌尖上。列车通过隧道时，在灯光照射下，能看见整体道床开裂上臌，不到两年道床就抬高达300毫米，导致隧道两边的水沟破裂，边墙也逐渐脱落变形，拱顶裂纹掉块，这就需要施工人员进去维修。常常会在隧洞外看到指挥人员摇旗示令，让我们在洞外等候。隧道的维修工作像山顶的雪，不分夏冬和昼夜，随时都可能进行。那可是在3000米以上的高山上呀，时间非常难熬，人又不能离开车。"

关角隧道就像一个刚出生就遭遇各种疾病的婴儿，工程师、施工人员像医术高超的医生、护士，根治一个接一个病害。

K继续给我讲述几十年前他驾驶火车通过这段路的艰险："穿过长达3692米的隧道时，可以说是心里默默地、一米一米地计算着通过，隧道里的缺氧让人心里闷得慌。春天通过隧道时，除了留心拱顶掉块、边墙开裂、墙脚疏松脱落等现象，最让我担心的是打冰人。"

"打冰人？"还有这种职业？我对这个名词背后的身份产生了好奇。

"这或许是世界铁路史上因为青藏铁路、因为关角隧道而出现的一个新职业。关角隧道顶部渗出的水经常形成冰挂，遇上下雪降温，夏天也会有冰挂。这些冰挂悬在隧道里，一旦接触到为列车供电的网线，就可能短路或断线，导致列车无法运行。专门对付敲打冰挂的职工，被我们称为打冰人。他们在里面作业时，我们就在外面等着。即便信号员告诉我们，打冰人撤出了，我们还是睁大眼睛、提着心吊着胆，火车的速度降到最低，那小心的呀，像是穿过一头半张着嘴的狮子的牙缝间。"

打冰人，青藏铁路上独有的一个从业者。每年12月到次年3月之间，是关角隧道除冰工作最艰巨的时候，供电部门会派出"打冰人"进入黑暗幽长的隧道，用冰镐敲击洞壁或地面上的冰凌，敲击声回荡在空荡荡的隧道里，像一曲合奏飘荡在歌剧院里，他们既是演奏者又是听众；他们用背篓将冰块搬出隧道，这种职业让他们的脊背日渐弯曲，这种弯曲是为了让铁轨永远在这里保持平直的状态。对那些悬挂在洞壁高处的粗大冰柱，"打冰人"还得架起梯子爬到高处凿冰，铁和冰相遇在暗黑的隧道里，发出别人看不见的、晶莹的冰花，形成一道道孤绝的白色火焰，他们是这些白色之花的制造者和观赏者。

K清楚地记得，从1990年开始，不停进行的拆除上臓地段的整体道床、增加钢筋混凝土仰拱、铺设轨枕板、拆除部分边墙以再次进行衬砌后压浆补强等工作，让关角隧道就如一间屋顶漏水、窗户破裂、门板挡不住寒风入侵的危房，总是在修修补补中延续着脆弱的生命。

车出关角隧道后就进入了关角山西侧，从关角隧道到察汉诺车站全是下坡路。站在关角山对面的山坡上，我通过望远镜观察关角山西麓的铁路展线，进入眼帘的是360多米的海拔落差中，5个连续的展线构成的青藏铁路最美的铁路弧线群，其中包括一个马蹄形展线、三个"8"字形展线、一个螺旋形展线。气喘吁吁地爬到山顶，随身带的海拔表显示已经超过3800米，我站在那里俯视着人类铁路建筑史上的奇观：铁路展线。螺旋形和"8"字形的展线，打破了我们对铁轨那冰冷地、笔直地伸向远方的概念。在关角山，铁轨像一个个身段美妙的杂技少女，在展示近乎不可能的身形，挑战着铁路修建的极限。

我的眼前仿佛出现K当年驾驶火车驶出关角隧道时的情景，列车像一条蓝头的巨蟒，驾驶员和副驾驶前的大玻璃窗像巨蟒一对明亮的眼睛，眼眶下的一抹蓝色因为和车头的整体颜色近乎一致，活像巨蟒那不起眼的鼻子，鼻子下面是一道永远闭不上的灰白色巨嘴。和巨蟒爬过山地或森林不出声不一样，列车驶过，像一只骄傲的公鸡一路高鸣着走过螺旋形的展线。

走出隧道，是不是就能快点呢？K 继续的讲述颠覆了我的这个疑问："千万不要以为火车走出隧道后，下山的路会快，其实它比上山更慢。下山途中，在南山站就有连续几个近乎 340 多度的大转弯；到二郎站是两个紧紧相连的大 S，其中还内含着两个 360 度的大圆圈，那简直像是一头蚯蚓钻在板结的土壤中，需要慢慢地盘山而行，至少需要两个小时。"

列车在关角山西麓的下坡路段转弯时，火车司机们会偶尔伸出头，不由自主地朝后望一眼，像是给关角隧道告别，也是对那些"打冰人"的一种致敬。就在回头时，司机们也能看到一种奇观：长长的车厢，让火车像一条头朝下慢行的蛇，在铁路展线上展示着最大限度蜷曲的身子。

30 年，让一个人能从婴儿到而立之年，然而，关角隧道在施工前后 30 多年里，除停工的 13 年外，正式开挖建设花去 5 年半，整治病害就耗时 9 年多，仿佛一个人在吃药、打针、做手术等过程中走过 30 多年的岁月，到而立之年依然是病恹恹的一副样子。

进入 21 世纪，青藏铁路日益繁忙，关角隧道成了青藏铁路上的一段盲肠，新隧道的建设迫在眉睫，直到 2014 年 12 月，比原来的隧道低 100 米、历时 7 年修建的新关角隧道正式通车。新隧道不再让火车耍杂技般在一个展线中爬上弓背，再下来走一个抛物线轨迹，而是像一支强有力的箭，被现代科技之手射出，穿越 32.69 公里的关角山，直接沿着天棚、关角和察汉诺三个火车站之间拉开的弓之弦而行。

新关角隧道开通后，K 退休了。但他还是念念不忘那个让他在每一次的战战兢兢中走过的老隧道。他特意买了张火车票，不是以一个老火车司机的身份，而是以一名乘客的身份体验了一次："新隧道敞亮、安全，原来我们开火车需要攀爬两个小时的老关角隧道，现在只需要 20 分钟；我们那会儿开火车到这里的速度最快是每小时 60 公里，现在，提升到了每小时 140 公里。"

四

青藏铁路像一个顺着青藏高原躺平的巨人，西宁是它起步的脚板，哈尔盖是支撑起一期工程的脚踝，关角隧道是让这个巨人站起来的膝盖，德令哈是流淌着黄金般财富的肚脐眼，格尔木是闪着金光的腰带，五道梁是敏感而脆弱的心脏，唐古拉则是它分开青藏的咽喉，美丽的那曲因为辽阔和高远而成了巨人之脸，拉萨当之无愧是它的皇冠。

无论是 K 当年驾驶的，还是我后来几次乘坐的从西宁出发向西而行的列车，驶出关角隧道，像一条从关角山开始俯冲的巨蟒，跌跌撞撞地闯进柴达木盆地。保罗·索鲁在《火车大巴扎》一书里说过："火车是小说家的市集，无论是谁，只要有耐心，就可以带走一段记忆，日后私下里回味。"K 给我讲述的关角隧道的故事，让他这个耐心的讲述者重新掘井般挖出一段他可以带走的回忆，也让我这个耐心的聆听者有了可以写进本书的一段精彩经历。

青藏铁路离开关角山后，就算进入柴达木盆地了，面对察汗诺、乌兰、柯柯、陶力、德令哈、达布逊、察尔汗、格尔木等蒙古语命名的车站，该我给 K 当老师了：在蒙古语中，察汗是"盐"，乌兰是"红色"，柯柯是"青色"，陶力是"滩地"，德令哈是"金色的世界"，达布逊是"盐湖"，察尔汗是"盐泽"，格尔木是"河流众多"，从这些地名不难看出蒙古族对这个地方的影响力。

火车之旅是非常合适讲述与聆听故事的，K 对我讲述的德令哈故事中蒙古族最初怎么来的、如何立足、由此进军青海其他地方及远征西藏并不感兴趣，但他在那个流传在诗人圈或极少数背包客中的诗歌故事前，表现出了很大的兴趣。那是诗人海子与德令哈之间的一次纠结。1986 年 7 月的一天凌晨 5 点多，K9897 次列车广播里传来播音员的声音："列车现在停站德令哈，德令哈站到了！"

德令哈？时年 22 岁的海子，第一次从西宁乘坐 K9897 次列车前往格尔木，计划在格尔木中转汽车再前往拉萨。他选择在德令哈下车，但并不知道"德令哈"这个词意味着什么。昏暗的站台灯下，长长的车厢仿佛一条搁浅在海滩上的大鱼，张大嘴却轻轻地吐出一口细气般送出几个下车的乘客，海子就是其中一位。走进仍然熟睡的德令哈，海子才知道这个给他无限美好想象的地方，其实就是个荒凉的小镇。

两年后，乘坐 K9897 次列车前往德令哈的一幕重新被海子上演，他再次来到被黎明前的荒凉笼罩的德令哈，大街上漆黑一片，眼前的小城和远方的戈壁、草原都在安睡。3 个月前，民政部才批准从乌兰县析置出德令哈市，小镇陷入各种施工机械的吵闹中，闻讯而来的商人、包工头、打工者拥挤在德令哈，他们都怀着一个个发财梦，唯有海子觉得自己站在草原的尽头，摊开的双掌上空无一物，他的脑海里出现了一个"姐姐"，他拿出笔，让这位"姐姐"走进了笔记本。那首《姐姐，今夜我在德令哈》像一颗从德令哈的夜空中跌落人间的陨石，镶嵌在了当代中国诗歌史的醒目位置：

> 姐姐，今夜我在德令哈，夜色笼罩
> 姐姐，今夜我只有戈壁
> 草原尽头我两手空空
> 悲痛时握不住一颗泪滴
> ……

和青藏铁路上奔驰的列车不同，时光的列车没有回程，乘火车经过青藏高原的商人、牧人、学生、游客、诗人都会消失在时光设置的、水晶棺材般的瓶子中，海子也如此，他是青藏的过客，德令哈的过客，却给这里留下了一份凄凉的诗意。

诗人走了，戈壁、草原、青稞、石头、马群和星空依然会长守于斯，陪伴"德令哈"这个金色的名字，悲痛地拭泪，祭奠着诗人。海子塑造的那座荒凉之城，永远在铁轨和马匹无法抵达的地方，在神之居所的上空，在无数真正的诗人心中抒情、发光、歌唱。

K接着追问："你和那个叫海子的诗人有什么关系呢？"

我接着给他讲述：海子创作《姐姐，今夜我在德令哈》的那年，我是一个爱好诗歌的中学生，偏远的西部小县城，阻隔着我对现当代诗歌的阅读路径，那时我并不知道海子。第二年3月，海子在山海关辞世。第三年3月，我已经成了一名爱好诗歌的大学生并在学校创办了陇上高校三所诗社之一的"漠风诗社"。海子忌日那天，我接到西北师范大学"我们诗社"的邀请，前去参加海子纪念诗会。

海子对我的诗歌影响很大，大学毕业后我选择前往腾格里沙漠南缘的一个县教书，那期间创作的诗歌明显受到了海子的影响。后来，我选择在贺兰山东麓的银川工作，每年的海子忌日都会和其他诗人们发起纪念活动。

海子是中国优秀诗人的版本，这不单指他的诗歌成就，还指诗人那不媚俗的命运写照。

我最后一次去德令哈，是2021年"五一"期间去昆仑山返回途中，特意去了一趟海子诗歌陈列馆，在陪了我几年的那本《青海之书》扉页上郑重地写上"献给人间诗歌之王"，并将其赠送给了陈列馆。离开德令哈时，我写下了这首——

德令哈，无关诗人和姐姐
换了衣装的河流旁，或星星下——

我何必要守着那古老的雪花定居于此
隔岸牧歌，从十万顶帐篷里升腾而来

我何必要在一首诗歌里找寻你们的姐姐
路过者把广场承包在春天之外的遗忘里

我何必要抱着一个诗人的名字走丢自己
德令哈，我前世没有书写完整的一个笔名

今夜，我何必在个人简介中漏掉自己的微笑

相信乘坐列车行进在青藏铁路上的人们，看到车窗外匆匆闪过的"克鲁克"站名，也是不甚了解。"克鲁克"，蒙古语意为"水草茂美的地方"，克鲁克站因为附近的克鲁克湖而得名，后者是柴达木盆地内唯一能养鱼的淡水湖，2814米的海拔为它赢得了"中国海拔最高的养鱼湖"的赞誉，整个湖面有8个足球场那么大。K告诉我：从1976年开始，这里就成立了水产养殖场，鲤、鲫、草、鲢、青、团头鲂等多种内地淡水鱼被"移民"到这里，惊奇的是，和克鲁克湖一水相通的托素湖是一泓咸水湖，两湖一个装着淡水，一个装着咸水，青藏铁路刚好从两面湖中间穿过，铁轨仿佛悄然隆起的驼背，两湖之水犹如散落在驼背两边的盛水褡裢，因此，当地人也将这两座湖称为褡裢湖。在漫长的青藏铁路线上，"克鲁克"这样默默无闻的小站，就像一条长路旁一丛不起眼的青草，月台寂寞得似乎常年都在昏睡，在每一趟列车经过时被惊得睁一下眼，然后又掉入孤独的状态中，常常会有几头莽撞的牦牛溜达到月台上散步，蹄子下就是从水泥地面的裂缝间长出的青草。

铁路翻山越水不惊奇，铁路过高原钻隧洞也不惊奇，但铁路架设在32公里长的盐湖上一定是奇迹，这种"钢铁长虹"的奇迹也只有青藏铁路上。青藏铁路第一期工程必须经过察尔汗盐湖，盐湖中有一段叫作饱和粉细沙震动液化地段，地面下10米以内都是粉末状的细沙粒，经盐水浸泡后，犹如棉花包一样松软。受到震动，立即变成稀泥。不但火车过不去，人走到上面，稍一晃动也会陷下去。

"当年，我开着火车经过这里时，担心程度一点儿不比过关角隧道呀！"指着火车窗户外泛着银光的盐湖，K陷入了回忆。

"为什么呀？这儿平整得像一面玻璃镜子，有什么可担心的？"我反问他。

"我是从内地来的，坐在驾驶室里，看着火车头进入白花花的湖里，老是担心铁轨塌陷，害怕火车会掉进湖里，每过一次盐湖，心里就悬一次。"

我理解K的担心，便把自己掌握的关于青藏铁路中"火车过盐湖"的传奇内幕讲给他，K再次睁大了眼睛，隔着列车上的小桌板，认真地听我给他讲述——

从清华大学土木系毕业16年后，杨灿文以铁道部科学研究院铁道建筑研究所副研究员的身份，从北京赶赴盐湖工地，试图解决盐湖地质松软的难题。4月的盐湖，白天，杨灿文在六七级大风里亲自指导铁道兵进行试验，盐味钻进鼻子里，盐粉落在衣服上。夜晚，在寒气袭人的帐篷里，杨灿文就着煤油灯查阅资料，研究施工中碰到的问题。4个月后，杨灿文和其他科研人员、铁道兵指战员一起，完成了挤密沙桩的试验工程，在5.05公里长海绵般的粉细沙地中，打入挤密沙桩56077根，灌沙4.8万立方米，筑起了一条坚实的铁路路堤。

两年后，铁轨终于架设在察尔汗盐湖上，盐湖旁的车站也因此命名为察尔汗。

"前方到站，是本次列车的终点站格尔木站。"这趟列车播音员的最后一次播音回荡在各个车厢里，K和其他旅客一样起身，手探向行李架准备去取他们的行李，这个动作意味着我即将和K告别，也就是和一段历史即将告别。我的思绪一下子犹如高原上的河水遇到骤降的大雪被突然冻结，就像万里朝圣的那些信徒们到了他们心中的圣地，却不忍、不舍一下子接近长途跋涉的终点，我在座位上静静地坐着：经过多少人艰难修建，经过那么长时间辛苦工作后铺设的铁路，到终点了？像一个领到糖块的孩子不舍得用嘴去触碰一样，像看得正入迷的一部长篇小说突然草率结尾一样，像已经进行得十分愉快的恋爱在粗暴的外力干预下终止一样，我不舍已经习惯了的、咣咣当当的列车特有的声音就这样结束，被一个叫终点站的地方结束。

格尔木，这个青藏铁路一期终点、二期起点的城市，我来之前阅读的、耳闻的、关于它的各种传奇还没消化够呢，对它的想象还没完成呢，怎么就到了呢？好吧，让我在走进这个车站之前，替读者回味一下格尔木与青藏铁路的关系。

1984年5月1日，一辆从西宁出发的列车行驶过800多公里路程抵达格尔木，这是当时中国海拔最高的一个火车站，也是当时的青藏铁路终点。从这一天起，格尔木成了真正意义上的进藏旱码头。从那以后，格尔木车站，就是嵌进火车司机们生命中的一道回忆。

有人算过这样一笔账：青藏铁路没开通前，从西宁用汽车运往格尔木的一块砖，相当于买3斤面粉的价格；1斤蔬菜从西宁运到格尔木，售出价不低于买1斤肉的钱。格尔木地处青藏高原腹地，高海拔与恶劣的气候条件抬高了人类在此居住的门槛，路途遥远导致的物价高好似给前来这里居住的人发出了一道禁入令。

如果把青藏铁路正式贯通的时针，往前拨65年，也就是1919年，孙中山发表了著名的《建国方略》。在这本书中，孙中山规划了"西北铁路""高原铁路"等七大铁路系统，共计106条铁路干线，约10万公里。"高原铁路"系统共规划16条铁路干线，其中"拉萨至兰州线""兰州至若羌线"就经过青海省通达西藏和新疆。这是一个具有战略眼光、盛大而瑰丽的梦，但在贫瘠的旧中国，这样的梦只能写在纸上。

1943年初春，陇海铁路局副总工程师李俨、工程师宋梦渔受国民政府委派，为响应"开发西北"组成了西北交通考察团前往兰州，踏勘孙中山于24年前提出的"拉萨至兰州线""兰州至若羌线"。西北交通考察团从兰州乘车向青海进发，沿途采用汽车里程表计算距离、罗盘仪测线路方向、气压表计算高度等办法，当汽车抵达甘青交界的享堂时，遭到了主政青海的马步芳军队阻拦，经过再三交涉，马步芳以派军队严密监视为条件允许勘察队伍进入青海。

西北交通考察团向当时的青海省政府建设厅了解青海交通运输情况后，撰写了"草测报告"，绘制了剖面图，并实施了青藏铁路基点段甘青铁路的部分具体工作。

两年后，迫于抗战形势，国民政府下令陇海铁路局继续"西北铁路勘察计划"，该局派选线工程师刘宝善带人再测甘青铁路线路。1945年6月29日，刘宝善一行从兰州出发开始勘察，在享堂又遭遇马步芳军队阻拦、截留，直到国民政府给马步芳电报解释后，刘宝善等人才在马步芳军队的监视下，继续向西测量，根据测量数据编制了兰州、西宁段五万分之一的平、剖面图。

中华人民共和国成立后，解决通往西藏的交通问题就是解放军面临的一大问题。当时解放军以18军为主力，从西康、云南、青海、新疆多路向西藏进军，遇到的最大问题就是后勤保障问题，部队需要的武器弹药、粮食给养的运输遇到很大困难。进藏的4条线路中，具备修建铁路条件的，只有从青海进入西藏这一条线。

1957年初夏，铁道第一勘测设计院（简称"铁一院"）接到青藏铁路格尔木至拉萨段初测任务，派谁担任线路总设计师呢？时任兰新线总体设计师庄心丹被选中，出任青藏铁路第一任总体设计师。在这之前，庄心丹曾先后参与滇缅铁路、宝成线、包兰线、兰新线等西北重要铁路建设中的技术工作。

一纸调令，庄心丹从新疆阿拉山口奔赴青海昆仑山下，这一来就是4年时间。庄心丹带领一个13人的勘测小组，徒步完成了对青藏铁路格尔木至拉萨段的初测和定测，他们走的路线，就是后来青藏铁路的大致路线。高山反应、缺少补给、没有任何勘探设备，全靠双耳听、双眼看、双脚走，甚至沿途还有叛匪袭击，决定了这是一项艰难的工作。

4年后，庄心丹完成了300页、数十万字的初测报告。由于国家的经济能力及当时的技术条件限制，庄心丹的报告一出来就处于"冬眠"状态，直到16年后，随着青藏铁路二期的开建，才引起专家们的重视。

1984年，全长814公里的青藏铁路一期工程西宁至格尔木段完成通车。春天，从内地拉运来的蔬菜、百货、电器沿着青藏铁路而行，被卸在沿线车站，然后从那里走向高原深处的一个个牧场、一户户人家；夏天，穿着中山装或西装的内地游客，头戴白色小圆帽的回族人，身穿绣花外套、说着"（青）海东（部）话"的撒拉族小伙子，脚蹬长靴、身穿藏袍的牧区藏族们，挤上一趟趟通往格尔木的绿皮火车，让一节节车厢变成了民族融合的市场和剧场，让火车变成了一个临时的大家庭，一个流动的小社会；酥油茶和咖啡的主人，相会在一节车厢里，他们用藏语、蒙古语和普通话一路交谈，有序进出于三种语言命名的一个个站台。

秋天到了，来自高原的一处处牧场的牛羊在沿线的一座座高原小站集中，通过列车运往西宁或者更远的地方，那一群群牛羊你拥我挤，你冲我撞，像云朵、似海潮、如哨兵般聚集在一起，哞哞、咩咩声不绝于耳，它们大概还不知道自己不久就会变为人类餐桌上的美食。

如果说青藏铁路一期工程是一行激情澎湃的抒情长诗，格尔木车站就是这首长诗的大句号！这首长诗被勘探者、筑路者、"打冰人"、车站值班者、铁路警察等无数人参与创作。30多年来，它已成为开发柴达木盆地及推动青、藏两省区经济发展的主要交通线路，促进了青海钾肥厂、锡铁山铅锌矿、青海铝厂、青海油田、格尔木炼油厂、茫崖石棉矿和龙羊峡、李家峡两座大型水电站等一大批大中型项目的建设和发展，仅青海盐湖集团的钾肥产量一度占到全国总量的70%……

青藏铁路，顾名思义是连接青海和西藏两省区的，从西宁出发的两条铁轨顽强地穿过青海湖北岸和柴达木盆地后，孤零零地终结于昆仑山下格尔木市郊外的小南川，仅仅体现了青藏铁路中青海境内的完成，这让青藏铁路像是一个学生只完成了一半的作业，是留下遗憾的半拉子工程，只有那两条铁轨穿越昆仑山、唐古拉山和念青唐古拉山，穿越湟水河、柴达木河、格尔木河、昆仑河、沱沱河、拉萨河后，将句号写在拉萨城，这条铁路才得以完整。

孙中山设想在青藏高原上架设铁路的想法、慕生忠将军力图将铁轨铺架在高原上的雄心，都因历史条件不成熟而搁浅。进入21世纪，随着中国综合国力的增强和西部大开发战略的实施，从格尔木到拉萨的青藏铁路二期工程，再次被提上国事日程。

2000 年，原铁道部部长傅志寰给中央写信，建议恢复建设进藏铁路，并推荐从格尔木进藏的青藏线方案。党中央、国务院经过多方论证，正式出台从格尔木市到拉萨市的青藏铁路工程二期工程的上马决定。整个工程在青海境内 1142 公里，占总长度的 70% 左右。10 万建设大军从四面八方奔赴青藏高原，使旷古高原、茫茫雪域出现了现代化铁路修建者的身影。

在戈壁荒漠、沼泽湿地和雪山草原上，一条钢铁巨龙的雏形孕育在沿途建设者的汗水里。这不仅是铁路修建史上一段铁轨在恶劣筑路环境下的穿越，更是中华民族一个世纪的伟大穿越。

那些闪着铁轨光芒的车站名字，将要继续穿越青藏高原的肚脐，向更高处、更远处延伸。

六

西伯利亚大铁路修到贝加尔湖时，碰到了一个大难题。原计划是沿着贝加尔湖南岸修一条环贝加尔湖铁路，但由于山地地形复杂，需要修很多隧道。

从起点到贝加尔湖段，西伯利亚大铁路沿线的地质构造不需要修隧道，贝加尔湖以西的铁路线上，也就没有隧道。遇到贝加尔湖，西伯利亚铁路委员会决定，暂缓修环湖铁路，改用蒸汽船的方式替代铁路，也就是说让火车坐上汽船过大湖。

青藏铁路的二期修建，虽然没有一期关角隧道那样高难度的工程，但也有风火山隧道、昆仑山隧道、羊八井 1 号隧道等高难度隧道，还有通天河特大桥、开心岭特大桥、长江源特大桥、拉萨河特大桥、三岔河大桥等世界铁路桥梁史上高难度桥梁，是高原出给建设者们的一道道高难度试题。

青藏铁路的修建中最大的难题应该是高原冻土，尽管苏联 1895 年就修建了穿越 2200 公里多年冻土层的西伯利亚大铁路，但目前仍有 30% 的"病害"率。

2004 年第 2 期《中国国家地理》杂志，刊登了一篇中国科学院院士、冻土学家程国栋的文章《冬天攻坚 40 年》，从中可以看出冻土层就是青藏铁路的敏感部位。从 1960 年成立青藏铁路技术研究所，到 2001 年 6 月 29 日青藏铁路正式开工，中科院冰川冻土研究所在冻土研究上整整坚持了20年，试图让青藏铁路能够成功、安全穿越青藏高原的"敏感地带"。

格尔木至拉萨段的1142公里上，仅桥梁就架设了675座，桥梁全长159.88公里，相当于每7公里铁路中就有1公里桥梁，它们成了穿越青藏敏感区的最佳工具，桥梁在青藏线上不仅仅是传统意义上过水的通道，还扮演了动物通道的角色，青藏铁路在格尔木至唐古拉山一带设置了25条野生动物通道。

2006年7月1日，青藏铁路实现全线通车试运营，几代人的梦想被坚实的铁轨举起。作为世界上海拔最高的铁路，青藏铁路的开通，彻底结束占全国八分之一国土的西藏自治区不通铁路的历史。那天，时任中共中央总书记、国家主席、中央军委主席胡锦涛专程赶到格尔木出席庆祝大会，并为首趟从格尔木至拉萨的旅客列车发车剪彩，这标志着凝聚中华民族激情和梦想的青藏铁路全线胜利建成通车。从青海到西藏的高地甚至绝地里，响起了车轮碾过铁轨的声音和火车鸣笛时穿破天穹的声音，那两道一直保持着等距离的铁轨，体现着工业社会里一种不可抗拒的魅力：再缺氧的高原，再荒寂的雪域，再高大的雪山，再冰凉的江河，都能冲破各种地貌的局限，在大地上印下蜿蜒蛇形的魅力曲线。

青藏铁路的全线贯通，使从青海入西藏彻底告别了文成公主时代的牦牛速度，也告别了慕生忠进藏时的骆驼速度，更告别了青藏公路修通后的汽车速度，这条钢铁长虹的两端在西宁和拉萨，彩虹拱起的部位，群山和江河、牦牛和草原似乎在日夜不停地唱着赞歌。

青藏铁路的最高点在哪里呢？离开唐古拉山公路垭口以西直线距离50多公里处，就是海拔5072米的唐古拉山铁路垭口，这里不仅是青藏铁路的最高点，也是目前世界铁路海拔的最高点，比秘鲁跨越安第斯山脉铁路还要高出255米。虽然这里比青藏公路垭口海拔降低了159米，但不影响其作为俯瞰整个青藏铁路最高点的人文海拔高度。

站在唐古拉车站，抬头的瞬间，白雪覆盖着唐古拉山峰顶，巍巍壮观；收回目光，就能看见万里羌塘无人区；低头的刹那，瞥见的是建设者和当地有关部门修建的各种纪念碑和标志牌。

唐古拉，唐古拉，我轻声念叨起来：那些从天空中流浪来的雪花，想住进你的帐篷；那些路过的游人，想把你画成唐卡扛回家；那些被月光染白的心事，想把你当成嫁妆；那些长途司机，想把你读成垭口飞扬的风马旗；那些录好的列车报站声重复："火车即将离开唐古拉站！"那些唱着《回到拉萨》的人，至此早已忘词。只有我，掏出身份证朝指示牌轻轻晃动，轻轻喊一声：唐古拉，本家兄弟。火车开动了，我因为姓唐，忍不住朝站台方向又瞥了一眼。

列车穿越唐古拉山垭口处，车头上已经落下一片片西藏的雪，车尾的轨道上，来自青海的一缕风为我送行。眼前，铁轨如两排并行的骨笛，吹奏出进入雪山腹地的曲调，提醒我：青藏铁路的青海段，至此是句号。

第四章
盐写给湖的
白色情书

"这一定是偷来的一个词！"

听到我身边的那位朋友说这句话时，我的脑海里立即蹦出了个大问号：怎么回事？

我对面坐着的姚经理脸上露出了一丝不满，继而是一种疑惑，就像一个人拿出家传的一件宝贝让行家鉴定，结果被看出是从别人家盗窃来的一件赝品而心生尴尬。不过，我从姚经理脸上读到另一种答案：或许，他知道这是从别处"借"来的一个词，不知什么时候、什么人将这个词安放在了他工作的地方：茶卡。

哦，得先给读者普及一个常识：茶卡是蒙古语"察汗"的音译，是"盐"的意思。在网上搜索这个词，跳出来的词条一般指茶卡盐湖和茶卡镇，那是青海西部高原上柴达木盆地东南角的一个地方。那天，朋友、我和姚经理因为一个文化旅游活动相遇在黄河中游地区的一个县城，无意中，谈到了姚经理供职的、青藏高原上这两年很火的茶卡盐湖。姚经理好像在等着一个说谎的人承认自己的过错一样，看着我旁边的朋友。姚经理认为，他刚才听到的那个论断伤害了他目前工作地的尊严。朋友却淡定地给我们递过来香烟，端起手里的啤酒杯，友好地碰了一下，开始了他的讲述：

1969年7月20日，第一次登上月球的美国宇航员尼尔·阿姆斯特朗和巴斯·奥尔德林，从月球上回望地球。随着天文望远镜缓缓转动，蓝色的海洋、黄色的沙漠、绿色的森林等，如一部电影里的慢镜头闪过。突然，一块相当于150多个足球场大的白色区域，出现在海拔3000米以上的安第斯山区，那一片巨大的白因为地势高且没有任何污染，撞入宇航员的太空之眼。

"呀，天空之镜！"宇航员忍不住赞叹道，这个赞誉很快也就从月球被带回地球。

尼尔·阿姆斯特朗和巴斯·奥尔德林在月球上发出"天空之镜"的赞叹后44年，也就是2013年4月12日，美国宇航局（NASA）的卫星获得了位于玻利维亚的乌尤尼境内、面积达10582平方公里的一个大盐沼照片，宇航局的一位工作人员惊呼起来："这不就是尼尔·阿姆斯特朗和巴斯·奥尔德林在月球上发现的、地球上的'天空之镜'吗？"

听完朋友的介绍，我小心翼翼地和姚经理交流："尼尔·阿姆斯特朗和巴斯·奥尔德林1969年登上月球时，茶卡应该还没正式大规模开发吧，而且就面积而言，乌尤尼盐沼是茶卡的70倍。"我担心会刺激到姚经理的自尊。

"茶卡镇是1985年正式设立的，比刚才这位朋友说的美国宇航员提出'天空之镜'晚了16年，但它确实配得上天空之镜的赞誉。"姚经理并不忌讳茶卡作为一个小镇出生的时间迟。他认为茶卡的"火爆"和乌尤尼境内的大盐沼相比，恰如一个起得晚却赶上早集的人，不仅在集市上遇见了想遇见的、能遇见的人，还得到了自己想得到的东西。

在柴达木盆地上百座的盐湖中，唯京藏公路旁的茶卡凭借天然的颜值和地理之便，撞进了文旅时代的游客视线，让路过这里前往格尔木或西藏的游客，能看到湖水里装着的天空。

一

我和茶卡的最初遇见，是1990年代后期的一个夏天，车过橡皮山后不久，迎面就看到一个典型的藏族小村落，路边插着一个木牌子，用藏文和汉文分别标注着"茶卡"，但我并没将其理解为青藏公路边的一个小村子，而是从字面上开始自己浅薄的想象：那里可能是一个能喝到茶的、前往青藏途中的一处哨卡。时间原因，我并没有下车停留，对"茶卡"的误读也就一直存留在大脑中。后来的事实证明，青藏大地上的很多东西，总会颠覆我们自以为是的骄傲，很多地理名词，不能按照我们的知识系统做字面理解。

第二次是搭车前往西藏时，车一过海拔 3810 米的橡皮山垭口，见多识广的油罐车司机就好心提醒我："看，山下就是茶卡。"

我还是没把"茶卡"当回事，因为刚刚离开青海湖。在青海，还有比青海湖好看的地方？车在 4 月末的橡皮山上，沿着崎岖盘旋的山路开始缓慢下山，我坐在副驾驶位置上，端起挂在胸前的望远镜，俯视山下开阔平敞的盆地，寂寥而干黄的"茶卡"很快就从我的视线中被移开，远处的一面白色大湖撞入镜头，那景象恍如上天将悬在半空中的一个辽阔的、装有面粉的大口袋撕开，沿着远处的布尔罕布达山抖落，撒下一地白得耀眼的面粉，让一道宽阔的白连接着荒凉的群山和枯黄的草地，崎岖山路上行车带来的枯燥、紧张、单调感，被那壮阔的白驱赶走了。后来我才知道，那一地的面粉白，是真正的"茶卡"。

车行至山下必须停车加水，加上司机早上出车早，早就谋划好在这片相对低缓的地方休息一会儿。那些年在高原上搭车，让我学到了一个"潜规则"：司机一旦驾驶疲倦，在驾驶室里想眯一会儿以缓减疲劳，搭车的人最好能识趣地离开驾驶室，到外面去转悠一会儿，原因是青藏高原的氧气稀缺，驾驶室一旦关上门会导致空气不流通、氧气更少，驾驶室多一个人就相当于和司机在夺氧气。我跳下车，看到几年前歪歪斜斜插在路边的那个"茶卡"牌子早已不在，换成了一个铁罐子撑起的铁牌子，上面的字也变成了"茶卡镇"。高原上一片清寒，我仿佛听见这片土地仍在熟睡中。慢慢走过这个所谓的镇，发现它其实就是几间仿佛为拍电影而搭建的土房子，看不出有人居住的样子；几棵掉光了树叶的杨树，就像站着的笔筒，毫无生机的枝条恍如在这笔筒里斜插着的废弃的笔；几根电线杆，也像是喝醉了酒，有气无力且歪歪斜斜地立在路边。内地已经是吃过早餐后热火朝天的人间热闹图景，这里却仍像是处于没睡醒的状态中，寂静得连个呵欠声都听不到。

提及青藏高原，我们总是会想到牛羊、牧歌等宏大场面或被酥油茶浸软、泡香的日子，对高原人的生活细节缺少一份关注。比如，离了盐的牛羊肉会是怎样的乏味？缺了盐的酥油茶会是怎样的味道？真正了解了高原牧民的生活，你就会感受到：缺了盐的青藏饮食，就像忘了倒醋的山西面、没放牛肉的兰州拉面和少了菌类的云南菜。

很少有人去关注，青藏饮食中不可或缺的盐，究竟是从哪里来的。

茶卡，以一个小镇形象出现在古老的唐蕃古道和现代的青藏线上，像一枚古老而有生命力、小巧而精致、浑身散发着盐味的棋子，默默无闻地钉在青藏的大棋盘上。

说起茶卡的历史，当地人喜欢搬出传说中的西王母，认为柴达木盆地是西王母建立的王国核心之地，这个王国的立国之本就是茶卡盛产的盐，它不仅满足了整个西王母国民众的生活需求，还成为他们用来和外界贸易的商品，这也造就了西王母国的富足和其民众善于做生意的禀赋。

在当地人的口传历史中，茶卡就是西王母国的后花园，西王母的居住地就在距离茶卡80公里东北部的关角山下，那里至今仍有香火旺盛的"西王母石室"。整个西王母国地处昆仑、祁连两大山脉围拢的辽阔地带，也就是今天的柴达木盆地。

从地理环境演变的角度分析，那时的柴达木盆地还没受地壳运动抬升的影响，和我们今天的平原地带一样，有着一幅水草丰美、气候适宜、商贸繁荣的生活图景。然而，王也好，民也好，人类的生活是离不开盐的，传说中的西王母国也好，现代社会里的农牧民也好，哪个能缺少了盐？

当地人喜欢引经据典地从《汉书·地理志》《论衡·恢国篇》等文献中，将现实的茶卡安放在一个闪着历史光芒的位置："金城郡，临羌西北至塞外，有西王母石室、仙海、盐池"；西汉王莽时期"羌献鱼盐之地、仙海、西王母石室"，文献中的盐池和鱼盐之地，被当地人作为证据来印证就是茶卡。最为专家、作家广泛引用的是《西宁府新志》中的记载："周围有二百数十里。盐系天成，取之不尽。蒙古用铁勺捞取，贩至市口贸易，郡民赖之。"

历史上往来于茶卡的笑脸与背影何其多也，我在茫茫人海中找出了民国时期的陈渠珍，那位与民国总理熊希龄、著名文人沈从文并称凤凰三杰的"湘西王"，从西藏昌都经可可西里无人区进入柴达木盆地后，见到了当地人直接用铁勺捞盐的场景并记在了《艽野尘梦》一书中。

姚经理后来给我邮寄了一本《乌兰县志》，上面的记述也印证了这里的盐捞，时间短、存量大、成本低，直接可以用铁勺捞，这是人类借助金属工具完成对大地舌尖舔出的、白银般的恩赐之物的获取；这是青藏的湖水在阳光暴晒下的白色喘息方能完成的使命——盐不会发光但有着发光的金银所具备的贸易禀赋，既可以让它的主人换取简单的物资也可换玉甚至金银；这是持久不衰的盐业贸易酿制的、供养柴达木盆地内外民众且让他们欲罢不能的一剂迷药。

古时，从分布在茶卡的大大小小的盐湖里刚刚出浴般湿漉漉地挖出的盐，是如何运往盆地之外的，少有文献记载。如今，它们通过运盐专列，被运往几十公里外的察汉诺车站，堆积在车站的货场上，是一座座矗立在日月注视下的、泛着青白色的盐山，又让人看成是一座座青白色的金字塔，青海人亲切地称呼它们为青盐。

青海湖，青盐，这是一部大写的青海之书的封面与封底，是青海时光中的晨与昏，是青海表情中的笑与欢。

茶卡是被一片神秘的历史之光笼罩的地方，只不过我们在那光里看到的或许是那位并不存在的西王母。其实，笼罩着的西王母的神话光芒，就是覆盖在柴达木盆地内一面又一面盐湖的光芒，是古人对盐的敬畏与推崇。

青藏高原上，民众注重口传历史，但由于古代交通条件限制，让茶卡盐不被中原王朝所了解，导致茶卡盐籍籍无名。直到 1984 年 5 月青藏铁路一期工程完成，从西宁到格尔木之间，现代铁路之光通过两条铁轨照耀在荒凉大地上，这两道光芒清楚地照见了那些普通小站的名字，"察汉诺"就是飘散着盐味的一个车站。

察汉诺是青藏铁路 85 个站中的一个，像站在 85 个兄弟中间不起眼的一位。早在 1979 年 3 月，一条从察汉诺到茶卡、全长 41.3 公里的铁路支线建成。如果说青藏铁路像一条长达 814 公里的大河，青藏铁路二期完成后更是让这条大河长达 1956 公里，察汉诺到茶卡的铁路，就是从这条壮观的铁路之河中，分出了一条 41 公里长的细小支流。"察汉"是蒙古语"茶卡"的转音，"诺尔"是蒙古语"淖尔"的转音，"察汉诺尔"是"盐湖"的意思，人们在称呼"察汉诺尔"的过程中，渐渐略去了最后的"尔"音，简化为"察汉诺"。

从察汉诺到茶卡的铁路，像一条 41.3 公里长的扁担，两头挑着两个盐湖的名字。

铁轨运进去的是钻机和大批采盐工人，采盐钻机的轰鸣叫醒这片沉睡的土地，运出来的则是盐，一出一进之间，见证了茶卡和察汗诺的忙碌，见证了人类和古老的盐湖签订的一份久远的条约。看着两条铁轨铺在白茫茫的湖面，我的脑海里涌现出了人类关于火车运盐的历史：110多年前，沙俄时期出现了人类最早运盐的小火车，运盐火车驶过百年的时光轨道，从沙俄时期的运盐工具变成了当下的旅游专列，窄铁轨怎能留得住"咣当咣当"的声音？怎能留得住历史的喘息？当年黑色的铁轨已经让铁锈覆盖，当初黑色的枕木也随着岁月推移而变黄，在蓝天、白云、湖面中像一条发黄的布袋，向远处延伸。

铁路两侧，偶尔有歪歪斜斜的电线杆，像一个因年老而缺钙的老人，斜立在自家的场院里。铁轨的表面被盐渍覆盖，仿佛上了一层又一层时光之釉后的老物件，或是一个昔日黑色秀发的村姑变成了白发苍苍的老奶奶。看到这种颜色之变，我不由生出一种沧海桑田的感叹来：蒸汽机的外形里装着一颗柴油机的心脏，随着这颗心脏的跳动，在旅游旺季运送着客人。这是工业文明绕不过去的宿命，那些人类足迹能轻松抵达的、贡献了能源的地方，最终都会变成工业遗产。

文旅时代，工业遗产也仅仅供游人拍照、吃点当地特产而已。茶卡还好，并没像一个已经退休的老人等待着时光的收留，它还在坚持着向天地泛着青白之光，尤其是夜晚，天地之吻里，茶卡的夜光和星光，你说是谁吸引的谁？茶卡和天空互递邀请函，互订契约，互为容器。

纬度高、海拔高、零工业污染、接近平流层厚度的三分之一而规避掉很多低层大气的干扰等因素，让这里成了星空摄影师们理想的"打卡地"。我根据掌握的资料，在采访本上勾画出了一幅中国大地上的盐湖星空拍摄图，发现一个奇妙现象：从最北边的新疆艾比湖到最南端的西藏班戈措，从最东边的内蒙古东乌珠穆沁旗的额吉淖尔到最西边的西藏阿里的聂尔湖，无论南北还是东西，茶卡恰好在这幅盐湖版图的中间。茶卡，这盐湖中的宠儿，成为星空摄影师拍摄盐湖夜空的"打卡"之地，有什么意外的呢？

不远处一座寺院里，缓缓走出一位修行的僧人，我仿佛听见他轻轻告诉我：茶卡，是上天送给人间的一条最美哈达，被青藏的风吹到这里；茶卡的盐，是快速奔跑的风没来得及晾干的汗水，那些从茶卡捞出的盐，是这些汗水的笑脸。

二

一个陕北口音问："现在有一个最艰巨的任务，你敢不敢去完成？"

另一个陕北口音问："你让我负责世界上海拔最高、最难修的公路修建中的物资调运，这已经是世界上最艰巨的任务了，还有什么任务不敢完成的？"

第一个操着陕北口音的人指着桌子上铺着的一幅军用地图，手中的铅笔像一架缓缓移动的飞机，机翼划过从青海西部到东部、再从甘肃中部到北部的一个个地方："好！有你这句话就放心了。你刚从海拔5000多米的唐古拉山下来，休息一天，明天你就跟着我，从我们现在所处的格尔木到兰州去，我给你一辆汽车，你从兰州转到张掖，在那一带招收几十名民工，拉到敦煌！"

前一个陕北口音的是时任青藏公路筑路总指挥慕生忠将军，第二个陕北口音的则是从国民党军少将师长身份投诚到解放军队伍的齐天然，后者时任青藏公路霍霍西里（后来称作可可西里）粮食转运站站长。齐天然看着铺在桌子上的军用地图，不解地问慕生忠："您把我派到敦煌那么远的地方去干什么？"

"你来看！"慕生忠用手中的铅笔开始再次做"地图上的旅行"，随着他手里的铅笔在地图上轻轻划动，齐天然看到一个清晰的线路图——"我们是修通了从西宁到格尔木的公路，形成了给西藏运送物资的给养线，但它太长了，如果有意外发生，我们就有把鸡蛋往一个篮子里装的危险；何况，玉门油田已经炼出成品了，如果把玉门的油通过兰州运往格尔木，这一圈子绕下来，可不止2000多公里呀。"

"哦，明白了。"齐天然凑到地图前，指着敦煌的位置说，"您是说要修一条从敦煌穿越柴达木盆地到格尔木的路？"

"对呀，要是有这么一条公路，从敦煌到格尔木可只有五六百公里的路途。我们援藏的石油就可以轻松运输了。"慕生忠将军看着齐天然，嘴角浮起一丝含蓄的笑，"这次派你去敦煌，你就要完成那五六百公里的事情！"

"要修从敦煌到格尔木的公路？"齐天然惊愕地说，这显然是不可能的事情：3年前，慕生忠就点将，让自己加入"青藏公路运输总队"，为解放西藏的解放军提供后勤运输；一年前又把他调到"西藏骆驼运输总队"，让他跑遍了宁夏和内蒙古，购买到11400多峰骆驼，给驻守西藏的军队送去了成千上万袋粮食；前不久，他奉命调到可可西里粮食转运站当站长，负责成千上万青藏公路施工人员的粮食调运；几天前，又是一声令下，让自己来到格尔木，原来是在茫茫戈壁滩上，修建一条穿越平均海拔2700多米的高海拔公路。

齐天然心里一紧：青藏公路已经修到了五道梁，再有300多公里就能修到唐古拉山口，意味着青藏公路很快就能进入西藏境内了，这个时候抽调自己离开，说明修建从敦煌到格尔木的公路更紧迫。

多少年后，我们回头审视那个特殊时期，不难发现领袖的眼光：青藏公路建成通车后，上面行走的主角不再是传统的骆驼、牦牛和马了，而是现代化的汽车。从甘肃玉门油田将汽车所需要的柴油、汽油运过来，需绕八百里祁连山，再穿行兰州到格尔木，相当于在敦煌、兰州和格尔木这个三角形间走两个边；如果有敦煌到格尔木的公路，则直接穿过三角形的一个边。从国防安全上讲，这条线路既安全也高效。

齐天然清楚国家当时的家底，中央拨给修建青藏公路的财力和人力：30万元的经费、10名工兵、10辆十轮卡车、1200把铁锹、1200把十字镐、150公斤炸药等。再修一条戈壁公路，钱从哪里来？

慕生忠脸色凝重地告诉齐天然："修敦煌至格尔木的公路，这可是彭老总交下来的任务。你既然接受了任务，就只许前进，不准后退！"

两个军人都知道，军令已至，毫无退路而言！

齐天然没有让慕生忠失望，招募到驼工，准备好骆驼、粮草，筹集到修路工具后，带领这支筑路队以敦煌为起点，穿行过戈壁滩、祁连山、当金山、柴达木盆地，边勘探，边修路。这支队伍艰难前进着，身后是一条简易但崭新的公路，蜿蜒在曾经昏睡的柴达木盆地上。

就在他们行进到距离终点格尔木60多公里的时候，出现了一个致命的难题。和沿途遇见的戈壁、荒漠不同，眼前是一片白茫茫的盐碱滩，工程技术人员将一份实验报告拿到齐天然面前："前面的盐碱滩中含盐量达到5%，越往里走，含盐量越大；含盐量达到10%就无法修路。"

齐天然拿起望远镜，透过那白花花的盐湖朝远处望去，昆仑山下的格尔木依稀出现在镜头里。放下望远镜，他心里涌上了层层懊恼：绕道吧，前面的这个大盐湖东西长168公里，南北宽48公里，得绕多少公里？时间也不允许；但是修一条穿越面积5856平方公里盐湖的道路，自然条件和经济条件都不允许，就是神仙也难做到呀！

烦闷之际，齐天然和技术人员一起走出帐篷，漫无目的地向前走去。

"哎哟！"那个技术人员不小心绊了一下，他抱着脚，疼得嘴都咧了起来，鞋尖也被盐块划破了，脚尖流出了血。大家赶紧停下来查看，齐天然却被那硬如石头、锋利如刀的盐块吸引住了，他抬起头放眼望去，眼前的盐湖面结着一层硬壳，像是无数勇猛的武士将白色的铠甲脱下后扔在了这里。整个柴达木盆地缺少雨水，使这些千万年也没有融化过的铠甲越积越厚。层层白色铠甲下面，暗藏着无数上窄下宽的溶洞。

要修筑公路，让载重汽车在上面安全顺利地通过，就需要将那些溶洞填满。放眼周围，哪里有一块石头或者沙土填洞？要从远处运石头和沙土，成本又要增加多少？

齐天然被盐块提醒了，如果用这些大盐块填补溶洞，岂不就能有一座铺在湖面上的盐桥？

几十年后，我几次开车或快或慢地驶过那白色的盐桥，感觉车辙下铺着的不仅是盐，更是几十年的时光，像那些历经时间累积形成的盐盖一样，盐桥上面似乎也形成了一层厚厚的盖子，捂住了当年的筑路者在这里完成勘察、钻探、爆破、开挖、栽桩、浇盐、铺桥的情景，他们用盐块铺好桥面后，再将桥边的盐水搅拌起来浇在上面，等盐水凝固，再浇灌一层盐水，一座盐桥就这样形成了。

许多地方因桥而出名，比如国外的廊桥、剑桥和中国的廿四桥、断桥等，反而让人对桥所在的曼迪逊、剑桥郡和扬州、西湖有所忽略。这些桥，成就了所在地的名声。今天，盐湖上的这座桥，知名度要高于它横越而过的察尔汗盐湖。

全长 530 多公里的敦格公路，最后的 32 公里是以铺在盐湖上的桥的方式完成的。这 32 公里的长度在 530 公里的全程中算不了什么，却因独特的建筑材质而成了"敦格公路"上的一个亮点。

慕生忠听说盐桥建造的传奇后，专门驱车前往观看。出格尔木不远，慕生忠远远地看到那个上面写着"盐桥"的简易木牌，像一座灯塔，插在一片白茫茫的盐湖中。绿色的吉普车上了盐桥后，马达声立即小了许多，车身也感到轻便了，像一个蜻蜓贴着这湖面轻轻飞着。将军这才发现眼前这道桥的奇特之处：说是桥，其实和湖面几乎一样平，既无桥墩和桥洞，也无护栏和流水，是一条旱桥，它的建筑材料既不是古代的木料与石料，也不是现代的钢筋水泥，无论远近，看上去和盐湖浑然一体。

将军兴之所至，告诉司机："加速！"车子像一支射出的绿色之箭，飞在一片白色的背景中。

"再快点儿！"在将军的催促下，司机又挂挡提速。

"放到最快速度！"不知道是想体验车的极限，还是想体验盐桥的性能，将军又一次下令。档位已经到极限，司机只有不停踩离合器，随着发动机的一声闷响，吉普车在极限速度中行驶起来，将军爽朗的笑声飘出窗外。那绝对是当时中国所有车辆的最快速度：即便到1960年，一辆从西宁到柴达木腹地大柴旦的汽车，早起晚宿地赶路，一天才能走100公里，平均1小时跑不了20公里；也只有在察尔汗盐湖那条平坦、光滑、笔直的盐桥上，将军的那辆吉普车用1个小时跑了当时青海境内通车路段1天的路。将军兴之所至，赞美道："盐桥横跨察尔汗，桥身全长超万丈！""万丈盐桥"的名字，从将军口里诞生。

犹如草场试马，将军从盐桥归来后，盐桥的木牌下填写上了这样的内容：盐桥长32000米，时速限制80公里！那时的中国，哪有城市之外能跑到时速80公里的车或路？一般的汽车，也就时速50公里左右。

什么是完美的公路？伦敦大学学院自然哲学与天文学教授狄奥尼修斯·拉德纳在他的《蒸汽机、蒸汽航行、道路与铁路》一书中曾写道："完美的道路必须光滑、水平、坚硬、笔直。"按照这个观点，齐天然和同事修筑的就不是一座盐桥，而是一条完美的路。后来，闻听盐桥的创举后，连毛泽东主席都称赞慕生忠说："你用辩证法解决了实际问题，你把哲学运用到工程上了。"

三

我从格尔木方向开车经盐湖前往柴达木盆地，也从德令哈方向开车、坐火车经过盐湖。无论是从哪个方向，随着盐湖的逼近，总觉得要进入一个巨大的、白雪与白银叠加的迷宫，鼻孔里被越来越浓的舾味塞满。翻过橡皮山时，我从山顶看到的茶卡，那是一片30多万平方公里的白色之湖；站在海拔4073米的镜铁山顶峰，通过一架向南展望的超级望远镜，会看到一片辽阔的白色之海，那是 56 倍于茶卡盐湖的察尔汗。

　　青海是中国湖泊最多的省份，提及青海的湖，人们的脑海里涌出的是青海湖、可可西里湖、鄂陵湖、扎陵湖，盐湖似乎被人们从湖的榜单中删除了。所以，这里我想以一个脑筋急转弯似的方式问读者"盐湖是湖吗？"不知能得到怎样的答案。

　　在德令哈和格尔木之间，公路和铁路并行，乘坐火车或者汽车的人，都能看到那片白茫茫的固体之海，自西向东分布着别勒滩、达布逊、察尔汗和霍布逊 4 个盐湖区。这是一个端坐在柴达木盆地的白色邮局，向外界和远方邮寄着营养，像上天将 4 枚巨大的白色印戳盖在柴达木盆地南部的大信封上，察尔汗是最大、最醒目的那枚。

　　当年的筑路大军来到察尔汗时，很多人记不住这些湖的蒙古语名字，便笼统地称其为盐湖。仅察尔汗盐湖就由涩聂湖、达布逊湖、北霍布逊湖、南霍布逊湖、大别勒湖、小别勒湖、达西湖、协作湖、团结湖和东陵湖等 10 个常年型卤水湖和季节性卤水湖以及大片干盐滩组成。柴达木盆地天旱少雨，但格尔木河、柴达木河等不想走远也不能走远的内流河一路流来，注入盐湖中，让盐湖永远保持着鲜活的状态。

　　我看过一份报告，说察尔汗盐湖的湖龄大概有 3.7 万年。在这期间，湖区气候干湿交替，湖泊经历了咸化与淡化的多次交替，产生了大致 5 次成盐期和 5 次淡化期，让我觉得眼前这面白色之湖就像一条巨大的白蛇，在自然界的神奇作用下蜕了 5 次皮，大概 7000 多年蜕一次皮，这才是地球上真正的修炼者，这才是大自然在中国上演的一部传奇的《白蛇传》。

　　驱车行驶在盐湖上，感觉像是在一片玻璃桥上，明明知道桥下面有 15 米—18 米的盐盖做桥基，但还是不禁会产生杞人般的担忧：路基下沉怎么办？一方面看着这如镜子般光滑、平整、辽阔的白色桥面，觉得这里应该建成全球最大的飞机场，甭管多大的飞机甚至外星人的飞碟，停在这里，还不如一只麻雀落在一株钻天的白杨树上？突然又想，如果将这面巨大的镜子立起来，多高的山峰装不进来？多美的河流照不见不失真颜的本色与浩荡？有人统计过，如果将类似当年修路时的盐盖垒起来，像建盐桥那样，修建一座通天之桥，盐湖的储量完全可以架起一座厚 6 米、宽 12 米的，足以从地球通到月球的桥，这才是一座从柴达木盆地起步、连接人间到太空的天桥，将人间的咸味一路带到天上。

我将目光稍微再往远处投去，想到的是像一个贫寒人家的孩子好养活一样，盐桥的养护奇特而省钱。一旦路面出现坑洼，养路工人从附近的盐盖上砸一些盐粒填上，然后到路边挖好的盐水坑里舀一勺浓浓的卤水，往上一浇，盐粒很快融化，并凝结在路面上，坑洼处便完好如初。这条地球上最具创意、修建和维护成本的公路，像一条白蛇突然间在夏天遭遇骤降的气温后失去知觉，僵直的身子横在白色湖面上，有"白马入芦花，银碗里盛雪"的景象与境界。

"万丈盐桥"是20世纪出现在察尔汗的建筑奇迹。2004年，一座长120千米的盐桥出现在察尔汗盐湖上，是"万丈盐桥"的4倍，成了世界上最长的"大桥"，直到2011年6月30日，长达164.851公里的丹昆特大桥随京沪高铁全线正式开通运营，盐桥的纪录才被刷新。然而，察尔汗两座盐桥的功能却是世界桥梁榜单上那些桥所不具备的，可谓"察汗无须昆仑雪，此桥只应青海有"。

湖往往因为周围居住的人类性格而有了某种隐喻：瓦尔登湖是宁静的、隐居者的家园；阳澄湖本来因京剧《沙家浜》中那段优美唱词"朝霞映在阳澄湖上，芦花放稻谷香岸柳成行……"而成了人们向往的芦花稻谷飘香之地，近年来却因大闸蟹的炒作而成了吃货们"仰望的星空"；贝加尔湖成了洁净之地变为深度污染区的见证者，是布里亚特蒙古人为没能守护住家园而滴下的一颗巨大的泪珠；泸沽湖则是游客们想象中男女浪漫邂逅的爱情花园。察尔汗盐湖呢？穿过湖边的那些住宅小区，我似乎找到了答案：这白色之湖，是一度燃爆最初来这里的建设者们自豪指数的湖，那时，盐桥的搭建仅仅是为了从敦煌运送进藏物资尤其是石油补给车辆服务的，有来往的车辆，自然会引发小型食宿的服务，一些简易的给过路司机提供休息和饭菜的小房子，成了湖边的最早建筑，那些小饭馆的主人，成了湖边最早的居民。

当人们发现这些被踩在车轮下的盐盖简直就是丰富的钾肥原料，一股开发热潮难以阻挡地来了。一代代开发者都沿袭了自封的身份：盐湖人。从1950年代最初的5000多名热血青年，经历两三代盐湖人的努力，当初的简易房子先后被土坯房、砖瓦房和楼房取代，盐湖人将自己住的这个小镇般的地方称为盐湖城。和美国犹他州的那座盐湖城一样，它们都是西部开发中的移民之地，是在荒凉之地上用汗水建成的。更多的湖区人，骄傲地说自己是"湖市"的，围筑他们的院子所用的材料是盐块，有些老墙上，还能看到分布均匀而又广泛的沟纹。屋主告诉我说，有必要修补时，就在墙下挖一个坑，然后往墙上泼洒一些卤水就补平了。

青海给人间奉献出了两朵巨大而美丽的艺术之花，一朵是酥油花，一朵是盐花。在盐桥上，我不时看到有人停下车，盯着盐湖面仔细看着什么，那一定是被美丽的盐花迷住了。每年4月至10月都是青海察尔汗盐湖上盐花盛开的季节，那是世界上最独特的花季，竞相出现的各种盐花总会让人沉醉其中。

年年"花季"，年年"花事"，盐花带给枯寂的察尔汗另一份轮回的感觉。部分盐花在自然形成的基础上经过人工精心雕琢，表面物化处理，形成千姿百态的造型，能够在空气湿度较大的地区长期保存。

从察尔汗通往达布逊湖、别勒滩和霍布逊湖的路上，遇上理想的天气，就可以看到"海市蜃楼"的景象。中国人对"三"有种特殊情感，这在青海有着足够体现，像推奉酥油花、堆绣、壁画为"塔尔寺三绝"；歌舞、服饰、帐篷为"玉树民间艺术三绝"；唐卡、堆绣、泥塑为"黄南艺术三绝"一样，在我的眼里，湖市、盐花和盐桥是这片人类足迹稀少甚至人类活动影响较迟的辽阔土地上的"三绝"。

四

如果没有湖，柴达木会是怎样的？

没有湖的柴达木，和没有雄鹰和飞机的天空、没有青稞和牧歌的青藏大地、没有渡口的河流有什么区别？湖，给了柴达木另一种生命的颜色和声音。在那样一个四面被高山围拢，带雨的暖流和云彩都被阻隔在外的大盆地里，苍茫、干旱、高海拔的三层厚厚的神秘面纱下，外界的人一定想象到那是一片巨大的瀚海，然而，柴达木的神奇就在于它的怀抱里1平方千米以上的湖泊有48个，合计面积2036.5平方千米。青海是中国湖泊最多的省份，柴达木盆地的湖泊总和占青海省湖泊总面积的16%，湖泊总面积比深圳的面积还要大。

湖是有颜色的，就像人因为皮肤的异样而被区分，有的湖因为人类活动的干预变得浑浊，有的难得保持冰清玉洁的模样，有的却因为湖底的矿物质或渗进湖水的矿物质而有了红色、玛瑙色、绿色、蓝色、白色。柴达木就是一个五彩的大盐碗，朝天吐露着地球上最集中的咸味。

在柴达木，一道湖就是一位遗世独立的仙女，穿着不同颜色的服装，接受着天空深情的凝望。既有大地运动中造出来的自然湖，太阳蒸晒出的盐沼，也有人类活动造成的人工湖。在大柴旦东北角，盐湖采矿区经过多年开采后形成形状迥异的矿坑，地下的盐分像割不完的韭菜一样，一层又一层从坑底顽强渗出，形成了一面湖水，矿物质浓度的不同，映照出的湖水呈现出深绿、淡绿、墨绿、翠绿等，当地人形象地称为翡翠湖；在德令哈东南30公里处的尕海湖，和青海湖的名字一样，既有湖也有海，这面湖也是分布着浓绿、浅绿、淡蓝和深蓝。秋季时分，湖中间的草滩被抹上一层细细的淡黄；在柴达木西北角的花土沟镇莫合尔布鲁克村，一股地热温泉从地下冒出，从一张无人机空中拍摄的照片看，周围的地形像是一柄大炒勺，泉眼所在的位置就像一团被压缩去七成水汁的菠菜饼，围绕这块绿色饼子一周的是一层醒目的黄色，构成了里绿外黄的一面湖。那柄炒勺好像被厨师端了起来，让饼子周围的鸡蛋黄向背离勺柄的方向扩散，其中两条向正东方向溢出勺沿，这两条蛋黄般的湖水缓缓向东流淌，一会儿汇成了一股，一会儿又分开，在那片土地上留下一面黄色之湖，而那汩汩往外冒水的泉眼，被当地人称为艾肯湖。在蒙古语中，"艾肯"意味着"可怕"，可能平常所见的湖水是绿的、蓝的，而那面湖却是鸡蛋黄的，其实，我倒觉得它更像镶嵌在柴达木西北角的一枚美人痣。即便是察尔汗盐湖的人工盐池，也因为矿化度的差异，有着黄绿色和深蓝色的区别。

在柴达木，最令我在视觉上感到惊奇的是察尔汗东北部40多公里处的褡裢湖，那儿的克鲁克湖与托素湖像一个马背上驮着的两个褡裢，因为一个是淡水湖，一个是咸水湖，紧邻的两面湖水的颜色就有了区别。

在柴达木，湖是有味道的，有淡水和咸水之分；湖是有肌肤的，呈现出不同颜色；湖是有形状的，有的像柴达木的眼睛，有的像柴达木的褡裢，有的则像柴达木的痣、柴达木的酒窝，尤其是那些盐在里面睡眠或被叫醒的湖，有的是太阳"蒸晒"出的白色画框，有的则是人工挖掘后的白色田畴。

在柴达木，湖更是有故事与性格的，一旦这种性格被赋予人文色彩，我们会给这些湖"定制"一些特性：西湖因为一曲"断桥"而令人有些伤感，青海湖因为仓央嘉措的遁世传说而让人忧郁，瓦尔登湖因为梭罗的同名书籍而成了隐居的象征，贝加尔湖因为西伯利亚大铁路的横越成了铁轨旁的蓝色镜子。那些散落在茫茫柴达木中的湖呢？是忍受寂寞后的奉献，是写给人类的一封封白色情书，是送给上天的一面面镜子，里面藏着自己的笑脸。

第五章
文成公主的
和亲之路

离开长安，文成公主以远嫁新娘的身份走进吐蕃王帐，这一路洒满星月的祝福和风雪的考验，有陇山回望时的离乡愁绪，有赤岭照镜时的悲楚决绝；有高原温泉对宫廷沐浴的优雅唤醒，有鄂陵湖、扎陵湖边盛大的迎亲礼带来的尊严与享受。一个弱女子，背后站着一个强大但希望和平的帝国，她身负这样一个比沿途所有群山叠加起来都厚重的使命，步舆、车轿、马轿、牦牛等不同交通工具见证的这条高原之路，以长安和逻些两个城市为点，连起了大唐和吐蕃两个王朝，和平的焰火犹如这条路两边的路灯，照见自此后往来络绎的使者、僧侣、将士、商人、游客，他们的万千感念传颂着这条路的两个名字：唐蕃古道、和亲之路。

这条古道犹如连接长安至逻些的金腰带，青海境内的全程便是最紧要也最璀璨的带扣处。

一

公元 641 年初春的一天，长安城的朱雀大街上缓缓走过一队人马，提前知道消息的百姓早就涌上大街，他们看到两列清一色的、在朝廷马苑里被精心饲养并训练的赤骥，组成两排训练有序的马队，身披红色绸缎，头佩大红纸扎的花朵，高昂着头、目不斜视地走着，整齐划一的掌铁在砖石路上发出清脆的蹄声，仿佛两列等距离移动的红色火焰；马队中间八个身穿红色衣服的汉子抬着一顶特制的艳红轿子，醒目而鲜艳；大街两旁观看的百姓恍如观看一团火烧云滚动着。跟在那团红云后面的，是一条长长的车队，载一尊从开元寺请来的国宝——印度国王赠送的释迦牟尼佛十二岁等身像，以及嫁妆、种子、丝绸、茶叶。

那团火烧云渐渐走出人们的视线，向长安城外飘去。郊外，早就等候着另一支人马。宫廷马苑里那些颇具仪式感的赤骥被几匹乌骓替换，后者像是几堆逐渐加速移动的黑炭，高调而招摇地沿着往西而去的官道奔走，紧随其后的4匹"千里雪赛风驹"，宛如4片硕大的雪片，保持着一种四方形的队形；4匹"千里雪赛风驹"的鞍鞯上都驮着1根被压弯的圆柏，4根圆柏的中间支撑着那顶从朱雀大街上而来的红色轿子。随着白马的行进，红色轿子不停轻微颠簸，活像被白雪围在中间的、一朵盛开在半空的红牡丹，低垂的轿帘让它保持着一种尊贵且神秘的气息；跟在4匹白马后面的马队，在阳光下留下一个长长的队影，它们服务的对象是大批侍卫、宫女、工匠及厨师、僧人。

坐在轿内的年轻女子，知道自己头顶的这道光环源自7年前的一场"远途求婚"。公元634年，远在青藏高原逻些城（今拉萨）的吐蕃赞普松赞干布遣使大唐，希望能和青藏高原上的吐谷浑国王迎娶隋朝公主一样，娶到一位唐朝公主。令松赞干布懊恼的是，这个请求遭到唐太宗的拒绝。松赞干布的使者回去后说，唐太宗拒绝吐蕃的这一请求，源自吐谷浑王诺曷钵当时也恰好在长安城，一定是诺曷钵在唐太宗面前说了吐蕃的坏话，搅黄了松赞干布迎娶大唐公主的事情。4年后，松赞干布下令吐蕃军队发动了对盘踞青藏高原东部地区的吐谷浑王国的战争，直逼大唐帝国西部边境的松州（今四川松潘）。

吐蕃军队兵临松州城下不久，唐朝的军队就成功实施反击，迫使吐蕃军队退出占领的吐谷浑、党项、白兰羌等游牧势力占据的地盘。松赞干布在遣使谢罪的同时，向唐太宗再次请婚，并派大臣携黄金及其他珍宝前往长安城，正式下聘礼。

一幕和亲大戏开始上演，那位在历史上连真实姓名都没留下的宗室女，以主角的身份被历史推向这场和亲大戏的舞台中央，她此后被藏、汉两地及后来的历史记住的，是唐太宗赐封的"文成公主"，在江夏王李道宗奉旨持节护送中，在大批侍卫、宫女、工匠、僧人的护卫中，走出了长安城。

这支缓慢移动的送亲队伍走出关中平原时，已经是初夏时分，渐渐浓稠的热气让坐在轿子里的文成公主难耐沉闷，加上轿子不断颠荡带来的烦恼，让她不时掀起轿帘朝外张望，但外面闪过的总是不断重复的枯燥景致。

翻越陇山时，4匹"千里雪赛风驹"围起来的马轿无法穿越陡峭山路，文成公主只能骑马穿行。送亲队伍登上陇山之巅时，文成公主看到他们齐刷刷回过头，朝着长安城的方向跪倒，高声唱起一曲北朝乐府民歌《陇头歌辞》：

陇头流水，流离山下；念吾一身，飘然旷野。
朝发欣城，暮宿陇头；寒不能语，舌卷入喉。
陇头流水，鸣声呜咽；遥望秦川，心肝断绝。

这群人知道，一旦翻越陇坂，就意味着他们再也没有生还故乡秦地的可能了，这一去长路漫漫、生死未卜，回望秦川就成了一个思乡之梦。过了陇山，队伍虽然还保持着一定的威严与仪式，但早没了离开长安城时的精神，众人脸上都写满了疲倦。海拔慢慢抬升，路边的树木渐渐稀少，田地里的庄稼也没了关中平原汹涌的长势。

出兰州都督府，开始贴着黄河南岸而行，直至河州古渡口。眼前的大河让她看到了一道奇观：河水从上游不远处的一道峡谷中冲出，河中间像是上天精心画了一条边界线，半河浑黄，半河清澈，黄清分明。黄河在这里呈南北流向，东岸大片的农田正是庄稼葳蕤时节，出入田垄间的农人以自己的耕作方式，宣告这里属于农耕文化影响区域。不远处，滨河的村庄有炊烟缓缓从土烟囱里爬出，在天空汇聚成一道暖暖的河流，似乎也在暗暗提醒公主：渡过黄河，彼岸就没这和庄稼一样旺盛、茁壮的炊烟了，那里是游牧者纵横的天堂。

公主抬起头，朝对岸望去，只见一道沿河绵延的大山，像一柄巨大的弯刀，将刀尖的半截身子插进浓厚的云层；露在云层下的山体像是刀柄，虽然少了些逼人的锋光，却让此岸的人觉得它好似一个急切入河洗浴的汉子，朝大河扑去。大河却伸出手，冷峻地拦住了锋芒无比的巨山来势。山如一块块巨大的石头累积而成，得名积石山，是青藏高原和黄河的交界处，是枕在一河涛声上的一道门槛，是青藏高原朝黄河低垂的一道暗黑而肃穆的眼帘。

江夏王李道宗告诉文成公主，积石山下的那道雄关，就是积石关，前朝隋炀帝就从这里渡河，远征吐谷浑；7年前的冬天，本朝征北统帅、西海道行军大总管李靖带领大军从这里踩冰过河，进击河湟。

倘若河水有记忆，它记住了人类留在两岸的战争与防守，那些和平的日子反而显得短暂甚至无足轻重。公主望着一河静默流淌的水，想起自己远行和亲的使命，顿觉这次远嫁到遥远而陌生的逻些城，嫁给吐蕃王朝年轻骁勇的赞普，那个叫松赞的年轻王子，不就是为了熄灭战争之火，让眼前这条河的记忆篇章里添加一道关于和平的内容？

渡过河后，虽然坐在马轿内，公主逐渐感受到胸闷、气短，眼皮沉沉的，如缀上了石头，陷入一种眩晕状态。经龙支城（今青海省民和县柴沟北古城）、鄯州（今青海省乐都区）进入湟水流域，虽然整个河湟谷地仍归属大唐王朝，但两边的景致却变了样，农牧交杂的特色非常明显。抵达西平城（今西宁），就算是抵达当时唐王朝实际控制的、青藏高原上最东端的城市了。

文成公主深知，一旦走出西平城，她就会像一株梢尖吐露绿色的小树，经过漫漫高原之路，被移栽到一个陌生的生活环境，被嫁接到品种、土壤甚至空气都不一样的树上去。

二

文成公主怎会想到，她落脚西平城 1296 年后，马鹤天以国民政府蒙藏委员会委员的身份，从兰州来到这里，开始了和文成公主在青海境内相同路线的高原之旅。文成公主走过的那条连接唐朝和吐蕃之间的路，被后人称为"唐蕃古道"，马鹤天从西宁到玉树的这条路，当时被青海人称为"康青公路"。

"唐蕃古道"和"康青公路"重叠的这部分，恰好是 214 国道在青海境内的路段。

1937 年 1 月 15 日，马鹤天一行乘坐两辆大汽车，沿着 6 年前马步芳下令工兵在原来大车路上修建的一条简易公路，抵达甘肃和青海交界的享堂峡。冬天的路面上铺着厚厚的积雪，车轮上绑着铁链，除了司机外，所有的人都下车步行，随行士兵拿着大木槌，随时准备垫在有后滑危险的汽车轮子下。马鹤天远远看见一座长约 40 米的简易木桥横在大通河（古称浩亹河）上，守卫在桥头的士兵验过马鹤天一行人的护照后，予以放行，此举标志着马鹤天等人开始踏进青海大地。

如今，京藏公路上的享堂大桥早就取代了马鹤天看到的那座简易的木桥，而当年卫兵把守的甘、青分界，已经向东移动了几公里，变成了高速公路上的马场垣服务区。

就在马鹤天抵达西宁前几天，远在南京的蒋介石收到一封国民政府蒙藏委员会转来的电报，发电人是主政青海的马步芳。电文中以"西藏方面在康藏交界大举拔兵，边境多事"为由，建议修筑西宁至玉树结古镇的公路。蒋介石何尝不知道这是马步芳为加强对玉树的统治，便于他的商队通过西藏到中印边境进行走私贸易？但他也没理由拒绝马步芳貌似合理的要求。

马鹤天在西宁滞留期间，全国经济委员会就向青海省拨付10万元，随同蒋介石发给马步芳"事关国防，赶筑竣工"的电令，一起到达西宁。

丹噶尔是马鹤天离开西宁后进入的第一个古城。今天，古城的名字已经被湟源替代。如果说青藏高原是一壶酥油茶，日月山就像一柄精致的壶盖，接近日月山，就是逐步品闻茶香的过程。位于日月山东麓的丹噶尔古城，是从内地运来的古茶的仓库与驿站，是古茶翻越日月山前的一次休息与准备。那些驮茶而来的内地马再也不合适前往高原，古茶在这里就要换上牦牛驮运，相对于传统说法中的茶马古道，这条茶路就此开始了"茶牛古道"的角色转换。

就像镶嵌在茶马古道上的丽江、康定、松潘等古城，丹噶尔就是镶嵌在"茶牛古道"上的一幅古画：厚重、古朴、斑驳。从知名度上看，它仿佛轻轻飘入青藏大地的一粒雪花，很少为人知晓。我在一张铺开的中国地图前仔细琢磨，发现整个青藏高原的边缘地带，从新疆的叶城到甘肃的天祝、玛曲、碌曲，从青海的丹噶尔，四川的康定、松潘到云南的丽江，将这些藏、汉交融前沿地带的城市连接起来，就构成了一条"青藏的屋檐"，丹噶尔在这条美丽的屋檐线上，无疑是名气最小、最不为人所知的一颗小明珠。丹噶尔和其他青藏边缘的小城一样，就像缝在那些高大的界山身腰处的一枚扣子，迎逆着心怀乡愁但要进入陌生藏域的汉人商旅，也笑送着远路而至面带倦色前往汉地的藏僧或商人，难怪诗人昌耀在《丹噶尔》一诗中将这里描述为"在从未耕犁过的冈丘，黏土、丝帛和金粉塑造的古建筑，原是没有泉水保障的冒险的城关"。

走在丹噶尔，文成公主的影子早被高原的风吹散在唐朝的时光。她当初来到这里，卸下一路奔波后的疲倦，望着山顶的积雪，心里一定是充满愁绪的，一个内地长大的弱女子，行至这里一定是艰难忍受人在他乡的孤独、前路未卜的担忧和高山反应带来的难受，但她又如何回头？命运给她安排的是一场漫长的单程之旅。我也在古城试图寻找后来至此的商旅和战士的影子,在我的想象里,他们小心翼翼地来到这里,向群山递上笑容,和借居这里的吐蕃、回鹘、吐谷浑商人谈价,贸易着各自所带的货物。那时,无论是沿着河湟谷地而来的内地商人,还是自高原而来的游牧部族的商人,就像眼前这千年不变的巨大绿色铺在自然的山体上,双方在拘谨、防范后的舒展中,让贸易自然进行。

那些一路跋涉的驼队、马队、牦牛队,在主人投宿的客栈前,反刍着万里边关的风尘,打量着风寒笼罩的边城繁华,看着主人们在高原牦牛、马匹、虫草、兽皮和内地茶叶、丝绸、带着釉光的鼻烟壶、闪着神奇光彩的玻璃器皿之间的交易中露出笑脸或沮丧。那时,丹噶尔的街道上传遍了货物装卸的声音、讨价还价的声音,以及滞留者的乡愁和启程归乡者的喜悦。

各种交易中,茶叶是这里的硬通货。

文成公主带往青藏高原的物资清单中,一定是有茶的。随着公主前往高原蹚开的一条和亲之路,一条茶之路在高原上被一双双无形的手开始修造,茶在高原上漫延,像一茬茬看不见的庄稼,沿着河谷、山坡、路边、驿站、茶肆奔跑,在一代代将士、僧侣、牧民的心里生根。它更像是一种迷药,让青藏高原上的赞普、大臣、侍女、商人都上瘾。高原上的牧民食品构成主要是牛羊肉、乳制品和青稞,这些高蛋白和热性食品,需要有助消化的饮料,茶是这些饮料中效果最好的。

元代,大量蒙古族进入青海,将饮茶的习惯也带到了高原。后来,蒙古族通过"熬茶布施",让茶叶如一条线,将满、汉、蒙古、藏等民族间的商贸串联起来,一个以茶为媒的强大联盟出现在了青藏高原!"熬茶布施"是指在藏传佛教寺庙通过熬茶行为发放布施,布施物中有银两、日用物品和事佛物品发放。布施过程中,喇嘛为布施者诵经祈福。公元1741年夏天,丹噶尔古城举行了第一次熬茶布施,303名远路而来参加熬茶布施的准噶尔人,给古城带来的贸易品有羊皮、狼皮、狐狸皮、沙狐皮、羚羊角、绿葡萄、瑙砂等等,他们和来这里的各路客商,进行了4个月的商贸交易。

第二次熬茶布施在日月山下的东科寺,抵达丹噶尔的准噶尔人还是303人。贸易活动只用了1个月时间完成。清廷把西宁的商贾邀请到丹噶尔,动员、调集了上万人参与,并上调了贸易价格,这次成交额约白银七万八千两。随后,来参加熬茶布施的准噶尔人踏上去西藏礼佛的路，沿途继续熬茶布施。

政府和宗教两种力量的推动，让两次"熬茶布施"变成了影响深远的贸易行为，把丹噶尔变成了一个热气腾腾的大茶炉，里面不断沸腾着人间茶热，吸引着内地和高原的商人，常住人口与流动人口迅速增加，使丹噶尔逐渐成为日月山东麓的商贸与政治中心地。公元1744年，朝廷收到西宁道佥事杨应琚的一份奏折，对丹噶尔日益增长的贸易量非常重视，特准"一切交易，俱在丹城，毫无他泄"。也就是说，丹噶尔的商贸已经具有很强的垄断性，基本控制了从西宁到青海中西部及发往西藏的茶叶。公元1829年，道光皇帝鉴于丹噶尔"海藏通商，中外咽喉"的特殊位置和对青藏地区茶叶贸易的控制地位，特设丹噶尔厅，把原来由西宁县派驻丹噶尔的主簿升格为抚边同知，将设在丹噶尔城内的守备署改建为厅署，隶属西宁府，这是小城发展历史上最显赫的时期。

丹噶尔就像一个茶杯，来自内地的一驮驮茶叶，就像从一个倒不尽的大茶壶里不断给古城续补着茶香，一个倒不完，一个喝不足，时光之后紧握着这个巨大而古老的茶杯，让它不断积淀着、散发着雪域高原上难得的茶韵。我如果晚清时期来到丹噶尔，估计随时会看到从内地来的茶商，从高原腹地而来的藏民族，听凭茶叶之香无声地拆除横在不同肤色、族群的人之间的那道墙，打碎了因语言不通、风俗不同而存在的堡垒。他们在友好中换取各自所需，在交易中赢得对方信任，在积累中命名了古城的定义和历史角色，缔造了一个高原古城的茶叶奇迹。茶，在这里不仅是一种商品，更成了不同民族促进了解和友谊的黏合剂，茶，在这里不仅产生经济效益，更是一股缓缓之香，走进牧民心田，渗透进遍布高原的牧帐、寺院、集市中。

我曾经看过晚清时期进藏的湖南人陈渠珍写的《艽野尘梦》，他从西藏逃出后，经历九死一生，穿越柴达木盆地南缘、青海湖，进入日月山东麓，听到商人高唱秦声。"慷慨激昂，响彻云霄，即谚所称梆子腔也；余等久闻舌之音，忽听长城之调，不觉心旷神怡。乐能移性，信哉。……且时见乡塾，闻儿童咿唔读书声，顾而乐之，行两日，至丹噶尔厅，遂择旅店投宿焉。"可见，内地文化在那时就已经繁盛于丹噶尔了。陈渠珍离开丹噶尔城3年后，丹噶尔厅改为湟源县，厅署改为县署，县署改为县政府。

1970年代末期，云南景谷茶厂经过积极探索，将传统的圆形茶改良为方形包装。1979年5月，景谷茶厂生产的第一批"生砖"——901批和905批边销紧茶，从昆明车站启程，开始发往青海湟源车站然后中转前往西藏的长途之旅，这些茶包就像一个个美丽的少女远嫁他乡，带着一丝青涩和憧憬。

这条"婚嫁之路"实在漫长，当这批茶抵达昔日的丹噶尔古城时，犹如妙龄的新娘经过漫长岁月的洗礼，青丝横生于发间，曼妙渐失于身材，少年的羞涩与秀色不见。卸茶后打开包裹，负责押运的人发现，由于路途时间长及横跨纬度长，加上到了青海后面临的气候变化，这些茶没了临上路时的颜色，原本期待的从包装中馥郁而出的清香也不见了。接货的人指着茶饼上出现的黄色霉斑，认为这是茶发霉变坏的表现，要求退货。

恰好此前滇茶曾发生过因掺入大量野生茶而导致藏地牧民饮后出现头晕腹痛等症状，被牧民抵制的现象，这批"发霉"的茶面临被退还茶厂的命运。消息传到景谷茶厂后，引起厂长和云南省茶叶公司负责人的重视，他们派人前往青海、成都、北京等地了解情况，向专家们寻求这批滇茶霉变的答案。就在这时，恰好一位曾经购买过滇茶的香港茶商来到云南省茶叶公司，说他从云南购进一批经过发酵的"霉茶"后，给顾客说明情况，被顾客以低廉的价格买走，喝完普遍反映口感非常好，要他多进这类"霉茶"。云南省茶叶公司责成景谷茶厂将发往湟源的这批"霉茶"收回并发往香港。这些"霉茶"从云南发往青海，再从青海辗转到云南、香港，竟然历时3年。令景谷茶厂没想到的是，那批茶进入香港市场后，被抢购一空。

除了云南茶有过那次传奇的"丹噶尔之行"外，四川茶也有遥远的"青藏之旅"：先是聚集到四川五大茶马贸易地之一的松潘，然后经过阿坝的若尔盖草原、甘南、河州后进入丹噶尔，这些顺着"青藏屋檐"下、经过茶马大路而奔赴丹噶尔的茶，有了"大路茶"的称号，丹噶尔古城一度被奉为"大路茶"的终点。

丹噶尔古城是适应文旅需要而修建的，早年的古貌尽可能地被还原，新的建筑与事物也源源不断地出现。那道充盈于古城历史的茶香，已经彻底淡去，文成公主也好，陈渠珍也好，马鹤天也好，他们那时的丹噶尔风貌已经彻底被历史收藏。青藏大地的开放与对现代文明的接纳，体现在古城的很多细节中，大批从牧场进城后入住楼房的牧民，或许早就淡忘了牦牛背上的悠闲时光，越来越多的汽车、摩托车取代了历史上出现在这里的驮茶牛马，从古城南侧穿过青藏铁路的火车鸣笛声与车轮碾过铁轨声，早已成了古城昼夜时光的另一种陪伴。

丹噶尔古城，就像悬挂在日月山下一幅褪色的古画，以骨子里的那股古味和古风，顽强地对抗着现代色彩的涂抹与改写。这种对抗，需要坐在一杯下午的茶香中仔细品咂，需要走在一缕黎明时分的晨雾里体会，需要在远眺日月山半山坡的牦牛群中琢磨。犹如慵懒地照在青草地上的高原阳光一样，这是个需要放慢脚步与目光的地方，需要放慢心境，否则，你听不到那缕掩在茶香背后的乡音。

古城就像日月山乃至藏地的门迎，沧桑中不失儒雅，迎接着每一位即将经由这里进入藏地的人，大街边从家里拿来小板凳闲坐的老人、慢慢从市场回到家里的家庭主妇、坐在自家店面前闲聊的小店主们构成的一幅小城悠闲图，以及2690米的海拔带来的夏季清爽，悄然告诉来到这里的外地人：这是个要放缓脚步的地方，以此适应后面的青藏之旅。

在丹噶尔古城，或许会在城隍庙内聆听到一种古老的信仰，或许会在文庙内依稀听到中原文化之风吹到"海藏咽喉"的喘息，或许会在街边的剧社里听到地道的青海平弦等地方戏曲，或许会在一杯新鲜的牦牛酸奶里闻到青藏的气息。茶行、酒馆、客栈、戏园和隐身于其中的茶叶，都是这些气息的容器；茶成就了这些深蕴文化意味的建筑，而真正有着当地特色的皮毛、藏刀、排灯、皮绣、牦牛角、牦牛肉似乎反而成了配角。因为茶，古城的角色在貌似尴尬中明晰了起来——周围的或生活于其中的藏族人觉得这里像个内地的城市，而从内地远路而来的汉族人，又觉得这里是个藏族特色明显的城市。

如今，小城依然在外地来客不易察觉的时分或角落，暗飘着一股穿越时光的茶香，弥合着藏族人钟情的砖茶、蒙古族牧民离不开的奶茶、汉族喜欢的绿茶、回族身份标识之一的八宝盖碗茶。只有从容地走进这个小城里居住的不同族群的人家，将自己短暂地融入他们的生活，才能在这里访到小城茶韵，在一杯由浓变淡的茶香里，品咂小城和茶的渊源及关联，品味出一个高原小城迥异于其他城市的韵味。

三

历史就像一本书，前一页和平的气息还弥漫字里行间，后一页或许已经是金戈铁马的硝烟呛得人掩鼻。离开长期扮演和平与商贸重地的丹噶尔古城，沿着文成公主与马鹤天当初走过的路线，不到40公里就是一处残酷至极的战争遗址。

地处日月山东侧的莫多吉村，家家户户大门外堆放着的牦牛粪饼，朝向药水河的坡地上堆放的青稞捆，给人的第一直觉这是一个藏族村庄。然而，很多人家前种的菜蔬、每户人家的土夯院墙就像一个个独立的古堡，不少人家的院墙外布满写着沧桑的青苔，人们能用汉语交流，让人又感受到这是一个汉族村庄。这种文化上的混血，书写着自汉朝以来就沿着河湟谷地不断向高海拔地区延伸的、农耕文化不断向游牧文化地带逼近的进程。按照文成公主当年从丹噶尔古城出发后的行程和翻越日月山的艰辛程度来推算，她的送亲队伍抵达这里时应该选择住宿于此，那时住在这里的应该是吐蕃王朝辖内的高原牧民。文成公主前往逻些城和亲1296年后，马鹤天一行来到这里，发现这里虽然有30多户藏族牧民，说的却全是汉语。

站在莫多吉村，朝东望去，会看到药水河对面的华石山，隔河、坡陡、路远，让村民们很少有人去华石山，更是少有人去藏在山顶上的石堡城遗址，那座在1∶600万地图上也显示不出名字的古堡，曾经发生过一场令大唐帝国蒙羞的战争。

从长安城出发，一直朝西而行，跨渭河、渡黄河、越湟水，来到海拔3123米处日月山东麓半山腰时，文成公主一定被高山反应折腾得难受无比，哪里还有心思像今天的游客那样跑到药水河边去拍照留念？哪里还有心思去留心药水河东岸那处"其城三面险绝，惟一径可上"（《资治通鉴》卷二百一十六）的要塞？

文成公主如果知道她来到药水河边108年后，吐蕃与大唐两个王朝发生在这里的战争，她一定会质疑以牺牲自己为代价的和亲政策。我替文成公主寻找她要质疑的依据：

《旧唐书·列传第五十四》："八载，以朔方、河东群牧十万众委翰总统攻石堡城。"

《新唐书·列传第六十》："天宝八载，诏翰以朔方、河东群牧兵十万攻吐蕃石堡城。"

也就是说，唐天宝八载（749年），皇帝诏令朔方和河东两个地方的10万军队，让哥舒翰担任总指挥攻打石堡城。

唐军为什么要在文成公主前往吐蕃和亲108年后，发兵攻打这个不起眼的地方？双方的实力对比如何？战况又如何呢？

我继续在史籍中寻找答案——

《旧唐书·列传第五十三》："其后哥舒翰大举兵伐石堡城，拔之，死者大半。"

《新唐书·列传第五十八》："后翰引兵攻石堡，拔之。死亡略尽。"

史籍记载的事实是，唐朝征集十万兵力攻打石堡城，《旧唐书》中的记载是死亡率超过一半，《新唐书》中记载的是近乎全军覆灭。10万唐朝远征军有如此高的死亡率，吐蕃军队的数量如何？《资治通鉴》中明确记载："吐蕃但以数百人守之，多贮粮食，积檑木及石，唐兵前后屡攻之，不能克。"

数百名吐蕃将士将至少超过6万唐军消灭于此，这该是唐朝何等的耻辱？穿越历史的时光隧道，走进大唐初期发生在这里的攻守之战，我们在《资治通鉴》中又能发现什么呢？

"翰进攻数日不拔，召裨将高秀岩、张守瑜，欲斩之，二人请三日期可克；如期拔之，获吐蕃铁刃悉诺罗等四百人，唐士卒死者数万，果如王忠嗣之言。"

村里的向师傅告诉我，即便是熟悉华石山地形且身体很好的当地年轻村民，从村里去石堡城，至少也得3个小时，村民称那里为方台子。

我用了3个多小时爬上方台子，发现那片并不开阔的台地上，还有一个三角形方台，沿着三面断崖垒建而成，长条形巨石堆砌起来的堡墙经过千年时光的洗礼，像是一位没人替换的哨兵，显出十足的疲相。站在城墙上目击这片防守要塞，可以判断出这里能够容纳上千人。离大方台不远的地方，当地人称为小方台，大小方台间是荒草淹没的一条山脊，站在这里更能体会"一夫当关，万夫莫开"，对几百守卫在这里的吐蕃将士击杀了数万唐军的事实不再疑虑。

30多年前，石堡城还没进行旅游开发时，偶尔来到这里的牧民会在堡城四周捡到一些生锈的铜币或印章、箭头等。我除了相机外，几乎是空手登山的，沿着陡峭的山路而上，坡度超过了60度，登顶前的那段路程，更是令人气喘吁吁，怎么也难以想象那时攻击这处要塞的唐朝将士要带着兵器，克服高原缺氧的困难，防止山上堡城内滚下的石头、木头。在这样一个位势下，攻城者没有任何有效的工具，只能在指挥官的命令下，将一具具尸体丢在这里。这也改写了我们依靠传统的史料或教科书得出的一个概念：地处偏远地带的吐蕃军队不会军事谋略和占据有利地形。

石堡城，成了唐代远征军进入青藏高原的一道无法逾越的门槛。时任陇右节度使王忠嗣深深知道"石堡险固，吐蕃举国而守之。若顿兵坚城之下，必死者数万"。王忠嗣上书唐玄宗希望朝廷能够"休兵秣马，观衅而取之，计之上者"。

唐玄宗心怀图谋藏地高原的雄心大略，试图将日月山以西的青海湖一带纳入唐朝版图。他下令王忠嗣配合出征,后者因为"出击不力"而被下令处斩。曾得到王忠嗣赏识与提携的唐代名将哥舒翰，入朝力保王忠嗣，王忠嗣才得以活命。

公元 749 年 3 月，刚刚从冰寒状态中走出的日月山，迎来了一场恶战。唐玄宗命哥舒翰统领陇右、河西及突厥部的阿布思之兵，又增朔方、河东等部兵马共 6 万多，向石堡城再次发起进攻。石堡城三面临山，均为悬崖峭壁，无法攀登,唐军只有通过唯一的山道进攻，然而缺乏任何有效攻山武器的唐军，连正常的兵力都无法展开。

吐蕃守军在此却贮有大量粮饷凭险据守，以檑木、滚石牢牢封锁通往城中的唯一山道。一天天过去了，累积在石堡城下的唐军尸体日益增多，但依然无法攻破石堡城。3 个月后，哥舒翰的副将以偷袭的方式占领石堡城。我的判断是，困守在石堡城的吐蕃士兵给养殆尽，在外无援军、内乏粮草的情况下主动选择了归降。那时，攻入堡城内的唐军惊呆了：让唐军死伤数万人且 3 个月才攻下的石堡城，里面的吐蕃守军竟然只有 400 多。而且，双方连续多日攻防，吐蕃军队竟然零死亡。

这是一场多么令人感到不可思议的战争！

唐朝在 80 多年间，为了争夺石堡城和吐蕃发起了 4 次大的争夺战，死伤 10 万余人，在这里谱写了"新鬼烦冤旧鬼哭"的悲歌。

石堡城之战的惨烈传到内地后，受刺激最深的恐怕是唐玄宗，他接着派兵在今日月山以西屯扎，加强了对日月山以西、青海湖一带的军事布防。后来，唐朝和吐蕃的分界线向西推进到了青海湖至黄河河曲以西一带。

关于石堡城的战况传到民间后也是版本不同，诗人杜甫就根据民间传言创作了那首千古名篇《兵车行》；哥舒翰虽然带兵攻下了石堡城，但代价太大了，连大诗人李白也写下了"君不能学哥舒，横行青海夜带刀，西屠石堡取紫袍"的诗句讥讽他。

1000 多年后，石堡城之战，作为唐朝和吐蕃间的著名战例，纳入了北师大研究生考试题库。然而，不仅向师傅这样的村民不知道这里曾经发生过的战事，我在湟源县向县博物馆的几个人打问石堡城时，他们也是一脸茫然。走到日月山下的售票处，我向一位当地人打听石堡城时，面对距离不到 10 公里的华石山，他也只是说听说有个古城，但很少有人知道确切地址。石堡城，其实是一个值得我们真实审视盛世大唐的地方。

四

从长安一路而来的文成公主，离开石堡城后，在上午的高原阳光中，踏上赤岭的垭口，看着随行人员疲倦且黑红的脸色，看着大口喘息的骡马，迎面而来的是一阵紧似一阵的罡风，心情是怎样的一种沉重？回首刹那，长安城中的舒适日子将如赤岭半空中的云朵一样飘去。眼前，时间之手掀起了游牧生活的帘幕，笑迎着她步入其间。高原气候像一双善于化妆的手，让文成公主看到随行人员一路而来渐渐黑红的脸，她不禁让贴身侍女拿出铜镜来，想看看自己的容颜有何变化，那一刹那，公主变得紧张、吃惊、不解甚至气恼，那个美貌的少女哪里去了？难道这镜子有瞬间改变人容颜的魔力？她不敢也不愿相信，镜子中的她肤色变得和送亲队伍中的人一样黑红，高原的风是自由的，但也是公正的，不会因为侍女地位低或公主一直坐在轿内而分别对待她们，现在，她们的脸色都是一样经受高原气候的快速抹画。不久前，刚出长安城时的那副白皙的脸早已不再，在偶尔飞过的一两片雪花的映衬中，显得更黑，比脸色更黑的鬓发在垭口的风的吹拂下，狂乱地飞舞于镜面上。有什么比一个爱美的公主看到自己的容颜如此受损更让人恼怒？文成公主顺手就将那面镜子朝山坡下摔去。

一个美丽的传说因此产生，后人为了纪念公主，找到摔碎的两面镜片，分别埋在垭口两边的山梁上。1984 年 8 月，这两道山梁上分别建成了亭子，一是表达对文成公主的纪念，二是供往来的商旅在夏日过垭口时能有个歇脚、纳凉的地方。这两个地方分别被藏族同胞以"日"和"月"冠名，自此，存活在文献中的、来往客商和将士口传的"赤岭"被日月山取代，后者成了祁连山向青藏腹地暗暗延伸去的一道巍峨身影，一个魁梧的名字，一道横在青藏大客厅前的大门，"日亭"和"月亭"就是这道大门的两个精致的门环，也像是一对守卫日月山的卫兵。

高处不胜寒，垭口处的风就是一声紧似一声的撤退令，还没等随行的、松赞干布派来的迎亲特使禄东赞催促，一场骤然而至的夏雪给这支队伍下达了出发令。

日月山是文成公主漫长和亲之路上的一个节点，它目送文成公主带着一腔乡愁和对爱情的美好想象继续前行。除了耸立在山顶的日、月两亭，在东麓临近垭口的地方，有一尊于 2002 年落成的、高达 9 米的文成公主雕像，那是日月山当之无愧的女神，既是一种象征，也有实际导引的作用；犹如一位使者，微笑着面向东方，欢迎每一位到访者，为翻越日月山者提供了正确的路向：塑像所在的山坡是西宁市湟源县地境；一过山坡顶上的垭口，就踏进了海南藏族自治州共和县。

名著是什么，就是每次阅读时都有初恋般的感觉。日月山在我心中，就是一部百读不厌且每次阅读时都有新意的名著。虽然历经过春天时满山枯黄、夏天时满眼葱茏、秋日时远山带雪、冬令时积雪覆路的四季眼观与体验，但每个季节、每次登临垭口、每次念起文成公主的和亲，感觉到日月山就像一个高明的画师，在不同时令带给人不同的视觉享受。垭口在一种冷静中，以两个看起来很普通的亭子、几块不起眼的石碑、一幅庄严的雕像、当地藏族人在周围挂起的经幡等，让我的思绪透过远处常年萦绕的云雾，依稀看见文成公主从长安城一路而来，沿着大地的阶梯拾级而上，映在她双眸里的不仅是沿途景致的差异，更是逐步走向一个个陌生的人文地理环境后的隔离感、陌生感。我不止一次地勾勒着这样的画面：公主走近日月山时，一片片雪花落在头上、脸上、身上，一股冰凉溢出心田，她内心里盛装的迷惑、差异、苦楚再也无法安静如一面湖水，而是海啸般掀起。当年，在"吱吱呀呀"的车轮声或马匹的喘息声中翻越日月山的情形，已经稠成一个化不开的谜团。看着那些匆匆拿起相机在石碑、亭子前留影后又匆匆而去的游客，不知道有几人能如是所想：一个女子跨越这里，仅仅是几步，而中华历史的书写，却完成了一大步。和亲的女子，在这个垭口的轻轻跨越，给历史留下了厚重如铁的一笔。

日月山西麓的地貌平缓，一条小河顺着山坡向西流淌，当年，那支来自内地的送亲人员大多有着"一江春水向东流"的概念，没想到眼前的这条河却逆着他们的思维而流。回过头，文成公主的眼里已经是被风雪掩去形体的赤岭，再往前走，长安城已隔着黄河之水成为记忆，一袭冰凉潮起于心，凝结成一滴自脸庞而流但终生再也没能流尽的清泪，透过那滴冰晶，谁能知晓公主内心的情感？公主目光里的悲伤如身边降落的雪，飘落在那条载着悲伤倒流的河上，后人给它取了个忧伤的名字——倒淌河！那些牧民自此也有了个新传说：倒淌河是一条清冽的淡水河，它的终点是那条叫"措温布措"的青色之湖，因为倒淌河里满含着公主忧伤的目光而变成了咸水湖，那面比海还大的湖就是今天的青海湖。

沿着倒淌河下山的路上，看到文成公主的面色凝重而忧伤，随行的迎亲特使禄东赞安慰公主："这条遥远、漫长且艰巨的和亲之路上，您并不是第一位。几十年前，就有隋朝的公主远嫁至此，成为吐谷浑王子的新娘！换来的是这片土地近的安宁。"这段历史，文成公主怎会不知道？宣布她为和亲公主后，宫内的太傅就专门负责给她讲述吐蕃及高原上其他政权的故事，尤其是发生在 45 年前的一个和亲故事，具体说是公元 596 年，隋朝政府派军队护送光化公主，远嫁占据日月山西麓大片土地的吐谷浑王国，那是被正史记载的第一位前往青藏高原的公主，她成功地扮演了两个政权之间的和平使者。现在，当万千将士的鲜血、生命无法捍卫一个王朝的疆域完整与帝国尊严时，一个女子的使命凸显了出来——文成公主也要扮演这样的和亲角色。

日月山有情，山下的牧民有情，一直以各种方式铭记着这座山的女神。在日月山西侧的倒淌河镇上，同样有一尊文成公主雕像，其实也是一处路标，它就像一个大写的 Y 字分岔点，让京藏公路犹如两个结伴而行的好兄弟，至此友好分手，各自远行。

岁月是一个公正而神奇的雕塑匠，她会把为人类付出的人塑造成神。无论走哪条，都是深入茫茫雪域高原，行人至此，都视文成公主为此去路途中的保护神，高原上的牧民更是敬奉给雪域高原带来茶叶、种子、耕作、技艺、和平的文成公主为白度母化身，无论是周围放牧的，还是要经这里去远方的，多数人都不由停车止步，朝那尊庄严的雕像投去敬畏一瞥，心里涌起"保佑我这一路平安吧"的祈祷来。

或许，当年文成公主就站在那尊雕像的位置，将目光从东边的日月山、倒淌河收回来，按照禄东赞的安排，完成了一项重要的仪式：换马！

五

在日月山西麓的青海湖边，文成公主发现，不仅全体送亲队伍表现出不同程度的高山反应，连那些精心挑选出来的马都耷拉着头，鼻孔直出粗气，眼眶睁得更圆，走起路来仿佛踩在棉花上一般，就连她从长安城带出来的那只猫，也不再宿营时活蹦乱跳了，看到地鼠都懒得叫两声。早上起来要喝茶时，公主觉得那些茶叶似乎都染上了"高原病"：在长安城内，一杯热水会让茶叶很快像鱼儿一样膨胀起来、飘游起来；在这里，茶叶在牦牛粪烧的水里，犹如僵尸一般，根本没有沸腾的模样！或许从那时起，一个小小的变化改变了公主的饮茶习俗，那可能是个阴雨的早上，公主喝不到在内地已经非常适应的绿茶。吐蕃方面派来在此恭候的侍女，早早就去湖边的草场，将挤来的新鲜牦牛奶倒在铜锅里，早就点燃的牦牛粪像是伸着红色的舌尖，朝上舔舔着锅底。很快，随着铜锅里的牛奶翻滚，一股陌生的香气肆无忌惮地弥漫，直扑文成公主及随从们夜宿的牧帐。侍女将一块酥油放进装有牛奶茶的小木碗后，小心端着，朝文成公主的牧帐走去。公主的侍女刚刚掀起帐帘，文成公主就忍不住屏住了呼吸，她实在不习惯从那冒着热气的木碗里传出的、带着浓郁草腥的味道，便不掩恼怒地看着端茶走进来的侍女。公主的侍女赶紧解释道，她也是听吐蕃侍女说，这是雪域高地的人们早起必须喝的"恰苏玛"（这便是后来人们说的酥油茶），能御寒、养胃、提神。在赤岭东麓，公主还能住上房间；翻过赤岭后，虽然是夏夜，但入住的牧帐实在难敌高原的风寒。从长安到逻些城，他们的行程还不及一半，而且往后的路途海拔越来越高，条件越来越苦，从这里到逻些城的路途，只能入住牧帐，早起喝一顿"恰苏玛"是公主必须要适应的。听完侍女解释，公主无奈地端起小木碗，公主的侍女和吐蕃的侍女都看到了神奇一幕：公主尝试着喝下第一口后，不由轻声砸了一下嘴唇，脸上露出一丝满意的笑容，她明显感到一股热流顺着喉咙直奔丹田；

她很快就将唇伸向碗边，第二口不仅比第一口快，也多，接着是迫不及待的第三口。喝完一碗后，公主脸上是满意的神色。她优雅地将小木碗递给侍女，示意再来一碗。自此，公主的饮食单上，再也没缺过"恰苏玛"。"恰苏玛"才是引导文成公主进入青藏生活的向导，也是陪伴她终老的忠实伙伴。

文成公主在一碗"恰苏玛"的引领下，一步步适应着高原，但那些从长安一路而来的内地马匹却无法适应这里的气候与环境了，它们已经无法再往前走了，松赞干布提前安排在这里的迎亲队伍已经准备了"换马"所需的一切，也就是让青海湖边牧养的"青海骢"替换内地马。

公主在长安城中听太傅讲课时，就了解到中原王朝反击高原游牧政权发动战争时，一旦进入高原地区，人和马都为"瘴气"所困，其实就和眼前自己与随行的内地马一样，总感觉吸到的气比呼出的少。这也是本朝军队对吐谷浑和吐蕃发动几次战争，都付出巨大代价的原因。

换上"青海骢"后，送亲队伍的速度明显提升，文成公主一定想不到，"青海骢"不仅在高原上健步如飞，其战斗力更是令环青海湖建立起来的各个游牧政权所惊叹。公主开辟"和亲之路"后不久，唐朝在边境地区开设的 20 个互市中，位于日月山东麓的丹噶尔，就是与吐谷浑、吐蕃政权进行茶马互市的最大边贸重镇。初唐时，内地前来丹噶尔的商人以大约 40 匹绢或 80 斤茶就可换取一匹中等战马，当时唐朝的 70 多万战马，大多数就是从这里贸易的，可见其对唐朝的重要性。公主和亲 400 多年后，青藏高原东北部崛起的唃厮啰政权，占据河湟谷地和祁连山南段后，成为宋朝抗衡正在兴起的党项羌政权的重要力量，茶马交易是双方来往密切的一个重要标志。宋朝每年从唃厮啰引进大批"青海骢"，每个月给唃厮啰调拨支援的物资中，就有 15 斤角茶、50 斤散茶；给占据今青海海东乐都区的邈川大首领温逋奇每月支 5 斤角茶、50 斤散茶作为俸禄中的重要部分，这在当时的宋朝，是一份给唃厮啰政权的赏赐。

按照唐和吐蕃签订的协议，送亲队伍中少不了佛像、佛经、金银、丝绸，更少不了粮食与蔬菜的种子，但文成公主心里还揣着一粒要播撒在沿途、撒在高原上的和平种子，她巴不得将丝绸一寸一寸地从长安城铺到逻些城，而不是让丝绸被战刀划破时发出哀号；她巴不得让熬茶的炊烟温热沿途的高原冰雪，而不是在沿途再看到双方将士的血。

文成公主离开青海湖后的很长时间里，沿途所经地方并没标识出名字，有的地方虽然有古名，但并没出现在公主的和亲记录中，比如海南藏族自治州州府所在地恰卜恰和三塔拉等地名，就是后来蒙古到这里后取的。恰卜恰，蒙古语意为"切开的崖坎"，是州府、县城与集镇的三合一之地，这也是青藏高原上很多州府所在地的特色。路边逐渐出现一塔拉、二塔拉、三塔拉等蒙古语的地名，塔拉是"台地"的意思，这就意味着出恰卜恰往南的海拔在逐渐抬升。送亲队伍成了追逐地平线的人，他们和公主一道像内地夏日的农民收割庄稼一样，收割着无穷无尽的道路、垭口，每个人都是自己的消防员，及时扑救着内心不断升起的绝望火焰。

在大非川所在的切吉草原上住宿时，公主并没怎么留心这片宁静得连地鼠都不愿跑出来的地方，她更是没想到，自己以青春、未来为代价远嫁逻些城，竟然在和亲29年后发生于这里的一场战争中，遭到了一次无情的否定。那场被写进史料的"大非川之战"，或许更能让我们阅读到大唐帝国战无不胜的神话被摧毁在青藏高原上的悲凉，让我们看到一道消失在时间草丛中的大唐伤口，在这里如何凝痂、生锈甚至被遗忘。

学术界关于大非川的考证不乏其人，但我比较赞同民国时期著名历史学者吴景敖的观点，他的《西陲史地研究》就提到沙珠玉河，认为这条河南岸的切吉草原，就是唐代著名战将薛仁贵"败绩之大非川古战场"。

我追寻文成公主进藏的脚步，暂时偏离了"唐蕃古道"向西而行，经过3小时的草原、流沙和戈壁滩交错的路途，路过上卡力岗、下卡力岗，逆着沙珠玉河来到一个叫"浪娘"的村子。站在村口那座水泥板架设的小桥上，掏出海拔仪测试，这里的海拔已经超过3430米，已经进入切吉草原的腹地了，按照《共和县志》中"唐代，称切吉地区为'大非川'"的记述，这里就应该是大非川的标志性地方了。

公元670年，唐朝派著名战将薛仁贵西征青海地区，考虑到镇守西宁的郭待封熟悉青藏高原地形，便令薛仁贵以逻娑道行军大总管的身份，带领郭待封等人出征大非川。唐军进入3400米以上的高原地区后就开始集体性高山反应。导致唐军失败的另一个原因是郭待封抱着耻于居薛仁贵之下的心理，自然抵触薛仁贵。到了大非川，薛仁贵曾对郭待封说："我们即将前往乌海（今花石峡以西的冬给措那湖），那里地势及气候险恶，车辆行驶常常陷入泥沼，如果带着大批辎重，将会失去战机，攻破对方的阵营后当即返回，还须转运辎重。何况前方很多瘴气，不适宜久留。大非川上完全可以设置栅栏营寨，可以留两万人，做两个栅栏营寨，将我们的辎重物资置放在里面。我们带领轻骑兵出击，就能击破他们。"交代完毕，求胜心切的薛仁贵率领骑兵到河口，击溃吐蕃军队，收获万余头牛羊。

郭待封没有遵守主帅薛仁贵的命令在大非川驻扎，而是带人和辎重物资离开大非川，向西南的茫茫荒原挺进。死神往往会在最安静的时候出现，在今玛多县境内的冬给措那湖畔，提前埋伏在这里的 20 万吐蕃大军，在一场夏日骤降的大雪的帮助下，成功地击败了唐军，不但郭待封命丧于此，唐军的粮草和辎重全部被吐蕃军队获得。退守大非川的唐军主力没有粮草和起码的高原生活之需。两军形成对峙，唐军缺少援军，而吐蕃很快集合了援军进攻困守大非川的 10 万唐军，后者因为缺乏外援、高山反应，几乎全部覆没。时间之剑，无情地划破了合约并让后者喊疼，29 年前，文成公主以自己的和亲换来的和平，经不住时间的炙烤，很快化成一团烟雾。唐朝不得已与吐蕃再次签订和约。大非川，对唐朝来说就是一团灰暗而浓重的阴云，弥漫在大唐帝国的天空；对吐蕃王朝来说，无疑是其福地，带来了吐蕃人的历史拐点。

青藏高原上有一个奇特现象，每一座著名的山脉就是古时两个大的部落、现今两个州或县的分界线，它们即便是夏天也会常常静卧在雪地里，既可成为旅行者的障碍，又常常成为后者以穿越的方式挑战的试验场。文成公主的随行队伍，自离开青海湖后，就在每一座雪山前徘徊于穿越或等待之间。河卡山就是海南藏族自治州共和县和兴海县的分水岭。山北是植被稀疏的共和县草场，山南则是草木丰润的兴海县牧区。

离开西平城后，文成公主就再没洗过一次澡，那只心爱的宠猫也因为时间长了没能洗澡开始一个劲儿地把身子往马鞍、小方桌等有棱角的家具上蹭。翻过河卡山，进入海拔更高、植被更稀少、小河流更多的今果洛藏族自治州境内了。公主心想：此去恐怕再也洗不上澡了！没想到进入鄂拉山区后的一个黄昏，迎亲队伍和送亲队伍中的侍卫联合行动，将一处山岗包围了起来，然后均转身头朝外站立，迎亲队伍中的吐蕃姑娘告诉文成公主的侍女：此地有温泉，专门安排公主洗浴。相信文成公主当年听到这个消息一定很诧异，如此高寒偏远之地，夏天的山岗上都有积雪，还能有温泉？距离公主和亲 1360 多年后，我追寻文成公主的和亲之路时，搭乘青海省邮政局司机黄河的邮政车，快行驶到河卡山往南 95 公里处时，已经是黄昏时分，黄河指着不远处的一块洼地说："今晚，咱就住在温泉，泡它一池子！"听完黄河的话，我和当年文成公主听说这里有温泉一样惊诧。黄河开着卡车缓缓停在一处疑似公路段遗址的废弃土房前，墙面上用毛笔写着"温泉"两个字。那时，沿途路过的长途客车司机大多会选择在这里泡温泉。

我带的海拔仪显示温泉所在地的海拔是 3960 米，17 公里外的鄂拉山垭口海拔 4489 米，这让温泉成了一口相对低洼的锅，不断涌动的地热像是燃烧的柴火，不断给这口"温锅"加热。很多人对青藏有个认识上的误区，以为这片雪域高原被寒冷无死角笼罩、控制，其实，这片高地上，分布着很多温泉，网上一度热炒的青海温泉榜单，以事实告知世人"青海是温的"：它们分别是位于湟中县的玛脊峡谷内的药水滩温泉；贵德县城西南约 15 公里多拉山下的扎仓温泉；祁连县卓尔山下、八宝河畔的八宝温泉；柴达木盆地北部、祁连山脚下的大柴旦温泉；黄南藏族自治州同仁市城区以南 18 公里处麦秀山北端、隆务河上游的热贡多哇温泉；同仁市西南部兰采乡境内的兰采温泉；玉树州囊谦县境内达那寺附近的达那温泉……鄂拉山温泉及囊谦县境内的觉拉温泉因地处偏远而"落单"。鄂拉山温泉因地处唐蕃古道，自文成公主进藏后便在这里设置了暖泉驿，成了过往行人理想的休息之地。

那个月光下的夜晚，我和黄河享受着高原温泉带来的惬意，看着挂在山岗上的那轮明月，我不由想象着当年文成公主在这里泡温泉的情景。想必也是一轮明月照见着黑沉夜色中的一池温水，袅袅回旋的热气围拢出一圈又一圈朦胧，汤池边早被丝绸或幔布围起来了，侍女就待在外面，远处山岗上分布的侍卫全部背朝温泉。落在温泉水面上的星星，像一块块晃动着发出光亮的冰块，看着文成公主那犹如酥油般的身子，像一条快乐的美人鱼泡在里面；她在掬起的一捧热水里，找寻或感受手心大的一点安宁与舒适，内心回旋着温泉带来的欢乐。一刹那间，长安城内的热水浴勾起的乡愁，捉迷藏般迅速迷失在发丝间的雪雾里，她或许没察觉，那一片模糊的雾气里，她把自己的微笑投影在温泉里，那上面就此永远飘荡着一个远嫁公主的传说。

如今，那几间土房早已不再，以它为原点的公路两边出现了不少新房子，这里也变成了温泉镇。镇上遍布着撒拉族、回族、四川人开的饭馆。这个高原小镇刚具规模时，一到晚上就因为没电而陷入一片漆黑。这些年，柴油发电机、太阳能发电板使这里的夜晚不再漆黑一片，饭馆里的电视能收到20多个频道的节目。如今，高压线路像是雄鹰划过半空留下的身影，电器在这里成了和放牧、喝酥油茶一样自然的事情，太阳能发电板让街边站立的几根路灯发出了光，夏天的小镇也出现了地摊经济，已经是214国道上的一个重要补给点。

文成公主的和亲之路上，在温泉的那个夜晚或许是最惬意的，但这种美好的感觉一生只能享用一次。第二天，送亲队伍和迎亲队伍早早出发，向南17公里后，海拔4666米的姜路岭横在前面；和青藏高原上的很多高峻山脉一样，这里扮演着果洛藏族自治州和海南藏族自治州的分界线角色。翻越姜路岭时，文成公主再一次领略了夏日飞雪的壮观，一行人小心翼翼地下山，让公主对前面的路越来越恐惧。离开姜路岭30公里后，一面大湖让文成公主眼前一亮，随行的书记官郑重地将这里写为"烈漠海"。公主的惊喜很快消失，走近大湖，大家这才发现岸边竟然没有任何植物，也就是说这是一面死湖。陪同的吐蕃官员紧急命令侍卫牵牢骡马的缰绳，大家这才知道，湖里不仅没有任何生物，长途运输的骡马如果不小心饮用湖水也会死去，奇怪的是，湖面上却起落着大雁、黄鸭、湖鸥等。

过死海不久，大家看到一片青草丰茂的谷地，纷纷赞叹这是一个理想的扎营打尖之地。吐蕃官员却高声阻止，下令大家牵着骡马快速离开。原来，那些青草中混杂着一种植物，马吃后容易出现诸如人喝醉的状态，"醉马滩"的名字一直流传至今。

花石峡有着黄河第一镇的美誉，距离死海仅仅86公里，文成公主的和亲之路蹚开后，唐代曾在这里设置了乌海驿。现代人称为花石峡，是因为峡谷两边矗立着花色的石壁，和沿途所见的地势缓慢的土山截然不同。早在文成公主和亲前6年，也就是公元635年，唐朝军队和吐谷浑军队交战，李靖就曾带领唐军从花石峡出击，深入河源地区，打败了吐谷浑军队；文成公主和亲后29年，也就是公元670年，薛仁贵帮助吐谷浑诺曷钵和弘化公主夫妇复国，据说也是从花石峡进兵的，大军在这里遭受到高海拔地区缺氧的考验。司马光在《资治通鉴》中称这一带"地有冷瘴，令人心急"。高海拔使花石峡几乎留不住过往行人在这里驻足，所以214国道沿线自古就有"温泉不吃，花石峡不住"的说法。

出花石峡，沿途的路面变得平坦而开阔，有些地段有野马、野驴、野羊和狼出现，是不少摄友驻足拍摄的理想地段。不久就在路边看见玛多县城的指示牌，随着公路修建，原来在路边的玛多县城已经向西漂移出 214 线两公里了。玛多县城不仅以海拔 4600 米被称为世界上少有的"高城"，也因为全县有 4007 座湖泊称作"千湖之县"。黄河在这里保持着慢状态，因为这里水流平缓，是唐蕃古道上理想的渡口，《新唐书·吐蕃传》中对此记述："河之上流，水益狭，春可涉，秋夏乃乘舟。"滔滔河水显然挡住了送亲队伍和迎亲队伍从这里渡河的步伐，迫使他们沿着岸边逆河而上。他们必须在上游河水较小处渡河，也正是在那里，文成公主从未谋面的、将要托付终身的松赞干布正等候着，用牛皮筏将一粒巨大的和平种子渡过黄河，送往逻些城。

唐代及以后的文献都很少留下玛多黄河沿渡口的记录。1937 年 6 月 29 日，甘肃省教育厅厅长、护送班禅回藏专使行署参赞马鹤天一行，沿着古老的唐蕃古道行到玛多县的黄河沿时，留下了这样的描述："此处河幅宽约 30 公尺，深仅及马腹，……河水不浊而清，所谓俟河之清，在上游固甚易也。"马鹤天离开这里 19 年后，黄河流经此处的水面上才架起第一座钢筋混凝土大桥，桥上的马达声替代了昔日水面上放筏者的紧张喘息声，让传统的唐蕃古道在这里拐弯，不再朝西而去，而是沿着如今的 214 国道南下，依次经过星宿海、野牛沟、查拉坪，开始穿越果洛藏族自治州和玉树藏族自治州的界山——巴颜喀拉山。

一场历史争论出现了：生活在巴颜喀拉山南麓的玉树州百姓，普遍认为文成公主是从今玉树州南部进入西藏的，最有力的证据是玉树市境内勒巴沟的文成公主庙；生活在巴颜喀拉山北麓的果洛州百姓，则笃信文成公主是穿过果洛州玛多县境内黄河源、经玉树州西北部进入西藏的，最有力的证据是文献中记载，松赞干布在黄河源区的柏海举行了大型迎亲礼。

在青藏高原，文成公主就像秋日里的青稞，金灿灿地铺满大地，一条从长安出发通往逻些的和亲之路，被内地的文人和高原上的牧民演化出了各种版本，有的路线推测与"设计"是违背基本地理知识的，甚至是被臆想出来的：有人提出文成公主是从四川甘孜进藏的，有人说文成公主是沿着今天的京藏公路而行的，有人说通天河流域有文成公主的足迹，有人说勒巴沟的文成公主庙就是她由此进藏的标志，甚至，有人说文成公主从玉树向西经囊谦县前往西藏。我在《玉树州志》"古道"一节中明确看到这样的记载：文成公主在巴颜喀拉山南麓、称多县境内的清水河镇开始向西而行，跨过通天河后进入今玉树市境内，然后又折转向西南方向进入今杂多县，出杂多县后进入西藏的聂荣县、那曲市境内。

文成公主的和亲之路，到了青海就变得如江河源上那些乱如发辫的支流，每条支流都自认为有资格扮演江河正源；每一个认为文成公主进藏路线的人，都从自身情感出发，让青海三江源地区遍布"和亲路"。在他们的眼里，文成公主已经不再是从长安城走出的一位汉地女子，而是他们心中的绿度母、女神；不再是一畦移动过青藏大地的葱绿庄稼，而是一片广袤而苗壮的田野；不再是青藏牧民口里敬念的名字，而是立在高原上、无处不在的一座丰碑。在他们的心里，青藏大地上，处处都有文成公主和亲时路过的身影。

翻过唐古拉山后，那些长途跋涉的牦牛已经疲惫不堪，被早就安排在这里的、更合适在前往逻些城的路上快速奔跑的冈底斯马取代，后者驮着文成公主的随从、嫁妆向逻些城而去。对文成公主而言，走过青海后，和亲之路的终点已经隐约可见。

千年之后，公主及送亲队伍早已不再，就连陪同公主从长安出发的那只猫也因在途中不能适应高原气候而死去，唯有那尊和公主一道从长安出发的、见证开辟这条和亲之路的释迦牟尼12岁等身塑像，被平安送达逻些城，至今仍受万众礼敬，或许也在念念不忘文成公主："她是佛的女儿，也是绿度母，她在沿途播撒了和平的种子，也传播了粮食与蔬菜的耕作技术。"

青海，目送着文成公主的背影渐渐远去，它开始收留与这个女子有关的一切记忆，直到现在还未停止。

第六章
"康青"、214 到"西丽"

唐朝和吐蕃之间的和亲与战争，都已成为历史；文成公主的故事与传说，曾像无穷花瓣一样似火燃烧，留下一地黯淡的灰烬。文成公主开辟、丈量过的那条"和亲之路"，也被后人以当时中国最大的两个王朝的名字命名："唐蕃古道"！无论是和亲之路，还是唐蕃古道，青藏大地就像一件时光容器，收藏了关于这条古道的繁忙与衰落。

古道的使命终结于公路时代，康青公路、214国道、共玉高速及西丽高速的修建、开通，犹如层层落灰将古道变成一件压在时间之匣底层褪色的嫁衣。

一

2009年秋的一天，我接到了《自驾游》杂志社一位编辑的电话，内容是向我咨询一条穿行青藏高原、川藏高原和滇藏高原的自驾路线，我毫不含糊地推荐了214国道，因为它漫长如河的全程中，古老的唐蕃古道仿佛它的源头。

2010年第1期的《自驾游》推出了我主笔的《唐蕃古道上的多重之旅》专题文章，由《唐蕃古道上的一场修行》《唐蕃古道上的海藏咽喉》《青海黄河大桥，唐蕃古道上的脐带》《达那温泉，遗落在唐蕃古道上的古老明珠》《具有多重意义的寻古之旅》5篇文章构成。对青海而言，这条从时间轴上看先后被命名为和亲之路、唐蕃古道、康青公路和214国道（部分）的道路，就像一条修长的手臂，挽着果洛和玉树两个藏族自治州；它也像一处文化考古遗迹，珍藏着传统的唐蕃古道和康青公路两道文化层。在这两条古道基础上修建的214国道及新建成的西（宁）丽（江）高速公路，仿佛两道发着黑金般光芒的腰带，穿过青海壮硕而丰饶的腰部。

我多次搭乘顺车、坐长途汽车及自驾的经历，让我深深感受到，沿着214国道而行，其实是驾着一辆时间之外的车，开启一趟寻觅埋在沥青下的丝绸、驼马与茶叶的历史旧影，体验自然、风景与汽车结合起来的时光旅行。

文成公主路过西宁城1296年后，一位叫马鹤天的人，以国民政府蒙藏委员会委员的身份，从兰州西行到了西宁城。

1937年1月15日凌晨5点多，马鹤天一行匆匆赶到广武门，看到司机正点燃一堆火，火中的木柴在汽车水箱下发出"噼噼啪啪"的炸裂声，红色的火苗边延宕着一圈圈黑烟。黎明前，是兰州最冷的时分，大家往车厢里堆放好东西，刚坐下，就听见司机说昨晚冻冰的水箱烧热了，可以出发了。随着一股股黑烟从汽车排烟筒排出，轰鸣的马达声成了全城最大的声响，也是一道汽车的出发令。

出兰州中山桥后，汽车转向西，沿着6年前主政青海的马步芳下令工兵修建的一条简易公路，吭哧吭哧地往青海方向而行。临近中午时分，汽车抵达享堂峡，自1928年青海从甘肃划出、分治后这里便成了甘肃和青海的分界标志之一，自然也就扮演起青海门户与咽喉的角色。长达40米的享堂桥下，结冰的大通河（古称浩亹河）像是一条弯曲瘦长的水晶，在冬日的阳光下发出耀眼的光，好像青海贴给进入者的一张白色封条。桥面上因为车少人稀，厚厚的雪面形成了一道东西走向的白色粗线，和桥下结冰的河面构成了一个大写的十字。司机知道：这道十字，就是青海威严的守卫者，设在桥东侧的检查站，就是这个守卫者的嘴，从这里传出的消息决定着来去青海者的进出。

司机赶紧停车，让所有乘客都下车步行，到设在桥东侧的检查站去查验通行证，自己忙着给轮胎上绑好铁链，随车而行的士兵每人手握一根大木槌，紧随在车轮两侧，随时准备垫在有后滑危险的汽车轮子下。

马鹤天？看着通行证上的这个名字，再抬头看看眼前这位儒雅的中年人，查验通行证的卫兵只是内心里念了一下这个看起来很普通的名字，他并不知道马鹤天的身份与来历。马鹤天，山西芮城人，早年毕业于日本早稻田大学，归国后历任山西省立国民师范学校教务长、西北边防督办公署教育科科长、北平民国大学总务长、甘肃教育厅厅长、兰州中山大学校长、国民政府铨叙部育才司司长，这次以国民政府蒙藏委员会委员身份，要前往青海考察。在等卫兵查验其他人通行证的空当儿，马鹤天慢慢踱到桥前，打量着这座连接青海和甘肃、横卧在大通河上的大桥，设在桥头的牌楼上挂着写有"陇海通途"的大匾，左右悬挂着一副木刻对联，马鹤天不由轻声用他那山西芮城口音念了出来："万派清流东浩亹，三边险道通湟峡。"

转到牌楼背后，马鹤天走过大桥，发现桥西的牌楼上同样挂着一个写有"令居古塞"字样的木匾，左右分别是"一泓碧水澄明镜，两岸青山架彩虹"的木刻对联，这标志着他已经踏进青海大地。如今，马鹤天当年步行通过的那座简易桥早已不在，几座现代化大桥横越大通河，分别是民小一级路上的下川口特大桥、京藏高速公路上的湟水河 4 号桥、京藏铁路大桥和兰新高铁大桥。

桥是河流的眼睛，一直在注视着人类与河流的关系嬗变。其中，横越大河的道路，就是这种关系的一种。

1380 多年前，文成公主一行骑马而行，从踏进湟水边行至西宁，不知用了多长时间；80 多年前，马鹤天一行乘着当时最先进的汽车，用了两天时间才抵达西宁；如今，沿着京藏高速，一踩油门，不到 1 个小时就能到西宁城。

马鹤天当年乘坐汽车从兰州到西宁的路，就是今天京藏公路兰州至西宁段的雏形。

二

马鹤天在西宁考察期间，马步芳就接到了两份大礼：一是蒋介石发给马步芳"事关国防，赶筑竣工"的电令；二是国民政府全国经济委员会向青海省拨付 10 万元。半年后，马步芳下令强征民工开始修筑西宁到大河坝的车道，这就是 214 国道西宁到玉树路段的公路雏形。

第二年，马步芳又以雇工继续修路为理由，分别于 2 月和 7 月，两次获得国民政府调拨的 25 万元补助费，但他却没用到公路修筑上，筑路民工均是无偿劳动，这 25 万元经费全被他侵吞。一年时间里，仅草率修筑了西宁至大河坝间 280 公里的便道。

1939 年，抗日战争发展的局势，迫使蒋介石开始关注西部地区并拟将西北作为抗战后方，于 5 月下旬下令调查由西康（今四川省甘孜州）经青海玉树到新疆的公路建设路线。两年后，民国政府行政院于 1941 年 9 月组成了康青经济交通视察团，前往青海视察，准备修建（西）康青（海）公路，这是国民政府在青海想孵化的又一个公路梦。

1942 年 5 月下旬，蒋介石下达"康青公路需款甚巨，只可缓筑，应先修青藏公路，由青海省政府负责，就地征工，以最节省经费修筑公路"的指令，彻底粉碎了这个梦境。

1943 年 6 月 14 日，时任青海省建设厅厅长马麟接到一份新任命：国民政府交通部公路总局和青海省政府联合组成了青藏公路工程处，马麟兼任处长，由工程处选定从西宁到大河坝、黄河沿到结古镇的"康青公路"路线。

经过 6 年的艰苦筑路，青海省政府向国民政府汇报：截至 1944 年 9 月底，从西宁到结古镇的"康青公路"修通。10 月 26 日，青海省政府在西宁举行了"康青公路"通车仪式。如今，沿着 214 国道或西丽高速公路大半天就能完成的车程，60 多年前，汽车行驶 5 天才到今玛多县境内的黄河沿。让随行人员吃惊的是，黄河沿一带已经是千里冰封，封冻的河面让原来准备载车过河的渡船只能搁浅在岸边。从内地调来的汽车司机，拿起铁镐朝冰面猛力砍去，只是碰出几粒冰屑，自己因在高原上用力过猛，头一黑栽倒在地。醒过来后，司机笃信如此厚的冰面，足以承载汽车过去。司机钻进驾驶室，发动车朝冰面驶去，站在岸边的人屏住呼吸，看着那辆汽车刚一踏上冰面就像一个喝多了酒的醉汉，歪歪斜斜朝前冲去，冰面被压炸的崩裂声裹着司机惊慌的尖叫声，还没等人们反应过来，那辆汽车就陷进了冰面中。

这种情况，发生在时下的黄河沿一带，也会让人束手无策，何况那时现代化的机械就是从西宁一路而来的两辆汽车，根本没有起重设备将陷入冰中的汽车打捞上来。当地牧民闻讯后，和随车人员集体商议，从草原上赶来大批牦牛，有人在汽车周围破冰，有人在岸边垒石铺草，有人带着牛皮绳跳进刺骨的河水，用数条牛皮绳的一头拴住汽车的轮子、前杠、车厢，另一头则拴在岸边等候的牦牛身上。随着指挥人员手中的旗子、口中的哨子发出的指令，岸边的牧民为拉车的牦牛齐声呐喊，牦牛们像是深受鼓舞的士兵上战场一样齐齐用力，睁大眼睛，弓着身子，但那辆蹲在冰里的汽车仿佛沉迷于冰凉中一样，纹丝不动。牧民代表前去寺院求教喇嘛，喇嘛请活佛卜算，得出的结论是：这是高原上的一件大事，也是上等好事，是黄河和铁牛般的汽车在互相考验对方，这个考验期是 10 天，过了这个期限，汽车方能从黄河里被拖出来。黄河沿边出现了这样一幅场景：白天，不断被更换的牦牛，像是轮换上台的演员，上演着一部牛拽汽车的大戏。岸边的草地上搭起了临时祭台，黄河沿一带的著名活佛被当地牧民邀请来，齐聚在祭台前念经。10 天之后，那辆世界上唯一一辆在黄河沿洗过冷水澡的汽车，还真在众人的欢呼中被拽出冰面。

从黄河沿到结古镇，汽车又行驶了两天，其中在过通天河时，依然采取的是船渡车的形式，这让汽车在"康青公路"上的行程长达 19 天，实际行驶速度基本保持在每小时 17 公里，一天平均行驶 92 公里。

"康青公路"像个长途跋涉后的背包青年，陪伴着古老的唐蕃古道而行，进入玉树的歇武镇。海拔 4000 米左右的歇武山像站在舞台中间的演员，舞台东边的四川省甘孜州石渠县境内雅砻江边的牧民也好，舞台西边的青海省玉树州玉树市境内通天河边的人们也好，抬头就能看见一年四季云雾缭绕的歇武神山，山下的建筑已经带有明显的康巴风格，以碉房为主的民居星星点点地坐落在山谷里。高海拔地区使得这里的人几乎没有夏天的概念，常年的寒冷使那些宽大的藏袍总罩在生活在这片土地上的牧民身上，高原上的烈日和干燥的风吹晒出一副副黑铜般的脸庞。

结古镇就在歇武山西北侧，结古镇上博学多闻的老扎西和我聊起"康青公路"上开始试跑的那两辆汽车时，揶揄道："那两个大铁牛，吭哧吭哧地跑到了结古镇，估计被淹在黄河沿的经历给吓坏了，再也没敢回去，直到在这里变成了两堆废铁。"

这是中国公路史上一次奇特的试车经历，说明当时修筑的公路无法保证车辆行驶，几年内再也没汽车出现在这条公路上。1948 年，青海省政府不得不承认西宁到结古的"康青公路"因"年来历次水毁，已废弃殆尽"。

二

桥梁和公路，是见证人类征服自然的一双眼睛，它们目睹了人类的建桥与筑路能力。

1954 年，沿历史上"唐蕃古道"青海境内的路线兴建的西宁至玉树的公路，连接起了青海南部、中部的藏地和西宁乃至内地，这便是 214 国道青海境内段，当年出现在黄河沿边的牦牛拖汽车的情形，因为玛多黄河大桥的建成而彻底不再；1966 年在原址上重建的玛多大桥，赢得了黄河第一桥的美誉。214 国道和玛多黄河大桥犹如两个负重的青年，在几十年间络绎不绝的车辙碾压中，命名了各自的青春。随着经济发展步伐加快，这两个青年渐渐步入中年，难以适应日趋繁忙的公路运输，时代发出了开通从共和到玉树的高速公路的呼唤，2021 年 1 月 1 日，随着这条被纳入"西（宁）丽（江）高速"段内的高速公路建成通车，玛多黄河沿上自然就多了一座高速公路大桥，新旧两座大桥，像是黄河源桥梁历史之书的上下两篇，延续着公路、桥梁与河流的美好关系。

214国道的修建不仅消耗了大量财力和人力，更有不少人将生命留在了修建公路的途中。如今，在巴颜喀拉山的山顶上，相隔不到10公里的两个地方有两处重要的人工建筑：一是当年兴建214国道的烈士纪念碑，一是5082米的巴颜喀拉山垭口海拔标识，和后者具有较强的拍摄区景点意味相比，前者沉浸在一种冷清状态里。站在石碑前，脚下是雪山沁出的溪水，尽管是夏天，这里的草也不是山下草场上的那种浓绿，连牧民也很少来这里夏牧，天空因为没有飞禽而显得空旷，这一切都无言地说明，在如此高海拔地方修筑一条公路，是多么困难的事情。我伸出手去，摸着冰冷的石碑，默默念着上面"建设祖国边疆巩固边防"的字，这十个红色大字在如此空阔的地方，显得醒目而温暖。记得我第一次从西宁前往玉树，搭乘青海省邮政局黄河师傅开的邮政车，行至这里时，他特意停下车带我来到这块碑前，点了一根烟摆上去，将茶杯里的热茶倒了一点，这是一名普通的青海司机对修筑214国道时长眠于此的人的礼敬。黄河告诉我，这是从省邮政局的老司机那里传下来的一个"习俗"，他们心里，这是一块"214国道烈士纪念碑"；黄河还告诉我，从西宁到玉树的长途车司机中，还有一个特殊"习俗"，他们很多都是夜色中翻越巴颜喀拉山的，即便是白天路过这里，也是提前在山下就提醒乘客及早解决掉"大小便"，不把大小便留在山上，一则是牧区传统的对山敬畏，二则是对当年筑路时长眠于此的人们的敬畏。

真正的付出者，历史和人民是不会忘记的。长眠于此的筑路工，虽然尸骨留在了这片高寒地带，但有了这些来往司机的"习俗"，一定能感受到一丝人间温热。有了当年康青公路上筑路工的付出，昔日靠骡马运行的唐蕃古道出现了汽车马达声，马步芳时期修建的公路上试行车辆走了19天；214国道修通后，"换司机不换车"的长途汽车，连续行驶则不需要19个小时；"西丽高速"公路在河卡山、鄂拉山运用隧道技术，从西宁到玉树，开车仅用10多个小时就能完成一趟对昔日"康青公路"的体验游。

通天河是继黄河后，214国道遇见的第二条大河。通天河是长江流经玉树州境内的名字，全长800公里，穿行于唐古拉山脉和昆仑山脉的宽谷之中。从西宁到玉树的公路没有修筑之前，通天河成了横亘在玉树面前的一道天堑，传统的牛皮筏子成了外界进入玉树的"通行证"，那些飞弋在通天河上的筏影如今已经完全消失了，我只有在辗转找来的民国时期的黑白照片上领略那时河上闪现的那道风景。

江边的"晒经台"和勒巴沟里的文成公主庙，让无数导游信誓旦旦地说：玄奘西天取经、文成公主入藏，都是从这里经过的。唯有从西宁出发沿着214国道而来、走完这800多公里的人，方能知晓214国道和唐蕃古道、康青公路的传承与"变异"，才能自我矫正对一条现代公路渊源的偏差，了解一篇迎合旅游创作的导游词的尴尬，辨认一块石头上衍生的故事的真伪。

一个真正从唐蕃古道、康青公路和214国道上走过青海的人，才能在青藏视野里看到：汉朝的军旗挺进河湟谷地的猎猎风采，将耕作技艺与中原文明的信息带到这里；唐军在石堡城前与大非川中的两次军事失利后，先后有两位公主踏上遥远且陌生的和亲之路；宋朝面对党项羌咄咄进犯时，无奈之下屡屡派使者联合唃厮啰政权，以茶和丝绸换取战马；元、明、清时期，从青藏的寺院迎请了一个个、一代代高僧进京弘佛，他们跟在牦牛后面，在古道上留下的足迹虽早已被现代公路掩埋，但在后来的康青公路和214国道上，留下了一盏盏人文灯塔。

沿着214国道行至通天河边，我手搭凉棚望水，站在桥头上就能把行囊里装着的春天送到青藏更深处的山河间，能把沿途跟随的花香叠成蝴蝶，放飞在更广阔的牧场上，能像一个从旧时光里走出的照相馆师傅，把通天河的皮筏旧影翻新成214国道想翻阅的内容。

1976年，在传统的"茶马古道"西藏至云南段修建的滇藏公路竣工。这两大承载巨大历史文化资源的古道交汇、串联起来的，就是1988年国家正式命名的214国道。它以2970公里（以湖南地图出版社2004年1月版《通用中国交通地图册》数据为准）的长度纵跨青海、西藏、云南，以西宁市柴达木路与小桥大街交叉点为原点，在唐蕃古道青海段上跨越西宁、共和、兴海、玛多、称多、玉树和囊谦等县市后，进入西藏类乌齐、昌都、芒康，再连接云南省香格里拉、丽江、大理、临沧、普洱、景洪等州市，最后止于勐腊县磨憨镇，与国际公路连接至东南亚国家。

214国道，一条中国高海拔区承载历史资源最丰富的人文之路，它穿行在青藏高原的眼帘下，自西宁西出祁连山末梢的日月山后南下延伸进青藏高原腹地，开始了一条横穿黄河、长江、金沙江、澜沧江等江河的源头之旅。沿途地带的海拔落差达几千米，以生物多样性、地质多样性、景观多样性、地貌多样性、宗教多样性、风情多样性、民俗多样性，构成了一条中国高处的景观大道。惊艳的自然风光、丰富的历史文化、博大的宗教空间、多样的民族风情洒遍沿途，使这条中国国道成为真正的风情之路，尤其是在唐蕃古道青海段，横跨安多和康巴两大地区，翻越万山之祖昆仑山中段的巴颜喀拉山，让人体验到一山划开两江河、三州县的"高山分界"之美。在领略经幡、雪山、牧歌、哈达、草场构组出的图画以及这些图画背后的历史文化的长旅中，远足的人们不再满足于视觉上的一场盛宴了。行走214国道，是一次修学之旅、生态之旅、文化之旅、朝圣之旅。

我丈量214国道在青海的线路，一直延伸到它在青海境内的终点：囊谦县吉曲乡的瓦霍那。

214国道从玉树州向西南而行至囊谦县，当地百姓深信这是当年文成公主走过的路，是"唐蕃古道"告别青海的末段。时任县文联主席江才桑宝和吉曲乡的才仁副乡长、我在当地援建的孤贫学校（位于青海最南端的热涌村，村里的手机信号是西藏类乌齐县的）校长尕玛就曾带着我，沿着吉曲河而行，探寻过他们心中的"文成公主"之路。他们深信，文成公主曾沿着214国道方向来到吉曲乡的外户卡村，从那里渡过吉曲河后，向西前往那曲进入西藏境内。囊谦县海拔在玉树地区最低，又是传统"茶牛之路"的要冲，内地的耕作技术传至这里较早，粮食与蔬菜种植面积也最大，这让囊谦人笃定这里的粮食种子和耕作技术是文成公主当年和亲进藏时带来的。

在地图上看，热涌村到瓦霍那可谓尽在咫"寸"，直线距离不到20公里，但两者之间隔着拜隆嘎雪山和吉曲河。我从热涌村返回吉曲乡，顺着吉曲河边那条羊肠般的简易公路而下，过乌热中桥后"投奔"到214国道，但此处已经是西藏自治区类乌齐县境内。逆着214国道往北而行8公里，才算返回到囊谦县境内，公路旁边的那座"叶杰加油站"，是214国道在青海境内最后的一个地标。从囊谦县城而来的214国道，一路穿过扎曲岸边的村落、盐场、高山、牧场，从内地而来的音乐、饮食、啤酒、BP机、MP3、智能手机等，搭乘着公路上驶来的汽车，向这片青藏腹地吹来。214国道走完青海境内的这一段，沿线的牧民恪守传统牧业生活的同时，也逐渐在盛夏时分穿上简便的汉装；年轻人既不热衷于汉族和藏族文化交融下的学习教育，也不再像父辈那样留在草场上放牧，他们坐上汽车前往州县、省城打工，就像雪线逐渐退隐向雪山高处，就像越来越多的牛羊被送进了城市的餐桌，草场上的少年、山坡上的雪、河谷里的牛羊都变得越来越少了。

214 国道如果有眼，一定看到了这样的景观之变：刚从西宁出发时，湟水河两岸分布着大面积的农田，犹如大得令人吃惊的雪片落在地上。隆起的塑料大棚下面，是内地传来的蔬菜耕种技术，它们和山坡上的青稞同时出现在这片河谷，犹如西宁城里的回族、撒拉族、东乡族、土族、蒙古族、藏族和汉族居民和平相处，成了青藏屋檐下的一种人文庄稼，生机勃勃而又丰富斑斓。翻过日月山，214 国道呈现的是一种真正进入藏地的地貌与景观，道路似乎抬着天空越升越高，沿途看的雪山、湖泊、黄河源区、温泉、无人区、金沙江，展现的是一幅高原生态画卷；过了通天河，两岸的河谷地带，可以看见人工引进的杨树，这种杨树在囊谦县城附近也陆续出现；离开囊谦县城，沿途的高山上逐渐能看见森林，越靠近西藏地界，森林展现在山坡上的绿线越来越低，林木越来越粗，扎曲也越来越清澈，214 国道将这样一幅恍如到了江南的画卷，向西藏境内展去。从西宁出发的 214 国道，是水泥以丝绸的模样在青藏大地、云贵高原上的万里匍匐，一直向终点延伸。

214 国道，它穿越江河与雪山，一路抬着青海朝天上奔去，和白云亲吻，给公路创造了与天神日夜对话的机会，展现了人类公路筑造史上的智慧与奇迹。

第三部

万物合唱于
青草间

第一章
河湟枝头的
青铜嗓音

"来时，身子后跟着一片布

走后，尘世里住下（ha）一个梦。"

这不是诗，是我在黄河流经的青海东部、甘肃南部、宁夏中部、内蒙古西部地区，听到的一茬茬卑贱得贴地但又尊贵地飘荡在大河道上、疯长在一代代筏客心里的庄稼，它有柔弱但浪漫的名字，也有青铜般的生命，那是黄河连接青藏高原与黄土高原地段的、如一个刚进入青春期的少年唤出的嗓音。它叫"花儿"！

一

黄河边，一抹夕阳正缓缓掠过高大的积石山，给散乱地蜗居在山下贫瘠乡村里的黄泥小屋涂上一层金黄，牧羊的东乡族少年马乌尕德跟在一片咩叫声后，和羊群一道穿过树枝下的阴影，往家里走去。

村道上，马乌尕德看见和他同龄的女子海娜正挑着水，地面上铺出一个如蕾绽开的曼妙身影，那是让马乌尕德夜不能寐时苦苦思念的女子。一股莫名的冲动，像八月的一场暴雨，洪流冲破河床，从马乌尕德的心里潮起，然后直冲胸腔、喉咙、口腔，一道村里人熟悉的"花儿"从马乌尕德的嘴里奔涌而出——

六月的麦子者，黄哈了

地里的青草哈，给压下（ha）去了

尕妹的模样么，长全了

皇上的正宫们哈，全给压下（ha）去了

——《六月的麦子黄哈了》

就像一场春雨没被云兜住，急匆匆地从天而降，很快就会催生一茬绿韭菜从地里"噌噌噌"地冒出来，从少年马乌孞德的嘴里"漫"出的每一曲"花儿"，春雨般飘到海娜那旱菜园般的心里，就会冒出一地澎湃的翠绿，疯长出十万头初生羔羊胡跑乱撞般的心思。

积石山下的黄河两岸，一个少年成熟的标志之一，就是从嗓子里能蹿出一道声音，它既不能哼，也不能吼；既不能唱，也不能诵；既不能像初春的羔羊那么乏沓软绵，也不能像黎明的鸡叫那么高亢激越，它来到人间有一个专属的字冠在前面：漫！

这个"漫"字和"花儿"般配，就不仅仅是语法上的动宾结构了，而是冲出嗓子的劲道，像夏日黄河发涨的大水，带着一股蛮性与野气，漫过堤坝越过屋脊、田野、河面、树梢，向一个又一个更远处的耳朵奔去。

积石山下，河湟岸边，一个少年到被人唤作儿子娃的年龄，一个重要的象征就是能漫"花儿"了。"花儿"是儿子娃的通行证，它意味着这少年知道喉嗓的这一盆火，能烧开思念的水，能将一副滚烫的心思送到心仪的女娃儿心上，那是少年青涩之爱最体面的表达。当然，"漫花儿"也会像一条穿山越海的龙那样，跨越人生的不同阶段，既能成为青年们获得爱情的捕手，也能让一个中年人放筏长河时，通过"漫花儿"感受水阔云低、断雁北风的人生沧桑，更能让一个人在双鬓斑白、终老炕头时，看窗外大雪纷飞，念想起"花儿"扮靓自己曾经鲜花怒衣、音高嗓亮的青春。

白天，少年马乌孞德会通过漫"花儿"表达自己的情感；夜晚，他拿出偷偷买来的笔和纸，在一盏油灯下开始画画。有人进来的时候，他展示的是山岗与月亮、耕牛与房屋、莲花与鸳鸯；没人的时候，他画着的是心仪的孞妹子海娜。夜深人静时，他将画好的海娜像挂在墙上，黄土的墙面上便有了女神与宫殿、想象与甜蜜。画好一幅海娜的像后，他就会端起油灯，凑近了一遍遍端详。最终，还是在一声叹气中撕下画像来，继而揉碎，放在灯上烧掉。马乌孞德总觉得天下最好的画师，也难画得出海娜的俊俏模样来。但过几天，马乌孞德还是重复这样的事。画好，欣赏，撕掉，再重画，这样一天天看似被复制的生活里，一段成型了的"花儿"，逐渐像熟了的小麦收割回来后摊开在麦场上，被来回翻挑着供随后而来的碌子碾过一样，在马乌孞德的胸腔里来回翻滚——

画上十五的明月亮

再画上戏水的鸳鸯

巧画上尕妹的俊模样

落在阿哥的枕头旁

——《画上十五的明月亮》

海娜的模样是海浪，马乌尕德的枕头是岸，夜夜有惊涛拍岸；海娜的模样是刀剑，马乌尕德的枕头是鞘，刀剑时时被封装在鞘里面。

两年后，马乌尕德像他的家乡位于黄土高原和青藏高原之间一样，站在介于少年与青年的门槛上，对海娜的思念就像经过岁月的慢火一遍遍熬熟的罐罐茶，更加浓苦了。传统的礼教与家庭的贫寒，让马乌尕德和海娜虽然在一个村子里，却是见个面面容易绕个手手难拉个话话更难，像黄河里游走的两条旱鱼，睁眼能看见却不能接近。

又是一个月圆之夜，坐在山坡上的马乌尕德仰望星空，觉得海娜就是看得见却够不着的天河里的美人鱼，一曲"花儿"不由自主地沿着舌尖漫了出来——

十五的月亮咋这么圆

刚刚（jiang jiang）爬上山口是半圆

天上的月圆人不圆

把个尕少年想成了病汉汉

——《十五的月亮咋这么圆》

少年不再，青年马乌尕德得跟着庄子里的大人出去讨生活，他们要以"赶脚"的身份远走西宁城，然后继续往西，逆着湟水向高处的陌生之域走去。行到湟源一带，山体的肤色早已不是故乡黄河边的红色丹霞，而是被林木覆盖的一片葱绿；河谷里已经不见故乡的小麦与杂粮，河谷和山交界的山坡上，是一片片瓦蓝的青稞。他乡陌生的自然环境、生活场面和民俗风情，让马乌尕德有了"漫花儿"的冲动：

百七百八上抹青稞

二百的街（gai）道里过上了

十七十八上寻乐和

老来时思谋就没错了

——《百七百八上抹青稞》

马乌尕德跟着有经验的大人们，翻过日月山去牧区收羊皮，没想到六月飞雪，胆战心惊地走在被大雪覆盖的一盘又一盘山路上，仿佛磨坊里拉着磨盘转圈的毛驴。垭口处，经幡似乎都冻得翻卷不起，鹰也懒得起飞，群山如冻僵的巨蟒。对留在家乡的海娜的思念，雪崩般涌来，一曲《日月山的盘天路》"漫"得鹰惊豹慌，山醒冰裂——

日月山上的盘天路，高得很

盘不到天河的嘴嘴里

尕妹是海里的红珊瑚，深得很

捞不到阿哥的手手里

——《日月山上的盘天路》

从牧区收来羊皮与山货后，运到家乡的码头边，马乌尕德要跟着在黄河上搞运输的水把式，随着皮筏踩波浪，前往兰州、银川、包头，这让马乌尕德有了一个新的身份：筏子客。

装好货，带好十几天吃的干饼子，跨上皮筏，马乌尕德和其他筏子客要开始黄河上的生活。离开家乡不久，就是著名的积石峡，湍急的水中，皮筏子时而在浪尖上起伏，时而在漩涡里打转，时而像一支射出的箭飞速前行，时而如秋风卷起的落叶，惊恐地看着两岸荒山一闪而过。

波涛汹涌的峡谷，送着皮筏快速穿过，也竖起耳朵聆听着马乌尕德憋在肚子里的心思——

千万年黄河的水呀不干

万万年不塌的青天

千刀么万剐的我情愿

舍我的尕妹是万难

——《千万年黄河的水呀不干》

黄河穿过积石峡中最逼仄细瘦的狐跳峡时，高山近在眼前，山崖相向而行，朝河中央逼来，浩荡的大河变成了一道湍急的细流；狐跳峡就像一枚银针的鼻眼，皮筏子犹如一根线，在手执划板、稳坐筏头的筏子客的"指挥"下，像一位眼神好、手法稳、出手快的穿针巧妇，"嗖"的一声，快速穿过了眼前这一头野狐能跳得过去的细峡；端坐皮筏最前端正中间的主筏客，犹如一只盘踞悬崖的雄鹰，雷达般的眼睛快速而精准地扫描着暗石、漩涡、浮物。一条河仿佛能听见坐在后面"押筏"的马乌尕德的心事，或者前面两位主、副筏子客长长地吐出一口气，寂寥的河面上突然飘起了"花儿"，那是告别穿峡过谷的紧张状态后，筏子客给自己熬制的一副舒缓心理紧张的药剂——

左边的黄河右边的崖（ái）

明白的人哎，南天门修一条路来

我搭上天桥你过来

有缘的人哎

看一趟尕妹的病来

——《左边的黄河右边的崖（ái）》

没想到，岸边有爱"花儿"的人，高声漫起了一曲"花儿"来应和筏子上的"花儿"，岸边的人和筏子上的人并不认识，在匆匆而过的筏影中，以"花儿"为媒，搭建了一段声音之缘，留下了一段经典的"花儿"曲目——

黄河的皮筏子下（ha）来了

山边的花儿们笑了

阿哥是甘露者下来了

想尕妹者要病了

——《黄河的皮筏子下（ha）来了》

行旅的骡马投奔的是店，水上奔驰的筏子寻靠的是码头，兰州城是上游来的筏子客交货、上货的重要集散地。他们会在老码头装卸完货物，将一河暮色抛在脑后，相约着进城去逛逛，逛够了再身披星光回到码头边，拿出随身带的衣物，往平地上一铺，年轻人围坐在老筏客身边，望着盛装一天星斗的河面，眼角一抬，便能看见对岸黑黢黢的北塔山，人在他乡的心情自然会催生老筏客嘴里的一曲曲"花儿"落在河面，仿佛和倒映在水里的星星跪地结拜，让这凄惶的声音成为兰州城的一道记忆：

> 兰州的木塔里藏着的经
> 拉卜楞寺顶上站着的宝瓶
> 想断了肝花疼烂了心
> 望麻了阿哥的一对黑眼睛
> ——《兰州的木塔里藏着的经》

告别兰州城，皮筏依次穿越桑园峡、乌金峡、小三峡、大峡、石门峡、车木峡、黑山峡，每一个峡谷都是检验筏工胆量与智慧的考场。回头时，故乡已远，兰州不见——

> 贵德的梨上树，循化的锅煮面
> 积石峡里鱼不站
> 羊皮筏子赛军舰
> "嗖"的一声过武川
>
> 昆仑的雪在天，黄河的水打浪
> 兰州城里逛一逛
> 万千的女子眼前晃
> 独独阿妹住在了心上
> ——《羊皮筏子赛军舰》（注：唐荣尧创作）

羊皮筏子即将进入宁夏境内的青铜峡，老筏客告诉马乌尕德这个地名时，对故乡和对尕妹思念的青年，再次让一曲"花儿"漫过逼仄峡谷里的水面——

青铜的灯盏有十八转

降龙木刻下的是底盘

等上个千年者心不变

五百年修下的婚缘

——《青铜峡里青铜盏》

　　一路行来，马乌尕德逐渐也开始和老筏子客们比赛般"漫花儿"，让单调中不乏刺激的水上生活有了彩色，有了温度，有了欢乐。

　　在银川靠岸、卸货、重新装货的间隙，这些从上河里飘来的筏子客们在这座东靠黄河、西依贺兰山的城市边度过了几天闲日子，成了他们"漫花儿"的一个机会——

白花花的雪者落贺兰

西夏的王早就化成了烟

想起个尕妹子心里酸

眼泪蛋蛋灌满了黄河滩

——《想起个尕妹子心里酸》（注：唐荣尧创作）

　　"花儿"飘在青海、甘肃、宁夏、内蒙古境内的千里河面上，一次大河之旅变成了"花儿"之旅，给马乌尕德的心上种下了一粒"花儿"的种子，像一副迷药，让他此后的一生都中了"花儿"的毒。快到水上之旅的终点包头城时，远处的阴山扑入眼帘，天上下起了毛毛细雨。这情景让老筏客冲马乌尕德喊了起来："尕子，还不漫个花儿来？"

　　马乌尕德的河湟口音，在阴山下飘荡起来——

毛毛雨下者罩阴山

水红花罩住了塄坎

若要咱两个的因缘散

除非九道的黄河水干

——《毛毛雨下者罩阴山》

任何一条两岸有人居住的河流，都有自己的口音，"花儿"就是黄河从青海经甘肃到宁夏、内蒙古的口音；筏客们变成了水上的牧人，赶着"花儿"这千年不绝的、成群的宠物，自青藏高原的东北角顺流到黄土高原。

一趟水上筏运结束后，他们就像村头那棵杏树上的枝条被掰扯了一下后重新弹回原状，又返回了积石山下的家乡。那片枯焦的地方实在连起码的日子都提供不了，哪里还能供养出有尊严的生活？哪能为一个贫困青年的爱情提供保障？比马乌尕德家境更好的人家去尕妹家提亲了，想起苦恋的尕妹或许就要成为别人的新娘，马乌尕德只能用"花儿"再次表达自己内心的酸楚与无望中的自我安慰：

> 积石山根里的一眼泉，尕桶子担
>
> 桦木的勺勺舀不干
>
> 要得么我和尕妹的情谊断
>
> 三十九天，青冰上开起一朵红牡丹
>
> ——《积石山根里的一眼泉》

马乌尕德和那时积石山下的很多青年一样，没能摆脱被抓去当兵的命运，被强征到主政西宁的马步芳军队，经过集中训练，赶赴果洛、玉树一带，参加镇压当地牧民的战斗。"花儿"成了马乌尕德压在心底的一份干粮，成了旋绕在他头顶的一朵云彩。那些和他一起被征集的新兵，在高寒的雪域之地，不知道下一秒会发生什么，没有往家里寄的钱粮，只有一条随时会丢掉的性命。

想家的时候，大伙会起哄，让马乌尕德漫上一曲"花儿"，那是一朵朵被移栽到合适格桑花盛开之地的"牡丹"。在黄河沿镇压玛多县牧民起义后，马乌尕德留下了一曲《黄河沿上的孤路雁》：

> 黄河沿上的孤路雁
>
> 石头上蹲了两千年

　　　　人家们成双（者）我打单

　　　　阳世上活下得可怜

　　在遥远的玉树草原驻守时，高海拔地区、陌生的风俗、难服的水土，让马乌孕德的心里越发放不下故乡和他的孕妹，在澜沧江上游扎曲边的一杯清茶里，他遥望黄河"漫"起了一曲《清茶熬成牛血》：

　　　　清茶（哈）熬成牛血了

　　　　茶叶（哈）滚成个纸了

　　　　浑身的白肉（哈）想干了

　　　　只剩下一口气了

　　马乌孕德生命中最后的一段时光，是在玉树的冬天。那是一个深夜，不堪被马家军洗劫、血洗的三江源地区玉树二十五族牧民，联合发起反抗回击，马乌孕德在夜晚的混战中被子弹击中，看着血往外流，他明白生命的丧钟已然敲响，在这尘世，还有什么不能放下的呢？他在激烈的枪战声中想了很久，最终发现放不下的竟是"花儿"。

　　一股高腔穿过枪炮声、呐喊声、诅咒声、哭喊声构成杂乱的音河，像一叶踩着星星的扁舟，缓缓地驶过高原冷冰的夜空，像后来长途火车进终点站时播放《回家》的萨克斯曲，像在江苏听到《茉莉花》和在安徽听到黄梅戏《夫妻双双把家还》一样，在场交战的马家军和藏族牧民都听到了中国"花儿"中传唱最经典的那一曲——

　　　　花儿（么）不是隔夜的话

　　　　不唱者非得瞅一哈

　　　　就算刀架到脖子下

　　　　走到哪，这不死的花儿漫到哪

　　血从肠子里往外涌，"花儿"从喉咙里往外涌，喊一嗓子就像往上提了一下血涌的闸门。马乌孕德刚唱出这曲"花儿"的前两句，在场的人就像听到了一道停战令，双方的枪声都停止了；那两句高腔就像地上快速生出的一层层胶，黏住了交战双方的脚步；那两句像两块量喉制作的活塞，堵住了交战双方的喉咙，让大家都说不出话、喊不出声，整个高原上的万物之嘴仿佛被什么东西齐齐堵住了，大地陷入了一阵可怕的寂静中。

花儿本是心上的话
不唱是由不得个家
刀子（哈）拿来头割下
不死就是这个唱法

如今，听到这首"花儿"的人都知道，这最后两句是碾场时拿木锨要扬到天上去的麦粒，是能覆盖住星星之眼的两行飞雪，也是能把天空钻两个窟窿的长枪头。然而，唱到第三句时，马乌尕德就明显感到气不够用了，整个胸腔里棉花般的云彩在软绵绵地回荡，喉咙里总有什么被堵住了似的，让他无法唱完最后的几个字。那是被裂开底的木锨，是凝固在半空中的雪粒，是哑弹的长枪。就像阿Q临终前要努力画好那个圆一样，马乌尕德一次次努力，试图把最后那句唱得破了天、裂了地、碎了耳、分了心。然而，马乌尕德失望了，绝望了。很快，随着死神的逼近，他连失望、绝望的机会也没了。

马乌尕德没来得及唱出他理想的最后一个词"唱——法"，像突然被拦截到半空中凝滞的气团，只有他自己看得见：那是那时的"花儿"在青藏高原上飘得最远的地方。

二

身为一个西北人，出外和南方的、东部沿海地区的诗友们聚会时，常常会被点将，让"漫"几句西北的"花儿"，唯有这个场面上，我才发现自己太对不住这种从土里长出的声音了。不是自己不知道唱词和令调，是"花儿"的曲调像一匹难以驯服的烈马，也像一垄耐缺氧、耐旱、耐寒的庄稼，只有合适它生长的土地上的民众，方能把握、驾驭，能耕种、收获。他们面对能引起"漫花儿"的场景、人物、事件时，就会让歌词以最快速度涌进大脑，又以最快速度和着契合的调令，在含着浓浓旱烟味的男人口腔或刚嗑完瓜子的女人嘴里来不及逗留，便如山间急流般撞开双唇，回荡在穷人的精神狂欢里。

2017年夏天，我在鲁迅文学院进修时，同样遇到被同学要求漫一曲"花儿"的情景，幸好同班的青海友人用高亢的青海腔替我解了围：

> 一溜溜子山来，两溜溜山，三溜溜山
> 脚户哥下了个四川
> 诶，脚户哥下了个四川
>
> 一朵朵子云来，两朵朵云，三朵朵云
> 雨过天晴出了彩虹
> 诶，雨过天晴出了个彩虹
> ……

就像从青海贵德经兰州、银川到包头的水上筏子客们，给千里浑黄的河道铺上一道道"花儿"一样，从黄土高原上的青海到四川的长路，替人运货、千里跋涉的"脚户哥"们，用"花儿"将沿途的心酸悲楚描出一幅轻松美妙的"下四川"的图景：穿过一溜溜山后又是一溜溜山，翻过群山的"脚户哥"，穿风过雨后不说自己被淋湿的狼狈，而是看到一道道雨后的彩虹。异乡的秋风里，单薄的衣衫难耐迎面而来的冰凉，一阵阵风让行走于异乡古道上的脚户哥听见的是爽朗的笑声，风声渐消，笑声渐远，晃荡于眼前且一路上陪伴着脚户哥的，是走骡脖子下"叮叮当当"的串铃声。在伴奏乐般的串铃声里，骑在走骡上的脚户哥被摇晃得舒服不已。

以前我听"花儿"一般都是几句，歌词像黄土高原上舍不得用的水，精短得就那么几句。没想到，这首《下四川》这么长，长得铺满从青海经甘肃到四川的千里路途中，为这凶险、寂寞、枯燥的行程，添加了诸多乐趣。在这个歌星占据荧屏和舞台的时代，青海友人的"花儿"自然赢得了满桌子的掌声。

作为一个甘肃生出的人，我知道这首《下四川》是一曲被青海人借走的"花儿"，就像一个异乡的富足人家抱走了一户贫困人家的孩子，孩子后来被养得白白胖胖的，长大后不愿回到贫困的故乡一样，这曲《下四川》常常被人以为是青海"花儿"。

每一首经典的"花儿"就如同一篇经典的文章或一首经典的诗歌，都是在一次次修改中形成的。我听过甘肃版的《下四川》，歌词是这样的：

今个子牵（来着哟噢），明（噢）个子牵

天天的每日牵啊，夜夜的晚夕里梦见

（噢哟哟啊）夜夜的晚夕里梦见

脚踩上这大路（来着哟噢），心（噢）牵着你

心中牵着你啊，喝油也不长这肉了

（噢哟哟啊）喝油也不长这肉了

无论是青海版的，还是甘肃版的，我每次听到的都是"脚户哥"的亲人望乡早归的期盼，是一丝情牵万里的盼望。那不仅是一个或几个从陇上或河湟走出的脚夫"赶脚"身份后的酸楚与悲苦，那是"花儿"离开它的故乡，向更远的异乡漂泊的试探、远足。

"花儿"的故乡究竟在哪儿？漫"花儿"的"脚户哥"在他乡人眼里，犹如来路不明的飘萍，"脚户哥"究竟在哪里出生又向哪里流浪？把陇上的《下四川》演绎成从青海走出的经典"花儿"的人，又是谁呢？对这些问题的追寻，让一位叫朱仲禄的老人出现在我的视线里。

早在1990年代初期，我就认识了著名诗人叶舟。大学毕业时，我选择前往腾格里沙漠的一个风寒小城，以教师的职业养活自己的诗人身份。叶舟那时在省城兰州的一家报纸做编辑，在他主持的版面上常常编发全国各地诗人的作品。我偶尔去兰州城拜访他，他常会带着我去农民巷的火锅店或小西湖的东乡手抓摊吃饭，中间少不了饮酒，喝到兴头上时，唱歌便是他最好的下酒佐料，歌中少不了漫一曲兰州版的"花儿"。叶舟就是一座飞奔的灯塔，总是递给和我一样的一些县城写作者一缕灯光；是一方诗歌的江湖，总让我领略到两岸的渡口和青草；是一处芬芳着漫山遍野的、文学之花的高丘，让我看到虫草与格桑聚会其间。然而，我最羡慕叶舟的是2006年1月12日那天，他在西宁城采访到了"花儿"传人朱仲禄，看到了老人简陋的客厅墙上挂着

的创作著名儿童歌曲《丢手绢》的音乐人关鹤岩先生题赠的四句话：

黄土无极，河水澹澹
花儿千首，兴观群怨

叶舟采访完朱仲禄一年多后，后者于 2007 年 12 月 22 日去世。

青海有两个人，他们活着时是我一度想拜访但因各种原因没能见到，一位是诗人昌耀，另一位就是朱仲禄。那是矗立在高原上的两座高塔，一座塔顶闪着诗歌的光芒，一座塔顶则萦绕着"花儿"的音嗓诗，仿佛自高山奔流下来的两条支流，汇成了一条奔腾在青海的艺术之河。昌耀像一支从湖南老家射出的箭，箭头扎在青海大地上。朱仲禄却像一座摆钟，生命的足迹在甘肃和青海之间来回晃动，发出云雀高飞时才有的响鸣。

如果说昌耀的生命轨迹如一支从故乡湖南射出的长箭，穿越命运的云海、浓雾、高山后，在人间留下一声悠长的叹息；出生于青海省黄南藏族自治州同仁县保安镇永安村的朱仲禄，生命轨迹就像是一颗手枪子弹，出膛后呼啸着直扑靶心，留下一阙令树颤山晃的短章——凄厉、精短、有力。

朱仲禄的祖父朱成林是清末同治年间的战乱中，从今甘肃省临夏县桥寺乡朱家墩村逃亡到青海同仁的。那时，没有行政意义上的甘肃与青海之分，高阔的积石山像一峰永远滞立的骆驼，东侧的河州和西侧的黄南，就像两副挂在骆驼两肋的包裹，那些生活在底层的人，出于生计需求，常常来回穿越这高大巍峨的驼峰到对面去。河州话，犹如黄河流经青藏高原和黄土高原缝隙地带的雪白鸽子，飞旋于大河两岸，成了青海黄南藏族自治州和甘肃临夏回族自治州共饮的一条水；河州"花儿"，是他们共享的食粮。从户籍角度说，朱仲禄认为自己虽然出生在青海，但从小听爷爷、父亲漫河州的"花儿"，让他一直认为自己是个甘肃儿子娃，"花儿"是养活他的另一道乳汁、再一份干粮、又一道盘缠。

17 岁那年，朱仲禄考进青海省当时最高的学府西北昆仑中学，遇见了在学校担任音乐教官的著名作曲家王洛宾，后者熟悉西北民间音乐土壤，对"花儿"的价值更是烂熟于心，他对朱仲禄的指导，让朱仲禄的"花儿"枝杈得到一个好园丁的修剪：他不仅掌握了基本的音乐知识，也开始创作"花儿"。

毕业后回到家乡，20 岁那年，和当地回族姑娘索菲亚的一次对唱"花儿"，让这两个不同民族的青年男女，因"花儿"相恋相爱结成夫妻。

1949 年冬天，朱仲禄 27 岁时的生命时钟指向兰州，他考进中国人民革命大学三分部（今西北民族大学前身），期间曾为兰州人民广播电台的一档节目录制了一曲"花儿"。由于祖籍就在甘肃临夏，从小就听惯了家人说一口流利的"河州话"，求学兰州的 3 年时间，对朱仲禄来说犹如一条鱼回归大海、一只鹰放飞蓝天，尤其是临近毕业那年，他遇上了一生中第二个重要的音乐伯乐——关鹤岩。在这里，他更多地接近了"花儿"。

关鹤岩随西北文协采访团到兰州采集民歌，在中国人民革命大学三分部和师生见面。听到朱仲禄试唱，关鹤岩感觉双耳一新，很快就举荐朱仲禄前往西安进行音乐专业培训。朱仲禄从中国人民革命大学三分部毕业后，便动身奔赴西安并在那里工作了十三年。

1953 年春的一天，朱仲禄前往甘肃天水至武都一带采风，途经礼县地界，北方还是一片枯黄时，礼县境内却已经是千山苍翠、满眼绿色了，草丛中缓慢移动的羊群在专心吃草，就在朱仲禄欣赏这一派春天的气象时，他的耳朵被不远处山坡上、一个放羊老汉唱的山歌撞疼了：

> 羊吃路边的青草哩
> 我唱山歌调调哩
> 掌柜手拿菜刀哩
> 要宰我的羊羔哩

对音乐的敏感，使朱仲禄意识到他遇见了好歌。随即问路边的一位当地人，后者告诉他：这里是"陇蜀大道"的组成部分，是陕西北部、甘肃中部及西部及青海东部地区的人通过"陇蜀大道"将食盐、药材运往四川的驿站，四川出产的茶叶、丝绸、布匹也从这里北上进入甘、青、陕一带。前者称从这里南下为"下四川"，行走在这条古道上运送货物的人被称为"脚户哥"。朱仲禄决定用西北的"花儿"唱腔改编这首"山歌调调"，这便是他以陇南山歌曲调为基调、与作曲家刘烽创编的《下四川》，最初的歌词是这样的：

一溜溜子山来，两溜溜山，三溜溜山

脚户哥下了个四川

诶，脚户哥下了个四川

今个子牵来明个子牵，天天牵

夜夜的晚夕里牵

这首来自甘肃礼县的民间小曲，像一簸箕一簸箕的小麦颗粒，被朱仲禄放进自己打造的石磨眼，经过一圈一圈的拉磨，从磨沿缝里流出的就成了细面，《下四川》最终成为赴北京参加聂尔音乐周演唱会的曲目，被列为国庆10周年献礼作品。

1956年冬天，为了迎接即将举办的全国专业音乐舞蹈会演，朱仲禄向作曲家吕冰提供了取自甘、青民间小调的《蓝桥相会》《四季调》《五更调》的音乐、舞蹈、服饰、道具等全部素材，并以他最为熟悉的河州型"花儿"格式，写下了"春季呢么个到了者，……"的歌词，这就是后来誉满神州的"花儿"代表作《花儿与少年》。"花儿"与少年的相遇，是怎样的一个语境？2020年春节前，宁夏卫视一档关于"花儿"的非遗节目上，我作为受邀嘉宾这样解释：

这明显是一曲与爱情有关的"花儿"，我们说的"花儿"指的是牡丹。

北宋时，花农就知道牡丹"不接则不佳"的道理，他们用嫁接方法固定芽变及优良品种，它的繁殖形式也是嫁接、分株等，这就寓意着牡丹犹如长熟了的少女一样的品性。从刘禹锡的"唯有牡丹真国色，花开时节动京城"到李白的"云想衣裳花想容，春风拂槛露华浓"等千古名句，都为牡丹树立起了一个脍炙人口的文化标杆与传播路径，赋予牡丹丰富的文化气韵。

明清之际，西北引进、栽培牡丹的风气兴盛，为西北民歌的颂唱提供了土壤、题材与机遇。

1950年冬的一天，毛泽东在中南海花园的牡丹前，跟身边工作人员讲起武则天与牡丹的故事并意味深长地说："年轻人要具有牡丹的品格，不畏强暴，才能担当起重任。"这也寓意着少年们在追求爱情的路上，应该有牡丹的品格。中国人的传说中，花神曾盗取王母仙丹撒下人间，结果一些变成了木本的牡丹，另一些变成了草本的芍药，而牡丹芍药的花语都是爱情。

西北民歌中的"花"，虽源自牡丹与芍药，但不再指向某种植物了，而是寓意少女，是一种追求爱情与富贵的花语；西北人说话喜欢在词尾加个儿化音，就成了"花儿"。一方面显得亲切，一方面有了西北乡下少女那种"庭前芍药妖无格，池上芙蕖净少情"的清纯与内敛。

青海与甘肃一带传唱的"花儿"，逐渐演变为一种地域性明显的艺术形式，歌词中的"花儿"是少女的化身。行走在西北大地上的筏子客、脚户哥、驼户、麦客，他们勤奋的足迹，犹如西北风口衔"花儿"的种子，飞越山河，穿林过塬，形成了以地域为特色的"河湟花儿""河州花儿""六盘山花儿""河套花儿"等。

这是一道如花绽放、飞翔于天的声音，不仅向中国音乐界的金字塔顶端飞去，也因为随中国代表团参加了在莫斯科举办的第七届世界青年联欢节文艺演出而绽放海外。尤其是朱仲禄和另一位青海的"花儿皇后"苏萍把那曲《花儿与少年》带到央视春节联欢晚会以后，更让国人了解了这朵来自青海的"花儿"。2007年12月22日下午2时10分，朱仲禄在青海西宁家中去世。他沿着自己铺就的"花儿"之路，走向天堂中的"高山"，在那里继续俯瞰长满"花儿"的平川；他是一盏永远亮在河湟高地上的灯塔，"花儿"就是那微弱但笃定的光。

如果能再多活一年，朱仲禄就能看到《花儿与少年》最辉煌的一次传播：2008年的北京奥运会开幕式上，以千人表演的豪华阵容向全球直播。这个把一生都献给了"花儿"的人呐，就是一朵栖居在人间高原的"花儿"。

在莫斯科参加第七届世界青年联欢节回国后的第二年夏天，朱仲禄接到一封通知：前往北京参加全国专业音乐舞蹈会演。

2019年夏天的一个晚上，我坐在银川的一家小剧院里观看朋友、音乐人苏阳领衔创作、摄制的音乐纪录电影《大河唱》，在当天的朋友圈里留下了这样的感触："《大河唱》点亮了一河星光，'花儿'穿过时光的喉咙时会产生一万辆坦克也压不住的土的声音！"在那部电影中，六盘山下的"花儿"歌手马风山漫起的"花儿"《呛啷啷令·白鸽子》，让我顿时想起，这不就是62年前，朱仲禄在北京参加全国专业音乐舞蹈会演时漫的那曲《呛啷啷令·白鸽子》吗？走出影院，夜色中回家的路上，我多想把这座城市看成一座剧场，街灯、楼房、大街、加油站就是其中静坐的听众，我所漫的《呛啷啷令·白鸽子》就是一只只飞翔于这些特殊听众耳际的鸽子，然而，事实是人间有时并非剧场，鸽子常常伫立在屋脊，只有我在那个夏夜听见一曲鸽子之唱——

左边的黄河嘛，噢噢吆

右边的石崖嘛，噢噢吆

雪白的鸽子么

噌楞楞楞，呛啷啷啷，啪啦啦地飞

水面上飞过来嘛噢噢吆……

那一年，朱仲禄变成了一只雪白的鸽子，栖在了中国"花儿"这棵大树最高的那条枝梢上并发出脆亮的声音：他和其他代表受到了毛泽东等中央领导的接见。他和其他代表在北京、天津、河北、河南等省区巡演，让"花儿"第一次走出西北。

就像我们谈起豫剧会想起《花木兰》，在"花儿"界，《上去高山望平川》是一首必"漫"的曲目。

三

我在2001年发行的《中国新民歌大全》中，发现里面的《上去高山望平川》的演唱者竟然是胡松华。这让我吃了一惊：怎么不是朱仲禄呢？原来，其背后有着一段这样的故事。有一年，朱仲禄计划前往上海，拜胡松华为师学习音乐知识，没想到，胡松华有一天却向朱仲禄提出学唱"花儿"，且指定的"花儿"曲目是《上去高山望平川》。看到胡松华用学院派的做法一直记谱，朱仲禄告诉他："谱是死的，人是活的，不能让死的东西把活人带死。别记谱，跟着我一字一句地学。"

老师和学生的身份开始互换。胡松华放下了歌唱家的身份，摒弃了平时养成的唱法，听从了朱仲禄的建议，用一种土的、野的声音来唱《上去高山望平川》，这便有了这首被"改造"了的"花儿"唱红大江南北。胡松华如此评价朱仲禄："整个'花儿'这门民族民间艺术领域里面，从挖掘整理到传承、发展、创作、研究，朱仲禄先生立下了汗马功劳⋯⋯"

朱仲禄就像他"漫"的《呛啷啷令·白鸽子》中的白鸽子，和"花儿"互为翅膀，振羽而飞，越野跨山，出城进镇，登堂入室，让"花儿"和他一起既享尽乐坛的恩宠，也为更多的人带来听觉上的享受。青海提供给了朱仲禄创作"花儿"的题材，连一些歌名中的名字都带着明显的青海元素，如带有民族色彩的撒拉令、撒拉大令、保安令和带有地理概念的孟达令、互助令、东峡令、湟源令、西宁令等。

朱仲禄"漫"过的"花儿"中，有这样一曲："杨柳的树上你甭上，上去是刺尖儿扎哩；庄子里头你甭唱，阿爷们听见是骂哩。"但那时他一定忽略了这段歌词里内蕴的道理，他当时觉得自己攀上了一棵艺术的杨柳树，甚至已经站在了高高的树梢上，却没想到往上爬到一定阶段，却出现了"刺尖儿"。朱仲禄解放前供职于当地国民党政府的经历，成了1966年"文革"开始之后他的一项罪名，原有的"历史问题"和新加的"毒草王""文艺黑线"等罪名，让他在牛棚中被关押了3年。其实，这种命运遭际对朱仲禄来说并不陌生，早在1955年的肃反运动中，朱仲禄就被打成"历史反革命"后投入监狱，期间，关鹤岩先生曾多次到监狱探望他，安慰和鼓励朱仲禄别放弃"花儿"。牛棚关住了一位民间艺术家的身子，但一曲曲"花儿"被一次次"漫"在内心，像是一匹匹骏马不能驰骋在草原上，只能被关在围栏圈起来的草场上。被关押牛棚3年后，命运残酷地和朱仲禄再次开了个玩笑，小时候拼命学习想离开的贫困家乡，却迎接了他的再次到来：命运像一只打陀螺的手，让朱仲禄这枚出生于青海的陀螺又转回了故乡：他被开除公职，遣送回出生地永安村，以生产队放羊人和护林员的身份，跟在一群羊的后面，走进尕玛沟放羊。

尕玛，藏语中是星星的意思，然而，走进尕玛沟的朱仲禄却像是一条从天堂划向地狱的弧线，在这个生命弧线最低的地方，脚下荆棘遍布，头顶却不见星光闪耀。故乡不会抛弃自己的孩子，尕玛沟收留了朱仲禄生命低谷的8

年时光,每天早上赶着羊出圈时,几十里的山林里回荡着那首逆命而"漫"的《孟达令·花儿》:

> 花儿(么)本是心上的话
> 不唱者是由不得自个家
> 刀子(哈)拿来头割下
> 不死就是这个唱法

命运的刀子没有切断朱仲禄那道献祭给"花儿"的歌喉。8 年时间,这首如闹钟般叫醒山林的"花儿",成了朱仲禄的早课,成了死死锲进他 8 年"羊倌"生活中的一枚铁钉,有力、铿锵、高昂中带着不忍、不屈、不甘。这曲"花儿"被"漫"得羊群停住脚步,山鸟驻足枝杈,河水放缓脚步。苦难的经历对艺术家来说,或许会变成采出蜜的花蕊;孤独的日子对音乐家来说,意味着创作的养分,对着寂静的山沟与高入云天的森林,他创作了《绿林放歌》《也有孙子买黄瓜》等"花儿"作品。

一张来自青海省委宣传部的通知,终结了朱仲禄在尕玛沟的 8 年放羊时光。这封通知要求他赶到西宁参加青海省首届民歌大会。到了省城西宁,朱仲禄从宾馆的日历上看到了自己苦日子结束的时间:1978 年 7 月。民歌会上,朱仲禄"漫"了一首以"金晶花令"填词的《鸟儿出笼马脱缰》,标志着他再次"出山",也标志着他不再是一只飞离家乡的白鸽子,而是一匹挣脱命运缰绳的马了。朱仲禄的命运曲线图再次发生变化:他不仅得以平反,还被安排到青海省群众艺术馆工作。第二年,在邓小平代表党中央到场祝词的中国文学艺术工作者第四次代表大会上,参会的朱仲禄在会后的晚宴上即兴演唱了新编的"花儿":《河州三令·党中央蓝天哈擦亮了》。

甘肃临夏地区古称"河州",对那里喜欢"花儿"的汉族、回族青年说,朱仲禄的"花儿"有翅膀,能飞过黄河让他们听到;在青海海东喜欢"花儿"的撒拉族、东乡族及回族青年眼里,朱仲禄的"花儿"有脚,能跨过积石山让他们听到;对青海黄南藏族自治州及果洛藏族自治州喜欢"花儿"的藏族青年来说,朱仲禄的"花儿"是带着甜味的喉咙,能钻出不用翻译的最美声音。

朱仲禄离开尕玛沟的那年春天,藏族小伙子格日和回族小伙子沈福全,不约而同地背着行囊，踩着积雪走进了寂寥的尕玛沟，那四行脚印的终点是朱仲禄晚上放牧回来住的那间小土屋。朱仲禄收牧归来时，远远就看见土屋背后的烟囱冒出了烟，带着不解推开门时，这才明白，眼前这两个尕小伙从山下而来，是来拜师学"漫花儿"的，那个寒冷的高原春夜因为有了"花儿"变得温暖，拉开了朱仲禄收徒的序幕。此后，越来越多喜欢"花儿"的回族、东乡族、撒拉族、保安族、藏族、汉族青年，纷纷前来拜师学"漫花儿"。

一条被山野里蹿出的"花儿"铺满的艺术之路上，朱仲禄在前面引路，越来越多的人加入，他们沿着祖先走过的这条路向前行进，沿途尽是"沸腾的花开"。那些传承下来的经典"花儿"及那些新创作的"花儿"在那条看不见具体模样的路上聚集、回荡，像10万条鱼在海湾里游弋，也像10万只鸟儿在天空里飞翔，延续着古老的精神，也描摹着新的面孔。这积聚与回荡，这游弋与飞翔，仿佛一种古老的钟声，变成了甘、青交界处的一种呼吸，构成了一支"花儿"的"护卫队"，队旗上陆续出现了马俊、彭措卓玛、才仁卓玛、张存秀、索南孙斌、刘英梅等名字，他们让"花儿"的芬芳在青海大地上传播得越来越远。这些"朱氏弟子"中最著名的是后来有着"花儿王子"之称的马俊。马俊曾代表青海省参加"全国第三届民间音乐舞蹈调演"并获得二等奖，"花儿"也改变了这位青年的命运，他被留在青海省民族歌舞团，成了一名专业的花儿歌唱者，继承了朱仲禄演唱的《河州三令》《撒拉令》《花儿尕连手令》等"花儿"衣钵，并创作出了《青溜溜的青海》《麻青稞》等带有青海特色的"花儿"。朱仲禄赞誉马俊的"花儿"是"积石山下的金凤凰，落到了湟水的岸上。站在歌坛上放声唱，好声嗓，压倒了万人的会场"。

在黄土高原和青藏高原的交错地带上，"花儿"如山间里的小溪、春田上的野草，历经朱仲禄、苏萍、韩占祥、马俊、张海魁、张存秀、赵吉金、马文娥等一大批青海"花儿"歌唱家的努力，从河湟谷地升起一缕缕绿色，漫漶成了甘、青交界处披山染野的大地衣装。无论是河湟谷地碧绿的田野里劳作的人们，还是积石山下的百姓宴席曲里，无论是高高山岗上的牧民帐房中，还是开着车行驶在茫茫雪域的撒拉族年轻司机的远途中，带着翅膀的"花儿"总是在青海大地上飞舞，那是以哈达的模样进行的飞翔，是以漩涡的形状在黄河上的盛开，是以风马旗猎响在高原上的舞动。这飞翔、盛开与舞动，在以黄河和高原为支柱撑起的大舞台上，合奏出了一曲西北民间的狂欢："花儿会"，成全了传唱者和大地的约会、与季节的合欢。河湟地区的"花儿会"则是这些狂欢中最迷人的规模盛大的聚会，吸引众多青年男女来参加对歌擂台赛，表达敬慕、思念、赞美之情。那些曼妙的声音带着磁性，飞过的地方唤醒、吸引着更多的耳朵倾听、更多的眼睛关注、更多的歌喉介入、更多的文笔整理，青海成了"花儿"怒放的园圃。九眼泉的"花儿会"惊起水面阵阵涟漪，孟达天池的"花儿会"唤醒积石峡的耳朵，老爷山的"花儿会"成了河湟地区民间狂欢的品牌，这些地区的"花儿"记忆，会在每年的农历二月二、五月五、六月六被自然唤醒。

四

上去个高山着，望平川
哎，平川里有一朵牡丹呀
看起来是容易者，摘上个难
哎哟，摘不到手里是枉然

这是朱仲禄最后的绝唱。2007 年 12 月 18 日，朱仲禄拖着病体，用生命的最后激情，竭尽全力以河州大令演唱了"花儿"中的经典之作《上去高山望平川》。4 天后的下午 2 时 10 分，这位"花儿之子"在西宁的家中逝世。

想必，在临终的那一刹那，已经说不出话来的朱仲禄，内心却一直回荡着那句——"刀子（哈）拿来头割下，不死就是这个唱法。"和那些犹如草籽散落民间的"花儿"歌手与传承者不同，朱仲禄不仅创作、传唱、整理了很多"花儿"，同时对"花儿"倾注了大量研究，发表有《花儿的创新与破格》《花儿演唱风格的探讨》《花儿演唱技巧的探索》等 10 多篇论文，亦如梅兰芳对京剧、常香玉对豫剧、白先勇对昆曲一样，朱仲禄和"花儿"达成了一生的契约。

马乌尕德这样的筏子客、淘金工、脚户，让"花儿"踩着涛声、顺着流水、骑着骡马走向远方；朱仲禄这样的艺术家、传人、导师，让"花儿"长上了飞翔的翅膀，飞向更为辽阔的远方；叶舟这样的作家、诗人、传播者，以笔为筏，送"花儿"飘向更为阔远之地；还有一批特殊的、将"花儿"送到更远地方的人，他们是移民、司机、打工者、旅游者，凿通了一条条"花儿"之路。

"花儿"呀，就这样漫着，漫着，走远咧！像少小离家的人，无论是衣锦还乡，还是落魄归村，哪怕双鬓挂雪般变老，面对故乡张口时依然是乡音未改，走得再远的"花儿"，都是青海的孩子啊。

穿行在青藏高原上，沿途的寂寥是难免的。那些年，我常常会打开随身的MP3，里面下载的藏族音乐和西北"花儿"成了排解心头孤寂的伴侣，尤其是传唱于青海大地上的"花儿"，成了日渐种植在我内心的一园子永不败零的绿韭菜；走进一场场河湟谷地的"花儿会"，除了给我西部民间集体狂欢的感觉外，更多的是一种古老的民间艺术顽强生命力的感染。那些我采访过的花儿歌手的执着、那些未经任何技术化和商业化污染的泥土中长出的净音、那些去世的"花儿"大师留下的遗憾、那些年轻"花儿"歌手的替补与努力，让西部大地上庄稼般的"花儿"生机勃勃，生生不息。这大地艺术中神奇的一页，无论从哪一行阅读，随时都能从心灵深处聆听到这种草和土结合出的青铜般的声音，那是高原上隆起的一段艺术脊骨，是一座月光闪亮的艺术洞窟；是一条奔流在平民胸腔间的艺术之河：清澈、滋润、长寿，更是一道旋过山河缝隙和春播秋收间的罡风：硬朗、凄约、高亢、洁净、有力。

"花儿"哦，是冬天冰冷土炕上的一副热身子，是夏天热日头下的一碗凉浆水；是光阴之嘴里嚼着的一块冰糖跌进熬着的罐罐茶，是贫瘠土地里生生不死的一茬茬庄稼；是疾病中的一剂药，是干旱大西北的一株绿荫；是歌喉的信仰，是胸腔的希望；是从口里射向天空又被弹回人间的箭头，是唱给大地长出喂养心田的口粮；是从家里出发走向远方又带回家的盘缠，是划向枯焦生活土壤的铁犁带来的花朵；是添进去粗粮淌出细面的石磨，是从胸腔里挣扎出来润湿咽喉的甜茶。

"花儿"哦，盘在山里的路有多长，穿过林丛的水就有多长；对心上人的念想有多长，对穷困日子结束的盼望就有多长；人间的烟火能有多久，"花儿"就能活多久。

一曲"花儿"，把地下埋的苦楚，天上飘的盼头，心里压的惆怅，眼里含的爱慕，嘴里憋的不甘，脚下踩的坎坷，都能唱出来。

唉，还是叶舟在他的《花儿：青铜枝下的歌谣》中总结得好：花儿，是穷人的诗歌，贫瘠的宗教，汉语的净土，灵魂的抒唱，爱情的熘火。

第二章
红色猛虎
奔跑在金色草原

您认识我吗？如果不认识，
那么，我就是格萨尔！
——题记

清晨，我曾用弓箭射杀敌人；
傍晚，我是手捧云彩捻成的经卷
普度众生的喇嘛。
——题记

"整个岭域就像青天苍穹，我就是发出耀眼光芒的星星；当我不在这里时，岭域就会失去安宁；假如我长久地定居在这里，岭域的江河上都会飘满欢乐的喜气。"那时，年轻的觉如每到一地，就会向遇见的人和越来越多的追随者高唱这段颂歌。觉如自信能如颂歌里唱的那样，成为岭域高原上一颗耀眼的星星，能给岭域带来欢乐和平。觉如后来的经历，证明他做到了这一点，他不再是族谱中当时没来得及记载的英雄，而成了被遍及今四川省甘孜藏族自治州，青海省果洛藏族自治州、玉树藏族自治州、海西蒙古族藏族自治州、海南藏族自治州和西藏自治区昌都市等地民众敬奉的一位神。

觉如在给他的追随者传唱颂歌时，哪里能想到，若干年后，从岭域到拉达克，从祁连山下的青海湖到喜马拉雅山下的尼泊尔，这个世界上很多地方都有一些人，视觉如为放在他们肚子里的一座失控的闹钟，随时会叫醒他们的歌喉；让觉如的声音顺着他们的咽喉爬出，在他们的舌尖上跳舞，通过他们的说唱，千百年来传播在大地上。

在阿须草原上第一次听到那道传奇声音时，我对从那个牧民嘴里奔涌出的、滔滔不绝几个小时的唱词一无所知，周围的人告诉我：那个牧民是一位"仲肯"（藏语"仲"是故事的意思，"肯"是人的意思，按字面翻译就是"讲故事的人"，但青藏高原上的"仲肯"专指说唱《格萨尔》的艺人）。或许是常年待在高原阳光下的原因，那位仲肯头上戴的皮帽已经看不到原色了，活像一座浓缩了的、被盐水洗得发白的金字塔，它就像一块磁铁，我的眼睛犹如铁粉般被吸引着继续打量它，我注意到帽子靠近耳朵的部位，左右分别垂着两件皮制的附属物，很像内地唱秦腔的丑角演员戴的那种戏帽装饰，从附属物下端延伸出白、黄、红、蓝四条彩带。我的眼睛再次朝帽子顶部望去，那里竖着一束深色羽毛，给人一种插着天线接收神灵指示的感觉；帽子的正前方镶嵌着一个显得有些夸张、镜子般铮亮的白色铜盘，让坐在他对面、想接近他的人，通过铜盘看到自己的模样，警惕地、敬畏地、自觉地和他保持着距离；铜盘下面是 4 枚贝壳构成的一朵莲花，上面是一个更小些的铜盘和一颗野猪牙，野猪在高原上的难以猎获说明佩戴这顶帽子的人具有多么神奇的魔力；小铜盘左边是一张微缩的、已经拉开弦并插有一支箭矢的弓弩；右边是一个微缩的木制马鞍。我按照自己的思维开始解读这顶帽子：兽皮材质，说明这顶帽子来自本土，代表着人和动物的某种关联与互敬；颜色发白说明它已经有些年头了，或许它的主人已经历经若干代了，代表着传承与历史；朝天而指的羽毛，一定来自青藏高原上某种美丽而矫健的珍稀飞禽，代表着高贵和神秘；铜盘被磨得如镜子般铮亮，说明主人在某个特殊的时刻里一定没少摩挲它，代表着尊敬与接触；贝壳构成的莲花，代表着洁净与神意；野猪牙和弓弩、马鞍代表的是凶猛、速度、力量，这顶充满神秘的帽子，让它的主人显得更神秘。

我继续打量那位仲肯，他的身边放着一根木棍和一把鞭子。他像一座微缩的山，端坐在草地上，眼睛闭着，一句又一句类似唱词的话，像山涧流淌的清泉从他的嘴里奔涌而出，直奔围坐在周围的牧民的耳朵、心田。

和我一起的当地学者泽仁随即给我翻译出一段唱词："我觉如就像一头麋鹿，奔跑在岭域这辽阔的金色草原上；我觉如就像一头红色猛虎，出没于岭域这无边的森林。我觉如的脚下不仅有草原和森林，还有人间的宫殿和头顶皇冠的王。"

围观的人群散去后，我和泽仁聊起那位"仲肯"嘴里的"觉如"。

"你知道觉如？"泽仁惊奇地睁大了眼睛。

"知道一点点！但我不能确定我知道的、关于觉如那些信息，是不是真的。"我回答他，"我来到阿须草原就是找寻觉如的，他在这里取得赛马胜利后，开始被人们称为'格萨尔'，但四川省甘孜州境内的石渠、邓柯、白玉、德格等县甚至和甘孜州相连的青海省果洛藏族自治州和西藏自治区昌都市都在争'格萨尔的故乡'，'格萨尔的故乡'究竟在哪里呢？"

"这有什么怀疑的！"为了印证格萨尔就出生在这里，泽仁的脸上浮出一种笃定，他抬起手臂，嘴顺着手指的方向呶了呶，"在我们德格县阿须区公所不远的吉苏雅格康多就有格萨尔王庙，格萨尔就出生在那里，这是雪域高原上任何一个人都知道的呀。至于邓柯县的人说他们那里是格萨尔家乡，是因为他们的林葱土司是格萨尔的后代；白玉人说得也有道理，当年，格萨尔和霍尔王在白玉一带打仗，获胜后发现那里的工匠制作的兵器精良，便俘虏了很多工匠，为格萨尔的军队寻矿铸铁、锻造武器。白玉一带就是格萨尔的武器库，那里的霍尔人认为格萨尔能够称雄雪域，与白玉的武器有关，是格萨尔真正发家的地方；青海玉树州治多县一带的人，认为格萨尔娶了那里的美女森姜珠牡为妻，自然就将那里视为格萨尔的故乡；果洛州一带的牧民认为，格萨尔一生征战，歌颂他英勇事迹的史诗《格萨尔》诞生在那里，果洛才是格萨尔的故乡。唉，在雪域高原上，我们心里的格萨尔是神，既然是神，在哪里都可以出生的嘛！"

接下来的几天时间里，泽仁带着我，专门前往吉苏雅格康多，寻找、拜谒那座清道光年间建成的格萨尔王庙，给我介绍那里面保存的、历代林葱土司制作的《格萨尔》全套刻板及画版格萨尔及其爱妃森姜珠牡和岭国早期30员大将的塑像，格萨尔当年征战使用过的刀、矛、弓、箭、铠甲和象牙章等。从考古学的角度看，谁能说得清楚这些陈列品的真伪呢？毕竟，修建这座格萨尔王庙时，距离"觉如时代"已经过去了几百年，但雅砻江、金沙江流域的川西北高原民众对格萨尔的敬重是真实的、绵延着的。

争论某个英雄的出生地在自己的故乡，国人在这方面往往表现得极其投入、认真，常常当成一件大事来对待，给外地朋友介绍故乡时，往往将那里出生过的某某名人先抛出来，似乎只有这样，才显得故乡和自己都有面子。那天，泽仁同样表现出对故乡的另一种热爱方式："我们德格县的阿须镇就是觉如的出生地，最有力的证据是他的叔叔把他从这里赶到玛麦玉隆松多去的。"

　　泽仁说的这件事情，是被记载在《格萨尔》中的。21世纪初的10多年时间里，为了探寻西夏信奉的巴绒噶举派渊源，我先后几次到四川省甘孜州西部和青海省玉树州西部地区游历，曾在1985年版的《德格县志》中，读到史诗《格萨尔》和德格的关系，上面确定德格有19部《格萨尔王传》的各种抄本和版本："民国时期，任乃强撰文记述，法国女士大卫·妮尔1936年在林葱土司家曾借阅3部。"这个说法在法国学者石泰安著的《西藏史诗和说唱艺人》一书中也有明确记载，这说明，林葱土司家藏的《格萨尔》不仅数量多，而且版本权威。按照泽仁的说法，林葱土司不就是觉如的后裔吗？这个家族内部，一直盛传觉如是他们的第四十五或四十六代先祖。格萨尔当时统领的岭国和后来的林葱土司辖地，包括后来被细分的、甘孜州境内的石渠、德格、邓柯、白玉等县，那时并没今天地图上网格状的县域划分，只是一块辽阔的岭国版图，到了今天，这几个县的文旅部门和百姓都认为自己所在地才是格萨尔正宗的家乡。20世纪初，日渐衰落的林葱土司家族被德格土司控制，封地也转移到今石渠县的俄支、阿须一带，也就是说，我听到那个传奇的"仲肯"演唱时，其实就是在觉如后裔的最后封地上。

　　好，那就让我从阿须草原起步，探寻觉如的人生路线图。

　　像一层又一层的云朵罩着青草，那些传说铠甲似的裹着英雄的面目与呼吸，让他们从出生到死去的方式总是披着一层层神秘的面纱，甚至，他们的崇拜者无法容忍自己的偶像会死去，总会创造出无数传说留住后者在人间的脚步与影响力，英雄生命中经过的那些地方，就成了一个个闪着金光的文化遗迹。阿须草原，就成了一处储存觉如青少年时光的仓库，不断有新传说涌入，永远散发着迷人的气息。

　　阿须草原是古老岭国的腹地，岭国的王森伦娶到美丽的梅朵娜泽后，有了他们的儿子觉如。觉如年少时，父亲森伦突然病故，叔父晁通摆脱不了人间那"兄亡弟继"的魔咒，想用各种办法阻挠觉如继承森伦的王位。

和历史上那些父王去世后，少年王子只能跟随母亲逃亡的历史剧一样，觉如只能和母亲一道，放弃继承王位离开岭国，前往玛麦一带，小心翼翼地绕过一个个人生陷阱，在危险的环境中成长。

在雪域高原，15岁是一个男孩跨向男人的标志，其中以这个年龄里参加赛马获得众人的信任与赞许为重要标志。

初春的高原，雪山上依然白雪皑皑，大地上依然一片干黄。觉如后来给他的追随者讲，他在17岁那年春天的一场梦里，见到天姑贡曼杰姆在众空行女的簇拥下，骑着一头白狮子，来到他身边说道："天王的儿子，快去岭国，参加在玛朵草原上即将举行的赛马大会，只有战胜你的叔父晁通，你才会成为岭国的王。雪域高原上最美丽的女子森姜珠牡会帮助你，和森姜珠牡的坐骑一样毛色的骏马会给你助力。"

觉如后来娶到森姜珠牡为妻后，才知道，就在他梦见贡曼杰姆的那个夜晚，远在千里之外的森姜珠牡也做了几乎同样的梦，贡曼杰姆以天姑的形象钻进了她的梦乡，贴着她的耳朵，轻声地说："美丽的珠牡，快带上你的美貌和才华上路，前去岭国参加那里的赛马会，帮助一个叫觉如的年轻人，他是你未来的夫君，也是未来的岭国之主格萨尔！"

珠牡对天姑在梦中托付自己的事情深信不疑，从梦中惊醒后就立即着手收拾东西，劝说身为河源最大部落嘉洛部的首领父亲允许自己离开江河源的老家，前往岭国。

森姜珠牡骑着父亲送给她的那匹没有一丝杂毛、全身如一堆雪的母马，从通天河源出发，一路向东奔赴岭国的赛马大会。

赛马会上，遍布在赛马场四周的牧帐如雨后从草场上冒出来的蘑菇，哪一个才是天姑梦中托付的少年、将来的岭国之王觉如呢？从岭国各个角落赶来赛马的无数英俊少年中，哪一位是自己要托付终身的心上人呢？就在森姜珠牡望着星星般洒落在草地上的牧帐、看见一个个年轻赛手骑着马来回穿梭着热身时，忽然传来一声嘹亮的马鸣，紧接着一朵巨大的白云快速从远处急奔而来。森姜珠牡感到身下一颤，自己胯下的白马昂头立身，双耳朝天竖起，臀部稍微往下一锉，后面双腿的肌肉顿时一紧，撑起了整个身子；森姜珠牡清楚地听见自己的马也发出一声长鸣，朝着远处而来的"那朵白云"，前面两只蹄子齐齐提于半空，脖子上的鬃毛几乎能贴着自己的胸部，草原上的牧民知道，这是公马和母马相逢时表达友好的一种动作。还没等胯下的这匹母马前蹄落地，那朵快速奔跑的白云已经飘到了眼前，森姜珠牡这才看清，马上的少年竟然和自己一样，也是一身白色装扮。前来参加赛马的人们，被这情景吸引住了，恍如看到两朵奔跑的白云掠过青草地相遇。

马头快要碰到一起时，众人眼里是"两朵白云"的亲近、缠绵，这让森姜珠牡脸一红，随即朝骑在对面白马上的白衣少年望去，心里顿时如夏风吹过山岗上的松林。对方虽然在马背上，但他的身子是那么魁梧，脸庞是常年放牧的青年才有的、黝黑中带着的红铜色，那一双眼睛扫过来时就像给一面小湖投下巨石一般，在森姜珠牡心里掀起阵阵涟漪：这岭国一年一度最大的赛马会上的人海中，两个像是约定好一起穿白衣的青年男女，所骑的马竟然也像是提前约定好的毛色；两匹相隔千里的马竟然像是隔世的恋人般如此亲近，对面的青年呐，你若是天母托梦的觉如，那该多好！森姜珠牡怎知道，对面的白衣少年正是觉如，后者是在茫茫人海里看见她的白衣白骑后放马而来的。

那一刻的草原像是一块被放在寒天冻地里凝固的酥油，四下里一片寂静，人们的目光被两匹白马、马上的两个白衣青年吸引住了。草原上的地鼠仿佛也停住了蹿动的脚步，听见那两匹白马动情的鼻孔呼出的粗气，吹得马头下的青草轻微晃动；围观的赛手们似乎也听见了白马主人急促的呼吸，是向对方发出的一种暧昧的信息。

第二天，那场被记入岭国历史的赛马开始了！一匹参赛的马代表的或许是某个少年的愿望，或许是一个家庭改变地位的指望，或许是一个部落的荣耀；一位参赛者或许是为了在心爱的姑娘面前赢得芳心，或许是为了给家庭赢得地位，或许是为了体现所属部落的实力，这让赛马失去了原本的意义，赛场成了舞台，马成了道具，人成了魔术师。

作为赛场的那片草原，成了岭国最最繁忙的土地，聚焦了岭国最多的目光。一阵又一阵的呐喊声、惊呼声、埋怨声，像一波又一波海浪涌来，亲人的、族人的、部落首领的目光死死盯住自己关注的马匹，看着它们犹如烧着巢后急忙往外飞蹿的野蜂，以最快的速度帮助主人完成他们的目标。

按照岭国流传下来的参赛规则，最后出场的是所有赛马选手中的前两名。果然，最后决赛的两个人就是晁通和觉如了。赛场上一片宁静，参观赛马的牧民和森姜珠牡都在听着裁判的法令，突然传来晁通的声音："觉如给我听着，赛马就是赌博，傻瓜赌的是马，聪明人赌的是实力，无论怎样的赌博都需要赌资。我知道你一直盯着你父亲的王位，我也是凭借实力当上岭国王的。现在，我拿岭国的王位作为筹码来和你赌马，我输了就把岭国王位让给你，你要是输了呢？瞧你穷得就剩了一个老母亲和这匹马了，你拿什么来和我对赌呢？没赌注的话，你就退出赛马！"

晁通并不知道，自己当着那么多人点出了觉如的名字，对围观的人群来说，并没什么惊奇的，但这个名字却像一股洪流冲击到观看人群中那位骑着白马的白衣少女的耳膜。她从晁通的嘴里再次确认站在赛场中央的那位骑在白马上的白衣少年，就是自己的"梦中人"觉如，就是比赛前"两朵白云"相遇的另一方，她不由替觉如担心起来。

叔父的这句话，像一场骤降的暴雪冰冻了一面湖水，让觉如不知所措，是呀，他拿什么来和晁通对赌呢？

"觉如可以拿我来赌！"就在整个赛马场陷入一种尴尬中，随着一道洪亮的女声响起，森姜珠牡两腿一夹，白马心领神会地往前一蹿，朝觉如身边奔去。不止晁通和觉如惊呆了，现场观看的人们都惊呆了，整个岭国的江河与牧场似乎都竖起了耳朵，听见来自江河之源的森姜珠牡朗声的回答："我愿意做觉如的赌注，他输了我就嫁给你；你输了，就把本属于觉如的王位还给他。"

看到美若天女的珠牡，看着自己那匹马高出觉如骑的那匹马半头之高，晁通心底涌出的底气像是一条鱼线，他的话犹如被钓出水塘的鱼，从喉咙里奔出："我怎么会输给这个穷小子，你看我的这匹马，会输吗？"

珠牡轻轻地笑了："这么多人在看着，远处的尕觉乃神山在看着，青草和流水都在看着，我是说你如果输了呢？你敢把岭国的王位还给觉如吗？"

"这有什么不敢赌的呢？"事实证明，轻敌让晁通犯下了致命的错误。

晁通和觉如的比赛结局，在后世不少"仲肯"的演唱中：年轻的觉如不仅在赛马中获胜，还收获了爱情与婚姻。就像若干年后，另一位草原英雄铁木真，在草原会盟后以成吉思汗来取代原来的名字。那次赛马取胜后，觉如以世界雄狮大王格萨尔洛布占堆来命名自己。从此，草原上少了一个觉如，岭国甚至后来的霍尔、嘎域、郭密、察木朵等地多了一个英雄——格萨尔。

或许是对心爱之人的感恩想去她的家乡看看，或许是扩张的版图像一辆不可阻挡的战车驶到了江河源地区。格萨尔带领森姜珠牡、手下的30员大将及其统领的将士，像一团蓬勃的火焰朝落日的方向、江河源头的方向、更是森姜珠牡出生的地方滚动，所到之处有欢迎也有抗拒者，两者都被掩埋在这场火焰燃烧过的灰烬里，既有胜利者骄傲的笑容，也有战败者被焚毁的帐房和家园。

人类对英雄的崇拜从来都是一种慢性传染病，雪域高原上的人们，将格萨尔的征战对象一律认定为魔鬼化身，将格萨尔这位神佑之人的所有行动都赋予了法理性，犹如古罗马人对恺撒、法国人对拿破仑般敬奉并不吝赞誉，将他凡俗的衣装全部调换成光芒万丈的华丽之袍，将不断征伐的脚步美化成马背上丈量大地的壮举，将死于他统领军队的刀剑下的百姓都归类为罪有应得，甚至连他的战马也披上了无比的荣誉。总之，他成了一个没有瑕疵的人，每一次征战就是一把架在空中、远离大地的梯子，让他踩着这不断延伸的梯子，逐步摆脱了人的身份，甚而被美化为神。他多像古罗马历史学家尤西比乌斯在《君士坦丁传》中说的那样："那些赞美和尊崇他的人，将获得慷慨的报偿。而那些以他为敌及与他作对的人，将给自己带来自身生命的毁灭。"我无意把格萨尔当成一位毫无瑕疵的圣人去敬重，也无意像18世纪著名历史学家爱德华·吉本在叙述君士坦丁的生平时指出尤西比乌斯的缺点："有些人热衷谀媚奉承，经常把失败者贬得一文不值，将全部光荣归于获胜的对手。"那时的格萨尔，就是雪域高原上横扫一切的力量，能动用武力与暴力去解决遇到的一切事情，他的光荣里含有血的哭泣与泪的声音，那些被后人、被"仲肯"叠加在头上的光环，就是他佩戴在头顶的王冠，青草与白雪、赞颂与歌唱掩埋了当年的血迹。

和格萨尔所到之处受到的尊敬和掌声不同，掌控河源地区的森姜部落民众认为，格萨尔的成就和森姜珠牡的襄助分不开。在他们心中，森姜珠牡就是绿度母，就是辅佐格萨尔的女神，他们更崇拜从这里走出去的森姜珠牡。这种传承一直保持到今天，在昔日岭国的疆域范围内，很多地方都有格萨尔广场、格萨尔庙、格萨尔纪念馆、格萨尔塑像，唯独在治多县城中心，矗立在蓝天与大地间的雕像是森姜珠牡，前面的广场也被命名为"珠牡广场"，当地人带前去治多县旅游、做生意的朋友到那尊雕塑前，敬重地指着雕像介绍："哎呀呀，我们的珠牡呀……"

2018 年秋天，我逆着通天河而上，在称多县拉布乡拉达村的嘎白塔渡口边，土登寺的喇嘛智美带我走向不远处的一个山洞，那里藏着一股流向通天河的泉水。喇嘛拿起泉水旁的一柄水勺，舀起泉水让我喝："这可是格萨尔的圣泉，你尝尝，甜不？"

那水确实甜！在当地人的眼里，这眼泉水是格萨尔远征将士的能量补充剂，仿佛这里的每个人都曾亲眼所见那些将士喝完一口山泉水后，从眼前的嘎白塔渡口过通天河，将征战的足迹遍布江河之源的腹地。智美告诉我这样一件事：在称多县境内的称文镇达哇村，一位外地流浪来的"仲肯"，走进村里正在举行的一场婚宴，将格萨尔手下 30 员大将之一的智杰嘎德曲军贝纳路过达哇村的故事演唱了一个多小时．这让大家感到惊奇不已。原来这位"仲肯"所唱的格萨尔带领军队"西征"途中的选马、赛马、拴马桩、泡温泉等地方，在称多县境内都能找到对应的景与物，这让称多县的百姓笃定：格萨尔在这里留下过征战的足迹。在称多县的各个部落、牧场上，"像格萨尔一样英俊，像雄狮一样勇敢"的谚语，就像遍布山坡的青稞一样。

逆着通天河继续往上走，进入曲麻莱县，当地牧民笃信，麻多乡境内的格萨尔王登基台，就是格萨尔在赛马大会中一举夺魁并获取森姜珠牡芳心的地方。那匹帮助格萨尔获胜的、像一团雪一样洁白的马，就产自麻多草原，天姑在梦中给觉如托话的玛朵草原，就是今天的麻多，因为在当地有着"骏马是英雄格萨尔的翅膀，曲麻莱的牧民是领袖格萨尔的眼睛""格萨尔的足迹遍布雪域，但他迎娶珠牡王妃的地方在麻多""雪山是格萨尔的银冠，麻多是格萨尔的洞房"等民谚。那个在外人看起来平淡普通的基台，只是麻多草原隆起的一个小点，就像一条巨蟒身上的小斑点，但在曲麻莱人的眼里却闪着无比荣耀的光芒：这里见证了格萨尔当年的称王登基。

在治多县，和当地人聊格萨尔，会从他们的眼里看到一种自信：格萨尔？那不是我们治多的女婿吗？和四川、青海、甘肃等地州县的格萨尔广场不同，治多县对格萨尔的崇拜体现在珠牡广场、珠牡大街、珠牡酒店、珠牡餐馆和珠牡大桥的命名上。尤其是治多县用一位女性的名字命名广场，并在广场上塑上这位女性的雕像。

谁见过 130 个奶头的白色母牦牛？谁见过绿玉石头做的盛奶桶？谁骑着长有两只翅膀的战马征战于高原？谁能用一支箭射穿一座山后直击敌人的脑门？格萨尔抵达森姜珠牡故乡时，对白奶牛和珠牡的赞赏，成了后世无数"仲肯"们演唱词中的经典："吉祥的白奶牛共有 130 个奶头，唯有珠牡早晚为奶水永远不会干的奶牦牛挤奶，她使用绿玉石奶桶。"

在治多县的日子里，我考察的足迹像一道雷达，扫过县城里的珠牡广场、珠牡雕像、珠牡大街、养育珠牡的"嘉洛红宫"遗址、珠牡银湖，延伸向城外的格萨尔磨刀石、格萨尔马蹄印等。这些被当地牧民认定的，与格萨尔、森姜珠牡有关的自然地貌或人工建筑，丰富着格萨尔和这里的关系，书写着这片雪域高地上的人们的英雄情结。

"仲肯"的传颂则是这片土地长出的、关于格萨尔的另一种庄稼，是这里的人民给格萨尔的另一种供养。千百年来，一个个从神授、掘藏、圆光、吟诵、闻知等不同形式获取营养的当地"仲肯"，以自己的方式在治多县营造了一座无形的格萨尔殿堂。每一位"仲肯"都是建造这座殿堂的工匠，离县城所在地加吉博洛镇不远的嘉洛草原上的索南诺布，就是其中一位。

格萨尔 17 岁那年因梦获得人生的一种神奇启示，索南诺布 17 岁那年，被一个梦改变了命运。和那些在梦中被神授的"仲肯"一样，一位身着白衣、骑着白马的武士钻进了他的梦中，要求他传唱自己的业绩，并把很多的经卷交给了他。醒来后，索南诺布突然发觉自己的大脑变成了一座装满古怪唱词的仓库，那些唱词一旦涌至嘴边，就会像溃堤的洪水般流泻而出，那些唱词就是《格萨尔》，他的身份从此成了一位深受牧民尊敬的"仲肯"。

2006 年 6 月，索南诺布在治多县加吉博洛镇自家的院子里，连续几天说唱《格萨尔》中的《大食分财宗》和《赛马称王》的内容。和所有的"仲肯"一样，索南诺布不用任何文字性的手稿提示，他的口腔仿佛一面湖水，《格萨尔》里的唱词就像自由游弋的鱼儿，他的嘴活脱脱就是这面大湖唯一的出口，一旦说唱起来，那些鱼儿就齐刷刷朝唇边游来，一条鱼儿就是一段唱词，万千条鱼儿从口里奔涌出来，便是"仲肯"们千年来传颂的格萨尔传奇！索南诺布颂唱时，我仿佛看到他一张嘴就是鱼塘闸门被打开一次，一条条锦鲤、鲩鱼、虹鳟、鲫鱼、草鱼、白鲢、鳙鱼、青鱼，汇成一条传颂格萨尔事迹的大河。索南诺布不时还伴有不同的身体动作，有的动作甚至很夸张，让周围的人会产生一种观赏戏剧般的幻觉。从 17 岁那年有了"仲肯"身份到说唱《大食分财宗》和《赛马称王》前,索南诺布已经整理出了 189 部《格萨尔》故事的目录,其中有 100 多部以前从未面世。和遍布雪域高原甚至更远地域的那些"仲肯"一样,他们把用语言向格萨尔倾诉尊敬、思念、心怀,当成一种礼敬与传承。

对加吉博洛镇的牧民来说,那年 6 月是他们观赏、聆听、见证索南诺布"仲肯"巅峰状态的季节。不久,从事《格萨尔》研究的专家学者、大学教授、著名的说唱艺人以及政府官员等对索南诺布的说唱艺术召开了一次鉴定会,与会者达成共识:索南诺布是青藏高原当时的 140 多名《格萨尔》说唱艺人中掌握史诗部头和演唱曲调最多的一位,除了《格萨尔》以外,他还能说唱各类民间故事、谚语、颂词等藏族文学作品,是一位难得的"艺术奇才"。

"啧啧啧,真是格萨尔附体的神人呀,那脑子就像一座神山,上面长满了无数神奇的虫草,否则那些唱词早就饿死了,逃走了!"那年 6 月,嘉洛草原上,到处都是对索南诺布的称赞。在草原牧民心中,索南诺布就是一座移动的《格萨尔》仓库,是格萨尔派到森姜珠牡家乡的使者,旨在让人们深信,这里就是森姜珠牡的出生地。

有些事情的发展,会超过人们的期许。索南诺布后来因不甘过传统"仲肯"的清贫生活,离开了故乡嘉洛草原,将那顶带有"仲肯"标志的说唱帽放在家里,前往内地做起了生意,没等来富足生活,却等来了病逝的生命句号,带走了一座收藏着高原民族英雄记忆的声音宫殿。

索南诺布在家里进行那场精彩的说唱后 12 年,也就是 2018 年的深秋时分,我在治多县城见到了当地著名作家文扎,他告诉我:治多县出现了 9 位比较著名的说唱艺人。他们都不是出生于世袭传承的"格萨尔"说唱世家或者接受过什么专业的训练,那些从未上过学的牧民,年龄都在 30 到 40 岁,都是突然间被"神授"了的。那晚,在治多县宾馆,文扎老师说起格萨尔,就像给那瓶酒端来了一桌下酒菜,打开了一条格萨尔在治多县流淌的大渠闸门。

文扎笑着说:"在雪域高原上,每个人嘴里都噙着一部《格萨尔》,谁不能说上一两段呢?只是'仲肯'们经过'神授',肚子里饲养着成群牦牛般的唱词,他们的嘴一张开,就是一条河奔了出来呐!"

从文扎的讲述中,我大致了解到流传在治多县境内的、格萨尔与森姜珠牡的故事。格萨尔是个强调用武力解决争端的人,尤其他眼中的魔鬼之地,必须要用武力征服："我就是一位拥有神奇力量和技艺的、手执剪刀的裁缝，我要征服的土地就是可以从天上剪下来的一朵云，不止岭国，即便周围的霍尔、嘎域、郭密、康朵、安朵，都是我手里这把剪刀要裁剪来的云彩。我要用这些云彩缝制出适合壮大了的岭国披的战袍，如果我是个连树上叶子都不敢采摘的胆小鬼，那还配格萨尔这个光荣的称号吗？"

森姜珠牡劝格萨尔节制动用武力："你的心田不能让战争的荒草塞满，而应有长满青稞般的仁慈，它金黄的光芒才能暖人心。战争是一块锋利的冰，会划破自己的手。"

格萨尔说："群山之间，尽是魔鬼之地，我要让武力的光驱散蒙在上面的黑暗，一旦敌人向我们发出号叫，我们就要拔出七寸腰刀，绝不手软。"

森姜珠牡劝说道："唉，只有仁慈这把锄头才能除掉你心里的武力之草，否则，自己点燃的战火迟早会烧坏你的智慧之屋。"

格萨尔却不以为然："我是天神的儿子，手下有勇猛无敌的30员大将和无数岭国战士，我们都会为荣誉而战。"

森姜珠牡依然劝说："鹿在雪地上行走最容易滑倒，人在名利上争最容易招致危险。何况，打仗也不能只靠勇气和为了荣誉；有志气的愚夫连一座小山都扳不倒，有智谋的黄羊却能战胜狮子。"

后来的事实证明，勇猛的格萨尔并没完全听森姜珠牡的劝说，而是不断向北发兵攻打霍尔国和其他邻国，导致岭国王城空虚。霍尔的国王派出一支精兵，迂回到岭国王城,将森姜珠牡掳掠至霍尔国。不仅传唱格萨尔的"仲肯"，即便在治多县，当地人至今都不愿提及这件让他们有耻辱感的事情。

离开治多县城的当天，文扎因为儿子结婚没能来送我，我想，他一定在儿子的婚宴上举办了那场特殊的"格萨尔·嘉洛婚礼"，他说那是治多地区婚俗的模板，每场婚宴都得上演。我通过他的描述，想象着治多人在婚礼上展示《格萨尔》中描写的格萨尔赛马夺冠后，前往嘉洛家迎娶珠牡的壮阔场面。那场婚礼，实际上是长江源区与黄河源区藏族婚俗的大融合，从而形成了治多县境内丰富而独特的婚俗文化。格萨尔已经成了流淌于三江源地区强大雄健的肌体中的血液，热气腾腾又手执燡火般奔流不息于每个地区、每个时期。

在称多县采访期间，我入住在县城东郊的嘎称宫酒店，里面有三江源地区所有县城中最大的婚礼大厅，在那里，我很幸运地看到好几场气派的婚礼，其中就有请"仲肯"来表演《格萨尔》助兴的。我请当地博学的藏族朋友将其中赞美新娘森姜珠牡的唱词翻译出来：

在那黄金松石的宝殿里，有一位艳丽的女子，用尽人间所有的赞辞，对她都显得苍白无力。眼睛灵活如蝶飞，双眸黑亮像泉水。眉儿弯弯似远山，牙齿晶莹如白玉。双唇好比玛瑙红，身似修竹面如月。头上青丝垂松石，漫步犹如仙女舞。深沉的西海是她的内涵，飘袅的云雾是她的风姿。冬天她比太阳暖，夏天她比柳荫凉。

当年格萨尔对森姜珠牡的赞颂，不正是每一个藏地男儿对自己新娘的赞美吗？无非是通过"仲肯"的嘴来传达而已。

格萨尔如果真的到达过治多县，那他带领的军队至此已经像一场海啸，向四周辐射着一波又一波的能量，晃动着波浪所及的一切岛屿，有人划船来投顺，有人被巨浪吞没，有人逃离故土无奈地奔向遥远的陌生之地。治多县城往西不远，高大的雪山像挂在可可西里无人区东边的一道门帘，站在这道门帘前，我在想：当年勇猛无敌的格萨尔大军至此也只能望而却步，他们也没有继续向西挺进无人区的必要了，关于格萨尔的传奇也就变得像一股细弱的风，再也无力抵达向西的地区了（后来我越过一道道雪山向西而行，进入地处昆仑山脉中的格尔木市时，证明我的这个想法是错误的）。格萨尔的传奇之风在治多县往北的方向表现出愈加猛烈的趋势，翻越巴颜喀拉山后抵达柴达木盆地甚至更远的天山地区和蒙古高原地区——这些地区出现过"仲肯"。

我追寻、研究格萨尔的足迹，告别四川省甘孜州境内的阿须草原后，沿着川青公路向西进入青海省玉树州，试图前往杂多县境内。前往杂多县之前，一个朋友热心地给时任杂多县委书记才旦周通了电话。

赶往杂多的路上，虽然是初秋，却不时有大雪飞舞在山口，这让我比预计的时间晚了近两个小时。黄昏时分，大雪飘飞的县宾馆大厅前，才旦周像一块黑色的岩石矗立在那里静候我，而他提前请来给我讲述当地人文历史的几个学者在餐厅里等着。这让我心里一热，这样的地方，民族文化一定会有很好的保护。

"有盐的茶好喝，有格萨尔的话题才好说！"才旦周书记以这样的开头主持召开了一个小型的学术会议，一幅关于格萨尔在杂多县的画卷徐徐拉开。

在杂多县，我发现了一个关于格萨尔传播的有趣现象：寺院里的僧人创作的颂文，成了人们传唱格萨尔的一种途径；从时间轴上纵观，也形成了一条格萨尔传奇在这片土地上流传、整理、发扬的链条。早在公元1214年，噶举派著名学者噶玛巴协，在地处长江南源和澜沧江支流结曲河发源地的当卡西贡喀，就写出了《格萨尔焚香祭文》，这被当地人视为英雄格萨尔在这片土地上出现的开端。18世纪末，乃朵寺学者代青宁保写出12句著名的《格萨尔颂辞》；公元1797年，格吉索昂才丹从十四世大宝法王特却多杰处获得口传正经《格萨尔颂辞》；公元1870年左右，仲麦努丹多杰和吾金丹增师弟两人，经过长期潜心修法，分别获得莲师密宗真经《无畏战神格萨尔凯旋金刚颂经》《格萨尔如意祭文》和《格萨尔百胜祭颂篇》，仲巴曲杰旦增15篇《格萨尔》祭颂辞及占卜、猜卦等珍贵文篇。这一系列出自僧人的作品，让杂多县成了雪域大地上格萨尔传播最早诞生的"格萨尔焚香祭祀说辞"的地区之一。

在《杂多县志》中，我也留心到当地"仲肯"土登君乃的叙述：15岁那年，土登君乃梦见一位骑着白马的勇士走到他身边，将驮着的经书，像是从碾麦场上搬进粮仓的青稞一样，装进了他的大脑，让他的大脑变成了《格萨尔》说唱的储存室，那些唱词就像一艘艘小船，他的喉咙变成了一道风大浪急水速快的峡谷。如此"神授"后，土登君乃开始了《格萨尔》说唱。

对很多"仲肯"来说，15岁意味着一个神奇的年龄。土登君乃同样是在15岁那年的又一个夜晚，梦见自己在一座不知名的花园里闲逛，天空中彩云浮动、仙乐阵阵，突然抖落下一条彩虹，像是一个盛大的颁奖会上披在他身上的绶带，他旁边有3位手持宝剑和弓弩的英雄出现，英雄对他说："我们是岭格萨尔王的3位英雄，你以后要说唱《格萨尔》，做我们的追随者。"说完就渐渐消失在半空中，继而格萨尔王骑着一匹白马出现在他的梦境中，一片草原之上白马驰骋。天亮起床后，土登君乃立即跑到附近的一座寺院，向僧人讲述了自己的梦境。僧人非常高兴地告诉土登君乃："这是大好事，你被格萨尔神授了。"土登君乃后来不仅能说唱《大食分财宗》《祝古兵器宗》《茶郎粮食宗》等部，而且能用藏语说唱《水浒》《红楼梦》《西游记》《三国演义》。

杂多县另一位《格萨尔》"神授仲肯"格来昂江，于2019年6月26日赴吉尔吉斯斯坦共和国首都比什凯克，作为吉尔吉斯斯坦共和国世界民族史诗艺术节开幕式嘉宾，进行了《格萨尔》说唱表演，并参加了文化多样性展示暨世界民间艺人大赛。

离开杂多县，我折向南行，开始前往相邻的囊谦县，那里是青海省的最南端，和西藏自治区的类乌齐县相邻。原本计划前往位于吉尼赛乡麦曲村的达那寺，寻找昂欠政权与巴绒噶举派在那里的渊源，没想到，和寺里的僧人站在院子里闲聊的过程中，听他无意间说，达那寺是格萨尔的家寺，我当即央求僧人带我走进经堂。迎面而来的是一尊9米高的格萨尔王塑像，我仰起头方能看得清那副威严的镀金面孔，和在其他地方看到的格萨尔王塑像一样，但之前看过的那些塑像远没有眼前的这尊高。和很多寺院佛殿里的布局相似，这座大殿中的格萨尔王塑像两边，分列着传说中格萨尔手下的30员大将的塑像，这些大将个个显得高大、威猛、清爽、硬朗，有的带着被美化过的笑容。

走出经堂，在东边的一座小殿供台上，僧人指着一卷被红色哈达包着的经书，告诉我，那是格萨尔念诵的"帕本"经卷，旁边摆放的30颗拇指大的白色海螺，是森姜珠牡当年缝在腰带上的装饰物，再旁边的一些则是森姜珠牡的近身侍卫达姆、昂额用过的少量遗物。

热心的僧人看我对格萨尔如此热心，脸上露出了欣慰的笑意，好像一个人的家里珍藏的祖传遗物遇到了识货的买家一样，带着我离开达那寺，走向不远处的一处岩洞中，那里面建有跟随格萨尔王征战的岭国30员大将的灵塔。担心我怀疑灵塔内的遗物真伪，僧人认真地告诉我，这些遗物经中国社会科学院考古所的人员用碳14测定，属于公元1115年±70年的宋代文物，这个时间和格萨尔建立岭国的时代大体一致。如此偏远的地方，怎么会有如此多的遗物呢？按照格萨尔一生的征战路线来分析，这里应该是格萨尔在岭国早期扩张时的征服对象，那些勇猛的岭国将士在奔赴下一个目的地时，有伤员要留在隐蔽的地方，有俘获但无法带走的战利品需要藏在一个安全的地方，达那寺所处的地方很符合隐藏伤员与战利品。我的这个推测自然需要一种理论支持，这就让我想起法国学者石泰安《西藏史诗和说唱艺人》一书中的记载："格萨尔的后裔们，可能将其兵器委托给达那寺保管收藏了。""格萨尔的大部分古迹可能都是由一名神通喇嘛带到那里去的。"石泰安没到过达那寺，但我相信他的这个推测有道理。

有关格萨尔的传奇，如格桑花一般盛开在江河间的每一寸土地上，将青藏大地变成了一座格萨尔的传奇花园。达那寺里的格萨尔王塑像及30员大将、森姜珠牡的遗物就是这座花园中的一个隐秘角落。离开达那寺，我走向达那山下的麻古村，村民吾金的说法代表了当地人的观点：格萨尔是真实存在的历史人物，在军事征伐生涯中，曾在达那寺生活居住过；达那寺的创建者第一世叶巴活佛曾经做过岭国的国师，第五世叶巴活佛也是岭国的国师。村民们笃信，达那寺里的格萨尔王和手下30员大将的塑像，和佛祖观音一样灵验，保佑着达那山四周牧场、牧民，寺里所供格萨尔曾经使用过的盾牌、毡帽以及手下将军们的头盔、铠甲碎片等遗物是真的，尤其是格萨尔令部众用黄金、白银等书写的《大藏经》是达那寺的"镇寺之宝"。

三

和作家文扎在治多县宾馆里聊天时，他的话让我时而恍惚感到有一股带着芬芳的风儿，越过昆仑山和唐古拉山，从遥远的青海省海西蒙古族藏族自治州境内吹来，风里闪动着格萨尔的光芒，吸引着我逆风朝昆仑山而去。在青藏大地，牧民口中的风，除了自然界中的狮卷风、雪踩风、穿峡风，还有一场吹刮了千年的人文之风，那就是"格萨尔风"，它从"仲肯"唇边吹向一个个牧民的耳朵。

离开治多县往西而行，逆着长江上游通天河的流向，不久就进入可可西里无人区，随着海拔的升高，地面上的植被和动物的身影越来越少。我一遍遍地研究格萨尔的征战路线，他本人没有踏进这片广袤的无人区，也没有派遣大将带兵从这里经过。从这里往西，根本就没有他要征服的部落、王国，也没他要劫掠的物产与村镇，巨大的无人区就是大地亮给格萨尔的一张禁止入内令，也是格萨尔军事生涯中的一片空白区。我也问自己：为什么要穿越这片区域前往昆仑山呢？答案就是我听到这样一个信息：青海省海西州格尔木市境内，有第一批国家级非物质文化遗产项目格萨（斯）尔代表性传承人才让旺堆。

和很多"仲肯"一样，才让旺堆说唱《格萨尔》之前，在身边摆好带有象征意义的木制弓剑，挂起一幅绘有格萨尔形象的唐卡，跪倒在那幅唐卡前，恭恭敬敬地伏地磕头；伸出右手无名指，探向左手端着的、提前准备好的盛有青稞酒的木碗，蘸上青稞酒，这是游牧部族饮酒前惯常的"敬天、敬地和敬人"礼数，被"仲肯"们演化为说唱格萨尔事迹前的"敬天、敬地、敬格萨尔"。

"三敬"仪式结束后，才让旺堆将酒碗放在地上，自己也席地而坐，双手合十，先是小声地虔诚祷告，然后是朗声说唱。我仿佛看见才让旺堆根据说唱内容中人物的动作，边说唱边配以一定的手势，那是手指陪伴唱词进行的一种"指舞"，在人烟稀少、精神生活单调的茫茫雪山和草原上，这位雪域"荷马"多年间持续着这种仪式、这种说唱，他就是自己的听众与观众，他就是寂静山河的调剂者与精神生机的创造者。

每个"仲肯"的"神授"过程都是一部传奇，睡梦就是这传奇的道具。父母去世后，9岁的才让旺堆牢记母亲的遗嘱，离开家乡那曲，前往念青唐古拉山、纳木错和冈底斯山转山转湖。有一天，他在纳木错湖畔的一块岩石边休息时，不知不觉睡着了。没想到，这一睡就是7天。醒来后，平时寡言少语的他口中念念有词，不停地说唱。好心的路人以为他生病了，将他送到附近的一座寺院，寺里的活佛听了一阵后作出判断：才让旺堆说唱的内容正是《格萨尔》。活佛让僧人们给才让旺堆专门制作了一顶"仲肯"的艺人帽，从此，才让旺堆踏上了一条说唱《格萨尔》的路，成了一名"仲肯"。

回到家乡后，才让旺堆把风寒的唐古拉山似乎都唱热了，吸引到越来越多的耳朵和眼睛。才让旺堆的命运发生改变是他57岁那年，为了全面调查和掌握省内的《格萨尔》民间说唱艺人，青海省《格萨尔》研究所在全省范围内做了一次大规模的艺人调查。在海西蒙古族藏族自治州调查期间，研究所的人听说了才让旺堆的基本情况。不久，青海省《格萨尔》说唱艺人相聚在风光旖旎的青海湖畔，展示了各自的说唱实力，才让旺堆让与会者看到了一座丰沛的《格萨尔》仓库，他以惊人的记忆力和动情的说唱收获了一等奖，也收获了人生的另一种命运：演唱会结束后不久，才让旺堆被聘请到青海省《格萨尔》研究所担任专职说唱艺人，就此告别了民间"仲肯"的身份，是青海省乃至全国第一个因为掌握大量《格萨尔》说唱内容而成为国家公务人员的"仲肯"。后来，在中国社科院、国家民委、文化部、中国民间文艺家协会联合召开的说唱家命名大会上，才让旺堆获得了"《格萨尔》说唱家"的称号，先后说唱了11部《格萨尔》，被文化部、国家民委、中国社科院、中国民间文艺家协会等四部委特授予《格萨尔》抢救和研究"突出贡献的先进个人"称号；被文化部、中国民间文艺家协会授予"《格萨尔》杰出传承人"称号。

早在治多县寻访格萨尔遗迹时，我"遇见"的格萨尔王妃森姜珠牡就是指引我走进柴达木盆地的一个"向导"。《格萨尔》史诗中记载：位于岭尕布东北部的霍尔国国王听说格萨尔的王妃珠牡非常漂亮，便决定乘格萨尔征战其他地方时出征岭国，抢夺森姜珠牡。那场抢人大战中，霍尔国的将士不仅抢走了森姜珠牡，掠走了岭国的大批财宝，还杀死了格萨尔手下的得力战将嘉察。失去心爱的女人和战将，让格萨尔将复仇之火毫不节制地烧向霍尔国。在挥兵一路向北、夺回森姜珠牡、消灭霍尔国的过程中，格萨尔就像一台永远充满动力、毫不疲倦的播种机，将自己的故事如种子一样播在了沿途，霍尔国占据的今柴达木盆地一带，变成了格萨尔传奇故事生长的沃土，让这片辽阔的土地哺育出一茬又一茬关于格萨尔的庄稼。占领霍尔国的领地后，格萨尔封大将辛巴梅乳孜为霍尔国的首领，将霍尔国的"雅孜快尔玛"城堡作为辛巴梅乳孜封地及新政权的政治中心。

"雅孜快尔玛"在哪儿？今青海、甘肃、四川、西藏等省区有6处地方和这个名字吻合，分别是甘肃省肃南裕固族自治县林松山，青海省循化撒拉族自治县，青海省天峻县快尔玛乡，四川省阿坝藏族自治州毛尔盖寺附近阿钦山沟，西藏自治区的那曲及阿里地区。

像是面对一道有六个备选答案但只有一道是正确的试题，《青海之书》的书写及在格萨尔攻打霍尔国的说唱故事，让我毫不犹豫地在这六个选项中划定了"快尔玛"。

来到位于柴达木盆地东缘、海西蒙古族藏族自治州天峻县快尔玛乡境内，一处红色山岗像是绿色草原上搭建起的一座帐篷失了火在燃烧，仔细看又像是一座红色城堡，那就是被当地藏族人称的"雅孜快尔玛"，意思为红色的城堡。"雅孜快尔玛"周围生活着一个古老而神秘的上环仓部落，很少为外界知晓，牧民中间一直流传着这样的说法：他们是格萨尔远征霍尔国后留在这里驻守的军队后裔。这种说法，在青海很普遍，它们就像一捆捆收获后的青稞，稳稳地扎在秋日的青海大地上，最北边的一捆是祁连山西麓的阿柔草原，最东边的一捆是黄河边的积石山下，最南端的一捆无疑是澜沧江边的囊谦县，最西边的一捆毫不惧怕风雪地立在可可西里无人区的东大门边。这四捆青稞围拢着的大地犹如铺开的画布，到处都闪耀着格萨尔的光芒，这面大画布上的高山、森林、牧场、河湖，一直竖着耳朵，昼夜聆听着从"仲肯"嘴里传出的格萨尔故事。

四

在雪域高原，雪山扮演着行政区域的天然分界线，往往能阻隔两种行政区内的民众往来，但关于格萨尔的传奇，遇山能有路，遇水能搭桥，像高原上强劲的罡来去自由，没有路障与关卡。格萨尔的各种传说，通过"仲肯"们的说唱，从雅砻江到雅鲁藏布江，从澜沧江到通天河再到黄河上游，从昆仑山到巴颜喀拉山再到祁连山，越刮越强劲，吹到青海东南部的果洛藏族自治州境内时，简直就成了一股旋风。

一幅青海地图明确显示，巴颜喀拉山、布尔罕布达山、阿尼玛卿雪山形成一个巨大三角状围栏，将果洛裹在其中。如果说格萨尔说唱是一朵硕大无朋的艺术之花，盛开在青藏大地的江河与群山间，果洛就处在花蕊部位。诚如藏学家降边嘉措所言："果洛是《格萨尔》流传最广泛的地区之一，那里的山山水水都与史诗《格萨尔》有着密切的联系。"当年，俄国著名的探险家科兹洛夫考察完果洛后，发出了这样的赞叹："果洛人的好战精神以及在战争中的成功，均因为格萨尔经过阿什穹时将其神奇的宝剑丢在了那里，而又未能在那里重新找到它。虽然该剑自此之后已失踪，但大家仍将这些战斗本领归于它。"

阅读《果洛州志》，我注意到《岭国诞生苑》中的记载：格萨尔王出生后不久，被他的叔叔晁通驱逐至黄河上游玉龙森多一带。也就是说，玉龙森多是格萨尔王赛马称王前的第一领地。当代藏族著名学者毛尔盖桑木丹在他的《格萨尔简论》一文中认为，玉龙森多就是果洛州达日县查朗寺附近的吉达尔黑土沟附近。

前往吉达尔黑土沟是极其困难的，沿着214国道从西宁出发前往玉树方向，在花石峡开始偏离214国道，沿着205省道折往达日县，沿途经过十七道班、昌马河、中心站、当洛、上贡麻等地才能抵达。途中的200多公里基本是在不那么像样的乡村公路上行驶，从县城吉迈镇包车向西前往27公里之外的建设乡；到建设乡后，我就得依靠自己近年来徒步考察的功底，背着帐篷睡袋前往查朗寺。掬起一捧寺前的清澈水流，似乎能洗去疲顿，或许，格萨尔的军队抵达这里时，也是如此。站在小溪边，我翻开随身带的果洛州地图，发现这里离黄河只有 5 公里。缓缓走上查朗寺背后的山顶，将目光从黄河那端收回来，一座当地人兴建的"狮龙宫殿"扑入眼帘。

在门外放下行囊，迈过厚重宽阔的门槛，和我在达那寺的大殿所见的一致，殿内正中间端坐着一尊格萨尔文铜像和一尊格萨尔武铜像，展现了格萨尔智慧与勇毅的两副面孔，这很容易让我联想起这座大殿名字中的"狮"与"龙"的寓意；跟随他征战的 30 员大将的塑像分列两边，这座大殿因为收藏了 300 多件有关格萨尔的各种文物，成了果洛地区的一座格萨尔的"仓库"。

僧人久扎既是"狮龙宫殿"的守护者，也是和格萨尔相隔着一条千年的时间之河的此岸守望者。这些年来，他在查朗寺给自己"打造"了一个雷打不动的"闹钟"：早晨 6 点半起床，查朗寺还处在黎明前的暗黑中，他洗漱完毕后就会供燃酥油灯和藏香，接着坐在经榻上，念诵《格萨尔祈祷文》和《格萨尔上师瑜伽》《格萨尔祈祷平安颂词》，酥油灯光是他的听众，默默地记录着一位普通僧人对格萨尔的敬重。那一刻，我仿佛听见他敬颂格萨尔的声音飞出寺院，越过群山——

艾玛霍，十方一切如来胜化身，伏魔瞻洲大王格萨尔，虔诚祈祷回遮边敌军，授予四业任运胜共成。嗡格热嘛呢冉扎色德吽。

在果洛地区，寺院成了传播格萨尔事迹的另一条渠道，每一位念诵有关格萨尔经文的僧人，都认为那是他们和格萨尔王对话的通道，通过藏戏表演格萨尔事迹，则是他们眼中通往格萨尔神灵之侧的一把梯子。

查朗寺的僧人热赛就是很多僧人心中踩着这把梯子往上走的人，因为在"狮龙宫殿"组织的格萨尔藏戏中扮演岭国部族头人的角色，平时他会参与练习《赛马称王》《吉祥烟供》等格萨尔经典藏戏。每年藏历五月初十格萨尔煨桑日，僧人们会为当地信众及游客表演格萨尔藏戏，吸引数万名信众及游客驻足观看。周围的牧民都会汇集到"狮龙宫殿"，举行大规模的煨桑、祈福、听经等活动，以纪念他们心中的英雄格萨尔王。"狮龙宫殿"成了牧民心中的圣地，就连附近的那家加油站，也以"狮龙宫殿"命名。告别查朗寺时，我已经学会了轻声念诵《格萨尔祈祷文》中的这几句——"能满所愿战神大力士，三部莲师幻化大狮王；大宝降敌护法使者众，祈祷供养所愿任运成。"

南木特尔！听到我这些年在青藏高原上苦苦追寻格萨尔的行迹后，查朗寺僧人久扎对我说出了这个名词。看我不解的样子，他用那一口不流畅的"达日普通话"给我解释：就是你们所说的"藏戏"，要听"南木特"最好去隆恩寺。

离开达日县县城吉迈镇，往北行近60公里，抵达甘德县城柯曲镇，再朝东行40多公里，乘船渡过东柯河，隆恩寺就位于隆什加山下的一块台地上，寺里的僧人班玛登保（全名称哇秀喇嘛班玛旦达尔若贝多杰）曾把格萨尔的传说编成藏戏上演，隆恩寺变成了《格萨尔》在果洛地区传播的一个胜地。隆恩寺的"南木特"团由45人组成，顶梁柱则是寺主班玛登保、《格萨尔》说唱艺人俄柔合和能写120部《格萨尔传》的格日坚赞。班玛登保还投资建成了玛域《格萨尔》文化中心，里面建有檀香木雕刻的格萨尔30员大将和格萨尔的铜像、塑像及唐卡、壁画等艺术作品，收藏有以《格萨尔》为主的珍贵文物400多件。

在果洛人的心目中，格萨尔是少年时候因为父亲去世，在篡权的叔父晁通威逼下，带着母亲逃离故乡来到果洛的，他们笃信格萨尔赛马取胜并称王的地点就在横穿果洛的黄河边；他们在千年的口传历史中形成了爱听《格萨尔》说唱故事的传统，也有了爱看、爱演《格萨尔》"南木特尔"的土壤，并在当地有了"马背藏戏"的称谓。玛沁县的岭扎拉哉嘉王子藏戏艺术团展演的马背藏戏格萨尔剧《扎拉哉嘉》，是有关格萨尔的"南木特尔"范本，格萨尔听了这样的唱词，一定也会心生欢喜——

从玛沁雪山四处看，祥云罩着大草原；不是七彩黄河唱欢歌，是马背藏戏转神山。

从年保玉则往外看，神湖岸畔鼓钹喧；不是牧民跳锅庄，是格萨尔马队战得欢。

从狮王殿前往外看，珠牡广场彩旗飘；不是大王征战回，是十二美妃祈祷幸福年。

青海省甘德县德尔文村村民自称是格萨尔王的后裔，支撑这个论点的证据是村里出现了《格萨尔》文化传承挖掘大师谢日坚措、唱不完《格萨尔王传》的说唱艺人昂仁、写不完《格萨尔王传》的艺人格日尖参、说不完《格萨尔王传》的艺人德尔文巴才、被全国《格萨尔》领导小组办公室誉为"《格萨尔》掘藏艺人"的图登达杰、"智态化格萨尔艺人"丹增扎华，等等。

格萨尔，成了德尔文村里长势和收成最好的庄稼。

在果洛州，可以说遍地都是格萨尔王之影。这些果洛州境内的诸多与格萨尔有关的文化现象、遗迹、建筑和传承人，构成了果洛格萨尔文化的奇特现象：以甘德县史诗村德尔文部落为核心的传承活态化文化现象；以格萨尔王寄魂山阿尼玛卿雪山为核心、祭祀和供奉活动为载体的祭奉格萨尔王神山圣水文化现象；达日县的格萨尔王狮龙宫殿、甘德县的隆恩寺玛域《格萨尔》文化中心、玛沁县的朗日班玛本宗、班玛县的《格萨尔》艺术宫殿、玛多县的嘎吾金殿等格萨尔王纪念文化现象；宁玛派将格萨尔王信奉为该派创始人莲花生大师转世，形成了以格萨尔王和史诗中诸英雄既为度化众生的"佛"，又为济世扶贫的"主"的格萨尔信仰现象；以娱乐说唱格萨尔、行事敬拜格萨尔、祈祷口诵格萨尔、喻人喻事格萨尔的文化现象渗透在果洛世居民族生活中；以甘德县和久治县的马背《格萨尔》剧为核心，包括以班玛县知钦寺《格萨尔》剧团为代表的24家《格萨尔》剧表演团体演出的《格萨尔》剧文化现象。

达日县吉达尔黑土沟的人们认为自己生活的地方是格萨尔的出生地；地处黄河源头玛多县的阿玉迪，当地牧民认为自己生活的地方才是格萨尔赛马称王的地方；玛多县境内扎陵湖、鄂陵湖一带生活的牧民，深信两面大湖是格萨尔的寄魂之地；久治县的当地牧民认为年保玉则山是格萨尔的保护神。

当我寻找格萨尔的足迹出现在果洛州时，能感受到这里是格萨尔文化资源最富集、表现形式最独特多样、本真性保持最完整、说唱艺人最多、影响力最广泛的地区之一，每一座山脉、每一条河流、每一条古道，似乎都有格萨尔的影子。藏历年、赛马会、"格萨尔文化旅游节"，每一个藏族传统的或新时代出现的节日里，有关格萨尔的题材变成了节庆活动中的主角和重头戏，说唱艺人、格萨尔题材的作家、格萨尔题材的文创产品设计者、歌舞者、赛马选手，不同身份的人都在表达着同一个艺术题材。

"作为这样一种原始整体，史诗就是一个民族的'传奇故事'，'书'或

'圣经'。每一个伟大的民族都有这样绝对原始的书，来表达全民族的原始精神。"黑格尔说出这句话时，他接着断言：中国没有史诗。如果黑格尔能在青海大地甚至整个藏地走一遍，面对《格萨尔》，相信他是不可能作出那样的断言的。《格萨尔》是相当于10倍《荷马史诗》和《伊利亚特》的史诗，连号称"世界上最长的史诗"的印度《摩诃婆罗多》也仅仅是她的四分之一，这是一部目前还没完全整理出来的人间巨著，目前整理出的2000多万字、200多万行，已经完全配得上法国著名藏学家石泰安所赞誉的"亚洲各民族民间文艺的宝库"。

在青海，格萨尔是一道飘荡在江河与天空间的神音，是一个将足迹印在大地上的历史人物，是飘在云端的传奇与神话，是艺术家笔下的创作资源与题材；格萨尔在青海既是理想又是现实，既是合唱又是独唱，既是信仰又是尊重，既是博览又是展示，既是史诗又是鸿篇，既是嘴巴又是心声。我在青海大地上追寻格萨尔，并不是说它只属于青海，第一批国家级非物质文化遗产项目格萨（斯）尔代表性传承人认定中，除了从唐古拉山走来的才让旺堆以及来自玉树藏族自治州的达哇扎巴，还有来自甘肃省天祝藏族自治县的土族说唱艺人王永福、四川省甘孜藏族自治州的阿尼和新疆尼勒克县科克浩特胡尔蒙古乡藏传佛教寺庙僧人吕日甫。法国学者石泰安在他的《西藏史诗和说唱艺人》一书中，还列举到尼泊尔、蒙古、印度、伊朗和俄罗斯出现的"仲肯"们，数量确实不少。当格萨尔和作家相遇时，在青海，有梅卓的长篇小说《神授·魔岭记》；在西藏，有次仁罗布的《神授》；在四川，有阿来的《格萨尔王》，等等。格萨尔，是一部永远写不完的题材，是如云朵在天空永远飘荡的影子，是大地上生生不息的庄稼和牧场。

第三章

青藏的瓦蓝围裙

多少年后，不知道阿布是否还记得9岁那年春天播种"乃"（藏语，青稞）的场面。那年藏历新年刚过，阿爸就带着阿布一起，前往蹲在半山坡的寺院，向堪布请教开种日子。堪布的嘴里轻缓地吐出和往年一样的谚语："昴宿上山，耕牛下河；乃低头，镰跳舞。"

那是阿布第一次进寺院，来之前阿爸就反复交代：进到寺院，不能左顾右盼，不能抬起头来看堪布，更不能当着堪布的面多嘴。阿布在寺院里照着阿爸叮嘱的做了，没乱看、没乱走、没乱说。走出寺院，阿布拉拉阿爸的衣服："堪布说的是什么意思？我没听懂。"

阿爸笑着回答："我第一次跟着你爷爷来问堪布时，也不懂他说的是什么，你爷爷就告诉我：昴宿星走到西边山顶上的时节，就要赶着牛到河边去种乃；长熟了的乃低下头时，就到该收割的秋天了。"

"哦，乃下地的日子，谁来定？"

"乃的种子进地的日子，是堪布根据历书、星宿运动、雪化的程度、天气的转热情况来确定的，开播时，就得开犁下种。堪布是这个世界上最有学问的人，他是教仁波切的，我们怎能怀疑他说的呢。"

回到村子里，阿布看见阿爸、阿妈和村民们开始为春耕忙碌。从懵懂记事起，阿布就觉得每年开种乃，是生活在河谷一带的藏族人的一件大事，是一个节日，一场狂欢，一种庄严的仪式。到了堪布选定的那个吉日，一股看不见的力量像一只水泵，将整个村子都抽空了。穿着鲜艳的人们走在村子通往河谷地带的路上，仿佛一条臃肿的彩色巨蟒，在曲折的小道上蜿蜒着；装扮一新的、选出来参加开耕仪式的白牦牛走在最前面，那是彩色之蟒不断向终点探去的白色信子：白牦牛的额头上贴着酥油图案，牛角根部拴着两条红色飘带，驾犁的木辕正中间是不知多少根哈达绑紧后竖起的、一根看上去像皇冠一样的哈达捆，中间插着一束彩色的塑料花，这让那些领头的白牦牛看上去更像走在迎娶路上的新郎；跟在白牦牛后面的黄色、黑色牦牛的脊背上也披满了哈达，每两头牦牛都用一根粗粗的木柱子架在一起，构成我们小时候在历史教科书上看到的"二牛抬杠"的情形，连牦牛脖子上的缰绳都是新换的，尾巴上也挂着红色的尾饰——甩起来就像一朵开得鲜艳的格桑花在半空中笑着，耳朵两边垂上鲜艳的耳坠。

作为村民选出来、在耕种前向天地敬献切玛和乃羌（藏语，青稞酒）的代表，阿布和另一位年龄相仿的女孩德吉，一人捧着乃羌壶，一人端着切玛盒（藏族举行重大的庆典仪式或者欢度藏历新年时必不可少的吉祥物。是一个精制的斗形木盒，中间用隔板分开，分别盛入炒麦粒和糌粑，插上上一年收割青稞时从青稞田里精心挑选出的、用红颜料染红的青稞穗和酥油花，象征着人寿年丰、吉祥如意），跟在那庞大的牛阵后面。跟在阿布后面的，才是村里的大人们。阿布也惊奇，这哪是一场简单的春耕仪式，确切地说是一场狂欢的前奏，男人们戴着各种颜色的毡帽，穿着黑色的皮靴，缀满银饰的腰带将藏袍束了起来，女人们也穿着五颜六色的节日盛装，男人和女人的脖子上都挂着白色的哈达。

那条彩色的牦牛在前、人在后的庞大队伍顺着山坡间蜿蜒的小路往下而行，到河谷的耕地前，阿布和站在身边的德吉，给每一头耕牛喂青稞和青稞酒（哈，这些喝酒的牦牛），然后给牛的主人敬上青稞酒。村民们也拿出自己带的青稞和青稞酒，一边说着吉祥话，一边给身边的人和牛敬酒。那些喝了酒的牛，嘴里吐着一股股酒气，时而摇头，时而摆尾。不远处，桑烟在煨桑的仪式中悄然升起来，有人不断地往火堆里面撒着树叶、青稞、香，桑烟越来越浓，"噼里啪啦"的青稞爆裂声，像一位加盟大合唱的高音歌手，挤进村民们的敬酒声、唱歌声、孩子们的欢呼声中。

喝多了酒的牦牛，开始到处乱跑，摇摇晃晃或者踉踉跄跄的样子，逗得围观的大人小孩笑了起来。

敬青稞和青稞酒的仪式结束后，男人们一字排开站在地埂上，朝向太阳升起的方向，左手握着青稞，一起高声吟诵吉祥祝福的话语，最后向上用力抛撒，青稞像一粒粒黄金粉屑飞舞着。他们身后，是一字排开的耕牛，如同发令枪响之前蓄势待发的运动员，一旦主人的吆喝声响起，便拖着犁铧向田地中间奔去，男主人在后面扶着犁紧紧追逐，女主人踩着犁铧划出的沟槽，往里面撒着青稞种子。煨桑升起的烟雾造成了一种仙境般的错觉，耕牛是这台演出中的主角，拉着犁往地中间走去，扶犁的男人在夸张的声调中吆喝着牛，邻居们在地埂边唱歌、喝酒。

第一次见到这个情景时，我确实并不知道这些人和牛在干什么，不知道他们举行的是什么仪式，不知道站在地埂边的男人朝天撒的是青稞种子。那是我搭乘油罐车从拉萨前往尼泊尔考察西夏后裔的途中，看到雅鲁藏布江边的一幕，便让开车的雍强师傅停下来。

接着我看到了这样一幕：那些耕种的人，来回一趟，就停下来，到地埂边参加到喝酒者的行列中了。喝够了便站起来唱歌或到旁边的空地上参加到跳锅庄的队伍中，唱够了、跳够了再回到地埂边，吆喝着牛开始摇摇晃晃地再耕一趟。我忍不住拿内地的耕种效率责怪这些人，雍强立即纠正：这不是效率问题，这是藏民族对待耕种青稞的态度。

青稞时间！我在那一刹那间想到了这个词汇。

那些欢快的人们，选择了唱歌、跳舞、拔河、耕地等不同娱乐方式，也有不少青年男女悄悄地走向不远处的树林。他们和青稞一样，修正着自己的喉咙和口腔，把一首写给季节的长诗，依次晾晒给土地和天空。

我下车，慢慢走下山坡，走到他们中间，走进一团好客热情的火焰里。迎接我的是笑脸、祝福和端给我的青稞酒，几小碗青稞酒下肚后，我问那家地的主人："是不是再过几年，拖拉机开过来，牛就不用了？"

"那怎么会？拖拉机会吵着土地的，被吵着的青稞在地下是睡不好的，它就像孩子，睡不好的话怎么能长大呢？我们喜欢牦牛种的青稞。"

"怎么不会？拖拉机到来是迟早的事情！你看，高原上还有几个人骑着马放牧？年轻人骑着摩托车放牧的越来越多了，摩托车不也吵着牧场和牛羊？"旁边的一位牧民发表了不同观点。

我放下手中的青稞酒碗，道谢后朝半山坡上停着的油罐车走去，身后是很快分成两派的牧民越谈越激烈的辩论，那是他们替牦牛和拖拉机展开的一场"舌头之战"。

后来，我再次经过雅鲁藏布江谷地，看到那些公路边交通便利的村子，基本全是拖拉机在耕种青稞了。雪崩式的现代文明来临时，一些古老的耕作方式与生活习俗会被无情地埋在地下，那些给牛喂青稞和让牛喝酒的场面，那些端着切玛和酒壶的少男少女们出场的仪式逐渐淡去，甚至在文旅时代变成了一种表演。

在一个偏僻的村子，我听到了这样一个真实的故事：县上派的科技人员到村里，给当地藏族人传授小麦种植技术并留下了足够的种子，希望能以小麦替代青稞，为的是当地人也能吃到自己种的小麦。来年，科技人员到村子里一看，村民们依然种的青稞，根本就没种小麦。科技人员很纳闷，问原因，得到这样的反问："上年来时，我们问你，种小麦是不是能酿酒？你们说可以，我们想，把小麦种下去，然后长那么长时间收割了再酿酒，还不如直接酿酒划算。"

科技人员急了："你们把小麦种子拿来酿酒了？"

"是呀。"其实，他们懂得小麦的作用。一位牧民狡黠地对我低声说道："我们那样做，是因为舍不得让那种叫小麦的东西占据了属于青稞的土地，那和野牦牛跑来占了我们牦牛的牧场有啥区别？"

在雅鲁藏布江边遇到的那一幕，让我以为只有那一带的藏族农牧民是那样对待青稞的，后来，在祁连山西麓的青海北部地区，在横断山深处的甘孜州一带，在澜沧江边的青藏交界地带，青稞种植者们的语言和服饰虽然不同，但对青稞的态度是一致的：青稞是上天赐予高原的厚礼，是上天投喂给大地上的子民的一份口粮！在他们的心中，牦牛是世界上最完美的动物，青稞则是最完美的植物！诚如《旧唐书·吐蕃传》记载青藏大地时所说："其地气候大寒，不生秔稻，有青稞麦、裛豆、小麦、荞麦。"

二

和内地农区种植庄稼不同，高原上的人们挤不出很多时间给青稞，就像他们繁忙地放牛羊、挤牛奶、织氆氇时，会将孩子扔在帐房旁让牧羊犬陪着，这也是他们对青稞种子力量的信任：多厚的雪压着，也挡不住种子的出土；多恶劣的气候条件下，青稞总会长成庄稼。

一旦入土深埋，青稞种子便会借居在高原冰凉的地下，哆嗦着，蠕动着，抖动着，以生命的脉率搅动地下的漆黑、僵硬和懒散，让冰冻的土地活起来，以成长的力量唤醒沉睡的地气。在冬长夏短的高原，相比其他作物，它们得忍受多阔大、多漫长的冷与黑，多像葡萄牙诗人佩索阿那句诗——"我们活过的刹那，前后都是黑夜。"我曾一次次地在犁铧划过的青稞地蹲下身子，盯着因寒冷还板结的土壤，我多想让自己的眼睛探向地下几寸的地方，看那些青稞种子在短时间内能积聚多大的力量，才使单薄的身子裹挟着冰冷顶破寒硬的地表，那时，它们的喉道里，聚集着向烟火人间出发的一道道冲锋令。冒出大地后，它们以生长的姿态，抬升着春天的身高，彰显能在地球高海拔处发芽、成长的青稞的身份与卓越，那一毫米、一厘米的绿，与荒凉和冰冷抗衡着。青稞从地下到破土再到生长，它的阴冷环境在《中国农业百科全书》的记载里有着印证："青稞多为春性，耐寒性较强，苗期能忍受 –10℃ 左右的低温：大部分品种闭颖授粉，开花期、乳熟期遇到低温时不致受害。生育期短，早熟。日均温 ≥ 5℃ 的天数为 100 天左右，最热月份月均温 10℃ 以上的寒冷地区均可栽培。"如果遇上一场雪，就是这些青稞成长途中横出的一道路障，那种绿的蔓延就会遇到更大挑战。

一粒出土的青稞，就是给枯燥的大地和死寂的空气发出的挑战书，就是向天空投去的一份关于生命与绿色的证书，也是一份向阳光和春雨发出的邀请函。它们摆脱了被冻死、渴死或旱死的危险，穿过地下只有几寸的黑暗隧道，而对一粒青稞种子来说，那就是一艘小船穿越过惊涛骇浪、飓风暴雨的大洋一般漫长的死亡地带，向大地报到，给蓝天请安，向耕种者递交希望。

一株株青稞，每一天、每一刻都在渴望中度过，在改写自己身高的努力中，给寂寥的青藏送去生命的颜色和温度。每一片青稞地，就是一场小小的团体操，连接起来，就是在青、藏、川、滇、甘等地区构筑的雪域高原上，跟着阳光的指挥棒合奏出的一曲绿色大合唱，是撒在平地和河谷间的音乐，是接受太阳和月亮轮流洗浴的瓦蓝胴体，是和牛羊一起成长的捕获，是蓝色烈焰向星星缥缈去的诱饵，是在耕种者的遗忘中锻造的盛开与孤独，是在季节的耳朵之外成长的音节。

耐寒、耐旱、耐碱、耐瘠，让青稞和时间展开赛跑般的成长，它们简直就是一株株时间锻造的铁树，一列列站在烈日与冰雹下的卫士，一趟趟通往高原秋天的专列；如果将青藏看成一匹站立在地球高处的骏马，那葱绿于夏日的遍地青稞，就是亿万根竖立在马脖子上的清灰色的鬃毛：硬朗、俊秀、蓬勃。

青稞出苗后不久，就向离青稞地不远处的村庄发出农时口令，开始呼唤村民们准备薅头道草。禾苗出完后，就接着薅第二道草。每一道薅草，就是给青稞苗腾出更清爽的、更开阔的生长空间。两次薅草，是一部"青稞史"

的精彩前奏，带给人们关于青稞的劳作欢乐与希望。在村民的眼里，青稞幼苗是站立在田里的仙女，是公羊上翘的角尖，是少年的发辫，一首《薅青稞》的民歌也会被青稞田里薅草的人们唱起，一首首民歌就像一道看不见的云雾，穿梭在田间地头，萦绕在低矮但葱绿的青稞苗间：

> 长在垄上的幼苗，像织女钉织桩；
> 分岔的禾苗，像公羊的角儿；
> 三岔的禾苗，像三根整齐的发辫。
> 薅头道的样子，像乌鸦在灰尘里翻滚；
> 薅二道的样子，像黑牦牛在土堆上玩角枝。
> 青稞出穗的时候，像英雄男儿把喝完酒的铜杯倒放在前面；
> 清除野燕麦的样子，像美女分头发。

青稞的整个身子还没长到足够高度，就迫不及待地孕育着果实，每一株青稞穗都是审视大地的一道眉眼，每一粒青稞都是包在那眉眼中的眼睛。当穗子突破叶鞘的裹护时，太阳看见的是惊艳：在雪域高原，雪只有一件白色的外套，草木有青与黄两件衣裳，长大的青稞却有白、蓝、紫、黑、花等五种颜色，那是向天空递交的和时间赛跑的一份彩色档案。

当一株株青稞犹如脱下瓦蓝的帽子向天空或者它们的主人亮出金黄的头颅时，每一株青稞穗从朝天敬礼改为面向大地致谢，将黄金的头冠垂向大地。那是从灌浆后就筹备给土地和耕种者的礼节，那是向阳光和雨水致以感恩时亮出的谦卑，每一株青稞的成长都书写着和时间的发令枪赛跑的速度。我们在很多地方看到的青稞，是一片让大地发烫的金黄，是太阳和汗水接吻时的颜色，也是青藏的笑脸；是白天递向蓝天的宣示，也是夜晚送给月亮的邀约。

如果节气有颜色，播种青稞的节令或许是冰天雪地的纯白，收获青稞的节令则是以金黄为主的五彩呈现。青稞熟了，耕种者的梦想也熟透在黎明的树枝下。这是对要离开家乡者的友好拦截，他们会守住对青稞的一份挚爱；这是对他乡游子发出的"收青稞"的呼唤，他们会从外地背回一捆捆游子的思念，在故乡的青稞地换取一捆捆青稞。长熟了的青稞从穗身上发出的香味，是青藏酿造的一副迷药，令大地沉醉；是一座让亲人围着青稞跳舞、歌唱、劳作的舞台，有关丰收的舞曲飘遍江河；是一道让劳作之歌唱到最高处的音符，犹如站在雪山之巅给蓝天的耳朵投喂去季节的福音；也是让汗水如籽种落地一样滴向大地的再次播种，长出了关于丰收的另一种庄稼。

青稞的种与收，体现了耕种者自始至终的两种态度：种是向大地埋下一份希望；收是感恩大地的回馈。种有隆重的仪式，收同样有特定的讲究。

在雪域高原上，在高海拔地区农牧民的心里，有哪种作物能超过青稞的地位呢？丰收的季节，人们围着青稞跳舞，这是那些怀揣对土地和粮食敬重的耕种者，以自己的方式在感激从地下窜到离地数十厘米的青稞。虽然，在藏语里，青稞只有一个简单的词"乃"，但在高原牧民的眼里，青稞和虫草一样，是有神性的作物，是上天安排到人间安慰牧民口与胃的使者，是应该受到敬畏的。从地下钻到地面，再到半空中摇曳着一株株修长的身子、举着一粒粒日渐沉重的青稞，从入场、碾打到磨成青稞面甚至酿做酒，和一个母亲孕育、分娩及抚养孩子一样，是有时间过程的。这个过程，成就了青稞耕种者对青稞的态度。

收割青稞有讲究，左手握住一大把，右手挥舞金镰刀；
割完三把捆一捆，满地的麦把像鸟群；
满地的麦把堆起来，好似坝上一群猪；
麦把驮在牛背上，好似手铃口朝下；
一对麦把扔上架，好像高空大鹏飞；
麦架上的青稞哟，好似叠的纸垛儿。

当达瓦将那曲古老的割青稞民谣唱出来时，我仿佛已经看到了歌谣中唱的收割、捆扎、堆架、驮运等一系列动作，像一条流水线上的工序，居守在各自的环节上。

青稞耕种者们，感恩这神奇的作物并以青稞作为主角命名了一个隆重的节日："望卡果"。在藏语中，庄稼、作物被称为"望卡"或"兴卡"，"果"是转圈的意思，"望卡果"就是指围绕着丰收在望的庄稼转圈。在青稞的耕种者眼里，青稞岂止是从地里长出的？更像是上天赐予的传奇，"望卡果"就是唱给这种传奇的一首赞歌。

最早流行于雅鲁藏布江河谷地区的"望卡果"，就像从那里崛起的吐蕃王朝的铁骑一样，跨山越水走向一个个远方，从山南到拉萨，从林芝到昌都，从阿里到拉达克，从康定到祁连。伴随着征战将士、迁徙牧民的脚步，青稞的种子也像长了脚一样行走在雪域高原，一圈一圈的"望卡果"跳动在收割前的青稞地头，从开镰收割前一种简单的农事仪式，逐渐演变成收割时含有赛马、射箭、唱藏戏等内容的盛大节日，一份收割者对青稞的隆重敬献、歌颂与祭礼。

在雅鲁藏布江河谷地带，我看到过那些抬着用麦穗编成的"丰收塔"，挥着彩旗结队转地头，举行煨桑、赛马、演戏、唱歌、敬酒、跳舞的场面。到了青海，很少看到盛大的"望卡果"。我参与的割青稞也是在一种寂寥、单调的氛围中进行的。在我援建的青海省最南端囊谦县觉拉乡的孤贫学校支教的那几年时间里，等到收青稞的时节，男人们去远处的高山夏牧场放牧，收割青稞成了妇女和孩子的事情，尤其是周末，学校里的孩子们都去帮家里人、亲戚收青稞，一个个弱小的身子掩隐在黄色的金浪里，像一条条瘦弱的鱼儿游弋在大海中。我看到两种刀朝青稞的根部砍去，大人手中挥舞的是类似电影《静静的顿河》中村民割草时拿的那种长柄割刀，孩子们手拿的则是短柄的割刀。那些飞舞的割刀，朝后一拉，便有几株青稞被腰斩般割裂，那时，在中国种植青稞的广大地区，从云南西部高原到西藏全境，从青海大部到甘肃南部，亿万柄割刀在秋日太阳下、在或密麻或稀疏的青稞丛中舞动，构成了一幅壮美的青稞收割画面。

收割青稞，意味着砍断伸向天空的那层黄金的波浪，让那波浪从半空中跌落，那不是印度诗人泰戈尔在《生如夏花》中所描述的"我听见回声，来自山谷和心间 / 以寂寞的镰刀收割空旷的灵魂 / 不断地重复决绝，又重复幸福 / 终有绿洲摇曳在沙漠"。对，不是用割刀收割空旷的灵魂，是割刀和青稞在秋天的高原碰撞出的风景，是青稞的耕收者年年重复的辛苦和愉悦，是割刀的银白之光和汗水闪亮的相逢。

前去囊谦支教的那几年，我能从澜沧江边的那一垄垄青稞地，看到整个青海甚至整个藏地被青稞披上了一件阔展、雄伟的帝王之袍，也看到青稞倒下的刹那露出割刀发出的光芒，更能看得到青稞自驯化至今 3500 年—4000 年历史长河间溅起的青铜般的浪花，也就能听得见一株株青稞从半空中高唱的归家曲。同样是割麦，英国诗人威廉·华兹华斯那首《孤独的割麦女》里的苏格兰女性是这样的：

> 看，一个孤独的高原姑娘
> 在远远的田野间收割，
> 一边割一边独自歌唱——
> 请你站住，或者悄悄走过！
> 她独自把麦子割了又捆，
> 唱出无限悲凉的歌，
> 屏息听吧！深广的谷地
> 已被歌声涨满而漫溢！
>
> 还从未有过夜莺百啭，
> 唱出过如此迷人的歌，
> 在沙漠中的绿荫间，
> 抚慰过疲惫的旅客；
> 还从未有过杜鹃迎春，
> 声声啼得如此震动灵魂，
> 在遥远的赫布利底群岛
> 打破过大海的寂寥。

我在青海大地上看到收割青稞的高原女子们，没有一边割麦一边歌唱的浪漫，没有雅鲁藏布江边庆贺收割青稞的盛大场面，那些孤独得只有劳作和青稞相伴的女子，在男人去高山深处远牧的日子里，带领孩子们，在蓝天下默默磨镰开刀，汗水洒在地上，带着收割的快乐和疲倦归家。千百年来，青稞以耕种与收获交替的轮回，丰富着耕种者的肠胃和生活，让收割时的简单动作，像流水般没有尽头，一年又一年，在一代代高原女子的身上传递。

曾从新闻报道里读到一组数据：青海省青稞种植面积达到 100 万亩，青稞产量约占全国藏地青稞总产量的 20% 以上。从另一个角度看，这也是青稞在青海的命运写照，本来，青稞是一种散文般的植物，不宜像长篇小说那样铺张，也不宜像诗歌那样讲究精致，它的耕种者们总是在一种散养牦牛般的心情中去种植，不会刻意、精致地去耕作。在市场经济的催生下，随着青稞酒市场的扩张，青稞不再是牧民赖以生存的"口粮"，犹如马戏团里那些被驯化后挣钱的动物一般，青稞的种植面积曾一度无休止地随意扩大，和牧场争夺资源，导致局部地方的生态发生了微妙变化。青稞和牧草，代表着农耕文明和游牧文明在高原上开战，草场退缩后的绿色减少，让本来青葱的高原露出越来越多的干黄。青稞种植面积扩大和青稞酒厂增多，或许是农耕文明唱起了凯歌，但或许也印证了恩格斯的那句话："不要过分陶醉于对自然界的胜利。对于每一次这样的胜利，自然界都报复了我们。"

三

青稞在其成长中体现着一种和时间赛跑般的迅速，一旦向天空献尽生命成长的礼赞与成熟后挂在半空里的那青铜般的歌唱后，便体现着一种高原生活节奏般的慢。它们不像内地农事节奏下的庄稼，一旦收割后得抓紧碾磙，它们并不着急离开供其生长的那一块块田地，青稞的主人们也无法忍受青稞割完后倒伏在地，让捆好的青稞像一个个执勤般站立的战士。那种立在地里的状态被唤作"麦把"，那些死了也不褪色的穗子朝天而唱，在阳光下闪着金光。

"麦把"在地里站立几天后，杆身上的湿气抖落得差不多了，便会在一个满含敬意的词——"上架"中完成另一个动作。那是青稞的耕种者在地里用木头搭起一个个架子，把"麦把"一一摆在木架上，那是以青稞捆做键、为丰收季节定制的一台台弹奏着黄金音符的"竖琴"，弹奏者是那些劳作者，天空和大地都是听众。

"上架"时会有歌声对起来，扔"麦把"的人唱道："编好的麦把扔上去了哦。"青稞架上接"麦把"的人对道："扔上来的麦把，像藏马鸡飞上来了哦。"

架完青稞捆后，站在架子上的人会大声念道："田里的神仙们，不要滞留在地上，请来到青稞架的顶上！来吃牦牛肉，来喝青稞酒。"在他们的眼里，供养一茬青稞，就是让土地神劳累了一个春夏，新搭建的一副青稞架，就是一份对土地神发出的邀请，让土地神暂时离岗般在这里休息几天。

无论是收割、"上架"，还是下一步要完成的"打青稞"，高原上的百姓不仅仅将青稞视为自己劳动的成果。他们在收割青稞时，会特意不将其收尽，有人甚至会在"上架"时故意抖落手中的青稞捆，意在让青稞籽粒撒落在地上。千万别以为那是他们在高原上养成的粗犷的耕作习惯，它就如在我的家乡，乡民们摘秋梨时，故意不摘尽，要给鸟儿留点过冬的食粮。青稞的主人们故意在田间、村口、路上撒落下青稞穗或颗粒，作为鸟雀越冬的粮食。在他们的概念中，青稞，不只是上天赐予高原子民的粮食，也是飞鸟和人类共享的一份口粮。

"打青稞"不仅是一项劳动，也是一股诗意流淌在劳作者的汗水之河：

> 青稞从麦架上放下来的样子，就像清纯的泉水从闸门里放出
> 　来一样；
> 麦场上打青稞的情景，就像英雄格萨尔激烈战斗的场面；
> 女人们在风中扬青稞的样子，就像水中掀起阵阵浪花一般；
> 筛好的青稞装在皮袋里的样子，就像英雄男儿砍断了的板筒
> 　整齐无比。

以前，青稞被放在中间有孔、孔中插着木棍的石头中，用木棍去打。往往是村里人互相帮助，今天大家到你家，明天大家到我家，青稞成了团结村民的黏合剂。他们一边完成打青稞的动作，看着青稞粒脱离青稞穗，一边唱着诸如《打青稞》之类的歌曲，我虽然听不懂歌词，但能感受歌颂丰收的那份欢快之情。

青稞，在脱离母体走进谷仓的过程中，一定忍受着疼，但给它们的主人带来的是喜悦与幸福，是创作的灵感和丰富的生活。后来，我在高原的村寨行走，看到脱粒机等现代工具，让种、收、打、运等环节中的青稞，在顺应时代的过程中得到了什么同时似乎丢了些什么，就像那些带着汗味与亲情的劳作场面，被德乾旺姆、阿兰等歌手搬到电视台的晚会上一样。不少朋友看完那些表演后，大呼"震撼"，便问我："打青稞是这样的吗？"我无言以对。

四

在旧日子里的高原上，青稞更是一种古老的流通货币，是一种和其他作物交易时的参照，是一面照见耕种者脸上丰年与歉收年份挂着的喜悦或忧伤的镜子，是一种衡量家底富足程度的标准，是一项亲情面前也不动摇的交易原则，是一部人性面前一律平等的法典。这在"青稞的价格定好后，麦子和豌豆自会有价""阿舅是阿舅，青稞还是三斤半""青稞面前，所有的嘴和胃是平等的"以及"仁波切吃的青稞，和牧民的没什么两样"等民谣里，有着足够体现。

看到一个新闻消息说，青稞约于 1700 万年前从粗山羊草、乌拉尔图小麦以及冬小麦中分离出来。考古工作者在海拔 4000 米以上的西藏日喀则廓雄遗址找到了距今 3200 年的古青稞碳化物，那是目前青稞在雪域高原上最早的遗存。如果我们暂且把廓雄遗址视为青稞在中国境内的原始起点，它何尝不是伴随着那些行走在山河间的商人，成就了唐蕃古道、茶马古道和丝绸之路？何尝不是伴随征战的将士，成就了一条吐蕃王朝的成长之路？

青稞被收获、脱粒后，像亲人归家一样被背回库房、厨房，开始新的使命。面对被青稞抟成的糌粑、酿成的酒，我不禁赞叹起来：青稞不仅会走，会跑，甚至会飞。

在青藏大地上，在牧民的帐房内外，青稞的实用性被扩大到极致。一次，我和玉树州文化馆馆长扎哇开玩笑说："青稞有两个儿子。"

他立即提起兴趣："哦？哪两个？"

"糌粑和青稞酒呀！"

"那它们谁是老大，谁是老二？"

读者们，你们说谁是青稞的长子？谁是次子？还有没有第三、第四个儿子或女儿呢？

在果洛草原的一处牧场上，我曾看见父亲扎西让儿子小扎西猜谜语："铁院子里一个卖马人，把马赶得东跑西跑。这指的是什么？"

儿子一脸愕然，不知道谜底。

扎西的头朝帐房门口转了转，嘴呶了呶，指了指自己的鼻子，做出了个嗅的动作。

儿子一偏头，被扑鼻而来的一股香气启发，大声说："炒青稞！"

我倒纳闷了，走过去一看，扎西的妻子正握着大木勺，翻搅着被烧热的铁锅里的青稞，顿时明白：牦牛粪的火苗舔热的铁锅，被形容成了一个铁院子，炒青稞的人是卖马人，翻来覆去搅动的青稞成了跑动的马。海拔 3000 米以上，水的沸点比内地要低，无法达到我们平常理解的 100℃，无法煮熟食物。为了让青稞粒的里外都能被同步炒熟，生青稞粒一般要掺在沙子里炒，猛火炒热的半锅沙子里有三分之一不到的青稞，炒青稞的人搅动铁锅中的沙子，里面的青稞粒随之来回翻滚，蹦跳起舞，逐渐散发出独有的青稞香。炒熟的青稞从沙子中被筛出、晾晒后，才能磨成面。

就像拥有牦牛与护羊犬、帐房与酥油桶一样，一台小巧的手摇石磨，是以前每个青稞人家的必备之物，有了它，炒熟的青稞才能改变形状，从颗粒变成面粉。在藏族人家，青稞不仅是一种植物、一种食物，而且是文化、民俗教育的载体，牧民往往通过猜谜语和实际劳作的场面来完成对孩子的"青稞教育"：感恩、勤劳、抓住时机。小扎西的母亲端来炒熟的青稞磨面时，会像一代代高原上的母亲一样，不失时机地给小扎西来一个谜语："台上羊羔在蹦跳，台下堆着茫茫大雪。"谜底是青稞被磨成面的过程。

扎西一边把奶茶缓缓倒进盛有青稞炒面的小木碗里，左手小拇指托着木碗底沿，其余四个指头握着木碗，右手五指轻轻探进木碗，顺时针方向轻轻抟动，一边问我："下面是湖水，上面是雪峰，峰上飞来五只鹰。这个是什么，你该猜到了吧？"这简直就是一道开卷考试题。那一刻，我看到青稞面和奶茶的完美相遇，手指为媒，促成了高原上千百年来芬芳如初的食物：糌粑。

青稞，就这样贯穿在藏族人家家庭教育的每个环节。

青稞是糌粑的前世，后者让前者换上另一种形式开始长旅。商人、使者、僧人、求学者、朝圣者、将士，背着青稞行走在群峰与江河间，让青稞动了起来，飞奔起来。松赞干布和格萨尔的将士们，让青稞面袋随着战马的蹄踪穿越山河，进京觐见皇帝的达赖喇嘛和班禅及其随从，将吃糌粑的饮食习惯带到了京城，一袋青稞面，就是青藏的使者，引领着王和民、将与士、僧与俗等身份不同的人完成各自的人生使命。

随着交通条件的改善，青稞面不再被牦牛驮着，不再被外出求佛的信徒背着，它们和主人一起坐上了汽车、火车甚至飞机，扩延着在大地上的存在范围。不少走出国门的藏族人，还将糌粑带到了海外。在美国一所著名大学博士毕业的藏族博士告诉我，他在国外读书的那几年，每次出国都带着青稞面和加工成固体的奶茶块、酥油块。读博士期间，那些国外的同学不仅没能成功地导引他去吃肯德基、喝咖啡、品红茶，反而一个个因为跟着他吃糌粑、喝酥油茶而上了瘾。不是所有人都有这位博士的机缘的，很多走往海外的人，带走或带来的是亲人的牵挂与乡愁，到了遥远的异乡，吃不到糌粑的日子，故乡就成了一种思念；那些从遥远的异乡归来的人，糌粑就成了眼前诱人与美味的回归。

写到此处，我想起曾在北京遇见一位青海来的歌手，他是一个典型的"北漂"，和他在青海大厦吃饭时，看着一桌子菜和几个外地朋友，他感慨地说道："外地的一桌美食，抵不上家乡的一块糌粑；他乡遇见的万千人，不如在家乡维下的一个朋友。"我看到他眼角沁出的一滴泪，那是对"青稞时光"的一种遥远的怀想。

碧绿的叶子、金黄的株秆、瓦蓝的籽粒；破土时的惊呼、成长时的私语、爆籽时的裂响，一旦被酿制成酒，青稞的形状、颜色与声音都变了，被装进古时的陶罐与皮囊也好、今天的瓶子与杯子也好，青稞以液体形状沉睡于一片澄明中，开始了自己的另一场生命。在精妙的藏地民谣前，我们的描述常常显得笨拙甚至会产生谬误，至少关于青稞的酿酒过程，我还是喜欢这首民谣的高度概括——

妈妈舀来雪山泉，泉水洗手洗三遍；
青稞淘沙淘三遍，无锈铁锅洗三遍；
煮熟青稞粒儿晾一晾，撒上酒药窖三月；
如此酿成青稞酒。

从中还是能看到高原上的人面对青稞时的态度：敬畏、认真、洁净。

妈妈双手很干净，青稞粒里无泥沙；
铁锅里面无锈垢，火烟里面无毒气；
酒壶里面无尘灰。

以青稞这种神性作物酿制的、纯天然状态下走来的青稞酒，饮者自然有口福。饮酒前，有着它的讲究：

英雄饮酒讲明智，好汉饮酒重礼节，笨汉喝酒丢性命。

请酒请酒请喝青稞美酒，敬神敬神敬天界诸神，祝愿风调雨顺年景好；

敬神敬神敬地上诸神，祝愿人寿畜安事如意；

敬神敬神敬山间诸神，请诸神日日夜夜来保佑！

这首民谣，简直就是一份有趣的青稞酒饮用前的敬酒说明书。

高山牧场的牧民喝，河谷农田的农民也喝；本地土著居民喝，外地游客也喝。当年，在青海探测青海湖深度与河源的普热瓦尔斯基、科兹洛夫等探险家喝青稞酒御寒，诗人海子在德令哈小城喝青稞酒抵抗孤独，用生命将自己垒成一座诗歌纪念碑的昌耀，更是以那首《酿造麦酒的黄昏》，撕开了一道青海大地的醉意伤口。

那些来到青海的诗人们，蘸着悲楚下酒，在借宿的县城推窗远望，举起的酒杯里荡漾着乡愁。他们醉在黄昏还没来得及退出的暮色里，任凭夜风赶着昆仑山、祁连山、巴颜喀拉山和阿尼玛卿山的积雪走进空酒瓶，酿造出一地踉跄的诗意走过青海。我也是这些诗人中的一位，我和他们的区别可能是，我在酒杯荡漾的眼神里，常常看到自己的孤愤被酒精点燃，一地灰烬呈现出青稞的底色。

"来，唐，羌，通。"行走在青海大地尤其是果洛、玉树等地，这句话让我知道，这是邀请我喝酒的意思。"羌"在藏语里指青稞酒中的低度酒，"通"是喝的意思。青稞在高原上被视为神性作物，青稞酒同样有这种待遇，它不仅是人与人之间沟通的使者，也是餐桌或节假日中的快乐调剂，让内地人想不到的是，它还是连接神与人之间的桥梁。我最初在寺院里看到当地百姓在佛像的供桌前摆放着青稞酒，很是纳闷，那些提酒而来的人告诉我，那是他们敬祭神佛的。在海拔 2000 米—4000 米以上的高地上、在氧气稀缺的环境中生长、在风雪与暴雨及烈阳中淬炼而成、在汗水与歌舞中脱粒的青稞，最后在神圣仪式中酿造而成的青稞酒，自然有资格被它们的耕种者敬奉到神的眼前。

五

青稞酒的出现，开始让山河趔趄，群峰晃荡，让一股股有灵魂、有高度的水流淌在青藏高原的历史脉络中，滋润着高原上众多马背部族的心灵，浇灌着高原上农牧民的心田，成就着藏地的神韵和酒意生活。

整个青藏大地，哪个地方能说自己的青稞是最好的？哪个地方能说自己所产的从青稞变身而来的糌粑是最好的？到目前，没个标准答案。但最好的青稞酒生产地被公认为是青海省互助县威远镇。

在青海很多地方，招待外地朋友时，不拿青稞酒似乎是一件丢人的事情，就像一个西安人招呼外地朋友时不尝一顿油泼面＋冰峰。开瓶前，当地人会善意地提醒：这酒喝起来上头，但绝对是纯粮酿造，喝了不伤胃，不喝伤感情！在诸如此类的劝酒词或青海"花儿"声中，一杯杯带着青海高地酒文化的青稞酒，缓缓地流进宾主双方的胃里。

真佩服那些明末清初来青海经商的陕西客商，一把对他们来说陌生的黑青稞，一桶从井里打上来的凉水，让他们看到从地上到地下的两种东西结合在一起的玄机。谁能将这两者结合起来呢？在中国有着传统酿醋和酿酒的山西人，走进了那几个陕西商人的视野。掌握杏花村白酒酿造工艺的山西制曲工匠，在重金和酿制一种陌生酒曲的双重诱惑下，穿过吕梁山、贺兰山、祁连山，来到威远镇的酿酒作坊，这也是现代青稞酒里有一种山西白酒味道的原因。

清朝到民国时期的时间长廊里，威远镇的酿酒作坊逐渐增多，这些酒坊成了消化青稞的另一个巨大的胃，一株株从田地里走出的青稞走进打晒场，接着走出生长于斯的村寨，踏上一条条通往威远镇的"青稞之路"；在一座座作坊里完成固体到液体的嬗变，这种形体的改变背后，就是青稞酒出场和亮相的前奏，一个个古老的坛子，变成了青稞酒的"娘家"，从威远镇走向青藏大地的城镇、牧场、村落甚至更远的地方。

1929 年前后，天佑德、文合永、永胜和、义兴成等 20 多家酒坊，成了青稞酒的主要生产者。从远处贩运青稞来的商队和从这里运输青稞酒到西宁及各个州县或牧区的商队，形成了以骡子、毛驴驮运青稞酒到西宁及各个县城甚至长途贩运到牧区的风景。一首流传在互助一带的民歌，便是这道风景的注解——

黑驴儿驮着个酒来了，酒坊家挂着个望子；

立立儿看一趟你来了，灌酒是做了个样子。

（望子：悬挂在酒坊、酒铺门前直径约为70厘米的圆形纸花环，

作为酒坊的标志。立立儿：方言，专门。）

青海东部农业区的农户人家，更是盛行以本土出产的青稞、燕麦为原料，土法酿造而成的酩酒和曲酒（酩酒是低度白酒，酒味香甜中透出特有的辣味）。以前，在青海省东部农业区的庄户人家，几乎家家都能土法自酿，用几十斤青稞就能酿造出一缸酒，成本很低，透着一种浓郁的乡土酒味。它们是稠浓乡情酿成的一种民间口味，封存在一坛又一坛内，打开时，便是农家红白喜丧中透出的悲欢离合，是百姓点燃生活希望的燃料。

我在青海大地上行走，可以说是闻着、踩着、品着一地青稞酒香而行的。特殊的地理环境所形成的高寒气候，使青海人在一杯杯青稞酒里避疫瘴、祛寒湿、活血脉、增友谊、图高兴、找快乐。淳朴民风使他们在接待外地来的朋友时，捧出一杯杯青稞酒，更是形成了一种待客的诚意和从历史深处溢淌出的酒文化。在青海喝酒，岂止是一种应酬场合的饮品？更是青稞酒香中的文化意味。

青稞酿制的酒，最大的消费者自然是青海人。而西宁作为青海的省会城市，自然是青稞酒最大的消费之地。第一次见识青海人能喝酒是1990年初的一个晚上，我从所住的西宁宾馆出来，白天里看到的都市景色被巨大而深沉的夜色掩盖了，这时候的西宁更像一个集镇，繁华与喧闹全隐退进夜色深处了，大街旁一个接一个地搭起了烧烤的简易帐篷。那时西宁烤的羊肉串和内地的不一样，每串很大，肉很多，几乎是内地的一倍。我走进宾馆旁的一个"烧烤帐篷"，要了几串烤肉，边吃边开了几瓶啤酒喝着。突然，走进来一个看起来很黑很壮实的藏族汉子，嘴里咕咕哝哝说着藏语，大概意思可能是要吃肉。只见摆摊的给他切好一大块羊肉，热乎乎地冒着气，他还没吃就从看起来很破旧的藏袍里拿出一瓶青稞酒，用牙齿一咬，瓶盖就跑离了瓶体，一扬脖子就喝下去了几乎一大半，委实让人吃惊。随后，他拿出自己佩戴的一把藏刀，很爽气地切着肉，大块大块地吃着，不时喝着酒，很快，地上摆了三个空酒瓶。看着他一个又一个地从藏袍里往出拿酒，我真不知道他那宽大的藏袍里到底

装了几瓶酒。不到两个小时的时间里，这位剽悍的藏族汉子独自喝掉了4瓶酒，肉也吃完后，他拿着最后一瓶酒，用他那很硬气也很白的牙齿，咬下瓶盖，喝了大概2两，付完账，跌跌撞撞地走了出去。这时，帐篷里面的人的目光才从这个藏族汉子身上移开。老板说，这个人一看就是从牧区来的。我好奇地走出帐篷，跟着那位藏族汉子走了一阵，只见他摇摇晃晃的，不时还喝上几口。走着，走着，慢慢地停下了脚步，倒在一个桥头上，兀自睡去了。不知道他是果洛草原深处来的呢，还是从更远的玉树牧区来的。在牧区，任何一个角落，都是他们的家，或许就养成了喝多就随地卧倒的习惯，现在，他到了西宁，不过是建筑和牧区不一样而已，喝多了，他们也就随地而睡，那宽大而暖和的藏袍是足以让他在睡着后抵御住高原上的风寒的。

这么多年来，我在内蒙古大草原或者青藏高原，南国的酒吧或者西部的乡下，都还没见过比西宁城"烧烤帐篷"里遇见的那位牧民汉子能喝的人。那时的西宁，因为飘荡着酒香在我心中显得非常男性化，像一捆笔挺的青稞，立在中国的西部、湟水边上。

西宁也因此被戏称为世界上仅次于莫斯科的第二大白酒消费城市。这种消费名气不仅体现在西宁或在西宁定居的青海其他地方人的酒量上，更体现在他们喝酒时独特的酒文化上，酒具的使用就是这种文化的呈现之一。听年龄大的"资深酒家"介绍，旧时西宁人饮酒时对使用的酒具也颇为讲究。酒具包括酒壶和酒杯。饮用烧酒的酒壶称"酒嗦子"。这种酒壶的壶嘴颈部形如鸡脖子，故名"酒嗦子"。多用黄铜制成，中间有火筒，下侧炉膛内有炉算子，壶中注入酒后，可在火筒中放上煤火热酒。"酒嗦子"多为圆肚形，也有八棱形的。"酒嗦子"根据盛酒的多少分为斤嗦子（可盛约1斤酒）、七两嗦子、半斤嗦子，它们的背后站着无数无名工匠，以大通县东峡衙门庄和湟中县鲁沙尔镇的最为有名。在青海乡下，我还见过一种无把手、有提梁的"提嗦子"，没有火筒，容量3~4两，供一人独酌时温酒用，多用含锡合金（俗称广铁）制成，也有银制的。

在青海的酒文化中，常常会听到一个词"蛋蛋"，这是一种饮用酒的、当地烧制的有黑褐色釉的圆蛋蛋陶瓷壶，被老百姓俗称为"蛋蛋"，在青海"老酒客"的眼里，"蛋蛋"是一个量词，一蛋蛋的盛酒相当于半斤左右。在青海东部地区，青稞化身为酒后，顺便诞生了一个新词:酩，特指酒精度在30度一

40度的、土法酿制的青稞酒。一般酒量的人喝完两"蛋蛋"就差不多醉得很了。因此,在西宁或青海东部地区就有"两蛋蛋就把你砸平了"的说法。除了"蛋蛋"外,盛装酩的还有形状圆如西瓜的当地烧制酒具"西瓜瓶"和高低相当于一个两三岁的小娃娃故名"娃娃瓶"的酒器,构成了青海独特的酒具。如今,"蛋蛋"和"西瓜瓶""娃娃瓶"已经退出了青海的酒席,被时下流行的玻璃、陶瓷等酒具代替了,和那些农耕时代亮相于生活舞台的农具一样,锈色于时光的角落。

饮酒自然就衍生出酒歌或酒仪,青海大地上的蒙古族、汉族、藏族、土族、哈萨克族多是善饮者,少数民族酒文化中灿烂而丰富的酒歌更是青海的另一种声音:酒桌上,酒歌响起时,客人们在一支支纯正而嘹亮的酒歌中,饮下一杯杯青稞酒。土族的《唐德格玛》、藏族的《敬酒歌》、蒙古族的《祝酒歌》等都是经典酒歌。一杯杯青稞美酒、一支支酒桌上飞扬的酒歌、一场场带着酒香的宴席、一个个酒瓶旁踉跄的步伐,构成了青海酒事的丰富内涵和情趣。

第四章
可可西里的
209520 个小时等待

那一道道灰黄的闪电,在蓝天和雪山的注视下画给大地优美的弧线,给江河带来惊呼与礼赞;那些没能逃脱枪口的精灵们,成了西方贵妇披在肩上的"沙图什"怀念的前世。

我用笔尖在被盗杀者和幸存者之间划下一个角落,左边安葬着悼词,右边寄托着"愿它们别再受害"的祝福。这奔腾在青藏腹腔的灵魂,是永远燃烧在云里的宫殿,是排列在比天空更高之地的音符,是滚动在青藏咽喉里的石头。

——题记

王子龙（化名）前往可可西里之前，确实没听过"沙图什"这个词。

夏日，是黄河"变胖"的季节。上游各个支流上涨的水量，如给车胎充气般地朝主河道奔涌，让河床变得宽阔起来，河流的嘴朝天张开，发出沉闷的咆哮，成了暑热时分天地之间的另一层包装纸，给捂在其中本已燥热的亚曲滩村带来更多的燥气，沿河地带的村子，仿佛关在闷热马厩中的一匹匹躁动的儿驹，守着苦日子的村民，就是这些儿驹急躁中刨蹄刨出的土屑。王子龙就是这样一粒命运前卑微但不甘的土屑，他和很多村民一样，无奈地坐守在门槛上，看着白花花的阳光铺在院子里，晒得院墙上、地面上、爬过墙头的柳树枝、蛰在墙角的农具直冒热气。不用出院子，王子龙也能想到树叶、草叶和庄稼被晒得蔫蔫的样子。从记事起，这样的情景在这个滨河村庄的夏日常常出现，也就是说，在粮食孕育生命的季节，在小麦拔节时，贫瘠的土地像个营养不良的孕妇，分娩的只是贫穷的日子和枯焦的心情。

大门外传来敲门的声音，在这个慵懒的时刻显得非常刺耳。村子里的人串个门、借个东西都是直接推门而入的，哪里有这么客气的敲门声。"会是谁呢？"王子龙想了想，但懒得抬身，没好声气地冲大门方向吼了一声："门开着呢！"

随着院门推开，逐渐敞开的门缝里照进一个高大瘦长的身影，接着邻村张军（化名）那张胖乎乎的脸探了进来。"黄河没有盖，大门没上锁，进门就进，敲什么敲，整得像个城里人。"王子龙的话还没说完，就见张军顺着开着的门缝溜了进来，铺在地上的身影后，紧跟着另一条身影——张军的身后还跟着一个陌生人。

"这鬼天气，燎得人头发梢梢都冒烟呢！"张军带着身后的陌生人快速穿过阳光下的院子，直奔屋檐下的阴凉处。

"进屋不？"见有陌生人，王子龙这才抬了抬屁股，懒洋洋地问。

"进去做个撒子么？你那黑屋子里还没门台这儿亮堂，也不比外面凉快。再说，你看看你，端着个海碗喝凉水，也不怕凉水瘆着牙，连个热水、茶叶都没。"

"唉，这不是穷得嘛！"王子龙也懒得去问张军带来的人是什么来头，他家穷得也搬不出个小凳子让客人坐，随便指了指门台，让客人席地而坐。

张军诡异地冲带来的陌生人笑了笑，转回头对王子龙说："穷就得想办法改嘛，鸡不会尿尿，江河会改道，老抱着个旧观念怎么能致富？"

"观念是个撒？你这话说的，怎么像被风吹着跑的塑料花一样中看不中用，想什么办法？兜里比脸都干净，连眼前浇庄稼地用的化肥钱都没，就是把我扔进黄河，漂到兰州城也买不了几个钱。"

张军给王子龙指着自己带来的人："这不，财神爷到了，别说买化肥的钱，你按照他做的，保证能买摩托、盖新房，河州城里逛商场，咥饱肚子买衣裳，卡拉 OK 来一嗓，给儿子再讨个俊婆娘。"还没说完，像是意识到什么，张军赶紧跑到大门前，掩上门，插上门闩，一脸神秘地朝门台再次走来。

张军又介绍，对面这个叫李海波的人来自河南省焦作市，万里而来就是帮王子龙"致富"来的。"造枪"两个字从李海波口中传出时，立即就被王子龙阻止了。

"胡说撒呢，你们找错人了，快走，快走。"

张军插嘴道："这黄河两岸，谁不知道你从你爷爷、你大（西北方言，父亲）手里偷偷接过来的那门子手艺？你看你，都穷成啥怂样了？客人来了连碗热水都端不出来，庄稼在地里等着撒化肥，娃娃连对象都没着落，这可是我给你带来的财神，人家走了，看你怎么办？"

王子龙陷入沉思。张军说得没错，王子龙家传的那"手艺"在十里八乡都是公开的秘密，青海解放前，他爷爷还年轻，曾被抓去给旧军队当过军械师，学会了一手造枪手艺。解放后，王子龙的爷爷回到家乡时，曾偷偷带回了几把手枪和一支长枪。夜深人静时，王子龙的爷爷把王子龙的父亲带到家里的地窖下面，在拆枪、装枪、填弹、上膛、射击等示范动作中，把造枪、使枪的手艺传给了儿子。王子龙的父亲用同样的方式，以地窖为秘密课堂，把造枪的手艺传给了王子龙。这在邻里乡间已经不是秘密，但王子龙的爷爷、父亲口风都紧，别人只是口传关于枪的各种说法，谁也没见过他家私藏的枪。

贫穷像一把尖刀，会刺破矜持的气球。别说给来的客人沏杯茶，看着眼前连多余的盛水碗都没有，连让客人坐的板凳都没有，想着自家地里的庄稼因施不上化肥矮了别人家半头，钱自然就成了挡住王子龙往前走的高山与大河。按照国家的法律规定，造枪或许就是横在这雪山与大河前的雪崩与漩涡，有可能还没过山、没过河就死在半途，是要杀头的呀！

"不行！造枪是大罪，用枪会出人命的。"

看着王子龙心神不定的样子，张军凑过来，在他耳边低声说："听人劝，吃饱饭。没事，菜刀能杀人，也主要是用来切菜的。这个你放一百个心，我们用枪是去打猎的。"

王子龙的心像个沙漏，开始松动了："可巧媳妇做饭得有米，案板上没肉得切空气，零部件不好弄，从哪里来？"

"这就不用你担心了，人家李师傅专门负责给你提供零件，你只管造就是了。"

李海波见机递过来一沓作为定金的票子。王子龙觉得那是一块在阳光下晃眼的金子，既灿烂烂地发出诱人的光，又感到压得手沉，他心想：这得买多少袋化肥呀！这得供我去多少趟西宁城里要去呀！王子龙法律底线的堤坝，被金钱的洪水瞬间冲塌。

王子龙开始行动了，他从家里放农具的小库房里的那道斑驳老旧的电线入手，在库房的墙面上挖出一条小槽，把闸刀背后的电线放进去，再用泥巴抹平。埋进墙里的电线，就像一条钻进地洞的蛇，以外人看不见的隐蔽状态，一直通往屋后存放洋芋的地窖口。地窖口伸向地下的内壁，也被王子龙挖出一条小槽，那条蛇一样的电线继续在被伪装好的小槽内爬行，沿着4米长的过道下行到距离地面2米深的地窖，终点是一盏点亮的白炽灯泡。

夜深人静时，整个村子熟睡了，昏暗的灯光下，王子龙运用爷爷传给父亲、父亲再传给他的造枪手艺，借用几张制枪图纸，让夜色和深窖掩护了电焊枪和砂轮机的声音。

那是一位西部农民最"高效率"的工作状态，7天时间就会有一支私枪在那座神秘的地窖里诞生，它们像一条条偷渡的船只，乘着夜色被张军秘密运走。这样的制枪情景，这样的运枪方式，像一种悄然散播的病毒，在越来越多的村镇间流散。

黑夜能遮得住犯罪者的背影，地洞将夜深时大地上草木生长的声音、不远处大河水流的声音、村子里此起彼伏的鼾声和梦呓、大门外的狗叫声遮蔽在外面，但无法彻底将枪支制作过程中电焊枪、砂轮机的声音隐藏在地下，像幼鸟的鸣叫穿破云层，穿破层层黄土，隐约钻进起夜的邻居耳朵，邻居有时又隐约感到土炕在轻微震动，会以为发生了地震。逐渐，大家对这种奇怪现象议论不已，这种议论传到王子龙的耳朵时，对他意味着一种警告。于是，他按照白天多次勘探好的路线，在地窖旁边开始重新向下、向远凿地洞，先是斜着朝下，继而是朝村子外的方向延伸，他要把地洞凿在远离邻居耳朵的地方。凿地洞挖出的每一筐土，在他眼里就像一件赃物，不能让邻居发现，只好在半夜里偷偷运到村子外，丢进黄河。这让王子龙在那一阵子变成了一个白天睡觉、夜晚凿洞的人。在王子龙的眼里，他凿的不是通往地下深处的一条土道，而是一条通往未来的秘密致富之路；他从地层里刨出的不只是土，更是一间能在秘密状态下换回钱的地下作坊。凿洞用的铁锹上的钢刃被磨去一毫米，他心中幻想的造枪换钱的希望就增长一毫米。

村子的青壮年常年出去打工，剩下的多是些老人，这让村庄变成了一个无精打采的筛子，里面装的多是干瘪的籽粒，所以村子里有人一段时间不在，大家都会以为是出去打工了。王子龙白天关闭大门睡觉、夜晚偷偷溜进"地洞"造枪的生活，并没引起村民的注意，邻居们都以为他带着家人去城里打工去了，其实是他老婆带儿子出外打工，他以照看庄稼为由留在家里。那个地洞按照王子龙的计划，凿到村外后，他将电线、砂轮机、焊枪等设备全部拉到了新地洞里，重新开始了他在地下造枪的日子。

就像高原上的牧民并不清楚自己牧养大的牦牛，被装上收牦牛的皮卡后会运向什么地方的什么人的餐桌。最初，王子龙确实不知道出自他手的枪去了哪里。直到有一天上午，警笛声像一堵墙将整个村子围了起来，警车上装的喇叭声在巷子里响起时，王子龙才知道事情弄大了。

那天，王子龙正在睡觉，先是警笛声吵醒了他，让他在慌张中掀开被子坐了起来，警车上的大喇叭声传过来时，他一个蹦子从炕上跳到地上，接着拉开屋门奔到院子里。王子龙感到自己的耳朵像是爬过墙头直接钻在了那大喇叭下面，很快，他听清楚了省城的警车、警察远道而来的缘由。不一会儿，村干部上门来找王子龙谈话，坐实了随警车移动的大喇叭上说的内容：本县一些人秘密制造的枪支，使当地成了中国著名的"黑枪三角区"，特别是1990年代以来，在枪支交易的黑市上，他们的私造枪几乎就是高质量黑枪的代名词。于是，全国当时仅有的两个缉枪大队，其中一个就设在王子龙所在的县。

造枪是要被判刑的。王子龙深知这一点，他带着巨大的恐慌急忙去找张军。张军告诉他："带上制成的最后一批枪，迅速逃离老家，跟上我走，不用整夜窝在地窖里担惊受怕地造枪了，保证能挣到更多的钱。"

"去哪？远不？"

"不出青海！"

那天晚上，王子龙带着自己造的、还没出手的枪，乘着张军开来的皮卡车，在夜色中离开了村子。第二天，公安干警根据群众提供的线索找到了王子龙制枪的地窖，现场发现了枪支零部件、半成品的子弹和电焊钳、铆钉、砂轮机等制枪工具，而王子龙却像从人间蒸发一样，消失在了干警的视线中，直到一桩震惊中外的命案发生。

二

王子龙被张军匆忙中带上车，离开家乡后便向西出发，他们的车混入一个看起来和其他打工者一样的车队里。

那时，去三江源淘金的、格尔木打工的、柴达木盆地的矿场干活的人组成的车队，常常出现在从西宁到格尔木的京藏公路上。王子龙看到自己所在的这支车队，由几辆皮卡车组成，挤满青海东部化隆县、循化县及甘肃临夏州一带心怀淘金梦的农民，车上拉着行李、面粉、蔬菜，很少有人知道那辆看起来很普通的皮卡车的车厢底部，竟然藏着几十支长枪、手枪，其中就有王子龙从家里带出的自制的枪。

连王子龙都不知道他们究竟要去哪里，要干什么。清一色的皮卡车组成的车队，像几条品种、大小一样的鱼儿组成的鱼群，一路向西，游动在茫茫的西部大地上，翻过日月山，路经青海湖，横越柴达木盆地。看着同行的老乡们一个个脸上有种神秘莫测的神情，王子龙觉得车队总有一种说不出的诡异。

到格尔木市后，这群以到江源地区淘金为名的人，蛰伏在离郊区很远的一座废弃的农场里，接受严格的半军事训练，有人教他们在高原上的户外生存技巧，有人教他们掌握高原上的动物习性尤其是藏羚羊的生活规律，有人教他们如何通过口音、动作来辨别便衣警察和牧民，有人教他们如何掌握手枪和步枪的射击技巧。

王子龙对这种训练变得越来越恐慌了，以前自己只负责造枪，倒没觉得有什么，现在端起枪射击引发的内心惶恐已经如一朵乌云死死罩在他的心田，投下的阴影常会钻进他的梦里。王子龙时时警告自己，扣动扳机就会出人命呐，但他又没了退路。他连逃走的可能都没了，在茫茫柴达木盆地里，是无法步行离开那个废弃农场的。他那一双手能制造出射杀生命的枪支，却再也握不住自己人生的方向盘。

离开家时，他听到张军说这次出门是"不出青海"的，本以为不远，现在才知道青海大得没边，大得超过自己的想象。张军告诉王子龙，他们要去的地方还远着呢，从家乡到这里才走了一大半的路途，往后面走的路更难，他们要去的地方，是比前些天穿越的柴达木盆地更大的一片无人区。

相比修建青藏公路、青藏铁路及建设格尔木这些国家大战略的实施与千万民工进青藏的壮举，民间自发涌起的淘金潮、猎杀羚羊潮等就显得有些另类。前者是一场波澜壮阔的史诗大剧，参与者高调而热情，洋溢着时代的正能量，后者就是一部既真实又荒诞的情景喜剧，低调甚至偷摸着进行，书写着人为了生存而上演的各种真实。

看着王子龙一脸的凄惶与不安，张军安慰道："放你三百个心，看把你吓成个啥怂样了，又不是去杀人，咱是去打羚羊的。"

哦，王子龙清楚，在青海人的动词库里，以"打"字开头的三字词中，"打"的面孔多元、含义丰富，比如"打青稞"里的"打"是"脱粒"的意思，"打懒展"里的"打"是"伸展"的意思，"打白酒"里的"打"是"买"的意思，"打平伙"里的"打"则有点"倡议"的意思，"打一关"则统指在酒桌上以划拳的方式行一圈酒令，这些"打"字代表的意义，王子龙既不陌生，也不感到紧张、悚然，但"打羚羊"中的"打"字却让他立即不安起来，这个"打"字就是猎杀，就是拿子弹要羚羊的命呐。

"跑这么远的路，来打羊？再拉出去卖肉，能挣几个钱？真傻。"

"你才傻呢！我们动枪操刀的，打的是藏羚羊，那是青藏高原上奔跑得最快的动物，只能用枪，拉出去卖的不是肉，是皮子。"

藏羚羊，王子龙听人说过，被誉为青藏高原的精灵，是国家重点保护的动物。

"皮子？"王子龙心里纳闷了，跑上几千里路，进到无人区，冒着生命危险带着枪射杀藏羚羊，竟然是为了羊皮，这让他不解。

10多天的封闭训练结束后，这些人开着皮卡车，带着汽车用的柴油、液化气罐、白面和蔬菜，改装后的车厢底部藏着枪支弹药，绕开青藏公路上的公安检查站，向莽莽昆仑山腹地进发。

在可可西里无人区一处背风向阳的洼地，他们开始适应高原气候，实地练习如何实弹射击羚羊。第一天的训练，就让王子龙感到了恐惧：这帮人走到雪山下，埋伏在一座小山梁背后，看到藏羚羊群像一团灰黄色的云贴着地面飞奔而来，领头的"教练"突然下令他们朝羚羊群射击。十来支枪突然一起响起，子弹朝那团灰黄的云层飞去，然而，那灰黄的云层飞速闪过群山的视野，像一个个琴键跳动在那台移动着的灰黄色钢琴上，发出一阵沉闷的低音，那也是一种向扣动扳机者发出的惊恐与愤怒，更是给踏进这里的不怀好意者们的一种警告。羚羊群飞奔过后，并没有出现射击者理想中的羚羊纷纷中弹倒地的情形，大家透过还冒着青烟的枪口，看着远处恢复了寂静与荒凉的大地，不知所措地惊呆在原地。

亘古荒寂的无人区响起了枪声，千万年间没人惊扰的雪峰被枪声震得崩塌，寂静环境中成长的羚羊、雪豹、藏野狐、狼群甚至冬眠中的动物都被惊得仓皇奔跑，昔日安静的高原乱成了一锅粥；藏羚羊瞪着那清澈如可可西里湖水般的眼睛，不解地看着地上同胞的血，一具死于枪口下的藏羚羊尸体，就是骤然掉在一篇文章中还没写完的句子中的句号，让昔日可可西里的和谐诗篇变得斑驳、混乱且充满着死亡与腐朽的气息。阳光和风雨，是挥舞在这片高地上的两把刀，会很快剥去成群倒下的羚羊的肉，给天空摆呈出风雨剥蚀后的白骨，那是大地写给天空的一行行祭诗。夏天，本来是这片高地、净地与静地上生存的秃鹫、藏羚羊、野牦牛、狼群和鱼类在各自领地内交配、怀孕、分娩、产卵的生命季节，枪声的响起，宣布这美丽的季节变成了它们的死亡时令。

被猎杀的羚羊血，在湖边、草丛漫洇，开始染红大地。

可可西里，蒙古语指青色之地，横跨新疆、青海和西藏三省区，是一片平均海拔在5000米以上的高地，像一座看不见形状的巨大水塔，从它的体内渗出的一条条细流，奔赴向黄河、长江和澜沧江，从而让这里有了"三江源"之称。至今，除了专业考察和探险的人外，很少有人确切通晓那里的自然地貌、人文历史；更是少有人知道，在那片除南极、北极外的地球第三大无人区，那些从山峦的冰缝中渗出的涓涓细流下的黄土里，潜伏着黄金。

王子龙在老家时曾听说过"三江源"，尤其是楚玛尔河（长江临近源头地带的称呼）流域的曲麻莱县境内盛产黄金，他们村子里就有不少人曾去楚玛尔河边淘过金。有一段时间，整个青海东部地区、甘肃、宁夏的很多人曾前往那里淘金，形成一股巨大的淘金潮，很多人因为难以适应高原上的寒冷、缺氧而撤回去了。前往"三江源"地区的淘金者撤回后，会有新的淘金者补上空缺，络绎不绝的淘金者就像大海推送的层层浪潮，向曲麻莱一带涌去。他们在处子般的河源地区疯狂采挖，冲蚀着这里千万年来形成的生态大堤。缺乏监管，加上高原上食肉动物的凶猛，让最初带领淘金队伍"闯三江源"者大多私自带着枪支，没有足够的食物支持时，便对能猎捕到的动物进行追杀，高原上最温顺的动物——藏羚羊，自然是最先撞上人类猎杀时的枪口或陷阱的。

利益是市场形成的向导。"沙图什"，在古波斯语中意为"毛中之王"，是用藏羚羊皮毛做成的披肩。"沙图什"那暖、薄、柔、轻的特色背后，是无数倒在枪口下的藏羚羊。

一条1—2米长的"沙图什"披肩仅重2两，它就像一位练过柔术的杂技演员，可以从一枚戒指中穿过。即便一条普通的"沙图什"披肩，也需要3—5只藏羚羊的皮毛才可以织成。那些"沙图什"的主人怎知道，它们的肩膀上，伏着几只藏羚羊凝固的血。根据世界爱护动物基金会在电子显微镜下的观察显示，"沙图什"制作需要的藏羚羊的羊毛是被拔下而非剪下的，也就是说，这些羊毛是在活着的藏羚羊身上直接拔下来的。而深受西方上层贵妇喜欢的白色"沙图什"披肩，则只能通过收集藏羚羊腹部很少的白色羊毛才能织成。几百年来，在印控克什米尔地区的家庭中，"沙图什"披肩是有钱人家母女相传的礼物。然而，20世纪80年代开始，"沙图什"深受西方贵妇们的青睐，成了披在她们肩膀上的标签，是富有和尊贵的象征，成了富商们时尚收藏的"必备品"。古代的"沙图什"，是人类通过诱捕藏羚羊或从死去的羚羊身上拔下的毛织造的，现代的"沙图什"，则是以成批藏羚羊在枪口下死去为代价的。

中国西部的可可西里和西方贵妇出入的豪华沙龙，本来是毫不相关的，藏羚羊却让两者之间发生了奇妙的关联，前者是藏羚羊生长的天堂，后者却成了无数藏羚羊无辜死去的诱因。"沙图什"的需求，把可可西里变成了盗猎分子猎杀藏羚羊的屠场。"沙图什"背后的疯狂交易，像一个遥控器，指挥着一场发生在可可西里的、近乎灭绝性的屠杀。世界上比黄金贵重的是什么？在"三江源"，用来制作"沙图什"的藏羚羊以生命给出了答案，捕猎藏羚羊成了比淘金更诱人的行当。

青草染血血不止，苍穹噙泪泪不干。针对藏羚羊的猎杀开始了，成了当时发生在地球上最大规模的猎杀动物事件。

王子龙到达可可西里前几十年，具体说是1903年，英国探险家罗林曾来到可可西里西缘的羌塘地区考察。一天，当罗林跟着向导、骑着马穿过一片荒原，翻过一座小山头，来到一个广阔的盆地时，眼前的景象把他惊呆了。他在笔记里这样描述：

> 几乎从我脚下一直延伸到我双眼可及的地方，有成千上万的母藏羚和她们的小羊羔，在极远的天际还可以看到很大的羊群像潮水一样不断地、缓缓地涌过来，其数量不会少于15000—20000只……

透过罗林的文字，我依稀看见，那时的可可西里，动辄就会有超过百万的藏羚羊，在从祖先那里沿袭下来的生命密码的指挥下，在它们的祖先曾奔跑、食草、繁衍的这片土地上，和其他动物共同生活，练就了顽强的生命力与适应力。

从可可西里"开枪实习"归来，王子龙和同伴们返回到格尔木市时，发现大街拐角处、厕所墙面、街道旁的树木上，到处张贴着收购藏羚羊皮的广告。王子龙并不知道，在可可西里腹地，出自和他一样的"造枪师傅"之手的枪支，早就瞄准了藏羚羊，枪声打破了千万年来的宁静与和谐，一颗子弹不仅是藏羚羊的致命杀器，更是这片土地的催泪剂。被射杀的藏羚羊还没来得及合上的眼里装着猎杀者的笑容，那些原本无虑无忧地、奔跑时以美丽的弧线划过高原的背影，被一颗颗子弹射瘫在草地上。一条从"三江源"的冰凉之地到西方华贵的音乐厅、剧院、拍卖会及富豪们的别墅之间的"沙图什"之路，在人们的目光之外悄然铺就，那是一条无形但充满血腥和暴力的路。王子龙无意间就成了其中的一名"筑路工"，他和其他猎手们站在"沙图什之路"的起点可可西里，逐渐习惯了射杀藏羚羊，在藏羚羊的哀鸣中手起刀落地熟练剥皮，习惯了越来越多的藏羚羊尸体堆满山坡，后来，更是习惯了耳边响起射杀后被活活剥皮后的藏羚羊的哀鸣，习惯了看见母羚被剥皮后，肚子里怀着的小羚羊。"沙图什"之路的终点处，是大谈环保的西方政要、权贵们的夫人们的披肩。

闪电般的速度，轻快的步伐

宛如在凝滞的空气中奔驰

灵敏的耳朵，能察觉群山后悄然飞行的鸟儿

绿色的眼睛，敏锐地洞察一切

这就是，羌塘的王者——藏羚羊

这是《格萨尔》中关于藏羚羊的传唱，也是一部史诗中对藏羚羊形象的描写与确立。在无数传唱格萨尔的"仲肯"心中，在无数牧民心中，藏羚羊是可可西里无人区中230多种青藏高原上特有野生动物之王，这体现在其优雅、温顺与速度上。它们将一道道优美的傲姿，划过那片辽阔的"青色之地"，划过青藏高原腹地的瞳孔，它们和那片辽阔的世界高地达成了生存的和谐之约。没想到，这份合约的破坏者竟然来自人类中的盗猎者。

"沙图什"的诗意名字背后，是青草之地上滴洒的藏羚羊之血。如果说淘金行为破坏了"三江源"本已脆弱的水土生态，大量猎杀藏羚羊，开始让这里极度脆弱的动物链条开始出现危机。以青藏高原的可可西里地区为原点，形成了横跨青海、西藏、新疆三省区的、以藏羚羊皮为交易核心的"黑三角"。可可西里无人区从藏羚羊的天堂变成了地狱，那些沾着血的羚羊皮，经过一条条隐秘路径，运往尼泊尔、印度和巴基斯坦等国家，再经过精加工，以"沙图什"的面孔，高价走向欧洲市场。羚羊皮在这个过程变软了，猎杀者、运输者、加工者和售卖者的心变硬了。"黑三角"的黑，遮蔽了青藏高原的绿色，可可西里每年都要迎来大批的"剥皮人"。

这片原本是地球上最敬畏生命、最具有环保意识的地域，却成了猎杀藏羚羊者牟取暴利的舞台。千百年来，无数牧民用自己的口传历史和实际行动夯实的那一条环保之河上，开始飘满藏羚羊的尸体与哀鸣。我开始寻找这条环保之河的源头、码头和沿岸遗留的风景，一部早在吐蕃王朝时期，就在雪域高原形成、传播的以"十善法"为基础的法律，出现在我的视线，其中规定杀生为恶行,对高原地区的生态环境保护给予明文保护。犹如灯笼照路,"十善法"就是牧民心中的一座灯塔,照亮他们走在环保之路的每个拐角,并小心地呵护、维修、完善、延续着这条路。

我还找到了一份法王赤坚赞索朗贝桑波在公元1055年颁布的文告,上面清楚地规定:"尔等尊卑之人,都要遵照原有规定,对土地、水草、山岭等不可能有任何争议,严禁猎取禽兽。"

我特意留心到一位对雪域高原的环境保护作出杰出贡献的人,他就是五世达赖喇嘛阿旺罗桑嘉措。公元1648年,阿旺罗桑嘉措颁布的一项禁猎法中,明确规定"圣山的占有者不可乘机全圣山追赶捕捉野兽,不得与斯众僧尼进行争辩"。也就是说,在雪域高原,保护动物是一项无需争辩的行为,是任何一个牧民不需要理由都要恪守的一项法则,要自觉完成的一门功课,逐渐也成了他们在自己的文化传承中养成的一种本能。同时,在阿旺罗桑嘉措制定并在雪域高原上颁布、施行了的著名的《十三法典》中,我看到了这样一项规定:"宗喀巴大师依格鲁派教义,对西藏地方政教首领曾颁布了封山蔽泽的禁令,使除了野狼外的兽类、鱼、水獭等可以在自己的居住区无忧无虑地生活。"也就是说,除了野狼这种经常袭击牧民家养的动物外,其他动物都在这部法典的保护范围内。

17世纪初,由西藏噶玛政权发布的《十六法典》中,更是将保护动物以立法的形式予以肯定:"为了爱护生灵,施舍肉、骨,皮与无主动物,为救护生命濒危之动物,使它们平安无恙,发布从神变节(正月十五)到十月间的封山令和封川令。"在牧民朴素的认知中,为了让草场能够得到休息,他们的牧地有夏牧场和冬牧场之分,他们对草场的敬畏和爱护,体现在夏季时节,会远赴海拔较高处的夏牧场,使低洼处的冬牧场得到较好的恢复之后,再赶着牛羊返回,这来回之间,就是让低处和高处的草场轮流歇息。让草和大地休息,是牧民最朴素的环保之举,对这种举动,《十六法典》以立法的形式予以保护,目的也是为了让那些濒危动物能够平安无恙,如果有侵犯者,则"立即抓起,进行惩罚,并将情况上报"。

常年深入并叩访青藏大地,我留心到了一个现象:春天时,牧民几乎不宰杀动物来食用,而是食用上一年储存的风干肉。问及当地牧民时,他们告诉我:春季,整个高原上万物复苏,草还没长出来,动物也很乏力,不能宰杀。

第三部 万物合唱于青草间

除了应对外界突然来袭的战争之外，牧民的刀子呀，春天是躺在皮鞘里休息着的，刀尖上是不会沾上动物血的。后来，我又在公元1860年摄政热振呼图克图次臣坚赞发布的一条命令中，找到了这种观点的法律依据。在这条命令中，规定牧民要在春夏季节封山蔽泽，以保护生长中的植物与动物。

1932年，十三世达赖喇嘛发布的一条政令中也提出："从藏历正月初到七月底期间，寺庙规定不许伤害山沟里除狼以外的野兽，不许伤害平原上除老鼠以外的动物，违者将受到不同程度的惩罚。总之，凡是在水陆栖居的大小一切动物，禁止捕杀。文武上下等任何人不准违反。"

有这样的生命意识和信仰基础，青藏高原上的生民是不允许让猎杀藏羚羊的行为无休止地蔓延的。猎杀羚羊，无疑是在挑战牧民生态理念的底线。有猎杀动物牟利的人出现在雪山的视线里，就会有保护这些生命的人挡在枪口前，一个叫索南达杰的藏族男人出现了！

治多县总面积是8.06万平方公里，生活着4万多人，这种人地比例告诉我们：平均2平方公里的土地上有1个人，造成如此比例的一个主要原因在于，全县大部分区域位于可可西里无人区。在青藏高原上，最先听到猎杀藏羚羊枪声的，应该是治多县的人；在治多县，最先听到猎杀藏羚羊枪声的，应该是治多县最西边的索加乡。索南达杰就出生在治多县最西边的索加乡，治多县面积8万多平方公里，索加乡的面积就占6万多平方公里。索南达杰是全乡第一代能识字的，也是当地第一位考上大学的牧民孩子。

索南达杰从小就生活在索加草原，牧民关于保护动物的口传历史是他成长过程中的另一种乳汁。上大学期间，他无意间接触到现代关于动物保护的知识。1974年，索南达杰从青海民族学院毕业，选择了返回故乡从事教育工作，后来担任治多县索加乡党委书记、治多县委副书记。1990年代初的改革开放之风吹到了"三江源"地带，为了能让家乡富起来，索南达杰牵头成立了西部工作委员会（简称"西部工委"），自己兼任书记，旨在开发可可西里的金矿；后来又担任县上成立的经济开发公司总经理，主持可可西里地区50000多平方公里的矿产与动植物资源的开发管理。那时，索南达杰常常和别人开玩笑说，自己是世界上管辖面积最大的公司总经理，但也是地球上最穷的总经理，一分钱收入也没有。

带人进入可可西里后，索南达杰发现，可可西里早不是他青少年时期放牧时看到的青色之地了，一批批外地涌来的淘金客，就像掀起的一层层海浪，开始冲击这里的环保大堤。过度无序开采就像射向这片土地的一颗颗子弹，一个个大小不一的淘金点就是落在这巨大靶心上的一个个弹痕，让本就脆弱的生态更加脆弱。同时，对藏羚羊的过度猎杀，也开始为这片土地敲响生态警钟。

在可可西里，索南达杰和同事常常能看到已经僵硬的藏羚羊尸体躺在地上，旁边嗷嗷待哺的小羚羊哀叫着，像一声声钟鸣，唤醒了沉睡在索南达杰内心深处的环保意识。那一段时间，他像一个调剂师，将生命的角色从开发金矿的总经理变成一位保护藏羚羊的志愿者；他提包里的书也从《工业矿产手册》《矿业管理大全》变成《濒危动物名录》《野生动物保护手册》等。就像五只彻底完成了蜕变的高原君主绢蝶，索南达杰和其他四名西部工作委员会的成员，组成了中国第一支武装反盗猎的队伍，朝可可西里无人区的更高、更远处进发，一场盗猎与反盗猎的、力量悬殊的较量在可可西里开始了。

三

美丽辽阔的可可西里，给三江源地区的无数生灵创造了多少美妙的邂逅，也让偶尔远牧至此的牧民成为陌生但友好的造访者，牧民和生活在这里的各种动物，在一种熟悉但互相保持距离的状态中，给这片冷寂的土地架设出生动而鲜活的血管，给穿过江源喉咙里填满人与动物的合唱、给属于这里的时间长廊铺下记忆的管道。然而，就像这里会有秃鹫觊觎刚出生的小羚羊，也有狼群袭击野驴，更有棕熊刨开鼠兔的洞活生生将后者从其"屋里"拖出来吃掉，生存法则的残酷性在这片土地上同样上演，这自然也就有了王子龙和索南达杰各自所属的团队，在这片净土的相遇，一个双方其实都不愿看到但注定悲剧式的相遇。

几次进入可可西里无人区，让王子龙和他的老乡们看到了猎杀藏羚羊带来的巨大商机，条件虽然艰苦，但换来的报酬却令他们欣喜不已。犹如一个个以猎杀藏羚羊为目标的狼群，这些盗猎者的胃口始终喂不饱，他们逐渐熟悉了那里的山形地理、河流走向、藏羚羊的迁徙路线和产羔地点，在潜伏、猎杀、剥皮、运输、交易等环节中，在明确的内部分工中产生一条带血的流水线、一条低于道德层面的水平线。

距离王子龙第一次去可可西里无人区后 30 年，我试着找到他们的路线前往可可西里湖：出格尔木市后，沿着京藏公路行至昆仑河，逆着昆仑河而上直至昆仑河源头附近。车辙到此基本看不见了，青草遍布山坡，像时光之刷无情抹去岁月旧墙上的痕迹一样，掩去了当年的环保者在这里付出青春甚至生命的事迹一样，也掩去了猎杀者从这里向南翻越昆仑山的足迹和野心。在野牛沟蒙古族牧民的帮助下，我循着那根本看不见但一直存在于牧民心中的路，抵达昆仑山南麓，然后顺着西南方向翻越博卡雷克山，和昆仑河源一带相比，这里的植被、山形没有什么变化，但海拔显然比昆仑河源要高，野生动物的数量明显多了起来。这里已经属于青海省玉树州治多县境内，官方公布的资料显示，从这里到可可西里腹地都是格尔木市代管；来到这里，已经从昆仑河源区经过黄河源区跨入长江源区。

　　在博卡雷克山和可可西里山之间，是一片巨大的高原湖泊集中地，来之前，我一遍又一遍地在地图上查阅过了，这片无人区可以说是中国最大的"湖区"，从东往西依次是盐湖、海丁湖、库赛湖、卓乃湖、可可西里湖、饮马湖、勒斜武担湖，简直就是一座高原湖泊的大会堂。群湖集会，静默如谜，静坐在可可西里的群山缝隙间，在蓝天、白云、碧绿的三色图景中显示着一片片大小不一的湛蓝水域。远处的可可西里山就是一场永远开不完的盛会的主持者，威严地伫立在群湖仰视的高处，后者也似乎带着巡视的眼光，像一位尽职的藏獒守护羊群，日夜不眠地看守着脚下的这片大湖,它或许和我一样知道：这一座众湖的集市上，面积超过 1 平方公里的湖泊达 70 多个，单位面积内的湖泊覆盖率达 7.5%，是中国境内海拔最高的水乡和湖乡。

　　走过湖泊相连、青草无边、羚羊安详的场域，让我想起英国探险家罗林于 1905 年来到可可西里的情形。罗林经过考察后认为，夏天，藏羚羊会出现两性之间完全隔离的状态，5—6 月，成年的雌性藏羚羊和它们的雌性幼仔会向北迁徙到繁殖区，而雄性的藏羚羊多数会从冬季栖息地移动到相对较近的地方。也就是说，我眼前所见的大批羚羊是雌性藏羚羊，它们迁徙所至的繁殖区在哪里呢？

　　勒斜武担湖像一面大镜子，夕阳西下时，站在湖的西岸能看到这样一幅盛景：矗立在湖西侧的、海拔 6305 米的岗扎日峰，像是一位对着勒斜武担湖化妆的女子，将自己的容颜全部投影到这面镜子中，雪山在黄昏时分变成了一顶金色的皇冠,在湖中发出耀眼的金光!迁徙至湖边来分娩的藏羚羊,给那顶皇冠镶嵌了一道灰黄色的边檐。岗扎日峰的西侧是新疆和西藏交界地带,但藏羚羊却无视这种人为划分的行政界线,对它们来说,那只是迁徙途中翻越的一座山而已。

勒斜武担湖东边,就是因可可西里山而得名的可可西里湖。

真是美!相信夏天到可可西里湖边的人,几乎都会发出类似这样的惊叹。302.2平方公里的水域,让它成为可可西里地区众湖家族中的长子,体格庞大却含羞内向,安静地躺在群山围绕下的低洼处,让它成为一处封闭的内陆湖,那是跌坐在群山俯瞰中的一位高僧,远离红尘,端坐高处,静心修行,慈悲地迎送着来往迁徙的藏羚羊群。

在浩渺辽远的可可西里湖边的山岗上,端着望远镜瞭望,让我感到缺氧气短,但从镜头里看到藏羚羊的奔跑速度最快超过了每小时100公里,据说,藏羚羊能将平均时速100公里的奔跑状态保持4—5个小时,它们千百年来自由迁徙的身影,如风一样穿行在可可西里无人区的雪山与湖泊中间。按说,这种奔跑速度与状态,在这片土地上应该是罕有天敌了,然而,人类发明的、被盗猎分子带至这里的子弹,能夺走它们的生命。

从卫星地图上可以看出,整个可可西里无人区众多的湖泊,呈现出一枚巨大树叶状,从可可西里湖域西南注入、从湖东流出的楚玛尔河就像这枚巨大树叶上清晰的叶脉,通过这条叶脉使多尔改措(湖)的汇水面积达到4650平方公里,成就了可可西里湖区中一条流动的水,就像可可西里众多性格内向的孩子中的另类,向外跑出一条大河的雏形——长江的上游楚玛尔河。河流是羚羊的向导,不少藏羚羊就是沿着这条河两岸,走向青海省玉树州的中部和东部。

太阳湖和西南方向直线距离不到20公里的勒斜武担湖、东南方向直线距离不到30公里的可可西里湖,构成了可可西里无人区内大湖世界的三角核心区。昆仑山、可可西里山和唐古拉山像是给这片水域围起了一道高大的屏障,水丰草美和阳光充足使这里成了大批藏羚羊选择的一个天然大产房。

寂静的环境、优良的水质、四面高山环抱带来的避风效果等因素,使可可西里湖成为探险、科考和保护区工作人员进入可可西里无人区最为理想的休整地;对摄影者来说,这里群山抱湖、波面映山的自然景色对比鲜明,尤其风和日丽时，碧净的湖水映照着一座座银色雪峰，形成对比鲜明的景致，成群的藏羚羊、野牦牛群频频出没，给冷寂的高原无人区带来灵动和生机，是摄影师理想的"出片"之地。从地理位置上讲，这里也是可可西里无人区的一处要津：从这里可直通霍通湖、库赛湖、太阳湖、卓乃湖、月亮湖等大湖。如果将来自这些湖区的动物比拟为梁山好汉，这里就扮演着"十字坡"的角色，从而使这里成了可可西里无人区内的一个"动物大集市"。

这个特殊的"集市"上，最引人注目的无疑是藏羚羊。上万怀孕的雌性藏羚羊，带着母性力量在上千公里迁徙过程中上演着传奇。在勒斜武担湖、西金乌兰湖、卓乃湖、太阳湖、可可西里湖如镜面一般的湖水映照下，显现着这些远路而来的准母亲们的跋涉疲倦、即将做母亲的喜悦和这样一道风景：临产母羚集中在湖边，还没临产的母羚则主动守卫在外面，防止尾随迁徙羚队而来的狼、鹰、秃鹫、棕熊等天敌的伤害。紧邻湖畔的母羚一旦完成分娩，便不顾产后疲劳，立即用舌头舔吸幼仔身体，等将幼仔身上舔干了，就用嘴巴去拱柔弱的幼羚快点站起来，领着幼仔向外移动，好让出地方让其他的"准妈妈"安全生产，如此循环礼让，呈现出一幅互相照应的分娩场景，直到最后一位怀孕的羚妈妈顺利分娩，这盛大的分娩场景才算谢幕。动物不能言传，但可以身教，母藏羚羊的这种"礼数"成了潜伏在身体的密码，一代代相传在它们的记忆里，万千年来，犹如一条奔腾不息的河流，在母藏羚羊的体内流淌。

超过4500米的高海拔带来的缺氧、年均–4℃的气温带来的冰凉和藏熊、野牦牛、狼、雪豹等凶猛的野生动物构成的残酷的生存法则，犹如可可西里无人区贴给人类的三道"禁令"。然而，利益是贪婪者的向导，总有人在利益驱动下试图撕去这些"禁令"，把射击的枪口和罪恶带进这片人类生活的禁区。

1994年新年刚过，王子龙就接到"指令"：与往年一样，他和20多个同伴组成了一支盗猎团伙，准备好柴油、枪支弹药、煤气罐、干粮、面粉、土豆和调料后，从格尔木出发，在昆仑河源一带翻越昆仑山，沿着红水河向西行至海拔6860米的布喀达坂峰。皮卡车穿过布喀达坂山的一条山沟，进入可可西里山脉，就在皮卡车快出山口时，司机觉得眼前一道刺目的白光朝挡风玻璃射来。经验丰富的司机知道，前面就是他们这次来的目的地之一：太阳湖。

这是一个面积超过 100 多平方公里的大湖，刚才的白光就是被封冻的湖面在太阳光下反射的光。

布喀达坂峰山下，太阳湖边，盗猎分子的枪口，再次瞄准母藏羚羊，枪声将再次打破可可西里的宁静。

1994 年 1 月 6 日上午，"西部工委"的几名成员刚走进办公室，就看到索南达杰早已坐在椅子上，等着他们的到来。原来，索南达杰昨天刚接到一个消息，一个盗猎团队已经带着武器进入可可西里无人区，这对西部工委来说意味着挑战。索南达杰严肃地问大家："现在，是进入可可西里最艰苦的季节，但盗猎者能进去盗猎藏羚羊，我们为什么就不能进去，挽救那些即将死在枪口下的藏羚羊？"他看了看队员，继续说，"现在进去，和平时的巡山不同，会有生命危险，不能去的不勉强，能去的现在就回家，一是把家里的事情安顿好；二是赶快去市场上购买所需的东西，咱们明天一大早就出发！"有人望着室外飘落的雪花，嘀咕着："连续下了几天的雪了，到可可西里的路不通呐！"

索南达杰说："通往可可西里的路，一直装在我们的心中，雪是埋不住的。盗猎分子下雪天能去，咱就能去，就是下刀子，也要去拦住他们！"

第二天早上，"西部工委"的小院子里，停着的皮卡车上，装着前一天下午就准备好的出行物资，索南达杰站在院子正中间，犹如一位将帅在检阅一支即将远征的万人军队，看着眼前站立着的、即将和自己出征的同事，他心里一热：同事没有一个掉队的，这将是他们第十二次进入可可西里无人区了！

雪花无声地落下来，犹如上天洒落的祝福哈达。出县城往西而去的路上，大地一片洁白，像是一张铺开的无垠白纸，等待着奇迹的书写。

盗猎者从格尔木市出发，向西南方向前进；反盗猎者从治多县城出发，向西北方向前进。可可西里就像一个辽阔的棋盘，有黑白两支力量从不同方位向棋盘中心涌动，双方都和时间展开了赛跑。

可可西里无人区的隆冬季节，时间似乎都被 -40℃ 的极寒天气冻僵了，无论是盗猎者还是反盗猎者，双方的行动似乎都是为了赶在时间之前，达到自己的目的。"西部工委"的人员在茫茫雪原上行进，和盗猎团伙进行意志、智慧和武装力量的较量，后者闻风后开始和前者周旋。对双方而言，可可西里这个大棋盘变成了猫和老鼠斗智般的舞台。我曾做过类似的实验，在海拔超过 4000 米的地方徒步所需的能量和时间要超过在内地海拔 1000 多米地方的三倍。

索南达杰带领他的"西部工委"在可可西里无人区巡视到第11天下午时，和与他们兜圈子的盗猎分子一样，都到了筋疲力竭的时候。"西部工委"的成员在太阳湖畔终于抓捕到了王子龙所在的那个盗猎团伙，后者猎杀的藏羚羊皮已经装满了两皮卡车。被抓住后，王子龙给张军说："这次是死定了，咱们射杀了这么多藏羚羊，这帮人爱惜羚羊跟爱惜孩子一样，他们一定不会放过我们的。"

夕阳下，索南达杰魁梧的身影印在雪地上，他朗声告诉被抓住的盗猎分子："你们中一个人中了枪伤，还有一个人患上了肺水肿，现在，我让秘书开车，连夜把他们送到格尔木去救治，剩下的人要听从指挥，我们就能一起平安地走出可可西里。如果戴上手铐，会冻伤或冻死你们的，现在，你们闯入我们治多县的地界内，我们会想尽办法把你们送出去。"

由于担心路上出意外，索南达杰把自己使用得更顺手的一把枪给了秘书扎多，让扎多开车，载着一名同事和盗猎者中两名伤病员驶离了太阳湖。索南达杰和剩下的两名队员，在湖畔看管被抓住的盗猎分子。暮色渐至，寒气笼罩高原，索南达杰让盗猎者坐在他们出发时租来的车上，走在前面；他和韩伟林、靳炎祖两名工作人员坐在后面的车上。

临上车时，王子龙特意看了张军一眼，两个人交换眼色时心领神会："西部工委"的人数本身就比盗猎团伙的少，司机扎多和另一名工作人员护送受伤的盗猎分子已经离开，而逃出去的盗猎分子，一定就在附近，不会走远。"西部工委"的工作人员出于人道，没给车上的盗猎分子戴手铐或捆住其手脚，这也给后者随时可能夺枪反击埋下了隐患。

太阳很快落到西边的可可西里山背后去了，气温直线下降，本来就没路的茫茫高原上，视线更是模糊起来。拉着盗猎分子的皮卡车在前面小心翼翼地找路前行，索南达杰和韩伟林、靳炎祖乘坐的皮卡车殿后。

车子刚拐过一个弯，索南达杰觉得车身猛地一斜。"糟了！"他本能地意识到车爆胎了。

夜色在都市的霓虹灯下，是一种浪漫与温馨，而在冬日的可可西里无人区意味着危险降临。望着车外渐渐浓起来的夜色，索南达杰立即命令韩伟林和靳炎祖："我在这里抓紧换车胎，你们赶快到前面去，拦住前面的车队，我们争取赶在8点左右，在太阳湖南岸集合。"

可可西里无人区的冬日夜晚，车行速度并不比人行走快多少。韩伟林和靳炎祖气喘吁吁地，快步追上了前面的那辆车，没想到的是一个阴谋正等着他们。看到韩伟林走近，张军朝他说："冷死了，快给倒点开水喝！"就在韩伟林走到车前，拿出水壶准备弯腰倒水时，张军冲王子龙使了个眼色，两个人同时分别向韩伟林和靳炎祖扑去，后者因刚才在高原缺氧状态下徒步快行而疲倦不已且毫无防备，被前者扑倒在地。韩伟林和靳炎祖随身带的枪被对方抢走，两人也随即被绑了起来。

补好车胎后，索南达杰赶紧发动汽车，朝前面的那辆车赶去。看到那辆车停在前面，索南达杰一边松了一口气，一边在放松警惕中下车。两脚刚落地，车门还没来得及关上，索南达杰就听见几声清脆的枪响，几颗子弹擦着耳边飞过，那是张军和另外一名盗猎分子用缴获韩伟林和靳炎祖的枪支，朝索南达杰开枪了。

索南达杰立即半蹲下来，果断地扣动扳机朝对面还击，暗中传来的哀号声，表明对面有人中枪了。后来的刑侦报告显示，索南达杰当时的开枪射击，击毙了盗猎者中的一人。张军受伤后一边往回跑，一边朝等在车里的王子龙大喊："你们赶紧开枪，赶紧打啊！"

王子龙闻讯后迅速发动车，调转车头，冲着索南达杰所在的方向打开大灯，刺目的灯光将索南达杰完全暴露在旷野中，王子龙手中的枪率先射出了子弹。汽车的发动机响声，对下午逃散的盗猎分子来说，无疑是一声响亮而迅速的召集令。躲避在山丘后的盗猎分子，迅速向这里集结，接着是更为密集的子弹射向暴露在灯光下的索南达杰。

10年后，导演陆川根据索南达杰为原型改编的电影《可可西里》，极尽可能地还原了英雄倒在雪域高原上的那一幕。

王子龙和张军混杂在其他盗猎分子中，立即跳上索南达杰刚补好胎的那辆"西部工委"的皮卡车，在浓浓的夜色中、在漫天飘落的雪花中，逃离可可西里。太阳湖边，天地间一片黑暗，死一般的寂静中，大地仿佛竖起耳朵，听着鲜血从索南达杰的身体往外流淌；那些血刚流到地上就被冻得凝结了，像一块块暗红的伤疤，躺在大地上。不远处，那些来到可可西里无人区分娩的母羚，在寒冷中休息，它们是否听到它们的拯救者在生命最后时刻里的喘息，沉重如雪下黑色岩石的梦。

那晚的枪战中，两名"西部工委"的工作人员不得不乘着夜色逃离了现场。

第二天，他们按着记忆的路线返回现场时，发现索南达杰双目圆睁，已经成了冰雕。11 天前，这个魁梧、勇毅的康巴汉子带着反盗猎的责任前往可可西里，漫天雪花是一场圣洁的送行；11 天后，他变成了一座冰雕，漫天雪花是落在雪雕上的洁白外衣。出发时，漫天雪花是飘落的、浓缩的祝福哈达，现在，雪花覆盖的大地，变成了一块巨大的白色殓布，冻僵了一颗护卫藏羚羊的心。在没有通信信号的可可西里无人区，两名工作人员只能抱着索南达杰的尸体，原地等待扎多从格尔木返回。扎多返回太阳湖边的事发地后，那两名工作人员也快被冻僵了，扎多拉着索南达杰的遗体缓缓离开无人区，没想到中途又车陷泥河，等了 4 天 4 夜，才等来新的救援。

1994 年 2 月 10 日，索南达杰的遗体运回治多县城所在地加吉博洛格镇时，离他带着"西部工委"的队员离开家已经 24 天了，他以冰冷而辽阔的可可西里无人区为纸，以自己的血，书写了一曲环保之歌。

家乡人民以自己的方式迎接他们的英雄。数百名僧人点燃了长明灯，将索南达杰的遗体放在佛像前，为亡灵诵经、超度。关于索南达杰在可可西里无人区遇害的描述，犹如春天漫山遍野的青草勃发一般，在高原上被到处传颂：有人说，索南达杰倒下的第二天，在结冰的太阳湖上空，突然出现了这个季节不该出现的彩虹，那是上天搭起的一道五彩天桥，供英雄从那里步入天堂；有人说，盗猎分子和反盗猎英雄之间发生的枪战，震惊了四周冬眠的动物，它们走出洞穴围在英雄的身边，试图用体温救护索南达杰；有人说，索南达杰的身子被运回治多县时，天空响起了夏天才响的雷声，将楚玛尔河上的厚冰都震开了，河水是大地为英雄送行的泪，雪花是老天写给英雄的悼词，等等。在家乡，在可可西里，在青藏高原，索南达杰成了一捆慰藉和希望、怀念和拯救的青稞，永远矗立在那片土地和人们的回忆中。

索南达杰去世 10 多年后，我抵达吉博洛格镇。当时虽然是夏天，冰雪早已融化，我依然能听见那年 2 月，数百名僧人集体吟诵能唤醒群山的经声，那道声音如洁净的酥油，给当地人的环保信仰之盏里，缓缓地添加着持续的能量；我也仿佛看见那年送葬的数千民众流过双颊的泪水，流成一条宽阔的环保之河，无言地书写了一部三江源人的环保之书！今天，我依然能听到关于索南达杰的各种传说，它们就像淌过时间河床上的流水，有一个共同的声音，那就是对环保英雄的礼敬。

那时，我以一名记者的敏感，留心到了这样一组数字：索南达杰从创建"西部工委"到遇害，总共有 545 天，而他带领的那支雪山雄鹰般的团队，12次进入可可西里，共 354 天，行程 6 万多公里。

四

索南达杰去世八个月后，可可西里省级自然保护区成立；一年后，国家环保局和林业部授予索南达杰"环保卫士"称号。索南达杰去世两年后，也就是 1996 年 9 月，可可西里第一个自然保护站建成使用，并以他的名字命名为"索南达杰自然保护站"，主要任务是接待游客与救治藏羚羊。

勇士走了，给可可西里留下了一曲壮丽的挽歌，索南达杰的妹夫扎巴多杰辞掉州人大的工作，从这曲壮歌中动身，在县城的大街小巷张贴着招募广告。那些广告前，很快就挤满了人，有在县城读书的十几岁的学生，有赶着牛羊从牧区而来的五十多岁的牧民，也有以前的盗猎者带着忏悔之心而来。这是青藏高原亿万年来打响的第一场生态之战，可可西里，在召唤守卫它的勇士；圣洁的土地，在呼唤它忠诚的生态卫士。

不久，一支 40 多人组成的"西部野牦牛队"组建了起来，一群年轻而健硕的身影再次移动在"三江源"腹地。"西部野牦牛队"的每个队员既是一根守卫可可西里野生动物的接力棒，也是一枚移动在可可西里无人区内一部环保之书中的书签；既是一份写给盗猎者的义正词严的警告，也是唱给无数前往可可西里无人区分娩的母羚的安抚曲。

"西部野牦牛队"在广袤的可可西里无人区蹚出了一条看不见的赛道，队员们是运动员，江河是裁判，历史是观众，藏羚羊是受益者。从成立到最后被解散，"西部野牦牛队"仅仅走过了 5 年时间，其间上百次进入可可西里无人区巡山，抓获了 92 个盗猎团伙，收缴 8000 多张藏羚羊皮，后面的这两项数据，占据青海、西藏、新疆三省区在那 5 年间一半的藏羚羊反盗猎成绩。1998 年11 月 8 日，扎巴多杰在家中遭枪击身亡。按照藏族的习俗，扎巴多杰这样的英雄是要进行天葬丧仪的。据当地群众讲，那天，200 多只秃鹫在天空中组成了一团黑色的云，将扎巴多杰的身体和灵魂一起带回了天国。

这片土地上的生民，犹如从群山的肚脐中挤出的细水绵绵不绝地奔流、汇聚，最终形成河与江奔赴大海一样，前赴后继地汇聚着保护可可西里生态的力量。面对舅舅杰桑·索南达杰和父亲扎巴多杰先后因保护藏羚羊而牺牲的事实，"为可可西里而生"的公秋培扎西依然选择了走向可可西里无人区生态保护的战场，被任命为可可西里卓乃湖保护站站长，至今仍坚守在那片高地上。

"西部野牦牛队"成立两年后，美国国际野生动物保护学会副主席和首席科学指导乔治·夏勒博士带领他的科考团队进入可可西里无人区，他的这次行动是为了跟踪沱沱河地区的藏羚羊种群。乔治·夏勒博士带领他的队员经过乌拉乌拉湖盆地、可可西里湖东岸地区后，来到了有"藏羚羊大产房"之称的卓乃湖边，在这里考察藏羚羊的产仔和迁徙路线。

我是通过阅读乔治·夏勒博士写的《第三极的馈赠》一书，了解到他划出的4条藏羚羊的迁徙之路，其中有前往可可西里无人区湖群的产羔线路。随着人类活动对青藏高原的干预度加剧，穿过可可西里无人区的铁路和公路建成，藏羚羊千万年来沿袭的迁徙通道被切断，善于"认路"的藏羚羊往往被突然出现的一个人类建筑物挡住分娩的去路，途中的耽搁会招致天敌的袭击，更会导致一些母藏羚羊将幼仔产在去"产房"的路上。这种情境下的分娩，往往会使藏羚羊母子失去生命。

乔治·夏勒博士来到可可西里无人区考察那年12月，可可西里无人区升级为国家级自然保护区。索南达杰、扎巴多杰和其他牺牲在高原上的藏羚羊保护者，以自己的生命敬唱了一部高原环保之歌！

近年来，可可西里再无枪声，藏羚羊又重新回到了它们的祖先曾拥有的宁静生活。藏羚羊若有知，应该明白这个道理：这重新回来的宁静背后，有着多少人的努力甚至生命的付出。

可可西里国家级自然保护区成立之初，由于环保力量不够，面向全国招收志愿者。一批又一批的志愿者，以自己的行动呼唤着人类友善对待动物的意识。后来，当我进入可可西里，在夜晚的冰凉中聆听着可可西里的脉动时，很难想象在一年中最寒冷时分巡山的索南达杰以及他那支装备寒碜的队伍，究竟克服了多大的困难。2004年5月9日晚，我徒步行进到昆仑山口海拔4767米处的"昆仑山口"石碑前，我选择在这里驻足，没有顾忌到这片莽原上会有野狼或雪豹，只为了前往不远处的索南达杰纪念碑进行祭奠。

当年的日记中，有这样的记述：

行进在昆仑山中，迎面而来的一个清寒的夜晚，天空黑漆一片，在美丽而寂静的高原上，除了巨大的寂静和恐惧外，只有自己陪伴着自己。远处，一辆辆夜行车的夜灯，总给人一种远处是一个个灯火亮着的村镇的错觉，这种错觉也很容易带来夜行时的安全感，灯光的作用在这个时候更加明显。

　　突然，在路边发现一个亮着灯的房子，已经是北京时间晚上10点多了，但高原上给人的感觉仿佛到了凌晨。走到那个小房子前一看，是索南达杰自然保护站，这是我国由志愿者建立的中国民间第一个自然保护站，志愿者在保护站开展野生动物调查和环境教育、培训。这里是白天远望昆仑山的最好位置。

　　当时，站里只有站长文尕和管理员松森郎宝两个人，他们在简易的房间里烤着火，还好，这里能看电视。由于索南达杰以生命为代价的努力以及后来一批批志愿者的到来，这里的生态尤其是藏羚羊得到了有效保护。但偷猎者仍然很多，文尕告诉我，那些偷猎者在暴利的驱使下，和他们玩着猫与老鼠式的游戏，那些人的装备甚至武器，有时比他们的还先进。他们常年在这里，出去巡逻，一去就是很长的时间，能去一趟格尔木就是很大的享受了。外界和他们的书信联系，只能是格尔木市通宁路88号的可可西里管理局。

　　接受我的采访后，文尕送了我一张他们的环保宣传画和一本青藏高原旅游手册。

　　石碑是以索南达杰被枪杀后依然保持着的跪射之姿态为原型塑造的。那是青藏的石头，被人类赋予了储存记忆、警示后人的角色：像矗立在青海湖边的文成公主雕像和玉树市所在地结古镇上的格萨尔王雕像一样，他的生态呼吁，被深深刻在石头的肌理与记忆里。整座昆仑山、可可西里山甚至巴颜喀拉山，因此变成了有关环保的记忆之山，在地平线和雪线之间的辽远空间里，记忆那瞬间变成化石般的形象：即便是生命终结时，勇士也选择了跪射的决绝之姿，将自己盛开成一朵高原上的雪莲，给中国环保之书送上了一页白色插图，他也完全变成了一个白色的梦境，里面穿梭着无数像我这样的、对青藏和环保念念不忘的本地人与他乡而来的人。望着那尊嘴唇紧闭的雕像，我却依稀听见在索南达杰的家乡加吉博洛草原上流传的那句谚语，像风中飘荡的风马萦绕在四周："好人的故事刻在石头上，风吹不走，雨刮不掉。"

如果可可西里的群山、众湖、青草，昆仑山中的石头、飞鸟、羚羊能集体纪念记忆这场让可可西里心脏发疼的生态之战，那，我就可以休息了。

2020年春节刚过，我前往拉萨途中，特意选择再次拜谒索南达杰自然保护站。我走下车，带着哈达和白酒、藏香和鞭炮走向保护站，我只能以这种方式和写作来表达自己的礼数。和往常京藏公路上来往繁多的车流相比，这个时段的昆仑山口像被裹在青藏大地怀里熟睡的婴儿，索南达杰更像是一个熟睡中被抱到邻家的孩子。这里虽然距离他的家乡有400公里，却有了他的另一个家。

一个人生命的真正尽头，就是他的故乡，这个故乡或许是他的出生地，或许是他的灵魂最适宜的栖居地。昆仑山口，是可可西里无人区的东大门，也是索南达杰的安魂之地，他的另一个故乡。我轻轻翕张着鼻孔，替他闻着这里的空气，这里同样有他熟悉的雪山、草场、公路，他在这里一定能像在家乡时那样，听得到混合着秃鹫高鸣、藏羚羊哞叫孩子、藏野驴发情、牧草老去的声音，闻得到牦牛粪、汽车尾气、格桑花香的青藏味儿。

整条109国道就是一座庞大而丰富的大橱窗，两边呈现着沿途所遇的风物与历史，索南达杰自然保护站的建筑外表，会随着时光流逝、高原紫外线照射和风雨霜雪的侵蚀而褪色，但青藏公路乃至青藏高原，对索南达杰故事的铭记与评论，会永远定居在这大橱窗里，时间之秤已经称过它的重量，没有什么力量，再能把它从中拿走。

这次穿越三江源地区是白天，我能够很清楚地看到索南达杰自然保护站的全貌。刻有"保护站"字样的巨大昆仑石背后，是一只藏羚羊头的青铜塑像，在高原的太阳下发出金色的光芒，那是作为世居在此的昆仑石和外来材质与技艺青铜，相遇在这里并合成锻造的一道记忆大门。工作人员指着远处可可西里无人区的方向告诉我，目前是冬季，藏羚羊一般都在无人区的腹地，到了产羔的迁移季节，成千上万的藏羚羊会从不远处经过，保护站的功能之一就是救护那些掉队的、生病的藏羚羊，这片净土回到了原来的样子，已经是

10 多年没听到盗猎藏羚羊的枪声了。

正义会迟到，但从不会缺席。1994 年元月中旬发生在可可西里无人区太阳湖畔的血案，震惊了青海省甚至中央，警方迅速组织力量展开搜捕，这让逃离可可西里无人区的王子龙和张军等人，逃回格尔木市后就作鸟兽散。王子龙悄然回到老家，对外谎称自己那几年出外打工去了。

对等待正义来临的英灵来说，7 年时间漫长如可可西里无人区的冬季。2011 年 11 月底到 12 月初，6 名涉嫌索南达杰被害案的在逃犯罪嫌疑人分别于 11 月 20 日、23 日、29 日和 12 月 1 日前往当地公安局投案自首。其中就有王子龙和张军。2020 年 9 月 18 日，警方在时隔 26 年后，将杀害索南达杰的另外三个凶手抓捕归案。那天中午，正在电视前收看中央电视台《新闻联播》的我，看到这条新闻时，不由站起身来，面朝可可西里无人区的方向静默。我相信，装在门背后的那面镜子，一定看见我的眼泪，仿佛闸门失控后的两条并行的渠水，肆意地流过脸颊。不用拿手机上安装的计算器，我心里早就计算着这样一个数字：从索南达杰被射杀身亡的那一刻起，也就是 1994 年 1 月 18 日晚 8 时左右到此时，可可西里等了 209520 个小时，12571200 分钟。

我在那天的日记里写下：正义的来临，是时间写给英灵的一份告慰书。

第五章
蹄印
唤醒青草的耳朵

"此物繁衍大雪域，四蹄物中最奇妙。"
——八思巴·洛哲坚赞
《牦牛礼赞》

"看呐，它带来成功。看呐，它带来好运。看角啊，它拥有不朽的角。看角根，它角根厚硬。看嘴啊，它的嘴带来美味！"
——《藏族歌谣》

从长安城出发后,文成公主和护送自己的车队一路向西,慢腾腾地走了两个多月,还是没有走出大唐帝国控制的巨大农耕之地。山河地貌、城镇村庄、农人装扮并没出乎意料的大变化,不同的或许是一个个村庄里不同的当地口音。但这些她是听不到的,沿途的生活所需皆有从长安城跟着出来的卫队操心,不需要她去和当地农人讨要。

牛皮筏子将文成公主和庞大的随从队伍渡过黄河后,她这才发现,一切都变了。和对岸低缓的河谷绿洲不同,此岸的积石山嵯峨而立,黄河水冲向积石山下时变得湍急而浑黄,打着旋向下游奔去。码头边,负责迎接的当地官员,下令将她与随从的行李、带的各种礼物一一安放在早早就守候在这里的牛背上。她这才注意到,那些牛和内地的牛不一样,除了供她骑、驮负她日常所用的几头是白色的,其他是清一色的黑色,相比内地的耕牛或肉牛,眼前的这些牛显得略矮胖,眼睛里喷着一股令人战栗的光,尾巴显得粗短却有力地摆动着,不时发出一两声钟鸣般的低吼。

翻过日月山后,早就守候在那里的吐蕃使者告诉公主,从这里开始后,她身下那匹从长安一路相伴的坐骑不再合适后面的路程,她的坐骑变成了"青海骢"。公主此后的行程里,到处可见漫山遍野的牦牛悠闲地吃着草。一行人赶到黄河源的鄂陵湖边,在这里迎娶他的松赞干布令手下牵来几头白色牦牛,并告诉公主:从这里开始要翻越高大的唐古拉山,高原上的"青海骢"翻山时也倍感吃力,唯有这些牦牛能像舟船一样,将送嫁队伍安全、平稳地送到山那边,再送往遥远的逻些城。后来的事实证明,从离开黄河往西再翻过河源地带、翻越唐古拉山、穿越千里大羌塘和念青唐古拉山,这一路上若没有那些牦牛,文成公主一行是无法完成他们的"高原和亲之路"的。正是这些牦牛,驮着文成公主及其随从以及大量种子、丝绸、茶叶、金银、玉器,驮着大唐帝国的一份希望与邀约,蹚开了一条和平之路。

牦牛,就是我们今天说的牦牛。

一

从远处快速奔来一块黑色的巨炭,枯黄的大地顿时尘土飞扬,犹如燃起了一片黄色之火,将那道飞奔而来的黑色影子掩了起来。寂静的高原上传来杂乱但急促的啼声，好像一柄鼓槌，毫无节奏地在一面皮鼓上乱敲。这个场景让我想起德国作家君特·格拉斯长篇小说《铁皮鼓》中那个敲鼓的侏儒奥斯卡·奇特，和他那敲鼓过程中伴生的能使玻璃碎裂的尖叫声相比，眼前飞奔而来的黑色影子发出的叫声，尖利得能刺破人的耳膜。常年在高原上行走，我明白，那是一头发情的野牦牛，或许，它是在野牦牛群中争偶失败后，奔向牧人饲养的母牦牛群来"猎艳"、发泄，那尖叫声，似乎想把大地撕裂出一道缝来，从中展露它野性的力量。

刚才还和我云淡风轻地坐在治多县索加乡接近可可西里无人区的一片草地上聊天的索南文杰，一定看到了我因为恐惧而吓得苍白的脸，赶紧安慰我："唐，别怕！这只仲雅克（藏语，野牦牛）是来找我们的雅克（牦牛）的。"

我还是惶恐不已。10年前，应邀给一家人文杂志写一篇专栏文章，我前往阿尔金山做野外考察时，曾亲眼看到一头发怒的野牦牛，从远处山岗上急速奔跑，冲向朋友停着的那辆越野车，巨大而凶猛的野牛头一下子就撞翻了那辆无辜的车。后来，大家分析，估计是那辆车的红色外表，引起那头野牦牛莫名的愤怒了。那一幕，让我对野牦牛心生恐惧。心里一边想着那句藏地民谚"野牦牛的后代，没有一个秃顶的"，一边祈祷着在野外行走时，千万别撞见野牦牛。

我转过头，看身边坐着的索南文杰，他一点事也没有似的，从容地抓起碗里的糌粑，往嘴里喂着，一边端起奶茶碗，喝了一口茶后告诉我："它不会到我们眼前来的，它就想勾引我们的雅克。"

果然，杂乱急促的蹄音中除了类似猪哼的声音外，有种粗鲁的喘息，那不仅仅是因为快速飞奔而来的体力透支，还有一种明显的动物发情的气息。像一辆高速行驶的车被司机猛踩刹车一样，那头发情的野牦牛在几米外的地方突然停了下来。眼睛瞪得像两个铃铛，布满红丝，鼻孔里发出坦克碾过般的粗气，粉红色的舌尖不时伸出嘴唇，尾巴仿佛一束铁丝扎成的扫帚，被一个尽职的清洁工握着来回扫动，清扫着它尾部以下的空气。眼前的那头野牦牛简直就是一座飞来的小山，脊背到腹部之间，因为毛须脱落，仿佛一座大山雪线以上的部分，露出褐亮的底色，腹部的毛须向下垂着，像是给它围了一道掩到膝盖下的黑色长裙。那铁塔般的身子和夸张的身形，让我想起元代藏传佛教大师八思巴·洛哲坚赞那首著名的《牦牛礼赞》中形容的诗句："体形犹如大云朵／腾云驾雾行空间／鼻孔嘴中喷黑云／舌头摆动如电击／吼声如雷传四方／蹄色犹如蓝宝石／双蹄撞击震大地／角尖舞动破山峰／双目炯炯如日月／犹如来往云端间。"云朵、闪电、雷声、蓝宝石，这些词汇里的意象叠加在一起，就是野牦牛的形象。

索南文杰听我讲述在阿尔金山看到野牦牛撞击越野车的事情后，笑了笑说："那是你们撞进了仲雅克的领地，人家不急才怪呢！现在，是它跑来勾引我们的雅克，性质不一样，它勾引上母雅克就会领走的。"

下面发生的一幕，并没索南文杰说得那么简单。只见他家牦牛群中守护在外围的那头公牦牛抬起头，活脱脱一位门将似的警惕地朝野牦牛站立的方向瞪着，一股粗壮的气息从它的鼻孔里往外喷，似乎是在发出一种警告，空气里立即弥漫起一股紧张的气息来。索南文杰却像一场紧张的球赛旁的解说员，现场给我介绍起仲雅克和雅克的区别来："你看，那个野家伙的个头明显要比我们的雅克大，毛是不是更粗、更长一些？它肩部的骨架是不是更凸出？你再看，那家伙胸部的毛是不是要长些？它身上的毛都是黑中泛紫，哪像我们的雅克，毛色是黑中泛红。刚才，那家伙来时，你一定也听到了，它的叫声像猪，我们的雅克发情时的叫声才像牛发出的。现在，是这帮野家伙的发情季节，这个家伙一定是干不过它们那群里其他公的仲雅克，才跑到我们的雅克群里打野味来了，唉，我们的牛群里，一定会有母雅克被拐走的。"

"草场上的那些公牦牛不维护母牦牛吗？忍心被'情敌'拐走？"

"维护呀！但这得靠实力说话，一般情况下，雅克是干不过仲雅克的。关键是母雅克喜欢高大、勇猛的仲雅克。"

听到这里，我顿时觉得达尔文的那句话说得多好："谁也不会任由长得最差的动物繁殖后代。"

在英国作家《驯化：十个物种造就了今天的世界》这样的西方著作里，是注定找不到有关牦牛驯化的历史记述的，但可以肯定的是，牧民在青藏高原上的生存智慧之一，就是很早就驯化了牦牛。按照网上的观点，牦牛的驯化至少有一万年。

现在，我眼前的这两头即将为爱情而战的牦牛，似乎一下子站在了万年前的时光之河边。在我眼里，它们并没有是否被人类驯化之分，无所谓仲雅克或雅克，只有即将为心仪的母牦牛而决一高下的胜利者与失败者。它们让我纳闷：人类的驯化对动物来说，究竟意味着什么？

两头牦牛之间的爱情攻防战开始了。那头雄性的野牦牛像被前锋带到射程内的足球，直奔对方守门员没有顾及的一角，冲着牦牛群中它所钟情的一头母牦牛而去。我立即拿过身边的望远镜，从镜孔里清晰地看到，那头野牦牛绕过好几头牦牛，冲到那头它选择的母牦牛前，围着后者转起圈来。

望远镜的镜头里出现了守护在牦牛群外圈的那头公牦牛，后者对野牦牛闯进牦牛群来"选爱"明显不满，这是爱情和权威受到挑战时的捍卫。

两头公牦牛都发出了低沉的吼叫，头稍微低了一下，颈椎形成了一道漂亮又厚实的曲线，眼睛里闪烁着彼此的眼神。很快，就像两辆巨型铲车开足马力冲向对方，它们以最快的速度相撞，两只硕大的脑袋在空中相遇时发出一声闷响。

两头牛抵在了一起，随后又约定好了似的，退出老远再一次扑上来抵。旧时的牧民常说"牦牛来顶就该避让，头人来打就该求情""牦牛往前走，河水会倒流""牦牛顶仗，神仙也让"等，指的是牦牛顶起来的力量很大。眼前这两头牛，有着相同的祖先，人类通过驯化将它们分开了，块头与体格已经有了明显对比，力量会怎样呢？很快，答案就揭晓了。两头牛从四蹄着地抵，到昂起前蹄跳起来抵，僵持了几分钟后，双方看上去都累得不行了，不退也不跳了，只是将角抵在一起，相互推着转圈，又是几分钟后，家养的公牦牛明显力不能支，以跑着离开的状态认怂了。

在这么高海拔的地方，氧气稀薄，呼吸困难，为了"爱情"而战的两头牛，让我忍不住为它们点赞，我旁边的索南文杰却一撇嘴："这是你们文人的赞美词，哪来什么爱情，不就是发情吗？"

那头刚才还铆足了劲捍卫母牦牛的家养公牦牛，转眼就似乎忘了它的爱情失利战，没事般跑到旁边去吃草了。那头野牦牛看着自己的"爱情保卫战"取胜了，便转而去继续挑逗自己看中的那头母牦牛。没想到，那头家养的公牦牛又停止吃草，转过身子来试图拦截，但这次仅仅是个象征性动作。或许，对一头公牦牛来说，再多的母牦牛也不会有一个多余，每一个都是它想保护的对象，当这种捍卫成为一种象征时，让我觉得没了看头，仿佛买了票走进球场看赛却发现有裁判吹黑哨、有运动员假摔一般，便将镜头从那头曾试图保护母牦牛但最终却放弃了的公牦牛身上移开，转而去看那头取胜了的野牦牛。野牦牛确实是个调情高手，一次，再一次，将自己的鼻子凑向母牦牛的身体，接连如此亲近、挑逗了几头母牦牛后，高傲地低吼了一声，冲出牦牛群，甩着尾巴径直而去。

我有些索然地放下望远镜，以为这场野牦牛闯入家养牦牛群、挑逗母牦牛的"激情戏"演完了。索南文杰却劝我："好戏在后面呢，别放下你的望远镜！"

随着那头野牦牛的撤离，家养的牦牛群很快出现了一阵骚乱。被那头雄性野牦牛"骚扰"过的几头母牦牛很快就离开了牦牛群，朝野公牦牛的方向跑去……

"呸！"索南文杰朝野牦牛及那几个叛逃的母牦牛消失的方向啐了一口："不要脸的家伙！"

我不知道他骂的是勾引他家牦牛的野牦牛，还是愤恨他家的母牦牛没"节操"，就这样被勾引走了。一场人类驯化的母牦牛和野牦牛之间的"私奔"就这样发生了，极大地讽刺了人类的驯化成果。后来，我通过不少牧民的讲述，知道野牦牛发情期跑到牧场上拐牛的事情并不稀奇。牧民对这种事情很纠结：多数情况下，母牦牛私奔到野牦牛群，生下小牛犊后，会带回到牧场；但这些小牛犊在体格、脾气等方面，更像它们的父亲，在牛群里很显眼，好争斗，欺负家养牦牛配种后生下的小牛犊。因此，常常有牧民会驱赶到牧场来骚情的野牦牛。

很多时候，牧民对野牦牛并不反感，流传在青藏高原上的各种牦牛的故事，都是很正能量的。诸如一头野牦牛，看到一只秃鹫盘旋在刚生下不久的小藏羚羊上空，试图叼食那个小生命，母藏羚羊因为刚刚生产后乏力，无法保护自己的孩子，野牦牛便走向小藏羚羊身边，守护着那个和它没有任何血缘的幼小生命；诸如，雪豹已经叼住小牦牛的脖颈，试图离开，没有血缘关系的野牦牛会冲上去，用那弯刀似的牛角去挑雪豹，以此逼退它；诸如，面对狼群袭击牛群中的小牛犊时，也会有野牦牛毫不畏惧地冲上去救护，会有"技艺"高超的野牦牛用那尖刀似的弯角将狼挑死，印证高原上的民谚——"牦牛虽然不吃肉，但不怕吃肉的狼""发怒的牦牛，会顶死一头雪豹"。

野牦牛，是高海拔无人区中向极限条件挑战的最佳选手，是青藏高原上自由、高贵、悠闲的生命象征和符号。藏族人常常给予野牦牛很高的评价，说一个人的脾气像野牦牛，那是一种褒奖。

野牦牛的影子，就像漫山遍野的青稞一样，移动在青藏大地上。十世班禅大师就曾说过："没有牦牛就没有藏族。"西藏民间谚语也说："凡是有藏族的地方，就有牦牛。"

青藏大地上的人们，谁像野牦牛呢？我想到了索南达杰。1992 年，武装打击藏羚羊盗猎、成立于治多县的西部工作委员会（简称"西部工委"）就以"野牦牛"命名。索南达杰带领那支队伍巡视在可可西里无人区和羌塘大草原上，他们像一头头野牦牛，给无数藏羚羊提供了生命的庇护。他被盗猎分子射杀时，仍保持着半跪射击的姿势，那何尝不是一头野牦牛的雕像？

二

雪域高原上的人们，对牦牛是极为敬重的，这是他们眼中最完美的动物，这在那首传遍青藏大地的《斯巴宰牛歌》里，有着足够的体现：他们认为高山是牦牛挺起的脊梁，大地是平铺的牦牛皮，草原和森林是牦牛厚重的皮毛和尾巴。

在藏族先民的观念和信仰中，一头牦牛便是一个宇宙世界，一头牦牛就是一位神仙在大地上的轮回。在牧民家里，即便有再多的牦牛，他们也能像叫自己孩子的名字一样，说出每头牦牛的特点，有的牧民更是根据其体型特征给牦牛取"玉珠卡巴""多格比叉""地格热巴"等一个个好听的名字或绰号，管牦牛能否听得懂，都会亲切地称呼它们。

平时，很多内地游客看到的牦牛似乎总是不停地吃那些贴着地皮的草，是一生中将嘴和大地亲近得最多的动物。即便在不吃草的夜晚，也总是让它们那永远不知疲倦的胃反刍着吃下去的草。在我们看不到的时候，牦牛是忙碌着的。

在法国导演雅克·贝汉的《喜马拉雅》中，影片一开始，牦牛在背景音乐中，缓缓走出喜马拉雅山西北角尼泊尔境内一个名叫多波（dolpo）的村庄，村里的精壮男人，在老酋长霆雷的带领下组成了一支驮盐队，他们跟在驮盐的牦牛后面，穿越一座高大的山峰，去另一个部落交换粮食。而在现实中，无论是西藏北部的阿里地区，还是青海玉树地区和海西地区，藏羊产羔期刚过的春末季节，经过"盐人会议"的商议后，那些被推举出来的精壮汉子们，跟在驮盐的牦牛背后，前往一座座盐湖，那时，一头牦牛就是一座缩小了的、移动的交易市场，是一场神圣使命的领受者和完成者，是盐和人之间连接的桥梁与默契。

从吐蕃王朝到吐谷浑王国，从苏毗国到唃厮啰政权，每一支高原政权远征军的辉煌，都离不开一头头牦牛构成的后勤支援；牦牛驮着军用物资走在大部队背后，变成了一座座保障后勤给养的仓库。春天耕种青稞，或秋天收割后驮负青稞时，牦牛都是主力，是和人们对青稞的成长期盼同步滋生的希望。从雪域高原出发，前往远方传教的高僧，其身名与成绩背后，站立着一头头驮着经书的牦牛。尤其是元、明、清三代，那些穿越青藏大地，前往京城弘佛讲法的高僧，跟在驮着生活用品、贡品、经书的牦牛后面，一步一步丈量着旅途的长度，穿越喜马拉雅山、念青唐古拉山、唐古拉山、巴颜喀拉山、青海南山、日月山、祁连山，直到贺兰山下，再换乘马匹或骆驼走完后面的路。真应了日本僧侣橘瑞超说的那句："沙漠里用骆驼，高山上使牦牛，这是上帝的配方，非常巧妙。"这条艰险、漫长的菩提之路上负重而行的牦牛，背上就驮着一座座移动的佛堂；这一片广袤的地域里，牦牛成了佛与人之间的另一种使者。

在藏民族眼里，牦牛全身上下的身体部件没有一件是多余的。藏族创世纪神话《万物起源》中这样说："牛的头、眼、肠、毛、蹄、心脏等均变成了日月、星辰、江河、湖泊、森林和山川等。"在藏族的民间传说中，天神之子聂赤赞普从天而降，成为吐蕃的牦牛部主宰，头是牛灵魂的寄主，是整个牦牛精神的象征，也是神灵尊严及威力的标志。在雪域高原的很多地方，牦牛头被藏族、羌族、柯尔克孜族等当作装饰，挂在大门、墙上或摆放在屋顶，甚至在屋宅、墙角、山口、桥旁、嘛呢石堆和寺院祭台上，也能看见供奉的牦牛头骨。

在青藏大地上，牦牛奶是牧民和牦牛之间关系最密切的媒介。在牧民的眼里，每天要挤的牛奶，和草尖上的露珠一样，都是新鲜的。夏牧场的清晨，一缕缕牦牛粪燃起的炊烟升起在零星散落在高山各个角落的帐房里，不仅使帐房内暖和起来，也让高原充满暖意和希望。烧好开水、烧好奶茶后，高原女人迈着轻盈的脚步走出帐房，重复着和昨天、前天乃至身后每一个清晨一样的程序：挤牛奶。阳光照在晶莹的奶桶上，新鲜的奶味从桶壁内往外蹿，那是她们的一项早课。

无论是在囊谦县的觉拉孤贫学校支教期间，还是前往三江源区寻找岩画的日子，无论是在青海东北角的祁连县探访黑河源头，还是在果洛州寻访"仲肯"时，牧区女人早上起来挤奶的场景，对我来说都是镶嵌在生命里的一幅画。看着她们挤完一头母牛，提着奶桶走向另一头母牛，娴熟而略带力度地拉开贪婪吃奶的小牛犊，将奶桶准确无误地放在母牛的乳房下，这些动作的完成，就像一名技艺高超的飞行员，将一架快速滑行的飞机精准地推向既定的跑道。

虽然所看到的挤奶地点不同，但她们的动作、程序、对母牦牛的呵护、拎着奶桶走向帐房时的步履以及在牦牛粪火上煮牛奶的喜悦，基本是一致的，那是复制在高原上的一堂命定的功课，一门古老的手法，一场不绝的传承。

无法想象高原上的牧民离开牛奶的生活会是什么样的，牛奶就是他们的血，是撑起他们身体的骨头，是陪伴岁月的歌唱与祭祀。在青藏大地，每每接过牧民端来的奶茶时，我的心里总会一暖，就像他们吃肉前要念一段消灾经文那样，我的心里会念诵起诗人昌耀在《牛王》中写的——"牛王如此宣谕：啜饮吧，你们从我激荡的目光啜饮／摄取春的油脂吧／如同往日从我的黄金桶揭起一张张酥奶皮……你们期待的奇迹也正是我之所盼……"牦牛提供的岂止是牛奶，更是给青藏大地上牧民源源不断的热量与动力；牛奶不仅是牧民的液体食物，也会被制成酥油，成为点亮在佛前的长明灯的燃料。高原上有一种古老的传承——去寺院里朝拜时，不能空着手，哈达和酥油是他们敬献给佛的最好礼物，哈达可以献给活佛、僧人，也可以敬放在大殿的香案前，还可以绑在寺院前的柱子上、树枝上，那一罐酥油要么交给寺里的僧人，要么投入祭坛附近的大缸中，这就让藏地有了一句谚语——"江河里的水或许会干，寺院里的酥油缸永远都满着。"酥油除了在寺院里的精神意义外，还有着酥油茶这样普遍的世俗体现，很难想象高原牧民离开酥油茶的生活，酥油是萦绕在他们生活里的灵魂气息。酥油，才是青藏高原的味道！

酥油，也是让车轴转动得更加顺畅的润滑剂，如果说帐篷里的酥油茶提醒人们放慢节奏，生活的任何一个起点都可以从一碗酥油茶开始；如果说寺院里的酥油灯摇曳的光亮会告诉你，轮回中的生命足迹无须紧促，那么，被润滑过的车轴以更加流畅的状态服务车主，无言地告诉人们，圆润才是人世珍贵的品行。一滴牛奶，在化身为酥油后，是高原上无处不在的热与光，是雪域中无处不在的人生导师，也是这片辽阔大地上的基因和永远被恪守的密码。

和挤牛奶一样，捡牛粪成了高原女性承袭千年的一项工作。那些还带着草香的牛粪，被她们捡拾回来后，乘着还没散尽的热乎劲，要么放在掌心里摊成饼状，用力朝帐房或墙上掼去，夏秋时分的帐房或墙面就有膏药般贴着的粪饼，干的自然掉落，被牧民收拾了垒成一道粪墙；要么被摊放在地上，便于在阳光下晾晒，晒干的牛粪就是牧民烧茶做饭的燃料。在高原上，看一户牧民家是否富足，最直观的就是看那道粪墙的长短与高低。

一个高原牧民家庭，可以缺钱少酒，但不能没有牦牛粪，捡拾牛粪是一个高原女人的必修课，垒砌牦牛粪墙是一个高原男人必备的技能。一户牧民人家里牛粪的多少，从另一个层面凸显着女主人的勤快程度。有了晒干的牦牛粪，帐房里的铜壶才能飘出茶香，冬季里的帐房才能充满温暖，铁锅里才能飘出炖肉的香味。在高原上，无论是商人、军人、僧人，跟着牦牛就意味着生命能得到保障。尤其带上晾干的牦牛粪，就能保证沿途的燃料，能喝到热茶，吃到糌粑和炖肉。

牦牛，活着是雪域大地上最忠诚的仆人，死后也是全身为宝的精灵。牦牛肉，无论鲜肉还是风干肉，都是藏民族的主要肉食；牛毛可以捻成线织袜，或制成牧民移动的家：帐房；牛皮是古代藏族人制作渡河皮筏的主要原料，也用来制作皮靴、剑鞘、盾牌、皮袋；牛骨，可以做成念珠或其他工艺品；牛的骨髓，熬成汤后是补钙的良药。

和一些动物只是简单地给人类提供食物不一样，牦牛在和牧民相处的过程中，丰富了他们的文化生活。这就有了赛牦牛这样的集体育竞技、娱乐表现于一体的赛事。相对于时下以拼速度为目的的汽车拉力赛、摩托车越野赛、田径赛等，赛牦牛这种古老的比赛形式，让我更加感受到了一个讲究效率与速度的快时代里的一项慢比赛，或许这与高原上的人尊重牦牛那种慢腾腾的性格有关，他们不愿意让牦牛在承受鞭打之苦后快跑而满足人类的运动视觉。

比赛之前，对牦牛的打扮就是一场比赛。比赛前，每户人家的女主人会将参赛牦牛打扮得漂漂亮亮，仿佛它们是要出阁的闺女——头顶一簇红缨，牛角悬挂各色彩绸，耳上有鲜艳的条饰，尾巴上系着扇形的藏绘。这和我在内蒙古锡林郭勒草原见到牧民打扮他们参赛的马匹、内蒙古阿拉善的牧民打扮他们参加赛驼的骆驼一样，是游牧部族对自己生活中占有重要地位的动物的一种尊重。

在青海，我印象最深的是在青海湖一带采风、游历时看到的牦牛大赛，当地牧民将赛牦牛的日期定在阳历 11 月 25 日进行，那个季节的青海湖一带已经寒冷了，但对经过秋草补膘的牦牛来说，对忙碌了一年后难得休息的牧民来说，这是牦牛出场的最佳时机。后来，可能是为了迎合旅游时代，这种赛事大多被改在秋收前。比赛前一天或者更早几天，来参赛、看赛的牧民开始在牧场上扎帐篷，互相串门交谈、喝酒。比赛那天，一头头经过精心打扮的牦牛迈着骄傲而自信的步伐步入比赛地点时，我似乎看见周围那些因不能参赛而没被打扮的牦牛嫉恨的神色，那时，牦牛成了青海湖边的主角。而赛手们则大多头戴礼帽、身着传统服饰站立一旁，人和牛都显得精神无比。

平静的湖畔开始热闹了。随着高原上的太阳逐渐升高，热量似乎从这块土地的每个角落、每个人内心生起。袅袅的炊烟里，早起的牧民还没来得及如平常那样去喝酥油茶，就按捺不住内心的急切，去看参赛的牦牛，仿佛一夜间它们会跑丢。有的牧民急切地去看那画好的 2000 米长的跑道，有的带着妻子、孩子开始比赛前对牦牛的再次装扮，有的则开始打扮自己，似乎是自己跟着牦牛沾了一份节日的光。20 多年过去了，目击过几次牦牛比赛后，我发现这种最初以原始部落为单位的赛事，逐渐经由以区乡为单位扩展到以村寨为单位，参加比赛的牦牛由五六十头增加到 150 多头，为了便于驭牛，参赛的多为十四五岁、体轻灵巧的少年。

比赛开始了，发令后，牛背上的少年驭牛疾奔，以先到终点者为胜。然而，由于一般都生活在高寒牧区，只善于在险峻陡滑的高山或雪坡上长途跋涉，而不适于长跑，再加上性野，比赛中牦牛"出轨"的事情发生得很自然，它们不时拥挤争头，腾跳掀尾，有的甚至在观众的呼喊中受惊，慌不择路，掉头返回，比赛因此更显精彩、热闹，观赏性极强。

青海湖边的赛牦牛，一般以 8 分钟左右跑完 2000 米的距离来取决前 10 名。但对参赛牧民和牦牛来说，那 8 分钟似乎浓缩了他们和参赛牦牛一辈子的追求，那 2000 米终点似乎成了他们和它们生命最辉煌的顶端。没有汽车拉力赛的那种轰鸣、没有摩托车比赛的野性、没有运动会上 2000 米赛跑的紧张与刺激，牦牛赛更像一个慢赛，但这种慢体现的是一种高原牧民对牦牛的尊重，对高原缺氧地区赛事的精心传承和弘扬。每次比赛结束后，拿到奖项的骑手回到所在的牧场后，都会像英雄一样受到周围群众的尊敬，在比赛中取胜的牦牛也将名扬一方，受到主人特殊的待遇。

伴随着牦牛比赛，还衍生了一些牦牛赛上的趣味项目，"打古朵"便是其中之一。这个让人乍听就和花骨朵联系起来的运动项目，其实是高原牧民传承下来的一种投掷运动。2014 年 3 月 11 日晚，央视电影频道播出的《无枪》中，临近结尾时有这样一个镜头：被没收了枪的老公安——纳木错派出所的所长"老羊皮"，在追捕犯罪分子范狐的过程中，拿出一个藏族牧羊人用毛线或牦牛皮制成的软鞭状东西，将一小块石头放在软鞭中间一段编得较大的部位，只见他快速旋转几圈，将石块甩出，石块击中了范狐的腿，为他抓捕范狐赢得了时间。

这个镜头里表现的就是有着"长眼睛的石头"的"打古朵"。这最初是牧民放牧时叱赶牲畜的一种工具，为了远距离掌控畜群。电影《红河谷》中，就有藏族同胞在抗英保卫战中用"古朵"做武器打击英国侵略军的镜头。后来，甘肃、内蒙古等地的牧民放牧时也运用这种古老的"武器"。在青海湖边的赛牦牛过程中，牧民们逐渐将其作为比赛项目，增添了比赛的趣味性。按照当地牧民讲述，"打古朵"原来有两种形式：一种是将四五个牦牛角叠起来，再放上一个石块，"古朵"甩出的石头将石块打掉，而牦牛角堆不垮者为优胜；第二种的目标是染成红色的牦牛尾巴，也是看其打的准确性。随着时代发展，现在的赛牦牛会场上，"打古朵"的辉煌逐渐因打靶、打气球等现代项目的兴盛而黯淡了。

三

从精神层面上看，牦牛是青藏高原上从未死去的精神之花。几千年前，牧民在石头上刻画下牦牛的状态，让它们枕着石头入眠。从通天河逆流而上到昆仑山腹地，从柴达木盆地到青海湖岸边，一组组岩画群中，牦牛占的比重最大，石头是牦牛的另一种舞台，是牦牛的听众与伴侣。

从昆仑山西端、格尔木市郭勒木得乡奈齐郭勒河谷的四道梁野牛沟到青海湖地区，一个个隐约可见的岩画区，构成了一个壮美的中国西部高原地区岩画带。从楚玛尔河到通天河、澜沧江上游一带，大河两岸的悬崖峭壁上，一处处岩画点构成了青海境内、听着涛声的岩画带。这两条岩画带构成了青海境内一个巨大的"人"字形岩画走廊。牦牛内容的岩画无疑是这条走廊上的主角，在青海地区发现的 13 个岩画点、900 多幅图像中，牦牛图像几乎占去了 1/3，牦牛总数比岩画其他所有动物的总和还要多。在青海省境内岩画分布最西边的、昆仑山腹地的野牛沟岩画点内，共有 250 幅图像，牦牛图像就占了 122 个。牦牛的岩画题材一直向东南延伸到通天河边的称多县，向东北延伸到青海湖环湖地区、内蒙古阿拉善右旗的曼德拉山、宁夏和内蒙古交界的贺兰山一带，这足以说明牦牛岩画的分布是一条漫长地带，这是牦牛为一部宏大的青海艺术史贡献出的一个精彩章节。

牦牛岩画无言地告诉人们，在创作这些岩画的高原先民眼里，牦牛和他们的关系是最密切的，在他们的生活、生产中扮演了非常重要的角色。这些牦牛岩画是狩猎者怀着希冀或者敬畏的心情，把这些人类驯化了的动物形象刻画下来，有的刻画粗糙但形态生动可爱，有的描绘精致并不亚于现代绘画，构成了一条宽阔而漫长的岩石上的"艺术文身"。

在现实生活中，那些藏戏中的面具、宗教仪式中的法器、艺术品中的青铜器，牦牛占的比例更是不低。《红河谷》《喜马拉雅》《冈仁波齐》《白牦牛》《愤怒的牦牛》等，表现藏民族生活的电影中更是少不了牦牛。少了牦牛的青藏，还是我们想象、理解、目睹到的青藏吗？

牦牛生命最艺术的延续，应该是酥油。那本来是牛奶中提炼出来用以过冬的，没想到有了一种艺术之美。在藏民族的概念中，最好的东西要敬献给佛。用酥油做成的花，就是他们心中最好的东西之一。

公元 1409 年正月，从青海前往拉萨学习的高僧宗喀巴学佛成功，为了表达崇仰释迦牟尼的心愿，宗喀巴计划于正月十五这一天，团结上万僧侣在大昭寺举行盛大的祈愿大法会。法会举办之前，宗喀巴做了一个梦，梦见佛祖向信民普洒花雨，便萌生了向释迦牟尼佛像敬献莲花护额和绣制的佩肩外，献上鲜花的想法。然而，正月的青藏高原天寒地冻，何来鲜花可敬献？宗喀巴便想出了用洁净的酥油制作一束鲜艳的花朵供在佛前的办法。正月十五那天，前来祈福的僧侣、信徒们在大昭寺的佛像前看到了一束祈愿报春的酥油花，栩栩如生的花形花色，受到各地僧侣的喜爱。酥油做花的技艺，很快在藏地传播开来。

就像格桑花盛开在青藏大地一样，酥油花在藏地寺院开始广为流传，当酥油花和艺术相遇，在塔尔寺艺僧的手下，便产生了精绝于世的塔尔寺酥油花艺术。这朵艺术奇葩的种子在塔尔寺落地后，经过 600 年绵绵岁月里数十代艺术僧徒们的潜心钻研，吸收了汉、藏两地佛教雕塑艺术之长，逐渐达到了精湛完美的艺术水平，形成了颇具民族特色的艺术形式。

1940年代，酥油花一度引起过国内外艺术界的注意，著名画家张大千到青海时，就被塔尔寺的壁画和酥油花迷倒，他在专程拜访塔尔寺艺僧时，发现了夏吾才郎等4名少年僧徒，带着他们去敦煌千佛洞学习和临摹。

在塔尔寺，有专做酥油花的上、下两个"花院"，有艺技最高的主管艺僧——掌尺。酥油花从诞生之日起，便主要服务于宗教，因此充满了神秘气息。数百年流传经历中，酥油花的制作早已有了专门人才和专门机构。而且其制作逐渐成为各个寺院的"独门秘籍"，一直由师徒口手相传，各自形成了独立的流派。2019年秋天，我在玉树地区囊谦县的达摩寺考察时，专门向寺里的僧人学习，圆了自己亲手做酥油花的梦，按照寺里几位师傅的指教，终于学会了最简单的几个造型，从那几个造型里，我看到了牦牛另一种活法的延续。

谈及牦牛，我觉得整个藏地的人应该感谢那个叫吴雨初的汉族人，他创办了中国唯一一座以牦牛和牦牛文化为专题的博物馆：西藏牦牛博物馆。在那里，牦牛以另一种方式活着，那是一座给牦牛盖的宫殿，在一座房子里制作了一片草原。

每一头牦牛都是青草没能留得住的过客，但艺术家们以自己的方式，留住了牦牛的根脉和精神，比如以牦牛为题材创作的小说家、诗人扎西达娃、马丽华、次仁罗布、江洋才让、索木东、吉米平介等，它们被文字雕塑成了人间的"牛王"，为大地祝福与出巡，为高原塑像与批阅，为江河打伞与击节，为星辰探路与啜饮。

第六章
一碗面的长旅

从主峰高达4295.4米的拔延山流出的那条小溪，淌至平缓处渐渐有了小河的模样，当地人将这条河称为"拔延"。元初，蒙古族占据这里时，用蒙古语中代表富饶的"巴彦"取代"拔延"，民间的称呼中，逐渐叫走了样，以"巴燕"代替了"巴彦"。早在1935年，国民政府就批准，在巴燕河流经今化隆县政府所在地设立巴燕镇，巴燕河从这里穿过尕家山继续往南而流，在化隆县甘都镇境内流入黄河。

　　尕家山、鲁满山、尕吾山和拔延山，像给一个铁桶箍了一道高大的边沿，也将这铁桶里面的卧力尕村和东侧的巴燕镇彻底隔开。化隆县境内是"八分山，一分河，一分川"山河大势，在海拔近3000米卧力尕村中，村民开玩笑说这里只能是"九分半的山，半分的川，谁也没见过河的面"。流传在当地一曲《沙娃泪》的"花儿"漫的就是当地百姓的生活写照："铁锨把蹭手着浑身儿酸，手心里的血泡着全磨烂；哎，半碗的清汤半碗的面，端起个饭碗着把星星看。"

　　卧力尕村分上、下两个自然村，1956年，韩录出生在上卧力尕村，和当地很多农民一样，他没有条件上学；和很多伙伴不一样的是，他在十几岁时买了一台收音机。在没有图书和报纸的山区，一台收音机就意味着他给自己安了一双"顺风耳"，能听得见远方的信息，望得着远方的希望。

　　在青海省的海东地区，当地的回族、撒拉族和东乡族农民曾经一直有前往青海西部三江源地区淘金、往西藏跑运输的传统，拉萨成了这些人眼中的"远郊"，有关拉萨的物价、货运信息等，都被韩录通过收音机掌握清清楚楚的。28岁那年春天的一天，韩录通过收音机了解到西藏为了迎接第二年举办的自治区成立20周年大庆开始招商引资，拉萨街头已经涌起一股浓浓的商业气氛。从这个消息里，韩录明确了一个信息：那么多的人涌向拉萨，那里的饮食生意一定会火起来，如果开个面馆，想必会不错。

　　韩录凑到一笔钱，赶到西宁，从一家牛肉面馆"挖"了一个做面的师傅，购买了一些简单的炊具、餐具和做牛肉面必不可少的蓬灰，带着妻子和弟弟坐上了前往拉萨的长途汽车。

　　到了拉萨，韩录这才发现一切没有自己想象的那么好，仅在拉萨街头租一顶帐篷就需3800元钱，租一个铺面的价格更是高得吓人。最终，因为租不了帐篷而使自己的"帐篷面馆"梦破灭，付不起原来定好的工钱，雇来的那位做面师傅也离他而去。最终，韩录租了一间30平方米的临街小铺面，找人做了写有"迎客面馆"四个大字的简陋门匾，贴在门上就算是开张了，但每天来的客人和拉萨城里流动的氧气一样稀少。

　　两年后，韩录带着靠"迎客面馆"挣来的一笔钱，返回了西宁。从故乡到西宁，从西宁到拉萨，这一个来回间，是一位化隆人在拉萨开拉面馆的创业故事。回到西宁后，和这两年不曾联系的朋友一接触，韩录发现了一门比拉面要暴利的生意：去福建往西宁批发小百货。

韩录喊上曾和自己去三江源地区淘金的同村小伙子马贵福前往厦门。人以食为天，他们在被国务院列为沿海开放城市的厦门，竟然没找到西北人喜欢吃的面馆。而那时的厦门正在打开热情的大门欢迎来自全国各地的客商、打工者，"如果在厦门开一家在西北地区已经有了名气的牛肉拉面馆，效果会怎样？"韩录带着这个疑问返回了西宁。

1990年9月，34岁的韩录带着把家当处理掉置换的7000元现金，带着妻子和两个女儿、马贵福及其妻子踏上前往厦门的火车。出发前，和上次去拉萨一样，他没忘带上一袋做牛肉拉面不可少的蓬灰，在距离厦门火车站东北角不远的梧村开了一家"易不拉面馆"。有了蓬灰和在厦门买来的牛肉、面粉，拉出来的面总令当地人吃完无法畅快地点赞，韩录琢磨了很久才发现，按西北人口味将味精、花椒、生姜、胡椒等调料调出的汤不合适厦门人的口味，他像一名做化学实验的中学生，开始一次次尝试汤中的调料比例，最终发现加大胡椒和当归的成分后，受到当地人的好评。半年后，韩录选在美仁新村新开了一家"西北清真拉面馆"，这是厦门出现的第一家亮出"拉面"字样的面馆。韩录在厦门陆续开了8家拉面馆时，同村的很多青年纷纷来到厦门，在拉面馆里就业。不久，这些掌握了"拉面"技术和行情的年轻人又自立门户、新开面馆，又有同村及邻村青年前来。开在厦门的每一家拉面馆，就像一座蓄水池般吸引着更多卧力尕村儿子娃、巴燕儿子娃和化隆儿子娃，两三年间，来自青海化隆的拉面馆在厦门如花怒放，先后出现了几十家。

马贵福和韩录分家后，在厦门市内的美湖路上也开了一家拉面馆，直接挂出了"西北第一家拉面馆"的招牌，在厦门开张8家拉面连锁店后，创办了回乡麦克餐饮公司，把拉面馆开进了首都机场、上海虹桥机场和成都双流机场。2016年，马贵福被授予"全国优秀农民工"称号。

13岁时就随着姑父韩录到厦门打工的马黑迈，后来不仅开起了属于自己的拉面馆，还带领150多个亲戚离开化隆县到厦门开起了规模不同的拉面馆。

韩录28岁前往拉萨开拉面馆的那一年，和他同县的扎巴镇拉让滩村的村民韩东也在拉萨城，后者主要卖从福建晋江长途贩运去的运动鞋；虽然同是化隆县人，同在拉萨城里创业，但一个像是八廓街上空飞过的雄鹰，另一位像是拉萨河里游过的锦鲤，在各自的天空和大河里，天上人间般地错过了审视、欣赏对方的生命轨迹，双方选择的"挣钱路子"显然是两种轨道。然而，一碗化隆人无法拒绝的拉面，像是一双神奇的命运之手，最终将他们拽到了同一条"挣钱路子"上。韩录带着妻小到厦门尝试走"拉面之路"时，韩东来到了厦门，但当地溽热的气候成了命运贴给他创业路上的一道封条，两个化隆人再次在厦门错过。后来，韩东选择前往深圳，租下了罗湖区春分路 6 号的一家店铺，开起了深圳的第一家西北拉面馆，这是韩东开拉面馆的真正元年，3 年时间里，他在深圳开了 6 家拉面馆，以深圳为原点，向上海、珠海、北京，广州、长沙等城市拓展，相继开了 50 多家门店，延宕出了一条自己的"拉面之路"。

化隆出外打工、创业的面一代、面二代和面三代，就像从化隆县延伸出的一股又一股潮水，向一座又一座城市漫去。

一头来自内蒙古锡林郭勒大草原或青海果洛大草原上的牛，一袋产自中原地区的面粉，一捆从华北平原某个蔬菜基地动身的蒜苗，一把江西的辣椒被碾成辣椒面，一袋甘肃省陇南地区的花椒粉，它们在物流快运或长途列车的慢运中起身；几个操着青海东部口音的撒拉族、东乡族或回族青年，怀揣着车票与"想到大城市去闯一闯"的梦想，以西宁或兰州为起点，踏上了前往祖国各地的列车。它们和他们从不同方位出发，在千里之外的某一个拉面馆相遇。不久，从全国各地运来的面粉、蔬菜、辣椒、清油、胡椒、牛肉，像被召集到一起的失散亲人，在一个个拉面馆里聚会，后厨的大师傅、洗碗工、洗菜员、收银员、服务员组成了一个紧凑的链条。西北人的壮实身材，说话都多少带着些大同小异的西北口音，让很多食客都以为他们是兰州人，兰州人却为此常常喊屈：挂着兰州牛肉面牌子的馆子，其实多是青海的撒拉族、回族、东乡族人在经营。

一

早上 6 点多，新疆沙湾县大街上的那家拉面馆的灯亮了，呵欠声轻轻捅破了黎明时分的宁静，天还没麻麻亮。从老家来到新疆的两年时间里，撒拉族"面师傅"老马像个准时的闹钟，每天这个点起床。拉面馆的玻璃窗上，印刷机般刻印下他忙碌的背影。

这是那些年从青海北上新疆的众多拉面师傅们一个正常的早晨剪影。简短的洗漱后，系好围巾，走到屋角，将堆在那里的面粉袋一一拆开，每天都用面粉，每天都有新面粉来，拆面袋的工作，让他像个被摁了复制键的电脑。

面，意味着白净。对白面的仪式感在拉面馆的各个环节都有着体现，老马犹如一名经验丰富的祭司，成为这场仪式的首位出场者。逼仄的后厨间，老马庄重地戴好顶帽，洗净手后走到面案前，盛面的盆、舀面的木勺、擀面杖和面案，昨晚就已经一一清洗过了，现在依然保持着干净的状态。他像一名战士准备投入战斗，再次认真地检查枪械一样重新开始清洗面案、擀面杖、面盆，每一件都洗得仔细，像给自己的婴儿洗澡一般。一袋面被他拎起，随着袋口轻触面案，撕开口的面粉像开闸的清流泻向那张比床还大的面案，犹如白雪飞覆平原。

无声的忙碌，清流般淌过这肃静的清晨，让时光在透过窗棂的朝阳审视下恬静而内敛。比老马起得更早的另一位撒拉族小伙子，在面馆里他们的角色是"小工"，早起的主要工作是将端坐在炉膛里的那一大锅水烧热，随着铁锅里热水的沸腾，一股热乎乎的生活气息蹿向面馆后厨的角角落落，给面馆里每位分工在各自环节上的人一种无声的提示：忙碌的时刻就要启动。

老马一会儿往放在面案上的大面盆里添水，一会儿抓起一把面撒在里面，一会儿揉一会儿擀，一边给站在身边的学徒做示范，一边解释为什么要在这个时间加点水，在另一个时间加面，如何让水和面的比例保持平衡。

和面的拍打声、擀杖的击案声，是面馆后厨里传来的清晨二重唱。屋角，两个打下手的青年是沙湾本地人，一个负责将昨天从市场上买来后炖好的牛羊肉切碎，放在另一口铁锅里煮。相对老马和面、擀面以及后来的押面构成的"白案"，负责剁肉、煮肉者的工作就是"红案"；另外一个青年则蹲在地上，分拣从早市上买来的菜，他们把这项工作戏称为"绿案"。后厨的清晨时光，像三条颜色的小河，流淌在红、白、绿"三案"构成的河床上。

这是沙湾县一家很普通的清真小面馆，这样的拉面馆在新疆很普遍，这样的情景被那时青海化隆外出的十几万"拉面工"复制在全国很多城市的面馆里。清拌面、牛肉拉面、炒面片、烩面、羊肉小揪面等等，一一写在每一份简易菜单上，像一个个列队的士兵，整齐排列，来就餐的每一位客人就是检阅这列士兵的长官。客人并不知道，他们来到餐馆前的这几个小时里，提前的备面、揉面、洗菜、切菜、准备调料等工作，要耗去老马和其他"小工"几个小时。

如今，在撒拉族相对集中的青海省循化撒拉族自治县、化隆回族自治县和甘肃省积石山保安族东乡族撒拉族自治县，拉面是受人尊重的一门手艺，拉面者即便年龄再小，也会被面馆老板、"小工"、就餐的客人尊称为"师傅"。像老马这样的拉面师傅，每年都从家乡出发，乘着火车、汽车、飞机走向全国各地，走进一个个城市里的一个个面馆，铺就了一条条拉面之路。

老马最让徒弟和老板欣赏的，是拉面的过程。这个"拉"字，和藏在西北群山和沟壑间的很多动词一样，有一种力道和面在手中变出的弧线美，还可以用"扯"和"抻"两个动词替代。那不仅是让一团面变成一条条面的过程，和陕西的油泼面、山西的刀削面那般从一手指到三手指宽不同，而是手动之间，拉面在伸缩中变得纤细如线，似断不断；变细的面条就是从手指间跌落的一道道瀑布。拉面进锅后，在开水里翻滚，产生一团团热气，粗如筷子头、细软如蜜蜂腰般的各种款式的面条，在锅里翻腾飞舞，跃动着一个拉面师傅的水平，沸腾着西北百姓盛赞面在锅里的一句民谚——"下在锅里一团转，挑上筷子一根线；走过七州与八县，美不过咱这一碗面。"

无论是从陕西到新疆的传统丝绸之路沿线，还是从兰州经西宁、格尔木到拉萨的昔日唐蕃古道上，无论是北京众多的清真餐馆，还是上海的各种拉面馆，中午11点一过，这些城市的上空出现了一道无形无声的开面令，合奏起一曲浩大的"拉面之歌"。开着车的，骑自行车的，步行的；闲居在家的，下班午休的，外地路过的人们，一起闻香而来，一推门就会听见跟在服务员的笑脸后面的六字招呼真诀："坐哈（下），喝擦（茶），吃撒（三声）？"

吃饭的顾客犹如考官，饭馆是分布在不同地区的考场，一个个拉面师傅才是真正的应考者。餐桌上的一碗油泼辣子、一壶醋和一碗大蒜，是伺候一碗拉面的三标配。吃面者的嘴似乎没有停止的时间，要么是刚端上来时，因为烫而不停吹气，要么吃到兴致处，被蒜或辣椒辣得嘴里不停吸气吃两口饭的间隙，还不忘端起旁边的面汤，吸吸溜溜地喝上两口，然后接着吃面。吃面的过程像播放一部短剧，吃饭者不时拿起剥好的蒜咬上一口，就像一段电视剧中必插播的广告。只听见偶尔见到熟人的打招呼声、吃饭时不由自主的哑吧声、喝汤时喉咙里传来的咕噜声。吃面的顾客兀自沉醉在一盘拉面带来的舌尖快感中，坐在门口苦等的顾客一脸的期盼，希望前面的顾客早点离开，让座给他们。一旦他们端起面盘子，刚才的一幕又得继续，他们会在享受这一碗面带来的快乐中不吝啬时间地坐在那里，忘了刚才自己等待的急切。

闲下来的时间，老马会和那两个打下手的青年走出后厨，点上一支烟，以谝一阵闲传的方式抬杠。

"你说，这新疆人怎么就这么爱吃面？把人累扯了。"老马其实并不老，是一个40多岁的撒拉族男人。就像很多吐鲁番的农民会种葡萄、很多普洱市的农民参与普洱茶的采摘与制作一样，在老马的家乡青海省化隆回族自治县，这个年龄的汉族、东乡族、回族、撒拉族男人，将拉面看成了一种本能、一种出息、一种能干的象征。

难得闲下来的工夫，老马一边用搭在脖子上的毛巾擦汗，一边迫不及待地抬起右手，将食指和中指间夹着的烟尾快速伸到嘴边，两片嘴唇迅速一闭，腮帮子向内一缩，眼睛因用力而圆睁起来；短短几秒后，嘴唇看似不愿意地慢慢地轻轻地离开，随着长长一口气送出，青烟一缕，缓缓出口，在他那一脸标志的撒拉族的胡须中间来回穿梭，似乎不愿离去那张棱角分明的、有些冷酷的、疲倦的脸似的。

那位新疆当地的男服务员告诉老马："马师傅，这你就不知道。听我的那些同伴说，不光是新疆，那些跑到北京、广州、上海的面馆干的人，都说那些大城市的人也喜欢咱西北的面呢。面条可是我们新疆人的命，面条是从新疆传入内地的。"

"吹牛！中国第一碗面可是出在我们青海的。"仿佛遇上了一个牵扯到根本性的问题，一个有关祖宗八辈尊严的大事，老马转向那个服务员，眼珠子一瞪。

另一位新疆的服务员站起来反驳："这是真的，考古的人有证据，在新疆的小河墓地和孔雀河墓地都出土过小麦的。"他是个业余的历史爱好者，说这句话时，带着一种自信。

"即便是真的，出土的那也是小麦。知道青海的喇家遗址吗？在民和县官亭镇喇家村，出土过4000年前的面条！

"别老说祖宗的光荣，我们新疆的天上，哪个地方不是飘着面的香味？新疆本地人也好，来到新疆的外地人也好，哪个能离得开面？"

服务员带有夸张的话，说出了新疆的"面子大"。记得有一次和新疆作协副主席王族一起聊天，我曾问他是不是考虑晚年回天水老家，他断然回答："不可能回去喽！"

"为什么呢？"我不解地问。

"别的不说，光这么些年吃惯了的新疆拉条子，在天水就吃不上，那不要人的命呐！"

二

老马说的喇家村出土过 4000 多年前的一碗面条，确实来自考古报告，他的家乡和喇家村一样，都在青海省东南部的黄河边。

老马说起的喇家村出土面条的事情，让我的眼前似乎飘闪过一幅 4000 多年前的画面：那块台地俯视着黄河水缓缓流过，台地上林木苍翠。金色的麦浪在河湟的风中起伏，犹如一只只熟睡的怀孕金猫的肚皮，那是村庄里的人满怀希望等待收割的时刻。

权且把那个没有留下姓名的女人叫翠吧。那天，翠在忙其他事情，她的那位 3 岁左右的孩子簇，在洞穴里玩耍，旁边放着一个盛着面条的陶碗。翠的另外一个 10 多岁的孩子，跟着父亲到村子背后的山上去打猎。

突然，从打猎队伍中传来惊恐的叫声，大家顺着最先发现意外的那个孩子的手指方向抬起头，只见太阳变魔术般地发生变化，形状和颜色都在变化，从一个大圆到半圆再到月牙状，金灿灿的阳光逐渐黯然起来。出来打猎的男人们从来没见过这种阵势，像是被钉住一般杵在山坡上，大家突然想起昨晚请村里的巫师占卜时，巫师摇摇头劝阻他们：明天是太阳被云吞掉、大地打滚、大河爬坡、房屋翻身、人睡土下的绝日。大家都认为巫师说的话，和平时出猎说的吉祥话不一样，让人听不明白，很多人都认为这是巫师变老了、说痴话的症状。就在大家悄悄议论巫师昨晚的话是否正确时，大地在刹那间摇了起来，山开始移动、开裂、扭曲，山坡上的树木像是被一种魔力连根拔起后再摔在半坡上，山体像是被一把把尖刀刺破肚膛一样，一股股黑水从山的裂缝中流出，瞬间就形成了一条凶恶之河。出来狩猎的男人们要么陷进大地被撕开的巨大裂缝中，要么被突然从山上冲来的洪水卷向黄河。

山下的村子里，那些平时作为人们居住的洞穴刹那间开裂、下陷、灌满水。翠踉跄着跑进洞穴，将簸抱在怀里，惊恐得连救命都喊不出，就感到自己像是翻了个个儿。簸刚端起碗准备吃面，眼睁睁地看着陶碗飞了起来，坨成一团的面，像一团灰白色的线团，被倒扣的陶碗罩在一片久远的黑暗中了。翠和簸，以及村子里恰好在穴洞里的人们，都被骤然而来的黑暗裹住，窒息于一片死寂中。

太阳突然失踪，天空像被罩上了一层黑色铁幕。大地继续摇晃，树木继续斜倒，山峦继续开裂，发着臭味的黑水继续从山间涌出，山下的穴洞相继坍塌，躲在里面的母亲紧紧搂着孩子，被奇异的力量摄去了意识。其中一位母亲，搂着自己的孩子，仰头朝上，在大地的抖动中，等待下一道电闪之光，试图在那光亮中寻求能带孩子走出去的机遇。她没忘了向苍天求助，正要张开口，一道黄色洪流漫了过来，她和孩子被埋在了一股巨大的昏暗中。

大地的晃动还没结束，那些等着一切恢复平静后试图走出去的、留守在村子里人们，听见贴着大地传来的轰鸣声，似乎是天上的雷声从地层下蹿了上来。远处，山坡上没被陷进大地裂缝的，也没被水卷走的男人，抱着歪歪斜斜的树枝，在偶然从空中发出的闪电之光中，辨认着方向，他们似乎看到一条黄色的巨毯被一种神力抖落，自远方舒展开来，更像是无数黄色的野马踩出杂乱但磅礴的蹄音，以他们之前看到的所有大地上奔跑的动物都没有的速度奔来。很多人没来得及惊呼，他们赖以生存的那个村庄里的洞穴、树木、家畜、陶器、存粮和孩子，一刹那全消失了。又一道闪电亮起时，黄色的波浪起伏着、咆哮着、持续着，淹没了山坡上残留的男人们的呼喊、诅咒、愤懑。然而，还没等他们发泄完情绪，那条黄色的巨毯飞起来一般，席卷过河谷的村庄后，很快就向山坡逼来。暴涨的河水淹没了那些悬在树枝上的人们的生存希望，他们被卷进滚滚洪流。他们的亲人，被巨浪退席后滞留下的泥沙彻底埋在了黑暗的地下。

关于这一切，我在4000多年后能给予的解释就是：日食、地震和河流上游的山峰雪崩后产生的巨量洪水，三重灾难演绎出了一曲人间悲歌。

时隔4000多年的时光后，考古人员在那个犹如被一个巨大的橡皮擦突然从地球表面上用力抹掉的小村里，挖开一层层厚土，在他们定为3号的一处房址中，看到了搂紧簇向上天求助的翠。在 7 号房址中，考古队员同样发现类似的情景：一位母亲跌坐在地上，怀里紧紧搂着自己的孩子，永远定格着一场夺命惨剧中的一幕。考古队员在 3 座房址内都发现有可能是意外死亡的人类遗骸！在被考古人员定为 4 号房址内，发现的人骨多达 14 具，一组组地呈现不规则姿态分布在居住面上，他们有的匍匐在地，有的侧卧在一旁，有的相拥而死，有的倒地而亡。在一户人家的房址里，有一位年长者似用双手护卫着身下的 5 名孩童。

这个被摧毁的村子，就是老马在新疆沙湾餐馆里说的喇家村。

我走进喇家村时，看到的景致和黄河流经青海和甘肃交界地带的村子没多大区别，唯一的区别应该是那些埋在地下的悬案和躺在考古报告上待解的谜团。喇家村位于青海省民和回族土族自治县南部靠近黄河北岸的二级阶地前端，在青海，这里属于一块物产角度上的富庶之地；在我眼里，它是一座文化富矿。第一次去时，我在村子四周的田地间和沟渠里散步，还能发现到处散落的新石器时代的陶片和石器，就连那些干打垒的厚墙里，用手一抠，也能抠出许多陶器碎片，有时还夹杂着零星的石器和玉料等。和村民们聊天才知道，前些年，村子里谁家兴建房屋、挖土取料，没准就能从泥土里"请"出古物来。考古报告也说明了这里的"富足"：或许就是那位巫师，他身上佩戴的玉器，为那个被洪流掩埋在黑暗地下的村子提供了"富足"身份的依据。按照我们今天的推测，4000 多年前的村民们，佩戴玉器的主人，具有通神的法力，用玉器来完成人与天地沟通的隆重仪式。在喇家遗址中，一件长达 96 厘米、宽 61 厘米、厚 6 厘米左右的大型石磬，是目前中国考古所见最大的磬。磬，在中国史前时代末期就是一种礼乐器。《淮南子》说的"禹以五音听政"，五音中就有磬。喇家村的考古中发现的这件磬，与传统所见的磬不同，这件"磬王"仿制同时代长方形石刀的形状制成，挂起巨磬，用木槌轻击不同部位，乐音铿然，悠远深沉。

在内地，打制石磬在商代王陵和方国首领墓中曾有出土，它们是王室和诸侯专用的重器，是权威的象征之一，它们的出现应当是文明形成的一个重要表征。如今，喇家村出土的那件"磬王"已经安静地躺在了博物馆中的玻璃柜里，像一个嗓音永远无法复旧的歌手，让我永远再也不能听到那古老的声音。

考古人员最初在喇家村遗址进行的一次小规模的试探性发掘，证明这里是一处齐家文化型聚居遗址，完全是黄河赐予这一带的一座文化宝矿，究竟是一场怎样猝不及防的灾害，闪电般飞临这里，让村民们来不及呼救就被埋在地下。应邀考察了喇家村遗址古环境状况的北京大学环境考古学家夏正楷教授认为，喇家遗址是黄河水泛滥的遗留，以"东方的宠贝"来强调这次考古发现的意义，这个发现不仅再一次表明古人类在突发灾难面前的无能为力，也为研究黄河与黄河文明提供了难得的科学资料。他的这个观点，是我前面对日食、地震、大洪水三重灾难的想象与叙述的依据。

喇家村不大，40 分钟能转完四周的田野沟渠，但对村子做一次文化考察，那就是在 4000 年间的时光走廊里穿行一趟。第三次挖掘时，那个神秘的陶碗被埋藏在地下约 3 米深处的 F20 的房址里，考古进行到半个月左右时间，考古人员小心地揭开那个倒扣的碗。参与发掘的考古专家叶茂林不无遗憾地回忆道："尽管现场的专家马上就把陶碗再倒扣回去，保持原状，然后连同泥土一起揭取回去。但是，陶碗里的遗物还是没有能够保持发现时的状态，面条没有保存下来，全部风化了。"

考古队当时并没有认识或者未能确定，碗下面附着在渗入碗内的泥土上的神秘物，会是面条，便决定带它回北京进行鉴定研究。回到北京以后，考古人员再次打开陶碗时，像变魔术似的，碗里只剩下泥土，里面的"神秘物"已经消失了。2004 年，师从中国科学院地质与地球物理研究所刘东生院士做博士后的杨晓燕，从考古队了解到"神秘物"消失的消息后，与该所吕厚远先生讨论后，决定和考古队开展一次自然科学和考古学的"联姻"。杨晓燕从中国社会科学院考古研究所甘青队获得"神秘物"标本后，选取了部分土样来进行多种方法的测试研究。吕厚远在实验室科学分析了土样中的植硅体和淀粉形态，用了 85 种植物加以对比，最终确认"神秘物"的成分是大量的粟与少量的黍，是 4000 年前的面条。

2005 年 10 月 13 日出版的英国《自然》杂志（《NATURE》第 437 卷第 967—968 页），刊发了青海喇家遗址出土齐家文化的面条状遗存的鉴定研究论文，这碗面"一端出"就有了无与伦比的分量。

三

相比虫草、藏獒、昆仑玉、青稞、唐卡等，谈起面，青海人就显得低调多了。

老马在新疆做拉面师傅的最初几年，每次回家都会受到极高的礼遇，村里的邻居、周围的亲戚都会带着孩子来拜望他，求他带着自家的孩子能出去在拉面馆打工挣钱。不几年，村里的很多青年跟着他，踏上了前往新疆的"拉面之路"。

在青海省东南部的化隆回族自治县、循化撒拉族自治县一带的青年眼里，拉面不仅仅是一种口腹之欲和美食专属，更是一种浓浓的、不可释怀的家乡情结，是能挣钱的体现，是有出息的儿子娃象征。拉面的力量像一条双向车道，一条是从家乡走出的青年命运和一根根面连在一起，另一条是一个个身在异乡从事拉面的青年，将自己辛苦所得的钱从所在的城市里源源不断地汇往家乡。我不知道全国每天、每个月吃的面条有多少，但看过一条来自新疆的统计数据：新疆人每天要吃掉 80 万份拉条子，这 80 万份拉条子"产自"新疆近 1600 家面馆，面粉的日供应量在 80 吨以上，但年轻的拉面师傅，一度是从青海来的。

我曾在当年的采访本上随意写下了这样的句子，来说青海"拉面青年"们奔赴新疆的情形：

> 年轻人，要出息，离开青海两千里；穿祁连，过河西，一下子奔到乌鲁木齐，新疆全是拉条子！没钱时，咥上一盘子；有钱时，再咥一盘子。
>
> 挣了钱，有出息，赶回西宁摆宴席；回老家，有面子，一砖砸到顶的新房子，拉面能挣碎银子；儿娃子，拉好面条子；丫头子，也拉面条子。
>
> 要不你，咋个好意思夸是好女子？要不你，咋个好意思夸是个儿子娃？

在新疆沙湾县的那个小面馆里，老马和那个新疆服务员为面的"光荣历史"抬杠时，听到后者讲述新疆的面馆多、吃面人多、新疆的古墓出土过很久以前的面时，随着一口浓烟从老马口里轻蔑地吐出来的，是他的"面条之路"

的观点："难道新疆的天空中飘着面？你也不去打听一下，北京、上海、广州的拉面馆，有多少是我们青海人开的？"

这中国民间式的抬杠往往并没多大实际意义，但对他们来说，有着填补空闲时间的作用。记得胡适说过类似的话：看一个民族的素养，一看如何对待女性，二看如何看待老者或弱者，三看如何打发空闲时间。老马为代表的西北男人大多就是在这种抬杠方式中打发着空闲时间，但谁能说这种抬杠里没智慧？没有一份维系家乡尊严的情感？

一碗面就是牛肉和羊肉与一袋面粉、一捆蔬菜、一碗辣椒、一壶醋，汇聚在一个个餐馆里，经过他们的加工后，走进盘子里，不管是拉条子、大盘鸡、干拌面、炒面片、揪面片，最终以"面"的形制完成了自己的使命。

在沙湾的那个小面馆里，我听见老马和当地服务员站在各自立场上自说自话。如果缺乏聆听对方陈述能力，一定不会有期待的结果，两个人不在一个频道上的争论，可能还会日复一日地复制下去，要有升级，那就可能是上升到维系各自家乡、族属的高度上，甚至上到一个"中国面食"的大话题。这种民间论证生在底层，却往往仰望星空般地谈论一些看似遥不可及的话题，有的是在无聊中找话题般的打发时光，有的则是一种匹夫角色的提升，但总不乏有趣。

像老马这些撒拉族人，对面食的情结或许可从他们的族源找到一点线索。在撒拉族的口传历史中，他们的祖先是从中亚地区来的，是跟在骆驼背后翻越天山、塔克拉玛干沙漠、柴达木盆地和青海南山、积石山后，被黄河友好地挽留。夜色中，那峰领头的白骆驼却丢失了，大家点起火把寻找，天亮时，找寻的人们在朝阳下，发现那峰走失的骆驼在今街子东面的沙子坡化成了一尊白石，旁边有一眼泉水。这些离开家园的人，认为这是骆驼为他们指明了新家园的所在，便在此停了下来安家度日。此后，他们逐渐放弃了那种游走四方、注重商贸的生活，转而在黄河边、巴燕河边种植小麦，金黄的麦子和他们在高原阳光下的皮肤一致；麦子磨成面粉后，成就了这个民族以拉面为生、以拉面为荣的生活范式。

何止是青藏高原东南缘的撒拉族和东乡族、回族人喜欢面，在帕米尔高原上，我看见过塔吉克族人在家门口迎接远路而来的客人时，会将面粉撒给对方；塔吉克族人每逢新年会在他们居住的屋子里抛撒面粉，意在祈祷来年各方面吉顺；尊贵的朋友来访，他们第一时间也会给对方撒面粉表示吉祥的祝福，这就是我在中国最西边的、帕米尔高原上的塔什库尔干塔吉克自治县的县城见到拉面馆也不觉为奇的原因；我也曾看到过天山脚下的哈萨克族人用面做马肠，维吾尔族人的大盘鸡、拉条子、馕更是离不开白面，塔塔儿族人一直喜欢用白面做面包，等等。在大西北的群山深谷里、高原牧场上，洁白的面粉，是这些民族的立身之本，也是他们之间不用翻译的共同语言。

按照这些族群间的共同信仰，一条隐藏在历史深处的"面条之路"蜿蜒穿来，从两河流域穿过帕米尔高原，从古代的西域沿着河西走廊至青海，在撒拉族人手里，又演绎成了一条条向全国辐射的"面条之河"。法国作家大仲马在他的《大仲马美食词典》里不吝赞美："东方的巴比伦因为有野生小麦而被认为是文明的摇篮。"古巴比伦就位于两河流域，周期性的河水泛滥让那片土地肥沃丰饶，当地人种植的第一批农作物就是小麦，滋育出了人类最早的农业文明。我觉得，面是对农业文明的再次升华，以另一种文明的方式，回馈上天的礼赐，沿着不同的路径走向一个个陌生地域，以不同的形制，丰富了人类的厨房和餐桌。

和老马"抬杠"的服务员说的观点有着一定的考古依据：1992年，哈密地区的火焰山下，当地村民开凿修路时发现了一片古墓葬群，专家考证后发现，出土的文物中不仅有保留完好的干尸，还有一份2500年前出锅的食物。经过DNA测定，那是馒头等其他小麦类谷物制品，最令人惊奇的是最后一只碗里面装着一根根面条，新疆人认为，这就是"中国的面条之祖呀！"

小麦和丝绸，今天看来，就是古代北方亚洲的两条浩荡的人工河，其实，更像两条双向开动的高速列车，昼夜不息地输送着那时人类最高智慧的两种物产及其衍生的、伴行的其他物品，成就了这条人工河流的光荣与辉煌，也成就了河流边一个个繁华的码头：面食之路上的城市和集镇。小麦成了中亚和中国北方的"命食"，丝绸成了连接亚洲北部甚至欧洲西部的"软金"。

游牧文化和农耕文化强烈对峙时，面食，成了这种对峙的一种印证：长城外侧的新疆等游牧文化区内，面主要以拉条、馕的形式走遍这片大地，成了这一生活区内的人们的喜物。

当面以非固态形制出现时，面条成了游牧与农耕两大文化区间自由出入的双重身份的"公民"，它的香味，甚至就是对这两种文化环境下民众胃口的和平征服。即便是在青藏高原上，游牧文化地区内，拉面也成了一个不用翻译的媒介，在海拔4500多米的唐古拉山镇上的街面上，拉面馆基本上全是青海化隆人开的，即便是在唐古拉山西侧的西藏安多县帕那镇，也有几家青海人的拉面馆，有一次我路过那里，看到一家"民和手抓"，走进去后才发现主要经营的还是拉面，老板是化隆县的撒拉族人。

青海拉面，就像一股股强劲的、毫无障碍的风，在青海大地上跨河越山地狂奔，在古老的唐蕃古道上，在新修的青藏铁路沿线，在紧挨着可可西里无人区的三江源，在临近甘肃和新疆的当金山下，拉面，以最顽强的生命姿态扎根于不同的地区。

早在宋代，面食就盛行于当时亚洲最大的城市、宋朝的国都汴梁城，形成了遍布汴梁城的72家大型餐馆：食肆。在汴梁城的各种餐馆里，经营的面条有30多种，它们是当时的快餐食品代表。那些从中亚、西亚启程的西域商人们，带着干面条，前往汴梁城的漫漫长旅中，只要有水与火，他们就能吃上热气腾腾的面条。

古人创造的辉煌，终归历史，今天的青海人以面创造的辉煌，更容易变现为推动经济发展的活力。如今，从新疆大地到青藏高原，从西安的回坊到上海的外滩，从北京的"撒拉人家"到广州、深圳，中国大地上，你很难想象一座没有面馆的城市，而那些面馆里，很难想象没有一碗拉面，如果有，那就是化隆县或循化县拉面师傅们眼里无法容忍的空白。

回族和撒拉族、东乡族等青海东南部的青年们，对从事拉面有着一种奇异的爱好，这有着怎样的一种渊源呢？我想起这么一件事：公元827年，一支波斯军队登陆西西里岛，开始对这里长达200年的统治，这也意味着一条"面条之路"从波斯铺向西西里岛，并以这里为新的原点，向欧洲扩散；面条，像一个个冒冒失失的小伙子，带着青春气息闯入欧洲人的厨房。

从古代波斯到中亚和中国，帕米尔高原、天山、祁连山、阴山、贺兰山、六盘山和秦岭，把这些山脉连起来，我发现这是一条多么悠长、散着香味的面条之路。进入中国境内，面如一支无人抵挡的军队，肆无忌惮地出入中国的山川河流、厨房餐桌间。在新疆，它和鸡肉为伴，变成了新疆大盘鸡的最后一道工序；它以馕的形状，成了那些在沙漠中跋涉的维吾尔族商旅的主食；它和羊肉配合，成了哈萨克人喜欢的"那仁"；它和牛肉相遇，成就了"化隆拉面"等面食品牌。面，是继玉、丝绸和小麦之后，在丝绸之路上流淌出的第四条文明之河。

四

白面如雪，成就了"化隆拉面"那白玉般的梦想。老马的家在化隆县牙什尕镇下面的一个村子，那一带的人，都认为牙什尕镇城东村的冶沙拉是个拉面能人。

化隆县处于黄土高原向青藏高原过渡的地带上，黄河流经全县的长度达168公里，占黄河青海干流的近十分之一，滨河谷地适宜小麦种植，这也决定了面是全县的主要食材。早在清朝乾隆年间，当地回族名厨马保友就曾创出了在青海东部、甘肃临夏一带有名的"化隆拉面"招牌，一些有拉面技术的当地人，开始外出到西宁、兰州的小面馆里打工。

2007年的春节过后，冶沙拉跟着村里几个去广东中山市从事拉面生意的人，坐着拖拉机到镇上，然后挤上开往县城的中巴车；县汽车站挤满了出去打工的人，冶沙拉也挤进买票者行列；一辆挤满春节后出去打工者的长途汽车，将冶沙拉带到省城西宁。那一年的春天，中山市的大街上飘荡起越来越多的青海话，由青海人在当地工商局注册的拉面馆也多了起来。那一年，冶沙拉靠开拉面馆净赚了3万元，拉面商机让冶沙拉决定陆续增开几家拉面馆，之后，他就在中山市陆续开了40多家面馆，而从老家到中山市从事拉面的青海人越来越多。

从中山到厦门再到广州，从西安到上海再到杭州，化隆人注册的面馆越来越多，仅老马他们村的人，在内地开的拉面馆就有200多家，每年至少"拉"回2000多万元。化隆人，成了青海人眼中的拉面代表。在西宁，一个化隆来的青年如果被问及故乡，对象一听是化隆的，常常会很自然地问道："那你的拉面一定拉得很好吧？"

"中山不是化隆面在南方开始的地方，马贵福在厦门的拉面生意比冶沙拉在中山要早10年呐！"老马的话让我惊奇不已，一碗"化隆拉面"的传奇书写难道有更早的历史？看完本章开头的引子部分，了解马贵福的故事后，你就会知道从化隆铺设出的"拉面之路"真正在南方的起步标识是在厦门。1980年代，一个个从西北大地上出发前往南方的打工者、客商，像一条条被市场经济大潮裹着的鱼推到了南方的城乡，这些打工者中不少是回族、东乡族、撒拉族等，对饮食有着他们共同的信仰所要求的标准，吃不到清真餐，让不少人只好返回家乡，这也意味着他们因为饮食问题而返回了贫穷境地。

1988年夏季的某一天，马贵福得知不少本村青年去厦门打工，因为饮食而退守回家乡。马贵福通过长途电话和在拉萨开过面馆的姑父韩录联系。两人一拍即合，于8月中旬赶到厦门考察。在厦门城里一转，果然如老家那些小伙子说的一样，马贵福便决定选择在流动人口较多的火车站附近开家拉面馆，食材和口味上做了适当调整，在保持西北面食的基础上，也适合当地人的口味，这就是"化隆拉面"在厦门的源头。时间是最好的推手，经过财富与经验的积累，马贵福让他的拉面生意像厦门的市花三角梅一样，盛开在厦门的大街小巷，后来还将那碗面"拉"进了厦门机场。在时间的门槛上，20年能完成多大的跨越？马贵福在厦门开设第一家拉面馆整整20年后，通过竞标，把拉面馆开在了北京首都国际机场T3航站楼。韩东后来到深圳、西宁、北京、上海、成都等城市开办全国连锁的"中发源"。

老马告诉我，从马贵福在厦门开的第一家"清真面馆"到冶沙拉到中山市创业，越来越多的化隆人看到了拉面的机遇，开始让"一台炉、两口锅、三个人、四张桌"的夫妻店、兄弟铺开在异乡。

如今，化隆县三分之一的农民以"面三代"的身份，在全国280个大中城市开办拉面店1.7万家，在武汉，化隆人开的拉面馆有400多家；在杭州，有300多家化隆拉面馆。和当初那些置办几张桌凳、吧台前摆放个算盘或计算器不同的是，开在全国的拉面馆，除了统一的连锁模式外，几乎都有醒目的门匾、上档次的餐桌餐凳、微信收款码，传统而朴素的拉面馆，也紧跟着时代步伐阔步前进。

老马讲述那些拉面传奇时，我感觉他是一个"化隆拉面"的故事讲述者，又是一个"化隆拉面"的对外大使。其实，像他这样早年到新疆的拉面师傅和如今分布在全国的11万多"化隆拉面人"，哪个不是拉面大使呢？

巴尔扎克曾说，培养一个贵族需要三代人的努力。从小村子里人赖以生存的面食到全国性的品牌，"化隆拉面"历经了三代人的努力，让一碗碗拉面，犹如远征的将士发起一场场味蕾征服战，走得越远，征服的胃就越多。一碗碗拉面，就是端在一个个餐桌上的磁铁，被面吸引住的眼睛像被磁铁吸引住的小铁粉，挡不住面香的唇像打开的闸门；喉咙像迎宾的仪仗队，不会撒谎，你的眼睛不会撒谎，"化隆拉面"，更不会撒谎，那是从青海东南部走出的一段真实与一部传奇。

第七章
石头的呢喃
或静默

无论是绿色的山岗，还是冰雪的河谷，每一块以山或河为家乡的石头，就是一道镶嵌在青藏高原上的胎记，但它们常常被掩隐在春、冬的白雪与夏、秋的青草下，躲闪在人们视线外，低调地缩在命定的角落里。在别的地方，石头除了一些简单的功用外，显得很多余。在青藏高原，是地球上石头的利用率最高的地方，石头在这里被人类利用得淋漓尽致，石头以人们熟视无睹的"夸日"、城堡、嘛呢石、"确定"、"吾尕"、"密茫"、古桥、渡口、岩画、崖刻、经墙、修行地、计数器、奖牌等不同形式出现，完成了高原牧民对它们的各种定义。

青藏高原上的石头，要么呢喃在高原牧民的宗教生活里，要么静默在世俗美学的价值实用性中，在青藏大地上或轻声呢喃于月光下，或高声歌唱在节日的狂欢里，和水、酒、青稞等青藏的软物质一道，以硬朗的形制丰富着青藏的文化性格。

一

21世纪处的10多年时光里，为了寻找西夏后裔，我曾一度进入四川省境内的杂谷脑河、岷江、大渡河、雅砻江、金沙江等流域，行走在两岸山坡上，尤其是在嘉绒藏族集中的丹巴县、小金县境内，常常会有一座座高耸入云的石头建筑不经意间扑进我的视野。林木葱茏或青草覆盖的坡地上，这些高大的、由一片片石头垒砌出的建筑，给人的视觉感受像是插在碧绿发髻间的灰色簪子，又像是一座座伸向天空但一直没有炊烟冒出的烟囱，它们是《后汉书·西羌传》中记载"众皆依山居止，垒石为室，高者至十余丈"的"邛笼"，如今有个形象的称呼——"碉楼"，大多出现在黑水河与杂谷脑河流域的羌族、雅砻江流域的彝族和大渡河与金沙江流域的藏族聚居区，基本呈现出越往上游高度越低、数量越少的特征。最高的碉楼主要集中在大渡河边的丹巴县境内，那些当地嘉绒藏族修建的"垒石为屋"，一般都高达二十多米，有的会超过三四十米，造型也不一样，有四角、五角、六角、八角甚至十二角、十三角。那是石头在青藏高原东部地区被人类赋予的一种特殊状态，一座碉楼就像是秋天收割后矗立在山坡上的青稞捆，站在高处俯瞰着切开群山的河流；那是生活在这条大河两岸的先民，用石头垒砌出的生存智慧，也让我看到青藏高原东部边缘地带，石头呈现出的力量与温暖。

逆着大渡河而上，在其上游的支流梭磨河、足木足河两岸的直波、卓木、沙尔宗等村寨里，我次次地和石碉楼相遇，一座石头垒砌的古碉楼，就是无数石头聚在一起集体凝视河流，其中白赊村的卓木碉楼以 43.2 米、9 层的高度，赢得中国"八角碉楼"的冠军称号。

黄昏时分，在足木足河边漫步，看着夕阳中的碉楼，想起白天曾看过的一些当地文史资料，上面记载：足木足河畔是四川省境内碉楼分布的最北端了。夜幕降临，坐在一座碉楼下面，看着它直插云霄的模糊身影，像是从半空中插向大地的一个巨大的惊叹号。耳边传来足木足河的涛声，又一次次将我的眼光吸引到波光闪闪的河面上，夜色下的河水显得更加神秘，让我朝上游方向望去，我在想：这里是四川省境内、大渡河流域发现碉楼的最北地段了，再往上不远，就进入青海省果洛藏族自治州境内了，那里的河流两岸，还有这种古老而神奇的"石头高楼"吗？

这个问题一直在我内心驻着，久久不能散去，直到我前往果洛藏族自治州时，才算有了答案。足木足河上游在青海境内叫塔玛河，河水穿过海拔3500 米左右的高原地带，流经果洛藏族自治州班玛县灯塔乡境内的班前、科培、格日则等村，就有一处处碉楼。和四川省境内的羌族、藏族称呼那些石头高楼为碉楼不同，果洛藏族自治州班玛县、塔玛河流域的藏族群众，称那些矗立在河边的石头高楼为"夸日"。碉楼仿佛大渡河中游燃烧的一堆火伴升起的烟，逆流而上，越往上飘越稀薄，到塔玛河畔时，不仅名字被改为"夸日"，其建筑数量已经弱如游丝，但仍顽强地显示着它的生命。这些"夸日"一般都建在塔玛河岸边的台地上或山顶上，建筑材质同样以石块为主，木料为辅，整体"身高"一般高约 10 米，相比下游大渡河流域的碉楼要矮，这或许和这里的高海拔有关，再往上增加高度，会增加修建难度，在上面生活的人可能也会有缺氧之苦。走过一座座"夸日"，我发现它们的墙体呈现出石、木交错的形制，隙间夹杂黄土砌制而成，这让"夸日"的身躯呈现出石、木、土三元结构。村民才旦引着我走进他家的"夸日"，从一楼开始逐层给我介绍：一层为四梁八柱的畜棚，体现了当地牧民视家畜为家庭成员的观念，这和我在四川省甘孜藏族自治州南部地区、雅砻江流域见到的碉楼一样：家畜养在碉楼底层，人住在上面。跟在才旦的身后，我踩在从一层通往二层的独木梯上，耳朵里隐约能听见木梯在脚下发出的颤抖声。所谓独木梯，就是把一根整木的横截面砍平后再凿出梯槽，这种梯子和大渡河中下游的丹巴县及岷江流域、杂谷脑河畔的桃坪羌寨中的碉楼所用的木梯完全一样，一方面便于主人上下，另一方面是遇到外敌攻击时，人用梯子上楼后可以抽掉梯子，让进攻者无法上楼。才旦带着我，顺着独木梯爬上二层，这一层主要由居室、堂屋、厨房、走廊组成，房与房之间用横木墙体隔开，侧墙上镶嵌着一扇窗，后墙上则留有烟道，窗户和烟道，是保持整个楼层空气流畅的两个通道。烟道口呈现为三角形，高 20 厘米、宽 10 厘米。窗户呈现出内大外小的长方形，窗口内沿高 40 厘米、宽 30 厘米，外沿高 30 厘米、宽 20 厘米，让我联想到一个倒置的方形喇叭。和四川省境内的碉楼不同的是，才旦家的夸日二层的外沿，由柳条编制篱笆墙隔出了一条宽 1 米左右的走廊，厕所就设在拐角处。继续跟着才旦爬上三层，这里是主人的经堂与库房，往往也是未经主人邀请不能随意进入的私密空间。才旦指着悬挂在经堂正中间的一幅旧唐卡，骄傲地说，从他爷爷时，那幅唐卡就挂在那里，到现在，是绝对的文物。爬到楼顶，眼前是一面平台，那是才旦家里在以前的旧时光里用来晾晒谷物。站在平台上，塔玛河跃入眼帘，像是一条绸缎被丢在这群山之中，我不知道修建我脚下的这座"夸日"用的石头，是从远处的山里采挖后运来的，还是从塔玛河岸边打捞后运来的，甚至整个塔玛河流域的"夸日"用的石头，其出生地是山，还是水？眼光收了回来，再次打量"夸日"的顶层平台，一个细节引起了我的注意："夸日"顶层平台的四角，分别插着经幡，而我在四川境内看到的碉楼顶端,四个方位分别放着四块白色石头,那是当地羌族、藏族的"白石崇拜"。

青海省和四川省交界地带的塔玛河流域,是青海省的东南角,那里矗立着的"夸日",是石头在青藏高原的另一种呈现,是青藏高原民居的另一种表情与存在。

20多年前,我行走在四川省和西藏自治区交界的金沙江段,看到那些沿江而建的碉楼,不像大渡河、雅砻江、杂谷脑河边的碉楼那么集中而高耸,变成了只有两层的"石房子",它们仿佛因海拔升高而变得稀疏的青稞,数量少但却显出一股顽强的生命力。望着滔滔江水,联想起四川境内的碉楼分布情况,我突然意识到再往上游而行,金沙江进入青海境内,可能再也不会有碉楼了,这里是一幅"千里碉楼分布图"的边界了。后来,我多次深入青海省玉树藏族自治州境内,在通天河、金沙江两岸,也没遇到过碉楼,这让我一度认为,四川、青海和西藏交界地带的金沙江之畔,应该是碉楼在中国境内出现的最西端了。

人类一笃定,大地就发笑。我认定的碉楼"西界",没想到在10多年后的2018年秋天,就被打脸了。那时,我领受中国作家协会的一项定点深入基层的创作任务,具体说是去三江源地区考察古老而神秘的昂欠政权。到通天河北岸的称多县时,我的好友、称多县作协主席嘎旦增不措带着我,我们像两条贴着通天河北岸逆游而上的鱼儿,越往前走,海拔越来越高、氧气越来稀薄、村子的间距越来越大,除了偶尔看到古老的码头遗迹、石砌的佛塔外,很少见到石头在这里担当主角的人工建筑。

土登寺的僧人智美达哇和嘎旦增不措是多年的好友了,我们从称多县出发前,嘎旦增不措就给智美达哇发短信告知了我们的行程路线。那天上午,智美达哇带我们前往通天河边的拉布乡境内的一个古老渡口:嘎白塔,那曾是方圆几十公里、通天河两岸唯一的渡口,也曾是通天河流域最大的渡口。在那里,我见识到了当地居民利用石头的两个用途:建造渡口和佛塔。

得知我姓唐,智美达哇笑着对我说出三个汉字:"唐喇嘛!"

我吓了一跳,对此非常不解:我长得也不像僧人呀,他为何要如此称呼?

在旁的嘎旦增不措见状赶紧解释,在当地确实有个"唐喇嘛"的民间口传,蒙文成公主的协助,唐朝的玄照法师前往雪域求法,就是从嘎白塔渡口渡过通天河的。就像人们称呼玄奘法师为唐玄奘一样,玄照法师在当地口传历史中,名字前也被冠以"唐";和内地人称呼法师一样,这里的牧民称其为"唐喇嘛"。

文成公主的和亲队伍、"唐喇嘛"孤独求法的背影,商队急匆匆的脚步,都被通天河畔的河风吹走了,流水和风都带不走的,是那些成全渡口的石头,那是一面朝江水伸去的"石舌",舔舐着江水的冷暖与时间的炎凉。渡口已经废弃了,但那些石头依然努力勾勒着一个古老渡口的样貌,存储着当年这里人来马去的记忆,对面就是今天的玉树市,从这个渡口往下游走,江面逐渐变宽,江水也逐渐汹涌,修建渡口的难度也更大,从这里往上游走,江面虽然变窄,但会绕很长的路,在通天河上游,从中原地区、西宁出发前往西藏,这里是非常合适的渡口所在。嘎白塔渡口是一条通往玉树市、前往西藏的要冲。立在渡口旁的白塔,是当地百姓用石头垒砌出的一尊保护神,慈悲地注视着江面和渡口。在当地牧民眼里,它和代表佛身的嘎朵觉悟神山、代表佛语的嘉那嘛呢石经城一样,代表着佛意,成为玉树地区象征佛之身、语、意的三宝。同样的石头,在这里有了两种明显的用途,一个是实用性的、世俗之物,一个是精神性的、象征之物。

考察完渡口和白塔后,已是高原上一天中最热的时候,智美达哇提议我们去他的家乡、嘎白塔渡口最近的兰达村休息。离开通天河往村子里走,脚下的小路逆着通天河的支流拉布河而行。猛抬头,看见从河床边依山垒砌出的一道高大的石墙,让我觉得它像一条保持着一跃上岸状态的巨鲸,横卧在岸边,拱起的身子就是垒石最多的部位,那青灰色的石片,就是这条鱼身上写满沧桑的鳞片。

沿着土坡上到台地,这才看到,那条横卧着的巨鲸原来是一座藏式高大的古碉楼的墙体,它犹如一位穿越岁月风雨之后疲倦沉睡的老人,那石缝里沁出的呼吸,细细如青铜碎屑,不认真跪在它面前是听不出来的,它们友善地提醒我:你又走到一块属于通天河上游地带的碉楼区。

智美达哇指着不远处的通天河,带着当地藏族同胞特有的幽默说:"通天河流淌了多少年,我们的这座尕哇兰达仓百长碉楼就存在多少年了!"旁边的嘎旦增不措似乎担心我相信这种夸张的说法,赶紧解释说:"哈哈,智美达哇喇嘛逗你这位'唐喇嘛'玩的。'尕哇'是旧时生活在这一带的四大种姓之一;'兰达'就是从东边流来汇入通天河的拉布河的沟口;'百长'指的是早期统领这里的结古扎吾百户长;碉楼指的是你看到的这座大石头房子,现在是我们称多县文联的一个创作基地。"

碉楼的主人土登西周放牧去了，女主人索南文姆为我们推开那扇松木制成的大门，就意味着我们走进了这一片石头垒砌出的世界，一个几百年前的时空，一座只有石头才能包得住的人文仓库。门背后的墙洞里，横放着一根长约两米的木杠，那是大门的门闩，白天塞进墙洞不占地方，晚上从墙洞里拉出来就可用来关门。索南文姆带着我们走进一楼，在牧民眼里，牛羊是和亲人一样的，一层以前供分娩或生病的、幼小的牛羊住，现在已经失去了曾经的功能，四面墙边堆着装有青稞的牛皮袋，牛皮袋上面垒着毛织的、装有牦牛粪的袋子——青稞和牦牛粪在高原牧民心中依然是至上的。一楼南侧有一架通往二楼的木制楼梯，和我在塔玛河岸边看到"夸日"里的独木梯一样，让我立即感到：古时的青藏高原，山河纵横形成一条条巨大的隔断，交通工具也只靠牦牛或徒步，从雅砻江、岷江流域到大渡河流域，从长江中游的金沙江到上游的通天河流域，在修建这些"石头房子"和利用巨大的木头做成独木梯，他们中间有着怎样神奇的心智密码？

索南文姆娴熟而自如地踩着独木梯上到二楼去了，她上木梯时保持着身材的板直与脚步的从容，让我看到一位踩钢丝的女杂技演员的娴熟与技巧。我跟在她后面，踩在独木梯上时能感到它轻微的颤抖，本能地弯下腰，双手不由自主地探向与肩膀并齐的那层木梯，担心随着木梯中间突然传来"咔嚓"的一声，自己会从断了的木梯上摔下去。然而，事实证明我的这种担心是多余的，徒然增加了站在二楼地板上回过头来看我的索南文姆和站在一楼地面上看着我爬楼梯的嘎旦增不措的莞尔一笑，但这笑里含着宽厚的理解与包容。

这楼梯上，当年的百户、管家、仆人、侍卫，留下或从容淡定、或急促慌乱的脚步，每一串脚印里都写着一个和这里有关的故事，有仆人缓慢端早茶的脚步，有管家匆忙间赶来汇报入侵者的军情的急促脚步，也有相邻百户派人来说媒的喜悦脚步，只是随着岁月的推移，如风吹走，没在这里留下文字与影像资料。随着这些脚步伴生的风花雪月、金戈铁马、生死离别、御敌卫家的故事，便也在吹向通天河的风中消失。

沿着木梯走上二层，是从一个盛满历史的空间，移向另一个有趣的历史储存器。这是昔日屋主——百户长的卧室，现在成了土登西周一家的卧室、厨房。三楼为昔日屋主的会客厅，四层为佛堂，这种布局和塔玛河岸边的"夸日"一样。眼前的这种建筑形制，让我不由想起在金沙江、大渡河、雅砻江等流域见到的那些碉楼：古人在建造过程中，不画图，不放线，完全靠肉眼观察和手工砌石时的默契配合，靠丰富的经验来掌握垂直与平衡。石片与石片之间，就像木工中的卯榫结合一样契合、整齐与坚固，那是石片与石片之间的恋爱或结拜，是石片设给建造者的一个露天大考场。垒起石片来造房子，就需要采石头者、劈片石者、拉运者、给工匠递石者等各个环节的配合与协调，这就让垒起石片来完成一座碉楼，变成了一项综合性工程，难怪在当地牧民中流传这样一句谚语："要像垒砌石头一样，把事情协调好。"

无论是眼前的石头房子，还是雅砻江、大渡河、岷江、塔玛河两岸的碉楼、"夸日"，工匠们在修建过程中都不需要用墨线、垂球、平衡尺之类的工具；不像现代人在完成这么高的建筑时必须依赖脚手架等工具，他们站在里面用石片砌墙，这种技术砌的墙被称为"反手墙"——砌到一定高度后，就在碉楼内填土，随着墙面的高度增加，里面的填土就越高，最终完成所有的砌墙后，再将这些填土运走，最终留下的是一座完整的石头之楼。

站在土登西周家的碉楼顶层，我发现墙体最高处有4个射击口——东边1个，西面3个，这与西边相对较为平坦、临近通天河，容易被偷袭的地势相关。站在楼顶，俯瞰四周，我发现在这里建筑如此高大的石头建筑，确实内嵌了一定的瞭望与防御心理，带给主人的不仅是冬暖夏凉的享受，更是一种安全感。那时，这种依赖滨河石材的建筑智慧，被沿江而居的先民们交流、享用，让石头成为这种智慧的载体——积雪下、河水中的一层层冰凉石片，有了房子的样子而静默于高原，有了房子的功用而让居住者感到温暖。

在主人的邀请下，我和智美达哇、嘎旦增不措在二楼有了一场惬意、从容的下午茶。古老的碉楼保持着数百年来的样子和气质，这让它变成了一位沉默但优雅的老人，让历代生活于此的主人在这里迎来送往、叙旧话新、观云听雨，看不同年代、不同年龄的人，在这巨大的石头房子的烟火气中生活、欢爱、吵架、进出，听主人在这里发出的呵欠声、喝酒声、鼾睡声、饮茶声。

离开那座高大而孤独的碉楼后，漫步在兰达村里，不少的石砌小屋不时出现。和村头那座高大的百户碉楼采用灰黄色的石片不同，这些石屋采用的多是青色的石片，占地面积与墙体的高度、厚度上都明显逊色于碉楼，这种逊色的背后是两者的主人在俗世身份中的不同，这让两者有一种同在一片草地上的不同角色：前者像处于食物链顶端的狮子，后者犹如草地上悄悄行走的兔子，两者在同一条河边、同一片草场上，同一片天空下，演绎着人类生存的生老病死。

原来石头的房子能供牧民如此生活，它不仅盛放着牧民出入的脚步、疲倦时休息的身体、睡着的鼾声，还安放着他们的希望和信仰。听着我这种煽情的感叹，一旁的噶旦增不措，用他那诗人的口气对我说："哪止这些？你看那边！"顺着他站在碉楼顶层指向江边的手指，我什么也没看见。"江边的那些山洞里，有的至今还放着石头棺材。在高原上，石头还可以给亡者做房子，让他们死后也能感受到石头的温度和友好。"

离开村子时，已是黄昏时分，夕阳照在通天河上，给河面洒下锦鲤般的鳞纹；夕阳照在村子里，犹如给庄稼地、村道和各种石屋披上一件金色的外衣；照在那醒目而高大的碉楼上，让它那灰黄色石片构成的外体，犹如一尊金毛狮子沉睡在时光里，只有钻进它的体腔内，才能触摸到那隐约起伏的心跳与脉息。

我原本以为在兰达村看到的那座碉楼，是通天河流域最上游的石头房子，没想到，逆着通天河继续而上，在称多县尕朵镇滨临通天河边的布由村，不仅发现了一处石头房子，而且因为是玉树州境内规模最大的古民居建筑，早在 2013 年 5 月 13 日就被青海省人民政府列为第九批省级重点文物保护单位。

虽然和兰达村的布局一样，布由村也是背靠巴拉日宗神山、面朝通天河的依山傍水格局，村子里的房屋大多是石头砌成的，是通天河边典型的农牧结合村，但前往布由村太不容易了，这里位于称多县的西南角，名副其实的穷山僻壤之地。即便是现在的交通条件，前往布由的路还是让人心惊胆战：从称多县城出发，沿着一条不知名的县级公路朝西北方向的尕朵镇出发，150多公里的路途，竟然用去了 4 个小时。尕朵镇是称多县最西边的一个乡镇，那条县级公路至此就算到头了。前往布由村，就得沿着条件更差的乡级公路，沿着流向通天河的一条不知名的小河，往南而行至香喀如哇村。拿出提前在网上做攻略时自绘的线路图，连起来一看，完全是走了一个横为 50 多公里、竖为 150 多公里的倒斜着的巨大"7"字。从香喀如哇村逆着通天河往西而行，到布由村的那几公里滨河、靠山的公路，简直就是紧着车轮修建的，是把心悬在咽喉处行驶的，真难想象古人赶着牦牛行在这波涛汹涌、悬崖壁立的路上，是如何的心境。

走进村子，中心位置的那座高大敦实的藏式石头房子，就是最显眼的地标建筑，就像一头高大的藏獒卧在一片台地上，不出声却自带威严，村民们以前一直敬称其为"布由嘉国"，这表明，这座石碉楼建筑，是他们心中国王居住的地方。

　　走进这座四层石砌的古碉楼，就是走进了一部土洛家族对古碉楼的守卫史。这里的交通条件，阻隔了外界通往这里的脚步，让古碉楼和它的主人都保持了一份宁静甚至半原始的生活。土洛让人一看，就是那种标准的康巴汉子，外面穿着一件土褐色的藏式外套，右臂膀露了出来，顺带就露出了外套里面的青灰色衣装，一串长长的佛珠，醒目地挂在胸前。黑中带红的脸庞，书写着主人在高原阳光下常年劳作的艰辛。土洛全身最引人注意的莫过于额头上戴的那道康巴人标志的红色头巾，左侧的长穗飘在胸前。这一身打扮，我不由得将眼光投向他身后的碉楼，那褐色、土黄色石片构成的墙体，犹如土洛健壮的身子；褐红色的窗户，像是落在他左胸的红色头穗；碉楼顶端平台四周，五彩缤纷的风马旗在风中飘展，醒目得像是他额头正中的那块绿松石。一个人，就是一座古碉楼；一座古碉楼，往往也是一个家族的化身。这总面积 3240 平方米的石头房子，是江河源地区典型的石木结构藏式古建筑，里面呈现出"回"字形的状貌，共有 48 间房屋。墙的底座为土夯，墙面采用石片垒砌，整座房子依着山脚下斜坡而建，每一层都有一扇门，那是整层碉楼的眼睛，迎迓、轻送着来往的客人、亲戚，每一扇门皆与斜坡的地面相连，使得每一层都可以直通外界。如果把这座石头房子比作一条头朝天扬起的大鱼，每一扇门就是它的腮，让这座建筑成了"能呼吸的石头房子"，保证了里面那 48 个房间的通风。它的分层功用和我在兰达村见到的那座石头房子一样"：一层圈养牲畜，二层为卧室，三层为会客厅，四层为佛堂。

　　问及这座石头房子和兰达村的那座石头房子的区别，嘎旦增不措一言概之："眼前的这座是被损毁后重建的，是古老的固察部落的百户长辖地，但没有兰达村的那座年岁长；兰达村的那座是当年的兰达部落的百户长修建并作为居所的。"

　　石头的建筑可以顽强地和时间对峙，但在地震这样的地质灾害前有时显得很脆弱。2010 年的"玉树大地震"，从震源出发的地震波逆着通天河而上，就像一双大手开始抱着一株瘦弱但结了果实的果树开始摇晃，坐落在布由村这座古老的石头房子，就是那株在时间的枝梢上结出果实的树，被摇得七零八落。当地政府担心地震产生的次生灾害，也考虑这里的交通条件，将村里30多户村民陆续搬迁到20多公里外的新村或尕朵镇上去了。但土洛和母亲才让、妻子白玛永藏以及三个孩子，就像三块通天河边的石头，愿意守着这江水过活，不愿被命运的风吹向另一处陌生之地。

关于这座建筑的具体历史与背景，当地人也说不清楚，大家认为这是祖上留下来的，是不能轻易丢弃的。土洛的奶奶当初就不愿意离开这片土地，她的眼眶里已经装满了这座古老的建筑，再也容不下其他建筑走进瞳孔了。她觉得自家的石头房子就是一副慢腾腾地划过春天的犁铧，虽然锈迹斑驳但已经在这片土地上留下了深深的犁痕，它更像是一艘划过时间之河的皮筏，自己就是被牢牢捆在皮筏上的一件货物，截至生命结束前，这件货物是不能随便被卸下的。

土洛的奶奶嫁过来后，就入住进石头房子，或许，土洛的奶奶感到自己就是一粒青稞，石头房子就是发酵青稞酒的大坛子，她的青年、中年、老年时光都被这个"石头坛子"收留，她没有理由也没有办法离开这个古老但坚固的"石头坛子"。一代代和她这样的女人嫁到这里，将这座坚固而庞大的建筑视为一座丰硕的蜂巢，她们个个都是勤奋而硕壮的母蜂，养育出一代又一代的子女，繁衍出一个健硕强壮、绵延不绝的"布由家族"。在我眼里，土洛的奶奶的一生都在这个"石头坛子"里，把自己活成了另一枚石头：美丽、坚硬、坚守；最终，在子女心中变成了一块石头做的纪念碑。

去世前，土洛的奶奶告诉家人："这里是先人的房子，和嘎朵觉悟神山上的蜂巢一样，养育出了一代又一代的'布由之蜂'！无论我们的翅膀如何硬，都不能飞离这里；无论通天河的水涨得多高，都淹不到这里；无论从嘎朵觉悟神山上吹来的风多大，都吹不走布由家族扎在这里的根。布由家族的后人，应该是石头一样硬气的人，再大的洪水、再大的风雪都赶不走我们！"

土洛的母亲才央也是在这座石头房子出生的，在土洛姥爷嘉国边俊的心里，女儿才央就是这间房子日后的主人，怎能离开它呢？这便有了土洛的父亲边巴入赘到"石头房子"。村民在玉树发生地震后，陆续搬迁走了，边巴一家却坚定地不搬迁，一方面是离不开埋着祖先的这片土地，离不开这石头的房子，还有个外人很少知道的秘密：很多通天河漂流队，离开曲麻莱县城后，至布由村的 100 多公里水路上，一艘艘载着漂流队员的橡皮艇，就像被扔进烧得通红的铁锅里的豌豆，在湍急的江水里，陡峭的山崖前、急速转向的河道中，几乎毫无人工操控而言，个个把命运交给了捉摸不定的河水，这 100 多公里的漂流，令漂流队员们紧张、无措甚至丢魂碎胆。几十年来，布由村是漂流队员离开曲麻莱县后理想的整修地，如果这个村子里的居民搬迁光了，那些漂流队员们至此就无法喝到烧热的奶茶，吃不到热乎乎的饭了。哦，那古老的石头房子，还有补给漂流队员的用途。

在青海境内的通天河、塔玛河、扎曲、子曲、黄河边，一座座依山靠水的石头房子，无论叫碉楼、"夸日"，还是叫百户长楼，都是一块块浸泡在水里的、埋在雪山下的石头，从河流边、林木丛、山坡上起身，这些流水的连襟、群兽的伴当，赶赴到这些石头建筑的所在，它们真正是离开自己的"家"，集中在一起，经过工匠之手后，为一个个部落里的头人、牧民建起了规模与高度、面积不同的家。这离开自己家而成就别人家的过程，便是青海的石头众多使命中的一项。

离开布由村时，望着浑浊但湍急的通天河，我抬头朝上游望去，心里想：布由应该是通天河流域出现石头房子的上限了吧！没想到，在距离布由村上游 40 多公里、治多县和曲麻莱县交界的诺布旺杰山腰间，我意外地发现了一大片由石片垒起成的石墙废墟。那是 1000 多年前，出现在三江源地区的昂欠政权的"大脑"达玛旺修的大弟子秋吉慈成邦巴来到这里修建的江囊觉旦寺（简称江囊寺）遗址，是那时通天河上的第一座寺院。

通天河在这里切穿群山，在诺布旺杰山下划出了一道美丽的弧线，通天河从源头至此，第一次遇见两岸山坡上长有松树，这为江囊觉旦寺院的建设提供了木材，遗址石墙上残留的圆孔似乎是当年那些穿墙而过的松木留下的叹息，这让江囊觉旦寺不完全是一座石头寺院，而是一座木石寺院。这是石头和木头一起"合作"，在通天河边为僧人和佛提供的、海拔最高处的"家"。

从这里再往上，通天河渐渐进入无人区，我一度认为江囊觉旦寺是旧时中国江河之源中海拔最高的寺院，是人类敬佛、礼佛的海拔最高处。后来，我深入昆仑山腹地的昆仑河源地区，在野牛沟和京藏公路交界处，看到规模庞大、金碧辉煌的龙凤无极宫，出出进进、来来往往的香客们虔敬地跪倒在那水泥钢筋的建筑前时，他们是否会想到，在水泥和钢筋产生前的旧时光里，这里曾是一块块石头垒砌出的、接纳香火与跪拜的石头房子？逆着野牛沟往上行走，也是逆着昆仑河而上的路，沿途不时会看见蒙古族牧民用石头垒砌出的、大小不一的"鄂博"、从新疆翻越昆仑山来到这里夏牧的哈萨克牧民用石头垒砌的、躲避风雪的石头小屋，最为惊奇的是在接近昆仑河源的"瑶池"，有人用石头给西王母垒砌出的袖珍"石头王宫"，恐怕是世界上最简陋、寒碜但海拔最高的"王宫"了，那是石头被人类以建筑的形式站在离太阳最近的地方吧。

通天河流域的那些石头房子基本上是民用建筑，站在那些实用性很强的石头建筑前，我的思绪一下子飞往千里之外的青海湖边，想起我曾经采访过的"石头经堂"来。公元 1653 年，第五世达赖喇嘛阿旺罗桑嘉措进京觐见顺治皇帝，返回西藏时途经青海湖北岸，在位于刚察县泉吉乡西南 6 公里的年乃索麻一处山岗上，坐在一块石头上小憩。后来，信徒们不断将嘛呢石搬运到这里，逐渐形成了一个石头堆，再后来，不断有僧人来这里搭建帐篷祭祀、弘佛、修行。1941 年，当地信众在那堆石头的基础上，用石头建成占地 400 多平方米、30间的经堂，这便是环湖地区独特的"石头经堂"，这就是。环青海湖最大的藏传佛教寺庙沙陀寺（藏语中称"扎西群科林"，意为"吉祥法轮洲"）的前身。

二

我第二次从玉树前往扎曲边的觉扎孤贫学校时，那条沿扎曲修建的简易公路已经修通。在 214 国道的觉隆尕峡 3 号隧道外，我告别了从玉树开往囊谦县的长途汽车，背着行囊开始逆着扎曲而行。

这次逆河徒步，让我近距离地看到了一个场景：拐过昂赛特山下的那道河湾后，河床变得开阔而平静，岸边的简易公路也变宽了，这让我摆脱了初进扎曲河谷时的紧张与不安——在半山腰上新凿的挂壁公路弯多路窄，很多急拐弯处只能过一辆车，在弯度最大的一处山坡下，一辆滚入江中的汽车仰卧着，汽车底盘犹如翻过身子的青蛙肚皮，冷森森地警告着过往行人与车辆：这段路随时都可能发生事故。左侧峡谷间的江水翻卷出一个个黄色的漩涡，犹如一朵朵被染黄的莲花吞吐着危险的讯息，看着都让人眩晕；右侧新凿不久的挂壁公路，却给人一种错觉，那悬崖峭壁随时会有滚石落下来。

走出那段鸡肠般细瘦、弯曲、危险的峡谷路段后，群山犹如听到后撤命令的哨兵迅速向后退去，给扎曲腾出一片开阔的河湾，道路和河道的距离宽了，道路比河床高出一两米。那些沿河步行的牧民，或许和我一样，走到这敞亮的河谷地带，一定也是长出一口气，再也不用担心拐弯处突然来车而避让不及，再也不用担心滚石从山坡上突然落下。

河流一旦给人带来安全感，它的流速一定会慢下来，它的河床一定变得更加宽阔，它两岸的作物、村庄一定会多起来，一定会吸引人慢慢关注与它有关的东西。我的眼睛不再像刚才行经峡谷间那样，犹如被惊扰后慌乱振翅的蝙蝠，逡巡于峡谷里的悬崖峭壁或湍急河流了，而是如一匹从急驶的狭道走进一片开阔草地上的马，脚步与眼光都被投送进一种放松状态，这让我更有时间和心情关注身边的、脚下的东西，确切地说是眼睛被路边斜放着的一块块石头夺走了。它们的大小、形状和站立的地点不同：或摆放在靠山一侧小山包上，或蹲在路边的小台地上，或骑在河滩中的大石头之上，然而，走近一看，它们并不是散乱在河滩上的"原始石头"，它们的肌肤上都刻着字体大小不同但内容一致的"六字真言经"，即观世音菩萨慈悲的六字咒语——"唵嘛呢叭咪吽"，有的是在素面的石头上直接凿刻，有的是将石头施以彩绘后再刻上不同颜色的字体。

在青藏大地上，任何一块普通的石头，无论是从江河边捞上来的，还是从雪山下开采来的，无论是村寨边的，还是草场上的，这些雪山的精华、江河的伙伴、村寨的亲人、草场的卫兵，一旦被虔诚的牧民刻上那六个文字，就会被赋予神圣的意义。他们取"六字真言经"中的"嘛呢"两字——持诵"嘛"字能减除修罗道众生的痛苦；念至"呢"时，修行的人念及人间之痛苦而生出悲心，把功德回向予人间众生以减少痛苦；"嘛呢"合起来在梵文中也意为"如意宝"，表示"宝部心"，若得此宝珠，入海能无宝不聚，上山能无珍不得，故又名"聚宝"——将其敬称为"嘛呢石"，顶奉为心中的"如意宝"，它们既有减除痛苦，又有聚集财宝的祈愿。显然，这是牧民通过在石头上刻画"六字真言"寄托内心良好的愿景，没想到变成了高原上河流边的一道人文景致。

一块普通的石头，一旦变成了嘛呢石，就变成了牧民眼中佛的笑脸或信使，就成了替代牧民向佛进言的舌头，就成了佛向牧民传递的一份护佑。在牧民的意识中，一块嘛呢石，就是神佛的卧室，它会被牧民恭恭敬敬地带到寺院供起来，或者站立在垭口、山间、路边、湖畔等地方，从一块普通的石头变成了指路的明灯、虔敬的供养或祈祷的颂词。后来，除了刻有"六字真言"之外，藏文经文、"卐"符号、慧眼、各种佛像（护法、金刚等）和佛塔造像以及飞龙、青蛙、大象、狮子、花草、鱼、鸟等各种吉祥图案的石头，都被牧民奉为嘛呢石，不仅从地理环境中凸显出牧民与其他生命相互联系的本质，还将丰富的世俗生活与纯净的精神生活融进了雕刻之中。

石头，作为青藏高原上的一种人类社会文化的载体，以其不朽的质地和刻画有各种美好愿望的图案、符号，成为这片人类高地上社会文明继承和创造的有力见证，嘛呢石是这些见证中最普及、数量最多的一种。

30多公里长的扎曲边，亿万块嘛呢石和遍布青藏大地上江河边的嘛呢石一样，犹如栽在两岸的、一棵棵长相迥异但树种相同的灌木，也像是站立在河流两边的哨兵，更像是一座座坐化于此的高僧，既给两岸牧民埋下了一个个沉默的路标，也带给他们行进于河边时心理上的宽慰。

在扎曲边的觉扎孤贫学校支教的日子里，我常常散步在扎曲边，那些大小不一的嘛呢石成了我的关注与陪伴，它们的由来自然就成了我的关注。一次次走到山背后的坡地、山谷、水涧、草场，就是聆听嘛呢石从翻捡、挑选、清洗、刻凿、上色、拉运、摆放、祭拜的"石头记"课程。牧民完成一块嘛呢石，就是"按程序"走完了从选石工、清洗工、美术师到运送者的角色流水线，都有一双将一块散落在山间与河谷间的"让炯"（藏语，自然天成但经过加工后能变成嘛呢石的石料，也指绿松石、珊瑚等自带神性的自然石头）变成嘛呢石的"神眼"和"魔手"——眼挑石，手凿石。

牧民尕觉就是散布在青藏高原上千万名具有"神眼"和"魔手"的人，他的家就在扎曲北岸的一条无名山沟里。从小，尕觉就看见爷爷、父亲在放牧间隙，一丝不苟地在山谷里、溪流边、小河旁找寻"让炯"并把它们凿刻成一块块嘛呢石，那是他们在佛的注视下完成了一份命定的作业，用牦牛把这一份份作业驮运到山外的扎曲边，让山河与路过的牧民检阅，那也是佛和时间在检阅。就像他们在凿刻这些嘛呢石不会刻下自己的名字，他们也不会在意这份作业到底能被看到的人打多少分，他们只负责让一块"让炯"，变成扎曲两岸的家庭、田地和庄稼的守护神，一份和平和安详的希望说明书。

嘛呢石的制作是生活在青藏高原上的牧民代代家传的"作业"，和他们把"六字真言"刻进石头一样，嘛呢石的制作也成了流淌进高原牧民家庭的血，变成了他们的密码与基因。

除了把在大山深处放牧时凿刻的嘛呢石运出大山，牧民像在战场上给士兵安置岗位、像燕子找寻合适屋檐叼筑小窝一样，在路边、河畔、拐角、寺院等地方找寻它们的"家"外，他们常常会因地、因石，在矗立于激流中的巨石上，在大如篮球场的崖面上，在刀削般的垭口截面上，凿刻上"六字真言"或佛像，让它们变成了嘛呢石中的巨人。

在牧民的眼里，唐卡是挂在墙上、供在寺里的佛的化身，嘛呢石则是守在旷野、蹲寺旁的佛的化身。一幅唐卡，是一座能卷起来的、移动的佛殿；一块嘛呢石，是风雨中守护着牧民草场与帐篷的一尊菩萨。

我问当时已经50多岁的尕觉，从他爷爷到他父亲再到他，三代人共凿刻了多少块嘛呢石，尕觉笑着说："我刻了多少都记不得了，要是把我刻的嘛呢石加起来的话，一定多得像地里的青稞、水中的鱼儿！"

尕觉带着我走进他的嘛呢石作坊，那是觉扎神山里的一道山沟，牛羊在山坡上吃草时，便是他凿刻嘛呢石的时光。每一块嘛呢石都是他们自觉领取的、完成于风雨野外的一份"作业"，是他们自觉布施的一种供养，是一道提供给那些行进于江河边、山峦间的旅者的精神资粮。和青藏高原上众多的嘛呢石凿刻工匠一样，尕觉认为每一块嘛呢石都包含着寄予美好祝愿，若能将其佩于身、触于手、藏于家，定能逢凶化吉，遇难呈祥；将一块嘛呢石安置在哪里，哪里就有了能破除风水缺陷的金刚、能驱除疾病灾难的医生、能摆脱地理违缘的阴阳；无论是吹过嘛呢石的风，还是流过嘛呢石的水，它们所吹拂或清洗过大地上的生命，就会清净罪障，获得菩提，加持利益；家族或家庭中有人生病或病逝，凿刻一块嘛呢石就相当于在佛前求得一剂良药，或者替亡者完成的一次超度；一旦"六字真言"或与佛有关的图像被凿刻进嘛呢石，即便千万年后石头腐烂了，嘛呢石产生的功德也不会消失。

和很多牧民一样，在尕觉的眼中，凿刻嘛呢石是和放牧一样重要的事情，他们每到一处新牧点，先是选好安住之地，牛羊吃草的光阴里，他们的眼睛就像天上的秃鹫俯瞰大地上的猎物一样，仔细地在大地上、山涧边、悬崖下巡视。寻找合适的"让炯"时，他们个个都是天才捕手，发现较大的、个人力量无法搬动的"让炯"，就会爬过几道山梁去找其他牧民来帮忙，用牛皮绳捆住那块大"让炯"后，前面用人或牦牛拉，后面有人掌舵般慢慢控制速度与方向，将这些大"让炯"挪移到平整处，用背来的河水、溪水，给婴儿洗澡般地仔细清洗后，向这些"让炯"磕头行礼、念诵经文后，方拿出錾子、刻刀。从动刀的那一刻开始，他们的眼里就没了春夏秋冬、花鸟鱼虫、风霜雪雨、鹰飞鱼游的四季变化，他们像一个个认真完成作业的学生，在"让炯"前跪着、蹲着、坐着，一块"让炯"就是一张从空白到写满答案的试卷。唯有时间，才是阅卷者。

朝阳投到石头上的影子是一道无声的开工令，他们开始在"让炯"上面錾着、凿着、刻着、画着、磨着，凿刻出的一笔一画就是他们完成自己的信仰之书的一字一句；夕阳照在石头上的最后一道影子，是刻在石头里的、别人永远看不到也听不到的、唯有他们听得见的收工令，那是一曲快乐独唱的休止符。

牦牛在不远处的山坡上悠闲地吃草，偶尔有一两朵白云飘过，让尕觉和他凿刻着的"让炯"罩在一片阴影里。那是难得的一丝阴凉，尕觉偶尔会直起身子，朝牛群望去，看有什么异样。突然，牛群里传来不一样的声音，尕觉那鹰一般的眼光迅速扫了过去，我赶紧拿出随身带的望远镜，镜孔里清晰看到两头牦牛的对峙距离已不到两米，直盯盯地看着对方，旁边的牦牛有的熟视无睹地兀自吃草，有的或许带着免费观看一场好戏的心态，停下吃草的节奏围观了起来。

一场角斗即将开始，这在牦牛群中很常见。引发两头牦牛之间"战争"的，或许为了一头心爱的母牦牛，或许是为了争抢一丛茂密的青草，或许是为了人类不知道的某种事情。我回头看尕觉，他或许明白我的疑虑：这么远，而且牛群是在海拔较高的半山坡上，如果近前去阻止牦牛的争斗，那还不走上大半天？只见他不慌不忙地拿出一根用毛线编制成的软绳，中间是一块用能包住一枚鸡蛋大的牦牛皮，站起身子后朝四下里一看，捡拾起一块蚕豆大的石子，用手仔细地擦了擦，仿佛那是从地上捡到的一枚熟透了的杏子。尕觉小心地将那块石子放进皮子里，用手握了握，仿佛试探着将一颗要孵化的鸡蛋放进鸡窝一般。接着，握住绳子的右手向上缓缓一伸，左手一直握着那片包着石子的皮子，左右手基本保持着45度左右的夹角，等左右手之间的绳子拉直了，只见右手在半空一个旋转，左手同时松开，包着石子的皮子随即形成一个飞旋的圆弧，快速旋转几圈后，绳子的一端变魔术般地从他右手松开、脱离，那块石子犹如射出的箭，以最快的速度抵达最远的地方——争斗中的一头牦牛的角，带着速度的石子精准地落在牦牛的角上，其冲击力足以让那头好胜的牦牛在彻骨疼痛中放弃争斗。随着一声不甘的闷吼，被击中的那头牦牛冲向另一边，将安静重新交给整个吃草的牦牛群。

青藏的石头呀，还有这功能？我幼时在家乡时也曾看见放羊人用过这种叫"撩片子"的"神器"，没想到在这青藏高原的腹地，竟然也看到了。记得在看电影《红河谷》时，有这样一个镜头：英国人罗克曼和琼斯被头人下令绑在炸药桶上，引线被格桑点燃后，头人突然接到拉萨来的、要求释放这两位英国人的公文，千钧一发之际，格桑用那个神奇的投石器抛出了头人的紫砂壶，打灭了火苗，再次救下了他们。

我问尕觉他手里的那个能让石子精准飞出去的"神器"叫什么，他嘴一咧，很自然地挤出两个字："吾尕！"

在青藏大地上，"吾尕"原来还有这样的用途——平时放牧时是替牧民管理牛羊的"利器"，遇到侵略者，就可变成武器。在青海，与石头有关的，除了"吾尕"、嘛呢石、石头经墙、碉楼、石桥、石堡等外，还有一项很少有人留心到的：制作奖牌。

喜马拉雅造山运动，使中国的玉石在形成过程中出现了三大板块，岫岩玉是东北玉石板块上的代表作，寿山石是东南板块上的代表作，和田玉和昆仑玉则是西北板块的代表作。昆仑玉盛产于海拔高的昆仑山中，是最早被文学作品记载的玉，周穆王西游昆仑时，受到西王母的热情款待，并赠昆仑玉为礼，让周穆王载玉而返。"被明月兮佩宝璐，世溷浊而莫余知兮。吾方高驰而不顾，驾青虬兮骖白螭。吾与重华游兮瑶之圃，登昆仑兮食玉英。与天地兮同寿，与日月兮齐光。"2000多年前的屈原做梦都想着脚踏祥云游览昆仑，能够佩戴昆仑玉。昆仑玉如一位翩翩君子，传入中原后逐渐成为浓缩中华民族性情与修养的象征物。

公元1863年，法国地质矿物学家德莫对英、法联军从中国掠去的大批清代乾隆玉器进行化学检验，发现中国玉材料主要有两种：闪石类和辉石类。闪石类主要就是产自昆仑山脉的昆仑山玉，另一种辉石类为以缅甸翡翠为主的缅甸玉。相对硬度差异上比较，昆仑玉硬度略低于翡翠，所以被称为"软玉"，翡翠则被称为"硬玉"。当玉石的主要成分为透闪石时，称透闪石玉。昆仑玉就属于闪石玉，透闪石含量一般在95%以上，是真正的软玉之王。

昆仑山之东曰昆仑玉，山之北曰和田玉，两个直线距离不过 300 公里的玉如同一对孪生姐妹，晶莹剔透于中国玉石之林，因此，当国石评选中只有两种玉参评，其中有和田玉，昆仑玉虽然没能名列其中，但不影响其作为"国石"的待遇。

2005 年 11 月，中央美术学院作为北京奥组委的 11 家定向邀请单位之一，加入奥运奖牌设计竞赛。2006 年 4 月 13 日，奖牌设计初评，在 179 件有效应征作品中，出自中央美院设计学院"奖牌小组"之手的《佩玉》运用了昆仑玉，受到评委会的一致好评。2007 年 3 月 27 日，北京奥组委宣布，2008 北京奥运会奖牌样式采用"金镶玉"的设计方案，将中国传统文化与奥林匹克精神完美结合起来，青海昆仑玉被正式确定为北京奥运会奖牌用玉。

对昆仑采玉人来说，昆仑山内的野牛沟像一个巨大的磁场，这里出产的白玉、青白玉、青玉，质地细润、品种丰富、块头大，属上等好料，与和田玉基本相同，不少还达到羊脂白玉的标准。特别是其翠绿色、烟灰、灰紫色品种在和田玉中都极为罕见。顺着盘旋回曲的山道走到开采点，在高山上终年不化的积雪与巨大山体洁白的剖面映衬下，高达百米的工作面上，那些采玉工人的艰辛在高原强太阳光下一览无余，强烈的阳光下弥漫着一股神秘的玉气，"蓝田日暖玉生烟"的诗歌意境在这里有着体现，令人有着扑朔迷离的感觉。

金银有价玉无价，昆仑玉体现了这点，除了它深藏在昆仑山深处不便开采外，就是其本身也不像常人理解的大理石开采那样一采一大片，而是每采一块玉就必须要去掉大量的包在玉外的坚硬岩石。这就决定了采玉人不但要付出十分艰辛的劳动，同时还要有一双识玉的慧眼。

尕觉凿刻石头的声音，将我的思绪从遥远的昆仑山拉到眼前。遇上风和日丽，尕觉便在外面凿刻，凿刻大石头时遇到下雨，会拿出自己避雨的"果秀"（牧民放牧时用羊毛做的、遮蔽风雨的一种雨衣）裹在上面，宁愿自己淋湿，也不能让心中的圣石在没完成之前淋雨；凿刻小石头时，遇到下雨天气，他会将之抱到帐篷里继续凿刻。

望着觉尕勤奋凿刻嘛呢石的样子，我在想：这种让石头控制或摆布的日子是不是太单调了呢？没想到，青藏的石头还能带给他们快乐，那就是他们用石子做棋子的藏棋——"密芒"（一种古老的藏棋，是和围棋基本相似的一种古老的娱乐项目，由古代围棋逐步演变而成）。牧民们每每有空闲了，或者在赛马会、晒佛节等节会上相遇在一起，就通过下"密芒"来调节枯燥而单调的日子，通过比赛来激发一点宁静生活中的斗志。

坐在草地上，觉尕拿出他的"密芒"，让我看到他精心磨制后再涂上黑、白两色的棋子，似乎代表了他的白与昼。

尕觉和游牧于扎曲两岸群山间的牧民一样，每刻好一块嘛呢石后，就运到扎曲边给它们寻找、安顿"家"，有的蹲在青稞地垄上，成了替青稞祈祷风调雨顺的信徒；有的立在道路拐弯处，成了提醒快马急行者的路标；有的立在寺院外，成了佛殿前的守护。每一块嘛呢石都是凿刻者从佛那里请来的一道祝福，也传递着人间的祈祷与愿望

觉扎寺门口是扎曲边嘛呢石最多的地方，第一块嘛呢石来到这里是什么时候，没人能说得清楚，但它就像一支浩大队伍的领头人，一块又一块嘛呢石相继跟着而来。千百年间，不仅在觉扎寺门前垒起了一座嘛呢石的小山，从寺门前到扎曲边，也垒起了一道壮观的嘛呢石的墙，那数千万块的嘛呢石就是无数和尕觉这样的牧民敬奉在这里的心。

我问尕觉："你什么时候才会停止凿刻嘛呢石？或者说，在凿刻嘛呢石这件事上，还有什么心愿没完成？"

"就像什么时候喝不动酥油茶了，命也就被天收走了，什么时候往石头上刻不进六字真言了，就停止呗！我想凿刻一块像牦牛那么大的嘛呢石，雇人拉到新寨去，那是我一生中最大的愿望。"

哦？新寨？新寨是什么地方？为什么要将嘛呢石运到那里去？

几年后的藏历十二月初四那天，尕觉一大早起来，带着儿子坐上了那辆提前雇来的拖拉机，车厢里拉着他辛苦凿刻的一块和牦牛一样大的嘛呢石及几百块小的嘛呢石，从扎曲边出发。

想到要完成把嘛呢石送至新寨的心愿，尕觉感到自己获得的快乐就像被烧开的铁壶里翻腾的酥油茶在歌唱，就像一把弦子弹奏出的曲子达到最高音。藏历十二月初，是青藏高原上最冷的时候，是大雪封路的季节，但这一切都阻挡不了一位想"把最好的嘛呢石安置到最好的家里"的牧民心愿，尕觉认为这虔诚的心愿就是一团永不熄灭的火，会融化沿途的冰雪，会照亮夜行时的路，会将沿途遇到的困难烧为灰烬。尕觉认为自己凿刻出的那些嘛呢石，就是自己的孩子，除了拉运到扎曲边和觉扎寺门口外，有一些要像闺女一样，

远嫁到新寨，让新寨成为它们最好的"家"。

如果是夏天，扎曲边的那道危险、崎岖的挂壁山路，几个小时就能走完。但这是高原上连狼和熊都发愁的冬季，他们坐着的拖拉机用了一整天才走出扎曲的视线，来到从玉树州到囊谦县的国道上。

在觉隆尕峡谷休息时，拖拉机司机就小心地向尕觉建议："扎曲边的这条路还算是平缓，车子走得像怀了孩子的母牦牛；走出觉隆尕峡谷绝对很困难的，拉上这么多、这么重的石头，就是夏天也很难保证爬上高大的拉拢达、抄青卡、尕拉尕等垭口，何况这已经是大雪封路了！要不，我们把这些嘛呢石卸到这里，等春天了再来拉？"

尕觉的耳朵似乎对拖拉机司机的建议关闭了，他不顾儿子和司机的劝说，执意要赶到藏历十二月十五日"新寨佛事节"那天，将自己凿刻的嘛呢石送到新寨，似乎只有那样才能体现出自己的虔诚。司机和尕觉的儿子拗不过尕觉，只好在第二天继续上路。那晚，他们打开自己带的帐篷，在峡谷中露宿，用自己带的干牦牛粪烧奶茶喝，团糌粑吃，再大的风雪，也浇不灭尕觉那朝圣般的火热之心。

青黑色的柏油马路，就像一条沥青长地毯在冰天雪地里向远方蜿蜒着身子，时而被积雪完全覆盖，时而露出若隐若现的路迹，除了偶尔几辆越野车驶过，沿途几乎看不到其他车辆，这辆拖拉机就成了从囊谦到玉树这条公路的忠实伙伴。

穿越觉隆尕峡谷时，拖拉机就像是拼尽了力气的一名登山运动员，摇摇晃晃地行进着，柴油发动机的声音塞满了峡谷，烟筒里冒出的烟成了一片移动的黑云，在大峡谷里拉出一条黑色的线。坐在拖拉机车厢边的尕觉，觉得那条黑线就是追随他们前往新寨的一个黑色的雁阵，一直会陪伴他到新寨的。

走出囊谦县、进入玉树市后，是一段平坦的路面，冬日阳光融化着路面上的积雪，柏油马路仿佛被清洗过一样露出黑亮亮的路面，这让尕觉有了天黑前翻越拉拢达雪山的信心。然而，雪山欺骗了尕觉和司机，沿着盘山道路往上走，路面不再像山下那样冰雪皆融化，先是暗冰增加了拖拉机行驶的危险，后来逐渐出现了越来越厚的积冰，柴油发动机发出的吼声越来越沉闷，烟筒里冒出的黑烟越来越浓，像一个肺病患者从喉咙里不断咳出的浓痰。不知怎的，尕觉心里有点虚，和儿子跳下拖拉机，遇到拐弯处还伸手帮着推一下拖拉机车厢，但他突然觉得从车头的烟筒冒出的黑烟，怎么像一群讨厌的乌鸦，黑漆漆的，在空中盘旋，一直跟着他们，让一种不祥的预感升起在心里，但这种情况，崎岖的山路上，拖拉机连掉头的可能都没了，他们只能跟在冒着黑烟的拖拉机旁，往更高处走去。

时间慢慢过去，拖拉机上山的速度越来越慢，就像一位体力耗尽的运动员，疲惫不堪地奔跑在终点依然遥远的赛道上。有几次，拖拉机几乎是爬不动了，车轮在原地打转，轮胎和地面摩擦后发出皮子焦煳的味道。

那是怎样一幅画面：夕阳照在皑皑的雪山上，天地间到处都是刺眼的雪光，一辆老旧的拖拉机犹如一只甲壳虫努力地盘行在青藏高原腹地的山间公路上，发动机发出生命垂危老人般的急喘，车轮打滑导致车差点往下滑，司机似乎意识到危险了，紧握方向盘，紧张地判断着前面的路况。

在如此高海拔的雪山中，即便单身徒步也倍感吃力，车厢后面努力推车的尕觉和他的儿子更是感到胸口像是点燃了一堆火。尕觉知道，翻过前面不远处的垭口，下到半山腰就有他认识的牧民朋友，他就能在那里借宿。

距离雪山的垭口越来越近了，尕觉似乎看见幸运之神站在垭口，朝他们微笑。就在拖拉机刚拐过一道弯时，前方一块较大的冰面在夕阳下发出刺眼的光，司机眼前一晃，狭窄的路面让拖拉机前轮根本无法躲避那道冰面。司机感到车轮在打滑，他尽管死死抓住了方向盘，却无法阻止车轮打滑带来的车身晃动。一瞬间，吃不上劲的前轮开始后滑，带动整个拖拉机朝右侧的山坡方向滑移，尕觉突然意识到骤临的危险，一把将身边的儿子拽向自己一边，并迅速朝后退了几步。

还没等司机反应过来，失控的拖拉机偏离了公路，突然朝右侧的山坡方向猛地一斜，车上载的嘛呢石像是约好跳车似的，集体逃离了车厢。司机感觉到一股巨大的惯力，像半空中的秃鹫疾飞而至并迅速抓起地面的兔子一般，将他从驾驶座上抓起来后朝山坡上扔去。

天色渐暗，暮色淹没了一切。尕觉和儿子，顺着山坡跑去，找到受伤的司机后，背起他在路边守候。交警第二天赶到现场时，发现了惊人的一幕：那辆滚下山的拖拉机彻底报废了，车上载的嘛呢石在拖拉机离开路面倾斜时被奇迹般地被甩出车厢，竟然全部正面朝上地杵在路边，成了一处醒目的路标，似乎在提醒路过此处的人，这里曾发生过车祸，一定要注意呐！

尕觉回去后，继续挑选了一块牦牛般大小的石头凿刻嘛呢石，又将自己精心凿刻的那些如牛头大、羊肚子大、茶壶大、木碗大的嘛呢石重新装在雇来的皮卡车上。这次，他特意挑选了秋末的日子，重新带着儿子踏上前往新寨的路。

再次来到上次在拉拢达山出事的地点，尕觉发现了一个怪现象：几年过去了，当初从拖拉机车厢"飞"出去的嘛呢石被人像路桩似的栽在路边的山坡上，周围已经聚集了不少嘛呢石，逐渐在尕拉尕垭口西侧不远处的公路旁形成了一个嘛呢石堆。尕觉想，一定是来往于囊谦和玉树之间的司机专门带到这里堆放的，或是山下的牧民特意带来的。

黄昏时分，皮卡车将尕觉和他的嘛呢石带到新寨，这里距扎曲边的故乡200多公里。和任何一位来到这里的牧民一样，尕觉的第一感觉是震撼。在牧民的心里，一块嘛呢石就是一块黄金，在夕阳照射下，尕觉看到的是由一块一块的嘛呢石堆起来的"黄金之山"呀。

和所有去新寨的人一样，尕觉先让皮卡车停在外围，和儿子一道跟着司机朝那座被"山"罩住的、犹如地宫式的转经堂走去，开始任何一位远路而来的牧民都觉得神圣的功课：转佛堂。在佛堂内，尕觉看到创建这座"石经之城"的第一世嘉那活佛塑像和自显其脚印的石块。藏历第十二绕迥木羊年（1715年）十二月十五日那天，结古寺第一世嘉那活佛沿着扎曲河（发源于玉树市境内的索扎隆山下的甘达村、流经结古镇后汇入通天河；村民们在泉眼处也用石头凿刻了一块石碑并修建了一座五彩经幡塔。这里不是囊谦县境内、澜沧江上游的扎曲），赤脚走过新寨，漫天的大雪覆盖大地，唯有一块宽大的石块露出雪面，嘉那走过后，石头上奇迹般地出现了他的脚印，有人把那块显示神迹的圣石从泥土里挖出来，在村前的一块高地上供奉。

嘉那求学归来，建成结古寺后，当地群众更是对这块石头崇拜不已，纷纷把雕刻好的嘛呢石放在这块圣石周围。

这块传奇的石头在随后的300多年时间里，就像不断吹集结令的号兵，让周围的牧民自觉地将一块块凿刻好的嘛呢石拉运到这里，并将这块嘛呢石聚集之地逐渐冠以"嘉那"之名。一天天过去，一块块嘛呢石被运来，小的如蚕豆那么大，大的有一张床那么大，逐渐堆成了一座小山，到如今仍是每天都有像尕觉那样的牧民，往这里拉运嘛呢石，让这座"石头山"不断增高、让这座"石头城"不断增大。

尕觉看到的嘉那新寨，已经成了一座东西长 300 米、南北宽 80 米、高 4 米、占地面积 2.4 万平方米的"石山"。它更像是一座威严、神圣的、外围足有两座足球场那么大的"城堡"。由于嘛呢石堆放的面积被限制，像尕觉这样的牧民拉运来的嘛呢石只能往那座"山"上继续堆。300 多年的时光里，有了尕觉这样一代代的"臣民"，这片曾经的空地，从一块带有神迹的石头开始，变成了一座 26 多亿块嘛呢石堆起来的信仰之山，一座神圣而庄严的"嘛呢之城"，一方地球上最大的嘛呢石敬拜之地。

"嘉那"，让石头的尊贵，在青海得到体面的呈现。

在尕觉看来，就像扎曲源头的一滴水，如果不被渴死在高原上，就要随着支流汇入扎曲；汇入扎曲的水，如果想形成一条大河的模样，就得穿山越岭地奔向金沙江；汇入金沙江的水如果真正想走完一条大江的路途，就得往大海的方向奔走。一块石头埋在高原的山谷或河谷里，永远就是一块石头，一旦被凿刻成嘛呢石成了敬物和路标，它被置放在扎曲边或觉扎寺旁，无异于一滴水投奔到溪流中，众多嘛呢石沿着扎曲摆开，那就是金沙江的样子；一块块嘛呢石从各地运到新寨，那就是一条条江河奔赴到了大海。新寨嘉那，就是嘛呢石的海洋。

将自己雇车拉来的嘛呢石运到嘉那新寨"，尕觉这才认为给它们找到了合适的"家"，就如同江河的水找到大海一样。对尕觉来说，这是对他自童年时跟着父亲进山放牧时就开始的凿刻嘛呢石生涯的最后一次检视，一次对自己的完美交代，一趟圆满的朝圣之旅。他难掩兴奋："以后，我的后人如果来到这里，他们一定会很高兴的，因为这么大的一座石头山，里面就有我从扎曲拉来的、一块牦牛一样大的嘛呢石。"

一块散落在路边、垭口、渡口、田垄上的嘛呢石或许不会引起人的关注，一旦千万甚至数亿的嘛呢石聚集在一起，就变成了一座石头的坛城，有着自身的吸引力与号召力。嘉那活佛是藏历十二月十五日路过新寨的，这一天就被周围牧民敬奉为"嘉那邦穷"（嘉那指结古寺第一个活佛嘉那；邦穷是藏语中节日的意思），这一天就成了他们自发组织的转嘛呢石的节日，这是人和石头共同拥有的一个节日，从这一天到二十一日，就成了嘉那新寨的"佛事节"。

和青稞、寺院、酥油茶一样，嘛呢石就这样成了长在青藏大地上的庄稼，既是青藏大地上牧民的神性信仰，又很自然地镶嵌在他们的生活日常中。

三

在青藏大地上，石头不仅成全了碉楼、桥梁、渡口等实用性建筑，还因为成为寺院的墙体材料、被刻制成嘛呢石及把经文刻在石片上垒砌的石头经墙而具有了更多的精神意义，变成了一种信仰的载体。

21世纪初的那几年，我常常漫游在青藏高原上，旨在寻找西夏后裔。有一年夏天，沿着318国道北线而行，在四川省最西北角的石渠县格孟乡境内的色须草原上，见到过一处地方被誉为"全世界最长的石经墙"，那面长约1.7公里、高3米，厚2—3米的石头墙，全是由一片片上面刻着"六字真言"或《甘珠尔》《丹珠尔》中的经文片段的石板构成。在茫茫的绿色草原上，突然横过这么一道青色的石墙，给人视觉上造成的震撼是无法笔叙的。如果按照正常的行走速度，在这道石墙前步行通过，得需要近半个小时。何况，那成千上万的经文石刻，大小不一、颜色不同，那不仅是刻有经文的嘛呢石的一场盛大聚会，那道石墙可谓"石中有石"，刻有经文的石片砌出的墙体内，还镶嵌着各种石刻的千手千眼观音、度母、宗喀巴大师、莲花生大师等各种佛像。这是石头在海拔4300多米的高原上，被信仰着的牧民雕刻、搬运、堆积出的另一种奇观，是高原的石头亮出的另一种使命与风景。

告别石渠县向西北而行，就进入青海省的玉树藏族自治州地界了，我还是忍不住一次次地朝石经墙所在的方位回望，心里也一次次忍不住念叨：不知青海有没有这样的石头经墙？

在青海省黄南藏族自治州泽库县的和日寺，我探访到了一面"带有信仰的石墙"，当地人称之为"和日寺石经墙"。相比石渠县那长达1.7公里的石头经墙，前者就像一条横卧在高原上的青色巨蟒，而眼前的这道200米长的石头墙，仿佛一只还未长成的蚯蚓，从地下探出头来。但两者的高度却大体一致：都在高3米左右。站在这道石墙前，我目测出，它的宽度是2.5米左右，和石渠的那道巨无霸的石墙大体一致。

在青藏大地上，每一片草原上的牧民，既有共同的信仰，但也有属于自己的信仰方式。无论是石渠县色须草原的，还是泽库县和日寺的石头经墙，其中每一片石头上刻制的六字真言、经文、佛像、图案、佛教故事画，都承载着刻制者的愿望，这让每一道石头经墙都成功扮演了集聚、变盛装美好祈愿的石质美术馆的角色，庞大的经文数量，让它也承担了一座藏文石刻经文馆的角色，两"馆"合一，完成了一部"高原石书"的出版。

石刻嘛呢石和石头经墙，都是高原牧民经过手工刻凿，完成对石头使命的一种新定义，而那些天然形成的、高悬于崖壁上的石洞，却被修行的僧人们巧妙地利用，完成了其修行地的定义。当初修行的僧人早已不在人世，但那些犹如大山之眼的石洞，因为修行者的成就，成为后世信徒的礼敬之地。

第一次前往扎曲边的觉扎支教期间，我曾在一个周末的上午空闲里，逆着扎曲而上，不久就看见一座桥，我本打算沿着那座桥到对岸去看看，一道自然景观突然出现在我的眼里。只见扎曲北岸的觉扎神山犹如一头巨象，突然隆起的部位像是它的脑壳，一条鼻子状的石柱朝扎曲探去，活脱脱一幅"巨象饮水"图。陪同我的孤贫学校的教导主任尕玛带着我偏离了山下的道路，朝那"饮水巨象"的脑壳位置攀爬上去。

那是一个端坐"饮水巨象"天灵盖上的石洞，还没到山洞前，就听见从山洞中传来急促念诵经文的声音和鼓声，这两道声音像是两位隐身站立在山洞两侧的门迎，向我发出"请进"的邀请。弯下腰通过低矮的洞门后，眼前豁然一亮，恍如进入到一个向外凸出的大茶壶的内胆中，里面是一种清爽之气、神秘之气在暗暗浮动。

一位中年僧人端坐在石洞中间，面前是一张放着经文的小木桌，旁边支着一面牛皮鼓。石洞靠近扎曲一边的敞口，被做成了一扇玻璃窗，既安全也透光。那位僧人旁若无人地面朝玻璃窗，对我们的进入视若无睹，左手随着嘴里念诵着经文不时地翻动着放在小木桌上的经卷，右手不时地敲一下皮鼓，前者多像是一部著作的有序书写，后者像是不时安插于其中的一个重要的标点符号。

尕玛带着我绕过僧人，走到玻璃窗户前，这才看到汹涌的扎曲就在眼皮底下流过。我觉得这座石洞就像是悬在扎曲上空的一座寺院。水声被玻璃窗隔在外面，让石洞保持着一种佛教般的宁静，如果不是诵经声和敲鼓声清楚地萦绕在洞中，真让人怀疑那端坐着的僧人，就是一尊佛像。奔流而过的流水如眼，装着这奇妙石洞里的修行者的隐忍，石洞也像镶嵌在山崖的一只眼，装着流水的匆促与远处群山的安静。在青藏大地，有多少这样的山洞，成为群山脸庞上的一只只眼，目送流水，眼迎霜雪，更重要的任务是检阅着修行者！

尕玛低声告诉我，"那位整天都在山洞里的僧人叫尕玛南达。"

我问："尕玛南达是什么时候来的？他的饮食和方便问题怎么解决？寒冷的冬天，这冰窖似的山洞如何度过？"

尕玛摇摇头，说："大家真还不知道！因为这里在周围牧民心中代表着传奇与神秘，甚至是普通人的禁地。"

我说："这个山洞简直就是个装着秘密的大匣子，这个匣子的锁头在哪儿？打开这把神秘之锁的钥匙又在哪儿？究竟是谁掌握着这把钥匙？"

尕玛指着不远处的觉扎山告诉我：半山腰有一个石洞，里面有终身闭关的萨嘎仁波切，每年中只有一天，他在那个神秘的石洞里给前去顶礼的牧民摸顶赐福。其余时间，大家是见不到萨嘎仁波切的。至于萨嘎仁波切的生活起居、在石洞里的修行状况，都像谜一样。尕玛补充道，石洞开放的那一天，前去石洞前等待萨嘎仁波切摸顶的牧民，排队一直能排到山下，很多人年年排队但就是轮不上。尕玛遗憾地摇了摇头说，他自己也曾排过队，但就是一直没能见上萨嘎仁波切。

2006 年 5 月 1 日下午，我因为追寻西夏后裔第一次前往觉扎考察，承蒙玉树佛学院院长、觉扎寺的堪布丹求达哇仁波切的举荐，萨嘎仁波切派他的弟子、觉扎寺的赤彻帕色、阿丁两位仁波切和觉扎寺里上百名僧人，在觉扎寺大殿东侧的草地上铺上了地毯迎候我。青藏高原上的阳光恬静而清澈，洒在觉扎寺的各个角落，让我感觉到这里的温暖，我第一次了解到这里和西夏的关系。那天我注意到一个细节：和寺里的其他僧人穿着绛红色的藏袍不一样的是，赤彻帕色穿着一件半袖白衫。阿丁在旁边解释道：赤彻帕色一年四季都是穿着这么一件半袖白衫，哪怕是冬天也是如此。

前往觉扎支教的第三年，一天下午，一位年轻的僧人来到孤贫学校，说是萨嘎仁波切邀请我去半山上的那座让我心里向往不已的山洞。我赶紧邀请尕玛给我做翻译，前往那座神秘的石洞。石洞非常敞亮，在面向扎曲边的山洞一面，也有几扇玻璃窗。站在那里，能清楚地看到尕玛南达所驻守的那座石洞外面。萨嘎仁波切闭关的这座石洞，成了带着慈祥目光盯着扎曲边的另一只眼。这座山洞和那座石洞，，也一起构成了觉扎神山的一双眼。

赤彻帕色不久就离开觉扎寺，前往山背后的一处石洞开始终身闭关！

2018 年秋天，我曾去那座地处海拔 4700 多米处的石洞去看望赤彻帕色。令我吃惊的是，石洞右上方的悬崖上赫然印着放大数倍的人的足迹，和我在新寨看到嘉那的、在觉扎寺背后的一座石洞看到的放大了的足迹完全雷同。青藏大地上的石头，总是这样令人惊奇。赤彻帕色的弟子告诉我，即便是冬天，山下、山顶积雪皑皑，但那座石洞前从不落雪，花草林木依然葱翠。在石洞里，赤彻帕色告诉我："此生再也不走出这洞子里，就在这里终身闭关！"石洞，也是大修行的僧人们的闭关之地、成就之地。

走下山，回到扎曲边，我这才意识到，从尕玛南达所居的水边石洞到半山腰间萨嘎仁波切和快到山巅位置时赤彻帕色终身闭关的石洞，三座石洞就是从低到高笑看人间的三双眼睛。

在青海，有多少这样的石洞，成了一代代高僧的修行地，成就了多少高僧？石头，在青藏高原有了另一种言说的方式！

四

青藏高原是众多河流的家乡，河流两岸，有人居住的地方，就会有建桥的需求。钢筋、水泥出现之前，满足河流两岸的百姓交往、交流需求的，除了冬季自然形成的"冰桥"和利用皮筏等组合的"浮桥"外，最普遍的自然是石桥。那是石头在河流上延伸出的手臂，是石头将自己的身体浸入水中，是石头和河流亲密的接触。这种"石水对话"，是石头和水的相互聆听，这种古老的聆听方式，遍布青藏高原，像高原上的青稞一样，成了一道长在"水中的风景"。

谈起石头桥，很多读者的脑海里涌出的可能是赵州桥，也可能是著名的洛阳桥等石拱桥，或许认为青藏高原上的石头桥也是那种"一石到顶"的全石造桥。高原上的河流上游地带，湍急的水流考验着先民的造桥智慧，让不同地方的石头桥呈现出不同的造型，有的是在水中堆出了几个桥墩，头部和尾部都呈现出尖头状，是为了洪水时期分流速度快，桥墩上再铺上巨大的松木；有的是从河流两侧分别修桥身，越往前伸，桥身越高，到了能够适宜堆放运来的松木的长度便停了下来，让松木骑在桥身上。无论哪一种，其实是木头和石头合成的桥，但还是被人们称为"石头桥"，这名字里含着修桥者、过桥者对石头的敬重。

无论是沿着 109 国道、315 国道、338 国道横越青海，还是沿着 227 国道、213 国道、214 国道、215 国道纵穿青海，途中遇见的湟水、吉尔孟河、伊克乌兰河、哈尔盖河、布哈河、包呼图河、香日德河、柴达木河、大通河等，在旧时光里穿河而过的建筑，就是一座座用石头垒砌底座、蹲在水面上的桥，且桥面大多用粗而长的松木连接而成，再在松木上面铺上砂石——相比横跨在河流上众多的现代大桥，这种古老的石桥已渐渐成了稀缺的风景。

　　在 20 世纪中期前，石桥是青海大地上连接河流两岸的长臂，是农牧民在河流上的跨越，是他们的建筑智慧在水面上的呈现。在青海，最典型、最气派、利用率最高的石头桥，应该是西宁城郊的桥。西宁市滨湟水而建，出城往北必须跨越湟水，这就决定了这里的建桥需求，历史上屡毁屡建的通济桥、惠宁桥、广济桥，就是石头建造的。青海的地理位势，决定了它腹腔内纵横密布的江河，扮演部落之间、州县之间甚至省区之间的界河，这些河流上的旧时石桥，那些站在水里的石头，除了具备桥梁的基本功能外，还有着疆界宣示的意义，比如连接海西州、海南州和果洛州之间的花石峡石桥、连接青海玉树的囊谦县和西藏昌都类乌齐之间的布曲石桥，连接青海省果洛州和甘肃甘南州的赛尔龙石桥，唐蕃古道上穿越通天河的七渡口，等等。谁能说得清遍布青海境内的石头桥究竟有多少座呢，他们就像漫山遍野的青稞，朴素地卧在一条条宽窄不一的水面上，流水能带走光阴，却带不走这些水上的庄稼。

　　江河两岸，一座桥不仅是一个村庄走出去的希望，也是江河边生活的百姓朝对岸伸出的手臂。桥梁，挽起部落之间商贸、婚姻、交往，更是向远方延宕出的一条路，让不同时代、不同族群及王朝间的商旅、和亲队伍、僧人、军队的背影或急或缓地走过。那些散落在山坡上、河谷间的石头，和林草、树木一样，都是大地上的饰物。一块块普通的石头，一旦被人们捡拾、运至岸边后再置放进水里，就站成了一群不畏冰凉与流蚀的哨兵，扮演起桥梁构件的角色。这种角色，让置身水中的石头，一站就是若干年。

　　高原上的牧民敬重石头，认为石头和人一样，有着不同的家，走上不同的道路，也会有不同的归宿，每一种归宿都藏着石头不同的理想。那些从远处运来后被"栽"进水中的石头，就像写在一张白纸上的一个字，千万块石头聚集在水里，就是一篇关于桥的文章，几块石头连在一起，就像画布上涂抹出的一条线，这些线一旦集体聚合，就勾勒出了一座石桥的模样。把建桥的石头比拟为书写文章的字句与标点也好，比拟为以江河为画布上的笔画也好，石头一旦集体聚合且以"桥"的方式出现，从此就开始了和水的不绝相守、亲密对话。

随着交通的发达、建桥技术的提升，越来越多的现代公路桥出现在高原，越来越多的石头桥被废弃了，但石头和水却没说诀别，依然蹲在水里，冲不走、泡不烂、浸不坏、淹不死，苦守着当初为桥而来的一封盟约。它们依然像一只只不死的水鸟，在水中站成了一种沧桑的风景。一座完成了使命的石头桥，就是一种储存着来往脚步的记忆，一种将随着岁月流逝而变老的遗产。

高原上的牧民对石头敬重，无论这种石头是用于建古碉楼、被置放在水中用来建桥，还是被刻成嘛呢石供奉起来，每一块石头在他们的眼里，都是上天赐予的礼物。这让每个用石头做的建筑、物件都显出一份尊贵来，它们就是召唤他们跪倒的口令，让他们自愿跪倒在石头垒砌的石头王城前，跪倒在嘛呢石堆成的"石山""经墙""鄂博"前。他们对那些用智慧、技艺掌握石头命运的人，更是敬重无比，甚至达到敬若神明的程度。前者如嘛呢石的凿刻者、鄂博的堆砌者，后者如明代时期的建桥大师措吉达真。

创造藏戏和修建桥梁（主要成就体现在修建铁桥）就像长在措吉达真身上的一对翅膀，让他翱翔在青藏高原的上空，让人们仰望、敬重。措吉达真出家后的僧名叫尊珠桑布，他常年因为修建桥梁而行走在山河之间，藏语中称"狂野"为"唐东"，称"王"为"杰波""杰布""嘉布"，牧羊少年措吉达真、僧人尊珠桑布便因为常年建桥而苦行于青藏大地，便因为创造藏戏和修建桥梁方面的杰出成就，有了人们敬称的"唐东杰布"——"行走在大地上的王"的称呼。"唐东杰布"的名字，犹如一块在青藏大地的横过水面上的一道道彩虹，清澈而高远！

石桥，是高原上的一块块石头，被搜集、运输到岸边，以集体俯身投江的姿态，向河流的足部、腹部、胸部、喉部依次累积，站出水面后，依然不断叠加，在水面上站出一尊充满智慧的头颅，顶着木头做的桥面，形成了高原河流上的一座座石桥。这是石头朝下做出的努力，站成了桥的模样，是牧民用石头打造出的一条条伸向水中的"舌头"，舔舐着江河的温度和两岸来往中产生的味道。

五

那一月，我摇动所有的经筒

不为超度，只为触摸你的指尖

那一年，我磕长头行在山路

不为觐见，只为贴着你的温暖

那一世，我转山转水转佛塔

不为修来生，只为途中与你相见

据传，这是出自仓央嘉措的《那一世》中的诗句！目下被传唱于大江南北。和别人关注的不同，这首诗中我最为心动的是"转山转水转佛塔"，很多人对转山、转水不陌生，对此衍生出的转玉龙雪山、冈仁波齐、阿尼玛卿等及转纳木错、青海湖等，更是熟悉。

转佛塔对很多非藏传佛教信徒来说，就很陌生！

窣堵坡，是古印度埋葬佛祖释迦牟尼火化后留下的舍利的一种佛教建筑，汉代时就传入中国，并与中国本土建筑相结合形成了塔这种建筑形式，最初是供奉或收藏佛骨、佛像、佛经、僧人遗体等的高耸型建筑。

在青海遇见佛塔，让我一次次想起了青海江河上的石头桥。如果说用石头造成的桥，是横亘在高原河流上的一道实用的彩虹，连接着此岸到对岸的人和牛羊、车和货物、信息与态度，连接着今天的辛苦与明天的希望。那么，用石头垒砌的佛塔，则是信徒在肃穆的寺院的背后、荒凉的山坡之上，栽种下的信仰之花，是石头替人向佛表达敬意的另一种语言。

一座佛塔，连接着蚂蚁在地上爬行的足迹和飞鸟在空中划过的背影，也连接着寺里准时响起的诵经声与逝去的高僧留给后人的追忆。万千佛塔，让青海成了塔的故乡，栽出了一片繁盛的、带有神性的塔林，带给这片土地荫凉与温热，慈祥与悲悯。

谁又能讲得完青海众多佛塔的故事呢？我觉得最能体现佛塔原初意义的该是囊谦县的阿育王塔。我第一次到达囊谦县时，是为了考察西夏和昂欠的关系，一到县城便朝西直奔郊外 10 公里处的一座古老寺院，那是当年昂欠设在吉曲边的家寺——才久寺的子寺。和不远处的破败平房相比，这座金碧辉煌的寺庙书写了古与今、世俗与信仰之间的微妙关系，应和了当地群众"宁愿自己住的帐篷破旧，也不能容忍敬奉的寺院灰败"的说法。不少牧民进到寺院里磕长头前，将随身带的小布袋放在身边，打开后取出里面装的小石子放在一起，磕一个头便从中取出一枚，放在另一边。这个举动让我十分纳闷，但又不好贸然去问，再说了，那些牧民一看装束大多是从牧区直接赶过来的，即便我上前去问，双方的语言不通也会让我问不出个所以然来。

后来我才了解到，旧时的很多牧民磕长头时，没有一定的数字概念，磕完一个头就从提前数好的小石子堆里拿出来一枚，石子堆上的石子被拿完了，就说明自己完成了当天要磕的头的总量。石子，在牧民磕长头时，扮演了计数器的角色。

不少牧民到大殿内磕完头，还绕着寺院转，我想当然地将其理解为类似转山、转水的"转寺院"，看一位大叔顺时针转了 3 圈后准备离开时，我走上前去请教他"转寺"的由来。

"我没有转衮巴，我转的是确定"

我知道藏语中"衮巴"是寺院的意思，他说的"确定"的是什么呢？后来一打听才知道，当地人用藏语中说的"确定"指的就是佛塔。来这里的牧民，转的是寺院四角的那四座白色佛塔和后面的那座阿育王塔。相传 2300 年前，印度孔雀王朝时期第三世统治者阿育王皈依佛门之后，派人在世界各地修建佛陀舍利宝塔，其中在中国境内修建了 19 座，囊谦县境内的阿育王塔（又名格绒佛塔）就是其中的一座，这让囊谦人谈起它来信心爆棚，一直将其视为囊谦的标志性建筑。

囊谦县城西郊的阿育王塔共有五层，牧民们笃信一直流传下来的说法：塔的第一层内供奉着佛骨舍利，2300 年过去了，至今未曾打开。这不仅为这座佛塔蒙上了神秘色彩，也恪守了佛塔千百年来未曾改变的神圣角色。站在佛塔前，我心里嘀咕着：这得多少石头才能垒砌得出来呀！

石头，在这里成了最接近佛的介质，书写了成就一座供奉之塔的任务。

塔是佛的另一顶帽子。在青海，有佛寺的地方就有佛塔，但有佛塔的地方未必有佛寺！塔的数量明显多于寺的数量，按当地牧民开玩笑的话说："青海的山坡上有多少牦牛，就有多少佛塔。"

当我内心里念唱着"我转山转水转佛塔"的歌词，行走在青海大地上时，总是忍不住会想起我在青海湖北岸看到的"感恩塔"。六世达赖喇嘛仓央嘉措在青海湖地区的传奇经历，不仅被环湖地区的民众认定为"圣行者的足迹"，更是奉为一种精神财富。他们感念仓央嘉措，在县城东大门建有一座感恩塔，和很多藏式佛塔一样，这座感恩塔同样由塔基、塔座、塔锥和塔冠四部分组成，不同的是它的塔基是绛红色，显出它和青藏高原上的佛教寺院的院墙一致的独特性，金黄色的汉、藏两种文字醒目而绚烂："海滨藏城欢迎您"！这无意中透出它所在青海湖北岸这一特殊的地理位置。白色的塔身正中间竖写着红色的"刚察"二字，支撑塔身的 4 根高大塔柱，其周长 53 米，代表刚察建政年份——1953 年；四根塔柱的顶端，一面褐红色的塔顶。按照我们在内地看到的一些带有地标性的现代塔式建筑，这座塔从塔基到这面塔顶，也算是具备完整的塔型了。然而，再往上还有一面呈正方形的土黄色过渡面，它的四面均绘有一双巨大的佛眼，那似乎是仓央嘉措打量这片土地的慈悲之光。最顶端，是一座 6 米高的铜制宝瓶，在佛法中，这象征着六道轮回。整座塔高达 33 米，象征刚察县城位于海拔 3300 米处；镀金华盖外缘所悬挂的 31 个铜制铃铛，代表刚察县 31 个行政村。这座塔，不仅扮演着刚察的文化地标、指示塔的角色，还内蕴了刚察很多的人文信息。

和佛塔引入中国的原始宗教意义不一样，和那些由石头堆砌出的佛塔带有文化指向意义不同的是，刚察的这座佛塔，不仅在建筑材料上突破了石头的局限——大量运用了水泥、钢筋、青铜、油漆等现代建材，更是衍生出了很多政治、地理与文化的内容与意义！这种逐步被赋予更多文化意义的佛塔，在青海也逐渐多了起来，如著名的塔尔寺"如来八塔"，虽然保留着"石头宝塔"的底色，但却带有追念宗喀巴的意味。位于十世班禅大师的故乡、循化撒拉族自治县文都乡的"世界吉祥万佛塔"，同样既有"石头宝塔"的初心，也有追念八思巴和班禅大师的意义。公元 1272 年，奉藏传佛教萨迦派第五代祖师、被忽必烈尊为帝师的八思巴之命，他的弟弟亦怜真（噶希巴仁钦喜热坚赞）在今青海省循化县文都乡兴建了文都寺，并在寺内修建护国护法神殿及大黑天护法神像等。亦怜真的兄长朵思麻本钦益西迥乃在先前八思巴受比丘戒之地，建造了旨在祈愿世界熄灭战乱的"吉祥万佛塔"。

为了纪念八思巴，十世班禅大师曾多次提出要在故乡重新修建"吉祥万佛塔"。为了完成十世班禅大师这一心愿，他的侄子——青海省佛教协会副会长、青海文都寺第二十六任座主噶尔哇·阿旺桑波活佛倡议并主持，重建了"世界吉祥万佛塔"，以纪念帝师八思巴为国家统一、民族团结作出的贡献。

和十世班禅大师有关的还有一座位于海南藏族自治州首府恰卜恰镇东北部近郊的"德吉塘纪念塔"。和其他地方现有寺、后有塔的发展格局不同，这座塔于大师圆寂次年（1990年）开始兴建，逐步以塔为中心发展成为初具规模的寺院，当地人还是习惯上称之为"十世班禅大师纪念塔"，这是青藏大地上唯一一座以大师尊号命名的佛塔。

佛塔是佛教的一种象征性宝物，从佛学的"身、语、意"而言，"身"之塔代表佛陀、菩萨或活佛的化身或舍利，"意"之塔代表最基本的精神实质以及佛陀所持有的空寂明净，"语"之塔则是藏有经文的。"十世班禅大师纪念塔"明显就是"意"之塔。

就单个佛塔的文物价值而言，位于玉树藏族自治州玉树县仲达乡藏娘村、始建于公元1030年的藏娘佛塔，是青海省境内唯一被国务院批准为全国重点文物保护单位的佛塔，也是与尼泊尔的巴耶塔、印度的金刚塔并称为世界著名的三座佛塔，被公认为藏传佛教佛塔的精华。公元1030年，精通显密教法的一代宗师，被誉为"弥底孟德加纳"的印度高僧、著名学者弥底大师在通天河岸边的二级阶地上，主持修建了藏娘佛塔，以当地产的黑褐色片石砌筑，并以木制短椽与石板建成，既是一种神圣的存在，也是通天河边别具一格的独特色彩，就像是一尊蹲守在通天河边的黑色守护神，已聆听了近千年的通天河涛声了。

在青海，塔不仅是牧民通过石头敬写给佛的一封长情礼敬，也是连接过去与目下的一份媒介，不少建成很多年的古塔，既持续以往地承接着一代代信徒们的膜拜，也保持着和现实的对话，承领着时代赋予它们更多的现实职责。

在青海，石头既能为牧民修建"夸日"、碉楼等普通人居住的石头房子，也被牧民用来修建寺院、佛塔、石经墙等"佛的卧室"外，还能垒砌出"王的城堡"，里面收藏着千户、百户和他们的女人、仆人甚至敌人的故事，它们不仅是一座利用山河险势修建的要塞，遮蔽着其主人内心深处无时不在的防御、封闭、恐惧的本能，也用石头的另一面，讲述他们对影响范围内的牧民所展示的权力、暴力和实力，向他们的对手展示权威、财富及欲望。然而，最终，这些石头的城堡，收纳了王者掌权时的荣耀，也见证了遭受攻击、破坏甚至被摧毁时的狼狈。

在青海，石头城堡同样不少，限于篇幅，我给读者呈现的，有囊谦县境内的昂欠"王城"、湟源县境内唐蕃会战的石堡城和祁连县境内的多杰华等三处。

21世纪初期，我出于对西夏文化的热爱，自己一次次给自己设定了考察西夏前世今生的课题，它们就像一种召唤，将我的脚步引向了昔日昂欠的腹地，开始对这个古老而低调的政权进行全方位的考察。

昂欠政权是宋朝赐封的一个地方性政权，也是北宋时期崛起于西北的西夏所承认的，这就让当地的百姓在千百年来一直敬奉其为"王朝"。由于所处三江源地带，对外的政治、军事与文化影响力有限，让这个地方性政权一直处于低调的存活状态。

关于昂欠政权的崛起历史，本书在别的章节已经有叙述，这里只是着眼于见证它从小到大再到消亡的几个石头城堡。第一个石堡是第一代昂欠王者哇阿路在囊谦县吉曲河边修建的那座小石堡，今天早已废弃。它的诞生对昂欠政权的创始者来说，真应和了这样的说法：和高原之王的雄心相匹应的，不止是一匹战马，一群忠实的追随者和他们身上闪亮的铠甲，一片片被收归于麾下的草场，一个个心甘情愿成为他们的妻子并为他们生下继承事业的儿女，更需要一个晾晒他们斗志的基地——城堡。

在宋朝时期，昂欠和西夏保持了跨越地理、语言和族群的大沟通。在中国历史上，后者从前者那里第一次引进了藏传佛教，使得昂欠政权的一些历史印迹得以在西夏的文献里浮现，也才能让我从另一个层面了解到：昂欠正式被北宋和西夏甚至被拉萨政权承认后，吉曲河边的那座小小城堡再也放不下这个新生政权日益扩张的野心了。从昂欠地区前往西夏并担任过西夏帝师的热巴，像一个被命运放飞的风筝，在西夏的天空完成使命后返回了故土，也从西夏带回了弟子勒巴嘎布。勒巴嘎布带人修建了嘎布寺，它体现了昂欠政权的实力与自信，是昂欠民众心里的"皇家寺院"，它具有防御、议事、居住等世俗功能的同时，还具有了敬佛、法事、礼仪的象征意义，是江源地区第一座规模宏大的石头城堡、石头寺院。

打开我整理的历代昂欠王的谱系，我像是清点着这个政权的历史档案，从它的第一代王者哇阿路开始，仔细查阅着它的发展史。以前，昂欠王和嘎布寺的主持，分别掌控世俗王权与宗教权。第十五代昂欠王洛周嘉布亡故后，洛周嘉布的弟弟、嘎布寺的主持嘎玛拉德开始以宗教领袖的身份摄理王位，开启了昂欠集政治和宗教权力于一身者的历史，恰好就在这个时候，来自外部的致命危险正朝昂欠逼近。

　　崛起于今四川省甘孜州西部一带的白利势力，尊崇苯教，强烈反对佛教。白利势力的首领对外也称白利嘉布，也就是白利王，他带领的武装力量不仅占据了昂欠在今四川甘孜州西部大片土地和西藏昌都地区的地盘，还向昂欠的腹地进逼。战争的结果是白利势力直逼昂欠的权力中心，捣毁了存在了几百年的嘎布寺，屠杀没有逃走的僧徒。那时的石头城堡，变成了一架战争机器，一架毫不留情的绞肉机，石头的坚硬与高耸，丝毫没能抵挡住敌人进攻的步伐。对方既是掠夺者，也是彻底的征服者、剿灭者。嘎玛拉德被迫将经营了10多代的"王室"迁往今囊谦县的吉曲乡松宗，试图在那里保留昂欠的脉气。

　　站在昂欠的"石头王城"与"皇家寺院"嘎布寺的废墟前，那些石头堆砌的残墙，犹如一具尸体的碎片，一丛丛青草从石头缝里慌乱而蓬勃地长出，犹如射向半空的乱箭。乱石丛中，根本分不清大厅、卧室、厨房的具体所在，让我感到一种遥远而古老的虚幻，它呈现出的巨大魔幻性，让我真怀疑曾经发生在这里的一切，怀疑它的建造者、生活者与守卫者的身影与呼吸，是不是真的在这里出现过、存在过。

　　那是和一座石头的城堡告别，也是寻找与再建一座石头的城堡的开始。嘎玛拉德率家族迁往今吉曲乡松宗，选择了一处易守难攻的山岗，把从远处采集来的石头运往山顶，在山顶建成了一座石头之城，这就是昂欠新的政治中心。戏剧性的一幕出现了：嘎玛拉德年幼的儿子扎西达玛顶桑贪玩，不小心引发了一场灾难性的大火，好不容易修建好的松宗新建王府毁于一旦，构建城堡的木头被烧得不见了踪影，石头被烧得面目全非，城堡里的残存者只能选择逃离，他们的泪都被烧干了。几百年后，我站在它那高大、嶙峋的废墟前，踩着大小不一的石片，登上石头城堡的最上面，俯瞰着整个山谷，不禁感叹：再坚硬的石头，也护佑不了一个颓废政权的疲软。

　　这是石头修建的城堡再次被废，它代表着走向没落之路的昂欠政权，刹车已经完全失去了控制，茁壮的火焰渐渐变得暗淡，豪壮的呐喊逐渐变得沙哑，矫健的步伐逐渐变得乏力、踉跄。王府的最高统领者不得不重新选址，最后选在了一个叫喀（今囊谦县吉曲乡卡冈村侧的吾改山坡上）的地方落脚。那其实是一个规模更小、地理更偏僻的石头城堡，至今，连当地人也很少知道。石头，一旦沉没于时间的洪水中，还能迎来被打捞的时机吗？石头的城堡，是昂欠政权从兴盛到衰败的一次次目击与记录，每次搬迁的旧城堡与修建的新城堡，都是昂欠容颜更改与精气变化的证词。

石头能砌出代表王权与地位的城堡，也能砌出染血的军事碉堡。这种军事城堡，在青海境内的代表作，莫过于修建在日月山对面、药水河边的石堡城。不徒步攀登上石堡城的人，是很难体会《资治通鉴》卷二百一十六中对石堡城的这种记载："其城三面险绝，惟一径可上。"我们惯常的思维中，唐朝时控制青藏高原的吐蕃骑兵，纵横于山林与江河间，驰骋在牧场草原上，个个是轻骑善战，露宿于野外的帐篷里。很少有人知道，他们同样会利用自然条件，采集石头，能在高山之巅修建一座坚固的军事城堡，石堡城就像一部真实记录吐蕃将士善于以石筑城的教科书，里面凝固了攻与守的双方流在这里的血。

公元 749 年 6 月，唐玄宗下令，命陇右节度使哥舒翰统帅陇右、河西、朔方、河东等地六万三千人的兵力，再次围攻石堡城，吐蕃守军在首领铁刃悉诺罗的带领下进行顽强抵抗。

最终，唐朝军队以牺牲上万人的代价，攻陷了石堡城，俘获吐蕃守军四百人。失去石堡城后，吐蕃王朝也就失去了和唐朝将士前线交战的有利屏障，遂再次派使者向唐朝求和请婚，远嫁吐蕃的金城公主也从侧面斡旋。双方约定以日月山为界，并于今四川松潘和青海日月山互相设立市场，这是唐朝沿边对吐蕃开放的仅有的两个"商贸口岸"。石头的城堡，成了两个王朝军事较量的战场，成了两个王朝在高原上较量的重要分水岭。

在祁连县境内的八宝镇，流传着这样的一个民间传说：西夏末代皇帝曾经在附近的一座山上修建避难行宫，藏文文献中西夏末代皇帝的名字叫"多杰华"（意为吉祥的金刚或富贵的金刚），那座山就以西夏末代皇帝的名字命名。在当地文化学者才华扎西的陪同下，我们登上"多杰华"山顶。隔着 800 多年的时光，那些石头依然顽强勾勒出近百间建筑遗迹，努力维持着一个险峻而颇有规模的古城模样。

除了出土的金牌、灰陶、钱币外，石头也是这座石头城里的文物：才华扎西带我前往阿柔大寺时，发现供奉在寺内大经堂的一块高约30厘米的扁圆白石就来自"多杰华"，上面刻着奇怪的文字和图案；城中有一块磨得光滑如镜的大石头，不知道其具体作用；曾经有一块刻有人像的大石头，竟然被人偷盗走了；城堡内和登山的道上，多处发现刻有水平线条、日月纹、古梵文及无法辨识文字的石刻。

　　多杰华，是青海北部地区军事古堡的代表，和湟源县药水河畔石城山上的石堡城、囊谦县吉曲边的昂欠王城，就像分布在青海北、中、南的三块巨石阵，书写着石头作为军事古堡材质的用途与故事。

第四部

江河初唱时的
模样或噪音

第一章
大河的童谣

一

　　唤醒黄河，有很多种方式，兰州城郊的黄河水是被桃花叫醒的；河套一带的黄河水会被炸药引爆后以"开凌"的方式叫醒；晋陕大峡谷一带是被开船后的信天游叫醒的；郑州一带的黄河，或许是被白玉兰绽放时的声音唤醒的。大河万里，奔腾入海时，万顷芦花如头顶金冠一般会唤醒波涛回首，眷恋这曲折而漫长的征程。

　　在很多人的想象中，河源的水一定是被冰雪融化时的滴答声叫醒的。在我的认知中，黄河源头的水，是被一阵阵读书声叫醒的。

　　沿着传统的唐蕃古道、青康公路和今天214国道从西宁到玉树方向而行，到果洛藏族自治州玛多县城东郊的黄河沿时，路边醒目的"黄河源"指示牌，给很多人一种误判：黄河的源头地区在玛多县境内。

　　要想去黄河源头，还得跨过玛多黄河大桥，沿着214国道继续向南而行，翻越巴颜喀拉山后抵达玉树藏族自治州称多县境内的长江边（此段叫通天河），逆江而上进入曲麻莱县境内，看到"黄河源第一小学"时，对黄河源头的所在地就会有新的认识。

　　漫长的冬天里，那些因为气候严寒、大雪封帐而无法读书的高原孩子们，只能冬眠似的蛰居在各自家中的帐房里。高原上是没春天的，夏日的阳光照在巴颜喀拉山上时，冰雪开始融化，这些孩子的父母用牦牛或摩托车，把孩子送到距离黄河源冰川两公里处的"黄河源第一小学"，看着孩子晃动着瘦小的身影，走进四排十二间土木结构的教室里，再望一眼大门口的弧形铁架子上的"黄河源第一小学"的字样，才放心地离开这里，继续回到自己的牧场去放牧、挖虫草、挤牛奶。

　　开学季节，黄河源一带的孩子们，像一条条涓涓细流汇聚成河，被父母从几公里到几十公里不等的地方送到"黄河源第一小学"。孩子们的读书声，

果洛州玛多县黄河湿地日落　许明远 / 摄

就是唤醒黄河源冰川的一座闹钟，而第一滴水从冰川中渗出，滴在地上的声音，便是高原和江河一起复苏的呵欠。高原上升起的朝阳是一名称职的翻译，把冰川即将醒来时的声音译成了水滴落在大地上的歌唱，那是黄河的初啼，是一部黄河之书的最初序章。高原上悬泄下来的月光，照着这片地球上零污染的地方，冰川仿佛一个倒立的白色大烟囱，每条从冰川里流出的溪流，就是倒着走出的一道炊烟，袅袅娜娜地贴着大地向远方走去。

"黄河源第一小学"距离曲麻莱县城近300公里。我去的时候，全校每年能保持的学生人数也就30人左右，这里距离繁华很远，但距离河源很近，是黄河源头最先听到人类呼吸与声音的地方。坐在4800米海拔上的"黄河源第一小学"，是世界上海拔最高的寄宿学校，既是离黄河入海口最远的学校，也是离天、离太阳最近的学校。学校名称中的"第一"不是时下排名榜中的那种"第一"，它自信地拿起这顶帽子戴在头上，还有谁能来和它争？我第一次去时，从50公里外的乡政府驻地到那里，坐着挤满乘客的"高原神车"五菱汽车，车里塞满了牧民和我这唯一的外地人，走了3天才到没有电和通信设施的这所"世外校园"。在我心里，"黄河源第一小学"体现着教育的高度和难度。我来到这里，除了自己选定的寻找黄河源头、考察河源的生态与教育情况等作业外，还替著名诗人余光中来看黄河，替那位"黄河的奶水没饮过一滴"，血系中却"有一条黄河的支系"的诗人印证他说的"黄河断流，就等于中国断奶"。提及黄河，我们很敬重它对中华文明的哺育之功，但这种文明视野常常是体现在中下游流域里，而中原文明的直径，以及雪域高原产生的文明辐射力和影响力的半径却是长期被忽略、遮蔽的，"黄河源第一小学"是黄河源头的孩子们，接受现代文明的一个瘦弱但晶莹的奶瓶，它的存在才是保证一条文明之河不断奶、不断流的象征。来到黄河源，我还想替余光中先生完成一件事。先生在他的《当我死时》这首诗歌中这样写道：

当我死时，葬我，在长江与黄河之间

枕我的头颅，白发盖着黑土

在中国，最美最母亲的国度

我便坦然睡去，睡整张大陆

听两侧，安魂曲起自长江，黄河

一个连黄河都没来过的人，却想葬在长江和黄河之间，除了诗人，这世界上谁还能有如此壮阔的念想？余光中并不知道，曲麻莱县恰恰就是黄河源和长江源之地，它像一峰静卧的骆驼隆起的背部，黄河和长江的源地就像搭在驼峰两边的褡裢，里面装着中华两条河的童年。这样的地方，才是余光中理想中的精神之冢、诗歌之冢，也该是他的灵魂长眠之床。站在白天的河源地带，我轻声地念诵着余光中的"太阳的鹰币，铸两面侧像"，夜晚的高原上，我把余光中的诗句拿出来，在月光下浣洗成一剂乡愁；昼夜的缝隙间，是太阳和月亮各自打造的两个王国的边境，我穿行其间，既是时间的越境者，也是它的保卫者，像余光中一样保卫着古老的中华文化。

夜宿在"黄河源第一小学"不远处的一片草地上，看着月光下的那一缕细水，弯弯曲曲的，多像一个少女袅娜着蛮腰，在大地上印下一道发光的足迹。校园里早已灯灭人睡，那条看门的藏獒像一尊卧着的雕塑。黄河流到这里收纳、塑造的要素叠加起来，就变成了黄河走出源头后的第一处晾晒湿漉漉衣装的高台，是孕育黄河文化的最初的子宫，是巴颜喀拉山抖落积雪后的第一个站姿，是走进岩画的牛羊献给黄河的第一道人文之光，是大河神话在发祥地穿上的第一件合身的衣装。曲麻莱，请允许我替诗人余光中找寻一片草地，作为诗人灵魂栖居之床；请允许我替诗人迎请一片落雪，作为诗人长眠时御寒防晒的被子，让诗人的双手，在这里弹奏起黄河与长江的两管滔滔音乐。诗人呐，请允许我替曲麻莱邀请你，作为黄河之书的第一位读者，端坐在白云之上朗声念诵；请允许我替曲麻莱邀请你，为她代言大河的童年时光，听那汩汩细响叙说初唱的纯音。

在"黄河源第一小学"，我看到的景象超出了自己的想象，没有正规的课桌和桌椅。夏日飞雪是常态却没有取暖设施，墙面上到处是如生锈的铁皮上逐年剥落的碎片，窗户上的铁丝网因生锈而变黄，在朝阳下更像是横竖构成的黄金线条。老师和孩子们的宿舍里，几个土墩上铺着一张木板床，我仿佛看见从江源湿地上窜出的冷气，越过床板直接浸入孩子们晚上盖着的三层被子。那时，从一年级开始，在校学生的数量一直呈现金字塔状，年级越高，学生数就越少。悬在大门口的铁架上的那几个生锈的字、立在院子里迎风飘扬的国旗和几名坚守的代课老师，是一条浩荡之河在童年时期聆听到的教育之声。

无论是文措、尕松求仲等老师，还是扎西、文姆等学生，大家都喜欢在课余时间走出校园，去河源的草地上散步、玩游戏，看不远处吃草的牦牛，看更远处的雪山，看黄河像一条细而白的哈达那样从雪山的肚脐处缓缓钻出来。学校连院墙都没有，不远处却横着一道铁丝网，我以为那是老师为了防止动物进入校园伤害孩子们而拉起的一道铁丝院墙，没想到，从学校老师那里得到了意外而正确的答案："那是为了防止游客走进河源，污染了源头的那道圣洁之水。"源头地区的牧民，有着对江河之源的态度。

距离"黄河源第一小学"最近，也是距离黄河源最近的一户人家，是周围50公里内唯一的一户牧民，女主人才仁卓玛每天早晨都会背着用黄色哈达悉心装饰的水桶，走到从自家帐房前流过的小河边，他们叫小河为玛曲，藏语中就是"黄河"的意思。在他们的眼里，玛曲就是这条河的童年，也是黄河的乳名，至于它的青年、壮年流至哪里，源区的牧民并不知道，或许，眼前的玛曲就是他们眼中一条河应该有的样子。取水之前，才仁卓玛向不远处的约古宗列双掌合十，虔诚礼敬的动作，像露水会准时挂在黎明的枝头，像星辰在女主人早起时退出天空一样自然地出现。逢年过节，她的丈夫去300公里外的县城给她买来的新衣服，她也要拿到源头去祭一下才穿在身上。

从家里到玛曲要走不近的一段路，背水是一件辛苦的事情，但才仁卓玛并不怕，让她心生忧虑的是玛曲里的水越来越小，像是从牦牛的腿变成了牦牛的尾巴毛一样。才仁卓玛并没什么我们理解的环保意识，但我觉得那是我在河源地区领受的第一堂关于水的环保课。她就是给我讲述河源地区水危机的老师，整个河源地带就是没有屋顶和课桌的教室。她说自己小时候看到的玛曲就是能把草和大地染得湿淋淋的圣水，是格萨尔的将士在这里修建的银库，夏日的河面宽阔而明亮，但现在却变得瘦小了，她适时地用起了牧民特有的那种夸张："你看，从这边到那边，宽得只剩下一只牛蹄的距离了。"

全球变暖，不仅让黄河源的冰川面积萎缩、雪线抬升、雪豹遁迹、羚羊撤离、棕熊消失，出水口距离那块地理标志牌也逐年变得远了起来，像一头哑声的藏獒不断发出警告。

这意味着她家的牛羊不能像它们的先辈们在这片草场吃草了，他们家秉承了千年的生活方式要彻底改变了。雪山还是那座雪山，河流却不再是那条河流；草地还是那片草地，但生活却不再是原来的样子，就像才仁卓玛家的煤油灯和马被电灯和车取代一样，就像她男人喝惯了的青稞酒被啤酒代替一样，天上的云和远处的雪山，静静地看着这人间净土上发生的变化。

河源的这片地方，藏语叫约古宗列，意思是"炒青稞的锅"；才仁卓玛，藏语中是"长寿的仙女"。"国家地理标志"设立8年后，"三江源国家公园"体制试点启动，才仁卓玛家的草场被划进了"三江源国家公园"范围内。草场恢复让约古列宗一带种植的青稞像战败的士兵撤离战场一样走了，原来架在牦牛粪火上烧水的铁锅、铜壶也被电磁炉替代了，医疗条件的改善，让生活在高海拔的河源一带的牧民寿命得到明显延续，河流也无声地向人类提出了一个严肃的问题：河流也希望延续生命。才仁卓玛的家，不仅仅成了一户河源地区的牧民人家，也是"三江源国家公园黄河源园区"里3042个生态管护公益岗位中的一个，他们的牧民身份变成了生态管护员，每天都会在源头一带的草原上巡逻、捡垃圾；把垃圾投放到回收点，由乡镇政府定期安排垃圾转运车，送往县城进行无害化处理。垃圾多是游客带来的，捡拾并拉运垃圾的成本，远比那些游客在曲麻莱加油、住宿、吃饭花的钱多得多。

一切都在变，牧民从"放牦牛"的变成了"生态管护员"，牧民的坐骑从马变成了摩托车或越野车，同时，气候变暖让夏天似乎逐年变长，随着雪线向山顶的退去而使雪线海拔数字暗中在变高，"黄河源第一小学"的寄宿性质也发生了变化，逐渐被麻多乡政府旁成立的小学取代。才仁卓玛的大女儿森吉拉姆就是在麻多乡小学完成的小学教育，然后在县城读完初中、高中。

二

黄河是有门槛的，黄河源的门槛更高，这让国内外的探险家、科考人员抵达这里，也就是近百年来的事情。即便是余光中先生，身为中国人却不能目睹到他"血系支流"的黄河；即便是生活在黄河中下游的"河的子民"，也不是谁都能抵达这里；即便是时下便利的交通条件下，高海拔、缺氧与路途遥远更是将很多怀揣黄河梦的人挡在了抵达河源的路上，甚至闻名中外的那些优秀的探险家，也是如此。

距俄国探险家普热瓦尔斯基抵达河源地带百年之后，我抵达河源时比他要幸运得多（和普热瓦尔斯基选择从巴颜喀拉山北麓、玛多县境内逆着黄河而上，抵达星宿海的路线不同，我选择了向南穿越过巴颜喀拉山，从巴颜喀拉山南麓的长江边西进，抵达曲麻莱县城所在地约改镇后，再选择朝县境内东北方向的麻多乡行驶，黄河就发源于麻多乡郭洋村境内各姿各雅山东麓）。尽管做了很充分的准备，进行第四次"中亚考察"的普热瓦尔斯基还是没想到，他在接近河源时，5月中旬的气温竟然这么低！令他懊恼的是，那个从西宁招募到的向导，虽然能说汉语和藏语、蒙古语，但过了青海湖后，嘴巴上好像被贴上了封条，很少再说话，兀自骑着马走在前面，像一尊马背上移动着的塑像，给这个由俄国军人、探险家、动物学家和植物学家构成的15人探险队带路。普热瓦尔斯基是受俄国皇家地理学会委派的考察队队长，他负有将沿途地名记下来的责任。踏进鄂墩塔拉草原后，普热瓦尔斯基问起经过地方的名称，那个向导一直摇头，普热瓦尔斯基不知道向导是真的不知道，还是故意不告诉他答案。

面对大致相似的地貌，普热瓦尔斯基失去了前几次"中亚考察"途中对一些地方命名的兴趣，在他的日记里，少有地出现了地名记录的空白。他右手拿着那架沙皇太子专门送给他的铝质单筒望远镜，缓慢地朝不远处的那座山丘顶部走去，他想看看远处还有什么能为下一步的行动提供线索。山顶上的视野开阔多了，透过望远镜，普热瓦尔斯基看到了两条较大的河流，闪着银色的光，向一面大湖汇去，那两条河流的起点处，会不会就是自己这一次来要寻找的黄河源头呢？暮色渐至，远处的河流像渐渐失去光芒的银器，更远处的雪山，似乎向他发出了一份神秘的暗示或邀请。

第二天一大早，普热瓦尔斯基就让其他队员原地待命，自己带了两名哥萨克士兵和向导，准备了三天的食物，骑着马朝昨天看到的那面大湖走去。望远镜里看着不远，但他们骑马走了一天也没赶到，一则是海拔高造成氧气稀薄，所骑的马无法快行，二则是他们中途射杀了三只藏熊并制作成标本，耗去了不少时间。第三天黎明，普热瓦尔斯基被冻醒了，后半夜突然降临的一场暴雪，把帐篷几乎埋住了。使劲掀开帐篷的帘门后，普热瓦尔斯基看到帐篷外站立的马，四肢全陷在积雪中，将头正努力地朝上伸着，像是掉进一片冰洋中一般被冻得直打哆嗦。如果他们再迟点起来，这几匹马恐怕就得冻死在雪地里了。放眼望去，哪里还能看得见前天在望远镜里看到的湖和山，它们仿佛被变了魔术般地消失了，前天在山岗上看到的河流、湖水、山峦，就像画在一张纸上，突然被涂上去的白色颜料全抹掉了，留给普热瓦尔斯的是白雪覆盖下的白茫茫一片。积雪让普热瓦尔斯既看不见前面的路，也找不见昨天来时的路。长时间盯着积雪地面辨认路，让他们的眼睛很快就红肿起来且泪流不止，那位向导却很有经验地拿出马鬃做的防雪眼罩戴上。

普热瓦尔斯基压住内心的火气，低声问向导，前天他通过望远镜看到的那两条河与那面大湖叫什么名字？向导摇了摇头。普热瓦尔斯基不知道，自己带的这个团队一路捕杀动物做标本，让从小就受藏传佛教影响的向导开始反感他们。普热瓦尔斯基在后来交给俄国皇家地理学会的报告中称，那两条从远处流来的河，是黄河的河源。

事实证明，普热瓦尔斯基"发现"的那两条河，还不是真正河源。自大的俄国探险家认为他们是第一批来到这里的河源探险者，岂知比他们早604年，就有一支中国探险队来到这里，后者比普热瓦尔斯基走得更远、更接近河源。那是公元1280年4月的一天，大元帝国的招讨使都实和他的弟弟阔阔出等人，奉元世祖忽必烈之命，从大都出发，一路行至银川，把银川视为大河探源的起点，然后逆黄河而上，在河州做了给养补充后，开始进入青海境内的黄河段。经过4个月的跋涉，这支探险队抵达普热瓦尔斯基的帐篷和马差点被雪埋住的地方，也就是今天我们在地图上看到的星宿海。都实带领他的探险队继续向西行进，给我们留下了一幅绘制得较为详尽的河源地图。站在草色渐绿的高原上，都实指着融化的雪水充实起来的一条条河源支流，告诉阔阔出："当年张骞受命出使西域，除了探寻通往西域之路、联合西域各国抵御匈奴外，还有探寻黄河源头的任务，他认为发源于昆仑山的河流经过罗布后，潜入地下然后流向中原，矫正了《尚书·禹贡》中认为黄河之源在我们这次逆河而上经过的积石山，武帝刘彻根据张骞的报告，提出'案古图书，河出昆仑'；现在看来，《尚书》的记述和张骞的说法都不对，当地人称这里为火敦淖尔，河源应该在这里。"

都实前往星宿海考察35年后，翰林学士潘昂霄据阔阔出的讲述，把都实一行的考察经过编撰进了《河源志》，这是中国现存有关河源勘察的第一份报告，认定黄河的河源在都实看到的那片"有泉百余泓，或泉或潦，水沮洳散涣，方可七八十里，且泥淖弱不胜迹，逼观弗克旁履高山，下视灿若列星"的地区，一面面小湖犹如天上的星宿构成的海，当地人所称的"火敦淖尔"，就是指像星宿一样的海，星宿海因此得名。

在普热瓦尔斯基进入星宿海前102年，还有一支中国的黄河源探险队来到这里，将河源探寻的脚步继续往接近河源的地方延伸。具体的时间是公元1782年的夏天，这支探险队的领队是乾隆皇帝亲自任命的阿弥达，探险队的全体队员穿越星宿海后继续逆河而上。阿弥达看到远处的坡地上，泉水潺潺涌出，沿滩地汇成宽不过两米的小溪，由西南向东北流去，沿途又接纳众多的泉水，汇成一条水清见底的大溪流，溪流两岸鲜花盛开，远处的牦牛悠闲地承袭着它们的祖先千百年来于斯的生活。藏族向导告诉阿弥达：藏族人把这里称为卡日曲，意为"红铜色的河"；蒙古牧民称为阿勒坦郭勒，意为"金色的河流"。阿弥达本想带领探险队继续向河源走去，没想到，他遭遇了和普热瓦尔斯基一样的命运：突然降临的一场暴雪，让本就沼泽遍布的高原变成了一片辽阔的白色画布，天地陷入一片白色的死寂中，考察队只能望着眼前白茫茫的世界兴叹，他们再也无法前行了，阿弥达便把这里认定为黄河之源。其实，阿弥达带领的探险队如果不遭遇暴雪，能够继续前行的话，他就会发现黄河其实是迎接了两条支流，除了向导说的从西南方向一路慢行而来的卡日曲，还有一条从西北方向流来，水量虽然比卡日曲小但流程更远的约古宗列曲，历史再次给黄河源探究者留下了遗憾与误判。

阿弥达带领的探险队离开了卡日曲，将他们的探险结果留在文献中；普热瓦尔斯基带领的探险家离开了星宿海，他的报告让俄国人或知道他探险成果的西方人，笃信黄河之源是在火墩淖尔（星宿海）。

阿弥达抵达卡日曲170年后，1952年8月2日，黄河水利委员会组织了一支勘探队，60多名队员们在项立志、董在华的带领下向黄河源进发，他们的工作并不是探源，而是为黄河下游堤防工程的全面建设和南水北调工程的策划实施，进行实质性的查勘。

阿弥达当年看到的那股从卡日曲流出的河水，穿过100余公里的峡谷，在巴颜喀拉山下与约古宗列曲汇合。项立志带领队员们从约古宗列曲出发，逆行勘测了河源地区和通天河支流色吾曲入口处，通过走访当地藏族群众，勘探队界定北纬35° 00′28″和东经95° 54′44″的坐标点为黄河源头，也就是海拔4500米的雅拉达泽山下一处草地上，三眼泉水流进三条小溪处，是中国人第一次依靠现代科技手段确定的黄河源头，由于这个结果和前人的调查不符合，改写了长期在国人心目中形成的河源概念，在学术界引起争论，但这个观点很快流传并一度被写进教科书。1985年，黄河水利委员会确认约古宗列曲为黄河正源，并在一处叫玛曲曲果的地方树立了黄河源标志。

项立志和队员的河源之行后7年的一天，在紫金山天文台工作的谈英武接到一纸调令，上面清楚地写着让他担任黄河水利委员会勘察设计一队第一大组副组长，率队前往河源地区，勘测南水北调西线引水线路。第二年8月的一天，25岁的谈英武与4名测量员、1名炊事员，在成都军区某部派的1位副排长和4名战士的保护下，乘坐一辆嘎斯车从四川省石渠县出发，经过青海省玉树藏族自治州前往果洛藏族自治州的玛多县。

在玛多县城玛查里镇，谈英武雇了2名藏族向导和12匹马、5头牦牛。离开县城时，他看到海拔表上清楚地显示出这里的海拔：4251米。他在笔记本上认真地记下了出发日期：1960年8月20日。离开县城，沿着黄河往西而行，海拔逐渐升高，空气越来越稀薄，经过几天艰难的行走后，他们离开玛多县进入玉树藏族自治州的曲麻莱县麻多乡境内，那是当时黄河源地区唯一的生产队，在那里住宿一夜后，接着继续他们的河源之行，最后抵达雅拉达泽山下那块幽静的盆地。谈英武认定他们已经到了8年前黄河水利委员会确定的河源地约古宗列曲，这也是中国的科考人员第一次从玛多县境内逆着黄河而上跨入曲麻莱县境内的黄河源区。

1978年6月，黄河水利委员会曾再次派出南水北调西线考察队，其主要任务是考察从通天河穿越巴颜喀拉山引水到黄河的可能性，确认黄河源头是他们的"另一份作业"。时隔近30年后，当年参与考察的中国科学院地理科学与资源研究所尤联元研究员在接受《中国国家地理》杂志的采访时如是而言："这次考察对黄河源头的确认是一个关键的任务，我们当时也想把黄河源头弄清楚，到底哪条是黄河正源，是到了弄清楚的时候了。"尤联元随考察队到达鄂陵湖、扎陵湖后，测量出了两个湖的深度。在玛曲曲果，他们看到26年前，项立志等人立下的以汉藏两种文字刻写的"黄河源"木牌依然立在那里。在那样荒野的地方，立在那里的不只是一块木牌，还是中国人探究大河之源的精神之碑。

测量完约古宗列曲的河宽、水量和河的长度后，尤联元带人专门前往黄河源的另一条支流，也就是当年阿弥达听藏族向导说的卡日曲。经过翔实调查，并对约古宗列曲和卡日曲进行了对比测量后，尤联元带领的考察队认定黄河不是一个源头，而是分南北二源，分别起源于巴颜喀拉山北麓各姿各雅山下的卡日曲河谷和约古宗列曲盆地。卡日曲和约古宗列曲，就像耸立在 4600 米至 4800 米之间一对高耸的乳房，千百万年不停地挤出乳汁，开启了流程万里的黄河在源区一带的童年时光；这两股乳汁，在当年让普热瓦尔斯基却步的星宿海以西 16 公里处汇合，形成了黄河源头的一条主河，河源一带的牧民称之为"玛曲"。

尤联元所在的考察队在河源一带进行考察时，由青海省政府出面联系青海省军区、青海省测绘局、青海民族学院等单位，邀请国家测绘总局、中科院地理所、解放军总参测绘局、新华社等单位，组成了另一支考察队，也向河源进发进行考察，考察结果由青海省政府对外发布，确定卡日曲为黄河源头，刊发在 1979 年 5 月的《人民画报》上。这篇文章被著名的地质学家杨联康看到后，他对这个结果心生质疑，决定对黄河进行徒步考察，以民间考察的方式确定河源。1981 年 7 月 19 日，杨联康抵达黄河源地区考察后，提出卡日曲支流拉郎情曲应为黄河源头，此举拉开了中国民间考察河源的序幕。1982 年11 月，青海人民出版社出版了《黄河源头考察文集》，三个月后，新华社以该书为资料来源，对外发布黄河源在卡日曲的消息，这是中国第一次经过权威媒体发布黄河源头的确认地点，也引发了 1983 年的《光明日报》和杂志《人民黄河》为两大阵营的河源之争高潮，出现了黄河源有多源说、卡日曲之源说和约古宗列曲之源说等三种声音。

1985 年 7 月，黄河水利委员会再次派出南水北调勘察队，这次考察成果结合了历史传统和各家意见并尊重当地藏族的习俗，上报水利水电部，确认卡日曲为约古宗列曲（玛曲）支流，玛曲为黄河正源，并于 7 月 4 日在约古宗列盆地西南隅的玛曲曲果竖立了河源标志，上面是当时 78 岁的黄河水利委员会原主任王化云先生题写的"黄河源"三字。1999 年，水利部和青海省人民政府在北纬 35°01′15″和东经 95°59′24″处的玛曲曲果共同竖立了黄河源头碑。

国际上最常用的河源确定标准是"河源唯远"。2004 年，刘少创先生按照这一原则，确定北纬 34° 29′37″和东经 96° 20′23″交界的那扎陇查河为河源区，这是继杨联康后又一个以个人名义发布源头区者。2008 年，香港探险家黄效文在那扎陇查河上北纬 34° 29′31″和东经 96° 20′24″交界处，测定并宣布为河源区。

德国著名的"新传记派"著名作家埃米尔·路德维希在他的《尼罗河的传奇》一书中，谈到探寻尼罗河源头的那些探险家时如此盛赞："发现者的不朽就是：他们的名字在地图上，但只隐蔽在某一个角落，而不是树立在某个地方。山脉、江河、湖泊和源头上没有铭刻他们辉煌的名字。"上述我所列举的中国的黄河探源者们，虽然在地图上没有保留名字，但我想，他们的名字已经刻在了河源的记忆里。

黄河源头之争，似乎还没到画句号的时候。

三

告别"黄河源第一小学"和才仁卓玛家后，看着白银般的积雪在群峰上沉默，看着细如藏族女孩发辫的涓涓溪水，我转过身，放弃了逆着那条细流而上的想法，放弃寻找大河的第一滴水的出生之地，那是探险家们的事情，一个作家该做的，是顺着玛曲的流向，替一条大河寻找它的童年史。

玛曲和卡日曲汇合后，那条逐渐有了河之型的水，像一个领到出生证的孩子，地图上对它的标注已经显示为"黄河"。携带着无数细细之流的黄河流出麻多乡时，一头扎进一面湖水，后者像个巨大的集纳盒，归纳、整理从远处流来的条条细流，又像是一次大会，邀约而来的这些细流便是赴会的代表，齐聚这里。

这面湖水，就是扎陵湖。

从地图上仔细看，扎陵湖就像一条头朝西、尾巴朝东的小狗，它的头和尾比例基本匹配，那碧蓝阔大的肚子带有非常夸张的臃肿与庞大。这条小狗的头部恰好在曲麻莱县境内，张嘴迎接汇集了卡日曲和约古宗列曲的黄河水，曲麻莱和玛多两个县的分界线正好穿过这条小狗的脖子部位。继续东行的黄河水从这条狗的前脚部位流出，通往另一面大湖——鄂陵湖。

当年，普热瓦尔斯基带领他的探险队来到这里时，滞留了 10 多天，测量出了扎陵湖和其东边的鄂陵湖的海拔和周长。他们的行为引起了当地藏族的警觉与反感，以致双方发生武装冲突，探险队雇佣的哥萨克士兵打死了 40 名当地藏族。普热瓦尔斯基称他们"用武器赢得科学描述这些湖泊的可能性"，从沙俄到中国的行程中，一路上喜欢以自己的思维命名地方的普热瓦尔斯基，将这两个湖命名为"探险队湖"和"俄罗斯人湖"。

从扎陵湖流出的水穿过一条长约 20 公里、宽 300 多米的峡谷，流进了东面的一面大湖，这就是鄂陵湖。

措日尕则是位于鄂陵湖和扎陵湖之间的一片草原。可能是当年的河水暴涨，让 1300 多年前自拉萨赶至今玛多县黄河沿迎亲的松赞干布一行渡河时，随行人员不得不逆河而上，选择水势较小、河岸较窄的措日尕则作为休息与渡河的地方，他们在这里搭建起来一座座牧帐。措日尕则便被随文成公主一路而来的汉族书记员记录为"柏海行馆"。在后人的传说中，江夏王李道宗代表唐王，在"柏海行馆"为松赞干布和文成公主主持了一场浪漫的婚礼，而松赞干布也以女婿身份拜谢李道宗。传说是美丽的，透过 1300 多年的时光，让我们仿佛还能看见那次称颂千古的汉藏联姻。平日寂静的措日尕则草原，那天陷入巨大的欣喜和狂欢中，蓝天下的舞蹈和赞歌，夜晚中的酥油灯灯火通明，漫天星光见证了一段千古佳话的婚姻，记录了两大王朝经由一个内地女子纤纤细手的连接，数百年的厮杀和征战顿时哑声，长期的敌视化为鄂陵湖水般的晶洁。那一幕过后，措日尕则草原像个年长的阿妈，左手鄂陵湖、右手扎陵湖，牵着一对盛满彼时记忆的孩子，长久地矗立在高原深处；措日尕则的佛塔和长达数十米刻着"唵嘛呢叭咪吽"的六字真言经墙、寺周挂满经幡，似乎在帮着措日尕则草原补充着那些记忆中被淡化的细节。

那时，英俊威猛的吐蕃赞普站在大湖之侧，迎娶来自大唐帝国的公主，新娘带给他的不仅是此后贯穿一生的幸福和甜蜜，更是公元 7 世纪大唐王朝和吐蕃间蜜月般的和平时光。两面湖水是镶嵌在古老的唐蕃古道上的一双晶莹的眼睛，凝视着那场诞生在海拔 4294 米的爱情。湖水边，一点红唇轻轻启动，命运牵领出最高处的爱情祭坛，传递去了大唐的和平意愿；一幅青稞酒香染红的笑容来到这里，然后又继续向雪域高原深入走去，点燃了一盏和平之灯，消弭战争与误解的灯光，闪耀在一片巨大云雾之中，笑容与爱情、皮袍与丝绸、茶叶与松绿石、唐卡与植物种子在这里交融，融合成了一部关于爱情与和平的盛典，主角的名字叫文成公主和松赞干布。他们在湖水边合栽下了一株闪耀着银质光芒的、恩泽雪域的树苗，从此，这棵和平之树根深叶茂，安详的经幡飘荡在鄂陵湖、扎陵湖之上，风中的颂词一直书写到现在。

扎陵湖东侧，有一个相对高度 200—300 米的山丘，这就是巴颜郎玛山。我掏出海拔表一看，这里的海拔是 4620 米，抬头望去，山头上矗立着一座身如牛头，形如犄角的铜碑，上面刻着的字显示，铜碑立于 1984 年，前来这里的游客大多习惯称呼这座碑为牛头碑。碑身上刻镌着胡耀邦和十世班禅分别用汉文和藏文题写的"黄河源头"，旅行者大多来到这里与之合影留念，以纪念到黄河源一游。其实，这里到黄河真正的源头还有 200 多公里的高原泥沼路。

在地图上仔细看，我觉得鄂陵湖像一头背对着约古列宗的小象，从扎陵湖流来的九条小河，像是一张神奇的弓射出的九支箭，齐齐落进鄂陵湖里；九条小河也像一把巨大的扫帚张开后，帚稍分成九瓣。箭头也好，帚稍也好，进入鄂陵湖后，撑开了这头小象的胃和身骨，绘制出了这头小象的轮廓，从黄河源一路而来的水，在这头小象的肠胃里穿越、蜿蜒、对话，最后将力量集聚在小象的鼻孔里，小象的鼻子抬起，朝着东北方向猛力一挥：形成了一幅完整的小象吐水图。从地图上看，接住小象鼻孔之水的，是一头低着头、张着嘴向西行走的马，马的头部突然伸出一支角，角尖部和小象鼻尖完成了一个空中之吻。

这匹流水勾勒出的、岩画线条般的野马尾巴末梢处，是黄河流入果洛藏族自治州境内的第一个乡：扎陵湖乡政府所在地。

一直在扎陵湖边上放牧的老牧民扎西，望着碧波粼粼的湖面告诉我：25年前，这里的牧草长得足够一尺来高，扎陵湖周围草场上放养牛羊的牧户有四五十户。而现在，牧草又少又低，牛羊根本就吃不饱，原来的牧户们多数都走了，只有他和其他 5 户牧民还在支撑着。

在扎陵湖乡，我知道了一个和内地行政单元不一样的组织：牧业社，社里的牧民大多有几百头牛羊和近 200 亩草场，这是足以让社里的牧民生活富足而悠闲的资源。然而，由于草场的沙化，重要的是大批游客开着大排量的越野车前往湖区来参观——这些游客不知道，在海拔 4500 以上的地区，一辆大排量的越野车碾过，车辙和废气足以让本已脆弱的高原生态遭到重创，一些越野车碾过后,被压伤的青草需要1—2年的恢复,那些脆弱的植被还没恢复,另一辆车便会随着另一批游客的欢笑碾过,久而久之,昔日草场丰美的鄂陵湖和扎陵湖区,在夏秋季节变成了外地游客的临时停车场。

我常常像惦念一个远方的朋友一样,但又无力去看望那片牧场,只好盯着那里默默祝福。距离上次去扎陵湖乡已经10多年了,在国家生态保护政策下,不知那里的草场是否回到了当初的、应该的样貌?

那年,告别扎陵湖时,望着我常年背着的行囊,望着那些呼啸而来匆匆拍个"到此一游"照片的游客,望着迁徙而去或驻地留守的牧民忧伤而无奈的身影,我在此呼吁:山河本应敬重,高湖必须仰视,看过这本书的内地读者,请别再开着大排量的越野车进入牧区!

离开扎陵湖乡,继续赶路的黄河之水,像个长跑冠军不停接受来自赛道旁的祝福一样,它不停接纳从两边流入的支流,更像个长成的少年,完全具备了河流的模样,开始有了势不可挡的勇气和威力,奔至214国道和从西宁到玉树的"西丽高速"公路上时,让乘车来往于这两条路上的人们,看到了黄河在此长成一个英俊少年的模样。

四

任何一个沿着214国道或新修的"西丽高速"公路来往于西宁和玉树间的人,在玛多县城东郊的山岗上、桥梁上、大路边,都能欣赏到黄河至此像一瓶水被打翻、在一张宣纸上肆意漫流的景观。流出玛多黄河大桥的河水,像是站在一排起跑线上的运动员,听到发令枪声后,争先恐后地向东南方向奔跑,平坦而辽阔的高原就是它们的赛道,多钦安多郎山就是这条赛道的终点,赛跑的各条支流至此被拦住,集体列队后折向东南方,陆续和黑河、热曲等支流汇合,让黄河有了在峡谷和高原上穿行的更大能量,而黄河流域第一个以黄河命名的乡政府所在地就在这里。

黄河流到黄河乡后,像一辆加好油的车,继续顺着东南方向,行至歇柔桑山下时,黄河不再单独穿行于玛多县境内了,而是在玛多县和达日县、甘德县三县交界处的群山间低调地流淌,流经的不少地方峡深山高,人类的足迹难以抵达。人们对黄河在这一段的认知常常是空白。在一个喧嚣标签的旅游时代，黄河在这里反而得到了它应该拥有的安静，却少了一份值得拥有却因交通条件限制而稀缺的聆听。

按照黄河在玛多、达日和甘德三县境内的流向，它似乎应该继续往东南方向而行，穿过久治县后作别青海。然而，大自然这个编剧却为黄河在流出久治县、进入甘肃省的玛曲县后，设置了一个逆转的剧本，安排了一个精彩的回转，让黄河像是舍不得青海似的，像一辆汽车在甘肃的玛曲县来了个急刹车，然后是猛打方向盘，将前行方向做了大调整，再次向西北方向逆进青海，依次流过黄南藏族自治州、海南藏族自治州和海东市，也让它再次产生了峡谷和大坝相遇的风景，让能抵达这里的人领略到黄河上游的大峡风范。

峡谷是一种奇特的地理现象，它是由水和山两种地理单元构成，在中国的大江大河上，峡谷不仅构成了一种地理现象，在峡谷水利开发中逐渐添加经济现象，并成为国家局部地区的经济动脉，有的峡谷因为地势险要，成了兵家必争之地，丰富了中国军事史。

在一幅摊开的中国水坝分布图前，我清晰地看到，在东经 103 度以西的中国西部地区，长江、黄河、澜沧江、怒江等著名的江河上，峡谷遍地，黄河在青海境内的再回头，和这里的高山相遇，造就了龙羊峡、拉西瓦峡、李家峡、公伯峡、积石峡等峡谷，峡谷里修建的水利大坝，成了人类征服黄河的一种成就感展示。

公元前 2953 年，埃及出现了人类历史上第一座水坝，宣示着人类对河流的征服进入一个新的时期；中国人则在公元前 453 年建立了第一座水坝：智伯渠。驯服烈马的似乎才是好骑手，人类对水的驯服似乎只有体现在对大江大河的拦截上。对黄河的驯服一直是个古老但从没停止过的话题，建筑水坝就是其中一个。黄河在青海境内的高海拔与复杂地质，决定了在这里建筑水坝的难度比平原地区更大，尤其是黄河上游出现的几处水坝，更是中国的"高坝"。

黄河在进入甘肃境内的玛曲县后，突然高唱起一曲《再回首》，收敛了向低海拔处奔腾的姿势，百转千回中以舒缓的身姿进入青海省海南藏族自治州共和县境内的茶纳山麓时，两岸 150 多米高的花岗岩石壁，像一个提前约好相会的少女将家里的两扇大门半掩，给一缕穿门而入的爱情之光留出了钻进来的缝隙；黄河就是那被邀约却迟到了的少年，迫不及待地拿自己充满活力的身子，侧身一探便挤进这道 30 多米宽的石门，形成了万里黄河上的第一峡口。"龙羊"，藏语中是"险峻沟谷"之意。黄河水进入 30 米宽的入口后，在两岸花岗岩如列队卫兵的注视下，走过 33 公里的峡谷时光，第一次以告别高原平坦地貌后的样子改变走型和步率。在人类以修建水利工程的方式干预这里前，河水在这里由大缓变成了大急，仿佛一群暮色中被暴雨催着急忙归圈的羊，被赶进一条狭长的通道里，显出几分慌乱与紧张。这也如我在《黄河的礼物》一书中所写的："河流像一部长篇小说，经过平原地区气势磅礴但畅流平叙如飞机在机场滑行，没有波浪带出的起伏，没有山谷挤压带来的逼仄，峡谷则像是夜路上突然跳出的劫匪高喊一声，让河流在紧张、快速、湍急中形成了高潮，是被山峦束缚、收纳后的无奈低吼，又是水穿群峰时奏响的合唱。"一峡河水犹如一副清净的棋盘，峡谷两边的山体犹如披着黑、黄、白、绿四色彩衣的两位高僧，隔水对棋，亿万年间分不出个胜负来，但又始终不放弃这美妙的棋局。

河床变得更窄了，一河流水蜂拥着挤进峡口后，在高原阳光的照射下发出细鳞般的光，仿佛一条巨龙将自己的身子蜿蜒在峡谷中，也像是亿万只纯白色的羊拥挤在峡谷里，龙也好，羊也好，它们通体发出洁白的光，是一条吉祥的哈达铺在这里，是一曲大河的赞歌印在这里，不走到这群山遮护的峡谷边，不仔细观看这峡谷的走势，不反复揣摩藏、汉两种语言的精妙，怎能理解到从藏语中音译来的"龙羊峡"的趣味。我多想像一位牧羊的少年，吹着口哨，足踩岩石，让自己那从源头一路踏勘而来，沿着河岸任何一侧的陡峭山路，赶着那成万上亿的白羊走完深邃而神秘的龙羊峡。

龙羊峡水电站修建后，黄河水位的提升形成了水库，水流从大动变成了大静，昔日的奔腾喧嚣变成了一种承载和蕴集巨大能量的低沉闷吼，人类利用科技力量改变了黄河的模样和性格。

草原上的牧民驯马时得有驯马杆和技巧、智慧，大坝就是人类驯服河流的驯马杆。站在龙羊峡大坝前，看着被人类以大坝的形式驯服的河水，想起中国共产党早期领导人之一罗亦农的儿子罗西北。1940 年 8 月，中国共产党在延安创办了第一个培养科学技术人才的自然科学院，不满 14 岁的罗西北走进这所高等学府大门。3 年后，罗西北和朱德的女儿朱敏、毛泽东的女儿李敏、王一飞烈士的儿子王继飞一道被送往苏联伊万诺沃国际儿童院学习。随后，罗西北考进伊万诺沃机电工程学校。1946 年回国，两年后，为了即将成立的新中国水利建设需要，罗西北再次奔赴苏联，进入莫斯科动力学院开始5年的水能利用专业学习。1953年10月，罗西北回国并被分配到北京水电勘测设计院水能室任主任工程师，参加黄河水能考察。不久，他又到水能丰富的大西南，履任成都勘测设计院总工程师之职。此后开始的10年时间里，他经历并参与了大西南200多条大中河流的勘测工作，成了新中国名副其实的大河之子。

1964年的一天，罗西北被时任水电部部长刘澜波请去，动员他到黄河上游、当时全国最大的水电建设工地刘家峡去负责施工。他开始了从大西南到大西北的转变。1973年底，罗西北又出任了中国水利水电第四工程局党委常委和勘测设计院党委书记、院长、总工程师。

站在兰州的黄河边，罗西北常常摊开一幅黄河流域图，将目光锁定在龙羊峡："龙羊峡不建水电站，黄河上游这片所谓的国家水电富矿最终富不起来，落后的青海地方经济永远落后！"罗西北奋笔疾书，上书中央、水电部和青海省：龙羊峡水电站一旦建成，将是国内外最大的"蓄电库"。

2008年秋天，我以《国家人文地理》杂志主笔的身份前往龙羊峡，站在了离黄河源头1600多公里的地方。隔着33年的时光，我似乎看见1975年冬天的龙羊峡，罗西北带领勘测设计院的几十名工作人员，一人一个简单的行李，在冰天雪地中迎着凛冽寒风，在-20℃的严寒中来到海拔2600多米的茶纳山下。阅读找到的一本《共和县志》，我了解到那时的龙羊峡，除了夏天偶尔游牧至此的藏族外，没有定居人口，空气中的含氧量只有70%。在这里流传着"三个一样"：吃不吃一样（缺氧导致人缺乏胃动力，吃不吃饭都感到肚子胀乎乎的）；睡不睡一样（缺氧导致睡眠质量很差，睡觉和醒来一样迷迷糊糊、头昏脑涨）；干活不干活一样（指人由于缺氧，在这里空手走在平地上就像负载几十斤东西一样）。罗西北的到来，身负着完成中国自主设计、自主制造、自主施工的第一座水电站建设的使命。边勘测、边设计、边施工，罗西北在刚挖出地勘洞时就赶到现场查勘地质情况，在开会、看现场、计算设计的重复中和时间赛跑，被山谷夹拢着的龙羊峡，就是他的人生跑道。当时设计过程中遇到的18个重点问题，有14个是罗西北提出解决方案或组织解决的，时任国际大坝委员会主席谬勒站在施工的龙羊峡水电站现场上感慨地说："中国人正在进行一项挑战性工程！"

罗西北主持完成有着"万里黄河第一坝"之称的龙羊峡水电站,成了178米高的拦河巨兽,肚子里装着247亿立方米的水,嘴里吞吐着32万千瓦的发电机组,这使它成为当时中国最高的拦河大坝、中国最大的库容水利工程和单机容量最大的中国大坝,是当时国内乃至亚洲建造难度最大的大坝。相信,罗西北和那些建设者们,如果得知后来时任中共中央总书记的胡耀邦亲临龙羊峡视察时,深情地挥笔写下"向根治黄河,造福中华民族的同志们致敬"的敬辞,一定也是心安了。

源头的雪山像一头有着很多乳头的母兽,年年向外渗出大量的雪水,诸多细流不断汇集后奔流而下,让任何大坝只能短暂挽留大河的脚步,却不能永久扣留它的身影。驻足停留,让峡谷变成了河流的客栈,60层楼房高的龙羊峡水电站大坝,是黄河急匆匆奔流至此的第一座大客栈,歇息好了的河流,冲出大坝后会继续它的脚步,奔赴人类给它建造的下一处驿站。

1975年冬天,罗西北一行是逆着黄河前往龙羊峡的,从兰州到龙羊峡,沿途的黄河峡谷一一装进了他的头脑。给黄河修建了"第一座客栈"后,罗西北将"第二座客栈"选址在李家峡。他从勘测院抽调了30多名技术人员,徒步行进在龙羊峡到李家峡的河段。近半个世纪过去了,写作本书时,他那时说的话如云似雾般飘至我的笔下:"这次查勘的重点是大的梯级电站如何布局,龙羊峡水电站之后开工哪个电站?如何布置勘测设计力量,局、院领导听着你们的意见。"那些勘测人员带着他的叮嘱,顺着黄河的水流而下。

艰苦的交通条件,让我们在时隔近半个世纪后依然很难徒步复原勘测人员当初的线路。今天,我们前往李家峡,还得从青海省西宁市出发,踏上兰西高速后一路向东,路过平安区以后会看见指往阿岱方向的指示牌,沿着这条指示牌方向,踏上向南的平(安)阿(岱)高速,到这条高速的尽头,再沿着指向尖扎县方向的指示牌指向,向南继续行驶36公里,就到李家峡了。

通往李家峡的路上,山色逐渐变成了红色的丹霞地貌。我几次都是秋天去的,蓝天、白云、红山、金黄的庄稼构成了一幅立体的油画。连绵的丹霞地貌跨越了青海省的尖扎县、化隆县、循化县以及甘肃的积石山县,构成了黄河流域最大的丹霞地貌区,黄河至此变成了即将出阁的新娘,丹霞是她头顶的盖头,迎娶黄河的新郎是谁?

1977年8月初的一天,水电四局党委召开常委扩大会议,专门听取了罗西北派出的查勘组的汇报，会上对李家峡能否开发兴建大坝展开了激烈的争论。这时，罗西北的声音响起："黄河上游最精华的龙李段，布置龙羊峡、拉西瓦、李家峡三座大电站。"1个月后，水电部和青海省政府收到了罗西北签名的《黄河干流龙羊峡至李家峡河段查勘报告》，至此，拉西瓦，这个黄河万里路径中根本不起眼、罕为外界知道的峡谷，也走进了中国现代大坝建设的名录中。

拉西瓦峡谷距离龙羊峡只有32.8公里，罗西北当年指出："龙羊峡有水库，拉西瓦有水头，我看可以把他们看成一个统一的系统，一个库容，一个统一的电网调度，经济优势很大。"拉西瓦峡谷就此也迎来了现代意义上第一支勘测设计人员。2006年4月，拉西瓦作为黄河上游河段梯级开发的第二座梯级水电站正式开工建设，6台70千瓦混流式水轮发电机组、装机容量420千瓦的"装备"，使拉西瓦水电站成为黄河上游规模最大的水电站，也是中国"西电东送"的骨干电源点和750输电网架的重要支撑点，拉西瓦大坝高250米，这个黄河上的大坝高度，再次书写了青海境内大坝出大河的壮观景象，具体点说，龙羊峡大坝有60层楼房高，拉西瓦大坝则有83层楼房高。

龙羊峡和李家峡大坝的修建，让罗西北萌生了以此为母体构建黄河上游水电开发有限公司的想法，黄河之水，在青海境内有了新的功能。从1986年提出这一构想后，他一直为这些能发电的峡谷呼吁着，到1999年10月，黄河上游水电开发有限公司在西安挂牌成立，黄河上游的盐锅峡、八盘峡、青铜峡也相继纳入了这个公司，黄河水似一根线，串起了上游的大峡谷，形成了一条黄金峡谷带。

进入茶纳山麓的黄河，犹如一个参加障碍赛的运动员，一个峡谷就是一道障碍，考验着黄河的耐力和能量。黄河流出拉西瓦峡后不久，就进入坎布拉大峡谷，大自然在这里以黄河为核心速写出了一幅红、绿、黄交织的立体画面。黄河两岸，丹霞地貌给人一种山峦被燃烧起来的视觉，黄河水在18座丹霞山峰和1.5万公顷的森林公园间蜿蜒而行，深山厚水间，黄色之水穿越红色山峦和绿色林草，也成就了一处处修行善地。大批藏传佛教的高僧来到这里，一代代僧侣的努力和民众虔诚的信仰，使这里成为藏传佛教后弘期的复兴地，峡谷四周也成为青海唯一的僧、密、尼同时存在的宗教法地。

从坎布拉大峡谷到黄河出青海的上百公里路段中，丹霞地貌像黄河这位出阁新娘的盖头，风吹不走，雨刮不掉，伴随着黄河向东而行，沿途的奇峰、洞穴、峭壁、寺院及山下的人工绿洲、村庄，让黄河不再像是河源地带那样呈现出一个蹒跚而行的青涩童子，而是奔跑出了一个热情少女的模样。

夏秋季节，穿越在坎布拉峡谷，两岸的山体在深浅不一的绿色植被和黄色的农田里，顽强地透着那份大自然赋予的褐红色。在这份红色的映衬之下，黄河之水呈现出了大气而收敛的曲线，湍急而厚重地穿过坎布拉的视线，高原上的阳光洒在水面上，碎金细银般地耀目着。

黄河在青海的赛道上继续着自己的障碍赛，流经青海省循化撒拉族自治县和化隆回族自治县交界地带，迎来了公伯峡，峡谷的地理优势也让这里迎来了黄河上游第四个大型梯级水电站，这是罗西北倡导成立黄河上游水电开发有限公司后，该公司实行滚动开发建设的第一座水电站。它创造了中国水电建设上造价最低、工期最短的样板工程，也创造了两年筑造一座百米高坝的世界水电建设上的新纪录。

如果说坎布拉峡谷两岸的丹霞地貌像是上天抹给黄河两片嘴唇的浓艳口红，到了积石峡，虽然丹霞地貌依然延续在两岸巍峨的高山上，但这道口红就像是隔了夜一般淡了许多，有的地方仿佛一段行书圆润自如，有的则如刀刻般完成的版画，有的山形陡峭入水，有的山脉绵延展伸，让25公里长的积石峡像一个高明的魔术师，你根本就想不到下一秒从他的手里会变出什么惊奇来，让到这里的人时时保持着好奇和期待。

因为这里积石如云耸立，一道细细的峡谷不仅将黄河变得身瘦骨硬，也有了"一夫当关，万夫莫开"的军事位势，引得历代王朝的决策者下令在这里筑关驻军，积石峡成就了"积石锁钥"的积石关，尤其是明、清两代，这里成了河州卫所辖的二十四关中的第一关

出了积石峡，黄河迎来了在青海跑道上障碍赛的最后一个峡谷：寺沟峡。黄河在这里向青海做着最后的回望，形成的八道湾似乎是对青海依依不舍的八次回身拥抱，一次贴得比一次紧，一次抱得比一次浓烈。如果说黄河流过青海高地，和水流两边的群山"合谋"出的一个个峡谷，是镶嵌在黄河上游的一本峡谷之书中的精彩章节，寺沟峡就是这本书中的封底，她和龙羊峡首尾相望，构成这本书的前言和后记。

大坝是大河的客栈，峡谷是大河的跑道，谷地则是大河的牧场。黄河奔出寺沟峡后，进入大河家谷地。大河家，是青海和甘肃共享的一个古渡的名

称，既是古代从甘肃进入青藏的门户，也是甘肃境内的一个临河古镇。一块稍稍平缓的坡地上，百十户人家紧紧地聚在一起，一条街穿过古镇通到黄河边，古街连的不仅是小镇和黄河，更是连接着古往今来。大河家，不仅是连接甘、青之间的渡口，更是青藏高原和黄土高原上的纽带——以前，陕、甘、青、藏的行旅客商，都要搭乘牵缆木船过河。如今，车辆仅仅用几分钟就能从大桥上跨越过去，桥梁让大河对岸的人对此岸的人与事失去了神秘感和距离感。站在河上新建的那座桥上，我突然发现了一个奇怪的现象：从远处来的黄河，出现半河清澈半河褐红的景象，流到桥前，竟然完全变成了黄色。从源头一路而来，黄河从清澈、淡黄到半河清半河褐红，再到一河浑黄，黄河更像是一个富家小姐，到特定的河段就换上了特定的盛装，这种变化里透着沿河地貌的变化和生态变化。

且慢，别以为黄河流出大河家，就算是和青海分手了，它仍以西靠青海，东滨甘肃的"界河"角色，以谷地的地貌，和青海开始最后的缠绵。

五

山脉和河流在相遇时，前者稍微谦逊地往后退一下，让河流舒缓一下脚步，节奏慢了起来，河床宽了起来，便造就出了谷地。黄河即将离开青藏高原，奔向黄土高原怀抱时，在青海东部的众多山脉间穿行、冲刷、冲击、扩散；两边的群山像是后退几步后列队的士兵，向黄河礼敬般，给奔腾的黄河腾出越来越宽敞的地方。在800多里长的河道两岸，这些相比而言显得宽敞的滨河之地，断断续续地如一部电影中凝固的几个精彩镜头，形成了几个黄河谷地，它们常常以周围所在地方的名字后缀谷地名称。第一个精彩的镜头因为临近贵德县城，黄河改变了离开玛多县附近后一直急速奔走的状态，水流得慢了、宽了，水色自然就清澈了，出现了"天下黄河贵德清"的景观。在恐龙生活的温暖潮湿的侏罗纪，这里的大部分土地逐渐发育成红色，上亿年的岁月沧桑，红色的底层被埋在了地下，但是风和流水又让它重新露出来。风像剥蛋壳一样，剥离了盆地上面的地层，而流水长久的侵蚀冲刷，最终让大量的红色山峰重见天日，数十里奇形怪状的火红山峰重重叠叠在湛蓝的天空下，像是女子仰卧于滨河地带，向蓝天白云呶去红色的嘴唇。在一些迎风的岩壁上，还可以清晰地见到一些圆润的小洞穴、凹坑，这就是高原上的风裹着沙粒或尘粒，不断撞击磨蚀裸露的岩石表面，形成一个个风蚀龛，小的直径不到几厘米，大的却可以达到两米左右。

谷地更合适人类以自身的行动干预河流，千百年来，这里形成了万亩梨花装扮春天的盛景，有被俄国探险家科兹洛夫誉为"能治病的泉水"带来的温泉旅游效应，有来往穿梭的商旅和探险家，有唐蕃古道带来的传奇故事，有羊皮筏子向下游放飞的梦想。

如果说这些谷地群是一颗颗珍珠，河水便是将这些明珠串联起来的银丝，从西到东，依次形成了贵德谷地、尖扎谷地、循化谷地和官亭谷地，这些谷地，是游牧民的冬天牧场，也是农耕文化进入青藏高原上后依赖黄河扎根的见证。和中国的著名谷地比起来，这些谷地显得小而没有名气，它们在大山峡谷的拥簇中，带着几分与世隔绝的韵味，犹如养在深闺中的绝色女子。山河交错的地貌增添了她们的美姿，黄河水的浸润带来温润的气质和丰饶的物产。

和贵德谷地因贵德县得名一样，尖扎谷地因尖扎县而得名。黄河从空中看下去，多像一位深情的少女张开两片红唇噙含一线金黄，嘴角流出的岂不是蜂蜜般的色泽与光彩？谷地就坐落在高天之蓝、高云之白、黄河之黄和丹霞之红相间的四元色彩包围中。目前，从西宁去往尖扎的大路只有一条，这条大路在山中蜿蜒向前，仿佛要将走进者带到一个魔幻般的丹山碧水中。只有进到这片谷地，人们才能领略到坎布拉的丹霞风情，才能听得见古老的南宗寺和现代的李家峡水库之间的对话，那是黄河作为主持人精心布局的一场巧妙安排。

在几个谷地的穿越过程中，我最喜欢被美誉为"青藏高原上的西双版纳"的循化谷地，它以中国最大的滨河丹霞地貌之壮观、高居云端的孟达天池之宁静，在这里书写了黄河的独有篇章。

官亭谷地是其中最为平淡的一处，它像是伸出的一只大手，从远处牵来黄河上游最大的河湟谷地，让黄河在这里扮演了两种角色，一是向青藏高原作着难舍的、最终的分别，二是向黄土高原做着投身其中的准备。黄河在这里展示了一句诗意："所谓结束就是开始，所谓开始未必就是结束。"黄河在这里已经因一河宽阔的黄色挤满身体而名副其实了，两岸的庄稼地在不同季节里呈现给黄河不同的色彩，而黄河水也以自己的无私浇灌出这些庄稼，更为惊奇的是，在两岸的坡地上，油菜花盛开季节，一方方的油菜花就像一个个团队表演出的集体舞蹈，那是油菜花用一个季节的金黄，给四季浑黄的大河送去的一场精美的表演。

走出官厅谷地，在青海省民和回族土族自治县、甘肃省积石山保安族东乡族撒拉族自治县和永靖县三县交界处的山庄岭和党家坪之间的开阔地上，黄河才算是作别青海。站在民和县的山庄岭上，看着黄河向东流去，不远处，甘肃境内的刘家峡是它进入甘肃的第一座驿站。看着那一河大水奔流而远，仿佛一个参赛的长跑运动员听到发令枪后，噌地一下，飞身而起，我仿佛听见一声大喊：起跑吧，黄河！

我陪着少年般的黄河，走完了青海境内。从河源处细如蜂眼地娩生自雪峰，至出官厅谷地时以一河澎湃之状告别青海，这大河长卷中的童年时光，被我仔细丈量后抄写在大地上，像一位无可替代的喇嘛将真理抄写在经书里，更像一位虔敬的画师将佛的足迹描绘并珍藏在唐卡上！

第二章
澜沧的初唱

神性之河从隐秘源头迸出，一部史诗亮出婴儿般恬静的开篇，它像沉入水面的月亮或者牛羊的梦，它没有对岸和故乡，却有着远足的理想和抵达的脚步，它的目标是：将浑黄的手臂伸向蓝色的大海，聆听河流入海时的声音。

——题记

1984 年夏天，58 岁的法国人类学家米歇尔·佩塞尔与他的两个同伴，对中国境内的澜沧江源头产生了浓厚兴趣，就像翻开了一个庞杂家族的家谱一样，米歇尔·佩塞尔发现这部家谱的最初记载竟然杂乱无序、语焉不详，旧版的地图上也标注得非常模糊（1999 年的《科学时报》上的一篇文章中，列出的澜沧江源头竟然有 9 个点）。米歇尔·佩塞尔决定和那两个同伴前往中国，选择前往澜沧江上游的青藏高原腹地，寻找其源头。

米歇尔·佩塞尔一行赶到青海省玉树藏族自治州的州政府所在地结古镇，向当地人打听前往澜沧江源头的路，得到的答案却令他不知所云：澜沧江的源头就像一条龙生有九张嘴，它的每一张嘴都直接伸向乳头般的冰川，像婴儿那样从中吸水，那九张嘴都是澜沧江的源头，没有人能够走遍那九处源头，然后宣布哪个才是澜沧江的正源。

"这九张嘴中，哪个最大？"米歇尔·佩塞尔问道。

"那就该到澜沧江的上游扎曲去找，去扎曲就得去杂多县！"

从玉树州出发后，沿着 214 国道往西南方向而行，出玉树县境内的下拉秀镇几公里，一条清澈的小河出现了。向导告诉米歇尔·佩塞尔，眼前的这条小河叫子曲，是澜沧江上游分布在最东边的一条支流；他们继续沿着 214 国道西行，走出觉隆尕峡谷进入囊谦县境内时，一条比子曲更大的，但有些浑浊的河流出现在车右侧，向导指着在峡谷间激起雪白浪花的河流说："那就是扎曲！但没有顺着扎曲往上走到杂多的路。扎曲一直向南而流，流出囊谦县后进入归西藏管辖的昌都的嘎玛乡，在一个叫乌乃的村子和子曲汇合。"

杂多县是扎曲流经的第一个县，米歇尔·佩塞尔到达县城所在地萨呼腾镇时，看到穿镇而过的扎曲竟然是红色的，米歇尔·佩塞尔很是纳闷，他问从当地雇的向导："青藏高原上的水，一般都很清澈，为什么扎曲的水在囊谦县境内是黄的，到这里怎么会是红色的？"

向导开玩笑说："扎曲是一条会变魔术的河。"继而告诉米歇尔·佩塞尔，扎曲是由扎阿曲和扎那曲两条河汇聚而成的，扎曲上游北边的支流叫扎阿曲，两边的山体是红土，流水经过那些连绵的红山时，水就像是被染过似的变成了红色，扎阿曲在藏语中就是"从岩石中流出的红色之水"；扎曲上游南边的支流叫扎那曲，两边的山多是黄色的，水流经这里时被染成了黄色，扎那曲在藏语中是"从岩石中流出的黄色之水"。

晚饭后，向导带着米歇尔·佩塞尔一行前往扎曲边，指着河水告诉米歇尔·佩塞尔："扎曲是天气的镜子，从这里能看到上游的降雨情况。现在是夏天，扎曲如果是红色的，那就说明扎阿曲一带下的雨大；如果水是黄色的，那就说明扎那曲上游下的雨大，牧民常常根据夏天的水色，就能推测出上游两条河的降雨情况。"

离开县城所在地萨呼腾镇后，米歇尔·佩塞尔一行继续往西而行，大体保持和扎曲流向一致的线路，穿过扎青乡和莫云乡，海拔越来越高，氧气越来越稀缺，扎曲的水量变得越来越少，河身越发显得纤瘦。

离开扎青乡后，再往扎曲源头走就没公路了，需要在乡上借马借牦牛，前者驮人后者驮物，要骑马走 5 天时间，才能到扎曲的源头。

行到扎阿曲和扎那曲相遇的地方，向导仿佛知道米歇尔·佩塞尔想打问什么，便告诉他：这里叫尕纳松多，藏语为"黑白交界处"。随后，米歇尔·佩塞尔放弃了北边而来的扎阿曲，选择沿着靠南边的属于莫云乡的扎那曲前行。

距离米歇尔·佩塞尔抵达尕纳松多 20 多年后，我逆行澜沧江的脚步，也来到了杂多县，只是县政府已经搬到了扎曲的北岸，形成了相对扎曲南岸老城镇的一个新区。随着这些年兴起的江河探源旅游的兴起，前往尕纳松多的路也不再像米歇尔·佩塞尔当年走的简易公路。在尕纳松多，看着扎阿曲和扎那曲在此相聚，我的眼光像穿越一条花园分岔小径的豹子爪印，终点是一个个想象中的、从冰川下面分娩出的源头。逆着扎阿曲和扎那曲而上，一定还有发辫般的分流，一定还有更多的源头来印证这里的牧民说扎曲有九个乳头的说法，这和探险家、科学家考察出扎曲有九个源头的观点一致。

那是高原上一年中最美的季节，远处的雪山，像是晾晒在高原最高处的一顶顶银色法帽，雪山下、河谷间，到处是疯长的绿草，给整个三江源地区披上了绿装，它们供给各种食草动物丰足的口粮，给高原带来蓬勃生机；牛羊认真而勤奋地吃草、交配，鲜花在绿草丛中竞赛般地绽放，这简直就是一个人间仙境，这幅美好的画卷，让我想起头一天在杂多县遇见时任县委书记才旦周告诉我的一个故事。杂多县的面积 3.5 万平方公里，相当于海南岛的面积，当地牧民一直有着传统的环保意识，把这片江源地区呵护得非常干净。

才旦周当时还兼任"三江源国家公园澜沧江源园区管委会"党委书记，到杂多县赴任前曾在可可西里工作过三年，深知杂多县最大的品牌在生态，于是在全县掀起了一股环保潮，先从县城的整治开始，然后走了一条从县城到牧区的环保之路，建立了北京大学学生实习基地；委托"北大山水保护中心"培训了 64 名牧民检测员；设置了 100 架红外相机开展生物监测；全县共有 7700 多名生态管护员、生态监测员……

我的足迹离开尕纳松多，继续逆江而上。

米歇尔·佩塞尔来到尕纳松多的那一年，似乎是澜沧江给想寻源者发出很多邀请函，中国科学院的副研究员周长进也来到了尕纳松多，他和米歇尔·佩塞尔有着相同的目标：探寻澜沧江源头。和米歇尔·佩塞尔选择扎那曲不同，周长进选择了北边的支流扎阿曲。行到又一处支流汇合处，周长进开始目测，随后放弃了水量稍少的昂瓜涌曲，选择了沿着靠西边的郭涌曲前行，行至东经 94° 18.36′、北纬 33° 34.12′ 的地点时，我不知道当时他是否知道那个地方叫扎西切瓦，也不知道他是否听说过当地藏族有这样一个传说：五世达赖喇嘛在从北京返回拉萨的路上，经过扎西切瓦时，受到了生活在那里的格吉部落的热情接待，并保护他安全穿过这片江源地区，五世达赖喇嘛在休息时看见路边的湿地下喷出水源，便指定这里为澜沧江的源头。在信奉藏传佛教的牧民心里，这里是被加持过的神地与福地，自然就是他们心中的澜沧江源头。

周长进按照科考方法，继续沿着北边流来的一股细流而行，看到一股泉眼，测绘仪器显示泉眼所在地的经纬度是：东经 94° 41.44′ 和北纬 33° 42.31′ 处，当地牧民称之为果宗木查。周长进认定泉眼所在地果宗木查是扎阿曲尽头，也就是澜沧江的源头所在。

我追寻着米歇尔·佩塞尔的探源足迹，逆着扎那曲而行，抵达扎那霍霍珠地山脚下，扑入眼帘的是一处高 70 多米的冰川（按照媒体报道的青藏高原冰川消融的状况推算，10 多年后的今天，估计那块冰川的高度早就缩水了），牧民更群（音）给我指着那条晶莹的冰川告诉我：那是珠地卡仁，扎曲的源头！

放眼望去，涓涓细流像一条条发辫，慢慢地向山脚汇集，形成了扎曲上游的重要支流扎那涌。经济的发展，让江河源地带牧民也开始不断购买车辆，扎那涌的水面上就出现了一座 3 根水泥墩支起的桥，它是澜沧江上名副其实的第一桥。偶尔跨过桥去的车辆，尾气管里排出的黑烟，像一小朵一小朵的黑云飘荡，马达声打破这里惯久的寂静，越来越多的游人开始奔向这里，回去发几张微信照片，偶尔还是能看到游客从车窗里扔出来的，或者在游客下车拍摄、休息地方留下的垃圾、废弃的饮料瓶——无论是玻璃的还是塑料的，在草地上发出刺眼的光，人类的现代化生活影子，已经开始渗进这块古老的土地，给草原上的牧民呵护这片净土增加了难度。

就像周长进行至扎西切瓦时，并没按照当地习俗来认定江源，而是将自己心目中的江源继续往前延伸一样，米歇尔·佩塞尔行至当地人认定的江源点：扎那霍霍珠地时，抬头朝河水潺潺而来的北方望去，只见一股清流在青草间如蛇穿行而至，他决定继续前行，到东经93°52.929′、北纬33°16.534′的地方，随身带的海拔表显示那里的海拔为4975米，他看到一眼清泉从雪地上涌出，问跟随的当地向导这里叫什么，向导发音为"隆布拉"。

或许是高原反应带来的耳鸣，向导嘴里的"隆布拉"跑到不到2米外的米歇尔·佩塞尔耳朵时，被后者听成了"鲁布萨"。从三江源回来后，米歇尔·佩塞尔就撰文发表了自己的"成果"：澜沧江的江源在"鲁布萨"。

1995年5月19日的《参考消息》出现在中国科学院遥感应用研究所研究员刘少创眼前时，他习惯性地先是开始匆忙阅览，那篇题为《长江和湄公河源头有新说》的文章引起了他的注意，上面就有米歇尔·佩塞尔发现了澜沧江源头的内容。职业敏感让刘少创产生了质疑："米歇尔·佩塞尔是如何找到源头的呢？他确定源头时依据的标准又是什么呢？这个鲁布萨山口在哪里？"

第二年，刘少创从昆明出发去雅鲁藏布大峡谷考察，中间一段路就是沿澜沧江而行的。1999年夏天，澜沧江源区迎接到了两支中国科考队。6月27日那天，刘少创在当地向导多杰的带领下，成功地进入郭涌曲，将周长进确定的澜沧江源头又向北推进了6公里，确定位于东经93°40.52′、北纬33°45.48′交汇处的吉富山为澜沧江的源头处，他把一面蓝色旗帜用石块压在冰川边上，以此来宣告自己的成就；22天后，同样沿着扎阿曲上游的郭涌曲前行的德祥澜沧江源头科考队队员抵达果宗木查，宣布由冰川融水汇成的拉赛贡玛为澜沧江的源头。

当地牧民并不按照科学家依据的水量或长度等因素确定江河源头，他们认为扎那霍霍珠地就是扎曲的源头，依据是不远处的扎纳日干山是他们心中至高无上的战神格萨尔的化身，这就像扎西切瓦附近的藏族认为那里因五世达赖喇嘛钦定而成为扎曲的另一个源头的原因。

其实，所谓源头都是人类在"树有根、水有源"的追溯心理下的臆想与寻找，江河之源如果具体到哪个点，或许是江河的悲哀，但对澜沧江、长江、黄河、雅鲁藏布江等从地球上最高的地方而来的大江大河，本身就是一种神赐与神示，在其伟大的神性面前，人类自以为是的探索或许是一种自我安慰或宣示，我们能肯定的是：这些大江大河的源头，其实就是一片雪花，一片冰川。

科学家、探险家、作家、记者以及牧民，对一座山是大江大河源头的认定，有着他们各自秉持的尺码。扎纳日干山像个有不少小孔的大水囊，从扎那霍霍珠地的冰川上挤奶般送出的小溪，构成了扎曲上游的一支，扎纳日干山有着无数这样的漏水小孔，从那里诞生出一条条小溪，从各个角落迂回曲折、纵横交错、时而分流、时而汇合，最后再向杂纳荣草原西南部的群果扎西滩汇集。

扎曲是澜沧江上游三条支流之一。关于扎曲之源，直到今天也无权威答案，但无论是谁定的源头，九个源头来的溪流都在群果扎西滩相聚。

群果扎西，在藏语里就是"吉祥的水头"，许多学者绕开九个源头之争，折中地将这里称为扎曲的源头，从地下涌出的小泉也好，从冰川融化的细流也好，那些小小的水流在群果扎西滩绕过 30 多个总面积在 1000 平方米左右的湖泊，构成了澜沧江上游的第一个"天然水库"，开始让这里有了江的雏形。夏天的群果扎西滩是一本由水和草装订成册的画册，水草交错的地貌，地形复杂、沼泽遍野；高海拔又使得这里气候多变、空气稀薄，以致在这里定居的牧民也很少，这就有效地保护了襁褓状态中的澜沧江；水草交融及高原日照，又使这里牧草肥美，鲜花绽放，绿草红花间，自然也是珍禽异兽的天堂。各种鱼类、野马、黄羊、高原狼、狐狸、白天鹅、黑颈鹤、斑头雁等动物，从水下到地上再到天上构成了一幅立体的动物生居图。

群果扎西滩积聚了众多的水流后，开始形成扎曲。扎曲顺山涧峡谷而下，流经地处昆仑山和唐古拉山两山之间的高原盆地——莫云乡时，成就了这里为澜沧江源头第一乡的美名。走进乡政府，能清晰地感觉到高原乡镇的特色：几幢低矮的平房里装满了一个高原乡镇的全部机构和工作人员，门上的小牌显示出哪个是书记的，哪个是乡长室，哪个是供销社，哪个是卫生所。

二

探源澜沧江结束后，我按原路返回杂多县县城所在地萨呼腾镇。在县城修整、补充下一步行走澜沧江所需的物资后，我开始顺着扎曲的流向而行，开始陪伴这条已经初具规模的大江。扎曲的水，穿过至今仍很少人迹的斯钦龙、错岗赛、雅茸赛等群山中——山峦在这一段被地壳运动抬升，好像和江水闹了矛盾后发誓分手一样，水往下切割山峦，山峰努力向上生长，在雅茸赛和散切赛的群山之间，形成了一条弯曲的"生命之谷"：昂赛大峡谷。

扎曲在昂赛大峡谷一带，造就了一个新词，也绘就了一幅美丽画卷：国家公园。

这是一个新词，背后是一个对待大自然的新举动，中国在这里进行第一个国家公园生态体验特许经营试点，这是人类在澜沧江靠近源头地带书写的一个关于环保的新故事，是和大自然缔结的一份关于未来的协议。

在昂赛，确实更能体会澜沧江上游的扎曲扮演着青藏高原发育见证者的角色，完整的白垩系丹霞像亿万卷图书层层叠叠堆放在一起，让峡谷成了一个个立着的图书架，上面摆放着青藏高原隆起的证据，摆放着自然赐予的一部独特的青藏之书和江河之册。千百年来，生活在这里的牧民是最忠实的读者，也才有了他们如血液流淌在身体内的环保意识，让他们感受自然、感恩自然并呵护自然。蜿蜒流过的澜沧江像是一道书脊，群山向两边无尽延伸，杂乱无章但却个性十足的山坳与峰顶，像一只只沉睡的雪豹，在这片远离人类干扰的土地上自陷于甜美的梦境。

扎曲像一把刻刀，在昂赛大峡谷里刻下了一册册无字之书。盛开的鲜花或雪花，驯化的牦牛或羊群，踩着露水蹦跳的白唇鹿和出洞觅食的喜马拉雅旱獭，穿梭在峡谷峭壁间的岩羊和将飞翔身影撒在江面上的秃鹫与高原雕，都是这部无字之书的读者。

扎曲流至昂赛峡谷，就告别了在江源附近的高原上低缓流淌的状态，像个长大后要离开家乡的毛糙小伙子，在群山的缝隙间寻找着出路，这就让它在跌跌撞撞的状态中穿山而行，这种状态在汇入其他支流后一直得以保持，流出青海后在西藏、云南依然保持这种状态，流出中国国境后，在缅甸、老挝、泰国、柬埔寨、越南等国家的山区依然如此，在它4880公里的流程中，大部分处于穿山状态，这才是一条真正的穿山大河。

扎曲在朵觉神山下，告别了杂多县进入囊谦县。岸边很多地方人迹罕至，不时有或大或小的不知名的河流注入扎曲，壮大着江水的规模。我在当地文化学者、坚定的环保主义者萨玛萨噶玛带领下，穿梭在两县境内的扎曲边，一次次地考察岩画、雪豹、藏熊，尤其是岩画的发现，填补了澜沧江河源地区没有岩画的空白，也改写了我对扎曲的印象：这是一条被彩绘文身的河流。

在地图上，在当地的行政规划中，在当地年轻人的口中，那个扎曲边的村子被叫成了觉拉。这是这个时代里地名丢失文化内涵的一个缩影。

村子其实原来叫觉扎，在藏语中，觉是"乱石"的意思，扎是"修行"的意思。原指藏传佛教噶举派中巴绒噶举创始人达玛旺修的弟子、在西夏担任过国师的热巴，曾在扎曲南岸乱石丛中的一个山洞中修行过，便有了"觉扎"这个名字。这个名字既是扎曲流经这一带的地理环境的反映，也饱含着丰富的人文历史，因而，我在给别人的讲述或者在自己的书中、文章中，一直顽固地将这个村子记为觉扎。

澜沧江流域，觉扎是我去过最多、停留时间最多的地方。

第一次前往觉扎，是我寻找西夏引进并信奉的藏传佛教之源。从玉树前往囊谦县，和几个当地牧民在玉树州上合伙拼了一辆小客车，在凯口告别214国道，踏上一条简易得无法再简易的山路，摇摇晃晃地穿行过一座又一座山后，一片开阔的峡谷里，找到了那条像喝醉了酒般在山谷间摇摇晃晃的小河，它将自己的身影随意地铺在两岸的绿树、田地间。如果不是经过长途跋涉至此，如果不是引起身体不适的高原反应，真以为眼前的这条黄色丝绸就是黄河上游的某一段飞来于此。觉扎乡政府、觉扎村就在扎曲北岸的台地上。

第二次前往觉扎，随着214国道出隆尕峡3号隧洞后通往觉扎的简易公路修成，我第一次前往觉扎的那条艰难无比的山路已经被汽车放弃，我在隆尕峡3号隧洞西侧处，告别214国道后，逆着扎曲的流向，穿行在紧贴着山崖的简易公路上，觉扎再一次出现在我的眼前。此后多次前往觉扎，都复制了这种逆扎曲而行的模式。

觉扎，完全可以扮演澜沧江源头和上游交界地带的村落标本。历史上，在澜沧江两岸甚至整个藏族聚居区，寺院在一定程度上承担着教育功能，而现代社会中，不少活佛、堪布仍沿袭着这项传统，如出资援建的孤儿院等。

玉树州佛学院院长、觉扎寺堪布丹求达瓦仁波切出资兴建的觉扎孤儿院，就给扎曲流经这里的波面上照去一道慈悲之光，让扎曲在觉扎一带流淌着爱与悲悯。我曾几次前往觉扎的孤儿院支教，也长期发动支教者甚至动员升高三的女儿、上高一的儿子前去支教。那些日子，让我看到、体会到扎曲是一条涌动着爱的波浪之江。我寻找西夏佛教的源头行至觉扎时，展开田野调查，步行、骑马、坐摩托车，拜访过据说自 12 岁至今仍保持几十年没有睡觉、终身闭关的萨嘎仁波切，采访过巴绒噶举派初创时期的觉扎寺和西夏后裔，探究过昂欠的帝师修身之地，清晰地看到当地信众中，在千年时光中口传身教地打造出一条信仰的黄金链条。

在扎曲边的悬崖上的一个深邃石洞里，我拜见过每天只吃两顿数量很少的糌粑，几乎日夜不停地敲打着一面皮鼓，口里还不停地念着咒语与经文的苦修僧；我登上扎曲对面的觉扎山顶，给我领路的拉桑指着觉扎古寺说：周围的人都流传着那是一夜之间飞来的寺院，寺里的高僧常常下山后从江面上飞渡到对岸去的传说。确实，在那样高海拔的偏远之地，按当时的条件是无法建造而成的，而在澜沧江上游的扎曲、子曲、吉曲两岸，诸如尕尔寺、达那寺、达摩寺，都显示着某种非人力的神奇；我也曾沿着觉拉经学院东边的无名山沟，进入尕腾羌山，在海拔 4700 多米处的山地拜见了一年四季都穿着一件半袖白衣的喇嘛慈成塔生，尤其是在超过 −30℃ 的严寒里，他依然是白衣半袖的装扮。他修行的山洞后面，悬崖上赫然印着放大数倍的人的足印。冬天，山洞背后和不远处是白雪皑皑，唯独山洞前的那片开阔地上繁花似锦、绿草成片。我也曾看见村民劳达骑着摩托车飞越山谷，被村民戏称为能骑着摩托车飞越扎曲的"老大"，当然，也曾前往离觉扎乡几十公里外的扎曲岸边，走进牧民萨嘎玛的家，听他讲述将自家的牦牛卖掉，将挖虫草的收入拿来买相机和汽车，考察、拍摄、整理、保护扎曲岩画的故事。

在丹求达瓦仁波切兴建的孤儿院里支教的几年间，我以家访老师的身份，前往扎曲两岸的不少村落，听到他们骄傲地宣称由拉脱赛、给龙赛和沙日赛三座大山围拢着、扎曲横越过的觉扎，是整个高原虫草最美的、藏獒最优的宝地。

如果在澜沧江流域评选一个标志性地点，我绝对会投觉扎一票：无论景色绝美还是信仰集聚，无论物产丰富还是艺术创造，无论民风淳朴还是沿岸民众对江河的敬畏，它包含着、体现着一条江的富足与贫瘠、温顺与暴躁、慈悲与灾难、神秘与传奇等。

觉扎因为扮演着藏传佛教中巴绒噶举派圣地的角色，且巴绒噶举派因为强调苦修、低调而很少为人所知。就像一批批隐士在泰晤士河边找到庇护之所而造就了一个个"天鹅巢"一样，澜沧江在青海境内接近源头的"咽喉地带"上，扎曲、子曲和吉曲三条上游之河两岸的岩洞、森林、草地、山坡、寺院，在历史上为一代代藏传佛教徒的隐修提供了理想所在，使这片土地呈现出目下人类极为缺乏的安详与宁静。从历史中走来的每一位在佛教光芒下的成就者，都是智慧、慈悲与佛一般守护者的化身，是一所奔涌知识的学校或医疗精神疾患的医院，是一盏移动的智慧之灯或心灵救赎的启蒙，是一座导引人生方向的灯塔。

离开觉扎后，沿着扎曲往下而行，恍如踩在一条上天歪歪斜斜地搭在囊谦县境内的水梯边上，穿行于茂密的林木与相对较低的河谷地带。河谷地带，在青藏高原往往意味着交流的通道，这就让扎曲成了一道康巴藏族中间交流的水上走廊。吐蕃王朝兴盛前，这里是吐蕃远征军逼近唐朝边境的跳板；朗达玛灭佛运动后，这里成了藏传佛教的接纳地、中兴地与秘密传播通道；格萨尔王远征时，这里成了将士们通往三江源甚至安多地区的根据地；昂欠政权建立后，无数前往河西走廊和贺兰山下的西夏境内传教的僧人，也是在这条河流边出发的。扎曲还扮演了昂欠的粮仓与盐、黄金、青稞、牛羊等重要产地的角色，和外界的交往，也造就了这里的歌舞与手工艺的发达。

穿行在寂静且带有寒意的扎曲峡谷中，沿途的景色异常美丽。由于这里的交通不便加上林业部门的管理，几乎看不见车辆往来。一朵朵白云飘过时，在水面上留下阴影，一只只飞鹰划过水面上空，留下打破寂静的鸣叫，澜沧江的上游就这样悄然间划过青海的肤面。一直到从玉树到囊谦的 214 国道经过扎曲的地方，我才看见一座水泥桥，这是澜沧江边第一个真正意义上的现代桥梁。

扎曲接近囊谦县城的时候，河水像是被一支神奇的画笔涂抹上了浓浓的古铜色，这或许也说明两岸的生态正在悄然发生变化。沿河两岸散布着若干藏族村落，土墙土顶的房屋与河水及河道泥土统一成了一个色调。就连村寨前竖立的白色经幡上也由于落了尘灰而失却了本色，与整个大环境一体化了。

扎曲流出囊谦县的毛庄乡当卡村后，就进入了西藏自治区境内，在昌都市卡诺区境内的乌乃村，和从东面一路经杂多县、玉树市、囊谦县和卡诺区流来的子曲汇合，继续它向南而行的流程。我对扎曲在青海省境内的考察，也就至此告一段落。

三

一个西藏拉萨市人和一个青海囊谦县人如果在一起相遇，谈论吉曲的话会很有意思。拉萨人会说：拉萨河原本叫吉曲，意思是"佛居住的河"，拉萨城原本也不叫拉萨，而是叫吉雪沃塘，意思是"吉曲边产牛奶的低地"。囊谦人会说：即便有这种说法，你们也把"吉曲"这么美好的名字给丢了，流淌过囊谦县的吉曲，至今仍被我们叫着，吉曲快要流出囊谦县的那个地方至今仍是吉曲乡。

人类一争论，河流就沉默，至少上面这两个人的争论如果让吉曲源头之水听见的话，会以沉默回复他们。在澜沧江上游的三个支流中，吉曲的知名度最低，这源于它的沿途很多地段至今仍是人类足迹的空白点。

吉曲从发源地到汇入澜沧江的途中，也有不同的名字。吉曲的发源地位于杂多县西南部的索乃隆雪山南麓和西藏那曲市巴青县东北角南木多尔雪山北麓交界地带，那里也是唐古拉山的东端。在青藏大地上，几乎所有的大江源头并没人们想象的那么雄伟、瑰奇，这条细流就像一条哈达，带着牧民赋予的神性，斜斜地铺在半山腰和山下的草间，向东穿过巴青县北部的群山中，在巴青县和杂多县交界的木桑松多，和另外一条发源于西藏丁青县的河流木曲相会，从源头至此被称为松曲。

松曲离开木桑松多进入杂多县后被当地人称为、在地图上也被标注为吉曲，在杂多县流经结让和苏鲁两个乡。我前往苏鲁乡本来是考察昔日的昂欠政权在这里的政治与宗教影响，苏鲁是子曲两岸居住的、最后加入昂欠政权的第25个部落，和革吉、仲巴构成杂多县三大古老部落，苏鲁乡境内的子曲流域，我寻访昂欠政权时期修建的噶举派寺院麦玛寺、更那寺、日巴多玛寺，拜访、采访了达玛达英、白日慈城、治松当穹、洛松丹求、顿多仁波切等学者、僧人。昂欠政权时期，巴绒噶举的势力沿着杂多县境内的吉曲向西，一直延伸到今西藏境内的丁青县。

吉曲进入囊谦县境内，由东南方向依次流经东坝、尕羊、吉尼塞和吉曲等乡。我在这一带的考察主要是昂欠政权早期的政治与宗教势力再次扩展情况，吉曲在这一带基本都是在高山峻岭间穿行，地貌上大同小异。从旅游的角度看，这一带因为交通不便，现代交通工具无法抵达而成为少有的净土，当地牧民的生活也处于一种相对原始的状态。进入囊谦县境内，吉曲的水已经不再是人们想象中青藏高原的碧蓝之水，而是像一条蜿蜒曲折的浑黄的绸带，肆意铺在山峦间的洼地上，在两岸碧绿草坡、有时呈现出丹霞地貌的山谷间显得格外醒目。

就像扎曲进入杂多县的昂赛乡后形成昂赛大峡谷一样，吉曲进入囊谦县的吉尼赛后，也形成了著名的然察宗果大峡谷。峡谷因宗果寺而得名，在当地牧民心中，这座古老的寺院是胜乐金刚的坛城，据说也是莲花生大师、益西措嘉佛母等大成就者们闭关修行的秘境。爬上海拔超过4300多米的宗果山，能看见吉曲从山下的麻古村冲来，快速钻进山后的峡谷中，开启了吉曲在吉尼赛乡境内大峡谷的序曲，吉曲在这一带像个车技高超的司机，驾驶着一辆小车快速在山谷里转弯找路；尤其是巴拉村到瓦江村的一段，吉曲在直线距离不到5公里的峡谷内形成了18个陡弯，从地图上看，吉曲在这里简直快拧成麻花了。

陪同我一起考察的时任县文联主席江才桑宝说我是第一位深入三江源地区考察昂欠的人，他不仅陪同我走完了吉曲在囊谦县境内从东坝到吉尼赛的路段，还陪同我进入吉曲流经杂多县境内的路程。

吉曲流出吉尼赛乡后就进入在囊谦县境内的最后一个乡：吉曲乡。我多年前在囊谦县觉拉乡援建孤儿院时的教导主任尕玛，那时刚好调到吉曲乡最南端的一个牧区寄宿小学教书，他利用周末时间，约上吉曲乡的副乡长才仁丁增，陪我沿着吉曲而行，寻找昂欠政权在吉曲边的一段历史：崛起于今四川省甘孜州西部一带的白利部落，一度尊崇苯教，反对佛教。白利部落的首领东悦多杰对外也称白利嘉布，也就是当地人所称的"白利王"。他带领的武装力量不仅占据了昂欠政权在今四川甘孜州西部大片土地和西藏昌都地区的地盘，还向昂欠政权的腹地进逼。战争的结果是白利势力直逼昂欠政权的"王城"，捣毁了存在了几百年的昂欠王家寺：嘎布寺，第十五代昂欠王嘎玛拉德被迫带领家族离开扎曲边的"王城"，将政治中心迁往吉曲流域、今囊谦县的吉曲乡松宗，试图在那里保留昂欠政权的脉气。

出逃的昂欠"王室"成员在嘎玛拉德带领下，一边在松宗建立新的据点，一边向已经进驻青海的蒙古和硕特部首领固始汗求救，这才有了蒙古军队大规模进入玉树和甘孜地区。在固始汗的军队帮助下，"白利王"东悦多杰被擒，后死于地牢中。

嘎玛拉德率家族迁往今吉曲乡松宗重建王府，但规模、气势等方面，明显不如曾经的昂欠"王城"，这标志着称雄三江源地区的昂欠政权开始走下坡路。一场意外又恰好在这时发生，嘎玛拉德年幼的儿子扎西达玛顶桑贪玩，将干草拴在猫尾巴上，在王府里点火追逐取乐，不料引发一场大火，好不容易修建好的王府毁于一旦。王府不得不重新选址，最后选在了一个叫喀（今囊谦县吉曲乡卡冈村侧的吾改山坡上）的地方落脚，一位叫持修廷列嘉措的僧人主持建成了一座寺院，这就是昂欠政权晚期的"皇家寺院"持修寺。昂欠王的规格已经从万户降到千户，但仍是整个三江源地区唯一的千户。

那个给猫尾巴上点火惹出一场大灾难的小男孩扎西达玛顶桑长大后，成了第十六代昂欠王。第十七代昂欠王是第十五世昂欠王洛周嘉布的儿子公却嘉布，也是昂欠家族最后的一位王。江河的历史永远久于人类创造的历史，古老的吉曲，见证了昂欠政权短暂的辉煌与落魄乃至消失。

吉曲在吉曲乡的江麻村就改变了从北往南的流向，转而向东流去，站在江麻村，我回过头，看着江水像一条在阳光下发光的项链，想起在苏鲁乡寻找昂欠政权在那里的印记，一路上，我似乎看到巴绒噶举派的高僧们如何沿着这条河播撒信仰的种子，种下一粒粒信仰的太阳。吉曲两岸，因为众多的佛教寺院和修行者，让这条河变成了一条安宁的长廊。

吉曲告别江麻村后，不到10公里后就流出青海省，进入西藏自治区昌都市类乌齐县北部的加桑卡乡、吉多乡和伊日境内，逐步被当地人称为昂曲。昂曲朝着东南方向的昌都市卡诺区流去，在昌都市区的天津广场南侧，和扎曲汇合后，开始启用澜沧江这个名字。

在地图上，类乌齐县西边的岗色乡和东边的吉多乡、加桑卡乡形成了一把半张的钳子，吉曲乡就像是伸进这把钳子里的一条舌头，想讲述青海大地上没讲完的故事；东西两侧，有两条河包围着吉曲乡向南延伸出的这片土地，像是两排洁白的牙齿，咀嚼着意犹未尽的青海往事，而东边的那排牙齿，就是从吉曲乡改多村进入西藏类乌齐县加桑卡乡的吉曲水，西边的那条牙齿般的河流，是我无意中撞上的。

站在江麻村，我心里迟疑了很久：从这里往南走，尕玛在囊谦县也是青海省最南端的一个叫热涌的牧点教书，我心里一直惦记着他，一直想去看看。就这样，沿着澜沧江最西侧的支流紫曲的一个支流而行，前往尕玛任教的热涌教学点，那条相伴我的小河并没停留，而是继续向南歪歪斜斜地流去。

热涌被我誉为全球学校最大的校园，躺在群山的怀抱里，没有院墙，一杆国旗在湛蓝天空中飘展，几十个学生构成了 3 个年级，大多数还是西藏类乌齐县的孩子。

在热涌完成我简短的支教和帮助那些孤贫孩子买过冬的煤炭后，那条紫曲的小支流总是唤醒我想要去探究它的兴趣。没想到，第二天早上起床后出门一看，昨晚下了一场雪，让我那黑色的吉普变成了一头僵硬的大白熊，挡风玻璃上有人用手指写上了"不到西藏不洗车"，这一定是教学点上早起的孩子随意写的，却让我觉得是一种冥冥中的指引或期盼：它让我沿着那条小河继续往南走，不到 10 公里就出了青海境，手机信号也变成了西藏自治区的。

刚跨入类乌齐县的岗色乡，那条小河就像一位默默行路者，突然被一支壮观的军队拦截，并将其收编到后者的阵营中，后者就是从西藏丁青县约纳雍发源的一条河：布曲。

布曲在类乌齐和囊谦县交界地带收编那条不知名的、从囊谦县南部而来的小河后，往东流至类乌齐县的岗色乡，在这里，就像一个刚下台的演员，紧张地换上另一套戏服继续上台，舞台依然是那条不知疲倦地往前流淌的江，新戏服就是被当地人称作的紫曲；布曲也好，紫曲也好，名字虽然改了，但江水亦如在类乌齐县境内，在山谷里静静地流淌。因为地理与交通原因，没有将漂亮弧线划在水面上的古桥，没有流动的商人或僧侣留下的故事，更没有惊心动魄的战争情节，其实，对一条江来说，这何尝不是一种平淡中的幸福？很多大江大河上的战争、贸易带来的文学题材，对两岸民众来说，更多的是以痛苦来买单的。

站在岗色乡的那座水泥桥上，我望着紫曲继续东流，它流至昌都市察雅县的卡贡乡，之后汇入了澜沧江。

没想到，我去探望青海最南端的教学点教书的老朋友，却无意中完成了对澜沧江最西边的一条支流的探访。

四

子曲是澜沧江最东边的一条支流，如果你在网络中搜索"子曲"，大概只能看到"子曲是澜沧江上游扎曲的支流，流经青海、西藏"这样简单而模糊的内容。对于一条流过两个省区、全长286.7公里的河流来说，这样的介绍显然有些简单、寒碜。以前，由于高山隔、道路绝、森林密，导致这条河很少为人知晓。其实，子曲和澜沧江的其他支流一样，同样穿越山岭、哺育万物，同样让天上的秃鹫与飞鹰、地上的雪豹与牦牛同饮一江水，同样滋育了丰沛的游牧文化和民族历史，其中就有生活在杂多县和囊谦县交界地带的、昂欠政权控制下二十五族中的拉休族。如今，沿着214国道从玉树前往囊谦县，路边出现下拉秀镇的路牌时，就在提醒你：这里是玉树市地界的最西南角，再往前走、过了子曲就是囊谦县地界了。这是子曲从杂多县境内杂格俄玛拉山下发源后，流入玉树市境内和214国道相遇的地方。

下拉秀镇及路边的拉休寺，就因为拉休族而得名。民国时期，我的那个甘肃老乡、文化名士周希武在他的《玉树调查记》中曾记录："拉休族驻牧地横跨子曲河南、北。东与扎武、苏尔莽为界，南与囊谦以夏拉山为界，西与格吉麦马族为界，北与迭达、玉树为界。"不难看出这个古老的部族生活范围是以子曲为核心的，拉休寺的出名还在于当年班禅大师从内地返回西藏时，曾在这里滞留过13天。

从卫星地图上能清晰看到，吉曲、扎曲和子曲在杂多县和囊谦县境内，像不舍不弃的三兄弟做伴赶路似的，大体流向基本一致却又因雪山峻岭相隔而保持距离。离开拉休镇不远，子曲就一头钻进托玛索和扎玛索两座山之间形成的峡谷，这意味着它要穿行在玉树市和囊谦县之间的狭长地带。

有一年秋天，我和江才桑宝选择子曲和214国道交汇处的凯口作为起点，开始穿越托玛索和扎玛索之间的子曲，完成了对囊谦县境内的子曲考察。车子贴着山脚的简易公路而行，路边就是江才桑宝曾工作过的毛庄乡。沿途看到的江水，不是内地人理解的那种清澈，而是一条已经变得浑浊的河流，峡谷地带，河水像一群生气的牦牛发出沉闷低吼；阳光下，水面像是那些牦牛泛光的脊背。经过的低缓地带，两岸树木被砍伐得犹如一个中年男子早谢的头顶，在这样高海拔地区，一棵树的成长，时间代价远非内地的树木所比；唯有进到深峡中，在两岸人迹无法抵达的悬崖上，才有高大的原始林木，给这里留下一份生态证词。

到有信号的地方，江才桑宝提前给他在乡上工作时的几个同事通知，并问我想吃什么？我毫不犹豫地回答："芫根面。"江才桑宝吃惊地看着我，眼神里立即漂浮出一种质疑：这个内地来的人，怎么会知道芫根面呢？

我怎么不知道芫根呢，我不仅是在少年时期第一次去青海前就从格萨尔王的传说中知道这种植物，而且在深入青海腹地的玉树地区后，还常常生吃芫根。

一条江会滋润两岸不同地段的植物，澜沧江的上游就生产类似内地萝卜的芫根，但萝卜是圆的、长的，芫根是扁圆的。在青藏高原东南部的安多地区也有芫根，但因为气候与海拔原因，那里的芫根近乎内地菜根的味道。在子曲偏西至吉曲之间，也就是西藏昌都和青海玉树间的辽阔地带上，既是芫根生存的最西地带，也是整个青藏大地上芫根生长最佳地区，在这一地带，芫根成了澜沧江的宠儿。

我第一次遇见芫根，是在扎曲边支教的孤儿院附近的一片河谷地里，远远看见那犹如铺在大地上的一片绿色毯子，心里涌上一阵欢喜。那是深秋的高原，大地开始一片枯黄，不远处的山岗上披着白雪，突然出现的一片绿色对人的视觉安慰是多么重要！走近一看：这不就是小时候见过的萝卜吗？那阵子，常常是喝酥油茶吃糌粑，很少吃到青菜，看到如此的绿色植物，岂不快乐？拔出一根圆圆的、胖乎乎的、青色中隐隐透出一片淡红的，连着绿叶带着根须的小家伙来，急不可待地掏出随身带的纸擦去泥土，剥了皮，一口咬下去，一股辛辣立即奔窜在齿缝间。带了几根回到学校，学校里的藏语老师告诉我，那是芫根。那个时节的芫根还没到当地收获的时节，如果再过一段时间，它们就像在幕后换好衣装的演员，从地下走进藏族的院子里，晾晒几天后就开始腌制。

对芫根记忆最深的是，有一次，我抵达吉曲河畔吉尼赛乡然察宗果神山下的瓦作村麻古社，已经是下午2点多了，当时是又饿又冷。一户人家里飘着的炊烟吸引我走了进去，只见院子里堆满了刚刚从地里收获来的芫根。走进屋门，我看到几个人围着火炉喝酥油茶，原来是村子里的邻居，过来帮他家腌制芫根。热茶端上来，我掰着自带的大饼一边吃，一边听村民们闲聊。过了几分钟，我还是忍不住向女主人提出讨要一个芫根吃。好心的女主人当即跑到院子里挑了一个芫根，洗干净后递给我，顺便也递给我一柄当地人吃肉时用的小藏刀。我明白她的用意：芫根刚从地里收来，一定还很辣，我一个内地来的汉族，她担心我被辣到，让我削成一小片一小片地吃。小藏刀在我手里像是一个经验娴熟的剃头匠手里的剃刀，一小片一小片地削着芫根皮，让手里的那个芫根裸露出圆墩墩、胖乎乎的身子。在她和她的丈夫、邻居吃惊的眼神里，我不是一小片一小片地削着吃，而是切成几块，三下五除二地就将那根芫根喂进了嘴里。手中的大饼没吃多少，芫根倒是被吃了个干净。

我从他们的眼神中读到这样的信息：当地人也很少这样吃芫根，何况这样一个内地来的汉族。

除了扮演一种类似内地蔬菜的角色外，芫根在青藏高原有着自己的文化角色。《格萨尔》中说，格萨尔的军队在和岭人作战时，割对方军人的头，就像切芫根一样。当年，解放西藏的18军进藏时，兵至康巴地区，就拿芫根当作行军中的蔬菜，称它们为"高原苹果"。

在毛庄乡的那顿晚饭，我吃着芫根、喝着青稞酒时，突然将青稞和芫根联想在一起：它们是青藏高原的两份食粮，都从暗黑的土地里起步；芫根的叶片冒出大地，向蓝天、太阳、空气、雨水伸出求助之手，不断给地下的主体借来营养，成就了地下胖乎乎的如萝卜的样子；青稞的根须向大地深处延伸，向地下的土壤求助，给地上的秸秆、麦穗吸取营养，成就了挺拔于大地上的一株株金黄。芫根的宿命是走进水和盐比例合适搭配好的缸或罐子里，成了餐桌上的佐料；青稞也有类似的一种宿命：经过发酵后，从固体变成了液体，成了移动在高原上的青稞酒。在高原上，芫根也和青稞一样，被牧民认为是神赐的礼物，是应该受到尊重的食物，一些村庄、寺院收获芫根时，需要提前请喇嘛占卜日子，然后集中收获。收获芫根时，庄子里、周围牧点的邻居、亲戚、朋友们要赶来帮忙，几十个人甚至上百人在地里拔芫根，地头是几十个少年牵着牦牛等着驮运，那场景，和收青稞一样壮观。

和江才桑宝沿着子曲游走，我了解到：当初，从康定一带的折多山来到三江源东缘的一批人，先是在子曲一带活动，后来逐步向扎曲和吉曲流域发展，在三江源地区崛起了一个昂欠政权。

我和江才桑宝沿着子曲河到一个叫开刀卡的地方，暂时离开了子曲主流，逆着一条从西北方向淌来的小河而上，只有这样才能抵达毛庄乡政府。毛庄之夜，有了一碗芫根面，给我的澜沧江之旅添加了一份趣味。晚饭过后，和几个毛庄乡的干部围坐在牦牛粪的炉火旁聊天，给我们做芫根面的那位女厨师中途唱歌助兴，那一嗓子的好民歌，是那个澜沧江之滨夜晚的最美声音。

折回开刀卡，继续沿着子曲的流向，在离乡政府不到 10 公里处，子曲创造了一个奇迹：在不到 2 公里的直线距离内，子曲在这里出现了 8 道湾，最著名的那一道湾几乎成 360 度，一座恢宏气势的寺院被最急的那道湾包围在中间。车停下来，气喘吁吁地爬上山坡，俯瞰子曲成就的这一人间奇观。只见子曲在这里像是一条粗大的铝条，被上天箍出了一个完美的 S 形，其中弧度最美的部分像个银色的盆子，对岸山坡下的尕丁寺被水环绕，就如同漂浮在盛了八成清水的银盆里。不难想象，如果是冬天，大河冰冻，群山素裹，雪罩寺院，天地一片白茫茫，一湾江水就是平躺在这苍茫天地间的一副绿玉手镯。后来，看到当地的摄影师拍的冬天的尕丁寺，确实有这种视觉效果。再后来，我曾专门去过尕丁寺，却没了站在对岸山坡上俯瞰的感觉，似乎给贸然走进者善意提醒一个凡事保持距离很重要的做人道理。澜沧江是中国秘境，囊谦是澜沧江秘境，子曲的尕丁寺、扎曲的觉扎寺、吉曲的采久寺是囊谦境内澜沧江的秘境。

子曲在毛庄乡南端的江达村流出囊谦县，但基本上还是沿着囊谦县的边界走向，折向西南方向而行。似乎舍不得囊谦县似的，在进入西藏自治区江达县境内的乌乃村后，和她那大姐般的澜沧江主流、从囊谦县娘拉乡流出后进入卡诺区的扎曲汇合，那条叫子曲的河流，至此不存在了，两条新汇的河叫扎曲。

2008 年 10 月 21 日，我离开玉树，从北向南穿越巴塘草原后，便进入现代文明几乎没怎么影响的纯牧区，经过 130 公里的半原始状态牧区穿越到达玉树县（今玉树市）最南端的小苏莽乡的热给村，那里是青海玉树县南部和西藏江达县西部接壤的一个村子，两者以一条美丽的小河为界，小河向西而流，最终汇入了澜沧江在青海最东面的一条支流——子曲。无意中，我的那次行走变成了一趟澜沧江支流子曲河扎曲的跨越之旅。车子就像个不规则的钟摆，一会儿摆在青海境内，一会儿又在西藏境内逗留。在那条美丽而寂静的无名河流边行走，完全能体会到流水淙淙但时光停滞的感觉。常年由于没有外人打扰使那里完全成了一座世外桃源，而给这个世外桃源增添宁静和美丽的就是在崇山峻岭中穿行的河水，两岸是连片的森林，在蓝天白云下这一切构成了一幅精绝画面。

当路边出现"江西林场"的路牌时，我的心里一凛：这里曾是一处向大自然讨要林木的地方，一处收藏过伐木斧子的记忆之地。恰逢秋天季节，层林尽染，树枝上挂满了黄金般的树叶，和幽蓝的扎曲水色、蓝天白云形成了一幅立体的美景。那美景之下，有多少伐木者的青春，是在这里度过的？

这是一片面积超过百万亩的原始林区，由于它位于澜沧江上游重要支流扎曲的西岸，故名"江西林场"。我听当地人说起过这样一个真实的故事：鉴于"江西林场"的重要作用和那里地理偏远、交通不便，林业部门曾经专门给看林人员配发了一部无线电台，以实现林业部门和林场看林人员之间的联系，常常是看林人员通过无线电台报个平安。时间一长，每天都是看林员被复制式的、"平安无事"的枯燥汇报。有一次，一位看林人员没有请假就去西宁办事，他离开林场时就随身带上了那部电台。到西宁的一个招待所住下，他每天仍然通过电台汇报着"平安无事"。没想到这台频率不小的电台，引起了无线电管理部门的高度重视，经过当地公安机关的详细排查，终于将无线电台的位置锁定。一部来自青海最南端的无线电台在若干年后，成了一桩谈资。

扎曲绕过江西林场的北侧，穿行于一个又一个峡谷间，仿佛被两岸耸立的山峦束缚但似乎又不甘如此，挣脱般地发出幼兽似的低啸，回荡在峡谷和森林间，在一块块巨石前涌起浪花，估计鱼儿见状也会吓得缩尾掉头，那块地方就叫"鱼愁涧"。扎曲穿过"鱼愁涧"，再折向南行，两座陡峭的高山耸入云端，站在岸边抬头看，只见天空像是一条细细的蓝线，古老的苍松仿佛一株株青色的绿针扎在山崖上，也更像是一道绿色大网，罩住了扎曲，当地人因此叫这里为"一线天"。出"一线天"后，几十米高的峭壁上，有个碗口大的泉眼往外喷着水，在阳光下恰似一道银色的飞练朝扎曲泻来，自由飞溅的水花，构成了一道彩虹。

2018 年国庆节后，从囊谦县的娘拉乡境内出来后，我算是离开了青海，进入西藏考察子曲和扎曲汇合后的扎曲。嘎玛和吉曲乡的副乡长才仁丁增拉着我和一名宁夏诗人单永珍，从囊谦县城出发，大体沿着扎曲流向穿过囊谦县。山脉将澜沧江挤得水低浪急，两岸的原始森林在蓝天下垒起两道密密实实的绿色高墙，那些让人怀疑没有人管的野生状态下的牦牛在绿墙下吃草、嬉戏；江边，是当地牧民挖出来的仅仅供小车通过的简易公路，时而在青海境内，时而通过一条简易的水泥桥通到对面的西藏境内。这样的公路，像一条穿山越水的蛇，将自己蜿蜒的身子肆意地穿行在山河间，在上面行车确实是考验开车者和坐车者胆量的。

子曲和扎曲合并后的大扎曲，告别青海，开启了它的西藏之旅。这条大河，和流出囊谦的吉曲（进入西藏后成为昂曲）在昌都市区的强巴林寺旁汇合，才被正式称为澜沧江；囊谦和类乌齐的界河布曲（流出囊谦县后被称为紫曲），算是和青海擦肩而过的澜沧江支流，也是在西藏自治区察雅县卡贡乡汇入澜沧江。

青海，给澜沧江这株大树，贡献出了四条美丽、茁壮的枝杈，给澜沧江这个永远年轻着奔跑的运动员，贡献出了四个童年；澜沧江在青海省内的流域河流总长 2055.2 公里，平均下来，每条支流的长度超过了 500 公里。

我曾沿着这条江的不少地段走过：初生时，涓涓细流像藏族少女仔细梳理的发辫；初长成时，纤细腰身像一条青蛇在草丛间穿行；穿越万山时，如一头莽撞的幼象发出咆哮；扑入平地后，像农家烟囱冒出的炊烟向大地袅袅落去；入海时，在带着嫁入豪门的沉稳低调中享受着奢华。

从唐古拉山东北部的源头到越南胡志明市的入海口，我品味过它沿途伴生的糌粑、苦茶和咖啡，我爱她年轻时苗条的身材和纯洁的脸颊、简单的生活，也爱她人到中年般集聚的财富、沧桑的经历。澜沧江，与入海处的饱经沧桑相比，我更爱初离源头时的她：干净中有浑浊，文静中有野性，内敛中有茁壮，犹如我的少年时期。

第三章
通天的涛声

1983 年 8 月 7 日晚，我像往日那样悄悄走进村子里唯一有黑白电视的那户人家，等着收看那几天在屏幕上老闪着"雪花"的一档电视节目。焦急等待中，看到荧屏上出现了四个大字："话说长江"！对我这样一个刚上初中的少年、对 3611 万台电视机前的观众来说，那是那些天最火爆的电视节目。

接下来播放的是我后来看完电视后才知道的内容：穿山越岭的长江、漂流者乘筏踩浪、水车转动与龙舟竞赛，等等。当三峡出现时，"电视连续节目"几个大字跃然而出，紧接着是"第一回　源远流长"的字幕，仿佛从荧屏上蹦出来似的，向我的眼帘涌来。深受中国传统章回体小说影响的我，立即睁大眼睛，紧紧盯着屏幕。《话说长江》给我的记忆里深深刻下了这样几个数字：长江的长度为 6380 公里；"电视连续节目"每集的长度为 19 分 32 秒；全部节目的体量为 25 集。从第一集开始，我每天晚上准时出现在那户人家，一集不落地看完最后一集时，才发现 25 天过去了，别说每集的内容，就是片头和片尾的音乐旋律，也像一株春天栽下的树苗，逐渐在记忆里扎根，看了几集后，就会时不时地从嘴里哼出主题歌的调来。

一年后，我考进县城的中学，音乐老师教我们那首《长江之歌》时，它的旋律早就烂熟于心，但心里还是纳闷：看电视时怎么没见播放歌词？"你从雪山走来，春潮是你的风采；你向东海奔去，惊涛是你的气概。"简单几句，告诉了长江来龙去脉。那首由殷秀梅唱红中国大地的歌曲，陪伴了我的中学生活，闲暇之时，不由自主地会哼上几句，偶尔对歌词中所提及的长江之源的雪山，产生各种联想，在那个最容易做梦的年龄呀，甚至一度产生要去看看长江的念头。

学会唱《长江之歌》36 年后的一个晚上，我和一位中国著名的纪录片导演聊天，谈到文学创作与纪录片的关系时，他告诉我一个小故事：《话说长江》播出后，很多人对片头的配乐没主题歌词不解也不满，希望能创作首有音有词的完整作品。中央电视台因此向全国征集配音歌词。很快，全国有 5000 多人将自己写好的歌词，带着肃穆的心情，将歌词装进信封，提前贴好邮票投入路旁的邮筒里或奔向离自己最近的邮局，买上并贴好 8 分钱的邮票交给邮局的工作人员。这些人中,有一位30岁的军人选择了元旦那天,将自己创作的歌词写在当时显得有些奢侈的明信片上,郑重地投进沈阳市皇姑区宁山东路上的一个邮筒。

3月中旬,那位军人接到一封来自中央电视台的邀请函,他以为是去参加一个活动或晚会。24日晚,那位军人端坐在中央电视台的演播室内,他这才知道,自己是受邀参加《话说长江》专题音乐会,第一首歌曲就是《话说长江》:"你从远古走来,巨浪荡涤着尘埃。我们赞美长江,你是无穷的源泉;我们依恋长江,你有母亲的情怀……"熟悉的旋律、陌生但和音乐吻合的歌词,赢得了全场阵阵掌声。音乐刚停,音乐会主持人、电视片《话说长江》的配音陈铎和虹云走到台前,神秘地说:"现在我可以告诉大家,主题歌的词作者就在演播室里,就在你们之中。不过,到此时此刻为止,他自己还蒙在鼓里,不知道自己中选了呢!"陈铎和虹云在众人急切的目光里,不紧不慢地向观众席走去,走到还没从《长江之歌》的优美旋律和磅礴气势中回过味来的那位年轻的军人面前:"胡宏伟同志!做一下自我介绍吧!"刹那间,照相机、录音话筒、录像机都凑了过来。

那位叫胡宏伟的年轻军人愣住了,他可是一点准备都没有呀,从接到通知到现在,他一直以为自己就是一名普通观众。虽然声音很小,但通过递过来的话筒,全场的观众都听到了他的身份:"我是沈阳军区歌舞团的创作员胡宏伟。"

胡宏伟创作出《长江之歌》的主题歌词不久,这首歌就像从中国大地上长出的一茬蓬勃庄稼,不分经纬度地遍地开花,从成千上万张嘴里奔出,汇成了一条歌曲之江。

一

白色路桩上的红色字体清晰显示,这里是119国道的1025公里处,清澈的河水急速穿过桥洞,桥头立着的牌子上标注着桥的名字:楚玛尔河大桥。不远处,青藏铁路上的楚玛尔河站的水泥牌子上标注着这里的海拔:4495米。楚玛尔河大桥有78个桥孔,靠近岸边的桥孔并不是供河水穿越,而是为穿越青藏公路的藏羚羊等野生动物留的生命通道。

楚玛尔河大桥,是长江流域100多座现代化大桥中海拔最高的一座,是真正的长江第一桥。

离开楚玛尔河大桥后，我告别偏远、荒寂的京藏公路，逆着楚玛尔河往西，这标志着已进入可可西里无人区，尽可能地接近楚玛尔河的源头。我一直没有觉得前往楚玛尔河源头会缺失某种意义，在青藏高原，没有一条河流是孤独的，它们像有着远近不同血缘的亲戚，要么在地下有着隐秘的关联，要么在地面上纵横漫流找到各自不同的汇聚点。高海拔与常年冻土层及不时出现的血管般的支流，让这里变成了一张巨大而松软的面饼，现代交通工具在这里发挥不了作用，人类在这里的活动回归原初状态，必须依靠徒步或骑着牦牛才能完成在这里的行走。

长江水利委员会在 1976 年和 1978 年两次实地考察后公布报告，称长江有三源，北源楚玛尔河，南源当曲，正源沱沱河。这三条支流像三个不同村落出发的人，赶集似的汇聚成通天河，构成了长江在青海境内的童年时光。三个河源中，楚玛尔河因为长度较短和流量太小，在学者们唯远、唯量的考察依据中，一直淡出正源之争，很少有探险家或学者触及这条被冷落的河流。

多尔改湖就像一个平躺着的水囊，楚玛尔河注入湖面的部位就是这个水囊的嘴。在这里多尔改湖轻轻留住了奔腾而来的河水，让它们在湖里休息。湖面像是一块泛着蓝光的宝石，草在这块地球的高地上长得也很吃力，沿湖长着的青草，低矮而疏朗，远远望去像是给湖面镶了个绿色的边框，它们是来到这里饮水、产仔的高原动物的主要食粮。

我曾在 2009 年第 3 期的《中国国家地理》第 25 页上的一幅绘制的《长江源头主要支流示意图》上看到，用红线标出的楚玛尔河上游的细线至此往左不远处，标有楚玛尔河 1 和楚玛尔河 2，也就是说，距离多尔改湖西北不远处，楚玛尔河又分出两条支流。我选择沿着水量较大的、向西延伸的楚玛尔河 2 处继续前行。海拔在不知不觉中继续抬升，时间在这里也似乎停滞了，动物们在这里寻找着合适的家园与生存的边界，雨雪在这里找到天空与大地间距离最短的落脚点，青海和新疆的触须在这里伸出最后的臂膀，河流在这里找到和天空接吻的最佳角度，唐古拉山和昆仑山对望的目光在这里找到了对等距离，可可西里山在这里找到了照见自己模样的镜子。

150 公里，在内地的高速公路上只需 1 个多小时就可跑完，从多尔改湖往西到楚玛尔河的源头的路途，高海拔与缺氧严重已经给徒步行走的人类亮出了红牌。在有物资保证的前提下，骑着牦牛赶完这些路，得 3 天时间。沿途没有路标，满眼全是水流在青草间毫无规律地乱窜，一条条水系像个以大地为墙，在上面乱涂鸦的孩子，走出了诸多弯弯曲曲的线条。偶尔两条小水系相遇了，像是久逢的好友紧紧抱在一起，构成一面小湖泊。这些湖泊仿佛天神不小心摔碎的镜子，碎裂的镜面朝天空亮出白银般的面孔。时间在行走中也变得毫无意义，只有奔着河源而去的目标像是个无形的向导，在我眼前晃着，导引着、安慰着我抵抗孤独、缺氧和冰凉的心。

这里有着似乎远离地球的荒凉与生命状态，没有我们惯常意识中的春天与秋天，只有冷与凉两个季节。即便你在一年中最热的季节里来到这里，扎帐篷所需的时间依旧是内地的几倍，还得穿着厚厚的防寒服哆嗦在夜晚。看着一轮明月映照着远处山顶银冠似的白雪，你的意识里哪还有夏的字眼？冷寂与荒凉，让我明白：这片荒原、荒野的历史比人类古老，它的庄稼或许就是孤冷。

不像长江上游的源头，既有当地牧民心中认定的"圣地"，也有政府与科学联合打造的权威命名，环顾楚玛尔河源头处，并没有一个清晰的标记，到处是相似的地貌，学术界也只是笼统地称这里为黑脊山南麓。看着手中的海拔表显示的 5432 米，我不由得赞叹道：这是一条多么低调的高河！探险家们对河源的探索，会使一条河体现出它的完整与优美，告诉人们缺少河源认知的河，是多么残缺的一本书。路德维希、斯皮克等探险家对尼罗河的探寻，让人们对那条伟大的河流有了完整认识，长江上游虽然有刘少创、黄效文等人进行江源探索，但他们却是接力赛似的一批接一批地奔往长江的另外两个上游支流：当曲和沱沱河，唯独冷落了楚玛尔河。

我替楚玛尔河抱屈的同时，也从另外一个角度审视，发现这种冷落从生态保护来说，何尝不是一件幸事？因为偏远，因为少了炒作，这里遭受人类不必要的干预就少些。和另外那两处源区年年吸引游客、沿途扔下食物垃圾、到源头后忙着拍照发微信朋友圈相比，这里的清冷更是一种自我保护。

满足了看看楚玛尔河源头的愿望后，我沿着原路返回到京藏公路上的楚玛尔河大桥，这座桥是一处分界标志：桥西属于治多县，东边属于曲麻莱县。告别大桥后，我选择沿河向东而去，这意味着还要继续穿越一片无人区。随着从京藏公路上的不冻泉站到玉树州州府所在地结古镇的 308 省道修通，楚玛尔河和 308 省道交汇的地方，架起了一座公路桥，或许是当地人懒得再给这座新桥取名字，或许是当地人对楚玛尔河有着特殊情感，把这座桥也称之为楚玛尔桥；当这条河和 308 省道第二次在曲麻莱县相遇时，又是一座桥，取名者的心理或许还是如斯，这座桥同样叫楚玛尔桥。"楚玛尔"，是藏语中"红水"的意思，可能是当地牧民在上游一带放牧看到由于地质原因，河水发红，并将其称为"楚玛尔"，到了下游一带，当地人的称呼中有了一丝变异：曲麻河。

河还是那条河，随着支流不断汇入，像一支在有号召力的军官指挥下的部队，沿途加入了很多志愿入队的人一样，被叫成曲麻莱河时，已经由一个身材苗条的少女变成了一个稍显丰腴的少妇。

过了曲麻河乡，楚玛尔河又变得像一条失控的绳子从半空中掉下来，不再像抵达这里之前是从西北往东南缓慢穿梭于山峦与青草间，而是摇摇晃晃地向南下垂，直到看见另一条比它更大的河流后，像两个久别重逢的老战友，毫不犹豫地拥抱在了一起。

这里，就是长江上游的第一个渡口所在地：七渡口。这个名字确实让我感到蹊跷，问当地学者以及托朋友找来诸如《曲麻莱文史资料》（至今，《曲麻莱县志》还没有问世）等，都没有找到有关"七渡口"的来历介绍，大多是笼统的介绍："曾是内地进入西藏的重要驿站，'长江七渡口'兴起于唐代，盛于宋、元、明、清，衰于近代，利用时间长达 1200 多年。"首先，这个名字一看就是以内地人思维取的，从地理位势来看，在通天河上出现架桥技术之前，通天河流域的民众或从内地前往牧区的人，只能顺着这条大河往上而行，寻找理想的跨河所在。在楚玛尔河和通天河相遇前的窄身处，他们选择再次渡河。

我不止一次沿着传说中的唐蕃古道找寻过文成公主的进藏路线，也不止一次考察吐蕃侵犯唐朝西部边境地带的路线，不乏关注昂欠政权派出僧侣走向祁连山、贺兰山下的弘佛之路及八思巴前往凉州会盟之路，还有历代达赖喇嘛和班禅大师进出藏的路线，民国时期的"湘西王"陈渠珍在《艽野尘梦》中记述自己从昌都经柴达木盆地返回西宁的路线，等等，那些公主、僧侣、将士、商人，他们是从哪里渡过长江上游的？一次次质疑后，我都将他们的渡江之地锁定在七渡口。

地名背后，往往藏着真相与答案。是文成公主带人至此，只剩下了七条皮筏？还是那支和亲队伍在这里渡了整整七天才渡完？要不，当年，在这附近一共有七个渡口？还是达玛旺修派弟子秋吉慈成邦巴离开澜沧江流域，前往长江和黄河的源头地区传教时，在这里被困了七天？按照这种思路推理，是不是前往内地的五世、六世达赖喇嘛的随从在这里往返时花费了七天时间？历史给我们留下了无限想象的空间，让这个渡口充满了人文传奇。

七渡口也是条分界线，走出七渡口后，楚玛尔河让通天河接纳自己并注销了自己的名字，将自己的全部融入长江的童年。

二

去邻居家蹭看黑白电视上的《话说长江》25年后，我才知道，就在我学会《长江之歌》的那年7月28日，时为美国《国家地理》杂志作家及摄影记者的香港人黄效文，带着包括2名美籍华人助手的考察队，来到大陆，租了两辆越野车驶向青藏公路，到雁石坪后向西而行。后来，当我选择沿着黄效文的方向行走时，仿佛听见他唱着刚学会不久的《长江之歌》，走在探寻长江之源的路上。

黄效文为什么还要去探寻长江之源？通过2009年第3期《中国国家地理》刊登的《三访长江源的前前后后》一文，我才知道：黄效文认为长江办组织考察队是在没有到达长江上游另一个支流当曲的源头进行实地考察的情况下，就把长江正源定在了沱沱河上游，这个官方宣布的结果让自此以后的学界及世界各地，包括美国《国家地理》杂志出版的地图，都将沱沱河的源头定为长江的源头。

1985年7月的最后一天，西藏安多县玛曲乡马索日村境内的牧民扎玛看到两辆越野汽车沿着沱沱河驶来。车停下来，走在最前面的那个人带着香港口音通过翻译询问扎玛，前面的路怎么走？扎玛问道："你们也是来漂河的？"

"漂河？"黄效文纳闷了。

"1个月前，就有个内地的年轻人来到这里，背着个皮筏子，说是要漂流沱沱河。"

哦，黄效文明白了，他确实听说了这件事。那一年春天，西南交通大学电教室摄影员尧茂书听说美国将派"激流探险队"于秋天完成对长江的全程漂流，尧茂书认为"征服中国第一大河的第一人，应该是炎黄子孙！"尧茂书将自己筹划了几年的长江漂流计划提前了，中国人第一次漂流长江的消息通过新闻媒体的播报，已经让很多人知道了。对于寻源长江的黄效文来说，尧茂书漂流长江的事情，自然是他要关心的。

黄效文问扎玛："你还记得他是什么时候来的？"

扎玛掰着指头算了半天："离现在有五十几天吧！"

由于当时的通信条件限制，黄效文并不知道，在他抵达马索日村 5 天前，尧茂书完成了从源头开始的 1270 公里漂流后，在川、藏、青三省区交界处的直门达附近触礁身亡，给这条大江留下了一份悲壮的遗产。

走在江源地区的荒野上，我并不觉得孤独，我仿佛看见走在我前面的那些优秀身影：有长江办公室派出的 8 人考察团，有壮志未酬的长漂尧茂书，有先后 3 次来到这里探访长江源的黄效文，也有后来和我一起被评为"第六届中国当代徐霞客"的好朋友税晓洁，等等。我没有勘测江源的信心、条件以及任务，仅仅是以一个行者和作者的身份完成对长江之源尽可能的接近与书写。站在各拉丹冬山下的姜根迪如冰川前，我觉得是替徐霞客完成一次他未竟的远旅，我仿佛在看一部在露天播放的大片中的一个镜头：远处的积雪像是各拉丹冬常年戴的帽子，一朵朵白云缓缓移动，像是要给这顶帽子喷洒除污剂，让它保持如初的洁白。姜根迪如冰川给人的感觉仿佛是设置在雪山顶部的水闸突然失灵，让雪山上的蓄水倾泻而下，即将形成一场万马奔腾般的洪流时，突然被一场骤降的寒潮袭击，流水被冻住脚步，覆盖在高低不同的山峦上，横在蓝天、白云和山下牧草泛青的地表之间，11—12 公里长的冰川是河流的子宫，分娩出一条条细小的溪流，它们悄无声息地向四周寻找着属于自己的路线。

在两张由中科院遥感研究院专家分别拍摄于 1999 年和 2007 年的遥感图上，我清晰地看到，由于全球气候变暖的影响，前一张图上的姜根迪如冰川就像一幅不完整的窗花贴在了各拉丹冬雪山这扇大窗户上，代表冰川的白色面积像一个连接成整体的岛屿，尤其是遥感图的东北角靠近尕日曲的地方在地图上显得很清晰。后一张遥感图上，代表冰川的白色部分有了明显萎缩，那座白色之岛已经有了明显的缝隙，那缝隙里露出的是地球第三极中的伤口，靠近尕日曲的那块冰川已经快要消失了。两张遥感图上的冰川，给人的感觉像是一个人从壮年变成老年的过程。20多年过去了，如果中科院遥感研究院还有新的遥感拍摄地图，真不知道那片美丽的窗花、那座辽阔而壮美的白色之岛变成了什么样子？

人类对河源的探索与争论一直在进行，沱沱河源同样存在这个问题。河源附近的支流犹如密布在这片高地上的毛细血管，让沱沱河感觉到自己像个孤儿，并不知道哪条支流才是自己的第一滴奶。目前为止，按照河源标志设立的时间顺序来看，沱沱河源有这样五个：1976年，长江水利委员会在姜根迪如冰川设立的标志；1978年，长江水利委员会设在多朝能的标志；1985年，黄效文在惹霞能确定的河源点；2000年，刘少创在且曲源头确定的河源点；2005年，黄效文在多朝能确定的位置。这些人或机构，谁也说服不了另外的人或机构，都坚持自己的观点有着足够的合理性，让长江的源点，像一朵盛开的花，每朵花瓣都朝天开放，花瓣的根部，汇成了一条大河的原始之根。

河源之争，像摇晃在探险家和科考人员及当地牧民在民俗或信仰心理下的认定之间的钟摆，你能说得清楚哪个是精准的？随着全球温室效应，没准有一天，大自然和探险家们开个玩笑，由于温室效应、气候变化等原因，今天找到的河源点或许水量增大，或许像母亲乳房再也没有了奶水，你还能说那些出水之地是河源点吗？反之，那些飞翔在牧民口中的传说，那些在牧民生活前放大了的想象，那些从牧民信仰或敬重心理中剥离出来的、赋予神圣色彩的地点，永远以一种非精准的状态，成为一种游弋在诗意中的精准。没错，我是说，河源何在？科学与诗意，哪个更为久远？哪个更为精准？

很多没去过青藏高原的人，一旦听别人说起昆仑山、可可西里山、巴颜喀拉山，就觉得它们高大巍峨，其实，去过的那里的人都知道，从格尔木出发，青藏公路是沿着缓缓抬升的高原而行的，高原海拔本身已经很高了，很多白雪皑皑的山脉看上去像是半躺着的鸡蛋。对沱沱河溯源来说很重要的祖尔肯乌拉山，除了第一感觉像个远离尘世静修于此的高僧外，细看有一条宽阔的南北向谷地从它中间凹下去的地方延伸而来，沱沱河就是从那个凹陷处流出的一股股水银，那条细长的水银带，穿过祖尔肯乌拉山脉后与自西向东的波陇曲汇合，再折向东流。

祖尔肯乌拉山是长江之源的说法，最早源自长江流域规划办公室与1976年会同《人民画报》、《人民中国》杂志和中央新闻纪录电影制片厂、青海省有关单位在兰州军区的支持下，组织了 28 人的考察队，进行了为期 51 天的考察，证实了"沱沱河上段是由南向北穿祖尔肯乌拉山而过，然后才折转东流"这一推断。1978 年 1 月 13 日新华社正式发布消息："长江源头不在巴颜喀拉山南麓，而是在唐古拉山脉主峰各拉丹冬雪山西南侧的沱沱河；长江全长不止 5800 公里，而是 6300 公里。"随后，《辞海》和有关书籍相继采用了这次考察成果。万里长江，这条我国第一大河由长度世界排名第四变成了公认的世界第三长河。

我清楚地记得，1983 年 8 月 7 日晚，看《话说长江》时，第一集中就在屏幕上打出大大的几个字："长江全长 6380 公里。"三年后，我从教科书上看到，长江的长度为 6397 公里，长江之源沱沱河上的姜古迪如冰川被确定为长江源点。到 2009 年 11 月 11 日，这个数据已经得到改写。由 14 名地质专家、探险家组成"为中国找水"的科考队经过考察认为，由于全球气候变暖导致冰川上移，长江的长度比传统教材说的长了 100 公里，变成了 6497 公里。

人类一争源，江河就发笑。其实，河源之争的意义有多大，或许只有参与争论者清楚，对外界，甚至对生活在这里的牧民来说，并不重要。在冰川附近遇见夏牧的藏族，他们对来到这里找河源的举动大为纳闷：任何一条细流都是江河的血液，都值得尊敬，他们往往把神山、与格萨尔有关的地方视为江源，至于探险家或科考人员认定的江河之源，他们不以为然，总认为那里流出的水还没自己吃糌粑的木碗里装的水多。

告别姜根迪如冰川，顺着沱沱河扫帚般的支流中水流量最大的纳钦曲而下，河流基本朝北而行，和来自东侧的另一个支流切苏美相汇后，众多毛细管般的支流才汇成一股有规模的水，它也才开始叫沱沱河。在这一段流程中，我仿佛看到尧茂书的勇气、黄效文的执着、刘少创的独立以及一个个为生存来到这里的放牧者的家园意识。尤其是看到离姜根迪如冰川不远的那一段水流，时而和另一条支流拥抱一下后立即分开，时而撞进草丛里不见了踪影。当初来到这里漂流的尧茂书，他的皮筏子一定是时而被水流带着撞向岸边的草地，时而融入一面不辨东西的湖水，他把源头的支流、群山、水文、环境状况拍摄了下来，到通天河下游后交给了弟弟带回工作单位，自己却丝毫没有像时下的视频时代的游客们拍自己如何在山河里"壮游"，他给我们留下巨大想象空间，让我们觉得他在通天河上游的这片土地上无处不在。

沱沱河继续保持向北而流的状态，与从发源于祖尔肯乌拉山北段的波隆曲的支流汇合后，开始转向东流，水量也开始变得更多，河床明显变宽。当很多人乘车沿着京藏公路行至沱沱河沿，看到的已经不再是源头处细细的小溪了，而是一条深 3 米，宽 20—60 米的大河了。

沱沱河大桥、沱沱河自驾营地、沱沱河车站、唐古拉镇上的沱沱河宾馆等建筑及其醒目的字样，给来往于京藏公路上的人们留下诸多"沱沱河印象"，很多人在沱沱河大桥北岸看到的"长江源"环保纪念碑，是 1999 年 6 月 5 日由国家环保总局、中国科学院等政府和科研部门共同竖立的，真正的源头离这里不仅是物理意义上的距离，更是一种精神意义上的空间。

离开青藏公路后，沱沱河继续保持着向东奔流的方向，接纳的支流也越来越多，水量变得越来越丰足，一直到和当曲汇合后，这条大河才有了新的名字：通天河。

三

考察完沱沱河后，黄效文并不满足于自己的成果。他从西宁转道玉树，选择了长江三条大支流中最南端的当曲，开始重新寻找长江第一滴水流出的地方。

那年 9 月 3 日，黄效文先生依据在美国利用 4 种遥感资料对江源一带所做的研究，开始进入当曲的两个可能源头，经过一番比较后，他认为应以若霞能为当曲（也即长江）的新源。

中国人有着"饮水思源"的哲学思想和人文追求，交通条件在一定程度上限制了古人的足迹抵达江源，但并没阻挡住探索江源的梦想，古代就有不少人望着江源方向展开的各种想象与神话传说。到清朝，为编制全国地图，康熙皇帝曾多次派人想弄清楚长江的源头所在，然而，派出去的人到上游地区，面对如同一把没有束紧的扫帚般的支流横贯，留下了"江源如帚，分散甚阔"的感叹。然而，探源的梦想，在中国人的心中一直没有褪色，晚清到民国时期，不断有人前往河源探究。

新时期以来，交通条件和勘探条件的改善，为精准测量长江之长及探寻真正的源点提供了新的历史机遇，也就有了一批批的探险家、科考人员将眼光从长江上游的另一个支流当曲着手，重新确定长江的第一滴水究竟源自哪里？

距离我第一次观看《话说长江》后三年，也就是黄效文考察当曲后一年，由中科院成都地理研究所、长春地理研究所、兰州冰川冻土研究所、西北高原生物研究所等单位专家参与组成的陆上科考分队对长江源区部分河流的长度、流量、流域面积等进行了实地考察和研究。考察报告认为，在地图上，长江最南端的那条支流——当曲应为长江正源，当曲的第一滴水发源于扎西格君东侧的丘状高原上。

争论和质疑一直没有停止，长江源头的最大的确定性或许就是它的不确定。2005 年 6 月 15 日，黄效文带领 19 位国际科学探险队员，第三次进入长江上游靠近源头地带进行考察，认为长江的新源头在加色格拉峰当曲上游多朝能，比之前官方认定的源自各拉丹冬雪山的沱沱河多了 6.5 公里。

2008 年 9 月，由青海省测绘局、中国科学院遥感应用研究所、中国科学院寒区旱区环境与工程研究所、水利部黄河水利委员会、水利部长江水利委员会等组成的"三江源头科学考察队"也对多朝能源头进行了考察，考察时发现十几公里长的多朝能有近一半的河道是干涸的，不满足一年四季都有水的条件，因而认为不能作为长江的源头。

科考队还对当曲最上游的一条溪流且曲进行了考察。且曲与多朝能交汇形成了当曲。且曲的长度与多朝能的长度相差无几，但是且曲的源头是一个一年四季都有水的泉眼。2000 年 9 月的长江源头考察和 2008 年 9 月的"三江源头科学考察队"的考察结果都证明：当曲最长的支流且曲的源头是长江源区最长的，而且也是一年四季都有水的。考察队的首席科学家刘少创博士认为，按照"河源唯远"的原则，当曲是长江的正源，长江的源头就是当曲的最长支流且曲的源头，从这里算起长江的长度是最长的。

守着各自考察成果的探险家和科考人员还在争论着他们眼中的河源之地，从他们指认的河源涓涓流出的溪流，无言地流淌，寻找着各自的归宿，一条条细流汇聚成一条条支流，一条条支流再汇成更大支流。当曲流淌至囊极巴陇山脚下时，汇入了水量更大的沱沱河，当曲和沱沱河的名字都消失了，这是一对相互融入对方的夫妻，他们牺牲了自己，有了自己的共同的孩子：通天河。当楚玛尔河邂逅通天河后，前者也消失了，一个更为磅礴的大河形成了，通天之河开始穿山劈岭，在青藏高原上显示自己伟岸、壮观的身影。

四

每条江河之源的溪流、小河，在一条条峡谷间小心而顽强地找寻着出路，像一条条威力巨大的切割机，将高原切割成了一个个相邻但互相看不见的地理单元，它们也像一个个投亲靠友的孤儿，一起向通天河奔去，为一条大河补充着更多、更大的水量与能量。

看到通天河逐渐浩荡起来的身形，我总觉得水面上一直飘着尧茂书的那只皮艇，上面挺立着一座一座移动在大河之上的纪念碑。我知道，皮艇在这里是飞速流过，壮士当年的兴趣主要集中在漂流上，那好，就让我替壮士缓慢行走在大河岸边，细细考察两岸的人文历史与风俗民情、生物多样性。

通天河开始摆脱源头地带单调的生活状态，两岸沿途形成了 9 个植被型、14 个群系纲、50 个群系的植物大观园；85 种野生兽类、237 种（含亚种为 263 种）鸟类和 48 种两栖爬行类给大河两岸带来了生机。因为有了人类的干预，这条河开始滋养更多的人文历史，这不光体现在修建于沿岸的寺院、来往于两岸的商旅和僧人、当地人便于沟通修建的渡口和桥梁，即便是严冬季节，冰封大河，当地民众也会在结着厚冰的通天河上，规划好区域，以斧为笔，一笔一画地在冰面上凿刻好藏文"六字真言"，每个字几十平方米大小，然后在凿好的字缝里填满沙土，让"六字真言"横跨两岸，人们从凿好的字体下端走过，形成了独特的一道经桥。从这里开始，人类留下的另一个文明痕迹，也陆陆续续地出现在通天河岸边，这便是通天河两岸的岩画。

当年的漂流，皮艇进入烟瘴挂时，尧茂书的内心一定是一惊：在这之前的通天河，像一首抒情诗，缓缓流淌且流速不快，可以让他观赏两岸景致，然而，进入烟瘴挂时，像一架紧急迫降的飞机迅速降低海拔，告别了在源头地带肆意横流的状态，开始钻进了长江的第一条峡谷，河身变得瘦长，发出了急促的喘息，急速奔流的景观和源头地带的舒缓形成了极大反差。烟瘴挂两岸因为海拔下降而带来森林的出现及大量高原动植物在这里落户，使这个峡谷有着"通天河的诺亚方舟"之称。

在察访通天河从治多县到称多县境内的路途上，我以达玛旺修的弟子秋吉慈成邦巴在这里弘佛的足迹为向导，与那位淹没在历史长河中的伟大僧人相伴而行。在治多县城北郊河边，有贡萨寺的寺管主任桑周和僧人们，给我讲述秋吉慈成邦巴在这里的故事。在聂恰曲和通天河相逢后向东的流程中，一路陪我而来的囊谦县文联主席江才桑宝继续作陪，考察1000多年前修建在江边的江囊寺旧址和对岸的夏日寺。我继续沿着通天河而下，有一次，是称多县文联主席仁青尼玛陪同我并担任翻译，在赛航寺和扎西寺里寻找巴绒噶举在1000年前来到这里的原始信息，直至进入玉树市的仲达乡和称多县的拉布乡交界的通天河流域。

人类和江河相遇，就会有渡口、皮筏、船只、桥梁、大坝相继出现，使之成为江河的装饰、部件、内容。在内地，人们对穿梭于江河上的皮筏和船只并不陌生，对架在河面上的桥梁和拦截江河的大坝并不陌生。然而，在江河源上，这些新时期的江河构件早就有了。青藏公路、青藏铁路修通后，公路桥或铁路桥的建成，将青海西南部的高原桥梁修建推移到了可可西里无人区的边缘地带，推移到了三江源头地带，桥梁的修通带来了汽车和火车，它们是在三江之上划过急促身影的牛皮筏、羊皮筏、木船、铁船等的终结者。

牧民敬畏江河的力量，认为那是能劈开山脉、穿越丛林的神灵，他们相信河流是无法阻挡的，是能永远保持奔流无阻的状态的，然而，渡口却是人类跨越河流完成交流的媒介。七渡口、夏日寺、土登寺等渡口，像是通天河边的先民以江河为棋盘，布局的一枚枚精致的棋子。这些通天河段上的棋子中，最耀眼的应该属于直门达渡口。唐蕃古道的兴起，让七渡口成了连接内地和吐蕃的一个重要枢纽，昂欠政权兴起后，带动了沿着七渡口往下其他渡口的兴起。其中，以周围生活着的直门部落命名的直门达渡口，尤为出名。青康公路南下，要穿过通天河，就得经过直门达渡口。直门家族，就是靠摆渡牛皮筏为生，运输高峰期，在渡口上排队的人最多要等候10多天。直到1963年修好直门达大桥后，这些摆渡人才逐渐淡出历史视野。前些年我去玉树，乘车穿越通天河，就是从那座水泥桥上走过去的；后来，通天河大桥旁增加了一座现代化的大桥，桥面更宽阔，承载能力更大，来往的车辆也更多了，再后来，随着玉树到西宁的高速公路修通后，通天河高速大桥建成通车。三座桥梁，是悬在通天河上的三座纪念册，记录的不只是横跨大河的风景变化，更是落在河面上的现代造桥技术的变迁。通天河进入人类固定群居区后，成了一道天然的分界线，左岸是曲麻莱、称多县，右岸是治多县。玉树市，在接纳了来自玉树市境内的巴塘河后，通天河变成了金沙江。那该是一场多么庄严的交接仪式，通天河把自己交给金沙江，这不仅仅是河变成江的名称之变，更是这条大水告别青藏高原奔赴大横断山脉地区，像一头向低处的、更为险峻的群山缝隙中钻去的巨龙。地理的偏远与水流湍急，让这块交界地带变得神秘、恐怖。

我特意选择 7 月 24 日赶到那里，不单是完成对通天河的完整考察，不单是为目送通天河流入另一个名字构成的大江中，而是为了我上高中时就在心里认定的英雄尧茂书。我从选择沱沱河作为河源考察时，顺着通天河而下的过程中，就能感受到尧茂书穿越时空、无所不在地陪伴着我。当年，他无非是乘筏漂在江面上，而今，我则是徒步行走在岸边。站在通天河和金沙江完成交接的地方，我默默地点上一根烟，狠狠地咂了几口，看着烟头冒着红光，冒着青烟，我将那支烟扔向江面，我仿佛听见烟头落临水面时发出嗞的一声，红色的烟头和青色的烟瞬间消失，就像他从源头漂行了 1270 公里后，被一股恶浪袭于江中，他在告别这个世界、告别这个他想征服但却再也无法完成的河流时，是不是也发出了那烟头临终前的慨叹？壮士留给人间的，是一道壮美身影和从那时到现在都稀缺的勇气。我默默地停留了很久，尽可能地想陪陪这位通天河的儿子。望着青海、四川和西藏三省区交界处，那是一条威严的、千百年来都不敢也无法篡改的分界线，长江从那里就流进大横断山区。暮色渐至，水面上升起淡淡的雾气，两边的林木开始站在一片朦胧中，仿佛一位母亲喊着在街巷里玩耍的孩子回家吃饭一样，我似乎听见从河面上浮起一道声音："青海的儿子，别再往前，回到通天河边吧！"

第四章
黑河离歌

一

祁连山就是一个丰硕的乳房，从中流淌出的涓涓细流，哺育了分布在大山两侧的黄羊河、疏勒河、大通河、党河、托来河、八宝河等河流，在祁连山西麓的群山间、盆地中造就了一处处牧场，在祁连山东麓的冲积扇地带上成就了一处处绿洲。

这些河流就是祁连山的养子，这些河流中流经路途最长、流域面积最大的就是黑河，在历史上留下纳曲、夏拉郭勒、弱水、合黎水、鲜水、张掖水、甘州河、哈喇木仁、纳林河、穆林河等汉语、藏语、裕固语、蒙古语中的名称。和同样发源于青海境内的黄河、澜沧江、通天河、昆仑河等大江大河一样，黑河的籍贯也在青海，源头地带也是由一条条发辫般的支流汇聚而成，最大的两支是八宝河和托勒河。

我是先从八宝河溯源的，它有两个乳名：当地藏族牧民称其为宗姆雄，裕固族人称其为乃曼额尔德尼曲。我从甘肃境内的张掖市出发，那辆载着我和20多名乘客的长途汽车，穿过民乐县，往祁连山腹地缓缓爬行，车像得了哮喘病似，吭哧吭哧地慢慢爬坡，在连接祁连山东西两侧的甘肃和青海的要冲扁都口，司机要让车休息一会儿，也好心地提醒车上的人可以拍照。但这种提醒的受益者却只有我一人，当我揣着相机奔下车，寻找最佳拍摄点时，回头一看周围空无一人，整辆车上除了我，全是早就看惯了这山与这林的当地人，这个季节穿越祁连山去看黑河的，全世界恐怕就我一个人了。

下车了，才发现刺骨的寒风吹来，风里似乎有我闻得见的狼烟与角鼓穿破时空之墙吹来，那些在不同历史时期倒在这里、埋在地下的将士们，集体在地下喊疼。祁连山，从来就没缺过战争，它就像一位常年坚守在前线的将军，一直是戎甲披身，顾不上尝试丝绸软衫，被时光塑成了一尊战神的形象。祁连山漫长的战争史里，被信史记载的、给后人留下最深印象的，莫过于汉朝派出的那支远征军和匈奴的战争。那支从中原出发远征河西走廊的汉军，每个将士身上都裹挟着一股秋风，全军就构成了一场飓风，经过一场场恶战后，让曾勇猛无敌的匈奴变成了节节后退的落叶，最终从祁连山的视野里败离而去。

匈奴人怎甘心失去他们心中这"如天一般的山",在他们的语言里,"祁连"就是"天",失去祁连山,就意味着他们头顶的天塌了。失去祁连山的匈奴人面对祁连的群峰发出"亡我祁连山,使我六畜不繁息;失我焉支山,使我妇女无颜色"的哀叹。站在扁都口,我似乎又听见历史替匈奴人翻译这句话:失去了祁连山,我们丧失了良好的牧场,牲畜不能繁殖;失去了焉支山,我们放牧困难,生活贫困,妇女们因过着穷苦的日子都没有好的容颜。

　　祁连山就是一座蓄水池,匈奴、鲜卑、突厥、回鹘、吐蕃、党项、蒙古等一个个游牧民族,经由扁都口出入祁连山,他们的到来、盘踞、征战,就像一条条充满生机的河水奔涌而来,给这座蓄水池不断注入活力,也创造残酷,战胜者的旗帜猎猎作响于山巅,颂词撒遍山下的黑河水面;战败者像山坡上秋深处变黄的牧草,匍匐在地上后忍受寒风的卷送与黄土的掩埋,哀号与恼怒被一河流水带走。

　　生与死、荣与枯的军事较量,构成祁连山的一部磅礴壮阔的战争史。匈奴军队从祁连山撤离,构成这部战争史的精彩章节。从此,这部战争史因为休战与杀伐、波谷与高潮而跌宕起伏,呈现出不同的曲线状态。隋炀帝带军远征青海,唐军长途奔袭突厥势力,党项羌军队消灭回鹘政权,甚至到近现代史上,西路军在这一带与青海马家军进行了激烈战斗,血染青草。

　　车子缓缓进入峨堡垭口,峨堡是个蒙古语词汇,是鄂博、敖包的音译,垭口是藏语中山路最高处,"峨堡垭口"这个两种文化杂交的地名里,既能看出蒙古族文化对这里的影响,也能看出藏族文化在这里深深的印记。透过车窗,朝南望去,远处是海拔4843米的冷龙岭,终年积雪的山顶在阳光照射下给苍穹亮出一面银色的镜子,那是分娩出祁连山西麓大通河和八宝河两大河流的子宫,而八宝河是黑河最大的支流。

　　长途客车行到托勒南山的谷地后,我下车,转而朝东南方向沿着227国道而行,目标是冷龙岭西侧的景阳岭,那里是八宝河的源头。抵达这里前,我专门找来民国时期著名记者范长江的《中国的西北角》,留心到这样的记录:"过一小岗曰景阳岭,为大通河与弱水的分水岭,山北之水北流居延海,山南之水汇入大通河,门源土人有句俗话说:天下高不过景阳岭。"源于一地的两条河,两岸的民众对两条河的体会不同,景阳岭之南的大通河两岸,在以汉族、回族为主的门源县居民眼里是高大的象征,而在岭北以藏族为主的祁连县民众眼里，则是寒冷的象征。据《格萨尔·霍岭大战》记述，贡玛嘉木曾向格萨尔王预言这里是"冻死牦牛的地方"。能冻死牦牛的地方，可不是冷极之地么。然而，游牧民族对养育他们的山河，哪怕自然条件多么严酷，也会起一些带有美好祝愿或感恩的名字，藏族人对从这里流出的河流就取了个非常诗意的名字：八宝河。

在藏族同胞的眼里，"八宝"是指和佛学有关的金鱼、胜利幢、宝伞、白海螺、莲花、宝瓶、吉祥结、金轮，他们将这条河以"八宝"命名，寄予的是一种美好愿望。在这之前，它还有个更古老的名字：霍尔大河。那一年，格萨尔的军队远征至此时，眼前横过来一条磅礴大河，岸边只有一个叫唐三让茂的老渡口，桑吉加负责在此摆渡。

军队的指挥长翻身下马，走到岸边，将手探向水中，很快，冰凉的河水就让他将手指收了回来。指挥长没想到，眼前的这滔滔激流却如此冰凉，他问桑吉加："这条河叫什么？你叫什么？"

桑吉加一张嘴，一曲祁连山西麓的民歌从喉咙里传出，飘在河面上，也飘向格萨尔的远征军人耳朵里："这滔滔激流，是深褐色的霍尔大河，我是船夫长桑吉加，在河边渡口驾船摆渡。"

桑吉加的歌声就像连绵不绝的霍尔河水，远征军人们从中听出了居住在这条河上、中、下不同地段的部落：霍尔河边有年巴、巴巴和江巴三个部落，桑吉加负责上游的渡口唐三让茂，这一带属于江巴部落；中游的渡口叫唐果朱索，由年巴部落的阿果吉梅负责；下游的唐那朱索渡口，由巴巴部落的木赞卡学主持。

桑吉加口中的古老歌谣，像一面镜子，照见那时的八宝河上有序的渡口摆渡与地界分工。八宝河的源头是在位于冷龙岭海拔 4500 米左右的地方。从冰川里渗出的水，像一个偷偷溜出门后想去远方看看外面世界的女子，听从几十公里外的另外一个女子的建议（另一条支流的召唤），让两条支流如两位私奔的女子相遇，她们的原籍分别是祁连山西麓的冷龙岭冰川和八一冰川，祁连山是她们共有的大村子，一旦离开这个村子，两位私奔女子的心情就放开了，胆子大起来了，脚步快起来了，甚至放开嗓子唱起欢快的歌，一路上悄悄地呼唤着和她有同样目标的 114 条小支流，变成了一场浩荡而公开的集体出走，这些细流合成一股细软中带着刚硬的绳子，穿越冰川、雪山、峡谷、草原、绿洲、沙漠、戈壁，经过青海、甘肃和内蒙古三个省区，完成了中国第二大内陆河的全部流程，最终在距离出发点948公里之外的一片沙漠中完成这趟长旅，成就了一片著名的戈壁之海：居延海！

对一条河的敬重，不是在两岸发动战争，不是在上面修建拦截水流的电站，也不是毫无节制地引水灌溉，更不是往河里倾倒垃圾与污染物，就像你喜欢一个人而静静地守候着他（她）一样，喜欢一条河，最好的方式是静静地安居在岸边或默默地行走在它的身旁。顺着八宝河在海拔3500米左右的高山草甸地带的流向，我就是这条高处之河前躬身的读者与听众，饱览大河两岸滋育出的草原，聆听阿柔部落在这里缔造、书写和遗落的故事。在当地，一直流传着该部落的来历：一支游牧在今果洛州境内的鄂拉山麓的古老部落，向东南移牧至阿尼玛卿雪山时，看见阿尼玛卿雪山形似藏文字母"阿"字，故自称其部落为"阿柔"（意为"看见阿尼玛卿雪山的部落"）。吐蕃王朝兴盛时，祁连山西麓成了吐蕃王朝出兵祁连山攻占河西走廊的大本营。奉命从阿尼玛卿雪山下来到这里镇守的将士们，把自己的部落名字也带来了，让"阿柔"就像一捆金黄在秋天田野的青稞，矗立在这片土地上。八宝河流到祁连县城时，海拔已降至2700米，县城驻地也因河而得名"八宝镇"。

八宝河流至县城东郊黄藏寺附近，与黑河的另一条支流托勒河汇合，形成了真正的黑河。

黑河是一株大树，八宝河和托勒河就是在上游汇聚的两条枝杈，这两条枝杈在当地牧民的眼里，更像是一头雄壮的公牦牛的两支角，他们便把长出"两条牛角"的黄藏寺，奉为黑河的脑袋。

我在八宝镇完成简单的调整与补给后，选择逆着托勒河而行，向黑河的另一个河源走去。

晚秋时节，河谷地带生长着的青稞、油菜等夏秋作物已经收了，仿佛一个观众离席后的剧场，给河谷腾出大片空白，让托勒河两岸伸出一双空荡荡的袖筒，河风和鸟儿自由穿梭在这无形无状的空袖筒里；沿岸的树叶被霜染过，像一个个身披金黄色袈裟的僧侣站立，以河谷为经堂，排成一个长长的队伍，默默念诵着他们滋养大地的经文。山坡上是常绿的针叶林，一些海拔高的山峰上已经看得见白雪，默视着大河向远方流去。

逆着托勒河而上，离开八宝镇不久就进入扎麻什乡境内。扎麻什，对很多人来说，是个偏远而陌生的地方，藏语中是"红色之山"的意思。一条河流和一个优秀的作家、诗人相遇时，一定是这条河在文化意义上的福气，他们给这条河留下优异的文化遗产，经过时间的发酵后，就是醉倒大河的陈酿，就像屈原和汨罗江、马克·吐温和密西西比河、伍尔夫和乌斯河一样。苦难的生活对诗人来说，或许会变成一种诗意的书写，诗人昌耀当年在这里，在一场扎麻什婚礼上，他把戴着银狐皮帽迎亲的扎麻什克人当成迎接自己的春神，冰冻的托勒河明明沉默在一片巨大的寂静与荒白中，诗人却从冰层下缓缓流动的河水里听见河流的笑声，也听见了扎麻什醉倒在麦酒弥漫的黄昏里，这样的河流及两岸的扎麻什人，让昌耀创作了那首著名的《酿造麦酒的黄昏》，让很多人通过这首诗了解到"扎麻什"。

我在一本昌耀的年谱里留心到这样一个细节：那是飞雪曼舞于祁连山西麓的、1962 年 11 月 19 日下午，昌耀乘坐从西宁发往祁连县的长途班车，翻越祁连山西麓的景阳岭垭口，那里海拔 3740 米，是被牧民称为"能冻死牦牛"的地方。山顶是大雪厚积、山道上雪冻结冰，车上的人提心吊胆地默默祷告——平安下山。当长途班车小心翼翼地走完盘旋的山路，抵达黑河河谷时，车厢内似乎回荡起乘客长长吁出的那口气。其他乘客或许在庆幸悬在心里的那块石头终于落地，昌耀却望着白茫茫的大地和不远处的黑河，诗意澎湃地构思出了他的《黑河》，留下了"黑河险峻的堤岸，是流汗者踏出的人行古道"的诗句。

从西宁回祁连县翻越景阳岭垭口、创作《黑河》7 天后，昌耀创作出了那首经典的《酿造麦酒的黄昏》，随后的日子里，相继为那片缺少诗意和诗歌的地方，留下了十多首诗歌。当昌耀被诗坛"发现"并开始以昌耀命名的诗歌奖与诗歌活动时，诗人们在诗会上声情并茂地朗诵昌耀的诗作时，选择的大多是诗评家、出版家们挑选出的作品，而像昌耀漫长岁月中在黑河的日子一样，他书写"黑河岁月"的诗作，并没多少人关注。即便是一些比较专业的诗评家或诗人，也多是将日月山作为诗人青春的牧场，忽略了祁连山与黑河。昌耀在黑河边时，曾在一首诗歌中将自己誉为森林的义子，其实，他何尝不是祁连山与黑河的义子？对于曾在这里生活的昌耀而言，一条大河，劈开山谷时，也就像切水果一样暴露出山脉的心脏和脉动，暴露了山的秘密，以及藏不住的悲楚与辛酸，这多像岁月这把刀，在很多人都看不见的角落朝昌耀的诗歌生涯无情地砍去，那裂开的缝隙里沁出的，是诗人和时代的双重伤口。

想起昌耀，我只能捧起他的诗集，那诗集恍若祁连山，每翻动一页，我的敬重如火燃起，将那厚重如天的积雪融化出一溪泪水，悄然流向这座大山。读他的诗读多了，这座大山里的条条山沟竟然都盛满了流水，这才是一份高洁的祭奠与追忆。

唉，黑河之水呀，哪能流淌完诗人的悲伤，我还是选择轻声念叨波兰诗人琴斯洛·米沃什的"伤心欲绝时，我们就返归某处河岸"诗句，回到黑河上游的扎麻什，继续往上游而行。

距离昌耀写下《黑河》50年后，他笔下那些黑河两岸的伐木者、牧羊人、制陶工、擀毡匠、采矿师、森林警察和流放者都不见了，黑河的水带走了能带走的一切，唯有那些在伐木者斧子下偷生的、倚着陡峭山势生长的青海云杉和祁连山圆柏，苍翠而雄浑地保持着它们应有的样貌，做着黑河水流经这里的迎来送往者，庆幸自己躲过人类的砍刀和电锯的命运。黑河的流水，在这些高大林木映衬下，显得更加柔顺而纤弱，呈现出独有的纤细和秀美。

二

大江大河，穿山越峡时流动的姿势大体相同，但河边收留、滋育、送走的族群却是千面万孔，从他们的手指间流出的、喉咙中唱出的，甚至死后的葬礼上，滋润出的人文历史却各有特色，黑河就是个多子多女的、能生善养的母亲，养育了生活在这里的藏族、蒙古族、汉族、裕固族甚至哈萨克族等很多族群。

山，常常意味着横亘在人类沟通愿望前的墙，水则如一条具有无限耐力的锯子，硬生生在群山间切出一条条通气孔般的河道来；水就是人类的向导，引导着人沿着河与山相依的逼仄中同行、凿道。野牛沟乡位于扎什麻乡的上游，距离野牛沟乡西北10公里，黑河南岸有一条沟的名字叫哈萨坟，就是哈萨克人来去黑河的一份证词。1934年夏天，不满新疆军阀统治的500多户哈萨克牧民，离开天山北麓的巴里坤草原及哈密一带的家园，向东开始大迁徙，其中有200多户翻过祁连山，试图前往柴达木盆地。那些哈萨克牧民渡过黑河后，进入泉刺沟和大水沟中间的山沟中时，或许是一场疫情传染，或许是遭到劫掠，不少人谜一般地死在这里，当地牧民好心地掩埋了这些死于寻找新家园路上的异乡人，留下了哈萨沟和哈萨坟的地名。

黑河从没缺少过迁徙者的背影，无论是被汉代军队击溃后撤离祁连山的匈奴人，还是被党项羌骑兵赶跑的回鹘部族，他们都在黑河流域留下了神秘消失的背影；那些滞留在这里的吐蕃远征军、那些赶走党项军队控制祁连山的蒙古骑兵、那些带着迁徙悲歌来到这里的尧熬尔部族，一个个古老的部族，就像考古学上的文化层一样，层层叠压出黑河上游一带丰富的民族发展史。

古老的尧熬尔部族来到黑河时，给这条河带来了一支带泪的歌，反映尧熬尔东迁的《尧熬尔来自西至哈志》中的"舀一勺眼泪汇成的河流，也能照得见我们心灵上的创伤"，就是最好的例证。任何一个民族的史诗就是他们的心灵呈露与发展的轨迹，《尧熬尔来自西至哈志》书写了尧熬尔人来到黑河的心路历程：公元 16 世纪初，伊斯兰教东进到新疆大地，在西至哈志的 35 个部族中，尧熬尔部族选择带着自己的信仰离开故乡，向东迁徙。10 万尧熬尔人，让骆驼和马驮着他们的牛皮帐房，带着他们的"啦依啦"歌谣和"牙什扎"舞蹈，带着他们的信仰离开家园。

由于担心敌人的追杀，尽管知道老人拥有智慧、孩子代表未来，但部落长还是狠心地下令："杀敌需要青壮年，还要带上口轻的牲畜，老人和孩子只能杀光。"年轻的姑娘乌尔金娜不忍丢下年迈却机智多谋的父亲，但又不敢违背部落长的命令，经过一番考虑后，她将骆驼羔皮袋扎了无数小洞，把老父亲装进去，混杂在驮着物资的骆驼群中，开始继续逃亡。

逃到一个地方，有时没过多久就被追击之敌循踪追来；有时在一处绿洲上定居几年，还是透露了风声，被对方闻风追来。尧熬尔部族一次次逃脱，一次次面临灭绝之灾。这一次，敌人纠集了更多的人，快速从后面追来，这支人困马乏的逃亡者实在跑不过敌人的快马，大家都觉得难逃厄运，注定要遭受被灭族的命运，悲伤的气息弥漫在整个部落。夜晚来临，乌尔金娜和平时一样，总是将自家的帐篷扎在离大家有一定的距离处，她小心地将装有父亲的骆驼羔皮袋从骆驼背上卸了下来，乘别人不注意时，让父亲抓紧吃饭、喝水、大小解。夜深人静时，乌尔金娜悄悄告诉父亲部落面临的危险。

富有智慧的父亲听完乌尔金娜的讲述后，沉思了半天，想出了一条计谋，并让女儿立即去给部落长献计：用短刀刺在乏弱的牛马脊背上，让它们在四处奔窜，途中洒下血滴，让追击之敌难辨尧熬尔人的去向；同时，连夜给马倒挂蹄掌，将骆驼的蹄印用布包起来，所有逃亡的尧熬尔人也将靴子脱下来，倒着绑在脚下，继续向东方进发，在地上却留下向西而去的印记。

乌尔金娜将父亲的计谋禀告给部落长，部落长命令族人连夜开始实施乌尔金娜父亲的计划。终于，部落摆脱了追敌。过大漠时，智者的声音从骆驼羔皮袋里传出：紧跟着骆驼就能走出旱魔的掌心；过雪山时，智者的声音再次从骆驼羔皮袋里传出：紧紧抓住牦牛的尾巴，就能摆脱风雪的控制；穿越茫茫戈壁时，智者的声音依然从骆驼羔皮袋里传出：看着天空中银雀飞行的方向，就能抵达藏着十万大佛的山洞。这群人坚定地恪守自己的信仰，努力寻找着适合自己的栖息之地。这个踏上东迁之路的族群，唱着离乡的悲曲，走在离家乡越来越远的路上。从离开家乡到抵达黑河边，中间隔着今天地图上的几厘米，却隔着尧熬尔人整整 16 年的逃亡时间，他们从天山到阿尔金山再到祁连山，蹚过大哈拉腾河、党河、疏勒河、托勒河，来到黑河边上，行程超过 1500 公里。

那群尧熬尔人站在走廊南山和托赖山之间的河谷里，正值初春，河风劲吹，河水在冰面下流动，春天的暖阳也开始刀削般减着冰层厚度，虽然耳边早没了追敌的威胁，但尧熬尔人还是觉得踩着黑河冰面，到对岸才是安全的。

大队人马开始踩着冰面，向对岸走去，谁也没察觉危险正来临。河流的秘密往往不在肉眼看到的岸边，常常是暗藏在河中间的旋涡或冰层下。大队人马的通过，让冰层不堪重负，随着大河发出脆响，冰层像一面在烈日下暴晒日久的白色丝绸被撕裂一样，走在河中间的人、牛、马、羊、骆驼来不及发出惊叫，就被河床中间裂开的大嘴吞没，走到东岸的人闻声回头、正从西岸准备踏上冰层的人，眼睁睁看到河吃人的一幕。裂开的大河，将已经渡到黑河东岸的和准备过河的尧熬尔人分隔在两岸。

这片河谷犹如一个大写的"八"字，当地藏族称呼这片河谷为"八字墩"。《尧熬尔来自西至哈志》中留下了最初来到这里的尧熬尔人的感叹："尧熬尔来到八字墩，祁连山啊，可爱的山，尧熬尔从此有了自己的家乡。""祁连山中的异族兄弟，和尧熬尔像松柏满山生长；吐蕃人赠给我们羔羊，劳动使我们民族慢慢富强。"

黑河、祁连山和藏族牧民收留了尧熬尔人，后者也视这里为新家园，和任何一个外来者一样，他们认为黑河才是他们命定的家，他们是黑河的主人，他们取自己的部落"鄂金尼"名和蒙古语中河流为"郭勒"，将这条河命名为"鄂金尼郭勒"，在裕固族语中，鄂金尼是"主人"的意思，黑河就是他们的"主人之河"。他们自称为"鄂金尼鄂托克"，是"主人的部落"的意思；周围的吐蕃人则称这些犹如一支有力的动物头角一样的部落为"曼台"（藏语中"曼台"指动物的角）。汉文文献资料中则称这支人为"撒里维吾尔"，这群人沿着黑河逐渐游牧、散居，逐年扩展自己的足迹范围。

民国时期，整个尧熬尔分化为九个"家"和一个部落，即大头目家、东八个家、杨哥家、罗尔家、四个马家、五个家、西八个家、亚拉格家、贺郎格家和曼台部落。

河流是人类的驿站，既能笑脸欢迎，也能冷脸相送。由于甘、青两省草原边界纠纷，鄂金尼部落的尧熬尔人于1959年开始了第二次东迁，一首离歌至今仍在这个古老的部落里流传：

鄂金尼草原你依然健在，我就要离开你了，但不是永远离开，我希望有一天能回头来看望你；

黑水河你依然健在，我就要离开你了，但不是永远离开，我希望有一天能回头来看望你……

这是一曲悲壮的黑河离歌，尧熬尔人选择在冬天离开，为了防止被水冲走，男女老少拽着牦牛尾巴渡黑河；风雪中，他们穿着厚厚的羊皮大衣和牛皮鞋，一步一步地翻越扁都口，在山下的大马营滩上，他们拿出牛背上驮着牛羊粪点燃，以此吓退一直尾随着他们的狼群。黑河边的八字墩、托勒、扎什麻、友爱等地，逐渐在身后了，尧熬尔人要前往的是甘肃省肃南县皇城草原、北滩草场一带。

长期和蒙古族、藏族人交流，尧熬尔人的语言文字中同时包含阿尔泰语系最大的两大语族：突厥语族和蒙古语族的词汇，也不时有藏语成分加进来。语言学家们因为尧熬尔语保留了古突厥语词汇誉其为"古代突厥语的活化石"，像对黑河上游的八宝河的"八曼额尔德尼"等称呼，让黑河两岸飘荡过一丝突厥语音；在尧熬尔人的眼里，黑河就如人类的出生一样，是男女结合的产物：发源于祁连山景阳岭的鄂金尼河（八宝河）象征雌性，发源于托勒南山的巴孜图河（野牛沟河）象征雄性，两条河的相遇，诞生了黑河。

1953 年 7 月，祁连山北麓各族各界人士座谈会在酒泉召开，一致同意成立一个以尧熬尔为主体的自治县，肃南裕固族自治区（县级），国家有关部门取与"尧乎尔"音相近的"裕固"（兼取汉语"富裕巩固"之意），作为尧熬尔的现代族称。1954 年 2 月 20 日，甘肃省肃南裕固族自治区人民政府成立。根据 2010 年第六次全国人口普查统计，裕固族总人口数为 14378 人，主要聚居在甘肃省肃南裕固族自治县和酒泉黄泥堡地区。

黑河，是尧熬尔人曾经的家园；尧熬尔，是黑河曾经的过客。

尧熬尔人的归去来，是黑河漫长历史中的一道插曲。顺着 204 省道继续朝黑河源头方向而行，也是逆着祁连山下的野牛沟而行，夹在祁连山和托勒山之间的黑河像是一个脸朝大地的女性，将头颅后部晾晒在阳光下，不时涌来的条条支流犹如银色发辫一般，在阳光下闪闪发光。越往上走，流水的山沟变得越陡峭而逼仄，从中奔涌来的支流也越发纤细而密集。到热水沟附近，204 省道开始与黑河分手，后者保持朝西而去，在大白石沟附近折向西北方向，和北大河一道将嘉峪关视为它们共同的终点，双双结伴而去。离开热水沟后，继续逆着黑河而行，大体沿着西北方向经过小南沟和白沙沟后，野牛沟的尽头、高达 20 米的一道道冰墙在阳光下发出刺眼的光，这里便是黑河的源头。

三

河流往往是人类交流与沟通的大通道，无论是贴着岸边的悬崖峭壁而行，还是通过皮筏木船横渡到对面，人类总是将河谷地带当作集市、战场、过道、舞台，完成不同方式的接触。

1000 多年前，黑河迎来了另一个古老部族的脚步，他们是源自青藏高原但后来雄踞陕北黄土高原与河套平原的党项羌。公元 11 世纪的一页刚刚翻过，党项羌的首领李德明就派自己的儿子向祁连山东麓发动进攻，先后攻取了河西五郡，将贯穿祁连山东麓的丝绸之路掌控在新兴的西夏手中。公元 1038 年，李德明的儿子、年轻的党项羌首领李元昊在贺兰山下宣布，成立大白高国，这便是中华历史中的西夏国。

在贺兰山和祁连山之间，南边有腾格里南山和黄河作为屏障，北边却是茫茫戈壁与沙漠，这让贺兰山与祁连山之间辽阔的阿拉善高地像是一个朝北敞口的大簸箕，而当时正崛起的西夏，其东北部就是强大的辽国，辽国军队常常穿越朝北敞开的簸箕口，南下进入贺兰山西麓，对新兴的西夏构成威胁。公元1049年秋天，也就是西夏建国11年后，其开国皇帝李元昊刚刚去世一年，辽国三路大军攻伐西夏，其中由耶律敌古鲁带领的北路军就横越祁连山和贺兰山之间的沙漠、戈壁地区，抵达贺兰山西麓的阿拉善，将西夏方面秘密安置在贺兰山腹地的李元昊妃子没移氏及数十位西夏将官俘虏而去。

早在西夏建国初期，李元昊一定这样思谋：如果在新占领的、祁连山东麓的甘州、西夏设在阿拉善腹地的白马墙镇军司和阿拉善高地北部一带之间，修建一座军事要塞，就能形成一个互为犄角的防御之势，既可抵御来自祁连山一带唃厮啰、回鹘残余势力，也能防御北边的辽国侵扰。

李元昊派出的探子很快带回情报，从祁连山东麓流出的那条大河，古代称为弱水（就是黑河从祁连山东麓至终点段），穿越巴丹吉林沙漠后蜿蜒伸向东北方向，早在西汉太初三年（公元前102年），强弩将军路博德就曾在弱水下游筑居延塞，时称"遮虏障"，后来，汉军在弱水沿岸筑长城，将居延塞和西边的酒泉塞连在一起，构筑了一道沙漠中的长城，居延塞自此成为历代屯兵设防的重镇。唐朝灭亡后，中国陷入五代十国的割据状态，中原政权对远在西北的居延塞无暇顾及，弱水因为没人疏浚、管理而导致水量减少，居延塞日渐被废弃。李元昊派人经过详细勘察后，决定疏通弱水，并将其按党项语称之为"亦集乃"，意为"母亲的乳汁"，在居延塞基础上修建黑水镇燕军司所在地威福军。随着大批西夏军人驻防，威福军所在的城池人数激增。威福军所在地北边和东边是干旱荒凉的戈壁滩，西边是寸草不生的马鬃山地，南边是茫茫的巴丹吉林沙漠，海拔超过1000米，周围戈壁、沙漠广布，植被稀少。要想让如此荒远、贫瘠之地养活驻在这里的军人，就得从内地移民到这里开垦田地，而新开的田地就得需要更大流量的水来浇灌，这就是西夏派遣大量勘察人员、水利工匠、筑坝民工云集"亦集乃"的原因。

西夏颁布的《天盛律令》中定"生荒地归开垦者所有，他和他的族人可永远占有，并有权出卖"的规定，极大地刺激了私人垦田的积极性，随着威福军人数的增加及其周围垦荒规模扩大，黑河对西夏的重要性日渐凸显。公元1176年9月25日上午，甘州城外10里处的黑河边，已建成的黑河大桥旁，正在进行一项立碑仪式，碑上的文字是以西夏仁孝皇帝的口气刻上去的：

针对黑河"年年暴涨，漂荡人畜"的现状，皇帝下令在黑河上兴建一座大桥，旨在让来往于黑河上的人、车、牲畜免除涉水之苦。黑河大桥建成后，前来当时的镇夷郡（即甘州城，今张掖市）视察的仁孝皇帝曾特意赶往黑河边，察看这座大桥，并命负责办理文书的骆永安和其助理郭那正成完成这篇碑文的撰写。

黑河就是一座大舞台，上台者在精彩的开场白中亮相，下台者总会难掩悲伤地留下一地离歌。当蒙古铁骑来到祁连山下，让黑河上飘起党项羌战士的血与尸体时，幸存的党项羌人在撤离这里时唱起的离歌，犹如阴云布满天空。

2008年秋天，我在西宁偶遇祁连县藏族民俗学者才华扎西，闻听他说祁连县境内有西夏文化遗址，便跟着他踏上通往祁连县的路。沿途随处可见山上的积雪，草场已经完全枯黄，牦牛在寒冷的草原上悠闲地吃草。离开西宁后，我们向西北方向经过湟中、湟源、海晏、刚察等县，翻过4000多米的大东树山后不久，就能看见如一条蓝绸子般铺在祁连山的黑河。

才华扎西指着县城西边的一座山，说那座山叫"多杰华"，当地民间传说是西夏末代皇帝"多杰华"在这里修建的避难行宫。那些年，我正专注于西夏后裔的去向研究，第二天一大早，我和才华扎西一起前往"多杰华"。攀登"多杰华"没有道路而言，只能顺着羊走的小道时而绕行，时而顺着近乎60度的山坡爬行，邻近山顶更是接近60度的陡坡，山坡上堆积着厚雪，加剧了爬山的难度。3个小时的艰难攀爬后，终于登顶。环眼四周，发现山顶上散落着大小不一的近百间石头砌的建筑遗迹，一座险峻而颇有规模的古城依稀可见。城体东西长于南北，仅北侧城墙就近800米，城内的南北距离约有300米。才华扎西曾17次来这里进行过详细登记、考证，统计出住房遗址约50处，大小一般都在100平方米左右，最大的有200平方米。这些建筑或用当地所产的红砂岩做成石板后堆砌而成，或用土堆成，里面有明显的蓄水池遗迹，有墓葬20多处。古城附近曾经还有一条引水渠。据当地老人多杰回忆说，渠道遗址在几十年前还很明显，但我在现场只能看到依稀的轮廓。古城东南方的一座无名山顶上有一座烽火台，距离山顶直线距离约8公里处的阿格山顶，也有一座烽火台，两座烽火台遥相呼应，像是发现敌情随时会给古城报警的雄鸡立在高处。

在才华扎西家中，他给我拿出《蒙古族佛教源流》一书，里面这样记载：

公元1227年，66岁的成吉思汗发动对西夏的战争，攻占了祁连山东麓的甘州城后，歼灭了第九代西夏皇帝西达日郭塔干（西夏语为"托杰"，藏语称为"多杰"，意为"金刚"），继而派兵向西翻越祁连山，逆着黑河而上攻占了当时属于西夏的祁连县一带，托杰的王妃（额乃干）在成吉思汗和她行房事时，用剪刀刺杀成吉思汗却未能成功，被捆绑后投进了黑河，蒙古语因此称黑河为"哈沱穆然"（蒙古语叫黑河为"哈喇穆仁"，意思是"污水或不洁之水"——作者注）。在藏文典籍《藏文文选》中同样有类似的记载：第九代西夏国王死后，他的一个美貌非凡的后妃被成吉思汗占有，这个后妃为了报仇，于晚上行欢时捏掐成吉思汗的睾丸，致使其受伤。

给一个地方贴上帝王幸临或埋葬的标签，是当地人的一种文化心理，尤其在旅游时代，这种文化需求更为强烈。从西夏的历史来看，西夏晚期的皇帝来到这里的可能性几乎为零；西夏第七代皇帝曾镇守过和祁连县一山之隔的甘州，或许，是祁连县的牧民将从甘州逃亡至此的某个镇守长官视为西夏皇帝，为此演绎出很多与西夏帝王有关的故事。从"多杰华"的地势来看，这里作为避暑行宫或军事要塞守护的可能也很小，结合当地的裕固族、藏族和蒙古族传说，我倒是尽可能地还原出这样一段历史：得知蒙古大军即将袭击甘州，西夏守将曲也怯律将祁连山西麓的茫茫草原当成退路，悄悄派人拉运着财宝前往今天的八宝镇一带，他们看好陡立于黑河边的那座山，探子回报来的情报显示，接近山顶位置有不少隐蔽的山洞。大批被征来的牦牛拉到山下现场宰杀，清除掉粪便的牛肚还是热气腾腾的样子，就被装上土，上面摆放一层牛头，接着再垒一层装满石头的牛肚，寒冷的天气会让装满土或石块的牛肚与牛头很快冻结，就这样，一层又一层的"牛肚墙"与"牛头墙"出现在悬崖下，构成了一架直抵悬崖高处山洞的梯子，从甘州拉运来的金银财宝、珍贵文书、佛教经卷，沿着那条独特的梯子运往高处，然后被藏在那些隐秘的山洞里。山洞门被砌好后，天气也逐渐变热了，那一面面由牛肚与牛头砌成的"墙"自然就塌了，秘密留在了数百米高的山洞里，犹如那个古老而神秘的西夏一样。

党项羌的军队撤离了，但关于西夏皇帝多杰华的传说留在了这里，那座山就被当地人称为"多杰华"。兰州大学历史系博士生导师洲塔教授就认为"多杰华古城"或许并不是一时修建的，而是西夏早期就开始修建，只是到了西夏晚期，为避免蒙古骑兵追杀而选择逃亡的国王为了强化防御功能，才有了今天见到的这个规模。

从"多杰华"山的地理位置来看，城堡的朝向告诉我，起初它重点防御的对象是南边的吐蕃人，西夏控制黑河时期，和统治青海湖环湖一带的吐蕃相隔一条大东树山，大东树的意思就是"上千名战士驻守的地方"，山上出土的陶瓷碎片及人骨，经文物部门鉴定是西夏时期的。就在黑河对岸的甘肃肃南裕固族自治县境内的祁连山中，2005 年 6 月，发现了一尊长达 10 米的西夏卧佛，同时还发现了西夏时期的两座洞窟，里面有一些珍贵的壁画。在祁连山西麓的门源县，西夏也曾一度屯兵于此，设立了古骨龙城，宋夏战争中，熙河路经略刘法带领宋兵曾在古骨龙城打败西夏军队，将这里改名为振武城。和祁连县一山之隔的张掖，是西夏时期 12 个监军司之一的甘州，也是盛行佛教的西夏佛都。因此，"多杰华"山上出现西夏城址并不意外，就像黑河两岸出现西夏军队一样。

四

托勒河和八宝河在祁连县政府所在的八宝镇附近汇合后，开始正式被称为黑河。

祁连山为纵，黑河水为横，两者构成了一个十分有趣的山河坐标，黑河再往下流，就钻进了莽莽祁连深山，就站在了今天的青海和甘肃交界的地方，就意味着要作别青海进入甘肃境内。

一条真正的大河就是一枚移动的月亮，既有让人能看到人类想象出的桂树、嫦娥和吴刚合成画面的阳面，也会有隐藏起来不轻易让人看到的阴面。和人类足迹如今轻易抵达的地带相比，峡谷就是这枚月亮的阴面，很少有人能看到真实的一面。出八宝镇大约 20 公里，黑河就钻进了被两岸峻山缝制出的一条神秘口袋，开始在 4200 米以上的高原峡谷中跌宕、凿穿出被誉为"世界第三大峡谷"的黑河大峡谷。从潘家峡到落鹰峡之间 70 多公里的路段基本属于"无人区"，两岸 800 多处冰川像无声地警示着走进这里的难度，除了护林员或专业的测绘、考察人员外，其他人员是无法走进去的。

行进在峡谷中，南岸高大的山峦随着太阳的移动，不时朝黑河投射去不同形状的影子，恍如给河面罩上了一层神秘的黑色铠甲。河水穿行在峡谷内，时而慢腾腾地在开阔地上漫流，时而快速地穿过两岸陡崖间。

鹰落峡不仅是那些高悬于天的雄鹰休息的地方、俯瞰黑河的最佳落脚点，也是黑河的一个标志性地标：冲出鹰落峡后，黑河至此完成了自己的上游之旅，开启了向中游挺进的路途。黑河从此犹如从祁连山爬出的一条巨蟒，将逐渐变得粗壮的身子探向低缓、开阔的河西走廊，造就了祁连山东麓最富足的城市——河西走廊上的"金张掖"。

黑河，从源头到告别祁连山，再到深入戈壁中，像一条澎湃的丝线，将冰川、高原、草场、沙漠、绿洲、城乡、戈壁串联了起来，构成一条西夏时期的帝国之河。尤其是离开祁连山后，黑河像一位出走的少年，把自己的岁月锻造成一匹银色的绸缎，不仅铺在高山与峡谷、草场与农田、城市与乡村之间，更勾连起游牧时光中的青藏高原东北角和阿拉善高地，勾连起牦牛与骆驼、骏马与牛羊之间的美好过渡，也让这条悠久的时光走廊里漫步着吐蕃、回鹘、党项、蒙古和尧熬尔等不同部族的历史回声。

站在黑河大峡谷的出口，望着向甘肃境内缓缓流去的黑河，我替它鸣起不平来：虽然有着"中国第二大内陆河""世界第三大峡谷"等赞誉，但黑河在中国的河流版图中缺乏足够的存在感，即便在青海省境内，它也低调得令人心疼，黑河仿佛是一个被青海拉养着度过童年的孩子，却被甘肃抱养去养成了一个茁壮的青年，后来又移居到内蒙古阿拉善额济纳旗境内的巴丹吉林沙漠北缘，在那里安度晚年、走完自己的黄金岁月。

祁连山像是一把无形的刀，架在黑河的脖子下。对匈奴人来说，黑河是涛声碾碎逃亡身影的地方，他们对河的悲叹早已消失，徒留下"失我祁连"的惆怅离歌；对当初离开故乡来这里驻守的阿柔部落来说，黑河是拴住他们脚步的地方，他们口里吟唱的是对祖辈生存之地的离歌；对党项羌来说，黑河是他们失守的退路和财富失踪的地方，那些消失在群山与涛声中的党项羌后裔，给一座山留下了自己帝王的名字，他们的离歌里，充满一个政权的不甘；对尧熬尔人来说，黑河就是储存了这个部族短暂时光的一件器皿，游荡在里面的离歌盛满了过客般的愁怅；对生活在黑河末梢处的蒙古族人来说，他们是黑河走到生命终端处的见证者，他们目睹了这条河的波澜壮阔与日渐消瘦的窘境，他们赶走了党项人后，将党项语中的"亦集乃"变成了蒙古语中的

"额济纳"，两者同样是"母亲河"，但最终叫喊这名字的人却成了此地的主人，他们将西夏当年的威福军所在城市称为"哈喇浩特"，意为"黑色之城"，是因为他们攻打这座城市时付出了惨重代价。

祁连山西麓的景阳岭和八一冰川，犹如一张拉开弓的两端，托勒河和八宝河在黄藏寺相汇后，变成了一支银色的利箭，朝绵延层叠的祁连山射去，这支利箭穿透黑河大峡谷后依然劲道十足，朝祁连山东麓的冲积扇、巴丹吉林沙漠冲去，在最终的落脚处留下一片荡漾在沙海中的绿波——居延海。黑河流至居延海时已经变成了一艘马力耗尽的船，生命的长旅终结在一片绝望的沙海中，其最后的倒影就像一枚日期模糊的邮票，牢牢贴在那张写给时光的黄色信封上，里面装着的党项人离歌，谁还能启封它并阅读，逆着一条河流的走向，给源头投递起一滴水的回忆？

第五章
圣水难书

湖泊有时不仅仅是通道或渔场，更是一种俗世与神圣之间的边界，我们用肉眼或仪器能看到水面上的飞鸟与浅水处的鱼，但很少有人能看得到流向大湖的各条河流之源，那里，可能就是神的居所。

我们用祭祀的方式，向湖致敬，以求因水而生的福祉久远流传。

——题记

亿万条湟鱼，抬着蓝色水棺出殡

嘘，别吵醒蜜蜂的梦

它们正守卫着油菜花的会议室

环湖道上，自行车赛手呼啸而过

绛红色的背影发出惊叹：这世界，快！

北岸，刚察大寺里的海螺

身裹黄绸，闭关多年

南岸，游客中心的电子验票声

夜渡青海，登陆为墙

一列快速而过的火车上，我匆匆记录：

青海湖，多么大的一块蓝色桌布

一层湖浪，是一道我吃不到的早餐

我多想用月光裹住你的名字

变成一把青海额头上闪亮的太阳之刀

——水尘：《青海湖》，节选自诗集《长云与高车》

　　那地球高处端坐着的，一樽青蓝、硕大而辽远的酒杯，里面沸腾着鲜花般怒放的忧郁；那如怀孕母亲仰天静卧时隆鼓出的肚面，给日月星辰送去终年不息的生命韵动；那青海省古老的乳名和传唱，替所有呼唤、遥望青海者以经年不绝的涛声应答；那日夜向穹宇眨动着蓝色梦想的，是兔子般形状的青海版图中的万年不眠的眼睛；那比九个西湖还要大的体腔内，来回奔跑着将成万上亿吨的盐融化后一饮而尽的豪迈；那平躺时身下铺着的涛声，是两个泰山叠加起来后的海拔所在，所有迎风起舞的浪尖都是试图完成的冲天一吻；那四千万年的湖龄，一直绘制着一幅永不老去的仙女出浴图，蓬勃而丰沛的乳汁滋养了湟鱼、水鸟、青海骢，滋育了寺院、帐房、城池，它们集体在祁连山与青海南山合拢的巨大怀抱中呼吸、歌唱、衰老、再生；那深蓝的诱惑，一次次吸引党项羌、吐谷浑、吐蕃、蒙古等部族，马背上呼啸而出的牧帐，在文明的星空下闪耀着各自的光芒；碧波环湖，浪花浮闪，涛声中送来西王母、雍措赤雪嘉姆和文成公主的美丽传说，也留下了仓央嘉措、王洛宾等人的传奇脚步。

　　叹唱退潮后，礁石上写着你的乳名：青海湖！

　　静，卫士般守护雪山牧草帐房；动，脱兔般惊醒雪豹飞鸟湟鱼。动静之间，是把如线般的四季拉长，穿过湖水幽蓝的针眼，绣一袭高原之袍，温暖着高处的青海之眼。

一

　　青海湖的角色更像是驿站，和亲的公主、征战的将士、修行的僧侣、逆流的湟鱼、考察的学者、迁徙的飞鸟以及观赏的游客，至此才发现，这面大湖千百年来不停地迎来送往，奉茶递酒，给每位归去来者送上其该属的笑容或礼仪。

　　公元 4 年的夏天，西汉大司马、辅政大臣王莽发现当时的汉帝国版图上已经有北海、南海和东海三郡，唯独没有西海郡，西海到底在哪里？王莽派遣出一支部队，朝着太阳落下去的地方而行，旨在寻找"西海"。这支远征军离开都城后，以夕阳为罗盘，一路翻过陇山、积石山和赤岭后，经过 1000 多公里的长途跋涉后才抵达一面青色之海的东岸，看着那一轮引导他们而来的金色夕阳掉进眼前的缥缈水域里。这些已经远离家乡的军人笃信，这里就是收留白天走累了的太阳的卧室，是他们要寻找的"西海"。这支军队的成员，无法像 2000 多年后来到这里的游客那样轻松游玩，他们看不见但能感知到，环湖四周，一个个雪豹般勇猛的游牧部落正警惕地打量他们，这些外来者只能选择筑城这种有效的防御措施。

　　要筑城就得征调更多的劳力，大批内地的罪徒，在王莽新增的五十条严酷法令下，被强制性移民至这青色大湖的东岸，他们在这遥远、高寒、缺氧的大湖边安居下来，从远处的雪山下采石拉运，在湖边夯土筑墙，在城墙上修筑瞭哨，在城内修建军营。新修的城池被命名为"西海郡"，以期和之前已有的东海、北海和南海三郡城，合成汉帝国的"四海归一"版图。

　　大湖的水面看起来和以前一样平静，但暗潮已从水底涌起。西海郡城的修建，无疑引起环湖地区的游牧武装的警惕、不解甚至敌意，它就是钉向他们眼中的一枚钉子。羌人部落的首领庞恬是环湖武装力量中的翘楚，他开始秘密联络其他部落，试图拔掉汉政权插在大湖东边的这枚钉子。城池修建好的一年后，庞恬秘密纠集其他羌人部落，向西海郡发起袭击。驻守在西海郡里的汉军及从内地流放来的囚徒，跟着西海郡太守程永仓皇出逃。那些没能来得及撤离的汉军，被袭击者悉数砍杀，西海郡成了他们的死亡客栈。

　　游牧者依然回到他们的草场上去了，青蓝的诱惑让败离的汉军不甘心失去这里。第二年，护羌校尉窦况奉命率兵西进，收复了西海郡，让汉军的旗帜再次飘扬在这青蓝湖水的视线里。

窦况带领汉军在湖边戍边两年后，听到了这样一条来自京城的消息：王莽废除了皇帝孺子婴，篡位称帝，改国号为新。被近代学者胡适评价为"中国第一位社会主义者"的王莽开始了一系列的改革，其中一项就是对西海郡的有效控制。不久，一块刻有"虎符石匮"四个大字的巨石，送至西海郡；这块象征对这片土地拥有主权的巨石，像一把刀横插在岸边，向周围的羌人部落发出带有宣威与警示的凌厉之光，以证明西海郡周围地区，归属新朝。

青蓝色的湖面，像是上天精心安置在这里的一块宝石，吸引着内地的远来者和高原上的部族之间的反复争夺，湖水静静地看着刀光剑影中的红尘纷争，"驿站"的角色也在每次战役中悄然改变。东汉后期，中原政权陷入纷争，乃至到后来的魏晋南北朝时期，遥远的西海郡仿佛被时光遗忘了，古城渐渐被荒废。

西海郡出现在青海湖边550年后，这座青蓝的大驿站又迎来了一个古老而彪悍的部族：吐谷浑。吐谷浑的青年首领夸吕带人来到大湖西岸，他看到的湖水和我们今天看到的并没多大区别，同样蔚蓝如海，同样清澈似湖，同样冰凉如雪，同样接纳来自不同方位的河流，不同的是那时的湖边一定潜伏着更大、更多的战争危险。

在部族口传历史中，夸吕知道自己的部族在200多年前，在一个叫吐谷浑的首领带领下，从东部遥远的大草原上而来，整个部族后来就以吐谷浑的名字命名。或许是受大湖东岸的那座西海郡城的启发，夸吕派人学习中原的筑城技术，仿照西海郡城的形制，在大湖西岸今共和县石乃亥乡境内的铁卜加草原上修筑了一座军城，并按照其鲜卑语命名为"伏俟城"，意为"王者之城"。

我曾多次接近、走进伏俟城，最后一次是2014年的秋天，以拍摄央视大型历史纪录片《神秘的西夏》总编剧身份，和剧组前往铁卜加草原。土色的城墙在蓝天白云及青草间显得格外醒目，像一具曾威猛无比的狮子死后仍未彻底瘫软的骨架，横卧在雪山、草原为背景的一幅画框里，和2000年前的时光似乎只隔了一道粗重的呼吸，唯有知道它的历史并敬重者方能听得见这道呼吸的分量。走近古老的城墙，踩着没踝的牧草，走上城墙遗迹，我一步一步地丈量，很容易得出和《共和县志》上记载一致的数据：东西长220米，南北宽200米。如果说那面大湖是一条被搁浅在青藏高原上的大鲸鱼，位于湖西侧的伏俟城和位于湖东侧的西海郡城就是这条大鲸的两枚鳃片，吞吐着大湖的人文历史。那时，伏俟城散发出的活力，成就了一个草原王国都城的规模与实力。我从史料里找寻、勾勒着夸吕在这里的"执政情景"：借鉴中原王朝的政治制度，完善了王、公、仆射、尚书等官职体系；借鉴中原王朝的军队构架，配备了弓、刀、甲、槊等当时先进的武器；借鉴中原王朝的赋税制度和刑罚，以此来充实新兴政权的实力，这是环湖地区出现的第一位具有改革意识的政治家与军事家。

年轻的草原之王夸吕热爱游牧青草的气息，更爱农耕文化的特色，尤其喜欢南北朝时期内地优秀诗人的文章诗词，虽然身居高原，他还是派人到内地搜集优美的诗词。公元545年夏天，北齐的阳夏太后傅灵棚出使吐谷浑，夸吕在伏俟城内的"王宫"设宴款待，傅灵棚在席间就看到北朝的著名大才子温子升的文集摆放在夸吕的案头。那时，每有内地去的使者，夸吕总是会在清风明月下，在湖浪涛声里，在湖边的青草上吟诗赋词。夸吕还曾向梁武帝求取过佛经和佛像，使汉传佛教的种子，悄然种植在青海湖边。

在这里，吐谷浑将大湖变成了一个十字路口，它的使者、探子、僧侣、军队不断和回鹘、吐蕃、党项羌及中原王朝保持着战争、和亲、商贸等不同状态的关系；它就像是一个茁壮成长的毛头小伙子，逐渐壮大的势力总会让周围的其他游牧部族甚至中原王朝产生不安全感，以致常常引发战争，隋炀帝西征便是其中一例。

隋炀帝即位后，或许和王莽一样对天下四郡也产生了兴趣，尤其是那个遥远而神秘的"西海郡"究竟在哪里？当时的军事与政治形势也需要他对河西走廊远巡一次，借此机会，隋炀帝开始了他的西征之旅。《甘肃省志》上这样记载："大业五年（609年）3月，炀帝出巡河右；4月，炀帝率众出临津关（今甘肃永靖县境内之黄河渡口），渡黄河，至西平（今青海乐都），准备出击吐谷浑。"

隋炀帝亲率大军向西而行，和吐谷浑的交战不可避免。战争很快有了结局：吐谷浑首领伏允带着随从逃亡，将环湖一带的控制权让给了隋朝。

隋炀帝下令将几十万大军集中在鄯州（将今青海乐都赐名"鄯州"），并进行了盛大的阅兵仪式。集中阅兵10天后，和许多喜欢炫耀的君主一样，他特意举行了一次声势浩大的围猎，旨在炫耀隋王朝军队和自己作为一代君王的实力，同时，也向这里的各个少数民族势力发出警告。那是多么壮观的一次帝王级的围猎盛景：圈起来的围猎区域方圆达 200 多里，士兵们扎下的宫帐，连绵六七百里，夜晚篝火燃起的时候，天上的星光都黯淡了。

吐谷浑政权存活了 350 年，它像一头在高原上挺立了 350 年的牦牛，常年征战的号角是它的迅疾奔跑的蹄音，和平时光是它和周围部族签订的合约，伏俟城是它辉煌时跳动的心脏，是丝绸之路在青藏高原上一处闪光的坐标，特别是魏晋南北朝时期，吐谷浑人的身影活跃在丝绸之路南线的"吐谷浑大道"上，征战的将士沿着这条大道开疆拓土，民间的牧民充当商人的翻译和向导。

在高原上，在环湖地区，人类的长距离行动离不开马，无论是吐谷浑或是夸吕这样的首领，还是默默无名的战士；无论是牧民，还是商人，共同走过了属于他们的马背时光，让这条时光之河，时而平缓时而迅疾地在高原上流淌了 350 年。青色的湖面让来来去去的人逐渐称呼大湖为"青色之海"，环湖地区盛产的骏马便被称为"青海骢"。

没有马的青海湖，该有多么寂静，没有青海骢的青海湖，该有多么失色！青海湖钟灵万千，在环湖一带的牧民眼里，最钟灵的动物，就是一身毛发在太阳下熠熠发光的青海骢。

"谁知神骏产胡天，佳语至今犹竞传。声壮嘶寒边地厅，蹄忙踏遍陇头烟。黄沙有路行千里，青海钟灵积百年。骥足会逢他日展，立功绝域勒燕然。"在众多描写青海良马的诗歌中，我很喜欢基生兰写的这首《青海龙驹》。这位出生于西宁的文人，一生横跨晚清、民国，他通过这首诗，将青海骢那壮烈的嘶鸣声中催寒西北边地、四蹄奔忙中踏遍陇山云烟的传奇历史呈现给了读者。

马，是一种被人类赋予了很多神性的动物。一部人类艺术史里，不乏对马的赞歌。翻开一部中国艺术史，歌颂马的诗文、描摹马的画卷，可谓比比皆是。不难发现，一部中国史几乎是马所陪伴的历史。无论是商周时期出土的马的陶俑，还是秦始皇陵中的兵马俑；无论是唐代画家笔下的有关马的画卷，还是成吉思汗黄金家族的岩画；无论是明代实施的马政，还是马背上的满族人入关，哪个古老的王朝离得开马？无论是汉武帝派兵远征，还是唐太宗下令攻克吐蕃；无论是宋太宗远望北方草原而心生不安，还是西夏王一度关闭向内地输出马的榷场，导致王安石下令在内地养马，历史上著名的王侯将相很多与马有着或多或少的关联。一部中国马史里，隐含着一部良马战驹奋蹄长嘶的画卷，青海骢和天马、山丹马、回鹘马、吐蕃马、蒙古马同样丰富着这幅长卷的内容。

没有对比就没有差距，骑着当时内地最好的战马踏上青藏大地时，隋炀帝已经发现自己的坐骑和他一样有了高原反应，就像一群参赛的运动员，内地的马到高原后常常气喘吁吁，而当地那些青海骢却显得相对轻松。青海湖在隋炀帝的想象中，就是天马的牧场，从青海撤兵时，隋炀帝下令士兵在青海湖一带牧马，为隋朝提供上乘的"青海骢"。

唐朝初期，可供唐朝掌控的作战马匹只有 5000 多匹，其中 3000 多匹还是从隋朝继承来的，其余则是来自突厥的战利品。对战马的需求，让唐朝政府开始探求新的战马补给地。不知出于何种原因，唐朝初期的几位帝王竟然拒绝接受西域地区朝贡的舞女和战马。美国学者爱德华·谢弗在他的《唐代的外来文明》一书中写道："可能是出于坚定的信念，或者是出于权宜之计，唐朝的君主往往拒绝接受贵重的礼物——不管是舞女还是舞马。因为要坚持讲求道德、清正廉洁的统治，就不应该去接受类似的贵重礼物。唐朝初年的三位皇帝就是这样做的。"公元 642 年，北方的突厥铁勒部就向唐朝提出献马 3000 匹，同时提出联姻请求，唐朝政府认为这是一种不体面的妥协而"下诏绝其婚"。和吐蕃的交锋，让大唐帝国的前线将士看到了"青海骢"的良好性能。

唐蕃古道的开通，从某种意义上，是在内地和青藏高原间开辟了一条军需用品的通道，其中，丝绸、茶叶和战马，是这条看不见的人工运河上三道高悬的帆影，大批产自青海湖环湖一带的青海骢，离开它们的家乡，成了唐朝大量引进的战略物资，从而走进初唐时期疆土开拓的征战中。它们就像一代代离开故土的移民，不断地被输向内地，成了唐、宋时期战马中的构成部分，给青藏大地上的吐蕃、唃厮啰、潘罗支等政权换取了内地的物资。

元代，随着青藏高原纳入元帝国的版图，青海骢日渐失去了尊崇的地位。到明代时，政府在日月山下设置机构，负责内地和青藏高原之间的贸易，随着青海骢失去战马的功能，在这场延续到清朝的交易大潮中，逐渐也失去了硬货币的功效。

青海湖，是青海骢走往内地的原始驿站，也是它们退出历史舞台的最末驿站。

二

无论是藏文文献中记载的赤雪嘉姆措，还是蒙古族牧民称呼的库库淖尔；无论是当地各民族朴素的认识，还是历代中原王朝的遥视与想象中，青海湖自古被视为一片具有神力的水域。松赞干布就曾送上这样的赞颂："赤雪嘉姆湖，龙臣菩萨处，所有大河流，都受它裨益……"在藏族人的心目中，被称为"赤雪嘉姆措"的青海湖，简直就是菩萨的卧室。

那片辽阔的水域，用一个"湖"字如何能概括得了它的体量和气度，何况，那一片圣蓝的镜面上，还定居着高处的信仰、倒映着佛的笑容、储藏着天的情绪、沸腾着牧民的狂欢。牧民，敬称其为海，不只是指它的浩渺与阔远，更是内蕴了一份敬意：海是要供奉祭祀的，祭海就是这种敬仪中的一种，是青海湖的人文胎记，是千年间传颂的咒诀，是万人仰视的焦点。

我听到这样一个关于祭海的说法：王莽在派遣远征军之前，他的使者先行一步，向统治青海湖的羌王送去一包像金属般的针，羌王回赠之礼则是一瓶象征能淹没汉军的水。

王莽看到这份奇怪的回礼后，问使者在羌王统领之地看到了什么。

使者回答道，看见一片巨大的蓝色之海，如果羌王下令掘开一条通往内地的大渠，那片蓝色之水从高原向内地倾溢，处于低处的内地就会有被淹没的危险。

王莽问身边的人，该怎样避免这种危险呢？其中一位大臣回复，每年派人去祭祀那里的海神，将方士配制出的抑制湖水上涨、溢出的药物投进海内，可避免湖水溃堤后淹没内地。

王莽采纳了这个建议，每年派人去青海湖边，投放药物，祈祷海神。这种从汉代延续到民国时期的祭海仪式，其实一开始就有着更多的政治意义。对环湖一带的牧民而言，他们倒是宁愿相信自己是出于对神山圣湖的自然崇拜，这样朴素的意识与举动，无须依靠政治力量动员。

如果像捞鱼一般，将零散存于历史文献中有关祭海的记载打捞上来，串起来就是一部简约的"祭海之书"，细细通读后，在历代朝廷祭海的榜单上，我看到这几个具有标杆意义的时间与人物，然后想象出与之对应的历史场景：

公元 751 年，唐玄宗派出一支庞大的队伍，从长安城出发，沿着初步形成的唐蕃古道西行，他们不再是初唐时期和吐蕃交锋的远征军，也不是护送大唐的公主前往逻些城的送亲卫队，他们向中原王朝史料中记载的"西海"而去。抵达青海湖边，这支队伍站在清凉的湖边，按照中原王朝沿袭的祭水礼仪，领队者高声朗诵献给湖神的颂文，宣读唐玄宗赐封青海湖为大唐版图内的"西海"，和之前已有的东、北、南三海一起完善了中华四海，并敕封青海湖神为广润王。时间是严正的裁判，它看着大唐的帝国大厦还是倾塌了，祭祀西海的人终将老去，但唐朝对青海湖的态度却因此而被湖水铭记。

公元 1040 年，宋仁宗专门派遣使者祭海，那时的宋朝一直和占据河湟地带的唃厮啰政权保持着良好的关系，从汴梁城出发的祭海队伍，一路向西，畅通无阻地穿过河湟谷地、日月山，将大宋朝对青海湖的祝福送至湖边。同样有隆重的祭祀仪式，同样有丰盛的祭物献给湖神，在唐朝的敕封"广润王"的基础上，对青海湖神的封辞前加了"通圣"两个字，那个谁也没见过面的、存在于传说故事和人类想象中的青海湖神，变成了宋朝圣旨中宣称的"通圣广润王"。

公元 1254 年秋天，和唐、宋时期皇帝派大臣前去宣读封辞、祭祀不同，元宪宗下令青海境内的蒙古王公，集体汇聚在日月山的日月亭前祭天，然后前往青海湖边祭海。祭海，成了元、明、清三朝皇帝的必修课，自然就成了加封青海湖神的具象体现与人文景观。

公元 1690 年夏天，康熙皇帝下令召集青海境内的蒙古族各部首领，在青海湖边的察汉城（今在共和县倒淌河镇境内）举行会盟，让祭海蒙上了更为浓烈的政治色彩，青海湖成了中央王朝和青海地方蒙古王公之间一条微妙的纽带。

公元 1723 年，蒙古亲王罗卜藏丹津反清，号召蒙古王公在察汉城举兵会盟。33 年间，清清湖水见证了两场性质截然不同的蒙古王公的会盟，前一次会盟是一场团结的相聚，后一次会盟导致战火燃烧到了这片宁静之地。

公元 1724 年 2 月，四川提督、奋威将军岳钟琪督师奉命追剿叛乱的罗卜藏丹津。远征的内地官兵至此，时值隆冬季节，可谓人困马乏，突然看见流向青海湖的河水，兵士在河边埋锅造饭，军马在饮水后恢复体力；随后，这支奉命追缴叛军的大军深入青海湖边的群山中，歼灭2000 多叛军，清军认为这是青海湖助力他们平叛。捷报传到朝廷，展开奏报的雍正皇帝除了看到胜利的消息外，还有"青海神显灵"几个字，这引起了他的好奇与关注。通过阅读战报，雍正皇帝这才知道，清军能取得这次剿匪胜利，在青海湖边遇到供人马饮用的水源是一个主要原因。不久，清廷在西宁设置了"钦差办理青海蒙古番子事务大臣"（乾隆后简称西宁办事大臣），首次规定在钦差大臣的参与下，每年秋季于青海湖边会盟一次。

公元 1725 年秋天，清廷第一次派遣钦差大臣前往青海湖，担任祭海的主祭，提升了祭海的规格。第二年三月，清廷诏封青海湖"水神"为"灵显宣威青海神"（也被称为"青海灵显大渎之尊神"），并特意派遣专员到青海湖边立碑致祭。为了防止石碑遭到风吹日晒的损毁，还修筑碑亭以保护那块高 150 厘米、宽 74 厘米、厚 14.5 厘米的"祭海"石碑。碑的正面自左向右为蒙古、满、汉文三行、三体双色阴刻竖文写着"灵显青海之神"。从此，这块石碑，见证青海湖祭海的风雨历程，至今已有 270 多年历史。皇帝亲书祭海石碑，又将祭海规格提升了一个台阶。雍正和乾隆，先后为祭海石碑题写"正恒"和"青海胜景"，体现了两位皇帝对青海湖祭海的重视程度。

公元 1773 年，乾隆皇帝下令，让礼部按照历代皇帝祭奠名山大川的惯例，规定每年农历七月十五在青海湖边，举行一次祭海会盟活动。传统的祭海行为，变成了将会盟青海的蒙古王公的政治意图和民间信仰结合在一起的隆重礼仪，形成了一个融政治、经贸、文化、宗教于一体的盛事。

公元 1823 年，时任陕甘总督的那彦成命环湖八族（藏族）也参加到这一盛事中来，拉开了环青海湖地区藏族祭海会盟的序幕。当地的牧民们，尤其是藏族更是以煨桑等形式，向青海湖的湖神赤雪嘉姆祈祷风调雨顺、人畜兴旺。在他们眼里，那袅袅升起的桑烟，就是他们投给无比尊重的青海湖神的口粮。尤其是藏历羊年时，从各地而来的牧民们，围绕青海湖转湖、朝拜、祭拉则、往湖中投放宝瓶和供给湖神的食物，让祭海有了浓厚的民间信仰色彩。

清廷特意派人送来赐给海神庙的"威靖河湟"匾，并在西宁府城西门外建修海神庙时，时间的指针已经指向了公元 1877 年。自此，西宁城外的海神庙，不仅成了西宁府、道、镇、县地方官春秋祭祀之所，也标志着青海湖的海神已经从湖边走向西宁人的意识中。

清朝时期的祭海场景与仪式是怎样的呢？通过查阅大量资料，我试图为读者梳理出这样的一幅祭海祭物和仪式：主祭官献上由 2 头牛和 8 只绵羊构成的"三牲"、藏香、糖果、蜡烛、俎豆等献礼，以及1对龙旗、4根御杖、1条哈达，写有汉、满、蒙古三种文字的祭文各1份。主祭官将祭文念完后，下令作为祭礼的10多只活羊赶入湖中，其他祭品也全部投入。

青海西部一带流传的《祭海歌》歌词或许能描述祭海的情境——

在那美丽的青海湖畔，搭起蓝色的大牙帐。大臣诺颜（蒙古语，头人的意思）欢聚一堂，举行那浩大的祭海仪式。愿吉祥如意，尊贵的海神保佑我们吧！

"祭海"大典完毕后，要举行会盟和抢宴。开始，会盟是在青海湖边的察汉城扎帐篷举行，遇上天气不好时，给祭海带来不便，后来便转移到东科尔寺内的大经堂举行。

会盟后，便是宴会。一般是一年大宴后一年小宴，遇到大宴年份，每位王公的座位前会设点心糖果，每桌上有一只烤全羊，一幅绸缎袍褂衣料以及吃肉用的蒙古小刀、鼻烟、火镰等物品；遇到小宴年份，每位王公的座位前没有烤羊，只有八碗肉菜，其他礼品和大宴相同。宴会完毕后，提前准备好的两桌肉菜会被抬到东科尔寺的院子中间，王公、千户、百户纷纷拥到院子里抢吃，名曰"抢宴"。我想，这个习俗估计是来源于在湖边祭祀时，祭礼完毕后诸王公争相抢割献祭的牛羊肉，诚如"酒罢忽惊筵豆乱，羊腔争挂马头鞍"的古诗里描述的情境。

抢宴结束，王公贵族追随钦差大臣前往会盟亭，由钦差大臣宣读皇帝的旨谕，宣布诸项政令，安排来年的各项事宜。随后，参加宴会的贵族们各自收拾物品，在皇帝牌位前顶礼谢恩而退。蒙古王公在盟长的带领下，逐一谒见钦差大臣，奉献上他们准备的哈达、马匹、氆氇等物，然后报告一年来各族内发生的纠纷事件，遇上王公过世的情况，还得向钦差大臣提出呈请袭职等事情。而钦差大臣若能及时处理的就当场给予处理，不能处理则定期调查处理或派员到当地处理。

于是，青海湖成了中央政权处理青海的蒙古王公重大事务的一个重要会议室。

由于时局原因，清末至民国初期，青海湖边的祭海及其相应的会盟活动一度中断。1913 年的祭海活动虽然循着旧例而为，但出现了一个新的现象。那年农历七月十五，西宁办事长官廉兴担任主祭，主祭词念完后，他向到场的人宣布了清帝退位、民国成立的消息。祭海完毕后，廉兴和前来祭海的左、右翼正副盟长以及在场的 29 旗的王公、贝勒、台吉们，在祭海时将"当今皇帝万岁、万万岁"的牌位换成"中华民国万岁"，而祭海时的仪式还是和以往相同。

"祭海"就是一座巨大的时光器皿，盛装着祭海仪式的变化。1927 年的祭海仪式中更是出现了历史性的变化，当年的祭海由时任甘肃省政府教育厅厅长马鹤天前往青海湖边主持。那天上午，马鹤天的一个举动让在场的蒙古王公们大为吃惊，他们看到马鹤天不再进行沿袭下来的传统跪拜，而是冲着湖水三次鞠躬。在全体肃立、主祭官就位、奏乐等环节后，马鹤天用他的山西口音恭读孙中山遗嘱，然后开始接过随从递过来的锦帛敬献、宣读祭海文，宣布在场全体人员向海神三鞠躬、集体看海、观看鸣放礼炮，一场新的祭海仪式进行完毕。

1929 年，青海正式建省，此后至 1947 年，先后担任民国青海省政府主席的孙连仲、马麟、马步芳等人都派人前去祭海，掩隐在其后的一些耐人寻味的变化也出现：祭海、会盟的主持权逐渐由青海蒙古的首领改变为政府直接派大员主持；祭海、会盟的实际意义，逐渐表现在通过对盟长等人的行政任命权和对环青海湖乃至黄南地区的司法仲裁权，表现为一些权力逐渐归到中央政府；"祭海"初期由蒙古贵族占绝对主导地位，随着允许藏族贵族的介入，使环青海湖一带生活的藏族政治地位逐渐上升。

1947 年后，官方的祭海与会盟活动停止，但那些牧民心中自发的祭湖仪式——转湖却一直进行着。那些生活在湖边的藏族、蒙古族深信，湖水一定发出了这样的呼唤：不是雄鹰，你就别老想着在天空训练自己的孩子；不是湟鱼，你就别想着在水下安顿自己的家园；生活在天上与地下之间、青海湖边的人，就要绕着湖转，像绕着湖转动的一枚秒针，做它的子民。

青海湖向她怀里的子民们说："去不了布达拉朝拜，就收回你走远的心；去不了佛陀的故乡，就收回你的脚步；你磕长头绕青海湖而行，……做我的弟子！"

三

在青藏大地上，还有哪面湖水比青海湖承载的诗意多呢？这种诗意的巅峰，便如最高处垒上去的一块巨石：青海湖国际诗歌节。

青海湖国际诗歌节，像是在青藏高原上铺设的一张巨大的诗歌产床，衍生着诗歌的故事，抬升着诗歌的海拔，彰显着诗歌的价值。诗人在这里找到了自己的精神故乡，诗歌在这里得到了尊严的维护，诗意在这里如舟荡漾，一个个闪光的名字和他们的诗歌，在这里重塑了诗歌的黄金脸谱，亮出了一片浩瀚的诗意天空。

2011年夏天，我非常荣幸地受邀参加第三届青海湖国际诗歌节。站在青海湖边，我仿佛看见4年前，确切地说是2007年8月9日，来自34个国家和地区的200余位杰出的当代诗人相会于青海湖畔。青海湖，静静地赋予这些不同肤色的诗人以神性启示，聆听他们向世界发出的《青海湖诗歌宣言》，以"人与自然——多元文化的共享与传承"为主题的首届青海湖国际诗歌节，让诗歌和青海相遇，给这个有着伟大的诗歌传统以及多元文化共存的世界送去了一个惊奇，让诗歌世界开始关注人类最后净土的青藏高原上的文化震撼。

青海湖国际诗歌节，在那一面青蓝的湖面上，搭建起地球上最大的诗歌集市，迎接着青海湖的诗歌之子们，他们散落在各地生活、写作，就是为了相聚于青海湖怀抱积攒资粮；他们听从诗歌的召唤，集聚在这前世分开的码头，他们荡起了无数诗意之舟，填补着湖浪间的波纹，填补着高原最稀缺的诗歌空白；他们带着人间最温热的烟火，在这里点燃篝火以温暖冰凉的湖水，聆听雪山和湖水的对话；他们在这里的聚会，无数此前隐秘的心灵，像斑头雁集体落地似的张开翅膀，向人间打开诗歌的宝瓶；他们在这里宣告了再大的湖都有具体的面积，再短的诗，也有无穷的疆界。

青海湖国际诗歌节是空前的。在这之前，仓央嘉措在这里留下了一个诗人孤独的足音。

被下放在日月山那侧的昌耀，一定在风清月朗之夜，听见越过山脊的湖涛，摇落他双肩的白霜，落进泥屋的火炉，升腾起一首诗的光。

前往西藏时路过这里的海子，就是一列装满孤独的火车，在水鸟的翅膀与湖面的波纹间穿行，让诗歌的孤响唤醒湖里孤眠的盐。青蓝色的梦里，荒芜的诗歌王子想迎娶青海的公主，梦醒后，铁轨依旧向远方伸去，诗人已身在湖水看不见的地方。青海湖，这青海的公主，从雪山下移居在一首诗歌里，只是她不再醒来，因为，唤醒她的那个人，背负另一截铁轨上了天堂，在那里深情地俯察这人间的蓝色忧郁。

2009年8月7日至10日，第二届青海湖国际诗歌节在西宁和青海湖两地举办。本届青海湖国际诗歌节由以"现实和物质——诗歌与人类精神世界的重构"为主题的高峰文化论坛、金羚羊国际诗歌奖评奖、音乐诗歌演唱会、采风创作活动等几个板块构成，成了继波兰华沙之秋国际诗歌节、马其顿斯特鲁加国际诗歌节、荷兰阿姆斯特丹国际诗歌节、德国柏林诗歌节、哥伦比亚麦德林国际诗歌节之后，又一重大国际诗歌节。其实，这座大湖，不只是青海的公主，更是人间的宠儿。她在波浪的光明和时间的黑暗之间，获得一次次炼金术般的魅力，她的每一次微笑，就是向散居各地的诗人发出的邀请。在这里，每一位诗人为他的诗歌方舟，寻找到了游弋的水域。在青海湖前，一个诗人、一首作品就是一个构件，无数专程拜谒或无意路过，无数应约而来或仓皇间相遇，使有关青海湖的诗歌多了，于是在青蓝水面上构建出了一座诗歌之城。出入城里的人呀，不必抬头关注月光，也不必琢磨远行，他们只拥抱波浪中的叮嘱：写下一首关于青海湖的诗，是一件幸福且正确的事情！

难怪波兰国家作协主席、著名诗人马雷克·瓦夫凯维奇对青海湖诗歌节做出这样的评价："青海湖国际诗歌节是东方的一个创举，它把关注自然和环境作为了一个重要主题，特别是选择了一个全世界都关注的特殊地域，作为诗歌节的永久举办地，同时，它还是一个让不同文化背景和宗教信仰的诗人，理解差异性文化和差异性地理的最好去处。"

我笃定自己写诗的岁月中，2011年是幸运之年，在第三届青海湖国际诗歌节上，我和北岛、欧阳江河、韩东等国内著名诗人以及来自不同文化背景、宗教背景的异域诗人愉快地相聚于西宁的会场与酒吧、贵德的河边与转经轮下、青海湖畔的油菜花地与码头。诗歌节期间几天的交谈、接触，我仿佛沿着少年时期的第一个诗歌台阶而上，逐步登上这海拔3260米的诗歌高湖，它让我记住那些波浪般涌起的诗人名字，让我在蓝色的涛声里寻找自己的干粮，让我在蓝色的烟囱里爬升自己的诗路烟云，让我在蓝色的露水里感受黎明的清凉，让我跌在水面的夕阳里涂抹蓝色的倒影。

我在这里重新领取写诗的护照，重新感知诗歌的微光，让一首写给青海湖的诗，如从手掌中放飞的鸟，找到一个辽阔的机场。那夜的青海湖，只有一趟驶往诗歌之城的航班，我是机长和乘员，我是旅客和值守，我不想让黎明的曙光早早照见诗歌高地上的快意与自豪。

　　青海湖国际诗歌节的一个重要内容是在青海湖畔设立一座"青海湖诗歌墙"，它用建筑和诗人笔迹相结合的形式，体现了"把敬畏还给自然，把自由还给生命，把尊严还给文明，把爱与美还给世界，让诗歌重返人类生活"的诗歌节精神。但那又不是简单的建筑呈现，更是一种铭记，在湖水的映衬下放射出属于诗歌的光芒。

　　青海湖国际诗歌节是一场由各种乐器组合出的演唱会，是一片各种林木构成的森林。在"青海湖诗歌墙"前，我看到了青海湖诗歌宣言、前两届的受邀诗人的签名及荣获金藏羚羊国际诗歌奖的诗人肖像。随着这项活动的延续，更多的诗人名字会出现在这里，它们的背后，是一个为人类诗歌之薪传而缔造出的诗歌长城。

　　我以一个诗人的名义，庄重地在诗歌墙上写下了自己的名字；我知道自己不只是在进行一次简单的签名活动，而是在进行一场对诗歌的再出发（相隔10年后，我创作的诗集《长云与高车》，里面就是专收写青海的诗歌）。签名时的那轻轻几笔，凝固成了对青海湖和诗歌的定格和礼敬。

　　青海湖国际诗歌节结束后，我知道诗歌盛宴的余香依然会在那张巨大的蓝色餐桌上飘荡，群鹰依旧会叼起诗歌的芬芳献给雪山，油菜花依然会为蔚蓝的湖水镶嵌出一道黄金的裙边，环湖寺院里的酥油灯依然会用蜜一样的针脚缀起昼夜的缝隙；群峰的远处，诗歌穿过湖水的咽喉发出宝石般的轰鸣。

　　星辰的意义在于让人类抬头，阅读大地上没有的璀璨与神秘；大海的意义在于启发人类远航，在一个个彼岸处发现陌生的同类，并和他们开始注定的交往；青海湖的意义，在于把人类的诗歌盛放在体腔内，稀释那亿万吨的盐，像牛奶、方糖和碾碎的咖啡豆在一起，调出浓香的一杯咖啡一样，随着一届届青海湖诗歌节的举办，诗歌的火焰、薄荷、语言也成千上万吨地注入，而从青海湖里舀出的，是更多的诗意之水！

打赌的事情，很快从达玉草原传遍了环湖地区，人们对赌注并不关心，也很少有人知道打赌的具体内容是什么，他们最感兴趣的是打赌者的权威身份及打赌的工具。人们争相传说这是达玉部落在青海湖北岸落脚几百年来，构成"环湖八族"的第三件大事：第一件，一世夏茸尕布活佛受三世达赖喇嘛派遣，前往安多地区进行弘法活动，拉开达玉部落在环湖地区生活的序幕；第二件，20世纪50年代，中国决定研制核武器，第一个核武器研制基地和生产基地确定在青海省海北藏族自治州海晏县境内的达玉草原上，生活在这里的达玉部落成员，响应国家号召，远迁到千里之外托勒山下、黑河岸边的牧场和邻近刚察县、湟源县境内的牧场；第三件，就是达玉草原上两个年轻人的比赛，一个是赛马会上的冠军扎西，一个是见多识广的年轻人达娃。人们更感兴趣的是他们打赌的方式和工具，前者骑着那头令牧民羡慕不已的、四条长腿的赛马，扎西骄傲地宣称那是格萨尔赛马称王后出现的第二匹高原上最好的马，是古书上记载的青海骢中最好的一匹；后者骑着从西宁买来的很多人没见过的、两条圆腿的"铁驴"。

扎西和达娃，要骑着自己的马和"驴"，沿着青海湖开始比赛。

奇怪的比赛方式自然引起了人们的兴趣，大家早就熟悉扎西了，那是这几年来赛马会上最耀眼的风景，精湛的马术与骑行速度吸引着很多粉丝；达娃是最近大家才听说的一个"怪人"，他去了一趟西宁后，看到西宁城里有外国人骑着一种铁车子，脚一蹬，那车就变得不像磨磨唧唧的自行车了，简直就变成了一支射出去的箭，嗖地一下蹿出好远。达娃一打听，那叫赛车，贵得值好几头牦牛的钱。

扎西精心喂养他心爱的马，准备来年的赛马。达娃揣着卖了好几头牦牛的钱，悄悄去西宁买来一辆赛车。在没人注意的时候，达娃便夜晚出门，偷偷推着赛"铁驴"到车辆少的公路上练习；他阿爸气得逢人就说自己遇上了个败家的儿子。很快，达玉部落的男女老少就看见达娃骑着那辆长相奇特的"铁驴"，风一样地穿梭在草原上，有时车速很快，遇见水坑草洼，刹不住车，达娃就像狂奔的牦牛被雪豹猛地扑翻在地一样，车轮子躺在地上转着圈，离开车身的达娃一脸苦笑地躺在旁边，用手摸着屁股，朝草地上啐一口，继续爬起来，骑着"铁驴"而去。

草原上的骏马和西宁城里买来的"铁驴"要赛跑，牧民们乍一听这消息，兴奋得不得了，仿佛要看天上的龙要飞下来和深潜在青海湖底的水神大战一场似的。很快，大家似乎都预知了答案：草原上，除了天上飞的鹰，还有什么能跑过扎西胯下的骏马呢？连汉族人古老的文献里都记述这种马叫青海骢，是从天上飞下来的"龙马"！"龙马"和"铁驴"比赛，这答案不就是明摆着嘛。

那是达玉草原上比赛马会还热闹的一天，比赛起点选择在海晏县城南郊青海湖边的环湖东路上。提前知道消息的牧民，骑着马、开着车、步行而来，一场比赛被人们当作了一个节日般的聚会，有支起帐篷聊天的，有拉来货物摆摊的，有约好心上人来看热闹的。骑在马上的扎西英姿焕发，穿着他赛马时才穿的盛装，和旁边的"铁驴"相比，赛马也显得威猛高大；车身微斜，左脚着地，右脚蹬在右脚踏板上的达娃，一脸满不在乎却有着胜利在握的表情。

两个人的"粉丝"自然就站在各自偶像的一边，成了传统与时尚的两座阵营，那边的音响里传出传统的赛马音乐，这边的低音炮播着公路迪斯科；那边的人穿着传统服装，身后是煨桑升起的烟雾，这边的人穿着夹克，身后不时响起一阵鞭炮。连青海湖水，估计也纳闷这千年难遇的情景，人们因为喜欢的事物自然就分成了两座阵营，没准一家人中，阿爸阿妈在扎西这边的队伍里，儿子女儿就在对面的队伍里。

发令枪响后，赛马和"铁驴"确实如憋足了劲的两支箭，渐渐离开了人们的视线。看热闹的人们渐渐走了，裁判与忠实的"粉丝"们留了下来。令牧民无法相信的比赛结果很快就出来了，并且很快就传遍了草原："铁驴"胜了！

牧民这才对那看起来很简单的"铁驴"重视起来，它并不是一辆简单的自行车，而是"山地自行车"。就像草原上用来比赛的马和一般的马不同，那辆"铁驴"就像赛马一样，是用来比赛的。据跟着看比赛的人说，扎西的"龙马"刚起步就像闪电一样，飞奔在湖边的公路上；那"铁驴"刚起步就像贴着青海湖面飞行的鹰一样，紧紧跟着"龙马"；随着达娃的脚在踏板上来回运动，"铁驴"逐渐赶上了赛马。慢慢地，"龙马"鼻孔里的气越来越粗，步伐虽然稳健，但速度逐渐减慢，而达娃的那头"铁驴"既没有出气的鼻孔，也没有踩得大地作响的蹄音，只有那两个铁轮在快速转动。

古老的赛马在环湖而过的汽车、火车前，已经失去过它的优势；现在，又在这个奇怪的、小小的"铁驴"前败下阵了，青海湖迎来了山地自行车这样的新鲜事物。自由之轮，合着青海湖自由的涛声，在天空白云的俯视下，在达娃这样想放飞自由之梦的年轻人的脚下，开始轻轻碾过湖边的公路，给静怡的大湖带来了动感和力量，在飘满雄鹰、寺院、转湖、赛马等背影的湖面上，留下自行车轮的记忆。

赛马和"铁驴"比赛的记忆还没彻底退去，环湖的牧民就迎来了一场盛大的自行车赛。这场至今已经举办了20届的赛事，不再是"马"和"驴"之间的比赛了，而是那些来自世界各国的赛手，骑着"铁驴"进行的比赛了。

2021年7月11日，来自全球的顶尖级自行车运动员、教练员以及裁判员如约相聚青海湖边，细细卷来的浪花，见证了从2002年7月22日举办的第一届环青海湖国际公路自行车赛至今的20届赛事，并让这项赛事经过近20年打造后，已经成为一项国际体育赛事。

难得的秋日高原暖阳里，我再次赶到青海湖边时，已经听不见诗人激情澎湃的诗音回荡，也看不见来自世界五大洲自行车运动员的健影，但依然能感受到这项活动给青海湖留下的影响——不少来自外地的自行车骑行爱好者或独自一人，或两三好友结伴，骑行在天地之间，留下了一个美丽的动影；在海西州州府所在地往环湖东路的路上，自行车骑行者的形象成为路灯的元素；在达玉部落的自行车营地前，一溜自行车造型的各种塑像，凝固着骑行者的力与美。

在青海省博物馆内关于自行车赛的一个展馆里，我开始理论上的环青海湖国际公路自行车赛的源头追溯。挂在墙上的文字，讲述着关于这场赛事的起源。2002年7月22日，全国人大常委会副委员长铁木尔·达瓦买提站在青海湖为背景的主席台上宣布："环青海湖国际公路自行车赛开幕！"

徒步环湖的牧民，赶着驮货的牦牛经过湖畔的远方商旅，载人装物在环湖公路上疾驶而过的汽车，沿着青藏铁路而行的列车上的乘客，透过车窗能看见大地鼓起的青蓝肚面往后移动，青鸟疾飞而来似乎破窗而入；乘坐飞机路过青海湖时，遇上好天气，俯瞰时能看到只有周围陆地有云而青海湖上空却清澈无余的景致。从天上到地下，人类的各种交通工具在青海湖的瞳孔里飘过，湖水也见证了人类千万年间的交通变化。但总觉得有点遗憾，对，是自行车！高海拔地区与交通状况下，高原上并不适合自行车，当自行车作为一项运动项目出现在青海湖畔时，自由之轮碾过的浪漫就成了独属这面湖水的财富。自行车比赛，像一枚楔子，插在古老的徒步与高原列车间，插在地面的汽车时代与天上的飞机时代间，犹如平原和山地之间成长出来的一丛森林。这些有两个轮子的轻盈的"铁蝴蝶"，开始出现在根据地万里之外的高原，成了高原大湖边骑行运动的催化剂。

随着车轮转动，青海迎来了青海湖贡献给她的另一份厚礼，这份厚礼逐年增加着带给青海的快乐、喜悦、旅游收入和骑行知名度。10年时间过去后，整个亚洲的30多个自行车赛事中，只有马来西亚自行车赛达到了环青海湖国际公路自行车赛的等级。骑行比赛，给青海湖带来新的活力与激情，它像个不断长大的少年，开始向更远处漫游。2011年的第10届环湖赛上，其赛程首次进入甘肃地区；2012年的第11届环湖赛上，赛程已经由青海、甘肃延伸到宁夏境内。

2013年夏天，身在宁夏回族自治区首府银川的我，恰好看到第12届环湖赛的赛手们从青海湖一路骑来的身影，他们从海拔3865米的青海湖边骑到了海拔1225米的银川北塔湖，绘就了一幅千骑奔驰于青藏高原、黄土高原和宁夏平原的"绿色、人文、和谐"叠加的壮丽画卷，向世界展示了大美青海、多彩甘肃和塞上江南宁夏的草原、雪山、戈壁、大漠、长城、黄河和丝绸之路等自然风光及民风民俗。这也表明，19年积淀后，这项赛事的比赛距离从2002年首届的869公里，已经变成了3000多公里；环湖赛天数由过去的10天增加为14天，是目前全世界2.HC级比赛中里程最长、天数最多的赛事，向追赶环法自行车赛等世界顶级赛事迈出了重要一步。

最近一次去青海湖，是2021年"五一"期间，我前往昆仑山为本书做补充采访归来后，特意绕到湖北岸，无论是在环湖的小宾馆前看到骑行者的"坐骑"，还是在路上看到一个个雨雾中骑者的身影，那是将休闲与运动置放在高原背景下的一种挑战，一种属于自行车轮上的人才有的享受，是青海湖见证下，自行车和爱好者的一场婚礼。

五

青海湖不仅是一座蓝色的祭坛，让祭海仪式赓续了千年，它本身也像是一件寄存环湖牧民信仰的器皿。海心山，就是这器皿中闪着光芒的一件。

海心山在青海湖西北角的水中，犹如青海湖眼角长出的一颗痣。相对于青海湖，海心山的海拔并不高，但1平方公里的它和青海湖互相成就着对方的声名。

海心山是一座被湖水包围的小岛，盛产神话与传说，其中，关于龙驹的传说最为著名。在当地人的口传历史中，吐谷浑王国时期的养马军士，曾选择一批体高膘肥的牝马，在冬天湖面封冻时赶到海心山；来年春天，这些马会与青海湖中的海龙交配，生下的"龙驹"能日行千里、追风逐月，异常健壮，被称为"青海骢"。青海骢本身就因为生存环境的高远、偏僻而充满神秘感，这个传说更是给它披上了一件传奇外衣。

海心山吸引人的另一个亮点，便是这里的隐修者。站在这片令人想象力黯然倍生的幽蓝水域边，一波波的涛浪冲开想象的阀门，我的脑海里浮现出了一幅修行图：四周环水、远离尘世，海心山成了环湖一带藏传佛教信徒们隐身修炼的佳境。修行者选择初冬时分，踩着封冻的湖面，将一年的口粮、生活用品从冰上运进去，开始长达数月的避世修行。春暖花开时，冰雪融化，红尘中的花色香味皆远离于修行者的视线和嗅觉，四面海水将这里阻隔出一片修行净土，来到这里的僧人们安心修行，世外纷争与他们何干？一个巨大而安详的内心，伴随着佛法驻于他们的修行时空里。

春天花开、夏日草绿、秋季结果，都在远离这些修行者的地方慢慢流逝。当漫天的雪花落在冰冻的湖面上时，这些修行者方才离山。人间一个果实季节的轮回，只是修行者刹那间顿悟的睁眼。或许，他们中有人在这一睁眼的瞬间，就悟到佛陀的真谛；或许，他们中更多的人还要步向环湖牧区的人家，募化到一年的资粮后，再到海心山上，开始新一轮的修行。此走彼来，晨雾暮雪，形成了千百年来没有中断的一幅专属于海心山的修行画卷，一个青海湖独特的海岛中静修的传统，被承续在青海湖的四季变化中。

如今，前往海心山朝圣的信徒依然不少，修行者将他们孤独的身影，种子般撒在了年复一年的结冰湖面上。红尘中的俗眼凡胎，有几人能理解这种踩在冰面上往复来去的心？

夏日的湖面一片碧蓝，游船逐渐离开码头，不少游客挤在船舷上看着美景，领略着现代科技带来的前往海心山的愉悦，我却面对那一面湖水发呆，总是想着那些修行者，怎样苦等到结冰季节，在那一面巨大的洁白上，书写着人间既辛苦又幸福的修行、修心诗篇。从渔场到海心山的直线距离大约有60公里，在船上和工作人员聊天，才知道为什么这里能开辟这条通往海心山的路线：很多修行者错过了踩冰前往海心山的季节，只好向渔场求救，希望能乘船前去，有的修行者甚至在渔场外的草地上支起帐篷等待渡船。

只有乘船深入青海湖中，才会发现高原风吹拂过这里的威力，越往湖心走，风浪越大，船行速度也就越慢。越靠近湖心，越感到寒冷袭身，刚离岸时还惊喜甚至惊呼的游客们，这时也开始拢紧衣服，噤声于渡船在湖心处的颠簸中了。那些平时可能骑在马背上纵横自如的高原汉子们，不少人在高原之湖上晕船，开始出现呕吐现象。

从香港到澳门，我乘坐游船用了不到两个小时；从码头到海心山，乘船却需要四个小时，可见从远处看水面似镜的青海湖，内里确实波涛翻滚。接近海心山时，鸟儿逐渐多了起来，在天空划出密密麻麻的弧线，一阵高过一阵的鸟鸣声如阳光穿过云层似的，时不时穿过湖浪之声构成的帷幕。临近海心山的那些小小岛屿上，几乎成了鸟的王国，由于灰石上的鸟粪长年积累，使整个岛屿显出灰白色，犹如在蓝色水面上支起了一座灰白色的巨大帐篷，而那些鸟儿才是安居其中的主人。

海心山地势西高东低，这里因为修行者的素养而呈现出一种安详。无论是来这里等船外出的僧人，还是岛上进出的修行者，一切都在悄然有序中完成，没有喧哗，没有忙乱，让人读到佛家修行的素养和德行，让人感受到秩序和威仪的存在。

游客仿佛也深受这种威仪的影响，无言地下船，有的沿着崖边的小道去游玩，有的则很有秩序地帮助僧人们搬运载来的食物、作燃料的干牛粪、日常所需的物资及供奉物。

在海心山朝阳的一面，有十几米到几米不等的崖壁，上面分布着不细看很难发现的岩洞，有的前面挂着与岩壁近色的破旧布帘，有的则隐藏于岩石错落之中，没有任何修整和遮挡。这些岩洞就是来岛上修行僧人的栖身之所。他们长则一年两年，短则半年数月地在这里完成各自的修行功课。他们在这里放下的不仅是身影，更是放下了对红尘中诸多浮华的留恋，放下了一颗浮躁的心。

海心山，简直就是一部巨大而鲜活的修行之书。海心山的众多修行者中，三罗喇嘛是最有代表性的一位。

元末至正年间，三罗喇嘛出生于西藏洛扎县卓垅，是一位噶玛噶举派僧侣。明代初期，三罗喇嘛游历的脚步来到青海，慕名前往海心山。站在青海湖边，望着被水远远隔开的海心山，听到当地僧人在秋末时分踩着冰冻湖面前往那里，进行近乎一年的静修，要等到来年冰冻时分才能再次踩着湖冰走出海心山的修习传承，三罗喇嘛觉得这里是最合适自己修行的地方。这位从西藏来的高僧，让行走的脚步停留在这里，那一年的青海湖冰冻时，前往海心山的僧人中，有了三罗喇嘛的身影。

我无法知道三罗喇嘛在海心山的修行情况，但能想到他在何等艰苦的条件下，将自己置于通往净土与静境中的路上，一路聆听到佛陀的真谛。从海心山修行完毕后出山离海的路上，我想，他的脸上一定带着只有修佛到一定境界者的慈祥和安足，他的内心一定具足佛子才有的福报与慧报。离开海心山后，三罗喇嘛移居乐都的南山地区继续修行、弘佛，在那里创办了乐都南山地区最大的寺院——瞿昙寺。

公元 1389 年，三罗喇嘛被朱元璋请到京城讲佛说法，赢得来自朝廷官员的敬重。瞿昙寺在清代前期仍受到中央王朝的重视，寺里的僧人班觉丹增，被康熙皇帝封为"灌顶净觉弘济大国师"，并开启了瞿昙寺的活佛转世系统，二世罗桑丹贝尼玛曾于 1793 年任塔尔寺第三十六任法台；三世噶桑丹增嘉措于 1851 年任塔尔寺第五十六任法台；四世罗桑噶桑嘉措于 1899 年任塔尔寺第七十六任法台。

一部青海佛教史中，是无法避开历史上盛极一时的瞿昙寺以及现在闻名中外的塔尔寺，但很少有人知晓开启这两座著名寺院的三罗喇嘛和海心山的关系。海心山，就这样默默地收藏了三罗喇嘛从青藏高原腹地辗转而来的足迹，也默默送走了这位高僧东去身影。

这是一片被佛音笼罩着的水域，遍布于环湖周围的平地、山岗上的一座座佛寺，无时不以其魅力吸引着虔敬礼佛者的足迹，低声诉说着这片高原圣地上佛光恩泽的绵长。

冬冷夏凉是这里的气候特色，这里的时光也因此而写满了凉意，历史一直被这种凉意浸润。环湖一带，散居的牧民们，在各自的牧场附近建起了一座座寺院，它们共同撑起了一片清凉。走进环湖任何一座寺院，藏传佛教独有的红墙金顶隐隐透出一种安详，在清晨的薄雾渲染下如同一幅淡彩的宣纸画。

如果把青海湖视为一顶蓝色的皇冠，环湖一带的寺院就是镶嵌在这顶皇冠上的明珠。如果从内地前往青海湖，遇见的镶在这顶蓝色圣冠上的第一颗明珠便是东科尔寺。东科尔的名字来源于清代八大驻京呼图克图之一的东科尔活佛；日月山下的古城丹噶尔，也源自东科尔这个名称。呼图克图是蒙古语意为"有果位者"，是清朝授予蒙、藏地区藏传佛教上层大活佛的封号。这些活佛要在清朝专门管理少数民族地区事务的机构——理藩院正式注册，并且由政府发给印信。到清朝末年，在理藩院注册的呼图克图共达243人，东科尔便是这些呼图克图中的一位。

东科尔寺在藏传佛教中有很多传奇，最传奇的是其四世活佛的"夺舍"转世。在《安多政教史》中记载了这段传奇——三世东科尔活佛杰瓦嘉措（1588—1639年）是康巴马尔康地区东科寺的活佛，曾到安多一些地区传教，到凉州四大寺院等处讲过经。51岁时在凉州圆寂。门徒们将其遗体送往康巴地区的东科尔寺时，在苏曲河畔恰好遇上一个19岁的汉族青年的尸体正被送往墓地。这时杰瓦嘉措的灵魂未经过投胎转世，即像飞鸟似的转趋于这个青年的尸体中。于是这位青年死而复活，喊道："我是东科唯。"经确认后，这位复活的青年与三世东科活佛的遗体一同被继续送往康巴东科尔寺。在途中，这位被确认为三世东科尔转世的青年，从却藏·南嘉宦觉尊者（1578—1651年）出家为僧，取名嘉样嘉措，并从该师聆听了许多灌顶、教敕和诀要。这就是第四世东科尔活佛。藏传佛教中的活佛几乎都是藏族、蒙古族，唯有第四世东科尔活佛是一位汉族。

九世东科夏仲活佛则书写了藏传佛教中的另一个传奇。有一次，活佛上山修法，活佛的妹妹在山洞边协助活佛护关。九世活佛就在洞内修破瓦法，修了好一段时间后，有一根羽毛从洞内飘出，活佛妹妹随手捡了就抛掉，羽毛一直往上飘向云间。九世活佛其后从洞内出来，跟妹妹笑说：你的哥哥已经飞上天了！意谓活佛的粗心识已经离开躯体。这样，九世夏仲活佛还未"圆寂"，就把十世夏仲活佛选出来了。因为活佛的粗心识已经离开躯体，活佛每天要洗澡以避免身体腐烂，一直到找到十世活佛后才真正圆寂，时年37岁。这是九世活佛示现的特别之处。所谓破瓦法，通俗点的解释就是一个活佛两世并存，一世"活着"寻找下一世活佛。

东科尔寺到顺治年间达到了前所未有的辉煌，在蒙古和硕特部首领固始汗的支持下，其建寺规模和政治影响都走向顶峰，《丹噶尔厅志》里如此记载其规模——"土地之广，田租之多，遍丹邑皆是也。"最鼎盛时期，东科尔寺占有土地13000公顷，包括现在的湟源县西南大部分土地及海晏、共和、贵德等一部分土地。

雍正年间，蒙古王公罗卜藏丹津在日月山下集结青海蒙古诸部反清，失败后，东科尔寺也被清王朝摧毁，今天的东科尔寺是重建的。

拜谒东科尔寺后，离开湟源县城翻越日月山，一般人都会选择沿着109国道穿越日亭和月亭之间的垭口，进入属于青海湖南岸地区的海南藏族自治州共和县境内，但这个传统线路会错过经315国道进入青海北岸的海北藏族自治州海晏县境内。2014年秋天穿越日月山时，我选择了沿着315国道而行。出湟源县15公里处的巴燕峡下寺村，一个不太醒目的招牌上写着"扎藏寺"，离开国道往左边的乡村公路而行，扎藏寺出现了。按照当地人的说法，这座寺院最初修建于东汉时期，因此便有了青海最古老的寺院之说。

蒙古族来到环青海湖一带后，来往于内地和牧区的僧侣、商旅、官员，多会选择在此休整，便有了"古寺多情留住客，苍山不语蒙僧忙"之说。

1578年，三世达赖喇嘛索南嘉措到青海时，受邀曾前往扎藏寺讲经，因前来听经者很多，寺院无法容纳，只好改在寺院外的空地上进行。

五世达赖喇嘛阿旺罗桑嘉措派其弟子扎藏曲结和加尖喜饶在这里前来会晤当时青海的统治者固始汗，并请固始汗作施主，建成了一所规模宏大的格鲁派寺院，全称为"扎藏噶丹曲科寺"，意为"诚悦法轮寺"。至此，扎藏寺成为安多地区十三大寺院之一。

公元1697年，二世章嘉进藏路过青海时，劝青海王公归顺清朝，号召各王公于正月初一到青海湖边会盟，然后进行祭海。扎藏寺成了王公们在祭海前后汇聚之地，使这座古老的寺院走向了辉煌。在一份青海湖会盟时的参加者名单中，我发现扎藏寺的管家是年年受邀到场者。那时，这里香火最盛，佛事日繁，特别是为了每年一度朝廷钦差大臣和各蒙古王公参加祭海会盟活动，寺内建起了名为"衙门"的王公府第，使寺院规模更加宏大。

清同治年间，西北地区的回民起义波及这里，扎藏寺除大殿外，其他大

第四部 江河初唱时的模样或噪音

小经堂包括九层经塔化为灰烬。1875年由却藏活佛主持，在原址上重修了扎藏寺。重修的扎藏寺规模虽没有过去那样宏大，但扎藏寺声望仍然很高，是来自青、甘、川等地的佛教信徒进行佛事活动的中心。

随着109国道的开辟，车辆、游客逐渐不再选择紧邻扎藏寺的这条路了，使扎藏寺日益旁落，但这不影响它在整个日月山地区乃至整个甘、青等地藏传佛教信徒心中的地位，尤其这里珍存的国内外唯一一套集蒙古、藏、汉三种文字的《大藏经》，因其年代久远和独特，成为扎藏寺的镇寺之宝。

青海湖总是和火热与喧嚣无关，即便是遇上青海湖国际诗歌节、环湖国际公路自行车赛等盛大赛事，也会被这里辽阔无比的山水之静掩盖。冬冷夏凉是这里的气候特色，这里的时光也因此而写满了凉意，而历史也一直被这种凉意浸润。踏着一片清凉，走进环湖任何一座寺院，藏传佛教独有的红墙金顶隐隐透出一股安详，在清晨的薄雾渲染下如同一幅淡彩的宣纸画。身披绛红色袈裟的僧人迈着缓慢的脚步，出入于这幅画卷，让人从中阅读到修行者的虔敬与安详。每走进任何一座寺院，便是完成了一场对佛、法、僧礼仪的精神之旅。在这些寺院里，一边享受着藏传佛教精妙的建筑设计带来的视觉震撼，一边咀嚼着高原上千年佛教辉光带来的浓郁熏染，心绪不由静了下来。

在环湖地区的藏传佛教寺院里，假如遇到会说汉语的喇嘛、堪布，在下午阳光照着的角落里交谈，一个个带有传奇色彩的寺院来历、一个个修行者的故事或许就会缓缓而来。

青海湖边最大的一座藏传佛教寺庙是哪座？沙陀寺亮出答案。虽然比起内地一些汉族佛教寺庙来说，沙陀寺的规模要小得多，但环湖的藏族将其视为一座圣庙。它的传奇在于从一座帐房演化而来，在于从半山腰的石头堆发展出一座石头经堂，更在于它的兴盛源自第五世达赖喇嘛罗桑嘉措。

青藏铁路蜿蜒过青海湖岸边时，很少有人注意到湖边有个小站：沙陀寺，只有往来于格尔木市和西宁市之间的那趟慢车才在这里停留。在这个高原小站下车后，搭乘当地牧民的摩托车，一个小时的车程才赶到青海湖西岸，从布哈河流入青海湖的入户口处逆流而上，到泉吉乡境内布哈河畔的单龙沟，远远看见河边一座山顶上，巨大的白塔和风马旗提醒人们：这里有座藏传佛教寺院！眼光顺着沿山顶扯下来的长长的经幡，至半山腰时，一座寺院映入眼帘——沙陀寺。

沙陀寺在藏语中称"扎西群科林",意为"吉祥法轮洲"。最初,这座寺院是建在今泉吉乡西南 6 公里的年乃索麻地方,南距青海湖约 1 公里,寺院建在泉吉河与阿斯汉河之间隆起的山梁上,那道山梁一直延伸到青海湖畔。

公元 1653 年,五世达赖喇嘛罗桑嘉措进京觐见顺治皇帝,返回西藏时途经青海湖,在位于刚察县城西南 46 公里处的青海湖西岸,举行过祈祷海神护佑的宗教活动。从此,这里就吸引无数信徒到此煨桑拜佛。公元 1665 年,这里形成了一座简易的"帐房寺院",也就是没有传统意义上的寺院建筑,而是根据实际情况搭建的一座简易帐房。寺里的僧人告诉我,原来,在山腰上曾经有一堆供奉山神的石头,之后又在那堆石头的基础上建成了一座经堂,一座独特的"石头经堂"。

1982 年 9 月,新的沙陀寺在现在依山傍水的位置建成。不仅是历史充满传奇色彩,沙陀寺和一些旅游时代收取门票的寺院不同,这里不仅不收门票,甚至还有专门的知客僧,为客人讲解藏传佛教的历史,让这座地处冰凉地域的寺院充满着淳朴带来的温热。在寺里,你不仅会看见诵经、学习、打坐的僧人,也会看见干活的僧人,这里的僧人和环湖地区的诸多寺院僧人一样,自己完成寺里的一些琐碎事情,包括寺院的整修工作。和很多有名的藏传佛教寺院一样,沙陀寺也有一座佛学院,供寺里的僧人在这里学习佛法、佛经。白天走进这里,更多的时候,你会看见一两个僧人端坐于某个角落里学习经书,或在下午的休闲时光里默默打坐。

在环湖地区,尤其是青海湖北边,刚察大寺可谓久负盛名。离开刚察县城往正北方向而行,到沙柳河镇恩乃村,就能看见位于德旦冷宝山与隆宝赛乾山之间、伊克乌兰河与恩乃水汇合处的刚察大寺。

和经由"帐房寺院"而来的沙陀寺相似,刚察大寺经历了一个"蒙古包经堂"的传奇历程。公元 1866 年的一天,刚察部落的第一任千户拉布旦感觉自己的生命快要结束了,便留下这样的一条遗嘱:在那仁沟建一座寺院。拉布旦逝世后,当地牧民遵照他的遗嘱,经过占卜选地,在那仁沟建起一座蒙古包经堂、4 顶牛毛帐房构成的"蒙古包帐房寺院",最初有 8 名入寺僧人。1901 年,那仁沟一带久旱不雨,畜疫流行,导致人心惶惶,经刚察部落第二任千户、拉布旦的儿子觉巴的卜算和该寺的活佛判断,认为这处地方并非拉布旦生前指定的吉祥圣地，需要另择净土建寺才行，才能消灾解难。经过反复卜选，最后将这座"蒙古包经堂帐房寺院"迁至伊克乌兰河畔的西山角下。这次搬迁后，"蒙古包经堂"被新建的经堂替代，原先的4顶牛毛帐房也扩充为8顶，入寺僧人达到16名，但没有传统寺院的石木建筑，还是一个给人"可以随时移动的寺院"的感觉。

1915年，时任刚察部落千户聂布旦昂杰遵照已故千户遗愿和想为刚察部落修建一座固定的宗教活动中心寺院的念头，离开青海湖畔，赴化隆县的支扎寺拜见夏玛巴活佛。夏玛巴的家乡就在青海湖东北部的海晏县夏玛尔，是一位蒙古族活佛，1855年就被认定为三世夏玛巴转世灵童，后游学于安多地区的各大寺院、佛学院。1906年，十三世达赖喇嘛图丹嘉措驻锡塔尔寺期间，夏玛巴曾受邀担任其经师，并被图丹嘉措授予"班智达"称号。听了这个家乡来人的想法后，夏玛巴向聂布旦昂杰郑重推荐了曾在西藏色拉寺深造的钦巴活佛。聂布旦昂杰向钦巴活佛提出，想请他到刚察去建一座有固定场所的寺院。钦巴答应了他的请求，带着十三世达赖喇嘛赐予的一双靴子，前往青海湖北岸，站在那片青草葱郁的殊胜之地，确定了今天的刚察大寺地址。

钦巴被刚察部落的信教群众推崇为刚察大寺第一世活佛，那双靴子也成了刚察大寺的镇寺之宝。他因为知识渊博而赢得了"西宁城的金子有用完的时候，但色拉钦巴的知识永远都没用完的时候"的称誉。

六

在一处藏族相聚的集会上，如果有人大喊一声扎西或拉姆，我想，一定会有很多的男人或女人，或应声或回头响应，因为这是高原地区最大众的两个名字。巧合的是，我对写作环湖人家的选择，也正是这样一户很普通的家庭，男女主人的名字普通得如这里的小草：扎西和拉姆。我几次去青海湖地区，几乎都去拜访他们，一则是双方都有了割舍不下的感情，二则是我私藏了一份想见证他们生活的心思，这就使得我能够在20多年的时间里，见证一个牧民家庭逐步走出原始生活状况，接受现代社会生活的洗礼。

和很多环青海湖地区的藏族一样，扎西对他们祖上的生活并没有一个依靠文字了解的传统，一切生活习俗都来自一代代人的口传，这使得他的祖辈生活图谱显得凌乱、模糊甚至带有传奇色彩。他从父亲的口传历史中知道，祖辈们在每年的夏天来临时，就赶着牛羊去往青海湖南部的群山深处去放牧；天冷了，就赶着牛羊来到海拔相对低些的环湖地带。前者是他们的夏牧场，后者是他们的冬牧场。在他们的意识里，没有四季变化，只有在夏牧场和冬牧场之间的来回转牧，就像青海湖每年夏天飞来的鸟群。

他们更喜欢将青海湖边视为家，女人们在这里生儿育女，在挤奶、晒牦牛粪、打酥油等日常事务中，完成一个高原女人的使命。从记事时开始，扎西就记得父亲、母亲和其他牧民们，或者一步一个长头，或者走着，完成了绕青海湖一圈。

这是一个和平常无二的清晨，但在牧民的眼里，每天的露珠和牛奶一样，都是新鲜的。夏牧场的清晨里，一缕缕炊烟升起在零星散落在高山各个角落的帐房里，这不仅使帐房内顿时暖和起来，也让整个高原充满暖意和希望。烧好开水、烧好奶茶后，拉姆和许多高原女人一样，迈着轻盈的脚步走出帐房，重复和昨天、前天乃至更多身后的清晨里一样的程序——给那些奶牛挤奶，一缕缕阳光照在晶莹的奶桶内，奶味和暖意升腾在整个山坡。

扎西的大女儿卓玛措上完小学后，就到青海湖南岸的共和县上初中了。在扎西和邻居们的眼中，她是村子里第一个有学问的人。那时，他家开始告别帐房，住进简陋的房子里了。

当青海湖的旅游业热起来时，扎西一家和其他牧民一道，响应当地政府的号召，力图让旅游业成为家庭收入的一部分。环湖地区的藏族和青海省境内的其他地区藏族一样，将赛马会视为一项重要的节日。扎西一家同样如此，每年赛马会之前的一段日子，他就开始将选好参加当年比赛的马儿精心喂养，让妻子购买一些装饰马的新饰件。赛马会前一天，他和妻子、儿子骑着马、带着帐篷去赛马场，扎好帐篷后，在黄昏的炊烟中，和好久没有联系的牧民们聊天，去提前布置在这里的商业点购买日常用品。比赛当天，和扎西一家一样来参赛的牧人，让这片平时冷清的地方热闹了起来，他们要在这里狂欢几天。谈起年轻时的赛马会，拉姆的脸上涌上了羞涩，原来，在环湖人家的概念里，大家散居在辽阔的青海湖周围，平时没时间聚在一起，赛马会不仅是牧人家庭交流的平台，也是年轻人的恋爱季，她当年和很多藏族年轻人一样，穿着美丽的衣装，和扎西在赛马会上相亲成功的。随着汽车、摩托车等现代交通工具出现，随着手机等现代通信工具的出现，青海湖周围牧民的交往也发生了彻底的变化，通过赛马会来相亲的习俗正悄悄地改变着。

第六章
被艺术相中的
"金色河谷"

不是每条河的出生地都能在海拔4482米的地方，曲玛日河的"家乡"就在这样的高度上，那是从夏德日山主峰杂玛日岗南麓的一块坡地，挤出细弱的一条溪水。它歪歪斜斜、踉踉跄跄地走下山坡后，像一位离家出走的孱弱少年，在高山草甸上还迈不出铿锵有力的脚步，在高处还划不出一条醒目而宽阔的水线，只是悄然朝相对低缓处平缓流淌。和纳玛科曲汇合后，两条水线像是拧成一股粗壮的牛皮绳，那如孱弱少年般的细水成了一位青春勃发、血气方刚的英俊儿郎，有了一条河的模样、力气和步履，开始高歌、疾奔于雪莲、虫草、蘑菇、绿绒蒿构成的高山草地上，自然也就成了生活在这片高地上的雪豹、羚羊、马麝、雪鸡、环颈雉等珍稀动物的水源。

山与河在名字上常常互补，有的河流因为出生地所在的山脉而依山取名，有的山脉、峡谷因为一条有名字的河穿过而依水取名。从杂玛日岗南麓出发的这条小河，在海拔4000多米的高地上穿行时，有个叫"曲玛日河"的乳名，穿越海拔3000多米的麦秀峡谷时，有了"麦秀河"的名字，河水流经的小镇，叫麦秀镇。麦秀峡谷内生长的800种高寒乔木、灌木和草本植物，从贴在地上的点地梅到在半空中亮出一抹浓绿的青海云杉、圆柏，它们仿佛坐在按身高不同而设计出高低参差的席位上、拥有终身免票特权的观众，以麦秀河两岸的坡地、谷地为席位，观看着这条河的走姿和线条。

除了高山植物外，成群的牦牛、健壮的马匹，放牧的藏族牧民、守护牛群的藏獒，给这道逼仄、冷峻、寂寞的峡谷添加了人类生活的气息。

麦秀河像个放学回家的学生，山涧里不断激溅出的浪花和水声，就是它欢快而轻松的影子和歌唱，它在这种状态中先后与羊智河、浪加河、保安河、曲麻河、牙浪河、江隆河、扎毛河、交毛河、阿羊囊河等九条河相会，以从容而自信的脚步踏入同仁市境内。

当地牧民告诉我，"隆务"在藏语中意为"汇集"，这九条小河相会后形成的河流被称为"隆务河"，这道流水变成隆务河后，呈现出了它最美的样子，犹如青春散场后的纯真不改，保持着一条河在平坦谷地里愉悦流淌的状态，那仿佛人到中年后，在烟熏火燎、琐碎生活里奔忙中的极力保持的一份从容。

穿过隆务峡谷后，隆务河一改从西往东的流向，开始自南向北地走过余下的路途，在鲁公山下汇入了黄河，成为黄河流经青海省黄南藏族自治州境内时接纳的最大一条支流，是这片土地献给黄河的一份礼物。

源头地带的高海拔与交通的不便，有效阻隔了"征服者的步伐"，隆务河在上游的曲玛日河段保持着处女般的洁净，清可见底。到海拔3470多米的麦秀镇时，已经有7000多人集聚在这个小镇上。麦秀河两岸是纯牧业区，人类对河流的要求相比内地要低，对河流的干预并不太明显，这让麦秀河尽可能地保持河流的本色与低调。穿过麦秀山峡谷和林区后，这条河接纳一条叫扎毛曲的支流后，海拔已经降至2800多米，河谷两岸变成了半农半牧区，河道里传出农业和牧业的交响。水库和农田相继出现，前些年，人们通过采挖、运输岸边的砂石对隆务河开始粗暴干预，岸边的空地一度变成了垃圾场。推行河长制后，对河流的治理与管理让扎毛曲恢复了原有的样貌，盛开在河边的金盏菊、波斯菊等花卉编织成的花冠，是恢复了底色的河滩对人类的嘉许，扎毛曲又成了一条流淌着佛的寄语与希望的河流。

我从沿着隆务河而行，用脚步丈量着一条河流的艺术之路。

一

6岁那年，多吉甲的声音就惊艳到乡亲们的耳朵，他们称赞他唱的每一首歌，就像一场隆重法事前煨出的桑烟那样婉转悠扬，像隆务河谷的云雀鸣唱那么优美。6月15日那天一大早，多吉甲被母亲从梦中叫醒，一边穿衣、收拾东西，一边等父亲在家里喝完酥油茶。和那时青藏高原上的很多藏族少年一样，多吉甲要离开位于隆务河东岸的家乡——苏乎热村，被父亲送到河对岸的隆务寺去出家为僧。

父亲左手牵着牦牛的缰绳，右手扶着坐在牦牛背上的多吉甲，走在崎岖的山道上。走出加毛村，多吉甲看到一条大河横在不远处的河滩上，朝阳铺在河面上，犹如给它涂抹出了一层金粉，又像是燃烧出一场闪耀着金黄光芒的大火；河对岸的台地上，一座寺院绛红色的围墙掩隐在绿树丛中，明晃晃的阳光照在寺院金顶上，像一只悬在半空中敛翅的金雕，替佛发出高贵的召唤。

眼前的这一切，让多吉甲忍不住唱起流传在家乡的《隆务河颂歌》，那声音就像一群水鸟扑棱着翅膀飞越水面，朝对岸飞去，惊呆了在岸边等候渡河的牧民们。父亲一直耐心地等待着多吉甲唱完这首歌，这才神色凝重地指着对岸告诉他："唉，那就是隆务寺，是我送你要出家修行的地方！佛门净地，到了那里后，从嗓子里钻出来的应该是诵经的声音，再不能是唱歌的声音了！"

隆务寺！多吉甲心里潮起一片浪花来，那浪花犹如一枚树叶有着两面，按照隆务河两岸的民间习俗，一个孩子能被父母送到寺院去修行，意味着他被佛选中，寺院将是收留他此后时光的地方——那里意味着脱离红尘烦恼，意味着拥有被安详和慈悲笼罩的岁月。一股莫名的激动潮起在内心，那是一位6岁男孩要告别快乐童年时光、在青灯经声中穿过生命走廊的好奇。

隆务河边，泊在岸边的羊皮筏等待着渡河的人。多吉甲的父亲像以前每一次渡河到西岸一样，将牦牛拴在岸边的一棵树上，再把多吉甲从牦牛背上抱了下来。此时，这个男人的心里也是纠结不已：把心爱的儿子献给佛，是一个藏族家庭的荣耀；但让孩子这么小就离开父母、伙伴和家乡，去枯燥、陌生和戒律森严的寺院，身为父亲又是多么不舍。

羊皮筏子朝隆务河西岸划去，在河面上划出一道又一道波纹，每向前划出一米，离神秘的隆务寺就近一米，多吉甲的心里就涌起一分好奇与亲切来：皮筏是渡具，不仅将他渡向河流的对岸，更是引至另一种生活场域——不再是放牧牦牛、帮阿爸种青稞的另一个世界。皮筏靠岸后，多吉甲的父亲背着简单的行李，牵着多吉甲的小手，朝河边的隆务镇走去。

虽是初夏，地处青藏高原东缘的隆务河畔因为地势高才迎来众花盛开的季节，把隆务河两岸的滩地打扮得犹如花园，空气里流淌着一年时光中最甜蜜的味道，田地里疯长的青稞正是抽穗季节，一棵棵青苗像马驹鬃毛似的朝天直竖。青稞地的尽头，是隆务河流域最繁华的地方——隆务镇，它就像在正午阳光下徐徐展开的一幅古老但生机勃勃的唐卡，悬挂在隆务河边百年之久却色泽艳丽、内容丰富。

多吉甲被父亲领着，穿过石板路面的小镇，和在家乡看到的清一色藏族服装、藏族房屋及听到的清一色的安多地区藏语不同，多吉甲在隆务镇上看到的建筑既有传统的藏式建筑，也有他之前没见过的其他样式的木质小楼；大街上，打招呼的、招徕生意的、讨价还价的声音都是多吉甲陌生的语言。

时隔多年后，我几次深入这条百年老街采访，阅读有关的资料后，才算是厘清了它的地理位势与历史轮廓。左手的阿尼夏琼山和右手的阿米德合隆山，像是伸出去的一双手掌相对耸立，掌心间是富饶而美丽的隆务河谷，隆务河像从这掌心间溜出去的一条牛皮绳，弯弯曲曲地朝北蜿蜒而去。

隆务镇就位于隆务河边，时间之手像是不停摁动快门，将山、水、田、滩、镇的地理格局装进"隆务"这个精美的镜头中。富庶之地自然会吸引人类来繁衍生息甚至争夺，隆务河像是一张铺开的棋盘，不同族群的军队、商人，像不同角色的棋子，来往于此。羌人是这里最早的居民。2000多年前，汉朝军队就曾抵达这里，对这里进行过管辖。1000多年前，唐朝曾将这里转赐给吐蕃，作为金城公主的"汤沐邑"之地，吐蕃军队来到这里并长期盘踞于此；后来，唐朝派名将哥舒翰收复了包括隆务河在内的"黄河九曲"之地，设置了宁边军、威胜军、金天军、武宁军、耀武军等，其中耀武军就在隆务镇附近。宋朝时期，隆务河流域被唃厮啰政权控制。元朝时期，这里由设在河州的吐蕃宣慰使司管辖；明朝建立后，隆务河流域归河州卫节制并推行"军屯"，在隆务河流域分别设立了吾屯、季屯、李屯、脱屯等"保安四屯"（后因吾屯分为上、下两屯而成为"五屯"）。如今，当年的军堡早已失去了原初防御敌军侵扰的功能，变成了几座储存边地军屯记忆的老仓库；石头的墙基和土夯墙面构成的一道道墙体，像一个个足蹬古靴、身着布衫的老人，站立在斜阳里，叙说着战鼓与农谣、铁箭与木锨混杂出的历史。

隆务老街逐渐成了黄河南岸地区、隆务河流域的商业贸易中转站，它像一块在历史长河中磁性从没减弱的巨大磁铁，一直吸引着藏、汉、回、土、蒙古、撒拉等民族、大约80余家商户到隆务街上安家落户，变成了隆务河两岸的藏族人称呼的"克哇加曲"（藏语意为80家商人）。

隆务老街，就像一条看不见波浪的河流，各个民族的语言就像一叶叶小舟，自然而顺畅地飘荡于其间。隆务寺，是雪域高原上飘来的佛音开出的花；隆务清真大寺，是来这里贸易并渐渐驻留下来的回族、撒拉族、东乡族等少数民族信仰的载体；年都乎等几个村子，则成了土族人的居所。

多吉甲走过隆务老街100多年后，我来到隆务镇上时，河边古老的码头和皮筏早被大桥和公路取代，沿街的店铺早不再是"克哇加曲"的产业了，适应时代的茶楼、书店、咖啡店、宾馆、超市、诊所、药房、饭馆、美容院、快递点等，像一个勤快而认真的学生及时填充上的答案，让小镇在时代给出的答卷上从未出现不该有的空白。这里已经是青海唯一的国家级历史文化名城、国家级文化生态保护区。小镇像一个打开日久的老酒坛，结构、形制虽在，但那古老的气息却渐渐散去，就像当地因为食材的悄然变化与手工传承中的一些技艺丢失，让人吃不出老隆务人讲起来口水都忍不住的当地清真传统餐饮品牌"老八盘"。100多年前，唤醒老街的是隆务寺里传出的悠扬钟声与僧人们早课的念经声，现在，是果菜店、理发铺、超市、杂货铺、快递铺的卷闸门此彼伏的开启之声。

老街也像是目送着年轻人出去打工后站在村口张望的老乡，曾经塞满柴米油盐里裹着的乡情和亲情，和旧时光里流淌着乡音的集市、茶楼书场、酒肆饭馆，被时光之浪卷送走了，留下一幅适应时代发展的、改造后的样貌，见证它走过250多年间时代变迁的，唯有那被新修的滨河栈道束缚住的河道里传来的水声。古寺里日夜念诵的经声保持着本色与原味，像是被大河与古寺紧紧握住的两支古老画笔，极力勾勒着隆务镇的原初模样。

站在隆务寺大门口，我仿佛看到100多年前的一幕：父亲把多吉甲交给值班僧人后，就转过身离开隆务寺，踏上回家的路。看着父亲的身影随着寺门的关闭而消失，多吉甲意识到，大门外的那个多彩、热闹的世界和他从此无缘了。高原的阳光下，多吉甲瘦小的身影，紧紧跟在前面领路的值班僧人的身后。

早就听说隆务寺庄严、肃穆，但迈进寺院大门后，多吉甲感到这种庄严和肃穆超过了他的想象。有着2300多名僧人的隆务寺里，这个时候却几乎看不见有僧人走动，地面上静得让多吉甲仿佛能听得见蚂蚁爬过地面、蜜蜂穿过花丛的声音。一种巨大的寂寥笼罩着的寺院，恍惚间他感觉像是进到了一座被遗弃的时空里，多吉甲对这种情形深感疑惑，但又不敢贸然相问。

走到大经堂前，值班僧人停了下来，指着悬在正中间的那块匾告诉多吉甲，那是上一朝的天启五年（1625年），大明朝皇帝给隆务寺专门题赐的"西域胜境"。多吉甲哪能辨得什么明朝、西域、胜境等概念，他只是对寺里如此静悄悄表示不解。

值班僧人似乎看到多吉甲的迷惑，一边带着他走出寺院侧门，往专门让年轻的僧人们住宿、学习的"扎康"而去，边走，值班僧人边告诉多吉甲："隆务寺和青藏高原上的很多寺院一样，年轻的僧人们有一项'必修课'，那就是每年的藏历六月十五到八月初一这45天时间里，会被封闭在寺里，集中精力念诵经文，不得和外界接触。你刚来，虽然年纪小，但也得封闭起来念经，不得外出！"

随后的日子里，多吉甲睁着懵懂而好奇的眼，跟着这些僧人们整天集中学习，让高原上的酷热季节在读经、念经中悄悄过去。在山坡上放牦牛，在河谷里帮阿妈收割青稞，和伙伴们在溪流边玩耍的日子，永远和他决绝了，多吉甲又出不了寺院，只能在跟着僧人们念经时，心不在焉地回忆着故乡赐予自己的童年时光。

45天的"闭关式念经"与"集中式学习"结束后，多吉甲和其他僧人们一样，长长地吁了一口气，他期待着能走出寺院呼吸到户外新鲜空气，那是一名6岁儿童的天性，犹如6月隆务河畔葳蕤的青草不可遏制。

为了庆祝圆满了一年中的"夏课"，农历八月初二那天，隆务寺的堪布带着全体参与"闭关式念经"与"集中式学习"的僧人，在初秋的阳光中，前往隆务河边一处清净的林间草坪，寺里负责生活后勤的僧人早就在那里支起了帐篷、摆好了供大家吃的食品，他们要在这里完成一场隆重的"雅什则"（从"户外举行的夏季野宴——雅什顿"基础上演变为添加了歌舞内容的"夏季娱乐"）。在秋初的凉爽中，在隆务河清新的空气里，在路过的牧民羡慕的眼光中，这些年轻的僧人即将尽情沐浴在高原阳光和佛光带来的幸福中，沉浸在"雅什则"带来的快乐中。

从《藏传佛教高僧传略》（青海人民出版社，2007年4月）一书中，我读到这样一段历史：公元1607年，噶丹嘉措出生于隆务河边的一个小村子里。11岁那年，噶丹嘉措跟随兄长罗桑丹白坚赞前往拉萨学习佛法。10年后，噶丹嘉措返回家乡，进入隆务寺学习，于 1630 年主持隆务寺，在隆务河畔的扎西曲寺建立了修行院，清王朝曾封他为"隆务寺呼图克图宏修妙悟国师"。

和青藏高原上的很多寺院一样，隆务寺也扮演了一所学校的角色，寺里的僧人除了要系统地学习佛学知识外，还要学习医学、唐卡、雕塑、堪舆、占卜、天文等方面的知识并使其服务信众。几十年前，没有广播、电视播放天气预报时，周围群众早上起来的第一件事就是跑到寺门前，看张贴在那里的、由寺里负责观测天象的僧人做出的天气状况预测。

噶丹嘉措主持隆务寺的寺务期间，允许后来从拉萨深造归来的僧人们，将拉萨三大寺里的藏戏表演艺术融入进隆务寺的"雅什则"中，逐渐形成了具有隆务寺特色的藏戏——"南木特"。

公元 1677 年，噶丹嘉措在扎西曲寺圆寂，他的转世——第二世夏日仓阿旺嘉措主持隆务寺的寺务并创建了隆务寺的密宗学院，寺里派往拉萨学习归来的僧人尝试将传统藏戏《诺桑王传》的故事情节移植到了"雅什则"中，这是"南木特"中第一次出现了藏戏人物。

随着"南木特"在隆务河流域甚至整个安多地区逐步完善，出现了日益繁荣的景象。

第六世夏日仓噶藏丹贝坚参主持隆务寺期间，更是注重"南木特"的创作与排演，为"南木特"在隆务河流域的兴盛创造了良好的条件。

多吉甲第一次跟随隆务寺的僧人们前往隆务河边，第一次观看隆务寺的僧人表演"南木特"时，就孵化出了他内心的"南木特"之梦。在隆务寺浓厚的"南木特"氛围下，多吉甲逐步成长为隆务寺里一名专业藏戏师。

举办"雅什则"的那一天，多吉甲看到了比自己大 56 岁的吉先甲，从后者的表演过程中，他领略到了"南木特"的魅力。在场参加"雅什则"的僧人们，都将敬仰的目光投向吉先甲，他们都觉得他像是一盏燃烧着的酥油灯发出耀眼的光芒，而"南木特"，就是这盏灯的灯芯。

多吉甲 16 岁那年，73 岁高龄的吉先甲对《诺桑王传》进行全面改革和创作，他看好多吉甲的"南木特"天赋，让多吉甲出演《诺桑王传》中的主角。此后的日子里，白天，多吉甲是在寺里穿着绛红色僧衣的僧人，嘴里念诵的是经文；晚上，他是穿上"南木特"戏服的编剧与演员，从嘴里奔涌而出的是"南木特"的唱词；昼夜交替处，他从容地脱下隆务寺的僧衣，穿上了"南木特"的戏服，让"南木特"的说唱之词引领出一个趣味的夜晚。

清末至民国初年间，吉先甲成了隆务寺"南木特"的一号演员和组织者，在"南木特"剧本的改编中开始注重文学性与戏剧性，表演上也注重艺术性。

就在多吉甲梦想着在藏戏的舞台上能够有进一步发展时，一场全国性的宗教制度民主改革开始了。1958年，也就是距离父亲用牦牛驮着6岁的多吉甲渡过隆务河前往隆务寺48年后，他和寺里的其他僧人一样，不得不接受离开寺院回到家乡务农的命运。

行至隆务河边，多吉甲感慨道："我长着双脚，本是为了'南木特'，却踏上返回故乡的路。"当年的羊皮筏子早已被木船替代，一河流水注视着，他如一叶瘦小的孤舟，要飘向故乡。多吉甲忍不住回头朝身后的隆务寺望去，那座曾对6岁的少年多吉甲发出黄金般召唤之光的金顶，依然光彩夺目；那道绛红色的寺院院墙，依然如一件庄重肃穆的袈裟立在隆务河畔，带给多少人以希望和安详。

从隆务寺到隆务河边的路并不远，对多吉甲来说也不陌生，他迈着灌了铅似的双腿缓缓向河边走去，平静的脚步中带着绝望。木船载着多吉甲渡过隆务河，他再次回转过头，看见隆务河依然缓缓流淌，河面像是一面巨大的镜子，映出他48年来在寺里静心念经或与其他僧人热烈讨论"南木特"剧本与人物的场景，就像隆务河上空飘过的云朵，逐渐向记忆深处飘散。离开隆务寺，多吉甲不再是一名僧人，也不再是一名"南木特"的编导与演员，他的身份成了苏乎热村的农民，安分守己地参加生产队安排的各项劳动。

一天，公社里的一位干部在村干部的带领下来到多吉甲家中，说是人民政府要号召各地群众开展丰富多彩的群众文化活动，实现"新诗贴满墙，文艺遍村庄"的目标，听说多吉甲在隆务寺里曾排演过"南木特"，便让他组织本村的牧民和相邻的加毛村牧民排练"南木特"。

多少次站在朝阳中，多吉甲面朝西望去，他的眼光如鹰在飞，掠过隆务河的水面，他一直在盼望着能听到隆务寺的钟声响起；多少个月明星稀的夜晚，多吉甲一个人爬上村子外的山岗上，看着波光粼粼的隆务河静静流淌，他的心里一遍又一遍地念诵着"南木特"的唱词，他一直盼望着能回到隆务寺，参加每年"夏课"结束后到隆务河边的草地上举办的"雅什则"。然而世事多扰，多吉甲直到临终，再也没能渡过隆务河去看看在夕阳下发出成熟青稞穗般光芒的金顶。

距离多吉甲离开隆务寺回到苏乎热村 23 年后，隆务寺逐渐恢复了久违的"南木特"，像一堆重新点燃的篝火，照亮了隆务河畔。

距离多吉甲被父亲从家乡用牦牛驮来、用羊皮筏子载渡后再牵着手送至隆务寺 37 年后，也就是 1953 年，另一位年仅 5 岁的少年多杰太，也重演了多吉甲当年进入隆务寺的一幕。

在隆务寺度过了 7 年时光后，多杰太带着"南木特"赐予他的创作灵感和编导才智，重演了多吉甲从隆务寺还俗的一幕。还俗后，多杰太在民间传演"南木特" 5 年后，被招录进黄南州歌舞团，主要负责编演藏戏和歌舞剧。1980 年 7 月，多杰太根据《诺桑王传》改编创作了第一台大型神话藏戏《诺桑王子》，完成了第一次把蕴藏在"雅什则"中、在寺院里上演的"南木特"搬上了现代艺术舞台。后来，多杰太和华本嘉及汉族艺术家高鹏共同合作，创编了《苏吉尼玛》《藏王的使者》《金色的黎明》《纳桑贡玛的悲歌》等"南木特"剧本。

"南木特"已经成了隆务河两岸的另一种庄稼，栽种在两岸信众的心中，他们把观赏"南木特"看成了和转山转湖、进寺礼佛、听经敬香等朝圣拜佛一样重要的事情。

完美的河流不仅是为两岸居住的百姓提供生活所需的动植物、作物、码头、渡口和桥梁，还应该提供各种尊贵且富有营养的精神食粮，"南木特"就是隆务河两岸信众拥有的、一种沐浴在安详光芒中的精神食粮。

从这个角度来看，隆务河就是一条完美的河。

二

年都乎，藏语中是"险要之地"，这是我沿着隆务河西岸顺流而下遇到的第一个村子，也是离隆务寺最近的一个村子。

农历十一月十九，对隆务河两岸的百姓来说，就像一道门帘，掀开它就标志着进入一年中即将到来的严冬时节；对年都乎村的村民来说，这个日子更是一道门槛，跨过去就是一个隆重节日。这一天拂晓时分，年都乎村的李卡加（化名）家中，迎来了村民在他家举办一场叫"邦"的仪式。

举办"邦"的前三天，村民们爬上位于村路尽头北边的那座小山，要将他们供奉于此的保护神——二郎神请下山，抬到年都乎乡邮政所北侧的年都乎寺中，安坐在护法神右侧，僧人们开始念经，以喷洒圣水的方式进行一场神圣庄严的"洗神"仪式，留二郎神在年都乎寺中安住 3 天后，再送回山上的二郎庙。关于这个仪式，村民们已经说不清来由了，这对他们来说也不重要，重要的是这个仪式已经深深地刻在一代代村民的记忆中了——将二郎神请进年都乎寺进行一场佛给神的洗礼，可见年都乎寺、藏传佛教在村民心中的地位。

在年都乎村，能迎到村民进家完成"邦"的人，就像一个国家举办奥运会一样，得提前"申报"，李卡加就是通过村里认可的方式竞争到在自己家里进行"邦"的——据说，送二郎神回山的途中，抬二郎神轿子的某一个"轿夫"如果在神附体的情况下，貌似不经意间闯进谁家，那家就是村里来年"邦"的申办者。

"邦"是一个属于夜晚的神圣仪式，被李卡加提前请到家中的"拉哇"（主持法师），按照传统的礼仪摆好了坛场，邻居们纷纷从自家带来的"看子"（用在"邦"中的面馍馍）被摆在神座上，神座前是一头待宰的、用于供祭的山羊羔，一场古老的仪式即将启动。

人类和一条河发生关联时，常常会以自己的认知、起居、出行方式衍生出一些动词来，比如渡、凫、泅、浮等，隆务河边的年都乎人，有一个专属他们的动词"跳"，这个动词的对象或宾语是"於菟"。"於菟"在汉语典籍中是"虎"的别称，"跳於菟"就是和虎有关的一种舞蹈，这也是不少学者认为隆务河畔的土族"跳於菟"来源于内地的原因。

地球上众多江河两岸间，唯有"跳於菟"是年都乎村、土族人和隆务河这三重坐标叠加在一起的一场民间娱乐。就像隆务河由九条支流汇聚而成，它一直呈现着一种开放与包容。两岸的民众同样秉持了这种精神——在隆务河流域的诸多宗教节庆活动中，除二郎神和龙神外，当地百姓还敬奉阿尼玛卿山神、夏琼山神、年钦山神、德合隆山神、达尔迦山神、拉日山神等。

按照"神授之意"，扮演类似内地的巫师角色的"拉哇"，在李卡加的家里完成一系列仪式后，最主要的一项工作是为第二天的重大活动挑选 7 名参加"跳於菟"的人选。在村民心中，这是一年间全村最激烈也最神圣的一次竞选。报名"跳於菟"的村民并非像运动项目那样必须要身手矫健者，大多是家中有人生病，希望通过参与"跳於菟"来为亲人驱赶身上的病魔。李卡加的妻子已经病了好久，他是为了求神治愈妻子的病才报名"跳於菟"的，然而，激烈的竞争中他落选了，不能参加第二天的"跳於菟"。

头天在家里迎接完"邦"的仪式后，第二天，李卡加就在家里静静地候着，虽然不能跟随"跳於菟"的队伍，但李卡加非常熟悉"跳於菟"的程序。除了像李卡加这样在家的守候者，村里的其他男人全都前往山神庙，在那里举行敬"二郎神"和煨桑仪式。

农历十一月二十，这一天的年都乎就是一个露天大剧场，全村男女老少都是观众。前一天在李卡加家中被选中的7名"跳於菟"者，在"拉哇"的指挥下，将成为这场民间大剧的主角，是村民心中"被神借去半天"的羡慕对象，是被"二郎神"赋予极强能量祛除病魔的"神医"。他们要提前赶到神庙前，转到神庙背后的插箭台前，抽出村民们早就摆放在箭台下树枝，用随身带来的小刀削制"跳於菟"时的重要道具——象征斩鬼除魔的木剑。

下午两点，身穿法衣、头戴佛冠、手执单面羊皮鼓的"拉哇"准时来到山上，走进庙门，宣布今年的7名"跳於菟"者开始化妆。山风卷过庙门前，被选中的"跳於菟"者在寒风中开始了自己要进行的流程：他们在腰部扎起红绸带，别上削制好的木剑，然后齐齐脱光上衣，把裤子卷到大腿根部，从煨桑台中抓起炉灰往裸露的上身与腿部涂抹。

村里的化妆师用黑色墨汁（以前是锅底黑灰）将这些挑选出的舞者面部、前胸等部位画上虎头状脸谱、虎皮斑纹，腿部被描画成豹皮斑纹，背部呈水纹状。头上扎好"拉哇"提前写好的、印有经咒的白色纸条。被涂抹成灰色的肌肤、描绘出黑色的虎纹、扎好头顶的白纸条、腰缠红色的绸带，这让"跳於菟"者变成了一团彩色的云，在"拉哇"的主持下，参与祭拜二郎神的仪式，以求得到"神力"。然后，"跳於菟"者手握用经文裹定的木棍，到庙前的广场，围绕煨桑台，开始在锣鼓声的伴奏下跳起"於菟"。

那些"跳於菟"者轮流提起单腿向前蹦跳，腿部的动作极尽夸张，时而露出虎越山涧的动作，时而展现虎啸山林的气势，让在场的村民们似乎感受到眼前晃动着7条威震人间、驱赶妖魔的猛虎，带着祛除妖魔的使命来到年都乎村，成了年都乎的护佑之神与临时村民。在村民的注目中，"跳於菟"者用各种动作体现出民间舞蹈的凝重、豪放、粗犷，既有舞蹈的艺术，也有祭祀的严肃，像一团火与一块冰同时出现。和我在剧院里观看到的那些精致、高雅的"精品舞剧"截然不同，那确实就是7只猛虎，蹚过一条悠长的时间之河，从年都乎古老的记忆彼岸，凫到眼前这冬季的高原小村里，再次给年都乎人的心里刻下"跳於菟"的烙印。7位"跳於菟"的男人，这简直就是7台时光刻印机，没有轰鸣与喧嚣，但可以带来狂欢与敬畏的戏剧效果，刻画着年都乎村关于"於菟"的时光记忆，在一代代村民心中垒起了一座只有他们能看见光辉的城堡，上演一场他们自编自导、自娱自乐的民间狂欢，响起一种横穿过村庄记忆枝梢的、划过蓝天般的鸣唱。

山上的小庙前正在"跳於菟"时，山下的村庄里，家家院门紧闭，很多和李卡加一样不能上山去看"跳於菟"的村民，提前将桌子搬到院子里，上面摆放好熟肉、酒及果品等，然后开始虔敬地等待一场人和神的相遇。

从朝山上的小庙方向喊一嗓子，到发送暗号般的点鞭炮，再到目前用手机发送信息，山上的人接到类似"村里的一切准备就绪"的信息后，"拉哇"像是一位指挥千军万马的将帅，一声类似"出发"的指令发出后，便带着"跳於菟"者开始下山，后面跟着一串长长的队伍。乡村的山路上滚动起尘烟，犹如人群中不断添柴燃烧的热情，而紧跟着"跳於菟"者的人，有喃喃地祈祷着，有小声地念诵着熟悉的经文，一切都被眼前的神圣仪式吸引着。那一刻的"拉哇"和"跳於菟"者，正在创造属于隆务河的奇迹，他们似乎让时间倒流了，让村民看到了这一古老仪式在旧时光里的模样，看到了祛除病魔的"虎神"正从远处的雪山上奔来、正从冰冻的隆务河里爬上岸。

一进村口，"拉哇"带着两名"跳於菟"者，从村口移到巷道里，通过不断击打羊皮鼓、起舞、巡视，成为眼前这个下午的年都乎村的守门员，要死死守住"妖魔"外逃的去路。另外5名"跳於菟"者，像5只出山离林、灵巧矫健的猛虎，奔向提前划定好的村民家中，这让我仿佛看到了5名飞檐走壁的武林高手，他们不从大门进入，而是在短距离的助跑后纵身一跃，手攀住墙头，整个身子犹如离地蹦起的弹簧，"嗖"的一声，"於菟"的身影就落在了村民家的院子里。

李卡加明知道还有两个多时辰，"拉哇"带领的"於菟"队伍才能进村到家，但他就像年轻时热切盼望着能见到恋人一样，从中午就开始在院子里走来走去，眼睛不时盯向院墙，觉得一头"於菟"在下一秒就从那里跳进了自家院子，带来让妻子病愈的福气。当那头奔他家而来的"於菟"真的翻墙而入时，李卡加似乎看到一团光明的火焰从墙头滚进他家，在院子里快速滚动，他赶紧朝院子角落退去，一边抬起手朝房门大开的上房指了指，"於菟"心领神会地做出猛虎入林般的动作，快速朝上房奔去，一切都在无声中进行，整个院子静得能用我们在词典里翻出的"鸦雀无声"来形容，但李卡加却仿佛听见万千驱魔的"猛虎"发出嘶吼、咆哮，冲着缠在妻子身上的病魔扑上去，然后是围殴、撕咬，他不停祈祷：病魔被"於菟"撕得遍体鳞伤、体无完肤，然后从他家撤走。

"於菟"从上房里出来时，嘴里嚼着一块李卡加提前供好的熟肉，手里攥着一块放在供桌上的面馍馍。李卡加的脸上露出笑容，他知道这是"於菟"接受了他的敬意，意味着可以帮他祛除缠着妻子的病魔。这也是年都乎的村民们的共识："於菟"吃了谁家供在桌子上的食物、肉，就被认为是驱走了隐藏在那家的"妖魔"，尤其是对李卡加这样的家有病人的家庭来说，"於菟"能吃或带走他们备好的食物，更是病魔被驱走的象征、预兆。接着，李卡加看见翻进自家的那头"於菟"依次朝厢房、厨房、库房奔去，不断在各房间跳来跳去，做出驱赶"妖魔"的动作，尤其是在妻子卧床的上房里，"於菟"来回跳跃，反复在平躺着的李卡加妻子身上跨越数次，意在驱除她身上的病魔，以期她早日康复。

最后，"於菟"抓起桌上供着的圈馍套在手中的树枝上，嘴里还嚼着肉和面馍馍，奔到院墙边，身子一矬，直起来时是行云流水般的一个飞跃，身子已经落在邻居家的院子里，开始在邻居家的"跳於菟"。

"於菟"转完整个年都乎村子时，李卡加望见太阳正缓缓划过隆务河西侧的阿尼夏琼山。冬日清瘦的隆务河像是一张大土炕，夕阳在上面铺上了一层金黄的棉被，那黄金被子下正孵化着一个关于健康与平安的梦，年都乎村子的人似乎通过"跳於菟"感受到这层黄金棉被带来的温热与幸福，大家都觉得那7名"跳於菟"者在"拉哇"的带领下，构成了一支战斗力极强的、精悍的特种部队，已经彻底消灭掉了肆虐在村里的妖魔。

李卡加简单地安顿好病床上的妻子，快速朝院外走去。

村巷尽头，李卡加看到"拉哇"与身边的那两名"跳於菟"者，像是坚守在阵地上的三名战士，还在不间断地敲铜锣、打羊皮鼓，不时有村民从家里带来大饼、牛羊肉、白酒等供品，表达对他们的敬意。锣鼓声与羊皮鼓声就像一道集结令，让完成"跳於菟"的其他人手持串满圈馍的树枝，口里叼着肉，以"垫步吸腿跳"的动作舞向隆务河畔，像他们在山上脱去上衣、挽起裤腿后用炉灰抹身一样，他们在河岸边，弯下腰伸出手，撩起冰冷的水，一遍遍擦洗着化妆师绘在他们身上的虎纹，不仅洗去了自己身上的图纹，也洗去了村民家里的邪气。

这冰凉的季节和热情的节日里，隆务河不仅接受了村民的祝福，也接纳了村里的病魔之气。河水冲洗着"跳於菟"者身上的颜料、墨汁和炉灰，形成了一股股细小的浑浊，像是一支画笔在夕阳下的河面上留下一道瘦弱的文身。这就是河流的伟大，它既能承受人类的祝福和呵护，也能接受象征病灾的污浊。

若干年来，冰凉的隆务河肌肤上，在这一天缓缓流过这道稍纵即逝的"文身"，这带着村民美好愿望与独特表演方式的"跳於菟"，犹如一种古老的图腾，在村民们代代精心相传中保持着它清晰而庄重的样貌，也像隆务河边年年被耕种的庄稼一样，一年一茬地被播种、呵护、看管、收获在年都乎村民的心里。

供奉在山上小庙里的那尊二郎神，供奉在年都乎寺里给二郎神"洗神"的佛，在"邦"的仪式上替神挑选"於菟舞"者的"拉哇"，被生活在年都乎的土族人邀请在"跳於菟"的大半天时间里，实现了神与人一起狂欢、相互取悦的目的。

三

如果说选择在严寒季节里"跳於菟"，是一朵盛开在冰冷季节里的酥油花——神性中多少又带有功利性，隆务河边举办的"六月会"，就是一朵夏季里绽放的牡丹花——花哨中带有传奇性。"跳於菟"和"六月会"，选择在隆务河边冷与热的两个季节开放的民俗之花，内蕴着两岸百姓关于冰与火、生与死、天界与红尘、祭祀与狂欢的认知；是冷与热的两个季节里长成的、独属隆务河两岸群众收割的两茬庄稼。

当春天的脚步不露声色地随柳絮、落花在大地上退却时，夏天被青稞苗壮成长的声音赶着而来，隆务河边的人们开始为一年中的另一个盛大节日——"六月会"忙碌起来，有的人还没从"跳於菟"时心生的愉悦中走出来，一想到即将到来的"六月会"，他们就感觉仿佛在逼仄的山道上行走会遇见迎面而来的、心上装了许久的恋人，内心犹如牦牛粪燃烧的火苗舔舐着的铁壶里开水一样，"噗噗噗"地欢叫着、往外溢着新生的快乐。

和"跳於菟"选择在寒冷的季节举办不同，"六月会"则在夏季举办，和"跳於菟"者嘤声忌言地翻越院墙，在悄无声息中完成"仪式"不同，"六月会"通过祭神、上口扦、上背扦、跳舞、爬龙杆、打龙鼓及最后的法师"开山"等环节，高调而喧闹地完成这一民间狂欢。

芒尖上泛着金光的麦穗、水量日益增多的河水泛着渐渐浑黄的波光，在绿叶间露出一小块一小块青黄的黄果，埋在地下默默变大、变黄的洋芋、一直如一道立着的黄色袈裟的寺院院墙，等等，从地下到地上，农历六月的隆务河流域，仿佛被黄金之光笼罩一般，以娱神、敬神、谢神为主题的"六月会"是这里"黄金之月"中最闪耀神性的节日。"跳於菟"和"六月会"完成的季节不同，内容与环节不同，但有一点是相同的：二郎神是两个节日中都不缺少的"神"，这位隆务河之神让这两个节日都有了"神人共悦"的特性。

隆务河沿岸分布着20多个村庄，每个村庄都有过"六月会"的习俗，甚至不同民族的村子对"六月会"的称呼不同：藏族人叫"周贝勒柔"——意为"六月神舞"；土族人称为"拉顿"——意为"神人共娱"；汉族人叫"六月会"——意为"有舞无歌的相会"，每个村子里举办的具体日子也不同。

和村民的闲谈中，我了解到"六月会"就像一张正规而严谨的课程表，被隆务河沿岸的20多个村庄依次执行，这让"六月会"变成了沿河次第表演的团体操一样，距离隆务寺北200多米的四吉合藏族村就是这场团体操的领跳者，率先拉开这场夏日狂欢的序幕。

通过对各个村子的"六月会"具体日期的掌握，我在采访本上勾勒出了每个村子长期以来有序执行的、按照开始日子排序的一张"六月会课程表"：

四合吉藏族村：农历十六至十八

年都乎土族村、拉卡村：农历十八至二十四

郭麻日土族村：农历六月十九到二十三

尕撒日土族村：农历六月十九到二十四

保安下庄土族村、尕对、哈拉巴士、石哈龙村：农历六月
十九到二十四

吾屯四庄藏族村：农历六月二十一到二十五

日扎、能抗藏族村：农历六月二十到二十四

英占木藏族村：农历六月二十到二十四

苏乎日藏族村、铁吾村：农历六月二十到二十五

浪加藏族六村：农历六月二十一到二十五

......

隆务河沿岸的村子就像一群认真地玩成语接龙游戏的孩子，又像进行一场盛大而严肃的接力赛的运动员，很认真地将"六月会"在各个村子延续下去，它们酷似隆务河上掀起的、一波接着一波的河浪，金光闪闪且生生不息。

"六月会"吹响的集结号，不仅钻进了隆务河边各个村子的耳朵，还越过高山朝远处的高原飞去，惹得牧区的耳朵也痒痒了起来，但后者却因为海拔高、交通不便，不能参与到这场大合唱中来，比如双朋西村直线距离吾屯十多公里、地处隆务河东岸的山区，曲库乎村距离隆务寺直线距离十多公里、地处隆务河上游东岸的山区，扎毛村地处隆务河上游西岸、麦秀峡谷中的高山上，这些村庄的村民们，在"六月会"期间，却要忙于田间拔草的，不能像滨河村庄的村民那样尽兴狂欢，拿他们的话说就是："望得见隆务河的水淌，却湿不了鞋子；闻着'六月会'的香味，却到不了场子。"这些地处高山村民们，便将"六月会"移到正月初三到初九期间举办，让"六月会"在隆冬季节进行，六月里应该发给神的请柬，却让神在来年正月才接到。

那是多么隆重而漫长的一场民间狂欢的接力赛，它把隆务河边搅动得热乎乎的，让每个村庄都弥漫着"六月会"的味道。

"坎果哇"（领头者）是"六月会"的灵魂，他们是由村民推选出的、德高望重的人担任。增太才让是四合吉藏族村推选出的"坎果哇"，他跟在"拉哇"后面，村民跟在他的后面，这支队伍前往村庙去请庙内供奉着的年钦神和二郎神。隆务河边的村子里，每个村庙中供奉的"神"不同：隆务村供奉的是年钦神和夏琼神；四合吉村供奉的是年钦神和二郎神；浪加村供奉的是

阿米拉日神和阿米玛合巴神；郭麻日村供奉的是白花热郎神；年都乎村供奉的是阿尼玛卿神和夏琼神等。从农历六月十六早晨开始，隆务河边的每家每户做供品，供品对象就是各自村庙中所供的神，等等，这让隆务河变成了神的餐桌。

在我的理解中，"拉哇"和"坎果哇"带领村民前去村庙，多少带有在"六月会"这样盛大节日开始前向神请示、汇报的色彩。得到"神示"后，他们离开村庙，前往每户人家祈福并募捐，以筹集"六月会"的资金，这当然是一项不用动员、催促、摊派、为难村民的自觉行为，是一场他们自发地进行的、对六月的祭礼与感恩。

"六月会"是居住在隆务河边的百姓，献给神的各种舞蹈的大比拼，"拉什则"（神舞）、"勒什则"（龙舞）和"莫合则"（军舞）是这些舞蹈中最耀眼的三种舞，贯穿这三种舞蹈的，是让我恍如看魔术般的"上口扦""上背扦"和"开山红"三个环节。"上口扦"是"拉哇"为自愿参与的年轻人在左右腮帮扎入钢针，也称为"锁口"；"上背扦"是将 10 到 20 根钢针扎在参加歌舞者的脊背上，他们赤裸上身，右手持鼓，左手击鼓，背着钢针边敲边舞；"开山红"是"拉哇"用刀划破自己的头顶，把鲜血洒向四面八方。

我忍不住问被"上口扦"的青年才仁疼不疼，他一本正经地说："瞧，隆务河边男人的腮帮子是水做的，钢针随便一攮就进去了；隆务河边男人的腮帮子也是水泥做的，攮进去钢针我们也不觉得疼！"

四

20 世纪 90 年代末、21 世纪初的前几年，我从青海省西宁市乘坐长途车前往隆务河一带采访时，在售票处买到车票后，好几次走进车站后，发现汽车前挡风玻璃下角的车牌上有的写着"西宁—隆务"，有的牌子上写着的"西宁—同仁"，有的则写着"西宁—热贡"的字样。后来才知道，同仁、隆务和热贡所指的是一个地方。

在久远的大地运动时期，隆务河就已成为一条黄河上游重要的"输水管道"，一滴又一滴从源头出发、从支流涌入的水奔赴黄河，这条古老的河流便有了藏语中"九条河汇聚"的意思，汉语中称为"隆务河"。

奔出麦秀峡谷后，隆务河从海拔4842米高处，跌入一片敞亮而宽阔的河谷，像一辆开始拨打方向盘的汽车，改变从西往东穿越峡谷的快速流动走向，转为向北缓缓而流。隆务寺，就在这条河转向的重要节点上。

明代中期，占据青海北部的蒙古势力向河曲一带发展，其中的火落赤部移居到一座藏语称为"热贡"的小城（汉文文献中记为移公城），他们以热贡为原点，逐渐占据了今青海省同仁、泽库、尖扎和甘肃省夏河一带，热贡之名，随着火落赤部扩张的步伐而被越来越多的人所知。

1924年9月14日，同仁县正式成立，县府所在地选择在隆务寺附近。之后，隆务镇便成了1949年9月22日成立的同仁县人民政府、青海省黄南藏族自治州的州府，2020年6月设立的县级同仁市的市府所在地。

河流是人类文明诞生的重要产床，隆务河同样如此，它流经的同仁县如今虽改为一个县级市，但它并不理会这种行政命名上的改变，不再是一个匆忙的过路者或漫游者，而是变成了一位有爱心和耐心的园丁，视两岸的村寨为苗圃，以西岸的阿米夏琼山和东岸的阿米德合隆山脉为高大的篱笆，在这片富庶的河谷里栽种出了唐卡、壁画、堆绣、泥塑、木雕、石雕、面塑、油塑、砖雕、藏戏（"南木特"）等十大类的艺术之花，其中尤以唐卡、壁画、堆绣、雕塑、藏戏最为当地人引以为豪，被当地人视为自己精心培育出的"五朵金花"。隆务河谷变成了一片被艺术选中并与之相拥的大花园，形成了一条从康熙皇帝题写"吾屯艺术"到修建成"中国热贡艺术博物馆"的磅礴之路，这条艺术大道上最亮眼的一处界桩上，赫然写着两个字："热贡"。

和青藏高原上的其他藏传佛教寺院一样，隆务寺同样扮演着艺术学校的角色。噶丹嘉措前去西藏学习佛法，归来时自然也将雕塑与绘画技艺带回了隆务寺。来自隆务河两岸的年轻僧人们，在隆务寺里学习佛法的过程中，自然也领受到了艺术的魅力。噶丹嘉措临终前，或许是出于公平照顾弟子的心理，或许是为了隆务河岸边的隆务寺、郭麻日寺与东岸的吾屯寺之间的平衡，他将象征雕塑的刀传给了吾屯寺，把象征绘画的笔分给年都乎寺，把象征刻字的刀传给了郭麻日寺，这相当于在隆务河两岸同时栽下了三棵艺术之树。

和内地很多地方的佛教寺院分布在远离尘烟的村子、蛰居于深山密林中不同的是，隆务河边的不少寺院建成后，人们以寺为中心形成了一个个村子，村子的名字就来自寺院的名字，出现了"寺在村中，寺村同名""村村有寺院、家家有佛堂"的村庄与寺院一体、僧人和村民共生的情景，承袭着"两丁须一入寺"的传统，男孩子在七八岁的入学年龄就进入寺院一边学习佛学知识，一边学习"热贡艺术"，学成者可自由选择留寺修行，也可选择以所学技艺还俗养家，让隆务河谷成为"热贡艺术"的沃土。这里的每座寺院都是"热贡艺术"的摇篮，每一位投身艺术的僧人犹如一滴水、每一户家庭仿佛一朵浪花，每一座寺院好比一条溪流，共同汇聚成了"热贡艺术"的海洋。

噶丹嘉措传给弟子们的三粒艺术种子，在隆务河畔逐渐长出了三块苗壮的庄稼地：吾屯人擅长雕塑，年都乎人擅长绘画，郭麻日人擅长印经板。他们中无论是藏、汉、蒙古还是土族，都因为生活在这片被艺术选中的土地上而成为天选的匠人。

年都乎寺、吾屯寺和郭麻日寺的还俗僧人，带着各自得到的技艺回到各自所在的乡村，这些技艺就好比投进铁壶里的水，这些村庄对"热贡艺术"的重视及需求犹如一堆燃烧在这柄铁壶下的火，让"热贡艺术"像逐渐丰盈的河水溢出堤坝一般，流溢在隆务河两岸，并掀起了一朵朵璀璨的浪花，在隆务河谷两岸形成了以年都乎、上吾屯、下吾屯、郭麻日、尕撒日等5个自然村为代表的绘画、雕塑、刻经等艺术长廊。如今，吾屯的村民们谈起自己的艺术来，无不以这件事为豪：从村里走出的画师夏吾才郎，18岁那年曾随国画大师张大千赴敦煌临摹壁画两年之久，1988年成为我国藏族历史上首位获得"中国工艺美术大师"称号的唐卡画师。

在五个屯子，集体以"50喇嘛进皇宫"为豪。清代，修葺故宫期间，5个屯子里的50多位"喇嘛艺人"应邀前往京城，参与故宫的绘画和装饰。高原上的酥油花在佛前盛开时，他们从隆务河边起身；京城的芍药盛开时，他们走进了故宫；金黄的银杏树叶飘落在地时，他们手中的画笔如银杏树叶划过宫墙的视线，划过一件件檐、梁、椽、椽。离开家乡的日子，在这些来自青海高原上的僧人艺人们的指尖流过，一件又一件艺术作品在他们的妙笔下完成。如今，村民们依然笃信并传颂着这样一件事：修葺工程完成后，连康熙皇帝也前来观看并大为惊叹，询问他们是哪里人，这些艺人回答道："五屯！"

康熙皇帝对这些僧人艺人的工作非常满意，觉得"五屯"的名字既小气又体现不出这些艺人的水准与精神，便题赐了"吾屯艺术"四个大字！康熙毕竟是康熙，将"五"字变成了"吾"。一个"吾"字像是一块宝石，镶嵌在了小屯的前面，让屯子里的人说出"吾屯"时便流露出一种自豪与亲切来，让五个屯子像石榴籽一样紧紧抱在一起。前往京城时，这50名"喇嘛艺人"背的是进京的任务及由此滋生的紧张；返回家乡时，他们背着康熙的题字，将一份份沉甸甸的荣誉背回家乡。回到隆务河边，50名"喇嘛艺人"按照原比例，将康熙的题字，做成一幅匾挂在吾屯寺里。后来，吾屯村分为上、下吾屯两个庄子，那块康熙皇帝赐写的匾额，每年在两个庄子轮流悬挂，那是一种带着帝王眼光与标准的巡视，是一道移动在各个屯子里的荣誉。

清末时的一次火灾中，挂在吾屯上庄的匾被烧毁。20世纪80年代，时任中共中央总书记的胡耀邦视察黄南，对吾屯艺术大为赞赏，并欣然题写了"中国热贡艺术博物馆"的馆名，从此"热贡艺术"的名称取代历史上的"吾屯艺术"，被正式确定、统一起来。

五

隆务河两岸的寺院，犹如一座座散发着艺术气息的荷塘，我像一只青蛙，被吸引着在这些寺院中来回蹦跳，感受着荡漾其中的"热贡艺术"的魅力。和很多人群聚时举行的"跳於菟""六月会"等热闹、狂欢的大型聚会不同，挂在寺院经堂、扎仓里的一幅幅唐卡，犹如一座座悬在半空中的肃穆而安详的佛殿。

在位于隆务河西岸的隆务寺夏日仓大经堂，那幅创作于2003年的唐卡《增长天王》，让我留心到，它的作者是扎西尖措；在吾屯下寺的弥勒殿和宗喀巴殿，我又看到了两幅创作于1998年的唐卡《文殊菩萨极乐世界》和《增长天王》，它们的作者也是扎西尖措。

扎西尖措，扎西尖措，我的嘴里轻声念叨这个名字时，突然想起，在宗喀巴尊者的诞生地塔尔寺，供奉有扎西尖措于2010年绘制的37幅唐卡《善巴拉国王》，便饶有兴趣地向吾屯寺的僧人询问有关扎西尖措的情况。寺里的僧人随即大概介绍了一下：扎西尖措于1967年出生在吾屯下庄，是一位土族人，曾拜九世班禅大师的画师、著名的唐卡艺术大师久美曲宗为师，跟随久美曲宗到青海塔尔寺、甘肃拉卜楞以及西藏、四川等地几十所寺院作画十余年。曾于1991年受塔尔寺寺管会主任西纳活佛邀请，主持参加塔尔寺修旧复旧工程。走进塔尔寺后，扎西尖措就开始闭关式创作，历时 9 年时间完成了塔尔寺大经堂、小金瓦殿、朱巴经堂、湟中上寺、藏经楼及西纳、阿嘉、羊加、夏格日、扎西、却西、加羊、改嘉等活佛府邸中的不同规格唐卡及壁画 450 余幅；2007 年的"青海热贡唐卡艺术品博览会"上，扎西尖措创作的《大威德金刚》荣获一等奖。

听完僧人用他那"隆务普通话"介绍后，我的内心升腾出一阵又一阵的赞叹来：在隆务河边能有这么优秀的唐卡大师？僧人似乎看穿了我的心思，涌上脸的微笑仿佛在说：隆务河边，只要有寺院和牧民的地方，就能看到唐卡被敬奉在高处——寺院、农舍的墙上或帐篷里供桌的正面，唐卡画师是隆务河边从业人数最多的职业，多得就像山坡上的牦牛——有人老去，就会有年轻的替补上来；多得也像地里的青稞，命运的镰刀收割一茬，就会有新的一茬长出来。

游历隆务河途中，在一处处寺院里观赏唐卡后，我认为：唐卡，不就是联系佛国和尘世的媒介吗？一幅唐卡，就是一座移动的佛殿；一幅唐卡，就是一份佛法教义精彩的扉页。在"热贡艺术"的十大门类中，唐卡是"热贡艺术"的杰出代表；在青海的艺术名片中，唐卡无疑也是最亮丽的一张，它在青藏高原上林林总总的唐卡艺术中蔚然自成一家。

2010 年 3 月 17 日，宁夏图书馆展出了一场"青海藏传佛教文化唐卡艺术作品展"，我前去采访时，没想到遇见了扎西尖措。那不仅是对一位唐卡工艺大师的采访，更是对"热贡艺术"中的亮丽的唐卡工艺的亲近，对一条自隆务河畔走出的"唐卡之路"的了解。

我的脑海里不时勾勒着一幅"唐卡的全球分布图"，每一个点、每一条线，都反映了这种古老艺术品类的生命轨迹。在这张现实中并不存在的"地图"上，我就像在一幅世界地图上寻找自己家乡的位置一样，寻找着青海唐卡、"热贡唐卡"的位置，这就像在一个大圆圈内再画一个小圆圈，最后锁定了隆务河边作为"热贡唐卡"的地标。

在青海，有寺院和牧民地方，唐卡和糌粑、青稞酒、哈达一起成为牧民心中的必需品，是牧民的氧气、口粮和供奉，遍布这片辽阔土地。

在隆务河边，很多像扎西尖措这样走上唐卡之路者，大多会默默无闻地埋首其中。唐卡之风的濡染，让隆务河边的很多人从少年时期就选择了学习唐卡。学习唐卡一般分为师徒传承和家族传承，扎西尖措走的是前一条路，村里非常著名的唐卡工艺师李先加（音）是扎西尖措的启蒙老师。扎西尖措是村里第一个考上大学的，在青海民族大学艺术系学习，像一条河流的源头由两条支流构成一样，这让他拥有了田野和学院两种学习背景，领受到了两种学习唐卡的营养源，丰富了他的唐卡创作视野。如今，唐卡艺术在同仁地区的民间艺术家和扎西尖措这样站在学院背景下的青年人的努力下，不断延续着她的艺术生命。

和扎西尖措同样走师徒传承之路的人中，最著名的当数吾屯村人夏吾才让，他18岁就跟随国画大师张大千到甘肃敦煌作画两年，23岁出师，后又带领徒弟夏俄洛藏等人到四川省阿坝藏族羌族自治州的尕尔登寺、甘肃省甘南藏族自治州的拉卜楞寺、西藏自治区的布达拉宫和青海夏琼寺、隆务寺等著名寺院里作画多年，被授予"中国工艺美术大师"称号。

家族传承这条路也一直被隆务河边的很多年轻画师选择。更登达吉就曾拜自己的父亲夏吾才让为师，唐卡艺人启加也曾收儿子罗藏旦巴为徒，罗藏旦巴还完成了父亲未竟的巨幅唐卡《天路》。

师徒传承与家族传承，犹如唐卡艺术行走在隆务河畔的两条腿，让这里成为青藏高原上拥有唐卡画师最多、最集中的地方，吾屯则是隆务河畔画师最多、最集中的地方。假若有人在这里出售外地画师的唐卡，那无异于向赤道附近的村庄兜售火炉或向因纽特人贩卖冰棍，无异于向重庆人兜售外地的火锅底料或手艺。

关于唐卡的历史渊源，国内学者大多认为是在松赞干布时期兴起的一种绘画艺术，按照这种说法，唐卡已经走过了千年的历程。无论是在青海同仁地区，还是在西藏、内蒙古地区，无论是历史上第一次将藏传佛教引进宁夏、甘肃的西夏旧地，还是在北京的雍和宫、黄寺等藏传佛教寺院里，无论是我所看到的藏族牧民家庭还是国外的艺术收藏家手中的唐卡，长期对唐卡的关注使我写作本章时，眼前总是涌现出所见到的那些唐卡：西方人从敦煌、黑水城掠走的西夏唐卡，北京雍和宫与内蒙古博物馆、宁夏博物馆里收藏的唐卡，贺兰山下的方塔、双塔、贺兰县宏佛塔下出土的西夏唐卡，屡屡亮相于全国各种展出及大赛上的新式唐卡，汇集起来便形成了我脑海中的一座唐卡殿堂，缓步进入其中，既能看到多姿多态的佛像，也观赏到反映藏族历史和民族风情的画面。

2015 年 9 月，我在北京偶遇到四川喜马拉雅慈善基金会理事长、石渠县扎格龙寺第四世首座密主才让多吉仁波切，他当时正在领衔进行喜马拉雅文库项目和"莲花生大师千幅唐卡"项目，后者更是引起了我的关注。受才让多吉仁波切的委托，我用了几个月的时间完成了 4 集大型文化纪录片《唐卡》策划案与大纲的写作，让我对唐卡有了进一步了解：唐卡（Thang-ga）也叫唐嘎、唐喀，是一个藏文音译词汇，指用彩缎装裱后悬挂供奉的宗教卷轴画，由于它表达的题材内容涉及藏族的历史、政治、文化和社会生活等诸多领域，堪称藏民族的百科全书。这种起源于尼泊尔，弘扬于青藏高原，清朝后期甚至一度走向宫廷及雍和宫等佛教场合的绘画艺术，因为一代代唐卡画师和携带唐卡走往更远地方的僧人们的努力，让它变成了一种在大地上飞翔的艺术。进入 21 世纪，在市场这双看不见的手推动下，唐卡这种艺术价值和经济价值同步上升的古老艺术，如一只只振翅的金雕，正以蓬勃的力量飞往全球，以其魅力备受艺术界、宗教界、收藏界的敬重。

我雄心勃勃地创作完成了 4 集纪录片《唐卡》的剧本，试图以"再现来自青藏高原的古老艺术之繁荣盛景，讲述一座移动的博物馆的变迁和家国盛衰的曲折故事，寻访昔与今的唐卡时空走廊文化的精神符号，展现唐卡作为世界文化遗产的无尽魅力"。为了这部纪录片的前期调研与创作，我曾游历整个青藏高原上各个唐卡画派的起源地与兴盛地，专门前往才让多吉仁波切设在成都市郫都区西源大道的"《莲花生大师千幅唐卡》项目"所在地，这个项目是 2014 年国家重点文化产业项目。在一间间唐卡创作室里，我看到从青藏高原上赶来的唐卡画师们，在设计、画稿、上色等各个环节上的严谨与细致。我深深感知到，画师们创作一幅唐卡，就是一场漫长而虔诚的修行，是一次对佛的礼敬。他们把才华和青春，通过绘制唐卡的方式敬献给了佛。每完成一幅涉及佛教内容的唐卡，画师们装裱后，还要请僧人念经加持，并在背面盖上僧人调制的金汁或朱砂手印，这让唐卡比起那些具有观赏性和收藏性的绘画作品来，更具有一种神性。

佛教最初传入西藏后，并没有太多固定的寺院可供信徒礼佛，对那些在荒凉辽阔的高地上逐水草而居的牧民而言，一幅随着牧帐移动的唐卡，就是一座随身携带的庙宇；是一尊不受季节、地域限制的"随身佛"；是一叶满载和平祈愿的小舟，上面装载着"藏地百科全书"式的智慧；是一座没有院墙的画院，在枯燥单一的放牧生活里，在半空绽放着绚丽的色彩。和隆务河边的村子一样，每一座唐卡流派发源地的村子，成了唐卡画师们心中的圣地，唐卡和这些村子互相成就对方。隆务河畔因为一代又一代唐卡画师们的坚守与努力，让河面上四季泛着唐卡的光芒。

白天的隆务河畔，阳光孤独地照在寺院金顶、农家院落、河畔农田或村街乡道上，时光从艺人们的指尖悄悄溜走，时光在这里锻造的是艺术。下午时分，我踩着高原上的阳光，一个人走在上吾屯的路上，想象中的热闹根本没有，很少能见到闲人，艺术让这个村子变得不知疲倦，让村里没了懒人。马路对面就是下吾屯，两个村子构成一副棋盘，中间的马路就是楚河汉界，村子里从事唐卡、堆绣、泥塑和银器制作等不同行业的匠人，就是棋盘上扮演不同角色的棋子，他们在长久的历史传承中，精心呵护着唐卡、堆绣、泥塑和银器制作等艺术之花，并使之日益散发出浓郁的艺术芬芳。

六

夜晚的隆务河畔，月光竖起耳朵，替群山与河流聆听那悦耳的"叮咣！叮咣！叮叮咣咣"声。几十年来，吾屯上庄的村民已经熟悉了罗藏旦布老银匠每晚响起的制作银、金、铜、铁等金属器物的声音，唐卡画师在布上行笔时不出声响，而银匠们工作时则会伴随着悦耳、清脆的金属声，那是村里的另一座闹钟，它成了村民们教育晚上出去玩耍的年轻人、晚上偷懒的年轻人的一本活教材："你看看，银匠老爷爷这么老了，还像一头年老的战马，奔跑在自己的银器战场上！"

一轮明月照河谷也好，漫天星光俯瞰村庄也好，和内地的银匠不同，隆务河谷的银匠们似乎更喜欢在夜晚工作，或许，他们打制的灯盏、手镯、碗具、壶具等"银器"（不只是纯银，还包括金、铜、铝、铁等金属制作的器具），不仅仅是用来卖给俗人当作饰物的，更多是做成供碗、法器、"嘎乌"（护身符）、佛塔等，是用来敬献给寺院或僧人的。

从铸造、锻打到镂丝，都离不开锤子敲打在铁砧上的声音，远处的群山也好，近处的河水也好，都听到了一种提醒："听，银匠们开始工作了。"各种金属在锻造成器皿、饰件的过程中，在雪花歌唱、河水欢腾、月光漫洒、青稞抽穗、杨树拔节等四季不歇的合唱中，发出清脆的响声，那是"热贡艺术"中的另一朵花在绽放的声音，是银匠向佛低头跪拜的声音，让月光下的隆务河，飘满银质的光芒。

在青藏高原上，银匠是个令人尊重的职业，他们除了制作银器以外，还制作金、铜、铁等金属器物。罗藏旦巴是上吾屯庄内当时年龄最大的、远近闻名的银匠，更是同仁地区银匠工艺的杰出代表。罗藏旦巴创造的一个"银子传奇"是 2007 年 9 月，他们全家历时两年时间，为四川省阿坝县干达乡赞唐寺制作了 8 座 2 米高的藏传佛教金塔，塔身金碧辉煌，塔顶则镶嵌着珍贵宝石，在川、青两省交界地带和同仁地区屡被传颂。罗藏旦巴的小儿子龙知布，跟着父亲学习热贡艺术中的"金银敲雕"技艺。这种家传式的承续，使每位传承者都是"热贡艺术"之河上一座码头、一处渡口。每增加一位传承人，就好像给"热贡艺术"这列舰船编队又增加了一艘护卫舰，给热贡艺术的"五朵金花"之外，培育出一朵银花，并让它们发出独属隆务河边才有的光芒。

隆务河既是一条被艺术相中的河流，也是一条流淌着佛音、泛着佛光的河流，河面上倒映着金顶的佛光，也闪耀着唐卡艳丽的色彩，更翻滚着人间烟火的五味与世俗的呼吸；既流淌着人神共欢的"跳於菟""六月会"的笑声，也长满青稞拔节时清脆的喘息；既收藏着黎明时分登筏渡河者的世俗想法，也送走深夜时分银匠辛劳的叮当声。

被各种艺术染过的隆务河，金光闪闪又银光波动。每一类"热贡艺术"的从业者，都是隆务河的子孙，他们就像这条河上顺流而下的筏影，把河的赐予，转化为艺术留在两岸的大地上。

隆务河在 0611 高速公路隆务峡 5 号隧道附近，进入青海省尖扎县境内，开始收敛起它的柔性，像一把刀朝群山间切去。在海拔悄然下降中呈现出一种焦虑状态，似乎是要着急冲出这逼仄地带，再次拥抱一片宽敞的河谷。

钻出隆务峡后，因为流速过快，隆务河还没来得及喘口气，迎面就是一条大河敞开怀抱，它像一位只有自己参赛的长跑运动员，孤独而坚韧地跑完了由雪山、草甸、峡谷、盆地等地貌组合出的赛道，沿途闻到了匙叶龙胆、报春花、绿绒蒿、金露梅、雪莲、油松、云杉、白桦、柏树、杜鹃的香味，领略了高山草甸上的夏牧牛羊、麦秀森林公园里的原始林木、隆务河谷的寺院经声与农牧交杂的生活图景，跑完 157 公里赛程时，它已经从海拔 4482 米的起点，穿过婴儿呼吸般的宁静状态，到了 2000 多米、喧哗闹市般的终点——入黄河处，黄河就像一位慈祥的母亲，心疼这个一路奔走、投奔自己怀抱的孩子。黄河呀，就变成了一个硕大的澡池；隆务河呀，先是将自己的一双脚伸了进去，然后是整个身子都探了进去，找到了归宿般的温暖、舒坦、甜蜜，它在黄河的涛声中，沉沉地睡去，梦见源头的杂玛日岗带着微笑，朝它回首。

第五部

翅印、鳃息与
蹄踪

第一章
"天空公民"
归去来

有些湖平视一览便可读到其神韵，有些湖站在高处俯瞰即可观其水色，而有些湖，则需要仰视良久，方能洞窥到其秘密。

青海湖是星辰疼爱的公主，在雪山围抱的高地上鼓起青蓝的帐篷，那些飞翔过湖面的鸟影，就是引领它的阅读者、仰慕者、迎娶者的向导！那些摆钟般来去的迁徙之鸟，越过雪山和草原，不仅在天空中划过一道又一道美丽的线阵，也给天空都留下了一曲关于迁徙的壮歌！

一

从青海湖上空落临湖边的鸟类，就是一场以天空为舞台的演员，它们中，斑头雁不是最好看的，也不是最强壮的，但其前往青海湖的鸟路却是最艰辛的。每年春天，它们会从印度的卡纳塔克邦湿地、恒河河口湿地、布拉马普特拉河湿地、印度河湿地起飞，完成地球上鸟类中独一飞越9000多米高度的远行，犹如给天空写下了一行9000多米长的诗句，它们是唯一以高空飞行之姿俯视珠穆朗玛峰的鸟类。

我无缘看到它们在超过8844.43米的高空身影，只能通过法国著名电影大师雅克·贝汉的成名作《梦与鸟飞行》（也译作《鸟的迁徙》）中的镜头，看斑头雁飞越珠穆朗玛峰顶。看过一份资料，说珠穆朗玛峰一带因为氧气含量不到海平面的30%，煤油灯无法点燃；因为空气稀薄，直升机无法飞行；如果把一个人从海平面高度升高到珠穆朗玛峰顶的高度，他会在数分钟内失去意识——他意识不到自己已经冻僵。这个高度，最强壮的哺乳动物也会很快死亡，而斑头雁要飞越这片生命禁区，它们的翅膀必须保持每秒钟挥动3.7次，

藏羚羊 布琼／摄

方可将孤傲的身影划过白雪皑皑、生命全无的珠穆朗玛峰。艰难地飞越珠穆朗玛后,它们并不能歇息,基本上要保持1小时内飞行80公里的速度。但这个阵营至此却要分化,它们要分别飞抵中国境内的羌塘高原、三江源地区、若尔盖湿地区、青海湖畔、巴音布鲁克湿地及蒙古国的库苏古尔湖等地进行繁殖。

青海湖的涛声,就像地球高处敲响的一道钟声,吸引着迁徙的鸟儿犹如学生赶赴学校一般,每年准时而来。有一次,我跟随一个爱鸟的民间环保组织前往青海湖,借宿在鸟岛西边的青年旅社,通过他们带的远程望远镜,得以看到从远处迁徙而来的鸟儿落地的情形。在他们的指导下,斑头雁是我观察的重点对象。那些鸟儿,仿佛从目的地射出的箭,青海湖一带是它们选择的靶心,一只只鸟儿顾不上洗刷羽毛上的风尘、顾不上和同伴讲述自己对沿途的感受,落地后就赶紧搜集、衔运草木、搬土叼泥、搭窝建巢,为的是很快能在这片鸟的天堂里,完成产蛋育雏的梦想。初春的青海湖,湖冰还没彻底融化,斑头雁会在冰面初融的水域一边觅食,一边找寻各自心仪的对象,在水中完成交配后,才上岸筑巢;劳累之余,它们也会卧在岛上或在冰面上散步,享受太阳带来的暖意。

随着天气变热,水面上的冰彻底融化时,会出现斑头雁大规模交配的情景。一场交配,是一场爱意萌生的前提,它们会成双成对地来到岸上、岛上造窝:用双脚使劲后蹬挖出一个浅坑,将小石子衔来放进窝中,这算是为雌斑头雁将要下的蛋寻找一个温暖的"家"。下蛋后,雌斑头雁仔细地叼下自己的绒毛铺在蛋的周围。为防止绒毛被风吹跑,她们用叼来的小石子压住绒毛,然后,卧在上面开始孵蛋。出去觅食时,它们也会细心地将蛋掩藏好。蛋快孵化出雏雁前的那几天,雌斑头雁会整天待在窝里,为了均匀热量,偶尔起身翻翻身下的蛋。除了外出觅食,雄斑头雁则一直不离不弃地守护在雌雁身边,并随时监视着周围的环境。经过约28天的孵化后,一个个小生命在母亲如此艰辛孵化下问世了。小斑头雁出世的第二天,就会被妈妈带着下水。成年的大雁则会在每窝小雁下水前,承袭着斑头雁列队相送的传统。

幼雁在妈妈的带领下游于水中,雄雁像检阅阵仗的君王,迈着悠闲而优雅的脚步,偶尔也会飞往水中教自己的孩子嬉戏、飞翔。斑头雁和众多鸟儿一样,在青海湖上绘就了一幅众鸟飞翔图。在这个鸟的王国里,斑头雁很低调，没有任何张扬和喧哗。它们驻足高原水湄，时而展示划过水面的优美飞姿，时而呢喃在水草深处，时而在高原的阳光下休憩，如同播放着一部不需要解说词的纪录片。这部纪录片没有情节、没有语言、没有配音、没有字幕，只有让人叹为观止的画面和万鸟鸣叫时的大合唱。只有在青海湖边观看这部史诗般的纪录片的观众，才能感受到大自然的神奇造化，体验上天赋予生命的意义，这是青藏高原独有的一幅天、地、鸟构成的立体画卷。

母爱在飞鸟身上也有着完整的体现。斑头雁同样是幼雁的老师，它们耐心地教会幼雁觅食、飞行，每一只幼雁都像一名从基础学起的运动员，一天天过去，幼雁的飞行高度也逐日增高。前去游览青海湖的人们常常感叹，那里的夏天很短暂，当地的牧民也常有此感。我觉得，最该有这种感觉的是迁徙而来的斑头雁，夏季对它们来说，不是避暑与赏玩，是生命的传承与沿袭，是给幼雁建立一所在很短时间里要掌握生存技巧的学校。幼小的斑头雁还没彻底掌握飞行技巧，临近 10 月，随着湖泊的结冰期来临，斑头雁要乘着秋风，带着幼雁离开青海湖，就像当年那些顺应海洋季风出海的航队一样，再次完成一个关于迁徙的承诺。

年迈的斑头雁体力能否再次完成漫长而高迈的大飞越，能否顺利实现返程的万里长途？年幼的斑头雁，能否飞越沿途的群山与湖泊？体力不济的幼雁和老雁，在掉队的刹那就决定了它们的生命以悲壮的形式终结。这或许也应和了《梦与鸟飞行》中片首的那几句话："鸟类的迁徙，是一个关于承诺的故事，归来的承诺。历尽危机重重的数千公里旅程，只为一个目的——生存。"

鸟类讲不出很多的科学道理，但它们懂得利用季风的方向，在搭顺风中完成天空大迁徙的归去来。它们选择北半球的顺风向，凭借风力的帮助，在数天之内完成超过 1600 公里的单向飞行！这是何等聪明的鸟类！大雁研究专家、美国新罕布什尔州达特茅斯医学院生理学教授史·马什·泰尼的观点就是一个明证："斑头雁所做出的每件事都优于其他鸟种，特别是它们让人惊异的迁徙飞行，它们效率极高的呼吸系统……"泰尼的研究表明：在斑头雁红细胞中，血红蛋白分子结构里包含一个特殊的氨基酸，因而对氧原子有特别的亲和力。这个优势加上斑头雁体内其他几个应对气候变化的组织，使得它们充分地利用了有限的生存资源，可在近 9000 米的高空安然无恙，这才是天空中飞禽的"巨无霸"，是离天最近的鸟。

二

万里而来的斑头雁，仅仅是青海湖迎接的鸟类中的一种，还有其他鸟类从地球上不同地方起步，来这里约会、恋爱、成亲、育子，它们对青海湖的"忠贞"体现在赶赴这里的路途数据上：灰雁，3000公里；白颊黑雁，2500公里；大天鹅，3000公里；丹顶鹤，1000公里；雪雁，4000公里；北极燕鸥，20000公里……

青海湖也像一座宽敞洁净的国际机场，水天相接处，是一条蓝色的大跑道，从不同国家或地区的一队鸟类，就是一架架远路而来的航班，不同的飞影与鸣叫，简直就像不同国籍者的面孔与语言，它们集聚在青海湖上空，选准各自落地的航道与机位。然后，开始是嬉戏、漫步、交配、孵蛋、训练于青海湖边的身影，我不止一次地在想象它们来去途中的艰辛：随着太阳、星星和地球磁场的指引，从不同的地点起飞，飞过森林、沼泽、沙漠、大洋、高山、城市、冰川……头上是星辰，羽下是大地，感受着风掠羽毛的悸动，穿行在日光或雨雾中。克服无数恶劣的自然环境、在大风沙中寻找出正确方向、在大沙漠中辨别出正确的飞行路线、在大森林中越过辽阔的绿色保持飞行的持续、在大高原的冰天雪地中努力保护自己、在飞行中遇到强敌时要保护幼弱的子女，甚至还要面临人类的枪击或诱捕。这些介于大地和蓝天之间的精灵，在艰险与困难面前表现出的那份坚忍、坚强、坚持，就是一首以青海湖为句号也为起点的优美诗歌。这些"天空牧子"中最优雅者，就是地球上飞得最高的"诗人"；这些在星辰和日月注视下，以天空为牧场的迁徙者，经过谦卑而不懈的努力，在山川与城乡上空不知疲倦地滑行出一道道美丽的弧线。它们像一只只穿云越雨的神箭，经过漫长而艰辛的飞行，让一个个雁影构成的队列，完成了以天空为信笺的集体签名。

1876年夏天，俄国博物学家、探险家尼古拉·普热瓦尔斯基来到青海湖边，助手将采到的一种鸟类标本拿给他。粗看上去，普热瓦尔斯基发现这种鸟类和世界上发现的14种鹤类没什么区别，但他经过仔细观察后，还是发现了一点端倪，这只鹤的颈部毛发在高原的阳光下有着一种黑金般的光亮，这片光亮的范围约占颈部的三分之一。普热瓦尔斯基忍不住说道"黑色脖颈的鹤"。"黑颈鹤"，这种世界上分布的第15种鹤，在波光粼粼的青海湖水边被鸟类学界发现并认可，它是世界上被命名最晚的一种鹤。

每年天气转暖时，黑颈鹤就像高原上转场的牧民，带着自己的生存希望和美丽愿景，从云南昭通市一带出发，开始它们的万里大迁徙。它们以天空为牧场，开始前往北方的"夏牧场"。云贵高原的蓝天白云间，出现这些"空中牧子"结队划过天际的背影，一串串黑色光亮的珍珠点缀于翠绿的山原之间，给寂寥的天空送去它们的鸣叫——声声天籁之鸣会让天空不再寂寞。它们结成整齐的"一"字形对阵，将白雪皑皑的雪山留在腹下，冒着雨雪和寒风，一路飞过青藏高原东南地带的横断山区，将其美丽的背影和悦耳的鸣叫声，留给了高原的雪山、森林、江河、村寨，成千上万的黑颈鹤经过天空中的万里旅行，驻足于大地上时，它们时而信步徜徉于水边草丛，时而窃窃私语于山林坡地上，时而引颈瞭望远方，时而展翅腾飞于空。

通往青藏高原的途中，黑颈鹤开始奏响独属自己的高原神曲，印证着古籍中"鹤鸣九皋，声闻于野"的记载。大地上悠闲的牧民或在蓝天白云之下闻声仰视，或躺在草地上静观，看着那些飞行的精灵，静静地聆听它们的高歌。那时的黑颈鹤，是高原上的美丽过客。

黑颈鹤在青海湖、鄂陵湖、扎陵湖等青海高原湖泊边停留下来，在这些湖泊湿地上开始筑巢求偶，繁衍后代。在高原牧民的心目中，这些神鸟与吉鸟是传说中格萨尔王的牧马神。在藏族传说中，黑颈鹤高亢而悦耳的鸣叫声，能使百里之外的马匹听到出征的召唤，也就是说，黑颈鹤的喉咙里，发出的是号召战马出征的鼓声，是战争前的动员令。

人间四月天，鸟类爱情季，斑头雁也好，黑颈鹤也好，其他鸟类也好，这些万里飞翔的精灵，在水之湄浪漫邂逅，抓紧享受高原湖泊带给它们的快乐时光，或在巢中安心孵蛋，或在天空翩然飞翔，或鸣叫于天空，或静声于月光之下。它们让爱情和高原上的鲜花一并绽放，让爱情如此绝美，让欢爱如此惊艳。

在青海湖，两个落居鸟类的小岛因此而得名"鸟岛"，每只鸟儿都是将天赋发挥到极致的设计师、建筑师，不像人类建造一处简易住房也好，庞杂的大楼也好，都得需要设计、搬运、建造甚至装潢等不同领域、不同环节的工匠，它们不需要，仔细看那些密密麻麻的、修建在鸟岛上各个角落的鸟巢，你不能不赞叹这些精灵们的聪慧与勤劳。

在一个全民低头于微信的时代，天空更需要抬头仰视的眼睛，那些给天空带来生机与灵动的鸟类，也需要关注的眼睛。

青海之湖，一个让人类仰起头来敬礼鸟类爱情的地方！那些来去于天幕中的迁徙之鸟，是仰视者才能看到的！因为它们披着天赐的衣衫，却向大地解开衣扣。

三

那些仰视的眼神中，就有澳大利亚的女鸟类学家罗宾·比格夫人。青海湖的一泓水面，就闪过这样两颗耀眼的星星：如果说法国女探险家、学者大卫·妮尔在青藏探险途中，犹如流星般经过青海湖后，留下的是一道神奇而短暂的光芒，那么，罗宾·比格夫人因为长眠于此而留下了一道慈悲与智慧之光。

和那些匆匆在青海湖的鸟岛上拍摄留影的旅客不同，在鸟岛上，我的脚步不由自主地慢了下来，我的目光在探寻一处坟墓。眼前出现一座大理石墓碑，碑文像一条细流从我的嘴里缓缓念出："谨以此碑深切怀念澳大利亚的鸟类学家、中国人民的忠诚朋友罗宾·比格夫人。她生前热爱野生鸟类，并因此在赴鸟岛保护区途中因车祸于一九八五年六月二十八日不幸逝世。她的骨灰撒在鸟岛上。"

青海，人类最美的墓地！一直没到过青海的台湾诗人余光中，曾经梦想着能在死后埋葬在"长江与黄河之间，枕我的头颅，白发盖着黑土"。第一位进藏的西方奇女子大卫·妮尔不也发出"我应该死在羌塘"的念想吗？而羌塘不就是青海和西藏交界的可可西里无人区吗？在青海故去的诗人昌耀，也曾将日月山下的丹噶尔小城认作无家可归的人温暖的天堂。我也曾写过"葬我于巴颜喀拉，葬我于露珠清洗过的青草下；让我告别弯着腰的逗号般生活，变成一个感叹号，和大地平行……梦里梦见，来世依然从这里出发"。

"天空中没有飞鸟的痕迹，而我已飞过。"站在罗宾·比格的墓碑前，我不由自主地念起泰戈尔的这句诗。我仿佛看见，1985年夏天的青海湖上，那翩翩飞舞于水面上的20多万只鸟儿，集体向这位陌生的女性致意。

1985年春天，澳大利亚著名的人工增雨气象学专家爱德华·凯思·比格博士应邀来华讲学，他那研究鸟类的夫人比他更热切地想前往青海湖去考察那里的鸟类。爱德华·凯思·比格给青海省气象局局长写了一封信，信中这样请求："在给我的邀请信中把我的夫人也包括在内（当然自费），以便办理签证，实现一个鸟类学家对鸟类的考察。"

1985 年 6 月 25 日，在西宁讲完课的比格博士偕夫人罗宾·比格坐上一辆白色丰田越野车赴青海湖考察。随着所乘车辆接近青海湖，空中的鸟影逐渐多了起来，鸟的鸣叫声不时穿过车窗传来，压低飞翔身影的鸟类越来越接近车子时，坐在车上的罗宾·比格的心情更是激动无比，她为其中一只飞来的珍贵鸟儿黑颈鹤激动雀跃，口中几乎是喊了起来："My bird！ My bird！（我的鸟！我的鸟）！"

突然，他们乘坐的丰田车后胎爆裂，汽车偏离了方向，向路侧翻滚了三圈。车辆停止翻滚时，罗宾·比格被摔出车外约 10 米远，当场休克过去，鲜血很快就浸满了她的米黄色羊毛衫，一场青海湖不忍目睹、不愿见证但却无法避免的悲剧发生了。

罗宾·比格还没有抵达鸟岛目睹成千上万只鸟飞翔的壮观，还没有考察到她梦寐以求的黑颈鹤、丹顶鹤的生活实景，就将生命最后的遗憾留在了青海湖边。

青海湖边的追悼会开得凄婉而令人心碎，目睹着爱人生命最后时光的比格博士的那句话更是令青海湖为之动情："今天，我变成了一只孤鹤，但是我坚信人的躯体算不了什么，重要的是死里逃生的人们相互间的友爱，重要的是我在中国得到了这么多朋友的热情相助。我坚信生的短暂算不了什么，重要的是死在自己向往的地方而成为一种永恒。她生没能与她的鸟儿做伴，那就让她死后与她心爱的鸟儿永远相伴吧！……"

在"仲肯"传述的格萨尔王传奇中，黑颈鹤不仅是格萨尔王的牧马神，也是格萨尔王的寄魂鸟。格萨尔王去魔宫抢救他心爱的妃子森姜珠姆，一去就是三年且不愿回归旧土。岭国的人民非常思念他们的格萨尔大王，便在黑颈鹤的腿上绑上他们的信：三年了，快回家了吧。来自岭国的黑颈鹤将格萨尔王的魂唤醒了，他带着心爱的妃子回到了故乡，黑颈鹤就被人们敬奉为格萨尔王的寄魂鸟。在鸟岛边观察黑颈鹤的那些日子里，一位鸟类保护者告诉我这样的传奇：黑颈鹤在青海湖边的日子里，是"一夫一妻"的，当其中一只去世后，另一只会留在这里孤独至老，这也印证了中国人"人孤一时，鹤孤一世"的说法。鹤，不仅是中国传统美术作品中长寿的表现，也是文学作品中忠贞爱情的代表。

将心爱之人埋在青海湖畔后，比格博士将青海省有关部门送来的二万美元的抚恤金捐给了抢救过他妻子的刚察县医院；同时，他将自己随身带的一笔数目不小的旅费捐给了鸟岛。他只提出一个请求，把妻子的骨灰撒在鸟岛上！为了不打扰鸟儿，他提出在离鸟岛有一段距离可以看到鸟岛的地方为罗宾立一块小小的墓碑。

这就是我在鸟岛景区不远处看见的那座墓碑。

四

黄河流出民和县川口镇时，显示的海拔是 1900 米，在河边我看到麻雀穿过村庄、树丛、炊烟，薄薄的嘴尖在茂密的林丛或庄稼地里觅食，以单薄的身影和鸣叫告诉人们，它们划过树梢的身影，和黄河下游的平原地带，甚至其他江河流域的平原上，没什么区别。

麻雀，这是青藏大地上飞得最低的鸟儿。我以为，这瘦小的雀类，文明留给它们飞翔的低空至此就是界限了，没想到，在澜沧江上游吉曲两岸的白扎林场，竟然再次见到这瘦小的雀类出现在海拔 4000 多米的地方，那轻盈划过高原的背影，不同于麻雀、朱雀、灰雀，它们有个诗意的名字：雪雀！

一个"雪"字立即使我联想到了雪豹。在高原上，但凡名字里带"雪"字的动植物，身骨里总会有几分高冷的仙气儿。镜头中出现的这种雀类，一个"雪"字前缀一下子亮出了它们独特的生存地域：青藏高原。在望远镜的镜头里，我模模糊糊地观察出它们的模样：个头和我在内地看到的麻雀一般大小，形体也没什么区别，眼睛眯成一条缝，麻雀的头顶部是深灰或灰黄的，云雀的头顶部却是淡灰色的，最重要的是它的胸部犹如堆积的薄雪层，更像是猫类中的"银渐层"，这或许是它叫雪雀的一个主要原因。从低空优雅而短暂地划过，它的身影隐在一片绽放的白色花中，雪雀白色的胸部抵临那白色花丛的刹那，让我想起古人所说的"白马入芦苇，银碗盛白雪"的意境，脑海里立即闪现出这花的名字，但又不是非常肯定，便想起对高原上的植物很熟悉的青海女作家辛茜，曾著有《高原野花》一书并请我为其书写序，立即将那丛白花拍照发给她，答案通过手机很快传来并印证了我的判断：狼毒花。雪雀从我的视线里消失于这白花之下，这让我有些不甘，难道它像《封神演义》中的土行孙一样钻进地里了？而且，我抬头四望，这寂寥空旷的三江源地带，除了眼前野草蓬勃的草地，没有树木与人造建筑，这些雀儿们在哪里垒窝筑巢呢？正纳闷间，我通过望远镜的镜头，看见雪雀消失的地方，从狼毒花丛间蹿出一群兔鼠来，一个个体型小但却灵活地蹿在狼毒花间，细心一看，它们没有尾巴，长得像老鼠却被动物学家们归到兔形目中。这里的藏族深知：有鼠兔的地方就会有雪雀相伴。

虽然被归到兔形目中，但兔鼠保持着鼠类善于打洞的习性。三江源地区海拔高，风沙大、天气冷，无处搭窝筑巢的雪雀又不会挖洞，便借用鼠类的洞穴，启动了"雀鼠同穴"的模式，这不仅让我想起人类为解决栖身问题而就地取材，创作出了黄土高原上的窑洞、三门峡一带的凹坑、鄂伦春族的桦皮棚、鄂温克族的"撮罗子"来，自然也就想起了《禹贡》中提到的鸟鼠同穴山是渭河源头的故事，古人的智慧不仅在渭河之源，在三江之源也得到了印证。

我不由为云雀聪明的借居方式而点赞，但同时又担忧：小小洞穴里，雪雀和兔鼠如何平安相处？在地下幽暗的洞穴里，如何完成"跨物种的爱恋"！

高原总是以自己的方式颠覆着我们的认知，来自动物学家的讲述，回答了我的担忧：兔鼠在地下为雪雀打洞、作穴，雪雀啄食兔鼠身上的寄生虫，帮助兔鼠做清洁；雪雀常常会骑在兔鼠身上一起出洞，以自己过硬的观察力替兔鼠发现敌情，一旦有猛禽自空中来袭时，雪雀就会向兔鼠发出警报，同进同退，两者之间，演绎一场完美的避敌之戏。当然，这种和谐仅仅是这两个高原物种之间的插曲，牧民却告诉了我和动物学家不一样的答案：更多的时候，可能出现兔鼠在地下打通四通八达、出口众多的洞穴后，雪雀通过啄咬的方式，赶跑兔鼠，并叼来泥土和草，堵死其他洞口，只留一个用来出入的洞口。在牧民的认识中，兔鼠成了受害者，往往得到他们的同情。在藏传佛教里，掌管天下财富、护佑修行之人资粮的黄财神（也就是多闻天王，常以"托塔天王"的形象被人们熟悉）左手就握着一只兔鼠，象征着无数财富和吉祥。我借居在玉树州佛学院创作《西夏史》期间，刚到的那个晚上，就因为灯关后就传来从屋顶跳到地上、奔窜于家具间的老鼠声，一拉亮灯，就能看见它们一只只顺着柱子迅疾爬上屋顶的矫健身影，有的爬到中间时还停留下来，黑啾啾的眼睛冲着我不停地眨动。我挥手、呵斥均没用，站起来很生气地跑到柱子前，挥动着手中的采访本，它们才不慌不忙地向屋顶蹿去；一拉灯绳，屋子里黑下来后，那些老鼠又从屋顶往下跳，从屋外往里跑。第二天，我和佛学院院长丹求达哇仁波切谈起这件事，他幽默地一笑："这本来是人家的地盘，你刚来，它们认为你是陌生人，跑来看热闹来了！怎么能怪它们呢？"

我按照自己的"内地"思维反问道："您就不怕这些老鼠咬坏了这房间里珍藏的经卷吗？"

"这么多年了，我们这里还真没被咬坏过一卷经！老鼠钻进这间屋子，可能就是它们喜欢经吧！"

青藏大地寂寥，天空做出补偿。兔鼠驮着雪雀跑出洞穴，从幽暗的地下来到大地上，后者用叫声叩开了天空的大门，鹰、雕、鹫则用爪子撕开了云层的裂缝。

鹰飞于空。在草原上，天空是鹰的镜子，它只在这面辽阔的镜面上留下快速划过的影子，只有它能看见自己的模样，现代无人机摄像技术问世之前，人类或地面上那些它的猎物，是无法看清它飞翔时的表情与细节的。

在青藏高原上，人的肉眼不难看到鹰的身影，但却很难看到鹰的睡眠、私生活等场景。高原上的牧民说鹰有神性，一只雄鹰如果感觉自己飞不动了，吃不下了，那就是它感觉到自己老了，快离开这世界了。这些能感受生死的神鸟们，会离开群鹰，选择一处人迹罕至的荒凉之地，在那里离世，肉体腐化，仅存尸骨。牧民会将鹰的腿骨做成鹰笛，他们认为，鹰笛是鹰的化身，通过这化身让鹰借助人的口再次发声。

唐古拉山向澜沧江顺延而去的群峰间，是鹰击长空的通道与驿站，是鹰鸣九天的运动场与琴盘，它们在这里鸣奏着人间高地上的音符。在玉树州的杂多县和西藏那曲市的巴青县交界地带，是鹰云集的一块圣地。这一带的牧民，和帕米尔高原上的塔吉克牧民、天山脚下的哈萨克牧民一样，会将鹰骨做成鹰笛，这也是青藏大地上保存鹰笛最完整的地域之一。鹰在这里，完成了在人间的第二次歌唱。听着牧民吹奏鹰笛，我不懂其中的乐曲和情感，但我从中似乎看到鹰作为这片天空的王，他们翱翔在群山与江河、草场与谷地间的影子。离开怀揣鹰笛的牧民，我看着他的身影，心里自然生出无限敬意：

他们用鹰笛，完成了鹰死后托付的、演奏给鹰的悼魂曲的任务；他们，在记忆的天空上，为鹰又筑建了一处神巢。

从小时候看《神雕侠侣》到长期漫游在西部草原上，雕对我却是一个熟悉的陌生朋友，说熟悉是没少见到它们在天空的身姿，说陌生是我其实并没真正近距离观看过它们，没有深入地掌握过它们的生活习俗。在青海，我第一次近距离见到雕，是 1999 年秋天，我和一位在格尔木做生意的初中同学，一起沿着青藏公路去考察玉珠峰，返回途中，车出现了问题，搁在一片荒滩上动不了。同学打开后备厢找工具修车，我看到里面有一根棍子——他们经常在青藏线上行车，担心遇到野兽而在车上常备着一根棍子——便将那根棍拿在手里，正在看时突然觉得头顶一道黑云划过般，一只雕扇动着翅膀无声而快速地降落在路基边的荒滩上，直立的雕身比我还高，一对翅膀有开有合地对扇了几下，简直就是一架小型飞机的机翼，翅膀收拢后，便是一副纯色不够的杂金塑像立在那里，嘴里发出凄厉的叫声，眼睛让我不敢直视。本能中，我将棍子腾到一只手中，掌心握着棍底，正要计划抡一下后冲向那只雕，同学立即拦在我身前，低声呵斥我："不要命啦！快收起来，那家伙扇一下翅膀，咱这车都能被掀翻！"

我相信他的话，立即惊出了一身冷汗。同学告诉我，在藏族人的眼里，雕是神物，一头雕能抵得上几头牦牛呢，它们能这样落在我们身边，是福气，不是坏事，别惹它就没事。果然，它在不远处，看了我们一会儿，突然两翅一振，一声鸣叫中，像一架战斗机，在半空中划过一道金黄身影，飞走了。

有一次在囊谦县境内的吉曲边考察，我气喘吁吁地爬上海拔 4000 多米的宗国寺，眼前出现的一道风景让我大为吃惊：不少羚羊、岩羊在没有院墙的寺院周围自由出入，一个僧人在阳光下端坐，一只雕就像一位认真听课的学生，收翅立身后站在僧人旁边。和僧人后来聊天，才知道这样的情形，对他以及青藏高原上的不少寺院僧人来说，是并不陌生的。

最后一次在青海境内遇雕，是我 2018 年秋天从三江源回来后，一个人开车经过一片开阔地后，正要停车准备休息，突然看见远处的天空中，一个雕群犹如一组战斗机群一样降落，我赶紧拿出望远镜来观看，看了几眼后又抓紧拿出手机来拍照。望远镜看一下，手机拍一阵，就这样享受着独属我的"雕遇记"。

天还没亮，我被格桑唤醒，从支教的孤儿院起身，高一脚低一脚地走在通往村子东边的那条山沟。到山沟旁，我们开始沿着蛇一般盘在山间的小路，向高处走去，为的是一睹"恰多"（喂鹫鹰）这一神秘仪式。格桑特意去请示了上师和寺里的活佛，得到允可后，我们才得以能去半山腰的那座"恰多"之台，那里背靠尕腾羌神山，能看到不远处从山脚下流过的澜沧江上游扎曲。

快抵达时，我突然提出不去看那仪式了。格桑一脸纳闷：这可是外人不能看到的呀！我就是为了给内心继续保留一种神秘，也惧怕自己从小领受的文化和眼见的一切产生冲突，以致使自己的内心不舒服。我选择了一块石头坐了下来，之前的诸多请教，已经让我对停在天葬台上的那具肉体来这里之前有了基本判断：他（她）去世后，在山下的村子里，身子已经被几位长者用扎曲的水擦拭干净了，用白布捆成一团；喇嘛在他（她）家已经念了三天的经后，才被运到这里来。

这时，我似乎已经听见黑色的祭词，像是给这黎明前最黑的夜色里漆上更为浓黑的一道凝重，像是黑色蝴蝶飞落在黑色丝绒布上，像是黑色经文被刻在黑色铁板上，一种令人窒息的肃穆笼罩着一座山。这多像山下的红尘，有人沉睡，有人上路；有人居家，有人远行；有新鲜的生命诞生，有旧老的生命告别人世。内地葬礼上的各种严肃仪式旨在告诫生者，眼前这传承千年的仪式在告诉亡者，所谓死亡只是不灭的灵魂与陈旧的躯体的分离，这生生不息的人间，其实就是灵魂不灭和轮回往复的哲学。

松香被点燃后，天空开始不安分了，一个个黑点从远方而来，它们凸显出了自己的天空身份：鹫。秃鹫的神性不止和雪豹、鹰、雕一样让人类很难找到，更体现在人类赋予它在一场葬礼中的角色。

对亡者而言，这是他（她）在人间最后的一次施舍，像《罗摩衍那》中描述的那样，他只有把自己死去的身体送给天空之鸟，才能借鹫这飞得最高的神鸟升到最高天宫，先舍身躯方得离苦般的飞升，一场死亡仪式上体现出了伟大的哲学家们努力印证出的道理。

对鹫而言，这是它惯常餐食中的一次改善，是对大地上即将腐朽的肉体的一次清洁。这来自天空的清洁工，因为这死亡仪式而被赋予了更多神性，它们也让亡者的亲属念想起亲人时，有了一次抬头仰望的机遇，仿佛亲人们的笑容，云彩般布满天空。

更多平常的日子里，鹫从天空俯冲到大地上，完成捕食使命后，很快像一位归队的士兵，将自己的哨位定位在空中，似乎一直在不知疲倦地飞翔于天，巡查着来自天空的任何危险或不洁。

兔鼠不能飞翔，但能将自己的飞翔愿望寄托在天空中的"末等公民"雪雀身上，而雪雀又和雕、鹰、鹫等飞禽构成了一个青藏高原的空中世界，仰望这个世界的眼睛很多，兔鼠是其中最机灵的一个。

第二章
洄游者的力量

> 一条鱼治愈不了河流的伤口，或许会从那伤口中生出翅膀，它不会扇动出耀眼的光环，但或许能舞动出关于生命的另一种模样。
>
> ——题记

> 有些鱼看到的并不是水的内脏，它通过在自己双眼里的航行，洞窥到了岸边升起的黎明、前世和未来的距离。
>
> ——题记

一

如果飞鸟划过蓝天时需要俯视一处圣境，那便是青海湖的接纳；如果鱼类游过河流需要投身于岸的臂膀，那便是青海湖的邀约。

雪山开口发令，青草如轨，牧场是站台，那些从不同方向朝青海湖奔去的河流，就是大湖的列车。如果不是这些把淡水从雪山上、青草间运送来的专列，青海湖就成了一座咸海。这些"专列"昼夜不息、搬运淡水，给青海湖注入了水中生物所需的营养，把死亡之海变成了一个生命的大子宫。

环湖而行，那些运送淡水的"专列"中，名号最亮、拉运量最大的莫过于布哈河。"布哈"是蒙古语中的"野牛"之意，随着人类活动的足迹不断渗透到这里，野牛的活动范围一度缩减，今天这里已经很难看到野牛了，只有这个名字被保留了下来。

站在布哈河边，将抬头遥望洁净星空的眼神收回到大地上时，或许会发现河流的细语轻轻书写着这片高原的秘密。和内地淡水湖泊中许多鱼类从未离开过它们的出生地不同的是，青海湖的鱼类总是在它们的出生地和生活地之间做着诗意旅行。水中的旅行，成了这些高原水域精灵身上暗藏的密码，是一种独属于它们的生活基因。平时，湟鱼在青海湖的咸水域生活，产卵季节来临，大批的湟鱼便会逆水而上，多选择去青海湖最大的入湖河流布哈河去产卵。鱼类产卵旺季，湟鱼洄游的情形，犹如环湖牧民夏天在环湖地区的高山上去放牧，冬天则将湖畔作为夏牧场，每年都像一个古老而准时的钟摆，来回游走于冬、夏牧场之间；湟鱼洄游，也和每年从地球上很多地方飞到青海湖地区的迁徙鸟群一样，三者构成了青海湖的天、地、水三个空间的大迁徙图景。

从起点回到终点的长途漫游里，一条小湟鱼的诞生和成长经历，简直就是一位出生于险恶环境后历经艰辛的、英雄的个人成长史。科研人员发现：150克以上的湟鱼且腹部的鳍变硬时，才具有洄游繁殖的能力，而在青海湖，湟鱼要长到这个重量大概需要 4 年时间，这是一种慢成长的生命形态。特殊的繁殖方式加上缓慢的生长速度使湟鱼一旦减少就很难在短时间内恢复，这也是湟鱼在中国众多鱼类中显示其独特性的原因。

春夏之交，游人们选择前往青海湖去旅游，很少有人知道他们看见的淼渺水域下面，成年的湟鱼积攒着逆水而上去淡水区产卵的力量，在这种力量驱使下，它们离开青海湖开始生命中最重要的旅行：大批湟鱼群从 4 月上旬就集结在青海湖的入湖河口，仿佛一群挤到赛道前等待裁判的出发令。季节就是发令枪，随着天气转暖，那些集结在河口的湟鱼，就开始逆水而行，即便排除人类的捕捞、马踏等伤害，青藏高原也开始以自己的严酷来裁判这些湟鱼的命运：只有身体强壮的湟鱼才能从入湖河口逆流进入淡水河，水浪常常会夺去体质稍差的湟鱼的生命——一旦体力不支，便会有生命危险。每年的逆流旅行对湟鱼都是一次体力加技巧的大比拼，是一场朝圣般的生命之路，只有优胜者才能通过洄游到达淡水区、暖水区获得产卵、繁殖后代的权利。在上百公里的跋涉中它们的性腺最终发育成熟。同时，那些体质稍微差的湟鱼即使到达淡水区，也会因为精疲力竭而使性腺受损达不到产卵的目的。

环湖而行，我既看见了湟鱼洄游的壮观，也看到了令人心酸的一幕：夏天，环湖地区如果出现暴雨导致水位上升，骤涨后湟鱼会被水推到岸边，它还没来得及产卵便被骤落的水遗留在岸边的湿地或一个一个的小河湾里面，天气暴晒下这些湿地或小河湾会变干，湟鱼就得接受失去生命的结局。遇到干旱年景，会导致青海湖入湖河流的水量减少，湟鱼的产卵地就会相应减少。青海湖入湖河流数最多时曾达到 108 条，现在缩减到只有 8 条且有的还时常断流。由于这几条河流的主要河道上修建了用于灌溉农田的河坝，致使一批批沿河而上的湟鱼被中途阻隔，无法到达理想的淡水区中产卵。淡水河的干涸导致注入青海湖的淡水量较少，与之相应的是湖中的含盐量和碱度不断上升，导致青海湖水含盐量和平均 pH 值都在升高，一方面造成湖内饵料生物种类减少，影响鱼类的生长速度和繁殖能力。同时，含盐量的增加，特别是碱度的增加，会对青海湖湟鱼的生长发育造成不良影响。

即便逆水旅行成功的湟鱼平安抵达产卵区，也不是就能顺利产卵的，一条母鱼的怀卵量一般是 16000 粒左右，理论上讲，这 16000 粒卵在条件适应的时候，都能产出来，不管是一次还是两次，或是分批产的，它们受精以后都可以孵化出来，但事实如同雪豹、藏羚羊、野驴、黑颈鹤等高原上的精灵一样，湟鱼受精卵的孵化率不超过 21%。只有从鱼卵变成小湟鱼，它们才能顺利地从出生地回到青海湖，但在流动的水里孵化又怎是件容易的事？水的流动会影响湟鱼的受精率和孵化，遇上阴雨天，水温变化很大也会导致鱼卵死亡。

鱼卵孵化后，新生的小湟鱼靠鱼卵装着母体里带来的卵黄囊来维持生命，当营养物质吸收完以后，刚孵化的小湟鱼游动能力十分有限，它们大都等着那些小溪带来的营养送到嘴边才能生存。如果第一口食物吃着了，它们就有可能活下来。从鱼卵成长为自食其力的小湟鱼，是万分之一的比率。那些能够自食其力的小鱼，才能踏上回到青海湖的旅途。"回家的路上"遇到的危险也很多，或者是产完卵的湟鱼急需要补充体力，会捕食自己的后代；或者是等候在河边的小鸟，将其作为食物，甚至一匹马踏过小溪也会踩踏这些幼小的生命。我看到一份资料显示：每年如果有 2000 万条以上的小湟鱼能够回到青海湖，那么 10 年以后，青海湖的裸鲤群，加上封湖育鱼，基本上能恢复到 1970 年代中期那样的水平。问题是，每年回到青海湖的湟鱼，有这个数字吗？

二

一场大饥荒，像一场看不见的风暴开始席卷中国，整个国家的每个角落似乎都张开了饥饿的胃，每寸土地似乎都在喊饿，这场大饥荒同样蔓延到了青海湖一带。

1960 年从部队转业的王克范，从西宁乘坐一辆卡车，前往青海湖西岸。那辆汽车一大早就从西宁出发，翻过日月山后，一直顺着青海湖南岸而行，沿途除了偶尔出现的几顶牧民的帐篷外，几乎看不见人烟和车影。到青海湖西岸边的那几幢平房前停了下来时，已经是黄昏了。夕阳下的湖面上，并没有他想象中如鱼鳞般发光的水波，而是像大海一样翻滚着蓝色的水浪，一波又一波地朝岸边涌来，偶尔几声水鸟的鸣叫外，岸边一片沉寂，如果不是岸边停着几艘铁皮机船，和那几间土坯房，王克范真怀疑自己到了一个无人区。带他前来报到的人事干部，走到挂有"铁卜恰渔场"牌子的那间房子前，人事干部头略抬，朝那副牌子呶了呶嘴，吐出了两个字："到了。"

在铁卜恰渔场安顿下来后，王克范这才知道，青海湖之前没有捕鱼的习俗，因为大饥荒蔓延，国家才决定捕捞青海湖的鱼来救急。当时在环青海湖共设有黑马河渔场、江西沟渔场、布哈河渔场、沙坨渔场和铁卜恰渔场等 5 个渔场。看着渔工名单，上面全是转业军人或招募的汉族人。王克范很纳闷：为什么周围的这些藏族、蒙古族青年，放着待遇好的渔工身份不来应聘呢？向周围的牧民打听后，他才知道，环湖地区的藏族、蒙古族牧民信奉藏传佛教，不吃鱼。这些牧民，守护着翻腾着鱼儿的湖水，却禁止捕鱼、吃鱼。

鼠吃草、獭吃鼠，鹰吃獭；羊吃草，狼吃羊，雕吃狼，这样的生物链条是高原牧民心中的循环与轮回，是从天到地之间铺呈的一条食物流水线。高原上的牧民认为鱼儿是鸟儿的口粮，无论是祁连山下各条河流里的冷水鱼，还是玛多县境内的高山湖泊中游动的鱼、蛇、蛙等水族生灵，水中游动的各种动物和鸟儿一样，都有神性；牦牛和羊才是牧民的口粮，人不能和鸟儿争食鱼类。

和其他渔场的场长一样，王克范很快就接到了上级要求他们加快捕鱼的文件，一场向湖要鱼的战争打响了。每天凌晨5点，王克范就带着渔工们出海了，沉睡状态中的青海湖还被沉沉夜色笼罩，从其他几个渔场出海的渔船，马达声响彻寂寥的湖面上。环湖地区的每个渔场大概有30多条捕鱼的机船，每条船上的渔工有15人左右，也就是说，那年的春天之末，每天有500多渔工出没在青海湖上，晨曦、骄阳、夕阳、晚霞，都能看见那些起落的渔网，一网上来，就是几万斤湟鱼离开它们世居的家园。据老渔工们讲，下网后，大概40分钟就会起网捞鱼。湖面上作业，不同于陆地上，王克范和渔工们都是自带干粮和淡水，晚上11点多才归来，每个渔场每天都能捕鱼50吨左右，一年能捕捞近3万吨鱼。

多年后，我在一张张黑白照片上透视那段日子，简陋的渔船像是疲惫不堪瘫软在水之床上，码头前的空地上，湟鱼堆积如山，雇来分拣鱼的工人蹲在地上，分好的鱼装上卡车，开始奔赴远方餐桌之旅。一个渔场大概有20多辆卡车专门前来转运捕捞上来的湟鱼，卡车轮子在沿湖简易公路上快速转动，岸边牧民手中的转经筒也快速转动；卡车上的司机在为人类捕捞的胜利而高兴，岸边的牧民在为那些千百年来安居湖中的鱼赴死而祈祷；卡车上的司机哼着欢快的歌曲，湖边寺院里的喇嘛念着超度鱼儿的经。鱼成了人类的诱饵，人类成了鱼的杀手。据青海省水产部门的一份统计数字显示，1960年至1962年的三年困难时期，从青海湖中捕捞的湟鱼超过了7万吨，湟鱼成了青海人的救命鱼。

青海湖的湟鱼救了人的一时之急，却埋下了人类不断捕捞、不断向湖泊索取的种子。捕鱼者开始向更多的高原湖泊与高原河流进发，湖河成了满足捕捞者梦想的天堂，果洛州境内的鄂陵湖、扎陵湖、星宿海，海东地区的黄河、湟水、海北州的黑河，海西州的克鲁克湖，都出现了捕鱼者的身影，花斑裸鲤、花麻鱼、黄河鲤鱼等各种青海的鱼，在从离开高地的家乡前往陌生城市的餐桌的路上，集体合唱起一曲离乡的悲歌，它们在异乡的餐桌上，是否还能忆起那遥远的、让雪山含不住的泪流往日益清瘦故乡——青海大地上的江河与湖泊？

长期的捕捞，造成青海湖湟鱼资源量下降，特别是对产卵亲鱼的滥捕滥捞，造成湟鱼自然繁殖力下降，资源严重衰退。青海湖的生命链条被打破，导致藻类大量繁殖；鱼类的减少和逐年增加的游人的惊呼与侵扰，使得盘旋、翱翔在青海湖上空的精灵——鸟类因为无处觅食而飞走，湖面上的生机在消减着。

三

看着妻子怀抱着出生不久就无端去世的婴儿，牧人扎西才仁心里的悲伤就像冬日落在山顶上的雪，一层又一层地往心上摞，压得他的心沉甸甸的。扎西才仁走出牧帐，和抱着婴儿的妻子一道，向山上的寺院慢慢走去，他要按照草原上千年沿袭下来的风俗，请寺里的喇嘛一同前往水边，送自己的孩子最后一程。

从寺里回来，扎西才仁从妻子手中接过婴儿，后者不再啼哭，不再睁眼，不再吃奶……扎西才仁和妻子跟在喇嘛后面，走到离自己牧场不远的那条小河边，扎西才仁按照喇嘛的吩咐，在浅水缓流处清理出一片下葬的地方后，他看着喇嘛用红色的朱砂在婴儿的眉心、手掌和脚掌处涂上太阳、月亮或红点图案；在水边念诵着超度经；用一些洁净的小石块在婴儿尸体上围砌封顶；用羊毛捻成的细线一端固定在孩子头顶部位，拉着另一端放进水中，让细线逆流而上，直到细线末端淹在水中。

喇嘛折回到婴儿下葬处，挂上一块写有经文的布，将扎西才仁带来的几块嘛呢石堆放好，这就相当于告诉路过的人，这里有个施行了水葬的孩子，从这里出发的水，带走了一个孩子在这个世界上短暂的时光。

把孩子送给水，让水带走孩子的身体和灵魂。这是高原牧民信奉的一条生死法则：未成年人去世，是无法给予土葬、火葬的，只能送给流水，这就是水葬——水就是他们的墓地和归宿，是他们转世的法轮。

多年后，年迈的扎西才仁带着我到那条小河边，回忆起当地的这种特殊葬礼时，也陷入了对自己夭折的孩子的一种遥远的追忆。他指着河水对我说："这种习俗，现在已经很少了。"

高原游牧民族的世界观里，鱼是禁吃的。他们既有"杀死一条雌鱼，等于杀了十万条生命"的民谚，也有"蛙体虽小，却是龙族"的说法。鱼类，往往被视为龙神化身，也是人间四百二十种疾病之源，轻易食鱼会导致疾病，这就让鱼在高原上有了一种人类赋予的传奇力量，并延伸出水葬这一特殊的习俗，让人的遗体归还于水；非正常死亡的未成年之人，以水葬这种方式将自己供养给了水中的鱼。

天葬，是将亡者施舍给了天空的鹫；水葬，是将亡者供养给了水里的鱼，这也印证了高原上的牧民们笃信的一个观点：一具死人的尸体，其价值连一件破旧的衣服都不如，但施舍给水中鱼后，既能解脱自身烦恼与痛苦，又能解决了鱼类的饥饿，完成了亡者一生中最后一件善事。这就让高原上的牧民们认为，吃鱼既是对龙神不敬，也是对亡者不敬。

鱼在水中，却在高原牧民的心中埋下了一粒尊贵的种子，给高原牧民的生死观中刻下了一种丧葬仪式，给高原生态链的完善贡献了自己的一环。我问一个牧民："那如果是染病者，如果放进水里，岂不会污染水？也让鱼儿吃上后身体不洁？"

他笑着回答道："如果是染病或意外去世的，是不能被送到水里去的，那些人会被火化的。"

无论是青海湖的鱼，还是高原上其他湖泊、河流中的鱼，因此而成了众多鸟类的上好口粮。这便形成了一个高原上的天、地、水之间的食物链，这在俄国探险家普热瓦尔斯基在鄂陵湖和扎陵湖考察时看到的一幕为证：那天黄昏，普热瓦尔斯基的考察队在离鄂墩塔拉峡谷出口不远的地方支起帐篷，不远处的几条小河里，浮动着密集的鱼群，考察队员们忍不住兴奋，有的拿出随身带的渔网，有的直接跳进河里抓鱼。那些捞上来的鱼在岸边扑棱着乱跳，队员们还没来得及收拾，普热瓦尔斯基就看到了惊奇的一幕：成群的藏鸥和鹰、秃鹫、雕从不同的地方飞来，藏鸥敏捷地叼起考察队捞到岸上的鱼，得意扬扬地飞到半空，然而，大多数嘴里叼着鱼的藏鸥还没从幸福中回过味来，就被尾随而至的鹰和雕们猛地窜过来，在半空中上演从藏鸥嘴里抢鱼的精彩片段；被抢走鱼后，藏鸥干着急没办法，只好再次冲向地面叼鱼，却再次遭遇被抢，完全扮演了一个鱼在水中至天上的"二传手"角色。仿佛受感染似的，水边的高原秋鸭也赶过来参加抢鱼吃的游戏，远处山岗上棕熊也似乎闻着鱼味了，慢慢向这边移动，但又怯于考察队员手中的枪而保持着一定的距离，流着口水，盯着岸边跳着的鱼。从普热瓦尔斯基当年的日记中描述的这一幕，我看出，鱼成了调动高原上从空中到地上的各种力量的指挥员。

第三章
羌塘之王的
"生育之路"

闪电般的速度，轻快的步伐
宛如在凝滞的空气中奔驰
灵敏的耳朵，
能察觉群山后悄然飞行的鸟儿
绿色的眼睛，
敏锐地洞察一切
这就是，羌塘的王者
藏羚羊
——《格萨尔王传》

一

那是一支真正意义上的远征军，他们奉命出发时，正值初春时节，祁连山东麓的麦苗正在出土绽绿，和大地上那些蓬勃生长的野草一道，给枯黄的河西大地铺上了一层辽阔的浅绿色外套。远征军的最高指挥多塔纳波接到蒙古帝国大汗窝阔台的命令，让他们前往青藏高原。

远征军的筹备工作在紧张进行：寻找向导和地图、驮运武器和粮食的骆驼、善于在高原地带奔驰的高原马；按照一个月时间准备的米面，烧水做饭需要的柴火、干牛粪；大队人马需要的棉衣，等等。

出发的那天，远征军的全体人员站立在祁连山下的凉州府大门前，蒙古帝国大汗窝阔台的次子阔端亲自为多塔纳波率领的全体将士送行，看着装备足够的武器、粮食、驼马，阔端满怀信心地告诉多塔纳波："你们前往探寻的地域，是昔日吐蕃王朝的辖地，要留心沿途的地理山河，在测绘图上标注出地名，便于我们日后进驻那里。"

公元 1240 年初夏，多塔纳波带领的精锐部队翻越祁连山、青海南山、布尔罕布达山后，基本就进入了无人区了，他们给后人留下了一系列至今依然使用的蒙古语地名：哈尔盖河、茶卡、察汗乌苏河、都兰、噶尔穆……很快，这支部队就陷入了艰难境地，补给基本进入零输入状况，人和马、骡、驼、牦牛都开始接受高原反应带来的困苦，随时降临的大雪，不断覆盖着本来就积雪的大地，犹如给这片苦寒之地锻造并穿上了一件又一件白色的铠甲。吃不上草且担负驮运任务的骆驼开始大量倒毙。

接近江河源地区时，多塔纳波的眼前才逐渐显示出一个生机勃勃的世界，成群结队的藏羚羊移动在茫茫草原上，不时有野牦牛向他们瞪着眼好奇地打量着这些陌生的闯入者，各种鸟儿盘旋在湖面上，远处的山脉在云层中露出少女般的身段，河源之水被阳光叫醒后发出欢快的奔流声，这似乎意味着他们走出了生命的困境。看着藏羚羊矫健的身影，多塔纳波发出由衷的赞叹："它们跑起来，比我们射出去的箭还快！这一带多美呀！"

身边的书记官趁机问他："这个地方的名字，该记成什么？"

"你看那山，一片青色，就叫可可西里吧！"

"好的！"书记官郑重地记下了"可可西里"，蒙古语中是"青色的山梁"之意。

"是不是射几头野羊？我们好几天没吃到肉了！"

"它们跑得那么快，能射中吗？听向导说，这里的任何一种动物，都被牧民奉为神圣之物，是不能猎杀的。我们蒙古人也是不猎杀春天动物的；再说，按照向导所说的，我们也快走出去这片高寒之地了，传令下去，别猎杀动物！尤其是那些怀了孩子的羊。"

多塔纳波看到眼前奔跑如闪电的羊，比他在蒙古草原、河西走廊及祁连山里看到的那些羊的奔跑速度都快，毛色也比较深，但它们叫什么呢？问身边那位从凉州带来的向导，向导也不知道这些羊具体叫什么。问当地牧民，他们称那些跑起来像闪电的羊为"蓑"，多塔纳波根据这些羊的特点，用蒙古语称之为"奥仁嘎"，其实就是我们今天说的"藏羚羊"。

藏语中的"蓑"也好，蒙古语中的"奥仁嘎"也好，还是后来俄国探险家普热瓦尔斯基命名的"普氏羚羊"也好，其实就是我们今天称呼的"藏羚羊"，它们是那片无人区中 230 多种青藏高原上特有野生动物中的王或后，将一道道闪耀在群山与青草注视中的傲姿，划过那片平均海拔 5000 米以上的"青色之地"，划过了青藏高原腹地的瞳孔；它们，和那片世界高地达成了生存的和谐之约。多塔纳波的大军以及后来进入青藏高原的蒙古大军，在藏传佛教影响下，维系了那份和谐之约。

"翻过前面那座大山，就到黑水了，到逻些城的路上，再没这么高的山了，也没前两天走的那么多水泽地了，黑水就有不少人居住，会有补给的。"

"那座高大的山叫什么？"

向导回答："当地人叫'当拉'！"

多塔纳波告诉随从："按照向导之前走过的路线，过了眼前这座山就到卫藏了，这里是唐古特人最后的领地了，这是唐古特的山；阔端汗接受窝阔台汗的封地时，是包括唐古特所有领地的，我们蒙古语称山为'乌拉'，就叫这座山为'唐古乌拉'吧！"远征军成功地翻过了唐古乌拉山——后人简称为"唐古拉山"——匆忙的身影向前方延伸而去，给这片土地留下了一个个蒙古语名字。

后来，随着蒙古军队对雪域高原的长期控制及大量蒙古和硕特部移居到青海北部和西部地区，那些牧民不仅让自己的生活习俗生根，也让自己的母语命名的地名一直延续，衍生出了乌兰乌拉湖、乌拉山、可可西里湖等地名。

多塔纳波的远征军走过这里多少年后，一曲《陪我到可可西里去看海》，成了网红民谣；一曲《唐古拉》，成了去西藏旅游的人必唱的歌曲之一；一部电影《可可西里》，成了反映可可西里藏羚羊命运的必看影片。透过这些文艺作品的光环，可可西里——大陆上除了南北极外面积最大、条件最艰苦的生命禁区，对人类而言，是进去就很难走出来的代名词，对多塔纳波赞叹不已的藏羚羊而言，意味着什么呢？

端坐在地球第三极的这片高地，犹如伸开的一张巨弓，它的上面搭着三支神箭，它们擦着时光的缝隙，穿越山峦和森林，造就了不同海拔、地貌、风俗里的村庄和城市。这三支神箭的路向不同，但终点处都是蔚蓝大海：渤海、东海和南海。这三支神箭的名字是：黄河、长江和澜沧江。

这三支神箭如三兄弟，有着共同的家乡：昆仑山和唐古拉山之间的那片广袤的高地。昆仑、唐古拉，两座山像一对坐在高处俯瞰地球的兄弟，相对笑谈的姿势万年不变，它们的眼前延伸出一片平均海拔 3500—4800 米、一片名副其实的地球第三极。冬、春季节，这里大多是一片白雪茫茫；短暂的夏季里，星星点点的青草染绿那片土地的皮肤；早临的秋天像一把巨大的油漆刷，毫无死角地将沟壑与河谷间所有缝隙都刷成了一片枯黄，这单调而辽阔的大地，挑战着生存于斯的动植物和试图进入这里的人类的生存极限与智慧。极限生存条件和交通条件，形成了一个巨大的封条，将人类进入这里的脚步常常封锁在外。这片土地像是一个孩子面对魔术师大变活人的道具箱，对箱子里究竟装着什么有浓厚的兴趣，当箱子打开并呈现出众多生命时，人类该有怎样惊呼，那些生命中就像一排列队的合唱队员，高奏着地球第三极的生命之歌，站在最前面领唱的，无疑就是藏羚羊。

人类在真正认知地球第三极之前，总认为它是没有生命的死区。一年年里，大地像一张饥渴得不知合拢的大嘴，不停地接纳着来自天空的雨雪；大地表面，松软得像一块棉絮，不停膨胀着躯体；大自然的平衡功能在这里开始体现，地面之下，是一个个隐秘的漏斗，通过这漏斗壁上大小不一的缝隙，向低处渗着粗细不同的水流，构成了黄河、长江、澜沧江的、面积达 30.25 万平方公里的子宫。

这巨大的江河子宫，外冷内温，孕育着众多适宜高原的生命在这里集聚，被严酷的自然条件遴选、考核后，成就了可可西里的大舞台，众多生命在这里扮演不同的角色，藏羚羊，无疑是"1 号演员"。

二

多塔纳波带领的远征军路过可可西里时，下令严禁猎杀初春的动物，实践了人和高原动物尤其是藏羚羊间的一次友好互动。时隔 644 年后，另一支"过路者"就没有多塔纳波那样仁慈了，他们给这里的动物带来的是惊扰与灾难。这支有备而来的"过路者"，打着俄国皇家地理学会资助的探险队旗号，领队是身为俄军总参谋部军官的普热瓦尔斯基，他在俄国招募科考队员时，其中一个重要的条件就是枪法要好，一是便于遇到外界袭击时保护科考队，二是便于猎杀动物制作标本。两名枪法好的哥萨克人就这样成为科考队中的成员，他们从俄国一路而来进入中国境内，接着翻越祁连山进入青海。

在青海，普热瓦尔斯基带领的科考队一路猎杀各种动物与飞禽并制作成标本，这种猎杀动物的行为和秉持不杀生的佛教仪轨之间的矛盾，在普热瓦尔斯基看不见的地方慢慢滋生：本来热情迎接他们的僧人、活佛、地方官员们开始流露出不满。

沿着大通河走出祁连山后，普热瓦尔斯基派他的翻译和 1 名哥萨克队员先赶到西宁，向驻在这里的"昂邦"（满语音译词语，意为大臣、大官或大人）求助："我们有你们在北京的中央政府的通行证，希望昂邦派遣向导，带领我们经柴达木盆地前往黄河源头、长江源头，并负责沿途的给养保证。"

昂邦一方面想拒绝普热瓦尔斯基去河源探险，一方面也想监视后者带领的科考队在青海的行踪，他回答道："河源遥远，那里属于康巴地区，语言和西宁一带的安多地区不同，在西宁无法找到你们所要的向导。你们是大清朝允许的外国使团，我们得为你们的安全负责，不仅提供科考队所需的物资，而且还可派一个排的士兵随同他们考察。"

看到翻译和随从带着昂帮派遣的中国士兵，普热瓦尔斯基很是生气，一方面，他派人暗地里寻找合适的向导，另一方面威胁要和科考队一同前往的中国士兵："如果再继续尾随考察队，俄国士兵将开枪射击。"

这一招果然管用，那一个排的中国兵士很快逃离了。早在前几次的中亚探险中，普热瓦尔斯基就曾在准噶尔盆地奇台至巴里坤的丘沙河、滴水泉一带搜捕野马，成为第一个捕获活野马的探险者，俄国科学院也因此将其命名为"普热瓦尔斯基野马"。

高原上的藏羚羊，对人类一直很放心，在它们眼里，他们就是邻居，就是朋友，就是信任。普热瓦尔斯基带领的科考队抵达高原时，藏羚羊毫无防备地觅草，被突然响起的枪声震惊了，它们还没反应过来，其中几只藏羚羊的头上就冒出了血（猎杀藏羚羊者，都很注意不打头颅以下部位，防止在藏羚羊皮上留下洞），倒在了它们的祖辈一直生活的高原上。

砰砰砰，砰砰砰，连续的枪声打破了高原的宁静，这是可可西里，是羌塘草原，是地球第三极上第一次响起枪声。

"够了，够了，注意节省子弹！"随着普热瓦尔斯基的口令，枪声停止了。

普热瓦尔斯基猎杀藏羚羊时是冬季，这个季节里，不是怀孕的藏羚羊向河源更深处的高地湖泊去的产崽期，他没看到多少年后中国作家王宗仁在《藏羚羊的跪拜》一文中描写的场景：一位老猎人枪击藏羚羊后，拿刀开膛扒皮，突然发现藏羚羊的子宫里，静静卧着一只已经成形的小藏羚羊，"老猎人才明白为什么那只藏羚羊的身体肥肥壮壮，也才明白它为什么要弯下笨重的身子向自己下跪，它是在求猎人留下自己的孩子的一条命呀！"

强盗的情感往往会被魔鬼带走，对藏羚羊的射击停止不是普热瓦尔斯基心软了，而是他觉得羚羊皮够做标本了，羚羊肉够他们吃了，也是为了省下子弹。

时间在一刹那凝固了。突然，远处传来巨大的声响，藏羚羊和考察队员们都惊恐地朝发出声响的地方看去，只见一股白色巨雾升腾而起，白雾散去后，一座雪山的顶部像被一股巨大力量拽着往下沉，整座雪山仿佛被炸裂一般，像一艘巨大的白色巨舰向大海深处下沉。很快，这艘巨舰裂成大小不同的碎片，四下里飞舞着、滚动着；雪山继续炸裂，雪块继续像河流中的冰凌一样滚来，让雪山下水面似的雪原驮起了更多的雪块，雪块像一对对骑在水面上的白马、一列列穿着白色铠甲的军队呼啸而来。跪着的藏羚羊惊呆了，迅速向外逃窜，眼里含着惊恐，那惊恐里含着诸多疑问：刚才还陪着大家的伙伴怎么就瞬间失去了生命？这些人为什么要打死自己的伙伴？考察队员也惊呆了，还没等普热瓦尔斯基下令，他们急忙收拾好要紧的东西，赶着驮运的牦牛忙不迭地后撤。

躲在远处看到这一幕的牧民气愤地说："那些长得像魔鬼的人，开枪射击我们的神羊'蕤'，一定是惊扰了格萨尔王，让他生气了！"后退到安全地带的普热瓦尔斯基安慰那些惊魂未定的队员说："我们的别丹式步枪威力太大了，那声音竟然引起了雪崩。"

三

普热瓦尔斯基离开江源地带 21 年后，英国探险家罗林上尉来到了可可西里无人区，他在笔记里这样描述："几乎从我脚下一直延伸到我双眼可及的地方，有成千上万的母藏羚和她们的小羊羔，在极远的天际还可以看到很大的羊群像潮水一样不断地、缓缓地涌过来，其数量不会少于15000—20000只……"经过仔细观察和考察后，罗林注意到藏羚羊在夏天会出现两性之间完全隔离的状态，五到六月期间，成年的雌性藏羚羊和它们的雌性幼仔会向北迁徙，雄性的藏羚羊多数会从冬季栖息地移动到相对较近的地方，成了它们"家园"的留守者。

望着通往辽阔的无人区里迁徙的雌性藏羚羊背影，罗林纳闷了：它们迁徙所至的繁殖区在哪里呢？

普热瓦尔斯基在江源地区枪击藏羚羊 113 年后，也就是 1997 年夏天，可可西里无人区出现了另一支队伍，他们不是前往拉萨途中迷路的商队或朝觐者，也不是打着考察杀戮高原动物的西方探险者，他们是美国国际野生动物保护学会副主席和首席科学指导乔治·夏勒博士带领的环保人士构成的科考队。乔治·夏勒进入地球第三极的任务是跟踪沱沱河地区的藏羚羊种群，经过乌兰乌拉湖盆地、可可西里湖东岸地区后，来到了有着藏羚羊大产房之称的卓乃湖边，在这里考察藏羚羊的产仔和迁徙路线。

乔治·夏勒博士经过多年的考察后，绘制出了一幅藏羚羊在青藏高原上的分布与迁徙图，其中迁徙的母羚羊选中的"产房"有四处：羌塘中部—新疆巴州昆仑山中部；西藏和青海交界地带的唐古拉山北麓；可可西里无人区；三江源核心区。

那头被我称为"小琳"的母羚羊前往产子的地方，就是乔治·夏勒博士找到的四间"大产房"中的第三间——可可西里无人区。从四月底开始，"小琳"就和她的情侣"小尕"分居，她那未满1岁的儿子也和妈妈分开了，时值五月中旬，天气逐渐变热，已经怀孕的"小琳"和成千上万的母羚羊一起，听从身体里秉承万年的遗传密码指挥，从海拔较低处的黄河流域的鄂陵湖、扎陵湖，通天河流域的德曲、昂日曲以及澜沧江流域的扎曲、当曲上游地带，逆着一条条河流，向昆仑山和唐古拉山围拢的那片巨大的湖泊群迁徙。

"小琳"是成千上万只迁徙藏羚羊中的一只，它们构成一条浩浩荡荡的羚羊之河，沿着祖辈们遗传下来的迁徙路线，慢慢向高处逆游。沿着这条线路，曾经走过的母羚羊走在前面，给新踏上这条生育之路的母羚羊带路。在带路的母羚羊记忆里，先是抵达楚玛尔河两岸，逆着楚玛尔河再走一个星期后，这些准妈妈就能抵达那些离天最近的"集体产房"。

和高原上的牧民有夏牧场和冬牧场一样，和花斑裸鲤、湟鱼、花麻鱼等青海的鱼儿选择产区和生活区一样，藏羚羊也有生活区与产仔区。"小琳"的产房是被人类称为"可可西里湖"的地方。虽然到了这人迹罕至的地方，"小琳"心里的惶恐并没有消失，无论是相对低处的过冬地，还是夏季分娩的产房，藏羚羊在湖边自由地奔跑、吃草、嬉戏、教育孩子，高原牧民千年传承的不杀生习俗使它们一直在较为安全的环境下生活，但前些年，捕猎者进入它们的"产房区"开枪，枪声作为一种代表恐怖的密码，在藏羚羊中间保持着。不止可可西里湖，在河源地区其他湖泊旁产仔的藏羚羊也有被枪击的危险，其他动物也有着同样的命运。

760 多年前，多塔纳波受阔端之命前往西藏途中，在江河源区，朝西望去，看到一条绵延于白云和青草间的山脉，不由自主地发出"可可西里"的赞叹并命名了那座"青色的山峦"。多塔纳波由于时间和交通条件限制，并没能沿着可可西里山往西进入无人区腹地，错过了和那些美丽之湖的邂逅。如果那时的多塔纳波进到可可西里无人区内知名度最高、最美丽、最具地标性的可可西里湖，一定会看到海拔 4878 米的高原之镜，镜面里装着常年积雪的可可西里山。

距多塔纳波进藏 760 多年后，"小琳"和浩浩荡荡的怀孕藏羚羊们，前往多塔纳波和普热瓦尔斯基没能抵达的"集体产房"，等待着做母亲带来的幸福。那时的可可西里湖，弥漫着一股浓浓的母性气息，一只产羔的藏羚羊就是一粒珍珠，千万只藏羚羊准妈妈就给 302.2 平方公里的可可西里湖这面大镜子镶出了一条灰色之边。这里距卓乃湖和太阳湖两个产羔地的直线距离仅在 30 到 60 公里之间。在高原上，这点距离远视起来就不算距离了，这就让可可西里湖、卓乃湖、太阳湖、库赛湖、多尔改湖、饮马湖、勒斜武旦湖、西金乌兰湖、乌兰乌拉湖等连起一道美丽而孤绝的湖线。夏季，每一面湖都变成了有性别的湖，湖面周围流淌着雌性与母性的温柔，充满生育的气息。

没去过可可西里地区的人，会想到那里的湖泊就像一个个性格内向的孩子，终年将一湖清澈荡漾在那个固定的区域。其实，可可西里也有外流湖，可可西里最大的淡水湖多尔改湖就是一面外流湖，她娴静而优雅地端卧在雪山瞩目的 4688 米海拔之处，145.8 平方公里的面积使她像一枚巨大而美丽的书签，镶嵌在可可西里群山这部大书中，在蓝天、白云、碧绿的三色图景中显示着自己的静美。从湖西南注入，然后从湖东流出的楚玛尔河就像这枚书签上清晰的叶脉，通过这条叶脉使多尔改湖的汇水面积达到 4650 平方公里。巨大的淡水资源使多尔改湖成为进入可可西里无人区优选路线中的必经地，一个想从 109 国道的五道梁或楚玛尔河沿进入可可西里者，从这两个地方向西行进 100 多公里后就能抵达多尔改湖。

偏远的环境、优良的水质、四面高山环抱带来的避风效果等因素，使多尔改湖成为探险、科考和保护区工作人员进入可可西里无人区后第一个理想的休整地。从地理位置上讲，这里也是可可西里无人区的一处要津：从这里可直通可可西里湖、霍通湖、库赛湖、太阳湖、卓乃湖、月亮湖等大湖，这也是来自这些湖区的动物大多能够云集这里，使多尔改湖和其他湖泊之间散布着藏羚羊和其他动物，形成了可可西里无人区内的一个"动物大集市"，而在产羔季节，这里就变成了藏羚羊的"大产房"。

那些迁徙而来的藏羚羊带着即将分娩的兴奋和长途跋涉的疲惫，临产的母羚集中在湖边，而还没临产的母羚则主动守卫在外面，防止尾随羚队而来的狼、鹰、秃鹫、棕熊等天敌的伤害。湖畔的母羚一旦分娩，就赶紧领着幼仔向外移动，让出地方让其他的"准妈妈"安全生产。产后的往外走，待产的往里走，一个无言的动物界秩序展示在这里，如此循环，直到最后一位怀孕的羚羊妈妈顺利分娩为止。

分娩后的母羚们不顾产后疲劳，立即用舌头舔吸幼仔身上，等将幼仔身上舔干了，便用嘴巴去拱柔弱的幼羚快点站起来。带着"孩子"移动到外围的羚羊，如果遇到天敌，羚妈妈会想方设法将孩子藏好，拖着自己羸弱的身子向别的地方跑去，"舍己救子"、吸引天敌的故事在这个巨大的产房里时时上演着。

生下来就成"孤儿"的幼羚依靠自己和土地一样颜色的身体，躲过了刚生下来的一劫后，还得面对更多天敌的伤害，逐渐成长；而那些顺利生产并能够带着孩子成长的羚羊，看着幼羚一旦站立，就得去抓紧时间吃草，以增强体质和补充奶水，迅速教会幼羚飞快奔跑和躲避天敌的本领。任何一项荣誉的背后，一定有着原因，"可可西里骄子"，就是这样从出生时就带着自己的生命顽强印记。

四

当初，普热瓦尔斯基带领的考察队员们，将枪口一次次对准藏羚羊时，一只只藏羚羊倒在了冰冷冷的枪口下，尸体被丢弃在草地上。制成的标本在西方展出时，令那些参观者震惊了，他们没看到过如此美丽的动物标本，尤其是那些柔软的毛皮，深受西方贵妇人青睐。这就让藏羚羊的皮毛有了新的作用：做成的披肩，能穿过一枚戒指；这让藏羚羊的命运再次开始重写，新的需求带来新的市场，新的杀戮带来新的利润。

百年之后，响彻可可西无人区的猎杀藏羚羊的枪声，不再来自西方探险家手中的猎枪，而是盗猎者端起的枪口。20 世纪 80 年代末到 90 年代初，随着曲麻莱等县发现金矿后，每年都有五六万人进入可可西里淘金，淘金者中的一部分人很快成了捕杀藏羚羊者，促使藏羚羊绒纺织制品"沙图什"在西方的走俏，可可西里每年至少有 2.5 万只藏羚羊遭到猎杀。

沿着乔治·夏勒描画出的沙图什线路图，我的行走涉及青海、西藏两个省区，看到那些未经处理的藏羚羊羊毛从每公斤约 50 美元（时价为 410 元左右），经过那些贩子之手和长途运输运往境外的印度德里，价格翻了 4 到 5 倍；运到印控克什米尔地区，价格就翻到了 7 倍；在伦敦的市场上，一件藏羚羊毛织成的沙图什披肩的价格在 1280 美元到 17600 美元之间。

那些遍布可可西里无人区的盗猎者，那些从盗猎者手中收购后乘坐公共交通工具将藏羚羊毛运往克什米尔山谷的贩子，那些在印度的查莫省和克什米尔山谷的无名织工（约 26250 名，世界爱护动物基金会 2001 年初的调查数据，该基金会称这些织工为世界上最隐秘的工作者之一）和约 120 名织造商，以及印度、伦敦、巴黎的沙图什专卖店里的销售员、一个个披着沙图什披肩出现在高级酒会的西方贵妇们，就构成了一条完整地建立在藏羚羊生命基础上的链条。

高利润像个诱饵，诱惑着越来越多的盗猎者盯住了藏羚羊，而产羔期的藏羚羊身体最弱，于是产羔之地的可可西里无人区就成了盗猎者的天堂。枪声中，被活活剥皮的藏羚羊尸体横在高原上，皮毛被加工后出现在西方贵妇们的肩膀上或脖子间，那些剥皮后活活忍受死亡折磨的藏羚羊，留在高原上的岂止是痛苦和喘息？它们也留下了一个濒危动物的呼告和无奈。

100 多年前，罗林在可可西里无人区看到的藏羚羊有 100 多万头，盗猎藏羚羊最疯狂的 20 世纪 90 年代，不仅使藏羚羊数量每年急遽下降，以致其出现在了中国濒危动物的名录上，成为中国 3 种极度濒危的有蹄类动物之一（其余为麋鹿和野骆驼）。

暗黑的交易或许会永远持续，但正义的阻挡一定会永远不缺席。

有盗猎，就有反盗猎。

1992 年，时任青海省玉树州治多县委副书记的索南达杰站了出来。他多次向州政府打报告，要求成立以阻止猎杀藏羚羊为责任的西部工作委员会。第二年 7 月，索南达杰的要求被获准，索南达杰担任西部工作委员会书记。

1994年新年的日历刚刚翻过没几页，隔着冰冷的电视屏幕，索南达杰的名字，通过新闻报道让全国很多人知道了。在第 12 次进入可可西里巡山时，他被 18 名盗猎分子枪杀于 –40℃的、可可西里腹地的太阳湖畔。

如果湖泊有记忆，如果湖泊能记录，那么，太阳湖一定记录了那些千里而来并选择在这里分娩的藏羚羊的奔波、辛苦以及做妈妈后的幸福，也会记录和天敌抗争、教孩子很快适应生存技巧的母藏羚羊的生活场景，更会记录对藏羚羊而言比天敌更可怕的、来自人类的枪口射出的子弹。

太阳湖是青海省最西边、海拔最高的大湖，那 100 多平方公里的水域，静静躺在海拔 6860 米的布喀达坂峰的南边，向西不到几十公里就进入新疆维吾尔自治区管辖范围了。给这面湖水取名的人，或许是看到这里因为海拔高而离太阳最近吧。水丰草美和阳光充足使这里成了藏羚羊选择的一个良好产房，自然也就成了盗猎者选择枪击藏羚羊的地方。

那是不见太阳的时辰，一个人为保护藏羚羊献出了自己的生命。死时，他依然保持着跪射的姿势，那是他没能等到太阳出来照见人类罪恶的愤怒和遗憾。那些年年来这里产羔的藏羚羊，是否会记得人类中有一位，因保护它们而在此长眠？那些产羔结束后，如今能平安地带着孩子离开可可西里的众羊，向东平安行进到青藏公路时，能否看到那座写有"索南达杰自然保护站"字样的建筑？

可可西里的众湖，是藏羚羊带血的产房，也是青藏高原上现代环保意识的新产房。

五

这片面积相当于一个广西壮族自治区的高地、平均 4800 米的高海拔和年均 –4℃的气温、凶猛的高原野生动物出没等，让这片辽阔高地对四周的人类亮起了禁地的封条。然而，在这种生存条件下，藏羚羊的奔跑时速可达 100 公里 / 小时，且能连续奔跑 4 到 5 个小时，成为一支支云端里疾飞的轻箭，当这些轻箭被迁徙的命运射到可可西里无人区的众湖之地时，它们成了"青色之山"之下的湖泊边产羔的美少妇。

产羔结束，"小琳"和其他母羚一样，教会幼羚基本的生存技能后，就得带着幼羚，离开"产房"，顺着一条条河而下，构成一支浩浩荡荡的"返乡大军"，朝各自的原乡走去。在越来越多的摄影作品中，你或许看到过新疆的哈萨克人的迁徙，那是人和羊默契地扮演了季节之间的钟摆；你或许在诸如《动物世界》的电视节目中看到过非洲角马的大迁徙，那是生态条件下动物的本能选择；而藏羚羊的迁徙，不是为了求得吃饱肚子的生存，而是为了在更高海拔、更安全的高地、隐地里繁衍出优质后代。产羔后的迁徙并不比怀孕中的迁徙容易，天上有觊觎体弱幼羚的飞禽，地上有跟随迁徙队伍的猛兽。

产羔前的迁徙，队伍是一个个怀孕的藏羚羊，返回时，顺利产羔的妈妈们身边带着孩子，产羔后回迁的队伍数量几乎是来时的两倍，这些可可西里的娇子们，奔赴在昆仑山和巴颜喀拉山之间的大通道上，顺着楚玛尔河、通天河、沱沱河而下，构成了一条澎湃的羚羊之河。一代代的"小琳"们，就这样保持着和时间不背弃的姿态，保持着生命的原样与底色。然而，这条迁徙的河，在两山构成的河床间向东行进，在离可可西里湖近 300 公里的地方，突然遇到了一条"大坝"的拦截。1954 年，穿过昆仑山和唐古拉山的青藏公路建成，让千万年来自由来回在迁徙之路上的藏羚羊有些惊慌失措。

动物的强大母性在这条"大坝"前有了另一种体现，"小琳"和众多母羚一样，没有丢掉幼羚自己逃跑，它们在慌乱中寻找镇静，在来来往往的车辆或刺目的车灯缝隙间，寻找着带领孩子快速越过公路的时机。胆小的幼羚望着快速驶来又快速驶去的车辆，不敢横越马路，"小琳"与其他羚羊妈妈一样，耐心地陪着自己的孩子，要么用它们的母语鼓励孩子，要么陪着孩子等到天黑了再越过公路。如今，环保意识早已像春天的草来到高原上一样，青藏公路穿越可可西里无人区的路段上树立起了诸如"保护藏羚羊，请别打喇叭"之类的路牌标识。

到了青藏铁路修建时，人们还特意给迁徙的藏羚羊们留出了桥梁通道，那条浩荡的藏羚羊返乡之河，来到青藏公路和青藏铁路这两条"大坝"前时，会放慢脚步，小心地穿过桥洞，然后继续保持那条河的流淌。

第四章
神赐的卫士

和煦的大西洋季风向比斯开湾吹来，蔚蓝的大西洋像是一张辽阔的蓝色地毯，站在西班牙北部、比斯开湾的海滩上，巴斯科·努涅斯·德巴尔沃亚觉得大西洋就是给他发出的一张蓝色探险邀请函。经过一段时间的紧张筹备后，他终于要选择在这一天出发，他要横渡大西洋前往美洲，将这次探险视为"在富于创造力的壮年发现了自己的使命"的"人生中最大的幸事"，指挥着手下人走上航船时，巴斯科·努涅斯·德巴尔沃亚并没忘记将那些要随自己远航的獒犬装上船，和亚洲北部的高山草原上那些藏獒随着主人游牧、征战的步伐而徒步行进不一样，这些西班牙獒犬要开始一次漫长而遥远的海上旅行：它们乘坐航船，穿过茫茫大西洋，完成了从欧洲到美洲的长途航行。在大西洋彼岸下船后，那些面对侵略者枪炮毫无惧色的土著居民，在这些高大威猛、龇牙竖毛、红舌吐露、粗气喷涌的声音里透露着杀机的巨犬前，腿软心慌中乱了阵脚。他们后退过程中，跑得慢点的被这次来自西班牙的巨犬追上后，犹如狮子咬住河马、角鹿、羚羊般，一口下去就是一片后脊背或小腿上的肉，连同衣裤被撕得脱离了身体。这些獒犬不是随军的玩伴，不是去陌生地方游玩的宠物，是帮助这些西班牙人完成征服美洲的武器。

这是茨威格在他的《人类群星闪耀时》明确记述的一个故事。在这场远征中，獒犬作为成本最小的武器，携带着威严和暴力冲在前面，击退土著抵抗者；甚至，它们的主人将手无寸铁的俘虏五花大绑，让一群饥饿的獒犬撕裂、嚼碎、吞吃，希望从中获得类似斗牛和角斗士竞技一样的乐趣。这种做法被侵略者大肆宣传，是一种对被征服者的威慑。

我们无法知道吐蕃王朝、古格王国、昂欠及唃厮啰、潘罗支等地方政权崛起时，是不是曾经利用青藏高原上的藏獒作为武器，但可以肯定的是，藏獒作为地球上生活地域最高的大型犬类，在牧民的生活中，一直是和平友好的象征，它们是一直没离开雪域高原的居民，不仅是伴随着古老的牧业生活在高地上的物种，更是让牧民及其牛羊产生安全感的防御性武器。

一

那是 5000 多年前的一个早晨，牧民多杰和部落里的其他男人拿起木棍，准备出去捕猎，他不由自主地朝山洞不远处的那只"热曲"（藏语中的野狗）幼犬看了一眼，那是前几天外出捕猎时，他从野外顺便捡回来的。

旁边的另一个牧民高声喊道："快走呀，不就是一只'热曲'吗，有什么好看的？"

多杰回答道："从今天开始，咱们别把它再叫'热曲'，我要把它变成我们的'拉曲'（藏语中驯化的高大獒犬）。"

"哦呀，那好呢，驯化好了，你可把它带上，和我们一起去狩猎，会是个好帮手。"

"不，我们出去狩猎时，就让它看护孩子和女人，看护我们的家。"

"哦，给这个将来看护家的'热曲'起个名字吧，以后也好呼叫它。""哦呀呀，就叫它'朵器'吧！"

那条叫'朵器'的犬逐渐长大，告别了同类那到处流浪、奔走的日子，它一身金黄色的毛发，常常像一尊黄金塑像立在部落洞穴附近。朵器的气息和威猛样子，让雪豹、狼等动物不敢靠近，被牧民驯化后的牦牛和山羊反而和它很亲近，像信任同类一样信任它，有了朵器在周围，它们就会放心地吃草、嬉耍。一天晚上，一群野狼乘男人们出去狩猎未归时，向部落里驯化的牦牛和羊发起袭击。那是一个不断传来野狼哀号的夜晚，留守的老人、妇女和孩子吓得钻在山洞里不敢出来。第二天早上，人们看到部落里的牛和羊没少一头、一只，地下躺着几具已经咽气的野狼尸体，野狼流在雪地上的血已经凝固变黑，朵器依然像一捆刚收割后立在那里的青稞，沉默在朝阳里，浑身闪耀着金黄的光。在牧民看来，那是一道吉祥、温暖、安全的光，有了这道光，就意味着牧场的平安与祥和。

朵器长得更大了，有时会在初冬时节表现出和小时候不一样的暴躁，围绕着洞穴或牛羊群不停地转来转去，它连续几天在深夜发出沉闷又悠长的低吼。开始，大家并没在意，后来，有人发现这种低吼竟然吸引了它的雌性同伴循声而来，那同样是一头高大威猛的母"热曲"。它见到朵器时却是十分温顺。接下来的日子里，它们如胶似漆地在一起嬉耍、看护牛羊。

10 多天后，那头母"热曲"走了，朵器留了下来。日子就像山下的河水一样，平平淡淡地过了一年，谁还能记得朵器和一头高大的母"热曲"的事情呢？一天，只见那头曾被朵器"勾引"来的母"热曲"领着一头小"热曲"来到朵器身边不走了，成了部落的"新成员"。

后来，又有几头母"热曲"被朵器吸引来了，使朵器的家庭日益壮大，朵器有了众多的后代，之后再也没有雪豹、狼群敢袭击部落里的牛羊了，它们逐渐构成了一个庞大的家族。和多杰所在的部落逐渐分化一样，朵器的后代也被多杰的后代带到新的牧场、新的部落里去了。

这些驯化后影子般跟着牧民的"热曲"，被牧人统称为"朵器"，意思是"忠诚地跟在牧人身边的、情愿被牧人拴在牧帐边、有着魁梧身材高大勇猛的狗"。

现代考古显示，"朵器"是青藏高原古老而长久的朋友，它是从 1000 多万年前的一种喜马拉雅巨型古犬演化而来，始终陪伴着高原的牧场。6000 年前被人类驯化后，"朵器"就成了牧民忠实的伙伴，守护牧民的牛羊，从此再没离开高原前往平原地区。它高居犬类的神坛，是地球上最优秀、最优良和最昂贵的犬种，一方面，它谦卑、低调地扮演着牛羊保护神的角色；另一方面，它是牧民在枯燥的放牧日子里的伙伴。1937 年夏天，马鹤天奉命出任国民政府蒙藏委员会驻藏大员，并被任命为九世班禅大师回藏专使行署参赞。前往玉树时，他就发现了"家家养犬，大而且猛，即所谓獒也。每户数头，踪迹在千头以上"的情形。

当初驯化这种古老而猛烈的犬种者，有人说是今天的藏族先民，也有人说是古老的羌民。著名历史学家任乃强认为，是古老的羌人把凶顽的藏犬驯养成忠勇的家畜，创造了人类驯兽史上的奇迹。1000 多万年过去了，地球上的众多动植物，经受了大自然优胜劣汰的生存法则洗礼，有的彻底消失了，有的接受被人类驯化的命运，有的始终不能为人类驯化。这在犬类的演变历史上有着明显的表现——"朵器"虽然是人类驯化的犬类，但因为其独特的生活环境与交配对象，一直保持着自身的纯洁性。后来，它有了个响亮的名字：藏獒。

二

不是每个人都能看到真实的藏獒，这一点，借王安石在《游褒禅山记》

中那句"世之奇伟、瑰怪，非常之观，常在于险远，而人之所罕至焉，故非有志者不能至也"算是说明白了。

见藏獒，还得非去青藏高原的牧区，在内地藏獒观光园里看到的，如里尔克笔下公园笼子里关着的豹子一般，已经失去它原有的本色和气质、桀骜和威猛。

见到藏獒前，我先是从书籍上"阅读藏獒"。按照《尔雅·释畜》中"狗四尺为獒"的记载以及民间"九犬成一獒"的说法，可以看出藏獒的身材之大。著名的旅行家马可·波罗来到中国游历，在四川康巴地区看到的藏獒的情景是"有无数番犬，身大如驴，善捕野兽……"他赞誉这些块头如毛驴一般大的藏獒能运输麝香、力气可以战胜狮子，甚至足以制胜很多野兽，尤其能制服野牛，这一说法在后来的瑞典著名探险家斯文·赫定的一幅藏獒勇敢地迎战野牦牛的速写里得到印证。

河口慧海是第一位进入西藏的日本探险家，他在《西藏旅行记》中，特意记述了1897年至1903年间前往青藏高原探险时，遇见了"西藏猛犬"——藏獒的经过。

马可·波罗在他的《马可·波罗行记》中，记述了曾驯服了一头藏獒并带回了故乡。对此，我惊诧不已。后来，我在青藏高原上见到并了解了藏獒后，心里给这位伟大的旅行家递上一句：这件事，你是吹牛的。

我也曾在茨威格的《人类群星闪耀时》一书中，读到这样一个细节：恩思索船长于1510年装备好一艘船前往美洲大陆，船上不仅有躲在木箱里的巴尔沃亚，还有一头强壮有力、高大威猛的獒犬，它的父亲则是西班牙著名的征服者德莱昂豢养的一头獒犬；在西班牙征服美洲的过程中，德莱昂训练的那些具有攻击性的獒犬，成了攻击美洲土著的重要武器。读完这个故事后，我笃信茨威格写的要么不是藏獒，要么就是翻译者将那种勇猛的烈犬译成藏獒了。至于马克拉瑞·马瑞森在《我们的狗》中写的那只"被指定作为送给德国皇帝的礼物"的犬，被她毫无疑问地称为"藏獒的犬种"，倒让人不怀疑它和藏獒是同种类型的，或许就是藏獒。

我第一次近距离亲眼看到藏獒，是在四川省阿坝藏族自治州和甘肃省甘南藏族自治州交界的岷江源头，那个叫郎木寺的地方。那天，我从甘肃这端跨过一条简易的小木桥，进入四川省境内。沿着一条荒僻的小路前往挂在半山腰上的格尔底寺，路过一个小村子时，突然迎面飞奔来一个红色火团似的身影，一下子扑到我怀里，紧紧搂住我的脖子。我透过这紧急扑来的身影，清楚地看到其身后是一头巨大而凶猛的藏獒，直扑而来。情急之下我只能抱着那个身影跌向地面，然后逆着我刚才来的方向快速打滚，撤离刚才被那火团般的身影抱着的地方。等我停止了翻滚，坐起身来，才发现那头猛跑着的藏獒停了下来，眼睛盯着我们，鼻孔里发出沉闷如雷般的低吼，看了一会儿惊魂不定的我，慢腾腾转过身，迈着稳健的步子，向远处走去。

后来才知道，藏獒有一个习惯，如果有陌生人或动物闯入其主人的"领地"，它会发出警告；闯入者如果继续执意前行，它就会驱逐；如果碰上闯入者发起攻击或继续闯入，藏獒会进行反击。一旦它追逐的人或物跑出了主人的"领地"，它就会放弃追逐。等扑进我怀里的人静下来，这才看出是一位很美丽的南方女性，白白净净的，一问才知道这位姓林的女性从福州来，是个典型的背包族，在一家保险公司做管理工作，前来郎木寺游玩，无意中闯进了那头藏獒的主人家，招致藏獒的追击。那是我第一次近距离地看见藏獒，当时的情形并没允许我仔细观察藏獒，但那头威猛的藏獒告诉了我一个简单的道理：藏獒是高原牧民忠实的伙伴，它是尽职尽责看管主人领地和财物的侍卫。和高原上的野狼和牦牛相比，藏獒巧妙地摆脱了被人类敌视、捕猎与被人类役使、宰食的尴尬命运，和这两种拒绝驯化与过分驯化的高原动物相比，人类对它们的爱与利用远远大于伤害。

藏獒，在高原动物最精妙地掌握并完成了和人类的妥协艺术。

后来，在青藏高原的牧区行走得多了，我对藏獒的认识也多了，但真正近距离接触还是后来在支教的牧区村落，也是我持续20年间援建的孤贫学校附近，位于澜沧江上游的玉树州囊谦县觉拉乡。在我们的孤贫学校附近，不少牧民家里和周围牧区都有藏獒，它们像是移动在海拔3700米左右的高山牧场上的插图，丰富着一部青藏之书的内容，它们是牧民寂寞生活中的伙伴，是他们唱歌、说话时的听众，是牦牛和羊群吃草时的定心丸、睡觉时的安眠药、转牧场时的保护神。那些藏獒，茂密的鬣毛像非洲雄狮一样，前胸开阔，浓密的睫毛遮不住如炬般的眼光是两道围绕着主人牧帐和牛羊不停转动的雷达，扫描着各种危险；被主人套在脖子上的红色项圈，不是威武神气的显摆，是主人奖赏给他们的特殊勋章。在青藏高原上，有这样一句民谚——"再大的暴风也吹不走天上的雄鹰，再多的饿狼吃不掉草原上的藏獒。"

牧民们告诉我很多藏獒的传奇，诸如一头藏獒能守护 400 只牛羊的安全；藏獒有过一獒战三狼的经历；藏獒老了不忍心看到主人伤心，会在临死前离开主人找个偏僻的地方等死；一头卖到内地的藏獒连续多日不吃不喝，朝着青海方向趴在地上直至饿死；等等。这些传说、故事，都在证明藏獒高贵、忠诚、勇敢的品行。

有一次，我和玉树州称多县的作家嘎旦增不措前往牧区采风，远远看见一户人家的牧帐里往外冒着炊烟，两人心领神会地互相望了一眼：走，去那户牧民家喝酥油茶！然而，我也注意到不远处立着一头藏獒，像一块沉默的黑铁杆在我们和牧帐之间。我吓得驻足不前了，只见嘎旦增不措往右手手心里吐一口唾液，然后伸出左手，一边搓着手，一边朝藏獒走几步，就这样，一边啐唾液，一边搓，一边往前走。奇怪的是那头藏獒竟然友好地、慢腾腾地站起来。好家伙，只见它的身高有 80 厘米左右，这多符合许慎在《说文解字》中描述的"狗高四尺方为獒"的标准，它脊背上原本有些竖起来的毛发，这时已如镰刀下的青稞似的慢慢倒伏了下去，眼睛喷射出的凶光也像黄昏里的夕阳一样收敛着，变成两道柔顺的水波，尾巴偶尔左右摇一下。它发出了这样友好的信息，牧帐边两只藏土狗这才汪汪汪地叫起来，提醒主人：客人到了。真是朋友来了像骑士，敌人来了是战士呀。我一边替嘎旦增不措担心，内心里一直祷告着那头藏獒别冲过来伤了他，一边小心翼翼地站在原地，眼看着他和藏獒之间的距离越来越近。就在这时，主人从牧帐里走了出来，轻声地冲藏獒喊了两声，藏獒低下头，像再次接到命令的狙击手继续趴在地上。后来才知道主人冲藏獒叫的是它的名字：多杰（金刚的意思）。就像游牧的藏族将藏獒成为"朵器"一样，每个朵器都有它的主人取的名字，他们像对待孩子一样，都会给每头藏獒取名字的。但就像多给女孩子取名卓玛、男孩子取名才仁一样，给藏獒多取名为内蕴力量与刚猛的"多杰"。试想一下，如果将高原牧区里的藏獒集中在一起，如果喊一声"多杰"，会有多少头藏獒跳起来答应！

在那间飘着酥油茶香的牧帐里，主人给我普及了一堂藏獒的课，让我知道了藏獒在这片土地上的传奇与待遇，也知道它们大多是纯黑色、铁包金色、红棕色、杏黄色、狼青色和纯白色，最后一种最为稀缺，简直就是神话里的存在。

我问他："你们这里有纯白色的吗？"

"哪里会有，几乎没有，白色的朵器是几百年才能遇到的，白色的朵器可不是看护牦牛和羊群的，那是驮负桑杰（佛的意思）的神物。"

哦，这让我想起白牦牛、白骆驼、白马等稀有的动物，白色就是上天赐予它们最珍贵的肤色。

援建的那座孤贫学校需要外界的很多资助，从学生的教材、校服、过冬的煤炭到校舍维护、招募志愿者教语文课等，我每年都要回到内地募捐。一次，我在《厂长经理日报》工作时期的一位同事得知我募捐之艰辛时，便善意地开导我：孤贫学校所在的囊谦，那里的藏獒是内地很多人公认的品种最好的，那里的一头藏獒幼崽带到内地来，少说也值20多万，你找那么多人募捐也就凑个几万元。我不解地问那位前同事："怎么值那么多钱呀？"

"我重庆的一个朋友就花了30多万买了一头藏獒，带回来到小区溜达时，遇到的宠物狗们老远就吓得趴在地上不动。等藏獒过去后，这些小狗站起身来时，全吓尿了。很多老板以拥有一头藏獒为炫耀的资本。"哦，怪不得著名的田径运动"马家军"的教练马俊仁也办了藏獒观光园，并将他喂养的那头"小王子"喊出了4000万元的天价，成了世界上最贵的藏獒。

就像雪豹称谓中的雪字，藏獒中的藏字，突出了藏獒生活区域的独特性，离开青藏高原，离开疼爱它、视它为家中宝的主人，离开它守护的羊群，藏獒一定还是獒，但还是藏獒吗？我就这个话题问过孤贫学校附近一家有几头藏獒的牧民达娃，他放下酥油茶，慢慢地说："在有些内地人的眼里，'朵器'是能换钱的东西，在我们心里，'朵器'就是宝，就是家人，是不能拿出去换钱的。"我也就这个话题试着问孤贫学校的学生，没想到，没有一个学生同意拿自己家里的藏獒去卖钱："我们宁愿不上学，也舍不得我们的'朵器'被卖到很远的地方！"这就是他们对待藏獒的态度！

吐蕃王朝时期，曾有这样的律令规定："野生动物是国王的财产，而家畜是百姓的财产；若偷取国王的财产，要赔罪八十倍；若偷盗百姓的财产，要赔罪八倍。"或许是这样的野生动物保护理念，像一条从没断流的河，在一代代高原牧民的心里流淌，才有这里的孩子都有保护动物、珍爱藏獒的意识吧。

2010年4月14日的玉树大地震后，我听到那里的朋友说过不少关于藏獒的故事：地震发生前，有藏獒不停地、反常地吼叫，给主人发出警报；地震发生后，有藏獒奋力将主人从房屋、牧帐里拖出来；主人遇难了，房屋倒塌了，有的藏獒一直不离不弃地守护在废墟前，直至救援人员来到。我看到一份资料，说在玉树州政府所在地结古镇上，7成左右的居民养殖藏獒，在结古镇的甘达村和果青村，600多户家庭中，平均每户养殖藏獒3头，一场地震，让很多藏獒成了失去主人和依靠的孤独之子，但没有一头藏獒离开那些倒塌的房屋。

三

作为一名文字工作者，我当然关注文学艺术作品中的藏獒，然而，我发现青藏大地上出现的文艺作品中，留给藏獒的席位和它们在牧民心中的地位有着极大反差。无论是那些古老的岩画，还是藏族文学作品和唐卡等艺术作品中，都很少见藏獒的形象。

藏獒，是一颗颗划过草原天幕的流星，像朝阳将露珠从青草尖上拂去一样，天明时便消失；是一场场出现在牧区的梦，随着睡眠的终结而消失；是神一样的花，以白、黑、棕、黄等颜色，孤独而尊贵地绽放在高原上，只有亲近它的人才能闻得见这花的芬芳。幸好，那位白天是布达拉宫伟大的王、夜晚是拉萨城郊区牧帐里的浪子的伟大诗人，把一首写藏獒的诗歌，藏在一部浩瀚的藏族文学史的角落里："獒犬纵狰狞，投食自亲近；独彼河东狮，愈亲愈忿忿。"仓央嘉措通过这首诗告诉我们：藏獒虽然容貌狰狞可怕，但如果给它一天天的喂食，它会和我们日益亲近，而家中那河东狮吼的老婆，你越是和她亲近，或许她的脾气会越来越暴躁。

时代的洪流前，人类的情感与道德筑起来的堤坝显得脆弱苍白，常常出现溃堤现象。每年都有藏獒作为商品源源不断地接受离开高原的命运，在内地开始海拔反差、饮食不适、酷热难熬的"宠物生活"，它们失去了野性，失去了自由的生活，失去了守护牛羊的职责。

我有个浪漫情怀常常外溢成河的文友，去过几次玉树后，表示很欣赏那里的康巴汉子和藏獒，将对藏獒的那份爱匀给了她喜欢的一位康巴诗人嘎玛，带着救世主般的心理带着那位诗人离开了玉树，前往广州。不久，我问她的康巴之恋怎样了，她沮丧地说道："嘎玛就是一头藏獒，倔强的藏獒。他不习惯内地的广州的生活，舍不得脱下他的藏袍，整天喝酒，我让他去酒吧里唱藏族歌曲挣钱，他拒绝，说他的歌是唱给蓝天、白云和藏獒、牦牛的，他常常想念家乡那个落后的牧场，整天一声不吭，我们只好分开了。”

“那他去哪里了？”

“回去了呗！”

我跟她开玩笑说：“如果把你放到赤道上的哪个国家，估计也会不习惯那里的热呀。”

嘎玛还是回到他习惯并热爱的故乡了，那些被生活或所谓的爱情拐到异乡的高原人或藏獒呢？他们还能回得去家吗？藏獒临终时，会默默地离开主人，找到一片河谷地，或一片山岗，或一片草丛，给自己打造了一张生命最后的单程票，在星空之下回绝来时的路，让自己的身体包含、酝酿着生生不息的故事。

第五章
高处的王冠

踩着云，你把头伸进蓝天洗浴

爪子如邮戳，印在岩石的肌肤

冬天，它们被刻进大地的信封上

寄信人一栏中写着：雪豹

七只青铜长箫，迎风吹奏

替积雪给月光邮递银色棉袍

把岩羊的哀歌变成颂词

星光落下，绣成皮毛间的岛屿

你驮着神授的海洋，叩问江河

那些被当作早茶的露水，穿喉而过

像闪电划过溪流的肠道

不远处，摄影师睁大眼睛

因为孤独，你保持了自己的高度

一把镰刀，收割着大地的仰视

那一年夏天，登山队员们登上雪山顶时，还没顾得上庆贺自己取得的胜利，就听见沉闷的吼叫声响起——不远处的岩石上，盘踞着一头雪豹。按照他们之前掌握的知识，雪豹是不可能到海拔这么高的地方来的，如此茫茫高寒的雪野里，没有可供雪豹捕食的动物，它们是如何跃上那近乎直立的雪崖的呢？他们无法就此作出科学的解释。

下山后，他们请教雪山下的牧民，后者如此答复:"你们说的那些萨萨（雪豹），不是从山下爬上去的，是神派它们从天上跳到山顶的。"牧民心中，雪豹是神派到人间的。它的前爪接受着神赐予的无穷威力，后爪紧紧吸引着人类好奇的眼光，中间那斑点闪耀的身躯，就是一顶移动在草场和雪峰间的王冠。

一

老虎、狮子、豹，这三种处于生物链顶端的猫科动物，对中国人来说并不陌生。然而，相比老虎和狮子而言，豹在中国文化史中却显得冷落了许多，狮子成了衙门前权力的象征，老虎演变为封疆大吏们脚下的垫物，甚至连威虎山上的那个土匪坐山雕的座椅上也铺着一张虎皮来体现他的威严，豹子的地位体现在何处？我小时候读《封神演义》时,知道申公豹是个"坏人";读《水浒传》知道"豹子头"林冲是虎落平川后被屡屡欺辱的对象；大学读里尔克的那首《豹》，让我读到的又是一个在软禁中失去威严的动物形象，总之，豹子留给我的印象，总是有种说不出的憋屈。

豹子前加个"雪"字，不是语法上简单地添加了个定语式的前缀，而是凸显出了这一类豹的生存地域与个性，提升了它们和其他类型的豹子的辨识度。

相信很多人对雪豹是陌生的，即便是斯文·赫定、普热瓦尔斯基等著名的西方探险家前往青藏高原游历后，他们记述的野生动物中，几乎不见雪豹的影子。如果认真而深入地阅读青藏高原这部大书，就会发现雪豹如它在现实中隐身于雪山、峭壁、洞穴、峡谷间一样，也是隐藏在神话、传说、文艺作品中。昆仑山里的西王母就有一条美丽的豹尾，藏传佛教噶举派一代宗师米拉日巴就是雪豹的化身，被命运流放到青海的诗人昌耀"渴望有一只雄鹰或雪豹与我为伍"，几次前往青藏高原做考察的夏勒博士对雪豹的关注，从北京赶赴果洛的摄影师耿栋，拿起相机跟踪雪豹的、囊谦县觉拉乡扎曲边的牧民萨噶玛，等等，这些或虚幻或真实、或古代或现代、或中国或外国的人物，构成了一条关于雪豹的历史长廊，让雪豹的影子如阳光、星辰、露珠和彩虹，在青藏高原上尊贵而傲娇地腾挪闪耀。

西王母应该是最早给我们普及雪豹的人，她在《山海经》《穆天子传》等史籍中，是一个长着豹尾且善于长啸的女王。按照她生活在昆仑山这个环境来推算，这条豹尾无疑就是雪豹之尾。写到这里，我突然产生一个疑问：豹和艺术家笔下的女性究竟有着怎样的关系？西王母的形象是有着一条豹尾的美女；屈原笔下的山鬼，也是肩披"薜荔"，腰围"女萝"的山中美女，身下骑着一头豹子；拿破仑三世的宫廷御用画家亚历山大·卡巴内尔在他的成名作《克娄巴特拉用死囚尝毒》中，展示了埃及艳后克娄巴特拉在生命的最后一刻，斜倚在兽皮铺就的长椅上，姿态闲适地观察着每个奴隶死亡时的表情，椅子下就是一头警觉地朝远方看着的豹子。想了半天，最终的答案：可能，豹和女人一样，美且不可捉摸。

施耐庵在《水浒传》说林冲是"豹子头"，但豹子的头究竟是怎样的？他没写，甭说雪豹，就是普通的豹子估计施耐庵也没见过。感谢这个影像的时代，让我看到很多青藏牧区朋友发给我关于雪豹的影像资料，让我看到雪豹的状貌，它的头部确实符合人类的审美要求：狮子的头老是奔拉着乱蓬蓬的毛发，像是顶了一堆乱草，老虎的头部倒也符合猫科动物的形状，但眼神在阴郁中透出一股杀气，尤其是额头的那个"王"字额纹有一种天然的肃穆，雪豹和其他豹子一样，头部看起来总有一种萌萌的感觉。

林冲的文学形象给很多人提供了关于豹头的想象，豹纹则给时装设计师们提供了一种为女性设计时装或内衣的灵感：既要外出捕食又要抚育幼仔的雌豹，更符合那些整天辛苦工作但又顾家的职业女性。后来，豹纹也延伸到了衣服、裤子、内衣、鞋、包、饰品等等。

上初中时，语文老师教我们写作文时就强调"虎头、猪肚、豹尾"的好文章标准，让我对豹尾一直百思不得其解：豹尾究竟是怎样的一条尾巴？和老虎、狮子，甚至其他动物的有怎样的区别呢？蒋蓝在《雪豹之巅》一文中这样写道："奇怪的是雪豹的尾巴在比例上简直是一个异物，约与体长相等或为体长的 3/4。尾巴不但长，而且尾巴上的毛也长，显得特别蓬松肥大，尾梢也不呈尖细状，走起路来特别显眼。有的雪豹由于尾巴过于粗大，似乎行动不便，而养成了盘尾的习惯，久而久之形成卷曲的圆圈。这种造型对猛兽来讲并不是一件好事，这容易让我们联想到维多利亚时代的鲸骨长裙。但造物主赋予雪豹的尾巴必定含有启示和功用，最直接的效果是，每当它急速地在雪地奔驰，下陷的重力总可以被宽大垂长的尾巴分担，并在身后铺开，使得它不至于下陷过深，并迅速从雪面获得再次上跃的作用力。这样看来，雪豹就像一匹从雪原滑行而过的快艇，以最浅的吃水，获得最大的速度。"哦，就像孔雀长长的尾巴会成为它遇到危险逃生时的累赘但开屏不是为了展示美而是为了吸引异性一样，雪豹的尾巴还有分担下陷时的压力这样的作用，难怪在三江源牧区有这样的谚语："雪豹只值一只羊，而它的尾巴值一匹马。"说的应该不只雪豹尾巴在死后被交易的价值，也是西王母尾部长出的那条代表她美丽与尊贵的价值，更是一篇经典美文或文学名著结尾的价值。雪豹的尾巴，也确实通过牧区朋友多次拍给我的视频得到印证：美丽，粗长，有力，像蒙娜丽莎微微露出的笑容那样向上微卷，好文章的结尾不就是这样的吗？

　　米拉日巴是藏传佛教噶举派的一代宗师，他的修行方式与成就成为后世藏传佛教信徒们心中膜拜的典范。尊者闭关修行时，有雪豹在山洞外守卫；尊者打坐冥想时，雪豹像哨兵一样远远地警戒；尊者四处游学时，雪豹尾随在后跟踪保护他。在《米拉日巴传》中，记述了这样一件事：尊者在拉息雪山的一座山洞里坐化后，信徒们准备到那个山洞去挖掘尊者的遗骸。走到拉息雪山下，他们看见一头雪豹塑像般立在山洞对面一块岩石上。一般来说，雪豹是远离人类视线生活的动物，看见人远远就躲开了，但那头雪豹却不惧众人，与他们对视良久后才转身离去。尊者的信徒将雪豹视同护法神的化身，坚信尊者能在拉息山成就，是有雪豹在守护，而尊者曾告诉法师、弟子释迦古那，自己就是一头雪豹，是得到心气自在的瑜伽行者。在《米拉日巴道歌》

中，有这样一首：

雄住雪山之雪豹，
其爪不为冰雪冻，
雪豹之爪如冻损，
三力圆满有何用？

在我的理解中，这是藏族文学中第一次出现雪豹，它赞扬了雪豹那越山攀石、涉水穿林的爪子。我看到电视纪录频道中不少关于雪豹捕食的镜头，无论对方的皮有多厚，雪豹的前爪一旦捕住猎物，都会像钢锯切割树木一般。在米拉日巴的赞词里，雪豹的爪子不仅锋利，更是耐寒的武器。通过望远镜观察和朋友发来的视频，我看到雪豹的爪前有一撮较为密集且长的毛，掩住了豹爪，这种行不露爪、食不露齿的做派被西汉时期淮南王刘安在他的《淮南子·兵略训》中誉为"未之以柔而迎之以刚"的用兵之道。

作为食肉动物栖息地海拔高度最高的一种动物，雪豹是陆地上食肉动物中离天最近的，是最先看到并迎迓月光、晨曦、雷电、落雪、降雨的，也是最先聆听到上天梦语或指令的，这几个"最"也让雪豹承受着生活在高海拔地区的缺氧、孤独甚至冬天得忍受海拔5000米左右的积雪山巅带来的寒冷。它的爪印是刻在高寒地带上的花朵，是划过寂寥高地上的闪电，是天空和高山大胆亮相的接吻，是傲视冰寒的天赋与能力，是助力雪豹完成猎杀的暗器，是在地球高处踩踏出的火焰与陈酿。在这样的高度生存，没有雪豹，地球上的动物生存地海拔上限一定会下降。米拉日巴替我们追问：如果连雪豹的爪子都能被冻伤，那么佛学中讲的"我功德力、如来加持力、法界力"这三力（也有说是法力、愿力、信力）有什么用呢？

在青藏高原上，我听到的另一个故事也验证了雪豹的爪子对它的助力：一位从印度来的高僧，骑着一头前爪五趾、后爪四趾的雪豹，来到青海境内的一座神山下，雪豹再生了一百零八次，利用它那近似于灵活的"前轮驱动模式"爪力，打败了阻碍高僧弘佛的山神，高僧教化山下的野蛮人皈依了佛教。

雪豹在《米拉日巴道歌》中首先是以文学形象出现的，这拉开了雪豹出现在藏地文学中的序幕。这片高地上，雪豹的形象就像一条我们没留心的小径，蜿蜒在一部浩荡宽阔的藏地文学史中，就像海明威的《乞力马扎罗的雪》、里尔克的《豹》、博尔赫斯的《致一只猫》、彼得·马修森的《雪豹：心灵朝圣之旅》等，给世界文学史提供了有关豹子、雪豹的文学作品，青海大地上的雪豹，不仅给外省诗人、作家提供了创作的灵感，也激发着这里的作家、诗人们留下直接写雪豹或与雪豹有关的诗文，如已故的著名诗人昌耀在《峨日朵雪峰之侧》发出"真渴望有一只雄鹰或雪豹与我为伍"的孤独呼告，曾在青海工作过的诗人吉狄马加也留下了《我，雪豹》这样的长诗，青海省著名作家江洋才让写出《雪豹，或者最后的诗篇》，我也曾在书写从丽江前往青海考察阿尼玛卿的美国探险家、博物学家洛克时，以雪豹比拟这位伟大的博物学家和探险家："铁打的翅膀，划过草原和湖水 // 一头年迈的雪豹，将回忆植栽于山谷。"

美国自然主义作家、学者彼得·马修森在他的《雪豹：心灵朝圣之旅》一书中，记录了他于 1973 年 9 月底和乔治·夏勒博士沿安纳普尔纳山往西抵达多尔帕高原的过程。读这本书让我对夏勒博士产生了浓厚的兴趣，我之前关注夏勒博士对三江源藏羚羊的保护，没想到，他在雪豹的宣传和保护上也作出了贡献。他在喜马拉雅山脉南侧拍摄的雪豹照片，是全世界公认的第一张雪豹照片，它拉开了一道人类至今仍通过照片或视频来认知雪豹的序幕，但真正面对面见识雪豹的人，比雪豹在地球上的数量还要少得多。

二

择高而居，让每一座高大的雪山成了雪豹栖身的卧室。在中国境内，北至阿尔泰山，南到横断山区，西起昆仑山西段，东到贺兰山的辽阔地域，是雪豹的版图与院落。在青海，从祁连山西麓北段到澜沧江流域，从"三江源"地区到年保玉则雪山，这个范围内的高山深处，都有雪豹的影子。这让我想起一个比喻隐居独处、爱惜其身的词：豹隐。除了自身对环境的适应因素外，雪豹将雪山作为卧室，有着它谨慎、孤傲、高蹈、自洁的一面，它不愿意让自己生活如狗似猪般地沾染很多烟火气，也不愿像牛似羊般地成为人类餐桌上的美食，更不愿像兔如鼠般整天卑微而惶恐地蹿跑于生物链底端，这便成了中国文人向往的一种洁身自好、孤傲自赏的品行与境界。20 世纪中国文化人中将这种品行保持得最佳的陈寅恪，就以那幅自挽联给出了注解：

涕泣对牛衣，卌载都成肠断史；
废残难豹隐，九泉稍待眼枯人。

陈寅恪，以自己的学问与为人诠释了中国文人中的"豹隐"形象。

青藏高原上的牧民，谈起雪豹大多是感觉陌生但又心怀敬畏、敬重，认为雪豹是需要仰视的神物！我想，这种陌生感源自雪豹生活在高海拔地区，远离人类活动的区域，小心谨慎地和人类保持着足够的距离，也保持着一种神秘感；敬畏则来自雪豹的力量与威慑，在人类饲养的牦牛、羊和藏獒都很难去的高海拔地区，豹子睁着雷达般的眼睛，将岩羊、麝、鹿、雪兔等兽类列入自己的食谱，将海拔4000米左右的高山陡坡视为自己的餐桌，把海拔5000多米的陡崖洞穴当作卧室，平视着鹰与鹫的翅膀，俯视着日出月升，舌尖吐露的刹那就能舔到星辰的味道。这种高海拔地域里的生活踪迹就是它们让人类仰视的资本，就像我们传统文化中的"为尊者名讳"一样，高原上的牧民对大型的肉食动物的名字也有敬畏中的忌讳，对它们有着五花八门的"隐名"。在写雪豹、藏熊和狼等动物时，我就曾请教几个学识渊博的藏族朋友，他们都是含糊其词地不告诉我，开始我还以为是他们不清楚这些动物的名字，后来才知道是他们不直呼它们的正式名称。在藏文化中，直呼大型凶猛动物的名字，是不吉利的或可招致灾祸的。雪豹生存的海拔高度也决定了它在远离人类的同时，也将其他高原上的动物甩在眼皮之下，它选择了孤傲与不争，放眼那种高度，还有谁能有资格成为它的对手呢？这不印证了老子在《道德经》中所说的"夫唯不争，故天下莫能与之争"？在松赞干布的遗训《柱间史》中，将雪域高原分为三界，其中的上部三界之地就是雪豹这样的食肉猛兽和岩羊这样的食草动物生活的地方。雪豹是生活在最高处的食肉动物，怎能不令牧民们仰视呢？

雪豹喜欢生活在高寒、缺氧、孤寂的高山之上，引导它们在这样环境里生存、生活的，是它们食单上排在第一的岩羊！岩羊是喜欢在高山岩石间腾挪蹿奔的动物，它们的生活轨迹就是雪豹的向导，是雪豹生存环境选择的依据。牧民们对雪豹的敬重，源自后者对家养动物的态度，雪豹只有在捕食不到岩羊等野生动物时，才会袭击牧民牧养的牛羊。

雪豹在青海的分布版图上，东端是位于青海省东南角的久治县，位于该县境内海拔 5369 米的年保玉则，那是莽莽巴颜喀拉山的最高峰，周围被诸多海拔 5000 米左右的雪山呵护，这片高地成了雪豹的乐园。白玉乡位于年保玉则西侧的山脚下，藏族牧民索热的家就在这里，夏天，他会赶着自家的 200 多只羊和 60 多头牦牛，沿着装满溪水的山沟进到山里的夏牧场去，冬天就回到海拔相对较低点的冬牧场。有一年，极寒天气让很多生活在高山上的动物销声匿迹，雪豹被饥饿赶着向低海拔地区移动。千百年来，雪豹和牧民之间似乎签订了一份看不见的契约，很少有雪豹主动袭击牧民牧养的牛羊。那年冬天，连续几天捕食不到岩羊，那头饿极了的母雪豹，看着身边 3 个饿得嗷嗷直叫的幼崽，无奈中选择撕毁这份契约，半夜踩着积雪，悄悄走向索热家的羊群。母雪豹逡巡在羊群四周，一遍一遍地围着羊群转悠，终于，她叼起一只小羊向山上走去。

　　雪越下越大，像一件厚实的棉袍将年保玉则严严实实地包了起来。母雪豹焦急地望着茫茫天地，一只羊对她和 3 个孩子来说，简直是杯水车薪，她只好再次将眼光投向索热家的羊。饥饿像一只无情的手，继续撕毁雪豹和牧民中间的那道神秘契约。一天天过去了，母雪豹像是不好意思似的，深夜来，叼上羊后就消失得无影无踪，就这样，索热家的 40 只羊成了帮助母雪豹一家过冬的口粮。

　　连着丢失几只羊后，索热开始留心起来，夜晚蹲守让他发现了母雪豹的所为，虽然饿着，但母雪豹来到牧民的羊群时，有节制地只袭击其中的一只，不会像狼那样乱咬一气。他好几次都端起猎枪瞄准母雪豹，每次准备扣动扳机时，索热的耳边就会响起牧区古老的训言："雪豹吃牧人的羊，是到了饿得实在没办法的时候！"他慢慢放下枪，轻轻摇头，在自家羊和保护雪豹之间，他做出了自认为该做的选择。很多牧民也意识到，为了挣钱，牧区饲养的牛羊数量越来越多，人类和家养牛羊的足迹越来越向山上逼近，而雪豹的生活足迹越来越向山顶退缩。随着越来越多的无人区有了人和家养动物，岩羊逐渐逃离，雪豹的捕食难度也越来越大。

　　索热没有射杀母雪豹的故事，被附近白玉寺的僧人朱加知道，后者拿起摄像机，完成了纪录片《索热家和雪豹》的拍摄，朱加被牧民称为"雪豹喇嘛"。

　　年保玉则是雪豹在青海大地上出没的东南角，柴达木盆地西北角、昆仑山北支的祁曼塔格山地区则是雪豹出现在青海的西北角领地。2020 年 1 月初，青海省茫崖市摄影家协会的工作人员在祁曼塔格山内布设了多部红外线相机，首次清晰地拍摄到了雪豹的夜间影像。我是在 2020 年第三期《森林与人类》杂志上看到那张照片的：周围全是黑乎乎一片，猛一看是平放在一起的两只手电筒，拧开在黑夜中，又像是暗夜中的一间屋子里亮着灯，光从两扇圆形窗户里渗了出来一般，那是雪豹在暗夜里的一双瞳孔。这是继新疆南部的昆仑山脉发现雪豹后，在青海境内的昆仑山北段第一次发现雪豹，将青海省境内的雪豹分布印迹向北推进了几百公里，也将雪豹的行踪和整个大昆仑山系连在了一起，让雪豹足迹完整地出现了中国境内的阿尔泰山、天山、昆仑山、巴颜喀拉山、横断山、祁连山和贺兰山（贺兰山的雪豹最近出现是在 2021 年秋天）上，它不只是雪域之王、昆仑山之王，更是成为这些山系围拢起来的、几乎占中国领土面积一半的、辽阔地域上的大地之王。这一区域的南边恰好被喜马拉雅山隔断，孟加拉虎和热带狮子无法前来，这就让雪豹少了天敌；这一区域恰好受到藏传佛教信仰的惠泽，这一区域内的民众对雪豹的态度是敬而仰之，这就让雪豹在这里从容地生活，高贵地栖居。

三

逆着澜沧江而上，在澜沧江的支流扎曲边，囊谦县和杂多县交界的一座雪山下，放牧似乎变成了萨噶玛的副业，找寻并保护岩画、雪豹、藏熊倒成了他的主业。从 2018 年秋天我们认识后，隔一段时间，他就会给我发一段视频，内容主要是以雪豹为主。

每次打开他发来的微信视频前，我仿佛跟着他爬上海拔 4000 多米高的雪山上，在一块岩石前气喘吁吁地准备歇息时，突然看见走在前面的他像一头豹子发现猎物一样，弯下腰，躲在岩石背后，回转身来，食指竖在嘴唇前："嘘，快看，萨萨！"

"萨萨"就是当地牧民所说的雪豹。我便赶紧走到他身边，紧紧挨着他，睁大我视力为 1.5 的双眼，顺着他的目光，向对面的山坡望去，什么也望不见。我从背包里掏出望远镜，透过镜片的眼光像一名放射科大夫给一个就诊者做胸透一样，一点一点地移动着望远镜，对面那褐色的山坡上、稀疏的灌木丛更是我特意留心的地方，可依然是什么也看不见。这时，萨噶玛早就将斜挎在肩上的照相机取了下来，快速拧开了镜头盖，镜头像枪口一般瞄准了对面，头也不回地告诉我："看半山腰的悬崖下面，山洞旁边，萨萨在那儿！"

如果不是萨噶玛的提醒，我是无法凭肉眼看到雪豹的。它灰白色的毛皮颜色和山坡上的岩石颜色几乎一样，就像沙漠里的骆驼、草丛里的蚂蚱、雪地里的银狐一样，不借助望远镜且仔细看，是很难发现的。或许是那只母雪豹认为周围的环境是安全的，静静地在旁边看着两只幼雪豹玩耍，但那双眼睛却时刻保持着警惕，雷达般向四周扫描着。

离开萨噶玛家，翻过朵觉雪山，在囊谦县和杂多县交界的一座寺院里，我听寺里的僧人说之前曾有雪豹到寺里觅食，被僧人"饲养"过一段时间。那座寺院里，雪豹早已离去，倒是有不少岩羊自由出入。北京大学的李娟博士在三江源地区做藏传佛教寺院分布与雪豹栖息地关系的研究时，就公布了这样一组数据：三江源地区 336 座寺庙中，46% 的寺庙位于雪豹栖息地，90% 的寺庙在雪豹栖息地的 5 公里范围内。也就是说，这些寺院一度就是那些生命受到威胁时的栖身之地。而我在称多县扎锡寺采访过的喇嘛丁增丹珠、治多县贡萨寺的落松丹穹等喇嘛，他们更是喜欢用相机拍摄当地的野生动物，他们是牧区现代僧人中重视野生动物保护的代表。落松丹穹告诉我：公元 7 世纪，吐蕃赞普松赞干布就制定了一系列律令，其中有用大型动物的皮制作裘袍的规定，认为穿这些皮袍是名誉和身份地位的象征。值得庆幸的是，雪豹的皮没被列入其中，或许是松赞干布也认为雪豹难以捕猎，或许认为雪豹是天赐神兽不能捕猎，这为雪豹免除了一大劫难。作为不杀生的第一实践者，僧人在保护雪豹方面，更是有不可推卸的责任。

第六章
变成标本的
城市闯入者

一

那头公藏熊不断伸出舌头，一遍又一遍地舔着两个幼熊的身体，不时伸出前爪，轻轻地拍了拍幼熊的脸颊、脑袋和后背，它再次抬起头四下看了看，确信周围没有能伤害幼熊的危险了，这才摇摆着身子，三步一回头，带着万般不舍离开它的孩子和妻子。翻过山岗后，公藏熊立即跑起来，以图早点为妻子和幼熊捕到猎物。

时隔多年，我依然从当时的新闻报道中能理解那头公藏熊的尴尬处境：那时，由于盗猎分子不断闯入被誉为"第三极"的江河源地区，使那里动物的食物链遭到破坏。原本很容易捕获到的猎物变得越来越少，这影响到了藏熊传承万年的冬眠生活习俗。那头公藏熊，和它的同类一样，不能像它的祖先享受"关机模式"般的冬眠快乐，它必须为妻小去觅食。

这积雪封千山、万径兽踪稀的季节，能捕到的猎物实在太少了，妻子和孩子们都几天没吃到东西了，这头公藏熊得出去为它们觅食，但这一出去，它无法确定走多远才能遇到猎物，也不知道付出怎样的拼搏才能捕猎成功，更不能确定是否会安全地回到妻子和孩子们的身边。

饥饿与想出去为妻小猎食的强烈想法，让那头公藏熊失去了平时应该有的警惕，它在急匆匆中"离开家"，忽略了隐藏在空气中的那一道陌生但危险的气味。它怎会想到，在这样寒冷的雪山中，竟然还有人埋伏在远处的那片山岗背后，公藏熊一家刚才的不舍别离全被望远镜背后的眼睛看得清清楚楚。埋伏者中有人手中的枪正瞄准它的妻子和孩子们。他们一直在等着一个绝妙的机会，一旦公藏熊离开这里后，子弹会从枪口射向公藏熊的妻子和孩子们。

那是一场耗去公藏熊近乎一天的捕食行动，夕阳照在这片寂静的高地，在雪地上映下公藏熊疲倦的归家身影。虽然走了比平时要远很多的路才捕到猎物，但一想到妻小和自己有吃的了，叼着猎物走在雪地里的公藏熊，一任喜悦充盈在内心的每个角落，不时地让一种快乐的呻吟自心田、喉咙、口腔穿过，从叼着猎物的牙缝里飞出，在雪地里落下一阵阵"熊唱"。翻过小山岗，想到即将能见到妻小，即将和它们分享一顿丰盛的晚餐，公藏熊的疲累感少了许多，加快脚步朝自己的"家"走去。眼前的一幕，让公藏熊在震惊中张开了嘴，嘴里的猎物掉在地上：母藏熊倒在地上，眼睛睁得圆圆的，瞳孔里的痛苦还未散去，身上的皮已被剥去，肚子上有很长的刀口，从那里流出的血，已经冻结成雪地上的一个硬块；熊胆被摘除掉了，腹部就像一堵被挖去窗户的墙，其他内脏器官却完整无损；两只幼熊也不见了。

公藏熊外出给妻小觅食的一天，对母藏熊和她的孩子来说是贴着死亡标签的一天。。被玩耍的幼熊吸引住眼光的母藏熊丧失了警惕，它怎么会想到死亡正随着狩猎者的脚步而逼近呢？噗！噗！噗！三声轻微的声音被母藏熊忽略了，对它来说，这致命的三声还没耳边的风大。母藏熊怎么能知道，那是人类发明的一种叫麻醉枪射出的麻醉弹。很快，母藏熊就被一阵又一阵浓烈的睡意控制了。埋伏在山岗上的指挥者，通过手中的望远镜将母藏熊的状态看得清清楚楚，确信母藏熊被彻底麻醉了。指挥者挥了挥手，旁边的那个人立即朝不远处停放的皮卡车赶去，发动汽车，其余的人快速奔向倒在地上的母藏熊，在旁边两只还懵懵懂懂的幼熊的注视下，盗猎者中有人拿出刀，直接开始剥皮，熊血染红了雪地。两只幼熊似乎反应过来了，紧紧趴在妈妈的身上，呜呜咽咽地抱着妈妈，以为这样才能保护母亲。然而，它们很快就被盗猎者用绳子捆住，扔到开过来的卡车车厢里。母藏熊在被麻醉状态中仍疼得呻吟着，挣扎着，爪子朝天乱舞着，嘴里大口地吐着气。随着肚子被盗猎者划开，一股热气从刀口处喷出。刀继续在母熊的肚子上划过，母熊在麻醉状态中疼得吼了起来。两只幼熊看着母亲被捆着、压着，仰天躺在地上，疼得四只爪子乱蹬，嘴里被盗猎者塞进了一条毛巾，发不出求救信号，只能听见母亲的嘴里吐出一阵阵呜呜声。过了一会儿，其中一位盗猎者老练地掏出一个针管，扎向熊胆，从中抽取胆汁，母熊在迷糊状态中疼得发出惨哼声。盗猎者一旁的同伴从卡车上拿下提前准备好的小木板和斧头，赶到母熊身边，熟练地将小木板垫在熊掌下，手起斧落间将母熊的一只熊掌剁了下来，接着是另一只，斧子每一次狠而准地砍向熊掌的踝骨间时，母熊的身子疼得就抽一下，她的四只熊掌就这样被活活剁走了。

干净辽阔的雪域高原上，飘飞的大雪很快就掩住了母熊被活活取胆、剁掌的一幕，也掩埋了那道车轮印，就像一双看不见的大手握着一只巨大的橡皮擦，抹去了一行写在白纸上、涂在白墙上的龌龊、下流的字！

公藏熊先是直起身子，前爪交替着抓挠胸部，似乎是在为自己不该犯下的过错而悔恨、愧疚；接着，它缓缓地蹲下来，抬起头仰天长嚎，吓得夕阳一不小心跌落在山那头，隐约出现在天上的星星悲伤得想要落下来帮它擦拭眼泪。万物生灵，皆有爱的权利与方式，动物也不例外，公熊一遍遍围绕着母熊的尸体转着，把鼻尖伸向母熊的鼻尖，用舌尖试着去舔遍满身是血的母熊尸体，试图能用鼻尖拱醒、用舌尖舔醒自己的伴侣，但这一切都是徒劳的，它的鼻尖和舌尖触碰到的尸体是比岩石和雪还冰凉的冰凉。突然，它像想起什么似的，向周围张望，它在找它的两个孩子，可眼前除了白茫茫的雪原外，什么也没有。幼熊呢？自己离开"家"时，明明将两个孩子交给妻子照管，现在，母熊去世了，可两只幼熊呢？它们还没独立行动的能力，在这冰天雪地里，到处充满着危险的气息。

公藏熊像想起什么似的，它再次低头朝母藏熊的尸体拼命嗅着，仿佛要将母熊尸体上残留的所有气息吸进鼻孔并化作久远的味觉，吸进肠胃化作永远的食粮，吸进大脑化作久远的记忆。有些东西在人和动物是共存，比如爱情与丧葬，人类有将去世的长辈埋在地下的传统，有的动物也不忍过世的长辈或伴侣曝尸荒野，它们会试图用爪刨出一个简陋的地穴，将后者的尸体埋进去。那头公熊用爪子在冰硬的土地上试着刨了两下，结果就像人类拿着木棍试图在钢板上划下刻痕一样徒劳，它顿了顿，将母熊尸体周围的雪刨起，一点一点地，将雪在母熊尸体上堆起一座雪坟，或许，它想着等雪消融后再来这里，用爪子刨开土，将活活疼死、冻死的母熊掩埋，以免被狼或兀鹫吃掉。

夕阳将最后一道光亮留给大地，也在这旷野中映照出一头熊悲伤的身影。

暮色渐浓，公藏熊开始上路了。被掠走的幼熊的体味是它前行的向导，那陌生的、飘散在雪地上的汽车柴油味是它寻找幼熊的线索，让它不会跟丢目标。雪花飘落着，车辙印越来越模糊，公熊从走变成了小跑，一方面是找不到幼熊心里着急，另一方面也担心大雪彻底覆盖了幼熊的体味与柴油味而中断了它的追寻线索。幸好这莽莽的昆仑山里没有公路，没有来往的车辆，才让那条若隐若现的车辙成为一个孤独而醒目的路标，熟悉的小熊的体味更像是一种召唤，导引着公熊能循着车辙方向前行。

白天出去捕猎消耗的体力与夜晚连续赶路，加上不时涌来的悲伤像烈酒般不停地往心口倒去，让公熊逐渐变慢的脚步和心里想尽快追上目标之间形成了反差，这种反差变成了一种焦虑。它口里吐出的气越来越粗，仿佛一股被未完全干透的牦牛粪压住的火堆生出的浓烟，沿着胸腔、喉咙到口腔间的通道往外蹿升，落在地上砸得地面喊疼；它的喘息声越来重，像不断落下的雪片压在青草上；它头顶星辰，脚踩积雪，走在自己的影子里，这孤影可能是青藏高原上此时唯一不为捕食而奔走的。它仿佛看见那两只哭哑了嗓子的幼熊，传出的低沉呻吟里被贴上了死亡的标签，让今夜的高原变成哭泣的孩子的悲伤坟场。围绕它们的不再是父母的爱意，而是死亡的恐惧。

山里的积雪，让那辆卡车的速度也降了下来，这让公熊看到的车辙印逐渐清晰起来。留在雪地上的两道歪歪扭扭的车辙，就像是套在车上的那两只幼熊脖颈上的绳索，牵着这头公藏熊往前奔走的脚步。

一轮凄凉的昆仑月，像一面巨大但不甚明净的大铜镜，冷漠地挂在天空，月光给雪地上的那头公藏熊投下一抹浓重的身影，时间随着那道身影的前行缓缓流逝。夜色中前行的公熊发现车辙的方向突然折了个弯，改变原来大体上从西到东的行踪，径直向北延伸。公熊抬起头来，看到东方的天际浮出一线亮色，它这才意识到，自己在这冰凉的雪域大地上，孤独地行走了一夜。

循着车辙的走向，公藏熊的身影开始移动在晨曦里，它的脚下是标注在地图上、穿行过青藏高原的京藏公路。公熊感到自己实在走不动了，但那条印在公路上唯一而醒目的车辙印似乎在提醒它：如果天亮了，就会有更多的车辙印出现，会覆盖这唯一的线索，它会失去找寻孩子的机会。

那股被我们人类称之为"父爱"的力量，让这头公藏熊不由加快了脚步。它多想停下来歇一会儿，它感觉自己的肺好像停止了工作，感觉从胸腔里进出来的气，在口腔中凝结成了固体，不能顺畅地被呼出。这是它以前从未遇到过的情况。为了捕食，它也曾连夜奔走过很远的路，现在怎么了？或许是悲伤的原因吧。在这头熊的眼里，山上积雪，山下的公路干燥如初，变化的是自己的心境！突然，前方出现了一个移动的大黑点，在朝阳下和空旷的高原上显得非常醒目，公熊兴奋了起来：它闻见了母熊的胆汁味和被剁下的熊掌上残存的血味以及幼熊的气息，这令疲倦不已的公熊似乎补充到了一种神奇的能量。然而，由于朝阳升起，视野一下子变得开阔并明亮起来，那辆皮卡的速度快了起来。随着汽车排气筒里排出的一股股黑烟，皮卡的身影很快就消失在公熊的视线中了。公熊知道，沿着这条唯一的公路前行，就能追上自己的孩子。

那天，一大早从格尔木出发前往西藏的汽车司机们，看到了这样一个场景：一头疲惫不堪的藏熊，沿着公路快速而专心地赶路，不像迷路后迟疑不决的样子，不像吃饱后到公路上闲逛的样子。写到这里，我的眼前浮现出英国作家蕾秋·乔的长篇小说《一个人的朝圣》中那个孤独行走在路上的哈罗德，都是孤独在路上者，但那头公藏熊内心的悲伤与焦虑，是那些早起赶路的司机们无法了解与理解的。

有一段路，公藏熊看不见那辆皮卡，自己很熟悉的、幼熊身上的味道消失在了嗅觉范围内。它着急了，忍着饥渴加快脚步，生怕那好不容易才追上后闻到的味道彻底丢失。它心里只有自己的孩子，眼前只有那条在雪中隐约露出身段的公路，全然不顾越来越多的、来来往往的汽车。

这是多么单调的一幅画面，一头公藏熊喘息着，在体力透支中艰难地往前走，从夜晚走到早晨，从上午走到下午，把一道缓慢的棕色身影划过京藏公路。

两边的群山突然消失了，路向一片开阔地伸去，在这片开阔地上走着，走着，眼前出现了公藏熊此前没见过的物与景：红绿灯、高楼、人流……公藏熊顾不上歇息，它将自己的嗅觉扩大到极限，极力在嗅着跟踪了一路的气息，它不能丢失留在母藏熊皮上的血味和幼熊的体味。确定了方位后，公藏熊快速向那辆皮卡车停靠的地方跑去。傍晚的大街上慌乱起来：行人吓得尖叫并躲避起来，汽车猛踩刹车，摆摊的人慌乱躲藏，放学的孩子急忙朝路边的店铺奔去……一个城市的节奏被一头突然闯进来的熊打破了。

公藏熊赶到那辆皮卡前，车厢被围得严严实实的，幼熊已经连嚎叫的力气都没有了，只有低沉的喘息从幽暗中隐隐传来。公熊的爪子伸向罩住车厢的石棉布，却像铁镐碰到花岗岩一样，连一点痕迹都留不下。公藏熊的爪子可以划破猎物的皮，却丝毫抓不破眼前的石棉布。里面的幼熊闻到了公藏熊的气味，听到了它们的父亲在大口喘气，它们想求救，怎奈嘴里塞进了毛巾，然后被绳子牢牢绑着，它们已经没力气发出求助声了。

公藏熊围着皮卡转了起来，转到车门窗前，将聚集着愤怒的爪子朝车门拍去，接着朝车窗拍去，玻璃碎了的声音和围观者的叫声，惊动了旁边饭馆里的人。

正高兴地吃饭、喝酒的盗猎者闻声后走了出来。他们低估了动物的一些本能，比如，他们尽管已经开始喝酒，那浓烈的酒味就像一场突如其来的洪水，却掩不住水草般细细招摇、留在母熊尸体上的气味。

将车前窗玻璃也拍碎了的公藏熊，突然闻到了一股味道，不错，那是他们留在母熊身体上的体味，他们的身上还有抽取母熊胆汁和剁熊掌时留下的气味，这些体味、气味，成了唤醒公藏熊复仇记忆的线索。

公藏熊撇开皮卡，一声裹着极度愤怒的吼叫从胸腔里起步，从嘴里飞出，像一股看不见的黑色火焰朝饭店门口冲去。一股无法抗拒的愤怒，像一场突然而至的雪崩一样来临，公藏熊像一道棕色的闪电，快捷无比且精准无误地朝那个身上有着母熊血味的人挥过去一巴掌；它很有信心，根本不需要第二巴掌，这个人不会活着的；接着，它又朝另一个手里仍隐约保留着母熊胆汁味的盗猎者挥去一掌。两名盗猎者没来及发出一声求救，倒毙当场。

公藏熊抬起头，鼻子朝刚从饭店里出来的其余盗猎者嗅了嗅，准备发起新的攻击。就在这时，几声枪响同时响起。

从公藏熊进入市区时，就有市民及时报警。警察赶到现场时，看见公藏熊正围着皮卡撒火，怎奈皮卡挡住了视线，而公藏熊冲向盗猎者时，正好给马路对面的警察提供了绝好的射击视角。

几把枪同时近距离射出的子弹钻进了公藏熊的体内，疲惫不堪的公藏熊疼得接连翻身，试图挣扎着起来，枪声震得路边被霜染红的、挂了一个冬天的杨树叶纷纷落下，犹如一枚枚血片落下来，覆盖在公藏熊的身上，它的眼睛死死盯着那沾有母熊血和胆汁味的盗猎者，再次挣扎着想站起来，努力做拼力一搏，为它死去的妻子和被抢到这里的孩子复仇。

马路对面的警察已经冲过来，死死压住了公藏熊的头。它感到身上有很多的重物压了下来，它多想像人类一样能说话，大声地说出来："是他们跑到几百公里外，跑到我们的地盘上，活活剥了孩子妈妈的皮，活活抽取了她的胆汁，活活剁走了她的熊掌；他们将我们的孩子也掠来，等它们长大了，就得活活忍受把钢管插进胆囊里抽取胆汁的痛苦。我想带走我的孩子，它们属于雪山，属于高原，不属于你们的城市。"可是，这曾经在高原上高亢嘹亮的声音，曾威震来犯者的声音，像一条磅礴的河流突然被一场骤降的冰寒天气冻结一般，一声声的哀号像一条抛物线，从小到大再到低声呻吟；那双睁大的眼睛，圆得好像不远处的正在变红的信号灯，布满血丝。

公藏熊没能见到母藏熊那滴血的皮及两只幼熊，喧哗与骚动的现场，只有它能隔着石棉布听到幼熊的呜咽声。公藏熊大老远地从雪山奔赴这里，连孩子的面都没能见上，就倒在一个它十分陌生的城市里，倒在一大群人的好奇围观里，倒在活活剥了它妻子的皮、活活抽了它孩子妈妈胆汁的凶手的旁边。

公藏熊的尸体最终被森林警察带走，围观热闹者的注意力被刚死去的公藏熊吸引住了，没人留意那辆门和玻璃被公藏熊拍坏的皮卡，也没人留心到车厢厚厚的石棉布下面传来的幼熊细弱游丝的呜咽声，更没人注意活着的盗猎者趁人不注意偷偷开车溜走了。

在现代城市，日历的更大功能似乎是在为节日服务，它每翻一页就在提醒人们某个节日到了。那年日历上的那天，那座城市里的人只是将一头熊闯进城市当成一场谈资。10年后，那座城市里的人，谁还能记得一头闯进这里的熊呢？倒是一个外国人很巧妙地记住了这件事："我记得上个月在西宁一家博物馆里，看到过一头巨大的公熊标本。它是2010年闯进格尔木城，没有来由地随意杀了两个人，之后被人开枪打死。"

那个外国人叫乔治·夏勒，是一位美国的博物学家和动物保护学者，曾多次深入青藏高原进行野生动物的考察与保护，上面的这句话，是我摘自他的《第三极的馈赠——一位博物学家的荒野手记》一书中《屋子里的熊》的。我对这句话，深信不疑。我想，当人们剖开那头公熊的身体做标本时，一定会发现它的胃里是空的，至于做成标本后在博物馆里展出后，游客是否会发现它身上的弹孔，我确实不能肯定。

二

藏熊，是西藏棕熊的简称，亦称马熊、喜马拉雅蓝熊、喜马拉雅雪熊和山熊。生活在雪域高原上的牧民，一直有保护藏熊的传统。萨噶玛被亲戚邻居戏称为"熊人"，源于他对藏熊的多年关注与保护，他是我认知三江源地区雪豹、藏熊、金钱豹的一个媒介。

在萨噶玛家时，他指着铝合金门上因受到外力拍打而凹下去的地方以及被拧得变形了的窗户条，说那是藏熊晚上来干的。

啊？我有些吃惊。当年，普热瓦尔斯基在他的日记里记载："藏熊性情懦弱，只有带着幼崽的雌熊有时候才袭击猎人，雄熊即使被打伤也一逃了之，而且它们对其他食草动物也不凶猛。我们有时可以看到一些野驴在藏熊的近旁悠然自得地吃草的情景。藏熊的主要食物是鼠兔，经常挖洞捕食，此外，它们也喜欢吃各种草根，如春天的菖兰、夏天的荨麻，至于鱼，只要能捕到也吃，藏熊不主动袭击大型动物，除非其他动物病得快要死或者已经死去。有时它们到了藏族的驻地，即使见到羊也不去伤害。"100多年前，藏熊在普热瓦尔斯基的笔下是一个温顺、低调的动物形象，怎么在萨噶玛家变成这样了？

初读普热瓦尔斯基在探秘黄河源时的日记，我确实被他的文字欺骗了。藏熊出现在了普热瓦尔斯基的科考队伍眼前时，那里自古就是藏熊的天堂，当地居民从不捕杀熊，更没人把它们当作狩猎对象。普热瓦尔斯基在一个下午，打中了3只藏熊和3只小熊，他的助手罗波洛夫斯基则打中了3只藏熊，也就是说，有9只藏熊在几个小时内就丧生于这批俄国人的猎枪下，那些在高原上无忧无虑的藏熊死亡前的情形，在普热瓦尔斯基的笔下是这样的：

"它们对枪伤的难受耐力很强，……受伤时的哀鸣声不太大，声音比较低沉。"

"我们只对藏熊、盘羊那样的珍稀动物具有浓厚的兴趣，进而拼命捕猎，而对其他动物即使只需要向前一步就能打到的也提不起兴趣。"

黄河源地区的沉寂被这些俄国人的枪击声击碎，生活在那里的珍稀动物倒在枪声中的哀号带给了捕杀者极度的快感。河源之行，普热瓦尔斯基一行击毙了他日记里"性情懦弱"的、不去骚扰牧民的、柔顺的藏熊总数多达60只，其中只有半数的毛皮用来制作动物标本，剩余的往往是剥去毛皮、截掉熊掌，再掏出心、胆，就弃之荒野了。

在牧民的理念中，藏熊和生活在雪域高原上的其他动物一样，是在高原上领取上天赐予的、属于自己一份口粮的动物，是不能被伤害的。藏熊的哀鸣让高原上的牧民不会再保持沉默了。早在刚进入青海境内的大通河边射杀藏熊时，普热瓦尔斯基的探险队就招致当地牧民的攻击，牧民虽然没把藏熊像雪豹那样敬为神物，但却将其列入不能杀害的动物之列。

我从小接受的来自书本中的熊的形象，总是笨笨的样子，走起路来慢如蜗牛。萨噶玛告诉我："雪豹和金钱豹很少主动袭击人，偶尔闯入牧民的羊圈叼只羊就跑了。不知怎么回事，也不知从什么时候开始的，人把藏熊怎么给惹了，藏熊这些年不仅闯入牧场吃羊，还试图撞开门进入房间吃人，牧区这几年都有熊伤人的事情。"

同样在三江源区处于食物链顶端，藏熊这些年给牧民留下的印象确实不好，没有和它处于同一等级的雪豹那样的王者之风，也没金钱豹那样的稳健形象。除此之外，在牧民的心目中，它不像雪豹那样少了份神性，《柱间史》一书中记载，藏熊生活的地方是不像雪豹那样占据吐蕃之地的上部三界，而是占据中部三界的，这决定了它在牧民心中成了二等神兽。藏熊像个脾气暴躁的莽撞青年，不仅袭击家畜，还常常闯入人的住宅找寻食物，成了牧民高度警惕、防范的对象。藏熊为什么会这样暴躁地对待牧民呢？我问过几位年长的牧民，都说以前的藏熊可不是这样的呀。慢慢地，我通过采访到的资料推测出藏熊如此作为的缘由了。

随着人类在高原上的活动范围越来越大，越来越逼近藏熊、雪豹、野狼的活动区域，让它们逐步向生存条件更恶劣的高海拔地区撤退，这种失守般的退让中，是否产生了抵触甚至敌对的心理呢？

在临近三江源的牧区，这些年出现了我在萨噶玛家见到的那类情形，藏熊和人类玩起了游戏。它们在高山上俯视着人类的牧场，洞晓了牧民的规律，乘着牧民赶着牛羊去高山上的夏季牧场时，常常夜半下山，靠近牧民修建的院子、房子，那里面有引诱它们的，牧民们从县城、镇里买来的面粉、砂糖、清油及肉，藏熊仿佛知道房子里大多是留守的妇女和孩子，祖辈流传下来的密码，指引着它们像其先辈闯进牧帐般地进入房子，结果遇上了牧民买来的防盗门和铝合金窗，后者以阻拦者的角色为自己迎来藏熊肆无忌惮地拍打。质量不好的门和窗，禁不住藏熊的拍打，只能让熊进到屋子，然后就是藏熊的一顿祸祸。再然后，那些藏熊头上顶着自己撒上去的面粉，嘴边挂着牧民们风干的肉，脚下踩着牧民存放的衣服，哼哼唧唧、大摇大摆地离开。

传统且深厚的对待动物观念，让牧民对这些来家里制造麻烦的动物们既生气又干着急。甭说这些让他们无可奈何的大型猛兽，即便是老鼠，他们也是抱着不杀生的态度。我在研究并采访有关西夏后裔时，曾多次到玉树地区，创作《西夏史》时就借居玉树佛学院，上师、院长丹求达哇堪布将自己在佛学院的住所借给我住，白天还好些，晚上，眼睁睁看着老鼠在屋顶上窜动，不少顺着屋内的柱子上下攀爬，地上的、柱子上的和家具上的老鼠，有的对视，有的在叽叽声中似乎在对话。我唐突地向上师提问：老鼠可能会偷吃东西，尤其是可能会咬坏他珍藏的经书，它们上蹦下蹿地实在影响我写作，能不能找点老鼠药什么的除掉它们？上师笑了笑，回答我："哦呀呀，你说的除掉不就是杀生吗？这里哪有什么可让它们吃的东西？放心，老鼠从不咬经书的。它们在房间里来回跑，轻得像风一样，妨碍到你什么了吗？你因为它们而不能写作，说明你的心不静呀！"想想也是，佛学院和寺院一样，这里基本都是过午不食的修行者，哪里有什么零食吸引老鼠？那些老鼠确实不曾咬坏过屋里珍藏的经卷，不知藏传佛教的经书是不是经过什么特殊处理，在纸面上有一种防老鼠咬噬的药物呢？我问上师："没有零食，不咬经书，这些老鼠为什么喜欢进屋来呢？"

我听到上师智慧而幽默的声音："或许，它们和你一样，喜欢书吧！担心你寂寞，来陪陪你吧！"

后来，我在牧区的草地上，看到很多比老鼠大很多且长得又有些像兔子的家伙，在草丛里跑来跑去，看到它们在草地上挖出一个个洞，那些深25—45厘米，总长可达6米以上的地下网络，会让游人的脚不时陷进去，引得他们一阵阵的有惊无险的尖叫，也担心这样会导致土壤沙化、草场退化、水土流失等破坏草原生态的问题，便按照自己的思维问牧民，为什么不见他们捕杀这些在藏语中被叫作"阿布扎"的高原鼠兔。深受藏传佛教影响的牧民回答：它们也是生命，除掉它们就是杀生；它们是高原上的熊类、赤狐、藏狐、藏狼、猞猁、兔狲、鹰隼等食肉动物的食粮，除掉它们就是断了这些食肉动物的口粮。

很多人认为鼠兔是高原植被的杀手、加剧了高原沙化，有的人甚至呼吁在高原上投放毒鼠药来解决这个问题。牧民的生物链理论有着它的合理性，他们是坚决反对捕杀和药杀鼠兔的，道理很简单，鼠兔在高原上扮演着三个角色：第一，穴居的生存方式让存放它们身体的洞成了高原冻土的出气口，改善了高原土层下面的呼吸功能，使板结的土地变得松软，改善土地对雨水的吸收能力；第二，高原上的鸟类或昆虫因为没有可以搭建巢穴的灌木，就借鼠兔辛苦凿挖的地穴洞口周围作为"临时驿站"，它们也无意间扮演了对棕熊等动物来袭时的预警员角色，预报鼠兔的天敌来临的信息，这让鼠兔并不反对鸟类和昆虫借住自己洞口；第三，它们也是高原上棕熊、藏狐、猎隼，甚至落单的孤狼的重要食物来源，处于高原生物链的底端。牧民告诉我，这些高原群霸们常常因为追赶不上快速奔跑的藏野驴、藏羚羊，只好以富含高蛋白的高原鼠兔为最佳口粮，有的是守口待鼠兔，有的等不及了就掘洞，较小的洞口一般是藏狐挖的，能钻进一个人的洞口，常常是藏熊挖的。

藏熊常常也用对付鼠兔的办法，以旱獭为进食对象去挖它们的洞穴。牧民认为，如果用投药方式毒死鼠兔、旱獭的话，这些药会落在草上，会被牛羊吃到，反过来受到伤害的还是人类。在高原，人和动物是无法区别得很清的。

从老鼠到鼠兔，从雪豹到藏熊，牧民们坚信这些动物是他们的空气与土地，是他们的朋友与伙伴，哪怕吃了他们的羊，砸坏了他们的门窗，他们都很少抱怨，至多是无奈而已。

三

沿着扎曲逆流而上进入杂多县的昂赛大峡谷，这里是可可西里无人区的东缘。如果说可可西里无人区是雪豹、野狼、藏熊等大型野生动物的一个大院子，昂赛大峡谷就是它们的东厢房。这里的很多牧民都有过和藏熊相遇的经历，每户牧民建造的房子都或多或少地被藏熊光临过。

牧民们总是带着些自责地说："还不是我们占了人家的地盘嘛！以前，山上是藏熊和雪豹、金钱豹生活的地方，是没有人的，人赶着牛羊、带着藏獒来了，吓走了岩羊、鼠兔、白唇鹿，也就吓走了雪豹和藏熊、金钱豹的食物，它们没吃的了，就跑来吃我们的羊，闯进屋子找东西吃。"

人是针尖，兽是麦芒，两者之间的冲突越来越尖锐，藏熊闯进牧民家里的事件越来越多。牧民们相遇时就会把这样的事情当成一个有趣的故事来谈，他们有叹息和埋怨，但从没有人提出来制定一个捕杀藏熊的计划。想必，如果真有人提出来，一定会让大家感到惊奇的。

我反复问过萨噶玛，雪豹是在怎样的情况下才吃小牦牛的。他回答道："这种事情还是很少发生的，估计是实在没有岩羊吃了，才不得已跑来吃小牛。"

我问萨噶玛，雪豹在冬天尤其遇到雪灾时，因为找不到岩羊了才下山闯进牧民家，那怎么解决这个问题？他回答："将给牛羊过冬的牧草匀出来些，放在山上岩羊出现的地方，岩羊出现了，会把雪豹引出来的！"

我问萨噶玛，藏熊是在怎样的情况下来拍打牧民门窗或闯进厨房翻油、喝蜜、撒面、吃糖的？他回答："一定是那些牧民的夏牧场，占了熊窝所在的地方。"

我问萨噶玛：如果碰到雪豹来到牛群附近，或者晚上听到藏熊进入家里，怎么办？他回答："办法多的是，有人不停念经，有人拿出从县上买来的鞭炮放，有人敲打铁锅或铝盆，都有用呢！"

我问萨噶玛……

他回答……

第七章
高原上的"杀手"
惹不得

一

青藏高原是一部古老但不断有新鲜内容填补进来的教科书，它颠覆了很多我从小到大接受的动物方面的知识。比如狼，从文学作品中马中锡的《中山狼传》到蒲松龄的《狼》、莫言的《狼》及加拿大著名的生态文学作家莫厄特的《与狼共度》，从影视作品中的《人狼大战》和《狼图腾》，狼给我的印象几乎就是狠毒、阴险、残忍的代名词。

在青藏高原，和狼的接触以及牧民、僧人、游客讲给我关于狼的故事，让我对青藏高原上的狼有了新的认识。

先讲我在青藏高原上和狼的第一次相遇的经历。那也是我第一次前往西藏，中途拦了一辆从格尔木往拉萨运汽油的卡车。行至沱沱河时，已经是半夜时分。很多跑青藏线上的司机，都知道这里是地处可可西里山和唐古拉山之间的一处相对低洼的地方，是相比而言较理想的休息之地。早上从格尔木出发的货车司机，一般都会选择在这里休息。一辆辆汽车停靠在路边，构成了一个颇有规模的"汽车驿站"。青藏公路修通后不久，就在这里设置了道班和兵站，为沿途经过这里的司机提供了不少方便。那天半夜时分，我搭乘的拉油卡车赶到沱沱河加油站时，已经是半夜时分，司机张师傅提出要休息一会儿。这里海拔 4533 米，7 月份的最热平均气温为 7.5℃，而我抵达这里是 4 月中旬的半夜时分；海拔高导致这里气压较低，空气含氧量仅为海平面的 43%，如果两个人都挤在驾驶室里，车门一关，驾驶室里的氧气明显不够；

如果不关车门，外面那少得可怜的氧气会进来一点，但驾驶室里会冷得让人无法忍受。无论是否关门，都会影响司机的睡眠，他第二天还要驾驶很长的路。我只好走下车，一遍又一遍地来回看着、数着停靠的汽车牌照，像一位牧民站在暮归的羊群前，清点羊数一样，试着一遍又一遍记着这些牌照数字。无聊但必须熬着的冰凉时光中，我甚至走到沱沱河大桥边，看着大桥在月光下朦胧的身影，看着从海拔5820米处的各拉丹冬的姜根迪如冰川发源的水，从水面宽只有3米，深只有20多厘米的小溪流变成眼前深3米，宽20—60米的一条大河。夜色下，这里唯有河流不休息，像一位沉默的过客穿越高原。后半夜的气温降得更厉害，寒冷让我不能停下来，缺氧又不能让我像在内地那样在蹦蹦跳跳中暖和身子，只能像个车场管理员一遍遍地巡视停靠在路边的卡车、轿车，直到这种机械性的运动让我彻底感到无聊。

凌晨4点多，气温低到了我不能适应的地步，我悄悄拉开车门，司机仍处于白天长途驾驶后陷入高原缺氧的沉睡状态中，我拿出自己的背包，给司机留下一张便条："我先一个人往前步行了，你天亮醒来后开车往前赶，会看见我的。"然后，沿着青藏公路，往海拔5000多米的群山中走去。

整个青藏高原正在沉睡，冷而枯寂的青藏公路上没有来往的车辆，漫天星斗在天空中亮着，给大地投下阵阵凉意，夜穹之下，高原显出模糊的轮廓。青藏公路像是一位国画师用淡墨抹出的河流，上面只划过我这艘孤独的小舟，两岸是模模糊糊的草地。4月末的高原，连片的草地在高海拔地区像无数列队而立的骆驼背一般起伏绵延，在星光之下露出淡淡的肤色，而远处的更高的山峦则像一颗颗沉睡的头颅。整条青藏公路上似乎（我估计也只有）就我一个人在行走。徒步的速度比在内地慢多了，但不敢加快速度。走着走着，逐渐感到身上有些微热，也明显感到体能消耗较大，阵阵疲倦感如轻浪拍岸似的向我袭来。远处，不时传来一两声狼的嚎叫，但我一直觉得它们很遥远，远得和我没关系，远得让我感到自己处在一个安全的环境里。就在一个转角处，我突然发现前面射来两道蓝幽幽、绿森森的光，像是漆黑的锅底蹦出两粒炒熟的、发光的绿豆。

"狼！"心里一下子蹦出了这个词！"故乡在远方，狼眼在跟前"的感觉取代了身上好不容易产生的微热感，像是一股溪流猛然遇到一块拦路石头，只能停止脚步并本能地激起了一朵叫恐惧的花朵来！刚才还微热且带着倦意的脸，顿时像初秋第一场霜骤然落在树叶上，心里涌起的惧怕让我感到脸上的肌肉一下子紧缩起来。或许是我那红色冲锋衣的色彩，对狼有一丝威慑，或许是那头独狼正在肆无忌惮地行走在它熟悉的时间段和地段上，突然遇到一个人也让它感到意外。狼猛然停止脚步并迅速后退了几步，然后蹲了下来。

我对狼的所有知识储存，像打开闸门的河水奔涌而出，其中一条是说狼很狡猾，最怕人类给它设圈套，这个"纸上的经验"在记忆的湖面上如鱼跃般跳出。我担心任何一个动作都会激怒狼并袭击我，便慢慢蹲下身子，顺便让双肩包的背带从肩膀上、手臂上缓缓溜了下来，腾出的右手悄悄伸向背包顶部，感谢现代科技打造出的户外背包，轻轻用手指一扣，塑料扣子便松开了。

我从包里摸出随身带的、担心在树林中休息时遇到蛇的伤害而准备的小吊床，轻轻一抖，如抖开了一张小网，吓得狼往后又退了两步，这让我多少增加了点安全感。高原上的狼厉害，但孤狼是最可怕的，我紧张地想点一支烟来给自己壮胆，但手抖着拿不稳打火机，好不容易拿稳了，还因缺氧打不着。我和那头狼对峙着，拿着吊床的手也逐渐在那种寒冷中开始麻木了，左手摸着伸到背包旁边的暗袋里，掏出那把银色的小酒壶，刚拿出来时，小酒壶在夜色中的光泽让那头狼又退了两步，它可能也被这小玩意吓了一跳。

我用嘴咬着，拧开酒壶盖，喝了一口白酒给自己壮胆，然后噙住一口酒像平时刷牙那样仰一下头，让酒在喉咙间发出呼噜噜的声音，猛然间让头恢复原状，嘴唇紧闭，腮帮努力一鼓，猛一呼气，那口酒犹如数根银箭被齐刷刷射出一般，朝狼蹲的方位奔去，在月光下发出一道晶亮的光，吓得那头孤狼快速弹跳起来，猛地向后又退了几步，这让我的内心又添了一份安全感。担心狼向我突然发动袭击，我就那样保持着右手缓慢抖动着网状小吊床，左手握着银色小酒壶的状态，和狼对峙。心里真担心自己挺不住，但又不能走动，只想着能有车快来多好。幸好，这时，东边的天际开始发亮，我的红色冲锋衣与手里的酒壶、吊床可能让狼发怵，也可能是那头狼那天不是很饿，并没扑上来。

星光退场，天色渐亮，从远处驶来了一辆汽车，那头狼才不慌不忙地走下路基，向远处的荒野走去。我看着它走远了，才直起身子，但确实不敢再徒步行走了，只好在原地不停地来回散步。

等我搭乘的那辆卡车的司机张师傅追上来后，我告诉他刚才的惊险相遇，他淡定地给我讲述了一件在他停车地方附近发生的故事。青藏公路修通前，这一带因为相对周围的群山显得低洼一些，是狼出没最多的地方，很多母狼喜欢在这里分娩。青藏公路开通后，不少母狼还是将这一带视为上佳的产房。

人类和狼开始争夺地盘，但最终会以狼的败离为结局。一天，一匹怀孕的母狼带着祖辈遗留下来的生存密码出现在这里，一位私自带着猎枪的司机路过这里时，发现了那匹母狼，便停下车，取出枪，朝母狼射击，子弹并没打中母狼，但母狼在慌忙逃跑过程中，流产了。司机并不知道母狼的伤心和愤怒，带着他没能击中狼的遗憾离开这里，他也不知道狼的记忆力有多好，尤其是在丧子之痛下刻在心里的愤怒。那匹母狼就像哨兵一样，不知疲惫地在这里等待着，满怀耐心地等着仇敌的到来，希望能报仇。母狼利用了一般司机到这里已经很疲倦的机会，加上这里缺氧气，司机睡着了也不容易醒来。或许是母狼记住那个伤害了它的司机的味道，或许是记住了那辆车，它一直在等着那位司机出现。果然，那位司机在从拉萨返回途中，到这里休息，母狼叼起石头，把车窗的玻璃打碎。司机因为长途驾车，加上关上窗户后氧气更加不足，在高原反应中沉沉睡去，根本不知道狼叼起了石头击碎了驾驶室的玻璃窗，把爪子伸进去，从里面打开了车门……当人们发现那位司机时，他的咽喉已被狼咬断，头部被狼啃得难辨形状，衣服也被狼撕碎了。来自一匹母狼的复仇之火，在这片寂寥的土地上燃烧出一个故事，告诫来往于此的人们：高原上的"杀手"，惹不得。

相比雪豹和藏熊等食肉动物，狼在高原牧区的命运其实并不好。600多年前，藏地著名的宗教人士确吉然旦更桑制定的《山与水的物种保护法》中规定：藏历1—8月之间，不允许猎杀野生动物。五世达赖喇嘛也说过：实施《山与水的物种保护法》时，除了狼，要保护陆地动物和水生物。也就是说，狼并不在牧民保护的范围。

我曾就自己在沱沱河站遇见狼的故事请教上师，他微笑着回答我："你们读到的有关狼的知识，恐怕有些是不适合雪域高原的。在牧民心里，狼有时是吉祥的，并不是你们说的那么凶恶。在我们这里，早上出门，如果遇见背牛粪的人和野外走动的狼，是有吉祥预兆的。在这里，也从没听说过狼吃人的事情。"

哦，怪不得牧民从不去捕狼，在他们那里，关于狼的传说和故事，平静如水、美丽若莲，在串起山岗与河流间的条条路上，沿途开满聆听狼的叫声的耳朵，充满尊敬的眼光定居其中。这一点，或许在"现代环保之父"李奥帕德的《沙郡年记》中的那句话里得到印证："牧牛人除去了牧场的狼，却不明白自己正在接收狼的一项工作：削减牛群的只数，以适合牧场的大小。"

二

在牧区，牧民和狼常常是井水不犯河水，人走人路，狼走狼道！尤其是蒙古军队、牧民进入青海境内后，将他们的"狼图腾"意识像种庄稼一样地留在了这片土地上，产生了不少与狼有关的故事，其中不乏牧民收留了父母突然死去遗留的幼狼，幼狼长大后为了保护牧民的羊群不惜和同类反目成敌，以死相搏的故事，也不乏狼跑到寺院附近保护僧人的传奇！狼成了奔走在群山间的火焰，带着温度与速度，温暖了积雪中的牧帐；狼成了牧民口中盛开的庄稼，充满芬芳与果实般的味道。

无论是开车行驶在三江源地区的群山间，还是在扎曲边支教的空闲时间里，我常常会在垭口或山上拿出望远镜，朝更远的地方看去，几次无意中发现了高原狼。和沙漠狼、草原狼不同，高原上的狼平常总是蹲在山上俯瞰大地，它们就像坐在剧场中的包厢里看演出一样，朝低处的牧场、公路望去，牛羊和人类反倒成了它们眼中的演员。比起那些不能到高原上，到了后没望远镜的人来说，这是我利用望远镜收获到的一份视觉福利，但和加拿大野生动物保护署的博物学家法利·莫厄特中尉相比，我的这份福利就显得单薄甚至苍白了。50多年前，莫厄特接受了一项去荒无人烟的极地附近调查狼的任务，这让他能一次次走进狼的隐秘世界，窥探到荒原狼群的种种生活细节：既有狩猎前祭司般的高歌仪式，也有搬家途中担任警卫工作者的守望；既有狼崽们闲暇时的追逐打闹，也有母狼给狼崽们上生存捕猎课的场景，还有与荒原狼"乔治一家"的亲密接触。莫厄特通过和荒原狼的接触后，得出了一个颠覆我们认知的结论：狼不是阴险凶残、无情无义的动物，它们有着强大的共情能力，也不会随意去捕猎北极驯鹿，并不是人们传言的北极驯鹿数量骤减的杀手。

人们常以西北狼来形容一个人的阴险、凶残。"西北狼"主要指内蒙古自治区东部牧区的草原狼、内蒙古自治区西部和甘肃北部交界地带的荒漠狼以及青海东部地区的雪原狼、三江源地区的高原狼。在这几种狼中，最后一种因为生存环境恶劣而更加凶猛、团结，无论是我从望远镜中远望到的，还是摄影界的朋友用照相机远焦拍摄到的照片，"西北狼"的体征呈现出个大、牙尖、爪利、腿长、善围猎等特点，只有这样才能对抗藏獒、雪豹、秃鹫等动物，不仅单兵作战能力爆棚，而且非常善于团队作战。有牧民曾观察到，三江源地区的狼，追赶猎物的最高时速可达65公里，是这一带奔跑速度仅次于藏羚羊、雪豹的"季军"，但在锲而不舍的长途追踪、追击猎物方面，是绝对的"冠军"。

那是夏日的一个黄昏，夕阳铺在碧绿的三江源地区，犹如一片碧绿的海洋上闪着金光，赶着自家的羊群来到高山夏牧场的牧民扎尕，准备转过前面的那座山头后，就在山下的那条简易公路旁扎帐篷——这个夏天就在这里游牧了。刚转过山头，一个奇异的景观扑入扎尕的眼帘：平时寂寥的简易公路上，像是有一条黄龙飞卷而过，从路面上卷起的黄土里传出汽车发动机的轰鸣声，就像一条黄色海面下潜行着一头巨鲸发出的声音。

看惯了这种情景的扎尕，不由得感叹："唉，又是一辆到这无人区来撒欢的汽车！"

然而，扎尕发现了异样。汽车卷起的黄土散去后，紧跟在汽车后面的是几匹狼，在拼命追着汽车，让扎尕看到了一幕高原上的车与狼赛跑的实况。很快，汽车和狼消失在了视线之外。"一定是那辆汽车惹了狼群，否则狼是不会如此拼命追车的。"扎尕内心里作出了这样的判断。

几天后，扎尕赶着羊群，顺着那条公路的方向走到另一处牧点时，发现了拐进了旁边草地上的那辆汽车，他以为那是内地来的游客故意将车子停在那里，又去不远处拍照了，兀自赶着羊群往草场深处而去。一个多月后，扎尕赶着羊群下山，要慢慢转场到海拔较低处的夏牧场去，经过那个牧点时，发现汽车竟然还停在那里！

扎尕带着好奇走近那辆汽车，离车还有好几米远的地方，就闻见从车里传出的异味。扎尕捂住鼻子接近汽车，透过车窗玻璃发现，车前排的两个座位上坐着一对年轻男女，已经死去，异味正是他们的尸体发出的。车门紧锁着，扎尕拉了几下都打不开车门，后退两步后，扎尕这才发现车胎被某种动物尖利的牙齿咬得"遍体鳞伤"，车胎的气早就漏光了。

扎朵赶紧离开汽车，赶着羊群朝夏牧场所在的乡政府所在地而去。到了有手机信号的地方，扎朵立即给乡派出所的民警打电话，告诉了自己看到的那一幕。很快，民警开着车赶来，让扎朵带路前往出事地点。

　　沿着那条有时十天半月都没一辆车通过的草原公路，赶到那辆汽车旁，民警费了很长时间才打开车门，车内的两个人明显已经去世多日，两个人都是割腕自杀的，留在座位和脚下的血早已凝结，主驾位置上死者的腿上放着一本笔记本。民警打开笔记本后，才知道上面记载的是两人前来青海游玩的行程，最后一页显示是他生命终结的前一天。原来，车上的两人是来自内地的一对热恋的情侣，男的叫小艾，女的叫小毕，他们是开车从格尔木方向进入三江源地区的。偏离京藏公路后，汽车拐进一条简易公路。这片无人区的高原风光让这一对情侣兴奋不已，汽车速度在油门的一次次轰响中飙升。"快看！狼！"小毕指着不远处慢悠悠走着的一只狼崽。在内地听到、看到的有关狼的知识被乘坐那辆豪华越野车带来的骄傲遮蔽了，坐在主驾位上的小艾认为汽车玻璃能将高原上的一切不安全因素挡在外面，他一踩油门，打转方向，车子朝那只因为贪玩而逐渐偏离了狼群的狼崽冲去。小艾只是抱着好玩的心态开车朝狼崽冲去。没想到，对人类没有任何概念的狼崽并不知道躲避，或许它也好奇这么一个大家伙怎么就冲过来了，或许它认为汽车会像狼一样会在奔跑中实施紧急止步。一切都发生在一刹那，日记上这样记道："我全然不知道伤害一只狼崽的严重性，开着豪车快速奔跑的优越心理，让我失去了对大自然和高原动物的尊重，全然没考虑浓黑的汽车尾烟对脆弱的高原植被的伤害，更没想到还没来得及刹车，就将那只狼崽撞死了。"

　　密闭的汽车玻璃将那只狼崽的惨叫声遮蔽在外面，小艾并不知道那惨叫声越过山岗，如一道疾风传到了山岗背后的母狼耳朵里。母狼迅速朝山岗上冲去，远远看到满身是血的狼崽在地上一边抽搐着，一边发出哀嚎！

　　小艾拿着手机走下车，对着狼崽拍照，他的心里还想着：这样的图片发在朋友圈或抖音里，该能引起多少人关注呀！

　　山岗上的母狼既急切又愤怒，她不像狼崽那样懵懵懂懂地对人类不了解，她需要用自己的方式来应对眼前的这一切。母狼抬起头，仰天发出遇见紧急情况需要求助的"集结令"。

　　沉醉在对狼崽拍照的小艾不知道危险正在逼近，对山岗上的母狼叫声也全然不顾。因为高原反应而感到头重脚轻的小毕，没有选择下车。坐在副驾位置上的小毕被山岗上母狼的嚎叫吸引住了，很快她惊慌失措地喊着小艾，声音都因紧张而变调了："小艾，快上车，狼来了！"

小艾这才抬起头来，朝母狼的位置看去，已经有几匹狼集合在母狼身边，像是排成一列的几名运动员，蹲在起跑线上等待发令枪响。就在小艾张望时，那几匹狼好像已经开了一个短暂但高效的会议后形成了一个共识。狼群随即像几支从山岗上射出的灰色之箭，朝汽车这边飞速奔来。小艾意识到那几匹狼是冲自己来的，吓得赶紧朝汽车里钻。刚把车门拉上，冲在最前面的母狼已经冲到了狼崽身边，她低头嗅了嗅浑身是血的狼崽，伸出舌头舔舐着狼崽身上的血，一边发出低沉的呜咽声。其他几匹狼已经包围了车子。

"快开车，跑呀！"旁边的小毕提醒着。

小艾意识到情况不妙，赶紧发动汽车，这时已经有狼跳到车顶上，有狼用爪子拍打车窗，甚至有一匹狼跳到了车的引擎盖上，让小艾看到那阴沉的眼睛和吐出来的红色舌头。小艾一踩油门，车子像是按在一个压到极限的弹簧顶端的石子，被弹射般地向前冲去，随着两声惨叫，车顶上和引擎盖上的两匹狼被甩了下去，车子很快就回到了路面上。

民警在笔记本上看到这样的记载："在极度惶恐中，我这才理解古人说的'慌不择路'了。如果说我撞了狼崽是第一个不可饶恕的过错，在惊慌中我没有沿着这条简易公路返回到大公路上，而是在慌乱中朝草原深处驶去，这是第二个带给我的致命过错。这是一条牧民们开皮卡车蹚出来的简易公路，或许一两个月也没一辆车通过。眼下正是雨季，路面坑坑洼洼的，车的速度越来越慢，路迹也越来越模糊，甚至说没有路了！幸好第一天是个晴天，路面没积水，但车过后，就有黄土飞起来，我不敢停车，一旦停车，车后的黄土会淹没车辆，影响视线；我从后视镜里看到，有好几匹狼在紧追着我。我只有踩着油门，往前开！"这就是扎尕那天看到黄土飞卷、群狼逐车的场景。

"路况越来越不好，路也不见了影子，车辙越过的坑越来越多，也越来越大。指示盘上显示，油箱里的油越来越少。"

民警继续翻看笔记本——"车子终于被逼停在这里了！还没等车停稳，狼群已经围了上来。我从书上早就了解到，狼是一种群居性极高的物种，一群狼的数量大约在5匹到12匹之间，在冬天寒冷的时候，最多可达到40匹左右，通常会由在体能上有优势的头狼带领。今天的遭遇让我明白，追赶我的这群高原狼大概有 10 匹，我伤害的那只狼崽，可能就是头狼的孩子，狼的报复性原来有这么大！没想到，狼越来越多，把车子围了起来，这是我第一次近距离看到狼发怒的样子，太可怕了……

"被困在这里，已经是第四天了，手机没有信号，求助信息发不出去。车里带的食物和水即将用完了。小毕常常会陷入昏迷状态，这与她因感冒患上严重的肺气肿有关，高原上的氧气本来就稀少，被关在车厢内，氧气显得更珍贵。我们几乎没休息的时间，那些狼的头上似乎安装了一部雷达，我们稍微一闭眼休息，他们就会嚎叫起来。

"小毕更是无奈，被一群野狼困在车厢内，她连一个女孩子应该保持的大小便的尊严都被剥夺了，但她只能去后排座位上害羞却无奈地完成大小便，只能用塑料袋包好，乘狼不注意，把车窗摇开一条缝赶紧扔出去。

"第五天，我们已经坚持不住了。狼似乎更懂得怎么对付我们，我不知道车外的狼是原有的，还是它们轮流包围我们，白天，总有狼啃、撕车胎，用爪子拍打车窗，有的还时不时跳上引擎盖冲我们伸出红红的舌头，冒着寒光的眼睛直勾勾地盯着我，似乎是在提醒我——'为什么要杀死我们年幼的孩子？它惹到你了吗？'同时，似乎是在挑战我——'有本事你拉开车门出来呀，躲在车里算什么本事？'到了晚上尤其是后半夜，狼的嚎叫声不断，这让我们昼夜不敢休息。

"第六天，小毕的状况越来糟糕。我们两个人被困在车里，连伸腰运动的机会都没，看着窗外的青山草地，却不敢下去半步。小毕的呼吸变得越来越粗重，脸色变紫，从她的呼吸中能看到她难受到了极点，但她从没抱怨我，只是一个劲地说这是我们撞死了幼狼导致的报应。我真想拉开车门，让她去外面透透气，大口吸氧气。我又不敢拉开车门出去，无论白天还是夜晚，周围都不见任何人，甚至连牦牛、野羊都看不到。由于晚上冷，得开车打开空调，加大了油耗，油箱里的油已经烧光了。被困车内的前两天，我和小毕不停地说话，以此来驱赶心中的无聊和惶恐，现在，连说话的力气似乎都没有了。

"早上起来，我才发觉小毕已经走了！她是后半夜，悄悄拿出我们车上带的水果刀割腕了。

"我没能力挽救她，因为手机没信号，连给医院打电话的可能性都没有。"

毫无对付狼群经验的小毕，本以为自尽能够一了百了，不料，从她手腕割口处流出的血的味道，透过窗户开的那一细小的缝隙传到外面，被外面的狼群闻到后，似乎唤醒了狼最为原始的野性，它们更激烈地蹿上车顶、引擎盖，更加疯狂地啃咬轮胎。

　　"唉！这真是引狼攻身呐。"看到此处，民警忍不住叹息起来，接着，他继续往下看——

　　"第七天，失去小毕让我感到孤独和无望。我在昏昏沉沉中度过了这一天，我曾试着想打开天窗，看看晴朗的天，但刚打开一半，就听见一匹狼跳到了车顶上，我刚一抬头，就从天窗缝里看到它的爪子扑打着玻璃，眼睛盯着我。吓得我赶紧关上了天窗，望着本该充满希望的朝阳，我的眼前却一片绝望。

　　"第八天，我没有任何退路了，注定要死在这里了！现在就是狼群撤退，我也因为车胎被狼撕咬坏、汽油耗尽走不出去了。车外的狼群依然在，我是走不出这片死地了。

　　"下午，天开始飘雪，车里连暖气也没了。走出去会被狼吃掉，待在车里会被冻死。连续几天夜里，野狼在车子外啃咬轮胎、嚎叫，让我在巨大的恐惧中没有睡过一个完整觉，我没勇气去看副驾上的小镜子，我一定是脸色苍白、胡须长、头发乱糟糟的形象。我怕过了今天，我连像小毕那样，连拿起小刀结束自己的力气都没有了！何况，今晚的大雪造成的降温，会冻死我！我仿佛听见小毕的幽怨——为什么要追那只幼狼，并伤害它呢？狼和其他动物才是这里的主人，我们是闯入者，为什么要惊吓、撞死主人的孩子呢？我仿佛听见小毕在另一个世界里召唤我，我只好放下记录日记的笔，从小毕的手腕旁拿过那把小刀。我知道，只有我们都去世了，狼群才会离开，才能了却它们为孩子报仇的心愿！我只能选择这种方式，和心爱的但因为我无辜离世的小毕一起，体面地离开这个世界，否则，我们会被狼撕成碎片，——这是我们保持有尊严地离开这个世界的最后方式。

　　"愿看到我这些记录的人们，愿以后来青藏高原的人们，别再去伤害无辜的动物。

　　"再见，青海！再见，这美丽的世界！"

　　合上那本日记本，民警算是弄明白了这桩躲在人间远处的、无法张扬的人命案原委！听完民警大概讲述了日记本上的内容后，扎朵和民警用"原来他们是惹狼才遭致的命灾"的眼神互相看了对方一眼。

　　当我从扎尕嘴里听说了这件因狼而起的命案后，心里不禁感叹：这片辽阔而神秘的地球高地是动物的天堂，它的高蹈与荒凉，为人类涉足这里张贴了一道道看不见的禁令。即便是生活在这片无人区边缘地带的牧民，也历来恪守着尊重一切生灵的生态理念，他们的文化传承中就有礼敬万物的传统——快到疾如闪电的雪豹，慢到在湖边生完孩子后带着孱弱身子挣扎着前行的羚羊；大到壮如铁塔的牦牛，小到短暂停留在花朵上的蜜蜂；高到耸入云端的雪峰，低到湖泊岸边的水草；横在河流溪水上的石桥，立在寺院大门旁的嘛呢石。

三

　　那是黄河流经甘德县下藏科乡北岸地区的一片草原，牧民才仁家就在这里。这些年来，藏科草原上的羊深受外地客户的喜爱，那些贩羊的商人们都夸赞这里的"藏科羊"，说是在西宁甚至北京，很多人都喜欢吃"藏科羊"。随着外地人对"藏科羊"的喜欢，外地前来收购"藏科羊"的贩子一年比一年多，祖辈留下的草场明显不能满足市场需求了，很多牧民就将传统的牧场范围朝大山深处延伸，扩大着他们原来固有的草场面积。羊群的身影出现在海拔更高的地方，牧民们很少留心到他们的羊群悄然间"入侵"了很多野生动物的领地，狼就是被"入侵"了的其中一种。

　　高原狼一般不吃羊，漫山遍野的岩羊和藏狐足够它们吃了。山下的牧民赶着羊上山，逼着狼群往更寒冷的高处后退，这一方面导致它们离捕猎对象越来越远，又因侵犯了雪豹、藏熊等动物的地盘而导致后者的反击。和沙漠、戈壁地带的狼选择在2月交配不同，高原狼一般都选择在4月交配，这个季节也是牧民赶着牛羊往海拔高处的夏牧场转移的时间，各种嘈杂的声音在寂寥的高原群山间常常会传播很远，让处在发情期或交配期间的狼恼怒不已。母狼经过63天的怀孕期后，产崽正是6月中下旬时期，也正是牧民突破传统牧场线往更高处放牧的时期，对母狼的产崽或哺乳无意间也会造成惊扰。

　　狼对牧民的这种侵扰既愤怒，又无可奈何；或许，狼群会想着以袭击羊群或牛群的方式来表达自己的抗议，但守护羊群与牛群的高大藏獒、凶猛的藏土狗，让它们只能以退避的状态压制内心的怒火。

才仁就是赶着羊群往山里游牧中的一位，他在半山腰的一块金露梅灌丛旁的开阔草地上，扎起了一座醒目的"纳合仓"（用黑色牦牛毛编织而成的帐房），犹如给山里群居的动物们亮出一封黑色的通知书：此地有人类进驻了。夏季在高山游牧的日子犹如穿在身上的绸缎一样平顺而凉爽，一群群"藏科羊"经过进食藏蒿草、蔍草、莫氏苔草、华扁穗草、金露梅、绣线菊等高地植物后，体格日渐变得强壮，让这个夏天变得圆润而愉快。

才仁没想到，自己家的那两只藏土狗会给离开高山牧场的自己惹来大麻烦。狼崽出生后一般是两周后开始睁眼，五周后才断奶，八周后被母狼带到狼群聚集处。也就是说，一般小狼崽学会自己找食物吃都是在出生半年后了。才仁在初秋时分就开始考虑向山下的夏牧场撤离，望着那一群吃得膘肥体壮的"藏科羊"，正在想着以什么价格出售的他全然没考虑到一场危险正在酝酿。那两只整天闲着没事干的藏土狗，有一天跑得远了点，竟然发现了一只受伤的小狼，无辜的小狼被两只土狗"挟持"着，溜在羊群后面往山下走。一心只想着发财的才仁没留意到那只受伤的小狼。母狼发现自己的孩子被绑架，想追回小狼，但又忌惮护送羊群的那两只大藏獒，只好朝天长嚎，呼唤狼群其他成员集合。

狼的嚎叫让才仁加快了往家返回的速度，赶着牛羊回到有手机信号的自家牧场后，立即将那两头功臣般的藏獒拴了起来，然后钻进自家的"格尔"（当地牧民住的一种用白棉布做的帐房），烧好一壶酥油茶后，在一杯茶香里拨通了羊贩子的手机，开始和对方商量即将出售的羊只数量和价格。

黄昏时分，那年藏科草原的秋季降雪提前来临，黑压压的乌云从雪山上奔涌向牧场，天空变得阴沉沉。一则是在山上忙于放牧，多日没喝青稞酒了，二则是为了庆祝自己和羊贩子谈成的好生意，才仁在自家的"格尔"里喝起了酒，却不知黑沉沉的夜空和天上飘落的雪花中，一群狼循着那只被"绑架"的狼崽的气味飘然而至。狼群在等待着时机，似乎知道这家主人会软瘫在一杯接着一杯的酒中。后半夜时，才仁早就沉睡了。狼的分工非常明确，机灵且强壮的狼直接佯攻藏獒，牵制住藏獒；剩下的则冲进羊群开始屠戮式的袭击，狼王带着两只狼直奔那两只藏土狗。藏獒被拴住，无法有效反击狼群，它们发出的沉闷声音也无法唤醒酒醉的男主人。女主人走出"格尔"一看，茫茫雪地上尽是狼的身影和羊的惨叫声，无论她怎么摇晃，像一堆软泥的才仁就是起不来。

第二天，才仁这才知道自己的一场醉酒带来多大损失：近百只"藏科羊"被狼群咬断脖子，在雪地上呻吟——狼群只伤羊，并不吃羊；那两只藏土狗的肚子被狼爪划破，眼睛被挖空，爪子被咬断，哀号不已；藏獒因为被拴住，兀自做了一场狼伤羊的大戏观众；那只被绑架的狼崽，也离开这里回到了它的家乡。才仁被眼前的这种情形震惊了，他没选择报警，而是去寺院请教喇嘛，得到的答复是："羊是无辜的，狼也是无辜的！羊被人赶着上山，占了狼窝的地盘，狼能忍受这一点，但不能忍受人养的狗伤了狼的孩子！"

从寺里出来后，才仁还是没报警，他认为喇嘛说得对。从此，他再也没赶着羊上到高山深处，只在祖传的牧场上放牧。

类似才仁的故事，在牧场上依然上演。最著名的事件是 2019 年 5 月 7 日的环球网发布的一则消息——《三江源腹地野狼群出没，一户牧民逾 150 只羊伤亡》，说的是地处三江源腹地的青海省果洛州甘德县下藏科乡牧民岭才柔家羊群，在深夜 12 点多，遭 13 只野狼的围攻，狼把羊从羊圈里赶出来，咬死了 151 只羊。从现场的照片来看，这些羊全部被赶到一片草地上，接受集体被咬死的命运。

第六部

留给高原的
足迹与背影

第一章
金顶下的菩提路

那是俄国探险家科兹洛夫一生中见到的、最为传奇的夜景：一盏盏点燃
的酥油灯，犹如在大地上亮起的一颗颗星星，将一座座大殿、经院、藏经阁、
喇嘛的住所照得通透，甚至，在山坡上也零零星星的有酥油灯被点亮，他情
不自禁地在那晚，亦即 1908 年 8 月 4 日的日记中这样写道："即使在孤零零
地架在阿尔泰山支脉上的最贫穷的帐幕附近，在死寂的荒漠中间，凛冽的严

赛马会 文德/摄

寒之中，为纪念这位伟大的佛教徒，也会有一盏明晃晃神灯闪射出光亮，这位佛教徒不仅牢牢地吸引住了‘此辈小徒’的思想，而且不寻常地贴近他们的心灵。”科兹洛夫所说的地方就是塔尔寺，他笔下的那位伟大的佛教徒，就是藏传佛教格鲁派创始人宗喀巴。

科兹洛夫并不是第一个长途跋涉至此的俄国人，早在他抵达塔尔寺前53年，另一位俄国探险家波塔宁就曾来到这里住了一个冬天。随后，相继有格尔日麦洛、齐比科夫、巴拉金等探险家都专程来拜谒他们心中这座伟大的建筑及与之有关的这个伟大的佛教徒。

科兹洛夫也不是最后一位抵达这里的西方探险家，他离开塔尔寺10年后的夏天，法国女探险家、被誉为“世界屋脊上的女喇嘛”大卫·妮尔，也来到塔尔寺，她像一支以这里为原点、向不同方位射出去的银箭，漫游于甘肃、内蒙古和青海南部地区，更多时候，大卫·妮尔一直待在塔尔寺学习藏文经卷，她的生命中就有了在青海游历和学习的32个月。

在那半圆形群山怀抱着的寺院里，无论是俄国探险家波塔宁、科兹洛夫，还是法国的探险家古伯察、大卫·妮尔，无论是美国探险家盖洛、克拉克还是《生活》杂志特派记者威尔森，他们都被在太阳下发出耀眼光芒的大金瓦殿的金顶、错落成排的绛红色寺院、秩序井然地出入于寺院间的僧人背影所吸引，尤其是僧人们的各种功课、仪轨和活动，更是引起这些西方探险家的兴趣、关注。

大卫·妮尔是这些人中的另类，她眼中的塔尔寺就像一尊披着袈裟的修行者，是代表佛身、心、意的圣地，需要供奉与敬仰，她在塔尔寺前放弃了“上帝的小妇人”的身份，丢弃了西方人的信仰傲慢。在塔尔寺的日子里，她不是观看僧人们进行各种佛事的游客，不是聆听僧人们诵经或祈祷声的录音机，她每天都生机勃勃地呼吸在僧人们的说法、辩经、念诵和舞蹈的场景里，她每天早上都要去寺内的那棵圣树前，虔敬地跪在那里磕头礼敬；在高原上凉爽的气候中，那双已经换上了当地藏靴的脚，和那些轻轻落下的树叶一样，静静地走在通往各个经院的小径上，将那瘦弱的身影沉浸于学习和修持之中。她曾经喝惯了的咖啡，被酥油茶完全替代；曾经流利的法语，被日渐熟悉的安多藏语替代；曾经白皙的面孔，被高原阳光晒得日渐紫红。白天，大卫·妮尔按照一个藏传佛教徒的标准学习、读经、打坐；晚上，她在一盏油灯下翻译经卷、给法国、印度的朋友写信，告诉她塔尔寺里的见闻、生活和自己的感受。她将自己在塔尔寺、青海湖等地长达32个月的考察、游历的见闻与感受，写成系列文章发给《法兰西信使报》和《法兰西晚报》，她的左手攥着对埃菲尔铁塔、塞纳河的美好回忆，右手则握着塔尔寺金顶下被星光浣洗的诵经声、青海湖中雪山的倒影，两手之间，是一位法国女子皈依藏传佛教后的虔诚。

或许，在塔尔寺居留期间，大卫·妮尔见过那位蓝眼睛、大鼻子、头发蓬松、身材高大的美国人盖洛，但他们分别就像浓雾中走过丛林的大象和深海里游过的抹香鲸一样，各自走过塔尔寺的小径而并无交集，但两个人都用文字留下了对塔尔寺的记述。那一年，从西宁往塔尔寺的路上，盖洛的马队如履平地般飞奔，和那时前往青藏高原上的西方探险家们不一样，盖洛并不关注动植物、地形、军事、风俗，他只关心中国的长城，并固执地认为中国的长城向西一直延伸到青藏高原，他就是按照长城的指引，来到了塔尔寺——"地球上仅次于拉萨的现存最重要的黄教发源地，也是3600个喇嘛栖居的地方"。

一

一个3岁的孩子能记得的事情会有哪些？罗桑扎巴记得3岁那年夏天，他被父亲鲁本格搂在怀里，骑着马从家乡宗喀出发，离开红崖沟向东而行；到加拉沟前，他们必须舍弃骑马，父亲背着儿子朝阿尼吉利山攀爬，在半山腰的一处岩洞前，迎面走来的那位叫敦珠仁钦的喇嘛，面带微笑地将鲁本格父子迎接进山洞。

敦珠仁钦和鲁本格并不陌生，前者是从西藏学成归来、闻名河湟地区的大修行者，后者是朝廷任命的达鲁花赤（蒙古语，原意为"掌印者"，是元朝历史上一种地方督官的称谓），他们都听说过对方，知悉对方的名字。

敦珠仁钦出生在今青海省黄南藏族自治州同仁市夏卜浪村，15岁时就前往西藏学习佛法，赢得"东部的理论大雄"和"安多的雄辩论师"等称号。在西藏的纳塘寺学习期间，上师钦·罗桑扎巴就曾告诉敦珠仁钦："你的修行地和机缘不在这里，而是在安多的夏宗和夏琼二地，应前往那里建寺弘法；将那里作为主要的修行地，到那时，你会有许多知名弟子，其中有一位是来世的第二佛陀，当他出家时，你应给他取我的法名罗桑扎巴。"

从西藏归来，敦珠仁钦在家乡建成夏宗寺后，将夏宗寺交给侄子释迦桑波主持，自己继续寻找上师叮嘱的、适宜建第二座寺院的"夏琼"之地。一天，敦珠仁钦游历到今尖扎县的昂拉，远远看见黄河对岸的群山像是一只振翅欲飞的大鹏，敦珠仁钦忍不住喊出"夏琼"——藏语中的大鹏鸟不是叫"夏琼"吗？难道上师预言的、自己的修行地就在那里？渡过黄河后，敦珠仁钦走到"大鹏鸟"右肩的位置上，回头看时眼见黄河缓缓流过，远处的坎布拉山像是一尊守护神，"大鹏鸟"背后的群山像是一幅伸展开的扇面，隔断了这里和外界的联系，让这里成了一处视野开阔、环境幽静的修行之地。敦珠仁钦决定在这里募建"夏琼寺"。

夏琼寺建成后，敦珠仁钦把寺里的主持工作交给徒弟们打理，自己前往阿尼吉利山内的一处岩洞修行。

看到鲁本格带着3岁的儿子到来，敦珠仁钦立即想起3年前的藏历十月初十那天黎明的情形：那时，他正在山洞里打坐，朝阳如一道红光映入岩洞，让山洞里变得敞亮起来，仿佛点起千盏酥油灯一般，这种吉祥预兆让他想起了上师的嘱托。敦珠仁钦用糌粑和甘露捬成丸状食物，用一节黄色丝绸编织了一个金刚结，对自己随身带的一幅畏怖金刚画像念诵经文，然后让身边的亲近弟子带着这些东西下山，找到达鲁花赤鲁本格并转告他：你的儿子出生在十月初十这一天，这个孩子是一位佛子，希望孩子满月后，能有机会亲自来鲁本格家里，和圣童善结法缘。

鲁本格闻听后惊奇不已：自己家里和敦珠仁钦的修行地相距这么远，怎么能如此清晰地知晓自己的孩子几天前出生呢？但他之前就闻听了这位从西藏学成归来的高僧，已经在自己管理的辖地内建成了两座有名的寺院。现在，儿子满月之际能迎接到这样的高僧，真是欣喜！那天，敦珠仁钦特意向鲁本格提出，能让他的儿子尽早接受佛法。

藏历土猪年（1360年）夏天，嘎玛噶举派的第四世活佛若白多杰受元顺帝召请进京，途中在夏宗寺暂居讲法。敦珠仁钦向若白多杰无意间聊起上师叮嘱过的"此地会有佛陀二世"，后者当即让敦珠仁钦派人赶往鲁本格家，将鲁本格的儿子带到夏宗寺。

在夏宗寺后的那座岩洞里，便有了本文开头描述的情景。鲁本格3岁的儿子被敦珠仁钦带进岩洞，那是引领他与佛相遇的第一个向导。若白多杰眼前一亮，他仔细端详眼前的这个孩子，后者的眉宇间仿佛流淌着一股清流，一双眼睛清澈如两面圣洁的湖水，两颊仿佛被月光般的酥油轻轻抹过，双唇像是噙着一座宝库的两道红色的门扉。关键的是，他仿佛看见一粒佛的种子，已经稳稳地埋在眼前这孩子的内心里。见到若白多杰，那3岁的孩子便恭敬地跪了下来，像一艘小船向属于自己的码头靠去，那是一种机缘向另一种机缘的靠拢。若白多杰给那个孩子摸顶、赐福后，按照敦珠仁钦的上师预言，给那个孩子赐名罗桑扎巴。上午的阳光照了进来，清楚地照见若白多杰给罗桑扎巴剃度，那一缕缕黑发落地，预示着眼前的这个孩童将属于红尘的一切如这离开头颅落地的黑发般交还大地，一颗清澈而高贵的心灵逐渐摆脱俗世的束缚，他此生要避开世俗火焰的炙烤，神奇的佛光犹如不息的明灯一样要照耀此后的全部生命时光。剃度完成后，若白多杰授罗桑扎巴居士戒并赐以贡嘎宁布的名字。

岩洞里回响起若白多杰的预言："在贡嘎宁布诞生的地方，会长出一株神奇的树！如大湖绵绵接受雪山流水一般，那株神树注定要接受后世不断的礼拜与敬仰！"

岩洞里的一切，像是被丝绸层层包裹着的经卷，作为一个秘密，被现场的几个人知晓、严守。

离开岩洞后，年幼的罗桑扎巴，带着他被剃落的头发，被他的父亲鲁本格带回家，若白多杰则要踏上去北京给元顺帝讲经说法的路。临分别时，若白多杰郑重地告诉敦珠仁钦："他将会成为佛陀第二，是雪域的佛法之王。"

回到家后，罗桑扎巴将自己的头发埋在帐房前面的草地上，这一幕恰好被他的母亲香萨阿曲看见，后者吃惊地捂住嘴，否则会忍不住地惊叫起来：3年前的藏历十月初十那天黎明，怀着罗桑扎巴的香萨阿曲走出帐房，提着奶桶准备去挤奶，走到那块草地上时，肚子里突然一紧，她几乎来不及返回帐房，生命中的第四个孩子就生了出来。那时，她明显地感到大地微微颤抖，天空中划过一道道闪光的流星，像是一道道火把急速掠过天幕。按今天的话来说，那时，天空出现了流星雨，恰好大地上发生了轻微地震。眼前，年幼的儿子无意中埋下自己头发的地方，可不正是3年前他在这世间最先落地的地方吗？3年前的胎血早已不在，而幼儿的黑发选择入土的位置竟是如此巧合？

7岁那年，罗桑扎巴被父亲带到夏琼寺，跟随敦珠仁钦学习佛法。这是青藏大地上至今仍让母亲们心里纠结的一个情景：被甄选为活佛转世或少年时出家修行的孩子，他们的母亲一方面会因此而自豪，但身为母亲，谁又愿意让孩子那么小就离开母亲的怀抱呢？

黄河冻结在青海的冰融化了 10 次，坎布拉山上的青草在枯荣变化里绿了 10 次，夏琼寺藏经阁里珍藏的佛经在农历四月初八晾晒了 10 次，罗桑扎巴在藏历春节那天望着家乡思念母亲的场景上演了 10 次。他在夏琼寺艰苦而认真地学习了 10 年，从一名 7 岁的孩童变成了 16 岁的青年。如一匹成长的马驹，夏琼寺已经提供不了这匹骏马驰骋的草原，敦珠仁钦虽然不舍这个优秀的学生，依然劝罗桑扎巴前往西藏继续深造。敦珠仁钦也因此赢得了罗桑扎巴后来说的"我愿以自己的头顶去擦拭他脚上的灰尘"的礼赞。

巢窝里孵出的雏鹰终将要飞上蓝天，马桩旁长大的马驹终会驰骋在草原，雪山里流出的河流终将奔向大海，夏琼寺学习的罗桑扎巴终将要去西藏继续学业。和那时很多前往西藏学习佛法的青年一样，罗桑扎巴同样舍不得故乡与亲人，但内心里那粒已经疯长的求佛种子，已经成了支撑自己不远万里去求学的力量，这力量比湟水更绵长，比拉脊山的积雪更厚重。

罗桑扎巴与拉萨并非隔着千山万水，而是隔着一个念头，这个念头的长度是由雪山、江河、牧场垒砌起来的一条信仰之路。他和拉萨之间隔着一层薄薄的雾，拉萨三大寺里的钟声穿雾而至，勾起他想去拉萨听闻佛法的盼望；他和拉萨之间又像是隔着一面如烟花闪耀的银波，无数舟船仿佛踏浪踩波而至，要渡他去那美丽的彼岸。站在湟水河边，罗桑扎巴的心思已经飘曳在夜色中，他远眺着向雪域深处奔流而去的拉萨河。他人在青海，心早已飞向拉萨！

临别的日子到了，罗桑扎巴回到家中，将自己从河谷地带折来的一枝开着粉色花儿的枝条，插在埋头发的地方。他并没想到，这根枝条竟然长出了一种神奇。罗桑扎巴的母亲香萨阿曲心里清楚，过去的这 10 个年头，自己想念儿子时，翻过几座山，从湟水边就到了儿子修行的黄河边，但这一次分别，是前往更为遥远的西藏，此一别不知何时才能相见。香萨阿曲不停叮嘱一同前去西藏的两位兄弟，一路上照顾好罗桑扎巴。香萨阿曲尊重并支持儿子选择的学习之路，她精心为儿子准备衣物、干粮。

青藏大地上绵延不绝的佛学思想能够如江河般奔涌不息，多亏了这些无私奉献的、献身佛学的佛子之母。

像一条逆水洄游的湟鱼，只有越过无数障碍后，往高处去才能获得在淡水区产卵生子的资格，才能保证青海湖里蓬勃的生机。罗桑扎巴要向更高的地方洄游，沿着一条信仰之路而上，那身穿绛红色僧衣的背影就是一团碾过冰凉大地的火焰，成为后人仰望、学习的教材。罗桑扎巴知道，自己只有逆流而上，方能找到下路弘佛的源头，才能完成一名佛教徒应该的功课。那是一条从湟水之滨南下西上，横越青海南部的长途之旅，渡过金沙江进入今西藏境内的昌都后，年轻的罗桑扎巴其实已经预知到了，这是他一生中第一次也是最后一次离开养育自己的青海。在他的求学之路上，他以青春与对佛的敬重购买了一张前往西藏的单程票。沿途所遇的每一座雪山，在他眼里都是佛的坐像，山顶的积雪如佛慈祥的眼光在目送他；照在头顶的太阳，都是佛的影子；每一天都是佛攥着一粒种子，播撒在他求佛之路上。年轻的罗桑扎巴，正行走在青藏大地上，行走在一条坚实的信仰之路上。

故乡青海，就此成了一袭如烟飘在身后的梦。罗桑扎巴在青海时期只是一只领略山巅风景的鸟儿，他试图以进入西藏学习的方式，变成在天空翱翔、俯瞰大地的雄鹰。

在拉萨东面的止贡寺和聂塘金瓦金寺，罗桑扎巴先后师从扎西森格、益西森格等著名喇嘛学习噶举、萨迦等派别的佛学知识，并游学了很多寺院。

紧张的学习与频繁的游学，让罗桑扎巴像一叶穿行在漫长而湍急的峡谷里的小舟。很多著名寺院的仁波切、堪布，答复这位青年带着明显安多藏语口音的问题，他们看到这位青年眼里闪动的求佛的光芒。在西藏最初的求学时间里，罗桑扎巴就像一块晶莹洁白的大理石，急切地需要佛法这把凿刀来雕刻。直到有一天，一位从青海而来的僧人当面交给他一封信。这是被无数喇嘛传颂、无数作家描绘过的一个景象：信封开启后，罗桑扎巴首先看到信中夹着的一缕白发，这让他很纳闷，读完信后，他才恍然大悟。母亲香萨阿曲在信中大概说了三件事：第一，母亲年龄大了，那缕白发是母亲剪下来放在信中的，见发如见母面；第二，罗桑扎巴临走时插下的那根枝条，竟然长成了一株树，叶子如银子般白亮。那一定是母亲把当初的那根枝条当成了一种对儿子的念想，母亲想念他时一定抱着那根枝条流过泪，那是世界上唯一一株被母亲泪水浇灌出的树；第三，母亲很想念罗桑扎巴，希望能在晚年见到儿子一面。

攥着来信，罗桑扎巴不禁抬起头，朝故乡的方向望去。是呀，当初无意栽下的那根枝条，不成想成了母亲思儿、念儿的一个寄托，多少个月明星稀之夜，多少个风寒积雪的黎明，想念儿子的母亲走到小树前，仿佛那就是远在他乡的儿子，她扶着小树喃喃叮嘱，母爱成了那根枝条成长的营养液。无情最是真岁月，一根插在帐房前的枝条长成了树，一个远离家乡的少年长成什么模样了呢？那时，既没照相机，又没手机微信，香萨阿曲只能从那根枝条变成大树的过程中，想象着远在他乡的儿子从一个少年长成青年的过程。

若干年后，那棵树变成了一个传奇、一扇窗户，人们通过它得以窥见母爱的力量和佛的笑容；那上面的每一片树叶，都燃烧着母爱的光芒。

香萨阿曲的来信让正处于学习关键时期的罗桑扎巴很纠结，他何尝不想念故乡、父母和兄弟姐妹？若回故乡一趟来回就是几年时间，学业就像耕种了一半的青稞地，注定会荒废。于是，他精心绘制了两幅自画像、一幅十万狮子吼佛像和一幅胜乐金刚中的如来佛像，连同给香萨阿曲的信，交付给要返回家乡的侄子扎巴坚赞。

在给母亲的回信中，罗桑扎巴表达了这样几个意愿：第一，学习正处于关键时期，实在不能归乡；第二，就像他看见母亲的白发如见母面一样，恳请母亲用那株神树和一幅十万狮子吼佛像做胎藏，修建一座佛塔，对周围地区的佛法弘扬一定有好处；第三，目前每天见到这座塔，就如同见到他回到母亲身边一样。

那份看似普通的信，从西藏抵达罗桑扎巴家乡后，被后人赋予了很多神奇、神秘的色彩，诸如香萨阿曲看到罗桑扎巴的自画像时，其中的一幅上的画像张开了嘴，亲切地冲香萨阿曲喊了声"阿妈"！传奇的来信，犹如一道闪着金光的指令，让身为达鲁花赤的鲁本格、地方头人、佛教徒，按照信中的要求，建成了一座佛塔！和很多地方先有佛寺后有塔不同，这座湟水上游地区第一座佛教建筑后来衍生出一座雄伟的寺院，那就是今天著名的塔尔寺。

在西藏刻苦而认真地学习与游学后，罗桑扎巴创建了一整套佛学体系，其重要的论著《菩提道次第广论》和《密宗道次第广论》就像巨人的两条腿，让他的佛学思想如一条跨越江河的巨人，在雪域高原上留下越来越清晰、辽阔的足迹。他根据当时佛学界的诸多弊端，强调修行次第，先显后密，显密并重，提倡苦行等一系列严格的要求，这些"善规"在藏语中被称为"格鲁"。

格鲁派，一个佛学史上的新派别随之而生。平时，由于罗桑扎巴戴一顶黄色桃形僧帽，格鲁派逐渐也被人们称为"黄教"。

二

　　格鲁派像一朵盛开的雪莲花，壮丽而盛大的花瓣犹如海潮般向外不停扩延，逐渐成为藏传佛教中影响力最大的一个派别。随着格鲁派影响力的扩散，雪域广大僧俗以罗桑扎巴出生地"宗喀"地名加上"巴"的人称代词，尊称其为宗喀巴大师，罗桑扎巴的名字逐渐少为人知了。

　　公元 1409 年，宗喀巴在拉萨传佛于大昭寺，诵经祈祷、募化布施，逐渐使格鲁派成为青藏高原最大的教派。明成祖朱棣曾两次遣使携带诏书和礼品，到西藏请宗喀巴进京。宗喀巴于公元 1415 年派自己的弟子钦曲杰·释迦益西到北京，明成祖敕封钦曲杰·释迦益西为"西天佛子大国师"；1433 年，钦曲杰·释迦益西再次代表宗喀巴进京，被宣德皇帝加封为"大慈法王"，自此，大明王朝正式承认格鲁派并建立了良好的关系。

　　直到 63 岁去世，宗喀巴再没有回到过自己的家乡，但随着格鲁派的影响力日盛，越来越多的僧人云集在宗喀巴的出生地鲁沙尔，那株神树和一幅十万狮子吼佛像做胎藏的佛塔，像是一朵莲花的花蕊，散发出迷人而强大的芬芳。围绕着那座佛塔，云集而来的僧人有的在不远处的山坡上找个山洞修行，有的在山谷里搭建僧舍，逐渐使鲁沙尔这个名不见经传的小村落日益成为一方宗教圣地，尤其是塔尔寺建成后，这里成了格鲁派的六大寺之一。

　　和内地修长城、造皇陵、凿运河等人造建筑、景点不同的是，促使塔尔寺兴盛的主体是来自高原上虔诚的信徒们，他们自发地从内心深处追认并礼敬着宗喀巴的功德，自觉地捐钱捐物。在僧人或佛教徒的眼里，这里是佛教的圣地；从建筑的角度看，这里是一座巨大的藏传佛教建筑宝库，融合汉族、藏族的建筑特色；从民间艺术的角度看，大批的民间艺人前来这里，用艺术浇灌出的酥油花、堆绣和壁画这塔尔寺的"艺术三绝"；从传播学的角度看，这里是一盏点亮在高地的佛教信仰圣灯，照亮来这里的朝拜者的心灵。

　　1998 年初夏，我第一次走进慕名已久的塔尔寺，当天晚上就完成了散文《高地的圣灯》。我这样写道："仅仅 617 年的存活历史里，它吸纳、消融、完善乃至发展了藏传佛教。至今，它像一盏点燃几百年仍没有褪色减彩的圣灯，熠熠闪亮在西部高地，以圣盏的魅力吸引着无数游人不辞远近地行进在通往这块藏传佛教圣地的路上。"

刚到塔尔寺，一下车便被下午高原阳光下熠熠发光的金顶所吸引，抬眼望去，深为蓝天白云背景下的塔尔寺之宏伟折服。然而，我的眼泪很快就流了下来：强烈阳光下金顶刺眼导致。后来的几次去塔尔寺，便有了戴上太阳镜观看塔尔寺的经验。

藏语中称塔尔寺为"衮本贤巴林"（意为十万狮子吼佛像弥勒佛寺），走进大门，在肃穆的宗教氛围里能感受大门两边的对联所描述的氛围：

敷演清凉，四时香火常飘，幻出佛国世界；
恢弘极乐，八月游客云集，去成宗教乾坤。

穿过花岗岩条铺就的广场，我沿着台阶而行，厚墙、平顶、深窗的藏式建筑中不时闪现出汉式特色的斗拱、飞檐，建筑文化的交融里也交织着敦实与空灵的美，就像宁夏同心寺融合藏、回两种建筑风格，内蒙古喀喇沁旗的龙泉寺、五塔寺融蒙古、汉两种建筑风格，新疆艾提尕尔清真寺融合伊斯兰和西域建筑风格一样，塔尔寺也以自己的气度将自己的美内蕴在每座建筑里。

走进塔尔寺，我和这红尘中的很多俗人一样，对那株文献中记载的"白色的旃檀圣树"产生了迫不及待想看一眼的想法，我多想以目击者的身份，为日后给别人讲起曾来过塔尔寺时可以心醉神迷地说起这棵树增加真实的底气，然而，却被通知不能走近观看。我只好安慰自己：150 多年前，那位曾在塔尔寺逗留了 3 个月的法国神父古伯察已经替我看过它了。

古伯察这样记载："我们进入了这个庞大的院子，得以随心所欲地研究从外部就已看到某些枝条的那棵神奇的树。我们的目光首先以一种贪婪的好奇心转向了其树叶，当我们在看到每片叶子上确实有组成得很正确的藏文字时感到特别惊奇。

"这些文字都呈绿色。文字的颜色有时比树叶本身还深，有时则略浅一些。我们首先想到的是怀疑喇嘛们在作弊。但经过非常仔细地用心做了全面研究之后，我们觉得根本不可能从中发现任何一点作弊诈骗的做法。我们觉得那

青海之书

些字是树叶的组成部分，就如同其叶脉一般。

"我们到处都在寻求作弊的某种痕迹，却始终都是枉费心机，我们的额头都流出了汗水。其他那些比我们更为精明能干的人，将来可能会对这棵神奇的树提供一些令人满意的解释，而我们则必须放弃这种做法。大家可能会耻笑我们的无知，但这对我们却无关紧要，只要大家不怀疑我们叙述的真实可靠性就行了。"

我仿佛看到科兹洛夫在寺里住的那 4 天时间里，由翻译陪同着，像一股水随意流淌在一块块田埂间开着大小不同口子的田地了，自如地在寺里的各座建筑间穿梭。

离开金刚神殿后，科兹洛夫沿着一条小沟壑边往下走。寺里的喇嘛告诉他，前面两座优美的神殿是长寿殿和小金瓦殿。喇嘛神色凝重地抬起手，指着前面的一株树，严肃地告诉科兹洛夫：那是长寿殿甚至整座寺院里最神圣的东西了，那就是宗喀巴尊者的母亲香萨阿曲去信告诉尊者，在埋着宗喀巴胎盘的地方长出的旃檀树。来到中国后，一路上以采集动植物标本为重要任务的科兹洛夫心动了，他在了解塔尔寺的建筑布局特色、僧人学习机构、节日构成等情况后，最大的收获就是被允许近距离地观察那株神奇的树。科兹洛夫乘人不注意，快速伸出手，折下一根神树的枝条，狡黠地藏在随身带的笔记本中，以便去做植物学上的鉴定。没想到，这一举动被尾随而来的看门人看到了，后者以高声斥责来抗议科兹洛夫此举，然而，当看门人接过科兹洛夫快速递给翻译转交的一块银圆后，立即给科兹洛夫递上了一个相安无事的笑脸。

科兹洛夫带去的树枝，经过植物学意义上的科学鉴定后，结果出来了：就像一位高明的魔术师轻轻地揭开另一位魔术师的道具之谜，尽管这个谜底今天也少为人知，更多前去塔尔寺对那株树的神性和传奇深信不疑：所谓神树，就是一株丁香！科兹洛夫尤其指出：这株丁香，和贺兰山里的一样。历史并没和人类开玩笑，往往，是人类在和同类开玩笑。

然而，人类对神话有着天然的膜拜，有时甚至知道有伪，也不愿意或不敢去揭开罩在上面的盖子。除了法国探险家、神父古伯察围着那株神奇的转圈外，试图找出树叶上的六字真言，著名瑞典探险家斯文·赫定也曾专门去看那棵神奇的树，只是听到了两种传言：第一种，春天就像古老摄影术中的显影粉，让那株树的叶子在春天高原的阳光下，显示出"唵嘛呢叭咪吽"的六字真言；第二种，那些六字真言是夜间喇嘛自己写的。这两种传言像两种反差很大的颜料混杂在斯文·赫定的大脑里，让他也没能得出一个令自己信服的答案。

那位100多年前沿着长城，从山海关一路走到塔尔寺的美国人盖洛，在塔尔寺的经历同样引起了我的注意：他也不能免俗，首先去拜访那株"闻名遐迩的治病树"，他看到喇嘛们在仔细地搜集落在地上的所有树叶，把它们卖给各种想要治病的人。这位美国探险家显然无法理解一个可怜的驼背人得到一枚自认为神奇的树叶时，奔涌在内心的欣喜，他又如何理解一个香客在金刚神殿前五体投地的虔诚呢？更是无法理解沿途看到前往塔尔寺的香客、教徒们用自己的身躯，走一步磕一个长头，在高原大地上丈量佛心的虔敬。

其实，那株树上的树叶是否显示出六字真言，那些树叶能否治病，那些树叶上的字是不是只有春天才显现，对宗喀巴的伟大并没有任何损失，只是人们出于内心的尊敬，像敬献哈达一样愿意给伟大而神奇的人物身上，披上一层又一层传奇外衣，逐渐让这层层外衣变成了厚厚的铠甲，铸铁般发出厚实而明亮的光芒。

我几次去塔尔寺，都是白天，均是以一名参观者的身份进出，哪里还能有大卫·妮尔、古伯察、科兹洛夫这些西方探险家入住于此的福利呢？至少，他们能够在晚上观看到更多人不知道的"塔尔寺夜景"，比如为纪念宗喀巴圆寂而举办的"灯节"，就是只有在晚上才能目睹的权利，科兹洛夫笔下就这样写道："到晚上，所有的神佛的像面前都燃起彩灯，所有平顶屋上也要点灯笼，于是，整个寺院就和布满星星的遥远夜空差不多了。喇嘛们根据灯火的光亮进行占卜，对来年做出预言。"古伯察也是因为留居塔尔寺，从而听到了一场空灵而神秘的法事，4000名喇嘛们祈祷的歌声合成的听觉享受让这位法国人沉醉："我们醒来之后，确实听到了。院子中由一种似乎是来自上空的灯光的微弱映影所照亮。一架梯子正好靠在墙上，我们飞快地攀登阶梯并立即就看到一个奇特的场面。所有住宅的平屋顶上都由挂在长杆上的红色的灯笼照亮。全部喇嘛都穿上他们的礼服并头戴黄色法冠，坐在其住宅的平房顶上，用缓慢而单调的声音唱经。"

"再加上不断听到的唢呐和海螺号声，所有这一切都显得很隆重，并使人们心里感到了可怕的茫然和不知所措。平房顶上祈祷的喇嘛们的诵经声停止了，唢呐、钟铃、法鼓和海螺声分别三次骤然间响起。仪式结束了。灯笼熄灭了，一切都恢复了平静。"

塔尔寺的白天庄严而熙攘，塔尔寺的夜晚则温馨而传奇，镶嵌在白天和夜晚的晨露与暮色都在赞许：这是一个被神圣而有趣的时光塞满的寺院。

和那些信徒的朝拜或游客的观赏不同，我每次去塔尔寺的理由与机缘都不一样，其中一次是 2009 年 7 月 2 日，作为《环球人文地理》特聘的主笔，为其"第八日"栏目撰写关于成吉思汗陵西迁的特稿。那次长旅，我特意从鄂尔多斯高原起步，一路向西，沿着达尔扈特人当年护送成吉思汗圣物，从鄂尔多斯高原上的伊金霍洛旗出发，南下进入延安，再向西进入甘肃、青海，最后抵达塔尔寺。这次远行的背后，有着怎样的一段历史呢？抗日战争爆发后，日本军方信奉"掌控成吉思汗陵就能掌控中国的灵魂"，一直图谋控制位于鄂尔多斯高原的成吉思汗陵。1939 年初，鉴于日军进逼鄂尔多斯的危险形势，时任伊克昭盟盟长沙克都尔扎布向国民政府呼吁，要求将成吉思汗陵西迁，以免圣椁落到日军手中。1939 年 3 月 18 日，国民政府责成蒙藏委员会拟定了《成吉思汗灵椁迁移办法九条》，决定将成吉思汗灵椁西迁至甘肃省榆中县兴隆山；4 月 8 日，行政院院长孔祥熙就向蒙藏委员会发出训令，正式实施成吉思汗陵西迁计划。

随着 75 岁的达尔扈特老人朝克图森布尔给我的讲述，让我仿佛看见这样一幅历史画面：成吉思汗临终前曾经留下遗言，让忠诚的达尔扈特人守护他的灵柩。朝克图森布尔的父亲是跟随灵椁西迁的第一批达尔扈特人。1939 年 6 月 1 日，三声礼炮打破了伊金霍洛草原上的宁静，标志着灵椁西迁正式开始。草原上的人们从四面八方赶来，以敬举佛灯、奉献哈达为灵椁送行，他们送了一程又一程，许多人一直送到榆林地区才依依不舍地回去。更有人一直相伴着灵椁，穿越内蒙古、陕西、甘肃抵达兴隆山，看着灵椁安置好才回到伊金霍洛旗。

1949 年夏末，兰州解放前夕，国民政府行政院责成西北行政长官公署，把在兴隆山安置了 11 年的灵椁再次迁往青海湟中县塔尔寺。8 月 2 日，西北军政长官马步芳派出的两辆卡车载着灵椁和护送的达尔扈特人，一路向西抵达塔尔寺。达尔扈特人将自己忠贞的足迹从鄂尔多斯高原送到黄土高原，再送到青藏高原，一代天骄的圣槔在塔尔寺里开始了 4 年的隐居生活。

三

宗喀巴虽然再没回到家乡，但他创立两个传承系统，对青海甚至整个青藏高原产生了重大影响。

宗喀巴圆寂 159 年后，在距离宗喀巴出生地 140 多公里的地方，在宗喀巴圆寂地方 2000 公里外的地方，那一片高阔的冷蓝水域在农历五月十五那天，迎来了 35 岁的格鲁派领袖索南嘉措。

站在青海湖南岸的仰华寺，看着经幡飞舞，鼓乐齐鸣，看着在这里等候自己的蒙古族首领俺答汗，索南嘉措深知这次见面多么不容易，深知这次见面的背后隐藏着多少次让无数将士失去生命的战争，也寄托着多少高原牧民期盼和平的目光。索南嘉措长长地吁了一声，这是他第一次前来青海湖，在这面圣湖前，他深感这次来青海的意义重大。上一年十一月，索南嘉措从拉萨的哲蚌寺动身，跨越拉萨河、长江源区、黄河源区、昆仑河、柴达木河，跨越冈底斯山、唐古拉山、昆仑山、青海南山后，历时半年时间才抵达这里。

索南嘉措奔赴如此遥远的路途，有着深厚而复杂的原因。

35 年前，索南嘉措出生于拉萨西北部堆隆孜嘎康赛上部的一个贵族家庭，3 岁那年，他被认定为是 4 年前圆寂的格敦嘉措的转世而被迎请到哲蚌寺。16 岁那年，蒙古土默特部首领俺答汗率众占据了青海西北部，并留下部众在此驻牧，以青海湖为中心的广袤草原迎接到了它的新主人。一个世俗的军事政权，渴望得到宗教势力的承认与支持，正在西藏崛起的格鲁派恰好面临其他宗派的排挤甚至敌对行为带来的威胁，占据青海湖一带的俺答汗和影响西藏的格鲁派势力，互相扮演了"瞌睡"与"枕头"的角色，因此有了青海湖边的这次僧、俗高层的会面，主角是新兴的格鲁派宗教领袖和新占据青海湖一带的土默特部首领。

那座青海湖南岸刚建成一年的寺院，被索南嘉措用藏语称为图钦曲科林（意为大乘法轮洲），被俺答汗用蒙古语称为察卜齐雅勒（蒙古语意为"切开的断崖"），被汉族人后来称为仰华寺。经幡与金顶、诵经与鼓乐、海螺与经卷，见证了那个奇妙的时刻：俺答汗宣布正式接受、皈依藏传佛教格鲁派，并尊索南嘉措为"圣识一切瓦齐尔达喇达赖喇嘛"（"圣"即超凡之人；"识一切"是藏传佛教对在显宗方面取得最高成就的僧人的尊称；"瓦齐尔达喇"是梵文，意为"执金刚"，也是藏传佛教对在密宗方面取得最高成就的僧人的尊称；"达赖"是蒙古语大海之意；"喇嘛"是藏语中上师之意）。

这是藏传佛教中达赖称号的开端，接受这个称号时，索南嘉措恍如站在一条河流的码头上，不由让眼光逆流而上，朝河源望去，他仿佛看见一条大河从那里铺呈而来，按照格鲁派的传承，宗喀巴就是这条河流上的第一座庄严而神圣的码头，从此而延伸出的一条黄金航道脉络清晰：58岁那年，宗喀巴前往扎西多喀讲经说法时，有很多信众前来聆听，也有不少僧人希望能够拜在他的门下，宗喀巴在众多信众中看中了一位25岁的青年。这位青年就是来自纳塘寺的格敦朱巴。这是多么奇巧的相见，宗喀巴不由想起自己的启蒙经师敦珠仁钦曾拜纳塘寺主持钦·罗桑扎巴为师，自己的名字就源自钦·罗桑扎巴的转赐，眼前的格敦朱巴俨然就是钦·罗桑扎巴的转世，宗喀巴不由心生欢喜。那天，格敦朱巴皈依至宗喀巴门下，成为宗喀巴的关门弟子。

收格敦朱巴为徒4年后，宗喀巴在噶丹寺圆寂。格敦朱巴又从噶丹寺第二任法台贾曹杰闻习显密诸论，后从克珠杰学习多种要法。

宗喀巴圆寂28年后，格敦朱巴在日喀则大贵族的资助下，建成扎什伦布寺，并担任该寺第一任法台长达38年。

宗喀巴圆寂55年后，格敦朱巴圆寂。

格敦朱巴圆寂两年后，一个叫格敦嘉措的男孩子出生在日喀则西北部达那尧嘎多杰丹的牧区家庭。10岁那年，格敦嘉措被认定为是格敦朱巴的转世而被迎请进扎什伦布寺坐床。由于新兴的格鲁派受到其他各派的冲击，格敦朱巴长期在外游学，41岁那年，才在拉萨将宗喀巴倡导的、沉寂了近30年的传召法会重新恢复，在格鲁派中赢得了高度赞誉。

修行者圆寂，转世者出生，生命的生生死死就如大河的波浪，有起有伏般地谱写在人间。格敦朱巴圆寂68年后，格敦嘉措也圆寂了。

格敦嘉措圆寂第二年，索南嘉措出生了。站在青海湖边，接受俺答汗敬称的"圣识一切瓦齐尔达喇达赖喇嘛"后，格敦嘉措完整地梳理了自己的传承脉络，认为"达赖"这一尊号的领受应该再往前推，也就是说格敦朱巴是一世达赖，格敦嘉措是二世达赖，自己才是三世达赖。三世达赖在青海湖边和俺答汗的相见，不仅是藏族宗教领袖和蒙古族军事首领在青藏高原上完成的一曲高地合唱，不仅是两个民族精神合流的一次尝试，更是拉开了格鲁派后世的历代达赖喇嘛亲临、路过、祭祀青海湖的序章。

在青海湖边会见俺答汗四年后，三世达赖喇嘛索南嘉措再次路过青海前往内蒙古土默特部落参加俺答汗的葬礼，并特意前往宗喀巴的出生地。那座围绕着塔修建的小寺院，因此而迎来了扩建的黄金时间，塔尔寺成了青海境内格鲁派最大的寺院。

青海与三世达赖喇嘛索南嘉措之间似乎有一个暗合的约定，又是四年后，三世达赖前往归化（今内蒙古自治区呼和浩特市）与僧格都棱汗会面，旨在为俺答汗举行盛大的超荐法事，再次将足迹留在了青海。

索南嘉措圆寂后第二年，一个男孩子诞生于内蒙古土默特部的蒙古包里。这个孩子长到3岁时，三世达赖喇嘛索南嘉措的大管家巴丹嘉措及帕木竹巴政权首领的代表等，率噶丹、哲蚌、色拉等三大寺僧众代表经过青海前往土默特部。这支神秘而低调的队伍，主要任务为暗中核查那个孩子是否是三世达赖喇嘛索南嘉措圆寂前的遗言所说的转世灵童。他们在确认这个孩子是三世达赖喇嘛的转世灵童后，给他起名为云丹嘉措。

云丹嘉措13岁那年，拉萨三大寺派出的正式代表来到他的家中，迎请其入藏。途经青海时，云丹嘉措一行特意到塔尔寺拜谒，提出在寺里建立讲修经院。28岁那年，四世达赖喇嘛云丹嘉措在哲蚌寺圆寂。

四世达赖云丹嘉措圆寂后第二年，五世达赖喇嘛罗桑嘉措出生了。五世达赖喇嘛在世时，格鲁派面临着最为复杂的局面（本书第一部中曾写到造成这一局面的原因），蒙古喀尔喀部首领却图汗征服了青海全境，格鲁派的兴起引起青藏高原一些教派的攻击与排挤，甚至发生武力冲突，新兴的格鲁派面临存亡危机。五世达赖与四世班禅派出的秘密信使出发了，信使穿越羌塘高原和柴达木盆地，翻过阿尔金山后进入蒙古和硕特部领袖固始汗控制的南疆地区。

固始汗展开信使带来的密件时，仿佛读到了一幅美好的未来图景，带兵进藏帮助处于危难局势中的格鲁派势力，顺便可将自己的势力渗进西藏，进而可统一西藏。那些攻击格鲁派的武装势力并没察觉，一支强悍的蒙古军队在固始汗带领下，正翻越阿尔金山、穿越柴达木盆地、黄河和长江源区。当这支军队翻过唐古拉山时，就像一只展翅的金雕扑向拉萨时，那些格鲁派的反对势力连惊呼的时间似乎都没有，就听凭这支蒙古军队平定了前、后藏地区，建立了和硕特汗廷和噶丹颇章地方政权。第二年，五世达赖、四世班禅和固始汗商议，派代表前往当时的盛京（今沈阳），与清太宗修好，受到清太宗的盛情接待，并得到清太宗的亲笔信件和大量珍贵礼品，拉开了格鲁派和清朝友好相处的历史大幕。

清朝入关后，顺治皇帝就派人前往西藏，主动和达赖、班禅接洽。五世达赖喇嘛罗桑嘉措34岁那年，接到了一份来自北京的诏书，顺治皇帝下诏，请五世达赖喇嘛罗桑嘉措进京。第二年三月十五日，罗桑嘉措踏上了前往北京的路途。经过5个月的长途跋涉，他抵达塔尔寺。在寺院前的空地上，罗桑嘉措端坐在由当初湟中一带的地方首领申中囊素为三世达赖喇嘛索南嘉措修建的一座法台上，在高原凉爽的秋风里，为前来的蒙古、藏、汉、土等民族的信众讲授宗喀巴的重要著作《菩提道次第广论》。

在塔尔寺逗留了两天后，罗桑嘉措被清廷派驻西宁的大臣迎请到西宁。罗桑嘉措在他的日记中这样描述："有无数人聚集在那里，但是有手持贴有官方告示的木牌和铁鞭的人在前面开道，所以，这些人只能从远处观望，不能到我们近前来。"此时的达赖喇嘛，已经成了如星辰高悬于空的藏地领袖，不是一般人能够近前的出家人。离开西宁后，罗桑嘉措一行沿着湟水河南岸东行，经过今青海海东市的平安区、乐都区，进入甘肃省境内。

返藏途中，途经青海湖东南的察汗托罗湖时，五世达赖喇嘛应额尔德尼洪台吉的请求，撰写了著名的《青海湖祭文》，并亲自主持了一场声势浩大的祭海仪式；沿着青海湖北岸而行，五世达赖喇嘛曾在一处叫沙陀的地方休息过，那里后来建成了一座著名的沙陀寺。

五世达赖喇嘛特意在今刚察县泉吉乡叶合茂村设道场，为广大蒙藏佛教信徒讲经布道，弘扬佛法，并将自己随身带的一尊四臂观音像留下。

十五的月亮升上了天空哟，为什么旁边没有云彩？我等待着美丽的姑娘哟，你为什么还不到来哟嗬？

这段歌词相信很多国人很熟悉，它的歌名叫《敖包相会》，因为这首歌，很多人也知道了辽阔的内蒙古大地上的敖包。在青海湖边，也有不少蒙古族牧民的敖包，不过当地牧民有他们的独特称呼："拉则"，他们有着祭祀"三牲拉则"的传统。

　　"三牲拉则"因自然死亡的神马、神牛、神羊的头颅堆砌起来而得名。环青海湖一带，有很多"三牲拉则"，最出名的是青海湖北岸刚察县境内的"三头拉则"。五世达赖喇嘛罗桑嘉措返藏路过此地时，在今刚察县境内的泉吉乡境内设立马头拉则、哈尔盖镇境内设立羊头拉则、沙柳河境内以南 12 公里处设立牛头拉则，来保佑这方土地的人畜兴旺、繁荣昌盛，希望这里的马、牛、羊能够永远膘肥体壮。这便是刚察县内的"三头拉则"的来历。

　　如今，在整个环青海湖地区，刚察县境内仙女湾内的"三牲拉则"是最大的。它是世居这里的藏族、蒙古族群众为纪念五世达赖喇嘛，将"三牲拉则"立于仙女湾，年年择吉日在湖边进行煨桑、祭海。同时，它以 37 米的高度摘取了目前全国所有地区最高"拉则"的桂冠。这一数字则取意于五世达赖喇嘛罗桑嘉措 37 岁时路过这里。

四

　　我在拉科·益西多杰著的《藏传佛教高僧传略》等书中，仔细地翻阅着历代达赖喇嘛留在青海的足迹，六世达赖喇嘛仓央嘉措在青海的足迹最为诡异、神秘、传奇。

　　　　雾锁大湖，像关闭大门
　　　　像合上书时被藏起的书签
　　　　朝圣之路，隐在夕阳里
　　　　一座嘛呢堆，一座石头的家
　　　　接回青稞酒香里沉睡的情唱

　　　　误入人世的灯，熄灭火焰
　　　　苦与乐，仅在转身之间

背影，是一份模糊的回复：
来或者去，你都曾在这里！

浪花盛开，欢腾或沉寂
像从王座跌落到青稞碗底的酥油
经幡飞扬，丈量青春的轮回
清泪，像一颗流星划过夜天
像一首诗穿过阅读者的双唇
滴软青藏高地最忧伤的部位
掩埋或记录，都是一场匆匆的致敬

　　这是我 1990 年代初，第一次从青海湖归来后，写下的关于青海湖的一首诗歌，一首献给在这里滴下最忧郁的一滴惆怅的、伟大诗人仓央嘉措的敬辞。

　　自从达赖喇嘛转世制度诞生后，历代达赖喇嘛中不少和青海都有着关系。其中，影响最大的是雪域之王、喇嘛诗人与人间浪子合而为一的六世达赖喇嘛仓央嘉措。如果说将塔尔寺的人文高度提升的是三世达赖喇嘛，将青海湖的人文高度抬升到顶峰的是六世达赖喇嘛仓央嘉措。

　　仓央嘉措出生于西藏南部门隅纳拉山下宇松地区乌坚林村的一户农奴家庭，2 岁那年被秘密指认为五世达赖阿旺罗桑的转世；但五世达赖喇嘛为了稳定格鲁派刚刚建立的政权，临终时授意大臣桑结嘉措秘不发表，因此五世达赖喇嘛圆寂的消息被严严实实地捂着。仓央嘉措被正式迎请到修缮一新的布达拉宫时，已经长成为一个 15 岁的翩翩少年。和此前一旦认定转世灵童便迎请坐床并接受严格的佛学教育不同，仓央嘉措在走进布达拉宫前 10 多年的时间里，是一个草原上游牧少年的生活状态。这段童年经历让他缺失了一位转世灵童在幼年、童年和少年时期的佛法教育与基本训练，诗人气质与散淡做派简直就是埋在他体内的两枚炸弹。活佛转世制度在西藏施行以来，历代达赖或班禅都是在很小的时候就被寻访出来，送到指定的寺庙，在封闭的学习环境中，由众多的喇嘛按照极为复杂的宗教程序严格加以培养。他们要研读、修习浩如烟海的佛经典籍，要演练、操作繁复冗长的仪规，要弃绝、戒除俗世的欢乐和趣味，以致成为一尊供人敬仰的神。

仓央嘉措却将生命中这一段最初时光，铺陈在了辽阔的草原、湖泊之间。这决定了他此后的人生之路和一个严格意义上活佛要求有着很大距离，这种冲突就像一块巨大的菌胎，随着他坐床后接受清规戒律的要求而日益膨胀。

　　走进布达拉宫后，仓央嘉措以六世达赖喇嘛的尊贵身份，站在布达拉宫的天台上，俯瞰八廓街的世俗烟火。那时，尊崇的地位和万人敬仰没有让仓央嘉措一味地陶醉在巨大的光环中，他选择了以诗人的身份走进酥油飘香的牧民家中，在一个个雪夜或雨夜里，体会着红尘中的幸福，寻求着一个诗人内心的远方和家园，以深情的吟唱昭示着一颗纯真的诗心。然而，至尊身份及当时西藏错综复杂的政治形势，容不得仓央嘉措的如此举止。来自各个阶层的、集团的、宗教派系的权力之争及利益冲突，在雪域大地上或明或隐地展开，仓央嘉措必然会成为这些错综复杂的斗争的焦点，他就是一团看不见的火之焰心。当时，拉藏汗为了摧毁以桑结嘉措为代表的政治对手，四处散布传言，以六世达赖喇嘛仓央嘉措不守清规戒律为由，发起兵变。桑结嘉措为拉藏汗所杀，仓央嘉措遂被废黜，并勒令将其押解到北京。

　　上路的那天，无数信仰者流泪礼拜，将最美好的祈祷敬献给他。行至丹波林卡，哲蚌寺僧众设灶郊迎，众多僧人流泪祈祷，甚至不顾生命危险，从朝廷派去的蒙古军队中抢走仓央嘉措并转移到布达拉宫。清廷的军队随即重重包围了布达拉宫，一场战争不可避免地要发生，一场屠杀就要在这个神圣的宗教圣地发生，来自拉萨方面的反对者更是煽动说仓央嘉措不是真正的达赖转世灵童之身。这个时候，多杰奥丹噶布（护法）出现了，他赶到那里向集会的众人说："此大师若非五世之转世，鬼魅当碎吾首！"并当场跳起了金刚舞。随即，乃穷寺处渐现起一抹五色彩虹，一端萦绕在仓央嘉措头顶，一端直指向噶丹颇章宫顶。当时，他的敌对者拉藏汗怂恿蒙古军队抢夺仓央嘉措，他的拥护者噶居阿旺巴贡和热振、夏茸等率僧人欲迎敌。

　　仓央嘉措变成了一个圆点，守卫的士兵誓死保护布达拉宫，围成了一个圈，兵变后要抓捕仓央嘉措并将其送往北京的蒙古骑兵，将守卫仓央嘉措的侍卫包围起来，从拉萨周围牧区赶来救护仓央嘉措的牧民在蒙古骑兵外面又形成了一个包围圈，清廷下令调集的军队赶至拉萨城，将围住蒙古骑兵的牧民包围了起来，一个又一个包围圈，仿佛湖面上突然掉入一块巨石形成的层层涟漪，仓央嘉措无疑就是那块巨石。

仓央嘉措不忍一场悲剧因自己而生，心生悲悯地安慰众人道："吾之生死无妨，不久即可重见吾之僧徒。"仓央嘉措不想让藏兵和牧民无辜牺牲，他推开宫门，身披绛红色的僧衣，像一团云朵一样，缓缓走出布达拉宫，从容不迫地穿过双方对峙圈，把自己交给了蒙古骑兵。

由此，仓央嘉措踏上漫漫长途。

三世达赖喇嘛索南嘉措和五世达赖喇嘛罗桑嘉措经青海前往北京，是沿着一条荣光之路，而六世达赖喇嘛仓央嘉措的脚下则铺满了心酸与委屈。从西藏到北京近5000公里的路途，考验仓央嘉措的岂止是他的体力与毅力？还有对失去威权和荣誉后带来的屈辱的忍耐，对来自蒙古骑兵无端羞辱的忍受。行至青海境内，仓央嘉措并没有享受到索南嘉措和罗桑嘉措拥有的礼敬与迎请，他的青海之路显得冷清、寂寥、寒酸，甚至随时可能面临生命危险。

行到青海湖边时，随着格鲁派祖师宗喀巴家乡的临近，仓央嘉措心里会泛起怎样的波澜？他是不是也想和三世、五世达赖喇嘛一样，去纪念宗喀巴？然而，他的戴罪之身，岂能允许他随意移动脚步呢？空旷的高原与内心的孤寂交织在一起的难言之痛，充斥在他的内心。那个凄婉的黄昏，夕阳细细地铺在青海湖上，发出金色的光芒，让这巨大的水面变成了一片辽阔的、成熟后等待收割的青稞地。

仓央嘉措提出，要在青海湖边停留两天，为闻讯而来的环湖牧民传讲佛法，为青海湖的湖神念诵祭祀经文。护送的蒙古族将领答应了他的这一请求。讲法结束后，他为跪倒在地的牧民摸顶赐福，有一个牧民在接受仓央嘉措的摸顶时，和前面的信徒一样手捧哈达，就在接过哈达的那瞬间，那位牧民利用手中的哈达做掩护，在哈达下面朝仓央嘉措手中塞进了一张纸条。

众人散去后，仓央嘉措独自漫步到湖边，抬起头远望，他恍然间看见宗喀巴踏水而来，告知他这是一场命定的劫难，是一种修为过程中的考验。仓央嘉措赶紧念诵宗喀巴大师祈请文：

米咩杰位得迁尖瑞锡（无缘大悲宝库观世音）

集咩堪北汪波蒋悲扬（无垢大智涌泉妙吉祥）

都绷麻吕炯杰桑威达（摧伏魔军无余秘密尊）

岗尖客北竹尖宗喀巴（雪顶智岩善巧宗喀巴）

洛桑札北霞喇受哇得（贤慧普闻足下作白启）

念诵几遍后，仓央嘉措的内心顿时平静如湖面。低头的一刹那，看见水中的自己一路风尘而来的憔悴，他释然于这种别人看起来跌宕起伏的命运。在布达拉宫时，为了信众不再遭受无谓屠杀，他放下的不只是自己的安危和荣辱，还有对权威与尊荣的迷恋及对这红尘的留恋。转头的一刹那，他看见临时扎在湖边的蒙古包，一个个蒙古兵的脸上写满警惕——担心这人间的如意宝、救民的仁波切跳进水里去。

仓央嘉措从湖边缓缓回到自己的蒙古包中。夜色沉沉地罩在高原上，尊者安然打坐，环湖的高原上，陷入黑夜带来的宁静中。突然，蒙古包的门帘被掀开，陪同他一路而来的大臣急匆匆地跨进来。这位大臣不敢面对仓央嘉措的眼神，跪在地上的身体不停颤栗，用颤抖的语音请仓央嘉措移步蒙古包外。尊者从打坐的静然中回到现实，轻轻地问道："你就来取吗？"这时，跪在蒙古包外面的押送仓央嘉措的蒙古士兵们齐齐跪倒在那一夜凄凉的月色下，大臣拜在地上惶恐地说："请您显示化身吧！"

尊者微微一笑，抬手轻挥道："随后再来！我要归去！"话音未落，龙卷风似的浓雾从湖面上翻滚而来，将蒙古包、蒙古士兵、大臣们裹在浓浓的夜雾中，一切陷入沉寂，只有缓急不同的呼吸声。打破这死一般沉寂的，是一阵紧似一阵的丹顶鹤长鸣声。跪倒在地的人们，忽然感觉身上一凉，感觉到头顶有疾风掠过。不一会儿，浓雾散去，月光像给受污的大地清洗般，照在远处的湖面和近处的草地上，士兵们个个嘴张得很大，犹如塞进鸡蛋似的，有人伸出手揉了揉眼眶，有人擦了擦眼睛，他们眼前空荡荡的，地上铺着一块黄色的哈达，上面摆放着仓央嘉措随身带着的、宗喀巴撰写的《菩提道次第广论》，有人赶紧站起来朝蒙古包跑去，里面什么都没有，比青海湖面更大的一个谜面，就这样留在了这里。

或许月光看见，几只被驯化的巨大金翅鸟在浓雾中无声飞来，降落在尊者身旁，骑着金翅鸟的人快速赶到尊者面前。仓央嘉措提前已经从敬奉哈达的牧民递来的纸条上知晓了这个救助计划，他跨上了一只金翅鸟，消失在浓雾深处。

青海湖畔，留下了仓央嘉措此后命运结局的不同版本，有的说他在这里染病而逝或遇害而亡，在另外一些文献中，仓央嘉措像旋风一样，幻化为一个以化缘为生的游方僧，曾游历过青海境内的果洛阿柔部落、阿尼玛卿神山，晚年在内蒙古阿拉善一带讲经说法，利益众生。从内蒙古阿拉善左旗到甘肃天祝藏族自治县，从拉萨到四川理塘，到处都有与他有关的美丽传说。

在青海湖边遁形的次年（1707 年），六世达赖喇嘛仓央嘉措的转世灵童格桑嘉措在四川理塘降世；公元 1708 年，清廷重新册封益西嘉措为第二位六世达赖喇嘛；公元 1721 年，清廷册封第三位六世达赖喇嘛噶桑嘉措并被满蒙联军护送到布达拉宫坐床。仓央嘉措离开青海湖 64 年后，清廷在册封八世达赖喇嘛坚白嘉措时重新追认了仓央嘉措的排序，但那是对 1683 年至 1706 年间的六世达赖喇嘛的佛理上的承认，并不包括自青海湖遁形后的仓央嘉措，在清廷的视线里，仓央嘉措消失了。

仓央嘉措在青海湖是否离世已经不重要了，他作为一个特殊的符号被历史收藏了，被这面盛大的湖水久远地记忆着。他是中国佛教史和诗歌史都无法避却的人物，是中国唯一一位著名诗人与大慈活佛兼具身份者，他短暂的一生充满了传奇与神秘，尤其是生命中最灿烂的、留在青海湖的一笔，幻化为一首凄婉的绝唱，似一道绚丽的彩虹，永远留在了青海湖的记忆中，也留给 300 多年后的人们以无限的感叹。

今天，刚察县城沙柳河镇东入口处建成的仓央嘉措文化广场，其间的雕塑、广场、绿化区等设施使这里完全没了仓央嘉措当年来到青海湖时的冷清与凄婉，庄严气势、金碧辉煌的感恩塔是广场上最醒目的建筑。

感恩塔由塔基、塔座、塔锥和塔冠四部分组成，4 根高大的塔柱分别以其立式结构代表"地"、条形结构代表"水"、方形镀金藏物结构代表"火"、极顶塔形结构代表"天"，形成了佛教中所称的"四大和全"。整座塔身高 33 米，象征这里地处海拔 3300 米的地理位置，四根塔柱周长 53 米则代表刚察县人民政府成立年份——1953 年；镀金华盖外缘所悬挂的 31 枚铜制铃铛代表刚察县有 31 个行政村。六世达赖喇嘛仓央嘉措，一次谜一般的路过，留给这里的是如此厚重的一笔文化遗产。

有的地方会因为接纳一位伟大的人物而增添精神财富，有的地方却因为一位伟大诗人的书写而增加知名度。身为一名诗人，或许是六世达赖喇嘛仓央嘉措没有在青海湖写下诗歌，或许有书写青海湖的却被遗失了，但仓央嘉措写给遥远的理塘的那首诗，成了若干年后理塘举办仓央嘉措诗歌节等活动的理由与资粮。

仓央嘉措离开青海湖后，他没有回头路可走，祁连山向他发出了避难的邀约，他像一条小舟驶向茫茫大海般走进了茫茫祁连山。后来，他的弟子阿旺多尔济在他曾路过的今海东市乐都区马营沟修建了一座寺院，藏语名为"马营扎西曲林"，后来被人们简称为"马营寺"，该寺的檀越是当地的拥承龙洽部落首领阿成栋土司。关于马营寺和仓央嘉措的关系，从十三世达赖喇嘛土登嘉措1907年（光绪三十三年，藏历第十五饶迥火羊年）经青海进京的一件事情可看出。那年十二月四日，32岁的十三世达赖喇嘛奉旨从塔尔寺启程进京朝觐，在碾伯县（今海东市乐都区）的老鸦城和章嘉国师及县令告别后，土登嘉措一行向北拐进了祁连山西麓的一条山沟，专程前往传为六世达赖喇嘛仓央嘉措而建的马营寺，听了拥承龙洽首领讲述其先辈与仓央嘉措结为檀越的故事。

阿旺多尔济后来曾撰写过《仓央嘉措秘传》。2009年地处贺兰山西麓、阿拉善左旗境内的广宗寺活佛贾拉森活佛派遣石门寺堪布华锐·罗桑加措译师到马营寺现场考察，确认当地文献中记载的一世究卓活佛就是仓央嘉措，马营寺是仓央嘉措根本寺。

仓央嘉措离开马营寺后，继续行进在祁连山西麓，翻越祁连山后，沿着三世和五世达赖喇嘛的进京路线，从祁连山东麓景泰县境内的三眼井走向茫茫腾格里沙漠南缘，依次经过今阿拉善左旗的温都尔勒图、辉图高勒、朝格图等地（10多年间，我几乎每年都要几次抽空沿着这条路——恰好和我从工作地往返故乡的路途重叠，聆听尊者轻轻踩在从祁连山到贺兰山的戈壁、沙漠中的足音）。

黎明的星辰，牧帐里的灯盏，引着我追寻仓央嘉措离开青海后的足迹向今甘肃和内蒙古境内延伸。我深信，那时孤行在祁连山和腾格里沙漠中的尊者，闪动的睫毛下，每一颗沙粒都是一面凝固的大海，他不是为了简单的逃亡与活命，而是将佛的种子深埋在浩瀚的腾格里沙海中，乌兰鄂日格山下的佛塔、辉图高勒嘎查的承庆寺、鄂门高勒嘎查的昭化寺、贺兰山西麓的光宗寺等建筑，就是这粒伟大种子在腾格里沙漠里结出的硕果。如今，腾格里沙漠内外数十座寺院，从仓央嘉措生前在大漠深处创建的承庆寺到珍藏其法体的贺兰山深处的广宗寺，不仅是尊者身影从高原上的青海湖（库库淖尔）到大漠中的太阳湖（那仁淖尔）的漫延，更是他将一颗菩提的种子从青藏高原向阿拉善高地的移栽。

佛的足迹，一直通往世界和时间的尽头。

六世达赖喇嘛仓央嘉措在青海湖遁身后第三年，一个叫噶桑嘉措的男孩出生于今四川省理塘县的理塘寺附近的牧区人家。噶桑嘉措八岁时在理塘寺出家，秘密寻访六世达赖喇嘛仓央嘉措转世灵童的团队找到噶桑嘉措后，认定他就是转世灵童。

仓央嘉措在青海湖遁身的各种缘由在此后发生的各种事情中得到印证，得知灵童转世的消息后，西藏的拉藏汗派人前往理塘试图抢走噶桑嘉措，噶桑嘉措的父亲带着儿子几次躲避，后来前往四川的德格隐居。环湖地区的郡王噶丹额尔德尼得知灵童被神秘转送到德格后，召集环湖地区的藏族、蒙古族头人，宣布了这个消息并决定派兵前往德格，迎请灵童前来青海，免得灵童落入拉藏汗手中。

这是历代达赖喇嘛进入青海境内的一条最为独特的路线，6 岁的噶桑嘉措在德格喇嘛带领的千余僧俗护送下，在噶丹额尔德尼派来的蒙古族士兵的护卫下，沿着今天的 214 国道走向，横穿玉树、果洛后来到青海湖。

塔尔寺的大护法神师给法台和其他高僧建议："九年前，前世达赖喇嘛到青海的消息，被拉藏汗的人严实封闭，我们不知道消息，以致错过了前去迎拜与营救的机会；现在，往青海而来的神童，确是前世达赖喇嘛的真正转世，众僧应带着白法螺去隆重迎接。"到青海第三年的三月十六日那天，8 岁的噶桑嘉措被迎请到塔尔寺，其间亲临法会、登上金座、指示修复大经堂、向僧众授戒、闭关 7 天、指示新任法台和新建法舞学院，尤其为青海境内的佑宁寺、却藏寺、夏琼寺、夏宗寺等赠送供养。在噶桑嘉措驻锡塔尔寺 5 年时间里，清廷每年藏历年都派官员来献礼，使塔尔寺成了朝野关注的地方，提升了塔尔寺的政治地位。在塔尔寺的第五个春节刚过，康熙皇帝派十四皇子爱新觉罗·允禵带领皇孙宁亲王及 6 位大臣前往塔尔寺，提出护送噶桑嘉措进藏。

离开塔尔寺两年后，回想起在塔尔寺的时光，噶桑嘉措几次派人送去康熙皇帝让人用黄金制作并镶以珠宝的金币、150 两黄金汁撰写的金册、御赐的黄色牧帐与黄缎轿。1757年二月初三，离开塔尔寺37年后，第七世达赖喇嘛噶桑嘉措在布达拉宫圆寂。

第七世达赖喇嘛噶桑嘉措圆寂后第二年，第八世达赖喇嘛强白嘉措出生于日喀则南木林县的一个贵族家中。住世期间，他没有和青海发生什么关系，此后的九至十二世达赖喇嘛都未曾到过青海。

十二世达赖喇嘛圆寂后第二年，十三世达赖喇嘛土登嘉措出生于今拉萨市郎县郎墩村。9年后，受复杂动荡的形势所迫，十三世达赖喇嘛土登嘉措选择秘密离开拉萨，悄然经青海前往外蒙古避难，青海又一次承领了达赖喇嘛的足迹。在外蒙古的库伦度过3年时间后，土登嘉措一行返回西藏时，走进了塔尔寺。因为英国反对土登嘉措返藏，他按照清朝的旨意，前往北京。从北京返回时，他再次来到塔尔寺，并聘请化隆的支扎寺两位活佛为自己的经师。

细细敬观达赖喇嘛的谱系图，原来，历代达赖喇嘛和青海有着如此深厚的关系！

无论是达赖喇嘛转世系统，还是班禅转世系统，这两条雪域高原上的信仰之河的源头，都在宗喀巴那里。从宗喀巴创立格鲁派后，它就孕育着汹涌的活力，它的完善、扩延一直没有完成，它是一部非常古老的但又不断更新的书，吸引着越来越多的人都尝试着想阅读。它的每一页都体现着宗喀巴的意志，每一页都是一滴灵性之水，让它的读者感受着完整的、伟大的、鲜活的、无处不在的宗喀巴，这让格鲁派至今仍呈现为一条蓬勃涌动、澎湃流淌的大河姿态，而不是一面被堤坝封锁住的湖水。

俄国探险家科兹洛夫在塔尔寺时，发出了这样的感叹："神殿、宝塔和西藏人、蒙古人的住处都摆满了宗喀巴的塑像和画像。"在塔尔寺期间，科兹洛夫被广大信徒对宗喀巴的敬重所震撼，他在夜晚的烛光下，继续记着日记："西藏人和蒙古百姓在生活艰难时，首先祈求'自己的'喇嘛，神圣的宗喀巴，蒙古人在一天里会多次在极短暂的沉思中叨念'宗喀巴喇嘛'！经过辩论考验的博学僧人则认为宗喀巴的著作是思想、形式和语言最完美的典范。"如果，科兹洛夫能活到现在，能和我一起完成对青海从南到北、从东到西的数次游历，一定对宗喀巴的神圣有更深的理解。

在三江源区，我走进治多县城北郊的贡萨寺，寺管委主任桑周喇嘛指着大殿里的宗喀巴铜像说："这尊塑像高27米，是格鲁派寺院内所供奉的最大的宗喀巴大师室内铜像。"

在可可西里无人区，我遇到的牧民，有的是在帐房里挂着小幅的宗喀巴唐卡，有的在随身带的"嘎吾"（藏语，袖珍佛龛，通常制成小盒，佩戴于颈上，龛中供设佛像）里就装有宗喀巴像，或从塔尔寺等供奉宗喀巴的寺院里迎请到的印有经文的绸片、舍利子或由高僧念过经的药丸等，表达他们对宗喀巴的敬意。

在祁连县黑河流域的阿柔部落寺院大殿，在沿黄河流域和湟水边的拉加寺、佑宁寺、瞿昙寺、夏琼寺、隆务寺，我同样看见宗喀巴塑像被无数信徒礼拜敬仰。

第二章
佛的另一行足迹

1578年农历五月十五的青海湖，见证了一场盛大会晤。

朝阳照见仰华寺大殿外的草地上的两道伟岸的人影，那是三世达赖喇嘛索南嘉措和蒙古族军事首领俺答汗在互相致意，青海湖的鸟鸣、涛声和仰华寺里的诵经声里，一道洪亮的蒙古语响起。

索南嘉措听见对面的俺答汗说道："7年前，格鲁派的阿兴喇嘛前往土默特草原弘扬佛法，就曾给我讲过，若想遵行忽必烈和八思巴二位圣者所创立的政教二道并行之制，就应请迎佛于西藏拉萨地方。在宗喀巴尊者所建的庄严极乐之地哲蚌寺里，住有一位善识一切的大智士索南嘉措，他执掌释迦牟尼之教，他是诸僧之师尊、观世音菩萨的化身。阿兴喇嘛向我建议，及早迎请索南嘉措及《甘珠尔》《丹珠尔》诸经。我召集土默特右翼三万户领主共同议定，派使臣进藏邀请您前来。为了今天的相见，我准备了整整7年时间！"

索南嘉措回答道："时间是心愿的化身，也是善良行动的规划师。我知道，为迎请我，您让儿子宾兔在这里修建了察卜齐雅勒衮本（恰卜恰寺院，即今青海湖东南共和县境内的仰华寺）。4年前，您又派思达陇囊素、威静宰桑、达云恰（恰台吉）、本宝善丁等人为使者，携带您的书信、金银珍宝等供献、大批布施，历十余月之长途跋涉前往西藏礼佛，我在哲蚌寺里见到了这些使者，也接受了他们转达的邀请。"

俺答汗接过索南嘉措的话："是呀，3年前的五月份，达云恰和思达陇囊素二人带着您的专使、哲蚌寺的戒师尊追桑波返回土默特，我再次召集右翼三万户的领主们聚会，决定按照您安排的日期，于牛年（1577年）动身，前来察卜齐雅勒隆重迎接您的驾临。同时，我派出了第二批使者前往拉萨迎接您启程。朝廷允许我借道甘肃入青海，这才见到您！"

索南嘉措回应道："今天是五月十五日，请允许我先举行大法会，祈求四海平安、风调雨顺、万民安乐。"

一场法会，在环湖地区蜂拥而至的牧民、以俺答汗为首的蒙古右翼大小领主及部属的见证下隆重举行。法会刚结束，俺答汗就迫不及待地向索南嘉措提出放弃之前信奉的萨满教，要求正式皈依藏传佛教。在俺答汗的带领下，当场就有数千名蒙古士兵和贵族子弟皈依藏传佛教，有的甚至当场就提出要出家为僧。

接受完皈依的仪轨后，索南嘉措对俺答汗说："皈依不是仪式，是从今后真正能够以苍生为重，我赠您以'转千金法轮咱克喇瓦尔第彻辰汗'（又作'梵天大力咱克喇瓦尔第诺们汗'）的称号，意为拥有千金之力的转轮法王与聪睿的汗王。"

作为世俗和宗教两位领袖，俺答汗回赠索南嘉措"圣识一切瓦齐尔达喇达赖喇嘛"的称号，"圣识一切"是索南嘉措原有的称号，瓦齐尔达喇为梵语"执金刚"之意，达赖为蒙古语"大海"之意，喇嘛为藏传佛教术语，意为"上师、上人"，为对藏传佛教僧侣之尊称。从此哲蚌寺的转世系统就被称为达赖喇嘛，索南嘉措就是三世达赖（他的上师根敦嘉措及根敦嘉措的上师根敦朱巴被追认为二世达赖、一世达赖）。

一

57 年后，历史之手再次摁下了复制键，五世达赖喇嘛罗桑嘉措的上师罗桑却吉坚赞和蒙古和硕特部首领图鲁拜琥，在拉萨相见，启动了格鲁派班禅系统。

这场声势浩大的会见背后，有这样一个历史背景：藏巴汗去世后，他的儿子丹迥旺布为了消灭格鲁派势力，和占据今四川西部甘孜州一带的白利土司结成同盟，让后者发兵攻打拉萨，新兴的格鲁派像一盏刚点着的酥油灯，白利土司的攻击犹如一股吹来的猛风，这盏灯随时都有被熄灭的危险。

年幼的五世达赖喇嘛罗桑嘉措在上师罗桑却吉坚赞的支持下，决定仿效三世达赖喇嘛索南嘉措当年和蒙古族首领俺答汗以互敬尊号结盟的做法，向远在伊犁的蒙古和硕特部首领图鲁拜琥派出密使，邀请后者进藏（关于这一事件，本书第一部有叙说），试图借图鲁拜琥的军事力量抵抗白利土司和丹迥旺布的联手进攻。

收到密信的图鲁拜琥非常高兴，他的先祖成吉思汗曾带兵进入青海东部，但没能继续深入其腹地；蒙古土默特部首领俺答汗虽然和三世达赖喇嘛结盟，却没能统兵进入青藏高原，从成吉思汗到俺答汗，多少蒙古族首领想进军青藏高原，他们的军队曾远征欧亚，却不能驻足于那片辽阔的高地，现在，是格鲁派的最高领袖五世达赖喇嘛罗桑嘉措提供了这个机缘。

图鲁拜琥没有让罗桑却吉坚赞和罗桑嘉措失望，他于 1636 年秋召集卫拉特各部联军从伊犁出发，翻越天山和阿尔金山，进入青海境内，蒙古铁骑的旋风开始劲扫高原。图鲁拜琥剿灭了与藏巴汗关系密切的蒙古喀尔喀部却图汗势力；占据青海全境后，图鲁拜琥向四川境内发兵消灭了白利土司的军事集团。进入青海 8 年后，图鲁拜琥进军并统一了青藏高原，帮助五世达赖喇嘛罗桑嘉措建立了噶丹颇章政权，确定了格鲁派在藏传佛教中的统治地位。

图鲁拜琥仿照蒙古族首领俺答汗 57 年前在青海湖边和三世达赖喇嘛索南嘉措互敬尊号的方法，封赏在平定西藏局势中给自己极大帮助的罗桑却吉坚赞为"班禅博克多"（班是梵语"班智达"，意为"学者"；禅是藏语"钦波"，意为"大"；博克多是蒙古语，意为"睿智英武"），从此，罗桑却吉坚赞就有了"班禅"这一名号。作为回赠，罗桑却吉坚赞赐赏给图鲁拜琥"固始·丹增曲结"的称号（意"佛教护法王"尊号；蒙古语又称为"固始·诺们汗"，简称固始汗）。从此，图鲁拜琥以固始汗名之，罗桑却吉坚赞以班禅名之。

宗喀巴在世时，遇见、交识的僧俗各界人中，最为传奇的是著名的"宗喀巴师徒三尊"，也就是他和克珠杰、贾曹杰亦师亦友的微妙关系。

和宗喀巴一样，克珠杰出生在一个殷实的家庭，早年在萨迦寺出家，是萨迦派的僧人。克珠杰在萨迦寺学遍显密经论后，遍游后藏各地的寺院，通过学习、辩经、拜访名师来提升自己。后来，克珠杰拜宗喀巴为师，在短短十个月的时间内，宗喀巴就把显密正法和密宗诀全部传授于克珠杰，希望他继承和弘扬自己的密宗教法。据《西藏密教史》记载："宗喀巴秘密授与克珠杰不共上师之秘诀及密教多种教授，并说：'若遇一二名有根器之弟子可以传授，……弘扬甚深中观见与我的密教。'将所有教法传给他。"

为弘传格鲁派教义，克珠杰背着经包衣钵，云游各地，向寺院僧侣讲经说法，主要阐述宗喀巴著的《菩次道次第广论》和《密宗道次第广论》。克珠杰跟随宗喀巴12年，是宗喀巴的第二大弟子，在阐述格鲁派教义、指定各种法规和学经程序、建立寺院制度等方面做了大量工作。

克珠杰去世后的第二年，一个叫索南曲朗的孩子出生在今日喀则江当区恩萨村。索南曲朗长大后到噶丹寺出家，经过刻苦的学习与研修，因为善辩与博学而被公认为克珠杰转世。因他出生在恩萨，也就被人们敬称为恩萨仁波切。

索南曲朗去世后的第二年，一位叫罗桑敦珠的孩子出生在恩萨村，两人是同一个家族，后者8岁就被父母送到村子附近的恩萨寺出家，随后又游历了很多地方，成为一代显密兼通、修有成就的大师！

罗桑敦珠在62岁那年去世，就在他去世4年后，一位叫曲吉巴丹桑布的孩子，出生于后藏的一个藏医世家。曲吉巴丹桑布13岁那年，被父母送到恩萨寺出家，上师克珠益西桑杰赐名为罗桑却吉坚赞。在恩萨寺学习结束后，罗桑却吉坚赞以活佛身份前往扎什伦布寺、噶丹寺学习。33岁那年，罗桑却吉坚赞应拉萨三大寺敦请，前往拉萨，在大昭寺为四世达赖喇嘛云丹嘉措剃发出家，并为后者授沙弥戒，这是班禅和达赖第一次确立师徒关系。

虽然罗桑却吉坚赞开启了格鲁派的班禅系统，但他并不是第一世班禅，按照我上面叙述的人物传承关系，格鲁派内部有这样一个班禅序列：宗喀巴的门徒克珠杰为一世班禅，索南曲朗为二世班禅，罗桑敦珠为三世班禅，罗桑却吉坚赞为四世班禅。

四世班禅罗桑却吉坚赞去世后的第二年，五世班禅罗桑益西出生于后藏托卜加地方。4岁那年，罗桑益西被迎至扎什伦布寺坐床，师从五世达赖喇嘛罗桑嘉措。50岁那年，康熙皇帝封罗桑益西"额尔德尼"（梵语，意为"珍宝"）的称号，并颁金册金印。从此，"额尔德尼"成了历辈班禅的正式封号，已故的前四世班禅的法号前皆冠以这个封号。清朝中央政府确认班禅管理后藏地区政教事务的大权，常驻扎什伦布寺。

二

1915年，十三世达赖喇嘛在九世班禅额尔德尼罗桑却吉尼玛管辖范围的日喀则设立了相当于内地行政专员公署的"基宗"（后藏总管），任命僧官罗桑敦珠、俗官木霞二人为"基宗"。达赖喇嘛任命的"基宗"除管辖达赖在后藏的所有宗（相当于县一级政府）、溪卡（庄园）之外，也管辖班禅所属四个宗和所有溪卡，并向班禅额尔德尼辖区的百姓征收、摊派军粮税款。这种交叉管理，势必会触动双方的利益，导致九世班禅额尔德尼与十三世达赖喇嘛之间的关系日趋恶化。

第二年，九世班禅罗桑却吉尼玛写信给十三世达赖喇嘛，指出后者任命的"基宗"干涉寺政不当，并要求双方通过会晤来解决问题，十三世达赖在复信中拒绝会晤。鉴于西藏噶厦政府强行接管扎什伦布寺所属的庄园牧场、强迫扎什伦布寺负担四分之一的军费，扎什伦布寺的几名官员前往拉萨交涉，这几名官员刚到拉萨，就被逮捕入狱，埋下了日喀则方面和拉萨方面交恶的伏笔。

1923年11月15日夜，一轮满月在天空睁大了眼睛，俯瞰着大地，那一夜，人间发生的多少神奇故事中，最神秘的莫过于从扎什伦布寺的后门走出的16道身影，那是九世班禅和15名贴身侍从，他们在夜色的掩护下，朝东北部的羌塘高地走去。他们一直避免走在大道上，经过那塘、达拉、波东、波日波多果到达谢通门，进入藏北羌塘无人区，日夜兼程地往青海方向疾行。

3 天之后，九世班禅的堪布罗桑坚赞等 100 余人也乘着月色逃出扎什伦布寺，疾行 5 天后才在藏北地区追赶上九世班禅额尔德尼。西藏噶厦政府驻扎什伦布寺的两位基宗立即派人追赶，并通过江孜的商务机构致电噶厦政府。噶厦政府立即派孜本龙夏、代本崔科率 1000 名西藏地方军队兼程追赶、堵截。由于担心藏军的追击，九世班禅额尔德尼的卫队并没走平常从西藏进入青海的路线，他们放弃了在藏北羌塘地区向东翻越唐古拉山进入青海，而是继续朝北行走在莽莽昆仑山中，进入柴达木盆地后也是继续向北而行。

班禅一行在青海和西藏交界地带成功地摆脱了西藏地方军队的追捕，当时流传在拉萨的一首民谣是这次逃脱的注解——

都说班禅似兀鹰，展翅飞翔奔他乡；
都说崔科像猎犬，空手而归嗅地面。
班禅喇嘛好似神，他的坐骑像只鸟；
金鞍放在鸟背上，扶摇直上入云霄。

九世班禅一行虽然摆脱了被达赖抓捕遣返的危险，却陷入了因粮食缺乏而面临断粮的窘境。进入柴达木盆地后，这支逃亡队伍买不到任何食物，但他们一直恪守不杀生的戒律，哪怕饿死，也拒绝捕猎野生动物充饥。绝望的境地里，九世班禅一行遇到外蒙古哲布尊丹巴的经师柯珠和司膳罗桑图丹等人由西藏返回外蒙古，他们将所带食物敬献出来供班禅分配，使后者脱离了断粮的绝境，得以在寒冷的冬天和初春时节穿越柴达木盆地。

横穿柴达木盆地后，翻越甘肃和青海界山党金山，九世班禅一行于 1924 年 3 月 30 日抵达祁连山北麓、甘肃西边的安西县，受到安西县长及当地人民的热忱欢迎。从此，九世班禅开始了在内地整整 14 年之久的流浪生涯。

1935 年 5 月 12 日，九世班禅从兰州飞抵西宁，这是他第二次踏进青海大地。3 天后，九世班禅在塔尔寺举行了他离开西藏后举行的第八次时轮金刚大法会，5 万多名蒙古、藏、土、汉等各族僧俗群众参加了法会。九世班禅指示在塔尔寺四周修建了 4 座时轮塔，自己捐出 1 万银圆，让人彩绘了大金瓦殿、缎制堆绣大佛，敬献了银灯、佛像、金汁书写的《般若八千颂》和金银制造的大小佛塔 30 座，还将日本信士雨田赠给他的一辆铁制东洋轿车也献给了塔尔寺。

九世班禅在塔尔寺期间，西藏摄政热振活佛派代表6人，后藏代表300多人前来迎请九世班禅回藏。1936年6月，九世班禅一行离开塔尔寺，应甘南拉卜楞寺嘉木样活佛邀请，前往拉卜楞寺举行他一生中最后一次金刚大法会。

1936年8月21日，九世班禅从拉卜楞寺出发，按照民国政府的决定选择了"由青赴藏"路线，正式踏上了漫长而又艰辛的返藏之路。经黄南、果洛等地，于同年12月21日顺利到达玉树的结古镇。关于九世班禅返藏前在青海的经历，马鹤天在《甘青藏边区考察记》中记述得较为详细。

在塔尔寺时，九世班禅就曾派丁杰活佛等人前往玉树，在结古镇成立了"西陲宣化使署驻青、康、藏三边办事处"（简称三边办事处）。它的重要职责是"进展宣化工作"和探听"玉树消息"，同时还要为九世班禅一行即将到达玉树做好一切准备工作。九世班禅及其随员到达玉树结古镇后，三边办事处为九世班禅一行住宿等做了这样安排：班禅大师及行辕安排在结古寺甲那颇章；三大寺的代表和后藏的堪布住在结古寺内一幢三层楼房内；专使行署设在玉树防务支队师长马彪的私邸。

留驻玉树期间，九世班禅还朝拜了拉布寺、班庆寺、禅古寺和拉休寺等。由于行辕设在结古寺，九世班禅在这里住的时间最长，到达结古后的第一次规模比较大的传法和灌顶活动就在这里举行。4天的法会期间，参加人数大约有4000人。拉休寺是九世班禅继结古寺后所住时间较长的地方，总共在这里住了53天，其间，拉休寺为九世班禅举行非常隆重的跳神活动，九世班禅还为拉休寺认定了该寺一位活佛。

当时，日军已侵占了北京、天津、上海等大城市，抗战形势日趋严重，九世班禅捐献3万元，购公债2万元，并动员行辕全体同仁踊跃捐款，汇集前方，慰劳抗战将士及救济伤兵与难民。他还在寺院诵经祈祷抗战早日胜利。由于入藏问题久拖不决，导致九世班禅心力交瘁，身体不适之感越来越明显，1937年11月27日，重病中的九世班禅向侍从讲"轿子备好，我要走了。你看数万只五色小鸟来迎了"等话。12月1日，九世班禅在玉树圆寂，享年54岁。

1941年2月4日，九世班禅灵柩运到后藏，在扎什伦布寺建宝塔供养。

三

十世班禅额尔德尼因为出生于青海，而和青海关系更为密切。据说，九世班禅从塔尔寺启程返回西藏时，当地的僧人曾执意挽留九世班禅。九世班禅安慰众僧道：放心好了，3年以后，我将回来和你们相会。九世班禅圆寂后，按照惯例，噶厦政府、班禅堪布会议厅、扎什伦布寺等，均积极进行寻找转世灵童的工作。

当我拜谒十世班禅诞生地的脚步沿着循（化）同（德）公路而行时，一路上，我们感受到的是越来越浓郁的藏文化气息。路边的指示牌显示文都乡到了，十世班禅的故乡麻日村到了。

如今，在文都乡麻日村十世班禅家院中的那棵老杨树，经过百年的叶黄叶绿、叶盛叶衰，已成为十世班禅故居的标志。站在杨树下，抬眼远望，麻日村坐落在青山秀水的怀抱中，走进1980年修建的十世班禅故居，第一道大门朝南，第二道大门朝西，东西并列两院，和北侧旧居形成一个"品"字结构。十世班禅故居的管家土旦三旦是文都寺的一名僧人，20年前就来这里管理故居。土旦三旦3岁那年，恰逢十世班禅回乡，有幸得其摸顶赐福。

在旧宅的灶房里，一根缠满了哈达的柱子犹如冰雕矗立在老旧的屋子。1938年冬天的那个吉祥的日子，十世班禅就出生在这里，而这根缠满哈达的柱子就被当地藏族敬奉为十世班禅的生命柱。走进南侧正院，整个院落整洁静穆，楼上北面正中为22间佛堂，佛堂门上悬挂"河源须弥"的一方匾额，字体疏朗周正，两边配以"九曲安详爱国早传拒房，八荒向化护教所以宁邦"的楹联，称赞十世班禅爱国爱教的业绩。佛堂内左侧设有十世班禅的宝座，上面供有十世班禅遗像，之后依次为吉祥天女护法神、三尊释迦牟尼镀金铜像、十世班禅生前用过的物品等等；佛龛西边分别悬挂着九世班禅罗桑却吉尼玛、十世班禅的第一任经师拉果仓·久美成列嘉措活佛、久美三旦活佛、十一世班禅额尔德尼·确吉杰布及十世班禅的照片；两侧墙壁装有橱柜，珍藏有《甘珠尔》《丹珠尔》等经卷和《历代班禅全集》等。

九世班禅圆寂后，班禅堪布会议厅派出了十一路转世灵童寻访人员，分赴青海、甘肃、四川等地寻访。九世班禅的膳食喇嘛索巴带着寻访灵童的使命，来到循化县文都乡。据说，那天黄昏，4岁的贡布慈丹正在藏式楼房的家门前玩耍，手里拿着一个细羊皮糌粑袋。他一见索巴就说："给我捏糌粑吃。"

索巴大为惊讶，看天色已晚，便在贡布慈丹家住了下来。晚上，贡布慈丹问索巴："你打算去哪？"

索巴说："我明天就走。"

贡布慈丹摆摆手，"你不用走了。"

索巴说："我还要去寻找班禅额尔德尼呢。"

贡布慈丹回答道："我就是班禅，等庄稼收割时，会有人带很多马匹来接我的。"

索巴觉得男孩说话的模样和九世班禅一样，拉着贡布慈丹的手，竟流下泪来。

各方寻访人员将寻访到的9名灵童，一一筛选，每次贡布慈丹都是第一名。后来在塔尔寺还进行了一次金瓶掣签，对几个候选灵童抽签，抽出的也是贡布慈丹。青海省政府准备将金瓶掣签结果上报国民政府时，西藏地方政府坚持要青海省政府把贡布慈丹送到拉萨，和西藏选的两个灵童一起，到拉萨大昭寺进行金瓶掣签，但又不许护送贡布慈丹的军队入藏，也不要中央派大员主持掣签。班禅堪布会议厅向国民政府请示，要求立即在青海认定九世班禅的转世灵童，青海省急电国民政府，以历史上免予掣签的方式，速定灵童真身。

1949年6月3日，国民政府代总统李宗仁在广州签发命令，全文如下："青海灵童贡布慈丹，慧性澄圆，灵异夙著，查系第九世班禅额尔德尼转世，应免予掣签，特准继任为第十世班禅额尔德尼。"

两个月以后，国民政府蒙藏委员会委员长关吉玉作为专使，专程赶到青海塔尔寺，主持十世班禅额尔德尼坐床典礼。

十世班禅诞生和成长的年代，正是中国抗战时期和抗战胜利后中国面临两种命运决战的历史时期。同时，西藏和青海也面临着极少数分裂主义分子妄图搞"西藏独立"的严峻局面。

1949年4月，南京解放在即，国民政府极力拉拢、诱骗班禅堪布会议厅的主要成员，企图把班禅额尔德尼和班禅堪布会议厅迁往台湾。十世班禅当时才11岁，虽然不可能决定政治上的重大问题，但他作出了自己的明确主张：我是青海人，是喝黄河水长大的，我爱故乡，不到外边去，绝不能离开生我养我的土地。班禅堪布会议厅的主要成员詹东·计晋美决然作出了决定："不去台湾，留在西北，审时度势，视情而行。"

随后，十世班禅带人前往柴达木盆地深处的香日德寺隐居。

1949 年 10 月 1 日，中华人民共和国宣告成立，这一消息传到香日德寺时，避居于此的十世班禅欢欣鼓舞，当即分别给毛主席、朱总司令发出致敬电。随后，十世班禅收到了毛主席、朱总司令和彭德怀副总司令员的复电，希望班禅"和全西藏爱国人士一致努力，为西藏的解放和汉藏人民的团结而奋斗"。

随后，十世班禅和班禅堪布会议厅由香日德返回塔尔寺。此后，十世班禅主要在塔尔寺学习藏文和经典。曾任九世班禅经师的拉科活佛继任十世班禅的经师，后又由嘉雅活佛任经师。每天上午、下午和晚上，十世班禅按照规定的课程，学习藏文《三十颂》、练习书法、读书念经、背诵经文。

1951 年春，中央人民政府和西藏噶厦政府商定在北京举行和平解放西藏的谈判。中央政府特邀十世班禅进京，共商国是。当年 4 月中旬，十世班禅赴京途中在西安会见习仲勋时说："我们是专程去北京向毛主席致敬的，我们把藏族人民对中央人民政府和毛主席的良好祝愿亲自传达给毛主席。"十世班禅表示："要坚决拥护中央人民政府的正确领导，决心与西藏各界爱国人士一道，为西藏的解放和藏族人民的团结而努力奋斗。"4 月 25 日，十世班禅一行 45 人到达北京，当晚，周恩来总理设宴为十世班禅接风洗尘。宴会前，周总理同十世班禅进行了长时间的交谈。

1951 年"五一"劳动节那天，毛泽东主席在天安门城楼上接见了十世班禅。6 月 23 日，举行了《关于和平解放西藏办法的协议》的签字仪式。次日下午，毛泽东主席在中南海怀仁堂接见西藏地方政府和谈代表和十世班禅一行。十世班禅向毛主席献了哈达，赠送了锦旗、金盾、长寿铜像、银曼札、藏香及其他珍贵礼品。6 月 2 日，十世班禅赴天津、上海、杭州等地参观。6 月 26 日返抵塔尔寺。

九世班禅自 1923 年离开后藏的扎什伦布寺以来，两代班禅已有 20 多年没有回到扎什伦布寺了。解放以后，中共中央和中央人民政府非常关心达赖和班禅的团结，谨慎而又公正地处理噶厦政府和班禅堪布会议厅之间的历史问题，并认真解决十世班禅返回日喀则的问题。1951 年 12 月，十世班禅和班禅堪布会议厅的主要成员离开西宁，经过 4 个多月的艰苦跋涉，于 1952 年 4 月 28 日抵达拉萨，受到拉萨各族各界僧俗群众和驻藏人民解放军官兵的热烈欢迎。

1980年，十世班禅再次来到青海视察时，先后为40多万人次摸顶祝福。

1989年1月28日，十世班禅突感到身体不适，胸部疼痛，经中央派来的医疗专家小组和地方医务人员多方抢救，均无效，一颗伟大的心脏停止了跳动，终年51岁。

第三章
俄语翻腾于
河湖间

探险家才是地球上的移动之民，他们不断拓展着人类熟悉的边界，带回更多、更远地方的信息、风俗和知识；他们是地球记忆的创造者与收录者。

——题记

120年后，我站在俄国探险家普热瓦尔斯基当年所站立的这座雪山垭口，仿佛看见他和随从行进在1884年2月底的乌鞘岭上，从海拔表上读到身处地点的高度：3562米。那时，在沙皇送给他的单筒望远镜的镜头里，除了白茫茫的雪，普热瓦尔斯基什么也看不见；竖起耳朵，他什么也听不见，大地陷入一片辽阔的寂静中。幸好，他们从山下的安远盆地准备进山时，就听从当地雇的安多藏族向导的意见，准备好了足够的牦牛粪、羊肉和酥油茶，否则，即便是带着枪，他们在这冰天雪地里也打不到任何猎物。

向导告诉普热瓦尔斯基：从这里往前，就是华锐部落控制的地区，眼前的这座高大山岭在藏语中称哈香聂阿，汉族人称为乌鞘岭。

乌鞘岭！普热瓦尔斯基心里念叨着这个名字，来这里之前，他通过阅读一本清朝康熙时期福建人陈梦雷编辑的《古今图书集成》，知道乌鞘岭是祁连山南段著名的一个垭口，是翻越祁连山的一处地标。他从其中的"职方典"第577卷里读到这样的内容："乌鞘岭虽盛夏风起，飞雪弥漫，寒气砭骨。"这样的记述让普热瓦尔斯基从中了解到，即便是盛夏季节，乌鞘岭也会风雪突起，遍地冰冷，但眼下这里的冷寒还是超过普热瓦尔斯基的预料。和他之前曾考察过俄国的西伯利亚和远东地区比起来，这里的冷才是真正的彻骨之寒。乌鞘岭是让雪花都冻得发抖的地方，是牦牛都不愿意来的高处。

即便是当地人，冬天也极少翻越乌鞘岭，向导只能凭记忆，带领普热瓦尔斯基一行，在爬行般的速度里，在一张巨大白纸般的雪地上，歪歪斜斜地印上蝌蚪般的足印。

如今，一条国道和一条高速公路贯穿乌鞘岭。当年，普热瓦尔斯基和随从在向导的带领下，于逐步抬升的祁连山中，小心翼翼地踩着积雪慢慢而行，乌鞘岭上的那10多公里路，用去了他们一天的时间。

翻过乌鞘岭，海拔开始下降，眼前出现一座古城，古城旁边蜿蜒着一段古长城，这让普热瓦尔斯基感觉到有些沮丧：走了这么远，怎么还是汉族人修建的古城和长城，自己要去的"番地"究竟还有多远？向导耐心地告诉普热瓦尔斯基：古城是为守护长城的军队特意设置的，以前，东西往来的商旅、征夫、游子及使者，均要在这里交验文书，方可通过。我从清代的方士淦《东归日记》于农历五月二十九日翻越乌鞘岭时，读到这样的记载："（道光八年）五月二十九日……唯过乌梢岭极高寒，山多岚障。"方士淦翻过乌鞘岭14年后，林则徐在农历八月十二日翻越乌鞘岭时，也留下了他的感悟："岭不甚峻，惟其地气甚寒。西面山外之山，即雪山也。是日度岭，虽穿皮衣，却不甚寒。"两位福建走出来的清代著名文臣，在农历五月和八月翻越乌鞘岭时，都留下了他们的感受，可想一群俄国人在农历一月时，翻越乌鞘岭该有多冷。

枪声是在普热瓦尔斯基翻越雪山时响起的，上百名全副武装的当地劫匪和只有7个人的俄国探险队，双方在武装力量和占据熟悉有利地形上，有着明显分别。然而，探险队凭借着精良的武器和精准的枪法，竟然击溃了劫匪，给这支远征军般的探险队经历中填写了惊险的一笔。

穿过乌鞘岭后，普热瓦尔斯基一行转向西南方向而行，右手方向那直插云霄的马牙雪山，像是一位巨大而沉默的导引，指引着他们贴着山下的小路直到大通河边的天堂寺前。站在冰冻状态下的大通河边，向导告诉普热瓦尔斯基，河对岸虽然仍归甘肃管辖（那时，青海省还未建省，仍是甘肃省的一部分），却是真正的番区了，那里连向导也没去过，剩下的路就只能靠探险队自己走了。

冬天的大通河，酒醉般沉睡在祁连山的怀抱里，听凭这些来自俄国的陌生人踩着厚厚的冰层而过，抵达对岸的密林中。按今天的行政区划，这些人就算进入青海省了。

一

无论是中国人还是俄国人，无论是科兹洛夫在《蒙古、安多和死城哈喇浩特》零星的一点记录，还是苏联历史地理学家约·彼·马吉多维奇撰写的《世界探险史》；无论是《果洛州志》或《玉树州志》中的记载，还是网上出现的资料，对普热瓦尔斯基的记述总是一个模糊的轮廓，缺少具体而翔实的细节，甚至互相有矛盾。我只能在阅读上述书籍、资料后，加上自己的实地考察后，勾勒出一幅普热瓦尔斯基在青海探险的路线图。

19世纪初到20世纪初的百年时光里，一些探险家和一个"大探险时代"互相成就。那时，俄国派出一批又一批由现役军官组成的探险队，前往中国东北、西北地区进行一系列"科学考察"，其主要目的是查勘道路，测绘地图，为将来可能进行的军事行动搜集情报，普热瓦尔斯基是这些探险家中取得成绩最大的一位。

1867年到1869年间，普热瓦尔斯基作为沙俄情报军官考察过中国的东北地区，并在黑龙江、乌苏里江一带采集并制作过大量的动植物标本，记下了详尽的考察日记并绘制了地形图。两年的考察结束后，普热瓦尔斯基的身影出现在俄国皇家地理学会西伯利亚分会场上，报告了他的考察结果。那场报告简直就是搭立在普热瓦尔斯基面前的一架人生之梯，使他从一个名不见经传的小军官一跃而成为国际知名的探险家。在众人的掌声中，普热瓦尔斯基走上台，弯下腰，接受俄国皇家地理学会负责人授予其银质科学奖章，双手接过奖励给他的奖金；转过身，他抬起那高傲的头颅，向全场宣布他下一步的探险目的地：中亚腹地乃至青藏高原。

在俄国皇家地理学会的会场上发出宣告后，普热瓦尔斯基就开始了长达一年的准备工作。资金落实、招募人员、研究路线、外交联系等工作逐一落实后，已经是1870年11月了，普热瓦尔斯基受军方委派和俄国皇家地理学会的资助，和他的助手贝尔佐夫、两名哥萨克军人以及其他3个人组成的探险队，开始了他的中亚之行。

第二年春夏，这支探险队到北京后向西而行至包头，向贺兰山进发，并在贺兰山采集动植物标本。

第三年2月，普热瓦尔斯基带着这支由7个人组成的探险队，翻越乌鞘岭、沿着马牙雪山南麓抵达大通河东岸。在河边，他们之前雇的向导因对前面的路途不再熟知而退出。

普热瓦尔斯基只能在大通河边的天堂寺附近高价再雇当地的藏族向导，越过大通河后，就标志着他已进入青藏高原了。

密集的枪声，是在探险队翻越互助北山时响起的。普热瓦尔斯基立即命令探险队员们躲在骆驼、马匹背后，低声下令："谁也不能开枪！"

不远处，巨石后面探出人头，冲这支队伍喊话。

普热瓦尔斯基问向导："开枪的是什么人，他们喊话的内容是什么？"

向导带着哭音回复道："我们遇到劫匪了，他们要我们放下骆驼和马驮的东西，转身下山，就饶了我们，否则……"

"否则会怎样？"普热瓦尔斯基面带讥讽地问道。

"他们说，如果敢反抗的话，就会……让我们死在这里！"

对方见探险队人少，便陆续从藏身的石头背后探出头来，甚至有人毫无忌惮地往探险队这边小跑过来。

普热瓦尔斯基冲贝尔佐夫使了个眼色。贝尔佐夫点了点头，对探险队成员们说："我们没有退路，要么穿过去，要么就被打死在这里！"

普热瓦尔斯基低声告诉队员："敌人数量明显很多，不仅熟悉地形还在暗处，我们的处境很危险，只能把全部希望寄托在敌人的怯懦上，但敌人的怯懦一定源自我们的勇敢表现。"

说完，普热瓦尔斯基冲贝尔佐夫做了个射击的手势，只见后者将枪架在一峰已经卧倒在地的骆驼身上。砰！一声枪响，跑在最前面的那个土匪中枪栽倒在地，山谷里响起的惨叫声，惊得树梢上的云雀飞了起来。

砰！又是一声枪响，这一枪是普热瓦尔斯基射出的，站立在石头上正准备下令土匪进攻的小头目中弹倒下，连喊一声都没来得及就当场死亡。

普热瓦尔斯基命令手下的人，朝着不远处的一道陡峭的山坡积雪处，一起射击。一时间，那片积雪处成了靶心。

当探险队成员停止射击时，普热瓦尔斯基果断下令：撤退，赶快顺着山坡往下翻滚。

壮观的一幕出现了，探险队成员子弹密集落脚的地方，传来一声沉闷的巨响，那一面雪峰像一顶垮塌的巨大帐篷，冰雪不停地从高处顺山坡向山下崩塌，犹如从山体上剥落的一件件白色大衫被刀子划开一般，又像是一条条白色雪龙开始腾云驾雾。不远处的劫匪们按照中国人的理解大声喊道："了不得了，得罪山神了！快跑！"

这帮蓝眼睛、大胡须、手持快枪的外国人得罪山神的故事很快传开，这无形中增添了信奉神山的牧民们对他们的反感。

抵达青海境内，开始进入藏传佛教兴盛地区。普热瓦尔斯基带领的探险队员们猎杀动物的行为引起了本来热情迎接他们的僧人、活佛、地方官员们的极大不满。这个季节，正是高原上的所有动物面临青黄不接的生存窘境，羸弱的动物不堪人类的追杀。

普热瓦尔斯基派他的翻译和 1 名哥萨克人先行到西宁，向统治着青海大片牧区的昂邦求助，希望能得到昂邦派遣的向导，带领他们从柴达木盆地前往黄河源头。

昂邦的态度有些冰冷："我是得到来自朝廷的旨意，给你们提供在西宁周围考察所需的物资，河源地区的番民语言、风俗和西宁一带的不同；我无法给你们提供带路的人。你们持有来自京城派发的公文，我得保证你们的安全，须给你们增派 1 个排的士兵，和你们随行。"

普热瓦尔斯基心知这是西宁方面对他们的限制，但嘴上又不好拒绝，只有想办法摆脱昂邦安排的士兵。最终，他愤怒地端起枪，枪口对着"护送"他们的一个士兵，怒吼道："滚！如果再继续尾随考察队，我们的哥萨克士兵将开枪射击。"

那些根本就不想在这寒冷季节跟着出来受罪的士兵，正好以此为借口，离开了这支探险队。

这支探险队进入青海湖北岸一带，沿途很少遇到放牧的牧民，他们的行踪也没被官府方面察觉。青海湖，以沉睡状态迎接了探险队。普热瓦尔斯基高兴地在日记里这样写道："我毕生的夙愿实现了！考察团可以追求的目的达到了！就在不久以前，这还只不过是可想而不可即的事情，现在竟然变为已经实现了的事实！诚然这一成绩是历尽艰辛才取得的，可现在，这千辛万苦都被忘得一干二净，我和一位同事满心喜悦地站在这雄伟湖泊的岸边，欣赏它那妙不可言的湛蓝色波涛。"

青海湖，让探险队员们感受到了初春的寒冷。他们用炸药在湖面上炸开一个大洞后，一网就能捞到100多条40多厘米长的湟鱼，除了几条被浸泡在酒精里制作标本外，每天飘散在帐篷四周的湟鱼汤香味，足够留住这些人在青海湖一带的脚步，何况，还有普热瓦尔斯基没见过的许多高原野生动物，倒在了他们的枪口下。

向西翻过青海南山，普热瓦尔斯基带领的探险队闯进了柴达木盆地。平整的柴达木盆地向这些俄国人打开了一个神秘而辽阔的世界。拿起望远镜，普热瓦尔斯基看到西南方向有雪山隆起的弧线，一项重大的地理发现似乎在向他招手，诚如他后来向俄国皇家地理学会汇报的："布尔汗布达山脉是柴达木沼泽平原的南部（其实是东南部）界限，同时，这条山脉环绕着整个西藏北部的高原……布尔汗布达山脉是位于该山脉以北和以南的明显分界线。"这次柴达木之行，让普热瓦尔斯基成为进入黄河源区的第一位欧洲人。

贪婪者的胃口是难以喂饱的。距离深入柴达木盆地后四年，普热瓦尔斯基再次开始了他的中亚之行，并试图从青海北部开始他的探险，然而，宛如一座高大城墙横在天际的阿尔金山，挡住了他试图翻越阿尔金山进入柴达木盆地北部的脚步，但他准确地预言了"阿尔金山是西藏高原最北部的一个组成部分"，这意味着他把"西藏高原最北部"的界线向北"挪动"了300多公里。

对普热瓦尔斯基来说，这次中亚之行的最大收获是在天山北麓奇台至巴里坤的丘沙河、滴水泉一带捕获、采集到了野马标本。这种野马于1881年由沙俄学者波利亚科夫正式定名为"普氏野马"。有人说这些野马是普热瓦尔斯基之前在鄂尔多斯高原上发现的，有人说是普热瓦尔斯基在青藏高原上发现的，也有人说是普热瓦尔斯基在新疆境内发现的，无论在哪里发现，其重要意义是一般人难以理解的。别说一般的游客，我敢担保，即便是专业的探险家们，真正近距离地观察、熟悉甚至捕获到野马的并不多。普热瓦尔斯基不仅捕获到了野马并制成了标本，还赢得了科考界对"普氏野马"的命名；他同样因为4年前在青海湖发现了黄羊，而赢得了对"普氏原羚"的命名权。

我曾经几次搭乘邮政车从西宁前往玉树,看见玛多县境内的"野马滩"路牌时,问常年在这条路上驾驶车的司机,才知道他们几十年间就没在这里见到过野马;我也曾在昆仑山深处前往瑶池的路中见到"野马滩"的路标牌,问当地的蒙古族牧民,回答也是从来没有见到过野马;考察黄河时,我在黄河流出玛多县城东边的热曲村后向南而流至江旁村附近的"野马滩",问及当地牧民,他们也是未曾见过野马。从生物考察的角度看,发现野马的普热瓦尔斯基是多么幸运!

普热瓦尔斯基深知前往青藏高原科考、探险的艰险度,除了高海拔、氧气少等原因外,当时的青海和西藏地方政府对西方探险家是彻底关闭大门的,他不仅要带能帮助他完成科考和探险任务的助手,还得带上必要的武装队伍,一则是为了猎杀动物便于做标本,二则他们在前往青藏高原的漫漫长途中,要以猎杀野生动物作为食物补充。

普热瓦尔斯基在第三次进军中亚征募科考队员时,专门提出了一条:枪法要好。很快,普热瓦尔斯基就招到了21名枪法好的军人。这些有高超射击本领的队员,成了他进入中国最好的"护照"。

第三次中亚之行,普热瓦尔斯基和随从穿过党金山进入柴达木盆地。人类一直迷恋对大地上的万物的命名权,普热瓦尔斯基同样如此。他将柴达木盆地南缘一座海拔6300米的雪山命名为"马可·波罗山",越过这座山后,探险队就进入可可西里山、唐古拉山地带。《果洛州志》里留下了这样的记录:"(公元1884年8月)沙俄总参谋部高级军官普热瓦尔斯基率20多人的军事探险队窜入鄂陵湖、扎陵湖地区,非法勘察地形,绘制地图,并公然将两湖改为'俄罗斯湖'和'探险队湖',被当地藏族牧民驱逐。"普热瓦尔斯基不仅擅自命名了黄河上游的鄂陵湖和扎陵湖,还将青海境内的土族人命名为"达尔德人"。

自大的命名者会遭到命名对象的无情嘲弄,普热瓦尔斯基的探险队在他所命名的"俄罗斯湖"附近的雪地里迷路了,严格地说是被困在了那里。迷路与冰雪天气,让普热瓦尔斯基的脾气更为暴躁,他的帐篷里飘起更多的、带有斯摩棱斯克口音的诅咒和咆哮。

周围的气温依然继续下降,雪花像被撕碎的牧帐上的羊毛片,不知疲倦地落向大地,雪在帐篷上不断积累,压得探险队员的帐篷随时会雪崩般地倒塌。

积雪越来越厚，探险队员带的食物和干牛粪越来越少，驮物资的马匹因为寒冷、缺氧和缺少饲料而逐渐死去。一天上午，普热瓦尔斯基留下其他队员，带着两名哥萨克士兵和向导走出帐篷，爬上不远处的那座山岗，他既想出来透透气，免得自己溺亡在日渐增加的郁闷之潭中，二来也想在这茫茫雪域中碰碰运气，看能不能遇见救他们走出这绝地的人。

雪停止了，穿过云层的太阳像是一把巨手，掀开了罩在天幕上的铅色厚帘。阳光之下，大地变成了一面朝天发出耀眼银光的大镜子。普热瓦尔斯基抓起挂在胸前的单筒望远镜，在这难得的晴朗里瞭望起来。突然，一个小黑点出现在镜孔里，接着是第二个，第三个……普热瓦尔斯基慢慢调试着望远镜的焦距。小黑点并不是他预想的野狼或藏熊，而是隐身在雪地里的、十几头抖落了身上积雪的黑牦牛。仔细一看，牦牛群旁边有一顶帐房，从那里隐隐约约地爬出一缕细细的烟。那是普热瓦尔斯基在河源地区遇见的、生活在最高海拔处的人家。"生活在这样的海拔和环境中，真是不容易呀！"普热瓦尔斯基心里赞叹道，但随之他又告诉身边的哥萨克士兵："我们有救了！"接着他低声命令："前面的情况不明，子弹要上膛，保险要打开，准备应对随时发生的意外。"哥萨克士兵照做了，四个人朝那座牧帐走去。

那家牧人的帐房并不大，那是牧人和妻子及两个孩子的客厅、厨房和卧室，是他们抵御严寒的武器，也是他们在冬牧场挣扎生活的暖窝和天堂。为了给走进帐房的普热瓦尔斯基等人腾出地方，善良的女主人给两个孩子穿上厚厚的衣服，将几头牦牛牵到帐房外卧倒在地，让孩子们卧在牦牛中间取暖。她赶紧走进帐房给这批迷路的外国人煮茶，男主人端上了风干肉。吃饱喝足后，普热瓦尔斯基让向导做翻译，和男主人随意聊天。

普热瓦尔斯基的眼光像个雷达，开始在帐房内扫来扫去。这是一户普通的高原牧民人家，帐房外堆着的秋天捡拾后晒干的牦牛粪，帐房内铺着的毡毯上散乱地堆着皮褥、被子，燃着的牦牛粪火苗舔着架在半空的铜壶底部，奶茶的热气冲出壶盖和壶身间的缝隙，给小帐房带来热气腾腾的景象。帐房一角的一个小木箱子背后，悬着一幅绣有宗喀巴大师像的唐卡，小木箱上放着一个简易的佛龛，供着一尊佛像，佛像前平躺着一串佛珠。这些并没引起普热瓦尔斯基的兴趣，倒是佛珠下压住的一本书引起了他的注意。在这样的地方，牧民几乎没认得字的，哪来的书呢？普热瓦尔斯基示意向导把那本书拿过来。

向导严正拒绝道：在牧区甚至整个青藏高原，和唐卡、佛像、佛珠放在一起的，是轻易不能动的。

这更让普热瓦尔斯基心动了：那本书一定很珍贵。

趁主人和向导还没反应过来，普热瓦尔斯基一斜身子，将那本书从佛珠下抽了过来。他全然不顾这一抽将那串佛珠带到地下的后果，只管翻了起来。这是一本手抄的藏文书，里面还有不少精美的插图，大多是武士和交战的画面。

普热瓦尔斯基并不知道这本手抄书的内容，但那些插图隐约告诉他，这本书应该很珍贵。普热瓦尔斯基让向导翻译给主人：想带走这本书。

通过向导的翻译后，牧民毫不犹豫地摇了摇头，那是他用十几头牦牛换来的，主要描写了他们心中的神——格萨尔传奇的一生，是走在哪里放牧都要和佛像带在一起的。在牧人心中，格萨尔是至尊的神，是在如此严寒环境中能给他们带来平安与吉祥的护佑，是他们在高海拔的河源地区度过漫长冬天的希望，是他们在寂寥、平淡的日子里抵御无聊的精神慰藉，是一份无法用财物来衡量或交易的财富。

一个志在必得要将书带走、带到自己的国家，一个誓死保护要将书留在自己家里。牧民实在想不通，自己好心邀请这些几乎要被饿死、冻死的人到自己的帐房里，给他们奶茶和糌粑，让自己的孩子到野地里挤在牦牛中间把帐房的空间腾出来给他们取暖，怎么能强行索要自己敬若神佛的东西呢？那是他为佛像和佛珠一起供奉的圣物，自己平时都是轻易不去动的，眼前的这个客人怎么随意拿呢？

面带恼色的牧民放下倒茶的铜壶，身子向前微微倾斜，想要回那本书。普热瓦尔斯基立即端起了放在身边的枪，枪口对准了牧民。牧民像是一头被激怒了的牦牛，猛地站起来，手朝那本书探去。

砰！枪响了，是站在帐房门口、普热瓦尔斯基带的那名哥萨克士兵射出的子弹。普热瓦尔斯基还没反应过来，牧民身上溅出的血落在他手中的书上，染红了封面。

"啊！"牧民妻子惊慌地喊了起来，另一个哥萨克士兵的枪口对准她因紧张而张大的嘴。随着哥萨克士兵扣动扳机，接着是沉闷的"砰"的一声，一颗子弹穿过牧民妻子的口腔，从脖颈处钻出，穿透厚厚的藏袍领子和狭小的帐房，朝外面飞去。普热瓦尔斯基一使眼色，两名哥萨克士兵冲出帐房，直奔躲在牦牛中间的两个孩子而去。两个孩子还没等反应过来，就在两声枪响中丢掉了生命。牦牛群在枪声中炸开了，离开它们主人的帐房四散而去。几乎就在同时，普热瓦尔斯基手中的枪响在了帐房里，那名无辜的向导也倒在了帐房里。

牧民家的那幅唐卡、佛像、佛珠、糌粑、晒干的牦牛粪、存放的青稞，全部被普热瓦尔斯基手下的人带走了。

天空仿佛都不忍看这一幕，难过得闭上眼睛，太阳遁形，大片的雪花继续飘落，那座帐房和那两个孩子的尸体，很快就被大雪渐渐覆盖。普热瓦尔斯基怀揣着那本封面被血染红的书，带着从牧民家掠来的物资，继续行进在黄河源地区，进行他们的考察。

回到俄国后，普热瓦尔斯基找人翻译那本沾着血的书，4 年后，那本书被改著成《从恰克图到黄河源》在俄国出版。

二

德宗，是柴达木盆地中的一个村子，从这里扩散出的一个大地坐标上，让这里成了一个十字路口的原点。从河源地区撤回后，自南向北穿越柴达木抵达这里后，普热瓦尔斯基面临下一步的选择：要么按照来时的路，翻越当金山后进入新疆，要么逆着几年前他翻越祁连山进入青海湖北岸，接着进入柴达木盆地的路线，向东翻过青海南山进入青海湖周围。

站在德宗，普热瓦尔斯基抬头朝四周望去，他在思考下一步行动的路线。当眼光朝向东时，他的思绪很快越过青海南山，那一面清澈的大湖里似乎翻腾着无数闪着金光的大鱼，他决定再次前往青海湖。

和时下众多的游客站在青海湖南岸划定的旅游点观赏大湖不同，普热瓦尔斯基站在青海湖北岸时，天气已经变热了，大湖拥抱着鸟儿云集、振翅飞翔、水边筑巢的季节，湖天之间的画布上，闪动着一只只、一群群鸟儿的背影，斑头雁、天鹅、丹顶鹤等青海湖的天空公民们，尽情享受着湖、天赐予的福利。

那些或飞翔在蓝色水面上，或静卧在岸边草丛中的水鸟，命运突然被改写了。普热瓦尔斯基在"让子弹飞"的快感中，看着一只只鸟儿带着哀鸣跌落向地面。普热瓦尔斯基用斯摩棱斯克口音的俄语大声喊出了那句写进他的日记里的感叹："我恨不得自己也成为青海湖的一只鸟，与美丽的大自然融为一体。"如果湖水和飞鸟能够听得懂俄语，如果湖水和飞鸟知道他之前在这里捕捞湟鱼、枪击飞鸟和动物并制作标本的事，一定会对他的感叹不屑甚至讥讽的。

射向天空的子弹，惊扰了不远处草丛里的宁静。一两只矫健的身影起伏于草丛间，像是茫茫大海上隐约沉浮的皮艇，普热瓦尔斯基熟悉那些跳跃的动作连贯起的漂亮弧线，他熟悉这些弧线的制造者身份，那是在中亚探险以来，高原上身影最优美、速度最快的普氏原羚。只是，劫匪遇见心爱的财物、美女时，不会尊重、呵护其拥有者或跪地求婚的，他们会粗暴地直接动武。和普热瓦尔斯基对青海湖的丹顶鹤、斑头雁和野驴的浓厚兴趣与喜欢一样，他对普氏原羚的喜欢，同样是以枪声开始的。

普氏原羚以自由地奔跑、吃草、嬉戏等形式，出现在雪山圣湖的视野里，高原牧民千年传承的不杀生习俗，使得它们一直在远离人类伤害的环境下生活，它们怎会想到自己的命运会在西方人的枪口下得到改写？普热瓦尔斯基带领的考察队的枪口，一次次对准这些高原精灵时，一只只普氏原羚倒在了冒着蓝烟的枪口下，青海湖的蓝，是它们的天堂，考察队的枪口冒出的蓝，是它们的地狱，它们从天堂跌落进地狱，仅仅是一声枪响的距离。

普热瓦尔斯基的探险队在所经地区留下这样的一幅生活场景：白天射杀猎物，傍晚来临时，在帐篷旁将射杀的猎物肉块扔进牦牛粪火煮沸的汤锅里，留下皮张和骨骼作标本——随队的骆驼中，就有专门负责驮载各种动物和植物标本的。

离开青海时，普热瓦尔斯基很清楚自己的成绩单：仅仅这一次的青海之行，他猎获到40多种哺乳动物的130张兽皮和头骨标本，230种近千只鸟类标本，10种爬行动物的70个标本，11种鱼类标本和3000多种昆虫标本。普热瓦尔斯基仔细地将这些标本用骆驼运出青海，全部送往俄罗斯科学院动物研究所。青海高原上的那些不为外界所晓的动植物，就这样开始走进西方研究者的视线，从中国带回的标本极大丰富了俄罗斯科学院的动植物标本收藏。

"只要你不是腋下夹着福音书，而是囊中有钱，一手拿枪，一手拿马鞭，那么，在这里你就可以通行无阻。"100多年后，当我读到普热瓦尔斯基日记里的这些文字时，就不再诧异一个西方人的驼队怎么能顺利穿过蒙古高原和罗布泊，越过祁连山和大通河，进入青海大地，肆无忌惮地穿行在柴达木盆地和江河源地区了，先进的武器是他们在彼时羸弱的中国大地上最好的通行证。他在青海微眯的、长长的浓密睫毛间走过，用枪声惊醒了山神和湖神的安静之梦；他用尖刀，撬下青海眼帘中的一滴清泪，绽放出一道痛苦的阴影，沿着时光走廊，一直徐徐移动又印下厚厚的足迹，全然忘记那是青海的伤与痛。

130 多年过去了，青海湖畔已再也很难见到成群的黄羊了，它们的名字在学术界也早被改为"普氏原羚"了。

1888 年，普热瓦尔斯基又踌躇满怀地开始了第五次中亚探险。就在即将抵达中国边境的途中，他感染了伤寒。半个月后，他就在后来改名"普热瓦利斯克"的喀拉库勒小城病亡了，临终前，他留下了遗言："我死后，一定要把我埋在伊塞克湖畔水波打不到的地方，墓碑上只需简单地写上'旅行家普热瓦尔斯基'；给我穿上考察时穿的衣服，装在木棺里。"唉，倘若青海湖听见他的这句遗言，真不知该是不是相信他在 1872 年 10 月 12 日抵达青海湖时说的"我生平的梦想实现了"这句话。

三

公元 1882 年的夏季的某一天，普热瓦尔斯基意外地遇见了一位叫彼得·库兹米奇·科兹洛夫的年轻人，后者是一位身材高大、浑身上下洋溢着青春气息的年轻人。两双大手握在一起时，一种心灵上的互相欣赏和契合，如闭环的电流在两个人之间传导、共鸣，一个资深的探险家对一位未来探险家的身份认可，在一刹那，普热瓦尔斯基像一位天才捕手，看中了科兹洛夫的才华及对研究未知国家和地区的渴望。在前者的眼里，后者就是一头浑身充满力量、朝气和智慧的年轻雪豹，机敏、灵动且对未来的人生之路有着正确的判断。

第二年秋天，普热瓦尔斯基就吸收科兹洛夫参加了自己的第四次中亚细亚考察。漫长的考察途中，和普热瓦尔斯基、贝尔佐夫两位老师的一次次交谈中，科兹洛夫逐渐对青藏高原产生了浓厚的情趣。在内心深处，科兹洛夫不止一次想象着自己能够前往青藏腹地的情境，那是不亚于一场热恋到来前对恋人的美好怀想与即将见面前的期待，那是横贯中亚的探险家寻找的世界心脏。和以此前深入青海的普热瓦尔斯基、斯文·赫定、波塔宁等西方探险家不一样，科兹洛夫的青海之行，集中在测绘青海湖的深度与黄河源头的高度。在他看来，这是青藏之水在量度上的两个样本！

在我常年坚持的四个写作的人文领域中，都和科兹洛夫"相遇"过：书写西夏，在内蒙古阿拉善盟额济纳旗境内那座巨大而荒凉的哈喇浩特古城遗址前，我仿佛看见他的笑容飘在城墙上，那是他一铲子挖走一座西夏富矿般的胜利与骄傲之地；书写黄河，我的脚步抵达黄河源头和贵德县时，似乎就和他那被高原紫外线晒得发黑的脸"相遇"；书写青海湖，和他"相遇"在那一片蓝色圣域，恍如看到他带领人正在探测那面大湖的深度；书写贺兰山时，我们又"相遇"在他当年留在这座山上观测气候和采集动植物标本的据点。这些"相遇"都像被镶嵌在镜框中的照片似的，走进了《西夏王朝》《大河远上》《青海湖》《贺兰山》和《小镇》等书中。

普热瓦尔斯基带人穿越乌鞘岭进入青海后的24年，确切地说是1908年的7月22日，科兹洛夫和他的考察队也跨过大通河，再一次踏进青海，他的目标直指青海湖。

如今从大通河西岸青海省互助土族自治县的加定镇出发，开车前往西宁，只需3个小时，而在116年前，科兹洛夫一行却走了整整8天，身披一道高原夕阳，驻扎在西宁城东郊一个叫察夫加措的地方。

第二天上午10点，深知中国官场礼数的科兹洛夫洗漱过后，从行李箱中拿出他在此前拜访内蒙古阿拉善王爷时穿的礼服，对着镜子珍重穿好，将自己的护照和准备好的礼物放进准备好的小箱子里，坐上雇来的一辆带篷骡车，在骡车木轮发出的吱吱呀呀的声音中，前去拜访西宁办事大臣庆恕。

庆恕早就知道了这支队伍要来西宁的消息，他礼节性地接过科兹洛夫递上的礼物和护照，然后看着对方，想从对方的谈话中试探出更多消息。

翻译将科兹洛夫的意图讲给庆恕："考察队想去库库淖尔（青海湖的蒙古语称呼）！测量那里的深度。"

庆恕惊骇地从座位上一跃而起："你大概不知道，库库淖尔的水有一种奇怪的特点：不止石头，连木制的东西都会沉入水下。你这个异想天开的主意，定会大失所望的。小船必将沉入湖底，而您只能两手空空地返回来。"

"不，我不会改变去库库淖尔的决定的，必须要去！"科兹洛夫带着那时西方探险家在中国大地上普遍拥有的傲慢，给庆恕扔下这一句代表自己的意见的话后，兀自走出了西宁办事大臣的府衙，给庆恕留下一道冰冷的背影。

在西宁城购物、休整后，科兹洛夫就带领考察队踏上了前往青海湖的路。经过 12 天的旅途后，科兹洛夫抵达了那片妙不可言的湛蓝水域。

此后的 15 天时间里，科兹洛夫带的考察队员们开始考察青海湖周围沙土的涌入量、湖面水量的蒸发量、环湖植被的生长，深入湖中心捕鱼，搜集环湖一带的昆虫和植物标本，了解湖边藏族的生活习俗、婚俗等。和别的考察队员不同的是，体格强健又喜欢游泳的科兹洛夫，尽情享受了一项作为领队的权利，每天早上起来的第一件事，就是跳进冰凉的湖中游泳，完后才和其他队员一起工作。午饭前，他有时会再次跳进湖中游泳。下午、晚上甚至半夜里，他都要在湖中游泳几次。他这样记载："它已不再是波涛汹涌，不再轰鸣着拍击湖岸，而只是与石低声絮语……湖的宏大规模、它那一直延伸向地平线的湖面、水的色调和含盐度、巨大的深度、掀起的巨浪以及有时出现的拍岸大浪，使人觉得库库淖尔与其说是湖，不如说是海。"

在前来青海的路上，科兹洛夫就领略到大通河的魅力是险崖巨石中汹涌奔腾的激流，青海南山的魅力在于其丰富的植物和动物群，现在他目睹并感受到青海湖的魅力在于它的心脏——岛屿。

第 16 天的考察凸显出它的独特价值，科兹洛夫拿出折叠式帆布船，开始世界上第一次测量青海湖的深度测量并对湖心岛的地质、鸟类等进行考察，这项工作耗去了他们 10 天的时间。完成了对青海湖的深度测量后，科兹洛夫这才发现，他们在这里已经度过了 26 天时间。

科兹洛夫还没返回西宁，他们在青海湖上航行、测量以及岛上工作的事情，已经在这个高原城市里流传开了。有关他们在青海湖上的一切，成了当地官员接见科兹洛夫时的主要话题，这些人以很大的兴趣一次次参观他们组装好然后拆掉的帆布船，不少人忍不住想坐上去。西宁办事大臣庆恕这样说："这些俄国人是首批航行库库淖尔，最先告诉我们关于青海湖情况的人，同时也是最早报告奎苏岛（今湖心岛）或者海心山的外国人，这一切我们一定向北京通报。"

相比探测青海湖的深度，科兹洛夫离开西宁后前往黄河边的贵德县境内、塔尔寺以及翻越高大的积石山南段，前往甘肃南部的拉卜楞寺等沿途考察，就显得逊色多了。

第四章
四个瑞典探险家的
青海印迹

一

1900 年夏天的经历，或许是瑞典籍世界著名探险家斯文·赫定一生中最难忘的。和带给他丰硕收获的其他地区的探险相比，那次青藏高原之行多少显得有些"歉收"。在斯文·赫定的日记中，对那场经历的描述就像那片高地上的植物一样稀疏，显得低调而稀疏，但那次的青藏漫游，让他留下了人类探险史上对西藏北部、青海西部及新疆东南部交界的那片无人区的探访印迹，那应该是欧洲人第一次在中国新疆、西藏和青海交界的无人区考察。

沿塔里木河考察完罗布泊地区后，斯文·赫定就在 6 月的最后一天给自己带领的探险队全体队员下令，向他筹划了很久的西藏北部、青海西部、新疆南部的高原无人区进发。早在 6 月下旬，斯文·赫定整天将更多的时间投在绘制地图、整理笔记、找寻向导、处理书信等工作上，为要去的那块神秘地域做着各项准备，无论是早上起来端着一杯冒着热气的咖啡，还是晚饭后在夕阳下散步，甚至在工作疲累的夜晚推门而出，站在漫天星空下，他都会忍不住朝东南方向望去，眼光仿佛越过了喀喇昆仑山，雷达似的扫描着那里的雪山、湖泊、草地及动物，他像一名已经准备了很久的运动员，等待着去遥远之地的一个陌生场地上参赛。

进入 7 月，对新疆而言是最热的季节，但对斯文·赫定决定要去的那片高原无人区来说，就是清寒与孤寂中的黄金时间。斯文·赫定带领考察队出现在祁曼塔格山脚时，与新疆的和田境内那种酷热季节相比，地下蒸发的热气与太阳照射的热能到这里似乎打折了，敞开的山沟，在斯文·赫定眼里就像一个绝世美女面对一位美少男轻抿抹有淡淡唇彩的双唇，那就是一种诱惑与吸引。站在祁曼塔格沟口，斯文·赫定像每次出门一样，再次认真地清点考察队的"家底"：掌管帐篷、衣物和伙食的"管家"谢尔顺，掌管 7 峰骆驼的"驼倌"土尔都·巴依，掌管 12 匹马和 1 头骡子的"马倌"毛拉·沙赫，在以后考察途中遇到测量湖深时所需的"船夫"库特楚克，掌管随队赶着的 11 只待宰羊和后勤物资的"厨师"尼亚斯，野牦牛般壮实的年轻"猎手"阿尔达特和另外一名来自大本营的"信差"瓦尔迪，以及负责受命在几天后将大本营转移到铁木里克（地处若羌县东部、阿尔金山与祁曼塔格山相夹的山间盆地中，东与今青海省的茫崖市接壤，南与祁曼塔格乡交界。2020年夏天，为了考察斯文·赫定当年深入可可西里无人区后进入青海的路线，我曾从柴达木盆地西北角的茫崖进入这里）的"主管"夏格杜儿，在斯文·赫定眼里，这些人就是一支装备齐全、战无不胜的特战队队员。

沿山沟行进在祁曼塔格山，进入青海地界不久，考察队员就遭遇到一场罕见的暴风雪。几天前在塔克拉玛干沙漠里还是难以忍受的高温，在这里却要穿上棉衣。夜晚，狼的嚎叫声与寒冷让队员们失眠，这就是青海带给他们的第一印象，仿佛给这些人亮出了不受欢迎的暗示。除了野兽踩出的小道外，没有能供人类前行的道路，除了牦牛、藏熊、野驴和羚羊的足迹外，人类的足迹很少踏入这里。沿途的河流、湖泊和山脉都没有名字，极端荒芜的地貌和冷热不定的气候以及没有前路的道路，没有给人类探险的足迹提供伸向这里的机会。这里是人类对地球认知中的一片巨大空白。随时会夺去生命的自然灾害与野兽，让这里变成了白雪覆盖下的黑暗之地。他们就像一群在严冬季节出来觅食的野狼，在这片白纸般的大地上，印上西方探险家的足迹。

考察队像蜗牛似的在无人区慢行，沼泽地常常让马蹄陷进去拔不出来，骆驼都被冻得瑟瑟发抖，沿途是生存在这里的高原动物的尸骨和随时会降下的暴雪，前者是摊在地上的瘆人的白，后者是自天而降但随时会造成危险的白，无论地上的白，还是天上的白，都是向那些贸然闯入者的死亡警告。

在这样的环境里，每天早上起来点燃牦牛粪烧开咖啡后，斯文·赫定拧下随身带的金属酒壶的盖子，把依然热着的牦牛粪灰烬填进去，再把结了冰的墨水瓶放上去，以确保墨水化开后自己能每天都记考察日记，有时候连化冻结的墨水瓶的牦牛粪灰烬都难以保证时，他就只好改用铅笔，就这样给后人留下了第一位踏进可可西里无人区的欧洲人的考察发现。夏日的高原，是一年中危险系数最低的时候，心情好时，或他的勘测图标上的内容足以让他感到满足时，斯文·赫定便会打开音乐盒，让收录在里面的瑞典国歌或瑞典民歌回荡在寂寥的高原上。

进入初秋，随时降雪的坏天气会让保护措施做得不到位的队员出现冻伤。9月23日那天，双脚已被冻坏、失去知觉几天、身体弱得像一块烂布的队员阿尔达特去世了。这是考察队中第一次出现死人事件。阿尔达特是斯文·赫定在考察塔克拉玛干沙漠时就招募的队员，专门负责给考察队员捕猎野牦牛。他的去世，意味着考察队会失去捕猎野牦牛的机会。

进入今青海省治多县境内时，沿途最艰难的路段开始了。地面上看不到任何路迹，请来的向导也从没来过这里，考察队全凭感觉往前赶路。冰雹和降雪会随时落下阻止他们的行程，各种浓雾常常让他们迷路，这让考察队的速度慢了许多。和科兹洛夫这些闯入河源地区测量、捕获动物以制作标本的探险家不同，斯文·赫定对河湖的地理位置、水文等更感兴趣；和那些动不动就给山河湖泊命名的西方探险家不同，或许是斯文·赫定来不及命名，他将自己路途中遇见的湖泊，开始以数字标注，这些湖泊基本全在海拔5000米以上，这应该是西方探险家第一次进入这片巨大的湖区。从勒斜武担湖开始，经过饮马湖、可可西里湖、卓乃湖抵达库赛湖后，完成顺时针方向的穿湖之旅，斯文·赫定的考察队用了整整一个星期的时间。

翻越博卡雷格山后，斯文·赫定远远就看见一面冷蓝的湖水，静静卧在高处的峡谷中，像一颗蓝色的珍珠镶嵌在博卡雷格山和昆仑山之间，这意味着这支考察队不知不觉中已经踏入今青海省格尔木市和新疆巴音郭楞蒙古自治州交界地带。

在小库赛湖边，斯文·赫定这才发现了他们进入无人区以来第一处人类活动的标识：蒙古族用石头竖立的地标。从这里穿过的一条隐秘的高原之路，连接着昆仑山内的新疆和青海境内，哈萨克族、维吾尔族、蒙古族和藏族的牧民顺着这条路来去穿越，踏出一条隐秘的高原之路，这也是从这里往东进入野牛沟后散布着大量岩画的原因。当年，斯文·赫定在黑海（今瑶池）附近的一处空地上，发现一座石头垒砌出的敖包，由49块长达1.3米的墨绿色的板岩搭建而成，板岩上却刻有藏文"嗡嘛呢叭咪吽"的六字真言。100多年后，我沿着斯文·赫定从这里向东出发的路迹，经过今天已经成为景点的瑶池后，穿过野牛沟后和京藏公路汇合。在那里，向南，是通往拉萨的109国道；向北，就是通往柴达木盆地的必经之路。

经过89天与世隔绝的孤独之旅后，斯文·赫定在昆仑河的河谷地带，沿着野牛沟往东而行时，遇到了放牧的蒙古族牧民，随后等到了从铁木里克大本营赶来的队员。

顺着昆仑山东麓、柴达木盆地西缘，往北赶到铁木里克，斯文·赫定的探险队算是逆时针穿越了一次昆仑山。他对这次漫长的考察做了一次清点：出发时的 12 匹马，只有两匹活着出来了；7 峰骆驼只剩了 4 峰，其中 1 峰回来后，在发黄的草中如一尊铜像般站立了两天，一口草也没吃，第三天时就像一座失守的城堡轰然倒地；那位"牦牛猎手"的队员阿尔达特，则永远地长眠在了无人区。

在铁木里克进行了 23 天休整后，斯文·赫定带着他的考察队，逆着上一次的路线，进入可可西里无人区，穿越今青海省的格尔木、治多县境内，向西藏境内进发。和半年前选择夏季出发进入无人区不一样，这一次是冬季穿越，目的地也成了西藏。

二

4 月的上午，塔里木河两岸已经变得像个端坐在烧开水的铁锅之上的大笼屉，透出一天强于一天的热气，这条沙漠之河从遥远的天山发源后，沿着塔克拉玛干沙漠北缘，穿过阿克苏、沙雅、库车、轮台、库尔勒、尉犁等县后，喂养了沿途的沙漠、绿洲、村庄后，依然顽强地保持着大河的雄姿，向东天山和阿尔金山之间的广袤沙漠中穿插而去。河面上，顺水飘荡着一艘小船，随着维吾尔族老人手中划板的轻轻划动，两岸的芦苇与红柳快速先后退去，坐在船头的那个青年，对两岸的景致并没表现出多大兴趣，他被手里捧着的那本刚刚出版不久的书深深吸引，书的作者和他一样，都是瑞典人，书里所记载的塔里木河一带的故事、风情、景色与作者的经历更是吸引着他。

突然，芦苇丛中的野鸟被小船惊动，齐刷刷地飞起。年轻人抬起头，合上书，看着眼前的这条静谧的大河，想着手中书的作者 14 年前来到这里的情景。那一年，从这里荡舟经过的斯文·赫定，在塔里木河的终点下船，然后带着他的考察队，骑着骆驼、马和骡子，翻过祁曼塔格山，进入青海境内的无人区。

年轻人在他的当天日记里写下了这样的感叹："忘记了曾多少次为这具有悠远历史和迷人故事的神奇土地而赞叹喝彩。也难怪斯文·赫定能在中国取得如此辉煌夺目的考古成就。"

那位瑞典年轻人叫安特生。1914 年春天，对安特生来说，意味生命中真正意义上的春天来临，他以著名地质学家、考古学家和探险家的身份，受民国政府农商部总长张謇之邀，受聘于农商部下属的矿政科。

完成在塔里木河地区的 1 个多月考察后，于 1914 年 5 月 16 日那天接到民国政府农商部矿政顾问的聘请书，开始了他在中国的考察之旅。

安特生是如何走进北洋政府的农商部工作的呢？现代中国考古之父李济在他的《安阳》一书中给出了答案："那时凡在中国有治外法权的大国都妄图把他们的科学家派到中国，以获取中国矿藏资源特别是煤矿的第一手资料。列强之间为此竞争很激烈。但中国政府绝不从他们中间选择专家顾问，而任用了瑞典人安特生。瑞典被认为是欧洲少数几个没有帝国主义野心的国家之一。这个决策大概是根据地质调查所所长丁文江的建议。"安特生也没有辜负丁文江以及北洋政府的厚望，他在张家口找到了龙烟煤矿，受到民国总统袁世凯的接见。1916 年 6 月，安特生在山西勘测铜矿时偶然发现了一批古生代生物化石，这个发现促使他从一个地质学家向地理学家的转变。也正是这一年，袁世凯倒台导致了农商部的地质考察经费断了来源，丁文江积极向农商部申请经费，安特生也从瑞典皇室争取到一笔经费，开始了他对中国考古史上重要贡献的周口店文化遗址和仰韶文化的挖掘。

在地质所时，安特生曾看到一份报告说，1904 年，美国"中亚考察"团曾经在俄国的土库曼亚诺发现石器与彩陶共存的报告。他将仰韶村发掘的彩陶和亚诺彩陶一起比较后发现，两者有着很多的相似，认为这两者之间应该有着某种神秘的关系，而在这两者之间的黄河上游某个地区扮演着两者的联系角色。就此，他将探索的目光投向黄河上游的甘肃、青海地区。

1923 年春天，安特生开始着手前往甘、青地区的准备工作，西北地区严酷的自然环境使他对助手的招考条件也自然苛刻。他让那些报考者手中拿一根标杆，开始赛跑，谁首先把标杆插在百米高的山头上，谁就是冠军。原中国社会科学院考古研究所副研究员赵信就是在这种情形下，报考这次选拔并以第一名的成绩而被安特生选中。安特生拍着他的肩膀、用自己学到的并不熟练的汉语说："好样的，真棒！就选你了。"就这样，安特生带着中央政府给甘肃地方政府的护照、介绍信和所需的器械，带着他的助手、后来成为中国著名考古学者的袁复礼、赵信等人，乘坐火车到了当时陇海铁路的西尽头，又接着骑马经过西安、彬县、长武进入甘肃的平凉、兰州。当时青海还未建省，受甘肃省管辖，安特生一行骑马，逆着黄河、湟水而行，4天后才到达西宁。

因为是中央政府和甘肃省政府委派的重要考察人员，时任西宁镇总兵的马麒不仅盛情接待了安特生，还派多名士兵护卫他们在青海境内开展考古工作。

6月下旬的西宁东郊十里堡，天气开始变热，村民们惊奇地发现一个高大的洋人带着许多人来到这里进行挖掘。在考古队划定的警戒线外，不时有村民来这里好奇地张望，他们不知道这些人在里面干什么。安特生一行就在当地人远远地张望和猜测中完成了他们的考古，获得大量的石器、骨架、彩陶片，给村子留下了谜一样的一片废址。

7月21日，同样的一幕在距离西宁不远的朱家寨继续上演。

80多年后，我来到湟水流域的朱家寨，问起村里的老人，已经没人知道当年的那些事情了。我只能通过安特生的《黄土的儿女》一书来洞悉他的发现或感受——"在西宁河流域的朱家寨遗址中，发现了大规模稀见遗物，这是我一生的转折点。……正因为如此，把我的余生献给了考古学，完全放弃了原来的地质调查。"可见朱家寨对这位从地质学家向考古学家完成华丽转身的重要性。

完成朱家寨的考古后，安特生带人在湟中县李家山镇的卡约村进行挖掘，他将这里的9座墓葬中发掘的实物归于寺洼文化。

安特生的身影出现在青海湖边时，他们在湖边的几个采集点相继发现了陶片、燧石片和骨刀等。

8月，安特生一行又出现在青海贵德罗汉堂、文昌庙的两处遗址上，进行挖掘考古后，继续回到湟中进行考古。

返回西宁进行短暂的休整后，安特生于10月再次发掘朱家寨，清理了43座保存尚好的墓葬，出土了43具人骨和大量陪葬品，在朱家寨西北7公里处挖掘卡诺、下西河两处遗址。

高原的冬天不再合适野外作业，安特生带着他的考古队返回兰州过冬，一方面总结年度工作，在民间搜集甘肃南部洮河地区的彩陶，一方面筹集经费，为继续要做的考古做准备。然而，安特生再也没有回到过青海，仅仅是派助手庄玉成前往青海民和县发掘了马场垣、核桃庄两处史前文化遗址。

1923年夏天，安特生将忙碌而充实的时光留在了青海，也将世界考古史上关于彩陶研究中重要的一个环节锁定在了青海。

若干年后，倘若知道马厂塬出土的彩陶的价值与地位，安特生一定不会只派助手庄玉成去民和县发掘的，我想，他一定会亲自去现场。如今，我只能以一名文字工作者的身份，替安特生完成一趟青海的彩陶之旅。

100 多年前，马场垣仅仅是安特生从甘肃进入青海的一个小村庄，从行政角度看，安特生跨过这里就意味着从甘肃进入青海；从经济角度看，安特生感受到自己从这里迈步，意味着从单一的农耕经济区域进入农耕与游牧交织区域；从地理学角度看，这里就是黄土高原和青藏高原的明显分界线；从考古学的角度看，这里完全是一幅从黄河上游到湟水流域分布的彩陶长廊的台阶，一条彩陶大道的枢纽，一扇洞窥青海彩色世界的大门。如今，沿着 109 国道或京藏高速公路，前往青海甚至西藏，马场垣收费站是甘肃和青海两省的交界处，向人昭示：前面便进入青海境。当年，安特生派庄玉成前往发掘彩陶的马场垣在今天的马场垣收费站往西不到两公里处。

站在马场垣遗址点，我和 100 多年前从甘肃进入青海的安特生所见的地理位势一样，站在祁连山深处的这片台地上，能看见迤逦东来的湟水和从祁连山流出的大通河，汇合在湟水谷地，滋润出两岸绿树良田，也哺育出具有农耕文明特色的马场垣文化，成了镶嵌在青海文化东大门上的一颗珍珠。

走进马场垣村，一方"全国重点文物保护单位马厂塬遗址"的标志碑成了村里的指示牌，这个村子有 200 余户回、汉、藏等民族，和藏在民和县群山之中的很多村庄没什么两样。100 多年前的夏天，一场考古发掘增添了村子的文化底色，那些或留在当地，或被安特生后来运往瑞典的、距今约 4000 年的文物，就以马家窑文化马厂（马场垣后来被简称为马厂）类型而命名。

关于马场垣文化的价值，我还是推崇史学家尹达先生在其《中国新石器时代》中的评价："中国近代考古学还是由于 20 世纪 20 年代初河南仰韶和青海民和马场垣等地的考古发现，而正式步入了它的历程。"100 多年前，安特生派人来到这里，发掘出了一串珍贵的彩陶项链中最醒目的一颗宝石。我仔细梳理后来的彩陶考古发现，发现马场垣是青海东部地区马家窑文化中的一个重要的原点，从马场垣向东延伸至民和县官亭、享堂一带，向西延伸至日月山下，200 多公里的河湟地区是高原文化与中原文化交汇、融合的阳光地带，彩陶就是这个阳光地带最底层的一层文化圈。如果说河湟谷地是一个盛满文化的箱子，马场垣乃至民和县的彩陶，就是这个文化层中"压箱底"的，低调地处于最底部，一旦拿出来又是最耀眼的一件瑰宝。

在热心村民的带领下，我来到 15 万多平方米的遗址，站在这里能听得见湟水流过的声响，4000 多年前的马厂人就是利用这里的土和水，抟造出了一朵朵古老而瑰丽的人类的童年艺术之花。

有一次，我在祁连山西麓的民和县境内采风，无意中在大山深处的一条马路边，看到一户人家，家里收藏着数千件被专家认定为马厂文化的彩陶，主人是一位民间画家，他家的门口悬挂着一块"民和民间博物馆"的牌子，他给散落在湟水和祁连山之间的数千件民间彩陶，建了一个家。

站在湟水边，循着水流的去向，循着历史留下的文化信息，我将探寻马场垣文化的脚步范围再次放大，走进位于青海省循化撒拉族自治县白庄乡朱格村。这个遗址里的圆形灶遗迹、碎陶片、灰层与灰坑中凌乱躺着的石块、残陶片以及石器、骨角器、陶环、石环等遗物，共同构成一个马家窑文化石岭下类型遗存。

一幅打开的青海历史会告诉读者，青海东部海东市乐都区一个叫柳湾的小村庄，如果把青海看作一本从东往西翻阅的大书，柳湾无疑是这部书的精彩扉页——这里就是一个彩陶王国。

柳湾展现给我的容姿不像是一位和它身负沧桑历史一样的年迈老人，和周围的自然环境结合起来，它倒像个恬静的少女，静卧在乐都区高庙镇的怀抱中。湟水从村庄的南边缓缓流过，带走历史上留在这里的辉煌和喧器，留下的是寂寥的村貌和村民们千百年来的安逸。穿过村庄步入湟水北岸第二台地的柳湾坪上，就能看见柳湾古墓，展现出的是一枚原始社会氏族社会的化石。

通过对村里上年纪的老人的采访得知，过去，每逢一场大雨过后，顺着沟岔而来的雨水会带来许多陶片；雨过天晴的田间地头，便会散布着这些绘有各种图案的陶片。时间长了，村民们对此也习惯了，没人将它们当回事。1974 年春天，村民在引水上山、平地造田、修筑水渠中发现这里的大片古墓下有许多陶器，引起了青海省考古与文物管理部门的关注。当年夏天，由青海省文物管理处考古队赵生琛与中国科学院考古研究所谢端瑭任领队的考古队伍开始了他们的发掘工作。当 1700 座墓葬被清理完毕，赵生琛看着 3 万余件出土的各类生产工具、生活用具及装饰品等遗物一一整齐地摆放在眼前时，他才猛然间意识到，从 1974 年夏天的第一铲考古开始，时光已经悄然过去 5

年了。谢端瑭清晰地看到他们用 5 年时间挖掘出的墓葬，其中马厂类型墓葬872 座、马家窑文化半山类型墓葬有 257 座、齐家文化墓葬 367 座、辛店文化墓葬 5 座，他们完成了"中国目前已经开掘的规模最大、保存较为完整的原始社会晚期氏族公共墓地"的历史命名。这些墓葬及其彩陶，打开了一部彩色的、距今约 3500—4500 年的青海彩色历史。

马家窑，一个在中国古文化史上占有绝对显赫地位的文化名词，因 1923年首次发现于甘肃省临洮县马家窑村的新石器而备受世人关注。马家窑文化的分布范围横跨甘肃、陕西、宁夏、四川、青海五省区，这样一个在文化版图、历史版图和行政意义上的疆域版图中占有如此大面积的文化产物，最具有代表性的核心地段正是柳湾，最能体现其工艺水准的是彩陶。生活在 4000 多年前的柳湾人，在柳湾坪的泥土和湟水之间，掌握了 1000 摄氏度左右的火候，抟造出一件件美丽的彩陶，其中被赵生琛等人在 1974 年夏天发现的一幅马厂类型的彩塑裸体人像壶中的人像，是中国迄今为止已知最早的完整人体塑像。

一个村庄的温度和硬度是多少？柳湾在 4000 多年前以 1000 多摄氏度的高温条件下烧制的彩陶亮出了自己的答案。柳湾让中国考古界惊奇的是这里出土的陶器，完全可以说是一个打开的彩陶世界，让学者一次次从中窥探到中国彩陶之书的精彩章节。

我替安特生完成的青海彩陶之旅，逐渐扩大成了找寻马家窑文化在青海大地上的分布。彩陶像是一块巨大的磁石，我像一枚钢针被吸引着，沿着河湟谷地向西推进，在高原上开始漫游和找寻。我常常觉得自己是替这位伟大的考古学者弥补当年没能在青海再多走走的遗憾。如果说甘肃、青海境内的马家窑文化像是一片浩瀚的海，我就是一叶扁舟，移动在这浩瀚之中。我走进位于海南藏族自治州共和县恰卜恰镇西台村，在这个藏族村子的东南约 200米处一座清冷的高原文化遗址上，我很从容地在地面上端详那些随处可见的陶片、杂骨。这些陶片既有马家窑文化马家窑类型，也有卡约文化的加砂陶瓮、罐等残片，是马家窑文化与卡约文化共存的遗址。共和县河卡乡一直是我在青海关注的重点对象，每次前往青海之南时都会有意无意地留心这里。羊曲，是黄河由南向北再向东北进入龙羊峡库区的转弯处，站在这里向东能清晰看到贵南县的茫拉滩草原，隔河向西就是兴海县的河卡草原，羊曲文化遗址就端坐在两大草原之间的开阔地上，约 7 平方公里的黄土小盆地呈现半月形。

围绕这个文化遗址的是 10 余处古代文化遗址，它们一同记忆着了一幅马家窑文化向西影响古人类的生活图景。

马家窑文化同样在青海省海南藏族自治州的腹地也有分布，位于兴海县曲什安乡大米滩村西的狼舌头遗址就是一个代表。那里的地面上散落着马家窑文化马家窑类型的泥质红陶，绘有三角弧线纹、平行条线纹图案的彩陶残片和加砂陶罐残片等。

兴海县南邻的同德县巴沟乡团结村的宗日遗址，是一处北高南低的大滩地，因雨水冲刷台地边缘而形成的数条洪沟将遗址分割为东西两个区。当地牧民无法给我提供更多的资料，我只能通过这两个"小区"的辨认，发现东区为原始古人居住区，并有部分墓葬；西区没有古人居住生活的遗迹。根据青海省的考古报告分析，这里主要是葬地，考古学者将其命名为宗日墓地。走在这片因保护得好而透露着浓厚的远古气息的遗址，地面上仍不时看得见较细碎的马家窑文化马家窑类型、半山类型及齐家文化陶器残片。

现在，让我们的阅读视线重新回到马场垣文化和柳湾彩陶遗址，我发现了一个现象：4000 多年前，分布在黄河上游、湟水上游的古人们，利用身边的土和水，利用制陶技术，创造出了丰富灿烂的"青海世界"。那些半山类型时期的陶器体现男女之间平等，马厂类型时期的农业用具印证的是发达的农业经济，女子墓葬中的纺轮则告诉人们 4000 年前这里的人们已经穿上了服装，而那些古老的字符更是一种神秘文化存在的证据。

马厂垣文化和柳湾彩陶遗址两大文化类型地区，成了保留中国境内西部青藏高原上最原始生活的"化石"，它像一面镜子，映照了中国青藏高原上的古老先民从新旧石器向青铜时期过渡的生活状况，体现了这里的民众从群居时代向一夫一妻过渡时的生活景况，也以这里的各种墓葬文化和彩陶工艺等说明了它和中原文化的某种内在关联，是书写在高原东缘上记忆人类最早生活的一篇"童话"之一，是中国最西边的大型石器时代的"集中营"，也是中国古代彩陶文化地理中的第一博物馆。

1924 年 10 月 5 日至 23 日，安特生将自己在甘、青地区挖掘、采集的文物，用羊皮筏子从兰州走黄河水路运往包头，然后通过铁路运往天津，按照中、瑞之间签订的合同，一部分文物留在了中国，大部分则运往瑞典。安特生也于是年年底前往瑞典，去研究这些从中国运出去的文物。

安特生，这位参加过北冰洋探险、主持过周口店北京猿人发掘，因发掘仰韶文化遗址而赢得"仰韶文化之父"的著名地质学家、考古学家，在青海大地尽管留下了匆忙而短暂的一段时光，但却将青海彩陶和一些史前文化推介向了世界。

时间过去 100 多年，今天的中国人津津乐道于北京人、仰韶文化、青海彩陶等史前文化之灿烂时，很少有人知道这些文物的出土、挖掘、整理与研究，都是在一个叫安特生的瑞典人主持下进行的。李济的这段话应该为国人所深思："说起来中国的学者应该感觉万分的惭愧，这些与中国古史有如此重要关系的材料，大半是外国人努力搜寻出来的。……科学的工作本不该分国界的，对于这个原则我们可以绝对的同意。不过中国的学者，却不能引这话来遮盖自己的懒惰，把当前的机会轻轻的放过，期望外国的朋友老远的跑到中国来替我们做工。……这些情形，至少我们希望，不会继续很久。"（原载 1943 年《国立中央博物院筹备处展览会专刊》）

三

1900 年夏天，斯文·赫定带人完成对青藏高原无人区的考察后，他或许没想到，他会再次来到中国，以领队者的身份投身于一场后来跻身"中国百大考古发现"的大型科考活动，这支队伍中有一个瑞典人，在游历过青海西部的高原无人区后，涉足青海西部的柴达木盆地进行古化石的考察。

1926 年底，德国航空总公司要开辟从柏林经北京到上海的航空线，需作沿途的环境勘察。鉴于斯文·赫定此前数次在中国西北地区的考察经验与成果，德国航空总公司出资，聘请斯文·赫定为领队，由瑞典、德国的科学家、航空人员来到中国，计划到中国西北地区作全面考察，得到当时北洋政府的许可并与地质调查所签订了一项协议。这份协议中有两点让中国的学者们不能容忍：（1）只容中国人二人参加，负与当地官厅接洽之义务，限期一年，到新疆后即需东返。（2）将来采集之历史文物，先送瑞典研究，俟中国有相当机关再送还（实际上是永不归还）。

北京大学研究所考古学会、历史博物馆等学术团体的 20 多人在北京召开联席会议，发表《反对外人采取古物之宣言》，并成立了北京学术团体联席会（后定名为中国学术团体协会）。同年 4 月 20 日，由中国学术团体学会发起，中央气象台、中央研究院、地质调查所、古物陈列所、北京大学等单位和斯文·赫定的考察队组成西北科学考察团，并在民国政府的批准下宣告成立。考察团由北京大学教授徐炳昶和斯文·赫定分别担任中、外方团长，签订了在采集品的归属、分配等问题上的 19 条协议，计划前往西北地区进行人类、考古、地质等多学科的考察。

斯文·赫定认为需要一名专业、专职的古脊椎动物学家加入进来，丰富西北科学考察团在化石方面的成果。这时，他的瑞典老乡，曾参与周口店北京人遗址发掘的古生物学家、博士步林走进了斯文·赫定的视线。

安特生在中国的考古发现，在瑞典掀起了一股中国热，不少年轻人听完安特生的讲座或看完他写的有关中国的书籍后，心中涌起了前往中国考古、探险的梦想。这场集体造梦运动中，1898 年生于瑞典乌普萨拉的博格·步林就是其中一位。

29 岁那年，博格·步林在乌普萨拉大学获得博士学位，他的博士论文就是有关安特生收集、关于中国山西保德等地的长颈鹿化石的研究。那时，年轻的步林心里埋下了一颗希望能到中国寻找化石的种子。博士毕业后，步林就选择来到中国，跟随安特生参与周口店北京人遗址的发掘工作。

步林答应了斯文·赫定的邀请，西北科学考察团的 17 名欧洲团员中，步林作为唯一一位专门负责古脊椎动物的专家，开始了他在中国收获最多、冒险最大的考察活动。

1927 年 7 月初，西北科学考察团从内蒙古的百灵庙开始，分为北、中、南三队，向西进发开始考察。此后的 6 年间，中国和瑞典的科学家在西北地区约 460 万平方公里的区域内进行了考察。刚开始不久，西北科学考察团就交出了一份漂亮的答卷：考察团中年仅 27 岁的地质学者丁道衡在内蒙古百灵庙以北发现了华北最大的铁矿白云鄂博矿，后来的包头钢铁厂就是在此基础上建成的；袁福礼发现了 72 具爬行动物化石，为问世不久的"大陆漂移学说"提供了有力证据，当他和队友刚发现 7 具完整的三叠纪爬行动物化石的消息传出时，瑞典的一位地质学家就连夜写信给斯文·赫定："你们费巨额做考察，即使只得此一件大发现，也不虚此行了。"此后，黄文弼、贝格曼在居延地区发现了 1 万多枚汉简，和殷墟甲骨、敦煌遗书、故宫内阁大库档案文献并称为 20 世纪中国文化史上的四大发现。最出乎人意料的科考成果是步林在青海柴达木盆地发现了古生物化石，揭示了地球生命演化的重要篇章。

在青海北部的祁连山北麓，步林发现了渐新世（距今 3390 万—2303 万年）以小哺乳动物化石为主的塔奔布鲁克动物群。步林带领的考察队向南穿越柴达木盆地后，走进德令哈地区的托素湖。站在托素湖北岸的山岭上，环顾四周是寸草不生的荒凉，这里是被今天的旅游界称为地球上最像火星的地方，让人以为这是一片生命的禁区。我真纳闷，步林是如何在这里发现生活于晚中新世早期的一种体形中等的麝牛类牛科动物化石的。目前没有详细资料展示那支考察队来到这里的情景，我只能通过想象还原步林来到这里的场景：他就像和 900 多万年前的麝牛类之间有一道神秘的电波，有一种密码在他们中间被互相恪守。那是一片干黄的土地，一层又一层的石化巨浪，把这里变成了一片披着层层厚重铠甲的干海，他就像一名非常有经验的水手，在大海里驾驶着一页小舟，在恶浪与巨涛中精准地辨析着自己的前行方向。那天，他突然停了下来，下令队员们剖开铠甲似的硬土层，一个"角器"出现在步林面前，他忍住内心的狂喜盯着它端详起来：顶骨之上有一个大的圆盘形的骨质结构，那是学界所称的后角盘；真正的角心退化，位于角盘之前、眼眶上方，并且两侧角心不对称。

"天呐！"步林兴奋地叫了起来，这种近似"独角"的角心形态在所有牛科动物化石中绝无仅有，这种消失了的神兽后来被考古学界命名为"柴达木兽"。步林在柴达木盆地发现了主要包括食虫目、兔形目、啮齿目等小型哺乳动物，发现了则主要包括食肉目、长鼻目、奇蹄目、偶蹄目等大型哺乳动物。

对于科学家而言，这些哺乳动物在动物群中的比例，是解读生态环境变迁的一个重要标尺。按照现代科学的理解，在干旱的环境中，小型哺乳动物占有较大的比例；相反，在湿润的环境中，大型哺乳动物更为丰富。步林的发现证实，柴达木盆地的腹地，在 2000 多万年前到 530 多万年前的这段时光里，曾经是一片湿润的环境，这种环境下生长的巨大树木，成为破解 20 世纪 90 年代一度在托素湖边出现的"外星人遗址"的一把钥匙。

步林于 1935 年首次向外界公开了"柴达木兽"的考古报告，时间过去了整整 80 年，在甘肃省南部的临夏盆地才有该类牛科动物的第二次发现。

返回瑞典后，步林撰写了大量有关中国古生物方面的专著。《中瑞考察出版物》的第一卷就是步林的"柴达木第三纪哺乳动物群"，第6、20、26、28、35、37、44卷也全部是步林撰写的报告。尽管步林最广为人知的是他参与了周口店北京人遗址的早期考察和发掘工作，但作为西北科学考察团的专职古脊椎动物学家，走进柴达木盆地的重大发现，为青藏高原及其周边地区新生代哺乳动物进化研究奠定了最初的基础。

四

在青海西部的柴达木盆地留下古生物化石考察足迹的西方学者中，还有一位瑞典人。

在北京火车站送走步林6年后，1933年2月2日上午，从包头到北京的火车徐徐进站，一位身材高大而壮实的瑞典人走出车厢，向在站台上等待的斯文·赫定走来，两个人紧紧地拥抱在一起，斯文·赫定清楚地听见对方的第一句话："我马上还要到西藏去。"

"嗯？"惊讶不已的斯文·赫定立即松开了拥抱，仔细看着眼前的这位老朋友："我亲爱的艾利克·那林，你不要命啦？你不是刚在亚洲腹地经历了几年硕果累累的探险吗？怎么还要去那么危险的地方？"

几年间，那林受斯文·赫定的委托，和安博特在新疆和青海一带做重力测量，在中国西北地区最早进行地球物理学工作。

"那是一片充满传奇的美丽之地，但那里的地质学还是一片空白，那里对我来说，更像一个游满鱼的池塘对钓鱼者的诱惑。"年轻的瑞典地质学家艾利克·那林说着，不自觉地抬起头，朝西边望去，他仿佛看见青藏高原正向他招手。

几天后，斯文·赫定和艾利克·那林等几个人前往中南海的瀛台，拜访住在那里的九世班禅。26年前，斯文·赫定穿越青藏高原西部的无人区前往西藏，在扎什伦布寺曾和九世班禅见面过；7年前的12月，九世班禅和斯文·赫定再次见面时，曾给斯文·赫定送过一枚刻有九世班禅本人图像和象征长寿图案的金戒指。

那林于1933年5月15日离开北京前往西藏。斯文·赫定转送给他的那枚九世班禅的金戒指，简直就是畅通无阻前往西藏的护照。

关于那林离开北京后，在新疆和青海交界处的经历，我没有找到任何记录，只能从和他几乎同时在那一带考察的安博特所著的《驼队》以及斯文·赫定在《丝绸之路》中的零星记载中拼图般地勾勒出他的"西部路线"。

那林带领的考察队，首先走的是当年斯文·赫定前往昆仑山和唐古拉山之间的可可西里无人区时的路线，从新疆的若羌县翻过阿尔金山进入柴达木盆地西缘的昆仑山内，向东走出祁曼塔格山后，沿着台吉乃尔河进入柴达木盆地。时值柴达木盆地最热的季节，和斯文·赫定夏日进入无人区遇到暴雪不同，那林感到走进了一个辽阔的大火炉，仿佛被燃烧的大地连骆驼都感到蹄子发烫而不愿前行。和斯文·赫定进入昆仑山后遇到暴风雪冻死一名队员的代价相比，那林的团队命运也好不到哪里去。他们离开昆仑山时，看到那一条河犹如一条清澈的巨舌，朝柴达木盆地腹地伸去，向遇到的牧民请教，才知道这条河叫那棱格勒河，是柴达木盆地的第一大河，发源于昆仑山脉腹地的新疆和青海交界地带，流进柴达木盆地后，被称为台吉乃尔河。就在这支考察队进入台吉乃尔河流域不久，他们的行踪引起了当地牧民的怀疑。在台吉乃尔湖附近，当地的蒙古族牧民团团围住了这支神秘可疑的人，翻译的解释在这里根本不起作用，牧民坚持认为这是一支间谍队伍，便决定扣押考察队的东西，并严令考察队立即沿原路返回新疆。这对已经人困驼乏、给养告罄的考察队来说，无疑下了一道死亡通知书。

那位负责搜身的牧民命令那林摘下戒指。现场的其他人在搜查其他人或驼队驮负的行李，大家突然听见那位牧民的惊叫声。只见牧民手颤了起来，好像手中捧了一团火似的，脸上顿时写满了肃穆与恭敬。部落首领接过戒指一看，脸色也顿时大变，他清楚地看到上面清晰地刻着九世班禅的头像，便赶紧问那林，这是怎么回事。

长期在中亚腹地考察，让那林已经掌握了很多教科书上没有的野外生存技巧，他灵机一动，将自己替换成了斯文·赫定，大声告诉在场的牧民："这是大喜（因为班禅喇嘛驻锡地在扎什伦布寺，斯文·赫定将其称为大喜喇嘛，也寓有"喜悦的喇嘛"的意思，在《丝绸之路》及英国人柏尔翻译的《西藏人民的生活》中，都将班禅译为"大喜喇嘛"）给我特意赠送的，我们是非常要好的朋友。"

柴达木盆地的蒙古族牧民大多信奉藏传佛教，对班禅敬若神明，听到那林的解释后，在场的人顿时朝那枚戒指跪了下去，那林不仅获救，还被破例允许在柴达木盆地考察。

第五章
在那遥远的地方

27 岁那年秋天，年轻的王洛宾离开金银滩后，带着对邂逅的一位姑娘的爱恋与不舍，写下了这样的歌词："在那遥远的地方，有位好姑娘，人们走过她的帐房，都要回头望一望……"那时，王洛宾怎会想到，20 世纪中国最优美的情歌榜单上，自己创作的这首《在那遥远的地方》毫无争议地入选，而且排名前列。一场看似简单的电影拍摄不会成为王洛宾生命中的经典经历，但那场游历后创作的民歌，却成了中国音乐史上的经典之作。

一

1938 年 4 月的一天，几个年轻人从西安出发，沿着古老的丝绸之路往西，在一个春雨连绵的黄昏，抵达六盘山下。店主王文林告诉他们：连续几天的阴雨，六盘山上一定是积雪封路，他们只能在山下的小店入住，等待天晴日出，山上积雪融化后方能翻山西去。

入住小店的第三天下午，天气放晴，初春的阳光是六盘山最大的化雪剂。黄昏时分，王文林看着西天红彤彤的晚霞告诉他们：朝霞不出门，晚霞行千里，看这晴日的样子，明天早上可动身上山，到中午时分，山顶上的雪就化了，他们可平安过山前往甘肃境内。

对于长途跋涉的客人来说，异乡的春雨造成客程滞缓，本不是件令人高兴的事情。夜深时，窗外又飘起细雨，像在浆洗这大山里的一切，包括居民和行旅者的心情。

润物细无声的春雨，在淅沥中陪衬出一片寂寥。突然，传来了一道山野

青海之书

之音，那是一位西北的女子自由而深情地漫唱，像一位突然造访的客人推开门扉，那漫唱肆意地闯进了几位住店的年轻人的耳朵。年轻人中有一位叫王洛宾的音乐人，他的耳朵是最先被唤醒的，但他并不知道这种漫唱属于哪个地方的哪类民歌。

第四天早上，朝阳升起，照在被春雨洗刷过的六盘山东麓，空气里都弥漫着一股清新。站在车马店的院子里，王洛宾悄悄地向王文林打听："昨天晚上，听见店里有人唱歌，是谁呀？"

王文林回答："'五朵梅'。"

"'五朵梅'？你们这里还有姓五的？这名字有意思呀！"

"不姓五，是这里人给起的外号。"

王文林告诉王洛宾，在六盘山地区，女人们有个头痛脑热的，没钱买药，便自己掐太阳穴来缓解痛苦，久而久之，很多女人的太阳穴上有了紫痕，如乱开的梅花瓣。"五朵梅"就是额头、太阳穴等部位有 5 个紫痕而有了这么一个绰号。

王洛宾问王文林："昨晚，'五朵梅'唱的是什么？"

王文林回答道："这是甘肃、青海、宁夏一带流行的'骚花儿'，我们这里的叫六盘山的山花儿，不是秦腔那种吼与唱的，我们这的人叫'漫'，多数都是穷人惆怅时在外漫的，在家里很少漫。一定是'五朵梅'昨晚心里惆怅了，漫了两句。"

王洛宾告别王文林，走出店门，朝六盘山走去，就在他们踏上蜿蜒在山间的盘旋公路不久，身后突然传来昨晚上"漫"过的"六盘山花儿"——

走哩走哩（者）哟的远（哈）了
眼泪的花儿漂满了，哎哟的哟
眼泪的花儿把心淹（哈）了
走哩走哩（者）哟的远（哈）了
身上的褡裢轻下了，哎哟的哟
心上的惆怅重（种）下了

时隔 45 年后，王洛宾在《万朵"花儿"永世飘香》一文里，这样回忆那一刻的感受："多么迷人醉心的歌，这是最古老的开拓者之歌，那透迤动听的旋律，口头文学的朴实，句句渗入了人心。原来车马店女主人是六盘山下有名的'花儿'歌手———'五朵梅'"。

那一刻，这带着土味的声音，种子进土般地走进了王洛宾的内心。这之前，他一直渴求着去巴黎寻求西洋音乐，"五朵梅"的一曲"山花儿"，像是他那时的人生之车的一次方向盘调转，让他放弃了对西洋音乐的向往，将自己的音乐之舟驶进了中国西北地区的民歌海洋。"从此，我在民歌中汲取了生命的营养，那首浓郁芬芳的'花儿'，的确是我一生事业的转折点。'五朵梅'的花儿把我们几人听得发呆了，真挚、苍凉和博大。我开始想这样一个问题，音乐的源头到底在哪里？"

王洛宾一行是受八路军驻西安办事处处长伍修权的派遣，奔赴兰州做抗日宣传工作的。在兰州结束工作后，王洛宾选择前往青海，在一所中学担任音乐老师，这让王洛宾的音乐地图上，多了一条在青海的轨迹。

1939 年夏天，王洛宾在西宁见到著名导演郑君里，后者想拍摄一部反映全民族抗战的影片《民族万岁》，王洛宾受邀在影片中扮演一位藏族青年，和剧组前往青海湖北岸达玉草原拍摄。

剧组成员住在当地一个叫同曲乎的千户家里，晚上，盛大的欢迎宴会在同曲乎千户家里举行。宴会的气氛异常热烈，而将宴会推向高潮的是千户家三个如花似玉的女儿跳起的优雅锅庄。同曲乎 17 岁的三女儿萨耶卓玛是全场最引人瞩目的，她长长的头发梳在脑后，戴一顶时尚的白礼帽，穿着一身艳丽的藏族女装，以优美的舞蹈印证着当地"青海湖最美的花儿是格桑花，最美的姑娘是萨耶卓玛"的说法。正为剧中的藏族女演员人选没着落的郑君里当场决定，邀请萨耶卓玛出演女主角，王洛宾扮演帮女主角家赶羊的帮工。

电影剧本中设计有这样一组镜头：王洛宾扮演的羊倌和千户家的姑娘一起骑马去放牧，这就要求王洛宾和萨耶卓玛要同骑一匹马，出现在草原上。晚霞中，穿着镶金边衣服的萨耶卓玛亭亭玉立，与蓝天、白云互相映衬，按照当地习俗，她举起手中的牧羊鞭，轻轻地打了王洛宾一鞭子，然后飞快地催马跑开了，将木然的王洛宾留在那里。王洛宾轻抚被萨耶卓玛打过的地方，仔细地回味这一鞭的滋味。王洛宾后来回忆说："这一鞭子不仅是抽在我的身上，更深深地落进了我的心里。"这是青海大地上最温柔也最有力的一鞭子，就像来中国新疆的探险家斯文·赫定因为去找丢失的一把铁锹而发现了著名的楼兰古国遗址，而使那把铁锹成了地球上最有力度的铁锹一样，萨耶卓玛在达玉草原上的那一鞭子，"打"出了一首"中国最美的情歌"。

就在王洛宾望着马背上的萨耶卓玛背影渐渐远去时，一首《羊群里躺着想念你的人》的民歌从萨耶卓玛口里传来，王洛宾的内心被一阵阵的战栗击穿，那是怎样洁净的自然之声。姑娘的歌声隐约地透露着自己的心声：王洛宾这个英俊且浑身书卷气的青年的出现，在萨耶卓玛的内心也激起了涟漪。

离别的日子到了，那天早上，萨耶卓玛赶来送行。拍摄队伍已走出很远，萨耶卓玛仍站在那里向王洛宾挥手，就在王洛宾心里充满离别的苦楚时，《羊群里躺着想念你的人》再次响起，像一把精致的刻刀，在他的灵魂深处文身般地刻印了下来。

离开达玉草原后，王洛宾的耳边不时回荡着那支民歌曲调，眼前闪现着萨耶卓玛的影子，回到西宁后，王洛宾在昏暗的马灯下，萨耶卓玛用牧羊鞭在他身上轻轻抽打的情景再次浮现在眼前，他激情澎湃地在纸上写了《在那遥远的地方》的歌词："我愿做一只小羊，跟在她身旁；我愿她拿着细细的皮鞭，不断轻轻打在我身上；我愿她拿着细细的皮鞭，不断轻轻打在我身上。"

《民族万岁》拍摄结束后，王洛宾留在西宁的昆仑回民中学任音乐老师，负责组建"青海儿童抗战剧团"，同时也创作了歌舞剧《沙漠之歌》及《送郎出征》《穆斯林青年进行曲》等抗战歌曲。萨耶卓玛后来的婚姻生活并不顺利，仓促地结婚，又仓促地离婚、再婚。32岁那年，因为肠梗阻去世。

1941年，王洛宾的妻子罗珊提出解除婚约，不久，他又因某种特殊原因而坐牢，被押解着离开西宁前往设在兰州的一所监狱，开始长达三年的监禁生活。最后，还是时任国民党青海省主席马步芳将王洛宾担保了出来，邀请王洛宾重新回到西宁，担任国民党第四十集团军军官训练团音乐教官，后来又担任国民党西北行政长官公署政工处上校文化高参。对被从兰州的监狱中解救出来的王洛宾来说，在西宁的身份无疑是其人生中的高光时刻，但无意中给他后来的人生中埋下了伏笔。

青海，是王洛宾在民歌搜集和音乐创作中的一块福地，在青海的这段时间里，他在苦难的日子里寻找着民歌里的快乐，开始改编《阿拉木汗》《可爱的一朵玫瑰花》《依拉拉》《曲曼地》等民歌；那些本地的及流传至青海的外地民歌，成了王洛宾在青海时的音乐创作食粮。

到青海的第二年，王洛宾与比他小16岁的护士黄玉兰（后被王洛宾改名为黄静）在西宁结为夫妻，黄玉兰为他生育了三个孩子。

随着解放大军向西宁逼近，马步芳开始筹划撤退，临走前特意派人找到王洛宾，提出想把他带往台湾，但遭到了王洛宾的拒绝。1949年9月，王洛宾选择了在西宁参加中国人民解放军，跟随当时一野一兵团司令王震去了新疆。

此后的一生，王洛宾都把自己献给了新疆民歌的收集整理和传唱事业。如果说新疆成就了王洛宾音乐生涯的"西部歌王"，此前10多年青海时光，便是通往这桂冠之路上的梯子，那上面铺满了他在青海大地上的孤独与伤怀，辉煌与失意。

二

王洛宾离开达玉草原53年后，中央电视台播出了一部关于他的专题片，人们才知道《在那遥远的地方》的最初灵感来源于萨耶卓玛生活过的鞭麻滩——王洛宾前往达玉草原时，正值鞭麻花盛开，也有人称鞭麻花为金银花，那片草原也就有了"金银滩"的雅称。

距离创作《在那遥远的地方》49年后，王洛宾重回青海，参加青海文艺界朋友们在青海省歌舞团举行的迎春茶话会。随着悠扬的钢琴声，王洛宾向大家讲述《在那遥远的地方》背后的故事。

"这是50多年前的故事了，一直埋藏在心灵深处。30岁时不敢说，40岁时无处说，50岁时恐惧说，60岁时不想说，今天我已经70岁了，我可以无所顾虑地说了吧！在金银滩和卓玛姑娘拍电影、看电影的日子里，美丽聪明多情的姑娘感情非常投入，我被感动了，虽然语言不通，但爱恋之情是不需要语言的。

"卓玛姑娘是圣洁的，但我已经结婚了呀，不敢有任何非分之想。我只能把强烈的爱，深深地埋在心里。

"我一步一回头地走在回西宁的路上，哈萨克民歌的旋律在耳畔响起，金银滩卓玛姑娘美丽的形象在心中升腾，形象和旋律水乳交融，《在那遥远的地方》就这样诞生了。"

优秀的文艺作品都自带翅膀，会飞翔到它能抵达的地方。王洛宾没想到，自己创作的《在那遥远的地方》像高原上振翅高飞的雄鹰，不仅将雄健的身影留在大地仰视的瞳孔里，还将它骄傲地鸣叫留在大地的耳朵里，它如春风吹拂大地、似巨浪潮涌海岸，在中国大地上被传颂。王洛宾把鞭麻滩变成了金银滩，《在那遥远的地方》把金银滩变成了地球上"遥远的地方"

《在那遥远的地方》问世6年后，前来上海公演的美国歌唱家保罗·罗伯逊无意间听到有人哼唱这首民歌，他的耳朵就像一条鱼被钩出水面一样被征服了。优秀的文艺作品是不需要翻译的，是没有国界、民族之分的，保罗·罗伯逊提出在即将举行的公演中，演唱这首名为《在那遥远的地方》的民歌。"一只南美洲亚马孙河流域热带雨林中的蝴蝶，偶尔扇动几下翅膀，可以在两周以后引起美国得克萨斯州的一场龙卷风。"——这就是著名的"蝴蝶效应"。

那一晚，保罗·罗伯逊在公演会上演唱《在那遥远的地方》，就是一只强有力地扇动着翅膀的蝴蝶，逐渐在中国大地上掀起更大的"《在那遥远的地方》的龙卷风"，形成了这首歌的"蝴蝶效应"。

1998年夏天，在中国台北地区跨世纪之声音乐会上，美国爵士天后戴安娜·罗斯，世界三大男高音之卡雷拉斯、多明戈，都以《在那遥远的地方》压轴。昔日遥远的"达玉草原"，通过这首歌变成了它遇见的所有耳朵里的一毫米或一秒钟，成了音乐里的浪漫与爱情象征，赢得了"艺术里的珍品，皇冠上的明珠"之赞誉。

王洛宾去世后，依照他的遗嘱，歌词"她那美丽动人的眼睛，好像晚上明媚的月亮；我愿流浪在草原，跟她去放羊，每天看着那粉红的笑脸。和那美丽金边的衣裳"被刻在墓碑上，伴他安息。

洋溢着诗人气息的音乐人呀，仅凭一首《在那遥远的地方》，就留给了青海长于身躯的脚步、长于一生的灵魂。

我第一次前往青海湖北岸海晏县境内的金银滩，是从西宁出发经过海北州前往祁连县时的一场短暂路过。深秋季节的草场，草木早已失色为一片枯黄的地衣，让大地显得消瘦且苍迈；远处的群山如一位高僧披着白色大氅打坐。旧时光里，无论是党项羌时代的兼并与撤离，无论是吐谷浑的强盛与衰败，无论是固始汗时期的蒙古族牧民以新主人进驻，还是明清时期奉命进京的僧人领袖，盛夏时分，走过这里时是遍地的鞭麻花欢笑迎送。如今，《在那遥远的地方》成了这片草原的代言人，来到这里的人，就像到康定情不自禁地会吟唱一曲《康定情歌》一样，临近金银滩时，《在那遥远的地方》就像冲破堤坝的洪水，从大脑的记忆库里直往喉咙处奔涌。

三

王洛宾和金银滩的一次相遇，不仅成就了一场浪漫的感情和一首浪漫的民歌，多年后也成就了王洛宾纪念馆的落成。

轻轻步入王洛宾纪念馆，依次展陈的 60 个展板，就像 60 座码头，屹立在王洛宾音乐生命之河的岸边；墙上悬挂的 200 多张照片，就是串起王洛宾音乐项链的 200 多颗珍珠；躺在玻璃柜里的众多荣誉证书，像是一座座矗立在王洛宾音乐生涯里的纪念碑，记录着他在青海的足迹和才华；60 多篇歌词原稿，禁不住岁月的淘洗有些发黄，就像 60 多页记录他那时音乐时光的记录簿。

我首先被展厅的第一幅画所吸引，它就像王洛宾生命之书的第一页，缓缓讲述着这位艺术家的音乐起步时期：1913 年的 12 月 28 日，王洛宾出生在今天的北京市东城区牛角湾艺华胡同，并在这里度过了他的童年。13 岁那年，王洛宾考入北京潞河中学并被选入了唱诗班，这为他以后的音乐创作打下了基础。18 岁那年，王洛宾以优异的成绩考入了北京师范大学，在这里任教的俄国沙皇尼古拉一世的妹妹霍洛瓦特·尼古拉·沙多夫斯基伯爵夫人就是他的第一位音乐导师，正是她建议王洛宾大学毕业后，去法国巴黎音乐学院继续深造音乐。

展厅里的其他几幅画依次描摹着王洛宾大学毕业后的生活图景：大学毕业后，王洛宾写下了他一生中的第一首曲子《云游》，这是根据徐志摩的诗谱成的，献给他初恋女友的。大学毕业典礼上，王洛宾亲自登台演唱了这首歌，按照他的音乐档案来分析，这是他创作的第一首歌曲。

1937 年 7 月 7 日，抗日战争全面爆发，王洛宾和那时的很多爱国青年一样，报名加入了八路军率领的西北战地服务团，开始了他西北之旅。六盘山下，一曲"花儿"改变了他去巴黎进修的想法；金银滩上，一位藏族女子唱的一首西北民歌，给他创作《在那遥远的地方》提供了灵感。

金银滩上的那场邂逅后 63 年，王洛宾的大儿子与萨耶卓玛的亲人相会在美丽的金银滩，这是两代人共同向祖辈的纯洁友情致敬的见证，当时的合影照片也被收藏在王洛宾纪念馆内。

展厅里的荣誉证书和照片，大多是《在那遥远的地方》被授予北京 20 世纪华人音乐经典作品颁奖大会、国家"金唱片特别创作奖"（1992 年），以及《在那遥远的地方》北京大型演唱会、台北举办的"在那遥远的地方作品音乐会"（1993 年）等颁奖会、音乐会的盛况。这些照片中，最吸引我眼光的，是王洛宾接受联合国教科文组织授予"东西方文化交流特别贡献奖"的那张，这是他一生中接受的最高的一个奖项。旁边的照片是他与时任中国外交部副部长李肇星一起在联合国总部礼堂观看《在那遥远的地方》时的一张照片。1994 年，"'在那遥远的地方'音乐演唱会"上，81 岁高龄的王洛宾亲自登台演唱他自己的作品《卖苹果》。

1996 年 3 月 14 日，王洛宾因病医治无效而辞世，5 月 28 日，按照他生前遗愿：他和第二任妻子黄静合葬于北京的金山陵。他的墓碑的背面没有写生平事迹，而是按照他生前的遗嘱，刻上了《在那遥远的地方》的一段歌词。

人的身骨会在归于尘土后化作云烟，比骨头还硬的音乐却有着存续自己生命的方式，时间的枝杈上，会给真正属于人民的音乐家安一个尊贵的窝——既不受地面上的嘈杂，也能聆听到来自云端的问候，还能孵化出更多聆听的耳朵。除了王洛宾纪念馆外，金银滩草原上，当地政府以每两年举行一次的"王洛宾艺术节"的形式，纪念着这位艺术家。这个艺术节，就是给这位伟大的音乐家提供了一处在此安放灵魂的家。

第六章
"221" 与 "原子城"

金银滩的前身叫达玉草原，这两个名字对很多国人来说，都意味着陌生与遥远。但提起诞生在这里的歌曲《在那遥远的地方》，相信很多人大脑里涌现的是诞生浪漫与爱情的地方。

然而，在 1950 年代末到 1960 年代，那里是被誉为"连一只陌生的鸟儿都飞不进去"的禁区，这片草原，每一株青草，在黎明的叶尖上蹲着的露珠上都似乎写满了神秘。生活在那里的达玉部落牧民，义无反顾地全部迁移出了他们的家园，新进驻的人，和那些新建于地下或地上的建筑一样，没有了名字，全部用编号代替。

数字，在这里是主宰！

这里变成了当时地球上最神秘的基地之一，类似美国的"51 区"、苏联的"塞米巴拉金斯克 –21"、英国的"马加林"和法国的"穆鲁罗瓦"，这里对外也只有编号：221。

整个"221"最外围的青草，就像一道青色的围墙，青草深处，隐藏着当时中国最大、级别最高的机密，隐藏着数万人生活于此的繁杂但有序的信息，隐藏着当时世界上很独特的一个神秘基地。

如果你看过 2012 年 9 月 5 日在中央电视台 8 频道上播出的电视连续剧《青海花儿》，一定会对这个编号为"221"的基地有个粗略的了解。

"221"，不是一个简单的数字组合，而是中国历史上的一段神秘存在，一个由数万人隐姓埋名、默默奉献打造出的传奇。

一

那一年 10 月初的一天上午，19 岁的扎尕在达玉草场上放牧，远远看见几匹马飞奔而来。那些马到眼前时，扎尕才看清最前面的人竟然是达玉草原上著名的第八世夏茸尕布活佛，也是解放后海北藏族自治州的第一任州长。

夏茸尕布活佛是带着一项紧迫而神圣的任务来到了这里：根据国防需要，国家需要达玉草原上的牧民几天内就得全部搬离。

啊？扎尕心里一个惊雷——这可是祖辈生活的地方，搬离这里去哪里？他抬头向夏茸尕布活佛望去，那是一种急切的咨询，也是一种不解。只见夏茸尕布活佛朝扎尕点了点头，脸上带着祥和的微笑，这让扎尕心里感到少许的安定。

　　扎尕听见夏茸尕布活佛说道："这是件连佛都不能知道的秘密，相信国家能将你们安排好的！"随从接着给扎尕解释道，这些天来，夏茸尕布活佛已经和州上的领导召开过紧急会议，将所有要搬离达玉草原的牧民安置点都寻找好并妥善安排好了，扎尕他们家要去的安置点在祁连山北段、托勒南山下的托勒牧场。

　　要搬离达玉草原的消息，很快就传遍了从青海湖北岸到祁连山西麓的这片地域，犹如夏天降下草原的一场冰雹，在牧民心中引起很大惶恐，这可是牧民祖辈生活的地方呀！政府为什么要我们突然搬离这里呢？各种谣言开始像地上奔窜的鼠兔，往达玉草原上的各个牧点跑去。

　　第八世夏茸尕布罗藏龙柔旦巴加措，骑马奔走在达玉草原上，挨家挨户地做动员工作。夏茸尕布活佛的母亲，在草原上渐起的寒风中，率先拆卸帐篷、赶着牛羊离开这里。牧民们深知，活佛的母亲带头搬离，这意味着她的举动就像寺院中的金顶在太阳下发出的光，神圣而具有引领意义，它像是一盏亮在草原暗夜里的酥油灯，将带领牧民走向一个值得托付的地方，他们将认准那个地方为新的家。

　　对牧民来说，迁移不是一件多么困难的事情。只用了短短三天时间，扎尕就和周围的牧民一道，用牦牛驮起了青稞、被褥、简单的生活用品和对故乡的留恋，踏上一条向北而行的迁徙之路。这是一支由 461 户 2183 名牧民构成的队伍，这些达玉部落的牧民没有提出任何条件，带着妻小和微薄的家当，在恋恋不舍的心境中，陆续离开了自己的家园。

　　这些移民被分为 5 个大队，达玉草原最北边的蒙古族牧民为第一大队，先行离开，草原最南边的达玉部落是第五大队。达玉部落因为接到的通知早，加上有活佛的母亲带头，只用了 3 天时间就撤离了他们的牧场；全部 5 个大队的牧民，用了 10 天时间就离开了祖辈繁衍生息的土地。

二

若干年后，扎尕才知道他们当初紧急搬离家园的时代背景：20世纪50年代，面对美国等霸权主义的核威胁与核讹诈，中国的最高决策层决定研发核武器，第一个核武器研制基地和生产基地放在哪里较为合适呢？经过详细的考察和论证后，决定选址于青海省海北藏族自治州海晏县境内的达玉草原上，邓小平代表党中央批准了这一选址报告。指导工作的苏联专家来到这里，看到这片大草原时，也禁不住地大加赞赏："好地方，好地方！在中国再也找不到比这里更好的基地厂址了。"

国防建设的需要，让这片方圆1000平方公里的土地顿时变成了军事禁区，这才有了州长、第八世夏茸尕布活佛亲自带人深入牧场动员组织群众的一幕。那些牧民对政府的决定、对活佛的旨意深信不疑，他们告别祖辈们一直生活于斯的家园，分别远迁到千里之外的托勒山下、黑河岸边的牧场和邻近刚察县、湟源县境内的牧场。

搬离家园时，扎尕并不知道，和他一样前往托勒牧场的，仅仅是从达玉草原上大搬迁中的一支，那年秋天，总共有1279户牧民6000多人、15万多头牛羊和马搬离了达玉草原。

牧民退去，建设者出场。

1958年12月，万余名建设大军悄然来到这里，他们中的很多人是乘坐闷罐车到西宁后，再坐上车厢被帐篷围起来的大卡车，一直在黑乎乎的静默中，在火车铁轨和汽车车轮的单调声中，完成从东到西的万里大挪移。上车时，是人声鼎沸、繁忙嘈杂的车站，到终点时是满眼干黄的高原。空气稀薄了，人烟绝迹了，从上车到现在，乃至在这里以后的日子里，互相是不能打听和交谈的。

除了为数很少的高级将领、科学家外，来到这里的很多人都不知道他们抵达的地方究竟是哪里？也不能告诉家人、朋友自己的行踪。和家人、朋友的联系只有通过接收地址为"青海矿区"的一封封信件。

当时，这片土地是中国最高级别的禁地，上万人在这里秘密进行建设、研发，外界根本不知道这里究竟发生了什么。

一个警卫团，八个哨所，还有一个骑兵连，日夜保卫着这块神秘的禁区。

出于保密，人类对一些神秘的军事计划、规划总是以数字命名。牧民搬离后，那片草原在高层那里被"221"这3个阿拉伯数字取代，221基地里面的很多地方、设施也同样以数字替代，数字是这里的风和阳光，无处不在又捉摸不透，清晰可见但又神秘莫测。

"221"虽然远离人们的视线，虽然地处青藏高原深处，但有些事情却是和那个时代同频共振的，比如，基地刚开始建设一年，席卷全国的饥饿像一场飓风，并没放过中国任何一个地方。"221"同样闻到了饥饿带来的气息，后者同样威胁到了基地内所有人员的生命安全，同样掉进了粮食供应短缺的困境。

人类在饥饿和生死面前一样，面对饥饿就得为肚子想办法，"221"也开始自办牧场、农场、渔场，一方面是为了保证基地免受饥饿的冲击，另一方面，让那些搬迁的牧民到基地外围放牧，对基地是另一种形式的保护。扎尕一家就是在这种情况下，于1962年被允许从祁连县托勒山下的"达玉"迁回曾经的"达玉"，只是他们的身份已经由牧民变为了农牧场居民。工作依然是放牧，但主要是给221基地供应肉食。

返回221基地外围后，扎尕发现，自己虽然是放牧，但和昔日在草原上的自由游牧不同，他要和其他牧工一样熟背十条保密条例，他们每天放牧范围的边界地带有士兵站岗，即使走得近，能看到士兵腰带上的五星图案，也不能和士兵有半句交谈。在扎尕眼里，那些士兵就像是被塑在草原上的石头像般，风雨无阻地站立在那里，草场外面连一头陌生的羊都休想进来。过了很长时间，扎尕才知道那些士兵站岗、轮岗的地方叫"6号哨卡"。白天，扎尕能看到"6号哨卡"四周分布有6个哨位，山头上还有防空炮；晚上，架在高处的探照灯发出了明亮的光。

扎尕并不知道，"6号哨卡"是进入221基地的唯一通道，他们只能远远地看着被严严实实地包围起来的昔日熟悉的牧场。扎尕只能冲着"6号哨卡"的方向，想象那里面究竟在进行着什么。当然，他就是想破脑子，也想象不出来那里面的任何一个情景。

扎尕和周围的牧民每人领到了一张通行证，凭这个证件在生活区和周围的牧场活动。后来，扎尕又领到了一张工作证，凭工作证在规定的范围内放牧，不能跨越"6号哨卡"，那可能是地球上唯一一批凭工作证放牧的牧民吧。在这种情形下放牧，牧民中就悄悄流传着"没证件，'6号卡'里面的地方，一只鸟也飞不过去"的说法。

几十年后，在原子城国家级爱国主义教育示范基地的博物馆里，我看到玻璃柜里展出的40多种出入证，才知道当年出入"6号哨卡"的专家、科研人员、工人及其家属人员，不同岗位上的出入证也不同。40多种出入证表明，当年出入这里的人有40多个工种分类，扎尕拿的工作证是表明他的工种为放牧。

这种严格的哨卡制度，一直延续到1993年，"6号哨卡"的哨兵撤离后，扎尕和其他牧民才知道"6号哨卡"守护的221基地，就是中国第一个"原子城"。扎尕原来放牧的那片面积436平方公里的草场，后来改名为"221矿区牧场"，环抱着整个"原子城"。

在废弃的"6号哨卡"，我看见一座座低矮的地堡式建筑，寂寥地卧在荒凉的地面上，暗红色的残垣断壁以及陈旧的厂房、杂草，谦逊地将自己的身影置放在喧嚣之外。

三

我是在原子城国家级爱国主义教育示范基地看到邓稼先这个名字的，了解了这位"两弹"元勋科学家和青海"秘密相会"的故事：1958年8月的一天晚上，邓稼先比平时晚回到家，刚推开房门，就看到4岁的女儿典典正和2岁的儿子平平在玩耍，妻子许鹿希见他进门便去热做好的饭。

邓稼先的内心一热，他知道，今晚过后，他不可能再有时间陪伴妻子和孩子们了。那晚，邓稼先默默地看着月亮，妻子陪在他身边。

过了很久，邓稼先才低声地对妻子说："我要调动工作。"

"调哪儿去？"

"这不能说。"

许鹿希心里充满不解但又不舍地问："去做什么工作？"

"这也不能说。"

连最亲近的人都如此，丈夫此去从事的工作，一定是被裹在一个天大的秘密里。许鹿希理解丈夫从事科研工作的特殊性，便带着最后的一个请求说："你给我一个信箱地址，我跟你通信。"

"这不行。"

两人陷入了沉默中，过了一会，邓稼先自言自语道："就是为它死了也值得！"

许鹿希紧跟着追问："你干吗去？做什么事情要下这个决心？"

邓稼先淡淡地说："家里事情我都管不了了，一切都托给你了。"

许鹿希最终说了四个字："我支持你！"许鹿希并没意识到，她说出这句话到再见到丈夫时，中间隔了28年的时间，他们默默地在这条时光之河上搭起了一条思念之桥，这四个字犹如这座桥上的四座桥墩，桥墩间静静流淌过7年的岁月。

从此，中国科学院原子能所副研究员邓稼先，从他的美国导师与学友、老家的父母亲戚、朋友同事的眼里的"消失"了。他作为一个社会人消失了，除了少数几个他直接接触的人外，他的一切行踪别人都不知道，包括他的父母妻儿，他也没了任何社会行动。许鹿希既不知道丈夫邓稼先的去向，也不知道他去执行一项怎样的任务，有什么比明知道丈夫活着却见不到他更难受呢？

就在扎尕带着家人和牛羊搬离达玉草原牧场后不久，邓稼先和当年一起"消失"的众多科学家们，悄悄来到了青海湖北岸这片草场。

"我支持你！"许鹿希当初说出的这四个字，陪伴着邓稼先走过了隐姓埋名的28年！

1986年初，邓稼先因为受核辐射住进了北京的一家医院，夫妻二人这才相聚。离家时是血气方刚的青年科学家，怀揣一腔报国情怀，低声吟唱一曲"西去谣"，归来已是白发苍苍。

《人民日报》和《解放军报》的记者采访邓稼先，为其"神秘失踪28年"解密。1986年6月24日，北京城的一些报刊亭，经营者将当天的《人民日报》和《解放军报》摆放在了醒目位置，很多路过报刊亭的读者看到了头版头条刊登的关于邓稼先的长篇报道。人们才知道邓稼先，为了中国的"两弹"制造与妻子分别28年、隐姓埋名的事迹。然而，那时的邓稼先已经在病床上了，许鹿希拿着当天的报纸，坐在床前给邓稼先念，那上面的一个字呀，似乎就是扎疼她心底的一根针。许鹿希念着念着就哭，一边哭着一边念着。泪眼抬起刹那，许鹿希看见邓稼先的眼角也流出了泪水，她伸出手，握住那曾笔底风云、丝毫不差地计算原子弹研制需要的一个个数据的手，从离开家去遥远的西部到现在，她伸出手握住他的手不到 28 厘米，但这两次握手间却横着 28 年的时光。

这一握，是对 28 年前丈夫临走时她说的那四个字的兑现，是一个家庭两个人为国家作出的无声承诺，是 28 年面对丈夫"失踪"带来的生活不便、周围亲朋邻居的猜疑等无声但有力的恢复，是她给丈夫带来的最后温馨与力量。

1986 年 7 月 29 日，中国当代科学史上一个无法绕过的日子，邓稼先因癌症晚期全身大出血逝世。临终前，许鹿希紧紧地抓住邓稼先的手说："你的血流尽了！"邓稼先留下了八个字："苦了你了！死而无憾！"前一句是讲给妻子的，后一句是讲给国家与时代的。在许鹿希绝望的哭泣声中，邓稼先的手慢慢地冰凉了。

邓稼先到达金银滩时，茫茫草原上，只有牧民搬走后的空旷，没有房子，没有电灯，没有自来水，没有公路，没有铁路，有的只是奉命而来的建设者们在保密状态下默默工作。

至今还流传着这样几件事。海晏县有 1 名年轻人参军来到了 221 基地工作，他随战友先是乘火车走了一天一夜，后又转坐汽车，然后又步行，走了几天几夜最终才到达目的地。他在这里工作了几十年，从基地退役后，这名老兵惊奇地发现，原来他工作的地点离他家只几公里远。当年入伍时与战友乘火车、转汽车地绕来绕去，都是为了"掩人耳目"，均是出于保密考虑。

还有一件事讲的是，有一对夫妻同在 221 基地工作了 3 年，互相没见过一次面，谁也不知道对方在什么地方上班。有一次，夫妻在一条路上相遇了，两人面面相觑，这才知道他们同在一个分厂上班，而且车间相隔才几十米远。当时的保密非常严格，即使同住在一个宿舍里的人，互相也不知道对方具体是干什么的。在当时基地里流传着这样一个顺口溜："穿一样衫，吃一样饭，知道你姓啥，却不知道你干啥！"

那是中华人民共和国成立后遭遇到最困难的物资匮乏时期，食品供应不足，工作任务又繁重，很多的科研人员和技工、工人得了浮肿病，但他们领受的每一项工作却丝毫没有影响。18 个厂区、4 个生活区，38.9 公里的铁路专用线、78 公里的专用公路依次建成，一个神秘而神圣的现代化国防科研生产基地建设起来了。

当初，那些从祖国各地奔赴这里的莘莘学子和热血青年们，并没有想到他们的这次人生契约会是多长时间，从研制组装成功中国首枚原子弹和氢弹，到为共和国铸造了核盾牌。他们以工作状态写就了两个字"忘我"：在繁忙中送走了一个落日黄昏，又迎来了一个拂晓黎明。从这片禁区设立到 1987 年退役，再到 1992 年人员全部撤离，身居其中者神秘的身份成了这个国家公民中最奇特的。他们在这个封闭的"小社会"里一待就是 30 年，走出这片草原时，双鬓白发映入眼帘，青春已经逝去。

1995 年 5 月 15 日，新华社授权向全世界公布，中国第一个核武器研制基地已全面退役，并移交当地政府安排利用，神秘的 221 基地解密了，但那些神秘的建设者们却悄然退休或走向其他岗位。

如今，西海镇大街上、原子城纪念馆内、一幢幢或仍工作或"退休"的楼房、一条条马路、一座座埋藏在山包中的厂房和设备，留下成千上万建设者的青春，刻印下他们当年轻盈的足音。他们中绝大多数人的名字是无法公布于世的，他们和进入禁区的哨卡一样，只有代号留在保险柜的档案卷里，但他们集体托起了一个国家在贫穷岁月里的尊严！或许，只有西海镇上的那块纪念碑上 600 字的碑文，是他们用青春以身许国时的集体证词：

中国第一颗原子弹在这里诞生，中国第一颗氢弹在这里研制成功，一九六四年十月十六日，中国首次核试验爆炸成功，它向全世界宣告：站起来的中华民族终于有了自己的原子弹。为打破核垄断，维护世界和平作出了历史性的重大贡献。一九五八年，在以毛泽东主席和周恩来总理为首的老一辈无产阶级革命家的决策和领导下，独立自主，自力更生，创建我国第一个核武器研制、试验和生产基地——二二一厂。三十多年来，广大科技工作者，工人、干部、牧工、家属和人民解放军、警卫部队指战员，在党中央、国务院、中央军委、中央专委的统帅和指挥下，在全国和青海人民的大力协同下，在这块一千七百平方公里的神秘禁区内，艰苦创业，无私奉献，团结拼搏，勇攀高峰，攻克了原子弹、氢弹的尖端科学难关，成功地进行了十六次核试验，实现了武器化过程，生产出多种型号战略核武器装备部队，壮了国威、军威。这一壮丽事业是几代人连续奋斗的结晶，多少人为之贡献了青春年华，有的献出了宝贵的生命，党和人民不会忘记，共和国不会忘记。

四

2009 年 4 月 2 日，青海省海北藏族自治州西海镇迎来了自古以来最隆重的一项仪式：由中国人民解放军第二炮兵装备部司令部等 6 家部门和单位赠给青海原子城国家级爱国主义教育示范基地的东风二甲导弹弹体及实物捐赠交接仪式在这里举行。至此，一个掩隐在达玉草原上的巨大秘密基地也开始向公众开放，人们自此才知道中国的第一个原子城竟然是在这里建成的。

在基地内，我通过中国人民解放军第二炮兵装备部司令部及特管部、中国人民解放军某部、中国人民解放军某工厂向青海原子城纪念馆捐赠东风二甲导弹弹体 1 枚及东风二甲导弹弹头模型、高速摄影机、激光微能测试仪等原 221 基地退役实验设备、123 件仪器，中国工程物理研究院向青海原子城纪念馆捐赠球体机床、英文打字机、同步显示器等原 221 基地退役实验设备、仪器共 65 件，中国核工业集团总公司向青海原子城纪念馆提供《东方巨响》纪录片、部分《221 厂厂史》和核工业发展等 11 套资料，才洞晓几十年前这些设备和仪器在中国现代国防建设中发挥的作用。

这块昔日神秘而隔绝的地带上出现的中国原子城纪念馆，成为青藏高原上第一个集详细文字介绍、真实文物展示、形象互动装置、真实情景模拟、基地遗址复原为一体的国家级爱国主义教育示范基地。退役的东风二甲导弹弹体作为"镇馆之宝"，是中国及世界上所有博物馆中独一无二的。

当年，进入 221 基地，唯一的关口就是"6 号哨卡"，进出这里要凭属于自己专有的证件，每个证件都写有一个秘密代码。跨过"6 号哨卡"后，就算进入占地 1170 平方公里的原子城基地了，如今，它是归属于西海镇的一处旅游景点。当年，这里的级别跟青海省省会城市西宁平级，公、检、法、司一应俱全。那时，整个"221"拥有 18 个厂区和 4 个生活区，建筑面积达 56.4 万平方米。里面设有学校、医院、邮局、文化宫、图书馆、电影院、公检法、污水处理站，甚至澡堂、理发店等。"221"内还建有 38 公里长的铁路专用线，沥青混凝土标准公路 75 公里，参与核武器研制的专家、技术人员、后勤保障、安全保卫各类人员达 1.5 万人之多。

好吧，现在就让我像个导游一样，引着读者前往原子城，揭开一道又一道神秘帷幕，看看当年这里究竟扮演了怎样的角色。跨进"6 号哨卡"后，进入的第一个"单位"是基地的"三分厂",当年的代号是"221厂火车站",这里是整个基地的交通枢纽,确切地说它像是一条八爪鱼,38公里长的铁路专线像是一条条伸向其他分厂的触须。基地退役后,这个枢纽曾停运过一段时间。2005年,又重新投入使用,现在是青藏铁路的焊轨基地,仍发挥着重要的作用。

当年的"一分厂",作为负责核部件加工、无线电控制系统和特种材料研制生产基地。今天,站在解密后的展览馆内,我才发现这里的很多生产车间都是在地下,是一个名副其实的地下工厂。

"二分厂"是个半掩体的建筑物厂房,大多数厂房都是建在地下的。从文字材料看,这里原来是组装原子弹的地方,即核武器的总装车间。为了防止打雷造成核爆炸,当时,这些空旷的厂房周围都竖起了高耸的避雷针,让我顿时想起一个巨型的头颅上面长出亮光闪闪的银针这个形象来。1964年10月16日下午3时,在罗布泊沙漠深处成功爆炸的中国第一颗原子弹就是在这儿组装完成的。

走出"二分厂",一个被称为"上星站"的地方便出现在眼前,这里是将已研制完成的原子弹、氢弹装到火车上,然后外运到核试验场所的地方,所以得名"上星站"。这个当年曾是"三步一岗,五步一哨"的森严地带,如今已成为牧场的一部分。

"四分厂"作为火力发电厂,负责基地的供热、供暖、供电。其中有两台20世纪60年代上海和苏联制造的1.2万千瓦的火力发电机组,目前仍在运行中,负责着西海镇的"三供"任务,联想时下不少仅仅使用时间不长就频出事故的设备,这些历经岁月检验的设备之性能,成了时下伪劣设备的一面镜子。

"五分厂"位于基地以西10公里处。原为基地供水厂,最大设计供水量为2万立方米/日,1993年整体移交海北州利用。

"六分厂"被当地人现在通俗地称为靶场,其实,它当年是核基地的爆轰试验场。当年一系列的爆轰试验数据检测收集工作都是在这座"堡垒式"的建筑里完成的。按照当时的设计能力,即使是发生强烈地震,"六分厂"的整个建筑也是安然无恙的。如今,里面的五六个房间仍摆着那时的各种测量仪器设备。在爆轰试验场的正前方,一面厚达1.3米的钢板隔离墙虽然显得斑斑驳驳,上面还布满了坑坑洼洼的小槽,这些"痕迹"就是当年做爆轰试验时核弹冲击波留下的,这才是真正的"中国第一墙"。

"七分厂"曾是放射化学和中子物理试验场所,该厂是基地服役最短的一个分厂,从1965年建厂到1969年退役共使用了4年的时间。

指挥原子城内的所有环节的中枢,并不在"城"内,而是海北州邮政局大院内的一幢3层楼房,正是这座从外表上看与普通的楼房并无二致的小地方,不仅连接着北京和原子城之间的通信,发向原子城的每一道指令都出自这里。基地解密后,悬挂在墙壁上的那块铜匾,上面写有"原221基地地下指挥中心"的朱红大字,向游客表明,这里就是221基地的"大脑"。红砖砌的墙,木框架的玻璃窗,3层的高度和体量,使它和海北州的任何一座现代建筑比起来都显得寒碜。然而,它在当年容纳与爆发的能量,却是中国任何一座建筑都无法相比的。地下指挥中心是这里的核心,入口处在这幢3层楼房内的一面墙壁里,大小只容一个人钻进去。进入这道门之后,有三段曲折的水泥台阶通往地下,沿着台阶走下去可以看到,通道里布满了各种通风管道、供暖设备以及密密麻麻的通信线路。走到地面深处,是一条长长的防爆层,具有既能屏蔽通信讯号,又具有一定的防弹防爆能力。防爆层下还建有一层防水防潮层,以保证通信设备在洞里不受损。

沿着台阶步行几分钟后,一个宽敞明亮的"大厅"出现了,这是通往地下指挥中心的最后一道关卡了,有3道大型钢制门横亘在前面,第一道钢门厚度将近1尺,重达3吨,这道门既能防爆也能防辐射,门上至今仍留有一块铝制铭牌,铭牌上清晰写着:钢门为国营523厂制造,出厂日期为1966年3月。国营523厂(大连建新公司)位于辽宁省大连市,中国历史上第一个也是最大的现代化军工联合企业,这道来自大连的钢门,无声地告诉我:整座221基地的建成,和来自全国各地的兵工企业分不开,它集合了当时的中国智慧。进入第一道钢制门之后,依次设有两道相对较小的铁门,两道门都有很强的密封性,能阻隔外面空气进入,其作用主要是防毒气进入。

在地表深处,是一个以通信支撑和保障为基础的地下掩体,全部用纯钢筋混凝土浇筑而成,体现了隐蔽、坚固和保密性强,可保证地面设施受到攻击时,仍能稳坐在掩体内坐镇指挥。这便是指挥中心的"心脏":由载波室、配线室、通风室、指挥室、发电机房、配电室、指挥室、人工交换室和电报室等部分组成。

在地下指挥中心,还有一个专门保障室内空气循环流通的通风室,里面密布着通向室外的各种管道，这些管道都连在两台大型的抽送风设备上。通风室还设有进、出备用风口，可实现室外空气循环，也可进行室内空气循环，这些通风设备可对空气进行过滤、消毒、除尘。

走出通风室即来到被称为地下指挥中心的密室：指挥室。在那些电话机和电报机前，时间似乎不存在了，仿佛它们刚刚还被这里工作的人用过。在这个"密室"里还有一间单独的房间，门牌写着"首长休息室"，里面摆放着一张干净、整洁而又朴素的小床，在连苍蝇都飞不进来的"221"，这里绝对是最安全的地方。

从指挥室的电话、电报发出的信息、指令，上能通到北京，下能连接221基地7个分厂的每个重要部门以及护卫基地的安保部门。半个世纪过去了，地下指挥中心的通道上贴的两张颜色已发黄的手写体制度依然清晰：《保密制度》和《交接班制度》。

千万别以为地下指挥中心就是距离地表最深的建筑，在它的下面，还有一座发电机房，其作用是在外部电源断电时启动供给指挥中心的一切用电。

1964年10月16日和1967年6月17日，中国国防科学家们在221基地研制的原子弹和氢弹成功爆炸，标志着中国拥有了保卫国家安全的核武器，为打破超级大国核垄断，维护世界和平作出了历史性的贡献。

1995年5月，221基地就像一位到龄后退役的军人，脱下军装后以普通公民身份回到红尘烟火中。全面退役后的221基地揭下了神秘面纱。昔日的禁地"221"变成了今天的旅游胜地"原子城"。

进入原子城，首先映入眼帘的是它的标志性景观：高耸的核基地纪念碑。当年国家领导人及专家居住过的将军楼、电影院、启运第一颗原子弹的"上星站"、三十年如一日保卫基地安全的"6号哨卡"、基地首批人员居住过的帐篷遗址等，构成了这里的旅游独特性。

原子城并不是一座真正意义上的城镇，从行政意义上看，原子城坐落在海北州的州府所在地——西海镇！这里不仅有整个青藏高原上小镇中"独一份"的生成史，更有着中国城镇发展中脱身于神秘"221"的独特案例。

1987年之前，这是一处现代地图上查不到名字的地方，"221"在神秘状态中悄然完成了所承担的历史使命后，国务院、中央军委决定撤销这座核武器研制基地，当初来到这里默默为中国国防事业做出牺牲的上万名职工及其家属，将青春留下，将记忆带走。为了做好后期整治，这座"空城"里出现了环境整治者的身影。经过环境治理并通过国家验收符合国家环保法规后，1993年7月，随着海北藏族自治州将州府迁入这里，大批当地工作人员、牧民迁往这里，昔日的国防基地有了新的名字："西海镇"。

从达玉部落所在地鞭麻滩到"遥远的地方"金银滩，从221基地到西海镇，这个如今的高原小镇在前世今生的生命历程中，每一个名字代表着它成长的一段传奇经历。

如今的西海镇，扮演着青海省海北自治州州府的角色，是整个青海湖北岸最繁华的地方。十字中心是小镇的心脏，前些年，人们的生活节奏慢，中心处的红绿灯似乎没什么作用，人来人往中，车快了人让一让，人过来了车让一让，一个微笑就能解决一切。如果说西海镇是一位恬静的藏族少女，那么，街边的那块原子城的广告牌，就是这位少女脸面上醒目而美丽的痣。

达玉草原像一片被一双神奇的手擀开的包子面皮，小镇就是被青草和香味包围着的包子馅，小镇上的每条街道似乎都飘荡着当年原子城的人文历史和现实中的青草味道，体现着曾经与目下的融合；街道上随处可见慢悠悠的牧民和从内地进藏旅游的游客踩着油门快速经过的车辆，体现着草原上的慢生活与内地人带来的快节奏；街边的居民楼里慢慢踱出的牧民穿着传统的民族服饰，和时尚服装店、5G手机店等店铺里传出的时尚信息以及不远处广场上每天早晚准时跳起的锅庄舞和夜晚霓虹灯中响起的音乐声，体现着传统与开放的融合。

小镇，也像一个巨大的漏斗，接收着很多，筛选着很多，遗弃着很多，和任何一个现代中国的城市一样，走着它命定的城市化之路，只是有时弯起身子快跑，有时不疾不徐地慢行，有时却醉酒般踉跄着。

第七章
青海的草香
带到天堂

我十分地爱慕这异方的言语了。
而将自己的归宿定位在这山野的民族。

——昌耀

如果我不是这土地的儿子，
将不能在冥思中勾勒出这土地的锋刃。

——昌耀

昌耀至死也不会忘记 1957 年 7 月中旬的那个下午，因为前一天写作熬夜，他中午需要补觉，他在梦中被惊醒。

"王昌耀！王昌耀！"随着高声而急促的声音，是紧跟而来的敲门声。昌耀就这样被同事从午睡中叫醒，很不情愿但又无奈地，从所住的西宁大同街的一排小平房向不远处的另一处小平房走去，看着门口的"文联会议室"字样，作为一名在文联工作的青年，他很熟悉这里。

两年前，从河北荣军军官学校毕业的王昌耀，前去青海省人事局干部招聘团在河北省招干的办公室报名，被录取后就远赴西宁市，到青海省贸易公司任秘书。3 个月后，王昌耀就创作了他在《昌耀诗文总集》中收录的第一首诗歌《船，或工程脚手架》。

来到青海的第二年，王昌耀就以昌耀为笔名，陆续创作并发表了《高原散诗》《鲁沙尔灯节速写》《山村夜话》等诗歌。因这些诗歌成绩，他被调进青海省文联，担任《青海文艺》的编辑。随后的日子里，昌耀利用编辑身份之便，前往兴海县阿曲乎草原采风，被那里的雄鹰、雪山、牧人构出的一幅高原画面所震撼，创作出了《昌耀诗文总集》中收录的第二首诗歌《鹰·雪·牧人》，那句"大草原上的裸臂的牧人，横身探出马刀，品尝了初雪的滋味"，不仅标志着昌耀青海诗歌创作的真正元年，也开启了他的诗歌语言风格。

诗歌女神毫不含糊地向昌耀招手。1957 年 3 月，春雪还没消融，他就坐上开往贵德县的长途汽车，一路向南翻越拉脊山，在黄河边的贵德县城下车后，又转车前往河西乡，开始他3个多月的乡下采风生活。高原上的阳光强烈，乡下人中午时得回家吃饭，这些农民的作息习惯像一个闹钟，导引着昌耀的生活作息时间也发生了变化，跟着当地农民吃完午饭后，也学他们一样午休一会。回到西宁后，昌耀就利用晚上时间创作或整理在贵德县完成的那些诗歌，而午休则成了他从贵德乡下带回城里的一份供自己消受的"礼物"。

那天中午，刚刚午休不久，昌耀就被人叫醒。

一踏进会议室，昌耀顿时感到一种陌生的气息迎面而来，平时开会的热闹场面不见了，会议室掉进一种死寂的气氛中，那气氛里透出一缕肃穆与紧张来。抬起头，昌耀看见自己创作的两首诗被人用毛笔抄写好贴在墙上。

不用细看，昌耀自己都能背得下其中的内容。第一首是《车轮》——

> 唉，这腐朽的车轮……就让它燃起我们熊熊的篝火，加入我
> 们激昂的高歌吧。——一勘探者语
> 在林中沼泽里有一只残缺的车轮
> 暖洋洋地映着半圈浑浊的阴影
> 它似有旧日的春梦，常年不醒
> 任凭磷火跳越，蛙声喧腾
>
> 车队日夜从林边滚过
> 长路上日夜浮着烟尘但是，
>
> 它却再不能和长路热恋
> 静静地躺着，似乎在等着意外的主人……

第二首：《野羊》——

> 啊，好一对格斗的青羊，似乎没听见我们高唱……请轻点，
> 递给我猎枪，猎一顿美味的鲜汤。——一勘探者语
>
> 在晨光迷离的林中空地

一对暴躁的青羊在互相格杀

谁知它们角斗了多少回合

犄角相抵，快要触出火花

是什么宿怨，使它们忘记了青草

是什么宿怨，使它们打起了血架

这林中固执的野性啊

当猎枪已对准头颅，它们还在厮打

对年轻的诗人昌耀来说，那个下午的会议，其实就是一个诗歌审判会，是那个时代向他发出的一种严正而冷酷的警告。昌耀根本没意识到这是一场人生巨浪来临前的先兆，他依然沉浸在自己的诗歌创作中，就在 7 月 30 日，还完成了他诗歌作品中的经典之作《高车》。

11 月 20 日，命运的裁决书亮出了答案：昌耀被定性为"右派"和"异己分子"。

一

1936 年 6 月 27 日，湖南常德桃园县的一个王姓家族被添丁的快乐笼罩，从给孩子取名王昌耀，不难看出这家人对孩子的将来寄予多大的希望。1953 年，王昌耀在朝鲜战场上负伤后转入河北省荣军学校读书。两年后，诗情燃烧的昌耀响应"开发大西北"的号召，选择了前往青海，西部的异域风情成了他诗歌创作的最初摇篮。

抵达青海的第二年，昌耀就以《高车》完成了对青海初次成功的打量和诗意书写。我无意像诗评家们纠结昌耀的《高车》创作灵感来源于一个叫高车的古老民族，还是来自他看到一辆废弃的高车，从他后来陆续问世的、以青海为创作题材完成的《筏子客》《夜行在西部高原》《丹噶尔》等诗歌作品中，我仿佛看见他像一位桀骜不驯的青春车手，驾着自己的诗歌高车，在孤独行进中发出的轰鸣声，在他的诗歌道路上留下了一道高车辙印。

和内地的 3 月不同，青藏高原上的 3 月意味着季节蛮荒、积蓄力量，意味着变幻不定、万物成谜。3 月，即可让万物复苏、冰雪融化，也会有雪崩埋山、江河失禁。继 1957 年 3 月前往贵德县河西乡采风、创作后，第二年 3 月，昌耀在省文联办公室人员的陪同下，不再以诗人身份前往青海省湟源县日月公社采风，而是接受 3 个月的农业合作社"监督劳动"，料峭的高原 3 月，大雪封路的日月山，给诗人打开了一道神奇之门：公社的武装干事杨公保（藏族）征得公社领导同意后，将昌耀带回下若约村的自己家里，参加村里的生产劳动。

5 月 1 日那天晚上，一辆吉普车的声音，打破了日月山下的宁静，吉普车径直开到杨公保家门前。车上的人走进院子，大声喊道："王昌耀，王昌耀，快出来跟我们走！"杨公保和妻子赶紧点着煤油灯，走出屋门一看，院子里站着几位警察。没有任何解释，昌耀就像一片被风卷起的羸弱雪花，默默收拾好简单的行李，被推上车，顺着弯弯曲曲的山路，一路被拉到湟源县看守所关押起来。几天后，昌耀又被莫名其妙地拉到北山崖头，接管他的人员告诉他此后的工作：挖土方。

中国大地上旋风般掀起一场大炼钢铁运动，远离内地的青海同样被这股旋风吹得睁不开眼睛，还没熟悉挖土方的工作，还没从挖土方的疲累中缓过劲来，昌耀就被送往位于西宁南滩青海第一劳教所的铸件厂学习冶炼钢铁。从日月山挖土到湟水河边的炼铁，昌耀在短短时间里完成了人类发展中从"土"到"铁"的千年跨越。炼钢学习结束后，昌耀被安置在距离下若约村南 8 公里左右的哈拉库图，在日月山下的这座废弃的边塞城堡，和其他人一起"大炼钢铁"。在那个全国山河一片红的岁月，青藏高原上也刮起大炼钢铁之风，昌耀的诗句就是这股风的证词："九个昼夜，太阳升降了九次，哈拉库图人落膘九斤。土高炉吞下九千斤矿石，九万斤焦炭，吐不出一滴铁。"之后，昌耀被送往青海省东北角的祁连县牛心山下的八宝农场夏塘台劳动改造。

八宝农场，赠送给诗人的是一个寒冷的冬天和孤苦无依。第二年春天，他又去牛心山腹地的一个锌矿去搬运矿石。夏天，继续回到夏塘台从事农业生产。

黑水河畔的拉洞台，曾经是诗人栖身过的地方。那时，他以一个被改造对象的身份来到青海之北的祁连县，站在那里，看得见右岸隆起的一大块较平阔的旱塬，塬上散落几十个依土墙搭建的庄院。多年后，我走进村里询问昌耀当年在这里的情形，没有一个人能记得当年有这么一个人。又有谁会知道，那时的昌耀，常常躲在屋里看《文心雕龙》，偶尔也和几个"右派"蹲在土肥堆顶上一起背英语单词。3年后，诗人依然不能回到原单位上班，这将昌耀推上了一条申诉之路，他把自己的忧心和疑虑，像一名认真的雕刻工，镂刻在一封封发往北京的信函里；他就像一名深陷孤岛的水手，在祁连山腹地等待着一只神奇的、带着希望的信鸽，从水天之间飞到他身边。

申诉无效后，诗人只能将自己单薄的身子寄养在祁连山下，创作出了著名的《良宵》《家族》《酿造麦酒的黄昏》《祁连雪》等诗篇，祁连山的树枝上，结出了昌耀诗歌的苦涩果实。

1965年，无法回到西宁工作的昌耀，只能选择偷偷前往日月山下，投奔他在青海唯一的"朋友"杨公保。这位藏族汉子，又拿什么来接纳一位落魄诗人呢？昌耀最后只好选择在位于海南藏族自治州共和县切吉草原上的新哲农场栖身，落脚于农场五中队。

到新哲农场6年后，37岁的昌耀和杨公保的三女儿杨尕三成婚，后者时年17岁，此后，随着3个孩子相继出生，诗人在艰难的生活困境中挣扎，但创作与申诉一直没有停止。

二

43岁那年，昌耀终于接到恢复名誉的通知，带着被自己誉为土伯特的藏族妻子和3个孩子，坐上一辆从果洛州发往西宁的过路长途汽车，摇摇晃晃地经过了两天时间，才回到了久别21年的青海省文联。离开时正值青春好少年，归来已是白发染双鬓。

冰山一旦融化，便是流水汇河，《大山的囚徒》《慈航》《山旅》等经典诗作相继在昌耀笔下问世，那些诗作犹如诗人站在西宁放飞的风筝，将诗人的声名逐渐拽向中国诗坛的天幕；命运的藩篱一旦被拆除，诗人的足迹也像放飞的风筝，开始受邀参加在北京、湖南、浙江、甘肃、山东等地举办的各种诗歌笔会。

幸运的是，诗人被命运之手开始善意指拨，成为青海省文联组建后的第一批专业作家，并在49岁那年加入中国作家协会。这种命运关照下，诗人的创作视野也不断扩大着半径，他的一首首诗歌仿佛点燃在青海高地上的一堆堆篝火，让中国诗坛看到它们燃烧出的光亮。

从西宁到日月山，从黑河之畔到切吉草原，诗人和他走过的一处处地标串联起的"版图"互相成就。从日月山下的藏族村落到祁连山腹地的劳改农场，从贵德县的滨河乡下采风到牛心山下的矿场搬运，昌耀自命的身份陆续出现：大地的罪徒、农夫的养子、大山的囚徒、流沙的居士、新垦地的磨镰人、太阳沉落时的赶路人、在上帝的沙盘上挑战的旅行者、街灯下思乡的牧人、渴饮智慧的人，等等。每个身份的获得背后，都是一段艰辛的历史和一首足以让草原发出金光的诗歌，他独自坐在自己的诗歌金帐里，和群山、青草、矿场、同事都隔着一张纸，他在稿纸上缔造着一个诗歌王国，他就是那个王国的王与臣、将与卒，他在那盛大的王国里穿梭着、定居着，完成一名诗人的呼告与求救、抒情与悲唱。

　　昌耀低垂的左手攥着人间赐予他的一切辛苦，右手高高举起自己打造的镰刀，向苍天摊开一行行从命运之田里收割来的诗歌，那羸弱的身子或蜷窝在青草远处的农场小木板床上，或弯着腰出没于祁连山的矿洞里，或在夜色里挤上一趟长途汽车去省城申诉，无论姿势如何，那身子却是一条时而璀璨时而暗淡，时而刚强时而脆弱，时而麻木时而敏感的合金，高挺时像是一辆辆被时光抛弃的高车，碾过高原的群山与雪地时发出滚雷般的吼声；躬弯时则如高地上的桥梁，连接着卑微的命运和圣洁的诗意，连接着青海冰凉的大地和遥远得令他遥视不到的天堂；匍匐时像是一条警觉但难耐冰寒的蛇，一直在幽暗的时空里伸出比血还要红的信子，小心翼翼地探测着前面可能出现的恶兆，额头上发出比矿洞里的煤炭还要黑的光，他是俗世的奴隶与命运的仆人，却是诗歌的战士与抒情的圣者！

　　2000年3月23日7点30分，昌耀从入住的医院阳台纵身一跃，投赴大地，那是雪豹自危崖上沉重的一坠，砸得雪山发疼；那是巨鲸向水底一沉，在平静的波面下泛起俗眼看不到的巨浪；那是一枚巨钉，向大地最坚硬的部位刺去，犹如一支利箭射向时代不易察觉的伤口。

　　晚年时，昌耀曾说自己当初挣脱母亲和家乡的方式，其实就是一次投身，那是投身于当时轰轰烈烈走出国门的抗美援朝战争，后来更是投身于一次前往西部高地的运动，生命的最后一刻，他选择投身大地，或许是真正觉悟的、摆脱病痛折磨的选择。

　　诗人是世界上最优秀的预言家。纵观昌耀的诗歌创作之路，我惊奇地发现，他在 1985 年创作《巴比伦空中花园遗事》中就预言式地写道："走到那面石墙纵身飞起，将自己当作一颗铆钉钉进墙隙。"昌耀在创作《巴比伦空中花园遗事》后 5 年的 1990 年 1 月 22 日夜晚，完成了他的《极地民居》："一切平静。一切还会照样平静。一弹指顷六十五刹无一失真。青山已老只看如何描述。"在《巴比伦空中花园遗事》中，他预言到了自己告别世界的方式；在《极地民居》中，他则预言到自己在这红尘只有 65 年的寿数。于昌耀而言，生命几乎是没阔路而言的，生命的轨迹就是一条细细的、仅容瘦弱身躯挤过去的小径，悄然走过的足迹，会被一宿的风声扫除；生命的小屋里少有客友去来，他其实孤独如昆仑山的雪；生命的酒杯已然坏朽，盛不了醇香，便有了《极地民居》问世 10 年后的那纵身一跃，那没有任何美感而言的凄惨跳宕，是一个诗人留给红尘的最后无奈。他拼尽生命最后一毫米的力气，完成的那一跃，不再是从一幢医院的几层楼上往下的飞跃，而是从一个倒置的天空纵身，逆地球引力而飞，将红尘中所有的不甘、屈辱、叹息带走，留下的是一首首杜鹃般啼哭、牦牛般沉吼、雪鹰般高唱的诗篇；那纵身一跃，把一个诗人在最后的生命时光锻造成一枚铁钉，钉在了青海的、中国的诗歌记忆册上。在青藏大地，出入、来去或定居的生命有很多终结方式，但把半空当成跳板，向着让自己领受半生苦辱的大地一跃的方式，如他写下的那些卓尔不群的诗句一样，这决绝辞世的方式，只属于昌耀。那一跃，其实是背向天堂，向大地再次报到的方式，他或许宁愿相信谎言与苦难遍布的大地，也不愿相信云彩般飘逸美好的天堂。他把带着诗歌的冰碴和暖意都留给了青海和人间，是否把青海的草香问候寄回了天堂？

1950 年 4 月的那个上午,昌耀瞒着家人报考中国人民解放军 38 军文工队，成了一名文工队员，在开赴辽东边防的前几天，母亲打听到他的住址，来到一间临街店铺的小阁楼上，看已经"失联"两个月的儿子，可昌耀竟然躺在床铺上装睡，任母亲苦等、拿一把扇子为他扇风，就是不愿意醒来。谁能叫醒一个假装沉睡的人？母亲无奈地走了，昌耀才起床走到窗口前，看见母亲瘦弱的身影消失在街上的人流中，这是他后来回忆起来的"此生最为不忍一幕"。第二年，母亲因贫病去世，昌耀已随军北上。生命最后一刻，昌耀是否依然能想起当初离开家乡时留给母亲的"那人生最不忍的一幕"，是否意识到死后回归母亲身旁是他生命中最后一个选项？当年出走正少年，归来已是灰化烟；如若时光能倒流，可曾再拒母亲颜？诗人生前遗言，将尸骨运回故乡，葬于母亲墓旁，这是否是还了当年对母亲"那人生最不忍的一幕"的一个情债？

三

从一本《昌耀诗文总集》的目录中，我辨认着昌耀的青海足迹，试图绘制出一幅昌耀在青海诗歌地图：西宁、贵德、湟源、共和、祁连，足迹遍布青海省北部大片地区，哈拉库图、鲁沙尔镇、峨日朵雪峰、柴达木、丹噶尔、日月山的敖包、龙羊峡水库则是一个个这幅图上精准的注解，再加上黄河边的筏子客、迎亲的扎麻什克人、篱笆旁的乡村美妇、身为他妻子的土伯特女人，一个个现实中的青海人，甚至西宁大街上橱窗里的木制模特女郎，让他的青海诗歌地图上有炊烟和汽车，有历史和涛声，有麦酒和黄昏。

我对昌耀的各种想象或推测像毫无节制的枝条，在他的"青海躯干"上蔓延着，这种蔓延还体现在他的湖南人身份上。他的出生、少年生活的桃源县，让我联想起在青海的湖南人来。

我不知道昌耀13岁那年报考湘西军政干校时，是否听说过当地那位后来被称为"湘西王"的陈渠珍？ 1906年，陈渠珍毕业于湖南武备学堂，任职于湖南新军。3年后，陈渠珍带领所属部队奉命进藏抗英平乱，一直行军至波密。1911年10月，武昌起义的消息传到西藏，陈渠珍和他娶的藏族女子西原以及手下的100多名湘黔籍官兵决定返回内地。他们从西藏境内的江达出发，一路取道羌塘草原，翻越唐古拉山，过通天河，到达昆仑山口。进入青海后，在无人区遭遇断粮挨饿，可谓九死一生，到达兰州时仅余7人。抵达西安不久，西原染天花不幸病逝。24年后，陈渠珍追忆这段经历，写成《艽野尘梦》一书。虽然身为军人，但这本书却被近代藏学家任乃强赞为："人奇、事奇、文奇，既奇且实，实而复娓娓动人。"

由昌耀我也想起另一个和青海有关的湖南人。1865年出生于湘潭的黎丹，选择了前往青海，在青海建省、促进民族和解与团结、维护西藏主权、禁绝鸦片、保护人民免遭兵燹之灾等方面均作出过卓越贡献。特别是忧于西北文化底蕴之薄弱，一生致力于西北文化教育事业，在兴办青海民族教育，沟通汉、藏文化方面业绩更是独树一帜，被当时人们称为"不朽之盛事"。黎丹还与周希武等人倡议在青海兴办图书馆、博物馆、巡回文库、讲演所等，将自己毕生收藏图书四万余册，悉数捐赠青海图书馆。先后开办了蒙番小学、蒙番师范、筹边学校、女子学校等，黎丹还在蒙藏民族集中聚居地区设立蒙藏小学20多所，培养学生八百余人。

和陈渠珍的匆匆路过后留下一本《艽野尘梦》不同，和黎丹为官20多年后留下诸多美誉不同，昌耀没能做到把后期的生命时光留在桑梓，故乡迎接诗人的只是一缕青灰。

昌耀的诗歌早就吸引了我的关注和敬仰。出版于1994年的《命运之书》背后有着这样的一个故事：诗人因为贫穷，通过媒体发出公告：想得到诗集者，需先汇款，他根据汇到的款才能确定诗集印刷多少。我的朋友、著名校园诗人石龙就按这样的方式先汇款后得到了这本诗集，而那时，我刚刚从一场几乎夺走生命的大病中脱身返世，身背巨大借款，常常因无法得到这本诗集而喟叹。一个是落居青藏高原的西宁城内多年的著名诗人，一个是在祁连山东麓、腾格里沙漠边缘的小县城教书的非著名年轻诗人。所幸，1994年10月中旬，我受邀参加《语文报》在上海举办的一个活动并发表对校园文学的一场演讲。返回途中，在扬州遇见了石龙，两人一起从扬州到南京，得知我和《命运之书》错过的遗憾，在南京火车站离别时，他从包里拿出那本《命运之书》，郑重地送给我，他知道我更需要它。我当时就迫不及待地打开诗集，扉页上赫然写着"石龙先生正，昌耀签售，94,9,11"的字样，并有昌耀的一枚印章。到我写下这些文字时，那本《命运之书》已陪我整整走过近30年的时光。

8月下旬，踏上了去青藏高原的路，这次的主要任务是为了一家经济类报纸在西宁的采访，周六下午，采访完毕，我开始打电话寻找昌耀的行踪，一直未能觅到。记得1994年9月初去江南，在扬州师院拜访叶橹老师，那时我正准备报考中国新诗研究所吕进先生的研究生，叶老师就让我多关注昌耀。

傍晚，暮色给这座古城染上了一层中国别的城市没有的高原黄，我和《青海经济日报》的记者刘芳穿行在西宁的许多小巷道里，像一对没头的苍蝇找寻着昌耀的住所。在省作协的小院里还真遇上了小说里才能读到的情节。我问里面的一家房户："这里有没有作协的昌耀？"得到的回答是："这里没有作鞋的，有做衣服和收破烂的。"这让我增加了对西宁这座城市的冷漠、不友好且缺乏对文学认知的印象。两人最终在疲倦与失望中结束了对昌耀的找寻（不料，两年后，昌耀的去世，使我的这次高原之行竟成了我对他追思的一种缘由）。

——这是我的诗集《腾格里之南的幻象》中《1990—2000，一份与诗歌有关的私人笔记／档案》里的一段话，它清楚地记录了我对昌耀最初的敬仰。

2000年，我的工作调动到了贺兰山下的宁夏，和青海之间隔着的就不是地图上一厘米的纸上距离，而是现实中800多公里的，由绿洲、河谷、高山、沙漠构成的大甘肃，原以为我和青海的关系会因切割而淡漠。没想到，《青海之书》《大河远上》《青海湖》等书的创作，让我常常在自己状态中朝辞贺兰山，暮至湟水边，或晚上10点多身披夜色，乘坐那辆从银川出发沿着腾格里沙漠南缘、黄河与湟水岸边一路爬行至西宁的"沙漠玫瑰"号列车，在中午时分西宁城飘起的午饭香中抵达这座高原之城。城里的建筑面貌和居住人口在这些年发生了怎样的变化，并不是我的关心，而我对昌耀的念想从没褪色，我依然执着地追寻着昌耀在青海的足迹，这样的追寻总有遗憾。比如，我从三塔拉处离开214国道向西而行，沿着共和县和兴海县交界地带，经过塘格木镇前往切吉乡，到达那片辽阔的草原之前，在地图上，能够清晰地搜索到新哲农场一大队、一中队、八中队、九中队，就是找不到五中队，问当地人，没人能够给我提供答案。一次，在坊间听说昌耀曾在都兰县的香日德农场劳动过，利用去香日德采访当年进藏运粮的驼工机会，问询昌耀在此的事情，也是没人知道。曾在青海湖国际诗歌节期间就此事问询过《昌耀评传》的作者燎原，也没有确切答案，后来看著名诗人陈东东发表在2016年1期《收获》上的《斯人昌耀》，也是只字未提及昌耀和香日德的关系；再后来，看到学者张颖的《昌耀文学年表》后，才确认坊间的说法是站不住脚的，或许是因为昌耀所在的新哲农场在共和县，靠近都兰县，而香日德农场当年的名气大，很多人就以为昌耀是在香日德。

一生落寞的昌耀总是在青海高地上，用一行行诗歌认真地填写着、丰富着自己的人生履历表，垒砌着一座高地上的诗歌灶台，守护着一座以白雪和青草合成的铠甲之城，凿通着一条诗意澎湃的诗歌大河。

再厚的积雪，也无法覆盖春阳下的青草，昌耀的诗歌成就与实力已经自信地走进了中国诗歌史，诗歌界与评论界逐步在拓展着对昌耀的认识。

早在 1991 年，昌耀就将一个装有自己伤残军人证等个人材料、诗稿及其他珍贵资料的箱子托付给评论家燎原，这是中国诗坛上诗人将信任交付给评论家的一次冒险，是诗人和评论家之间签订的一份精神契约。燎原没有辜负这种信任，他在昌耀活着时就在《西部大陆的生命史传》中指出："昌耀至今仍不断考验着我们阅读的耐力与能力。当与其同龄或同时代的诗人大都从诗坛离去，他的创作由'胆汁型'的苦涩沉毅结成的敛风云火焰于内心而岿然不动的定力，仍持续促就着其诗歌块体状的大力派生。而由他鼎现的诗歌的高原大陆架，至今仍是不可复制的奇迹。"

　　2003 年 10 月，我们通信时还谈及昌耀在中国诗坛不该的冷落和冷寂，他曾将自己的《地图与背景》寄予我，里面就有他对昌耀的几篇评论。后来，在青海湖国际诗歌节期间，我们见面了，但没谈昌耀——在青海谈论昌耀是一种亵渎，把昌耀的诗歌念诵到青海之外的地方，才是真的思念。燎原在昌耀生前就敏锐地捕捉到后者那隐于尘烟低处的诗歌光芒，后来移居到威海，但他对昌耀的关注与评论一直如唐古拉山上的雪，常年静静地落，静静地发出只有仰视那里的眼睛才能看见的光。

四

　　2008 年 8 月 8 日，历经一年多精心修建、位于湟源第一小学旧址内的昌耀诗歌馆，在参加"第二届青海湖国际诗歌节"的 200 多位中外诗人的见证下，正式揭牌开馆。

　　我去昌耀诗歌馆时，意外的是只有我一个人，仿佛是昌耀感于生前我曾那样在夜色的西宁城里苦苦寻找、拜谒未遂，就像在他的客厅里想平平静静地和我交流一会儿，便关了屋门留给我一个清净而肃穆的时空。凭我身上带的记者证，在那时完全可以不用买票就能进去，但我还是走到售票窗口，购买了一张门票，一是想将其作为一种纪念，二是出于对诗人的一种敬意。

　　从古老的石门缓缓拾级而上，转过两道门，一尊汉白玉的诗人像出现了。上午的阳光，细细地、温暖地洒在上面，我的心突然间冷了起来：他生前一直被来自高原的、来自人为的寒意包裹着，照到他身上的、照进心田的阳光，有几缕呢？青海不是他的出生地，但在他的眼里，青海是他的家乡和灵魂归宿地，是他的炼狱也是他的天堂，是他的牧场也是他的河谷。他在这里给中国诗歌界递上了一份近乎完美的答卷；青海，是他的阅卷人，给了他创作灵感和精神财富，他和青海互相成就了对方。他驾着一辆装载着诗意碾过高原大地的高车，踩着一缕孕育着诗雨飘过雪域高空的长云，长云与高车间，是他为诗歌高唱的灵魂。

诗人去世后，骨灰送回了养育他的故乡，日月山下的这座纪念馆，成了昌耀的寄魂所在。这低调而朴素的建筑，是湟源乃至青海给诗人在天之灵的抚慰。但愿那些走进诗歌馆的人们，能够记住，青海养育、成就了这样一位诗歌大师，留下了一片照彻 21 世纪诗歌的天空。

2014 年 9 月 24 日，为了创作《青海湖》一书，我再次专程来到昌耀诗歌馆，门票的收入和昌耀没有任何关系，但我坚持买票，除了拜读他的诗歌外，这是我献给他的唯一的礼敬之举了。纪念馆内，静悄悄的，只有我一个人，这是中国诗歌的真实写照，也是昌耀去世后一种真实写照。我静静地、慢慢地，像一朵夏日高原的云，慢慢游弋在天空，慢慢走过昌耀生前用过的物品、获过的奖项、原始的手稿前，任凭自己的敬意澎湃，如不远处的湟水河一样缓缓流过。

30 年前，在昌耀蜗居的青藏高原和我的腾格里沙漠之间，一道西宁城的冰凉夜色隔开了我们，诗音是两个落寞诗人唯一的桥梁；30 年后，我和昌耀不再隔着地图上的一厘米，红尘与天堂之间，还有一座怎样的桥梁能出现？那时，我任凭泪水落下，真想动声大哭，然而没有，不是怕管理人员过来指责，不是怕偶有游客进来笑话，只是怕惊扰了那颗伟大而安静的诗魂。

如今的青海和昌耀，互为一种映衬的符号，青海依然朝气蓬勃地改变着面貌，那里的人民依然朝着自己命定的方向奔赴，昌耀像一只巨鸟敛翅，将飞翔的姿态留给天空去记忆，像一头祁连山西麓的牦牛安静地走回宿命中的草场，也像日月山下的一只蜜蜂，沉眠在油菜花和酥油花的双重蕊座里。当时针从子夜隧道爬出一道黑色之香，我头戴荆冠，交接指令；我这唐古特的少年，给你这土伯特的女婿，许配红颜三千，让她们围绕在你的牧帐四周，有的煮茶，有的放牛，有的替你生孩子，有的负责替你修书上诉，而我，只负责和你谈论诗歌，或者漫游在青海大地上，掬起柴达木河、昆仑河、巴彦河、湟水和黑河之水，一起浣洗岁月里的证词。或者，我们一起等待一场雪，把它们从巴颜喀拉山、昆仑山、唐古拉山、日月山和祁连山的额头上摘下来，拧成一道时代瓷器上的釉光，让阿尼玛卿的哈达捆着虫草而来，穿过青海的喉道。让祁连山解开甘青的衣襟：向前，青藏的云彩落雪降雨；向后，地铁在城市的腹腔里环状飞行。

我看见巨鸟眠进命定的窠巢，您无法以咳喘唤醒这个城市的黎明，沏茶、阅读、写作、接待异乡来的诗人；您隔着一张待写的白纸，听见群山送来玻璃般的积雪回响，接纳一个异乡诗歌少年途经西宁时，在夜晚写下的这些敬意。

后 记

青海留言

一

　　神性的高地从来就没有停止过对探访者的呼唤，那就像是春天站在山岗上，对地洞中沉思了一冬的喜马拉雅旱獭，对钻出地面的绿绒蒿，对带着牧民希望成长的青稞的引唤，领受着没有任何拒绝的理由。这种神性的呼唤，悠长而清脆，让一代又一代的艺术家、文学家、探险家们，从没有停止过对这种呼唤的响应。

　　探访者从四面八方、从各个朝代出发，一道道踩着积雪、蹚过江河、翻越群山的足音，如源源不断的溪流，汇成了一条有关青海的旅行文学之河。大河之侧，有人听到了莲花盛开的声音，有人看见了星空舞蹈的样子，有人体会到了雪花飞舞的温度，有人醉倒在青稞酒碗的旁边，他们都以青海为马，走在自己选择的高原之路上。

　　青海是他们的磁铁与黑洞、时间与殿堂、牧场与青稞。

　　无论是探险者、科考者、朝圣者，还是求法者、经商者、征战者、学艺者，他们走过青海的背影千姿百态、形色各异，留下的足印、考察成果或文字描述更是丰富多彩。这些如风划过青海大地上的众多背影，何异于开在青海这辽阔苗圃中的万千花卉？那繁盛的花香，是行经青海的后世文人和艺术家的口粮。这熏人欲醉的花香中，有一缕独属于那位叫大卫·妮尔的法国女子，它像是一道被勇毅与才情、选择与皈依合力拧成的长绳，细瘦但凝聚着绵延的力量，一直从法国延伸到青藏高原，试图替主人拴住她希望的远方和期待的诗。

　　青藏高原伸出甜蜜的舌尖，亲吻了一下大卫·妮尔的额头，一场艰难但不乏浪漫的高原之旅，在她的脚下展开。她放下了那时很多西方知识分子面对中国的傲慢，礼敬并希望能够体验到作为"一种生活方式"的佛教。大卫·妮尔一走便是若干年，她于50岁那年前往塔尔寺，此后有了在青海境内长达32个月的游历；53岁那年，大卫·妮尔前往玉树并在那里逗留了7个月时间，我曾追寻过她当年在青海境内的足迹，时隔几十年后，依然能感受到她历经的艰辛。

大卫·妮尔是我行走在青藏大地上时的前辈、灯盏与榜样，我真替这位"小老太太"遗憾，如果她看到今天的青海模样，这地球第三极的变化，相信她能走得更扎实，更安全，也更有收获！

大卫·妮尔、安特生、乔治·夏勒、王洛宾、昌耀，等等，这些执着和平之盏、智慧之灯走过青藏的前辈，构成了我仰望青藏时看到的另一片星空：璀璨、皎洁、深邃、高远，让我在这星光下看到了自己的卑微和不足。

每一位前往青海的人都有其理由，而青海吸引我一次次奔赴的机缘何在？是一个以古老文明与现代时尚为经纬的文化坐标，是一片高处合唱的雪花和外来时尚歌谣混织的地毯，是一条浪花飞溅和经幡荡舟的江河，是一场延承了土伯特和唐古特优秀禀赋的主人与来自中原、中亚的客人交战或坐饮的复杂场景，是一杯在马背上挥刀张弓建立王朝的勇猛刚毅和常年静坐于毛垫上织毡毺、画唐卡、念诵经文的静坐冥想的混合饮料，是一幅青藏视野中以安多与康巴两大地域构成的彩色地图，是一条拾阶途中路遇山河与星辰、文明与忧伤、塔影与经声的青海之路。

接近青海的路上，我以养子的身份，寻找着前世的模样和今生的功课。

二

金银铜铬，镍铅锌锡钢，千年铁骑踏过，遍地生金金银滩
水泽源流，江河湖海淖，万里冰封融解，高处见青青海湖

这副我敬撰给青海的对联里，不难看出青海在物产和人文历史上的富足。

青海的绝美底色，已成为我心中不死的经卷与吟唱。持续多年对青海的人文丈量及援建孤贫学校，使青海的人文底色已经成为我心中仰视的圣殿。

但我从没想过书写青海，她绝美的景致和丰厚的人文，使任何一位试图认真地书写者注定要掉进一个巨大的迷茫中，除却那种导游词式的风光介绍，任何对青海的人文书写都是困难的，甚至是不自量力的。

1990年代中期，我担任《厂长经理日报》驻西北地区记者站站长、首席记者时，青海是我采访报道的重要片区，也是常深入采访的地区。那时，我的笔下是新闻式的介绍，是游记式的感悟。融合着古老历史与现代科技，我明白了青海有两座丰沛的大矿：人文历史与自然资源，前者造就了其很早就加入了中华民族的文明大合唱，后者造就了其石油、钾盐、天然气等资源在中国工业版图上的实力与地位。

青藏大地不仅是地球上凸出的一方圣洁，更是很多人心里的"瘾"。"日久生情"用在我和青海之间亦是合适，我对这片地球上的高地逐渐增多了工作因素之外的喜欢。尤其是21世纪初的前几年，因为探究西夏的信仰源头，无意间深入青藏腹地——青海南部的玉树藏族自治州一带，以一位外来者的身份，匆匆地奔赴，慢慢地走过，静静地观看，细细地体会，轻轻地离开，长长地回想。其间，多是乘坐长途汽车、火车抵达西宁后，搭乘从西宁发往青海各个州市、地县邮局、石油公司的邮政车、油罐车。那些经验丰富的司机，成了我穿梭在青海这座大课堂的重要导师，他们知道哪片山岗雄奇，哪座寺院藏着的故事精彩，哪个村庄里埋着的历史有星光般的璀璨，哪里的温泉泡上去舒服，他们就是打开青海大门的另一种钥匙。后来，他们的车辆，更是我往援建在澜沧江上游扎曲边的孤贫学校运输物资、支教者的工具，那些因常年行驶在高原上而变得黑中透红的脸庞，至今仍像永不衰败的格桑花，生机勃勃地盛开在我的记忆里。

那些年，喜欢与敬仰之吻，一直在我伸向青海的唇边燃烧，犹如太阳底下一株移动在秋天的向日葵，单纯、干净且勤快，让我朝圣般地一次次远赴青海，而每一次的远赴与归来，就像一块洁净的方糖融入一杯咖啡，融化在我的生活方式中，成了属于我个人的一道甜蜜味道与秘密风景。

2009年秋天，我从位于青海最南端、援建的孤贫学校支教返回西宁，青海人民出版社编辑（现为青海人民出版社总编辑）、诗友马非得知我在没有领受任何资助，没有跟随任何采风团，对青海如此孤独地一次次深入，简单的行囊里装着对青海的敬仰与爱，便邀请我创作一部《青海之书》。出于对青海的挚爱和多次深入考察，我毫不犹豫地答应了。

当我准备大纲时、搜集资料甚至书写时，每个阶段都带着懊悔：当初的自信显得多么愚蠢！和以前创作出版的《宁夏之书》相比，书写青海，就像翻越一座不可逾越的雪山，它不是简单地创作一本书，而是我无法胜任的一项盛大工程。

先查阅资料吧，写作《青海之书》前的阅读，就是将半个图书馆搬进自己脑子的过程；然后再继续行走吧！没有脚踏实地对青海的丈量与亲近，那你永远是它辽阔肌肤上的一位渺小如虱的行客。我开始了领受使命般地一次次再出发。

青海地处西部高地，内地人看她是边疆，边陲之地的人看她是内地，加上青海境内大片地区是游牧文化影响区，长期以来少有文字记载留世，导致资料匮乏；书写时的困难因为自己的才学浅疏而得到印证，脑海里总是浮现自己在不同季节、不同地区看到青海的美妙画面，什么样的文字，才能接近她的美好？才能表达出她的精妙？

我羡慕李白在唐朝的体腔内遨游，放牧他的诗意与才情；我羡慕奈保尔在印度大陆和加勒比海地区的畅游，将各种文明冲突下造就的伤口呈现给读者；当然，我也羡慕美国作家保罗·索鲁乘坐火车转悠了大半个地球后，以大量的作品赢得"现代旅行文学的教父"之赞誉。羡慕完别人，那就该做点让别人来羡慕自己的事情，好，那就用自己的方式来行走青藏并书写青海！在身历时代的青海，以文学的名义完成一次次神游，让文学成为青藏之行的向导，让我枕着一腔挚爱入眠在牦牛亲切的注视里。

2010年9月下旬，我再一次完成了祁连山环行——从青海省最北端的祁连县，沿着祁连山走自北而南穿越青海。黄河，犹如连接在祁连山和积石山两片衣襟间的纽扣，我轻轻地解开这枚纽扣，将孤独的足印延伸向黄南藏族自治州和果洛藏族自治州境内。至此，我的脚步遍布覆盖了青海所有的州、市、县及部分乡镇。

回望来路，我自认为可以动笔书写《青海之书》了。2012年11月，《青海之书》出版了。

三

《青海之书》第一版出版后，受到了来自全国各地读者的鼓励，也收到一些读者指出的问题。随着时间的推移与读者的增多，修订《青海之书》，成了出版社、读者和我的共识。

修订《青海之书》的这10年，我几乎年年都有这样的举动（甚至包括疫情期间）：选择向西，足底依次飘过贺兰山、祁连山、青海南山、昆仑山和巴颜喀拉山的雪与云。和以前的徒步、搭乘邮政车、油罐车不同了，交通工具的改善提升了行进在青海的速度和便利度，也增加了每年去青海的次数，无论是2018年秋季40多天在三江源的考察，还是2019年春节刚过就驱车前往昆仑山区；无论是2020年夏天，在酷热中翻越阿尔金山进入柴达木盆地的10多天苦行，还是2021年初春，驱车走进昆仑山腹地、翻越唐古拉山的远足，我的青藏之旅就像是我量身定做的一个浪头，在山河间碎裂出一个个浪花，让我品尝着、享受着在孤独长旅和前行未卜中所带来的快感。

每次青海归来，无论是少年时乘坐绿皮火车，把鼻子紧贴在斑驳的车窗玻璃上，还是青年时搭乘邮政车、油罐车，沿途不敢闭眼休息，生怕错过一片美丽的山岗、一座精致的石头桥、一片茂盛的青稞地、一座盛大而庄严的寺院、一个匍匐在地磕着等身长头的朝圣者，我的眼睛像打开的雷达巡视着沿途的所见。人到中年，多是选择自驾形式，遇见自己心仪的山水人文，可以随时摇下玻璃窗，随时减速甚至停车后走近。无论哪个时间段，前赴与走进时，徒步丈量带来的是一种收获；回归与告别时，时间在火车的、长途客车的、邮政车辆的、运输车辆的、自驾车的轨道与车辙下，碾压出只有我看得到的、如秋日碾场上的青稞剥皮后的金黄火花，那是时间给真正亲近、礼敬青藏大地者的馈赠：车窗外，无垠的青藏大地向车后急驶而过——巨浪般起伏波动的山岗、绸缎般蜿蜒而去的河流、青绿如油画的草场、悠闲如白云的牦牛群，等等。这粗犷的青藏大地呀，何曾荒凉，只有雄健、壮硕、辽阔等词汇配得上的赞誉，只有属于她的耳朵，才能听得见其中蓬勃生动的脉息与跃动！车窗外后退的是风景，驻在我心里的，是一个个古老而灵秀的村寨、流淌着不同民族口音的街道、身穿民族服装到集镇上交易的牧民，是一朵朵燃烧在酒瓶里的青稞之花。

青海归来，它从我的午夜梦游与时光牧场，变成了我的药与瘾、茶与酒、诗与歌、花与星、操场与功课、温热与善意。我在星空的夜色里，仿佛听见途中遇见的那些我视为亲人的呼唤："那个热爱青海的异乡人呀，您何时再来？"盯着手机屏幕上的日历，我拿什么回复？

这片神性与诗意高地，让任何一次带着敬重与惜别的脚步都不后悔踩过，它从没停止呼唤踏访者、聆听者、记录者的足音。

四

我在多年持续的穿越与写作后，试图在青海的四个方位上筑造了四个"家"：史学家、地学家、旅行家和作家，四个方位的中间，是一处莲花的宫殿，没有工匠、侍女、卫队，只有一个孤独在雪山和酥油灯下的背影，让青铜般的行吟挂在高原枝头上，绽放成正午阳光下的一朵浪花。

我试图以文字填补云彩和雅丹地貌间的皱纹，破解岩石上的花形与纹路；犹如蝴蝶吮吸杜鹃唇边的粉色一样，替飞鸟找寻栖居的枝头；我可能会把一座牧毡，错当成吐谷浑王国的宫殿遗址并从中打捞生锈的诗行，也可能会把自己的名字，拧成一道马鞭挂在陌生毡房的门口，和里面煮酥油茶的人开始一个不愿醒来的长夜。或许，我也想把自己裹进康巴汉子的牧袍里，在一卷诵经里淬炼出青铜的笑容，让雪把心熨成一条河的形状。我无意中可能会抵达被春天俘虏的灶台旁，把自己烧成一壶茶后的灰烬，那是镶嵌进巴颜喀拉帽檐的徽章；我身披花儿锻造的柔软铠甲，舞着格桑花之剑绽放的黄色光芒，刺破鹰群和夜晚合谋的阴影，在一场远征似的漫游青海中，等待河流清洗内心的不洁；我把青草和群山缝在一起的脚步，邮寄给一部重新修订的《青海之书》，渡口与垭口合成的十万驿站上，我是唯一的作者，谁是无数读者中的一位？我以非虚构创作的方式，邀请神话和小说在高原上席地而坐，共同聆听从冰川里挤出的江河初唱，透过水晶般的青海，阅读人间最美的一场邂逅。

每次进入与归离青海，都是一把蘸满阳光与月光的双刃刀，收割积雪圣坛上垂下的每一缕赐予和大地深处涌出的每一次歌唱，也收割我出发时的雄心壮志和归来后的遗憾。我把这些收割所获，摆放在采访本上、电脑键盘上乃至纸页间，试图打碾出青稞般的黄金碎粒，然后变成糌粑、烈酒、炒面等，滋养属于它们的读者，也以兵马俑般威严、肃穆的态度，守护青海的尊严。

对于一个行旅、记录并写作青海的人来说，在海拔5000多米的山上听见雪花翻滚，和回到海拔500多米的平原听茶沸腾，两者没什么两样。对我来说，雪山之上，我是自己的袈裟或施主；河谷之滨，我是他人的同事或朋友，这之间来回的转身与奔走，便是俗世称呼的"一场写作"。一旦在修订的《青海之书》的封面上盖章般地署上自己的名字，我像一个吃饱奶水的婴儿，露出笑脸，那一定是青海给予我的奖赏。

青海呀，我早已皈依了你！漫山遍野，已然布满了我的写字桌，星空下，它们被雨雪擦洗得干干净净，等待第二天的高原阳光，晾晒我写给青海的每一行文字、每一首诗歌。我深信，对青海的任何一次认真书写，都不会过时！

茨威格在《诀别书》中的那句话说得多好："在我自己的语言所通行的世界对我来说业已沦亡和我精神上的故乡欧洲业已自我毁灭之后，我再也没有地方可以重新开始重建我的生活了。"青海与我，何尝不是如此？每次到青海，我总怀疑出生错了地方；离开青海，我总怀疑无法再重新开始生活。

感恩青海。在青海，昆仑神话与柳湾彩陶，能让我听到襁褓时期的中国文化初啼；在青海，行走在群山与高原间，让我意识到生命的短暂与渺小；在青海，持续20多年援建孤贫学校和热衷于架设昂欠和西夏之间研究的桥梁，让我领受到了慈悲与智慧的力量；在青海，纵横其腹腔内山河的游历，让我知晓了辽阔与高远的含义；在青海，翻越唐古拉山时与狼相遇的经历，让我明白了勇敢的来源与去向；在青海，穿越可可西里无人区的过程，让我明白动物保护的重要性……

在青海，在青海，在青海！

青海呀，在我面前出版了一部伟大的词典，上面依次摆呈着伟大、慈悲、高蹈、勇敢、爱心、神圣、辽阔等，像一颗颗恒星站在自己的地方。它们让站在对面的渺小、残酷、低渺、懦弱、卑俗、狭隘等词汇，构成一面镜子合成的墙。我们走过这面镜墙时，如果看见自己的模样或心思，会感到羞愧，这就是青海的价值。

在《娶青海回家》一诗中，我这样写道："我以朝阳为聘礼，一路向西／驭白云，乘长风，赴昆仑／沿着地平线渐次隆起／耳边响起星宿的劝告：娶青海回家！"我希望读者们，带一本《青海之书》回家——你带走的，是一条哈达和白云拧成的长绳，它帮你丈量天堂到人间的距离。我期待，《青海之书》像一条遨游在那片青色大海深处的鲸鱼，放声高唱，听众无数，回音久远。

扎西德勒，青海！

2010 年 8 月之末，贺兰山下初稿

2021 年 12 月之末，定稿于贺兰山下

2024 年 7 月 30 日四稿于黄河之滨